Band III der Joséphine-Trilogie

Aus der Tochter eines verarmten Plantagenbesitzers ist eine First Lady geworden: Sandra Gulland zeichnet in ›Kaiserin Joséphine‹ den Aufstieg und Fall eines großen Kaiserreichs und einer unerschütterlichen Liebe, die Betrug, Verbannung und selbst den Tod überdauert.

Napoléon Bonaparte wird vom Konsul zum Kaiser der Franzosen und regiert ein immer größeres Reich. An seiner Seite steht Joséphine, seine Vertraute, Geliebte – seine Kaiserin. Doch ihre Verbindung ist von außen und innen bedroht: Innere Unruhen erschüttern das Land, England führt Krieg gegen Frankreich, und Napoléons korsischer Familienclan führt Krieg gegen Joséphine, weil sie ihrem Kaiser keinen Erben schenkt. In den aufrichtigen Tagebucheintragungen Joséphines wird der Leser Zeuge der Intrigen, die Joséphine und Napoléon schließlich auseinander bringen – sie müssen die Tragödie der Scheidung und die Verbannung Napoléons nach Elba erleben.

›Kaiserin Joséphine‹ ist ein brillanter abgeschlossener Roman und gleichzeitig der krönende Abschluss von Sandra Gullands Joséphine-Trilogie – temporeich, unwiderstehlich, mit lebenssprühenden Figuren.

Sandra Gulland wuchs im kalifornischen Berkeley auf, wo sie auch studierte. 1970 ging sie nach Kanada und arbeitete als Lehrerin und Lektorin. Mit ihrer Romantrilogie um Joséphine, für die sie jahrelang intensive Quellenstudien betrieb, hat sich Sandra Gulland ihren Platz unter den großen Autorinnen historischer Unterhaltungsromane gesichert.

Unsere Adresse im Internet: www.fischerverlage.de

Sandra Gulland

Kaiserin Joséphine

Roman

Aus dem Amerikanischen
von Sigrid Gent

Fischer Taschenbuch Verlag

Sandra Gulland
Die Joséphine-Trilogie
Band III: Kaiserin Joséphine

Veröffentlicht im Fischer Taschenbuch Verlag,
einem Unternehmen der S. Fischer Verlag GmbH,
Frankfurt am Main, November 2004

Die Originalausgabe erschien 2000
unter dem Titel ›The Last Great Dance on Earth‹
im Verlag HarperCollins Publishers, Inc., Toronto

Lizenzausgabe mit Genehmigung des
Wolfgang Krüger Verlages, Frankfurt am Main

Druck und Bindung: Clausen & Bosse, Leck
Printed in Germany
ISBN 3-596-16330-7

Historie ist eine Geschichte, wie sie der Sieger erzählt.
Napoléon

»Kaiserin Joséphine«
ist ein Roman, der auf dem außergewöhnlichen Leben
von Joséphine Bonaparte beruht
(und von ihm inspiriert wird).

Für Chet und Carrie,
Prinz und Prinzessin

Ich werde nicht vor dir stehen, während die Zeit verrinnt;
Ich werde ewig vor dir stehen.
Oscar Bearinger, »Masks and Shadows«

1

La Bonaparte

Ich war zu solcher Erhabenheit nicht geboren.
Joséphine in einem Brief an ihre Tochter Hortense

Frieden scheint ein unerfüllbarer Traum zu sein

2. März 1800 – Tuilerien, Paris

»Joséphine … Komm her und sieh dir den Mond an.«
Ich schreckte aus dem Schlaf hoch. Ein Mann, das Gesicht vom Licht der Kerze beschienen, berührte meine Schulter. »Bonaparte, *du* bist es«, sagte ich und griff nach seiner Hand. Ich hatte von zu Hause, von meinem wunderbaren Martinico, vom Meer geträumt. Aber ich war nicht auf einer tropischen Insel. Ich war in dem modrigen, prunkvollen Palast, im Bett von Marie Antoinette und König Ludwig XVI. – dem Bett der Toten. Ich drückte Bonapartes Hand an meine Wange. »Wie spät ist es?«
»Fast drei. Komm mit mir nach draußen.«
»Sofort?«, fragte ich, schlug jedoch die Decken zurück.
»Es ist ein wenig kühl«, sagte er und legte mir einen Umhang um die Schultern.

Ein voller Mond schwebte über dem Ufer und tauchte die Gärten in strahlendes Licht. »Das erinnert mich an etwas, das du mir einmal geschrieben hast«, sagte ich und nahm Bonapartes Hand. »Dass wir geboren werden, leben und sterben – inmitten des Wunderbaren.«
»Ich kann mich nicht erinnern, das geschrieben zu haben«, sagte er und steuerte auf die Treppe zu, die zu den Blumenbeeten hinunterführte.
Der fruchtbare Duft des Frühlings erfüllte die Luft. Bonaparte

wischte eine Steinbank ab, damit wir uns setzen konnten. Übermannt von einem Gefühl der Sehnsucht, lehnte ich den Kopf an seine Schulter. Es war die Zeit, in der neues Leben entstand, doch ich blieb unfruchtbar – trotz aller Liebe, trotz aller Gebete.
»An der frischen Luft kann ich am besten denken«, sagte Bonaparte. »Meine Gedanken haben freieren Lauf.« Im Mondschein hatte er ein Profil wie eine römische Statue. »Siehst du diese Hütten da unten bei den Wäschebooten? Jeder Bürger sollte ein eigenes Heim haben – und sauberes Wasser. Ich denke an ein Kanalsystem, das es hereinleitet. Und an mehr Krankenhäuser – in einem Bett sollte nie mehr als ein Patient liegen. Und Brücken über den Fluss wären ebenso schön wie praktisch. Stell dir das vor! Ich plane, Paris zur schönsten Stadt aller Zeiten zu machen.«
»Das wirst du«, sagte ich zuversichtlich. Was könnte ihn aufhalten? Schon so vieles hat sich verändert. Vor Bonaparte herrschte das reinste Chaos, und heute überwiegt der Wohlstand, und Frankreichs Wunden heilen – *meine* Wunden heilen. Noch vor gar nicht langer Zeit war ich Witwe, eine Überlebende des Terrors, eine verängstigte Mutter zweier Kinder. Heute blicke ich voller Staunen auf mein Leben, denn überall herrscht Überfluss – an Reichtum, gewiss, und selbst an Ruhm, aber vor allem an Liebe. Als Madame Bonaparte – ja sogar als *Joséphine* – habe ich gespürt, wie meine Seele aufblühte. Dieser ernsthafte kleine Mann, den ich geheiratet habe, hat mich wieder an Helden glauben lassen, an das Schicksal, aber vor allem an das Wunder der Liebe.
Und in jenem Augenblick fand ich den Mut, die Frage auszusprechen, die mir schon so lange Angst machte: »Bonaparte, was ist, wenn …? Wenn wir kein Kind haben können?«
Der klagende Ruf einer Eule durchdrang die Stille der Nacht.
»Wir dürfen die Hoffnung nicht aufgeben«, sagte Bonaparte sanft. »Das Schicksal hat uns schon mit so vielem beschenkt.«

Mich beschenkt, gewiss – auch Hortense und Eugène, meine vaterlosen Kinder. »*Du* hast uns beschenkt«, sagte ich zu ihm, denn es war die Wahrheit.
Je le veux, sagt Bonaparte so häufig. Ich will es so!
Wenn er durch seine Willenskraft doch auch ein Kind erzwingen könnte.

6. März

Heute Abend, nach einer Aufführung in der Opéra, warf ein Mädchen in einem offenherzigen Kleid und einer mit blauen Bändern geschnürten Haube aus geflochtenem Stroh Bonaparte einen Blumenstrauß zu. »Ich halte ihn«, erbot ich mich. Später entdeckte ich, dass ein Briefchen darin steckte, das den Ersten Konsul zu einem Rendezvous einlud. Ich warf es ins Feuer. Täglich, so scheint es, erhält Bonaparte eine Einladung von irgendeinem jungen Mädchen, das »dem Retter Frankreichs« bereitwillig seine Tugend opfern will.

7. März

Die Art, wie Bonaparte seinen verbeulten Dreispitz durch den Raum schleuderte, verriet mir, dass es keine gute Nachricht war. »Sie lehnen mein Waffenstillstandsangebot ab«, sagte er in niedergeschlagenem Ton. Sein Hut verfehlte den Stuhl und landete auf dem Teppich, wodurch die drei Möpse, die auf einem Kissen neben dem Feuer schliefen, aufgeschreckt wurden.
»Schon wieder?«
»Sie weigern sich, auch nur darüber nachzudenken.« Bonaparte warf sich in den daunengepolsterten Armsessel; zwei Federn lösten sich und flogen davon. »Sie weigern sich, auch nur darüber zu *reden*.« Seine Wange zuckte. »*Pacem nolo quia infida*«, sagte er mit nachgeäfftem englischen Akzent.

»Das sagten die Engländer?« Ich rettete Bonapartes Hut vor den Möpsen.
»Kein Frieden mit ... den Ungläubigen?«, übersetzte Hortense langsam und blickte von einer Kohlezeichnung auf, an der sie gerade arbeitete. Sie schob sich eine flachsblonde Locke aus den Augen, was einen schwarzen Fleck über ihrer Augenbraue hinterließ.
»Und *wir* sind die Ungläubigen?«, fragte ich (empört).
Bonaparte erhob sich und begann, auf und ab zu laufen, die Hände hinter dem Rücken zu Fäusten geballt. »Die Briten peitschen ihre eigenen Soldaten aus und bezichtigen *uns*, grausam zu sein. Sie verstoßen gegen internationale Verträge und bezichtigen *uns*, gesetzlos zu sein. Sie bezahlen jede royalistische Nation in Europa, damit sie gegen uns Krieg führt, und bezichtigen *uns*, Konflikte auszulösen! Wenn sie keinen Krieg wollen, warum versuchen sie dann nicht, ihn zu beenden?«
»Papa, du darfst nicht aufgeben«, sagte Hortense mit Nachdruck. Was Frieden ist, wusste mein Tochter gar nicht, wurde mir traurig bewusst. Wann war Frankreich jemals nicht im Krieg mit England gewesen?
»Ich werde niemals aufgeben«, sagte Bonaparte mit leiser Heftigkeit, jener Gemütsverfassung, die seine Soldaten *le feu sacré* nennen: den Willen, zu siegen – oder zu sterben.

9. März – Malmaison, unser vierter Hochzeitstag

Wir blieben den ganzen Morgen im Bett. Bonapartes hoffnungsvoller Eifer, ein Kind zu zeugen, stimmt mich traurig. Jedes Mal, wenn wir miteinander schlafen (oft!), gibt er dem Kind einen Namen – einem Jungen natürlich. Heute Morgen war es Géry – Napoléon Géry Bonaparte. Letzte Woche war es Baudouin, Gilles, Jean. Wer wird es heute Abend sein? Jacques? Benoît? Donatien?

Ich mache dieses Spiel mit, doch ich weiß, dass ich nicht empfangen werde. Vor einigen Monaten hatte ich den Hauch einer Chance, aber seitdem nicht mehr, trotz der Sennesblättertinktur, die ich trinke, um meinen Körper zu entleeren, trotz der endlosen Stärkungsmittel und austreibenden Mittel, die ich zu mir nehme – Bärwurz in Bier, Wacholdersirup, Aloe- und Eisenpulver – alle bitter im Geschmack und bitter für die Seele.

2 Uhr 45 nachmittags – ein herrlicher Frühlingsnachmittag

»Ich habe genau das richtige Mittel«, sagte Madame Frangeau und zupfte an ihrer Haube, damit die Zipfel ordentlich herabhingen. »Es hat noch nie versagt.«
Ich betrachtete die Hebamme mit Erstaunen. In ihrem gekräuselten Kleid mit Fransen und Troddeln, die vor der Revolution in Mode waren, schien sie genauso exzentrisch gekleidet, wie man es mir angekündigt hatte. »Mutterkorn?«, riet ich. Dem Schimmelpilz wird nachgesagt, er sei unfehlbar (außer in meinem Fall).
»Nein, nicht Mutterkorn, nicht Jalape, nicht einmal Skammonia. Kommen Sie mit mir.«
Ich folgte ihr aus ihrer bescheidenen Behausung und über das Kopfsteinpflaster zur Tür eines Hauses in einer engen Straße.
»Madame Frangeau«, protestierte ich, »ich glaube nicht, dass ich –«
»Madame Bonaparte, ich bin die Hebamme«, wies sie mich gebieterisch zurecht, als sie an die Tür hämmerte.
Und gebieterisch war sie in der Tat, denn der gesamte Haushalt sprang auf ihr Kommando. Ich folgte ihr in eine Kammer, wo sie einer im Bett liegenden Frau befahl: »Rühren Sie sich nicht! Ich brauche nur Ihr Kind.« Sie wies mich an, im Kinderzimmer Platz zu nehmen, mein Kleid von den Schultern zu streifen, woraufhin sie mir, nachdem sie mich gereinigt hatte, den ge-

windelten Säugling an die Brust legte. »Ich werde in einer halben Stunde zurückkommen«, sagte sie und ließ mich allein.
Die Schönheit dieses einwöchigen Säuglings – sein süßer Geruch nach Milch, der seidige Flaum auf seinem Schädel –, aber auch die Demütigung, die ich über diese Art der Behandlung empfand, erschütterten mich.
Pflichtbewusst kehrte die energische und selbstsichere Hebamme zurück und entließ mich mit Salben und Kräutern und Anweisungen, mindestens einmal täglich »beizuschlafen«. »Sie müssen im Lebenssaft Ihres Gemahls ertrinken.«
In meinen Tränen ertrinke ich! Bei meiner Rückkehr brach ich zusammen, erschöpft von all den »Mitteln«, die ich schon ausprobiert habe, enttäuscht von der hartnäckigen Weigerung meines Körpers, darauf zu reagieren.

Abends, noch nicht 9 Uhr

Bonaparte zog an der Kordel eines kleinen Seidenbeutels, um sie aufzuknoten. »Teufel nochmal!«, sagte er und schnitt sie mit einem Fleischmesser durch. Den Inhalt schüttete er auf den Esstisch. Ein riesiger Diamant glitzerte zwischen dem schmutzigen Porzellan, den Hühnerknochen, den halb leer gegessenen Tellern mit Erbsen, Plumpudding und Dorschleber-Canapés. »Ein Kinkerlitzchen zu unserem Hochzeitstag«, sagte er und schnippte ihn in meine Richtung, als wäre er eine Glasmurmel.
»Wie viel Karat sind das?«, fragte Hortense mit großen Augen.
»Einhundertvierzig«, sagte Bonaparte. »König Ludwig XV. trug ihn in seiner Krönungskrone. Die Polizei fand ihn schließlich in einer Pfandleihe.«
»Dann ist *das* also der Regent-Diamant«, sagte ich, während ich den durchsichtigen Edelstein zwischen den Fingern hielt und mich in seinem Licht verlor.

10. März

Die Zeit, so heißt es, ist der Feind einer Frau. Heute Morgen saß ich vor meinem Toilettenspiegel und studierte mein Gesicht. Ich bin sechsunddreißig, sechs Jahre älter als mein Mann. Aus einem Impuls heraus schickte ich nach »meinem« Diamanten. Die bestickte blaue Samtschachtel wurde ehrfürchtig vor mich hingestellt. Behutsam schälte ich den Edelstein aus seinem Nest.

»Halte ihn an dein Ohr«, flüsterte Hortense, als wären wir an einem geheiligten Ort.

Ich lehnte mich zurück und studierte die Wirkung im Spiegel.

»Pour l'amour du ciel«, sagte die Zofe und bekreuzigte sich.

Im Licht des Diamanten sah ich wie verwandelt aus: jünger. Beklommen spähte ich über meine Schulter, stellte mir vor, wie mich der Geist von Königin Marie Antoinette beobachtete. Sie kannte die unwiderstehliche Verlockung eines Brillanten – und ich nun leider auch.

29. März, 1 Uhr 15 nachmittags – Tuilerien

Ich schreibe dies im Schein von drei Kerzen. Es ist Nachmittag, doch in diesem Raum ist es dunkel, denn die Vorhänge sind gegen die neugierigen Blicke der Männer und Frauen draußen im öffentlichen Park zugezogen.

Hortense wird bald zu mir kommen. Wir gehen zu Bürger Despréauxs jährlichem –

Viel später, nach Mitternacht, alle schlafen (außer mir)

– Bürger Despréauxs jährlichem Tanzunterricht, sollte es heißen.

Ich wurde in diesem Augenblick von Bonaparte unterbrochen,

der unerwartet auftauchte, wie er das so oft tut – die »Marseillaise« (falsch) vor sich hin summend. »Ich habe eine Idee für Hortense«, sagte er und ließ sich auf seinem Sessel neben meinem Toilettentisch nieder. Er nahm einen kristallenen Pomadentopf in die Hand und studierte das geätzte Muster, die Details. »General Moreau«, sagte er, schnupperte an der Pomade und rieb sich ein wenig auf die Fingerspitzen, dann stellte er sie zurück und nahm einen silbernen Haarschmuck in die Hand. (Bonaparte kann nie ruhig dasitzen!)

»Ach«, sagte ich nachdenklich. General Moreau ist durchaus eine Möglichkeit – ein populärer General, gepflegt, stets gepudert, mit den Manieren eines Ehrenmanns. »Aber nicht vielleicht zu alt für Hortense?« General Moreau ist fast vierzig, ein paar Jahre älter als ich, und gut zehn Jahre älter als Bonaparte.

»Habe ich meinen Namen gehört?«, fragte Hortense, die in der Tür erschien.

»Deine Mutter erzählte mir gerade, was für eine reizende junge Dame du geworden bist«, sagte Bonaparte mit einem liebevollen Blick auf seine Stieftochter.

»Wie wahr! Du siehst in diesem Kleid wunderschön aus.« Der Schnitt schmeichelte Hortenses geschmeidiger Figur. Die Silberfäden schimmerten im Schein der Kerzen.

»Das ist doch nicht etwa englischer Musselin, oder?«, fragte Bonaparte stirnrunzelnd.

»Natürlich nicht, Papa.« Hortense drehte eine tadellose Pirouette.

»Bravo!«, riefen wir.

»Aber ich habe Schwierigkeiten mit dem Menuett«, sagte sie. »Bei der ersten Figur, bei der Passage, soll ich einen Temps-de-courante *und* einen Demi-jeté machen.«

»Statt eines Menuettschrittes?«

»Nur bei der ersten Passage, Maman. Sonst sieht es gekünstelt

aus – wenigstens sagt das der Tanzmeister. Und dieser Menuettschritt hat zwei Demi-coupés und zwei Pas-marchés-en-pointe.«
»Warum zeigt du es uns nicht«, schlug ich vor.
»Papa, ich brauche dich als Partner«, sagte sie und zog an Bonapartes Hand.
»Ich werde eines von Händels Menuetten spielen.« Ich nahm am Cembalo Platz.
Widerwillig erhob sich Bonaparte. Er stellte die Füße in einem Neunzig-Grad-Winkel nach außen und streckte die Hand aus. »Gut so?«, sagte er über die Schulter zu mir.
»Erster Konsul?«, unterbrach Bonapartes Sekretär von der Tür her. »Bürger Cadoudal ist hier und will Sie sprechen.« Fauvelet Bouriennes Kinn zitterte, so angestrengt war er bemüht, nicht zu lächeln, als er sah, wie Bonaparte einen Plié zu machen versuchte. »Ich schlage vor, dass wir ihn nicht warten lassen – er ist ein Ochse und spuckt überall hin.«
»Cadoudal, der Agent der *Royalisten*?«, fragte ich verwirrt – und nicht wenig beunruhigt. Cadoudal ist der Anführer der Rebellenfraktion – der Fraktion, die wieder einen Bourbonenkönig auf den Thron setzen will. Der Fraktion, die Bonaparte absetzen will.
»Er ist zu früh«, sagte Bonaparte, setzte seinen Dreispitz auf und eilte aus der Tür – zweifellos erleichtert, dem Menuett entrinnen zu können.

Bonapartes junge Schwester Caroline stand vor dem Unterrichtssaal, als Hortense und ich eintrafen. Sie trug ein kurzärmeliges Ballkleid, das eher einem Festabend angemessen war; die Ärmel bestanden lediglich aus dünn gerüschtem Organdy.
»Joachim wird in fünf Minuten hier sein«, sagte sie und kaute an einem Daumennagel. »Ich habe ihn heute Morgen eine halbe Stunde Entrechats üben lassen.«

»Warum denn Entrechats«, fragte Hortense. »Ich dachte, ihr solltet eine Gavotte vorführen.«
»Le Maudit! Wirklich?« Caroline zog eine Schnupftabakdose aus einem auffällig bunten Perlenridikül.
Der Tanzmeister öffnete die Tür. »Ah, Madame Bonaparte – Mutter meiner *besten* Schülerin! Wie liebenswürdig von Ihnen, uns mit Ihrer Anwesenheit zu beehren.« Bürger Despréaux betupfte sich die Stirn mit einem sauber gefalteten, lavendelfarbenen Taschentuch.
»Mein Mann wird jeden Augenblick hier sein«, teilte ihm Caroline mit und nahm eine Prise Schnupftabak. »General Murat«, fügte sie als Antwort auf die verblüffte Miene des Meisters hinzu.
»Ja, natürlich!«, rief Bürger Despréaux mit einem besorgten Blick auf Carolines entblößte Arme aus. »Sie werden die Gavotte vorführen. Mademoiselle Hortense, wenn Sie so liebenswürdig wären? Ich möchte mich gerne mit Ihnen über die Ausstattung des Saales beraten.« Mit einer einstudierten Ballettpose bedeutete Bürger Despréaux meiner Tochter einzutreten.
»Ich sehe dich hinterher, Schatz«, sagte ich zu Hortense und warf ihr eine Kusshand zu. »Ist deine Mutter im Saal?«, fragte ich Caroline zögernd. Sie wirkte verlassen, ganz auf sich gestellt.
»Sie kommt nicht«, sagte Caroline und ließ die Schnupftabakdose zuschnappen. »Sie besucht heute Pauline.« Dies mit einem Anflug von Verdruss. Von den drei Schwestern Bonapartes ist die schöne (und verwöhnte) Pauline eindeutig der Liebling. Elisa, obwohl unansehnlich, wird als »gebildet« gepriesen … und die junge Caroline? Die arme Caroline ist ungebildet und, obwohl nicht unansehnlich, mit ihren ungelenken Gliedmaßen, ihrem dicken Hals, ihrem muskulösen Körperbau und ihrer, wie Bonaparte es nennt, »Kämpfernatur«, sicherlich nicht das, was man jemals als *einnehmend* bezeichnen würde.

»Ah, da ist ja dein Mann«, sagte ich und konnte mir gerade noch ein Lächeln verkneifen, als ich Joachim Murat auf uns zu stolzieren sah, einen großen, muskulösen Soldaten, der von Kopf bis Fuß in Hellrosa gewandet war: rosafarbener Samtrock mit Schößen, rosafarbene Kniebundhosen aus Satin, sogar ein flacher rosafarbener Hut mit rosa und schwarz gestreiften Federn.
Caroline öffnete die Uhr, die an einer schweren Kette um ihren Hals hing. »Er ist dreieinhalb Minuten zu spät.«

Bürger Despréaux baute sich vor den ungefähr zwanzig versammelten Gästen auf – Familien und Freunde seiner Schüler. »Bonjour! Wir werden unsere Vorführung mit dem königlichsten aller Tänze eröffnen, dem traditionellen Menuett, einem Tanz, der gerade durch seine Schlichtheit *alles* verrät: die Bildung, die Grazie und – darf ich es sagen? – die *Herkunft* des Tänzers. Aber als Erstes den Gang: den Grundstein einer guten Erziehung.« Er machte eine Handbewegung zu seinen Schülern, die sich selbstbewusst im Kreis aufstellten.
»Achten Sie darauf, wie perfekt sich *diese* junge Dame bewegt«, sagte er und deutete dabei auf Hortense. »Der wahre Inbegriff natürlich fließender Bewegung! Nun, vielleicht könnte ich einen jungen Mann haben, der – ah, Bürger Eugène, großartig.« Als ich mich umdrehte, sah ich meinen Sohn an der Tür, einen schwarzen Filzhut auf dem Kopf, unter dem seine widerspenstigen Locken hervorschauten. Verlegen grinsend ging er auf den Tanzmeister zu. »Aber ich habe Stiefel an«, hörte ich ihn Bürger Despréaux zuflüstern. »Ich habe nicht erwartet, dass –«
»Ich möchte nur, dass Sie eine Verbeugung zeigen, mein lieber Freund.«
Artig hob Eugène den rechten Arm auf Schulterhöhe, fasste den Hut an der Krempe und verbeugte sich tief, indem er gleichzeitig den linken Fuß nach vorne schob.

»Voilà, die *perfekte* Verbeugung«, sagte Bürger Despréaux und betupfte sich die äußeren Augenwinkel mit seinem lavendelfarbenen Taschentuch. »Danke, Bürger Eugène, Sie dürfen Platz nehmen.«

»Gut, dass er nicht auf meinen Gang aufmerksam gemacht hat«, raunte Eugène, als er auf dem Stuhl neben mir Platz nahm. Ich lächelte – sein *Bären*gang, wie Bonaparte und ich ihn nannten.

Insgesamt lief die Vorführung gut – Hortense tanzte hervorragend. Eugène und ich waren ja so stolz! Selbst Caroline und Joachim kamen zurecht, obwohl Joachim zu viele Drehungen machte und am anderen Ende des Saales landete – ein weit verbreiteter Fehler, gewiss, aber bedauerlicherweise einer, auf den Bürger Despréaux meinte aufmerksam machen zu müssen.

Danach gingen Caroline, Joachim, Hortense und Eugène Eis essen. Ich schützte Müdigkeit vor und kehrte in die Tuilerien zurück, wo ich Bonaparte wutschnaubend vor dem lodernden Feuer auf und ab marschierend vorfand. Der Außenminister saß vor dem Ofenschirm und beobachtete ihn mit gelangweilter Miene.

»Madame Bonaparte«, sagte Talleyrand wie eine Katze schnurrend. »Es ist immer wieder ein Vergnügen, Sie zu sehen, aber heute Abend ein ganz besonderes. Der Erste Konsul bedarf dringend Ihres beschwichtigenden Einflusses.«

»Machen Sie sich nicht über mich lustig, Talleyrand«, fauchte ihn Bonaparte an. »Schließlich ist es nicht *Ihr* Leben, das auf dem Spiel steht.«

Ich legte Bonaparte die Hände auf die Schultern (um ihn zu beschwichtigen, ja), während ich ihn auf beide Wangen küsste.

»Das Gespräch mit Bürger Cadoudal ist nicht gut verlaufen?«

»Er würde mich bei der geringsten Gelegenheit eigenhändig erwürgen.«

»Ich weiß gar nicht, warum Sie das so überrascht, Erster Konsul«, sagte Talleyrand. »Bürger Cadoudal möchte wieder einen Bourbonenkönig auf dem Thron und Sie stehen ziemlich unbequem im Weg.«

»Das französische Volk steht im Weg – nicht *ich*. Zweihundert Jahre Bourbonenherrschaft waren zweihundert Jahre zu viel.« Bonaparte warf sich in den Stuhl, der dem Feuer am nächsten stand, und stützte das Kinn in die Hand.

»Die Bourbonen vertreten natürlich den Standpunkt, dass zweihundert Jahre Herrschaft Beständigkeit gewährleisten«, sagte Talleyrand und verschränkte die langen Finger in einer fließenden Bewegung. »Sie haben dieses mit rotem Samt gepolsterte Machtsymbol im Thronsaal geschaffen; sie betrachten es als das *ihre*. Und solange es leer bleibt, wage ich zu behaupten, werden sie alles in ihrer Macht Stehende tun, um es zurückzubekommen.«

»Und England wird alles in *seiner* Macht Stehende tun, um ihnen zu helfen.«

»Ganz recht.«

»Aus euer beider Mund klingt das alles so hoffnungslos«, sagte ich und griff nach meinem Nähkorb. »Ist Frieden denn unmöglich?«

»›Unmöglich‹ ist kein französisches Wort«, sagte Bonaparte.

»Es gibt Frieden, und es gibt dauerhaften Frieden«, warf Talleyrand philosophisch ein. »Die Geschichte hat bewiesen, dass der einzige dauerhafte Frieden ein Blutsband ist, eine Vermischung von Feindesblut – und das nicht auf dem Schlachtfeld, Erster Konsul, sondern im Boudoir. Frieden durch Heirat: eine altehrwürdige Tradition.«

»Worauf wollen Sie hinaus, Talleyrand?«, fragte Bonaparte. »Sie wissen, dass ich weder einen Sohn noch eine Tochter habe, die ich mit irgendeinem Rüpel verheiraten könnte.«

»Sie haben einen Stiefsohn, den wohlgestalteten und ehrenwerten Eugène Beauharnais –«

»Noch ein Knabe, erst achtzehn.«
»– *und* eine Stieftochter, die tugendhafte und vielseitige Mademoiselle Hortense.« Talleyrand neigte den Kopf in meine Richtung. »Welche, da weiblich und kurz vor ihrem siebzehnten Geburtstag, in einem idealen Heiratsalter ist.«
»Allmählich glaube ich, dass Sie es ernst meinen, Minister Talleyrand«, sagte Bonaparte. »Hortense mit einem Engländer verheiraten? Die Engländer werden sich niemals dazu herablassen, einen ihrer Blaublütigen mit irgendjemandem zu verbandeln, der auch nur im Entferntesten mit mir verwandt ist. Haben Sie die englischen Zeitungen nicht gelesen?« Er griff sich ein Blatt von einem Stapel auf dem Fußboden und warf es dem Außenminister zu. »Oben rechts. Das wird Ihnen verraten, wer ich in den Augen von ›Les Gottverdammten‹ bin.«
»Ah, ja. ›Ein undefinierbares Wesen‹«, las Talleyrand laut auf Englisch vor, um seinen Mund spielte der Anflug eines Lächelns, »halb Afrikaner, halb Europäer, ein Mittelmeermulatte.«
»Basta!« Bonaparte riss das Zeitungsblatt an sich, warf es ins Feuer und sah zu, wie es in Flammen aufging.
»Ich dachte, ehrlich gesagt, nicht daran, Ihre Tochter mit einem Engländer zu verkuppeln«, sagte der Außenminister gelassen. »Ich dachte an Georges Cadoudal.«
»Oh, Minister Talleyrand, ich hoffe, Sie scherzen«, sagte ich mit schwacher Stimme und verknotete meinen Stickfaden.

Wir haben Grund zur Angst

9. April 1800, 2 Uhr 20 nachmittags –
im unteren Salon in Malmaison, ein herrlicher Tag

Wir unternahmen die vierstündige Fahrt nach Malmaison hinaus, da wir uns nach ländlicher Ruhe sehnten – nur um alles in einem chaotischen Zustand vorzufinden. Das Treibhaus ist fast, aber noch nicht ganz gedeckt, die Vorhänge fast, aber noch nicht ganz aufgehängt, der Kaminsims in Bonapartes Studierzimmer fast, aber noch nicht ganz fertig gestellt. Und, als wäre das alles noch nicht genug, ist nun auch noch der erste Koch außer sich, weil der zweite Koch einen Aspikbeutel ins Feuchte gestellt hat, und der zweite Koch ist außer sich, weil der erste Koch von ihm erwartet, dass er die Schweineeimer leert. (Dass ich es mit *zwei* verärgerten Köchen zu tun habe – und das in unserem Landschloss –, zeigt, was aus meinem Leben geworden ist.) Dann teilte mir mein Blumengärtner – nicht der Küchengärtner oder Gutsverwalter – zaghaft mit, dass drei Wagenladungen Fliederbüsche angeliefert worden sind: Ob er sie im Vorderhof stehen lassen könnte? Stellen Sie sie hinter das Gutshaus, wies ich ihn an. »Wir erwarten Gäste.«

Sobald er gegangen war, kamen Hortense und Caroline ins Zimmer und stolzierten in ihren Festgewändern vor mir auf und ab, damit ich sie bewunderte.

»Wie viel hat das Kleid von Hortense gekostet?«, wollte Caroline wissen und wedelte mit den Goldfransen am Saum, um einen mit Pailletten besetzten Unterrock zu zeigen. »Meines hat vierhundertunddreiundzwanzig Francs gekostet.«

»Ich glaube, Hortenses Kleid war nicht so teuer«, log ich, um Caroline zufrieden zu stellen. Hortenses schlichtes Gewand aus feiner, elfenbeinfarbener Baumwolle war wie eine Toga drapiert.

»Dein Kleid ist wunderschön, Caroline«, sagte Hortense in dem Bemühen zu besänftigen.

Du bist wunderschön, hätte ich meiner Tochter am liebsten gesagt. Mit ihrer schlanken Figur, ihrer Anmut, ihrem mit goldblonden Locken gekrönten Kopf erinnerte mich Hortense an einen Engel.

»Madame Frangeau sagt, dass ich wie eine Frau aussähe, die Knaben bekommt.« Caroline stellte sich vor den figurhohen Spiegel und schob ihren Busen nach oben.

»Madame Frangeau, die Hebamme?«, fragte Hortense mit ehrfurchtsvoller Stimme. Caroline ist nur ein Jahr älter als sie, aber Caroline ist verheiratet und kennt die Geheimnisse der Frauen – Geheimnisse, die meine Tochter verwirren (und ängstigen).

»Aber um ganz sicher zu gehen, trinke ich viel Rotwein.« Caroline beugte sich dicht zum Spiegel, um ihr Gesicht zu studieren – dieser makellose, rosige Teint, der ihr einen mädchenhaften Ausdruck verleiht, passt nicht zu ihrer maskulinen Hals- und Schulterpartie.

»Aber soll denn nicht der Mann Rotwein trinken?«, fragte Hortense. »Bevor ...« Sie errötete.

»Ich bin nicht überzeugt, dass man auf das Geschlecht eines Kindes Einfluss nehmen kann.« In den vier Jahren, in denen ich mich um eine Empfängnis bemühte, war ich zu einer unfreiwilligen Expertin auf diesem Gebiet geworden.

»Madame Frangeau sagt, dass man das kann«, sagte Caroline. »Sie kennt alle möglichen Kniffe. Sie sagt, es sei die Pflicht einer Ehefrau, ein Kind zu bekommen, dass eine Frau, der das nicht gelingt, verwünscht worden ist. Vielleicht solltest du mit ihr über dein Problem sprechen, Tante Joséphine.«

Mein *Problem*. »Das habe ich bereits«, sagte ich verärgert und verließ das Zimmer, um meinen Korb mit dem Stickgarn zu holen.

»Vielleicht ist es ja nicht die Schuld meiner Mutter«, hörte ich Hortense bei meiner Rückkehr sagen. Ich hielt an der Tür inne. »Schließlich hat sie ja mich und Eugène.«

»Das kann man leicht herausfinden«, sagte Caroline. »Wenn Napoléon eine andere Frau schwängerte, dann wäre klar, dass –« (Die Frechheit dieses Mädchens!)

»Caroline!«, empörte sich meine loyale Tochter.

»Ich habe ja nicht gesagt, dass Napoléon es tun soll, nur, dass man dadurch eine Entscheidung treffen könnte. Apropos eine Entscheidung treffen, meinst du nicht, da du doch jetzt siebzehn wirst, dass es Zeit für dich ist zu heiraten?«

Mein Stichwort zum Auftritt. »Ich kenne zufälligerweise einige junge Männer, die liebend gerne von Hortense in Betracht gezogen würden – Bürger Mun zum Beispiel.«

Caroline zog eine Schnute. »Er ist eine Schwätzer und ein Flegel.«

»Es gibt andere Qualitäten, die man berücksichtigen kann«, gab ich zu bedenken, dachte aber offen gestanden, dass *Schwätzer* und *Flegel* Carolines eigenen Ehemann, Joachim Murat, treffend beschrieben.

»Ich werde aus *Liebe* heiraten«, sagte Hortense und legte die Hände auf ihr Herz.

»Es gibt viele Formen der Liebe«, sagte ich vorsichtig. Die romantischen Vorstellungen meiner Tochter machen mir Sorgen. »Eine arrangierte Ehe erblüht oft zu einer aufrichtigen Zuneigung, während eine romantische Vereinigung mit der Zeit welkt.«

»Mein Mann liebt mich«, sagte Caroline. »Er tut alles, was ich ihm sage.«
Ich hörte Schritte näher kommen, ein Rascheln von Seide. Mimi erschien in der Tür, die Hände in die breiten Hüften gestemmt. »Yeyette«, sprach sie mich mit meinem Kindernamen* an, »die Architekten lassen dir ausrichten, dass das Treibhaus nächste Woche fertig sein wird.« Sie verdrehte die Augen nach oben, als flehte sie den Himmel an. »Aber ich wette mit dir, dass es erst in zwei Monaten fertig sein wird.«
»Und wir *wissen*, dass Mimi die Zukunft voraussagen kann«, sagte Hortense und lächelte ihre ehemalige Kinderfrau an.
»Aber kann sie auch sagen, wann jemand sterben wird?«, wollte Caroline wissen. »Auf Korsika gibt es Frauen, die nachts aus dem Haus gehen und ein Tier töten, aber bevor das Tier stirbt, schauen sie ihm in die Augen und sehen das Gesicht von irgendjemandem, und dann stirbt diese Person. Das ist wahr! Jeder Korse wird euch das erzählen.«
»Zweifellos, aber so etwas macht Mimi nicht«, sagte ich mit einem entschuldigenden Blick zu Mimi.
»Und was *macht* sie? Meine Mutter hatte eine Negerin, die mit Stöcken das Wetter vorhersagen konnte.« Caroline nahm sich die letzten drei Makronen vom Teller.
»Mimi sagt die Zukunft aus Karten voraus«, sagte ich.
»Dann sage ihr, dass sie uns die Zukunft voraussagen soll«, ließ Caroline nicht locker. »Ich will herausfinden, ob Joachim und ich ein Ihr-wisst-Schon zustande bringen, bevor er in zwei Tagen ins Feld zieht. Hortense könnte herausfinden, ob sie jemals heiraten wird – und – wer weiß, Tante Joséphine – vielleicht

* Joséphines Name in der Kindheit war Rose und ihr Kosename Yeyette. Mimi hatte als Sklavin auf der Zuckerplantage von Joséphines Familie in Martinique (»Martinico«) gelebt. Sie und Joséphine wuchsen wie Schwestern zusammen auf. Möglicherweise waren sie tatsächlich Halbschwestern; Joséphines Vater kann auch Mimis Vater gewesen sein. Einige Jahre zuvor hatte Joséphine Mimi freigekauft.

könntest du ja herausfinden, ob du jemals in der Lage sein wirst, zu –«

»Hast du deine Karten dabei?«, unterbrach ich an Mimi gewandt.

»Zuerst das Geburtstagskind«, sagte Mimi mit einem wohl wollenden Grinsen und zog den zerfledderten Packen aus ihrer Schürzentasche.

»Oh nein«, sagte Hortense, als sähe sie ihrem Verderben ins Gesicht.

Wir sahen schweigend zu, wie Mimi die Karten in Reihen auslegte, sieben Karten in jeder Reihe. Die Todeskarte mit ihrem schaurigen Skelett tauchte in der fünften Reihe auf – aber das konnte vieles bedeuten, dachte ich: *Umwandlung, Veränderung*. Die Liebeskarte lag in der Reihe darüber. »Ich sehe einen Ehemann, und ich sehe Liebe«, sagte ich. Aber nicht zwingend zusammen.

Mimi nickte bedächtig und zog an ihrer Unterlippe. »Du wirst vier Kinder haben.«

Hortense strahlte.

»Von zwei Männern«, fügte Mimi stirnrunzelnd hinzu.

»Aha!« Caroline öffnete ihre Tabakdose und schnupfte eine Prise.

»Zwei Ehen?«, fragte ich. Wie konnte Mimi das sehen?

Aber Mimi hatte die Karten bereits wieder eingesammelt und reichte mir das Spiel zum Mischen. »Wie wäre es, wenn ich sie dir jetzt lege, Yeyette?«

»Warum bin ich *immer* die Letzte?« Caroline wedelte Schnupftabak von ihrem Mieder.

»Geduld, Madame Caroline, zu Ihnen kommen wir noch«, sagte Mimi, nahm die Karten zurück und legte sie aus. »Oh-oh – da ist sie ja wieder.«

»Du scherzst.« Aber da war sie: die Kaiserinkarte, die Kaiserin mit ihren müden, unglücklichen Augen.

»Meiner Mutter sagt man häufig, dass sie mal eine Königin wird«, erklärte Hortense Caroline. »Schon als sie ein Mädchen in Martinico war, wurde ihr das gesagt – von einer Voodoopriesterin.«
»Oh, lasst uns nicht darüber sprechen!« Die Erinnerung an diesen Nachmittag beunruhigt mich noch immer.
Caroline zuckte mit den Schultern. »Sie lebt im Palast der Könige. Das ist fast so, als sei man eine Königin.«
Ich hörte, wie sich ein Pferd im Galopp näherte. »Heute nennen wir ihn Palast der *Regierung*«, erinnerte ich Caroline, als ich ans Fenster ging. »Es ist Bonaparte«, sagte ich, erleichtert, seinen kleinen Araberschimmel durch das Tor jagen zu sehen.

»Ich wurde von Raufbolden angepöbelt«, rief Bonaparte, als er vom Pferd glitt.
Mon Dieu, nein! »In der Nähe des Steinbruchs?« Sein Hut saß schief, und auf seiner Uniform war Staub – aber andererseits sieht Bonaparte immer unordentlich aus. »Bist du ihnen davongejagt?«, fragte ich, während ich seinen durchgescheuerten Rock abbürstete. Bonapartes Pferd ist klein, aber schnell.
Er lachte und kniff mich ins Ohr. »Banditen würden es nicht wagen, Hand an mich zu legen. Wusstest du das nicht? Wo sind sie alle?«

Sie alle: die Bonapartes, meinte er – seine korsische Sippe. Mutter Signora Letizia, der fröhliche Onkel Fesch und alle seine Brüder und Schwestern: Joseph, »der Ältere«, und seine Frau Julie, Elisa, »die Intellektuelle«, und ihr Mann Félix, Pauline, »die Schöne«, und ihr Mann Victor – und natürlich Caroline und Joachim. Sind das alle? Oh, wie konnte ich nur den jungen Jerôme vergessen – »den Filou«? Bonaparte hat beschlossen, den wilden Fünfzehnjährigen wegen seiner kostspieligen Schulden, seines Hangs zum Duellieren und seiner

absoluten Missachtung gegenüber jeder Form des Lernens zur See zu schicken.
Lucien, »die Feuerkugel«, ist auf seinem Landsitz und Louis, »der Dichter«, ist in Brest, macht also zwölf Bonapartes. Mit Hortense, Eugène und mir ergibt sich die Endsumme von fünfzehn. Ich werde ein Wörtchen mit meinen zänkischen Köchen reden müssen.

10. April – ein linder Frühlingsmorgen in Malmaison, Kühe muhen, Schafe blöken

Heute ist meine Tochter siebzehn geworden! »Nun bist du eine Frau«, sagte ich zu ihr. Ihr Blick wurde ängstlich besorgt. Ich zog die Bettvorhänge beiseite, um einen Berg von Päckchen zu enthüllen, eine vollständige Garderobe in der neuesten Mode – eine Garderobe für eine Frau.
Mein sonst so schwatzhaftes Mädchen war für einen Augenblick sprachlos. Doch dann, oh welche Freude, als es ein Päckchen nach dem anderen öffnete und über die Spitzen und Verzierungen, die Volants und Rüschen an all den Kleidern jubelte. Es waren ziemlich viele: drei für morgens, zwei für den Nachmittag (aber auch geeignet, um Besuche zu empfangen), zwei Seidenkleider für abends, ein Straßenkleid, ein Ballkleid und sogar ein wunderschönes Reitkostüm – dazu natürlich ein Sonnenschirm und zahlreiche Hauben, Handschuhe und Schuhe.
»Das ist ja wie eine Aussteuer, Maman«, sagte Hortense überwältigt. »Man könnte glauben, dass ich heirate.«
»Was du sicher *bald* wirst.« Bei diesen Worten verdüsterte sich ihre Miene.

6 Uhr 20 abends

Es war ein wunderbarer Nachmittag für eine Geburtstagsfeier – wir speisten an Tischen auf dem Rasen. Wir waren gerade mit dem Dessert, Sorbet mit Sirup, fertig, als niemand anderes als Bonapartes junger Bruder Louis die Einfahrt hinaufgaloppierte, einen Strauß Hyazinthen wie eine Fackel hochhaltend.
»Louis ist schon aus Brest zurück?«, fragte Bonaparte blinzelnd. Louis stieg von seinem schweißnassen Pferd und überreichte Hortense die Blumen. »Liebe ist das Kleid der Natur, von der Phantasie bestickt«, sagte er und verbeugte sich wie ein altertümlicher Ritter.
»Hast du etwa Liebesromane gelesen, Louis?« Hortense sah ihn spöttisch an.
»Voltaire«, sagte er errötend. Er sah gut aus in seinem flaschengrünen Reitrock und mit seinen gewellten, kastanienbraunen Haaren, die auf Schulterlänge geschnitten waren, wie es heute bei der Jugend modern ist.
»Wer ist Voltaire?«, fragte Jerôme, »der Filou«, und warf ein Brötchen nach einem der Möpse, das den hart am Kopf traf.
»Wenn du hin und wieder einmal deinen Privatlehrern zugehört hättest, wüsstest du es vielleicht«, sagte Elisa, von Schluckauf unterbrochen.
»Die Blumen sind wunderschön, Louis«, rief ich aus, um den Spott meiner Tochter abzumildern – und die streitsüchtigen Bonapartes abzulenken.
»Du hast eine hervorragende Zeit geschafft«, sagte Bonaparte, als er seinen Bruder umarmte.
»Louis ist ein guter Reiter«, sagte mein immer fröhlicher Eugène.
»Wenn er nicht herunterfällt«, sagte Caroline und nahm sich den Rest der Sahne.
»Magnifico!«, rief Elisas Mann Félix aus. (Warum?)

»Ein furchtloser Reiter«, sagte Bonaparte. »Ich verdanke ihm mein Leben.«
»Nichts geht über die Familie«, sagte Signora Letizia und holte ihr Strickzeug hervor.
»Salúte!«, sagte der rotwangige Onkel Fesch und leerte sein Glas, bevor ein Diener nachschenkte.
»Louis hat ein schnelles Pferd«, sagte Joachim Murat und ließ eine rosafarbene Seidentroddel wirbeln. »Er hat eine Menge Geld dafür bezahlt – mehrere tausend Francs.«
»Ich *liebe* Pferde mit breiter Brust«, sagte Pauline und zog die Ärmel nach unten, um ihre vollkommenen weißen Schultern besser zur Geltung zu bringen, »und *starken* Flanken.«
»Ich habe Depeschen für dich, Napoléon«, sagte Louis erfreut, dass er die Anerkennung seines älteren Bruders gefunden hatte. »Wie du schon vermutet hast, wird Brest von englischen Kriegsschiffen blockiert. Unsere Schiffe können nicht auslaufen.«
»Maudits anglais«, fluchte Bonaparte vor sich hin.
»Maudits anglais«, echote Paulines Mann Victor.
»Du bist gerade rechtzeitig gekommen«, sagte ich und forderte Louis auf, zwischen mir und Hortense Platz zu nehmen. »Wir geben heute Abend einen Ball.«
»Auf dem sogar Papa tanzen wird«, sagte Hortense.
»Napoléon?«, fragte Louis mit skeptischem Blick.
»Ich kann ausgezeichnet tanzen.« Bonaparte machte ein verwirrtes Gesicht, als wir alle in Gelächter ausbrachen.
»Außer *Volks*tänzen?«, neckte Hortense.
»Pah! Was ist an Volkstänzen auszusetzen? Sie sind fröhlich – und man kommt wenigstens etwas in Übung«, sagte Bonaparte, zog Hortense hoch und wirbelte sie laut (aber falsch) summend über den Rasen, während zwei Möpse hinter ihnen herjagten. Als ich mich umdrehte, sah ich, wie sich die Diener hinter den Büschen versteckt vor Lachen krümmten.

11. April, frühabends (wunderbares Wetter)

Stolz sagten wir heute Morgen unseren Soldaten adieu – Eugène, Louis und Joachim, die alle so stolz hoch zu Roß von dannen ritten, um zu ihren Regimentern zu stoßen. (Joachim hat seine Uniform mit rosafarbenem Tand verziert – selbst die Satteldecke seines Pferdes ist rosa. Seltsam.)
Der Anblick so vieler leerer Stühle bei Tisch stimmt traurig. Bonaparte bläst Trübsal. Am liebsten wäre er mit den Männern fortgeritten. Er wird noch früh genug zu ihnen stoßen, wie ich weiß.

12. April – zurück in Paris (leider)

Caroline hatte sich elend gefühlt und war von einem Raum zum anderen gestampft. In der Annahme, sie wäre melancholisch, weil ihr Mann fort war, hatte ich sie zu trösten versucht, aber es stellte sich heraus, dass sie wütend war, weil man ihm keine eigene Armee übertragen hatte.
»Vielleicht ist sie ja gerade jetzt etwas empfindlich, weil sie doch … du *weißt* schon«, flüsterte mir Hortense, die auf der Cembalobank saß, zu.
»Tatsächlich?«
»Sie muss es sein. Sie erzählte mir, dass sie … du *weißt* schon, die ganze Nacht hindurch.« Heftig errötend schlug Hortense einen Akkord an.

28. April – Malmaison

Ich schreibe dies am Frühstückstisch, während ich Caroline würgen höre.

Noyon
Chère Maman,
*seit Corbeil hatten wir tagelang nur Regen. Ich hoffe, dass wir bald über die Alpen nach Italien aufbrechen.**
Die von dir beschriebenen Renovierungen in Malmaison versetzen mich in Erstaunen: Arkaden und bewegliche Spiegel? Die Idee eines großen Raumes im Erdgeschoss statt drei kleiner Räume gefällt mir – besser für einen Ball. Es überrascht mich, dass Hortense Bürger Mun abgewiesen hat – ich hielt ihn für eine ausgezeichnete Wahl. Ich werde über andere Möglichkeiten nachdenken.

Eine Million Küsse,
dein dich liebender Sohn Eugène (Rittmeister Beauharnais).

30. *April*

Heute Abend bei einem Salon wurde Carolines Gesang mit hörbarem Gekicher aufgenommen. »Irgendjemand sollte ihr mal sagen, dass sie nicht so euphorisch vortragen soll«, raunte mir eine Frau zu. »Die Leute werden sie sonst für unmoralisch halten.«
Die Bemerkung ärgerte mich, und ich schwang mich zu Carolines Verteidigung auf – schließlich hatte Bonapartes »Euphorie« die Nation gerettet –, aber irgendjemand muss wirklich einmal mit dem Mädchen reden. Sie bemüht sich so sehr, Aufmerksamkeit zu erregen, aber ihre theatralischen Grimassen, ihre bebenden Lippen und keuchenden Seufzer werden nur als lächerlich empfunden.

* 1800 bestand »Italien« aus mehreren unabhängigen Staaten, einschließlich einiger nördlicher Territorien, auf die Österreich Anspruch erhob.

1. Mai – Malmaison, peitschender Regen

Als ich Caroline zu verstehen gab, dass ihr »wundervoller« Gesang mehr Anerkennung fände, wenn sie ihn ruhig vortragen würde, ohne Schnörkel, ging sie auf mich los!
»*Deine* Hilfe brauche ich nicht«, sagte sie mit derartiger Boshaftigkeit, dass ich sprachlos zurückblieb.
»Manchmal weiß ich nicht, was ich von Caroline halten soll«, sagte ich später zu Mimi.
»Sie ist gefährlich, Yeyette«, sagte Mimi. »Das habe ich aus ihren Karten gelesen.«
Ich musste lachen. Wenn ich an Caroline denke, stelle ich mir eine mollige Puderquaste vor. Eifersüchtig, ja, und zweifellos auch launisch – aber *gefährlich*?

[Ohne Datum]

Mimi steckte mir mit meiner morgendlichen Tasse heißer Schokolade einen gefalteten Zettel zu. »Genau, wie ich es mir gedacht habe«, sagte sie.

Ich hab die gantze Woche im Eszimmer gearbeitet. Sie sagt zu ihrm Mann sie täten Alles haben wenn die Alte Frau & ihre 2 Kinder nich wärn. Sie sagt der 1. Konsul mus Sie loswerdn. Sie sagt Sie wird einen Weg finden.

»Das verstehe ich nicht«, sagte ich verdutzt. Das Briefchen war auf braunes Papier gekritzelt, in dem üblicherweise Fisch eingewickelt wurde. »Wer ist diese ›Sie‹?«
»Madame Caroline.« Mimi machte ein selbstgefälliges Gesicht. »Ich habe dir ja gesagt, dass man ihr nicht über den Weg trauen kann.«
Ich las den Zettel noch einmal. War ich »die alte Frau«? »Wer hat das geschrieben?«

»Einer von Madame Carolines Lakaien.«
»Du hast einen *Spion* in Carolines Haushalt?«
»Der Neffe vom alten Gontier. Er ist zuverlässig.«
»Mimi, das ist keine gute Idee! Bitte – tue das nie wieder.«
»Dann muss ich es also aus eigener Tasche bezahlen?«
»Wie viel?«, sagte ich lachend. (Fünfzig Francs – mon Dieu.)

11 Uhr 20 nachts

Immer und immer wieder lese ich die Nachricht des Spions, grübele darüber nach. Kann ich ihr Glauben schenken? Kann ich mir erlauben, es nicht zu tun?

3. Mai

Ich schreibe dies im unteren Salon in Malmaison, an meinem wunderschönen neuen Sekretär – Mahagoni mit ägyptischen Nuancen in Gold, sehr elegant. Es ist nach drei Uhr. Bald werde ich in die Küche hinuntergehen, um nachzusehen, wie die Vorbereitungen für das Abendessen vorangehen. Recht gut, nach dem köstlichen Duft von Brathähnchen (Bonapartes Lieblingsgericht) zu urteilen, der in der Luft liegt. Gerade habe ich zwei Domestiken losgeschickt, die Bonaparte auf der Straße entgegenreiten sollen. Ich sorge mich, ehrlich gesagt, um seine Sicherheit. »Aber was auch immer ihr tut, verratet ja nicht, dass ich euch geschickt habe«, warnte ich sie.

4. Mai

Der alte Gontier, mein Faktotum, teilte mir gegen ein Uhr heute Nachmittag mit, dass die Steinmetze fort wären, dass die Kaminverkleidung nun fertig wäre.

Endlich, dachte ich. Der Steinstaub hatte uns wahnsinnig gemacht.
»Aber Agathe sagt, dass Sie kommen sollen«, sagte Gontier. »Da ist was, was sie Ihnen zeigen will.«

Die Kamineinfassung sah großartig aus, obwohl die Küchenmagd eine Heidenarbeit hatte, den Staub zu beseitigen. »Du möchtest, dass ich mir etwas ansehe, Agathe?«
Sie erhob sich von den Knien und wischte sich die Hände an ihrer fleckigen Schürze ab. »Das.« Sie deutete auf eine Schnupftabakdose auf dem Schreibtisch.
Ich erkannte die komplizierten Perlmuttintarsien nach einem römischen Motiv wieder.
»Die gehört Bonaparte.«
»Aber die vom Ersten Konsul ist an einer Ecke angeschlagen.«
Sie hatte Recht. Alle Besitztümer Bonapartes sind irgendwie beschädigt. »Vielleicht hat sie ja jemand hier zurückgelassen«, überlegte ich und wog sie in der Hand. Aber warum eine genaue Nachbildung? »Agathe, könntest du den Kutscher bitten, Fouché zu holen?«, sagte ich und stellte die Dose behutsam wieder ab.
»Den Polizeiminister?«
Ja, nickte ich. Meinen alten Freund – den Mann, der alles weiß.

»Gift«, sagte Fouché, als er schnuppernd die Schnupftabakdose mit seinem gelben Daumennagel öffnete. »Wenn es inhaliert wird, haucht das Opfer innerhalb einer Umdrehung des Minutenzeigers sein Leben aus.«
Gift! Ich setzte mich, öffnete meinen Fächer. Wenn Agathes Verstand, ihr scharfes Auge nicht gewesen wären …! »Sind Sie sicher, Fouché?« Waren Mörder unter uns gewesen – in unserem *Haus*? Die Steinmetze vielleicht? Ich hatte ihnen Erfri-

schungen angeboten, mich nach ihrem Befinden erkundigt.
»Da hat sich jemand reichlich Mühe mit einer Nachbildung gemacht.« Fouché zeichnete die Intarsien mit dem Finger nach. »Der Erste Konsul muss augenblicklich unterrichtet werden.«
»Er ist gerade eingetroffen«, sagte ich, da ich ein Pferd hörte. Nur Bonaparte kommt im Galopp durch das Tor – er kennt keine andere Gangart.

»*Gift* in meiner Schnupftabakdose?«, höhnte Bonaparte.
»Es ist eigentlich nicht deine, Bonaparte«, teilte ich ihm mit. »Sie sieht nur wie deine aus.«
»Das ist eine hervorragende Kopie. Wer hat sie hergestellt?«
»Wahrscheinlich einer der Steinmetze«, sagte Fouché.
»Aber *warum*?«
»Da gibt es sicherlich eine ganze Reihe von Möglichkeiten, Erster Konsul. Die Revolutionäre warten ungeduldig auf eine Rückkehr zur Anarchie und die Royalisten auf eine Rückkehr zur Monarchie. Extremisten jeder Glaubensrichtung wünschen Ihren Tod. Das ist, könnte man sagen, der Preis für Ihre Popularität.«
»Es sieht wie Schnupftabak aus.« Bonaparte schickte sich an, eine Prise zu nehmen.
Ich packte seine Hand. »*So* leicht bin ich nicht umzubringen«, sagte er lachend.
»Bonaparte, auf gar keinen Fall solltest du alleine reiten«, sagte ich zu ihm. »Du solltest jemanden bei dir haben.« Und zu jeder Zeit Wachen und …
»Pah!«, sagte Bonaparte mit finsterem Gesicht.
»Bei allem Respekt, Erster Konsul, aber ich lege Ihnen nahe, darüber nachzudenken«, sagte Fouché. »Ein Mindestmaß an Sicherheitsvorkehrungen würde Ihre Gemahlin beruhigen. Aus irgendeinem Grund gefallen Sie ihr lebendig besser.«

»Ich weigere mich, wie ein hilfloser Dummkopf verhätschelt zu werden!«
»Machen Sie sich keine Sorgen«, sagte Fouché später zu mir. »Wir werden ihn beschützen. Wir werden nur dafür sorgen müssen, dass er es nicht merkt.«

Ich versuche mich abzufinden (doch vergebens)

5. Mai 1800, 11 Uhr 45 nachts – Tuilerien

Bonaparte und ich waren gerade aus der Opéra zurückgekehrt, als seine Schwester und sein Bruder gemeldet wurden.
»Joseph hat etwas Dringendes mit dir zu besprechen, bevor du abreist«, sagte Caroline. Bonapartes älterer Bruder Joseph stand hinter ihr, von Kopf bis Fuß in hellgelben Brokat gewandet.
»Bevor ich wohin abreise?«, wollte Bonaparte wissen.
»Nach Italien«, antwortete Caroline und bot ihren Brüdern ihre Schnupftabakdose an, bevor sie selbst eine Prise nahm. (Sie behauptet, dadurch die Übelkeit mildern zu können, die sie schon während des ersten Monats ihrer Schwangerschaft heftig plagte.)
»Woher weißt du, dass ich abreise? Das sollte doch niemand erfahren.«
»Was wir wissen möchten, ist, was geschieht, wenn du getötet wirst«, sagte Caroline und lehnte den Stuhl ab, den ich ihr anbot. Stattdessen setzte sich Joseph und presste die Hände zwischen die Knie.
»Falls ich sterbe – oder besser, *wenn* ich sterbe –, werde ich in einen Sarg gelegt«, sagte Bonaparte gelassen, griff nach einem Papiermesser und schlitzte einen Umschlag auf.
»Darüber macht man keine Scherze, Napoléon! Wer würde dieses Land regieren?« Mit hinter dem Rücken verschränkten Händen (wie es häufig Bonapartes Art ist) schritt Caroline auf und ab. Ihre maskulinen Bewegungen standen in krassem Ge-

gensatz zu ihrem Ensemble: eine wild mit Schleifen und auf Draht gezogenen Blumen verzierte Kreation aus Gaze.
»Gemäß der Verfassung der Zweite Konsul«, sagte Bonaparte und blickte von dem Brief auf.
»Cambacérès?« In Josephs Stimme schwang eine Spur von Empörung mit.
»*Das* würde ein interessantes Beispiel für das Volk abgeben«, sagte Caroline verächtlich. »Man stelle sich das vor – die französische Republik angeführt von einem Mann, der behauptet, dass ein Land von feinen Abendgesellschaften regiert wird, dessen Leidenschaften sich auf Essen, teure Weine und junge Männer beschränken.«
»Der Zweite Konsul Cambacérès ist eine äußerst fähige Person.« Bonaparte zerknüllte den Brief und schleuderte ihn in das prasselnde Feuer.
Oh-oh, dachte ich. Ich läutete nach dem Diener: einen Imbiss. *Irgendetwas*.
»Dein Nachfolger muss aus der Familie kommen«, sagte Caroline und straffte die Schultern.
»Und ich bin der Älteste«, sagte Joseph und kratzte sich an der Nasenspitze.
Bonaparte sah seinen Bruder an und lachte. »*Du* willst meine Arbeit übernehmen, Joseph? Du hast ja keine Ahnung, was das bedeutet. Du müsstest vor elf aufstehen. Du müsstest sogar ab und an arbeiten.«
»Es ist unser Recht!«, sagte Caroline, die Cherubinwangen rosa gefärbt, die Augen glühend.
»*Mein* Recht«, sagte Joseph.
»Die französische Republik ist kein Familienlehen!«, explodierte Bonaparte.
Bis der Diener mit einem Tablett mit Wein und Leckereien erschien, waren sie bereits wutschnaubend gegangen. Mon Dieu.

6 Uhr 30 morgens (kalt)

Bonaparte ist noch vor Tagesanbruch aufgebrochen. »In einem Monat bin ich zurück, versprochen«, sagte er, und zog einen Paletot über seine Uniform.
»Bitte, Bonaparte, nimm mich mit.« Mein Schrankkoffer war gepackt!
»Ich brauche dich in Paris, Joséphine. Ganz gleich, was du erfährst, du musst dich so benehmen, als wäre alles in Ordnung.«
»Selbst wenn ich was erfahre?«, fragte ich argwöhnisch.
»Selbst wenn du erfährst, dass ich besiegt wurde oder dass ich getötet wurde. Selbst wenn du erfährst, dass dein Sohn –«
Nein! Ich legte ihm die Finger auf den Mund.
»Die Öffentlichkeit wird dich beobachten. Man wird annehmen, dass du Bescheid weißt. Sag den Leuten *immer*, dass ich gesiegt habe.«
»Aber was, wenn die Gerüchte stimmen?«
»Man wird mich nicht besiegen. Ich habe doch dich, oder? Meinen Schutzengel«, sagte er und küsste mich zärtlich – sein Glücksbringer-Kuss, wie er ihn nennt.

Le 21 Floréal, Genua*
Ich liebe dich sehr. Meine Joséphine ist mir lieb und teuer. Tausend herzliche Grüße an die kleine Cousine. Rate ihr, brav zu sein, hörst du?

* 10. Mai. Während der Revolution wurde ein neuer Kalender eingeführt. Die Monate wurden nach der Natur benannt. (Floréal zum Beispiel bedeutete ›Monat der Blumen‹.) Die Wochen waren zehn Tage lang und endeten mit »Décadi«, dem Ruhetag. Die Folge war Verwirrung, weil sich die Menschen weiterhin nach dem traditionellen Kalender richteten.

14. Mai – Malmaison

Hortense kniff die Augen zusammen, um Bonapartes fürchterliches Gekritzel entziffern zu können. »Das heißt wohl ›kleine Cousine‹, Maman.« Sie runzelte die Stirn. »Welche kleine Cousine?«

»Bist du sicher, dass das so heißt?«, fragte ich und nahm den Brief wieder an mich – errötend, wie ich zugeben muss. Bonaparte hat die Angewohnheit, mit Decknamen auf einen sehr persönlichen Teil meines Körpers anzuspielen. »Das muss etwas anderes bedeuten«, sagte ich und wandte mich ab, damit sie mein Lächeln nicht sehen konnte.

24. Mai 1800, Aosta

Chère Maman,

eine schnelle Nachricht, nur um dich wissen zu lassen, dass wir über den Alpen sind. Die Überquerung dauerte fünf Tage. Es war eisig – wir schlitterten buchstäblich nach Italien hinein! Seit den Tagen Karls des Großen hat keine so große Armee mehr den Sankt-Bernhard-Pass überquert. Mir ist dadurch klar geworden, wie viel ein Anführer erreichen kann, der Ausdauer besitzt und weiß, was er will. Du weißt, von wem ich spreche.

Dein ergebener Sohn Eugène

Anmerkung – Bürger Henri Robiquet ist eine gute Möglichkeit.

30. Mai – Paris

»Mein Bruder hat darum gebeten, dass ich Ihnen dreißigtausend Francs von seinem Konto gebe, Madame«, sagte Joseph mit einer angedeuteten Verbeugung. »Ich hielt es für vernünftig, mich vor meiner Abreise um die Sache zu kümmern.« Erst jetzt nahm er den Hut ab und klemmte ihn unter den Arm.

»Sie verreisen, Joseph?«
»Ich breche heute Nachmittag nach Italien auf.«
»Sie werden Bonaparte sehen? Wenn ich das doch nur gewusst hätte – ich hätte Sie begleiten können.«
»Es war eine spontane Entscheidung.«
»Gibt es ein Problem?«, fragte ich, von plötzlicher Angst erfasst.
»Vielleicht stirbt mein Bruder Napoléon.«
Ich tastete nach der Rückenlehne eines Stuhles, um mich zu stützen. »Was meinen Sie damit?«
»Und Lucien beansprucht das Recht auf die Nachfolge.«
»Lucien *Bonaparte*? Welches Recht?«, fragte ich verwirrt. Und überhaupt, trauerte Lucien denn nicht gerade um seine Frau?
»Genau! Lucien mag ja Innenminister sein, aber ich bin zweiunddreißig und Lucien ist gerade erst fünfundzwanzig geworden. Ich bin der Älteste. Es ist *mein* Recht, nicht seines. Das muss unverzüglich geregelt werden, bevor Napoléon in der Schlacht fällt.«
»Oh«, sagte ich schwach. »Natürlich.«

14. Juni, Saint-Germain-en-Laye

Chère Madame Bonaparte,
ich weiß, wie beschäftigt Sie in diesen Tagen mit offiziellen und inoffiziellen Pflichten sind, aber vielleicht könnten Sie doch einen Augenblick Ihrer Zeit für Ihre arme Tante und Ihren kränkelnden Gemahl erübrigen? Das Befinden des Marquis hat sich gewendet. Sollte Ihnen ein Besuch nicht möglich sein, beten Sie wenigstens für ihn.

Ihre Patin, Tante Désirée

17. Juni – Saint-Germain

Tante Désirée erwartete mich an der Tür, das Gesicht weiß von Reispuder. »Gott sei Dank, dass du hier bist! Der Marquis stirbt – an Erdbeeren, ausgerechnet.«

»Tante Désirée, beunruhige mich nicht. Ist das dein Ernst?« Ich weiß nicht, warum mich das mögliche Ableben des alten Marquis überraschte. Erst vor kurzem hatten wir seinen achtundsiebzigsten Geburtstag gefeiert. Es war ein Wunder, dass er noch am Leben war, aber weil er schon so lange lebte, dachte ich wohl mittlerweile, dass er immer bei uns bliebe.

»O ja, glaube es mir, er steht an der Himmelspforte. Aber du meine Güte, es ist so hektisch. Der Arzt war heute schon dreimal hier, und jedes Mal kostet elf Livres – ich meine, Francs. Oder wie wird das Geld jetzt genannt? Ich wäre froh, wenn sie endlich aufhörten, die Namen für Dinge zu ändern. Vielleicht könntest du mal mit deinem Mann darüber reden.«

»Jetzt heißt es Francs.« Die Luft war stickig wie in einem Treibhaus. Auf jeder Fläche standen frische Schnittblumen. »Hast du meinen Brief erhalten, dass Eugène sicher die Alpen überquert hat?«

»Und da ist noch etwas«, sagte Tante Désirée, die Hand auf dem Treppengeländer. »Wenn wir mit England im Krieg sind, warum kämpfen wir dann gegen Österreich? Und wenn wir gegen Österreich kämpfen, warum kämpfen wir dann in Italien?«

»Das ist schwer zu erklären«, sagte ich und folgte Tante Désirées üppigem Hinterteil die Treppe hinauf. Wie sind wir bloß auf die Politik gekommen? Und was war mit dem Marquis?

»Die Blumen sind wunderschön«, bemerkte ich, um das Thema zu wechseln.

»Der Bürgermeister von Saint-Germain schickt uns jeden Tag einen frischen Strauß«, sagte Tante Désirée, deren Taftröcke mit einer lasziven Trägheit raschelten, die ich unter den gegebenen

Umständen verwirrend fand. »Monsieur Pierre nennen wir ihn. Er und der Marquis haben jeden Abend zusammen Piquet gespielt – das heißt, bis der Marquis alle diese Erdbeeren aß und zu sterben begann«, sagte sie, als sie nach Luft ringend vor dem Schlafgemach des Marquis stehen blieb. »Monsieur Pierre gewann jedes Spiel, und deswegen schickt er Blumen.«

»Oh«, sagte ich, bemüht, die Logik zu verstehen.

»Der Arzt setzte Blutegel an den Magen des Marquis und dann ein abführendes Zugpflaster, was ihn beinahe auf der Stelle dahinraffte«, zischte Tante Désirée leise, damit es die Magd, die gerade die Täfelung abstaubte, nicht hörte. »Ehrlich gesagt, der Arzt ist ein Einfaltspinsel! Er hat etwas gegen die Terpentinklistiere, die ich dem Marquis gebe, obwohl es doch ganz offensichtlich ist, dass ich meinen Mann damit all die Jahre am Leben erhalten habe.«

Terpentin?

»Mit Schneckenwasser gemischt«, beruhigte sie mich, die Hand auf dem kristallenen Türknauf, »das ich mit Süßwein von den Kanarischen Inseln herstelle – aber wo soll ich denn jetzt kanarischen Wein kaufen? Wenn ich gewusst hätte, dass es wieder Krieg mit England gibt, hätte ich mir einen Vorrat angelegt. Wenn dein Mann das nächste Mal einen Krieg beschließt, kann er es mich vielleicht rechtzeitig vorher wissen lassen.«

Tante Désirée missverstand so vieles, dass ich nicht wusste, wo ich beginnen sollte. »Bonaparte hat sich bemüht, Englands Zustimmung zu einem Frieden zu erlangen, aber –«

»Die Lösung liegt doch auf der Hand, meine Liebe. Wenn wir dem Prätendenten seinen rechtmäßigen Thron wiedergäben, würde England uns in Ruhe lassen.«

Einen Bourbonenkönig wieder auf den Thron setzen? Hatten wir die Revolution umsonst durchgemacht? »Tante Désirée, es ist nicht –«

»Es kümmert mich nicht, was die Leute reden«, sagte Tante

Désirée entschieden. »Zu viel Freiheit ist nicht gut. Was ist denn so schlimm am Feudalismus? Heutzutage bekommt man einfach kein gutes Personal mehr, so fängt es schon einmal an. Marquis de Beauharnais«, brüllte sie, als sie die Tür aufriss. »Rose ist hier und will dich besuchen. Du weißt doch: *Yeyette*. Oder Joséphine, wie sie sich jetzt nennt.«
Der Marquis, tief in die Mitte eines dicken Federbettes eingesunken, wandte langsam den Kopf. »Du weißt doch – Madame *Bonaparte*«, brüllte ihm Tante Désirée ins Ohr.
»Bon à Part Té!«, krächzte der gute Mann.

18. Juni – noch in Saint-Germain

Ich nutze einen ruhigen Augenblick, um nachzudenken (neue Kraft zu sammeln). Der Marquis ging still von dannen – »Wie eine Lampe ohne Öl«, sagte Tante Désirée – in den Armen seiner Frau und seines Sohnes François. Selbst der guten alten Tante Fanny gelang es, »rechtzeitig« einzutreffen, für den Anlass in ein mit Pailletten besetztes Ballkleid mit zerfetzten Rüschen gehüllt.
Seine letzten Worte flüsterte der Marquis mir zu: »Verheirate Hortense mit einem Mann mit guten Zähnen.« Tante Désirée sagte ich, dass er gesagt habe: »Ich habe eine gute Frau geheiratet.«
Ich bin, ehrlich gesagt, überrascht, dass ich so ergriffen bin. Der Marquis hatte ein gutes, langes Leben, und er hat nicht gelitten. Möge Gott ihm beistehen, möge er in Frieden ruhen.

21. Juni – wieder in Paris

Ein berittener Kurier, den der Polizeiminister geschickt hatte, brachte mich in großer Besorgnis nach Paris zurück. »Sie sehen blass aus«, bemerkte Fouché, als er mich begrüßte.

»Ich habe offen gestanden Angst.« Paris schien verlassen zu sein. »Warum sind die Straßen so leer?« Und warum hatte er nach mir geschickt?

»Jedermann ist nach Süden aufgebrochen in der Hoffnung, Neuigkeiten aus Italien zu erfahren«, sagte er und zupfte an seinen fleckigen Stulpen. Mein Freund trug kostspielige Kleidung, aber trotzdem wirkte sie schäbig.

»Welche Neuigkeiten?«

»Die Stadt strotzt vor Gerüchten. In jedem Café in der Faubourg Saint-Antoine behaupten Müßiggänger, dass die Armee Ihres Gemahls in Italien geschlagen wurde. Die Opposition schmiedet öffentlich Pläne, die Republik dem Griff des ›Korsen‹ – wie sie den Ersten Konsul nennen – zu entreißen.«

»Bonaparte wurde geschlagen?« Wie war das möglich?

»Außerdem gibt es Gerüchte – falsche, versteht sich – über den Tod des Ersten Konsuls.«

Ich legte die Hand auf mein Herz. *Gerüchte*, sagte er. »Ist denn nichts bekannt? Hat es irgendwelche Berichte gegeben?«

»Einen Rückschlag *hat* es offenbar gegeben.«

»Fouché, bitte, seien Sie ehrlich zu mir«, sagte ich mit bebender Stimme. »Ist es möglich, dass die Geschichten wahr sind?«

»Es wäre irreführend, es zu leugnen.« Fouché räusperte sich. »Sie sollten wissen, dass auch über Ihren Sohn geredet wird – über seinen Tod«, fügte er leise hinzu.

Ich umklammerte die Lehnen meines Sessels. Einen solchen Verlust könnte ich nicht ertragen!

»Es ist nur Klatsch«, beruhigte mich Fouché und reichte mir ein verkrumpeltes Taschentuch aus Kambrik. »Sie dürfen nicht länger darüber nachdenken. Heute Abend werden alle Blicke auf Sie gerichtet sein.«

Der Empfang für die ausländischen Botschafter! »Minister Fouché, ich kann unmöglich daran teilnehmen. Ich habe dem Außenminister bereits eine Nachricht zukommen lassen, dass

es einen Todesfall in meiner Familie gegeben hat, dass ich nicht in der Lage bin, die Honneurs zu machen. Und nun diese Nachrichten …«
»Aber Sie *müssen* dort sein. Die Fraktionen lauern angriffsbereit. Beim geringsten Hinweis darauf, dass der Erste Konsul gefallen ist, wird die Nation in einen Bürgerkrieg gestürzt.« Bei diesen Worten weiteten sich Fouchés Augen. »Und darum zählen wir darauf, dass *Sie* die Rolle der Siegesgöttin spielen.«

Kurz vor 2 Uhr morgens

Ich fühlte mich an Hortenses Schauspielunterricht erinnert, als ich meinen Text aufsagte, meine Handrücken darbot, sie beim Wort »Sieg« in die Höhe streckte und meinen Blick durch den Saal schweifen ließ, während meine Arme allmählich zum höchsten Punkt aufstiegen. »Der Erste Konsul ist nicht nur am Leben, sondern er siegt auch!«
Im Anschluss an einen verhaltenen Applaus wandte ich mich (zitternd) ab. Hatten sie mir geglaubt?
»Ich denke schon«, sagte Fouché, ohne die Lippen zu bewegen.
Genau in diese angespannte Atmosphäre hinein wurde kurz nach Mitternacht ein Bote gemeldet. Mein Herz machte einen Sprung, als ich Moustache, Bonapartes Kurier, erkannte. Er war mit Schlamm bespritzt. Mit einem Grinsen unter seinem eindrucksvollen Schnurrbart, der ihm seinen Spitznamen eingetragen hatte, legte er mir zwei zerfetzte österreichische Fahnen zu Füßen. Bonaparte hatte tatsächlich gesiegt!

22. Juni, Sonntag

Am Mittag verkündeten Artilleriesalven den Sieg. Freudetaumelnd tanzten die Bediensteten durch die Flure. »Die Staatspapiere sind um sieben Punkte gestiegen«, verkündete Mimi, die sich dadurch einen großartigen Gewinn ausrechnete.

Mailand

Chère Maman,

bevor die Österreicher es merkten, waren wir über ihnen! Ich stand an der Spitze eines Angriffs und nahm einen österreichischen Offizier gefangen – che buona fortuna! Papa hat mich zum Anführer meiner Schwadron befördert.

Trotz der Schwierigkeiten war es ein gutes Gefecht für uns. Die Ebenen von Marengo eignen sich nicht besonders für die Kavallerie – zu viele Bäche und Gräben. Pegasus wurde an der Flanke verwundet, wird aber gesund werden – glücklicherweise, denn viele Pferde sind verloren gegangen. Ich hatte das Glück, mit nur zwei Säbelhieben auf meine Satteldecke davonzukommen.

Die Bürger dieses Landes haben uns als Helden gefeiert – du solltest die Feierlichkeiten erleben!

Papa lässt dir ausrichten, dass er bald schreiben wird.

Eine Million Küsse
dein stolzer Sohn Eugène

Anmerkung – Es stimmt, was man sagt, Maman: Die italienischen Frauen sind sehr schön.

24. Juni

»Ich hörte, dass sich die Bevölkerung von Mailand vor Dankbarkeit überschlagen hat, dass sich die Frauen unseren Soldaten buchstäblich vor die Füße warfen«, sagte der Künstler Isabey, als er seine Karten studierte.

»Italienische Frauen sind ja *so* heißblütig«, sagte der Schauspieler Talma.

»Alle Frauen haben eine Schwäche für Eroberer«, sagte die

Schriftstellerin Madame de Souza und benutzte geschickt ihre Karten als Fächer.
»Oh?«, sagte ich und strich meine Gewinne ein. Bonaparte hat noch nicht geschrieben.

2. Juli, oder besser 3. Juli, nach 3 Uhr morgens (kann nicht schlafen)

Vor Mitternacht kehrte Bonaparte in aller Stille zurück. Innerhalb einer Stunde hatten sich Menschenmassen im Park versammelt, Männer, Frauen und Kinder, die Fackeln schwangen: ein unheimlicher, gespenstischer Anblick.
»Wir sind glücklich über dich«, sagte ich und schlang die Arme um meinen Mann, hielt ihn fest. Hielt ihn ganz fest.

4. Juli

Bonaparte ist zu Hause; er hat gesiegt, alles ist gut. Warum fühle ich mich dann so melancholisch – so einsam?

5. Juli – tagsüber in Malmaison

»Wie *geht* es dir, Schätzchen?«, fragte meine liebe Freundin Thérèse und glättete ihre babyblonde Perücke – ihre Tarnung.*
Ich muss wohl tief geseufzt haben, denn sie spreizte ihre mit Juwelen beringten Hände und rief: »Mon Dieu, so schlimm?«
»Kann ich eigentlich nichts vor dir verbergen, Mama Tallita?«
Thérèse und ich haben gemeinsam vieles durchgemacht. Man

* Thérèse war von ihrem Mann (Tallien) getrennt und lebte öffentlich mit einem verheirateten Mann zusammen (Ouvrard), von dem sie eine Anzahl Kinder hatte. In der Öffentlichkeit galt sie als »gefallene Frau«, und Napoléon wünschte nicht, dass Joséphine mit ihr verkehrte. Trotzdem trafen sich die beiden Freundinnen weiterhin heimlich in Malmaison.

könnte sogar sagen, dass sie mir das Leben gerettet hat. Auf jeden Fall bereichert sie es mit ihrem Witz und ihrer Klugheit – und ihrem überströmenden Herzen.
»Du weißt, dass du es besser gar nicht erst versuchst«, sagte sie und klopfte mir mit ihrem bemalten Fächer auf die Finger.
Ich gestand den Grund für meine Niedergeschlagenheit: mein Verdacht, dass Bonaparte eine Liebschaft mit einer anderen Frau hatte. »Seit seiner Rückkehr aus Italien ist er kurz angebunden mir gegenüber, grundlos ungeduldig.« Thérèse zuckte zusammen. »Hast du etwas gehört?«, fragte ich.
»Es ist nur ein Gerücht – irgendetwas über diese italienische Sängerin aus Mailand.«
»La Grassini.« Natürlich! Die Grassini, jung und sinnlich, ist berühmt für ihr leidenschaftliches Temperament, ihre engelsgleiche Stimme. Vor zwei Jahren in Italien richtete ich es ein, dass sie für uns sang. Ich erinnere mich an Bonapartes Begeisterung, erinnere mich an die zärtlichen Blicke der drallen italienischen Sängerin. Bonaparte war ihre allzu offenkundige Einladung entgangen – damals.

6. Juli, 4 Uhr 15 nachmittags – Paris

»Stimmt es, dass die Primadonna der Scala nach Paris gekommen ist?«
»La Grassini?« Fouché zog eine zerbeulte Schnupftabakdose aus der Westentasche. »Sie traf in einer von acht Rappen gezogenen Kutsche ein, ziemlich schwer zu übersehen. Ganz Paris sah sie.«
»Und was hat ganz Paris noch gesehen?«
Er blickte mich unter seinen schweren Augenlidern an. »Vielleicht sollten Sie mir zunächst verraten, was Sie selbst sehen.«
»Es ist normal, dass man wachsam wird, wenn Argwohn erregt wird.« Ich hielt inne, drehte an meinem Ehering. Er war nicht

mehr so rund, eher rechteckig; er passte perfekt auf meinen Finger. Zu perfekt vielleicht. Ich konnte ihn nicht mehr abnehmen.
»Wissen Sie, was mir gar nicht gefiele? Es gefiele mir überhaupt nicht, wenn ich die Letzte wäre, die erfährt, ob mein Mann …«
Ich spürte, wie mir die Hitze in die Wangen stieg.
»Das Recht der Könige ausübt?«
Ich nickte. Ich lernte immer mehr über »das Recht der Könige«. Ich zählte insgeheim bis drei und blickte dann zu ihm auf.
»Sie würden doch zweifellos Bescheid wissen.«
»Es ist meine Aufgabe, Bescheid zu wissen.« Fouché spuckte in einen Napf. »Wie Sie bereits vermuten«, sagte er und wischte sich den Mund an seinem Ärmel ab, »ist Ihr Gemahl auf die Reize der Grassini hereingefallen.«
»Eine Soldatenfrau hat Verständnis für diese Dinge«, gelang es mir zu sagen. »Es wird sich legen, wie ein Sturm.«
»Sie sind klug, Madame, die perfekte Ehefrau.«

[Ohne Datum]

Die perfekte Ehefrau ist wütend! Die perfekte Ehefrau hat heute Nachmittag ein Vermögen ausgegeben und fünf Hüte, sechs Paar Handschuhe, vier Paar Schuhe und zwei Paar Stiefel bestellt, ganz zu schweigen von einer Anzahl Unterwäsche aus feinem Kambrik, mit Stickereien, Litzen und Bändern verziert. Ganz zu schweigen von einem neuen Kleid von Leroy, dem berühmtesten Pariser Modeschöpfer.

7. Juli, 3 Uhr 45 nachmittags – heiß!

»Ein Ensemble für den Tag der Bastille? Ein Kleid für die Gemahlin des Siegers?« Leroys Augen wurden glasig, als hätte er eine Vision, eine Vision von mystischen Ausmaßen. »Mais oui! Ich sehe antike, elfenbeinfarbene Gaze, *wirbelnde* Seidenkaskaden mit applizierten, goldenen Lorbeerblättern, einen *eleganten* goldenen Samtschal in Gold bestickt und mit Hermelin eingefasst. Mit Spitzen besetzte Eskarpins, lange goldene Handschuhe mit Perlenknöpfen – natürlich! – ein Lorbeerblatthaarband aus Perlen …«

»Perfekt.« *Die Gemahlin des Siegers.*

»Aber Madame Joséphine«, sagte Leroy und zerrte an dem Knoten seines gestärkten, tiefblauen Halstuches, »der Erste Konsul ist sparsam, und …«

Der *sparsame* Erste Konsul gibt monatlich zwanzigtausend Francs für eine Mätresse aus, wie ich zufälligerweise wusste.

»Was wollten Sie gerade sagen, Bürger?«

»Nun ja, es ist nur recht und billig, Sie zu warnen, dass Hermelin … Nun ja, ich fürchte, dass er gerade im Moment vielleicht ein wenig *teuer* ist, vielleicht zu …«

»Scheuen Sie keine Kosten.«

9. Juli – Tuilerien

Heute Nachmittag beim Whist bemerkte Madame de Souza, dass eine Frau nach dem dreißigsten Lebensjahr nicht mehr erwarten könne, im Herzen ihres Ehemannes die erste Stelle einzunehmen, dass sie froh sein sollte, wenn sie an zweiter kommt.

»Das wäre schlimmer als der Tod«, sagte ich erregt (und verlor die Runde).

10. Juli – Malmaison (heller Mondschein, düstere Gedanken)

»Ich sage es dir ja höchst ungern, Schätzchen, aber sie hat Recht«, sagte Thérèse und reichte mir ein Fläschchen mit Lavendelgeist – ein Mittel für Frauen, gegen Angstgefühle. »Wenn es nicht La Grassini ist, ist es bestimmt eine andere Schlampe. Ehemänner sind nun einmal so. Das ist eines der Dinge, mit

denen sich eine Ehefrau abfinden muss. Ist er denn seinen ehelichen Pflichten nachgekommen?«
Ich nickte. Wenn überhaupt, dann waren Bonapartes Gunstbezeugungen leidenschaftlicher als zuvor.
»Worüber beklagst du dich dann? Nur weil er eine Mätresse hat, heißt das doch nicht, dass er dich nicht liebt.«
Liebt? Bonaparte hatte mich nicht geliebt – er hatte mich *angebetet*. »Du verstehst es nicht!« Wie sollte ich nur erklären, wie es war, von einem Mann wie Bonaparte geliebt zu werden, seine Muse zu sein, sein Engel, das Ziel seiner alles verzehrenden Leidenschaft? Muss ich nun neben ihm liegen, während er von der Grassini träumt, ihren Moschusduft an ihm riechen, die Freude in seiner Stimme hören, wenn er singt, wohl wissend, dass es die Liebe für eine andere ist, die ihn inspiriert? »Mich damit abfinden, Thérèse? Niemals!«
»Willst du die unverbrüchliche Liebe deines Mannes?«
»Selbstverständlich«, sagte ich erbost.
»Dann sprich mir nach: Ich finde mich damit ab – mit Liebe, Würde und Großmut.« Sie lachte. »Und nicht mit den Zähnen knirschen.«

[Ohne Datum]

Drei Hüte, zwei Kleider, sieben Paar Schuhe, fünf Paar Seidenstrümpfe, zwei Schals, eine Halskette aus Perlen und Rubinen.

14. Juli, Tag der Bastille, kurz vor Mitternacht

Es war beinahe Zeit, zu den Feierlichkeiten aufzubrechen, als Eugène aus Mailand eintraf. »Du hast es geschafft!« Ich warf die Arme um meinen Sohn. Er roch nach Pferden – nach Pferden und Lagerfeuerrauch.
»O là, là, Maman!«

»Stimmt etwas nicht?«, fragte ich, aufgeschreckt von seinem Gefühlsausbruch.
»Nein, ganz und gar nicht. *Du* bist gemeint. Du siehst … wunderschön aus!«
Eugène und seine Feldjäger eskortierten Bonaparte und mich zum Invalidendom. Ein ohrenbetäubender Jubel brach aus, als wir durch die Tore des Champs-de-Mars fuhren, der riesige Platz ein einziges Meer von Gesichtern.
Die Menschen im Invalidendom standen dicht gedrängt, die Luft war drückend. Als Eugène feierlich die erbeuteten feindlichen Flaggen überreichte, war ich zu Tränen gerührt. Dann sang Mademoiselle Grassini und erfüllte das Gewölbe mit (wie ich zugeben musste) himmlischen Tönen. Erfreut stellte ich fest, dass sie ein Doppelkinn entwickelt und zu viel Spanisches Rot* aufgetragen hatte.

* Spanisches Rot: roter Farbstoff in einem kleinen Rosshaarkissen, der als Rouge benutzt wurde.

Wir entgehen nur knapp dem Tod

22. Juli 1800 – Paris

Heute Abend im Théâtre Français nahm die Polizei einen Mann fest, der mit einem Blasrohr auf Bonaparte zielte.
Bonaparte lachte, als ihn Fouché davon unterrichtete. »Ist das Ihr Ernst – ein Blasrohr? Da müssen sie sich aber etwas mehr anstrengen.«

7. August

Ich kann nicht schlafen. Heute Morgen wurden Banditen gefasst, die an der Landstraße nach Malmaison lauerten. Sie hatten vor, Bonaparte bei unserer Rückkehr nach Paris zu überfallen.

9. August – sehr heiß

Heute Abend beim Salon schlich sich Fouché an mich heran.
»Nein, erzählen Sie mir nichts«, sagte ich, und mein Herz machte einen Sprung. »Ich kann es nicht ertragen!«
»Beruhigen Sie sich. Ich wollte Ihnen nur mitteilen, dass La Grassini mit Ihrem Gemahl unzufrieden ist.«
»Oh, Gott sei Dank! Ich dachte, es hätte schon wieder einen Anschlag auf Bonapartes Leben gegeben.« In jedem Schatten sah ich einen Mann mit Messer. Das geringste Geräusch bestärkte meine Befürchtungen. »Was sagten Sie über die Grassini?«

»Gestern Abend beim Salon des Außenministers beklagte sie sich über den Ersten Konsul.«
»*Sie* waren bei Talleyrand?« Talleyrand und Fouché waren Erzfeinde.
»Meine Spione halten mich auf dem Laufenden. La Grassini vertraute den am Whisttisch Versammelten an, dass der Beischlaf mit dem Ersten Konsul ... *unbefriedigend* wäre, wie sie sich ausdrückte.« Er betonte das Wort »unbefriedigend« mit unziemlichem Vergnügen.
»Die Indiskretion dieser Dame beruhigt mich absolut nicht.« Wie kann sie es wagen!

10. Oktober – Paris, sehr spät

Heute Abend, als Bonaparte und ich aus der Opéra zurückkamen, erwartete uns Fouché, ungeduldig mit dem Fuß auf den Boden klopfend, im Gelben Salon. Der Polizeiminister war nicht erfreut. Den Lärm, den wir während der Aufführung gehört hatten, hatten seine Leute verursacht, als sie mit Dolchen und Pistolen bewaffnete Attentäter festnahmen – Männer, die Napoléon ermorden wollten!
Ich raffte meine Schleppe zusammen und nahm auf einer Stuhlkante Platz. »Attentäter?« Aber weit mehr erschütterte mich, dass Bonaparte seit Wochen von dem Komplott gewusst, Fouché aber nicht informiert hatte in der Annahme, dass er die Verschwörer schon selbst bloßstellen würde. »Bonaparte, du wusstest, dass diese Männer in der Opéra sein würden?« Ich war fassungslos – und *wütend*. Wie konnte er nur so rücksichtslos sein? Er hatte nicht nur sich selbst, er hatte auch *mich* in Gefahr gebracht.
»Ihr Gemahl wusste nicht nur, dass die Attentäter heute Abend dort sein würden«, sagte Fouché, »er hat auch dafür gesorgt, dass sie das Geld erhielten, das sie brauchten, um ihr Komplott

auszuführen. Können Sie sich eigentlich vorstellen, Erster Konsul, wie kurz davor Sie waren, ermordet zu werden?«
Ich zitterte um Fouché. Bonaparte duldete es nicht, wenn man ihn kritisierte, wie gerechtfertigt es auch sein mochte.
»Der Plan hat funktioniert, Minister Fouché.« Bonaparte lief unter dem kristallenen Kronleuchter auf und ab. »Ich habe die Nase voll von Revolutionären, die es auf meinen Tod abgesehen haben – und darum habe ich etwas unternommen. Wenn dieser kleine Zwischenfall irgendetwas beweist, dann die Tatsache, dass in dieser Stadt sehr viel vor sich geht, von dem Sie nicht das Geringste wissen. Sie wissen eben nicht alles!«
»Mit allem Respekt, Erster Konsul, ich weiß sehr viel«, sagte Fouché mit schmalen Lippen. »Zum Beispiel weiß ich, dass ein Mann im Paletot regelmäßig aus dem Palast kommt, in eine Mietdroschke steigt und zur Rue Caumartin Nummer 762 fährt, zu einer Wohnung, die er für eine viel bejubelte italienische Sängerin gemietet hat. Kurz danach kommt der Mann im Paletot wieder heraus und kehrt zum Palast zurück. Innerhalb einer Stunde nach seinem Aufbruch, wird ein großer junger Mann, ein Geiger, beobachtet, wie er das Heim der tatkräftigen Grassini betritt, die –«
»Hinaus!« Bonaparte trat nach einem brennenden Holzscheit.
Ich folgte Fouché ins Vorzimmer. »Wie konnten Sie ihm das antun!«
»Ergebenheit trägt viele Masken. Der Erste Konsul bringt sich in Gefahr, wenn er sich so aufführt.«
»Sie demütigen ihn im Namen der Pflicht?« Zitternd vor Erregung machte ich auf dem Absatz kehrt.

Ich fand Bonaparte im Schlafzimmer, wo er auf unserem großen Bett saß und selbst seine Stiefel aufschnürte. »Wir können so tun, als wäre ich bei dieser Szene nicht anwesend gewesen«, sagte ich und setzte mich an meinen Stickrahmen neben dem Feuer.

»Genau wie du, als du so getan hast, als wüsstest du nichts, Joséphine?«
Ich nahm meine Sticknadel in die Hand, prüfte die Farbe des Garns, ein schimmerndes Hellblau, die Farbe eines Sommerhimmels. Mein Hand zitterte. »Ja.« Ich legte die Nadel nieder.
»Bitte, Bonaparte, steh auf und lauf herum, wie du es normalerweise tust. Ich mag es nicht, wenn du so ruhig bist.«
»Es überrascht mich, dass du nicht wütend bist.«
»Ich war wütend. Jetzt bin ich wütend auf *sie*.« La Signorina Grassini hatte meinen Mann nicht nur verführt – schlimmer noch, sie hatte einen Hahnrei aus ihm gemacht.
»Ich war ein Idiot.«
Ich legte meinen Stickrahmen zur Seite und ging zu ihm. »Sei nicht wütend auf Fouché«, sagte ich und nahm seine Hände in meine – seine weichen, femininen Hände, auf die er so stolz ist.
»Er hat es aus Ergebenheit zu dir gesagt.«
»Weißt du eigentlich, wie sehr ich dich liebe, Joséphine?« Der Schein des Feuers tanzte in seinen grauen Augen.

Später, in Bonapartes Armen, machte ich mir seine Dankbarkeit zunutze, um ihn dazu zu überreden, zumindest ein paar Vorkehrungen gegen Anschläge zu treffen. Und nicht mehr den Versuch zu unternehmen, Attentäter auf eigene Faust aufzuspüren! Widerstrebend willigte er ein. »Du liebst mich zu sehr«, jammerte er.
»Das tun wir alle!«

18. Oktober – Tuilerien, Paris

Heute am frühen Morgen wurde Fouché in unser Schlafzimmer geführt. Ich schreckte aus meinem Bett hoch. Es war noch dunkel. »Das muss wohl dringend sein, Bürger Polizeiminister«, sagte Bonaparte, der sofort hellwach war.

»Vor wenigen Stunden explodierte hinter dem Kloster Salpêtrière eine mit Nägeln und Hagelgeschossen gefüllte Bombe. Die Täter entkamen, ich habe jedoch Grund zu der Annahme, dass der Anschlag Ihnen galt, Erster Konsul. Ich dachte, dass Sie das wissen möchten.«
»Mon Dieu, Bonaparte – eine *Bombe*?« Sollte das denn nie ein Ende nehmen?

Heiligabend – Paris

Das Schlimmste ist eingetroffen. Zumindest leben wir noch, ermahne ich mich.
Während ich dies schreibe, ist es mittlerweile drei Uhr morgens. Ich bin in dem kleinen Wohnraum neben unserem Schlafzimmer. Die Glut verbreitet ein schwaches Licht. Ich habe den Versuch einzuschlafen aufgegeben. Vielleicht wird die Erinnerung an diesen Abend mich nicht mehr heimsuchen, wenn ich sie niederschreibe.
Caroline, mittlerweile im achten Monat, aß mit Hortense, Bonaparte und mir zu Abend. Wir freuten uns auf den Besuch der Premiere von Haydns *Schöpfung* – das heißt, wir alle außer Bonaparte, der verkündete, dass er seine Meinung geändert habe, dass er arbeiten müsste. (Sogar am Heiligabend.)
»Bitte, komm doch mit«, bat ich ihn, weil ich wusste, wie enttäuscht die Leute wären, wenn sie ihn nicht zu Gesicht bekämen, wie unglücklich, wenn sie nur *mich* sähen. »Du hast in letzter Zeit so hart gearbeitet.« Tag und Nacht, seine Tatkraft war unbändig. »Es wird sicher großartig.« (Oh, wenn ich an diese Worte denke! Wenn ihm etwas geschehen wäre, wenn man ihn getötet hätte!) »Ich würde mich sehr darüber freuen«, sagte ich schließlich, sehr wohl wissend, dass er nicht ablehnen würde.

Die Kutschen standen abfahrbereit aufgereiht im Hof. Ein Lakai sprang herbei, um Bonaparte und seinen Adjutanten die Tür der ersten Kutsche zu öffnen. »Die Damen werden mit Oberst Rapp folgen«, unterrichtete Bonaparte César, seinen Kutscher, der, ganz offensichtlich betrunken, ein breites Grinsen aufsetzte. César knallte mit der Peitsche, und die Pferde jagten aus dem Tor.

»Wir müssen nicht *ganz* so schnell folgen«, wies ich unseren Kutscher an, als man Hortense und Caroline in die Kutsche half. Ich wollte ihnen gerade folgen, als Oberst Rapp anregte, dass mein mit einem ägyptischen Muster bestickter Schal wunderschön aussähe, wenn er im ägyptischen Stil an der Taille zusammengebunden wäre. Ich hielt inne, um ihn zu binden. Dieser Verzögerung verdanken wir unser Leben!

Was danach geschah, ist schwer zu wiederzugeben. Als unsere Kutsche auf die Rue Nicaise einbog, wurden wir von einer Explosion in die Luft geschleudert. Oberst Rapp schrie uns zu, unsere Köpfe zu schützen. Ich erinnere mich an den Lärm von splitterndem Holz, den strengen Geruch von Schießpulver.

»Das ist ein Komplott, um Bonaparte zu ermorden!«, schrie ich. (Beschämt gebe ich zu, dass ich den Kopf verlor.) Die Straße war mit Trümmern übersät und, wie es schien, mit einer großen Zahl von Menschen, die sich vor Schmerzen krümmten oder reglos dalagen – *Leichen*, wie mir mit Entsetzen klar wurde. Und dann erhob sich nach und nach ein Chor von Schreien.

Plötzlich jagte unsere Kutsche davon. »Halt!«, hörte ich mich schreien. Die Pferde waren durchgegangen. »Kehren Sie um, sie haben ihn umgebracht!« Ich zittere immer noch, wenn ich daran denke.

Unsere Kutsche kam schließlich im Innenhof der Tuilerien zum Stehen. »Wenn Sie mich entschuldigen wollen, meine Damen«, sagte Oberst Rapp und mühte sich mit dem Mechanismus der

Kutschentür ab. Er schlug mit der Faust darauf und sprang heraus.

Jetzt kommt es mir wie ein Traum vor – vieles davon im Nebel, andere Szenen jedoch klar und deutlich, die Erinnerung schmerzlich. »In der Rue Nicaise hat es eine Explosion gegeben«, hörte ich unseren Kutscher sagen. »Grand Dieu, alles flog durcheinander!«

Ich erinnere mich, dass jemand fragte, ob der Erste Konsul verletzt wurde.

»Ich glaube nicht«, antwortete unser Kutscher. »Er ist vor uns weitergefahren.«

»Seid ihr in Ordnung?«, fragte ich die Mädchen mit bebender Stimme. Hortense sah gefasst, aber blass aus. »Caroline?« Welch ein schreckliches Erlebnis für eine junge Frau in anderen Umständen!

»Wo ist der Lakai?«, sagte Caroline und schaute aus dem zersplitterten Fenster. »Warum kommt niemand, um uns herauszuhelfen?«

Hortense zog ein Taschentuch aus ihrem Ridikül. »Stellt euch vor, was geschehen wäre, wenn wir nur ein paar Sekunden früher aufgebrochen wären!«

Wenn ich nicht innegehalten hätte, um meinen Schal neu zu binden, wenn ich nicht ...

»Es war nur ein Haus, das brannte«, sagte Caroline.

Ein Lakai kam angelaufen. Ein Kavallerist, der eine klaffende Wunde unter dem Kinn hatte und sein Pferd an den Zügeln führte, hinkte hinter ihm her. »Der Erste Konsul wurde nicht verletzt!«, sagte der Kavallerist mit schwankender Stimme.

»Gott sei Dank«, flüsterte Hortense.

»Sind Sie sicher?«, wollte ich wissen. »Haben Sie ihn *gesehen*?«

»Er ist in der Opéra, Madame Bonaparte – Sie sollen ihn dort treffen. Es wird gerade eine andere Kutsche für Sie vorbereitet.«

Ich sollte zur Opéra fahren? Ich wusste ja nicht einmal, ob ich laufen konnte! »Selbstverständlich«, sagte ich und zog den Schal um mich, als wäre das etwas ganz Normales nach einer heftigen Explosion: Anschließend fuhr man zur Opéra. Ein stechender Schmerz erinnerte mich daran, dass überall Glassplitter lagen. »Was ist geschehen? Wissen Sie es?«, fragte ich, als er mir nach unten half. Ich fühlte mich zittrig, aber ich konnte stehen.

»Offenbar ist ein Fass mit Schießpulver explodiert.«

»Ein Fass?« Die Explosion hatte unsere Kutsche in die Luft geschleudert! »Wurden viele Menschen verletzt?« *Getötet.*

»Ich schlage vor, dass Sie eine andere Strecke nehmen«, sagte der Soldat über die Schulter, als er Caroline die Hand reichte. Im Innenhof versammelten sich Menschen. Ich sah, wie sich Mimi zu uns durchdrängte, während sie die Hände an ihrer Schürze abwischte.

»Es hat eine Explosion gegeben!«, rief Hortense ihr zu.

»Bonaparte geht es gut. Ich soll ihn in der Opéra treffen.«

»*Du* willst da hin, Yeyette?«, fragte Mimi stirnrunzelnd.

»Mir geht es gut.« Ich musste Bonaparte sehen. Ich musste wissen, ob er in Sicherheit war.

»Ich begleite dich, Maman«, sagte Hortense, ihre blauen Augen schwammen in Tränen.

»Was ist mit deiner Hand passiert?« An ihrem linken Daumen war Blut.

»Nur ein kleiner Schnitt, von den Glassplittern.«

»Es blutet nicht mehr«, sagte Mimi, als sie die Wunde prüfte. Sie zog ein Pflaster aus der Tasche und befestigte es mit einem Taschentuch an Hortenses Hand. »Bleib dicht bei deiner Mutter«, hörte ich sie raunen, als eine Kutsche neben uns hielt.

»Und was ist mit mir?«

»Caroline, du musst wirklich –«

»Ich kümmere mich um Madame Caroline«, beruhigte mich Mimi, die Hand fest auf Carolines Schulter.

»Am besten lässt du die Hebamme holen, nur zur Sicherheit«, rief ich, als wir anfuhren. »Madame …« Mein Kopf war wie benebelt.
»Madame Frangeau«, rief Hortense zurück, als unsere Kutsche auf die Straße einbog, begleitet von dem Soldaten, der auf seinem wild blickenden Pferd neben uns her ritt.

Bonaparte saß in der Theaterloge und trank eine bernsteinfarbene Flüssigkeit. »Joséphine«, sagte er, als er sich erhob und seinen Hut abnahm. Und dann mit einer kleinen Verbeugung: »Ist etwas nicht in Ordnung?«
Wusste er es denn nicht? Talleyrand machte mich auf sich aufmerksam und gestikulierte hinter Bonapartes Rücken: Sagen Sie nichts, bleiben Sie ruhig, der Erste Konsul weiß es, das Publikum schaut zu.
»Du kommst gerade rechtzeitig«, sagte Bonaparte und wandte sich der Bühne zu. Madame Barbier-Walbonnes Stimme erfüllte den Saal – das Oratorium hatte begonnen.
Ich wickelte meinen Schal eng um mich, als könnte ich damit dem Zittern Einhalt gebieten. Hortense legte mir beruhigend die Hand auf die Schulter. Ich streichelte ihre Fingerspitzen. Wie nahe der Tod gekommen war.

Sobald wir wieder in der privaten Sphäre unsere Suite in den Tuilerien waren, wurde Bonapartes Ruhe von Wut abgelöst. »Jedes Mal, wenn ich mich umdrehe, versucht irgendjemand mich umzubringen«, raunzte er Talleyrand an. »Têtes des mules! Das kommt von all diesen bombenbastelnden Revolutionären, die sich nach den Tagen der Anarchie und Gewalt zurücksehnen, zweifellos dieselben Fanatiker, die für die Explosion im Kloster Salpêtrière verantwortlich waren.«
»*Und* für das Komplott in der Opéra«, warf Talleyrand ein und lehnte den Spazierstock mit der Goldspitze an die Sessellehne.

»Und, soweit uns bekannt ist, wahrscheinlich auch für das Komplott mit der Schnupftabakdose.«

»Das ist unerträglich.« Bonaparte warf ein Scheit auf das lodernde Feuer, dass die Funken flogen.

»Hat der Polizeiminister eigentlich schon einmal einen dieser Revolutionäre überführt?«, fragte Talleyrand. »Seine Freunde und Kollegen, wohlgemerkt.«

»Und was soll das heißen?«, wollte Bonaparte, die Fäuste in die Hüften gestemmt, wissen.

»Das soll heißen, dass Fouché meiner Meinung nach verhaftet und erschossen werden sollte.«

Erschossen! Talleyrands Worte erschreckten mich.

»Heute Abend hat es schon genug Blutvergießen gegeben, Minister Talleyrand«, hörte ich Bonaparte antworten. Zu meiner Erleichterung. Er tat Talleyrands Bemerkung als einen Scherz ab.

Kurz nach Talleyrands Aufbruch, wurde Fouché persönlich gemeldet. »Wo sind Sie gewesen?«, wollte Bonaparte wissen.

»Am Ort der Explosion, Erster Konsul«, sagte Fouché und berührte die Krempe seines verbeulten Hutes. »Sieben Tote und über zwanzig Verletzte.«

Mon Dieu!

»Ich schlage vor, dass Sie ihrem betrunkenen Kutscher eine Belohnung geben, Erster Konsul«, fuhr Fouché fort und zupfte an seinen fleckigen Leinenmanschetten. »Wenn er nicht so rücksichtslos gefahren wäre, wären Sie jetzt tot. Das Fässchen mit Schießpulver scheint absichtlich deponiert worden zu sein.«

»Verdammte Revolutionäre!«

»Sie würden Sie zwar mit Vergnügen umbringen, kein Zweifel, aber für diesen Anschlag sind sie nicht verantwortlich.«

»Sie wollen doch wohl nicht behaupten, dass er das Werk der Royalisten war«, schnauzte Bonaparte. »Royalisten mögen

zwar intrigieren, aber sie lassen sich nicht dazu herab, gewalttätig zu werden.«
»Doch, ich behaupte es, und mehr noch, ich werde es beweisen.«

2. Januar 1801 – Malmaison

»Ich bin ja so erleichtert, dass es dir gut geht!«, rief Thérèse aus und legte eine Ledermaske*, einen Umhang, einen Hut *und* eine Perücke ab. »Ich bin fast gestorben, als ich die Zeitungen las.« Sie umarmte mich heftig und hüllte mich in eine Wolke aus Neroli-Öl ein. »Wie entsetzlich das gewesen sein muss!«
»Ich bin am Ende meiner Kraft«, gab ich zu. »Fouché besteht darauf, dass Bonapartes Leibwächter, ein Mamelucke, ihm überallhin folgt. Roustam schläft nachts sogar vor unserer Schlafzimmertür. Außerdem hat Fouché zwei Wächter *in* unserem Schlafzimmer postiert«, erzählte ich ihr. Alle paar Stunden wecken sie Bonaparte, der ein neues Losungswort ausgibt. Bonaparte, der es gewöhnt ist, auf dem Schlachtfeld zu schlafen, schläft rasch wieder ein. Ich dagegen liege die ganze Nacht wach, umgetrieben von Angst, und versuche die Anwesenheit der Wächter zu ignorieren.
Thérèse klopfte auf ein Schönheitspflästerchen in Form einer Blume, das auf ihrem Kinn klebte. »Sorge dafür, dass dich dein Arzt zur Ader lässt, aber nicht viel, nur ein wenig. Kühlende Abführmittel sind jetzt das Richtige – ein Aufguss aus Sennesblättern mit Abführsalzen. Es wird bald vorüber sein, nicht wahr? Wie ich hörte, hat die Polizei den Besitzer dieses Karrens aufgespürt.«

* Es war nicht ungewöhnlich, dass eine Frau eine Ledermaske trug, um ihre Haut vor dem Wetter zu schützen.

Ein Karren mit einem Fass Schießpulver darauf: die »Höllenmaschine«, wie sie jeder nennt. »Sie wissen, wer er ist, aber sie können ihn nicht finden, Thérèse!« Petit François – ein Mann mit einer Narbe über dem linken Auge. »Solange er frei herumläuft, kann ich mich einfach nicht sicher fühlen, mögen uns auch noch so viele Wächter beschützen.«

6. Januar – Tuilerien

Vorausgesetzt, dass sich das menschliche Naturell aus vier Hauptsäften – Blut, Schleim, gelber und schwarzer Galle – zusammensetzt, dann würde ich sagen, dass die Mitglieder von Bonapartes Familie ein Übermaß an Galle haben.
Oh, wie unfreundlich von mir! Aber ehrlich gesagt, manchmal sind sie wirklich eine Zumutung, selbst für Bonaparte. »In ihrer Gegenwart verwandele ich mich in eine sentimentale Glucke«, sagte er gestern Abend zu mir, nachdem wir den Dreikönigstag – oder besser den Bohnenkuchentag, wie wir ihn heute nennen müssen – mit der Sippe verbracht hatten.
Nach dem Austausch der neuesten Nachrichten (der Mann mit der Gesichtsnarbe ist noch nicht gefunden worden), der Pläne für die Saison und nach der üblichen Diskussion über Prestige, Geld und Stuhlgang wechselten wir zum anderen Lieblingsthema der Sippe: meine Empfängnisbereitschaft – beziehungsweise deren Mangel.
Es begann ganz harmlos, als Caroline verkündete, dass die Hebamme ihr gesagt hätte, ihr bald zu erwartendes Kind sei ein Junge.
»Wegen all des Rotweins, den du getrunken hast«, sagte Pauline, die in einem offenherzigen Kleid aus weißem Satin glänzte.
»Eigentlich soll der Mann den Wein trinken«, sagte Bonaparte.
»Das dachte ich auch.« Hortense errötete.
»Was weißt *du* denn schon von solchen Dingen?«, sagte Caroli-

ne. Eingehüllt in Rüschen und Pailletten und mit ihrem dicken Bauch sah sie wie ein Karnevalsballon aus.
»Welche Rolle spielt es schon, ob dein Kind ein Junge ist oder nicht?«, fragte Elisa Caroline. »Es wird kein Bonaparte sein. Es wird lediglich ein Murat sein.«
»Das ist zumindest besser als ein Bacchiochi«, konterte Caroline.
»Magnifico!«, rief Elisas Mann Félix. (Warum?)
»Nichts geht über die Familie«, sagte Signora Letizia und runzelte die Stirn über ihrem Strickzeug.
»Da wir gerade von Bonaparte-Nachwuchs sprechen, habe ich etwas bekannt zu geben.« Joseph presste die Hände zwischen die Knie. »*Meine* Frau erwartet ein Kind.«
»Unsere Gebete wurden erhört«, sang Onkel Fesch fröhlich, schwenkte den Wein in seinem Kelchglas und hielt es dann ans Licht.
»Cin-cin! Cin-cin!« Alle hoben das Glas.
»Das ist eine wundervolle Neuigkeit, Julie.« Ich suchte Bonapartes Blick. Wenn Julie und Joseph nach jahrelangem Bemühen ein Kind bekommen konnten, dann konnten wir es vielleicht auch.
»Ich schwöre auf die Quellen von Plombières«, sagte Julie zu mir.
»Nicht auf *meine* Quelle?« Joseph schien sich über seinen schlechten Scherz zu amüsieren.
»Tante Joséphine war schon einmal in Plombières – 1796«, sagte Caroline. »Es hat nichts genützt.«
»Wahrscheinlich wegen ihres Alters«, sagte Elisa und hielt den Atem an, um einen Schluckaufanfall zu verhindern.
»Heilbäder können gefährlich erregend sein«, bemerkte Onkel Fesch, die Wangen von den Dünsten des Weines erhitzt.
»Pauline konnte kein Kind bekommen, bis vor fast drei Jahren unser Sohn geboren wurde«, sagte Victor Leclerc und rückte

seinen Dreispitz zurecht – eine genaue Nachbildung von dem Bonapartes.
»Und wir haben *alles* versucht«, sagte Pauline und fächelte sich träge mit einer Pfauenfeder Luft zu. »Der Arzt sagt, ich sei ein Rätsel.«
»Ein Rätsel, liebe Schwester? Nymphomaninnen sind häufig nicht in der Lage, sich fortzupflanzen.« Caroline warf ihrer Schwester einen hämischen Blick zu.
»Nymphomaninnen?« Hortense machte ein verwirrtes Gesicht.
»Ich erkläre es dir später«, formte ich mit den Lippen.
»Es könnte aber auch an einem abnormen Zustand des Blutes liegen«, bemerkte Caroline. (An mich gerichtet!) »Von gewissen Krankheiten – die ich in Gegenwart von Mutter nicht erwähnen möchte – heißt es, dass sie eine Empfängnis verhindern.«
»Wie lange dauert es noch bis zum Essen, Joséphine?«, fragte Bonaparte und lief wieder auf und ab.
»Ich hatte dreizehn Kinder«, sagte Signora Letizia und wirbelte Garn um ihren steifen Zeigefinger.* »Fünf von ihnen sind gestorben.«
»Eine Ehefrau hat die christliche Pflicht, Kinder zu gebären«, sagte Onkel Fesch.
»Söhne«, sagte Joseph und warf seiner Frau ein verkniffenes Lächeln zu.

22. Januar

Caroline hat ihr Kind bekommen – ein Junge, genau wie es die Hebamme vorhergesagt hatte. Ich habe einen unserer Köche hinübergeschickt. Einer von Carolines Köchen hat aus Protest gekündigt, da Signorina Letizia darauf besteht, einen lebenden

* Aufgrund einer Verletzung konnte Signora Letizia den Zeigefinger nicht bewegen.

Frosch in der Küche zu halten für den Fall, dass das Kind Anzeichen von Soor zeigt. Ich hoffe inständig, dass dies nicht eintritt, denn dann müsste der Säugling am Kopf des lebenden Frosches saugen.

[Ohne Datum]

Kann nicht schlafen. Von dem Mann mit dem Narbengesicht immer noch keine Spur.

31. Januar – Paris

Endlich! Heute Morgen entdeckte die Polizei den Mann mit dem Narbengesicht in einer Dachkammer, schlafend im Bett. Er hat gestanden und den Namen des Mannes preisgegeben, der ihn dafür bezahlt hatte, die Bombe explodieren zu lassen – den Namen des Mannes, der ihn dafür bezahlt hatte, Bonaparte zu *ermorden*. »Georges Cadoudal«, sagte Fouché mit einem trägen (süffisanten) Lächeln. »Bedauerlicherweise in England in Sicherheit.«
Der Agent der Royalisten! »Dann hatten Sie also recht, Fouché – es war tatsächlich ein Royalist«, sagte ich.
»Ein altes Sprichwort«, sagte Fouché und bot Bonaparte eine Prise Schnupftabak an, bevor er sich selbst bediente. »Die Seine fließt und die Royalisten intrigieren. So liegen die Dinge nun einmal.«
»Intrige und Mord sind nicht das Gleiche, Minister Fouché.« Bonaparte lief mit hinter dem Rücken verschränkten Händen vor dem Kamin auf und ab. »Zum Teufel!«, fluchte er und blieb abrupt stehen. »Da steckt England dahinter.«

Meine Tochter ist mit nichts zufrieden zu stellen

5. Juli 1801 – ein heißer Sonntagmorgen in Malmaison

Es steht fest: Hortense, ihre Cousine Émilie und Bonapartes Mutter kommen mit mir nach Plombières. Oberst Rapp, der uns begleiten soll, hat mich gerade unterrichtet, dass wir von einer Abordnung der Kavallerie und drei Adjutanten eskortiert werden. Als ich das letzte Mal in den Badeort fuhr, hatte ich nur Mimi als Gesellschaft. Mein Leben ist so kompliziert geworden – wir benötigen jetzt allein für die Schrankkoffer mit unseren Ballkleidern eine eigene Kutsche.

8. Juli (glaube ich) – Toul, sehr heiß

Wir haben kurz an einem Gasthof gehalten, während die Pferde gewechselt und die Räder abgekühlt werden – auch die erhitzten Gemüter. Die Mädchen sind lebhaft, Signora Letizia ist ungnädig und Oberst Rapp krank. Ich leide still vor mich hin.

10. Juli – Plombières-les-Bains

Wir sind endlich angekommen – die Reise war grauenvoll.*

* Hortense und Émilie verfassten folgenden Brief über die Reise: »Noch nie war eine Reise nach Plombières so qualvoll. Bonapartes mère bewies Mut. Madame Joséphine zitterte vor Angst. Mademoiselle Hortense und Madame Lavalette stritten sich wegen einer Flasche Kölnischwasser. Oberst Rapp zwang uns zu häufigen Aufenthalten, um seine Galle zu beruhigen. Er schlief, während wir beim Wein der Cham-

13. Juli – Plombières-les-Bains

»Madame Bonaparte«, sagte der Badearzt und betrachtete mich mit wässrigen Augen, »besser als jeder andere weiß ich, wie heikel dieses Thema ist. Wenn das Fortpflanzungsvermögen gestört ist, haben nur wenige Frauen den Mut, mit einem Arzt zu sprechen. Ihre Rückkehr nach Plombières ist der Beweis für Ihren aufrichtigen Wunsch, Ihrem Gemahl die Frucht ihrer Liebe zu schenken. Dem Leiden kann abgeholfen werden, aber zunächst müssen Sie mir *alles* erzählen.«

»Alles?« Errötend gab ich Bonapartes und meine Bemühungen wieder, ein Kind hervorzubringen – die Zeiten der Abstinenz, gefolgt von aktiven Zeiten des Geschlechtsverkehrs, die Techniken, die Bonaparte angewandt hatte, um sich langsam zu ergießen, die Kräuter, die ich eingenommen hatte, um meine »Aufnahmefähigkeit« zu steigern.

»Und trotzdem nichts.« Dr. Martinet studierte die dicke Papierakte. »Nach den Hinweisen Ihres Arztes in Paris hat es keine Blutung mehr gegeben seit …«

»Seit über einem Jahr«, gab ich zu. Und die auch nur andeutungsweise.

»Bei Ihrem vorherigen Besuch schlossen wir eine Missbildung des Kanals aus. Auch die typischen weiblichen Merkmale sind deutlich sichtbar.« Er schob seine Brille auf den Nasensattel.

pagne unsere Sorgen vergaßen. Der zweite Tag verlief leichter, aber der gute Oberst Rapp litt immer noch. Wir ermunterten ihn, eine gute Mahlzeit einzunehmen, aber unsere Hoffnung schwand, als wir bei der Ankunft in Toul nur eine erbärmliche Herberge vorfanden, die außer Spinat in Lampenöl und rotem, in saurer Milch gekochtem Spargel nichts zu bieten hatte. (Wie gerne hätten wir die Gourmets in unserem Haushalt vor diesem ekelhaften Essen sitzen sehen!) Wir verließen Toul, um in Nancy zu speisen, weil wir bereits seit zwei Tagen gehungert hatten. Bei unserer Ankunft in Plombières wurden wir freudig begrüßt. Das beleuchtete Dorf, die donnernde Kanone, all die schönen Frauen, die in den Fenstern standen, trösteten uns über unsere Abwesenheit von Malmaison hinweg. Genauso und als die Wahrheit beglaubigt hat sich unsere Reise zugetragen.«

»Aus diesem Grund ist wahrscheinlich eine Bluterkrankung dafür verantwortlich.«
Ich spürte, wie mir die Hitze in die Wangen stieg. Dachte er, ich könnte an einer schmachvollen Krankheit leiden?
»Ein chronischer Verfall! Wenn das Blut zerstört wurde, ist häufig ein Versagen der Fortpflanzungsfunktion die Folge, das zu einer Störung führt.« Die Brille vergrößerte seine Augen. »Es wird allgemein geglaubt, dass eine Schwäche der Gebärmutter die Ursache ist, aber ich bin der Meinung, dass dieses Organ gänzlich abhängig ist.«
»Oh?«, sagte ich verwirrt.
»Die Ursachen eines Gebärmutterverfalls sind Gefühllosigkeit, Abartigkeit der Ernährung oder die Einnahme starker Arzneien.«
Verdächtigte er mich etwa der Gefühllosigkeit? »Ich esse gut«, sagte ich und fragte mich, was wohl unter »Abartigkeit der Ernährung« zu verstehen war und ob Mimis Heilmittel aus Kaninchenknochen für eine starke Arznei gehalten werden konnte. Drei Messerspitzen Knochen, die vom Knöchel eines an einem der ersten drei Freitage im März geschossenen Kaninchens geschabt wurden, sollen angeblich die Gebärmutter anregen. (Was bei meiner leider nicht der Fall war.)
»Aber selbstverständlich tun Sie das, Madame Bonaparte! In *Ihrem* Fall wurde die akute Unterdrückung der Menses durch eine heftige seelische Beeinträchtigung, die Sie aufgrund Ihrer Inhaftierung während des Terrors erlitten, ausgelöst. Solche Störungen des Blutes verlangen nach *Bädern*: Fußbäder, Sitzbäder, ja sogar Dampfbäder sind erwiesenermaßen von Nutzen.«
»Ich bade täglich, Dr. Martinet.« Eine Gewohnheit, die Mimi für verderblich hielt.
»Und haben Sie das Gebärmuttertonikum eingenommen, das ich Ihnen verschrieben habe?«

»Das Viburnum? Gehorsam.« Ich beugte mich auf dem harten Eichenstuhl vor. »Dr. Martinet, darf ich Sie etwas fragen?« Ich wagte mich kaum zu äußern, umklammerte meinen Fächer. »Ich bin siebenunddreißig Jahre alt, wie Sie wissen – weit davon entfernt, noch jung zu sein, zugegeben, aber auch noch nicht als das zu bezeichnen, was man als …« Ich hielt inne, weil mir das passende Wort fehlte. »Sie haben damals die Möglichkeit angedeutet, dass ich in den Wechseljahren wäre.«* Und wenn ja, könnte man den Wechsel bitte ungeschehen machen?

17. Juli

Wenn ich keine Bäder und alle möglichen Heilmittel nehme, bin ich voll und ganz mit heiklen und zeitraubenden Gesprächen beschäftigt, in denen ich die Eltern potenzieller Ehemänner für meine schöne, aber sehr anspruchsvolle Tochter aushorche. Es bieten sich ein paar ausgezeichnete Möglichkeiten. Ich habe Hoffnung.

Sonntagnachmittag, 26. Juli

»Ich mag ihn nicht.« Hortense verschränkte die Arme vor der Brust.

»Aber Hortense«, sagte ich darum bemüht, mir meine Verärgerung nicht anmerken zu lassen. »Selbst Eugène schlägt ihn vor. Bürger Robiquet ist ein Ehrenmann, intelligent und gebildet. Er hat so gute Manieren.« Ich kam mir wie eine Marktfrau vor, die ihre Waren feilbietet. »Gefällt dir denn nicht, wie er einen Raum betritt? Wie er sein Halstuch bindet? *Sehr* elegant. Und

* Joséphines Menopause setzte ein, als sie Anfang dreißig war, vermutlich aufgrund des Traumas ihrer Inhaftierung während des Terrors.

so charmant! Und aus einer sehr guten Familie.« *Vermögend.*
»Was gefällt dir denn nicht an ihm?«
Meine Tochter verweigerte die Antwort, starrte mich nur voller Trotz an. Später erfuhr ich den Grund für ihre störrische Ablehnung: Sie hatte den jungen Mann dabei ertappt, wie er mit einem meiner Möpse auf dem Boden herumrollte. »Würdelos«, erklärte sie und ließ sich nicht umstimmen.

[Ohne Datum]

»Zu klein.«

[Ohne Datum]

»Zu groß.«

[Ohne Datum]

»Zu –«
»Nein! Sag es nicht!« Ich faltete die Hände – fest. Ich hätte meiner Tochter am liebsten den Hals umgedreht. Gegen den einen Mann hatte sie einzuwenden, dass er nicht tanzen konnte; das Problem bei einem anderen war, dass er Pickel auf der Wange hatte. (Nur zwei.) Und wiederum ein anderer trug einen albernen Hut. (In England hochmodern.) Alles ehrenwerte junge Männer aus guter Familie! »Lass mich raten.« Ich lief vor dem Kamin auf und ab, wie Bonaparte, wenn er zornig ist. »Er ist zu gebildet, nicht gebildet genug. Zu vermögend, nicht vermögend genug. Zu aristokratisch, zu plebejisch, zu …«
Hortenses Kinn kräuselte sich. »Genau das denke ich auch!«, explodierte sie wütend und stampfte aus dem Zimmer.
Ich gebe es auf!

29. Juli 1801, Saint-Jean-de-Maurienne

Chère Maman,
Hortense hat alle diese Freier abgelehnt – selbst Bürger Robiquet? Ich werde versuchen, über weitere Möglichkeiten nachzudenken. Sie ist nicht leicht zufrieden zu stellen!
Hocherfreut habe ich erfahren, dass England endlich in Verhandlungen eingewilligt hat. Verstehst du? Papas Taktik geht auf: Zwinge Österreich, einen Friedensvertrag zu unterzeichnen, und dann wird England folgen müssen.

Eine Million Küsse
dein dich liebender Sohn Eugène

Anmerkung – Ich habe Onkel Joseph einen Glückwunsch zur Geburt seiner Tochter gesandt, obwohl ein Kondolenzbrief wohl angemessener gewesen wäre, wo er doch so sehr auf einen Sohn gehofft hatte.

1. August, sehr heiß – Plombières

Wir packen, bereiten uns auf die Rückreise nach Hause vor. Hortense lungert mit langem Gesicht herum. Heiraten *muss* sie.

8. August – Malmaison

Bonaparte begrüßte mich mit einer leidenschaftlichen Umarmung. Ich fühle mich wie ein Acker im Frühling – umgepflügt und gut gedüngt.

17. August – Malmaison

Heute Abend ein Familientreffen. Caroline brachte Achille mit, der bereits sieben Monate alt ist. Sie fühle sich nicht wohl, ver-

kündete sie, leide jeden Morgen unter Übelkeit und Erbrechen. (Ja, sie erwartet wieder ein Kind.)
Bonaparte hielt den kleinen Achille fast eine Stunde lang auf dem Arm. Es schnürte mir die Kehle zu, als ich ihn so sah. Welch ein guter, abgöttisch liebevoller und stolzer Vater er doch wäre.
Vertrauen, sagte mir der Badearzt. Ich muss Vertrauen haben.

25. August, 10 Uhr 15 nachts

Heute Abend, als wir uns vor dem Diner im Salon versammelten, war Bonaparte zu Späßen aufgelegt. Hortense (die in ihrem neuen, gepunkteten, mit fliederfarbenen Bändern besetzten Seidenkleid bezaubernd aussah) saß auf dem Sofa und arbeitete an ihrem Stickrahmen. »Also«, sagte Bonaparte und langte hinüber, um sie am Ohr zu zupfen, »ich war gerade in deinem Zimmer und habe alle deine Liebesbriefe gelesen.« Er neckt Hortense oft auf diese Weise, aber anstatt wie sonst zu lächeln und mit den Schultern zu zucken, entschuldigte sie sich verlegen und eilte aus dem Zimmer.
Bonaparte und ich sahen uns an: Was hatte *das* denn zu bedeuten? Als sie zum Abendessen zurückkehrte, fragte Bonaparte, ob sie Geheimnisse hätte. »Nein, Papa!«, sagte sie und schwatzte dann ohne Pause von ihrem Schauspielunterricht, wie viel sie von dem großen Schauspieler Talma lernte, von dem Ball, zu dem sie und Caroline am Vorabend gegangen waren, ein so reizendes Fest, dass sie »fast erstickt« wäre (das höchste Lob). »Sowohl Bürger Dupaty als auch Bürger Trénis tanzten mit Madame Récamier eine Quadrille«, schwatzte sie weiter (und weiter). *Alle* sagten (sagte sie), und sie wäre der gleichen Meinung, dass Bürger Trénis ein weitaus besserer Tänzer sei als Bürger Dupaty, dass selbst Bürger Laffitte ein besserer Tänzer sei als Bürger Dupaty, und Bürger Laffitte wisse nicht, wie man die

große Verbeugung mit dem Hut mache. Bürger Trénis' Jetés hätten Schwung, sagte sie, und obwohl es ihnen vielleicht an Anmut mangelte, sei sein Geist lebhaft und forsch, und was das anginge ...

Nach genau fünfzehn Minuten (wie gewöhnlich) warf Bonaparte seine Serviette auf den Tisch. »Würdet ihr mich entschuldigen?«

Hortense und ich blieben schweigend zurück. »Nun«, sagte ich lächelnd, als ich ihr einige Bonbons auf einer Platte reichte, »was dieses so rätselhafte Weglaufen in dein Zimmer angeht – gibt es da etwas, was meine Tochter ihrer Mutter vielleicht sagen möchte?«

Und dann gestand Hortense mit offenkundiger Erleichterung, dass Bonapartes Adjutant Christophe Duroc einen Brief in *Das Leben der Heiligen* geschoben hätte, ein Buch, das sie gerade gelesen hätte.

»*Duroc* hat dir einen Brief geschrieben?«, fragte ich beunruhigt. Ich mag Christophe Duroc (träge) nicht, und das nicht nur, weil er als »der Kuppler« bekannt ist. Er sieht einigermaßen gut aus und ist Bonaparte fanatisch ergeben, aber sein Verhalten ist gefühllos – ich kann mir nicht vorstellen, dass er eine Frau wirklich lieben kann. Und überdies schickt es sich nicht für einen jungen Mann, einem Mädchen einen Brief zu schreiben; so mancher gute Ruf ist schon aus geringeren Gründen ruiniert worden.

»Ich habe ihn nicht geöffnet, Maman«, beeilte sich Hortense, mir zu versichern – gab jedoch zu, dass sie *versucht* hatte, ihn zu lesen, ohne das Siegel zu brechen. »Ich wollte doch nur sehen, wie ein Mann einen Antrag macht.«

Einen Antrag macht! »Hortense, ein Ehrenmann, der einer jungen Frau Achtung entgegenbringt, würde keinen Antrag machen, ohne zuerst mit ihren Eltern darüber zu sprechen«, sagte ich behutsam. Und ein Ehrenmann, der einem Mädchen Achtung entgegenbringt, würde ihm nicht schreiben, es sei denn, sie wären bereits verlobt.

2. September – Paris

Seit meiner Rückkehr aus Plombières ist schon fast ein Monat vergangen und immer noch keine Veränderung. *Vertrauen*.

3. September

Bonapartes junger Bruder Louis hat es sich angewöhnt, uns an den Abenden im Salon Gesellschaft zu leisten und aus Youngs *Nachtgedanken* vorzulesen, während Hortense Skizzen macht und ich an meinem Gobelinrahmen sitze. (Bonaparte ist natürlich wie gewöhnlich in seinem Arbeitszimmer in die Arbeit vertieft.) Von Zeit zu Zeit blickt Louis auf und schaut zu Hortense, wie sie mit einem Kohlestift an einem Selbstporträt arbeitet. Ich frage mich –

5. September, spätnachmittags

Könnte es sein, dass Louis in Hortense verliebt ist? Gestern Abend führten er, Bonaparte und ich gerade ein unterhaltsames Gespräch über deutsche Literatur, als Hortense ins Zimmer kam. Louis verstummte augenblicklich, und keiner von uns konnte den hochrot angelaufenen jungen Mann dazu überreden fortzufahren. »Der Schweigsame«, neckte Hortense ohne sich der starken Wirkung, die sie auf ihn ausübte, bewusst zu sein.

Kurz nach 2 Uhr morgens – kann nicht schlafen

Warum habe ich Louis nicht schon vorher in Betracht gezogen? Er ist vierundzwanzig (ein gutes Alter), ernsthaft in seinem Benehmen, nicht unattraktiv, intelligent. Gebildet, belesen. Seit seinem Sturz von einem Pferd in Italien gibt seine Gesundheit Anlass zur Besorgnis – der Gebrauch der rechten Hand fällt ihm zunehmend schwer –, aber das ist kein angeborenes Problem und wird sich durch eine Behandlung zweifellos bessern. Er ist manchmal ein wenig launisch, aber sanftmütig (er liebt seinen Spanielmischling abgöttisch). Ein volles Gesicht, eine sympathische Körpergröße. Hervorragende Zähne.

8. September

Ich habe Madame Campan aufgesucht, um mich wegen des Personals beraten zu lassen. Allein schon als ehemalige Hofdame von Königin Marie Antoinette ist sie unbezahlbar, aber als ehemalige Lehrerin von Hortense erst recht. Ich erzählte ihr, was ich auf der Suche nach einem geeigneten Ehemann für Hortense bereits alles durchgemacht hatte, erzählte ihr von den jungen Männern, die meiner Tochter schon vorgestellt worden waren, und dass sie allesamt von ihr zurückgewiesen wurden. Ich berichtete Madame Campan von meinen Sorgen: dass sich Hortense ein Idealbild in den Kopf gesetzt habe, dem kein Mann gerecht werden könne, dass die Romane, die sie liest, sie auf romantische Ideen gebracht hätten, dass sie unbedingt eine Liebesheirat anstrebte, eine Praxis, die zwar immer weiter um sich greift, aber so häufig im Unglück endet.

Madame Campan machte ein beunruhigtes Gesicht. »Eine *Liebes*heirat kommt nicht in Frage«, sagte sie in entschiedenem Ton und strich ihr schwarzes Kleid glatt, das einfach, ohne Tand oder Raffinesse, geschnitten war. »Junge Menschen werden von Gefühlen hin und her gerissen – sie können keine kluge Wahl treffen. Ihre Tochter ist intelligent. Ich bin überzeugt, dass sie zu dem Schluss kommen wird, dass das französische System jedem anderen überlegen ist. An wen hatten Sie denn gedacht?«

Ich sagte ihr, dass ich zwar mit Bonaparte noch nicht darüber gesprochen hätte, aber immer mehr zu der Überzeugung käme, dass sein Bruder Louis der ideale Mann sein könnte.
Madame Campan lehnte sich mit zufriedener Miene zurück. »Ich wollte gerade anregen, dass Sie Louis in Erwägung ziehen sollten. Selbst wenn er ein abstoßender Kandidat wäre, würde ich ihn empfehlen, denn die Vorteile für Sie, Ihren Mann – ja, die Nation – liegen für alle Beteiligten mehr als klar auf der Hand.«
Mehr als klar. »Gewiss, aber –«
»Aber glücklicherweise ist er kein abstoßender Kandidat. Louis ist ein nachdenklicher Mensch. Er ist liebenswürdig und hat einen einfachen Geschmack, genau wie Hortense. Sie haben den gleichen Sinn für Poesie. Und seine Gefühle für Ihre Tochter?«
»Um ehrlich zu sein, keimt in mir die Vermutung, dass Louis in sie verliebt sein könnte.«
»Sie würden schöne Kinder bekommen.«
O ja! Und welche eine Freude es für Bonaparte und mich wäre. Ihre Kinder würden uns zusammenschweißen, uns trösten, falls wir nie in der Lage wären …

8. September – Paris

»Joséphine?« Bonaparte berührte mich an der Schulter. »Bist du wach? Ich habe nachgedacht: Wie wäre es mit Louis? Als einem möglichen … du *weißt* schon, für Hortense.«
»Was für eine großartige Idee!«, sagte ich und schloss ihn in die Arme. »Warum habe ich noch nicht daran gedacht?«

10. September

»Bonaparte, wir müssen etwas wegen Hortense und Louis unternehmen.«

»Was müssen wir?«, fragte Bonaparte und schlug das Buch zu, das er gerade las, eine Geschichte über Kaiser Karl den Großen. Die Stelle, an der er gerade war, markierte er mit dem Finger.
»Du weißt schon – worüber du gesprochen hast.«
»Das ist Frauensache«, sagte er und öffnete das Buch erneut. (Wobei er ihm den Rücken brach.)
»Aber jemand muss mit Louis sprechen, und das solltest eigentlich du sein.«
»Was verstehe ich denn schon von solchen Angelegenheiten?«
»Mehr als du denkst«, sagte ich lächelnd.

[Ohne Datum]

»Also, ich habe mit meinem Bruder gesprochen.« Bonaparte nahm neben meinem Toilettentisch Platz, musterte (beifällig) mein Kleid, den bestickten Batist, das Dekolleté. »Louis *ist* verliebt in –«
»Bonaparte!«, zischte ich und verdrehte die Augen zu meinem Frisör.
Bürger Duplan lachte und schüttelte meine Locken an der Seite auf. Er hatte mich dazu überredet, eine Tönung aus Rhabarber und Weißwein auszuprobieren, das meinem kastanienbraunen Haar einen goldenen Schimmer verlieh. »Madame Joséphine, Sie sollten mich besser kennen.«
»Ich kenne Sie nur zu gut.«
Dann erschien Bonapartes Sekretär an der Tür. (So geht es jetzt immer zu: geschäftiges Treiben und Hektik.) »Erster Konsul, Minister Talleyrand wünscht Sie zu sprechen.«
Ich griff nach der Hand meines Mannes. »Und?« Was ist mit *Louis*?
»Und ist einverstanden«, sagte Bonaparte mit einem Schulterzucken und erhob sich.

»Das ist alles?«
»Ich bin nicht im Zimmer!«, sagte Duplan und kramte in seinem Kammkasten. »Ich bin unsichtbar.«
»Er hätte es sowieso vorgehabt, sagte er.« Bonaparte senkte die Stimme. »Jetzt muss jemand mit Du-weißt-schon-wem reden, feststellen, ob Du-weißt-schon-wer unter Umständen … du weißt schon: *empfänglich* wäre.«
»Nirgendwo zu sehen!«, rief Duplan, warf die Hände in die Luft und wandte sich ab.
»Ich glaube nicht, dass ich diejenige sein sollte, die mit ihr spricht.« Das würde sie zu sehr unter Druck setzen. »Am besten wäre jemand außerhalb der Familie, denke ich.«
»Fauvelet könnte es tun«, sagte Bonparte.
»Gewiss«, sagte Fauvelet. »Was könnte ich tun, Erster Konsul?«, hörte ich ihn sagen, als er Bonaparte aus dem Zimmer folgte.
»Bürger Duplan, unterstehen Sie sich, auch nur ein Wort zu sagen, dies meine ich ernst«, sagte ich zu meinem Frisör, unmittelbar, nachdem sich die Tür geschlossen hatte. »Nicht einmal im Flüsterton.« *Vor allem* nicht im Flüsterton.

Ungefähr 4 Uhr 30

Heute Nachmittag, als Bonapartes Sekretär kam, um den neuen Rock, den ich für ihn entworfen habe, vorzuführen (er ist hervorragend – selbst Bonaparte wünscht sich jetzt einen), teilte ich Fauvelet unsere Überlegungen mit. »Louis ist sanftmütig und liebevoll, und er ist Hortense aufrichtig zugetan. Wenn sie heiraten würden …« Ich umriss die Vorteile für alle Beteiligten.
»Ich stimme mit Bonaparte überein, dass Sie die ideale Person sind, um Hortense auf dieses heikle Thema anzusprechen.
»Nun ja, vielleicht nicht unbedingt ideal, aber …«
»Ich weiß, Madame Joséphine, der Erste Konsul hat bereits mit

mir darüber gesprochen, aber ich bin nicht der Meinung, dass ich –«
»Sie und Hortense spielen zusammen Theater. Sie stehen miteinander auf vertrautem Fuß. *Bitte.* Würde es Ihnen etwas ausmachen? Könnten Sie einfach nur herausfinden, wie sie möglicherweise darüber denkt?«

13. September

»Sie weinte, Madame.«
Weinte! »Warum? Was hat sie gesagt?«
Fauvelet zuckte mit seinen hageren Schultern. »Nichts.«
»Nun – was haben Sie zu ihr gesagt?«
»Dass sie es ihrem Land schuldig wäre.«
Mon Dieu.
»Und dass der Erste Konsul und Sie entschieden hätten.«
»Haben Sie denn nicht auf die guten Eigenschaften von Louis hingewiesen?«
Fauvelet sah mich fragend an. »Louis hat gute Eigenschaften?«
»Haben Sie denn nicht darauf hingewiesen, wie sanftmütig, einfühlsam und intelligent er ist? Haben Sie ihr denn nicht gesagt, dass Louis sie liebt?« Wie ich es ihm aufgetragen hatte!
»Ich fing gerade damit an, Madame, aber ich weiß nicht, ob sie mich gehört hat.« Er schürzte die Lippen. »Sie hat ganz entsetzlich geweint. Keine Sorge!« Er hob die Hände, als ergebe er sich einem Feind. »Sie *versicherte* mir, dass sie niemals etwas tun würde, was Ihnen missfallen könnte.«
Hortense hat sich acht Tage Bedenkzeit erbeten. Nun, allein an meinem Sekretär, bin ich voller Reue. Wie schwierig dies doch ist. Tun wir das Richtige?

15. September – Malmaison

Ich sehe den traurigen Blick meiner Tochter und muss mich abwenden. »Sie muss selbst entscheiden«, sagte Bonaparte zu mir und nahm mich in die Arme.

16. September

Madame Campan ist gerade bei Hortense. Ich kann ihr leises Stimmengemurmel hören, das gedämpfte Weinen von Hortense. Ich ertrage es kaum.

Später

Ich brachte Madame Campan zu ihrer Kutsche. »Sie wird sich schon wieder fangen«, sagte sie. »Sie müssen Geduld haben.«
»Was hat Hortense einzuwenden?« Warum ist meine Tochter so unglücklich? Wir verlangen ja nicht von ihr, einen widerwärtigen, alten Mann zu heiraten. *So* etwas geschieht sicherlich alle Tage. »Mag sie Louis nicht? Bonaparte und ich hatten eigentlich den Eindruck, dass sie ihm sehr zugetan ist.«
Madame Campan beugte sich zu mir. »Ich denke, dass sie erwartet, *glückselig* sein zu müssen«, sagte sie. Ich runzelte die Stirn. »Ganz recht!«, rief sie aus. »Natürlich ist sie Louis sehr zugetan. Er entspricht nur nicht ihrem *Idealbild*. Hortense ist schon immer sehr … theatralisch gewesen, könnte man sagen, aber im besten Sinne! Empfindsam, gewiss. Romantisch, fürchte ich. Sie wird Vernunft annehmen – Sie werden schon sehen.«

17. September

Bonaparte hat England ein Ultimatum gestellt: Falls kein Friedensvertrag geschlossen wird, werden die Verhandlungen ab-

gebrochen. »Und was deine Tochter angeht …«, sagte er auf eine Entscheidung drängend.
Noch vier Tage.

21. September, früher Nachmittag – Tuilerien

Fauvelet steckte den Kopf durch die Tür. »Madame Joséphine?«
Ich blickte von meiner feinen Handarbeit auf.
»Sie hat eingewilligt. Sie sagte, dass sie Ihrem Glück nicht im Wege stehen möchte.«
Mit bebendem Kinn kramte ich eilig nach meinem Taschentuch.

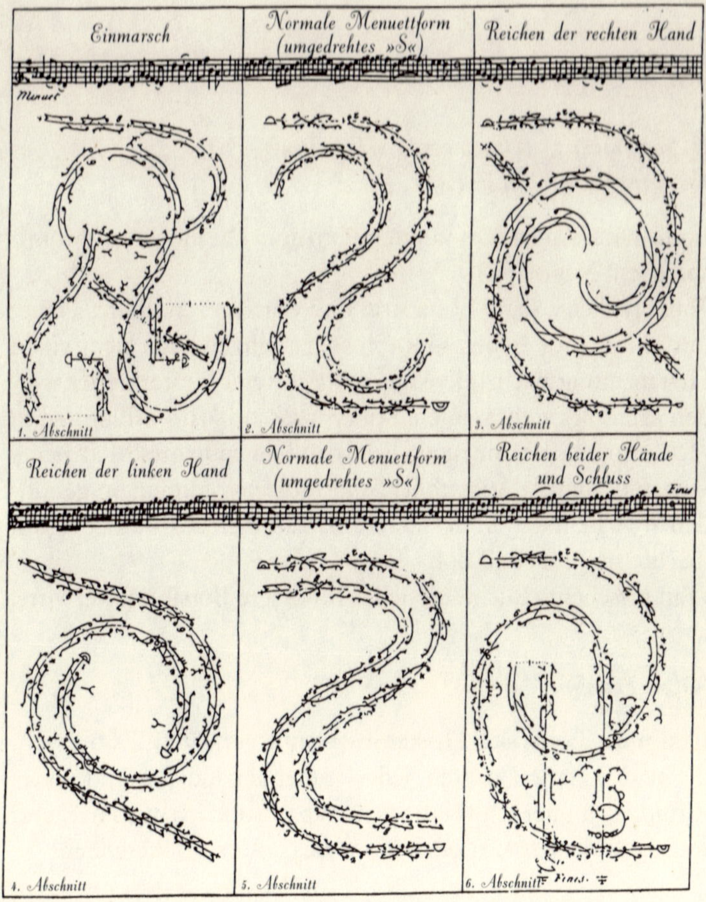
Einmarsch
Normale Menuettform (umgedrehtes »S«)
Reichen der rechten Hand
Menuet
1. Abschnitt
2. Abschnitt
3. Abschnitt
Reichen der linken Hand
Normale Menuettform (umgedrehtes »S«)
Reichen beider Hände und Schluss
Finis
4. Abschnitt
5. Abschnitt
6. Abschnitt
Finis.

Meine Tochter heiratet endlich

22. September 1801, kurz vor 10 Uhr abends – ein regnerischer Tag in Paris

Louis hatte Angst, das sah man ihm an. »Du möchtest mit mir sprechen, Napoléon?«
»Ja, setz dich«, sagte Bonaparte und warf ein zerknülltes Papier in das lodernde Feuer. »Hortense hat eingewilligt, über einen Heiratsantrag nachzudenken, sollte ihr einer unterbreitet werden.« Ich zuckte zusammen. Bonaparte kann so unverblümt sein!
»Ich empfehle sie. Sie ist ein liebes und tugendhaftes Mädchen.«
Genau in diesem Augenblick kam Hortense mit einem gebundenen Notenbuch in der Hand ins Zimmer. Als sie Louis sah, machte sie kehrt und floh.
»Ein bisschen schüchtern vielleicht«, sagte Bonaparte verwirrt.

[Ohne Datum]

Jetzt muss Louis sich Hortense nur noch erklären. Es tut weh, die beiden zu beobachten, jeder immer am anderen Ende eines Zimmers, immer schweigsam. Bonaparte und ich warten … und warten und *warten*. Wie lange soll das noch so weitergehen?

3. Oktober 1801, Saint-Jean-de-Maurienne

Chère Maman,
rasch ein paar Zeilen (der Kurier bricht bald auf). Die Nachricht, dass

England endlich eingewilligt hat, einen Friedensvertrag zu unterzeichnen, ist phantastisch!
Victor schrieb, dass man ihm die Verantwortung für die Flotte, die nach Saint-Domingue segelt, übertragen hat. Was für ein großartiges Kommando! Jetzt hat er die Chance zu beweisen, was er wert ist. Pauline dürfte sich freuen.*
Hortense hat schon seit einiger Zeit nicht mehr geschrieben. Zu sehr damit beschäftigt, Freier zu empfangen?

Tausend Küsse, mir geht es gut,
dein dich liebender Sohn Eugène

14. Oktober

»Vielleicht solltest du mit Louis reden«, schlug ich Bonaparte vor. »Ihn ermutigen… du *weißt* schon.« Einen Heiratsantrag zu machen! Allein schon den jungen Mann dazu zu bewegen, mit meiner Tochter zu *sprechen*, entwickelte sich zu einem Problem.
»Was verstehe ich denn von solchen Sachen?«
»Wäre es dir lieber, wenn ich mich darum kümmere?« Unser großer Ball stand bevor: genau der richtige Rahmen.

21. Oktober, 6 Uhr morgens – Malmaison

Oh, es ist früh am Morgen, aber ich bin zu aufgewühlt, um im Bett zu bleiben. Mein Herz wirbelt vor Freude und Zweifeln – aber vor allem vor Erleichterung.
Gestern Abend eröffneten Bonaparte und ich den Ball mit einem Menuett. (Er hat nur zwei Schritte ausgelassen.) »Was

* Der Vorfriedensvertrag mit England öffnete den Atlantik, der zuvor von der englischen Flotte kontrolliert worden war. Saint-Domingue (heute Haiti) war einige Zeit in französischer Hand gewesen, allerdings konnte Frankreich nicht dorthin segeln. Es waren Truppen erforderlich, um einen Aufstand niederzuschlagen.

wirst du Louis sagen?«, raunte er, denn wir hatten beschlossen, dass es an der Zeit war.
Reichen der rechten Hand: »Was sollte ich deiner Meinung nach denn sagen?«
Reichen der linken Hand: »Sag ihm, dass er endlich zur Sache kommen soll!«

Ich brachte den schüchternen Freier dazu, neben mir Platz zu nehmen. »Louis, hieltest du es für unschicklich, wenn eine Frau einen Mann um einen Tanz bitten würde?« Ein Kotillon war angekündigt worden, und die Paare schritten zur Tanzfläche.
»Ich glaube, dass immer der Mann fragen muss«, sagte er ernst.
»Schade«, sagte ich mit einem, wie ich hoffte, verräterischen Lächeln. Leider verstand er es nicht. »Fändest du es denn schockierend, wenn ich dir mitteilte, dass ich, solltest du bei diesem Tanz um die Ehre meiner Hand bitten, mit Freuden zustimmen würde?«
Er sah mich vollkommen ernst an, eine kleine Falte zwischen den Augen. (*Hübsche* Augen, Madame Campan hat Recht: Sie würden schöne Kinder bekommen.) »Du möchtest gerne tanzen, Tante Joséphine?«
»Ich wäre entzückt.« Er führte mich hinaus auf die Tanzfläche. Hortense saß mit Caroline in der Nähe der Musiker; ich winkte mit den Fingern in ihre Richtung.
»Gewöhnlich ist deine Tochter die Erste auf der Tanzfläche.«
»Sie tanzt leidenschaftlich gerne.«
»Sie tanzt gut«, sagte er, als die Musik einsetzte.
»Du auch, Louis.« Obwohl es seinen Bewegungen, ehrlich gesagt, an Selbstsicherheit mangelte. Vielleicht konnte Hortense ihn mit der Zeit …
»Es geht mir nur darum, mich nicht zu blamieren«, sagte er, als wir den Tanz fortsetzten.

»Du unterschätzt deine Fähigkeiten.« Das war die Wahrheit. Louis hat außergewöhnliche Qualitäten. Ich wandte den Kopf ab (die alten Frauen, die am Rand der Tanzfläche saßen, konnten von den Lippen lesen) und sagte: »Louis, Bonaparte und ich haben über dich und Hortense nachgedacht. Hast du dir schon einmal überlegt, *wann* du einen Antrag machen könntest? Heute Abend wäre –«

»Nein! Ich meine, ja.« Louis verfehlte einen Schritt, was er trotz aller Bemühungen nicht korrigieren konnte.

»Ich bin außer Atem«, schwindelte ich. »Ich glaube, ich sollte mich hinsetzen.« Es war ein Fauxpas, mitten in einer Figur die Tanzfläche zu verlassen, aber wenigstens war der Tanz schon fast zu Ende.

Er begleitete mich zu meinem Stuhl. »Willst du dich nicht für einen Augenblick zu mir setzen?«, fragte ich mit der nötigen Autorität und deutete auf den leeren Platz neben mir. Pflichtschuldigst nahm er neben mir Platz, doch seine Augen huschten wie bei einem gefangenen Tier hin und her. Männer!, dachte ich, so kühn auf dem Schlachtfeld, so schüchtern im Salon.

»Wie ich schon sagte –«, ich musste Entschlossenheit zeigen. »Bonaparte liegt sehr daran, die Angelegenheit endlich abzuschließen. Er meint, dass du dich Hortense erklären solltest – *heute Abend*. Da ist sie ja schon«, sagte ich und deutete mit meinem Fächer.

Louis machte ein verzweifeltes Gesicht. »Aber jetzt ist sie mit Caroline *und* Émilie zusammen.«

Unter den gegebenen Umständen wäre ein Tanz für Louis zu verlockend, das wurde mir klar. »Du könntest sie zu einem Spaziergang im Garten einladen.« Ich berührte ihn am Ellenbogen, drängte ihn aufzustehen. Nur ein einziger Schritt und er wäre gebunden. Aber dieser eine Schritt! »Geh«, zischte ich.

[Ohne Datum]

Die Sippe nahm die Neuigkeit mit eisigem Schweigen entgegen. Signora Letizia stand langsam auf und hob ihr Glas Traubensaft, ihr steifer Zeigefinger deutete wie anklagend auf Hortense. »Nun wirst du eine von uns sein«, sagte sie und setzte sich wieder.
Anschließend im Salon, als Hortense eine ihrer neuen Kompositionen sang und ich sie auf der Harfe begleitete, spürte ich eine unsichtbare Spannung aus Getuschel, scharfen Blicken und verstohlenen Handbewegungen – ein aufgeregtes, geheimnistuerisches Gemurmel, wie es schien.

29. Oktober 1801, Saint-Jean-de-Maurienne

Chère Maman,
welche Überraschung! Ich freue mich sehr. Louis ist genau der Richtige für Hortense; sie passen in so vielerlei Hinsicht zusammen. Wurde schon ein Datum festgelegt? Stell dir bloß mal vor – nächstes Jahr kann ich schon Onkel sein!

Dein dich liebender Sohn Eugène

Anmerkung – Ich erwäge, mir einen Spitzbart wachsen zu lassen.

17. November 1801, Saint-Jean-de-Maurienne

Chère Maman,
also gut, kein Spitzbart!
Ich habe mich endlich für mein Hochzeitsgeschenk entschieden: zwei Pferde, eines eine Rotschimmelstute und das andere ein brauner Hengst, beide von Pegasus gezeugt. Was hältst du davon? Hättest du etwas dagegen, sie in Malmaison unterzubringen, bis Hortense und Louis ihr eigenes Haus haben?

Dein dich liebender Sohn Eugène

18. Dezember 1801 – Saint-Jean-de-Maurienne

Chère Maman,
du solltest eigentlich wissen, dass die Einzelheiten des Hochzeitskleides, das du für Hortense hast anfertigen lassen, an deinen Sohn verschwendet sind. Was verstehe ich schon von Seide und feiner Spitze? Aber wäre es möglich, ein Porträt von Hortense malen zu lassen, auf dem sie das Kleid trägt? Das könnte mich zumindest ein wenig darüber hinwegtrösten, dass ich nicht selbst an der Zeremonie teilnehmen kann.
Ich habe mein Regiment schon darauf vorbereitet, dich und Papa im nächsten Monat in Lyon zu treffen. Ich bedauere, dass ich zu dem großen Ereignis nicht in Paris sein kann – zuviel zu tun!

Dein dich liebender Sohn Eugène

Anmerkung – Hortense schrieb, dass Pauline unglücklich darüber ist, mit Victor nach Saint-Domingue zu gehen. Ich habe gehört, dass Papa Pauline aus Paris entfernen will, weg von ihren zahlreichen Bewunderern. (Daran kannst du erkennen, wie langweilig mir ist: Ich bin schon so weit, dass ich auf Klatsch höre. Verzeih mir!)

25. Dezember – Heiligabend

Weihnachtsessen mit der Sippe. »Ich freue mich ja so, dass Hortense und Louis heiraten werden, Tante Joséphine«, sagte Caroline zu mir, während sie Pudding und Torten auf ihren Teller türmte. »Stell dir bloß mal vor, dann sind Hortense und ich Schwestern und gleichzeitig Busenfreundinnen – und Napoléon ist dann Hortenses Bruder«, sagte Caroline und suchte Louis' Blick. »Das muss ihm gefallen: Napoléon hat Hortense ja *so* gern. Alle reden darüber, wie *nahe* wir uns als Familie stehen.«

26. Dezember, frühmorgens

Irgendetwas in Carolines Gesichtsausdruck gestern Abend beunruhigte mich. Wider bessere Einsicht habe ich Mimi gebeten, mit ihrem Spitzel Kontakt aufzunehmen. »Das hatte ich sowieso gerade vor«, teilte sie mir grinsend mit.

[Ohne Datum]

Heute Morgen steckte mir Mimi einen Zettel zu. »Von Gontiers Neffen?« Ich erkannte die unbeholfene Handschrift wieder.
»Es ist nicht sehr freundlich«, warnte sie mich.
Ich schob den Zettel in den Ärmel.

Heut Abend hat Mme Carolin zu ihrm Bruder Louis gesagt er darf die Tochter von der Alten Frau nich heiratn. Sie hat ihm gesagt die Leut sagen der 1. Konsul is Geliebter von Mlle Hortens. Louis hat gesagt das is ne Lüge, das das nich stimen tut, das Er Sie heiratn wird. Mme Carolin hat 3 Schüssel kaput gemacht weil Sie so böse.

Ich bin völlig außer mir! Meine Hand zittert, während ich dies schreibe.

29. Dezember

Trotz aller Widerstände, Gerüchte und Verdächtigungen laufen die Vorbereitungen für die Hochzeit einer Beauharnais, der Tochter »der Alten Frau«, mit einem Bonaparte wie geplant weiter. Der Ehevertrag wird am 1. Januar unterzeichnet – in nur drei Tagen; die Feier soll am Tag darauf stattfinden. Das Hochzeitskleid ist fast fertig. Leroy hat sich selbst übertroffen.

30. Dezember

Hortense war die ganze Nacht krank. Sie tobte und weinte von hysterischen Anfällen geschüttelt. Sie könnte Louis unmöglich heiraten, beichtete sie schließlich. »Ich habe einem anderen mein Herz geschenkt!«, sagte sie und fiel in die Kissen zurück. Ich faltete die Hände, öffnete sie, faltete sie erneut. Was erzählte mir meine Tochter da?
»Ich liebe Christophe Duroc«, jammerte sie.

11 Uhr 20 morgens

»Sie ist völlig durcheinander. Ich glaube nicht, dass sie damit fertig werden kann.«
Bonaparte warf verärgert sein Buch auf den Tisch. »Was soll das heißen? Sie muss! Alles ist vorbereitet.«
»Sie ist in einen deiner Adjutanten verliebt – in Duroc.«
»Christophe?« Bonaparte schnaubte vor Belustigung.

Sehr spät – nach Mitternacht (kann nicht schlafen)

Heute Abend, bevor wir uns zur Ruhe begaben, teilte mir Bonaparte mit, dass er Christophe Duroc angeboten hätte, Hortense zu heiraten. »Du hast *was* getan?« Es dauerte einen Augenblick, bis ich überhaupt antworten konnte.
»Wie wir es besprochen hatten«, sagte er, während er in seinem Nachtgewand auf und ab lief. »Ich trug Fauvelet auf, Christophe mitzuteilen, dass ich ihm eine halbe Million und das Kommando der Achten Militärdivision geben würde unter der Bedingung, dass die Hochzeit in zwei Tagen stattfände und sie unverzüglich nach Toulon abreisten.«
Toulon? »Fauvelet hat heute Abend mit ihm gesprochen?«, stieß ich hervor.

»Ja, er unterrichtete Christophe von dem Angebot, bevor Christophe zur Opéra aufbrach. Nach seiner Rückkehr teilte er Fauvelet seine Ablehnung mit.«

»Christophe Duroc hat sie *abgelehnt*?«

»Er möchte in Paris leben, sagte er. Er möchte nicht in Toulon leben.«

Meine arme Tochter! Christophe Duroc hegt keinerlei Gefühle für sie, denn er reagierte ziemlich unfein auf das Angebot, indem er Fauvelet sagte, dass er sich damit jetzt nicht abgeben könnte, dass er auf dem Weg zu einem Bordell wäre.

Die Luft in Hortenses Schlafzimmer war stickig. »Hortense?« Ich schob die bestickten Bettvorhänge zur Seite. Hortense lehnte in den Kissen, die Tagesdecke bis zum Kinn hochgezogen.

»Wie fühlst du dich?«

»Es geht mir gut, Maman«, sagte sie in beherrschtem Ton. »Danke der Nachfrage.«

Sie ist jung, ermahnte ich mich, Launen unterworfen. Ich setzte mich neben sie. »Ich habe dir etwas zu sagen.« Es gab keine andere Möglichkeit oder Gelegenheit. »Ich weiß, dass du die Hoffnung auf eine Heirat mit Christophe Duroc hegst. Ich habe mit Bonaparte darüber gesprochen, und er machte ein Angebot, aber ... Duroc lehnte ab«, sagte ich so behutsam wie möglich.

»Das sagst du doch nur so! Du willst nicht, dass ich ihn heirate«, schluchzte sie und warf mit Kissen um sich. »Wohin gehst du?«, wollte sie wissen, als sie sah, dass ich das Zimmer verließ.

»Ich werde Fauvelet holen«, sagte ich bemüht, ruhig zu bleiben. »Er wird dir selbst mitteilen, was Christophe Duroc gesagt hat.«

»Geh nicht!«, schluchzte sie mit bebenden Schultern.

Ich nahm sie in die Arme. Sie war so heiß! »Ich lasse den Arzt holen.«

31. Dezember, Silvester

Mit beträchtlichen Schwierigkeiten gelang es mir, Bonaparte dazu zu bewegen, die Hochzeit zu verschieben. »Zwei Tage«, sagte ich. »Dr. Corvisart meint, dass sie bis dahin wieder wohlauf sein wird.« Dr. Corvisart ist der einzige Arzt, dem Bonaparte vertraut.

»Du verstehst das nicht!«, explodierte Bonaparte. (Alle sind so launisch! Es passiert einfach zu viel auf einmal.) »Einige hundert italienische Delegierte erwarten mich in Lyon, um ihre neue Republik auszurufen. Es ist alles vorbereitet. Hast du überhaupt eine Ahnung, was ein Aufschub bedeutet?«

»Sie ist einfach nicht dazu in der Lage, Bonaparte!«

Kurz vor 10 Uhr abends

»Eine Verzögerung von zwei Tagen?« Louis schaute misstrauisch. »Das wird einen schlechten Eindruck machen«, sagte er und zog den Kopf zwischen die Schultern. »Darf ich fragen warum?« Er wäre der Meinung, dass ein Hochzeitsdatum unter keinen Umständen geändert werden sollte, sagte er.

»Sie ist wirklich sehr krank. Glaube mir, Louis, es wird einen noch schlechteren Eindruck machen, wenn du darauf bestehst. Sie kann kaum aufrecht sitzen, so schwach ist sie.«

2. Januar 1802, frühmorgens

Hortense hat sich erholt – einigermaßen jedenfalls. Und daher werden wir jetzt mit der Unterzeichnung des Ehevertrags, der standesamtlichen und der kirchlichen Trauung fortfahren – und so meine widerstrebende Tochter in den heiligen Stand der Ehe zerren.

»Allen Mädchen ergeht es so«, beruhigte mich Madame

Campan. »Hortense ist nur dramatischer veranlagt als die meisten.«
Widerspenstiger als die meisten!

Sonntag, 3. Januar

Der Ehevertrag ist unterzeichnet, somit liegt wenigstens *diese* Tortur hinter uns – und eine Tortur war es in der Tat. Bonapartes Mutter machte die ganze Zeit über ein finsteres Gesicht; Caroline und Joseph lächelten scheinheilig. Ich weinte trotz aller guten Vorsätze, was den Bräutigam bekümmerte. Nur Hortense wirkte gelassen (unnahbar).
Nach der Unterzeichnung schenkte Bonaparte Hortense die phantastische Diamantenkette, die wir für sie hatten anfertigen lassen. »Danke«, sagte sie, aber ohne jegliche Gefühlsregung. Sie ist *entschlossen*, sich über nichts zu freuen.

4. Januar, kurz nach 8 Uhr morgens

Ich erwachte bei Tagesanbruch und habe bereits sehr viel erledigt: Die Speisepläne nochmals überprüft, mit Leroy eine letzte Änderung an Hortenses hinreißendem Brautkleid (es ist eine Überraschung für sie) vereinbart, einen Brief an Kardinal Caprara gesandt mit der Bitte, die kirchliche Trauung zu vollziehen, die nach der standesamtlichen Trauung in dem kleinen Haus in der Rue de la Victoire stattfinden soll.
Diese Hochzeit nimmt mich, ehrlich gesagt, derart in Anspruch, dass ich immer wieder vergesse, dass Bonaparte und ich in wenigen Tagen nach Lyon aufbrechen und einen Monat fort sein werden. Mal sehen, ob es Hortense und Louis gefallen würde, in Malmaison zu wohnen und sich um all die Tiere zu kümmern.
Hortense und Louis. Hortense und Louis. Hortense und Louis.

Louis und Hortense.
Madame Louis Bonaparte.
Madame Louis.
Madame.

11 Uhr 45 nachts. Ein langer Tag

Kurz vor neun klopfte ich an die Tür zu Hortenses Zimmer. Sie kam in einem schlichten Kleid aus Crêpe heraus, in der Hand einen kleinen Strauß Orangenblüten. »Du bist noch nicht angekleidet? Es wird Zeit, nach unten zu gehen. Alle warten schon.«
»Ich bin *angekleidet*«, teilte mir meine Tochter mit.
Ich schaute verwirrt zu Mimi. »Was ist mit dem Brautkleid passiert?« Das exquisite Kleid aus weißem Satin. »Wurde es nicht geliefert?« Und was war mit den Diamanten, die Bonaparte ihr geschenkt hatte? Hortense trug eine einreihige Kette mit minderwertigen Perlen.
Mimi verdrehte die Augen, als wollte sie sagen: Ich gebe es auf. »Die Braut zieht es vor, schlicht gekleidet zu sein.«
Ich presste die Lippen zusammen und bemühte mich, so gut es ging, meine Enttäuschung zu verbergen. Ich wusste, dass es vollkommen sinnlos war, sie umstimmen zu wollen. »Du siehst reizend aus«, log ich.

Es war ein wahrlich trostloses Ereignis. Wir standen feierlich da, als der Bürgermeister Louis und meine Tochter durch das Band der Ehe vereinigte. Die Familie und der Zweite und Dritte Konsul wohnten der Veranstaltung ohne auch nur eine freudige Regung bei. Bonaparte konnte das Ende der Zeremonie kaum erwarten. (Er musste arbeiten!) Ich spielte die glückliche Mutter, aber das war schwierig: Hortense sah so unglücklich aus. Louis betrachtete sie besorgt – er tat mir Leid.

Danach fuhr die freudlose Gesellschaft zu dem kleinen Haus in der Rue de la Victoire, wo Kardinal Caprara schon seit Stunden in seinem Priestergewand wartete. (Er hatte sich in der Zeit geirrt.) Nach dem Champagner, von dem ich gehofft hatte, dass er die Versammelten wenigstens ein klein wenig fröhlicher stimmen würde (was nicht der Fall war), vereinte Kardinal Caprara Hortense und Louis im Angesicht Gottes. Und damit ist der Bund fürs Leben wirklich geschlossen, in guten wie in schlechten Tagen.
Bonaparte wünschte den beiden Glück, und dann brachen er und die beiden Konsuln unverzüglich auf – sie hätten viel für die Reise nach Lyon vorzubereiten, sagten sie. Während wir darauf warteten, dass das Festmahl angekündigt würde, erwähnte Caroline dem Kardinal gegenüber, dass sie und Joachim nur standesamtlich getraut worden wären und sie planten, sich demnächst auch kirchlich trauen zu lassen.
Kardinal Caprara schaute prüfend auf seine Taschenuhr, ein schweres, goldenes Instrument, das an einer dicken Kette baumelte. »Ich könnte Sie sofort trauen, wenn Sie möchten. Es würde nur etwa eine halbe Stunde dauern«, beruhigte er mich, denn der Tisch war bereits gedeckt.
Ich blickte zu Hortense und Louis, die mit bedrückter Miene auf dem Sofa saßen. »Ihr hättet nichts dagegen?« Schließlich war es ihr Freudentag. (Wohl kaum.)
»Natürlich nicht«, sagte Hortense pflichtschuldigst, fügte dann jedoch hinzu, »das heißt, wenn mein *Gemahl* nichts dagegen hat.«
»Nein, ich habe nichts dagegen«, sagte Louis so leise, dass man ihn kaum hören konnte.
»Möchte noch irgendjemand heiraten?«, sagte der angeheiterte Kardinal, nachdem er Caroline (noch sechs Monate bis zum Termin und schon sehr dick) und Joachim im Eilschritt durch die Zeremonie geführt hatte.

»Schade, dass der Erste Konsul nicht hier ist, Maman«, sagte Hortense und biss sich dann klugerweise auf die Zunge, denn es ist nicht allgemein bekannt, dass Bonaparte und ich nie kirchlich getraut wurden. Damals war es nicht möglich* – und heute ist es peinlich.

Als das Mahl angekündigt wurde, verabschiedete sich Kardinal Caprara: »Leider werde ich noch anderswo erwartet.«

»Bevor Sie gehen, Kardinal Caprara, würde es Ihnen etwas ausmachen? Ob Sie vielleicht ...« Ich sah mich um, um mich zu vergewissern, dass mich niemand hören konnte. »Ob Sie vielleicht ihr Bett segnen könnten.« Es ist ein alter Brauch, und man weiß ja nie. Vielleicht hilft es. Einen Segen haben Hortense und Louis sicher bitter nötig.

* Während der Revolution war der Katholizismus geächtet.

Wir sind alle glücklich

31. Januar 1802 – Paris, wieder zu Hause, 7 Uhr 30 abends, ungefähr

Wir sind endlich zurück. Die Reise nach Lyon war ... nun ja, erstaunlich. All diese schönen Reden! Aber auch all dieser Pomp, die ermüdenden Zeremonien. Gut, dass Eugène dort zu uns stieß, der so stolz auf sein Regiment ist.
Apropos – er ist gerade angekommen und kann es kaum erwarten, seine Schwester zu sehen – ebenso wie ich!

9 Uhr 45 abends

Eugène schloss Hortense wie ein Bär in die Arme und hob sie hoch. »Madame Louis! Sie haben sich kein bisschen verändert.«
»Ich bin die glücklichste Frau der Welt«, sagte sie (und suchte meinen Blick), und dann schwatzte sie über Louis' problematische Gesundheit, den Kunstunterricht, den sie beide nahmen, den Wurf eines Mopses, ein lahmes Pferd, die Rückenprobleme des alten Gontier. Dann gesellte sich Louis zu uns, und Hortense verstummte, während er von diesem und jenem redete, ihre Hand hielt und sie keine Sekunde aus den Augen ließ.
Ich bin ja *so* erleichtert.

18. Februar – Malmaison

Louis sah so stolz aus. Ich wusste sofort, was er sagen wollte! »Die Hebamme teilt uns mit, dass meine Frau, obwohl es noch zu früh ist, um es mit *Sicherheit* zu wissen, ein Kind erwartet.«
»Das ist ja wunderbar!«, rief ich aus und umarmte Hortense – wobei ich mich beherrschen musste, sie nicht zu zerdrücken, so groß war meine Freude.
Eugène schüttelte Louis herzlich die Hand. (Seine empfindliche Hand: Ich zuckte zusammen.) »Das bedeutet wohl, dass ich Onkel werde.« Er warf sich würdevoll in Pose, was uns zum Lachen brachte.
»Wie fühlst du dich?«, fragte ich Hortense besorgt. Ihr Wohl liegt mir so am Herzen.
»Mir ist übel!«, stöhnte Hortense.
»Gut, dann wird es ein Junge.« Bonaparte zwickte Hortense ins Ohr. »Joseph hat ein Mädchen. Lucien hat Mädchen. Es wird langsam Zeit, dass wir einen kleinen Bonaparte haben.«
Meine Tochter wird ein *Kind* bekommen – ich taumele vor Glück!

23. Februar, ein frostiger Nachmittag

Louis' Plan, sich in einem Badeort einer Heilbehandlung zu unterziehen, ist eine ausgezeichnete Idee (dass er sie nötig hat, ist offensichtlich) mit einer Einschränkung: Er erwartet, dass Hortense ihn begleitet. Ich bin krank vor Sorge! Barèges ist so weit weg. Die Reise dorthin würde über eine Woche dauern, und die Straßen sind entsetzlich primitiv. Ich habe Dr. Corvisart überredet, mit Hortense über die Gefahren einer solchen Expedition für eine junge Frau in ihrem Zustand zu sprechen.

28. Februar, Sonntag und ein Décadi – Malmaison

Hortense hat dunkle Ringe unter den Augen. Louis hat sie mitten in der Nacht geweckt. »Er weint, Maman! Er sagt, wenn ich ihn liebte, würde ich ihm überallhin folgen.«
»Hast du ihm erklärt, was der Arzt sagte?«
Hortense nickte. »Und dann habe ich ihm gesagt, dass ich ihn begleiten würde, dass *er* aber die Verantwortung trüge, wenn ich eine Fehlgeburt hätte.«
»Hortense, das kannst du nicht riskieren!«, sagte ich und packte sie an den Schultern.

1. März – Tuilerien

»Er weinte, als die Kutsche losfuhr, Maman«, sagte Hortense und stürzte in meine Arme. »Er sagt, dass er ohne mich nicht leben kann!«
Ach, dachte ich, die ersten Ehejahre sind ja so leidenschaftlich – so *stürmisch*.
»Als wir jung verheiratet waren, hat Bonaparte auch solche Dinge gesagt«, versuchte ich sie zu beruhigen. »Korsische Männer sind maßlos, wenn sie lieben – oder vielleicht auch nur die Bonaparte-Männer«, fügte ich lächelnd hinzu. Maßlos in allem, hätte ich eigentlich sagen müssen: in der Liebe, im Hass, im Ehrgeiz, im Stolz. »Louis' Gesundheit bereitet ihm Sorgen, das weiß ich. Die Bäder werden helfen. Und wenn das Kind erst einmal kommt, wird sich alles beruhigen. Du kannst von Glück sagen, dass du mit einem Mann verheiratet bist, der dich so sehr liebt. Und irgendetwas sagt mir, dass er ein hingebungsvoller Vater sein wird.«
Hortense lächelte durch ihre Tränen. »Er hat bereits eine Kammer mit Spielzeug voll gestopft.«

27. März, 11 Uhr 30 vormittags

Jetzt ist es offiziell – England hat den Friedensvertrag tatsächlich *unterschrieben*. »Deine Insel ist wieder französisch«, sagte Bonaparte und küsste mich, als überreichte er mir ein Geschenk: mein geliebtes Martinico.
»Ah, denkt doch bloß mal an die Kaschmirschals, die wir jetzt kaufen können«, sagte Caroline, während sie eine Hand voll Makronen nach der anderen in den Mund steckte. (Sie ist ungeheuer dick – nur noch ein Monat.)
»Und Kleider aus englischem Musselin.« Hortense zwinkerte mir verstohlen zu – wir trugen schon die ganze Zeit über englischen Musselin, hatten allerdings Bonaparte gesagt, dass der Stoff französischer Linon sei.
»Und englische Pflanzen für einen englischen Garten«, sinnierte ich. Ich habe bereits Briefe nach England an die dortigen Gärtnereien geschrieben.

30. März

Ich habe Mutter ein Paket nach Martinico gesandt, mit Porträts von Bonaparte, mir und den Kindern samt einer goldenen, wunderschön mit Diamanten besetzten Kassette, in die ich ein paar goldene Medaillen und Münzen zu Ehren von Bonapartes Siegen gesteckt habe.
Nun, da man die Meere wieder sicher befahren kann, hoffe ich, dass ich Mutter überreden kann, nach Frankreich umzuziehen. Ich habe außerdem vorgeschlagen, dass Onkel Robert meine Patentochter, mittlerweile fünfzehn, schickt. Ein Jahr in Madame Campans Schule würde der jungen Stéphanie gut tun, bevor sie heiratet.

6. April – Paris

Vor noch nicht einmal zwölf Tagen wurde der Frieden mit England unterzeichnet und schon wimmelt es in Paris vor Lords Diesunddas und Ladys Soundso, die mit ihren drolligen Regenschirmen und hoch erhobenen Hauptes durch die Stadt stolzieren, obwohl sie unglaublich *beeindruckt* sind und ungläubig mit den Augen zwinkernd den Prunk unserer neuen Republik auf sich wirken lassen – unsere eleganten Kleider, unsere glanzvollen Amüsements, unsere Lebenslust, unseren *Stolz*. Auf Elend und Schlamperei gefasst, sind sie fassungslos, ein gut regiertes, florierendes Land vorzufinden, entgeistert über unsere schönen, neuen Krankenhäuser (vor allem über das eine, das gerade für Kinder eröffnet wurde – das erste seiner Art), unsere Schulen, unsere Straßen. Überall, wo man hinschaut, wird gebaut: ein neuer Kai, Brücken, Denkmäler. »Ich möchte, dass Frankreich von allen Nationen beneidet wird«, sagte Bonaparte vor kurzem zu mir – und ich glaube, dass er es bereits erreicht hat.

8. April

Wunder über Wunder: Jetzt wird mit der Kirche Frieden geschlossen. »Wir werden den Ostersonntag in der Kathedrale von Notre-Dame feiern«, sagte Bonaparte zu mir.
In königlichem Stil feiern: Alle Bediensteten sollen Livree tragen.
»Ostersonntag?«, rief Leroy aus. Der verzweifelte Modeschöpfer legte den Handrücken an die Stirn und schloss die Augen. Nur noch zehn Tage.

18. April – Ostersonntag in Paris

Die Kirchenglocken von Paris läuten wieder. Was für ein herrlicher Klang! Bonaparte öffnete die Flügelfenster und stand in seinem Nachtgewand am Fensterbrett, als atmete er das schallende Glockengeläut von Emmanuel ein, der großen Glocke von Notre-Dame – die wie lange geschwiegen hatte? Zehn Jahre?
Unsere morgendlichen Träumereien wurden von Gewehrsalven zerschmettert, die die Fenster (und mein Herz) erzittern ließen.
»Ich habe alles, was man sich nur wünschen kann«, sagte Bonaparte feierlich. Frieden mit England. Frieden mit der Kirche.
»Wenn wir doch nur …«
Wenn wir doch nur ein Kind haben könnten.

26. April

Sehr beschäftigt. Caroline hat ihr Kind bekommen – ein kleines Mädchen, nach Signora Letizia genannt. Eine schwierige Geburt.

4. Juni – Paris

Heute Abend in der Opéra, um *Hecuba* zu sehen. Der Applaus für Bonaparte war stürmisch. Als Priam zu Achilles sagte: »Du erfüllst die Hoffnungen des Volkes«, glaubte ich, dass die Wände einstürzen würden, so groß war der Jubel. Das Publikum forderte, dass die Zeile wiederholt und noch einmal wiederholt wurde.
Wie oft es auch vorkommen mag – die Inbrunst der Menschen überwältigt mich immer wieder. Überwältigt und ängstigt mich, denn wohin wird sie führen?

10. Juni – Malmaison, ein wundervoller Sommertag

Thérèse lüftete ihren weißen Musselinschleier, der von einer Rosenkrone festgehalten wurde. »Meine Scheidung von Tallien ist jetzt amtlich, daher kleide ich mich wie eine Jungfrau«, verkündete sie. »Was ist los?«, wollte sie wissen und betrachtete mich genau.

Ich zögerte – aber mit wem konnte ich denn schon wirklich reden? »Die Leute sind so dankbar, sie werden Bonaparte alles geben, worum er bitten sollte.«

»Die ganze Welt! Und selbst dann wäre es noch längst nicht so viel, wie er uns gegeben hat.« Sie lachte, als sie meinen Gesichtsausdruck sah. (Lobeshymnen sind nicht Thérèses Art.) »Schau nicht so überrascht. Ich sehe wie jeder andere auch, dass dein Mann das Unmögliche erreicht hat – und wenn man bedenkt, wie dumm er wirkte, als wir ihm zum ersten Mal begegneten. Erinnerst du dich noch, wie wir über seine Zahnstocherbeine in diesen riesigen, stinkenden Stiefeln lachten? Ah, jetzt habe ich dir ein Lächeln abgerungen. Und jetzt sag mir, vor welcher Bitte, die er äußern könnte, du Angst hast.«

»Die Leute sagen, dass man ihn zum Ersten Konsul auf Lebenszeit ernennen sollte –«

»Natürlich. *Jeder* wird dafür stimmen.«

»– mit dem Recht, einen Nachfolger zu bestimmen.«

»Davon weiß ich nichts.«

»Worin liegt da der Unterschied zu einem König? Manchmal mache ich mir Sorgen, dass wir in unserem Bestreben, uns in den Augen der Welt zu legitimieren, zu dem werden, für dessen Änderung wir so hart gekämpft haben.«

»Das ist nicht unbedingt das Gleiche. Schließlich wird darüber abgestimmt – es bleibt dem Volk überlassen zu entscheiden, was es will. Und selbst wenn Bonaparte der gewählte König wäre, wäre er ein Bürgerkönig.«

»Ich weiß, ich weiß«, widersprach ich, »aber einige Leute sagen ihm bereits, dass das Recht, seinen Erben zu benennen, nicht ausreichte – dass das Amt erblich sein sollte.« Vor allem seine *Familie* – sie bestand darauf, dass das Amt an einen von ihnen fallen sollte.

»Ah, jetzt verstehe ich. Du und Bonaparte habt keine Kinder.«

»Und allmählich glaube ich, dass wir auch nie welche haben werden.«

»Hast du schon mal versucht –?

»Alles!« Ich esse kein Fleisch mehr, trinke keinen Alkohol mehr. Ich habe mich bemüht, meinen Körper durch die Einnahme einer Tinktur aus Sennesblättern, von Bittersalz und anderen Abführmittel ständig zu entleeren. (Oh, diese Folgen.) Ich habe mir sogar Blutegel an die Schläfen setzen lassen. »Ich werde bald nach Plombières zu einer weiteren Kur reisen, aber ich gestehe, dass ich ...«

Thérèse legte ihre Hand über meine. »Schätzchen, du musst Vertrauen haben.«

2. Juli – Plombières

Der Badearzt ist optimistisch. »Die Bäder machen Sie krank. Das ist ein gutes Zeichen.«

7. Juli – Plombières, heiß

Ein Wunder – ich hatte eine ganz leichte Blutung! »Kehren Sie unverzüglich nach Paris zurück«, befahl der Badearzt und verschrieb Tonika und Tränke. »Ständiger Verkehr und danach nicht bewegen. Legen Sie Ihre Hüften für mindestens zwei Stunden auf einem Kissen hoch.«

Ich packe.

14. Juli, Tag der Bastille – Paris

Ich habe mich wie eine Braut auf das Zubettgehen vorbereitet. Ein heidnischer Geist schwebt in der Luft: Heute Abend auf dem Bankett zum Tag der Bastille wurden zwölf von der Stadt ausgestattete Mädchen mit Soldaten verheiratet. Bonaparte sah in seinem Lyoner Frack aus purpurrotem, mit Gold eingefasstem Satin großartig aus. »Wie ein König«, sagte ihm seine Familie mit zufriedenem Lächeln. Ein König, der einen Erben fordert.

29. Juli

Die Wahlergebnisse wurden veröffentlicht. Über fünf Millionen Bürger stimmten dafür, weniger als zehntausend dagegen.

2. August – Malmaison

Seit heute ist es amtlich. Bonaparte ist nun Erster Konsul *auf Lebenszeit*.
»Was hat das zu bedeuten?«, fragte ich ihn, als wir einen von blühenden Rosen eingefassten Weg entlanggingen.
Er pflückte eine gelbe Blüte und hielt sie mit geschlossenen Augen an die Nase, als wäre er in ihrem Duft versunken. »Alles wird sich ändern«, sagte er und öffnete die Augen wieder.
Erstens: Wir müssen das Personal verdoppeln. »Aber Bonaparte –«
Zweitens: Malmaison ist zu klein. Wir müssen in das Schloss von Saint-Cloud umziehen. »Aber Bonaparte –«
Und drittens: Er muss mit Napoléon angesprochen werden. »Aber Bonaparte –«

6. August

Heute Nachmittag besichtigten Madame Campan und ich das Schloss von Saint-Cloud und stellten lange (*lange*) Listen zusammen, was benötigt wird, *wer* benötigt wird: Hofdamen, Fackelträger, Pagen, Lakaien … In meinem Kopf dreht sich alles. Ich schreibe im Bett.

8. August – Tuilerien

»Das ist eine übersinnliche Erscheinung«, berichtete Fouché. »Die Kirche hat einen Heiligen für Ihren Mann gefunden: den heiligen Napoléon.« Von nun an wird man den 15. August den Tag des heiligen Napoléon nennen.

»Wer ist denn dieser heilige Napoléon?«, wollte Hortense wissen und blickte von den Texten für einen Einakter auf, von denen sie gerade eine Abschrift anfertigte – sie führt dabei nicht nur Regie, sondern spielt auch selbst mit, obwohl sie schon im siebenten Monat ist. (Wenigstens lenkt es sie von der langen Abwesenheit ihres Mannes ab, der immer noch zur Kur ist.)

»Bestimmt irgend so ein fauler Nichtsnutz«, sagte Eugène mit einem jungenhaften Grinsen und wich Bonapartes Versuch, ihn am Ohr zu ziehen, aus.

11. August – Malmaison

Hortense ist außer sich. »Maman, was soll ich bloß machen? Mein Kostüm ist mir *schon* zu eng, und Fauvelet kann seinen Text *immer* noch nicht.«

»Mach dir keine Sorgen!« In ihrem Zustand ist es nicht gut, sich aufzuregen. Man braucht Ruhe. »Wir werden dein Kostüm von Leroy ändern lassen, und Eugène kann jeden Abend mit Fauvelet üben. Es wird großartig.«

»Woher willst du das wissen?«
»Das hat mir ganz zufälligerweise der beste Schauspieler Europas verraten.«
»*Talma* hat dir das gesagt?« Freudestrahlend – denn ein größeres Lob gab es nicht.

Fort de France, Martinico
Chère Yeyette, meine geliebte Nichte,
du musst verstehen – dein Patenkind Stéphanie ist noch ein Mädchen. Ich weiß die Vorteile, sie in Frankreich ausbilden zu lassen, zu schätzen und ich mache mir gewisslich keine Sorgen, da ich ja weiß, dass du und dein glorreicher Gemahl auf ihr Wohlergehen achten würdet, aber ihre Mutter und ich können uns nicht überwinden, sie über diese bedrohlichen Wassermassen zu schicken, gleich, wie friedlich die Meere heutzutage auch sein mögen.
Ich bedauere, dir ebenfalls mitteilen zu müssen, dass trotz der liebenswürdigen Einladung, die der Erste Konsul ausgesprochen hat, keinerlei Hoffnung besteht, deine Mutter dazu zu überreden, nach Frankreich zu segeln. Sie hält unbeirrt an ihrer royalistischen Überzeugung fest.
Dein ergebenster etc. Onkel Robert Tascher

12. August, spätnachmittags – Paris

Bonaparte schleuderte eine englische Zeitung ins Feuer, setzte sich und sah mit finsterem Blick zu, wie sie in Flammen aufging. Seine Miene beunruhigte mich, weckte aber gleichzeitig meine Neugier. »Du willst sicher nichts darüber wissen, Joséphine«, warnte er mich, da er meine Gedanken ahnte.
»Nun musst du es mir aber erst recht erzählen.«
Er sprang auf und fing an, die Hände auf dem Rücken, auf und ab zu laufen. »Die englischen Zeitungen verbreiten das Gerücht, dass Hortense bereits niedergekommen ist.«
Ich zuckte mit den Schultern. »Da irren sie sich eben.«

Er blieb abrupt stehen, die Hände zu Fäusten geballt. »Und dass Hortense deshalb bereits schwanger gewesen wäre, als sie heiratete.« Er zögerte, bevor er hinzufügte: »Und dass ich der Vater des Kindes sei.«
Ich sah zu, wie ein Stück Asche in den Schornstein hinaufschwebte. »Das stand so in der Zeitung?«
»Und das nennen die Frieden!« Bonaparte trat nach den brennenden Holzscheiten.
»Wir müssen dafür Sorge tragen, dass Hortense nie etwas davon erfährt.«
»Auch Louis nicht«, murmelte Bonaparte vor sich hin.

15. August – Tag des heiligen Napoléon (!) – Malmaison

Was für eine Geburtstagsfeier! Ob es etwas Vergleichbares schon einmal gegeben hat? Der heilige Napoléon, in der Tat. (Der heilige Napoléon, der heute erst dreiunddreißig geworden ist – so jung!)
Der Empfang im Schloss heute Morgen verlief reibungslos. Ihm folgte ein großartiges Konzert (dreihundert Musiker, die Cherubini, Méhul, Rameau spielten – himmlisch). Anschließend, nach einem Tedeum in Notre-Dame, fuhren wir in blumengeschmückten Kutschen in einer Karawane die lange Straße nach Malmaison hinaus zu einem Gartenfest. Trotz all meiner Befürchtungen hätte das Wetter nicht besser sein können: ein klarer blauer Himmel ohne eine einzige Wolke.
»Unsere Gebete wurden erhört.« Onkel Fesch, der heute zum Bischof ernannt wurde, brachte noch einen Trinkspruch aus.
»Für Papa scheint immer die Sonne«, sagte Hortense, die in ihrer Fröhlichkeit übersprudelte, denn ihre Einakter-Komödie war großartig verlaufen, wurde viel beklatscht. (»Phantastisch! Ausgezeichnet!«, konnte man Talma über den Beifall rufen hören.)

Selbst Bonaparte amüsierte sich. Er bestand darauf, dass Hortense, trotz ihres Zustands, mit Eugène einen Tanz anführte. »Tu es dem heiligen Napoléon zuliebe«, sagte er mit seinem unwiderstehlich charmanten Lächeln.

16. August

Hortense ist so aufgebracht! Im heutigen *Journal de Paris* steht ein Artikel darüber, dass sie auf Bonapartes Geburtstagsfest gestern Abend getanzt hat. »Warum mussten sie schreiben, dass ich im siebten Monat schwanger bin?«, wollte sie wissen.
»Darf ich das mal sehen?« Bonapartes Sekretär reichte mir das Nachrichtenblatt.
»Und sieh dir das an, Maman, irgendjemand hat sogar ein dummes Gedicht über mich geschrieben. ›Als ich Madame Louis Bonaparte, im siebten Monat schwanger, am 15. August tanzen sah.‹«
»Wissen Sie, wer das geschrieben hat, Fauvelet?« Ein Autor wurde nicht genannt, aber ich hatte einen Verdacht.
»Natürlich, Madame Joséphine«, rief Fauvelet Bourrienne aus und bewegte die Hand in epischer Vortragspose, als wäre der Oberarm – die »oratorische Waffe«, wie Talma ihn nannte – vom Körper vollkommen losgelöst.
»Jemand ohne das geringste literarische Talent«, ereiferte sich Hortense.
»Nicht das geringste«, bekräftigte Fauvelet, wurde jedoch rot dabei.
Ich kniff die Lippen zusammen, um mir ein Lächeln zu verbeißen. *Na also*.
Hortense brach in Tränen aus. »Warum müssen sie überhaupt etwas schreiben? Ich wollte ja gar nicht tanzen. Ich hätte auch nicht getanzt, wenn Papa nicht darauf *bestanden* hätte.«
Fauvelet machte ein bekümmertes Gesicht.

Keine Sorge, ist schon gut, formte ich lautlos mit den Lippen, legte meinen Arm um Hortense und führte sie durch die Schiebetüren hinaus in den Rosengarten. Ganz offensichtlich hatte Bonaparte nicht ohne Grund gewollt, dass Hortense tanzte. Zweifellos hatte er Fauvelet gebeten, das Gedicht über sie zu schreiben und in der Zeitung zu veröffentlichen – um so den englischen Klatschmäulern zu beweisen, dass Hortense noch nicht entbunden hatte, und den üblen Gerüchten Einhalt zu gebieten. »Weil du so wunderbar tanzt, Hortense, schreiben die Leute über dich. Reg dich nicht auf, *bitte*, reg dich nicht auf.«

14. September – Malmaison

»Ich bin hergekommen, um Lebewohl zu sagen«, sagte Fouché, der in der Empfangshalle von Malmaison stand.

»Sie wollen fort?«, fragte ich zerstreut, da ich gerade erst aus Saint-Cloud gekommen war, wo sich die Arbeiter bemühen, die Renovierungen abzuschließen, bevor Bonaparte und ich heute in vier Tagen einziehen. Ich hatte gerade überlegt, welche Bettvorhänge zu unserem Bett dort passen würden. Wegen seiner einzigartigen Bootsform ist das eine reizvolle Aufgabe. Ich habe entschieden, dass Samt in einer ägyptischen Erdfarbe genau das Richtige wäre, aber etwas fehlt noch: vielleicht eine goldene Fransenkante, um die Stickerei hervorzuheben.

»Wie es aussieht, wurde ich entlassen.«

Ganz allmählich drangen Fouchés Worte in mein zermartertes Hirn. Ich lehnte mich gegen eine Kiste. Hatte er *entlassen* gesagt?

»Nun ja – degradiert.«

»Sie sind nicht mehr Polizeiminister?«

»*Senator* Fouché.« Er sprach den Titel mit Verachtung aus. »Eine vollkommen nutzlose Position.«

»Das kann ich nicht glauben!« Fouché ist der beste Polizeiminister, den man sich vorstellen kann. Wie kann Bonaparte ohne ihn auskommen? Wenn es Probleme gibt, Fouché kennt sie. Wenn sich Attentäter verschwören, Fouché findet sie. »Hat Bonaparte das getan?« Fouché ist der einzige von Bonapartes Ministern, der den Mut hat, aufrichtig mit ihm zu sprechen. Er hat Bonaparte häufig verärgert – gewiss! –, aber Bonaparte verdankt ihm sein Leben.

»Offensichtlich werden meine Dienste nicht mehr benötigt.«

»Das begreife ich nicht.« Aber ich ahnte den Grund. Fouché hatte sich gegen Bonapartes Ernennung zum Ersten Konsul auf Lebenszeit ausgesprochen, und das erzürnte Bonapartes Familie. Und obendrein ist Fouché mein Verbündeter.

»Ein weiterer Sieg der Sippe«, sagte Fouché mit einem süffisanten Grinsen.

Frühmorgens

Gestern Abend versuchte ich mit Bonaparte über Fouché zu sprechen, aber es stellte sich als schwierig heraus. »Es wurde mir nahe gelegt«, war alles, was er dazu sagte. Ich wagte nicht, den Einfluss seiner Familie zur Sprache zu bringen, ihre Habgier – ihren Hass auf *mich*. Bonaparte beherrscht Europa – aber wenn es um seine Familie geht, wird er gefährlich schwach. *Nichts geht über die Familie*, sagt seine Mutter oft. *Die Familie ist unsere einzige Stärke.* Die Familie ist unsere einzige Schwäche, würde ich ihm gerne sagen – aber ich wage es nicht.

18. September – Saint-Cloud

Erschöpft! Wir sind bei Regen umgezogen. Die Zimmer in Saint-Cloud sind geräumig, aber kalt. Sobald es aufklart, werden Bonaparte und ich eine Ausfahrt in den Park machen.

Sonntag, 19. September

Die Hebamme schätzt, dass Hortenses Kind schon am ersten Oktober kommen könnte, einige Wochen früher als ursprünglich gedacht. Sie sagte Hortense, dass man sich bei einem Jungen leicht verrechnen kann.
»Sie meint, es wird ein Junge? Das ist wunderbar!« Über eine Enkelin würde ich mich freuen – von ganzem Herzen –, aber ein Junge wäre für so vieles eine Lösung.
»Aber Maman, das wären ja drei Tage *vor* den neun Monaten seit unserer Hochzeit«, sagte sie und schaute von einer Zeichnung auf, an der sie gerade arbeitete, der Kopie eines Kleinkindes von Greuze. »Was würde Louis dazu sagen?« Louis, der jeden Tag aus dem Badeort zurückerwartet wurde.
Und was würden die englischen Klatschmäuler schreiben, dachte ich – sprach es aber nicht aus.

21. September – Saint-Cloud, sonnig und heiter

Louis kam gestern von der Kur zurück, doch leider steht es nicht zum Besten. Nach seiner Behinderung zu urteilen, hat sich seine Gesundheit bedauerlicherweise nicht gebessert. (Seine rechte Hand ist so verkrüppelt, dass er sie nicht benutzen kann.) Obendrein ist er in verzweifelter Stimmung, denn er droht sich zu ertränken, wenn das Kind zu früh geboren wird!
»Aber Louis weiß doch, dass du eine tugendhaft Frau bist«, sagte ich zu meiner Tochter auf der Suche nach einem Weg, zwischen den beiden Frieden zu stiften.
»Natürlich weiß er das, Maman, aber ihn interessiert nur, wie es *aussähe*, was die Leute denken würden.«
»Er liebt dich – das weißt du doch.« Sollte Louis von den Gerüchten, die in England kursierten, gehört haben, hätten sie ihn zweifellos in Harnisch gebracht. Dass er Hortense gegenüber

kein Wort erwähnt hatte, ehrte ihn. »Zeiten der Trennung sind immer schwierig.«
Wir unterhielten uns, während wir auf den durchfurchten Fahrwegen am Rand der Felder spazieren gingen. Ich beruhigte das erhitzte Gemüt meiner Tochter – oder besser versuchte ich es –, indem ich sie eindringlich bat, mit sich selbst und auch mit ihrem Mann behutsam umzugehen. »Louis ist sieben Monate fort gewesen – eine lange Zeit. Bei der Rückkehr gibt es häufig Spannungen.« Ich kenne das nur allzu gut. »Am besten lässt du nicht zu, dass du dich aufregst, vor allem nicht in deinem Zustand.« Ich legte den Arm um meine arme, unförmige Tochter.
Es wird die Sache sicherlich nicht verbessern, wenn dieses Kind tatsächlich zu früh kommt.

7. Oktober – Saint-Cloud

Heute sind es neun Monate und drei Tage her, seit Hortense und Louis geheiratet haben. »Ich bin gerettet«, sagte Hortense, die Hände wie zum Gebet gefaltet.
Hortense neigte schon immer zur Dramatik, zur Melodramatik – aber in Wahrheit sind wir alle erleichtert.

10. Oktober

Heute am späten Vormittag galoppierte ein Pferd die Auffahrt hinauf und in den Hof. Ich eilte auf die Terrasse hinaus, um zu sehen, wer es sein könnte, aber gerade als ich die Tür öffnete, kam Eugène die Treppe heraufgesprungen und schrie mir zu, dass ich mich beeilen solle.
»Geht es um Hortense?«, rief ich beunruhigt von seiner Aufregung.
»Es geht los, Maman – ich war gerade bei ihr, als es losging! Louis sagt, dass du rasch kommen sollst.«

Ich hätte nicht geglaubt, dass man die Fahrt von Saint-Cloud bis ins Zentrum von Paris in weniger als zwei Stunden schaffen konnte: Man kann, wie ich jetzt weiß. Wir fuhren um 10 Uhr 05 in Saint-Cloud ab und waren Punkt 11 Uhr 48 an der Tür zum Stadthaus von Hortense und Louis, wo wir ungeduldig an der Türglocke zogen.

»Huu-huu!« Wir drehten uns um und erblickten eine Frau, die ein altmodisches rotes Kleid und darüber eine mit Bändern verzierte Schürze trug. Auf ihrem Kopf balancierte sie mit der einen Hand etwas, das wie ein Geburtsstuhl aussah, und mit der anderen hielt sie einen ledernen Handkoffer. »Ich kann das Tor nicht entriegeln.«

»Madame Frangeau!«

»Die Hebamme?« Eugène lief eilig zum Tor, um sie hereinzulassen.

Ich begrüßte die gute Frau, aber genau in diesem Augenblick wurde die Haustür geöffnet. »Madame Frangeau?«, sagte Louis, die kranke rechte Hand über dem Herzen zusammengekrallt. (Entsetzlich.) »Endlich.«

»Louis, wie geht es Hortense?« Und dann hörte ich aus dem Inneren des Hauses einen Schrei. Oh nein!

Louis hob den Zeigefinger seiner gesunden Hand, damit ich schwieg, schaute prüfend auf eine Taschenuhr, die er mit der anderen Hand umklammerte, und zählte die Sekunden. »Gut«, sagte er und ließ die Uhr in seine Rocktasche fallen.

»Dr. Jean-Louis Baudelocque kommt nach dem Essen, Bürger«, teilte die Hebamme Louis mit und knotete ein Halstuch auf.

»*Nach* dem Essen?«, fragte Louis besorgt.

»In Wahrheit steht er nur im Weg«, zischte sie in meine Richtung und trat zur Seite, als der Pförtner den Stuhl und den Handkoffer die Treppe hinauftrug.

Louis eilte hinter dem Pförtner her und sprach über die Schul-

ter mit Madame Frangeau. »Die Wehen meiner Frau kommen jetzt häufig. Ich glaube, es ist gleich so weit.«
»Irgendjemand sollte Bonaparte Bescheid sagen«, schlug ich Eugène vor, der mit verdutzter Miene im Innenhof stand.
»Das mache ich!«, sagte er erleichtert, eine Aufgabe zu haben.
»Er arbeitet heute im Schloss«, rief ich, aber mein Sohn war schon zum Tor hinaus.

Das Wöchnerinnenzimmer roch streng nach Gewürznelken. Madame Frangeau schloss die Fenster und bellte den beiden Dienstmägden Anweisungen zu.
»Maman!«, keuchte Hortense, als sie mich sah. Louis saß neben ihr und streichelte ihr die Hand.
»Wie geht es dir, mein Liebling?« Meine Süße, mein Schatz, mein Herz! In dem großen Bett wirkte sie wie ein kleines Mädchen, ein kleines Mädchen mit goldblonden Locken und großen blauen Augen, die unter der Spitzenrüsche der Nachthaube hervorspähten. Ein zartes, schmächtiges Mädchen mit einem gewaltigen Bauch.
»Es geht ihr hervorragend«, sagte Madame Frangeau. »Und nun, Madame Joséphine, wenn Sie sich hierher setzen könnten, aus dem Weg, während ich die Maße Ihrer Tochter nehme.«
Gehorsam setzte ich mich ans andere Ende des Bettes. Hortense krümmte sich, als sie von einer Schmerzwelle erfasst wurde.
»Gütiger Gott«, schrie sie auf.
Ich schluckte und holte tief Luft, als die Hebamme sie anspornte. »So ist es recht! Je lauter desto besser. Die Nachbarn sollen es wissen. Ganz Paris soll es wissen!«
Dr. Jean-Loius Baudelocque traf erst kurz nach drei Uhr ein. Das Kind – das vollkommenste, das ich jemals gesehen habe – wurde kurz vor neun geboren. Obwohl die Geburt nicht lange dauerte – acht Stunden insgesamt? –, war es doch keine leichte. Meine Tochter litt!

Diesen wunderbaren Laut – den ersten kräftigen Schrei des Kindes – werde ich nie vergessen.
»Es ist ein Junge«, flüsterte Louis, als könnte er sein Glück nicht fassen.
Ein *Junge*. Ich schwebte wie auf Wolken, war glücklich.
»Ein Junge!«, hörte ich eine Magd in der Diele schreien.
»Ein Junge!«, hörte ich jemanden draußen im Innenhof rufen – wahrscheinlich der Kutscher. Irgendwo im Haus wurde eine Glocke geläutet. Oh, diese Begeisterung! Am liebsten wäre ich auf die Straße hinausgelaufen und hätte die Glocken von Notre-Dame geläutet.
»Gut gemacht, Madame Louis. Sie haben Ihrem Mann einen gesunden kleinen Jungen geschenkt«, sagte Madame Frangeau und hielt den roten und schreienden Säugling hoch, damit Hortense ihn sehen konnte. (*Vorsichtig!,* hätte ich am liebsten gerufen.) »Waschen Sie ihn ab, messen und wickeln Sie ihn«, wies sie das Kindermädchen an. »Er ist perfekt gebaut«, fügte sie hinzu, als spräche sie von einem Gegenstand, »kein einziger Makel, soweit ich sehen kann.« Ganz benommen folgte Louis dem Kindermädchen aus dem Zimmer.
Dr. Baudelocque klopfte meiner Tochter durch die Bettdecke aufs Knie. »Noch eine kleine Anstrengung, Madame Louis, und alles ist vorüber.«
»Wir wollen doch nicht, dass die Gebärmutter wieder nach oben klettert!«, sagte die Hebamme, als wäre sie lebendig.
Hortense zuckte zusammen, schrie jedoch nicht auf. Ich strich ihr mit einem in Rosenwasser getauchten Tuch über die Stirn. Es ist noch zu früh, ich weiß, die Gefahr ist noch nicht vorüber. Für eine Frau im Wochenbett stehen die Himmelspforten neun Tage lang offen.
Mit stolzem Blick kam Louis zurück. Er kniete neben dem Bett nieder und küsste Hortense die Hand. Ich war zu Tränen gerührt – seine kleine Geste war so edel.

»Geht es ihm gut, *unserem Sohn?*«, fragte Hortense.
»Sechs Pfund und siebenundfünfzig Gramm schwer und sechsundvierzig Zentimeter lang«, sagte er mit glitzernden Augen.
»Das ist ein großartiges Gewicht«, sagte ich.
»Mir kommt er klein vor«, sagte Louis aufgeregt, »aber das Kindermädchen meinte, dass er groß sei – und sehr gut gebaut.«
Das Kindermädchen kam mit dem straff gewickelten und nun friedlichen Kind in den Armen herein. »Oh, Hortense, er ist ein Engel«, sagte ich, und meine Kehle war wie zugeschnürt. Napoléon-Charles soll er heißen – so wurde es bereits verfügt. Klein Napoléon.
»Unser Kronprinz«, sagte das Kindermädchen und legte ihn Hortense in die Arme.
»Halten Sie den Mund«, hörte ich Louis das Kindermädchen anfauchen.
»Guten Tag, kleiner Napoléon«, flüsterte Hortense und blickte ihrem Sohn in die Augen, die Wangen feucht vor Tränen.

Ich bin argwöhnisch

13. Oktober 1802 – Saint-Cloud, ein kühler Tag

Hortense wird wie eine Königin behandelt, weil sie den ersten Enkel mit dem Namen Bonaparte geboren hat. Selbst Signora Letizia huldigte der Mutter »des Sohnes ihres Sohnes« widerwillig mit Glückwünschen. Und nun wurde Eugène zum Oberst des Garderegiments ernannt (eine ziemliche Ehre – er ist ja erst einundzwanzig), obwohl ihn der Titel »Onkel«, ehrlich gesagt, mehr begeistert.
Bedauerlicherweise hat so viel Ehre für einen Beauharnais die Eifersucht der Sippe geweckt – die durch eine Geburtsanzeige in der heutigen Ausgabe des *Moniteur* noch weiter angestachelt wurde. Hortenses Name ist in Kapitälchen gedruckt. »Das haben sie für keinen von *uns* gemacht«, sagte Caroline und drückte die kleine, in Röckchen gekleidete Letizia an sich, während Klein Achille an seinem Daumen lutschend neben ihr saß. »Zählen wir etwa nicht?« Sie erwartet wieder ein Kind, aber das scheint sie nicht zu besänftigen. Im Gegenteil, die Mutterrolle hat Caroline in eine Löwin verwandelt.
»Denken Sie daran, sich mit *Le Moniteur* in Verbindung zu setzen«, legte ich später Bonapartes Sekretär nahe. »Alle Familienmitglieder müssen *genau* gleich behandelt werden.«

14. Oktober – ein paar Tage bei Hortense in Paris

Madame Frangeau (*General* Frangeau, wie Eugène sie nennt) hat angeordnet, dass Hortense in ein Federbett gewickelt wird und das Feuer in ihrem Zimmer ständig lodert, »um die Gifte auszuschwitzen«, sagte sie.
»Selbstverständlich«, stimmte ich ihr zu, gab den Mägden jedoch unauffällig den Rat, Apfelzweige ins Feuer zu legen, denn die Luft im Wochenbettzimmer ist stickig geworden.
»Ich *ertrinke* in meinen Körpersäften«, beklagte sich Hortense. Sie behält ihre gute Laune, obwohl Madame Frangeau darauf besteht, dass sie eine ganze Woche lang flach liegt und sich nicht bewegt, nicht einmal, um das Bett richten zu lassen oder die Unterwäsche zu wechseln.
»Das wäre der sichere Tod«, unterrichtete uns Madame Frangeau.
»Nur noch ein paar Tage«, tröstete ich meine Tochter und blickte in das allerliebste Gesicht des Neugeborenen in meinen Armen (und verliebte mich erneut). »Es ist nur vernünftig, wenn man vorsichtig ist.«

15. Oktober – immer noch in Paris

Neun Tage. Madame Frangeau hat Hortense erlaubt, sich aufzusetzen, aber sie darf für weitere fünf Tage nicht aufstehen. »Wenn ich erfahre, dass Ihre Füße auch nur den Boden *berührt* haben, dann ist die Hölle los.«

20. Oktober – Saint-Cloud

»Ich bin gekommen, um Ihnen Lebewohl zu sagen, Madame Joséphine.« Bonapartes Sekretär stand wie ein Häufchen Unglück vor mir.

»Lebewohl, Fauvelet?«, fragte ich, während ich, in Gedanken noch bei Hortense und dem Kind, meine Handschuhe abstreifte. Klein Napoléon schläft mittlerweile besser, nachdem seine Amme eingewilligt hat, kein Obst und Gemüse mehr zu essen.
»Ich wurde … Ich wurde entlassen.«
»Wie bitte?«
Er wiederholte, was er gesagt hatte, aber selbst dann begriff ich es noch nicht. Entlassen? Fauvelet Bourrienne war nicht nur ein ausgezeichneter Sekretär, sondern auch Bonapartes ältester Freund. »Aber warum denn?«
Er spielte mit den Fingern. »Oh, ich habe ein paar Kapitaleinlagen getätigt und …« Er zuckte mit den Schultern und schob die Hände tief in die Taschen seines Gehrocks. »*Unkorrektheiten*, wie der Erste Konsul sagte.«
»Aber Fauvelet, an der Börse spekuliert doch jeder.«
Fauvelet errötete. »Ich habe mir wohl meine Stellung zu Nutze gemacht.«
»Ich begreife es immer noch nicht.« Macht sich denn nicht jedermann etwas »zu Nutze«? Was war mit den Kapitalanlagen, die Bonapartes Geschwister – sogar seine Mutter – getätigt haben? Und was war eigentlich mit jenen, die Minister Talleyrand tätigte, der regelmäßig von dem Wissen um internationale Entwicklungen profitiert, der derlei »Einkommen« als ihm gebührend ansieht? »Hat Bonapartes Familie irgendetwas damit zu tun?«, wollte ich wissen. Fauvelet ist mein Verbündeter – was ihm die Sippe übel nimmt.
Er zog die Schultern hoch. »Nun ja …«

15. November – noch in Saint-Cloud (frostig)

Heute Morgen wurde Klein Napoléon getauft. Bonaparte und ich als die Taufpaten hielten ihn stolz in den Armen. Er war ein Engel – nicht einmal ein Klagelaut. (»Jedermann weiß, dass ein

Kind, das bei seiner Taufe nicht weint, sterben wird«, sagte Caroline später. Dieses Mädchen!)

Wir fuhren zum Haus von Louis und Hortense zurück, wo Louis ohne jede Hilfe und zur großen Überraschung meiner Tochter ein Fest zu ihren Ehren vorbereitet hatte. Hortenses engste Freundinnen waren da – ihre Cousine Émilie, die drei Schwestern Auguié und Caroline.

Bald darauf traf Hortenses frühere Lehrerin, Madame Campan, ein und dann alle anderen Mitglieder der Bonapartesippe. Lucien kam mit seinen beiden Töchtern. Elisa erschien in einem bizarren Ensemble, das sie selbst entworfen hatte, einer Mischung aus ägyptischen, römischen und griechischen Stilelementen, die, wie sie glaubt, von jeder Pariserin übernommen werden wird. »Joseph lässt sich entschuldigen«, verkündete sie (verriet jedoch später, dass er es für respektlos hielt, dass Louis so kurz nachdem er selbst eine so schmerzliche Enttäuschung durch die Geburt einer weiteren Tochter – der zweiten – erlitten hatte, die Geburt eines Sohnes feierte). Und zuletzt traf der fröhliche Onkel »Bischof« Fesch mit Bonapartes Mutter ein. Signora Letizia blieb mitten im Raum stehen und lehnte alle Platzangebote ab, bis Bonaparte sie zum Ehrenplatz rechts vom Kamin geleitete.

Als Caroline gerade den kleinen Achille dazu bewegen wollte, allen zu zeigen, wie er winken konnte, trat Tante Désirée – in jugendlichem griechischen Stil gewandet! – theatralisch in Erscheinung, begleitet von der lieben alten, muffig riechenden Tante Fanny, die zwar geschrumpft, aber lebhaft wie immer wirkte und deren dickes Gesicht mit Schminke zugekleistert war. Mit der Verwegenheit eines Autors, der gerade einen Literaturpreis erhalten hat, trug sie ein ziemlich langatmiges Gedicht vor, das sie zu Ehren des Sohnes ihrer Patentochter, »des neuen Apollo«, geschrieben hatte. Ich wurde schon nervös ob der Länge von Tante Fannys Vortrag (Bonaparte fing bereits zu

zucken an), als Eugène in seiner Uniform des Oberst der Konsulgarde eintraf und alle Mädchen um ihn herumschwirrten, was ihm die Röte ins Gesicht trieb.
Sobald alle Gäste eingetroffen waren, jeder sich bequem niedergelassen hatte und die Kinder mit Konfekt bestochen worden waren, damit sie ruhig blieben, unterhielten wir uns über die Aufregung in Paris wegen des bevorstehenden Debüts von Talmas Protégée, einer erst fünfzehnjährigen Schauspielerin, im Théâtre-Français. Dann tauschten wir Neuigkeiten von Jérôme und Pauline aus, die beide auf den Inseln weilen. Über den jungen Jérôme gab es nicht viel Neues – außer dass er (wie üblich) in einem Brief um mehr Geld gebeten hatte –, von Pauline wird jedoch berichtet, dass ihr Saint-Domingue nun doch gefällt, »trotz der Schlangen und der Wilden«.
Nach einem Imbiss überreichte Louis Hortense feierlich ein phantastisches Kollier aus Rubinen. Sie war überwältigt, glaube ich, denn sie hatte Tränen in den Augen, als sie ihm ganz allerliebst dankte. Dann wurde der echte Juwel in der Krone meiner Tochter, ihr wunderbares Kind, von dem Kindermädchen hereingebracht, damit ihn alle bewundern konnten. Er machte ein großartiges Bäuerchen, woraufhin wir alle Bravo riefen. Die Kinder schrien und hüpften auf und nieder, um sein kleines, rosa Gesicht sehen zu können, während Louis und Hortense und die hingebungsvollen Taufpaten – Bonaparte und ich – stolz zuschauten.
Ich kann mich an keine Zusammenkunft erinnern, bei der meine Familie und die Bonapartesippe in so trauter Harmonie vereint waren – wenn man es denn so nennen kann. Ich vermute, dass Tante Fanny mit ihrer unbekümmerten Art (sie saß auf einer Armlehne) und Tante Désirée mit ihren mädchenhaften Allüren (mit sechzig noch Blumen im Haar!) Signora Letizia entsetzten. Oh, dieser böse Blick! Doch alles in allem und trotz der Eifersüchteleien war es eine schöne Familienfeier, was haupt-

sächlich den Kinder zu verdanken war. Ich brachte sie dazu, sich still zu mir zu setzen, damit sie bei den Erwachsenen bleiben konnten. Die ganze Zeit über lag Klein Napoléon in meinen Armen.
»Ah, das Porträt einer Mutter«, sagte Caroline, streckte den Daumen aus und nahm wie ein Künstler mit zusammengekniffenen Augen an mir Maß. »Nur schade …«

Fort de France, Martinico
Chère Yeyette, geliebte Nichte,
wir versprechen, dass wir über dein Angebot nachdenken und mit Stéphanie darüber sprechen werden. Sie ist ein aufgewecktes Mädchen. Du wirst mit deiner Patentochter zufrieden sein, solltest du jemals Gelegenheit haben, sie kennen zu lernen.
Das Haus, das du für deine Mutter in der Stadt gekauft hast, ist großartig. Nun muss es uns nur noch gelingen, sie aus ihrer baufälligen Behausung in Trois-Ilets zu locken.
Dein wohlmeinender Onkel Robert Tascher

17. November – Saint-Cloud

Heute Nachmittag eine Besprechung mit Madame Campan bezüglich des Personals, das für Saint-Cloud erforderlich ist, seiner Aufgaben und Pflichten. »Eine Hofdame ist nicht genug«, sagte sie, als sie meine Notizen überflog.
Ich gestand ein, dass ich nicht wusste, was eine Hofdame eigentlich tat.
»Sie steht allzeit zu Diensten bereit.«
»Aber wozu?«
»Zu allem, wozu Sie gerade Lust haben. Um Ihnen bei einem Glücksspiel Gesellschaft zu leisten oder bei einem Spaziergang im Garten. Um Ihren Fächer zu halten, sollten Sie tanzen wollen. Um einen Diener zu rufen, damit er Erfrischungen bringt,

sollten Sie plötzlich und überraschend Durst leiden. Um Ihnen vorzulesen, wenn Sie an Ihrem Stickrahmen arbeiten. Um Ihren Gästen mit intelligenten und angenehmen Gesprächen die Zeit zu vertreiben. Um Sie kraft ihres Rufes und ihrer Erziehung in einem guten Licht erscheinen zu lassen. Kurz gesagt, um Ihnen das Leben angenehm zu gestalten. Ich schlage vor, dass Sie mit vier beginnen.«

»Sind das nicht zu viele?«

»Angesichts der Geschwindigkeit, mit der sich die Laufbahn Ihres Gemahls entwickelt, Madame Bonaparte, sage ich voraus, dass Sie bald fünfmal so viele brauchen werden.«

Genau in diesem Augenblick öffnete meine Empfangsdame eine der Doppeltüren und verkündete mit derart lauter Stimme: »Bürger Talma!«, dass ich einen kleinen Schrei ausstieß. »Madame Campan, vielleicht könnten Sie bei der Schulung des Personals behilflich sein«, schlug ich leise murmelnd vor, als der große Schauspieler mit dem Gehabe einer königlichen Respektsperson eintrat – was durch die Schaffellmütze, die er trug, und einen lächerlichen kleinen Muff, der an einer Schnur um seinen Hals baumelte, etwas beeinträchtigt wurde.

Talma streifte seine Kopfbedeckung ab, stopfte sie unter den rechten Arm und sah sich gemächlich in dem Raum um, ließ den Blick auf den bronzenen Kandelabern ruhen, auf den gelben Samtsesseln, auf *uns*. Mit einer einzigen fließenden Bewegung legte er die rechte, behandschuhte Hand auf den Rücken (ohne die Mütze fallen zu lassen), streckte die andere aus, Handfläche nach oben, und verbeugte sich tief. »Meine Damen«, sagte er mit klangvoller Stimme. »Es ist mir ein Vergnügen.« Dann streifte er mit einem fahrigen, beinahe tragischen Eifer seine Handschuhe ab und fuhr sich mit den Fingern durch die ungepuderten Haare. »Wie war ich?«

»Großartig!«, sagte ich Beifall klatschend. »Madame Campan, was meinen Sie? War das nicht ein perfekter Auftritt?«

»Eindrucksvoll«, stimmte Madame Campan zu. »Aber die Handschuhe behält man an.«
Ich überredete Talma, uns bei einem Glas Chablis Gesellschaft zu leisten. Wir tauschten die Neuigkeiten aus, die jeder von uns in verschiedenen Salons erfahren hatte, die Kritiken über verschiedene Theaterstücke, die wir gesehen hatten, die Aufregung über seinen jungen Schützling, Mademoiselle Georges. Der impulsive Schauspieler gestand, dass er voller Sorge sei, dass sie ihn enttäuschen könnte. »Sie ist doch noch ein Kind und soll schon Klytämnestra spielen! Was weiß sie denn schon von mütterlichen Gefühlen? Grand Dieu! Dieses Debüt werde ich nie überleben!«
Kurz nachdem Talma zu Bonaparte gerufen worden war, verabschiedete sich auch Madame Campan. Ich begleitete sie durch das Labyrinth der Flure hinaus zu ihrer Kutsche. Auf dem Rückweg, als ich an Bonapartes Arbeitszimmer vorüberkam, hörte ich heftigen Lärm: einen Angst erregenden Schrei. Die Wachen kamen angelaufen, die Hände am Knauf ihrer Schwerter, und stießen die Tür zum Arbeitszimmer auf, um den Blick auf zwei erschrockene Männer freizugeben: Bonaparte, der ungefähr einen Meter von Talma entfernt stand, der wiederum einen Federkiel wie einen Dolch empor hielt.
»Was ist los?«, wollte Bonaparte wissen, als er sich umdrehte.
Ich sah zu Talma und dann wieder zu meinem Mann. »Es hörte sich an, als ob jemand ermordet würde!«
Talma brach in schallendes Gelächter aus. »Ich sagte Ihnen doch, Erster Konsul, dass Sie über eine Bühnenkarriere nachdenken sollten.«
Mit verlegener Miene zeigte mir Bonaparte die Papiere in seiner Hand: das Textbuch eines Theaterstücks. »Ich habe Talma geholfen, eine Mordszene zu proben«, sagte er.

20. November – Saint-Cloud

Die ganze Woche über habe ich Vorstellungsgespräche mit Bewerbern für die verschiedenen Mitarbeiterposten geführt. Es ist eine Strapaze – und morgen muss ich noch weitere Gespräche führen.
Eine wunderbare Unterbrechung, als Hortense heute mit dem Kind kam. Bonaparte und ich führten uns wie die Narren auf, gurrten und plapperten dummes Zeug, schnitten Grimassen und spähten in das Gesicht dieses verdutzten kleinen Wesens – *notre petit chou*, unser Herzblatt.
»Siehst du?«, sagte Bonaparte, als das Kind das Gesicht verzog. »Er kennt mich.«
Ich finde es *herrlich*, Großmutter zu sein.

21. November, es regnet immer noch

»Madame Rémusat?« Ich hatte Claire Rémusat schon seit über einem Jahrzehnt nicht mehr gesehen – damals war sie noch ein Mädchen gewesen. Clari hatten wir sie genannt. Obwohl sie jetzt eine junge Frau war, erkannte ich ihre kleine, scharfe Nase und ihre lebhaften Augen wieder.
»Madame Bonaparte«, sagte sie und senkte den Kopf. Ihre anmutige Bewegung ließ Respekt erkennen, aber auch eine gute Erziehung.
Klein und ein wenig mollig von Gestalt hatte sie etwas Mädchenhaftes an sich; sie wirkte jünger als ihre zweiundzwanzig Jahre, vielleicht wegen ihrer altmodischen, gefältelten Haube.
Ich führte sie zu dem Stuhl am Kamin. »Haben Sie etwas dagegen, wenn ich Sie Claire nenne?« Während des Terrors hatten sie und Hortense zusammen Puppen gespielt, aber das war nicht die einzige Gemeinsamkeit zwischen den beiden. Tragi-

scherweise hatten beide Mädchen ihren Vater durch die Guillotine verloren. (Oh, diese entsetzlichen Zeiten …)
»Es wäre mir eine Ehre, Madame Bonaparte«, sagte sie und zog die Halsrüsche ihres altmodischen Kleides gerade, »aber die meisten Leute nennen mich immer noch Clari.« Sie legte die Hände in den Schoß, eine Hand über die andere (um einen Fleck auf ihrem Handschuh zu verbergen).
»Hortense erzählte mir, dass Sie verheiratet sind und zwei Kinder haben.«
»Zwei Buben«, sagte sie, und ihre melancholischen Augen leuchteten auf. »Einer fünf Jahre alt und aufgeweckt, der andere zwei Jahre alt, aber im Wuchs und Verstand noch wie ein Säugling.« Sie schluckte, bevor sie hinzufügte: »Madame Bonaparte, Sie sind bekannt für Ihre Großherzigkeit, für Ihre Bereitwilligkeit, den Armen zu helfen. Engel der Barmherzigkeit werden Sie von den Leuten genannt, weil Sie sich für jedes Gesuch, das an Sie herangetragen wird, einsetzen – Sie weisen niemals jemanden ab. Wir haben während der Revolution alles verloren. Wir besitzen nicht einen Sou. Ich flehe Sie an, bitte helfen Sie uns.«
»Ich bin es, die Hilfe braucht«, beruhigte ich sie. Clari, die Tochter einer verarmten Adelsfamilie, empfand es zweifellos als demütigend, um eine Anstellung zu bitten. »Ich brauche jemanden, der mich begleitet – eine Hofdame. Der Lohn beträgt zwar nur zwölftausend Francs, aber Sie würden sich die Stelle mit einigen anderen teilen, sodass Sie Zeit für Ihre Familie hätten.«
»Sie sind ja so liebenswürdig!«
»Und Ihr Mann?«, fragte ich. »Möglicherweise kann ihn der Erste Konsul ebenfalls einstellen.«
»Ich werde ewig in Ihrer Schuld stehen«, sagte sie und ergriff, nun fassungslos, meine Hände.

23. November spätmorgens

Bonaparte hat meine Auswahl der Hofdamen gebilligt (abgesehen von der Herzogin d'Aiguillon*, leider). Madame Lucay, Madame de Copons del Llor und Madame Lauriston werden sich abwechselnd einfinden und fangen in ein paar Wochen an. Clari Rémusat wird sofort beginnen. Auch ihr Mann wird als einer von Bonapartes Kammerherren arbeiten – was ihre finanzielle Verlegenheit löst.

27. November

Clari Rémusat hat gestern mit ihrem Mann und ihren Kindern eine Suite in Saint-Cloud bezogen. Sie hat eine schnelle Auffassungsgabe, ist kultiviert und scheint eifrig darauf bedacht, sich nützlich zu machen – Hilfe kann ich gewiss gebrauchen.

29. November – Saint-Cloud, frostig

»Ich habe Ihre Pakete in der Stadt abgeholt, Madame«, teilte Clari von der Tür aus mit und schob die Kapuze ihres Umhangs zurück.

»Ich bin so froh, dass Sie hier sind«, sagte ich und sah Claris Buben, deren Wangen vom Wind gerötet waren, mit großen Augen lächelnd an. »Ich hätte gerne Ihren Rat.« Ich hatte mich gerade mit einem Buch über griechische Statuen befasst, das mir meine Architekten geliehen hatten, und versucht, meinen Schal so zu drapieren wie bei einer ganz bestimmten Statue.

»Wir wurden in der Rue Saint-Honoré aufgehalten«, sagte Clari und übergab ihr jüngstes Kind den Armen ihres Kindermäd-

* Die Herzogin d'Aguillon hatte während des Terrors eine Zelle mit Joséphine geteilt. Weil sie geschieden war, war es ihr nicht gestattet, eine Stellung bei Hofe zu bekleiden.

chens. »Sie hätten die Menschenansammlung am Théâtre-Français sehen sollen! Selbst zur Mittagszeit hatte sich eine lange Schlange gebildet.«
»Eine Dame wurde verletzt, und die Polizei war da«, sagte ihr ältester Junge Charles, der sich mit der einen Hand am Rock seiner Mutter festklammerte.
»Ach, du meine Güte!«, sagte ich zu dem Jungen und legte die Hände an die Wangen – jedenfalls tat ich so als ob. Ich durfte mein Gesicht nämlich *nicht* berühren. Bürger Isabey, Hortenses Kunstlehrer, hatte mich geschminkt und betrachtete mein Gesicht als ein Kunstwerk.
»Das ist wahr.« Das Kind nickte. Er ist ein außergewöhnlich ernsthafter Fünfjähriger, verständig für sein Alter.
»Offensichtlich gab es ein kleines Gedränge, als Mademoiselle Georges eintraf«, sagte Clari. »Die Venus von Paris, nennen sie die Leute. Stimmt es, dass sie erst fünfzehn ist?«

Bis Bonaparte und ich am Theater ankamen, war es nach sechs Uhr. »Kein einziger freier Platz«, teilte uns der Theaterdirektor, der uns zu unserer Loge begleitete, mit. »Und nun kann die Vorstellung beginnen«, verkündete er und verbeugte sich tief, als das Publikum applaudierte.
Ich schaute über die Balustrade, um zu sehen, welche Gesichter ich wieder erkannte, und nickte, um den Gruß von Minister Talleyrand und des Zweiten und Dritten Konsuls, Cambacérès und Lebrun, zu erwidern. Im dritten Rang weit hinten glaubte ich Fouché zu erkennen, der dort allein saß. »*Alle* sind hier«, raunte ich Bonaparte zu. Caroline und Joachim (in Rosa), Elisa und Félix. »*Und* Joseph«, sagte ich – aber nicht mit Julie. »Ah, es ist deine Mutter.« Ich winkte ihnen allen kurz zu, aber sie winkten nicht zurück.
Gegen Ende des ersten Aktes wurde das Publikum trotz Talmas fesselnder Darstellung des Achilles unruhig. Alle waren gekom-

men, um Mademoiselle Georges die Klytämnestra spielen zu sehen, und sie sollte erst im zweiten Akt auftreten. Als sich dann der Vorhang öffnete, brach unter den Claqueuren lauter Jubel aus.

Schließlich kam der Augenblick: Klytämnestra schritt auf die Bühne. Sie ist wirklich bildhübsch – hoch gewachsen! –, doch von unseren nahen Sitzplätzen aus konnte ich erkennen, dass das arme Mädchen zitterte. »Mon Dieu, Bonaparte, sie kann nicht sprechen«, flüsterte ich. Glücklicherweise schien das anerkennende Gemurmel der Zuschauer der jungen Schauspielerin Mut zu machen, und sie begann ihren Text zu deklamieren – wenngleich etwas eintönig und ohne diese Leidenschaft, die man bei den großen Theaterkünstlern spürt.

Es war während des dritten Aktes, als der Ärger begann. Mein Herz machte einen Sprung, als das erste Zischen zu hören war. Es schien von den Bänken in den vorderen Reihen zu kommen. Dann wurden die Kritiken immer lautstarker, bis im vierten und letzten Akt, während einer von Mademoiselle Georges' Textpassagen, ein sehr lang anhaltendes Zischen ertönte. Dann brach die Hölle aus: Rufe, drohend geschwungene Stöcke und Schirme. Schläge wurden ausgeteilt!

Die arme Mademoiselle Georges gab stotternd ein paar Zeilen von sich. Sie sah aus, als fiele sie gleich in Ohnmacht. »Nur Mut, Georges!«, hörte ich jemanden brüllen, und bei diesen Worten wurde die Stimme der jungen Schauspielerin kräftiger – gar zornig, und das Publikum verstummte. Beim letzten Vorhang brach das Publikum in Jubel aus.

1. Dezember, früher Abend – Saint-Cloud

Talma warf sich theatralisch in Positur, die Augen wie zum Gebet erhoben, die Schultern als Ausdruck seines Stolzes zurückgeworfen. »Selbst Geoffroy, dieser Idiot von einem Kritiker,

war von der meisterhaften Darstellung meines Schützlings beeindruckt«, sagte er, kreuzte die Hände über der Brust, senkte langsam die Augen und neigte den edlen Kopf.
»Bravo!« Clari klatschte vor Freude. Der berühmte Theaterkritiker hatte kürzlich gegen Talma gewettert, ihn einen »Quäker der Schauspielkunst« genannt. Nach Geoffroys Meinung sollte Talmas neue Schauspielschule wegen Herumpfuscherei am magischen Alexandriner des Landes verwiesen werden.
»Das ist wunderbar«, rief ich aus und dachte, dass eigentlich Talma für eine meisterhafte Darstellung gelobt werden sollte. Obwohl sie ohne Zweifel wunderschön ist, neigt Mademoiselle Georges dazu, ihren Text in einem monotonen, schleppenden Tonfall zu sprechen, und dies ist, nach meiner Meinung, einer perfekten Sprechtechnik abträglich. Nun ja, sie ist erst fünfzehn.
»Wir sollten ihr einen Glückwunsch schicken, Bonaparte.«
»Dafür habe ich schon gesorgt«, sagte Bonaparte und starrte gedankenverloren auf die Terrasse hinaus.

16. Dezember – kalt!

Schlechte Neuigkeiten von den Inseln. In Saint-Domingue stehen die Dinge nicht zum Besten, es hat anscheinend eine Revolte gegeben. »Verfluchter Victor Leclerc«, schimpfte Bonaparte, »ich gebe ihm meine besten Männer mit, die erfahrensten Soldaten, und er kriegt nicht einmal ein kleines Gefecht unter Kontrolle!«

22. Dezember – noch in Saint-Cloud

Ich gebe zu, dass ich allmählich genug habe von Mademoiselle Georges – genug von dem Begeisterungskult, mit dem jeder ihrer Schritte begleitet wird. Oder werde ich einfach nur alt und bin auf ihre Jugend eifersüchtig?

Bonaparte und ich trafen zu spät im Theater ein. Mademoiselle Georges stand mitten auf der Bühne und sprach mit schleppender Stimme einen Monolog. (Ich fange schon wieder an!) Das Publikum applaudierte bei unserem Erscheinen und verlangte, dass die Schauspieler noch einmal von vorn anfingen – was auch geschah.

Alles in allem war es eine passable Vorstellung, dachte ich – zumindest von Seiten der jungen Schauspielerin. Es gab einen seltsamen Zwischenfall, als Mademoiselle Georges die Zeile sprach: »Ich habe Cinna verzaubert, ich werde auch andere Männer verzaubern«, und sich das Publikum die Hälse verrenkte, um zu Bonaparte zu schauen.

»Anscheinend meinen sie, du wärst verzaubert worden«, sagte ich und berührte die Hand meines Mannes (und beobachtete seine Augen).

23. Dezember

Eine schreckliche Nachricht – Victor Leclerc ist *tot*. Er starb in Saint-Domingue an Gelbfieber. Wir sind fassungslos über die Nachricht. Nun ist Bonapartes schöne Schwester Witwe.

Bonapartes neuer Sekretär überbrachte das Bulletin, als Bonaparte und ich gerade unser Mittagsmahl beendet hatten. »Es betrifft den Gemahl Ihrer Schwester, Erster Konsul«, sagte Méneval.

Bonaparte überflog das Bulletin und faltete es methodisch zusammen. »Meine arme Schwester«, sagte er und stand auf.

Victor Leclerc, gestorben mit sechsunddreißig Jahren. (Er war älter, als ich gedacht hatte.) »Der blonde Bonaparte« nannten wir ihn wegen seiner Angewohnheit, Bonapartes Bewegungen, ja sogar Bonapartes Mimik nachzuahmen – deswegen regte sich Bonaparte auch so sehr über ihn auf, denke ich.

Wir wissen, ehrlich gesagt, nicht so recht, wie wir vorgehen sollen. Natürlich muss Victors Familie benachrichtigt werden. Wer soll das übernehmen? Mein Mitgefühl gilt seiner Mutter und seinem Vater, Mehlhändler, die so stolz auf ihren Sohn waren.

[Ohne Datum]

Die Nachricht ist noch schlimmer, als wir ursprünglich dachten. Ein sehr hoher Prozentsatz der Männer, die nach Saint-Domingue geschickt wurden, ist an Gelbfieber gestorben. Die Anzahl ist bestürzend: von den achtundzwanzigtausend, die dorthin segelten, sind nicht einmal mehr zehntausend übrig. *Mon Dieu*. Wie ist das möglich?

Bonaparte ist wie betäubt. Heute Abend stellte ich ihm seinen Kaffee auf den Tisch, berührte seine Hand, damit er wusste, dass er dort stand, und kehrte zu meinem Stickrahmen zurück. Die ganze Zeit saß er bewegungslos, die Hand über dem Mund, da.

12. Februar 1803

Pauline ist zurück, mit ihrem Mann in einem Bleisarg. Seine schönen schwarzen Haare abgeschoren und mit Victors Leichnam beigesetzt. Sie ist geschwächt, sowohl körperlich als auch seelisch. »Sie sind alle gestorben«, sagte sie mit schwacher Stimme und küsste Bonaparte die Hände. »Jeder Einzelne von ihnen.«

19. Februar, früh – noch nicht 9 Uhr (und kalt)

England weigert sich, die Bedingungen des Friedensvertrages einzulösen. Bonaparte schläft nicht gut, wenn überhaupt.

»Geh nicht, Bonaparte«, sagte ich mitten in der Nacht zu ihm und streckte die Hand nach ihm aus.

»Schlafen kann ich, wenn ich tot bin«, sagte er und riss sich von mir los.
In seiner Gegenwart fühle ich mich alt – reizlos, ohne Anmut. Ich komme mir wie ein auf den Knien kriechender Bettler vor.

28. Februar – Paris

»Mimi?« Ich fand sie im Ankleidezimmer. Ich hatte den ganzen Morgen darüber nachgedacht, ob ich diesen Schritt tun sollte, dachte sogar noch darüber nach, als ich bereits sprach.
»Wenn ich doch bloß diesen neuen Spitzenschleier finden könnte, den seidenen«, sagte sie, während sie einen geöffneten Schrankkoffer durchsuchte. »Ich weiß, dass ich ihn erst vor kurzem hier gesehen habe.«
»Vielleicht ist er in Malmaison. Oder in Saint-Cloud.« Ich weiß überhaupt nicht mehr, wo sich etwas befindet. Ich setzte mich auf den kleinen Samtschemel vor dem Kamin. »Hast du vielleicht irgendwelche Gerüchte gehört?«
Mimi schloss den Deckel des Schrankkoffers. »Worüber?«
Ich zuckte mit den Schultern. »Oh, über Bonaparte und eine Frau.«
»Gerüchte gibt es immer.«
»Zum Beispiel?«
Sie blies die Backen auf. »In letzter Zeit wurden Blumen nach oben geschickt.«
»In den Raum über Bonapartes Arbeitszimmer?«
Sie verzog das Gesicht.
»Du könntest es für mich herausfinden. Du könntest Roustam oder Bonapartes Kammerdiener fragen – oder sogar Hugo, den Wachposten vor dem Arbeitszimmer.« Selbst der neue Sekretär würde es wissen, dachte ich verdrossen. »*Bitte*, Mimi. Man kann ein falsches Spiel mit mir treiben, aber der Teufel soll mich holen, wenn ich mich für dumm verkaufen lasse.«

2. März, 2 Uhr 30 nachmittags

»Es gibt da eine junge Frau, die fast jeden Nachmittag gegen vier kommt und …« Mimi hob die Hände. »Und das ist *alles*, was ich weiß.«

3. März

»Es ist diese Schauspielerin, über die alle reden.«
Mademoiselle Georges. Ich wusste es! »Das Mädchen«, sagte ich.
»Sie ist kein Mädchen mehr.«

12. März – in den düsteren Tuilerien

»Dein Puder war heute Abend verschmiert«, sagte Bonaparte, als ich unter die Bettdecke schlüpfte.
Natürlich war er das – ich hatte ja auch geweint! Unser allwöchentliches Diner für über einhundert Menschen in der Diana-Galerie war ungewöhnlich anstrengend gewesen. Die Unterhaltung drehte sich immer wieder um das Theater, die »brillante« Mademoiselle Georges. Blicke in meine Richtung ließen klar erkennen, dass jeder Bescheid wusste. »Ich bin unglücklich, Bonaparte.«
Bonaparte nahm eine Kerze und verschwand im Ankleidezimmer. Als er wieder zurückkam, warf das Kerzenlicht Schatten auf sein Gesicht und ließen ihn gespenstisch aussehen. »Ich konnte kein Taschentuch finden«, sagte er und reichte mir ein Kopftuch aus Madrasgewebe. »Also – um was geht es denn?«
Sein Ton verriet mir, dass er die Antwort bereits kannte. »Es betrifft deine Liebelei … mit Mademoiselle Georges.«
Er setzte sich ans Bettende, die Nachthaube schief auf dem Kopf.

»Es hat keinen Zweck zu leugnen!« Bei der zuletzt von uns besuchten Theatervorstellung hatte Mademoiselle Georges die Unverfrorenheit besessen, *meinen* Spitzenschleier auf der Bühne zu tragen.
Bonaparte verschränkte die Arme. »Warum kümmern dich meine Vergnügungen? Ich habe nicht vor, mich zu verlieben.«
»Aber Bonaparte, es ist nicht recht –«
»Es ist *mein* Recht!«

[Ohne Datum]

Clari entdeckte mich in Tränen aufgelöst in meinem Ankleideraum. Die sanfte Berührung ihrer Hand auf meiner löste einen Sturzbach meines Kummers aus. Sie, die so lieb tröstete und für ihr Alter schon so klug ist, gab mir den Rat, Geduld zu haben.
»Das ist doch nur eine Affäre für kurze Zeit, Madame. Sie wird vorübergehen, die Zeit heilt alle Wunden.«
Ich weiß, ich weiß, nickte ich – aber innerlich tobte ich. La Grassini, mollig, alternd, war eine Sache – diese bildhübsche junge Schauspielerin ist eine ganz und gar andere.
»Sehen Sie einfach darüber hinweg, so lautet mein Rat. Gerade Ihre großmütige Nachsicht ist es doch, die der Erste Konsul liebt. Er wird zu Ihnen zurückkehren, rechtzeitig.«
Großmütige Nachsicht? Ich stelle mir Bonaparte in den Armen dieses Mädchens vor und vergieße Tränen der Verzweiflung! Ich stelle mir ihren jungen, geschmeidigen Körper vor – so empfänglich und fruchtbar – und komme mir innerlich vertrocknet vor. Ich bin keine junge Frau mehr, und ehrlich gesagt fürchte ich, dass ich älter bin, als es meinem tatsächlichen Alter entspricht, denn es ist nicht mehr die Leidenschaft des Fleisches, die ich empfinde. Die Leidenschaft des Herzens empfinde ich – o ja – und der Seele in Hülle und Fülle. Aber gleich, wie viele Salben, Lotionen und Schminke ich auch auftrage, sie

können die Trockenheit meiner Haut, meine dünner werdenden Haare nicht verbergen – meine schwindende Wollust.
Oh, ich kenne dieses Gefühl, diese demütigende Eifersucht, diese *Angst* nur zu gut. Mein erster Mann war ein Weiberheld, richtig – und er hat mich nie geliebt. Bonaparte liebt mich: Das weiß ich! Und eben *das* flößt mir Angst ein – der mögliche Verlust seiner Liebe.

Bonaparte wird hintergangen

14. März 1803 – Saint-Germain-en-Laye

Trotz des Windes und des peitschenden Regens bin ich heute am frühen Morgen nach Saint-Germain-en-Laye aufgebrochen. Die eilig niedergeschriebene Nachricht von Tante Désirées neuem Ehemann* – immerhin durch einen Boten überbracht – beunruhigte mich: »Kommen Sie rasch, Ihre Tante ist ernstlich erkrankt.«

Daher war ich erleichtert (aber, offen gestanden, auch nicht wenig überrascht), Tante Désirée, ihren Mann Monsieur Pierre und Tante Fanny dabei anzutreffen, wie sie sich Brandy und Sauerteigfladen schmecken ließen.

»Was tust *du* denn hier?«, wollte Tante Désirée wissen und versuchte sich von der Chaiselongue zu erheben.

»Edle G-G-Geliebte«, stotterte Monsieur Pierre (denn so nennt er sie tatsächlich!) »du hast gekränkelt, und ich dachte –«

»Du dachtest, dass ich sterbe?«, sagte Tante Désirée vorwurfsvoll.

Der arme Mann lief dunkelrot an.

»Hören Sie auf zu stottern und gießen Sie meiner Nichte einen Brandy ein, Monsieur Pierre«, sagte Tante Fanny. »Sie war da draußen in dieser ganzen frischen Luft. Grand Dieu, wenn sich

* Nicht lange nach dem Tod des Marquis heiratete Désirée den Bürgermeister von Saint-Germain-en-Laye, Pierre Danès de Montardat.

jemand heute leicht den Tod holt, dann sie, und das wird unangenehme Folgen für uns alle haben. Sie bringt dem Ersten Konsul Glück – das sagt jeder. Wer weiß, wo wir ohne *sie* wären.«
»Umso mehr Grund für den Ersten Konsul, *zu Hause* zu bleiben«, sagte Tante Désirée mit einem allzu wissenden Blick.
»Und nicht die ganze Zeit ins *Theater* zu laufen«, sagte Tante Fanny, leerte ihr Glas Brandy und hielt es hin, damit man ihr nachschenkte.
»Es geht mir gut, danke«, sagte ich zu Monsieur Pierre und lehnte ein Glas ab. »Du hast dich nicht wohl gefühlt?«, fragte ich Tante Désirée – um das Thema zu wechseln. Es war demütigend herauszufinden, dass man sogar in Saint-Germain über Bonapartes Affäre mit Mademoiselle Georges sprach.
»Ihre Tante hat eine Endokarditis«, sagte Monsieur Pierre.
»Was sich mit nichts reimt«, sagte Tante Fanny stirnrunzelnd.
»Es hat etwas mit dem Herzen zu tun«, erklärte Tante Désirée und wedelte mit den Händen über ihrem Busen, »mit einer Reizung des Blutes, das hindurchfließt. Zumindest hat das der Arzt gesagt, aber was weiß *der* denn schon? Ich bin die Gesundheit in Person, wie du sehen kannst.«
Jedoch nicht lange, nachdem Tante Fanny weggefahren war und Monsieur Pierre sich entschuldigt hatte, um in seinen Club zu gehen, wurde Tante Désirée wirklich ziemlich krank – ein plötzlich und heftig auftretender Anfall. Ich half ihr, in ihr Schlafzimmer zu kommen, wo sie in ihr muffiges Federbett fiel.
»Ich lasse einen Arzt holen«, drängte ich.
»Nein, warte«, sagte sie und winkte mich an ihr Bett zurück.
»Tante Désirée – ruhe dich aus. Du darfst nicht sprechen!«
»Das ist wichtig! Ich spreche aus dem Grab deiner Mutter.«
Dem Grab meiner Mutter? Aber Mutter ist nicht tot!
»Hör zu! Um einen Ehemann zu halten, muss eine Frau fröhlich und verständnisvoll, aber vor allen Dingen *blind* sein.«
Ich versprach, auf ihren Rat zu hören unter der Bedingung, dass

sie sich ausruhte und mich einen Arzt holen ließ. Er ist jetzt bei ihr.

5 Uhr 20 nachmittags

Mon Dieu, wir haben sie verloren. Als der Arzt ging, versicherte er, dass Tante Désirée nicht in Gefahr wäre. Ich bereitete gerade die Tinktur vor, die er verschrieben hatte, als sie blau anlief und nach Atem rang.

»Tante Désirée!«, schrie ich voller Sorge auf. Sie schwand dahin, und es gab niemanden, der helfen, niemanden, an den ich mich wenden konnte. Ich lief zur Tür und schrie nach den Bediensteten. Irgendjemand!

»Vor allen Dingen, sei blind!«, keuchte sie.

Ich versuchte gerade, sie zu beruhigen, als sie plötzlich zu atmen aufhörte und in meinen Armen starb.

Ich überredete einen sehr verzweifelten Monsieur Pierre, sich zurückzuziehen, während ich den Dienstmädchen half, Tante Désirée aufzubahren. Ich verrichte die Dinge ohne Tränen und merkwürdigerweise mit ruhigem Herzen. Ich schloss ihr sanft die Augen, ordnete ihre Gliedmaßen, half, sie zu waschen und anzukleiden. Wir überlegten: Sollte sie ein Korsett tragen? »Sie würde nicht gerne darauf verzichten«, entschied ich schließlich. Nicht einmal im Tod. Nicht einmal im Jenseits.

Nachdem alles getan war, entließ ich die Bediensteten und setzte mich neben sie, während die Kerzen herunterbrannten. Ach, Tante Désirée, wie konntest ausgerechnet *du* mich verlassen?

19. März, Sankt-Josephs-Tag – Tuilerien

Es schien zu meiner melancholischen Stimmung zu passen, in der ich von Tante Désirées Beisetzung zurückkehrte, dass ich

Bonaparte in einem abgedunkelten Raum sitzend, die Vorhänge gegen die helle Frühlingssonne geschlossen, vorfand. Er erhob sich, lief jedoch nicht auf und ab. »Ich bin mit dem Marineminister zu Gesprächen zusammengetroffen«, sagte er und lehnte sich an den Kaminsims.
Decrès? »Und ...?«
»Weißt du, dass er in letzter Zeit so viel schlanker geworden ist? Ich vermutete bereits, dass da ein Frauenzimmer im Spiel ist, aber nicht in tausend Jahren hätte ich erraten, wem der alte Hund den Hof macht.« Er schnaubte verächtlich. »Meiner Schwester Pauline, der leidtragenden Witwe.«
Es überraschte mich nicht zu erfahren, dass Pauline Besucher empfängt. Trauern ist langweilig, hatte sie gesagt, als wir sie zuletzt sahen. Aber Decrès? »Ich glaube, dass es an der Zeit ist, sich nach einem Ehemann für sie umzusehen, Bonaparte«, sagte ich zu ihm und zupfte ein langes schwarzes Haar von seinem Kragen. *»Vor allen Dingen sei blind«*, hörte ich eine vertraute Stimme sagen.

Fort de France, Martinico
Chère Yeyette, geliebte Nichte,
heute Morgen ist Stéphanie auf der Le Dard nach Brest in Frankreich abgesegelt. Sie ist erst fünfzehn, daher wirst du die Besorgnis eines Vaters verstehen können. Hast du eine Anstandsdame für sie besorgt? Wenn die Aussicht auf eine ordentliche Erziehung und eine gute Heirat nicht wäre, hätten meine Frau und ich sie in unserer Nähe behalten.
Deine Mutter beanstandete, dass der Hühnerstall, der zu dem prachtvollen Haus gehört, das du ihr in Fort de France gekauft hast, nicht groß genug wäre. Ich ließ einen größeren bauen, aber Hühnerstall hin, Hühnerstall her, deine Mutter weigert sich, aus ihrer baufälligen Landbehausung auszuziehen.
Gott segne dich.
Dein liebevoller, aber älter werdender Onkel Robert Tascher

8. April, Karfreitag

Ich habe gerade Mademoiselle Avrillion eingestellt, eine verarmte Adlige mit tadellosen Referenzen: ruhig, ernsthaft, tugendsam. Sie wird vorläufig bei der Garderobe helfen, und dann, wenn meine Patentochter Stéphanie aus Martinico eingetroffen ist, als Anstandsdame des Mädchens dienen.
Wenn die junge Stéphanie eintrifft!

28. April

Bonaparte ist in gedrückter Stimmung. England hält sich ganz unverfroren nicht an die Bedingungen des Friedensvertrages. »Der Frieden hat sich für sie als nicht rentabel erwiesen«, sagte er. »Die heimtückischen Briten tun alles in ihrer Macht Stehende, um erneut einen Krieg zu provozieren.«

17. Mai

Ich war noch nie so fassungslos. Ich weiß nicht, was ich tun, wo ich beginnen soll.
England hat in der Nähe von Brest französische Schiffe aufgebracht. Bonaparte vergewisserte sich, dass ich saß, bevor er mir erzählte – sehr behutsam und mit der Beruhigung, dass möglicherweise alles gut würde –, dass das Schiff Le Dard zu den gekaperten gehörte und dass meine Patentochter gefangen genommen worden sei.
Ich hörte zu, ich hörte, aber ich begriff nicht, was er sagte.
»Du meinst, dass Stéphanie entführt wurde? Von den Briten?«
In Bonapartes Augen waren Tränen, als er nickte, *ja*.

22. Mai

Die Briten halten Stéphanie in Portsmouth fest und weigern sich, sie zurückzulassen!

»Bonaparte, wie können sie das tun? Sie ist doch nur ein Kind!«

»Maudits anglais«, fluchte Bonaparte und lief auf und ab.

25. Mai – zurück in Saint-Cloud

England hat das Feuer eröffnet. Seine Kriegsmarine hat eines unserer Schiffe aufgebracht, zehn Männer getötet und ebenso viele verwundet.

Keine Nachricht von Stéphanie. Ich kann nicht schlafen.

10. Juni

Bonaparte hat das Angebot von England erhalten, Stéphanie zurückzugeben, aber in Verbindung mit der Forderung nach Handelskonzessionen, die anzunehmen er seiner Meinung nach nicht verantworten kann! Ich weinte und flehte, und schließlich stimmte er zu. Wir sind so aufgewühlt von Gefühlen, dass uns die Knie zittern.

14. Juni, 11 Uhr 15 morgens – Saint-Cloud

Endlich: Stéphanie wird herausgegeben. Wir sind ja *so* erleichtert. »Aber es wird mindestens einen Monat dauern, bis sie hier ist«, sagte Bonaparte zu mir.

Ich rang stoßweise nach Luft. »Ist ja gut«, sagte er und hielt mich fest an sich gedrückt. »Es wird ja alles wieder gut.«

19. Juni

»Ich muss die Nordküste bereisen«, teilte mir Bonaparte heute Morgen mit. Natürlich, nickte ich. Kriegsvorkehrungen. Wie ich wusste, hatte man eine Flotte flacher Boote gebaut – Schiffe, die gegen Englands Flotte kämpfen, Schiffe, die in das Land eindringen konnten. »Ich möchte, dass du mich begleitest. Scheue keine Kosten. Ich muss großen Eindruck machen.«
»Sehr gut, Bonaparte«, antwortete ich nur allzu bereitwillig. »Aber bist du auch bereit zu bezahlen?« Bonaparte wünscht, dass ich mich jeden Abend luxuriös in ein neues Kleid hülle, aber er schreckt davor zurück, die Rechnungen zu bezahlen. »Im Voraus«, fuhr ich unbeirrt fort und regte nicht nur einen Zuschuss für mich, sondern auch für Clari an, die Hofdame, die mich begleiten wird.
»Madame, wie stellt man es an, eine solche Summe auszugeben?«, fragte mich Clari später ganz ernsthaft, denn Bonaparte hatte ihr dreißigtausend Francs gegeben.
»Keine Sorge, Clari. Das ist wirklich ganz einfach«, sagte ich und begann, eine Liste aufzustellen, was ich mitnehmen muss – wobei ich allerdings offen gestanden daran dachte, was ich zurücklassen werde: eine gewisse Mademoiselle Georges.

23. Juni

Wir sind fertig, die Schrankkoffer sind gepackt, die Juwelen in einer mit Samt ausgeschlagenen Kassette. Ich habe mich auf diese Reise wie auf eine Schlacht vorbereitet: Meine Munition sind meine Kleider, meine Salben und meine Pflaster.
Heute bin ich vierzig geworden – eine alte Frau, würden viele sagen, in einem Alter, in dem eine Frau keinen Anspruch mehr darauf hat, dass ihr Mann sie begehrt. Ich denke mit Zuneigung

an Tante Désirée, das verführerische Rascheln ihrer Taftröcke.
»Zu alt? Unsinn!«
»Jede Schlacht sollte ein unumstößliches Ziel haben«, sagt Bonaparte, und das Ziel dieser Schlacht ist für mich sein Herz. Im Norden werde ich Bonaparte für mich allein haben.

25. Juni, glaube ich – Amiens (bewölkt)

Die Strecke nach Amiens war mit einer verschwenderischen Fülle von Girlanden geschmückt, auf den Straßen und Plätzen wimmelte es von Menschen, die Bonapartes Ankunft bejubelten. In der Stadtmitte wurde unsere Kutsche gezwungen anzuhalten. Wir hörten den Kutscher protestieren – denn die Leute spannten unsere Pferde aus. Bonaparte sah beunruhigt aus. Menschenmengen machen ihn nervös, wie ich weiß. Wer vermag schon zu sagen, was geschehen könnte? Und dann brach ein donnernder Jubel aus und unsere Kutsche rollte wieder an – langsam, denn wir wurden von den Menschen gezogen, so groß war ihre Huldigung. Selbst Bonapartes Augen glitzerten.

26. Juni – ein Sonntag

Während ich dies schreibe, werde ich beinahe taub von den Jubelrufen einer riesigen Menschenmenge vor unserem Fenster, die immer wieder und so inbrünstig Sprechchöre anstimmt, dass die Worte wie ein Herzschlag, ein Gebet klingen: Lang lebe Bonaparte! Lang lebe Bonaparte! Lang lebe Bonaparte!
Ich beobachte meinen Mann, der regungslos wie eine Statue dasteht. Die Hurrarufe sind ein Gebrüll, das man beinahe körperlich spüren kann, eine Woge der Verzückung. Was denkt er wohl gerade?
»Es ist beängstigend, nicht wahr?« Ich muss meine Stimme er-

heben, um gehört zu werden. »Wer hätte sich *das* jemals träumen lassen?«
»Ich«, sagt er mit seltsam melancholischer Stimme, ohne sich umzudrehen.

[Ohne Datum]

Bonaparte ist es gelungen, die überwiegende Zahl der nördlichen Gebiete dazu zu überreden, ihre Häfen für englische Waren zu schließen. »Wenn ich jetzt doch auch noch die *Exporte* nach England unterbinden könnte.«
Russischer Hanf zum Beispiel, der nach England geschickt wird, um Taue für die englische Flotte herzustellen. »Ohne Tauwerk« – Bonaparte senkte den Daumen nach unten – »sinkt auch der Unbesiegbare.«

7. Juli – Lille

Bonaparte warf einen parfümierten Brief auf meinen Stickrahmen. Ich erkannte Paulines ungelenke Handschrift. »Scheint, als sei meine schöne Schwester von ihrem überwältigenden Kummer voll genesen.« Er setzte sich und zählte schweigend und mit gerunzelter Stirn an seinen Fingern ab. »Aber sie wird warten müssen. Erst im November ist es ein Jahr her.«
»Was ist im November?«, fragte ich verwirrt, als ich versuchte Paulines Rechtschreibfehler zu entziffern. »Sie bittet dich um die Erlaubnis, heiraten zu dürfen?« *Schon?* Aber doch sicher nicht den Marineminister Decrès. Ich las weiter. »Prinz Borghese?«
Clari schaute von ihrer Spitzenarbeit auf. Oh là là, verriet ihr Blick.
Oh là là, das konnte man wohl sagen! Der Prinz Borghese ist der Sohn einer der reichsten und vornehmsten Familien Ita-

liens. Ich denke nur mit Schrecken an das vornehme Getue, das Pauline an den Tag legen wird, sollte sie eine Prinzessin werden.

14. Juli, Tag der Bastille – Gent

Ein anstrengender Tag: Audienzen, Besichtigung eines Staatsdenkmals und von zwei Fabriken, ein Diner gefolgt von einem Empfang, anschließend das Theater. Bonaparte schlief während des Nachspiels in komischen Versen ein. »Ich bin für Amüsement nicht geschaffen«, sagte er müde und band sein Halstuch ab.
»Für einige Formen des Amüsements bist du allerdings sehr empfänglich.« Ich lächelte schelmisch über meine nackte Schulter, als ich die Bettdecken zurückschlug.

12. August, 10 Uhr 30 nachts – wieder Saint-Cloud, endlich

Louis, Hortense und das Kind begrüßten uns zu Hause. Klein Napoléon, mit seinen neun Monaten groß und gesund, gluckste, als er Bonaparte sah, was ihn höchst erfreute. Als wir im Familiensalon saßen und von diesem und jenen sprachen, schlief der Kleine in Bonapartes Armen ein – ein köstliches Porträt. Oh, wie wir dieses Kind lieben!

21. August

Stéphanie ist eingetroffen! Bonaparte und ich sind vollkommen fertig.
Sie ist ... oh, wie soll ich sie beschreiben? Erst einmal ist sie groß, ein Riese von einem Mädchen mit dem Körper einer Frau und der rastlosen Energie einer Zweijährigen. »So wie in England habe ich mich noch nie amüsiert!«, rief sie aus und erstick-

te uns in ihrer Umarmung. »Entführt zu werden hat ja so viel Spaß gemacht!«
»Wann kommt sie ins Internat?«, fragte Bonaparte matt vor Erschöpfung nach nur einer Stunde endlosen Geplappers des Mädchens.
In zwei Tagen, sagte ich. In der Zwischenzeit hat Mademoiselle Avrillion den Auftrag, diesen Wirbelsturm von Energie in Schach zu halten. Und was Madame Campan betrifft – auf sie kommt eine Herausforderung zu!

24. Oktober – Saint-Cloud, sehr spät, weit nach Mitternacht (kann nicht schlafen)

Wir haben Paulines Verlobungsessen überstanden – knapp zweihundert Gedecke. Wir saßen mit fünfzehn Personen am Haupttisch: Bonaparte und ich, Prinz Camillo Borghese und Pauline, Lucien, Elisa und Félix, Joseph und Julie, Louis und Hortense, Joachim und Caroline, Eugène und Signora Letizia.
Prinz Camillo Borghese hat eine gute Figur, ist überraschend ungebildet und erschreckend reich. Pauline trägt bereits die berühmten Diamanten der Borgheses zur Schau. Lucien und Joseph wirkten angespannt – warum? Elisa hatte wie gewöhnlich ihren Schluckauf während des Essens. Joachim war mit seiner rosafarbenen, vor Straußenfedern triefenden Samttoque phantasievoller gekleidet als Caroline. Eugène kümmerte sich pflichtbewusst um die (ständigen) Bedürfnisse von Signora Letizia – er ging sogar so weit, ihr Schnupftabak in die Nasenlöcher zu stopfen.
Ein Großteil der Gespräche wurde auf Italienisch geführt, Prinz Borghese zuliebe, der ungeachtet dessen trotzdem nicht zu verstehen schien, worüber gesprochen wurde. Pauline bestand darauf, ihn persönlich mit Hühnchenhappen zu füttern, wobei das Fett auf seine mit Gold bestickte Seidenweste tropfte.

»Ich kann verstehen, warum Paris vor Klatsch über *diese* beiden nur so schwirrt«, sagte ich später zu Eugène, als wir uns auf eine Partie Billard vorbereiteten. Ich führte den Eröffnungsstoß aus, einen kräftigen, der die Kugeln mit einem erfreulichen Klackern auseinander trieb.

Eugène zuckte mit den Schultern und rieb sein Queue mit Kalk ein. Beim Schein der Kerzen schien er rot geworden zu sein. War es der Wein? Nein, ich glaubte es nicht. Mein Sohn ist maßvoll in seinen Gewohnheiten (zumindest im Kreis der Familie). »Prinz Borghese passt gut zu Pauline«, sagte er und wich dabei meinem Blick aus.

»Glücklicherweise scheint es ihnen nichts auszumachen, dass sie mit der Hochzeit noch warten müssen«, sagte ich und musterte den Tisch.

»Maman …«

»Wie dumm«, sagte ich, als ich meinen Stoß verfehlte.

»Maman, ich muss dir etwas sagen. Aber du musst mir versprechen, es Papa nicht zu verraten.«

»Du weißt, dass ich das nicht kann, Eugène.«

»Nun gut …« Er verzog das Gesicht. »Pauline und Prinz Borghese sind bereits verheiratet.«

»Sie sind …?« *Verheiratet?*

»Am ersten September, Maman, in Mortefontaine – vor sieben Wochen. Joseph und Lucien waren eingeweiht«, fuhr er nervös fort. »Julie erzählte es ihrer Schneiderin, die wiederum erzählte es Hortense und die erzählte es natürlich –«

Hortense wusste es! »Und *mir* hat sie es nicht gesagt? Und niemand hat es Bonaparte gesagt?« *Mon Dieu*. Ich konnte mir den Wutausbruch lebhaft vorstellen. Krieg mit England ist eine Sache – aber von der eigenen Familie zum Narren gehalten zu werden, ist etwas gänzlich anderes. »Eugène, Bonaparte wird außer sich sein. Er hat gerade Paulines Verlobung bekannt gegeben.«

»Eben deswegen darfst du es ihm ja nicht sagen, Maman!«

[Ohne Datum]

»Sie sind *was*?«

Ich nickte, mein Mund war trocken. »Am ersten September«, sagte ich schließlich und schluckte.

»Sie sind schon seit zwei *Monaten* verheiratet?«

»Aber nur eine kirchliche Trauung, nicht die standesamtliche. Das macht doch einen Unterschied, oder?« Zaghaft!

»Sacrebleu! Ich kann es nicht glauben«, murmelte Bonaparte. »Für wen halten sie mich eigentlich? Für irgendeine Marionette – erst an meinen Fäden ziehen und mich dann in einen Kasten zurücklegen, wenn ich im Weg bin?« Er blieb abrupt stehen und starrte ins Feuer. »Ich nehme an, dass alle es wissen.«

»Ich habe es gerade erst erfahren«, beeilte ich mich ihn zu beruhigen. »Ich habe hin und her überlegt, ob ich es dir sagen soll oder nicht. Ich weiß ja, wie viel du gerade jetzt im Kopf hast, und …« Ich streckte die Hände aus, Handflächen nach oben, eine beschwichtigende Geste. »Aber am Ende dachte ich, dass du es vielleicht doch lieber wissen willst.«

»Ich breche auf der Stelle in einer dringenden Militärangelegenheit nach Boulogne auf«, sagte er, setzte sich an den Sekretär, kramte nach einer Feder und kratzte dann etwas auf ein Stück Papier. »Teile Pauline mit, dass ich eigens in der Absicht abreise, um bei dieser Farce ihrer so genannten Hochzeit *nicht* anwesend zu sein. Ich bin zwei Wochen fort.«

»Bonaparte, es wäre vielleicht das Beste, wenn …«

»Und überdies!« Seine Feder zerbrach und spritzte Tinte auf sein Hemd. Er zog die Schublade des Sekretärs mit solcher Gewalt heraus, dass sie auf seinem Schoß landete und der Inhalt überallhin verstreut wurden. Rasch hob ich eine Feder vom Boden auf und reichte sie ihm. »Und überdies«, fuhr er fort, ohne die Unordnung zu bemerken, »gib ihr den Rat, dass es in ihrem allergrößten Interesse wäre, wenn sie und ihr dämlicher Ehemann nach Rom aufbrächen, bevor ich zurückkomme.«

6. November, Sonntag – Mortefontaine

»Bonaparte lässt sich entschuldigen.« Ich umarmte Pauline. Sie war in ein zuckersüßes Parfüm eingehüllt, dessen Duft sich in meiner Kehle verfing und mich zum Husten reizte. »Er wurde in einer dringenden Militärangelegenheit abgerufen.« Ich begrüßte Prinz Borghese (der etwas Parfüm hätte vertragen können) mit einer versöhnlichen halben Verbeugung.

»Du musst nicht lügen, geliebte Schwester.« Die »Braut« brach in ein fröhliches Gekicher aus. »Ich nehme an, dass ich ihn überrascht habe!«

»Oh ja, der Erste Konsul war … *überrascht*«, sagte ich und verschob es auf später, sie von Bonapartes Forderung, dass sie und ihr Mann Paris augenblicklich verlassen, zu unterrichten.

Vielleicht nach der Trauung, dachte ich. Aber nach der Trauung gab Bonapartes Bruder Lucien bekannt, dass er selbst vor einer Woche wieder geheiratet hatte!

»Ich freue mich für dich, Lucien«, log ich starr vor Schreck.

Nun, in meinem stillen Zimmer, spüre ich, wie üble Kopfschmerzen einsetzen, wenn ich mir Bonapartes Zorn vorstelle – nicht nur einmal, sondern gleich zweimal hintergangen.

10. November – Saint-Cloud

Heute Abend Diner mit der Familie. Pauline willigte ein, Paris mit Prinz Borghese vor Bonapartes Rückkehr zu verlassen – unter der Bedingung, dass sie offiziell in Saint-Cloud »eingeführt« wird. Ich stimmte widerstrebend zu.

13. November, Sonntag

Ich hätte es wissen müssen, dass *Prinzessin* Pauline aus diesem Anlass ein theatralisches Ereignis machen würde. Sie und Prinz Borghese trafen in Saint-Cloud in einer Kutsche ein, die von sechs Schimmeln gezogen wurde, berittene, Fackel tragende Eskorten in Livree davor und dahinter. Meine Empfangsdame riss die Flügeltüren auf und verkündete (oder besser gesagt: schrie): »Prinz und Prinzessin Borghese.«
Pauline betrat den Salon mit einem Heiligenschein aus blendendem Licht, denn sie hatte sich nahezu mit allen Diamanten der Borgheses geschmückt. Kopf, Ohren, Hals und Arme protzten nur so mit den unschätzbaren Brillanten. Mit schlurfendem Gang, der den Eindruck erwecken sollte, als schwebte sie, und den Kopf in jener seltsamen Haltung nach vorne geneigt, die sie für königlich hält, kam sie auf mich zu.
»*Madame*«, sagte sie und verbeugte sich (andeutungsweise) vor mir, wobei sie die Hände steif hielt, um ein unschönes Abwinkeln des Handgelenks zu vermeiden. Ihr Blick schweifte über die Anwesenden. Wie mir erzählt wurde, ließ sie alle wissen, dass *sie* eine Prinzessin ist und »eine *echte*« obendrein. Sie kokettierte mit den Männern und nannte ihren Ehemann, den Prinzen, laut »diesen Dummkopf«.
Morgen reisen sie nach Rom ab.

19. November – Saint-Cloud

»So!« Bonaparte gähnte. »Wie lief es mit Pauline?«
»So gut, wie man es erwarten konnte«, sagte ich vorsichtig und zog die Bettdecken über uns. »Sie sind vor fünf Tagen nach Rom abgereist.« Von Lucien hätte ich ihm am liebsten nichts gesagt, aber mir war klar, dass ich es musste. »Allerdings habe ich eine schlechte Nachricht.« Rasch, dachte ich, bringe es hin-

ter dich! »Lucien hat ebenfalls geheiratet.« Ich machte mich auf einen Wutausbruch gefasst, aber es blieb still. »Madame Jouberthou, die Witwe eines Maklers.« Ich zuckte, bevor ich hinzufügte: »Sie haben nach der Geburt ihres Sohnes geheiratet.« (Aber *bevor* sie sicher waren, dass ihr Ehemann auch tatsächlich tot war. Das sagte ich nicht.)

»Lucien hat einen Sohn?«

»Jetzt sechs Monate alt.«

»Das verstehe ich nicht. Mir sagte er doch, dass er eine Heirat mit der Königin von Etrurien in Erwägung zöge«*, sagte Bonaparte verwundert. »Und er war bereits verheiratet, als er mir das erzählte?« Er schwieg eine ganze Weile. »Manchmal frage ich mich, ob ich meiner Familie überhaupt etwas bedeute«, sagte er schließlich.

»Deine Familie liebt dich.«

Er nahm mich in die Arme. »Ich habe nur dich.«

Wir sprachen bis zum Morgen – über seine Mutter, seine Brüder und Schwestern, über Hortense und Eugène. Wir unterhielten uns darüber, wie entzückt wir beide von dem kleinen Napoléon sind. Bonaparte sagte, dass es uns zwar schwer fallen würde, das Kind nicht jeden Tag sehen zu können, dass er es aber für gut hielte, wenn Hortense und Louis eine Zeit lang in Compiègne lebten, wo Louis das Kommando über die dort stationierten Truppen übernehmen sollte. Wir sprachen über die bevorstehenden Herausforderungen, über die Vorbereitungen für die Schlacht mit England – und dann, sehr spät, begann Bonaparte darüber zu sprechen, was ihm wirklich durch den Kopf ging.

»Was geschieht, wenn ich sterbe? Was wird dann aus Frankreich?« Seine Gefühle brachen aus ihm heraus, als hätte er sich

* Etruria war ein unabhängiges Fürstentum entlang der Mittelmeerküste. Eine familiäre Verbindung hätte Napoléon die Kontrolle über den Hafen von Genua verschafft – von strategischer Bedeutung im Krieg gegen England.

etwas von der Seele reden müssen. »Mit wem kann ich darüber sprechen? Wem kann ich vertrauen?«
Ich legte seine Hand auf mein Herz.

24. November

»Ich bin es leid, jeden Abend ins Theater zu gehen«, sagte Bonaparte gestern Abend. »Lass uns zu Hause bleiben, nur wir beide.« Und das mit einem verliebten Blick.
Mimi grinste mir zu, als sie die Tür hinter sich schloss. In das kleine Zimmer wurden keine Blumen mehr hinaufgeschickt.

Wir haben wieder einmal Grund zur Angst

28. Januar 1804 – Tuilerien

Ich wusste nicht, ob ich erleichtert oder beunruhigt sein sollte, als ich heute am späten Abend hörte, wie Fouché gemeldet wurde. Ich wusste, dass er nicht grundlos zu solcher Stunde vorbeigekommen wäre.

»Ah, Senator Fouché, schön Sie zu sehen«, sagte Bonaparte und bat ihn in unsere Privaträume. »Ein Korse wird einen Besucher immer an seinen häuslichen Herd bitten«, fügte er in dem Bemühen, gastfreundlich zu sein, hinzu.

Im Salon war es kühl. Bonaparte fachte die Glut an. »Also, was gibt's«, sagte er und drehte sich mit verschränkten Armen zu seinem ehemaligen Polizeiminister um. »Sie haben doch sicher etwas zu berichten.«

»Bonaparte!«, sagte ich und schenkte unserem Gast ein Glas Traubensaft ein. »Sollten wir uns nicht zuerst nach Madame Fouché, nach all den reizenden Fouchékindern erkundigen?« Ich lächelte meinem Freund zu, als ich ihm den Saft reichte, den er, wie ich wusste, am liebsten trank. »Geht es allen gut?«

»So gut, wie man es erwarten kann«, sagte Fouché und leerte sein Glas in einem Zug. »Ja, Erster Konsul, ich dachte, es könnte Sie interessieren zu erfahren, dass der royalistische Agent Cadoudal wieder in Paris ist – weil er erneut plant, Sie umzubringen.«

Cadoudal! Der royalistische Agent, der für die Bombe – die »Höllenmaschine« – am Heiligabend verantwortlich war? Ich

sah beunruhigt zu Bonaparte. »Aber ich dachte, Cardoudal wäre in England.«
»Wie es aussieht, ist er schon seit mehreren Monaten wieder in der Stadt«, sagte Fouché gelassen, »und betätigt sich im Auftrag des Thronprätendenten. Zweifellos finanziert von England.«
»Das ist unmöglich!«, explodierte Bonaparte.
»Wie Sie selbst so oft betonen, Erster Konsul, ›unmöglich‹ ist kein französisches Wort.«
»Cadoudal ist so groß wie ein Ochse. Wie kann er, frage ich Sie, in dieser Stadt sein, ohne dass die Polizei etwas davon weiß?«
»Ich habe mir die gleiche Frage gestellt. Wie *konnte* er ihnen entgangen sein? Meinen Informanten zufolge wurde Georges Cadoudal am 4. Fructidor – dem 21. August – in der Nähe von Dieppe mit einem Schiffstau eine 80 Meter hohe Klippe hochgezogen. Ihre Polizei kennt den Ort zweifellos: Unter Schmugglern ist er sicherlich bekannt.«
»Ende August? Mon Dieu, Bonaparte – das ist ja fast fünf Monate her.«
Bonaparte stand vor Fouché, die Hände zu Fäusten geballt. »Wenn das eine List Ihrerseits ist, um die Polizei in Misskredit zu bringen, damit Sie wieder als Minister eingestellt werden, dann wird sie Ihnen nichts nützen.«
»Ich hatte nicht erwartet, dass Sie mir glauben, Erster Konsul«, sagte Fouché und reichte Bonaparte einen Zettel. »Ich schlage vor, dass Sie Ihre Polizei auffordern, sich mit diesem Mann an dem genannten Ort zu unterhalten. Seine Arbeitszeiten sind regelmäßig. Er hält sich dort bis 9 Uhr 50 morgens auf. Er wird Ihnen sagen, was Sie wissen müssen. Auf jeden Fall wäre es klug, die Anzahl der Wachleute, die Sie beschützen, zu verdoppeln oder zu verdreifachen.« In der Tür tippte er an seinen Hut. »Wie immer zu Ihren Diensten, Erster Konsul.«
»Sacrebleu! Das schon wieder«, fluchte Bonaparte.

5. Februar, Sonntag – Paris

Heute Nachmittag, als ich mich gerade darauf vorbereitete, einen Besuch abzustatten, erschien Bonaparte. Er nahm auf seinem üblichen Armsessel neben meinem Toilettentisch Platz und spielte mit dem Glasstöpsel einer Flasche Lavendelwasser herum. »Wohin gehst du?«, fragte er.

»Madame de Souza empfängt heute Nachmittag.« Ich tupfte mir noch ein wenig Bleiweiß* unter die Augen. Ich hatte nicht gut geschlafen.

»Madame de Souza, die Frau des spanischen Botschafters und Autorin von Liebesromanen.« Bonaparte schob die Lippen vor, als ob er über diese Information nachdächte.

»Es sei eine vorgezogene Karnevalsfeier, sagte sie, statt eines Balls«, erklärte ich und beugte mich dicht zum Spiegel, um zu sehen, wie ich mich geschminkt hatte, dann lehnte ich mich zurück und kniff die Augen zusammen, um die Wirkung zu überprüfen. »Müßiges Geplapper, überwiegend Damen – etwas, was du nicht ausstehen kannst. Ich habe dich bereits entschuldigt.«

Aber er hörte gar nicht zu. »Es wäre mir lieb, wenn du eine Eskorte nehmen würdest«, sagte er und trommelte mit den Fingern.

»Aber Bonaparte, es ist doch nur wenige Minuten entfernt, und ich nehme die Pagen und zwei Wachleute mit.« Das übliche Gefolge. (Ach, was waren das für Zeiten, als ich noch allein ausgehen konnte!) »Eine Eskorte zusammenzustellen würde mindestens dreißig Minuten dauern, und ich bin sowieso schon zu spät.«

* Weiße Schminke war eine dicke, aus Blei hergestellte Paste – und folglich ätzend und giftig. Es wurde einige Jahrhunderte lang als Schminkbasis benutzt, mit verheerenden Folgen.

»Joséphine …« Er hielt inne, lehnte sich vor und stützte die Unterarme auf die Knie. »Fouché hatte Recht. Cadoudal ist tatsächlich in Paris, zusammen mit etlichen anderen Attentätern, wie es aussieht.«

»*Etlichen?*« Bonaparte ließ sich selten anmerken, dass er beunruhigt war, aber etwas an seinem Benehmen – gerade diese gelassene Miene – machten mich stutzig.

»Vierundzwanzig, um genau zu sein.«

»In Paris!« Ich griff nach einem Taschentuch, drückte es an den Mund und atmete den beruhigenden Duft von Lavendel ein.

Seine Hand auf meiner Schulter fühlte sich heiß an. »Wir stellen weitere Wachen ein und schließen nachts die Tore zur Stadt.«

Aber die Attentäter waren *in* der Stadt, nicht außerhalb. »Bonaparte, wir *brauchen* Fouché.«

»Keine Sorge. Inoffiziell wird Fouché alles überwachen.«

»Das ist beruhigend«, sagte ich und lehnte mich zurück. Wenn Fouché aufpasst, werden wir vielleicht in Sicherheit sein.

Kurz nach 11 Uhr abends

Die Stadttore sollen jeden Abend ab sieben Uhr bis sechs Uhr am nächsten Morgen geschlossen sein. Auf der Suche nach einer Spur von Cadoudal und seinen Komplizen wurde damit begonnen, sämtliche Kutschen und Fuhrwerke zu durchsuchen.

»Genau wie *damals*«, sagte Clari und meinte den Terror. Nur dass diesmal wir diejenigen sind, die die Tore schließen, wir diejenigen sind, die suchen.

8. Februar – spät, fast Mitternacht

»Was hat das zu bedeuten?« Signora Letizia tippte mit ihrem steifen Finger auf eine Ausgabe des *Moniteur*.

»Das hat zu bedeuten, Maman, dass England einen royalistischen Halunken angeheuert hat, um deinen Sohn zu ermorden«, antwortete Caroline, wobei sie das Wort *ermorden* um des Effekts willen in die Länge zog.
»Ca-du-dall?«
»Aber machen Sie sich keine Sorgen«, sagte ich und bot meiner Schwiegermutter den Ehrenplatz an. »Die Polizei hat alles gut im Griff.« Genau genommen Fouché – aber das konnte ich nicht sagen. Ich wagte nicht einmal anzudeuten, dass der Mann, zu dessen Degradierung die Sippe Bonaparte überredet hatte, derjenige gewesen war, der das Komplott aufgedeckt hatte. Wäre Fouché nicht gewesen, könnte Bonaparte ohne weiteres schon tot sein.
»Sorgen? Die Staatspapiere sind gestiegen«, sagte Elisa vom Schluckauf unterbrochen.
»Es geht doch nichts über eine kleine Krise, um die Wirtschaft anzukurbeln«, erwiderte Joseph mit zufriedener Miene. »Ich habe morgen früh ein Treffen in der Börse, Maman. Möchtest du, dass ich mit dem Mann spreche, der deine Anlagen betreut?«
»Naturalmente«, sagte Signora Letizia und klapperte mit ihren Stricknadeln.
»Vielleicht ist der jetzige Zeitpunkt so gut wie jeder andere, um eine Familiennachricht bekannt zu geben.« Joseph lächelte unsicher. »Ich habe eine Mitteilung von den Inseln erhalten, dass Jérôme in Baltimore eine Amerikanerin geheiratet hat.«
Mon Dieu, dachte ich und sah kurz zu Bonaparte. Nicht noch einer.
»Das ist unmöglich«, sagte Bonaparte gelassen. »Jérôme ist erst neunzehn. Rechtlich gesehen kann er ohne Genehmigung nicht heiraten.«
»In Amerika kann er das offensichtlich«, sagte Joseph.
»Basta!«
Erst Pauline, dann Lucien und nun Jérôme.

10. Februar – Tuilerien

Louis und Hortense sind gestern Abend aus Compiègne eingetroffen. »Hast du meinen Brief erhalten?«, fragte ich und umarmte meine Tochter. Sie hat zugenommen, was mich freut. »Habt ihr das Kind nicht mitgebracht?«
»Er schläft in seinem Korb«, sagte Louis und trat zur Seite, um die Zofe mit einem Tablett hereinzulassen. »Was ist hier los? Wir hatten Schwierigkeiten, durch die Stadttore zu kommen.«
»Die Polizei hat ein erneutes Komplott gegen Bonaparte aufgedeckt.« Wie viel durfte ich ihnen erzählen? »Erinnert ihr euch noch an Cadoudal?«
Hortense sah mich erschrocken an. »Er ist *in Paris*?«
»Man glaubt, dass er sich hier irgendwo aufhält.«
»Aber ich dachte, er wäre in England«, sagte Louis.
»Sicher ist, dass er für England *arbeitet*.«
Vor der Tür hörten wir, wie jemand unmelodisch sang und dann ein Kind, das quiekte. Bonaparte erschien in der Tür mit dem kleinen Napoléon in den Armen. »Wenigstens *er* mag, wie ich singe«, sagte er mit einem Grinsen.

14. Februar, Fastnachtsdienstag – Tuilerien

Immer noch keine Spur von Cadoudal, aber ein Royalist im Abbaye-Gefängnis hat zugegeben, mit ihm nach Frankreich gekommen zu sein. Der Plan war, sagte er, Bonaparte zu entführen. Den entscheidenden Staatsstreich, nannte er es.
»Entführen? Das ist eine Finte. Mich wird man nur los, wenn man mich umbringt«, empörte sich Bonaparte.
Wir sind, ehrlich gesagt, alle entsetzt. Dem Geständnis dieses Royalisten zufolge ist General *Moreau* darin verstrickt, einer der beliebtesten Generäle in der republikanischen Armee. Wie ist das nur möglich?

4 Uhr 35 nachmittags

Bonaparte ist pausenlos in Sitzungen mit dem Sonderausschuss. Hin und wieder kommt er mit erschöpftem Blick heraus.

15. Februar, sehr früh

Bonaparte hat die ganze Nacht kein Auge zugetan und sich von einer Seite auf die andere geworfen, bis die Bettdecke nur noch ein feuchtes Knäuel war. Beim ersten Tageslicht setzte er sich auf. »Ich bin zu einem Entschluss gekommen.«
Seine zusammengesunkenen Schultern verrieten mir, welcher Entschluss das war.

16. Februar

Die Nachricht von Moreaus Verhaftung wurde heute Morgen veröffentlicht. Alle sind fassungslos. Selbst auf dem Markt war es still, erzählte mir Mimi.

8. März – Malmaison

Ich überredete Bonaparte, dass wir für ein paar Wochen nach Malmaison ziehen, um der angespannten Atmosphäre in Paris zu entfliehen, aber selbst hier, in dieser herrlichen Jahreszeit, bringt uns die Angst um den Schlaf. Kuriere, Würdenträger mit Ledermappen und düsteren Mienen kommen und gehen. Immer noch keine Spur von Cadoudal.

9. März – unser achter Hochzeitstag

Unser Abendessen zum Hochzeitstag wurde von einem Besucher unterbrochen: Fouché. »Führen Sie ihn herein«, sagte

Bonaparte und schob seinen Teller mit Hühnerknochen zurück.
Fouché erschien in dreckbespritzten, kniehohen Stiefeln. »Cadoudal wurde aufgespürt.«
»Verhaftet?«
»Einer der Verschwörer verriet uns den Plan, ihn in ein anderes Versteck zu bringen. Wir griffen seinen Einspänner am Place St.-Étienne-du-Mont auf, aber in dem Handgemenge konnte er entkommen.«
»Beantworten Sie meine Frage, Fouché«, sagte Bonaparte. »Wurde Cadoudal *verhaftet*?«
»Seine Kutsche kam nur bis zum Place d'Odeon, wo ihm von zwei Polizisten der Weg abgeschnitten wurde. Einer packte das Pferd, und Cadoudal erschoss ihn. Dem zweiten Beamten wurde in die Hüfte geschossen, als er versuchte Cadoudal mit einem Knüppel zu schlagen. Dann sprang Cadoudal aus der Kutsche –«
»Jetzt weiß ich, dass Sie mir nicht die Wahrheit sagen. Cadoudal sprang? Er ist ein Riese – er hat schon beim Aussteigen aus einer Kutsche Schwierigkeiten.«
»Erster Konsul, ich mag ja hinterhältig sein, aber ich lüge niemals. Als Cadoudal zu rennen begann, gelang es dem verwundeten Beamten – mit der Hilfe von zwei tapferen Bürgern, sollte ich wohl hinzufügen –, ihn zu packen und ihm einen Schlag auf den Kopf zu versetzen.«
»Also *ist* er in Gewahrsam. Hat er gestanden?«
»Nur, dass er in der Absicht nach Paris kam, Sie zu stürzen. Er legt … nun ja, gewiss keine Reue an den Tag. Als man ihm mitteilte, dass der Polizist, den er getötet hatte, Ehemann und Vater war, schlug er vor, dass wir das nächste Mal Junggesellen mit solchen Einsätzen beauftragen.«
»Dieser Schweinehund.«
»Dieser *reiche* Schweinehund. Seine Taschen waren voll gestopft mit englischem Gold. Sie haben ihn gut bezahlt.«

»Geben Sie es der Witwe des Beamten.«
»Ist bereits geschehen.«

Unmittelbar nachdem Fouché gegangen war, erschien Talleyrand. »Wir haben Cadoudal aufgegriffen, Erster Konsul«, sagte er mit schmeichlerischem Ton in der Stimme und verbeugte sich tief.
»Das weiß ich bereits, Minister Talleyrand. Fouché war gerade hier.«
Talleyrand zwinkerte bedächtig. Nur die Falten in seinen Mundwinkeln ließen darauf schließen, wie sehr es ihm missfallen musste, dass sein Rivale die gerechte Anerkennung für die Verhaftung einsteckte. »Ich habe Dokumente eingesehen, die man in Cadoudals persönlicher Habe gefunden hat.« Mit ehrfürchtig ausgestreckten, weiß behandschuhten Händen überreichte Talleyrand eine Mappe mit Papieren, als brächte er ein Sakrament dar.
Bonaparte zog die Pergamentpapiere heraus und blätterte sie rasch durch. »Erklären Sie«, sagte er und warf sie auf den Tisch.
»Diesen Dokumenten zufolge, Erster Konsul, warteten Cadoudal und seine Männer darauf, dass jemand, der als ›der Prinz‹ bezeichnet wird, zu ihnen stößt, bevor sie handelten.«
Bonaparte lief auf und ab. »Welcher Prinz?«
»Vielleicht sollten wir das in Ihrem Amtszimmer besprechen, Erster Konsul.«
»Reden Sie!«
»Zwei von Cadoudals Dienern wurden befragt. Beide erklärten übereinstimmend, dass alle zehn oder zwölf Tage ein Herr zu Cadoudal zu Besuch kam – ein mittelgroßer Mann, korpulent und mit schütterem Haar. Cadoudal nahm ihn stets an der Tür in Empfang, daher hat es sich offensichtlich um eine wichtige Persönlichkeit gehandelt. Wenn er im Raum war, nahm niemand Platz.«

»Und Sie denken, dass dieser Mann ›der Prinz‹ war.«
»Das ist eine logische Schlussfolgerung.«
»Ein Bourbonenprinz?«
»Wahrscheinlich.«
»Das klingt weder nach dem Thronprätendenten noch nach seinem Bruder.«
»Aber der Herzog d'Enghien residiert einhundertdreißig Wegstunden von Paris entfernt – genau am gegenüberliegenden Rheinufer in Ettenheim.«
»Enghien hat in Italien gegen uns gekämpft«, sagte Bonaparte stirnrunzelnd.
»Die letzte Hoffnung des Hauses Bourbon, wie es heißt. Möglicherweise lautete der Plan, dass Enghien nach Paris kommen sollte, sobald Sie –« Talleyrand legte eine effektvolle Pause ein – »*entbehrlich* geworden wären. Er hätte sozusagen als Vertreter der Bourbonen die Stellung in Paris gehalten, bis der Thronprätendent aus England eingetroffen und den Thron bestiegen hätte.«
»Der Herzog d'Enghien ist schlank, nicht wahr, Minister Talleyrand?«, fragte ich und wandte mich um. Er soll charmant und gut aussehend sein – sicherlich nicht korpulent mit schütterem Haar. Es geht das Gerücht, dass er heimlich die Prinzessin Rohan-Rochefort – la belle Charlotte – geheiratet hat.
»Ende zwanzig, würde ich schätzen, und –«
Aber die Männer waren bereits auf dem Weg zur Tür hinaus. Ihre Stimmen wurden immer leiser, bis ich sie nicht mehr hören konnte. »Ich glaube, Erster Konsul, dass … eine Lektion für diese … endlosen Verschwörungen … das Vergießen königlichen …«
Das Vergießen königlichen Blutes, meinte ich Talleyrand sagen zu hören.

Jetzt, da ich mir dieses Gespräch wieder ins Gedächtnis rufe, es in Gedanken durchspiele, wächst meine Besorgnis. Warum hat Talleyrand so beharrlich Bonapartes Verdacht auf den Herzog d'Enghien lenken wollen – einen Bourbonenprinzen, der überall von den Royalisten geliebt wird?
Ich traue Talleyrand nicht, ehrlich gesagt. Er erinnert mich an eine Schlange – er wechselt seine Haut zu oft. Er bringt Bewunderung, ja sogar Verehrung für Bonaparte zum Ausdruck – aber ist er auch aufrichtig? Man weiß, dass er Bestechungsgelder annimmt, bei seinen internationalen Geschäften enorme Summen erpresst. Seine »Loyalität« ist eine, die man mit Geld kaufen kann, fürchte ich.

18. März – Paris

Heute Morgen vor der Messe teilte mir Bonaparte mit so leiser Stimme, dass ich ihn kaum verstehen konnte, mit: »Wir haben den Herzog d'Enghien verhaftet.«
Zunächst verstand ich nicht. »Aber ist der Herzog d'Enghien denn nicht in Deutschland?«
»Was spielt das für eine Rolle? Wichtig ist die Anklage: Verschwörung zum Mord – Mord *an mir*.«

Auf der langen Fahrt nach Malmaison hinaus konnte ich mich nicht mehr zurückhalten und vertraute Clari an, dass man den Herzog d'Enghien verhaftet hatte.
»Weswegen, Madame?« Sie brach in Tränen aus und vertraute mir an, dass sie als junges Mädchen einen Kupferstich des Herzogs d'Enghien in einem Versteck unter ihrer Matratze aufbewahrt hatte.
»Ich glaube, sie wollen ihn in Verbindung mit der Verschwörung vor Gericht stellen.«
»Aber *ihn* kann doch keine Schuld treffen!«

»Dann wird er für unschuldig befunden und freigelassen«, versicherte ich ihr.
Claris Erregung war außergewöhnlich. Mir wurde klar, dass es ein Fehler gewesen war, sich ihr anzuvertrauen. Sie ist noch jung, ungeübt in der Kunst der Verstellung. »Sie dürfen es Bonaparte nicht wissen lassen, dass ich es Ihnen erzählt habe«, warnte ich sie, als unsere Kutsche durch die Tore von Malmaison fuhr.
»O nein, Madame, niemals!«
»Dann müssen Sie aufhören zu weinen«, sagte ich lächelnd und reichte ihr mein Taschentuch.
»Ja, Madame«, schluchzte sie.

19. März, Sankt-Josephs-Tag

»Frauen verstehen nichts von solchen Dingen!«
»Bonaparte, ich kann zu diesem Thema nicht schweigen.« Meine Bemühungen, meinen Mann zum Zuhören zu verleiten, waren fehlgeschlagen.
»Wenn ich nicht entschlossen handele – *gleich* –, dann muss ich immer und immer wieder Verschwörer strafrechtlich belangen, diesen Mann ins Exil schicken, jenen Mann verurteilen, ohne Ende. Ist es das, was du willst?«
»So einfach ist es gewiss nicht.«
»Du vergisst, dass die Bourbonen der Anlass für den Aufruhr in Frankreich sind. *Sie* sind diejenigen, die mich umbringen wollen.«
»Aber was, wenn der Herzog d'Enghien unschuldig ist? General Moreau wurde vor über einem Monat verhaftet. Wenn der Herzog d'Enghien an der Verschwörung beteiligt ist, wäre er dann in Ettenheim geblieben? Cadoudals Diener berichteten, dass der geheimnisvolle Prinz korpulent gewesen sei. Der Herzog d'Enghien dagegen soll schlank sein.«

»Es gibt Beweise!«

»Aber Bonaparte, selbst wenn der Herzog d'Enghien schuldig ist, wenn ihr ihn verurteilen solltet« – *hinrichten*, wie ich befürchtete –, »würde sich ganz Europa gegen dich auflehnen.« Der Fleck aus königlichem Blut lässt sich nicht entfernen, sagt man.

»Willst du, dass man mich tötet?« Er ballte die Hände. »Ich muss den Bourbonen zeigen, mit wem sie es zu tun haben. Ich muss sie die Angst spüren lassen, die sie mir einjagen wollen. Ich muss ihnen zeigen, dass mit mir nicht zu spaßen ist – und mit mir ist nicht zu spaßen!«

20. März, 8 Uhr morgens

Als ich auf die Gärten hinausblickte, sah ich Bonaparte mit erregten Schritten und Gesten, als hadere er mit sich selbst, auf den Wegen zwischen den Blumenbeeten entlang laufen. Wie klein er wirkte, als er da zwischen den Rosen auf und ab schritt. »Der kleine Bonaparte« hatte ich ihn einmal in Gedanken genannt – bevor er in unseren Augen zum Riesen wurde. (In unseren Herzen!) Ich weiß, wie inständig er sich wünscht, das Richtige zu tun, und allmählich begreife ich, wie schwer das sein kann.

9 Uhr 20 vormittags

Gegen neun Uhr brachte Hortense den kleinen Napoléon vorbei, damit ich auf ihn aufpasste – noch nie war mir das unschuldige Geplapper eines Kindes so willkommen. »Sehe ich dich morgen?«, fragte ich und küsste meine Tochter zum Abschied.

Sie und Louis wollten mit Caroline und Joachim zu Abend essen, sagte sie. Sie hatte sich verspätet, die Boulevards waren überfüllt gewesen – war irgendetwas los?

Ich schüttelte den Kopf. Sie erwartet seit kurzem wieder ein Kind. Wenn ich sie doch nur vor den Realitäten der Welt schützen könnte! Ich war froh, dass sie rasch aufbrach, bevor sie Claris gerötete Augen sehen konnte, bevor sie sich meine zu genau ansah.

21. März

Heute Morgen war ich gerade auf dem Weg zu Bonapartes Arbeitszimmer, um die üblichen Bittbriefe abzugeben, als ich ihn brüllen hörte: »Was meinen Sie damit? Hat er meinen Brief denn nicht erhalten?«

Ich blieb vor der Tür stehen und hielt den Atem an. Ich hörte, wie ein Mann etwas sagte und dann hustete. War es Savary, Bonapartes Adjutant? »Ich traf ihn auf der Straße«, sagte der Mann. Es *war* Savary. »Er hat Ihren Brief erst heute Morgen erhalten.« Wieder ein Husten. »Als es schon zu spät war.«

Zu spät?

»Was meinen Sie mit heute Morgen? Ich habe Ihnen gestern Abend den Brief mit der Anweisung gegeben, dass er auf direktem Weg zum Polizeipräfekten muss!«

»Ich übergab ihn seinem Kammerdiener.«

»Ich sagte nicht, dass Sie ihn seinem Kammerdiener übergeben sollten! Ich habe befohlen, ihn dem Mann persönlich zu übergeben! Ist Ihnen eigentlich klar, was Sie da getan haben?«

Hinter mir hörte ich Schritte näher kommen: eine der Wachen. »Möchten Sie mit dem Ersten Konsul sprechen, Madame Joséphine?«, fragte Hugo, und seine Stimme kündigte meine Anwesenheit an.

Bonaparte kam zur Tür. »Joséphine.« Er sah blass aus. »Sie sind entlassen«, teilte er Savary kalt über die Schulter mit. Der Adjutant zwängte sich zwischen uns eilig aus der Tür. »Komm herein«, sagte Bonaparte, »ich muss dir etwas sagen.« Ich nahm auf einem Holzstuhl mit Lehnen Platz. »Der Herzog von d'Enghien ist hingerichtet worden.«*

* Napoléon hatte dem Polizeipräfekten einen Brief gesandt, in dem stand, dass er mit dem Herzog d'Enghien zu sprechen wünschte, doch der Brief wurde erst überbracht, nachdem Enghien bereits hingerichtet worden war. Fouché sollte später sagen, dass die Hinrichtung des Herzogs d'Enghien »schlimmer als ein Fehler war, sie war Stümperei«.

Eine Prophezeiung erfüllt sich

Ich fand Savary im Salon. »General Savary, könnten Sie mir bitte sagen –« Wollte ich es denn wirklich wissen? »Wie ist das passiert?«
»Es wurde ein Tribunal abgehalten, und dann …« Savary wischte sich mit dem Ärmel den Schweiß von der Stirn. »Und dann wurde der Herzog zu einem der Gräben vor dem Schloss gebracht.«
»Meinen Sie einen Wassergraben?« Ich war noch nie in Vincennes gewesen.
Er nickte. »Einem trockenen.«
Ein Kanarienvogel fing plötzlich zu singen an. »Keine letzten Worte?«
»Nur, dass er keine Augenbinde wollte.« Savary kramte in seiner Rocktasche und zog einen Ring, ein gefaltetes Taschentuch und ein Stück Papier heraus. »Vorher bat er darum, dass dies hier seiner Frau übergeben wird. Prinzessin de Rohan-Rochefort, sagte er.«
La belle Charlotte. Der Brief war kurz und zärtlich – *ewige Liebe* –, der Ring ein einfacher Goldreif mit Insignien darauf. »Und was ist das«, fragte ich und faltete das Taschentuch auseinander.

Mittlerweile ist es spät. Ich sitze an meinem Sekretär. Vor mir liegt ein Ring, ein Brief und ein Taschentuch, das eine Haarlocke enthält: die Überbleibsel eines Lebens.
Ich mustere die Artefakte, erwarte beinahe, dass sie zu mir sprechen, mir eine Antwort geben. War der Herzog d'Enghien der Teilnahme an einem Mordkomplott gegen meinen Mann schul-

dig? Oder war er unschuldig und wurde zu Unrecht von ihm hingerichtet?
Während ich dies schreibe, sitzt Bonaparte in einem Sessel am Kamin und blickt in die Flammen – als erwarte er selbst, dort eine Antwort zu finden.

23. März – Paris, windig

»Ich würde sagen, dass die Bevölkerung von Paris *verstört* ist«, beantwortete Fouché meine Frage. »Die Leute strömen bereits nach Vincennes hinaus, um den Graben zu besichtigen und Blumensträuße hineinzuwerfen. Dieser verdammte Hund macht die Sache natürlich auch nicht besser.«
»Welcher Hund?«
»Der Hund des Herzogs d'Enghien. Er steht über dem Grab seines Herrn und jault Tag und Nacht.«
»Bringen Sie ihn zu mir.«
»Das sollten Sie sich noch einmal überlegen. Der Erste Konsul wäre nicht sehr angetan, wenn –«
»Ich kenne jemanden, der diesen Hund sehr gerne hätte.«

24. März

Die Prinzessin de Rohan-Rochefort wohnt in Worms. Ich habe ihr durch Moustache die letzte Habe des Herzogs d'Enhien zusammen mit dem zitternden, in einem Reisekorb angebundenen Hund – Mohilow mit Namen – gesandt. Wider bessere Einsicht fügte ich einen Beileidsbrief bei.

25. März – Paris

Sowohl Bonaparte als auch mir war unbehaglich zumute, als wir heute Abend zur Opéra aufbrachen. Es war unser erster

Auftritt in der Öffentlichkeit seit der Hinrichtung des Herzogs d'Enghien. »Zitterst du?«, fragte Bonaparte und nahm meinen Arm. Sein Gesicht war totenblass.
»Mir ist nur ein wenig kühl«, log ich.
Sofort nach dem Betreten unserer Loge ging Bonaparte zur Brüstung und zeigte sich dem Publikum. Als er Hurrarufe und Beifall hörte, drehte sich Bonaparte um und nahm meine Hand. *Erleichterung*.

27. März – kurz vor Mitternacht

Heute Abend kam Fouché zu später Stunde in den Salon. »Wenn überhaupt, dann ist die Unterstützung für den Ersten Konsul ironischerweise eher größer geworden«, sagte er, als ich ihm von unserem Erlebnis in der Opéra erzählte. »Die Revolutionäre meinen, dass er schließlich doch einer der ihren ist – jetzt, da er Blut an den Händen hat.«
»Fouché, bitte, Sie wissen doch, dass es nicht –«
»Und was die Royalisten betrifft«, schwafelte er weiter, »die sind von Gerüchten über eine Krönung vollkommen abgelenkt.«
Eine *Krönung*. Der Gedanke ließ mich zittern! »Soweit ich weiß, wurde heute im Senat ein Antrag gestellt, der Bonaparte aufforderte, seinen Ruhm unsterblich zu machen.« Was bedeutete das – *unsterblich*?
»Nach diesem letzten Anschlag auf das Leben des Ersten Konsuls sehnen sich die Menschen verzweifelt nach Sicherheit«, sagte Fouché und strich über die fleckige Haut auf seinem Handrücken. »Man ist allgemein überzeugt, dass eine gewisse Form der Monarchie Frieden brächte – und Frieden brächte natürlich Wohlstand. Wenn ein König gewünscht wird, dann wäre möglicherweise ein vom Volk gekrönter Bürgerkönig gar nicht so schlecht. Dass man sich nun darauf verlassen kann, dass

der Erste Konsul nicht mit den Bourbonen unter einer Decke steckt, macht ihn umso glaubwürdiger.«

»Fouché, wenn ich Sie nicht besser kennen würde, könnte ich meinen, dass Sie selbst für eine Monarchie sind.«

»Ich habe den Antrag gestellt.«

»*Sie* haben den Antrag über den unsterblichen Ruhm gestellt?«

Für einen Augenblick war ich sprachlos. »Aber Sie waren doch dagegen, dass Bonaparte zum Ersten Konsul auf *Lebenszeit* ernannt wurde.«

»Möchten Sie mich wieder als Polizeiminister haben?«

O ja!

»Ich möchte meine Abteilung zurückbekommen. Jeder Dummkopf kann erkennen, was getan werden muss.« Er lächelte, was bei ihm unheimlich aussah. »Wenn ich etwas im Laufe der Jahre gelernt habe, dann, dass Flexibilität der Schlüssel zum Überleben ist.«

5. April – ein herrlicher Tag

Bonaparte lehnte mit verschränkten Armen am Kaminsims. Er räusperte sich.

Ich stellte meine Tasse Kaffee ab. Diesen Blick kannte ich. Bonaparte hatte mir etwas zu sagen – etwas, was mir nicht gefallen würde.

»Joséphine, meine Berater sagen, dass ein Erbfolgesystem den Bedrohungen ein Ende setzen würde.«

Erbfolge. Ewiger Ruhm. »Und *das* soll vorgeschlagen werden?« Meine Stimme verriet meine Besorgnis.

»Ja, dass eine Nachfolge in der männlichen Linie, in der entsprechenden Reihenfolge der Erstgeburt, erblich sein soll. Eine traditionelle Regelung. Das ist das Modell, das auf jeden Fall vorgeschlagen wird.«

»Und somit wäre Joseph dein Nachfolger?« Wie entsetzlich!

»Das ist Josephs Meinung, leider. Aber im Idealfall wäre der Erbe mein Sohn, ein Kind, das für die Rolle erzogen wird.«
Blinzelnd wandte ich den Blick ab. Es gab keinen Erben; es würde niemals einen Erben geben! Alle Mineralbrunnen in allen Badeorten Europas konnten mir nicht zu dem verhelfen, was ich mir mehr als alles auf der Welt wünschte: Bonapartes Kind.

Sehr spät – alle schlafen

»Bonaparte, da ist etwas, worüber wir reden sollten.«
Er gähnte. »Jetzt?«
»Morgen, wenn du möchtest. Morgen früh.«
Er schob die Nachhaube nach hinten und drehte sich zu mir um. »Du siehst wunderschön aus im Mondlicht.«
»Möchtest du sofort darüber reden?«
»Ich möchte überhaupt nicht darüber reden«, sagte er und zog mich an sich.

»Also, worum ging es?«
»Worum ging was?« Ich gähnte zufrieden.
»Worüber du reden wolltest.«
»Oh ...« Ehrlich gesagt, wollte ich niemals darüber reden.
»Oh, *das*«, sagte er, denn er hatte verstanden.
Ich nickte an seiner Schulter. Er war feucht vor Schweiß, roch süß nach Zitrone.
»Du solltest wissen, dass ich auf dem Adoptionsrecht bestehen werde«, sagte er leise und streichelte meine Wange.
Ich machte mich los. »Du könntest einen Erben *adoptieren*?« Mein erster Gedanke galt natürlich Eugène.
»Das Kind müsste ein waschechter Bonaparte sein – einer der Söhne meiner Brüder.«
»Klein Napoléon?« Lächelnd.
»Komm wieder her«, sagte er.

7. April

Zu meiner Überraschung sah ich heute Morgen, dass unser Innenhof voller uniformierter Männer zu Pferd war. »Bonaparte, warum so eine große Eskorte?« Und alle in offizieller Livree – selbst die Pagen. Vielleicht hatte ich etwas missverstanden. »Wollen wir denn nicht nur Louis und Hortense einen Besuch abstatten?«
»Das ist ein offizieller Besuch«, sagte er und zupfte am Spitzenbesatz seines Ärmels.

Hortense kam mit dem kleinen Napoléon auf den Armen die Treppe herunter, um uns zu empfangen. »Du darfst nicht so schnell die Treppe hinunterlaufen!«, ermahnte ich sie (obwohl ich entschlossen war, nicht allzu fürsorglich zu sein). Sie ist recht beleibt und obwohl sie erst im dritten Monat ist, kann man es schon sehen.
»Was hat das denn zu bedeuten?« Hortense gab uns beiden einen flüchtigen Kuss. »Findet heute ein Militärparade statt?«
»Nonan!«, rief der kleine Napoléon seinem Onkel zu und zappelte, um heruntergelassen zu werden. Bonaparte nahm Hortense den Jungen ab und ließ ihn mit dem Kopf nach unten baumeln. Das Kind quietschte vor Vergnügen.
»Vorsicht, Bonaparte!«
»Nochmal«, verlangte das Kind glucksend.
Hortense steckte sich eine Locke unter die Haube und sah in den Innenhof hinaus. »Schau mal, all die Soldaten.«
»Vielleicht hätten wir uns vorher anmelden sollen. Du warst beim Zeichnen?«, fragte ich. Vor einer Woche hatte sie ein Porträt von Eugène begonnen, was sie nicht losließ.
Hortense fuhr mit langen, rot lackierten Fingernägeln über ihren Kittel. »Vorhin, als mein Schatz ein Nickerchen machte.«

»Nein!«, protestierte der Junge und steckte die Finger in den Mund.
»Nicht jetzt«, beruhigte Hortense ihn mit einem Kuss.
»Wo ist Louis?«, wollte Bonaparte wissen und ließ sich den Jungen von dem Kindermädchen abnehmen.
»Außer Haus. Er hat mir nicht gesagt wohin, nur, dass er nicht lange fortbliebe.«
»Vielleicht könnten wir warten?«, schlug ich Bonaparte vor.
»Ich bin im Garten zu finden«, sagte Bonaparte finster.
»Maman, was hat das alles zu bedeuten?« Hortense ging in ihren Salon voran und forderte mich auf, neben ihr auf dem Sofa Platz zu nehmen.
Normalerweise interessiert sich Hortense nicht für Politik. Ich war mir nicht im Klaren, wie viel sie wusste. »Ist dir bekannt, dass eine neue Verfassung eingebracht werden soll?«
Sie nickte. »Der Code Civile?«*
»Der Code Civile ist ein wichtiger Teil davon, aber nicht alles.« Ich hielt inne, unsicher, wie ich es erklären sollte. »Wie du weißt, hat diese letzte Verschwörung erneut die Besorgnis um Bonapartes Sicherheit geweckt – und folglich die Besorgnis um die Stabilität des Landes. Unsere Feinde wissen, dass die französische Republik zusammenbräche, falls man Bonaparte ermorden sollte.« Konnte sie mir folgen? Ich nahm ihre Hand. »Wäre aber ein Erbfolgesystem in Kraft, hätte die Nation Bestand.«
»Ich dachte, du wärst dagegen, Maman.«
»Ich habe mittlerweile begriffen, welcher Gedankengang dahinter steckt. Die Anschläge auf Bonapartes Leben müssen ein Ende haben!«

* Der Code Civile des Français (später in Code Napoléon umbenannt), das Bürgerliche Gesetzbuch: eine Kombination aus römischem Recht, bestehendem französischen Recht und den Gleichheitsprinzipien der Revolution. Es ist auch heute noch Grundlage der Rechtsprechung in vielen Ländern der Erde.

»Aber was nützt eine Erbfolge, wenn du und Papa keinen Erben haben werdet?« Ihre Worte bedauernd, biss sie sich auf die Lippe.
»Bonaparte wird auf dem Adoptionsrecht bestehen.«
»Eugène?«
»Um als legitim gelten zu können, muss der adoptierte Erbe ein Bonaparte sein.« Meine Tochter sah plötzlich misstrauisch aus. Ich lächelte reumütig, ein flehentlicher Blick. »Bonaparte würde gerne den kleinen Napoléon als seinen Nachfolger adoptieren.«
»Aber er ist doch erst achtzehn Monate alt, Maman!«
»Es würde sich nichts ändern«, begann ich sie zu beruhigen, wurde aber von Bonaparte abgelenkt, der in der Tür stand.
»Ich kann nicht länger warten«, sagte er, winkte mir und verschwand.
»Muss ich das Louis gegenüber erwähnen?«, fragte Hortense mit schwacher Stimme.
»Es sollte Bonaparte überlassen bleiben, etwas zu sagen, meine ich.«
»Maman, wenn Papa das vorschlägt, wird Louis prinzipiell dagegen sein.«

Bonaparte saß in der Kutsche und klopfte ungeduldig mit seinem Schwert auf den Boden. Hinter der Kutsche saßen in doppelter Reihe Soldaten auf in der Morgensonne dösenden Pferden.
»Ich habe es ihr gesagt«, sagte ich, als mir der Lakai hineinhalf. »Sie ist besorgt, denke ich, aber –« Meine Schleppe verfing sich in der Kutschentür. Gerade als ich sie gelöst hatte, ritt ein Mann durch das Tor. »Es ist Louis.« Er machte ein erschrockenes Gesicht, als er so viele Soldaten in seinem Innenhof erblickte.
»Tss«, zischte Bonaparte verärgert darüber, dass sein Bruder zu spät kam – zu spät zu einer Verabredung, von der Louis gar

nichts wusste. Hortense hatte Recht, dachte ich. Es wäre ein Fehler, wenn Bonaparte an Louis heranträte.
»Ich werde mit ihm sprechen«, sagte ich und öffnete die Kutschentür.

Zunächst musste ich Louis beruhigen, dass nichts Furchtbares geschehen war – dass weder sein Sohn ermordet noch seine Frau entführt worden war. »Der Erste Konsul und ich sind heute wegen einer Angelegenheit von großer Bedeutung für die Nation hergekommen«, begann ich, »eine Angelegenheit, die dir und deinem Sohn eines Tages eine sehr große Ehre zuteil werden lassen könnte.« Ich hielt inne. Der Schauplatz unseres Gesprächs war nicht gerade ideal. Wir standen im Eingang, von allen beobachtet. »Wir erwarten keine Antwort, nur, dass du über unseren Vorschlag nachdenkst.«
»Und der wäre?«
»Wie du ja weißt, braucht Bonaparte einen Nachfolger. Der Zusatz zur Verfassung, der gerade entworfen wird, wird ihm das Recht geben, einen Erben zu adoptieren – den kleinen Napoléon.«
Louis neigte den Kopf zu seiner hochgezogenen Schulter und drückte seine schwache Hand an sich. »Meinen *Sohn*?«
Oje, dachte ich. Louis' erste Sorge war, dass nicht er selbst der Nachfolger wäre. »Eine so prächtige Zukunft für einen Sohn kann einem Vater möglicherweise darüber hinweghelfen, dass nicht er selbst zum Erben bestimmt wird«, sagte ich und warf ihm einen flehentlichen Blick zu.

8. April, Sonntag

Hortense war gerade hier, sehr aufgelöst. Caroline besuchte sie gestern Abend: trat ihr zu nahe, ist vielleicht treffender. In zornigem Ton teilte Caroline Hortense mit, dass sie von Bonapar-

tes Vorschlag, den kleinen Napoléon zu adoptieren, erfahren hätte und bereit wäre, sich dagegen zur Wehr zu setzen! Der kleine Napoléon wäre der Kronprinz, aber ihre Kinder wären »niemand« (ihr Ausdruck), und eine derartige Ungerechtigkeit würde sie nicht hinnehmen.
»Ich verstehe das nicht«, sagte Hortense unter Tränen. »Ich dachte, sie wäre meine Freundin.«

[Ohne Datum]

Mimi steckte mir heute Morgen ein Briefchen zu. »Es ist genau so, wie du es vermutet hast«, sagte sie und verzog dabei das Gesicht.

Mme Carolin sagte Louis Er darf sich vom 1. Konsul sein Sohn nich nehmen lassn. Sie sagte Ihm die Alte Frau will das der 1. Konsul die gantze Sippe enterben tut. Sie sagte Ihm Er müsst sich vor Seim eigenen Sohn verbeugen. Sie sagte Ihm dass die Leut sagen der 1. Konsul is der Vater von seim Kind. Sie sagte Ihm dass der 1. Konsul sich von der Alten Frau scheiden lassn muss wenn er einen Sohn will.

9. April

Louis hat Bonaparte einen wütenden Brief geschrieben. »Er verlangt zu wissen, warum ich ihn enterben will«, sagte Bonaparte. »Er kann den Gedanken nicht ertragen, dass der kleine Napoléon höher stünde als er. Er sagt, dass er lieber sterben würde, als den Kopf vor seinem Sohn zu neigen.«
»Das hat er tatsächlich geschrieben?«, fragte ich Überraschung heuchelnd.
»*Und*, dass er Frankreich verlassen und seinen Sohn mitnehmen würde«, sagte Bonaparte leise.
Pour l'amour de Dieu!

»*Und*, dass das Problem eines Erben nur zu lösen wäre, wenn ich mich –« Bonaparte hielt inne. »Hör zu«, sagte er mit belegter Stimme, »gemäß der neuen Verfassung werde ich das Recht haben, den Jungen zu adoptieren, wenn er achtzehn wird. Louis wird sich schon wieder beruhigen, mit der Zeit.«
Louis vielleicht – aber was ist mit Caroline?

23. April, abends, kurz vor 9 Uhr, glaube ich

Heute Abend teilte mir Bonaparte mit, dass die Legislative für die Erbfolge gestimmt hat. »In weniger als einem Monat wird sie Gesetz. Dann wird sich alles ändern müssen.«
»Schon wieder?« Es scheint, als befänden wir uns schon seit Jahren in einem permanenten Zustand der Veränderung.
»Wir werden einen vorschriftsmäßigen Hof führen müssen, mehr Bedienstete –«
Ich seufzte. Wir hatten bereits mehr, als ich bewältigen konnte.
»– und mehr Zeremoniell.« Er beschrieb mit der Hand einen Kreis. »Und Kostüme.«
»Du meinst Livreen.« Wir hatten bereits »Kostüme«, wie er es nannte.
»Wirst du dich darum kümmern?«
»Ja, König Bonaparte«, sagte ich mit einem Schmunzeln (und fragte mich, wann ich ihm beibringen sollte, was neue Livreen kosten würden).
»Nein, niemals König.«
»Nein?« Hoffentlich!
»Der Titel ›König‹ erinnert die Leute an die Bourbonen. Mein Titel muss mehr wert sein, mehr an die Antike erinnern. ›Kaiser‹ geht auf das Römische Reich und die Regentschaft Karls des Großen zurück. Einige Leute beunruhigt er, weil er vage ist und Unermesslichkeit ausdrückt – aber genau das gefällt mir. Was spricht gegen Unermesslichkeit?«

»Du meinst das ernst.« *Kaiser?*
Er lächelte über mein verblüfftes Gesicht. »Kaiser Napoléon.« Und das mit theatralischem Gespür, die Hand in der Weste.

11 Uhr 20 nachts

Yeyette, Rose, Mademoiselle Tascher, Bürgerin Beauharnais, Madame Bonaparte: *Kaiserin*.
Grands Dieux. Es ist doch nur ein Höflichkeitstitel, rede ich mir ein – er verleiht mir keinerlei offiziellen Rang.
Rede ich mir ein. Rede ich mir ein.

Heute eine lange Sitzung mit Madame Campan, die bereit ist, bei der Organisation unseres Haushaltes – unseres »Hofes« – zu helfen. (Ich bin ja so erleichtert.) »Sie brauchen Aristokraten, die Ihnen dienen«, sagte sie und sah die Liste derjenigen durch, die man auffordern könnte. »Männer und Frauen aus den ältesten Häusern Frankreichs.«
Der Adel der Vergangenheit: Chevreuse, Montmorency, Mortemart. Allein schon die Namen jagen mir Angst ein. »Madame Campan, bei allem Respekt, aber die Männer und Frauen aus diesen Familien lassen sich nicht einmal dazu herab, mit mir zu sprechen. Wie sollen sie mir dann dienen können?«
»Die Adligen werden dazu erzogen, dass sie sich verbeugen und dass man sich vor ihnen verbeugt. Sie wissen um die Macht, die Unterwürfigkeit verleiht. Es ist die Soldatenfrau, die vor der Vorstellung, den Kopf senken zu müssen, zurückschreckt, aus Angst, für ein Dienstmädchen gehalten zu werden. Was ist mit der Gräfin de la Rochefoucauld?«, sagte sie und schnippte mit dem Finger gegen das Papier. »Eine Rochefoucauld würde Eindruck machen. Andere würden folgen.«
Zweifellos. Der Name Rochefoucauld ist einer der ältesten – und angesehensten.

»Sie ist Ihre Cousine, nicht wahr?«
»Eine entfernte Cousine«, sagte ich, »über die Familie meines ersten Mannes. Sie war in Plombières, als ich das letzte Mal dort war.« Chastulé de la Rochefoucauld bringt mich wirklich zum Lachen. Obwohl sie einen Buckel hat und nicht gerade eine Schönheit ist, packt sie das Leben mit Geist und Humor an.
»Es wäre ein Triumph, eine Rochefoucauld überreden zu können, Ihre Ehrendame zu sein. Das ist eine der einflussreichsten Stellungen bei Hofe. Sie wäre für Ihr Personal, Ihre Termine, Ihr Budget und Ihre Hauptbücher zuständig. Jeder, der ein Anliegen an Sie hat, muss sich zuerst an sie wenden. Eine solche Stellung könnte sie reizen.«
»Trotzdem habe ich sehr große Zweifel, dass sie einverstanden wäre.« Chastulé ist mir zwar zugetan, aber eine heftige Gegnerin Bonapartes – »dieser korsische Emporkömmling« soll sie ihn nennen.
»Ich glaube doch. Es heißt, dass die Familie ernsthaft in Geldverlegenheit ist.«

4. Mai – sonnig!

Für den Betrag von dreihunderttausend Francs, *zuzüglich* eines Jahresgehalts von achtzigtausend (mit garantierten, jährlichen Erhöhungen) und *zusätzlich* einer Stellung für ihren Mann hat sich Gräfin Chastulé de la Rochefoucauld bereit erklärt, meine Ehrendame zu werden.
»Ha!«, rief sie aus. »Wann fange ich an? Nächsten Monat? Gut. Wer hat bloß gesagt, dass Aristokraten Prinzipien hätten? Wedeln Sie mit ein bisschen Gold vor meiner Nase herum, und ich bin die Ihre, bereit im Hause des Teufels zu dienen. Nicht, dass *Sie* der Teufel wären.« Sie zog mich am Ellenbogen – bedeutete mir, mich hinunterzubeugen, damit sie mich auf die Wange

küssen konnte. »Ha! Sehen Sie, Eure Majestät. Jeder verbeugt sich vor einer Buckligen.«
Hat sie *Eure Majestät* gesagt?

6. Mai

Bonaparte besteht darauf, dass alles, was wir tun – was wir sagen, wie wir uns bewegen, wie wir uns kleiden – nach königlicher Tradition (gemäß der Vorschrift) geschehen muss, sobald das Kaiserreich offiziell ausgerufen ist, sobald wir Kaiser und Kaiserin genannt werden.
Ich habe schon ein altes Buch studiert, dass in der Schlossbibliothek gefunden wurde: der Kodex. Über achthundert Artikel umreißen, was in jeder Situation, in die ein Kaiser oder eine Kaiserin geraten könnten, zu tun ist. Trotzdem bleibt vieles ungesagt. Folglich habe ich Madame Campan zu Rate gezogen. Sie erklärt, wie in den Zeiten von Königen und Königinnen alles ablief – wie man Leute ansprach, welche Privilegien ihnen gewährt wurden. Wir gehen die Prozeduren durch, die Regeln und Umgangsformen, überlegen, was beibehalten, was abgelegt werden soll. Die arme Clari hat schon einen Krampf in der Hand vom Niederschreiben all dessen, was Madame Campan diktiert – schon über zweihundert Seiten.

17. Mai

Vorbehaltlich der Ratifizierung durch das Volk wird die Republik morgen formell einem Erbkaiser anvertraut.
»Bist du fertig?«, fragte Bonaparte.
»Ich bin nicht sicher.« Wie bereitet man sich auf eine solche Sache vor?
Bonaparte sagte mir, was uns erwartet: Cambacérès, nun Erzkanzler, wird mit einer Delegation vom Senat kommen, um die

offizielle Erklärung abzugeben. Die Würdenträger werden zuerst zu Bonaparte gehen, ihre Aufwartung machen, und anschließend werden sie zu mir kommen.
Madame Campan und ich sind die ausgefeilten Prozeduren bereits durchgegangen. Wie fremd mir das alles vorkommt. »Betrachten Sie es als eine Theateraufführung«, sagte sie zu mir, weil sie meine Besorgnis spürte. »Betrachten Sie es als Ihre größte Rolle.«

18. Mai

Ich war schon längst angekleidet, bevor ich das Getrappel im Innenhof hörte, das die Ankunft des Erzkanzlers *de* Cambacérès (jetzt) und seiner großen Delegation ankündigte: Männer vom Senat, die Minister und die Ratsmitglieder, eskortiert von einem Kürassierregiment. De Cambacérès betrat meine Gemächer mit großem Pomp und blieb sechs Schritte von mir entfernt stehen. (Warum so weit?, dachte ich. Hatte es etwa zu bedeuten – dass sich von nun an niemand mehr in meine Nähe wagen wird?) Dann vollführte de Cambacérès eine vollständige höfische Verbeugung – das heißt, so vollständig, wie er sie mit seinem dicken Bauch zustande brachte – und sprach das einzige Wort aus, dass ich niemals hören wollte: *Kaiserin*.

2

Die gute Kaiserin

Wie unglücklich ein Thron machen kann.
Joséphine in einem Brief an Eugène

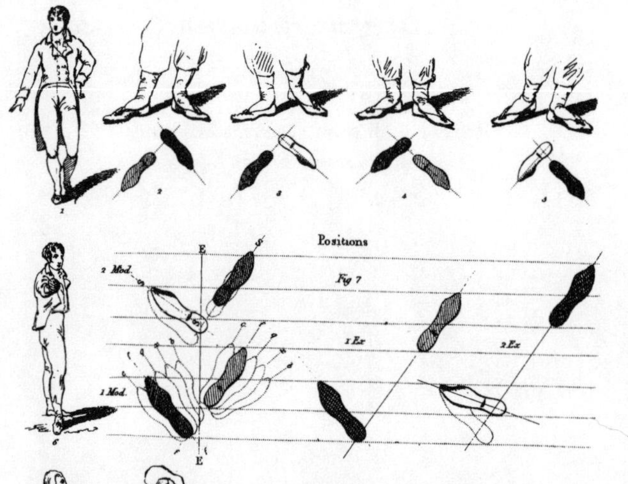

Positions
Fig 7
2 Mod.
1 Mod.
1 Ex
2 Ex
E
a.R.2
c.R.2
R.1
t.r.R.2
r.L.1
a.L.2
t.r.R.1
R.2
c.R.1
r.R.1
Kelly del.

Wir werden ein »Hof«

18. Mai 1804 – Saint-Cloud, immer noch Donner und Blitz

Kaiserreich. Kaiser. Kaiserin. Seit der Ausrufung des Kaiserreichs ist erst ein guter Tag vergangen, und schon benehmen wir uns wie Tiere, die sich wegen eines Knochens anknurren. Es erschreckt mich, wenn ich sehe, was Habgier aus Menschen machen kann.

Aber ich greife vor.

Nach der Proklamation gab es ein formelles Staatsbankett – ein *kaiserliches* Ereignis, unser Erstes. (Drei Lakaien für jeden Gast und Bonaparte unzufrieden, weil Talleyrand auf den Einladungen das aristokratische Wort »Souper« anstatt des plebejischeren »Diner« gebraucht hatte.)

Die Familie, die Staatsdiener und Amtsträger bei Hofe versammelten sich im Grand Salon in Erwartung Bonapartes – oder besser, in Erwartung des *Kaisers*, wie wir ihn von nun an nennen müssen. Von der Familie: Hortense und Louis, Eugène, Elisa und Félix, Caroline und Joachim, Joseph und Julie – eine kleinere Anzahl von Bonapartes als üblich, weil Signora Letizia, Onkel Fesch, Lucien und Pauline in Italien sind und der junge Jérôme immer noch in Amerika weilt.

Duroc – dessen Beine in den hautengen kaiserlichen Kniebundhosen krumm aussahen – teilte allen mit, dass Joseph und Louis von nun an als Prinz und ihre Frauen als Prinzessin anzureden sind. Caroline warf ihrem Mann, der in seinem Zirkusstaat in einer Ecke herumhing und eine der neuen Münzen

(Kaiser Napoléon auf der einen Seite, die französische Republik auf der anderen) in die Luft warf, wütende Blicke zu.
Der *Kaiser* traf pünktlich um sechs Uhr ein und begrüßte die neuen Prinzen und Prinzessinnen ebenso wie *Madame* Caroline, *Monsieur* Joachim, *Monsieur* Eugène und so weiter. Carolines Gesicht hatte einen harten Ausdruck angenommen. Genau in diesem Augenblick brach draußen ein heftiges Gewitter los. Als es blitzte und anschließend grollend donnerte, huschten die Möpse eilig davon.
Duroc verkündete, dass wir uns zu Tisch begeben sollten, und sowohl Louis als auch Joseph erhoben Anspruch auf die Ehre, direkt hinter Bonaparte zu gehen. »Ich bin der Älteste«, hörte ich Joseph fauchen, als er seine Frau drängte, vor Hortense zu treten. Caroline packte den Arm ihres Mannes und stolzierte nach vorn. Ich schaute zu Eugène zurück – er stand mit gelangweilter Miene am Kamin, durchaus zufrieden, der Letzte in der Schlange zu sein.
Bonaparte wies mir den Platz zu seiner Rechten an und forderte »Prinzessin« Hortense auf, links neben ihm Platz zu nehmen. Caroline litt dermaßen, dass sie hustend ein Glas Wasser hinunterstürzte.

19. Mai – Saint-Cloud, es klart allmählich auf

Caroline und Joachim trafen zu früh zum Familienessen ein. Caroline, ein starres, strahlendes Lächeln im Gesicht, hatte ein Kleid aus gerüschter grüner Seide an, ihren Busen zierte eine Kette aus Strass-Steinen. Kampfausrüstung, dachte ich. (Dieses eine Mal stellte sie ihren Mann in den Schatten.) Es war ein zwangloseres Ereignis als das kaiserliche Bankett am Abend zuvor – wurde deswegen aber auch etwas stürmisch. Glücklicherweise waren Hortense und Julie nicht anwesend.
Caroline war während des Essens verdächtig schweigsam. Bo-

naparte – sicherlich um Höflichkeit bemüht – schlang das Essen nicht in den üblichen fünfzehn Minuten hinunter, sondern ließ sich Zeit, wodurch es uns vergönnt war, jeden Gang aufzuessen. Nach den Desserts (Caroline nahm sich ein großzügiges Stück Käsekuchen mit Mandeln, acht Feigen und praktisch den gesamten Gruyère) schlug ich vor, dass wir uns zum Kaffee in den Salon zurückzogen. Bonaparte sprang von seinem Stuhl auf, als hätten sich die Türen einer Gefängniszelle geöffnet. Ich ließ Caroline absichtlich vor mir aus dem Raum gehen.

Als sich alle niedergelassen hatten, brachte der Diener das Kaffeeservice auf einem Tablett herein. »Ich möchte ein Gerstenwasser trinken«, verlangte Caroline.

»Fühlst du dich nicht wohl?«, fragte Bonaparte seine Schwester.

»Seit wann interessiert dich denn meine Gesundheit?«, sagte sie derart heftig, dass der Diener um ein Haar sein Tablett umgekippt hätte. Und dann brach es heraus: Warum wurden seine eigenen Schwestern als unbedeutend ins Abseits geschoben, während Fremde mit Ehren überhäuft wurden?

»Das stimmt«, schaltete sich Elisa ein und stellte ihren Kaffee ab.

»Josephs Frau und Louis' Frau sind keine Fremden«, bemerkte Bonaparte mit bewundernswerter Ruhe (ich sah jedoch, dass sein Oberschenkelmuskel zuckte).

»Julie und Hortense sind keine Bonapartes, und trotzdem sind *sie* Prinzessinnen, während deine Schwestern, dein eigenes Fleisch und Blut, nichts sind.«

»Ich verleihe Titel, wie ich es als nützlich für die Nation erachte«, sagte Bonaparte, »und nicht, um *deine* persönliche Eitelkeit zu befriedigen.«

»Du meinst, dass ich nach äußerem Glanz strebe? Mir geht es um die Nachkommen, um die Zukunft meiner *Kinder*«, sagte Caroline verbittert.

»Deine Kinder sind nicht in der –«

Nicht in der Erbfolge, hatte Bonaparte sagen wollen, aber bevor er zu Ende sprechen konnte, unterbrach ihn Caroline. »Es sind deine Neffen und Nichten – deine *Bluts*verwandten. Sie werden Bürgerliche sein! Willst du das wirklich?«

Ich stand auf und schloss die Fenster. Es wäre nicht dienlich, wenn dieser Streit in den Zeitungen nachzulesen wäre.

»Man könnte meinen, ich hätte euch die Krone unseres Vaters, des letzten Königs, vorenthalten«, sagte Bonaparte sarkastisch.

»Du erwartest, dass ich mich vor Hortense verbeuge?«, rief Caroline mit schriller Stimme.

»Oder vor Julie?«, fügte Elisa missmutig hinzu.

»Du entehrst dein eigenes Fleisch und Blut!« Und mit diesen Worten legte Caroline den Handrücken an die Stirn und sank zu Boden, wobei sich ihr voluminöses Seidengewand rund um sie herum bauschte.

»Caroline?« Joachim blickte verblüfft, sie vor seinen Füßen ausgestreckt liegen zu sehen, auf seine Frau herab.

Die Möpse, die sich freuten, jemanden auf ihrer Ebene zu haben, begannen ihr das Gesicht abzulecken. Als sie nicht reagierte, wurde mir klar, dass sie nicht schauspielerte. »Heiliger Himmel, Bonaparte!« Ich schickte den Diener nach Riechsalz. Bonaparte kniete sich neben Caroline und rüttelte sie an den Schultern, versuchte sie dazu zu bewegen, sich aufzurichten.

»Halte ihr etwas Alkohol unter die Nase«, schlug ich vor, aber das war nicht mehr nötig, denn ihre Augenlider begannen schon zu flattern.

Bonaparte sank erschüttert auf die Fersen zurück. »Hört zu«, sagte er an seine Familie gewandt. »Ich werde darüber nachdenken.«

»Und was ist mit meinem Mann?«, wollte Caroline wissen und setzte sich auf.

2. Juni – ein Tagesausflug nach Malmaison

»*Prinzessin* Caroline? Ganz Paris lacht!«, berichtete Thérèse und wedelte mit ihrem nach Neroli-Öl duftenden Fächer. »Sie stolziert durch die Straßen, als gehörte sie tatsächlich zur königlichen Familie. Aber *dich* lieben die Leute – man sagt, dass du in diese Rolle hineingeboren zu sein scheinst.«
Hineingeboren? Wohl kaum!

12. Juni – Saint-Cloud

Bonaparte ist schon seit drei Stunden in einer Sitzung mit dem Sonderausschuss. Die Männer kommen und gehen. Hin und wieder höre ich das Wort »Krönung«.

[Ohne Datum]

Es wird eine Krönung stattfinden: Das Datum wurde für den 14. Juli, den Tag der Bastille, festgesetzt. Nur noch einen Monat von heute an!

[Ohne Datum]

Ich bin ja so erleichtert. Das Datum der Krönung ist auf den 9. November (18. Brumaire*) verschoben worden.

16. Juni

Ein anstrengender Tag, habe mit Madame Campan nochmals die vorgeschlagene Personalliste geprüft. Und so wird mein Haushalt aussehen, vorläufig:

* 18. Brumaire: Tag des Staatsstreichs im Jahre 1799, der die Regierung Frankreichs stürzte und Napoléon als Ersten Konsul einsetzte.

Erster persönlicher Diener: Monsieur d'Harville, die einflussreichste Person in meinem Hofstaat. Graf Etikette habe ich ihn genannt, denn das wird seine Aufgabe sein – dafür zu sorgen, dass alles richtig gemacht wird. Keine leichte Aufgabe.
Erster Almosenpfleger: Prinz Ferdinand, häufig betrunken, aber Bonaparte besteht darauf, weil er ein Cousin des Herzogs d'Enghien ist. (»Verbrüderung«, lautet Bonapartes Verfügung.)
Fünf Kammerherren: Der erste Kammerherr wird General Nansoury sein, ein großartiger Kavallerieoffizier laut Eugène.
Einführer der Botschafter: Monsieur de Beaumont mit seiner ulkigen hohen Stimme.
Haushofmeister: Monsieur Hainguerlot.
Ehrendame: die kleine Chastulé.
Hofdamen: Ich werde bei zwölf bleiben, obwohl Madame Campan nicht davon abzubringen ist, dass ich zweimal so viele brauchen werde. Clari wird die erste Hofdame sein.
Erste Garderobenmeisterin: Mademoiselle Avrillion.
Kammerzofen (vier, zur Zeit).
Empfangsdamen: Madame Campan sagt, dass ich mindestens vier weitere brauche.
Pagen: sechs reizende Buben, sehr stolz auf ihre Uniformen.
Kammerdiener (sechs).
Platzanweiser (vier).
Lakaien (acht).
Kutscher (drei).
Laufbursche: der schnelle kleine Benoist.
Kein Wunder, dass ich Schwierigkeiten habe zu schlafen. Es ist eine Angst erregende Liste, und Bonapartes Personal ist dreimal so groß. Ich denke sehnsüchtig an mein Leben vor acht Jahren – meine vier Bediensteten.

19. Juni

Das Kaiserreich entfaltet sich in Listen: Die Bekanntgabe des Personals wird morgen stattfinden, die zeremonielle Vereidigung in zwei Wochen, alle müssen kurz danach anfangen. Et voilà: der *Hof*.

1. Juli – Paris

Der »Hof« wurde heute Morgen offiziell eröffnet – es war keine perfekte Premiere.
Meine frisch vereidigten, adligen Hofdamen verfolgten das Kommen und Gehen wie benommen. Sie sind froh, wieder im vertrauten Milieu eines Palastes zu sein – abgesehen von dem Tempo, das wir hier anschlagen, das so … nun ja, *unpassend* ist. Bonaparte besteht darauf, dass jeder einzelne Schritt jedes einzelnen königlichen Rituals vollzogen wird – aber jeder muss ihn in Eile tun, er hat schließlich nicht den ganzen Tag Zeit, er muss arbeiten! Daher absolvieren wir die altmodischen Verbeugungen im Eiltempo, wie zum Schlag einer Trommel.
Fouché, der mit uns zusammen speiste, beobachtete das Durcheinander mit dem Anflug eines Lächelns. »Ich sehe schon, dass ich mich künftig auf Einiges freuen darf«, sagte er; als das Küchenmädchen gegen den Lakaien stieß, der gerade durch die Tür kam, fiel eine Porzellanschüssel mit Wachteln auf den Teppich.
»Ach ja?«, fragte ich und bestellte drei Flaschen unseres besten Champagners, die man aus dem Keller heraufbrachte. Bonaparte hatte gerade verkündet, dass Fouché wieder als Polizeiminister eingesetzt würde – das musste gefeiert werden.
»Fouché ist der neue Besitzer von Grosbois«, erklärte Bonaparte und brach die Kante eines Brotlaibs ab.
»General Moreaus Schloss?« Ich war erstaunt. Schloss Grosbois

kenne ich gut (zu gut) – »das Verräterhaus«, wie ich es mittlerweile in Gedanken nenne.*

»General Moreau war froh, dass er es mir für eine halbe Million verkaufen konnte«, sagte Fouché und zog seine Spitzenmanschetten durch die Suppe. Selbst in teuren Gewändern sah er schlampig aus, außerdem verströmte er einen strengen Geruch, und seine Knöpfe passten nicht zusammen.

»Als Nächstes werden Sie wohl einen Titel wollen, *Bürger*«, neckte Bonaparte und langte hinüber, um Fouché ins Ohr zu zwicken.

2. Juli, 4 Uhr 45 nachmittags

Heute Morgen, nach dem Erteilen der Befehle, schritten Madame Campan und ich durch die Ehrensuite und überprüften nochmals das Personal, die Funktionen, die Prozeduren. Der Portier an der Tür zum Vorzimmer stand hochmütig mit der Hellebarde in der Hand da. »Sie müssen damit auf den Boden klopfen, wenn sich Ihre Majestät nähert«, wies ihn Madame Campan zurecht. »Und die Lakaien?« Sie sah über die versammelten Pagen und Diener hinweg zu den Männern in grünen Röcken mit roten Westen und schwarzen Kniebundhosen. Sie nahmen zackig Haltung an, wobei ihre Schwerter klappernd an die Möbel schlugen. »Sobald Ihre Majestät angekündigt wird, müsst ihr einen Teppich entrollen.« Ich wartete geduldig.

Auf diese Weise bahnten wir uns einen Weg durch das Vorzimmer zum ersten Salon (wo wir den Pagen zunickten, den Bürgern, die auf eine Audienz warteten, den Offizieren, die keinen Dienst hatten), zum zweiten Salon (wo alle aufsprangen und

* Vor General Moreau – der nach Amerika verbannt worden war, nachdem man ihn der Beteiligung an dem Cadoudal-Komplott für schuldig befunden hatte – war das ehrwürdige Schloss im Besitz von Joséphines und Napoléons altem Freund Paul Barras gewesen, der sich mit den Royalisten verschworen hatte und von Napoléon gestürzt wurde.

sich verbeugten: die Adjutanten, Amtsträger und ihre Frauen, der Platzanweiser, der Kammerherr, der persönliche Diener), bis wir meinen Salon erreichten – oder besser, den Raum, in dem ich die Ranghöchsten meiner Gäste empfange.
»Für den Kaiser und die Kaiserin werden *beide* Türen geöffnet«, belehrte Madame Campan die Platzanweiser, die die Stühle und Schemel entsprechend aufstellten: Armsessel für Bonaparte, seine Mutter und mich, Stühle für die Prinzessinnen, Schemel für alle anderen. »Ihre Majestät«, zischte Madame Campan, als sie sah, dass ich mich müde auf einem Schemel in der Nähe niederlassen wollte. »Eine *Kaiserin* darf niemals …«
Darf niemals, darf niemals, darf niemals …

4. Juli – sehr heiß

Wer hätte gedacht, dass das Leben einer Kaiserin so kompliziert sein konnte? Wenn ich zum Beispiel nur von einem Raum zum anderen schlendern will, müssen mich zwei Pagen (belockt und bebändert) begleiten: einer sechs Schritte vor mir, einer hinter mir, der meine Schleppe trägt. »Fertig?«, flüstere ich ihnen zu, denn ich muss ihre Aufmerksamkeit auf mich lenken, bevor ich einen Schritt tue, damit ich nicht zu schnell gehe, damit wir nicht in einem Durcheinander enden.

5. Juli

Monsieur Despréaux, der Tanzmeister, ist außer sich vor Verzweiflung. Bonaparte erwartet, dass er in ein paar Wochen aus uns echte Aristokraten macht. »Leichter gesagt als getan«, jammert Monsieur Despréaux.
Alle klagen. Von dem Drill, den ständigen Übungen tut ihnen alles weh – und das alles nur, um zu lernen, wie man geht, wie man einen Raum betritt, einen Hut lüftet, sich *verbeugt*.

»Und der Kaiser selbst soll nicht …?«, deutete Monsieur Despréaux zögernd an.
Bonaparte mokierte sich über die Vorstellung, dass *er* bei dem Tanzmeister Unterricht nehmen sollte. »Ich bin mein eigener Lehrer«, sagte er, was durchaus der Wahrheit entspricht. Allerdings habe ich bemerkt, dass er sich seit kurzem häufig mit Talma einschließt und sich mit etwas mehr Anmut (nicht viel) bewegt. Hin und wieder ertappe ich ihn dabei, wie er sich in meinem Spiegel betrachtet und seine Haltung überprüft.

9. Juli

Generalprobe in drei Tagen. Jeder bei Hofe soll eingeführt werden und eine korrekte Verbeugung ausführen. »Wir sind noch nicht bereit«, stieß Monsieur Despréaux hervor und drückte sein sauber gefaltetes Taschentuch an die Augenwinkel.

12. Juli, später Nachmittag

Oh, mon Dieu, was für ein Spektakel. Bonaparte saß auf seinem Thron, ich saß auf meinem. (Glücklicherweise sind sie gepolstert.) Die Prinzessinnen – Hortense, Julie, Elisa, Caroline, Pauline – saßen auf Taburetts. Prinz Joseph, Prinz Louis und die Amtsträger standen zu beiden Seiten stramm. Dann begann die Prozession: meine Hofdamen, die Marschälle und Generäle mit ihren Frauen (einige zitterten), die Staatsdiener und Minister – alle in Hoftracht. Erst kamen die Damen zum Thron und machten einen Hofknicks und dann die Herren, die sich verbeugten. Die ganze Zeit über stand Monsieur Despréaux auf der einen Seite und zischte: *Schultern zurück, Ellenbogen hoch, Kinn nach vorne! Entspannen!*
Mir blieb nichts anderes übrig, als mir das Lachen zu verkneifen – und Bonaparte blieb nichts anderes übrig, als still zu sit-

zen, denn es dauerte *sehr* lang. Nach einer Stunde gab Bonaparte Monsieur Despréaux ein Zeichen, das Ganze zu beschleunigen – er hätte schließlich nicht den ganzen Tag Zeit! –, und das Tempo steigerte sich dermaßen, dass die Männer zum Thron rannten, wie ein Taschenmesser zu einer tiefen Hofverbeugung zusammenklappten und dann rückwärts zurückrannten, wobei sie um ein Haar über den nächsten in der Reihe gestolpert wären.

17. Juli

Prinzessin Dolgorouki, die vor zwei Tagen im Salon in den Tuilerien zugegen war, läuft in Paris herum und erzählt, dass »es« zweifellos große Macht demonstriere, aber gewiss *kein* Hof sei. »Kein Hof? Was braucht man dazu?« Bonaparte schäumte. »Dein Gefolge darf nur aus Gräfinnen bestehen«, sagte er, und mit einem Federstrich wurden sie alle zu Gräfinnen. Sie lächelten verächtlich hinter ihren Fächern: *Parvenü*. (Aber die Titel nahmen sie trotzdem an.)

[Ohne Datum]

»Ihre Majestät, der Kaiser hat mich gebeten« – Dr. Corvisart blätterte unbehaglich den Stapel Papiere in seiner Hand durch –, »ein Problem anzupacken, nämlich das Ihrer …«
Meiner Unfruchtbarkeit, meinte er. Ich wandte entmutigt den Blick ab.
»Sie sind schon mehrmals in Plombières gewesen, Ihre Majestät«, sagte Dr. Corvisart, ordnete die Papiere und legte sie fein säuberlich vor sich auf den Schreibtisch. »Vielleicht ist ein Wechsel angebracht. Ich empfehle die Quellen in Aix-la-Chapelle.«
»Das Bad in der Nähe von Brüssel?«

»Die Quellen sollen gut sein für …« Er zuckte mit den Schultern. »Es ist einen Versuch wert.«
Ein vergeblicher Versuch, wie wir beide wussten. Wir machen uns alle etwas vor.

19. Juli

Kanonen kündigten Bonapartes Aufbruch zu seiner Rundreise in den Norden an. Ich bleibe ein paar Tage in Paris, bevor ich nach Aix-la-Chapelle reise – bleibe im Palast zurück, allein.
Nun ja, allein bis auf Hunderte von Bediensteten. Ich weiß offen gestanden nicht mehr aus noch ein. Der Hofstaat hat sich zu einem großen wilden Tier entwickelt, das einfach nicht zu zähmen ist. »Das ist *meine* Aufgabe, Eure Majestät«, beruhigte mich Monsieur d'Harville (Graf Etikette), als er mir mein Tagesprogramm aushändigte. Meine Marschbefehle.

21. Juli – Saint-Cloud, früher Nachmittag

Man hat mich getäuscht. Graf Etikette ist nicht mein Diener, er ist mein Gefängniswärter! Er ist bei jeder Audienz zugegen, wo er hinter meinem Stuhl steht. Bei jeder meiner Bewegungen ist seine Hand da – um zu helfen, was liebenswürdig ist, aber nach der Etikette ist es *seine* Hand, auf die ich, ungeachtet der zahlreich anwesenden hilfreichen Hände, geduldig warten muss, denn *er* ist das ranghöchste Mitglied meines Haushalts. »Es ist eine Ehre, Ihnen dienen zu dürfen, Eure Majestät«, erinnert er mich förmlich.
Heute Morgen, bei den Reisevorbereitungen für Aix-la-Chapelle, fiel mir ein, dass ich vergessen hatte darum zu bitten, dass mein neuer Kaschmirschal gesäumt wurde. Ich durchquerte zwei Säle, um Agathe zu suchen, von der ich wusste, dass sie präzise nähte. Graf Etikette setzte mich schroff davon in Kennt-

nis, dass alle Befehle an die Bediensteten von ihm erteilt werden müssten, und zwar ausschließlich von ihm – andernfalls, so seine Worte, wäre »die Würde des Throns gefährdet«.
»Ich darf nicht einmal mit meiner eigenen Zofe sprechen?« Agathe ist schon seit über einem Jahrzehnt bei mir!
»Es entspräche nicht dem Kodex, wenn ich die Ansicht äußerte, dass Eure Kaiserliche Majestät nicht mit einer Person, nicht einmal mit einem Bediensteten, sprechen dürfe«, teilte mir der Graf mit salbungsvoller Stimme mit, »aber ich würde meine Pflicht nicht erfüllen, wenn ich Eure Majestät nicht darauf hinwiese, dass es Formalitäten gibt, die einzuhalten sind.«
Grands Dieux! Ich kann mich nicht daran gewöhnen, eine »Kaiserin« zu sein – ich hasse es, ehrlich gesagt. Wenn ich auch nur einen Fächer fallen lasse, darf ich mich nicht hinunterbeugen und ihn aufheben. Erst muss ihn die »ranghöchste« Hofdame, die anwesend ist, an sich nehmen und ihn dann Graf Etikette reichen, der ihn mir reicht.
Für eine so einengende Rolle wurde ich nicht erzogen. Wie ich mich nach der köstlichen Freiheit, eine einfache Bürgerin zu sein, sehne, einfach an einem sonnigen Nachmittag auf den Champs-Elysées spazieren gehen und bei Frascati ein Eis essen zu können. Ich setzte Graf Etikette davon in Kenntnis – mit einem Lächeln und unbekümmerter Miene, die, wie ich hoffte, meine Worte mildern würden –, dass sich eine solche Etikette zwar für jemanden eignete, der in eine Welt der Beschränkungen hineingeboren wurde, aber nicht immer für mich, und dass ich daher bei Gelegenheit auch weiterhin meine Befehle direkt erteilen würde.
Inzwischen habe ich diesen Ausbruch von »Rebellion« bereut. Ich kann mich glücklich schätzen, dass Graf Etikette diese Aufgabe übernommen hat – und eine schwierige Aufgabe ist es sicherlich, uns Parvenüs Nachhilfeunterricht in königlichem Benehmen zu geben.

[Ohne Datum]

Wir kriechen durch Europa, meine vier Hofdamen, zwei Kammerherren, zwei Kammerzofen (eine krank), ein persönlicher Diener, ein Stallmeister, ein Privatsekretär, ein Diener, zwei Platzanweiser und zehn Lakaien und außerdem eine Armee aus Kutschern und Küchenpersonal ... *und* ein Finanzprüfer, der sich wegen der Kosten die Haare rauft. An jedem Relais benötigen wir siebzig Pferde und zwanzig Postillione. Diese Gruppe zusammenzuhalten ist eine gewaltige Aufgabe – und all das nur, um *mich* in einen Badeort zu eskortieren.
Dabei fällt mir ein Ereignis aus meiner Kindheit ein: Als uns ein Bienenschwarm umschwirrte, griff Mimi beherzt nach der Königin und trug sie auf ein offenes Feld, wohin ihr der Schwarm folgte.
Ich bin die Bienenkönigin, und dies ist mein Schwarm.

20. Juli – Aix-la-Chapelle, gegen 8 Uhr abends

Wir sind endlich in Aix-la-Chapelle angekommen, eine heruntergekommene Kleinstadt – »erbärmlich« sagen meine Damen (ein Wort, das ich häufig von ihnen höre) trotz ihrer ruhmreichen Vergangenheit, ihrer gewaltigen Kathedrale, ihres Schatzes: des Leichnams Karls des Großen, Kaiser des Westens.

3. September

Bonaparte ist eingetroffen, und plötzlich ist diese verschlafene Stadt aufgewacht. Überall flattern Spruchbänder. Selbst die vor primitive Karren gespannten Gäule protzen mit Bändern.

7. September

Nach einem Tedeum in der Kathedrale von Aix wurde Bonaparte der Talisman überreicht, den Karl der Große an seinem Kragen trug, wenn er in die Schlacht zog. Heute Nacht ging Bonaparte immer und immer wieder zu dem Talisman, hielt ihn in der Hand, betrachtete ihn eingehend, drehte ihn um. »Karl der Große wurde vom Papst gekrönt«, sagte er, »und ich werde das auch.«
»Du willst nach Rom reisen?«
»Papst Pius VII. wird zu mir kommen.«
Ich lächelte, aber vielleicht wirkte es spöttisch, denn Bonaparte zog mich am Ohr. »Du glaubst mir wohl nicht?«

19. August 1804, Paris

Chère Maman,
*Wie läuft die Behandlung? Was sagen die Ärzte? Deine Darstellung, wie du den Armknochen von Karl dem Großen abgelehnt hast, hat mich sehr amüsiert. Alle finden deine Antwort geistreich.**
Mache dir nicht so viele Sorgen um mich! Louis kommt nächsten Monat aus Plombières zurück. Bis dahin bin ich ziemlich damit beschäftigt, die Ausstattung für das Kind vorzubereiten. Ich komme mir ungeheuer dick vor, aber die Hebamme versichert mir, dass ich genau so bin, wie es sich für den siebten Monat gehört.
Hier in Paris ist es schrecklich heiß. Klein Napoléon, die Wonne meiner Tage, spricht immer mehr. Allerdings ist sein Lieblingswort »nein«!
Deine dich liebende Tochter Hortense

* Joséphine lehnte das Knochenstück mit den Worten ab, dass sie zu ihrem persönlichen Schutz einen Arm hätte, der so stark wie der Karls des Großen sei.

Anmerkung: Soeben erhielt ich die Nachricht, dass Paulines Sohn in Rom an Fieber gestorben ist. Wie unendlich traurig – Dermide war ein so liebes Kind. Arme Pauline – erst Victor und nun auch noch ihr Sohn. Ich weiß nicht, wie man über den Tod eines Kindes hinwegkommen könnte.

12. September 1804, Saint-Leu

Chère Maman,
Louis kehrte am achten nach Paris zurück, und wir sind unverzüglich nach Saint-Leu aufgebrochen. Unser neues Landschloss ist wunderschön! Wir wollen hier einige Zeit verbringen, bevor wir wegen meiner Niederkunft in einem Monat zurückkehren.
Das Schloss muss repariert werden, aber unser Aufenthalt hier war trotzdem schon erholsam. Wenn es seine Gesundheit erlaubt, durchstreifen Louis und sein geliebter Wasserspaniel die Hügel und Felder, während ich mich im Haushalt vergnüge. Heute war ich den ganzen Morgen in der Küche und habe beim Einmachen köstlicher Obstkompotte geholfen. Gestern stellten wir Seife her und nächste Woche werden es Kerzen sein. Klein Napoléon »hilft« natürlich. Jetzt, da sein Papa zu Hause ist, ist er viel fröhlicher.
Sein armer Papa, dessen Gesundheit sich durch die letzte Badekur nicht gebessert hat. Dr. Corvisart ist der Überzeugung, dass Louis an chronischem Rheumatismus leidet, wie du es vermutet hast. Er nimmt jeden Abend Kampferdampfbäder zusammen mit regelmäßigen Dosen von Knöterichextrakt und außerdem die Tabletten gegen Harnverhaltung, die ihm Dr. Corvisart verschrieben hat. Dies scheint die Schmerzen lindern zu helfen. Er soll Hammel, Gans und Schwein meiden – was er alles für sein Leben gerne isst. Es ist kein Wunder, dass seine Stimmung hin und wieder darunter leidet.
Was auch immer du tust, Maman, beunruhige dich nicht: Für mich wird gut gesorgt. Ich füge eine »Zeichnung« bei, die Klein Napoléon für dich angefertigt hat. Das große Gekritzel in der unteren rechten Ecke bin ich!

Deine dich liebende Tochter Hortense

7. Oktober, Sonntag – Saint-Cloud

Ich bin vor Bonaparte nach Paris zurückgekehrt, um Hortense während ihrer Niederkunft beizustehen – und musste feststellen, dass sie und Louis *immer noch* auf ihrem Landsitz weilen. Das Kind kann jetzt jeden Tag kommen!

9. Oktober

»Was hat dich so lange aufgehalten? Du hättest schon vor Wochen hier sein sollen«, schalt ich meine Tochter (als ich sie umarmte). »Sie dich doch mal an!« Denn sie ist *hoch*schwanger, und das Kind sitzt schon sehr tief. »Du solltest nicht über holprige Straßen reisen.«

»Maman, mache dir keine Sorgen! Die Hebamme hat mir versichert, dass ich noch viel Zeit habe. Das Landleben hat mir gut getan.«

Trotzdem wirkte sie beunruhigt. »Ist das ein Wachhäuschen im Garten?«, fragte ich, als ich aus ihrem Schlafzimmerfenster schaute. Der Wachposten stand direkt darunter. »Und die Gartenmauern sind neu, habe ich Recht?« Die Steinmauern waren so hoch gebaut worden, dass jetzt ein guter Teil des Küchengartens im Schatten lag. Das Gebäude wirkte wie ein Gefängnis.

»Aus Sicherheitsgründen«, sagte Hortense und fädelte ein weißes Band durch die Spitzenkante einer Kindermütze.

»Wegen eines Verfolgers?« Seit das Kaiserreich ausgerufen worden war, waren sowohl Hortense als auch ich von seltsamen Gestalten belästigt worden – überwiegend harmlose Einfaltspinsel.

»Nein«, beruhigte sie mich (wurde aber rot dabei – warum?).

Ich gab ihr den Sack Blumenzwiebeln, den ich von meinen Reisen mitgebracht hatte, und erklärte gerade, wie sie gepflanzt werden mussten, als der kleine Napoléon ins Zimmer stürmte und in meine Arme sprang. »Oh, wie groß du geworden bist!«

Mit eifriger Miene streckte er zwei Finger hoch. »Ich weiß«, sagte ich lächelnd und küsste ihn. Unser wunderschöner Prinz – unser *Erbe*. »Morgen wirst du zwei.« Ich überreichte ihm eines der (vielen) Geschenke, die ich mitgebracht hatte: ein kleines Holzschwert von seinem Onkel Napoléon.

»Von Nonan, dem Soldat?« Das Kind drückte das Geschenk mit so aufrichtiger Inbrunst an sich, dass Hortense und auch ich lachen musste.

»Eure Majestät?« Die Gouvernante machte einen Knicks. »Darf ich …?« Klein Napoléons Mütze war heruntergefallen.

»Nein!« Der Junge wand sich, als seine Gouvernante sie ihm wieder aufsetzen wollte.

»Dein Onkel Napoléon trägt genau so eine«, sagte ich zu ihm, was seine Meinung augenblicklich änderte. Sein neues Spielzeug fest umklammernd, ließ er sich zufrieden auf meinem Schoß nieder.

Bald darauf traf Louis mit einem Adjutanten, Monsieur Flahaut, ein. »Ich habe mich schon gefragt, wessen Kutsche das war«, sagte Louis. Er kam hinkend herein und schien nur mit Mühe laufen zu können. Man könnte ihn für einen Fünfzigjährigen halten und nicht für den jungen Mann von sechsundzwanzig, der er ist.

»Wie schön, dich zu sehen, Louis – und *Sie*, Monsieur Flahaut«, fügte ich hinzu und nickte dem Adjutanten, dem Sohn meiner Freundin Madame de Souza, zu.

»Eure Majestät«, antwortete Flahaut mit einer anmutigen Verbeugung. Ein schöner Mann mit elegantem Auftreten; es ist nicht schwer zu erkennen, warum die Frauen ihn umschwirren. (Es geht sogar das Gerücht, dass er es Caroline angetan hat.)

Louis beugte sich herab, um Hortense auf die Wange zu küssen. »Geht es dir gut, mein teurer Engel?«

»O ja, hervorragend, Liebling«, sagte sie mit einem strahlenden Lächeln.

Was für ein reizendes Porträt, dachte ich: die junge, glückliche Mutter und der hingebungsvolle Vater.

11. Oktober – ziemlich spät (erschöpft)

Es war noch dunkel, als Mimi mich weckte und flüsterte: »Der Lakai deiner Tochter ist hier. Ihre Niederkunft hat begonnen!«
Bonaparte schlief tief und fest. Ich schlüpfte aus dem Bett und folgte Mimi in den angrenzenden Raum. »Wie spät ist es?«, fragte ich und wickelte mir einen Kaschmirschal um den Kopf.
»Zwanzig nach drei«, sagte sie und unterdrückte ein Gähnen.
»Sind die Pferde angespannt?«
»Immer mit der Ruhe, Eure Majestät.« Mimi lächelte und reichte mir einen Becher heißer Schokolade. »So kannst du nicht ausgehen. Was wird Graf Etikette dazu sagen? Das Kind wird sich majestätisch Zeit lassen, und du solltest das auch.«
Aber ich saß wie auf glühenden Kohlen; bei dem Gedanken an die Qual meiner Tochter konnte ich nicht untätig sein. Ich schlüpfte rasch in das Kleid, das Mimi aus der Garderobe geholt hatte, und machte mich auf den Weg. Kaiserin hin oder her, meine Tochter bekam ein Kind.

Louis empfing mich halb angezogen an der Tür. »Oh«, sagte er, als wäre er überrascht, mich zu sehen. »Ich dachte, du wärst der Geburtshelfer.«
Ich legte meinen Umhang ab und reichte ihn einem Diener in Livree (dankbar, dass Mimi mich überredet hatte, mich korrekt zu kleiden). »Aber die Hebamme ist doch schon hier? Wie geht es Hortense?«, fragte ich, während ich versuchte, meine Hutbänder zu lösen, die ich in der Eile verknotet hatte. »Ist schon nach dem Erzkanzler geschickt worden?« Ungeduldig zog ich den Hut vom Kopf, wobei eines der Bänder riss.
Louis sah mich verdutzt an. »De Cambacérès?«

»Bei Geburten in kaiserlichen Familien muss ein Zeuge anwesend sein, erinnerst du dich? Nach dem neuen Protokoll.«* Das war doch besprochen worden, oder etwa nicht? Die geänderte Verfassung verfügte, dass bei der Geburt jedes Kindes in der Thronfolge ein offizieller Zeuge anwesend sein muss. »Pour l'amour de Dieu«, murmelte Louis und ging die Treppe hinauf.

Der Geburtshelfer traf erst kurz vor neun Uhr ein. Kurz danach kam Erzkanzler de Cambacérès in einer Kutsche an, die von sechs Pferden gezogen und von sechs Pagen, einem Lakaien und einem Kammerherrn begleitet wurde. Die Diener hielten den Erzkanzler am Esstisch mit Räucherhering à la Dublin, Hammelleber und etlichen Gläsern eines ausgezeichneten Madeiras bei Laune. (Dies alles erzählte mir de Cambacérès später ausführlich.)

Das Kind wurde um halb drei Uhr geboren. Wieder ein Junge!

»Ein Prachtexemplar«, verkündete die Hebamme. De Cambacérès sah genug durch sein silbergefasstes Lorgnon, um seine Pflicht als königlicher Zeuge zu erfüllen (aber nicht genug, um seinen Magen in Aufruhr zu versetzen). Louis untersuchte das Neugeborene sorgfältig, bevor es von dem Kindermädchen gewickelt wurde.

»Welch ein Segen: zwei Söhne«, sagte ich zu ihm. »Er sieht aus wie du.«

»Meinst du?«, sagte Louis.

Meine Tochter drückte meine Hand an ihre Wange. »Ist er nicht wundervoll, Maman?«, sagte sie, und die Röte stieg ihr ins Gesicht.

»*Du* bist wundervoll«, sagte ich. Wie tapfer sie gewesen war.

* Königin Marie Antoinette und die Königinnen vor ihr mussten in einem Raum voller gaffender Zeugen entbinden.

Mir wird eine Krone angeboten

15. Oktober 1804 – Saint-Cloud

»Der Papst hat endlich geantwortet«, teilte mir Bonaparte mit, als ich in die Tür trat. »Es ist noch nicht offiziell, aber er hat eingewilligt: Er wird nach Paris kommen.«*
»Um dich zu krönen?«, fragte ich abwesend und stellte meine Tasche ab. Ich war den ganzen Morgen bei Hortense gewesen und krank vor Sorge. Das Neugeborene – Petit, wie wir es nennen – entwickelt sich prächtig, aber Hortense selbst ist immer noch geschwächt und isst nicht gut, wenn überhaupt.
»Ruf die Architekten her, vereinbare für heute am späteren Nachmittag ein Gespräch. Ich bin um fünf frei. Der Papst wird im Pavillon de Flore wohnen. Wir werden ihn renovieren müssen.« An der Tür blieb er stehen. »Was ist los? Hältst du ihn nicht für geeignet?«
»Bonaparte, es tut mir Leid. Ich war wohl nicht … Sagtest du, dass der *Papst* kommt? Ist das dein Ernst? Du machst keinen Scherz?«
»Das habe ich dir bereits gesagt.«
»Es ist nur, dass … Wie macht man das – einen Papst empfangen?«
Bonaparte stieß ein kleines Lachen aus. »Wo liegt das Problem? *Ich* bin der Kaiser.«

* Anfänglich widerstrebte es dem Papst, »den Mörder des Herzogs d'Enghien« zu krönen. Er willigte erst ein, nachdem der Kirche Zugeständnisse versprochen worden waren – die allerdings nie erfüllt wurden.

16. Oktober

Hortense hat Milchfieber. Sie hat entsetzliche Schmerzen, ihre Brüste sind hart und entzündet. Ein Wickel aus Milch und Brot hat ihre Qualen kaum gelindert. Der Arzt erwägt, sie zur Ader zu lassen, wenn es ihr bis morgen früh nicht besser geht.

[Ohne Datum]

Sechsundfünfzig Zimmer werden renoviert, um Papst Pius VII. und sein Gefolge unterzubringen.
Sechsundfünfzig Zimmer: Man stelle sich das vor! Ich erinnere mich daran, dass vor noch nicht allzu langer Zeit ein neues Bettgestell zu viel Geld kostete.
Ich werde zwischen der Pflege von Hortense und den Vorbereitungen für die Krönung aufgerieben.

17. Oktober – Saint-Cloud

Beschäftigt! Heute Morgen kam ich wegen der neuen Hoftracht mit dem Modeschöpfer Leroy und den Künstlern Jacques-Louis David und Isabey zusammen. Ich habe sie endlich überreden können, dass es unmenschlich wäre, den Reifrock wieder einzuführen. Französische Frauen werden sich eine derartige mittelalterliche Konstruktion einfach nicht gefallen lassen! Wofür wir uns entschieden haben, ist schlicht, aber elegant: ein Gewand, das den heutzutage getragenen Kleidern sehr ähnelt, aber von einem langen Umhang und einer Halskrause ergänzt wird. Eine Halskrause ist zwar unpraktisch, aber kleidsam. Leroy hat eine mit langen Spitzen aus Tüll, der mit Gold oder Silber bestickt ist, vorgeschlagen. Sie wird an den Schultern befestigt und steigt im Nacken hoch an, wie auf den Porträts von Katharina von Medici. Meine Damen sind hell entzückt.

19. Oktober – ein wundervoller Herbsttag

»Ich hab's – *endlich*.« Der Dichter Chénier war euphorisch.

»Was haben Sie?«, fragte ich.

»Das Thema für die Tragödie, die ich auf Wunsch des Kaisers zum Gedenken an die Krönung schreiben soll.«

»Ha! Es sollte eine Komödie sein, so, wie das alles hier gelaufen ist«, sagte Chastulé.

»Alle Dichter im Kaiserreich wurden gebeten, ein Stück zur Feier der Krönung zu schreiben, Eure Majestät«, erklärte Clari.

»Wollen Sie mich denn nicht nach meinem Thema fragen, Eure Majestät?« Der Dichter kratzte sich am Kopf.

»O ja, natürlich, Monsieur Chénier. Verzeihen Sie. Für welches Thema haben Sie sich entschieden?«

»Den Kaiser Kyros!«, dröhnte Talmas Stimme hinter uns und ließ uns zusammenfahren. »Gespielt von wem, raten Sie mal?« Der Schauspieler nahm eine heldenhafte Pose ein, die trotz des sonderbaren Kostüms, das er trug, in jeder Hinsicht wie eine römische Statue aussah.

»Das wollte ich ihr doch gerade sagen«, beklagte sich Chénier.

»Talma! Was in aller Welt tragen Sie denn da?« Die engen Kniebundhosen schmeichelten seiner Figur nicht. Der eitle Mime verwandte gewöhnlich viel Sorgfalt darauf, seine krummen Beine zu verbergen.

»Das wissen Sie nicht, Eure Majestät?« Talma drehte sich im Kreis. »*Dies* ist die neue Hoftracht.«

»Ist das Ihr Ernst?« Ich runzelte ungläubig die Stirn. Es war ein Ensemble im Renaissancestil, ein besticktes Wams aus Satin mit einer Halskrause und Pumphosen über hautengen Kniehosen, Seidenstrümpfen und weißen Schuhen mit Rosetten und hohen Absätzen.

»Der Kaiser hat sie heute Nachmittag genehmigt, aber wir können uns nicht entscheiden, wie wir sie nennen sollen. Was meinen Sie? Spanisch?« Mit einer Drehung. »À la Heinrich IV.?« Noch eine Drehung. »Der Troubadour? Das war *mein* Vorschlag.« Drei Drehungen, bei denen das kurze Cape flatterte. »Aber was habe *ich* schon zu sagen? Ich war ja nur« – er warf das Samtcape über die Schulter und stolzierte durch den Salon – »das *Mannequin*.«

»Das will Bonaparte tragen?«

Talma warf den schwarzen, mit Straußenfedern geschmückten Hut in die Luft. »Offensichtlich.« Er fing ihn auf und setzte ihn wieder auf. Die Federn wippten ulkig. »Oder zumindest so etwas Ähnliches. Was Seine Majestät tatsächlich sagte, war« – und hierbei imitierte er ganz genau Bonapartes Stimme und Bewegungen – »›Genug. Das wär's. Belästigt mich nicht mehr damit! Ich habe Besseres zu tun, als über Spitze zu entscheiden. Macht, was ihr wollt. Nur, schert euch hier hinaus.‹« Und bei diesen Worten warf sich der Mime in die Luft, als würde er von einer unsichtbaren Kraft angetrieben, und landete auf seinem Hinterteil.

»Talma«, stieß ich hervor. »Sind Sie in Ordnung?«

Der berühmte Schauspieler erhob sich, klopfte seine Hose ab und *verwandelte* sich wie durch Zauberei direkt vor unseren Augen wieder in eine römische Statue.

20. Oktober, etwa 6 Uhr nachmittags

»Bitte, mein Schatz, koste doch nur ein wenig«, versuchte ich meiner Tochter ein kleines Stück Rhabarberkuchen schmackhaft zu machen, den sie als Kind so gerne gegessen hatte. »Lass es Klein Napoléon sehen.« Ich lächelte meinem Enkel zu, der seine Mutter mit ernster Miene betrachtete.

»Mach es wie ein Pferd«, sagte er und zeigte mir die List, die sein Onkel Napoléon anwandte, um *ihn* zu füttern.

Ich tat ihm den Gefallen und machte es wie ein Pferd, und meine Tochter fiel in eine tiefe Ohnmacht.

Ich mache mir solche Sorgen! Verwirrt und besorgt schaute ich anschließend bei Eugène vorbei, der selbst am Rande der Verzweiflung war. Seine Stute hatte ihr Fohlen nicht angenommen, und er hatte Tage und Nächte im Stall zugebracht und versucht das kleine Ding zu retten. Und, um das Maß voll zu machen, verlor er über Renovierungen an seinem Haus fast den Verstand.* Ich half bei einigen Entscheidungen über Tapeten und Vorhänge – und dann sprachen wir über Hortense. »Es geht ihr schon viel besser, Maman«, beruhigte er mich, denn er besuchte sie jeden Tag.

Er wird einmal einen wunderbaren Ehemann für irgendeine junge Frau abgeben – wenn es so weit ist –, aber im Augenblick habe ich das Gefühl, dass er lieber bei seinen Pferden wäre.

25. Oktober

Hortense wurde von ihrer Milch befreit, die ihr so schreckliche Schmerzen bereitet hat.

10 Uhr 20 abends – Saint-Cloud

Die Krönung sollte in zwei Wochen stattfinden – aber heute Abend erfuhr Bonaparte, dass der Heilige Vater Rom noch nicht einmal verlassen hat! Folglich wurde die Krönung auf den 2. Dezember verschoben. Ich bin, ehrlich gesagt, erleichtert. Es ist noch so viel zu tun.

* Napoléon hatte Eugène das Hôtel Villeroy, Rue de Lille Nummer 78, zur Verfügung gestellt. Heute ist es Sitz der deutschen Botschaft.

26. Oktober, spät, nach 2 Uhr morgens – kann nicht schlafen

Heute Abend, nachdem Bonaparte wieder in sein Zimmer gegangen war, um zu arbeiten – schlug Eugène eine Partie Billard vor. Er spielte gut, allerdings mit zu viel Kraft – ich gewann die erste Runde, er die zweite, aber nur mit Müh und Not. Bei der dritten lachten und schwatzten wir: über sein neuestes Pferd, über die Suche nach einem guten (ruhigen) Reitpferd für mich, über Hortense – die sich schon aufsetzt und isst – und über ihre prachtvollen Buben. Dann unterhielten wir uns über mein immer größer werdendes Personal, die Notwendigkeit, noch mehr Hofdamen einzustellen (wie es Madame Campan schon vor langer Zeit vorausgesagt hatte).

»Madame Duchâtel wäre geeignet«, sprudelte Eugène heraus.

»Adèle Duchâtel?«

»Sie fragte, ob ich ihr bei der Suche nach einer Stellung behilflich sein könnte.« Und wurde rot.

Aha, dachte ich – mein Sohn hat Gefallen an der reizenden Adèle Duchâtel gefunden. Sie ist zweifellos eine Schönheit: schlank, mit einer Fülle von goldblonden Haaren, blauen Augen, guten Zähne. Andererseits ist sie groß gewachsen und ihre Nase ist ein wenig spitz. Ich finde ihr Benehmen abweisend, aber vielleicht ist sie einfach nur schüchtern. »Ich denke, dass Madame Duchâtel mein Personal großartig ergänzen würde, Eugène, aber ich bin mir nicht sicher, ob sie qualifiziert ist.«

Adèle Duchâtel ist mit einem älteren, unsympathischen Mann, einem Staatsrat, verheiratet. Sein Status verdiente es nicht, dass seine Frau eine Stelle bei Hofe bekam, so charmant sie persönlich auch sein mochte.

»*Bitte*, Maman.«

Ich nahm meine Schleppe auf und ging um den Tisch herum, während ich meine Stöße abwägte. Dabei dachte ich: Es wird allmählich Zeit, dass mein Sohn von etwas anderem als von

Pferden träumt. Dachte: Adèle Duchâtel hat einen Ehemann, eine Heirat wäre also nicht möglich. Das ist gut. Die Wahl einer Ehefrau für Eugène wird von politischen Interessen diktiert werden müssen – er versteht das, versteht, dass dies eines der Opfer ist, die von unserem Rang gefordert werden. »Mal sehen, was ich tun kann«, sagte ich und versenkte zwei Kugeln.

»Versprichst du, dass du es weder Hortense noch Papa sagen wirst?«

»Ich verspreche es«, sagte ich und zerzauste sein Haar. Mein Junge.

27. Oktober

Madame Duchâtel fängt heute Abend an, bei unserem Ball. Ich habe Eugène eine Nachricht gesandt.

Nach Mitternacht

Es war schmerzlich, Eugène dabei zu beobachten, wie er Adèle Duchâtel den Hof machte, schmerzlich, seine Verwirrung zu sehen, als sie seine Aufforderung zum Contredanse ausschlug.

Eugène lehnte den ganzen Abend mit niedergeschlagener Miene an der Wand. »Komm morgen Abend zu meinem Salon«, schlug ich vor.

30. Oktober

Neuerdings hält sich Bonaparte jeden Abend im Salon auf. Heute Abend warnte er Madame Duchâtel davor, eine grüne Olive zu essen. »Von einer Olive am Abend bekommt man Magenschmerzen«, sagte er, und das Mädchen schlug die Augen nieder.

»Und *das* wollen wir doch nicht«, sagte Caroline und legte Adèle den Arm um die Schultern.
»Vielleicht eine Weinbrandkirsche«, bot Eugène, immer noch voller Hoffnung, an.

[Ohne Datum]

Bonaparte ist galant. Ich bin misstrauisch.

31. Oktober, Décadi – Tuilerien

Heute Morgen wurde im Gelben Salon ein Modell des Innenraums der Kathedrale Notre-Dame aufgebaut. Pappfiguren der Leute in der Prozession waren ordentlich in Reih und Glied aufgestellt.
»Wo ist deine, Maman?«, fragte Eugène, als er die Anordnung betrachtete, bevor wir mit der Sippe zu Abend aßen. Ich deutete auf eine Figur, die auf dem Kaminsims stand und mich darstellte. »Warum steht sie nicht bei den anderen auf dem Tisch?«, fragte Eugène verdutzt.
»Weil sie sich noch nicht entschieden haben, wo sie mich unterbringen.«
»Sie?« Er neigte den Kopf in Richtung des Raumes, wo sich die Bonapartes versammelt hatten.
»*Sie* vertreten den Standpunkt, dass ich nicht an der Zeremonie teilhaben, sondern sie lediglich miterleben darf«, raunte ich und betrat an seinem Arm den Raum, wo sich die gesamte Familie erhob und sich verbeugte.

3. November – Saint-Cloud

Ich habe alles verdorben! Heute Abend gegen sieben verließ Bonaparte den Salon. Kurz darauf stand Madame Duchâtel von ihrem Stickrahmen auf und ging ebenfalls hinaus. Ich wartete auf ihre Rückkehr: fünf Minuten, zehn Minuten, zwanzig. Schließlich hielt ich es nicht mehr aus. Ich rief Clari zu einer Fensternische hinüber und sagte ihr, dass sie, falls jemand fragen sollte, wo ich wäre, sagen sollte, dass mich der Kaiser zu sich gerufen hätte. »Wohin gehen Sie?«, fragte sie mit ängstlicher Stimme.

»Ich muss herausfinden, ob da etwas vor sich geht.« Ich stahl mich davon, bevor sie Einwände erheben konnte.

Ich machte mich auf den Weg zu Bonapartes Arbeitszimmer. Ich sagte mir, dass er arbeitete, was er abends häufig tat. Madame Duchâtel war sicherlich nur indisponiert und hatte sich zurückgezogen. Es gab beliebig viele Möglichkeiten.

Diese Gedanken gingen mir durch den Kopf. Aber was sollte ich Bonaparte sagen?, überlegte ich, als ich vor der Tür zu seinem Zimmer innehielt. Ich würde ihn fragen, ob er eine Partie Schach spielen wollte. Nein, er wüsste, dass ich mich nicht durch die Kälte und die dunklen Flure wagen würde, nur um so etwas zu fragen. Ich beschloss, ihm zu sagen, dass ich mich mit ihm ungestört über meine Sorgen um Hortense, um ihre Gesundheit unterhalten müsste.

Der Vorraum zu Bonapartes Arbeitszimmer war dunkel. Das Mondlicht schien auf die schlafende Gestalt eines Wachpostens. Rund um das Zimmer waren Schemel aufgestellt worden, ein ungenutzter Raum. Ich klopfte leicht an die Tür zum Arbeitszimmer. Keine Antwort. Der Wachposten rührte sich, wachte jedoch nicht auf. War die Tür verschlossen? Ich schob den Eisenriegel hoch, und die Tür schwang auf. Das Zimmer war leer. Ich schlich die Treppe hinter dem Bücherregal hinauf, die Treppe, die zu den darüber liegenden Privaträumen führte. Bonaparte hatte sie vor kurzem neu tapezieren lassen.

Oben hörte ich Stimmen – die von Bonaparte und die einer jungen Frau: Adèle Duchâtel.

Törichterweise klopfte ich an die Tür. (Warum? Was war bloß in mich gefahren?) Ich hörte hastige Schritte, dann öffnete sich die Tür: Bonaparte, ohne Hemd. »Was machst *du* hier?«, wollte er wissen. Hinter ihm, im Dunkeln, konnte ich das verängstigte Mädchen erkennen.

Der Klang seiner Stimme verriet mir, dass ich lieber schweigen sollte, doch kopflos schrie ich heraus: »Das ist nicht recht, Bonaparte!«

Außer sich vor Wut griff er nach einem Schemel und schmetterte ihn an den Steinkamin. Das Mädchen stieß einen schrillen Schrei aus. »Verschwinde!«, brüllte er. »Und lass dich nicht mehr blicken!«

Ich stürzte die Treppe hinunter und ließ dabei den Kerzenhalter aus Zinn klappernd auf die Steine fallen. Ich hörte, wie die Tür zugeschlagen und der Riegel vorgeschoben wurde, und tiefe Dunkelheit umfing mich.

Zitternd eilte ich zum Salon zurück. In Gegenwart anderer wäre ich sicher – zumindest redete ich mir das ein. In Wahrheit war ich nicht bei Sinnen. Noch nie hatte ich Bonaparte so wütend erlebt, und das ängstigte mich – ängstigte und erzürnte mich.

Vier meiner Damen saßen noch am Spieltisch vor dem Feuer. Clari saß an ihrem Stickrahmen. Alle erhoben sich, als ich eintrat, und verneigten sich. »Bitte, bleiben Sie sitzen, machen Sie weiter«, sagte ich zu ihnen und nahm meinen Platz hinter dem Stickrahmen ein. Ich nahm die Nadel in die Hand. Ich hatte am Stamm einer Weinrebe gearbeitet, in Kreuzstichen. Ich machte einen Stich, aber er tanzte aus der Reihe.

Im Zimmer waren nur das Knistern des Feuers, das Mischen von Karten und gelegentlich ein Stöhnen oder Murmeln von den Spielerinnen zu hören. Bonapartes Untreue, seine Wut gingen mir nicht aus dem Kopf. »Clari«, rief ich mit schwankender Stimme – und lauter, als ich beabsichtigt hatte. Sie riss den Kopf hoch und sah mich argwöhnisch an. »Ich … ziehe mich für heute Abend zurück. Bitte begleiten Sie mich.« Gut, dachte ich, als ich mich erhob, wenigstens zittere ich nicht.

Ich sah mich in meinem Schlafzimmer um, als hätte ich es noch nie gesehen. »Eure Majestät?«, fragte Clari von der Tür her.
»Ich …« Aber ich hatte kaum den Mund geöffnet, als auch schon die Tränen strömten. »Ich habe sie ertappt«, stammelte ich. »Bonaparte und Madame Duchâtel.« Meine Hände waren eiskalt, doch mein Herz jagte. »Er ist außer sich! Bald wird er herkommen, und …«
»*Bitte*, Eure Majestät, lassen Sie mich gehen! Seine Majestät wäre wütend, wenn er annehmen müsste, dass Sie sich mir anvertraut haben. Am besten ist, wenn er Sie allein antrifft.«

Ich setzte mich an meinen Toilettentisch und machte mir nervös und geistesabwesend an meinem Zierrat zu schaffen. Ich steckte mir einen Perlenschmuck ins Haar und zog ihn wieder heraus. Er war scharf – er könnte verletzen.
Kurz darauf flog die Tür auf: Bonaparte in Strümpfen. Schnaubend wie ein Bulle kurz vor dem Angriff kam er in mein Zimmer. »Wie kannst du es wagen, mir nachzuspionieren!«, brüllte er. »Das lasse ich mir nicht gefallen!«
Allein schon der Gedanke daran beschämt mich jetzt, denn ich duckte mich wie ein Tier. Ich kauerte mich zitternd, aber ohne Tränen zusammen, als er zerstörte, was er in die Finger bekam, Flaschen und Schmuckstücke gegen den Spiegel warf (überall Glassplitter), das Bein meines Toilettenstuhls von Jacob zerschmetterte, die Bettvorhänge aus Spitze zerriss.
»Du ziehst unverzüglich aus.« Er nieste, überwältigt von dem Jasminduft, der in der Luft lag. »Nächste Woche arbeiten wir die Einzelheiten der Scheidungsformalitäten aus«, sagte er und hielt sich ein Taschentuch vor Mund und Nase.
Und dann flog krachend die Tür ins Schloss.

Der Fußboden war mit Trümmern übersät. Eine Uhr schlug achtmal. Erst acht? Ich stand auf und ging mit vorsichtigen Schritten zum Klingelzug für die Diener. Eine Kammerzofe kam zur Tür. »Bitte sagen Sie Madame Clari, dass ich mit ihr sprechen möchte«, trug ich ihr mit überraschend ruhiger Stimme auf. »Ich glaube, sie hält sich im Gelben Salon auf.«
Das Mädchen starrte mit offenem Mund lange auf den Fußboden und rannte, ein nervöses Gekicher unterdrückend, den Flur hinunter davon.

Clari fand mich an meinem Toilettentisch vor, wo ich mein zersplittertes Spiegelbild betrachtete. »Oh, Eure Majestät!«, rief sie bestürzt über den Zustand meines Zimmers aus. »Sind Sie in Ordnung?«
»Ja«, sagte ich versonnen. »Fahren Sie heute Abend nach Paris?«
»Unsere Kutsche ist für neun Uhr bestellt«, sagte sie und beugte sich vor, um eine zerbrochene Glaskaraffe aufzuheben und dann noch eine, die sie beide auf ein Tischchen stellte. »Oh là là! Vielleicht wäre es Ihnen lieber, wenn ich hier bliebe.«
»Darum können sich andere kümmern. Ich möchte, dass Sie nach Paris fahren und meinen Sohn aufsuchen. Sagen Sie ihm …« Ich stützte das Kinn in die Hand.
»Eure Majestät?«, fragte Clari und holte eine Puderquaste unter dem Bett hervor.
»Sagen Sie ihm, dass der Kaiser und ich eine … Meinungsverschiedenheit hatten«, sagte ich. »Sagen Sie ihm, dass der Kaiser die Scheidung fordert.« Und dann brach ich zusammen.

»Maman?«, rief mir Eugène von der Tür zu meinem Schlafzimmer aus zu. Der Schein der Laterne, die er in der Hand hatte, ließ ihn wie einen Engel aussehen – was er auch ist, für mich. »Bist du wach?«, fragte er leise und sah sich in dem Zimmer

um. Die Glasscherben waren zusammengefegt und die Bettvorhänge und der Toilettentisch rasch ersetzt worden, aber trotzdem muss er gespürt haben, dass etwas anders war als sonst.
»Komm herein«, sagte ich, setzte mich auf und zog meine Bettjacke über. »Ich habe hier nur so gelegen.« Und geflucht. Gebetet. *Bereut*. »Weißt du, was vorgefallen ist? Hast du mit Bonaparte gesprochen?« Ich weinte nicht mehr.
Er nickte und stellte die Laterne auf den kleinen Tisch neben meinem Bett. »Er ist aufgebracht«, sagte er und ließ sich auf einem Schemel nieder.
Ich fragte mich, wie viel ihm Bonaparte wohl erzählt hatte. »Hat er dir gesagt, dass er sich scheiden lassen will?« Meine Stimme schwankte ungewollt. Ich fragte mich, ob Eugène wusste, *wen* ich bei Bonaparte gefunden hatte.
Mein Sohn nickte kurz und sachlich. (Gut, dachte ich. Er weiß nicht, dass es Adèle Duchâtel war.) »Ich erwiderte Papa, dass ich dir ins Exil folgen würde –«
Exil! Sollte ich verbannt werden?
»– selbst, wenn das hieße, dass ich mit dir nach Martinico zurückgehe.« Er lächelte lieb, so voller Liebe.

4. November, spätmorgens – gerade aufgestanden

»Du hast es vermutlich gehört, ja?«, fragte ich Mimi, als sie mir die morgendliche Schale Schokolade reichte. Meine Hände waren unsicher; ich musste aufpassen, dass ich nichts verschüttete. »Gontier und Agathe haben es mir erzählt«, sagte Mimi und schob mir einen Zettel unter das Kopfkissen.

Heut Abend sagte Prinzesin Carolin zu ihrm Mann, das ihr Plan geklapt hat. Der Kaiser hat das Mädchen beschlafn & die eifersüchtige Alte Frau fand Ihn mit Ihr nackt. Nun will sich der Kaiser von der Alten Frau scheidn lasn & sie krign alles.

Mimi gab mir zur Beruhigung einen Orangenblütentee. »Ich habe dir ja gesagt, dass sie eine Hexe ist«, sagte sie.

5. November

»Wie war das Familienessen gestern Abend?«, fragte ich Hortense (als ich nach dem schlafenden Säugling in seinem Korb schaute und ihm eine Kusshand zuwarf). Das allwöchentliche Abendessen mit der Sippe hatte im Haus von Bonapartes Mutter stattgefunden. Ich war natürlich nicht eingeladen worden.
»Ich war noch zu krank, um hinzugehen«, sagte Hortense und beugte sich vor, damit die Zofe die großen Federkissen aufschütteln konnte. »*Glücklicherweise*«, raunte sie, als die Zofe die Tür hinter sich schloss.
»Die Bonapartes haben sich ... wie soll ich es formulieren?« Sie griff nach einer Praline. »Ziemlich ungeniert gefreut, könnte man sagen, über jüngste *Entwicklungen*.«
»Das überrascht mich nicht.«
»Aber sie brüsten sich so ungeniert mit ihrem, wie sie es sehen, ›Sieg‹, dass es ihnen gelungen ist, Papa zu verärgern. Ich schließe daraus, dass er sich gestern Abend heftig mit ihnen gestritten hat.«
»Bonaparte?« *Das* überraschte mich. »War Eugène dabei?«
»Nein, ich war nicht eingeladen«, sagte eine Stimme an der Tür.
»Eugène!« Ich sprang auf, um meinen Sohn zu umarmen. »Was für eine Überraschung.« Er roch nach frischer Winterluft.
»Maman und ich sprachen gerade ... über *Papa*«, sagte Hortense peinlich berührt.
»Ah ja?«, sagte Eugène, lehnte sich an den Fenstersims und verschränkte die Arme.
Hortense sah ihren Bruder an und riss die Augen auf.
Ich schaute von einem zum anderen. Irgendetwas stimmte da nicht. Dieses »Treffen« war geplant worden. »Ah ja?«, echote ich.

»Maman, Eugène und ich haben nachgedacht«, sagte Hortense schließlich.
»Worüber?«
Eugène zuckte verlegen mit den Schultern. »Über dich und Papa.«
»Oh.« Ich holte scharf Luft. *Darüber*.
»Es ist einfach so, dass Papa ein junger Mann ist, Maman«, sagte Hortense und errötete.
Eugène räusperte sich. »Für einen Mann ist es nur natürlich, dass er … du weißt schon.«
Ich lehnte mich vor, die Hände auf den Knien. »Ergreift ihr für *Bonaparte* Partei?« Sie verstanden mich nicht!
»Wir meinen ja nur, dass du keinen Grund hast, eifersüchtig zu sein«, sagte Eugène. »Papa liebt dich.«
Hortense nickte, ihre Augen füllten sich mit Tränen. »Und wir lieben ihn.«

6. November, 7 Uhr abends

Thérèse war empört und äußerte ihr Missfallen deutlich. »Du hast was getan?«, regte sie sich heftig auf. »Du bist bei ihnen hereinspaziert – *vorsätzlich*? Bist du wahnsinnig? Nach allem, was ich dir gesagt habe? Und was ist mit deiner lieben, verstorbenen Tante Désirée? Ich dachte, dass du ihr versprochen hast, ›blind‹ zu sein – an ihrem Sterbebett! Ich weiß, ich weiß – es ist schwer, nichts zu bemerken, wenn es direkt unter deiner Nase passiert, aber wohin soll ein Kaiser denn sonst gehen? Er kann doch nicht wie ein gewöhnlicher Soldat durch die Straßen wandern. Kein Wunder, dass er gereizt ist! Oh, verzeih mir, es tut mir Leid. Es ist gemein, eine Strafpredigt zu halten, aber glaube mir, meine Liebe, *liebe* Freundin – eine Scheidung kannst du nicht wollen. Es ist die Hölle!«

7. November

Ich klopfte an die Tür zu Bonapartes Arbeitszimmer. Es war noch früh; ich wusste, dass er arbeiten würde. »Entrez.«

Mut, redete ich mir zu, und stieß die Tür auf.

»Joséphine!« Bonaparte erhob sich erstaunt. Einen Augenblick lang dachte ich, dass er froh wirkte, mich zu sehen, aber dann veränderte sich sein Gesichtsausdruck und wurde ernst. »Ich habe in fünfzehn Minuten ein Gespräch mit Talleyrand.«

»Es wird nur einen Augenblick dauern, aber ich kann später noch einmal wiederkommen«, sagte ich. »Wann immer du es möchtest.«

Er zögerte, bevor er mich hereinwinkte und sich wieder auf seinen Stuhl fallen ließ. »Was willst du?«

»Ich will …« Was wollte ich eigentlich? Ich wollte Bonaparte an meiner Seite – ich wollte meinen Mann, meinen »Seelenfreund«. Ich wollte unsere gemeinsamen ruhigen Stunden, unsere Ausritte im Park, unsere frühmorgendlichen Spaziergänge im Garten. Ich wollte unsere tröstlichen Augenblicke der Zärtlichkeit. »Ich will, dass Frieden zwischen uns herrscht«, sagte ich schließlich.

»Ich kann mir nicht vorstellen, wie das möglich sein soll.«

»Du verstehst mich falsch, Bonaparte. Du glaubst, dass meine Motivation Eifersucht ist. Das ist nicht alles. Was du harmlose Tändeleien nennst, zerstört dein Ansehen beim Volk.«

»Du spionierst mir im Interesse der Politik nach? Joséphine, du bist keine gute Lügnerin.«

Er hatte Recht. Ich hatte gelogen – hatte ihn ebenso wie mich selbst belogen. Doch was war die Wahrheit? »Ich gebe gerne zu, dass ich Treue bevorzuge, Bonaparte, aber ich glaube, ich kann lernen, ohne sie zu leben, wenn ich muss – solange ich nur deine Liebe habe.«

»Natürlich liebe ich dich«, sagte er wütend. »Diese … *Sache* bedeutet mir nichts. Es ist reines Amüsement.«
»Trotzdem wirst du ausfallend mir gegenüber.«
»Weil du mich kontrollieren willst – und ich will nicht kontrolliert werden!«
»Also gut, ich sehe eine Lösung. Ich werde keine Einwände erheben, und du wirst nicht ausfallend.« Ich öffnete die Hände.
»Ich kann tun, was mir gefällt?«
»Mit meinem Segen«, log ich.

Heut aben hat Prinzesin Carolin zu Prinz Joseph gesagt, das der Kaiser ein Narr is. Sie sagt der Kaiser muss sich von der Alten Frau scheidn lasen. Sie & Prinz Joseph wollen morgen Aben um 8 mit Ihm redn.

10. November, Décadi

»Guten Abend, liebe Schwester.« Joseph küsste mich auf beide Wangen. »Du siehst heute Abend besonders hübsch aus. Habe ich nicht Recht, Caroline?«
»Doch«, sagte Caroline. »Dieses Kleid dürfte fünf Millionen Francs gekostet haben.«
»Vielen Dank euch beiden.« Wir logen alle – lächelten zähnefletschend, wie Bonaparte zu sagen pflegt. »Ihr seid äußerst freundlich.« Wie ein tollwütiger Fuchs. »Soweit ich weiß, habt ihr um acht ein Gespräch mit dem Kaiser«, sagte ich und warf einen Blick zur Uhr.

Kurz vor Mitternacht

Bonaparte riss sich in wütender Enttäuschung den Rock vom Leib. »Was ist los?«, fragte ich und half ihm bei der Weste.
»Weißt du, warum Joseph nicht will, dass du gekrönt wirst? Weil das gegen seine Interessen spräche. *Seine* Interessen – das

hat überhaupt nichts mit Politik zu tun, überhaupt nichts mit dem, was dem Kaiserreich von Nutzen wäre.«
»Ich verstehe nicht.« Ich soll *gekrönt* werden? Ich dachte, sie hätten sich mit Bonaparte getroffen, um ihn zu überreden, sich von mir scheiden zu lassen.
»Weil dann, wenn du gekrönt wirst, Louis' Kinder über seinen stehen werden, sagte Joseph, weil dann Louis' Kinder die Enkel einer Kaiserin sein werden. Pah«, knurrte er, während er sich abmühte, sein Nachthemd überzuziehen, bis er endlich den Kopf hindurchstrecken konnte. »Weißt du, was dazu gehört, einen Tyrannen aus mir zu machen?« Er zog den Bettvorhang derart heftig zurück, dass eine Schnur abriss. »Meine Familie, *das* gehört dazu. Sie brauchen nur den Mund aufzumachen, und aus mir wird ein Ungeheuer. Sacrebleu! Und ob du gekrönt wirst, selbst wenn dafür zweihundert Soldaten benötigt werden.«
»Meinst du das ernst?«
»Natürlich meine ich das ernst. Ich meine es immer ernst.«
Mir stockte der Atem vor Sorge. Ich – gekrönt? »Ich weiß nicht, ob das eine so gute Idee ist.« Eine Krone würde meine Stellung heben. Ich hätte jede Menge Höflinge – und ebenso viele Feinde. »Ist das denn üblich?« Ich hatte noch nie gehört, dass eine Frau gekrönt worden war.
»Ganz und gar nicht.«
»Aber warum denn dann?«
»Um sie zu ärgern!«
»Bonaparte, das ist kein guter Grund«, sagte ich mit einem neckenden Lächeln.
»Du hast Recht. Darüber sollte man keine Scherze machen. Wie auch immer, es ist mein voller Ernst. Ich werde dich krönen. Du hast mich geheiratet, als ich ein Nichts war. Ich will dich an meiner Seite haben.« Und nahm meine Hand und zog mich zum Bett.

»Bonaparte – darüber muss ich nachdenken.«
»Du würdest eine Krone ablehnen?«
Mühelos! »Ich muss unbedingt darüber nachdenken.«
Und mit meinen Kindern sprechen.

11. November, abends, spät

»Oh, das ist beängstigend, Maman.« Hortense (die aufgestanden war und *herumlief*) legte die Hände an die Wangen.
»Ich weiß!« Ich wollte keine Krone; ich wollte nicht einmal, dass Bonaparte gekrönt wurde.
»Papa hat das vorgeschlagen?«, fragte Eugène. »Was genau würde das bedeuten? Du bist doch schon Kaiserin. Was würde eine Krönung daran ändern?«
»Soweit ich daraus klug werde, würde ich dadurch noch mehr ein Symbol für das Kaiserreich darstellen, sodass man mir, wo auch immer ich hingehe, was auch immer ich tue, den der Krone gebührenden Respekt bezeigen müsste.«
Hortense verdrehte die Augen. »Das wird *ihnen* aber gar nicht gefallen.«
Die Sippe, meinte sie. »Ganz und gar nicht.«
»Weil es deine Position festigen wird«, bemerkte Eugène.
Meine Beziehung zu Bonaparte festigen wird. »Dies ist, ehrlich gesagt, das einzige Argument, das dafür spricht«, sagte ich.
»Und ein gutes obendrein, Maman«, sagte Hortense.

[Ohne Datum]

Ja, nein, ja nein.
Ja.
Nein.
Ja?
Ach, wenn ich doch nur schlafen könnte!

12. November, 10 Uhr 20 morgens

Heute am frühen Morgen ging ich zu Bonapartes Arbeitszimmer. Er blickte von seinem großen Schreibtisch auf, der mit Plänen, Zeichnungen und Notizen zur Krönung übersät war. »Ich habe beschlossen, dein Angebot anzunehmen«, teilte ich ihm mit.

»Welches Angebot?«

Hatte er seine Meinung geändert? »Gekrönt zu werden.«

»Ah!« Er stand auf, kam zu mir und zog mich in seine Arme.

Ich werde gekrönt

15. November 1804 – Saint-Cloud

»Mon Dieu, Maman, du solltest mal sehen, wie voll Paris geworden ist«, sagte Eugène, den Umhang nach hinten geworfen. »Die Bevölkerung hat sich ganz sicher verdoppelt, überall Menschen! Und nun auch noch die ganzen Truppen, die nach hier befohlen wurden, es ist ein Tollhaus!«
Er sagte, dass die Leute schon jetzt verzweifelt versuchten Eintrittskarten für die Krönung zu bekommen, dass eine Familie dreihundert Francs für ein Fenster im ersten Stock bezahlt hätte, nur um die Prozession sehen zu können. Es würden sogar Eintrittskarten verkauft, um die Vorbereitungen im Inneren von Notre-Dame zu besichtigen. Gestern sei ein Mann von einem Stein, der sich durch das viele Hämmern gelöst hätte, bewusstlos geschlagen worden. »So etwas habe ich noch nie erlebt, Maman. Alle Steinmetze in Paris sind in Beschlag genommen, selbst die Zimmerleute. Wie soll ich es da denn schaffen, dass die Arbeiten an meinem Haus fertig gestellt werden?«
»Möchtest du, dass ich die Messieurs Percier und Fontaine frage?«, schlug ich vor, bereute es jedoch sogleich. Unsere Hofarchitekten haben in Erwartung der Ankunft des Papstes alle Hände voll damit zu tun, sowohl die Tuilerien als auch die Schlösser von Fontainebleau umzubauen und zu renovieren. »Ich treffe mich mit ihnen in …« Ich schaute auf die Uhr. Schon so spät? »In zehn Minuten.«
»Nein, Maman.« Eugène hob die Hände. »Sie sind zu teuer.

Und außerdem möchte ich keinen römischen oder griechischen Tempel. Ich möchte nur, dass es ein komfortables Haus wird … mit einem *herrlichen* Ballsaal«, fügte er grinsend hinzu.
»Eugène, soll das heißen, dass du einen Ball geben wirst? Oh, da wird sich deine Schwester aber freuen. Du wirst sicherlich meine Hilfe brauchen. Ich könnte –«
»Nein, Maman, das möchte ich selbst machen!« An der Tür wandte er sich um. »Mit einer Ausnahme. Hättest du etwas dagegen, wenn ich deine Musiker engagiere?«
»Natürlich nicht.« Eugène ist ein begeisterter Tänzer – musikversessen, wie Hortense sagt.
Er grinste und ließ seinen Hut auf dem Zeigefinger herumwirbeln (oder versuchte es zumindest). »Zufällig weiß ich, dass eine deiner Hofdamen sie sehr gerne mag.«
Adèle Duchâtel. Ich wollte gerade etwas sagen, meinen Sohn warnen – aber ich brachte es nicht über mich, ihm davon zu erzählen, von Bonaparte und …
Bonaparte und Adèle.
»Vor allen Dingen sei blind«, hatte mir die gute Tante Désirée an ihrem Sterbebett geraten. Wenn das doch nur so einfach wäre! Ich habe Bonaparte versprochen, keinen Anstoß mehr an seinen so genannten »Amüsements« zu nehmen. Äußerlich wirke ich gelassen und tolerant, aber in meinem Innern tobt ein Wirbelsturm von Gefühlen: Eifersucht, Angst – Zorn –, aber seltsamerweise auch ein Gefühl des Friedens, denn ich weiß, dass Bonaparte mich liebt. Dass er mich liebt, und was noch wichtiger ist: dass er mich braucht.
Wie so häufig, weckte er mich vergangene Nacht und wollte, dass ich mit ihm im Mondschein spazieren gehe. Über dem Park lag ein Schleier von frühem Frost und tauchte die Landschaft in ein unheimliches Licht. Wir wanderten umher und redeten, bis es zu kühl wurde, dann schlichen wir flüsternd wie unartige Schulkinder auf Zehenspitzen in unser warmes Bett zurück.

17. November

Bonaparte war den ganzen Nachmittag in einer Sitzung des Sonderausschusses. Ich fragte mich, worum es bei einer so wichtigen Zusammenkunft wohl gehen könnte – Krieg? Frieden? –, und war reichlich fassungslos, als sich herausstellte, dass es darum ging, wer bei der Krönung meine Schleppe tragen sollte. Joseph hatte im Namen der weiblichen Bonapartes offiziell Einspruch erhoben: Sie weigern sich kategorisch.

18. November, früher Abend

Man hat einen Kompromiss gefunden. Caroline, Pauline und Elisa haben letztlich eingewilligt, meine Schleppe zu tragen – oder besser gesagt (wie es jetzt ausgedrückt werden muss), »den Purpurmantel hoch zu halten«, der als »ein Attribut der Souveränität« zu betrachten ist.

»Aber nur unter der Bedingung, dass wiederum die Schleppen der Prinzessinnen von ihren Kammerherren getragen werden«, erklärte ich Jacques-Louis David, der die Prozession aufeinander abstimmt.

»Das ist ja lächerlich«, beklagte er sich. »Sie werden wie ein Tausendfüßler aussehen!«

19. November

»Wir werden die Kronjuwelen für unser Treffen mit den Juwelieren brauchen«, teilte mir Bonaparte beim Frühstück mit, und plötzlich waren wir alle in hellster Aufregung. Wir mussten den Kodex holen und nachsehen, wie man das machte. Um die Juwelen zu bekommen, muss der Kaiser (Bonaparte) den Großkämmerer (Talleyrand) anweisen, im Auftrag des Oberschatzmeisters (Monsieur Estève) dem für den Kaiser (Bonaparte) zuständigen Obergarderobenmeister (Claris Ehemann) und der für die Kaiserin (ich) zuständigen Ehrendame (Chastulé) eine schriftliche Anordnung erteilen. Wir brauchten den ganzen Morgen, um das herauszufinden.

20. November, früher Nachmittag

Bonapartes Mutter wird nicht rechtzeitig zur Krönung nach Paris kommen können. Sie hat sich zu lange bei ihrem geliebten Sohn Lucien in Mailand aufgehalten. »Sacrebleu«, sagte Bonaparte, aber leise und mit trauriger Miene.

21. November

Morgen fahren wir nach Fontainebleau, um dort die Ankunft des Heiligen Vaters zu erwarten. Ich glaube kaum, dass ich schlafen kann.

25. November, Sonntag – Fontainebleau

Papst Pius VII. traf mittags zusammen mit Bonapartes Onkel Fesch (mittlerweile Kardinal) und allen Mitgliedern eines recht stattlichen päpstlichen Gefolges ein: sechzehn Kardinäle und Bischöfe und weit über hundert Geistliche (*alle* leicht erregbar – oh, was hier für ein Lärm herrscht).
Alle im Schloss Anwesenden bildeten ein Spalier, um Seine Heiligkeit an der Tür zu empfangen. Er zog den Kopf ein, als er hereinkam, vielleicht aus Gewohnheit, weil er sehr groß ist – er überragt Bonaparte. Er war ganz in Weiß gekleidet und fröstelte in einem langen Umhang, der im Stil einer römischen Statue drapiert war. (Ich habe angeordnet, dass seine Kamine kräftig angeheizt werden – ich sorge mich, dass die Kälte seiner Gesundheit schaden könnte, die nicht sehr robust und durch die

anstrengende Reise im Winter ernstlich geschwächt ist.) Selbst seine Schuhe – bejammernswert dünn für dieses Klima – waren weiß, wenn auch schmutzig vom Verlassen der Kutsche, um mit Bonaparte in Croix de Saint-Hérem zusammenzutreffen. Er ist ein ernster, würdevoller und einfacher Mann, der nicht wie zweiundsechzig, sondern eher wie fünfzig wirkt. Vielleicht liegt es an seinen kohlrabenschwarzen Haaren (ob er sie wohl färbt?), die so sehr von seinen weißen Gewändern, seiner bäuerlichen Schaffellmütze, seinen schmalen Händen und langen Fingernägeln abstechen. Er hat eine eigenartige Stimme: hoch und etwas nasal. Er spricht ausgezeichnet Französisch, aber mit italienischem Akzent, indem er *u* wie *ou* ausspricht. Ein Mann von liebenswürdigem Auftreten – im Gegensatz zu den ungehobelten und lauten Priestern in seinem Gefolge (die überall hinspucken!). Sein Teint ist fahl, obwohl dies möglicherweise auch auf eine Tasse saurer Suppe zurückzuführen ist, die er, wie er erwähnte, heute Morgen in einer Poststation zu sich genommen hat.
Nach einem kurzen Empfang geleitete Talleyrand den Papst in seine Gemächer, wo er sich im Moment ausruht. Wie, das weiß ich nicht, denn der Palast hallt von den Stimmen seines Gefolges, das wild auf Italienisch herumbrüllt, wider. »Der Heilige Vater mag ja liebenswürdig und wohlerzogen sein, aber seine Leute sind es offensichtlich nicht«, bemerkte Clari lakonisch und nahm ihre Handarbeit auf.

Später Abend

Nach seiner Ruhepause sprach Seine Heiligkeit über eine halbe Stunde lang mit Bonaparte. Anschließend geleitete ihn Bonaparte in den Saal der Großen Offiziere, wo wir ein zwangloses Diner mit nur sechs Gedecken einnahmen: der Heilige Vater und sein Sekretär, Bonaparte und ich, Eugène (der daran dach-

te, das Brot nicht vor dem Segen zu brechen) und Louis (der nicht daran dachte). Der Papst aß und trank mit Genuss. Der mit Trüffeln gefüllte Truthahn und das Ragout aus Lerchenfilets hatten es ihm besonders angetan.
Bevor er sich zurückzog, überreichte mir Seine Heiligkeit einen Ring. Es ist ein mit Diamanten eingefasster Amethyst, schlicht geschliffen, außergewöhnlich klar. Und vom Papst gesegnet. »Ich danke Euch«, sagte ich und blickte in seine gütigen Augen.
»Meine Tochter«, sagte er.
Ich muss den Mut aufbringen zu reden, meine Sünden zu bekennen – bald. Morgen?

26. November

Der Papst war erstaunt, als ich ihm beichtete, dass Bonaparte und ich nicht kirchlich getraut worden waren. »Das wusste ich nicht.«
»Verzeiht mir«, sagte ich. »Ich habe ohne Wissen des Kaisers gesprochen, Euer Heiligkeit.« Schon gar nicht mit seinem Einverständnis!

Früher Nachmittag

Bonaparte betrat mit finsterer Miene mein Ankleidezimmer. »Es scheint ein Problem zu geben«, sagte er und nahm sich einen Stuhl neben meinem Toilettentisch. »Wir müssen uns kirchlich trauen lassen, sonst wird die Krönung abgesagt: Der Papst weigert sich.«
Ich setzte eine bestürzte Miene auf.
»Teufel nochmal.« Bonaparte zerbrach vor lauter Enttäuschung einen meiner Kämme.

27. November – wieder in Paris

Heute Morgen hallte die Terrasse vom Lärm schreiender Menschen wider, die nach dem Papst riefen und niederknieten, um seinen Segen zu empfangen. Er hat nur ein paar Rosenkränze und Medaillons mitgebracht, und die sind bereits verteilt. »Man sagte mir, dass die Franzosen nicht religiös seien«, beklagte er sich. Er segnet alles, was ihm gebracht wird: Brillen, Tintenfässer, sogar eine Schere. Sowohl Royalisten als auch Revolutionäre kommen, um sich von ihm segnen zu lassen, sogar Jacques-Louis David, der Atheist. Der Heilige Vater hat unsere Seelen, unsere Herzen erobert.

28. November, 7 Uhr 30 abends

»Und das Öl, mit dem ich Sie salben soll?«, fragte der Papst heute Nachmittag bei unserer täglichen Sitzung, um all die (endlosen) Details auszuarbeiten. »Soweit ich weiß, existiert ein Flakon mit geweihtem Öl, das schon seit der Salbung von Chlodwig im Jahre 496 benutzt wird.« Der Heilige Vater ist Laienhistoriker und stolz auf sein Wissen.
Bonaparte runzelte verdutzt die Stirn.
»Er wurde zerstört, Sire«, meldete sich Bonapartes Sekretär zu Wort. »Während der Revolution.«
»Wir werden eine neue Tradition einführen«, sagte Bonaparte und befahl seinem Sekretär, einen angemessenen Flakon anfertigen zu lassen.
Ich errötete: Der altehrwürdige Flakon war zerstört worden, nachdem mein erster Mann vorgeschlagen hatte (und ich zitiere, weil ich mich noch gut daran erinnere), »dass der Plunder der Tyrannei und Unterdrückung auf dem Altar des Vaterlandes verbrannt wird«.

[Ohne Datum]

Chaos! Die einhundertvierzig spanischen Pferde, die für die Krönungsprozession gekauft wurden, sind alle auf einmal geliefert worden.

29. November – Tulerien, noch nicht Mittag

Heute Morgen haben wir die Arbeiten an der Kathedrale besichtigt. Erstaunlich. Zwei der Seitenaltäre und die Trennwand zum Chorraum hat man entfernt und zu beiden Seiten des Hauptschiffs stufenförmig Sitzreihen installiert. »Bemalter Karton wird dem Ganzen ein griechisch-ägyptisches Aussehen verleihen«, erklärte Jacques-Louis David.
»Nicht römisch?«, fragte ich.
»Auch das«, sagte er und wies darauf hin, dass die nackten Steinwände gänzlich mit Fahnen, Gobelins und Wandbehängen aus Samt verkleidet werden.
»Was für eine Bühne«, rief Talma aus und warf die Hände in die Luft. Seine Stimme hallte in dem riesigen Gewölbe wider.

4 Uhr 45 nachmittags

Eine grässliche Probe. Wir stolpern alle *immer noch* über unsere eigenen Füße.
»Ich soll irgend so ein Stück Knochen tragen?«, beschwerte sich Joachim, als ihm die Reliquie Karls des Großen zugeteilt wurde. Eugène soll immerhin den Krönungsring tragen.
Die Folge war, dass Joachim auf Anordnung Bonapartes meine Krone tragen wird, worüber nun natürlich Caroline wütend ist.

9 Uhr abends – kurz danach

Nimmt das denn nie ein Ende? Nun ist Jacques-Louis David außer sich. Der Zeremonienmeister hat ihm einen Platz auf der Tribüne zugewiesen, und er bekam beinahe einen Anfall und drohte mit einem Duell. Man hat ihm eine Loge versprochen, damit er seine Siebensachen aufbauen und ungestört an seinen Zeichnungen arbeiten kann. Ich wurde gebeten, die Sache in Ordnung zu bringen: Ja, er brauchte auf jeden Fall eine Loge direkt über und vor dem Altar, damit er seine Staffeleien aufstellen und seine Skizzen machen konnte, und nein, ein Duell würde auf *keinen* Fall gestattet.
Ein Duell! Bei dem Gedanken, dass dieser glühende Revolutionär einen ziemlich unbedeutenden Konflikt auf eine so aristokratische Weise beilegen wollte, hätte ich, wie ich zugebe, beinahe gelacht. Wir verlieren alle noch den Verstand.

30. November – nur noch zwei Tage

Als Allererstes heute Morgen kam Bonaparte zu mir, als ich gerade bei meiner Toilette war, und versteckte dabei irgendetwas hinter dem Rücken. »Was führst du jetzt wieder im Schilde, Bonaparte?«, fragte ich, weil er diesen schelmischen Blick hatte.
»Ich möchte, dass du etwas anprobierst.« Er holte ein glitzerndes Schmuckstück hinter dem Rücken hervor und ließ es in der Luft herumwirbeln, als wäre es wertloses Flitterzeug. Er fing es geschickt auf, hielt es mit einer Hand an dem goldenen Kreuz fest, das auf der Spitze saß, und streckte es mir hin.
Meine Krone! »Bonaparte, ist sie denn nicht schwer?«
»Äußerst. Nimm sie!«
»Ich habe noch nie etwas so Schönes gesehen«, sagte ich, die Kehle wie zugeschnürt. Oder etwas so Beängstigendes.
»Setz sie auf.« Er erinnerte mich an einen übereifrigen Jungen.

Die Krone saß wie angegossen auf meinem Kopf. Obwohl der Juwelier innen ein gepolstertes Samtband angebracht hatte, spürte ich schon einen Anflug von Kopfschmerzen. »Sie ist perfekt«, sagte ich.

1. Dezember – nur noch ein Tag

Es ist ein Uhr dreißig, ein kalter Winternachmittag. Ich bin in meinem Ankleideraum und warte auf mein Gefolge. Als Vorbereitung für morgen werden wir noch eine letzte Probe abhalten. Draußen im Innenhof höre ich César brüllen. Dreißig Kutschen, die vorzubereiten, hundertvierzig Pferde, die zu striegeln sind. Kein Wunder, dass er tobt.

Die wilde Aufregung ist, ehrlich gesagt, zermürbend. Zwei meiner Damen wollen morgens um zwei Uhr aufstehen, nur um sich frisieren zu lassen. Es scheint, als verlöre jedermann in Paris über Vorbereitungen in letzter Minute den Verstand. Drei Orchester – insgesamt vierhundertfünfzig Musiker – haben geprobt. Schreiber waren damit beschäftigt, über siebzehn*tausend* Notenblätter für den vierhundertköpfigen Chor abzuschreiben. Und jeder Schneider in Paris findet, wie es scheint, keinen Schlaf mehr, weil er Uniformen für wie viele Soldaten anfertigen muss? Achtzigtausend, sagte Bonaparte, glaube ich, nur um die Route zu bewachen.

Ich bin nicht aufgeregt, nur nervös, ja. Morgen werde ich in der Kathedrale zu Notre-Dame zur Kaiserin gekrönt. Über alledem vergesse ich ständig, dass Bonaparte und ich heute Abend getraut werden sollen.

1 Uhr 20 nachts

Um Mitternacht, zwischen Kanonensalven und Donner wurden Bonaparte und ich vor einem improvisierten, in Bonapar-

tes Arbeitszimmer aufgebauten Altar von seinem angeheiterten Onkel, Kardinal Fesch, vor Gott verheiratet. Es ging rasch und ohne Aufhebens vonstatten, fast genauso wie bei unserer ersten, standesamtlichen Trauung.
»Ich bin deine Frau bis in alle Ewigkeit«, sagte ich zu Bonaparte. Die Wahrheit. Er nahm meine Hand und drückte sie an seine Brust.

2. Dezember (oder besser: 3. Dezember)

Es ist fast zwei Uhr morgens. Bonaparte schläft. Es schneit wieder leicht. Ich sitze in einen Pelz gewickelt an dem kleinen Sekretär neben dem Feuer – jetzt nur noch Glut. Meine Krone liegt achtlos auf meinem Toilettentisch, neben meinem Diamantendiadem. Bei dem Gedanken an die Gefahr, die Versuchung für Diebe fährt mir kurz der Schreck in die Glieder, doch dann fällt mir ein, dass ja Roustam vor unserer Tür schläft und eine große Anzahl von Wachleuten über uns wacht, während wir ruhen: Bonaparte und ich, Mann und Frau, Kaiser und Kaiserin.
Es ist ein sehr langer Tag gewesen. Um sechs Uhr morgens wurde ich von Salutschüssen geweckt, gefolgt von einem ohrenbetäubenden Glockengeläut. »Nun, Eure Majestät?«, sagte Mimi grinsend und reichte mir eine Tasse heiße Schokolade. »Das ist dein großer Tag. Zu schade, dass deine Mutter nicht dabei sein kann.« Sie lachte. »Deine Mutter in ihren gestopften Strümpfen.«
Meine Mutter, die überzeugt ist, dass ich ein Ungeheuer geheiratet habe. Ich tastete auf Bonapartes Bettseite herum. War er aufgestanden? Schon?
»Der Kaiser ist in seinem Arbeitszimmer«, sagte Mimi und machte Platz für einen Teller mit Brötchen.
»Er arbeitet?« Ich weiß nicht, warum ich so überrascht war.

»Weißt du, woran ich gedacht habe, Yeyette? Erinnerst du dich, welche Zukunft dir die Obifrau zu Hause in Martinico vorausgesagt hat? Du warst erst dreizehn?«
»Vierzehn«, sagte ich und biss in das warme Brötchen. Wie könnte ich das je vergessen? *Du wirst Königin sein*. Und dann fielen mir die Worte ein: *Aber nicht sehr lange*. Hatte die Voodoopriesterin das wirklich gesagt? Ich konnte mich nicht mehr erinnern. Das alles kam mir wie ein Traum vor: ein Albtraum.
»Ich habe dir ja gesagt, dass sie sich noch nie geirrt hat. Hast du geschlafen?«
»Dank deiner Hilfe.« Mimi und ihr Kasten mit Zauberkräutern. »Ist das *Regen*?« Als Bonaparte und ich zu Bett gegangen waren, hatte es noch geschneit.
»Es ist scheußlich draußen«, sagte Mimi und zog die Vorhänge zurück. »Die Straßen sind völlig verdreckt.«
Nur widerwillig schwang ich die Beine unter den warmen Decken hervor. »Das ist jammerschade«, sagte ich, denn ich dachte an die vielen Menschen, die sich in der Kälte aneinander drängten. Dachte an die eiskalte Kathedrale. Sorgte mich um den Papst, seine anfällige Gesundheit.
Ich schaute in den Innenhof hinaus. Er wimmelte bereits von Menschen, die zitternd in dem Schneematsch standen; die Banner und Fahnen hingen völlig durchnässt von den Balkonen.

Der Morgen entfaltete sich wie ein Märchen. Chastulé brachte meine Diamanten herein: das Diadem, den Gürtel, die Halskette und die Ohrringe. Clari und Mademoiselle Avrillion schwankten unter der Last meines weißen Satingewandes, das durch die Gold- und Silberstickereien so schwer war. Die Hände auf die Hüften gestützt, musterte mich Chastulé von oben bis unten. »Ha! Wir fangen mit dem Unterhemd an.«
Nachdem ich angekleidet war, wurde Isabey mit seinem großen Holzkasten voller Farben und Puder gemeldet, um mein Ge-

sicht zu »kreieren« (seine Worte). Ich saß vor meinem Spiegel, spielte an dem Ring herum, den mir der Papst geschenkt hatte, und schaute zu, wie ich langsam verwandelt wurde: Mein Busen und mein Gesicht wurden mit Bleiweiß (»Venezianisches – das feinste, mit Eiweiß gemischt, viel besser als pulverisierte Schweineknochen«, sagte Isabey mit vollem Ernst) weiß getönt, die Venen mit einem blauen Stift leicht nachgezogen, die Wangen mit spanischem Rouge belegt, die Augenbrauen mit Bleischwarz betont.

»Ein wenig Belladonna?«, schlug Isabey vor und umrandete meine Augen mit einer Spur Kajal.

»Das Gift?«, fragte ich erschrocken.

»Um die Augen groß und *sinnlich* aussehen zu lassen.«* Er riss die Augen auf, um es vorzuführen.

»Ich möchte lieber sehen können!« Und am Leben bleiben.

Anschließend machte sich Monsieur Duplan, mein wunderbarer Frisör, ans Werk und puderte mir das Haar mit Goldstaub, ehe er es frisierte. »Oh, das ist *wunderbar*, Eure Majestät«, sagte Clari, die jeden Schritt mit großem Interesse verfolgte.

»Ha, Sie sehen keinen Tag älter als fünfundzwanzig aus«, sagte Chastulé.

Vielleicht, wenn man nicht zu genau hinschaute, dachte ich.

»Sie sind Zauberkünstler«, sagte ich zu Isabey und Duplan, die wie stolze Eltern um mich herumschwirrten.

»Aber denken Sie daran, Eure Majestät, nicht lachen – und auf gar keinen Fall weinen«, warnte Isabey. »Wir möchten doch nicht, dass Sie abblättern.«

Und dann war es Zeit, mein Kleid und meine Juwelen anzulegen. Chastulé stellte sich auf einen Schemel, um das Diamantendiadem anzubringen. Keuchend vor Anstrengung befestigte

* Belladonna oder Tollkirsche erweiterte die Pupillen und verlieh den Augen dadurch einen melancholisch-sehnsuchtsvollen Ausdruck.

sie die Halskette, meine Ohrringe und den Gürtel. Dann zog sie mich zu dem großen Spiegel hinüber.

Ich betrachtete das Spiegelbild. *Du wirst Königin sein*. Da mir etwas schwach wurde, setzte ich mich. Es war erst halb acht. Mir kam es vor, als wäre ich schon seit Tagen auf den Beinen ... seit einer Ewigkeit.

»Sie ist hier drin«, hörte ich eine Frau aus dem anderen Zimmer schreien, gefolgt von einem Schluckauf. Elisa? Bald darauf erschienen Pauline und Elisa und hinter ihnen Caroline, die über das Gewicht ihrer Schleppe, ihr enges Korsett quengelte und schimpfte.

»Soll die so abstehen?«, fragte Pauline, die nervös an ihrer Halskrause herumzupfte.

Hinter den drei Prinzessinnen kamen Joachim (in einem rosa gestreiften Umhang), Joseph und Julie, Louis und Hortense herein ... und Klein Napoléon, der sich von seinem Kindermädchen losriss. Ich breitete die Arme aus, und er kam in meine Arme gesprungen. »Vorsicht«, schrie das Kindermädchen auf.

Ich küsste den Jungen und stellte ihn auf den Boden, damit ich seine Uniform bewundern konnte. »Er sieht so reizend aus«, sagte ich zu Hortense (der es mittlerweile besser geht, die aber immer noch blass und dünn ist) und wischte dem Jungen einen Rougefleck von der Wange. »Setz dich her, neben deine Großmama«, flüsterte ich und zog den kleinen gepolsterten Lehnstuhl heran, den ich eigens für seine Besuche hatte anfertigen lassen.

Er kletterte auf den Stuhl, setzte sich und schaute uns, an zwei Fingern lutschend, zu. Bonaparte betrat den Raum in einer purpurroten Samttunika und einem federgeschmückten, schwarzen Samtbarett. »Ich komme mir wie ein ausgestopfter Affe vor«, sagte er.

Ich lächelte verstohlen hinter der Hand.

Klein Napoléon quietschte laut vor Vergnügen. »Nonan der Affe?«
Wir lachten, als Bonaparte seinen Neffen durch das Zimmer jagte, wobei er wie ein Affe schrie und sein lächerlicher Umhang hinter ihm her flatterte. Der Kaiser!
Und dann trafen alle meine reizenden Damen ein, die in ihren weißen Seidenkleidern, ihren langen, mit Gold bestickten Ärmeln so wunderschön aussahen. Sie stolzierten uns zuliebe wie Mannequins hin und her und schimpften, als die Möpse ihnen auf die Schleppen traten.
Bonaparte stand mit seinen Brüdern Joseph und Louis vor dem Spiegel. »Wenn uns unser Vater jetzt bloß sehen könnte«, sagte er. Ich wusste, was er dachte: Wenn doch bloß auch seine Mutter hier sein könnte. Und *meine*, so weit weg in Martinico, dachte ich mit aufsteigenden Tränen und überprüfte, ob meine Ohrringe fest saßen.

Es regnete immer noch, als wir zu unseren Kutschen gerufen wurden. Bonaparte und ich wurden zur kaiserlichen Karosse geleitet – ein glitzerndes Gefährt, das von oben bis unten mit Sternen, Lorbeerblättern und Bonapartes Bienenemblemen geschmückt war. Ich dachte: Vielleicht bringt man dich zu einem Märchenort, sobald du den Fuß hineinsetzt. Mir fiel die schmutzige Karre wieder ein, die mich mitten in der Nacht ins Gefängnis gerollt hatte – wie lange war das her? Ein Jahrzehnt? Ich schaute zum Kutscher empor, der so weit oben auf dem Kutschbock saß. César tippte an seinen mit grünen und weißen Federn geschmückten Hut und grinste. Ganz offensichtlich freute er sich, dass er in den goldbestickten Seidenstrümpfen, dem weiten, grünen, mit Goldspitze besetzten Mantel so elegant aussah. Die acht recht ungeduldigen Grauschimmel scharrten auf dem Kopfsteinpflaster und schüttelten ihre weißen Kopffedern.

Ich stieg zuerst ein, damit ich rechts von Bonaparte Platz nehmen konnte, gefolgt von Joseph (der beleidigt war: Vermutlich hatte er erwartet, dass man ihm den Ehrenplatz neben Bonaparte einräumte) und Louis (dessen Umhang seinen geschwächten Arm verbarg). Bonaparte trommelte mit den Fingern auf sein Knie und musterte die weißen, goldbestickten Polster, die goldenen Blitze an der Decke, das goldene, mit Lorbeer bekränzte N. Versuchte (immer noch), sein kratzendes Spitzenhalstuch zu lockern, zog das Barett mit seinen acht Diamantenreihen nach unten, zupfte an den Bienen, die auf seinen Umhang gestickt waren. Ungeduldig! Endlich kündigten Kanonen und eine Artilleriesalve unsere Abfahrt an. Ich war erleichtert, dass wir fuhren – obwohl *fahren* vielleicht nicht der richtige Ausdruck ist. Kriechen wäre schneller gewesen.

Es schien Stunden zu dauern, bis wir die kurze Strecke von den Tuilerien nach Notre-Dame zurückgelegt hatten. Es war so kalt! (Es gab keinen Fußwärmer in der Kutsche – nur ein Bärenfell auf dem Boden.) Ich lächelte und nickte der Menschenmenge entlang der Rue Saint-Honoré zu, während sich die drei Brüder unterhielten: über die Zeremonie, die für den fünften Dezember auf dem Champ-de-Mars geplant war, über Chéniers neue Tragödie, die am kommenden Wochenende Premiere hat, das Fest, das die Stadt Paris plante, die Kosten für die Renovierungen, die am Hôtel Brienne vorgenommen worden waren, weil man mit Signora Letizias Ankunft rechnete – wann auch immer *das* sein mochte.

Entlang der Strecke standen Soldaten in Dreierreihen. Von irgendwoher konnte ich Kesselpauken und Trompeten hören. Straßenhändler verkauften Würstchen und Brötchen. (Plötzlich war ich hungrig.) Rund um unsere Kutsche ritt die Kaiserliche Garde, die Tapfersten der Tapferen, wie Bonaparte sie nannte, seine »alten Schnurrbärte« – Revolutionäre, die an seiner Seite in Italien und Ägypten gekämpft hatten und nun in Prachtuniform folgten, um mitzuerleben, wie ihr »kleiner Korporal« (wie sie ihn nannten) zum Kaiser gekrönt wurde. Eugène war unter ihnen, der stolz seinen Pegasus ritt.

»Du siehst wunderschön aus, Maman«, formte er mit den Lippen und grinste dann, diesen hinreißenden Ausdruck auf seinem Gesicht, der so vertraut geworden ist. Ich fragte mich, ob er noch an die Menschenmassen dachte, die er als Junge auf diesen Straßen gesehen hatte. Menschenmassen, die zusammenströmten, um die Karren zu sehen, die die Gefangenen zur Guillotine fuhren. Ich fragte mich, ob er sich – wenn er seine Mutter jetzt in ihrer goldenen Kutsche ansah – noch daran erinnerte, wie er durch das Fenster ihres Gefängnisses einen flüchtigen Blick auf sie hatte werfen können. Ich fragte mich, ob er sich noch daran erinnerte, wie er nach Brot geschrien hatte, hungrig schlafen gegangen war. Ich fragte mich, ob er noch an seinen Vater dachte.

Ja, dachte ich dann, als ich auf die jubelnde Menschenmenge schaute, nickte und winkte, nickte und winkte (genau wie eine Königin), ich glaube, dass mein Sohn wirklich noch an solche Dinge denkt. Vielleicht erinnerten wir uns alle noch an diese Tage. Vielleicht war es ja gerade die Erinnerung an diese schreckliche Zeit, aus der diese wilde Freude entsprang, die trotz Kälte und Feuchtigkeit unsere wunderschöne Stadt zu erfüllen schien. *Lang lebe der Kaiser!* Lang lebe der Mann, der uns gerettet hat, dachte ich, und warf meinem (ungeduldigen) Mann einen dankbaren Blick zu. *Lang lebe Napoléon!*

Bis wir am Westeingang von Notre-Dame eintrafen, war es elf Uhr. Kanonen wurden abgefeuert, Glocken läuteten, und die Menschenmenge jubelte. Als wir aus der Kutsche stiegen, kam die Sonne heraus. »Aha«, sagte Bonaparte, als hätte er es erwartet.

Im Palais des Erzbischofs neben der Kathedrale war es zumindest warm, die Feuer loderten hell. Durch die hektische Betriebsamkeit glaubte man, hinter der Bühne eines Theaters zu sein. Vier Diener waren nötig, um Bonaparte in seine kaiserlichen Gewänder zu helfen. »Gut?«, sagte Bonaparte, als er sich zu mir umwandte. *Kaiser!* (Obwohl er eigentlich eher wie der Karo-König in einem Kartenspiel aussah und von seinem riesigen Hermelinmantel fast verschluckt wurde.) Irgendwie sah er bekümmert aus – vielleicht wegen des Gewichts. Mein eigener Mantel war ja schon so schwer, dass ich mich kaum bewegen konnte, auch nicht mit den unwilligen Prinzessinnen, die mir tragen halfen.

Schließlich begann der Einzug in die Kathedrale. Vor mir standen die Herolde, die Pagen, der Zeremonienmeister (der sich besorgt umschaute, ob wir auch alle an unseren Plätzen waren), ein mürrisch dreinblickender Joachim mit meiner wunderschönen Krone auf einem purpurroten Samtkissen, die Kammerherren und persönlichen Diener, jeder mit einem Abstand von zehn Schritten. »Jetzt?«, fragte ich Graf Etikette. Ich blickte mich um, um mich zu vergewissern, dass die Prinzessinnen (Elisa, Caroline, Pauline, Hortense und Julie) bereit waren, das Gewicht meiner langen Schleppe zu tragen – und dass wiederum *ihre* Kammerherren bereit standen, um ihre Schleppen zu tragen.

Auf ein Zeichen von Graf Etikette setzen wir uns alle in Bewegung – sehr, *sehr* langsam. Ein Tausendfüßler, wie wahr! Kurz bevor ich durch die Türen der Kathedrale trat, schaute ich hinter mich und lächelte meiner Tochter zu. Hinter ihr konnte ich Bonaparte sehen, der Joseph, Louis, de Cambacérès und Lebrun bedeutete, sich zu beeilen und seinen Umhang aufzunehmen. Und hinter *ihm*, nach den Marschällen, erspähte ich das Gesicht meines vergnügten Sohnes, der so geduldig wartete. Ich suchte die Menschenmenge nach dem kleinen Napoléon und seiner Gouvernante ab und entdeckte ihn schließlich in der Nähe der Tür zur Kathedrale. Ich warf ihm eine Kusshand zu, und Klein Napoléon grinste und öffnete und schloss die Hand: Wiedersehen, Großmaman. Wiedersehen.

Ich glaube nicht, dass ich diesen Augenblick, als ich Notre-Dame betrat, jemals vergessen werde. Das Publikum ließ alle Würde fahren und brach in Beifall aus, als die vier Orchester einen Triumphmarsch spielten. Das Licht, das durch die bunten Fenster strömte, die riesigen Wandbehänge, der bemalte Hintergrund, die Tauben, die hoch über der glanzvollen Menge auf und nieder flogen, die wippenden Hutfedern, die funkelnden Juwelen, all das erweckte den Eindruck, als wäre man in einer Kulisse aus Tausendundeiner Nacht.
Wie ich später erfuhr, war es ein Uhr, als wir den Altar erreichten. Das halte ich für sehr gut möglich, denn wir kamen nur im Schneckentempo voran. Papst Pius VII., der schon seit Stunden in der Kälte gewartet hatte, saß in seiner schlichten weissen Robe neben dem Großen Altar. *Meine Tochter*, sagten seine Augen, als wir näher kamen.
Als der Engelschor Paisiellos *Krönungsmesse* sang, stiegen Bonaparte und ich die Stufen zu den Thronsesseln vor dem Altar hinauf. Ich war froh, dass ich mich setzen konnte. Bonaparte wirkte so gelassen, als würde er jeden Tag gekrönt.
Dann begann die Zeremonie. Der Papst, der mit seiner hohen, nasalen Stimme die Messe anstimmte, segnete die kaiserlichen Embleme: den Ring, das Schwert, den Umhang, das Zepter. (Zweimal sah ich, wie Bonaparte ein Gähnen unterdrückte.) Anschließend, nach *Veni Creator*, knieten Bonaparte und ich auf großen Samtkissen nieder, und der Heilige Vater griff nach dem (neuen) Flakon mit geweihtem Öl und erteilte erst Bonaparte und dann mir die dreifache Salbung, wobei er intonierte: *Breite, oh Herr, durch meine Hände den Reichtum deiner Gnade und deines Segens über deine Diener aus.* Bonaparte machte ein frommes Gesicht dazu, aber ich hatte den Verdacht, dass es ihm gar

nicht gefiel, das Öl an den Händen zu haben, und dass er überlegte, was er damit anstellen sollte, ob er es irgendwie abwischen könnte oder nicht.

Dann nahm der Papst Bonapartes Krone von ihrem Kissen auf dem Altar, und Bonaparte legte den goldenen Lorbeerkranz ab, nahm ihm die Krone weg, drehte sich der Menge zu und setzte sie sich selbst auf den Kopf. (Alle schnappten nach Luft!) Genau in diesem Augenblick fiel ein loser Kieselstein von der Decke und traf ihn an der Schulter, aber er zuckte nicht mit der Wimper. Auf seinem Gesicht lag ein Leuchten, das ich noch nie darauf gesehen hatte. Er sah … *heroisch* aus – ich kann es mit keinem anderen Wort beschreiben. Ich trat auf den Altar zu und kniete mit zum Gebet gefalteten Händen vor meinem Mann nieder.

Noch nie hatte ich eine solche Stille erlebt; ich bin sicher, dass es die Stille des Himmels war. Als ich dort kniete und wartete, stieg mein Leben vor mir auf. Ich dachte an meinen geliebten Vater; wie sehr ich mir wünschte, dass er mich sehen könnte. Tränen strömten auf meine Handschuhe, als Bonaparte näher kam. Während ich mir große Mühe gab, nicht zu weinen, betrachtete ich die Bienen, die auf seine weißen Escarpins aus Satin gestickt waren. Ich spürte, wie er sich an meinen Haaren zu schaffen machte, spürte das Gewicht der Krone – und dann, dass er sie wieder abnahm. Ein wenig beunruhigt blickte ich hoch: Gab es ein Problem? War mein Diadem im Weg? Er blickte auf mich herab, die Krone in den Händen und den Anflug eines Lächelns in den Augen, als wollte er sagen: Vielleicht werde ich, vielleicht aber auch nicht. Als wollte er sagen: Sei dir nicht so sicher. Als wollte er sagen: Dies ist mein Geschenk an dich, dies ist *unser* Augenblick. Als wollte er sagen: Ich liebe dich von ganzem Herzen, und ich möchte, dass die ganze Welt es weiß.

Nur Bonaparte besäße die Unverfrorenheit, in einem solchen

Augenblick Scherze zu treiben. Ich hielt den Atem an; es wäre unschicklich zu lachen! Und dann spürte ich, wie er die Krone wieder fest auf meinen Kopf setzte, und ein Raunen ging durch die Menge, ein ehrfürchtiges Schweigen. Ein ruhiges Gefühl der Furchtlosigkeit durchströmte mich, und ich erhob mich, ohne zu schwanken. Die Gnade Gottes hatte mich hergeführt. Doch gewiss *nicht* die Gnade von Bonapartes Schwestern, denn als ich gerade die Stufen zum Altar hinaufsteigen wollte, wurde ich nach hinten gerissen und hätte um ein Haar das Gleichgewicht verloren.* Ich hörte, wie Bonaparte ein scharfes Wort zischte, und ich war von der Last befreit.

Der Rest der Zeremonie ging wie im Traum vorüber. Der Chor sang: »Möge der Kaiser ewig leben.« Die Herolde verkündeten mit kräftiger (und wunderbar sonorer) Stimme: »Der glorreichste und erhabenste Napoléon, Kaiser des französischen Volkes, ist gesalbt, gekrönt und auf den Thron erhoben!«

»Vive l'Empereur!«

»Vive l'Empereur!«

»Vive l'Empereur!«

Die dicken Steinmauern der altehrwürdigen Kathedrale erzitterten, als draußen Hunderte von Kanonen abgefeuert wurden und die große Glocke von Notre-Dame zu läuten begann. Als wir in die helle Wintersonne hinaustraten, leuchteten Feuerwerksraketen auf. Das Tanzen hatte schon begonnen.

* Einer der Anwesenden schrieb: »Nichts hätte komischer sein können als das Benehmen der Bonaparte-Schwestern. Die eine schmollte, die andere hielt sich Riechsalz unter die Nase, und die dritte ließ den Mantel fallen.«

Bonaparte ehrt meinen Sohn

Der Kaiser und ich dinierten allein, erfüllt von der Glut des Ruhmes. (Und erleichtert, dass es vorüber war.) »Behalte sie auf«, sagte Bonaparte, als mir Chastulé die Krone abnehmen wollte. »Sie steht dir.« Bei einem einfachen Mahl aus Brathuhn mit Flusskrebsbutter, Apfelkompott und einem Vanillesoufflé (das Bonaparte zuerst aß) unterhielten wir uns, schwatzten wie Kinder. Den Stein, der ihn an der Schulter getroffen hatte, hatte er nicht einmal bemerkt, und ja, er hatte seine aufsässigen Schwestern angeherrscht. »Stell dir mal vor, ich wäre nach hinten gestürzt!«, sagte ich, und nun, da es vorüber war, konnten wir beide darüber lachen.

Anschließend trafen wir mit allen im Gelben Salon zusammen: Familie, Staatsdienern und Hofbediensteten. Während draußen Kanonen donnerten und Raketen zischten, tauschten wir eine Geschichte nach der anderen aus. Meine Damen führten vor, wie sie sich auf dem Weg zur Kathedrale in ihren Seidenescarpins und in dem eisigen Wind zitternd einen Weg durch den Schneematsch bahnen mussten. Es hatte einen unangenehmen Augenblick gegeben, als die Menge in der Nähe des Marktes über den päpstlichen Prälaten in seinem breitkrempigen Hut lachte, der auf einem weißen Maulesel ritt und ein riesiges Kreuz trug. Onkel »Kardinal« Fesch, vom guten Wein gerötet, erzählte, wie sein Neffe – der Kaiser – ihn mit dem Kaiserlichen Zepter in den Hintern gestoßen hatte.

Bonaparte grinste. »Ich habe dich auf Trab gebracht, was, Onkel?« (Klein Napoléon, der schon halb in meinen Armen schlief, kicherte.)

»Und waren das wirklich *Steine*, die aus dem Gewölbe herunterfielen?«, fragte Hortense und nahm dem Kindermädchen den kleinen Petit ab.

»Ich habe mir mehr Sorgen um die Vögel gemacht.«

»Mit Recht«, sagte Eugène lachend.

»Und was ging da am Altar vor sich, Eure Majestät?«, fragte Chastulé. »Es sah aus, als ob Sie gleich hinfallen würden. Dieser Umhang ist bestimmt schwer.«

»Er *war* schwer«, sagte ich und schaute dabei die Bonaparte-Schwestern an. »Fragen Sie doch mal die Prinzessinnen«, schlug ich mit Unschuldsmiene vor.

»Und haben Sie geweint, Eure Majestät, als der Kaiser Ihnen die Krone auf den Kopf setzte?«, fragte Clari.

»Ich konnte nichts dagegen tun«, sagte ich zu Isabey, der gekränkt die Beschädigung seines Werkes betrachtete. »Ich habe alles versucht.«

Und dann fingen alle auf einmal zu schwatzen an:

»Sire, hat Seine Heiligkeit gewusst, dass Sie sich die Krone selbst aufsetzen wollten?«

»Ah, dann war es also so geplant.«*

»Es war herrlich, einfach herrlich.«

»Ein Tag, den ich nie, nie, nie, nie, *nie* vergessen werde.«

Ich saß da und hörte zu, nahm alles in mich auf und streichelte dabei meinen süßen kleinen Napoléon, der mittlerweile in meinen Armen eingeschlafen war. Ich suchte Bonapartes Blick und lächelte. Unser Tag. Endlich vorüber.

* Mit der Selbstkrönung folgte Napoléon einer Zeremonie, die Karl der Große angeordnet hatte, als sein Sohn gekrönt wurde.

18. Dezember, später Nachmittag – Paris

Madame Mère (wie sie nun genannt wird) ist endlich wieder in Paris eingetroffen – gar nicht erfreut und zweifellos ohne jegliches Bedauern, dass sie das bedeutendste Ereignis im Leben ihres erstaunlichen Sohnes versäumt hat. Sie betrachtet die Prachtentfaltung, an der Bonaparte die Familie und das Volk teilhaben lässt, mit so etwas wie Verachtung. »Solange es anhält«, sagte sie skeptisch und sammelte wie ein Eichhörnchen Münzen zusammen.

Zum letzten Familientreffen konnte sie nicht kommen, weil sie zu krank war – krank vor Kummer, berichteten ihre Töchter, weil sie ein Stück teurer Seide für ein Kleid kaufen musste. Ihren Köchen erlaubt sie nur ein Spültuch, eine Schürze, ein Handtuch pro Tag und weigert sich, mehr als drei Halbpfund-Laibe Brot auf einmal zu kaufen. »Wir müssen Brot mitbringen, wenn wir dort essen«, beklagte sich Caroline bei Bonaparte.

»Du musst das Geld *ausgeben*, das ich dir gebe«, belehrte Bonaparte später seine Mutter. »Du musst Gäste bewirten, ein offenes Haus führen, großzügig mit deinem Personal sein. Das ist die aristokratische Lebensweise.«

6. Januar 1805, morgens – Sonntag und Dreikönigstag

Fouché, der in einem pelzbesetzten Umhang ungewohnt gepflegt aussah, schlich sich gestern Abend bei einem Ball zu meinen Ehren an mich heran. »Warum lächeln Sie?«, fragte ich. »Es beunruhigt mich.«

»Ich dachte, dass Sie vielleicht an zwei Meldungen im letzten Polizeibericht interessiert sind.« Er zwinkerte langsam mit den Augen. »Mitglieder Ihrer Familie betreffend.«

»Vielleicht.« Natürlich wollte ich es wissen!

»Eine betrifft den jüngsten Bruder des Kaisers.«

»Jérôme?« Der Filou.
»Er und seine Braut befinden sich offensichtlich auf der Fregatte *La Didon* und kehren nach Frankreich zurück – in die offenen Arme seines Bruders, des Kaisers.«
»Offene Arme?« Ich verdrehte die Augen. Es war zweifelhaft, ob Bonaparte Jérôme auch nur sehen wollte. »Und die zweite Meldung in dem Bericht?«
»Betrifft Ihren Sohn.«
Eugène? In einem Polizeibericht! »Es hat doch nichts mit Adèle Duchâtel zu tun, oder?«
»Ah, die hinterhältige Madame Duchâtel – das ist eine gänzlich andere Geschichte. Nein, der Bericht enthüllt Gerüchte über eine mögliche Heirat zwischen Ihrem Sohn und Prinzessin Amalie Auguste von Bayern – die schönste Prinzessin in Europa, wie es heißt.« Fouché beobachtete meine Reaktion. »Die Familie der Prinzessin ist eine der ältesten und vornehmsten in ganz Europa.«
Das konnte man wohl sagen. Prinzessin Augustes Familie regiert Bayern schon seit acht Jahrhunderten – das Blut Karls des Großen fließt in ihren Adern. »Die Gerüchte entbehren jeglicher Grundlage. Prinzessin Auguste ist mit Prinz Karl aus dem Hause Baden verlobt.« Leider!

18. Januar

Müde, unruhig geschlafen. Eugènes Ball gestern Abend in seinem kürzlich renovierten Stadthaus war ein Erfolg, besonders bei der Jugend. Das Fest dauerte bis zum Morgengrauen – jedenfalls wurde mir das gesagt, denn Bonaparte und ich brachen früher auf, kurz nach Carolines und Hortenses Duett.
(Caroline, die versuchte, mit Hortense zu konkurrieren, schrie aus vollem Hals, und das Publikum verlangte lautstark ein Dacapo von meiner Tochter – peinlich.)

»Dein Fest ist ein großer Erfolg«, sagte ich zu Eugène beim Abschied.
»Schon möglich«, sagte er ungewohnt mürrisch.
Inzwischen habe ich den Grund für die gedrückte Stimmung meines Sohnes erfahren. Caroline hat ihm auf grausame Art berichtet, dass die Frau, der er den Hof machte, von seinem Stiefvater »genommen« worden war.

19. Januar, Décadi – kurz vor Mitternacht

Sowohl drinnen als auch draußen heult ein Schneesturm – Bonaparte hat sehr schlechte Laune.

21. Januar

Als ich gerade bei meiner Morgentoilette war, besuchte mich Eugène, den Hut feucht vom schmelzenden Schnee. »Papa hat mir befohlen, mit meinem Regiment aufzubrechen?«
Aufzubrechen? Wohin?
»Nach Mailand.«*
»*Sofort*, Eugène?« Der Sturm war heftig. Es war schon schwierig durch die Stadt zu reiten, geschweige denn über die Alpen.
»Innerhalb von vierundzwanzig Stunden«, sagte Eugène und reichte mir den Marschbefehl. »Ich verstehe es nicht, es sei denn …«
Es sei denn, Bonaparte wollte, dass Eugène Paris verließ. »Eugène, darf ich dich etwas fragen?« Etwas, das ich eigentlich gar nicht wissen durfte. »Hast du irgendetwas getan, was Bonaparte verärgert haben könnte?« Sein ausweichender Blick gab die

* Napoléon sandte Truppen nach Mailand, um Italien vor einer Invasion der Österreicher zu schützen, die dazu neigten, Norditalien als ihr Herrschaftsgebiet zu betrachten.

Antwort. »Etwas, das vielleicht mit Adèle Duchâtel zu tun hat?«
Und dann beichtete Eugène: Er sei außer sich gewesen, sagte er. Er hätte Adèle eine kokette Frau genannt (und schlimmeres, nehme ich an). »Ich sagte ihr, ich würde ihrem Mann erzählen von … du weißt schon.« Er klopfte mit der Spitze seiner Reitgerte an seine Stiefelspitze.
Von Adèle und Bonaparte. Was sollte ich sagen? Die Sache war so verwickelt. »Und dann?«
Er zog die Schultern hoch. »Und dann sagte sie, sie würde dem Kaiser von *mir* erzählen.«
Er wirkte immer noch so unglaublich jungenhaft, ganz aufgeregt und sommersprossig, diesem Schlafzimmerduell mit seinem kaiserlichen Stiefvater kaum gewachsen. »Und was könnte da zu erzählen sein, Eugène?«
»Maman, sie müsste lügen«, sagte er und errötete vor Zorn. »Ich weiß einfach nicht weiter!«

22. Januar

Heute Morgen ritt mein gehorsamer, loyaler Sohn an der Spitze von neunhundert Jägern und Grenadieren in den Sturm hinein davon. Ich kämpfe mit meinem Gewissen. Ich habe Eugène versprochen, Bonaparte nichts zu sagen.

[Ohne Datum]

»Teufel nochmal«, murmelte Bonaparte vor sich hin, während er auf und ab lief. »Dann hat mich Adèle also über Eugène angelogen. Das war niederträchtig von ihr – niederträchtig und berechnend. Ich fürchte, du wirst sie entlassen müssen.«
»Du willst, dass *ich* deine Mätresse entlasse, Bonaparte?«
Der Gedanke bereitete mir offen gestanden Vergnügen.

1. Februar

Heute gab Bonaparte dem Senat bekannt, dass Eugène zum Prinz und stellvertretenden Erzkanzler ernannt wurde.

24. Februar – laut: Draußen beginnt der Karnevalsumzug

Ich hätte wissen müssen, dass so etwas passieren würde. Eine wütende (und von Schluckauf geplagte) Elisa fiel über Bonaparte her: »Eugène ist jetzt ein Prinz, selbst Joachim ist ein Prinz – also warum nicht auch Félix? Was ist mit *meinem* Mann?«
Das ist wirklich ein Problem. Elisas Mann ist faul und ungeschickt und befremdet jeden mit seiner arroganten Unhöflichkeit. »Ich muss zusehen, dass sie Paris verlassen«, sagte Bonaparte und kratzte sich am Kopf.

19. März, Sankt-Josephs-Tag

Bonaparte hat eine Lösung für die Klagen seiner Schwester gefunden: Er wird Elisa und Félix das kleine Königreich von Piombino in Norditalien zusprechen.
»Wie reizend«, bemerkte Caroline mit beißendem Sarkasmus. »Meine Schwester wird über eine Armee von vier Soldaten herrschen.«
»Besser, als nur über einen Soldaten zu herrschen«, sagte Elisa gelassen – womit sie Carolines Mann Joachim meinte.

21. März – Saint-Cloud

Ich war mit den Vorbereitungen für die Taufe des Kindes am Wochenende beschäftigt – die der Papst höchstpersönlich vornehmen wird. (Er hat sich klugerweise entschieden, in Paris zu bleiben und abzuwarten, bis die Route über die Alpen frei ist.)

Bonaparte besteht darauf, dass der zweite Sohn von Hortense und Louis genauso getauft wird wie ein Kronprinz im Ancien Régime. Kompliziert! Der Heilige Vater hat eingestanden, dass er noch nie zuvor eine Taufe vollzogen hat, erst recht keine kaiserliche.

22. März

Caroline hat ihr Kind bekommen, wieder ein Mädchen. »Schlechte Zeitplanung«, sagte Bonaparte während unseres abendlichen Ausrittes. »Sie erwartet, dass der Säugling nächste Woche zusammen mit dem Buben von Hortense und Louis getauft wird.«
»Aber würde das nicht zwei völlig verschiedene Zeremonien bedeuten?« Carolines Kinder stehen nicht in der Erbfolge – die Zeremonie wäre nicht die gleiche.
»Genau. Ich werde ihr sagen, dass es zu lange dauern würde«, sagte er.

[Ohne Datum]

Caroline tobt!

24. März, Sonntag, 4 Uhr nachmittags – Saint-Cloud

Und so ging es vonstatten: Das Kind von Hortense und Louis wurde vom Papst (mit der Hilfe von Onkel Fesch) auf den Namen Napoléon-Louis getauft. Der fünf Monate alte Junge war so freundlich, die ganze Zeit über zu schreien. Bonaparte, der stolze Pate, hielt das schreiende Kind über den Taufstein. Madame Mère stand als Patin mit finsterem Gesicht in ihrem teuren neuen Kleid neben Bonaparte. Das Kind beruhigte sich schließlich und nuckelte an Bonapartes Finger.

Und jetzt, nachdem wir das hinter uns haben, treffen wir in aller Eile die Vorbereitungen für unsere Reise nach Mailand in einer Woche – noch eine Krönung, die überstanden werden muss. Bonaparte wird zum König von Italien gekrönt – das heißt, falls es ihm nicht gelingt, einen seiner Brüder dazu zu überreden, seinen Platz einzunehmen (um die royalistischen Länder nicht in Aufregung zu versetzen).

28. März

Monsieur Rémusat brach heute Morgen nach Italien auf – von einer beträchtlichen Wachmannschaft eskortiert. Er führt die kaiserlichen Insignien und Kronjuwelen mit sich. Clari ist in Tränen aufgelöst bei dem Gedanken, dass ihr Mann »die miserablen Straßen von Savoy und ihre ungehobelten Postillione« ertragen muss. Und die Banditen! Banditen, die nur darauf lauern, ihren Mann zu ermorden, um seinen Schatz in die Finger zu bekommen. Aber die meisten Sorgen macht sie sich wegen des Mont-Cenis-Passes »mit seinen steilen Abhängen und überhaupt keine Wand am äußersten Rand«! Trotz meiner Zusicherungen, dass ich selbst »diesen unheilvollen« Mont Cenis schon zweimal überquert habe, ist sie nach wie vor davon überzeugt, dass ihr Mann den Tod finden wird. Indem ich sie tröste, ihr versichere, dass keine Gefahr besteht, bezwinge ich allmählich meine eigene Angst. Ich versuche nur an die Freude zu denken, Eugène in Mailand zu sehen, versuche nicht an die Berge zu denken, die überquert werden müssen, um zu ihm zu gelangen.

30. März – Schnee!

Ich befinde mich »in einem Zustand der Verwirrung« (wie Clari es ausdrückt) – aber nicht nur ich. *Jeder*, der sich auf die Abfahrt in zwei Tagen vorbereitet, scheint völlig durcheinander zu sein. Die Bediensteten werden nicht klug daraus, wer von wem Befehle entgegennehmen, wer wem Befehle erteilen soll.

Und dann grenzenlose Aufregung: Die neue kaiserliche Reisekutsche wurde geliefert, und alle gingen nach draußen in den schneebedeckten Innenhof, um die gewaltige Berline zu begaffen. Von außen ist sie schlicht – absichtlich, um keine Banditen anzulocken. Nur ein kleines Wappen an der Tür weist darauf hin, dass sie eine kaiserliche Kutsche ist.

Innen ist die Kutsche außergewöhnlich, da sie in zwei Abteile eingeteilt ist. Das vordere hat zwei tiefe Sitze, die durch eine Armlehne getrennt sind. Gegenüber befinden sich eine Reihe von Schubladen, die mit Toilettenartikeln und einem Tafelservice ausgestattet sind, und ein Schreibpult. Im hinteren Abteil ist ein Bett, aus dem man ein Sofa machen kann.

Ich ließ die Kinder des Hofes einsteigen – sie krabbelten von einem Abteil zum anderen. »Mein Platz«, sagte Klein Napoléon und kletterte auf den Ledersitz gegenüber dem Schreibpult – Bonapartes Stuhl.

»Aus ihm wird eines Tages mal ein großartiger Kaiser«, hörte ich eine Zofe sagen.

»Unser Kronprinz.«

Unser *Erbe*.

1. April – Fontainebleau

Die Kutsche ist außergewöhnlich bequem: Der große Wagenkasten schwingt an breiten Lederriemen, die an schweren Federn befestigt sind. »Zeit, dieses Bett auszuprobieren«, sagte Bonaparte bedeutungsvoll, sobald wir das Pariser Tor passiert hatten. Er zog die Rouleaus herunter und nahm mich an die Hand. Und damit hat unsere erste kaiserliche Expedition viel versprechend begonnen, der Kaiser ist zufrieden (die Kaiserin auch).

22. April – Palazzo Stupinigi, in der Nähe von Turin

Wir haben die Alpen ohne Zwischenfall überquert. Sogar das Wetter war herrlich, die Ausblicke beflügelten die Phantasie, brachten Erinnerungen an eine Zeit zurück, als ich noch jünger war. Vor einem Jahrzehnt überquerte ich die Alpen, um in Italien meinen neuen Ehemann bei seinem ersten Feldzug zu treffen. Ich erinnere mich an meine damalige Angst, an das Wunder einer Reise in eine unbekannte Welt. Wenn ich damals gewusst hätte, wie erstaunlich sich diese Reise dann entwickeln sollte …

Eugène, von der Sonne so gebräunt, dass er wie ein Bauer aussah, empfing uns in diesem königlichen Sommerhaus nicht weit von Turin entfernt. Er und Bonaparte brachen unverzüglich zur Jagd auf. Ich habe gebadet und eine Abendtoilette angelegt. Der berauschende Duft von Frühling liegt in der Luft.

24. April – immer noch im Palazzo Stupinigi

Wir haben die Nachricht erhalten, dass Bonapartes junger Bruder Jérôme in Turin ist! Er ist von Amerika nach Portugal gesegelt und nach Italien geritten, um das Wohlwollen seines Bruders zu erlangen – und die Zustimmung zu seiner Heirat.

Eugène ist gerade mit der bedauerlichen Botschaft aufgebrochen, dass sich Bonaparte weigert, den Jüngsten seiner Geschwister zu empfangen und »dieses Mädchen« als seine Frau anzuerkennen.

»Ihm *verzeihen*?«, empörte sich Bonaparte, als Eugène und ich ihn baten, sich mit Jérôme zu versöhnen. »Er kann von Glück sagen, dass ich ihn nicht wegen Fahnenflucht vor ein Militärgericht gestellt habe.«

1 Uhr 20 nachts

Als ich ein Pferd in den Innenhof traben hörte, schlich ich im Negligé und mit Morgenhaube, die Kerzenflamme gegen die warme Brise, die die Vorhänge blähte, schützend, die Treppe hinunter. »O Maman, es ist wirklich ein wenig traurig«, sagte Eugène und schnallte seine Sporen auf. »Er hat sie sehr gern.«
»Hier geht es um Politik, Eugène.« *Politik* hat nichts mit Liebe und privatem Glück zu tun. Politik hat mit Frieden und Wohlstand zu tun. Politik hat mit dem Wohl eines Volkes, einer Nation zu tun.
Eugène warf seinen Hut zu Boden. »Das habe ich ihm auch gesagt. Ich habe ihm erklärt, dass mit der Macht auch Pflichten verbunden sind, dass die kaiserliche Familie mit gutem Beispiel vorangehen muss und dass eine unstandesgemäße Heirat nicht stillschweigend geduldet werden könnte.« All dies mit der nachgeäfften Stimme Bonapartes.
»Und hat er es eingesehen?«
»Erst als ich ihm sagte, dass Papa ihm eine dralle Prinzessin als Ehefrau suchen würde.«
»Das ist nicht dein Ernst!« Wir lachten beide.

Ein lauer Abend, 6. Mai – Alessandria

Jérôme und Bonaparte umarmten sich. Mit dem Versprechen, irgendwann in der nächsten Zeit eine Prinzessin und eine Krone zu erhalten, hat Jérôme zugestimmt, seine »Ehe« für null und nichtig erklären zu lassen.
Der junge Mann brach heute Morgen auf und schwenkte auf der Landstraße seinen Hut. »Dieser Filou«, sagte Bonaparte kopfschüttelnd und mit verschleiertem Blick.

8. Mai – Mailand

Wir sind in Mailand im königlichen Schloss gegenüber der Kathedrale. Wie laut es doch ist! Die dicken Steinmauern erzittern (ich schwöre es) jedes Mal, wenn die Glocken läuten, und das tun sie oft. Wir haben ein Wasserklosett, aber die Anordnung der Zimmer ist ungünstig und unser Schlafzimmer unangenehm klein. Bonaparte misst es bereits mit Schritten ab und entscheidet, wie es renoviert werden soll.

24. Mai, kurz vor 11 Uhr vormittags

Gestern wurde ein berittenes Sonderkommando nach Monza gesandt, um die Eiserne Krone zurückzubringen. Sie besteht aus einem goldenen (nicht eisernen) Reifen, ist ungefähr acht Zentimeter hoch und mit wenigen unregelmäßigen Edelsteinen besetzt. Ziemlich primitiv für eine Krone, dachte ich, aber Bonaparte hält sie in den Händen, als wäre sie aus Diamanten gefertigt. »Karl der Große hat diese Krone getragen«, sagte er ehrfürchtig und setzte sie sich auf den Kopf, um zu sehen, ob sie passte (sie ist ein bisschen klein).

»Ist die Entscheidung denn gefallen?«, fragte ich und schob sie nach vorne. »Du wirst König von Italien?« Der Wunsch der Italiener ist es sicherlich, aber England und den anderen royalistischen Nationen wird es nicht gefallen, so viel steht fest. Jeder Hinweis darauf, dass Frankreich immer mächtiger und wohlhabender wird, erschreckt sie.

»Ich habe versucht, einen meiner Brüder dazu zu überreden, aber …« Vergeblich, bedeutete seine Geste. Seine Brüder wollen ihren Platz in der Erbfolge für die französische Krone nicht aufgeben.

»Dann wirst du also König, musst aber jemanden ernennen, der regiert?«, fragte ich, den günstigen Augenblick nutzend.

»Wüsstest wohl gerne, wer das sein könnte?«, neckte er mich und zog mich am Ohr. Und dann fügte er mit plötzlich ernster Miene hinzu: »Joachim kam am ehesten in Frage. Er spricht die Sprache und hat hier Truppen kommandiert.«
»Du sagst, dass er am ehesten in Frage *kam*.« Nicht mehr?
»Prinz Wüterich ist hier nicht allzu beliebt, wie es aussieht. Er hat sich viele Feinde gemacht.«

26. Mai – ein großartiger Tag

Noch eine Krönung liegt hinter uns. Bonaparte entsetzte alle, als er die Krone Karls des Großen wie einen Hut unter dem Arm trug.
Nun warten alle auf die große Ankündigung: Wen wird er zum Vizekönig ernennen?

7. Juni

»Du hast *Eugène* ernannt?«
»Ich dachte, genau das wäre dein Wunsch«, sagte Bonaparte verblüfft.
»O ja!«, sagte ich, aber übermannt von der Erkenntnis, dass mein Sohn dann nicht mehr in Paris, nicht einmal mehr in Frankreich leben würde; übermannt von der plötzlichen Erkenntnis, wie sehr er mir fehlen wird.

[Ohne Datum]

»Maman, ich mache mir solche Sorgen, dass ich nicht schlafen kann«, gab Eugène zu. »Ich bin doch erst dreiundzwanzig.«
»Du hattest die besten Lehrer. Bonaparte setzt so viel Vertrauen in dich.«

»Ich werde dich und Hortense vermissen – und was ist mit ihren Buben? Klein Napoléon wird mich vergessen.«
»Wir müssen nur eine Frau für dich finden«, neckte ich ihn. *Bald.*

6. Juli – Genua

Wie befürchtet, hat sich England mit Österreich und Russland verbündet, um einen Feldzug gegen uns zu führen – noch eine royalistische Koalition, die entschlossen ist, der französischen Republik ein Ende zu setzen.*
»Ich muss augenblicklich nach Paris aufbrechen«, sagte Bonaparte und bestellte die Reisekutsche. Ich bat darum, mit ihm zurückkehren zu dürfen. »Wir werden unterwegs nicht anhalten«, warnte er. »Ich werde Tag und Nacht reisen.«
Ja, nickte ich und läutete nach einer Zofe, damit sie meine Schrankkoffer packte. Jetzt bin ich fertig; *er* nicht.

11. Juli – Fontainebleau

Wir kamen früher in Fontainebleau an, als man uns erwartet hatte. Die aufgescheuchten Köche brachten es fertig, für uns etwas zähen Hammel zum Essen aufzutreiben.
Ich fiel augenblicklich ins Bett (mit geschwollenen Füßen), schlief stundenlang und wachte benommen auf. Die Leute können es nicht fassen, dass wir in fünfundachtzig Stunden von Genua hierher gereist sind – ein *Rekord* –, und das mit einer dreistündigen Verzögerung am Mont Cenis wegen eines Sturms.
»Dieser Komet mit Namen Napoléon«, hat Hortense einmal gesagt. Dieser Komet, wie wahr! Manchmal glaube ich, dass ich mich festklammern muss, als ob es um mein Leben ginge.

* England war finanziell beteiligt und bezahlte Russland und Österreich, damit sie Truppen gegen Frankreich schickten.

Mailand
Chère Maman,
*es wird dich freuen zu erfahren, dass ich deinen Rat aufgreife, eine Gärtnerei einzurichten, um mein gesamtes Königreich mit Bäumen versorgen zu können. Obstbäume sind hier unbekannt. Irgendwelche Empfehlungen? Ich habe auch schon daran gedacht, ein Museum zu schaffen, um die schönen Kunstwerke ausstellen zu können, die in den Kellern der Klöster und Kirchen versteckt werden. Ich habe so viele Träume: eine Bibliothek, ein Museum für Naturgeschichte, ein Museum für Medizin (lache nicht). Ich denke, dass hier auch eine Schule für Gestaltung erfolgreich sein könnte. Täglich erreichen mich Briefe von Papa. Ich lerne so viel von ihm.**

* Napoléons Anweisungen an Eugène, wie er Italien regieren sollte, beinhalteten folgende Richtlinien: »Wir leben in einer Zeit, in der man die Perversität des menschlichen Gemüts nicht unterschätzen darf. Ich kann nicht oft genug betonen, wie wichtig Vorsicht und Besonnenheit sind. Die Italiener sind von Natur aus unaufrichtiger als die Franzosen. Um sich ihre Achtung zu verdienen, darfst du niemandem trauen. Heuchelei ist zu bestimmten Zeiten normal; für dich muss sie zum Prinzip werden. Wenn du dich frei heraus geäußert hast, sage dir, dass du einen Fehler gemacht hast, und nimm dir vor, ihn nicht noch einmal zu machen.
Der Zeitpunkt wird kommen, da du verstehen wirst, dass es zwischen der einen und der anderen Nationalität keinen Unterschied gibt. Das Ziel deiner Regierung muss das Wohl meiner italienischen Untertanen sein. Du musst die Dinge opfern, die dir am meisten am Herzen liegen, und Gewohnheiten annehmen, die du nicht magst. In Italien musst du den Stolz, ein Franzose zu sein, ablegen. Du musst die Italiener davon überzeugen, dass du sie liebst. Sie wissen, dass es keine Liebe ohne Achtung gibt. Erlerne ihre Sprache, misch dich unter das Volk, nimm an ihren Festen teil. Heiße gut, was sie gutheißen, und liebe, was sie lieben.
Rede so wenig wie möglich. Du hast nicht genug Übung und deine Ausbildung reicht nicht aus, um ungezwungen an Diskussionen teilnehmen zu können. Obwohl du Vizekönig bist, bist du doch erst dreiundzwanzig. Auch wenn die Leute dir schmeicheln mögen, jeder wird merken, wie wenig du weißt. Du wirst dir mehr Achtung aufgrund deiner Leistungsfähigkeit verdienen, als durch das, was du heute bist. Ahme mich nicht nach; du musst zurückhaltender sein.
Übernimm nur selten den Vorsitz des Staatsrats. Du verstehst zu wenig davon, um dies mit Erfolg zu tun. Wenn du doch den Vorsitz übernimmst, dann rede nicht. Sie werden dir zwar zuhören, aber bald merken, dass du nicht kompetent bist. Die Stärke eines Prinzen, der sich nicht äußert, kann man nicht einschätzen.
Sei nicht übertrieben freundlich zu Ausländern – sie sind nur wenig von Nutzen. Ein Botschafter wird nie gut über dich sprechen, weil es seine Pflicht ist, schlecht über dich zu sprechen. Die ausländischen Botschafter sind sozusagen offizielle Spione. Umgib dich lieber mit jungen italienischen Männern; die alten sind nutzlos.«

Eine Million Küsse. Ich vermisse dich und Hortense schrecklich. Gib meinen Neffen einen Kuss von mir, erinnere sie an ihren einsamen Onkel.

Dein Prinz Eugène, Vizekönig von Italien

Anmerkung – Es wird dich freuen zu erfahren, dass meine Bemühungen, die Gewalt in der Stadt einzudämmen, bereits Erfolg hatten.

19. Juli – Paris

Caroline ließ ein Lächeln aufblitzen. »Joachim und ich möchten unsere aufrichtigen Glückwünsche zur Ernennung deines Sohnes zum Vizekönig von Italien überbringen«, sagte sie, die Fingerspitzen fest aneinander gepresst. »Nicht wahr, Joachim?«

»Die Weisheit des Kaisers ist unfehlbar.« Joachim lüftete seinen rosafarbenen Hut, verbeugte sich und richtete sich nur mit Mühe wieder auf.

»Was ist mit deinem Bein los?«, wollte Bonaparte wissen. »Solltest besser wieder in Form kommen. Wir werden bald aufbrechen.« Wieder in den Krieg aufbrechen.

»Ach, das ist nichts!«, antwortete Caroline für ihren Mann – aber inzwischen habe ich den Grund für Joachims Beinverletzung herausgefunden. Als er von Eugènes Beförderung erfuhr, zerbrach er vor Zorn sein Schwert über dem Knie.

Mein Sohn findet seine wahre Liebe

2. September 1805, später Nachmittag – Malmaison

Es ist schon einige Zeit her, seit ich diese Seiten geöffnet habe. Zorn drängt mich, wieder einmal zur Feder zu greifen. Zorn und Angst zugleich, wie ich zugebe. Heute Nachmittag kam Caroline zu Besuch, um mit triumphierender Stimme zu verkünden, dass Joachim zu Bonapartes stellvertretendem Kommandeur im bevorstehenden Feldzug ernannt worden ist.
»Welche Überraschung, dass nicht Louis oder gar Eugène ausgewählt wurde«, sagte sie schnurrend wie eine Katze mit angriffsbereiten Krallen.
»Eugène hat reichlich damit zu tun, Italien zu regieren.« Und so erfolgreich!
»Ohne Ehefrau dürfte das recht schwierig sein«, sagte sie und nahm sich eine Hand voll Aromapastillen. »*Apropos*, mir ist da ein ganz erstaunliches Gerücht zu Ohren gekommen. Es heißt, dass Eugène Prinzessin Auguste von Bayern heiraten wird.«
»Prinzessin Auguste ist mit Prinz Karl verlobt«, sagte ich gelassen.
Ich war ja so erleichtert, als sie ging! Welche Heirat auch immer ausgehandelt werden mag, die letzte Person, von der ich davon erfahren möchte, ist Caroline.

9. September

Österreich ist in Bayern einmaschiert. »Sie müssen aufgehalten werden«, sagte Bonaparte und tagt seitdem mit dem Kriegsminister hinter verschlossenen Türen. Sicherlich wird er bald verkünden, dass wir aufbrechen. Ich habe bereits Silber, Wäsche und Möbel nach Straßburg vorausgeschickt.

23. September, der Tag des republikanischen Neujahrs

Wir brechen morgen früh vor Tagesanbruch auf. Die Kutschen, *fünfzig* an der Zahl, sind abfahrbereit in einer Reihe aufgestellt. Ich bin noch einmal die Listen durchgegangen. Bonaparte hat mir gerade mitgeteilt, dass ich nachsehen soll, ob Fernrohr und Kompass eingepackt wurden. Wobei mir einfällt: Zahnpulver (für mich) und Warzensalbe (für Bonaparte).
Ich muss daran denken, dass die Köche Reiseproviant vorbereiten. Bonaparte hält nichts davon, für so etwas Unnötiges wie Essen, geschweige denn für ein menschliches Bedürfnis, anzuhalten.

26. September, glaube ich

Wir sind in Straßburg, wieder eine Blitzreise. Mit Bonaparte Schritt halten zu müssen, wird noch einmal mein Tod sein! Wir brachen um vier Uhr morgens auf und fuhren zwei Tage lang ohne Unterbrechung. An jeder Poststation mussten die Räder mit Kübeln voller Wasser gekühlt werden. Aber nein, ich will mich *nicht* beklagen, da Bonaparte sonst anordnen könnte, dass ich zurückbleibe.
Apropos zurückbleiben – die Kutsche mit allen Küchenutensilien brach auf der Strecke zusammen. Von den fünfzig Kutschen (der Staub war schrecklich) konnten nur fünf das Tempo mithalten.

Bonaparte ist bereits bei der Arbeit und organisiert einen Angriff auf die Österreicher. »Schnelligkeit ist meine Waffe.«*

1. Oktober – Straßburg

Bonaparte brach heute Morgen auf. »Einen Kuss – als Glücksbringer«, sagte er und zog an seinem zerbeulten Hut. Es ist schon fünf Jahre her, seit er das letzte Mal in die Schlacht ritt. Ich wusste, dass er nervös und ungeduldig war.

»Ich werde an dich denken.« Für ihn beten. (Das sagte ich nicht.) »Ich habe Gerstenextrakt in die Berline gestellt – in das rechte obere Schränkchen.« Zusammen mit einer Reihe anderer Mittel, die halfen, »im Gleichgewicht zu bleiben«, wie er es ausdrückt.

»Wir bleiben nicht lange fort«, rief er, als sich die Kutsche in Bewegung setzte. »Das verspreche ich dir.«

12. Vendémaire, 11 Uhr nachts, München

Der Feind wurde geschlagen, verlor seinen Anführer, und jedermann erzählt mir, dass dies der erfreulichste, kürzeste und großartigste Feldzug war, den es je gab. Das Wetter ist grässlich. Wegen des Regens ziehe ich mich zweimal am Tag um. Ich liebe und umarme dich. N.

23. Oktober – Straßburg

Große Patience, Kleine Patience, Windmühle. Jeden Abend lege ich die Karten, bete für den Sieg, befürchte eine Niederlage. Heute Abend habe ich alle drei Spiele gewonnen: »Sie haben gesiegt«, verkündete ich meinen Damen. Kurze Zeit später

* Die Österreicher wähnten Napoléon und seine Armee immer noch an der Kanalküste. Die Vermutung lag auf der Hand: Noch nie in der Geschichte war eine so große Armee so schnell verlegt worden.

wurde ein atemloser Kurier gemeldet: Sieg! Ich schenkte ihm meinen Perlenring, so groß war meine Freude.

27. Vendémaire, Elchingen

Ich habe mein Ziel erreicht. Ich habe die österreichische Armee zerschlagen. Jetzt werde ich die Russen verfolgen. Sie sind verloren. Adieu, tausend Küsse überallhin. N.

Gestern habe ich dreiunddreißigtausend Männer gezwungen, die Waffen niederzulegen. Ich habe sechzig- oder siebzigtausend Gefangene genommen und über neunzig Fahnen und zweihundert Kanonen erbeutet. Noch nie in den Annalen der Militärgeschichte hat sich eine derartige Katastrophe ereignet. Ich bin ein bisschen erkältet. N.

27. Oktober – Straßburg

Die Frau von Bonapartes Kammerherr stand mit gefalteten Händen vor mir. »Ich habe eine Botschaft vom Kaiser, Eure Majestät«, teilte sie mit.
Sie war gerade aus München gekommen. Ich hatte bereits damit gerechnet, etwas zu erfahren – etwas, das zu heikel war, um es einem Militärkurier anzuvertrauen. Etwas, das mit Kriegsbeute zu tun hatte. Etwas, das mit der Hand einer Prinzessin zu tun hatte.
»Der Kaiser bat mich, Ihnen mitzuteilen, dass er mit König Maximilian von Bayern über eine bestimmte Angelegenheit gesprochen hat.«
»Ach ja?«, sagte ich und öffnete meinen Fächer. König Maximilian war Bonaparte zweifellos dankbar, dass er sein Land von den Österreichern befreit hatte: aber *wie* dankbar? »Und sagte er auch, dass König Maximilian zugänglich war?«
»Es ist bereits alles geregelt, Eure Majestät«, sagte sie und verneigte sich.

Ich soll nach München reisen, sagte sie und teilte mir Bonapartes genaue Anweisungen mit, die in allen Einzelheiten ausführten, wie viel ich für Geschenke ausgeben soll, wessen Kutsche der meinigen vorausfahren und welche folgen soll. Ich muss in jeder Stadt durch Glockengeläut, Kanonenschüsse, Trommeln und Trompeten angekündigt werden. Ich muss die Huldigung als mir gebührend entgegennehmen. Ich bin die Gemahlin des Siegers.

21. November 1805, Paris

Chère Maman,
ohne dich und den Kaiser ist Paris trübsinnig. Louis ist bei seinem Regiment an der Nordküste, für den Fall, dass England einmarschiert. Im Moment bin ich mit meinen Engeln allein, aber nicht lange. Meine liebe Freundin Adèle Auguié hat sich bereit erklärt, meine Kammerzofe zu werden – sie wird nächste Woche anfangen. Du kannst dir vorstellen, wie froh ich darüber bin.
Wir lesen den Moniteur, *um die Namen der Verwundeten zu erfahren. Louis wird Informationen über seinen Adjutanten Monsieur Flahaut haben wollen. Er wurde in Lambach verwundet. Weißt du etwas?*
Klein Napoléon lässt dich ganz lieb grüßen. Er kümmert sich rührend um Petit, der gerade zu krabbeln beginnt. Meine Gesundheit macht von Tag zu Tag Fortschritte. Ich habe deine Tonika genommen – keine Sorge.
Deine dich liebende Tochter, Prinzessin Hortense

Anmerkung – Ich füge einen Bericht über das Fiasko in Spanien bei: zwanzig Schiffe wurden aufgebracht! Glücklicherweise helfen die Siege des Kaisers in Deutschland, uns über die Verluste hinwegzutrösten. Es heißt, dass unser Glück in seinen Händen liegt. Es heißt auch, dass du sein Glück bist, Maman.*

* Am 21. Oktober 1805 wurde die französisch-spanische Flotte vor dem Kap Trafalgar an der Südwestküste Spaniens von England geschlagen.

4. Dezember – eine Poststation irgendwo auf der Strecke nach München

Karlsruhe, Stuttgart, Ulm, Augsburg. Überall, wo ich hinkomme, verteile ich Geschenke – Schnupftabakdosen aus Ebenholz, Emailleminiaturen, Edelsteine jeder Größe und Farbe. Ich komme mir wie eine Großmutter aus dem Märchen vor. (Und ich finde es herrlich.)

5. Dezember, München – Schnee, sehr kalt

Ich bin endlich in München, im königlichen Schloss – die Residenz genannt. Dies ist ein fröhliches, wenngleich sonderbares Land. Die Frauen türmen Blumen mit Federn und kleinen, hineingesteckten Chiffonstücken auf ihren Köpfen auf und benutzen dazu eine riesige Anzahl von kleinen Nadeln mit Diamantköpfen. Und keine Schminke im Gesicht, kein Spanisches Rot, und viele tragen Korsett und sperrige Reifröcke. Ihre Kutschen, die unseren alten Postkutschen sehr ähneln, sind ungewöhnlich breit, nur damit die Damen mit ihren Reifröcken hineinpassen. (Und selbst dann ist es nicht einfach.) Traurig aussehende Gäule sind mit Stricken an die Kutschen geschirrt. Um eine Ecke zu biegen ist natürlich schwierig.
Die Residenz ähnelt mehr einer Stadt als einem Schloss. Wie viele Innenhöfe – sieben? Es gibt acht Galerien und sogar ein Museum, wie man mir erzählte. Es ist ein Irrgarten, jede Suite ist in einer anderen Stilepoche eingerichtet: Renaissance, Barock. Meine ist verschwenderisches Rokoko. Wir wurden wie Majestäten empfangen.
Nun, wir sind ja auch Majestäten, rufe ich mir in Erinnerung. Trotzdem, wenn ich durch diese altehrwürdigen Säle schreite, die mit den Porträts glorreicher Vorfahren aus zurückliegenden

Jahrhunderten voll gehängt sind, spüre ich doch sehr stark, was ich wirklich bin: *ein Parvenü*.
Morgen beginnen die Empfänge. Ich kann es kaum erwarten, König Maximilian, Prinzessin Augustes Vater, kennen zu lernen.

6. Dezember – München

»Bitte, nennen Sie mich Max«, sagte König Maximilian in fehlerfreiem Französisch. »Alle anderen tun das auch, sogar meine Diener.« Er lachte fröhlich.
Was für ein reizender Mann! Groß gewachsen, gut aussehend, ein edles Gesicht (trotz einer gesunden Gesichtsfarbe), kräftig für sein Alter, was ich auf fünfzig schätze.
Bezüglich seiner Tochter verhielt er sich allerdings zurückhaltend. »Sie wird schon zustimmen, da bin ich ganz sicher.«
»Sie hat noch gar nicht zugestimmt?«
König Max warf die Hände in die Luft. »Ich kann sie nicht zwingen.«

Inzwischen habe ich Erkundigungen eingezogen und herausgefunden, dass sich Prinzessin Auguste geweigert hat, ihre Verlobung mit Prinz Karl zu lösen. Darin wird sie von ihrer Stiefmutter unterstützt. Außerdem sollen die Gouvernante und eine Tante der Prinzessin gegen eine Heirat mit Eugène sein.
All das hat mich schrecklich beunruhigt. Für morgen habe ich eine Einladung zum Diner mit König Max und seiner Familie. Ich habe meine Geschenke ausgebreitet, nach einem Juwelier geschickt.
Chastulé wird mich begleiten: Der Name Rochefoucauld wird Respekt einflößen. Ich habe sie angewiesen, unsere Gäste mit Geschichten über meinen stattlichen Eugène zu unterhalten, welch guter Reiter er ist, wie er sich bei der Jagd hervortut,

welch großartiger Herrscher er ist. (Lieber würde ich ihnen erzählen, wie sehr Eugène Kinder liebt, wie sanft und gutherzig er ist, aber ich bin nicht sicher, ob sie das gutheißen würden.) Chastulé wird das Loblied auf meinen Sohn singen, und ich werde in aller Bescheidenheit Einspruch erheben. Mein Schlachtplan.

8. Dezember

O mein Gott, sie ist wirklich bildhübsch. Groß (ich versäumte nicht zu erwähnen, dass Eugène sehr groß ist) und *so* wunderschön, aber auf eine ganz natürliche, ungekünstelte Weise. Siebzehn Jahre alt, mit einer grazilen Figur – sie erinnert mich an Hortense. Ein wunderbarer Teint, große dunkle Augen – *sanfte* Augen. Schüchtern, liebenswürdig – ich sehe schon meine Enkelkinder auf ihren wunderschönen Armen.
Aber sie ist auch treu. Sie hat ihren pummeligen Cousin gern und weigert sich, ihre Verlobung mit ihm zu lösen. Und auch dickköpfig, denn sie widersetzt sich dem Willen ihres Vaters.

[Ohne Datum]

»Ha. Die drei Frauen müssen wir zuerst überzeugen, Eure Majestät«, sagte Chastulé.
Die drei Frauen: die Stiefmutter (»Madame Hartgesicht«, nennt sie Chastulé), die Gouvernante (»Madame Fettgesicht«) und die Tante (»Madame Altgesicht«).
»Chastulé, Sie sind grausam«, empörte ich mich lachend.

14. Frimaire, Austerlitz

Ich habe einen Waffenstillstand geschlossen. Die Schlacht von Austerlitz ist die beste, die ich je geschlagen habe. Fünfundvierzig Fahnen, über ein-

hundertfünfzig Kanonen und dreißigtausend Gefangene – zuzüglich zwanzigtausend Tote, ein schrecklicher Anblick.
*Zar Alexander ist verzweifelt. Er bewies weder Talent noch Tapferkeit.** *
Endlich ist wieder Frieden auf dem Kontinent eingekehrt. Man kann nur hoffen, dass nun bald in der ganzen Welt Frieden herrschen wird.
Adieu, meine liebe Freundin, ich sehne mich sehr danach, dich zu umarmen. N.

19. Dezember – München

Caroline ist eingetroffen. Wir küssten uns und taten so, als wären wir froh, einander zu sehen. Ich habe schreckliche Angst davor, dass sie etwas über die heiklen Verhandlungen herausfindet, die gerade laufen.

[Ohne Datum]

Auguste bleibt standhaft. »Was meinen Sie, worauf es ankommen wird?«, fragte ich Chastulé entmutigt.
»Damit die Prinzessin endlich einwilligt?« Chastulé machte es sich in einem der riesigen Armsessel bequem und ließ wie ein Kind die Füße vor und zurück baumeln. »Nun, erst einmal erheben die Drei Gesichter Einwände, weil keine Krone da ist«, sagte sie. »Ha. Ja, eine Krone ist *immer* hilfreich.«
Die Krone von Italien. »Natürlich«, sagte ich schulterzuckend, »aber –«
»Oder wenn Ihr Sohn zum *Erben* der Krone ernannt würde. Selbst König Max nimmt Anstoß daran, dass Eugène ›nur‹ ein französischer Adliger ist.«

* Nach der Schlacht von Austerlitz schrieb Zar Alexander an einen französischen General: »Sagen Sie Ihrem Anführer, dass ich wegfahre. Sagen Sie ihm, dass er gestern Wunder vollbracht hat, dass ich ihn nach dieser Schlacht nur noch mehr bewundere, dass er ein vom Himmel auserwählter Mann ist, dass es hundert Jahre dauern wird, bis meine Armee es mit seiner aufnehmen kann.«

»Ich dachte, König Max befürwortet diese Heirat.«
»Er hat ihr zugestimmt, Eure Majestät, aber das heißt noch nicht, dass er sie auch befürwortet.«
»Aber Eugène ist doch ein Prinz, Chastulé. Wie kann König Max da sagen, er sei ›nur‹ ein Adliger?«
»Ein Prinz-*Parvenü* und nicht einmal der Sohn des Kaisers.«
»Das heißt, wenn Bonaparte Eugène offiziell als seinen Sohn adoptieren und ihn zum Erben der Krone von Italien erklären würde ...?«
»Dann wäre das hilfreich.«
Ich dachte nach, und langsam breitete sich ein Lächeln auf meinem Gesicht aus. »Wenn es genau darauf ankommt, Chastulé, dann sollte die Prinzessin vielleicht genau das fordern.«

21. Dezember

»Ha. Die Drei Gesichter waren heute Morgen sehr lang, Eure Majestät.«
Mein Herz machte einen Sprung. »Die Prinzessin hat akzeptiert?«
»Noch nicht ganz, aber sie ist zumindest einverstanden, über eine Lösung ihrer Verlobung mit Prinz Karl nachzudenken.«
»Um Eugène zu heiraten?«
»Nicht ganz. Soviel ich weiß, sind damit *Bedingungen* verknüpft.« Chastulé grinste.

23. Dezember – München

»Ist Prinzessin Auguste verlobt?«, fragte Caroline, als wir heute Abend zusammen aßen.
»Ja«, log ich mit reinem Gewissen. »Mit Prinz Karl.«

31. Dezember, früh – noch nicht 9 Uhr morgens

Bonaparte kam gestern Nacht kurz vor Mitternacht an – durchfroren, müde und *wütend*, dass der Heiratsvertrag noch nicht unterzeichnet ist. »Aber sie hat doch noch gar nicht zugestimmt, Bonaparte!«

4 Uhr 20 morgens

»Ich lasse Eugène kommen«, verkündete Bonaparte.
»Sie hat zugestimmt?« *Endlich!*
»Aber unter zwei Bedingungen: erstens, dass ich Eugène adoptiere, und zweitens, dass er zum Thronfolger von Italien ernannt wird.«
»Und daraufhin …?
Bonaparte zuckte mit den Schultern. »Und daraufhin sagte ich ja«, erwiderte er mit einem verlegenen Lächeln.

1. Januar, 1806, Neujahrstag – ein Mittwoch
*(nicht Primidi – hurra! Kein Republikanischer Kalender mehr!)**

Caroline hatte einen Nervenanfall und hat sich zu Bett gelegt. »Ich würde mir keine allzu großen Umstände machen, Eure Majestät«, sagte Chastulé, als ich gerade einen Korb mit lindernden Tinkturen und Salben vorbereitete, um sie ihr zu bringen. »Es heißt, dass Prinzessin Caroline wegen Eugènes Verlobung indisponiert ist, weil nun die Kinder Ihres Sohnes den Vorrang vor ihren Ungeheuern haben. Es heißt sogar, dass sie versucht hat, den Kaiser davon zu überzeugen, sich von Ihnen scheiden zu lassen und Prinzessin Auguste selbst zu heiraten.«
Mon Dieu, dieses Mädchen …

* Von diesem Tag an kehrte das französische Kaiserreich offiziell zum Gregorianischen Kalender zurück.

6. Januar, Dreikönigstag – Montag

Nun ist Auguste krank. Die Hochzeit wird verschoben werden müssen, teilte man uns mit. Bonaparte schickte Dr. Corvisart hin, um »Hilfe« zu leisten.

»Ich konnte nichts Nachteiliges feststellen«, berichtete der Arzt bei seiner Rückkehr.

»Das Mädchen simuliert«, sagte Bonaparte und lächelte über ihre Verwegenheit.

Ich bete, dass Eugène bald hier sein wird. Bis die Gelübde nicht gesprochen sind, werde ich keinen Schlaf mehr finden.

7. Januar, München – es schneit wieder

Auguste ist »wie durch ein Wunder« genesen, behauptet aber jetzt, einen verstauchten Knöchel zu haben. Die Hochzeit wird verschoben werden müssen, teilte man uns erneut mit – bis nach der Abreise des Kaisers nach Paris, sagte ihre Stiefmutter.

»Sie schinden Zeit«, sagte Chastulé. »Sobald der Kaiser München verlassen hat, werden sie einen Rückzieher machen.«

Bonaparte gab sein »Ehrenwort«, dass er in München bleiben wird, bis das junge Paar verheiratet ist, *wann auch immer* das sein mag.

Schachmatt.

[Ohne Datum]

Jetzt bin *ich* krank.

10. Januar, Freitagmorgen

Ich wurde von meinem Mann geweckt. »Ich habe eine Überraschung für dich«, sagte er und grinste verschmitzt. Ich stieß einen *Schrei* aus! In der Tür sah ich Eugène. »Grand Dieu, da bist du ja endlich.« Ich umklammerte seine Hände, küsste ihn. »Du siehst aus, als wärst du eine Woche lang nicht vom Pferd heruntergekommen.« Er hatte sich nicht rasiert und seine Haare waren ungekämmt. »Du hast dir einen Schnurrbart wachsen lassen?« Er sah schrecklich damit aus!

»Gefällt er dir nicht?«, fragte er und zog an einer Bartspitze.

»Mein Schatz, du bist der bestaussehende Prinz in ganz Europa, aber dieser Schnurrbart muss fort. Bonaparte, schicke jemand nach dem Friseur. Wir müssen Eugène erst einmal säubern, bevor wir ihn Prinzessin Auguste vorstellen«, sagte ich und drückte mit wild klopfendem Herz die Hand meines Sohnes.

Eugène schaute erst Bonaparte und dann wieder mich an.

»Was hat dieser Blick zu bedeuten?« Langsam dämmerte es mir.

»Bonaparte, das ist nicht wahr!«

»Das war schon in Ordnung, Maman, ehrlich.«

»Bonaparte, du hast Eugène mitgenommen und Prinzessin Auguste vorgestellt – *schon jetzt*? Ohne mir etwas davon zu sagen?« Ich war auf beide wütend.

»Es ging dir nicht gut, Joséphine. Ich wollte dich nicht aufwecken.«

»Nun, jetzt bin ich erst richtig krank.« Alle unsere Pläne waren zunichte gemacht – und alles wegen eines hässlichen Schnurrbarts! »Wie *konntest* du nur! Sieh ihn dir doch nur an. Er sieht *unmöglich* aus.«

Eugène reichte mir ein Taschentuch. »Ist schon gut, Maman«, sagte er lachend.

»Dein Sohn kam heute Morgen um zehn an, pünktlich, wie er es versprochen hatte.« Bonaparte nickte Eugène anerkennend zu. »Ich brachte ihn auf direktem Wege zu König Max – nichts Formelles, nur eine Familienangelegenheit, zumindest musste ich ihm das versprechen.«

»Ich war, offen gestanden, schon ein bisschen nervös.«
»Na ja, ich musste ihn hin zerren.« Bonaparte wippte vor dem Kamin auf den Absätzen.
»Und dann …? Wie lief es? Was geschah?«
»König Max befahl seiner Tochter hereinzukommen«, erklärte Bonaparte. »Was sie auch tat, aber dann stand sie einfach nur da und starrte zu Boden. Ich glaube, sie hat sogar gezittert.«
»Auguste hatte nicht erwartet, auf diese Weise vorgestellt zu werden, so ohne jede Vorwarnung«, sagte Eugène.
»Sprich weiter, Bonaparte«, sagte ich langsam. Da war irgendetwas in der Stimme meines Sohnes … eine männliche Sanftheit, eine beschützende Fürsorglichkeit. *Auguste*, sagte er.
»Das ist es eigentlich schon. Wir Eltern verließen den Raum, damit die beiden allein sein konnten.«
»Und?« Ich hielt wie ein Kind die Hände vor den Mund.
»Sie war aufgebracht, Maman. Sie erzählte mir, dass sie nur ihrem Vater zuliebe in eine Heirat mit mir eingewilligt hätte.«
O nein! Dann war es also nicht gut gelaufen.
»Ich sagte zu ihr, wenn sie wirklich gegen die Heirat wäre, dann täte ich alles, was in meiner Macht stünde, um sie zu verhindern.«
»Eugène, das ist nicht wahr!« Ich blickte entsetzt zu Bonaparte. Hatte mein Sohn denn keine Ahnung, wie wichtig das war?
Bonaparte grinste. »Ich glaube nicht, dass wir uns Sorgen machen müssen, Joséphine. Als Eugène und die Prinzessin aus dem Raum kamen, hielten sie sich an den Händen.«
»Du … *gefällst* ihr, Eugène?«
Mein Sohn lächelte schüchtern. »Ich denke, dass wir uns lieben, Maman.«
Bonaparte langte hinüber und zog Eugène an einer Haarlocke. »Dieser Charmeur.«

12. Januar, ein wundervoller Sonntag

Heute Nachmittag adoptierte Bonaparte Eugène in einer stillen Zeremonie als seinen Sohn und ernannte ihn zum Thronfolger von Italien. Als er Eugène umarmte, sprach Liebe aus seinem Blick. Der Ausdruck in Carolines Augen war anders geartet.

Montag

»Caroline ist zu krank, um zu kommen«, teilte Joachim Bonaparte mit, das Kinn in einer Halskrause aus unechter rosafarbener Spitze vergraben. »Sie lässt sich entschuldigen.«
Bonaparte, der gerade seine Fingernägel mit einem Korallenzahnstocher reinigte, blickte auf. »Krank vor lauter Gift und Galle, wage ich zu behaupten.«
»Krank aus gutem Grund.«
Nicht wenig besorgt, blickte ich von Joachim zu Bonaparte. Das war nicht der Zeitpunkt für Streitereien. In zwei Stunden wurde der Vertrag unterzeichnet, gefolgt von der standesamtlichen Trauung.
Bonaparte runzelte die Stirn und steckte den Zahnstocher mit Bedacht in sein goldenes Etui zurück. »Und was für ein *guter* Grund könnte das wohl sein?«
»Diese königlichen Lackaffen verachten uns.« Joachim spuckte in einen Napf.
»Was interessiert es mich, was sie denken? Ihr seid eifersüchtig, gebt es doch zu. Eugènes Kinder werden das Blut Karls des Großen in ihren Adern haben. Sie sind noch nicht einmal geboren, und schon steht ihre Zukunft auf den Seiten der Geschichte geschrieben. Und das findet ihr schlecht? Ich betrachte es als einen großen Sieg – dem Sieg bei Austerlitz ebenbürtig.«
Wutentbrannt riss Joachim auf dem Weg nach draußen mit sei-

nem Schwert eine Vase um. »Siehst du, Joséphine?«, sagte Bonaparte und nahm das Buch zur Hand, das er gelesen hatte. »Unsere Leute wissen noch nicht einmal, wie man sich anständig bewegt.«

14. Januar

Heute Abend um sieben Uhr wurde Eugène in der Königlichen Kapelle mit Prinzessin Amalie Auguste von Bayern vermählt. Das junge Paar konnte die Augen nicht voneinander lassen. Wir sonnten uns im Glanz dieser wunderbaren Liebe.

Wie es königlicher Brauch ist (so belehrte man uns) geleiteten Bonaparte und ich das jungvermählte Paar zur Tür ihrer Suite. »So«, sagte Bonaparte und räusperte sich. »Das war's dann wohl.« Er packte Eugènes Hand und schüttelte sie heftig.

Ich umarmte meine neue Schwiegertochter. »Ich kann dir gar nicht sagen, wie glücklich ich bin.« *Wirklich und wahrhaftig*.

Auguste blickte zu Eugène auf und ließ ihre Hand in seine gleiten. »Nun, das war's dann wohl«, wiederholte Eugène Bonapartes Worte.

Ich küsste sie beide (ein Segen), nahm Bonapartes Arm und zog ihn fort. Wir schlenderten Arm in Arm durch die weitläufigen Marmorsäle, und die Porträts aus Jahrhunderten blickten auf uns herab.

Wir sind am Boden zerstört

27. Januar 1806 – Paris, endlich

Meine Augen füllten sich mit Tränen, als ich Hortense sah. »Isst du denn nichts?«, rief ich aus und umarmte sie. Sie ist so ausgezehrt.

»Es geht mir gut, Maman«, versicherte sie mir. »Und nun, erzähle mir *alles*.«

Mit Freuden beschrieb ich, wie wunderbar Auguste, wie glücklich Eugène ist, wie sehr sie sich lieben. »Wenn ich doch hätte dabei sein können«, sagte Hortense wehmütig. »Louis wollte mich nicht reisen lassen.«

»Er war gewiss besorgt wegen der schlechten Straßen, vor allem in dieser Jahreszeit.« Vor allem in Anbetracht ihrer Gesundheit.

Wir unterhielten uns eine Weile über dies und das – über die Buben, über Louis' letzte (kuriose) Behandlung*, über ein Lied, das sie gerade komponierte. Ich beschrieb die seltsame Mode, die man in München trug, die komplizierten königlichen Rituale, die wir dort vollzogen haben. Ich erzählte ihr, dass die neue Einrichtung, die von den Messieurs Fontaine und Percier für meine Suite in den Tuilerien entworfen wurde, scheußlich wäre, dass ich aber mit der Kammerzofe, die mein

* In dem Glauben, dass Hautausschläge die »krankhaften Säfte« aus Louis' Körper ziehen würden, setzte Dr. Corvisart Louis vorsätzlich der Krätze aus, indem er ihn die ungewaschene Wäsche eines verstorbenen Mannes tragen ließ. Zu einer anderen Behandlung gehörte das »Baden« in dampfenden Eingeweiden.

Frisör Duplan empfohlen hatte, zufrieden sei. Hortense hatte Duplan selbst in Anspruch genommen, sagte sie – ob ich etwas dagegen einzuwenden hätte, wenn er sie am Mittwoch frisierte?

»Hast du vor, dir mit Louis an diesem Abend Talma in der Rolle des Manlius anzusehen?«, fragte ich.

Doch bevor sie antworten konnte, wurden wir von den Stimmen der Kinder vor der offenen Tür abgelenkt. Klein Napoléon lief in meine Arme. »Ich kann zählen, Grandmaman.«

»Das ist ja wunderbar«, sagte ich und bedeckte seine Wangen mit Küssen, wobei ich jeden einzelnen zählte.

Der Jüngste schwankte auf mich zu und fiel dann auf den Teppich. Ich hielt den Atem an, wartete darauf, dass er schrie. Stattdessen krabbelte er blitzschnell zu meinen Füßen, hielt sich an meinem Kleid fest und hievte sich hoch. Ich zog ihn auf meinen Schoß und den kleinen Napoléon dicht neben mich. »Oh, welche Kleinode du uns geschenkt hast«, sagte ich zu meiner Tochter mit überfließendem Herz.

Mittwoch, 29. Januar

Wir kamen erst zum Ende der ersten Szene ins Theater. Als das Publikum Bonaparte sah, jubelten sie ihm mit so großer Begeisterung zu, dass die Schauspieler beschlossen, mit dem Stück von vorne zu beginnen. Wir blieben bis zum Ende. Talma bekam stehende Ovationen – selbst der Kritiker Geoffrey wurde dabei beobachtet, wie er applaudierte.

Caroline und Joachim waren mit einem ganzen Gefolge da, zu dem auch ein wohlgestaltetes Mädchen in einem gewagten Ensemble gehörte, Carolines neue Vorleserin. Mir entging nicht, dass Caroline besondere Mühe darauf verwandte, sie Bonaparte vorzustellen. Ich bin auf der Hut.

2. März, Sonntag

Heute Abend gab Bonaparte der Familie einige Entscheidungen bekannt: Außer der Ernennung Josephs zum König von Neapel wird er Elisas Herrschaftsgebiet Lucca zuschlagen und Joachim und Caroline zum Herzog und zur Herzogin von Berg ernennen.
Caroline machte ein Gesicht, als hätte sie etwas Saures gegessen. »Berg ist ja nicht einmal ein Königreich«, hörte ich sie Joachim zuzischen.
»Aber vielleicht gehört ja das *droit de cuissage** dazu«, sagte er und lachte schallend.

5. März

Bonaparte ist gerade vom Landsitz der Murats zurückgekehrt – wo er zur Jagd gegangen sei, wie er mir vergnügt erzählte, als er mich in die Arme nahm. Ich tat so, als glaubte ich ihm seine Lüge. Er roch nach Boudoir, nicht nach Stall.

Prinzesin Carolin hat ein klein Haus für ihre Forleserin gebaut. Heut war der Kaiser 2 Stunden mit der Forleserin drin.

[Ohne Datum]

Ach, ich finde das alles wirklich schwierig. Wie bringen es andere Frauen fertig, die Mätressen ihrer Ehemänner einfach so hinzunehmen? Auch wenn ich so tue, als sei ich »blind«, innerlich tobe ich!

* Droit de cuissage: Das Feudalrecht eines Lehnsherrn, mit der Braut eines Leibeigenen in deren Hochzeitsnacht zu schlafen. Die Existenz eines solchen Rechts ist historisch umstritten.

10. April

»Das Königreich von Holland hat uns offiziell um einen Herrscher ersucht«, teilte mir Bonaparte heute Abend mit.
Darüber war bereits gemunkelt worden. Caroline erwartete, dass die Krone von Holland an ihren Mann gehen würde.
»Ich ziehe Louis in Erwägung.« Bonaparte öffnete seine Schnupftabakdose, schloss sie jedoch wieder, ohne eine Prise zu nehmen. »Hortense wäre dann natürlich Königin.«
»Ach ja?«, sagte ich, ohne mir meine Überraschung anmerken zu lassen. Louis schien nicht einmal die Kraft zum Gehen zu haben, geschweige denn die Kraft, ein Volk zu regieren. Und was Hortense anging … »Meinst du, dass Louis eine solche Stellung möchte?«
»Was er *möchte*, spielt dabei keine Rolle. Was wir tun, tun wir, weil wir es müssen, weil es der Wille des Schicksals ist.«
Ich nickte, dachte jedoch offen gestanden, dass wir tun, was wir tun, weil es Bonapartes Wille ist.

1. Juni, Sonntag – Saint-Cloud, ein herrlicher Tag

Beim Familienessen heute Abend gab Bonaparte bekannt, dass auf Bitten von Holland Louis und Hortense König und Königin von Holland werden.
Nun sind sowohl Hortense als auch Caroline unglücklich. Caroline möchte eine Krone; Hortense nicht.

12. Juni, Donnerstag

Heute Morgen sagten Bonaparte und ich Louis und Hortense (König und Königin), Klein Napoléon und Petit Lebewohl.
»Wiedersehen, Grandmaman«, sagte Klein Napoléon feierlich.

»Wiedersehen, Nonan der Soldat.« Und salutierte vor seinem geliebten Onkel.
»Gib auf deinen Bruder Acht«, sagte Bonaparte und zupfte Klein Napoléon am Ohr. (Klein Napoléon, sein Erbe – ich wusste, dass Bonaparte nicht wohl dabei war, dass das Kind Frankreich verließ.)
»*Und* auf deine Mutter«, sagte ich mit brennenden Augen. Gott weiß, wann wir sie wieder sehen werden.

15. Juni

»Ich wünschte, ich müsste dir das nicht geben«, flüsterte Mimi und schob mir einen Fetzen Papier in die Hand.

Die Forleserin von Prinzesin Carolin bekomt seid 3 Monat ein Kind – vom Kaiser sagt Sie.

14. Juli, Tag der Bastille – Saint-Cloud

Ich bin schon seit über einem Monat krank, liege mit Fieber im Bett.

Dienstag, 19. August – Rambouillet

Wir sind in Rambouillet, eine unangenehm feuchte und trostlose Jagdhütte. Caroline traf mit vollem Gefolge ein, einschließlich ihrer Vorleserin, die unübersehbar schwanger ist. Bonaparte war ausgelassen.
Während ich dies schreibe, tanzt der Hof fröhlich zu Fiedelmusik. Fünfzehn Wölfe wurden heute erlegt.

26. August 1806, Mailand

Chère Maman,
ich habe die wundervollste Überraschung: Meine schöne Auguste bekommt ein Kind. Mache dir keine Sorgen – wir sind äußerst vorsichtig.
Die Nachricht vom Vormarsch der Preußen ist beunruhigend. Ich versetze die italienische Armee in Kriegsbereitschaft, für den Fall, dass wir benötigt werden.
Auguste sendet dir liebe Grüße.

Dein dich liebender und glücklicher Sohn Eugène

Anmerkung – Es überrascht mich nicht im Mindesten zu hören, dass sich Pauline und ihr Prinz getrennt haben.

[Ohne Datum]

»Auguste wird ein Mädchen bekommen«, weissagte Bonaparte.
»Warum sagst du das?«
»Pipin, der Sohn Karls des Großen – der, den er als Herrscher nach Italien schickte – hatte Töchter. Fünf Töchter und einen Sohn. Bei Eugène wird es genauso sein.«
»Entschuldige, dass ich verwirrt bin«, sagte ich lächelnd, »aber ich dachte immer, dass du die Verkörperung Alexanders des Großen wärst.« So ungefähr hatte er sich mir gegenüber einmal geäußert!
»Die Herrschaft Karls des Großen steht der meinen eigentlich näher«, sagte er mit vollem Ernst.
Diese seltsame Bemerkung schickte mich in die Bibliothek, um Erkundigungen über den altehrwürdigen Kaiser des Westens einzuholen. Die Ähnlichkeiten sind verblüffend: Karl der Große war nicht groß, aber kräftig und hatte einen dicken Hals. Er kleidete sich schlicht. Wie Bonaparte aß und trank er maßvoll und heilte Krankheiten durch Fasten. Ebenfalls wie Bonaparte

hatte er die Angewohnheit, mehrmals während der Nacht aufzustehen und zu arbeiten. Karl der Große zog über die Alpen nach Italien, und er wurde vom Papst zum Kaiser gekrönt.
Die Parallelen amüsierten mich, bis ich las, dass Karl der Große seine erste Ehefrau, von der er keine Kinder bekam, verstieß und eine Frau von edler Herkunft heiratete, von der er Kinder bekam.

6. September, Samstag, 7 Uhr 10 abends – Paris

Es war ein heißer Nachmittag für eine Militärparade: Bonaparte verging vor Hitze in seinem schwarzen Biberpelzhut und Paletot. Trotz der Marschkapellen, des bewegenden Anblicks glitzernder Bajonette, wehender Fahnen und atemberaubender Kavallerieattacken – trotz alledem wirkten die vielen Menschen merkwürdig still. Sie beobachteten mit düsteren Mienen, wie die Soldaten vorübermarschierten.
»Die Staatspapiere sind gefallen«, sagte Mimi.
Es liegt eine Abschiedsstimmung in der Luft, ein Stimmung, die anzeigt, dass etwas zu Ende geht. Unsere Männer werden bald in den Krieg ziehen.

24. September

Bonaparte summt »Marlbrough«. Morgen bricht er zum Feldzug auf.

Gera, 13. Oktober, 2 Uhr nachts

Heute bin ich in Gera, ma bonne amie. Alles läuft sehr gut. Die Königin von Preußen ist in Erfurt. Wenn sie eine Schlacht erleben möchte, wird sie dieses grausame Vergnügen haben können. Mir geht es gut. Seit ich dich das letzte Mal sah, habe ich zugenommen. Ganz der deine, N.

16. Oktober, Weimar

Alles ist gelaufen, wie ich es berechnet habe. Noch nie ist eine Armee so besiegt worden und so vollständig vernichtet worden. Die Erschöpfung, die Biwaks und die Nachtwachen haben mich gemästet. Adieu, ma bonne amie. Ganz der deine, N.

2. November, Berlin

Wir haben Stettin eingenommen. Alles läuft so gut wie nur möglich, und ich bin sehr zufrieden. Ich vermisse die Freude, dich zu sehen, aber ich hoffe, dass es nicht mehr lange dauern wird. Adieu, mon amie. Ganz der deine, N.

3. Dezember, Posen, 6 Uhr abends

Du musst dich beruhigen. Ich habe dir doch geschrieben, dass du kommen kannst, wenn der Winter vorüber ist; das musst du abwarten. Je bedeutender man ist, umso weniger kann man tun, was einem gefällt. Man ist von Ereignissen und Umständen abhängig. Was mich betrifft, so bin ich ein Sklave, und mein Herr ist die Natur der Sache. Ganz der deine, N.

Neujahrstag 1807

Carolines Vorleserin hat einen Jungen zur Welt gebracht.

16. Januar 1807

Meine Liebe, dass du unglücklich bist, schmerzt mich. Warum die Tränen? Hast du denn keinen Mut? Ich werde dich bald sehen. Zeige Charakter und Seelengröße. Adieu, ich liebe dich. N.

18. Januar 1807, Warschau

Man hat mir erzählt, dass du immerzu weinst. Pfui! Das ist schrecklich! Sei meiner würdig und zeige mehr Charakterstärke. Ich liebe dich sehr, aber wenn du die ganze Zeit weinst, muss ich glauben, dass du keinen Mut hast. Feiglinge kann ich nicht ausstehen. Eine Kaiserin muss mutig sein, sogar bis hinunter zu den kleinen Cousinen. Apropos, ich küsse sie. Sie müssen niedergeschlagen sein, weil du ständig weinst. Adieu, mon amie, ich küsse dich. N.

Dienstag, 10. Februar – Paris

Die Karnevalszeit ist fröhlich; ich nicht. Ich gebe mir Mühe, die Kaiserin zu sein, die sich Bonaparte wünscht, eine mit Seele und Charakterstärke. Aber ich bin nun mal eine Kaiserin mit Kopfschmerzen. Sie kommen schon wieder häufig.

Mon amie, dein Brief bekümmert mich – er war zu traurig. Du hast ein großartiges Herz, aber dein logisches Denkvermögen ist schwach. Du empfindest alles wunderbar, aber du bist schlecht im Denken. So, genug der Streiterei. Ich möchte, dass du mit deinem Schicksal zufrieden bist – nicht murrst und weinst, sondern fröhlich und munter bist. Die Nächte sind lang. N.

9. Februar, 3 Uhr morgens

Mon amie, gestern hatten wir eine große Schlacht. Die Siegesgöttin war auf meiner Seite, aber ich habe viele Männer verloren. Die Verluste des Feindes, die beträchtlich größer waren, trösten mich nicht. Ich liebe dich. Ganz der deine, N.

14. Februar 1807

Mon amie, ich bin immer noch in Eylau. Dieses Land ist übersät mit Toten und Verwundeten. Das ist nicht der erfreulichste Teil des Krieges. Man leidet und es lastet schwer auf dem Gemüt, so viele Opfer zu sehen. Trotzdem habe ich erreicht, was ich wollte, und den Feind zurückgeschlagen. Beruhige dich und sei fröhlich. Ganz der deine, N.

[Ohne Datum]

In der Öffentlichkeit feiern wir den Sieg; zu Hause trauern wir. Täglich treffen Kuriere mit Listen der Gefallenen, der Verwundeten und der Vermissten ein. Es erschreckt mich zutiefst, wie nahe Bonaparte selbst dem Tod gekommen ist, wie er sich der Gefahr aussetzt.

15. März 1807, Mailand

Chère Maman,
Wunderbare Neuigkeit! Gestern Abend um 6 Uhr 47 wurde Auguste von einem wunderschönen kleinen Mädchen entbunden. Ich hoffe, dass du und Papa nicht enttäuscht seid. Ich werde ihm gleich schreiben, dass wir hocherfreut wären, wenn er einen Namen für sie aussucht.
Meine Auguste war so tapfer wie ein Soldat, Maman. Es geht ihr bemerkenswert gut, und das Kind nuckelt kräftig. Wie kann einem nur das Herz so voll sein?
Danke für die Bulletins, die du mir über den Sieg von Eylau geschickt hast. Es sind großartige Nachrichten, aber ach, die Verluste! Ich verstehe, dass du aufgebracht bist, dass sich der Kaiser dieser Gefahr aussetzt. Du musst Vertrauen haben, Maman – Papa ist von der Glücksgöttin gesegnet. Wusstest du, dass die Soldaten überzeugt sind, dass du seine Glücksgöttin bist?

Eine Million Küsse
dein Sohn, ein Vater! Eugène

28. April, Den Haag

Chère Maman,
Klein Napoléon ist sehr schwer an Masern erkrankt. Ich habe schon seit zwei Nächten nicht mehr geschlafen. Bete für unseren lieben kleinen Prinzen, Maman.

Deine ergebene (und besorgte) Tochter Hortense

Chère Maman,
dies ist nur eine schnell hingekritzelte Nachricht, um dich wissen zu lassen, dass unsere Gebete erhört wurden: Klein Napoléon geht es besser.

Deine ergebene (und sehr erleichterte) Tochter Hortense

5. Mai, Dienstag

Ich wurde von Mimi vor Tagesanbruch geweckt. »Unten ist ein Kurier. Er ist ohne Pause die ganze Strecke von Den Haag hierher geritten.« Sie reichte mir eine Tasse. »Er will nur mit dir sprechen.«
Der mit Dreck bespritzte Kurier sagte, dass er eine Botschaft von König Louis von Holland hätte. Prinz Napoléons Zustand hätte sich verschlechtert. Das Kind hätte sich einen Blutstau in der Brust zugezogen und könnte nur mühsam atmen. König Louis wünschte, dass ich Dr. Corvisart schicke.
»Weisen Sie den Stallmeister an, unsere schnellsten Pferde vor unsere Reisekutsche spannen zu lassen«, befahl ich einem schläfrigen Kammerherrn. »Lassen Sie den Koch einen Proviantkorb zusammenpacken. Lassen Sie den Finanzprüfer einen Geldbeutel mit Münzen, sowohl französische Francs als auch holländische Gulden, bereitstellen. Dr. Corvisart wird sofort nach Holland aufbrechen.«
»Sofort?«
»Sofort!«

[Ohne Datum]

Ich komme mir wie eine Schlafwandlerin vor, nicht von dieser Welt. Ein leichter Nieselregen, der feuchte Geruch aus dem Park, ein bleiches Morgenlicht hüllten mich ein. Ich weiß, dass das Leben nie wieder dasselbe sein wird, wenn ich aus diesem Traum erwache. Der Stoff, aus dem unser Glück gewebt war, ist für immer zerrissen.
Klein Napoléon ist tot.

6. Mai 1807

Tante Joséphine:
Ich breche heute Abend nach Holland auf. Mein Bruder, König Louis, wird mich brauchen. Ich habe Erzkanzler de Cambacérès angewiesen, alles für unsere Reise vorzubereiten. Ich schlage vor, dass du deine Tochter im Schloss von Laeken in der Nähe von Brüssel triffst.

Prinzessin Caroline

15. Mai – Schloss von Laeken, Brüssel

Hortense ließ meine Umarmung geduldig über sich ergehen. »Guten Tag, Maman«, sagte sie – aber völlig emotionslos.
»Oh, mein Liebling!« Ihr Verhalten verwirrte mich.
»Hortense«, sagte Louis, »dein Hut.«
»Danke«, sagte sie und streckte langsam, als träumte sie, die Hand aus. »Er mochte die Blumen auf dem Hut. Es würde ihm nicht gefallen, wenn ich ihn verliere.« Und dann zu Clari: »Er ist tot, weißt du.«
Petit zog an der Hand seines Vaters. »Bruder?« Louis bedeutete dem Kind, still zu sein.
»Es spielt keine Rolle, was der Junge sagt«, sagte Caroline und

winkte den Dienern, dass sie die Schrankkoffer aus dem Weg räumen sollten. »Sie hört ja doch nicht hin.«
Wir folgten Hortense in den großen Saal. Sie blieb am Eingang stehen und blickte auf die mit Gobelins behängten Wände. »*Er* war vor gar nicht langer Zeit mit mir hier. Ich hielt ihn auf den Knien – dort.« Sie zeigte auf einen Polsterstuhl. Und dann verstummte sie und sprach nicht mehr.

Früher Abend, 6 Uhr 20, meine ich – Warten auf das Abendessen

Louis und ich saßen auf einem muffigen Sofa in der Schlossbibliothek, Dr. Corvisart hatte uns gegenüber auf einem mit rissigem Leder bezogenen Armsessel Platz genommen. Ich warf Louis einen mitfühlenden Blick zu. »Du bist bewundernswert stark.« Es stimmte.
»Im Herzen weine ich«, sagte Louis gequält. Und dann erzählte er, wie es geschah: Klein Napoléon ging es besser, doch dann lief plötzlich sein Gesicht blau an, und er begann nach Luft zu ringen. Sie ließen die besten Ärzte Hollands kommen –
»Wohl angesehene praktische Ärzte, Eure Majestät«, versicherte mir Dr. Corvisart. »Ihrem Enkel wurde die beste Behandlung zuteil, die weit und breit zur Verfügung stand.«
Die Ärzte legten Blutegel an und Zugpflaster auf, aber sie waren nicht in der Lage, das Fortschreiten der Krankheit aufzuhalten. »An diesem Punkt schickte ich nach Dr. Corvisart«, sagte Louis mit schwankender Stimme. In ihrer Verzweiflung versuchten sie es sogar mit Englischem Pulver, einem Quacksalbermittel. »Es war ein Wunder«, sagte Louis. »Klein Napoléon setzte sich im Bett auf und bat darum, ›Angeln gehen‹ spielen zu dürfen.«
Ich lächelte durch meine Tränen. Ich hatte ihm beigebracht, wie man dieses Spiel spielte.
»Und dann erlitt er einen Rückfall.« Wir warteten schweigend,

während Louis sich bemühte fortzufahren. »Hortense beugte sich über ihn und gab ihm einen Kuss. Er sagte: *Bonjour, Maman*, und schloss die Augen.« Louis sah mich mit glitzernden Wangen an. »Und damit war es vorbei.«

Ich legte meine zitternden Hände wie zum Gebet an die Lippen. Wie sollten wir jemals diesen Schmerz ertragen?

»Hortense fiel ohnmächtig zu Boden. Ihre Augen waren geöffnet, aber sie reagierte nicht. Sie …« Louis hielt überwältigt inne.

»Eure Majestät, Ihre Tochter war über sechs Stunden in einem paralysierten Zustand«, sagte Dr. Corvisart.

»Am Morgen konnte sie zwar sprechen, aber« – Louis faltete die Hände, um das Zittern einzudämmen – »sie hat noch keine einzige Träne vergossen.«

»Sie müssen verstehen, Eure Majestät, Ihre Tochter ist nicht sie selbst«, sagte Dr. Corvisart sanft. »Man muss Geduld haben. Es ist, als wandele sie im Schlaf.«

Er empfahl eine Reise, einen Kuraufenthalt – wozu Louis bereitwillig zustimmte. »Würdest du dich um Petit kümmern?«

O ja.

[Ohne Datum]

Heute Morgen bot Caroline Petit einen kleinen Kuchen an, und ohne, dass mir bewusst war, was ich tat, riss ich ihm die Süßigkeit aus der Hand. Das erschrockene Kind brüllte.

Caroline stand da und sah mich unverwandt an. »Es tut … es tut mir Leid«, stammelte ich und gab Petit den Kuchen zurück.

»Möchtest du auch einen, Tante Joséphine?«, fragte Caroline mit honigsüßem Lächeln.

Nun, da ich nochmals darüber nachdenke, wird mir klar, dass ich Caroline in der Nähe von Petit nicht traue, ihr zutraue, dass sie versuchen wird, dem Kind irgendwie zu schaden. Was für ein hässlicher Gedanke! Nicht Caroline ist das Ungeheuer: Ich bin es.

Sonntag, 17. Mai – Schloss von Laeken, Brüssel

Heute Morgen nach der Messe spazierten Hortense und ich schweigend zum Teich am Ende des Parks. »Hier hat er Kieselsteine ins Wasser geworfen«, sagte sie.
Ich begann zu schluchzen. »Es tut mir Leid, es ist nur, dass –« Aber ich konnte es nicht erklären, konnte ihr nicht sagen, dass ich nicht nur um den kleinen Napoléon trauerte, sondern auch um meine Tochter.
»Ich kann mich glücklich schätzen«, sagte sie mit einem Lächeln, das mich frösteln ließ, »denn ich fühle gar nichts. Sonst würde ich leiden.«

Donnerstag, 21. Mai – Schloss von Laeken, Brüssel

Tränen, *endlich* – aber ach, wie qualvoll.
Hortense und ich machten unseren Nachmittagsspaziergang. Ich war stehen geblieben, um mit einem Nachbarn zu sprechen. Hortense schlenderte davon, doch kurz darauf ließ mich ein gepeinigter Schrei loslaufen. Ich fand sie zusammengekrümmt auf einer Bank. »Maman, ich kann es nicht ertragen!«, weinte sie und fiel mir in die Arme. Mein Herz blutete um sie, um die Qual ihrer Verzweiflung, doch zu meiner Bestürzung sah ich, wie ihre Augen wieder diesen glasigen Blick annahmen. Sie befreite sich und richtete sich auf. »Ah, das ist besser«, sagte sie. »Jetzt kann ich nichts mehr fühlen.«

Wir müssen vergnügt sein

14. Mai 1807, Finckenstein

Ich verstehe deinen Kummer über den Tod des armen kleinen Napoléon. Du kannst dir vorstellen, wie mir zumute ist. Ich wünschte, ich wäre bei dir. Du hattest das Glück, noch nie ein Kind verlieren zu müssen, aber das ist nun mal eine der schmerzlichen Realitäten des Lebens. Gib auf dich Acht und habe Vertrauen in meine Gefühle für dich. N.

22. Mai 1807, Mailand

Chère Maman, arme, arme Hortense, armer Louis: Wie sie leiden müssen! Auguste und ich drücken unsere Kleine an unser Herz – unsere wunderschöne kleine Joséphine, wie sie genannt wurde. (Auf Papas Wunsch, Maman.) Wenn wir doch nur Schaden von ihr abwenden könnten, für immer und ewig. Wie schwer es ist, Eltern zu sein.

Dein getreuer Sohn Eugène

7. Juni 1807, Paris

Schatz,
ich weine um dich! Es gibt nichts Niederschmetternderes als den Tod eines Kindes – und dann auch noch eines solchen Kindes. Sollte ein Besuch tröstlich sein, gestatte mir bitte die Ehre.

Deine treue Freundin Thérèse

10. Juni, nachmittags – Malmaison

In dem Augenblick, als ich Thérèse sah, brach ich in Tränen aus und erschreckte den allerliebsten Petit. Thérèse tröstete ihn mit einer Blechschaufel, die sie ihm schenkte. »Damit kannst du im Schlamm spielen – obwohl Prinzen das vielleicht ja gar nicht dürfen?«, fügte sie mit besorgter Miene hinzu.

»Darf ich, Grandmaman?«, fragte Petit mit großen hoffnungsvollen Augen.

»Natürlich«, sagte ich und strich ihm über die feinen Locken. Seit dem tragischen Verlust seines großen Bruders war er empfindlich, aß nicht gut und wachte nachts häufig auf. Ich weiß, dass er seine Eltern vermisst. Täglich schicken wir seine »Briefe« (Kritzeleien) in ihren so weit entfernten Badeort in den Pyrenäen. Weit weg von dem niederschmetternden Trauerschmerz, bete ich.

»Du und Mimi«, fügte ich hinzu und gab Mimi ein Zeichen, dass sie das Kind nehmen sollte. »Grandmaman Joséphine erlaubt es, im Schlamm zu spielen«, erklärte ich Thérèse und ging vor ihr zu den doppelten Schiebetüren in den Garten hinaus, »aber Maman Hortense erlaubt es nicht.« Und dann fing ich wieder zu weinen an, weil ich mich daran erinnerte, wie gerne der kleine Napoléon in den Pfützen gespielt hatte. Thérèse sagte kein Wort, nahm nur meinen Arm. So schlenderten wir durch den Garten, während ich wie eine Närrin heulte. »Verzeih mir!« Thérèse führte mich zu einer Bank am Teich, wo wir eine Weile schweigend saßen und den beiden schwarzen Schwäne zuschauten, die über die Wasseroberfläche glitten. In der Ferne konnten wir die Gazellen auf einer Wiese äsen und das Gazellenjunge herumspringen sehen. »Und wie wird der Kaiser damit fertig?«, fragte Thérèse.

»Er schreibt, dass ich tapfer sein soll, aber ich weiß, dass er weint.« Armer Bonaparte. Er ließ sich selten gehen, vor allem nicht vor seinen Männern. »Er hat dieses Kind so sehr geliebt.«

»Klein Napoléon war sein auserwählter Erbe.«

»Das ist es ja gerade! Aber es kommt mir unrecht vor, *darüber* nachzudenken – über die politischen Konsequenzen, die persönlichen Konsequenzen.«

»Aber wie willst du das verhindern?«, fragte Thérèse und reichte mir ihr Taschentuch.

»Du hast Recht. Seit dem Tod des kleinen Napoléon scheint jeder nur von einem einzigen Gedanken besessen zu sein: Was würde geschehen, wenn Bonaparte sterben sollte? Wer wäre der Erbe? Erbe! Wenn ich dieses Wort noch einmal höre, schreie ich. Tut mir Leid«, sagte ich wieder gefasst. »Die Sorgen sind berechtigt. Sollte Bonaparte tatsächlich ohne einen Erben sterben, würde das Chaos regieren. Zweifellos bräche ein Bürgerkrieg darüber aus, wer seinen Platz einnehmen sollte.«

»Prinzessin Caroline sagt, dass ihr Mann derjenige sein sollte.«

»Der regiert?« Mein Blick verriet, was ich dachte.

»Joachim gäbe eine gute Königin ab«, sagte Thérèse und stieß ein kehliges Lachen aus.

»Und Caroline einen guten König, was das betrifft«, sagte ich reumütig und trocknete mir die Wangen und Augen.

»Dieses Mädchen will *tatsächlich* eine Krone.«

»Ich verstehe nicht, wieso jemand diesen Wunsch haben kann.«

»Oh, meine arme, traurige Kaiserin«, sagte Thérèse und drückte meine Hand.

»Aber Kaiserin für wie lange, Thérèse?« Ich erzählte ihr von Carolines Vorleserin, von dem Jungen, den sie zur Welt gebracht hatte – Bonapartes Kind. »Da Bonaparte nun weiß, dass er ein Kind zeugen kann, was sollte ihn dann noch davon abhalten, sich von mir scheiden zu lassen und eine Frau zu heiraten,

die ihm einen Sohn schenken kann? Vor allem *jetzt* – wo jeder unbedingt einen Erben haben will.«
Thérèse lächelte. »Ich habe rein zufällig etwas gehört, was die Schwermut vielleicht kurieren kann.«
Was sie mir erzählte, erstaunt mich jetzt noch: dass sich Joachim laut damit gebrüstet hatte, dass Carolines Vorleserin die Galanterien des Kaisers leid, aber über *seine* höchst erfreut gewesen sei. »Also ist vielleicht Joachim der Vater des Kindes?« Und nicht Bonaparte?
»Murat scheint das wohl zu behaupten.«
»Ob Caroline weiß, dass er ihre Vorleserin ›besucht‹ hat, was meinst du?«
»Ich vermute, dass sie es nicht nur wusste, sondern sogar arrangiert hat.«
»Warum sollte sie das tun?«
»Denk doch mal nach: Sie wollten, dass das Mädchen in einen gewissen Zustand versetzt wird.«
Natürlich: Dieser teuflische Plan klang absolut plausibel. »Dann hat Joachim also das Mädchen verführt, um sie zu schwängern?« Um Bonaparte weiszumachen, dass *er* der Vater eines Kindes sein konnte. Um Bonaparte dazu zu bewegen, sich von *mir* scheiden zu lassen.
»Wenn ich du wäre, würde ich dafür sorgen, dass der Kaiser davon erfährt«, sagte Thérèse.
»Selbstverständlich«, sagte ich von Gefühlen übermannt: von Erleichterung natürlich, aber auch von Empörung um Bonapartes willen, der so missbraucht wurde.

Mon amie, bis du diesen Brief liest, wird der Frieden unterzeichnet und Jérôme König von Westfalen sein. Ich liebe dich und hoffe zu erfahren, dass du glücklich und vergnügt bist. N.

12. Juli, Sonntag

»*Jérôme* wird König?« Caroline konnte ihre Wut nicht verhehlen. »*Ist* König«, verbesserte ich sie, während ich die Papiere auf meinem Sekretär durchsah. Ich hatte, ehrlich gesagt, keine Zeit für einen von Carolines Wutanfällen. Bonaparte hatte geschrieben und Anweisungen erteilt, dass die Friedensfeierlichkeiten »ein verschwenderisches Spektakel orientalischer Prachtentfaltung« sein sollten. Selbst Chastulé war von allem, was erledigt werden musste, überfordert und hatte sich ins Bett gelegt: die Friedensfeierlichkeiten, die Hochzeit von Jérôme und Prinzessin Katharina von Württemberg, der zwei Monate dauernde Feste in Fontainebleau folgen sollen. Jeder europäische Souverän würde daran teilnehmen. Wo sollten wir sie bloß alle unterbringen?
Caroline stampfte mit dem Fuß auf. »Jérôme hat eine Krone, Napoléon hat eine Krone, Joseph hat eine Krone, Louis hat eine Krone. Selbst Elisa hat eine blöde, kleine Krone. Jeder hat eine Krone, nur *ich* nicht!«

Samstag, 25. Juli, morgens, sehr heiß

»Ach ja, Kronen«, sagte Fouché, »es scheint, dass es nie genug davon geben kann.«
Oh, ich bin es leid, bin diese Streitereien, Intrigen und Zweifel so leid. Wenn doch bloß Bonaparte zurückkäme. Gestern Nacht besprengte ich mein Bettlaken mit dem Zitronenparfüm, das er benutzt. Es ist schon zehn Monate her.

27. Juli, Montag

Heute Morgen um fünf Uhr wurde ich von großem Lärm im Innenhof geweckt. Mimi kam hereingelaufen. »Es ist der *Kaiser*!«

Oh, mon Dieu. Ich sprang aus dem Bett. »Mimi, schnell, hole mein bestes Nachtgewand«, sagte ich und spritzte mir Wasser ins Gesicht. »Und meine neue Spitzenhaube.« Ich setzte mich an meinen Toilettentisch. Ich sah alt aus. Es war keine Zeit mehr (und auch nicht genügend Licht), um mein Gesicht ordentlich herzurichten.

»Meinst du die hier?«, sagte Mimi keuchend, denn die Garderobe ist auf dem Dachboden und die Treppe ist steil. Sie hielt mir ein wunderschönes Nachtgewand und eine Haube hin.

»O nein. Ich meine, es ist hinreißend – aber es ist aus englischem Musselin. Lass nur«, beruhigte ich sie, nahm die Haube und streifte sie über meine zerzausten Haare. »Ich werde mich in einen Schal wickeln.« Ich bestäubte meine Nase mit Reismehl. »Den, den ich gestern Abend getragen habe – den rosaroten.« Eine günstige Farbe für das Morgenlicht.

»Ich habe ihn im Vorzimmer gesehen«, sagte Mimi, rannte aus der Tür und kam fast umgehend damit zurück. Ich betupfte mich mit dem Lavendelwasser, das Bonaparte bevorzugte (behutsam – nicht zu viel), warf mir den Schal um die Schultern, warf einen letzten besorgten Blick in den langen Spiegel (gar nicht so übel: derangiert, aber mit einer erotischen Note), schlüpfte in meine Pantoffeln (ein neues, goldbesticktes Paar – perfekt) und eilte aus der Tür.

Ich stand im Eingang und ließ die Szene auf mich wirken: fünf dick mit Schlamm bespritzte kaiserliche Karossen, Stallknechte und Postillione, die die dampfenden Pferde ausspannten, Diener, die unter der Last riesiger Schrankkoffer schwankten.

Jérôme, Joachim, Duroc … alle – aber wo war Bonaparte? Und dann hörte ich einen Mann brüllen: »Das habe ich dir schon gesagt. Ich wiederhole mich nicht.«

War das Bonaparte? Es hörte sich an, als wäre er es, aber die Stimme klang schroff.

»Ah, da bist du ja«, sagte er, als er hinter der kaiserlichen Kutsche auftauchte. Ich sah den alten Gontier mit unglücklicher Miene auf den Stall zu humpeln.

»O Bonaparte«, sagte ich und umarmte ihn. Gegen meinen Willen schossen mir Tränen in die Augen. Die zehn Monate ohne ihn waren sehr schwer gewesen, und nun, da sie vorüber waren, spürte ich, wie mich der Mut verließ.

»Warum weinst du?«, sagte er und trat zurück.

»Ich bin so froh, dich zu sehen.« In Wahrheit war ich verwirrt. Bonapartes Stimme war anders als sonst, auch sein Benehmen. Dieser Mann war weder Ehemann noch Freund, noch Geliebter. »*Sire*«, fügte ich mit einem bedauernden Lächeln hinzu. Nach einer langen Trennung ist es oft nicht leicht, rief ich mir ins Gedächtnis. Es dauert seine Zeit, bis man sich wieder aneinander gewöhnt hat.

»Eure Majestät?« Claris Mann, Monsieur Rémusat, wurde von vier Pagen begleitet. Trotz der frühen Stunde waren sie alle in voller Livree. »Mir wurde mitgeteilt, dass Sie mich zu sprechen wünschen.« Als er und die vier Pagen sich gleichzeitig verbeugten, wurden ihre gefiederten Hüte an ihren Brustkorb gedrückt. (Ganz offensichtlich hatten sie das einstudiert.)

»Ja, werfen Sie diesen alten Mann hinaus. Ich möchte sein Gesicht nicht mehr sehen.« Und mit diesen Worten marschierte Bonaparte ins Schloss und ließ mich auf der Treppe stehen.

Monsieur Rémusat bot mir seinen Arm. »Seien Sie unbesorgt, Eure Majestät«, raunte er. »Nach dem Kodex kehrt erst der Kaiser zurück und *dann*, ein paar Tage später, der Ehemann.«

»Sicherlich«, sagte ich und lächelte über seinen feinsinnigen Humor. Seltsamerweise fühlte ich mich, nun, da Bonaparte zurück war, noch einsamer als zuvor. »Aber werfen Sie nicht Gontier hinaus«, sagte ich zu ihm, als wir Bonaparte ins Schloss folgten. »Oder besser«, fügte ich rasch hinzu, als ich die bestürzte Miene von Monsieur Rémusat sah, »versichern Sie

Monsieur Gontier, dass er wieder eingestellt wird – das heißt, sobald der *Ehemann* zurückgekehrt ist.«

Mittwoch

Vor wenigen Minuten stürmte der Militärgouverneur von Paris aus Bonapartes Arbeitszimmer, und kurz darauf wurde Joachim gemeldet.

Clari beugte sich über ihrem Stickrahmen vor. »Meinen Sie, ob der Kaiser herausgefunden hat, was da mit Militärgouverneur Junot und …«

Junot und *Caroline*, meinte sie.

»Ich frage mich, ob der Kaiser auch über all die anderen Männer Bescheid weiß, die seine Schwester schon empfangen hat«, flüsterte Chastulé.

»Welche anderen Männer?«

»Das wissen Sie nicht, Eure Majestät?«, fragte Clari. »Prinzessin Caroline lockte den österreichischen Botschafter in ihr Schlafzimmer, das sie, wie ich hörte, mit Rosenblütenblättern bestreut hatte.«

Rosenblütenblätter! Kürzlich war Caroline nach Malmaison herausgekommen und hatte mich um Säcke davon gebeten – angeblich für eine Tinktur, die sie herstellen wollte. (Eine schöne Tinktur.)

»Ha! Talleyrand ebenfalls –«

»Das ist unmöglich«, widersprach Clari und errötete dabei. (Ich vermute, dass sie in den mürrischen Außenminister vernarrt ist.)

»– *und* der Polizeiminister«, fuhr Chastulé fort.

Fouché? »Das ist jetzt aber wirklich unmöglich«, sagte ich.

»Alle nennen Prinz Murat Prinz Hahnrei«, steuerte Mademoiselle Avrillion bei und blickte von ihrer Flickarbeit an einem meiner Unterröcke auf.

»Aber es scheint ihn nicht zu stören. Ich hatte zumindest auf ein Duell gehofft«, sagte Chastulé.
»Der Grund dafür ist, dass Prinzessin Caroline ihm gesagt hat, dass sie es für *ihn* tut«, vertraute uns Clari an.
»Das ist eine fabelhafte Ausrede«, sagte Chastulé. »Ich werde daran denken, wenn mein Mann das nächste Mal einen Liebhaber in meinem Bett findet.«
»Weil es von Vorteil sein könnte, sagte sie zu ihm.«
»Das hat Caroline zu Joachim gesagt?« Die Vorteile, die Fouché, Talleyrand und der österreichische Botschafter möglicherweise zu bieten hatten, leuchteten mir ein – aber Junot? »Ich verstehe nicht, was der Militärgouverneur von Paris –«
»Er kommandiert doch die Truppen in der Stadt, nicht wahr?«, fragte Mademoiselle Avrillion.
»Ha! Man weiß ja nie, wann man mal eine Kanone oder zwei gebrauchen könnte.«

15. August – Tag des heiligen Napoléon

Während ich dies schreibe, leuchten Feuerwerksraketen auf und erhellen die Nacht. Paris hat sich ganz dem Feiern hingegeben: Turniere, Spiele, Konzerte, festliche Beleuchtung und Ballettaufführungen. Überall wird irgendetwas zu Ehren des heiligen Napoléon gefeiert – zu Ehren Napoléons, des Kaisers und Friedensstifters.
Bonaparte und ich verfolgten die Feierlichkeiten vom Balkon der Tuilerien aus. Die Menge jubelte, als sie ihren Helden, Napoléon den Großen, erblickte.
Napoléon der Unnahbare. Er sieht sich alles mit gerunzelter Stirn an. Er ist kein glücklicher Mann – und ich bin gewiss *keine* glückliche Frau. Auch deshalb stürze ich mich so verzweifelt in die Vorbereitungen für Jérômes Hochzeitsfeierlichkeiten, die Ankunft der königlichen Braut.

Sonntag, 23. August – Tuilerien

Heute Morgen wurden Jérôme und seine (dralle) Prinzessin Katharina in der Diana-Galerie in Anwesenheit des gesamten Hofstaats (mittlerweile achthundert Personen) getraut. Jérôme sah glänzend aus in seinem weißen, goldbestickten Satinanzug. Wir befinden uns in einem Taumel aufgesetzter Fröhlichkeit.

27. August, 11 Uhr 20 – im Familiensalon, Saint-Cloud

Mimi holte mich aus dem zweiten Akt von *Cinna* heraus. Sie machte mir Zeichen von der Tür aus. »Ich werde wegen irgendetwas gebraucht«, raunte ich Bonaparte zu und schlüpfte hinaus.
»Hortense ist zurück«, sagte Mimi, die Hände über dem Herzen gekreuzt.
»Hier? Sofort!« Ich folgte Mimi aus dem Theater und durch die Orangerie zum Schloss.

Hortense lehnte den Kopf an meine Schulter, als wäre sie müde, als brauchte sie die Schulter einer Mutter, um sich auszuruhen.
»Es geht mir besser, Maman«, sagte sie.
»Das sehe ich«, sagte ich – und es stimmte wirklich. Ihre Worte klangen aufrichtig.
»Habe ich bei etwas gestört?«, fragte sie, als sie in den mit Equipagen überfüllten Innenhof hinausblickte.
»Es läuft gerade eine Aufführung von *Cinna*. Ich lasse Bonaparte holen.«
»Nein, warte, Maman. Es ist Papas Lieblingsstück. Wir haben noch so viel Zeit.«
»Soll ich Petit holen gehen?«, schlug Mimi grinsend vor.
»Er ist noch auf?« Hortense klang hoffnungsvoll.
»Ich werde ihn wecken«, sagte Mimi. »Er hat jeden Tag von seiner Maman gesprochen.«

»Seiner Maman, die gut aussieht«, sagte ich zu meiner Tochter. »Es war eine angenehme Reise«, sagte sie und streichelte mir die Wange – als wäre ich *ihr* Kind. »Ich habe Lieder geschrieben.« Sie hielt inne und richtete den Blick zur Decke. »Für *ihn*.« *Ihn*. Klein Napoléon. Als schwebte sein Geist dort oben herum. »Petit war ein Schatz. Ich habe dir so viele Geschichten zu erzählen. Er ist ein so entzückendes Kind.« Aber in letzter Zeit anfällig und ängstlich und nachts häufig wach. »Ah, er ist auf«, sagte ich, als das schläfrige Geplapper des Kindes zu hören war. Mimi erschien mit dem Kind auf den Armen. »Oh, Petit!«, sagte Hortense mit schwankender Stimme. Ich wusste, was sie dachte, dass er dem kleinen Napoléon so sehr ähnelte. Und doch so anders aussah.
Das Kind starrte seine Mutter an und vergrub dann das Gesicht in Mimis Hals.
»Drei Monate sind eine Ewigkeit für ein Kind«, sagte ich, da ich ein Problem befürchtete. »Erinnerst du dich noch, wie dir zumute war, mein Schatz, als ich aus dem Gefängnis kam? Du hast mich nicht einmal wieder erkannt.«
»Daran erinnere ich mich nicht mehr«, sagte Hortense und beugte sich hinunter, um die Aufmerksamkeit ihres Sohnes auf sich zu lenken. Sie bedeckte das Gesicht mit den Händen und überraschte ihn mit einem Guck-Guck. Petit, den Daumen im Mund und den Anflug eines Lächelns in den Augen, musterte seine Mutter mit ernstem Gesicht. Sie machte noch einmal Guck-Guck für ihn und entlockte ihm ein kurzes Kichern. Dann öffnete sie die Hände, und er sprang in ihre Arme. Sie drückte ihn an sich, Tränen strömten auf seine feinen Locken, und sie gurrte: »Oh, mein Petit, mein süßer Petit.« Mimi und ich standen schniefend daneben, unsere Herzen voller Liebe und Kummer.
»Ah, da bist du ja.« Es war Bonaparte, der in der Tür stand.
»Papa! *Sire*.« Sie knickste ehrerbietig und balancierte dabei ihr

Kind in den Armen. Mit dem Rücken der freien Hand wischte sie rasch über ein Auge.

»*Immer noch* Tränen?«, sagte er vorwurfsvoll. »Du hast genug um deinen Sohn geweint. Du bist nicht die einzige Frau, die einen Verlust erlitten hat. Andere Frauen sind tapferer als du, vor allem, wenn man bedenkt, dass du ein Kind hast, das dich braucht. Da du nun zurück bist, lächele und sei fröhlich – und keine einzige Träne mehr!« Und mit diesen Worten ging er fort.

Hortense sank auf eine kleine Bank neben der Tür. »Wie kann Papa mir nur solche Vorwürfe machen?«, fragte sie keuchend.

»Versuche ihn zu verstehen, Hortense«, sagte ich und bedeutete Mimi, Petit zu nehmen. »Bonaparte ist genauso traurig wie wir, aber er glaubt, dass wir es durch unsere Tränen nur noch schlimmer machen.« Kummer zermürbte ihn, machte ihn verlegen.

»Versteht er denn die Gefühle einer Mutter nicht?«

»Er glaubt, dass es dir hilft, wenn er streng ist.« Ich legte den Arm um ihre schmalen Schultern. »Er liebt dich.«

Das ist wahr. Bonaparte hat ein großes, *großes* Herz. Wenn ich es nur finden könnte.

Sonntagmorgen in Malmaison, herrlich – noch nicht zu heiß

Ich habe gerade mit der Wirtschafterin und dem Chefkoch über das Familienessen heute Abend gesprochen: Madame Mère, Julie*, Louis und Hortense, Pauline, Caroline und Joachim, Jérôme und Prinzessin Katharina, Stéphanie und Émilie, Bonaparte und ich. Sind das alle? Ein Tisch für dreizehn. Und alle Kinder natürlich: Petit, Julies Mädchen (Zenaïde und Charlot-

* Obwohl Joseph nach Neapel gezogen war, um als König zu regieren, blieben seine Frau Julie und ihre beiden Töchter in Paris. In Neapel lebte Joseph öffentlich mit der Herzogin d'Atri zusammen.

te), Carolines vier Kinder (Achille, Letizia, Lucien und Louise). Mimi bereitet gerade für sie ein Picknick im Freien unter den Eichen vor.

10 Uhr 10 abends

Das Essen verlief leidlich gut – das heißt, für ein Familientreffen der Bonapartes. Joachim war Bonaparte gegenüber so offensichtlich servil – bot ihm seine Schnupftabakdose an, verbeugte sich nicht nur bei der Begrüßung, sondern bei *jedem* Satz –, dass sich sowohl Louis als auch Jérôme darüber ärgerten und ihn mit »Prinz Wüterich« anredeten, was wiederum Joachim sehr ärgerte. Auch Caroline schien schlechte Laune zu haben – zweifellos wegen dieser Sache mit den Kronen. Aber das Schlimmste von allem war, dass Pauline – die von vier als Mamelucken gekleideten Negern in einer mit Quasten besetzten Seidensänfte hereingetragen wurde – Hortense tadelte, weil sie Schwarz trug: »Dein Sohn war erst fünf, als er starb. Du solltest keine Trauerkleidung tragen.«
Meine Patentochter Stéphanie war ein wenig impulsiv, andererseits jedoch, dank der strengen Führung von Madame Campan, beherrscht. Es entging mir nicht, dass Hortense nur so tat, als äße sie. Später, als das Dessert abgeräumt wurde, verließ sie mit einer Entschuldigung abrupt den Tisch.
Ich fand sie im Wasserklosett mit einer Porzellanschüssel auf dem Schoß, Louis neben ihr. Ihr Gesicht war hochrot und schweißgebadet. »Ist schon gut, Maman«, sagte sie, als sie meinen besorgten Blick sah. Sie schaute Louis an. »Darf ich es ihr sagen?«
»Hortense erwartet wieder ein Kind.«

Caroline lief rot an, als sie die Neuigkeit hörte – ihr erhitzter Teint war selbst durch eine dicke Schicht Bleiweiß zu sehen. Sie warf Joachim »einen Blick« zu, ein kaum merkliches Anheben ihrer mit Kajal nachgezogenen Augenlider. »Wie wundervoll«, sagte sie mit einem strahlenden Lächeln und klopfte angelegentlich auf ein Schönheitspflaster, das auf ihrem Kinn klebte. »Was für eine Überraschung.«

Am Ende des Abends brachte Louis einen Toast aus. Er und Hortense würden in ihr Königreich zurückkehren, sagte er, und daher müssten sie allen Lebewohl sagen.

»Cin-cin! Cin-cin!«, rief Jérôme aus und schüttete dabei Wein auf seine neue (und hingebungsvolle) Frau.

»Nichts geht über die Familie«, sagte Madame Mère.

»Nein, Maman: Du sollst *salúte* sagen.«

»Salúte.«

»Salúte!«

»Santé«, sprach ich leise und schwach vor Sorge nach.

[Ohne Datum]

Erschreckende Neuigkeit: Hortense ist schwindsüchtig. »Heißt das, dass sie die Schwindsucht hat?«, fragte ich Dr. Corvisart. Es gibt Menschen, die an dieser Krankheit sterben!

»Es ist eher eine Tendenz in diese Richtung«, sagte er zu mir. »Sie wird sicherlich wieder genesen, aber ich mache mir Sorgen, ob das Klima von Holland nicht vielleicht zu …« Er verzog das Gesicht. »Ein feuchtes Klima könnte –«

»Ihrer Gesundheit schaden?«

»Vor allem da sie in anderen Umständen ist.« Er räusperte sich. »Und außerdem mache ich mir Sorgen um das Kind. Es kränkelt, und man will doch keinerlei Risiken eingehen.«

Dieu nous en garde!

19. September

Louis ist allein nach Holland zurückgekehrt – ohne seine Frau, ohne seinen Sohn. »Aber er ist *wütend* auf mich abgereist, Maman«, schluchzte Hortense.
»Dr. Corvisart hat ihn doch aufgeklärt, oder? Über die Gefahren?«
»Ich weiß es nicht. Louis wollte nicht einmal mehr mit mir sprechen!«

Sonntagmorgen

Carolines Ball gestern Abend war so pompös, dass es schon anstößig war: Seiltänzer und Akrobaten, ein Miniaturdorf im Garten. Als Caroline und Joachim (beschwipst) Jérômes Braut zu einer Nachbildung ihres Sommerhauses führten, trat ein in Bauerntracht gekleideter Chor auf und sang die traditionellen Lieder ihres Landes.
Natürlich war es ein Triumph. Caroline sorgte dafür, dass Bonaparte auch ja nichts von alledem entging, was sie zur Unterstützung seines Ruhmes getan hatte. Sie sorgte auch dafür, wie ich später herausfand, dass das Gerücht die Runde machte, Hortense erwarte ein Kind von einem Mann namens Monsieur Decazes.

4 Uhr 45 nachmittags

»Ich glaube, ich habe den Grund für Louis' Wut herausgefunden«, sagte ich zu meiner Tochter. »Kennst du einen Monsieur Decazes?«
»Er hielt sich in dem Badeort auf, trauerte um den Tod seiner Frau.«
»Anscheinend geht das Gerücht um, dass er der Vater des Kindes ist, das du erwartest.«

»Monsieur Decazes?« Hortense kräuselte die Nase. »Das ist ... das ist verrückt, Maman.«
»Der Meinung bin ich auch! Ich war empört. Aber es könnte erklären, warum Louis so wütend war. Vielleicht solltest du –«
»Das erklärt gar nichts! Wie konnte Louis einer derartigen Geschichte über mich nur Glauben schenken?«
»Nun ja ...« Ich kannte das Gefühl, von Eifersucht verzehrt zu werden, wusste, zu welchen Handlungen sie einen Menschen verleiten konnte.
»Ein Mann braucht mich nur anzuschauen, und schon ist Louis von meiner Treulosigkeit überzeugt. Das werde ich ihm niemals verzeihen!«
»Aber Hortense, meinst du nicht, dass du vielleicht –«
»Niemals!«, schrie sie und stürzte zur Tür.
Ich streckte den Arm aus, um sie daran zu hindern, aus dem Zimmer zu laufen.
»Lass mich gehen!«, forderte sie.
»Ich will die Wahrheit wissen, Hortense.«
»Ich werde dir die Wahrheit erzählen!«, sagte sie mit bebender Stimme. »Aber es wird nicht die sein, die du erwartest. Diese Wahrheit wirst du nicht hören wollen. Die Wahrheit ist, dass Louis mich quält! Er *bezahlt* Leute, damit sie mir nachspionieren. Er lässt mich verfolgen. Hinter *jeder* Ausfahrt, die ich mache, vermutet er einen romantischen Hintergrund – selbst, wenn ich ans Sterbebett einer Verwandten fahre! Nachts horcht er an meiner Tür, er öffnet meine Post. Ich könnte ebenso gut in einem Kloster leben. Weißt du wie er jeden Tag beginnt? Mit einer Durchsuchung meiner Schränke. Ist das die Achtung, die ein Mann seiner Frau entgegenbringen soll?«
Ich hörte in fassungslosem Schweigen zu, während sie schluchzend von ihren jahrelangen Qualen erzählte. Ich konnte erst nicht glauben, was sie sagte, doch plötzlich ergab alles einen Sinn – die hohe Mauer, die Louis um ihr Haus hatte bauen las-

sen, die Wache, die unter Hortenses Schlafzimmer postiert war.
»Es tut mir ja so Leid, Hortense«, war alles, was ich sagen konnte. Wenn ich es doch nur gewusst hätte! Wenn sie es mir doch nur gesagt hätte! Aber vielleicht stimmte es, was sie sagte: Vielleicht hätte ich es gar nicht hören wollen.
»Weißt du, was er mir über *dich* erzählt, Maman? Er sagt, dass du eine Hure seist. Er sagt, dass du nicht meine Mutter seist, dass Madame Mère jetzt meine Mutter sei – und die hasst mich! Er sagt, dass jede Liebe, die ich dir bezeuge, ein Stich gegen ihn ist! Er ist ständig wütend. Ich darf noch nicht einmal mit einem Mann sprechen, ohne dass Louis droht, ihn mit dem Schwert zu durchbohren. Ich bin ihm noch *nie* untreu gewesen, Maman, und trotzdem behandelt er mich wie eine Verbrecherin«, schluchzte sie. »Jedes Mal, wenn ich ihm zu gefallen versuche, entdeckt er irgendetwas an mir, was er nicht ausstehen kann, etwas, woran er zweifeln kann. Er liebt seinen Hund mehr als mich! Ich kann es nicht länger ertragen. Bitte, bitte, zwinge mich nicht, zu ihm zurückzugehen. Ich fürchte, es wäre mein Tod!«
Und dann wurde sie von einem krampfartigen Hustenanfall gepackt, der mich entsetzlich ängstigte. Ich nahm sie in die Arme, wiegte sie wie ein kleines Kind. Ganz allmählich ließ der Husten nach. »Verzeih mir, Hortense – ich bin blind gewesen.« Und schlimmer noch – mit Absicht. »Aber jetzt weiß ich es.«
Und jetzt, ich schwöre es, wird alles anders.

Ich werde hintergangen

22. September 1807 – Fontainebleau

Endlich haben wir uns für einen Monat zum Jagen und Feiern in Fontainebleau eingerichtet – wir *alle*. (Mit einem Hofstaat umzuziehen ist nicht leicht.) Eingerichtet, aber immer noch in heillosem Durcheinander, denn jedermann hetzt herum und versucht Schrankkoffer zu finden, verläuft sich in den weiten Korridoren, ist erschöpft von zu wenig Schlaf. Selbst die Schauspieler und Schauspielerinnen sind hysterisch. In weniger als zwei Stunden sollen sie Corneilles *Horace* spielen »und unsere Requisiten sind noch nicht einmal eingetroffen«, rief Talma aus, den Handrücken an der Stirn.

Donnerstag, 24. September, 4 Uhr 45 nachmittags

Duroc wandte sich heute Morgen an den versammelten Hof. Hier sind die Regeln:

An einem Abend in der Woche wird der Kaiser empfangen. An diesem Abend wird musiziert, gefolgt von Kartenspielen.

An einem anderen Abend muss ich einen Empfang geben, bei dem Karten gespielt werden. (Aber nicht um Geld: Bonaparte besteht darauf.)

An zwei Abenden in der Woche wird eine Tragödie aufgeführt. (Keine Komödien: Bonaparte hält sie für Zeitverschwendung.)

Außerdem müssen die Prinzen und Minister Diners geben, zu denen alle Mitglieder des Hofes eingeladen sind. Duroc als

Großmarschall und Chastulé als Hofdame müssen das Gleiche tun und Gedecke für 25 Personen auflegen. Für alle, die keine Einladung zu einem anderweitigen Diner erhalten haben, wird ein Tisch bereit stehen.
»An *diesem* Tisch möchte ich essen«, flüsterte Hortense.
»Und abschließend«, sagte Duroc mit erhobener Stimme, »nur dem Kaiser und der Kaiserin steht es frei, allein zu dinieren – *falls* sie es vorziehen, dies zu tun.«
Man hörte das Rascheln feiner Seide, das Klingeln goldener Anhänger, ein Gemurmel – ein neidisches, wie mir klar wurde, weil uns das Privileg auf ein Privatleben eingeräumt wurde. Glücklicherweise wurden die Versammelten von Durocs Bekanntmachung abgelenkt, dass die Herren für die Rotwildjagd einen grünen Rock mit Gold- oder Silberspitze, weiße Kaschmirreithosen und Reitstiefel ohne Stulpen zu tragen hätten. Das Jagdkostüm müsste »ein einfacher, grüner Rock ohne Verzierungen, aber mit weißen Knöpfen« sein, sagte Duroc und sah dabei ausdrücklich Joachim an, der dafür bekannt war, dass er sogar seine Nachthaube verzierte. »Allerdings muss auf diesen Knöpfen etwas Charakteristisches der Spezies, die gejagt wird, eingraviert sein.«
»Der Schwanz«, sagte Joachim und lachte schallend.
Duroc beachtete ihn nicht und führte weiter aus, dass auch für die Damen und ihren Hofstaat Jagdkostüme erforderlich wären, und zu diesem Zweck der Modeschöpfer Leroy engagiert worden sei. An diesem Punkt wurde Leroy, der zwar nervös war, aber den Beifall sichtlich genoss, gebeten, seine Kreation vorzuführen: eine Tunika, eher ein kurzer Reitmantel, über einem Kleid aus besticktem, weißem Satin. Ich applaudierte, was ein Zeichen für die Anwesenden war, dass sie ebenfalls applaudieren durften.
Und mit diesen schönen Worten wurde der Hofstaat entlassen: Die erste Jagd soll in vier Tagen um acht Uhr morgens abgehal-

ten werden. Zuspätkommen ist nicht gestattet. Der Kaiser hat gesprochen.

27. September, Sonntag – Fontainebleau

»Wir müssen ein Hof sein!«, ereiferte sich Bonaparte und schlug mit der flachen Hand auf den Tisch. »Ein *richtiger* Hof, mit Tanz und Fröhlichkeit. Ich will es so!«

Ich will es so. Wenn es doch nur so einfach wäre! Bonaparte hat alle verschreckt. Es ist unmöglich, fröhlich zu sein. Meine Damen haben so große Angst, öffentlich getadelt zu werden, dass sie nicht zu sprechen wagen, schon gar nicht, sich zu *amüsieren*.

»Teufel nochmal. Ich habe Hunderte von Leuten nach Fontainebleau geholt, damit sie sich amüsieren. Ich habe jede Form von Unterhaltung für sie vorbereitet und trotzdem sitzen sie nur mit langen Gesichtern da.«

»Vergnügen kann man nicht mit dem Trommelschlag herbeirufen, Eure Majestät«, bemerkte Talleyrand in seiner gleichmütigen Art.

»Wie lange sind wir hier?«, fragte Hortense später mit wehleidiger Stimme.

Sechs Wochen. Sechs *lange* Wochen.

Mittwoch

Aus Deutschland sind die ersten »Kronen« (wie Chastulé sie nennt) eingetroffen – die Brüder Prinz Mecklenburg und Prinz Mecklenburg-Schwerin, reizende junge Männer mit altmodischen Manieren. Prinz Mecklenburg-Schwerin, erst kürzlich verwitwet (seine Frau war eine Schwester des russischen Zaren), stand gestern Abend unschlüssig in einer Ecke meines Salons herum. Verständlicherweise sah er davon ab, uns am Whisttisch Gesellschaft zu leisten, setzte sich jedoch an eine

Seite und verfolgte mit offensichtlichem Interesse, wie ich meine Karten ausspielte. Später, als Eis serviert wurde, gestand er, dass er sich nicht wohl gefühlt hätte. Ich sprach ihm mein Beileid aus, bereute es jedoch sofort, denn er schien plötzlich den Tränen nahe zu sein. »Verzeihen Sie, Eure Majestät, es war ein Fehler, nach Fontainebleau zu kommen«, sagte er und betupfte sich die Augenwinkel mit einem spitzengesäumten Taschentuch. »Ich bin nur hergekommen, weil ich den Kaiser dazu überreden möchte, seine Truppen aus meinem Land abzuziehen.«
»Haben Sie schon mit dem Kaiser darüber gesprochen?«
»Ja, heute Nachmittag, aber ...« Er machte ein entmutigtes Gesicht.
»Verlieren Sie nicht die Geduld«, schlug ich vor und lud ihn und seinen Bruder ein, uns in unserer Loge bei der Theaterdarbietung morgen Abend Gesellschaft zu leisten.

[Ohne Datum]

»Wie ich sehe, hast du eine Eroberung gemacht«, sagte Bonaparte. »Wie gut, dass ich nicht eifersüchtig bin.«
»Kaum«, sagte ich, aber mit einem Anflug von Bedauern. Es hatte eine Zeit gegeben, da Bonaparte tatsächlich eifersüchtig gewesen war. »Die Frau von Prinz Mecklenburg-Schwerin ist vor kurzem gestorben. Er hat mir von seinem Kummer berichtet.« Ich hielt inne, überlegte, wie ich am besten fortfuhr. »Er ist sehr von dir beeindruckt.«
»Das bezweifele ich. Er ist von mir enttäuscht. Er will, dass ich meine Truppen abziehe, was aber nicht in Frage kommt. Diese Prinzen scheinen zu denken, dass ich mit meinen Soldaten einmarschieren, ihr Land befreien und dann, Arbeit erledigt, einfach wieder verschwinden sollte. Sie leben in einer anderen Welt.«

»Dann besteht also keine Chance, dass unsere Truppen abgezogen werden … eines Tages?« Ich nahm seine Hand in meine. »Ich nehme an, der Prinz hat dich angeworben, damit du seine Sache förderst«, sagte er und zwickte mich ins Ohr – fest.

La Pagerie, Martinico
Madame Bonaparte,
ich bedauere, Ihnen mitteilen zu müssen, dass der Herr Ihre Mutter zu sich geholt hat. Sie ging am achten Juli um 3 Uhr 47 nachmittags in La Pagerie in eine andere Welt hinüber. Ich war als einzige Person anwesend, die Sklaven nicht mitgezählt. Ich werde Sie benachrichtigen, ob irgendetwas von Wert übrig geblieben ist, sobald die Schulden des Gutes bezahlt worden sind.

Im Dienste des Ewigen Herrn, Pater Droppet

Fort de France, Martinico
Chère Yeyette, meine geliebte Nichte,
unsere tiefe Anteilnahme zum Heimgang deiner lieben Mutter. Du hast getan, was du konntest, um ihr die letzten Jahre angenehm zu gestalten. Stéphanie schreibt, dass sie vielleicht bald verheiratet wird – und mit einem Prinzen? Ist das denn möglich? Gewiss erlaubt sie sich nur einen Scherz.
Gott segne dich,

dein alternder Onkel Robert Tascher

Anmerkung – Pater Droppet wird dir die Geschäftsbücher des Gutes senden, so wie sie sind. Überprüfe auf jeden Fall seine Zahlen. Er hat den Ruf, »phantasievoll« zu sein.

Samstagabend

»Ich verstehe, wie Ihnen zumute ist«, sagte Prinz Mecklenburg-Schwerin. »Trauer stellt einen ins Abseits.«

»Ja«, sagte ich und hielt mein Taschentuch umklammert.
»Wird es eine Trauerzeit geben?«
Ich schüttelte den Kopf. Bonaparte wünschte nicht, dass die Nachricht vom Tod meiner Mutter publik gemacht wurde. Eine offizielle Trauerzeit würde den Festen ein Ende bereiten. Das verstand ich, aber ein Teil von mir lehnte sich dagegen auf. Durfte denn niemand um sie trauern? Ich fühlte mich so allein gelassen in meinem Schmerz. »Der Zeitpunkt ist …« Ich wedelte mit meinem durchnässten Taschentuch durch die Luft.
»Ungünstig?«
»Trotzdem stimmt es mich traurig. Hortense und ich sind die Einzigen in ganz Frankreich, die trauern.«
Er streifte ein schmales schwarzes Seidenband von seinem Haarzopf ab, zog es durch ein Knopfloch an seinem Gehrock und band es zu einer winzigen Schleife. »Na, bitte«, sagte er. »Ich wette, dass Sie dachten, ich könnte keine Schleife binden.«
»Ich gebe zu, dass es mir durch den Kopf ging«, sagte ich lächelnd.
»Als Trauerkleidung etwas ungewöhnlich, aber ich glaube, dass der Allmächtige Verständnis dafür hat.«

4. Oktober, Sonntag

Mimi, Hortense, Chastulé, Clari und sogar Monsieur Etikette tragen mittlerweile stolz ein kleines schwarzes Band. Ich fühle mich außerordentlich bestärkt.

5. Oktober – Fontainebleau

Als sich Caroline heute Morgen zur Jagd einfand, trug sie ein kleines schwarzes, in einem Knopfloch befestigtes Band. »Das ist jetzt Mode«, teilte sie jedem mit. »Ist Ihnen das etwa entgangen?«

Donnerstag, 8. Oktober, sehr spät, vermutlich 2 Uhr nachts

Jeden Abend unternehmen Bonaparte und ich vor dem Diner eine Fahrt durch die Wälder. Er kutschiert, und ich bemühe mich, ihn nicht zu bitten, langsamer zu fahren. Mir kommt diese Stunde sehr gelegen, da sie mir die Gelegenheit bietet, mit Bonaparte allein zu sein (wenn man die berittene Eskorte vorn und hinten nicht mitrechnet).

Häufig fahren wir schweigend – dieses wohl tuende Schweigen alter Ehepaare –, doch heute Abend war Bonaparte gut gelaunt (in diesen Tagen ungewöhnlich für ihn), und wir unterhielten uns angenehm über dieses und jenes: über Jérômes jüngste Dummheit, über die ausländischen Prinzen. Und dann, so ganz nebenbei, teilte er mir mit, dass er gerade eine Liebelei mit meiner Vorleserin hätte. »Deine Spione werden dich sowieso darüber unterrichten«, sagte er und sah mich kurz an, um zu sehen, wie ich reagierte.

»Madame Gazzani?« Wieso wusste ich noch nichts davon? »Ich weiß es zu würdigen, dass du so diskret gewesen bist. Und Madame Gazzani ebenfalls.«

»Bist du nicht böse?«

»Bonaparte, es gibt nur zwei Dinge, die ich mir wünsche. Erstens, dass du glücklich bist. Und zweitens …« Ich hielt inne, spürte das gleichmäßige, beruhigende Klipp-Klapp der Pferdehufe. Ich hatte es sogar aufgegeben, mir ein Kind zu wünschen, stellte ich traurig fest.

»Und zweitens …?« Er wendete die Pferde in die Richtung des Schlosses.

»Und zweitens wünsche ich mir deine Liebe.«

Er zog an den Zügeln und brachte die Pferde zum Stehen. »Weißt du denn nicht, wie sehr ich dich liebe?«

»Doch, das weiß ich, Bonaparte«, sagte ich. »Und gerade das macht es ja so schwer.«

Samstagnachmittag

Carlotta stellte eine Vase mit Rosen auf meinen Sekretär. »Danke, Carlotta.«

Sie knickste. »Es ist mir ein Vergnügen, Ihnen zu dienen, Eure Majestät.«

Ich glaubte ihr. »Ich möchte, dass Sie uns heute Abend Gesellschaft leisten, Carlotta, im Salon.« Das Mädchen, verbannt in ihre kleine Dachbodenstube, langweilte sich sicher zu Tode.

»Aber Eure Majestät, ich bin doch nur eine …«

Nur eine Vorleserin, hatte sie sagen wollen. Vorleserinnen werden keine Salonprivilegien gewährt; meine Damen würden zweifellos Einspruch erheben.

»Der Kaiser würde sich darüber freuen, Carlotta«, sagte ich mit einem wissenden Lächeln.

Und jetzt – zu guter Letzt – habe ich wohl endlich begonnen, zu begreifen. Carlotta ist mein Geschenk an Bonaparte geworden, wie eine saftige Frucht, die ich meinem Mann vorsetze. Wenn er sie liebt, muss er mich lieben. Wenn er sie liebt, muss er sich zu Dank verpflichtet fühlen.

25. Oktober, Sonntag

Heute Morgen, als ich von der Messe zurückkehrte, zog mich Fouché (der in einer Fensternische lauerte) zur Seite. »Ich muss eine Angelegenheit von großer Wichtigkeit mit Ihnen besprechen, Eure Majestät«, sagte er und räusperte sich. Er spähte zur Tür, wo eine Wache postiert war.

»Oh«, sagte ich ziemlich beunruhigt. Er wirkte verlegen. Und wann hatte er mich schon einmal mit »Eure Majestät« angesprochen?

Er zog ein fest zusammengerolltes Papier aus der Innentasche

seines Rockes und reichte es mir. Das Sonnenlicht fing sich im Diamanten des Ringes an seinem kleinen Finger.
Misstrauisch streifte ich die Seidenkordel ab und öffnete die Schriftrolle. Die Handschrift – die Fouchés – war klein, schwer zu entziffern. »Leider habe ich meine Lesebrille nicht dabei.«
»Lesen Sie es später, Eure Majestät. Ich möchte, dass Sie ... über den Inhalt *nachdenken*.«
»Und worum geht es, wenn ich fragen darf?« Warum gingen wir so höflich miteinander um?
»Es ist der Entwurf eines Briefes, den Sie, wie ich Ihnen nahelegen möchte, an den Senat senden sollen.«
»Sie meinen, *ich* sollte einen Brief an den Senat schreiben?« *Warum?*
»Sie wissen sicherlich um die öffentlichen Befürchtungen, dass der Kaiser mit zunehmendem Alter in die Fußstapfen des Sardanapal treten wird.«
Mir war zwar nicht ganz klar, wovon er sprach, aber ich meinte, etwas herauszuhören, was Bonapartes Gesundheit betraf.
»Selbst die allgemeine Öffentlichkeit, die Frieden und Sicherheit so verdient hat, schreit danach. So treu ergeben Ihnen die Menschen auch sind, Eure Majestät, sind sie dem Kaiser und dem Kaiserreich, das er geschaffen hat – ein Reich, von dem sie wissen, dass es bei seinem Tod zerbröckeln wird – noch treuer ergeben.«
Hatte Bonaparte eine lebensbedrohliche Krankheit? Gab es da etwas, was ich nicht wusste? »Fouché, ist der Kaiser –?«
»Der Kaiser leidet, Eure Majestät«, sagte Fouché und zog eine mit kostbaren Edelsteinen verzierte Schnupftabakdose aus Elfenbein hervor, »da er zu der schmerzlichen Entscheidung gelangt ist, dass eine zwingende politische Notwendigkeit, wie sehr sie ihm persönlich auch zuwider sein mag, um der Staatsräson willen vollzogen werden muss. Allerdings, so tapfer er

auch auf dem Schlachtfeld ist, fehlt ihm der Mut, mit Ihnen über diese Angelegenheit zu sprechen.«

Meine Hände wurden kalt, und das Herz wurde mir schwer. Eine dunkle Ahnung durchzuckte meine Adern. Das hier hatte nichts mit Bonapartes Gesundheit zu tun. »Und um was könnte es sich dabei handeln?«

Fouché nahm eine Prise Schnupftabak und wischte sich danach die Nasenspitze ab. »Nun ja, um eine Scheidung, Eure Majestät.«

»Sie legen mir nahe, dass ich –?«

»Ich lege Ihnen nahe, an den Senat zu schreiben, ihn davon zu unterrichten, dass Sie bereit sind, dieses Opfer zum Wohle des Volkes zu bringen. Ich weiß, wie sehr Sie dem Kaiser ergeben sind, und ich glaube, dass Sie ihn so sehr lieben, dass Sie Ihr Leben opfern würden, wenn damit seines verschont würde.«

Ich lehnte mich an die Wand. So ist das also, dachte ich. Bonaparte hatte nicht den Mut, mit mir zu sprechen, und deshalb lässt er Fouché in seinem Namen sprechen. Dieser Feigling!

»Unsere Soldaten sind bereit, ihr Leben für ihr Land zu opfern«, sagte Fouché und griff nach meinem Arm. »Es kommt selten vor, dass eine Frau die Gelegenheit bekommt, ihre Ergebenheit zu beweisen, ihre –«

»Eines muss ich wissen«, unterbrach ich ihn abrupt. Ich hatte das Gefühl, an einem Abgrund zu stehen. Ich fürchtete, die Beherrschung zu verlieren, aber ich musste es wissen. »Minister Fouché, hat der Kaiser Sie *gebeten*, mit mir darüber zu sprechen?«

»Obwohl ich die Gedanken des Kaisers in dieser Angelegenheit kenne, hatte ich keine Anweisung von ihm«, sagte Fouché gelassen und schaute prüfend auf eine Taschenuhr, die an einer schweren Goldkette an seiner Reithose hing. »Ich bedauere sagen zu müssen, dass ich dieses traurige Gespräch beenden muss, Eure Majestät, da ich eine dringende Verabredung habe.«

Und ohne sich auch nur zu verbeugen, ging er davon. Hortense fand mich kurz darauf, wie ich in der Nähe der Fensternische stand und die Vorhänge umklammert hielt.

[Ohne Datum]

Heute Morgen kurz nach sieben ging ich zu Bonapartes Zimmer. Ich dachte, es wäre das Beste, mit ihm zu sprechen, bevor seine Arbeit begann, daher war ich überrascht, ihn im Jagdrock vorzufinden, während ihm sein Kammerdiener in seine hessischen Stiefel half. »Gehst du nicht zur Jagd, Joséphine?« Er zog seinen linken Stiefel an und erhob sich, um mich zu umarmen. »Fühlst du dich nicht wohl?«

»Nein – das heißt, nein, ich gehe nicht zur Jagd.« Ich hatte sie vollkommen vergessen. »Bonaparte, ich muss mit dir sprechen.« Es war heiß in dem Zimmer; ein Feuer prasselte.

»Gut«, sagte Bonaparte, setzte sich und streckte den rechten Fuß aus.

»Unter vier Augen«, sagte ich und umklammerte Fouchés Brief, den ich zu einer engen Röhre gerollt und mit einem gelben Band, der Farbe des Verrats, gesichert hatte.

Bonaparte erhob sich und stampfte mit dem Fuß auf. »So ist's gut«, sagte er zu Constant und entließ ihn. Er führte mich zu einem Sessel am Kamin. »Du bist blass. Dir muss kalt sein.« Er trat nach dem brennenden Holzscheit, was die Funken sprühen ließ, setzte sich und schaute in die Flammen.

»Ich stelle mir immer vor, dass du an ein Lager denkst, wenn du so ins Feuer schaust«, sagte ich und tastete an dem Band herum, um den Knoten zu lösen.

»Joséphine, ich bin ja bereit, mich mit dir zu unterhalten, aber ich habe nicht den ganzen Morgen Zeit. Der österreichische Botschafter erwartet mich. Worum geht's?«

»Es ist … kompliziert«, sagte ich und schaffte es endlich, das

Band abzustreifen und ihm den zusammengerollten Brief zu reichen.
»Ist das für mich?« Er versuchte ihn flach auf den Oberschenkel zu legen. »Von wem ist er?« Mit zusammengekniffenen Augen.
»Von deinem Polizeiminister.«
»Fouché hat das geschrieben?« Er hielt sich den Brief dicht vor das Gesicht und streckte ihn dann auf Armeslänge aus. »Meine Augen werden immer schwächer«, jammerte er. »Ist diese Brille denn immer noch nicht geliefert worden?«
Wie konnte Bonaparte bloß an solche Kleinigkeiten denken? Unser Leben ging entzwei, und alles, woran er denken konnte, war diese neue Brille. »Ja, Fouché«, sagte ich, um einen ruhigen Ton bemüht. »Er gab ihn mir gestern, nach der Messe. Er ... er legt mir nahe, dem Senat einen Brief diesen Inhalts zu schreiben.«
»Basta«, rief Bonaparte aus, als er ihn las. Er warf das Dokument in die Flammen.
»Du wusstest nichts davon?«
»Natürlich nicht. Fouché hat in unserem Bett nichts zu suchen.«
Ich zog ein Taschentuch aus dem Mieder. (Ich hatte daran gedacht, mehrere mitzunehmen.) Bonapartes Reaktion zu beurteilen, war nicht leicht. Tat er nur so, als sei er unschuldig? »Ich hatte solche Angst, dass du Fouché gebeten haben könntest, diese schreckliche Sache zu erledigen«, sagte ich mit brechender Stimme.
»Joséphine, ich bin durchaus in der Lage, ein solches Thema selbst zur Sprache zu bringen. Ich muss Fouché nicht in meinem Auftrag sprechen lassen.« Es trat ein peinliches Schweigen ein. Bonaparte räusperte sich. »Und da wir nun schon einmal darüber sprechen, möchte ich dich fragen: Was meinst du dazu?«
»Ich meine, dass du ihn entlassen solltest«, sagte ich, obwohl ich genau wusste, dass Bonaparte dies nicht gemeint hatte.

»Fouché?«, sagte Bonaparte verächtlich. »Wenn er überhaupt etwas verbrochen hat, dann, dass er zu übereifrig war. Er handelte aus Ergebenheit, mir und dem Kaiserreich gegenüber.«
Ergebenheit. Fouché hatte dasselbe Wort gebraucht. »Ergebenheit gegenüber seinen *eigenen* Interessen«, sagte ich erregt. »Du bist von Schmeichlern umgeben, Bonaparte. Sie verleiten dich dazu zu glauben, dass du durch eine Scheidung von mir und die Ehe mit einer jungen und gebärfreudigen Prinzessin unserem Land einen großen Dienst erweisen würdest.«
»Joséphine, du darfst nicht –«
»Du hast mich gefragt, was ich dazu meine, und ich werde es dir sagen!«, fuhr ich unbeirrt fort, während ich mein Taschentuch zu einem Strick drehte – einem Strick, an dem ich mich aufhängen konnte. »Wenn ich auch nur einen Augenblick davon überzeugt wäre, dass durch unsere Scheidung Frieden eintreten und unser Kaiserreich blühen und gedeihen würde – *wenn* das meine Meinung wäre, würde ich es tun! Aber das ist *nicht* meine Meinung.« Meine tapfere Ansprache löste sich in ein törichtes, weibliches Wimmern auf. »Ich will ehrlich sein, Bonaparte, da wir darüber sprechen müssen. Ich habe Angst um mich, denn ich liebe dich. Meine Krone ist mir gleichgültig, auch mein Rang. Nur eines ist mir nicht gleichgültig, und das bist du.«
»Joséphine –«
»Ich *flehe* dich an, mir zuzuhören! Ich bin überzeugt, dass sie Unrecht haben. Ich befürchte, dass sie dich auf einen Weg treiben, der zu deinem Untergang führen wird und mit dir auch zum Untergang des Kaiserreiches. Ob du glücklich bist, interessiert *sie* nicht – sie interessieren sich nur für sich selbst. Sie sind habgierig und ängstlich und verstehen dich nicht so wie ich.«
Bonaparte beobachtete mich, seine großen grauen Augen schimmerten. »Eines muss ich noch sagen«, sagte ich, »und dann werde ich gehen. Du und ich haben eine sehr große Stre-

cke zusammen zurückgelegt. Ja, in vielerlei Hinsicht glaube ich sogar, dass unser … unser *Schicksal* so außergewöhnlich ist, dass es von der Vorsehung gelenkt sein muss.« Ich hielt inne, weil ich mich scheute, etwas auszusprechen, was, wie ich ehrlich befürchtete, wahr sein könnte – dass auf eine gewisse, geheimnisvolle Weise Bonapartes außergewöhnliches Glück mit *mir*, mit unserer Ehe verknüpft war. »Wir haben schon früher darüber gesprochen«, sagte ich stattdessen und mein Herz klopfte wie wild. Er nickte, nur ganz knapp, aber trotz alledem eine Bestätigung. »Du hast mich auf einen Thron gesetzt, Bonaparte. Es wäre nicht richtig, wenn ich von ihm herabstiege. Wenn du mich darum bittest, werde ich es tun. Ich möchte, dass du das weißt. Aber du musst derjenige sein, der es mir sagt.«

»Ich könnte es nicht, Joséphine«, sagte er, seine Stimme nur noch ein Flüstern. Ich fiel in seine Arme. Und so, in Tränen aufgelöst und in inniger Umarmung, fand uns der Diener vor.

20. November – zurück in Paris

»Fast hätte ich das hier verbrannt«, sagte Mimi und reichte mir einen Fetzen Papier.

Prinzesin Carolin & ihr Mann warn gestern Abend bei Min. Fouchay. Min. Fouchay sagt alles tät leichter sein wenn die Keiserin sterbn tät.

[Ohne Datum]

Es ist spät, zwei Uhr morgens; alle schlafen. Bonaparte ist auf dem Weg nach Italien. Ich bin allein im Schloss – allein mit meiner Angst. Mein Schlüsselring liegt vor mir auf der Schreibplatte. Wie ein Insekt mit langen Beinen liegen sie ausgebreitet da – ein Insekt mit der heimtückischen Macht, verschlossene Türen öffnen zu können.

Einer der Schlüssel – ein schwerer, leicht verrosteter – ist der Schlüssel zu Bonapartes Arbeitszimmer. Wenn ich es wagte, könnte ich diese Tür öffnen und einen Blick in seine Akten werfen. Ich weiß, wo ich suchen müsste, weiß, wo Fouchés Polizeiberichte aufbewahrt werden. Ich kann diese Ledermappe sehen, als läge sie vor mir: schwarzes Rindsleder, dick und steif und mit einem grob gerippten, weißen Seidenband verschlossen, das vom vielen Auf- und Zubinden durch Männer mit Schnupftabak an den Fingern fleckig geworden ist.
Ich könnte hingehen – *sofort*. Herausfinden, was genau hinter meinem Rücken gesagt wird, ein für alle Mal erfahren, wer meine wahren Feinde sind. Der Sekretär ist nicht hier, auch nicht der Kammerdiener; Roustam schläft nicht vor der Schlafzimmertür. Sie sind alle mit Bonaparte nach Italien unterwegs, immer bei Bonaparte. Aber was ist mit den anderen, den Nachtwächtern, den Wachleuten?
Nein, ich werde morgen früh hingehen. Ich werde Hugo, der Wache vor dem Arbeitszimmer, sagen, dass ich etwas aus den Akten des Kaisers brauchte – etwas, dass ich ihm schicken lassen soll. Ich werde Hugo einen Kaffee mit einem Schuss Kognak mitbringen, zur Aufmunterung und Ablenkung.

Polizeibericht vom 17. November: *Die Leute waren erstaunt, dass sich die Kaiserin am Dienstag nicht bei der Aufführung von* Trajan *zeigte. Es hieß, dass sie aufgebracht wäre. Die meisten sprachen von einer Auflösung der kaiserlichen Ehe. Diese Neuigkeit ist Gesprächsstoff in allen Schichten, und die Wahrheit ist, dass es nicht einen gibt, der dies nicht als eine Garantie für den Frieden ansieht.*

Polizeibericht vom 19. November: *Bei Hofe, in den Häusern der Prinzen, in allen Salons sprechen die Leute von der Auflösung der Ehe. Die Leute, die das Vertrauen der Kaiserin genießen, tei-*

len die Meinung, dass der Kaiser diesen Bruch nicht vollziehen würde. Sie sagen, dass die Kaiserin in Frankreich verehrt wird; dass ihre Popularität für den Kaiser ebenso wie für das Kaiserreich von Nutzen ist; dass das Glück sowohl des einen als auch des anderen vom Bestand dieser Ehe abhängt; dass die Kaiserin der Talisman des Kaisers ist; dass ihre Trennung das Ende ihres Glücks bedeuten würde.

Der andere Teil des Hofes – der Teil, der die Auflösung als notwendig für die Festigung der Dynastie erachtet – versucht sie auf dieses Ereignis vorzubereiten und erteilt ihr Ratschläge, die sie der Situation für angemessen halten.

In der kaiserlichen Familie gibt es nur eine Meinung: Sie sind alle einmütig für eine Scheidung.

2. Dezember – Malmaison

Gestern Nacht, nach dem Fest für die Botschafter, wurde ich plötzlich krank. Mimi bestand darauf, dass ich meinen Magen entleerte, und zwang mich warmes Senfwasser zu trinken und meinen Gaumen mit einer Gänsefeder zu kitzeln. Dann ließ sie Dr. Corvisart holen, der meine Symptome als »rätselhaft« beschrieb.

»Und wenn ich vergiftet worden wäre«, fragte ich ihn schwach, »welche Symptome hätte ich dann?«

»Eure Majestät, wer sollte denn so etwas tun?«, sagte er freundlich – aber ohne meine Frage zu beantworten.

[Ohne Datum]

Ich bin immer noch recht krank … und ich habe Angst. Ich weiß, dass mir manche den Tod wünschen.

2. Januar 1808 – Tuilerien

»Joséphine?«, hörte ich einen Mann sagen, während ich schlief. Die Stimme war sanft, zärtlich: Bonapartes Stimme. Träumte ich? Ich öffnete die Augen, die durch das Fieber zugeschwollen waren. Es war tatsächlich Bonaparte, der mit einem Neujahrsgeschenk in der Hand – eine Büchse mit rosa, weißen und blauen Zuckermandeln – neben dem Bett stand. Er stellte die Büchse ab und nahm meine Hand. »Man sagte mir, dass du krank seist, aber ...« Seine Augen füllten sich mit Tränen.
»Mir ist ein starkes Abführmittel sehr schlecht bekommen«, versicherte ich ihm schwach. Das behauptete Dr. Corvisart beharrlich – nichts weiter. »Ich fühle mich schon besser.«
»Das *musst* du auch«, sagte er und umklammerte meine Hand so fest, dass es wehtat.

12. Januar – Paris

Heute kräftiger. Heute Nachmittag habe ich eine Stunde damit verbracht, das endgültige Programm für Stéphanies Hochzeit mit Prinz von Aremberg kommenden Monat aufzustellen.

Fort de France, Martinico
Chère Yeyette, meine geliebte Nichte,
meine Frau und ich sind dankbar für die Rolle, die du bei den Vorbereitungen für Stéphanies Hochzeit übernommen hast. Es ist kaum vorstellbar, dass unser kleines Mädchen eine Prinzessin sein wird. Erinnere sie daran, dass sie ihre Strümpfe nicht herunterrutschen lassen und die Hand vor den Mund halten soll, wenn sie aufstößt.

Gott segne dich
dein alternder Onkel Robert Tascher

1. Februar – Tuilerien

Als ich mich gerade darauf vorbereitete, Hortense wegen Stéphanies Hochzeit aufzusuchen, wurde ich von einem Pochen an der Tür erschreckt. Es war Bonapartes Kammerdiener. »Eure Majestät, kommen Sie rasch – dem Kaiser geht es schrecklich schlecht. Ich glaube, es ist eine seiner Episoden!«*

Ich raffte meine Schleppe hoch und eilte mit rasendem Pulsschlag hinter Constant die dunkle Steintreppe hinauf. »Es passierte genau in dem Augenblick, als der Kaiser aus dem Bad stieg, Eure Majestät«, sagte Constant und versuchte das Licht so zu halten, dass ich besser sehen konnte. »Er verbietet mir, Dr. Corvisart rufen zu lassen. Er sagte, dass er nur Sie braucht.«

Wir stolperten in Bonapartes Suite. Das prasselnde Feuer und eine Kerze auf einem Tisch spendeten wenig Licht. Constant hob seine Laterne zum Bett, wo Bonaparte unter den Decken vergraben lag. Sein Gesicht war aschfahl. »Sprich mit mir, Bonaparte!«

Wortlos griff Bonaparte nach meinen Arm und zog mich ungeachtet meiner eleganten Aufmachung ins Bett. Ein Zittern schien ihn zu durchlaufen. War es die Fallsucht? »Constant, hol das Fläschchen.« Der Diener machte ein verwirrtes Gesicht. »Das Amylnitrit – in der Reisetasche des Kaisers.«

»Joséphine!«, platzte Bonaparte schließlich heraus.

Constant erschien wieder. »Zwei oder drei Tropfen auf ein Taschentuch«, wies ich ihn an.

»Ach du meine Güte, ach du meine Güte«, murmelte der aufgeregte Kammerdiener, zog ein Taschentuch hervor, tropfte die Arznei darauf und reichte es mir.

»Atme«, sagte ich und hielt ihm das Tuch unter die Nase.

»Joséphine, ich kann ohne dich nicht *leben*«, keuchte er schließlich.

* Napoléon hatte gelegentlich Anfälle epileptischer Natur.

Mon Dieu, dachte ich. »Bonaparte, wir können so nicht weitermachen«, hörte ich mich sagen, als ich ihn an mein Herz drückte und ihm über das feine Haar strich, als wäre er ein kleines Kind, das ich beruhigte.

Samstag, 2. April – traurig

Bonaparte ist gerade in den Süden aufgebrochen – sehr rasch. (Das heißt, so rasch und so heimlich, wie ein Gefolge von sechsunddreißig Kutschen aufbrechen kann.) Offiziell heißt es, dass er eine Inspektionsreise nach Bordeaux unternimmt, aber in Wahrheit hat er vor, die Lage in Spanien zu sondieren.
»Ich bleibe nicht lange fort«, sagte er und hielt mich in seinen Armen fest. In ein paar Tagen soll ich zu ihm stoßen.

6. April – Saint-Cloud

Ich bin gerade von einem Besuch bei Hortense zurückgekehrt, weil ich ihr Lebewohl sagen und Gottes Segen wünschen wollte, da ich morgen früh aufbreche, um Bonaparte im Süden zu treffen. Ich verlasse sie mit Unruhe im Herzen.
Ich brachte eine Reihe hübscher Stücke für ihre Säuglingsausstattung mit – und auch eine Ausgabe von Madame de Souzas neuem Roman *Eugène de Rothelin* – und versprach, rechtzeitig zu ihrer Niederkunft in sechs Wochen zurückzukehren. Als ich gerade eine kleine Flanellweste zusammenfaltete und sie auf den Tisch neben der Wiege legte, sah ich auf dem Boden eines Reisekorbs aus besticktem Musselin etwas Schwarzes.
»Was ist das?«, fragte ich Hortense – da es wie ein Leichentuch aussah.
»Oh, nichts«, sagte sie verlegen. »Nur ein Stück Stoff, das die Schneiderin hier vergessen hat.«
Sie weinte, als ich ging. Sie ist jetzt eine einsame junge Frau;

kein Ehemann, der sie quält, aber auch kein Ehemann, der für sie sorgt.
Als ich gerade in meine Kutsche stieg, sah ich Hortenses Freundin, Mademoiselle Adèle Auguié – jetzt ihre Kammerzofe –, mit Petit zurückkehren. Ich rief ihnen zu.
»Ich mache mir …« Ich mache mir Sorgen um Hortense, wollte ich zu Adèle sagen. »Es tut mir Leid, dass ich gerade jetzt fort muss.«
»Seien Sie unbesorgt, Eure Majestät. Wir passen schon auf Ihre Tochter auf«, sagte Adèle und lächelte auf den Jungen herab. »Nicht wahr?«
Ich hätte sie gerne nach dem Stück schwarzen Stoffs gefragt, wagte es aber nicht. »Das weiß ich doch«, sagte ich.

10. April – Schloss von Bordeaux

Bonaparte begrüßte mich mit offenen Armen. Er war erleichtert, mich zu sehen, brauchte unbedingt meine Hilfe bei einem anspruchsvollen (und heiklen) Gesellschaftsprogramm. Ich bin von der Reise erschöpft, werde aber trotzdem heute Abend an einem Empfang teilnehmen.

24. April 1808, Paris

Eure Majestät,
Sie werden erleichtert sein, zu erfahren, dass Königin Hortense von einem Knaben entbunden wurde – beinahe einen Monat zu früh! Sowohl Mutter als auch Sohn sind wohlauf und außer Gefahr.
Am zwanzigsten April, einem Mittwoch, lud Prinzessin Caroline Ihre Tochter und Petit zu einem Fest ein. Trotz ihrer zarten Gesundheit, beschloss Königin Hortense, daran teilzunehmen (sie fuhr liegend in der Kutsche). Es sollte ein Kinderfest sein mit einer Reihe von Kindermädchen, Eltern und sogar wichtigen Persönlichkeiten des öffentlichen Lebens,

die herumstanden und zuschauten, wie sich Prinzessin Carolines Kinder von den Lampen schwangen und die Gäste terrorisierten. Kurz, der übliche Zirkus; und ein Zirkus war es tatsächlich, komplett mit Clowns und Seiltänzern, die über den Köpfen der Kinder auftraten! Jedes Mal, wenn einer ausrutschte (was oft der Fall war), umklammerte Königin Hortense meine Hand. Wir hatten beide schreckliche Angst, dass einer der Artisten auf die Kinder fallen würde – und insbesondere auf unseren allerliebsten Petit. (Ich behaupte, dass Königin Hortenses Beunruhigung die Wehen heraufbeschwor.)

Erzkanzler de Cambacérès, der neben uns stand, behauptete sich nicht wohl zu fühlen, und bat Ihre Tochter sich entfernen zu dürfen, um nach Hause zurückzukehren und sich Blutegel ansetzen zu lassen.

Königin Hortense versicherte ihm, dass sie ihn nicht brauchte – dass sie in dieser Nacht nicht entbinden werde –, aber als ob die Vorsehung uns alle daran erinnern wollte, wer das Sagen hat, setzte innerhalb einer Stunde nach dem Weggang des Erzkanzlers die erste Wehe ein. Die Wehen wurden rasch sehr heftig, und wir schafften es nur mit großer Mühe, sie nach Hause zu bringen, wo die Hebamme und der Erzkanzler alsbald zu uns stießen, der arme Erzkanzler mit drei Blutegeln, die immer noch an seinem Rücken klebten. (Diese Geschichte hat in Paris großes Gelächter hervorgerufen!)

Der Säugling wurde fast leblos und fürchterlich, fürchterlich klein geboren. Sie können sich sicher unsere Angst vorstellen! In Wein gebadet und in Baumwolle gewickelt kam er wieder zu sich, aber dann mussten wir uns Sorgen um Königin Hortense machen, da ihr Pulsschlag unregelmäßig wurde.

Sie ist noch schwach, Eure Majestät, aber drei Tage sind schon vorüber und der Arzt beruhigt uns, dass Ihre Tochter außer Gefahr ist. Königin Hortense hat mich ausdrücklich gebeten, Ihnen zu sagen, dass Sie nicht nach Paris zurückkehren sollen. Der Kaiser braucht Sie, und glauben Sie mir, Ihre Tochter ist in guten Händen. Insbesondere Petit kümmert sich rührend sowohl um seine Mutter als auch um seinen kleinen Bruder.

Wie Sie vorschlugen, wurde Dr. Jean-Louis Baudelocque ein Geschenk von

zehntausend Franc in einem mit Diamanten geschmückten Goldkästchen zuerkannt und Madame Frangeau ein schöner Ring.
Bitte verzeihen Sie die Kleckserei, die diese Feder gemacht hat.

Ihre untertänigste Dienerin
Mademoiselle Adèle Auguié

Anmerkung – Ich habe König Louis benachrichtigt.
Und noch eine – Bedauerlicherweise hat die zu frühe Ankunft dieses Kindes, ungeachtet der Erklärung des Geburtshelfers, dass der Säugling einen Monat zu früh geboren wurde, zu allen möglichen Gerüchten geführt.

[Ohne Datum]

Bonaparte fand mich über Adèles Brief weinend vor. »Deine Tochter hat noch einen Sohn. Ist das kein Grund zum Feiern?«
»Ich war nicht an ihrer Seite!«
Bonaparte tröstete mich zärtlich. Wir spazierten Hand in Hand durch den Park.

27. April, Mittwoch, glaube ich – Château Marrac (nicht weit von Bayonne)

Wie wunderbar, wieder in der Nähe des Meeres zu sein. Ich kann es in der Luft schmecken.
Im Morgenlicht sehe ich, dass dieser Raum in zart violetter und gelber Seide dekoriert wurde. Unser Bett (das wir uns hier teilen) aus wunderschönem Kirschbaumholz ziert eine Krone.
Der Salon wurde so hergerichtet, dass er wie ein Zelt mit hochgeschlagenen Seiten aussieht – ein blaues Satinzelt mit einer violetten und gelben Borte besetzt. Ein Sofa (nicht sehr bequem), Lehnsessel und ein Schemel sind mit blau gestreifter und gelb eingefasster Seide bezogen. Es gibt sogar ein Badezimmer mit einer Holzbadewanne – die gerade für mich gefüllt wird.
Ein hoch gewachsenes Baskenmädchen in hanfbesohlten Schu-

hen hat mir gerade einen Imbiss aus Schokolade und Marzipan gebracht. »Ein Geschenk des Kaisers«, sagte sie – oder besser, ich *vermute*, dass sie das sagte, denn die Leute hier sprechen eine sonderbare Sprache. (Baskisch?) »Er sagen, ich sagen, er Sie *lieben*«, fügte sie auf Französisch hinzu, wobei sie stolz die Worte artikulierte.

5. Mai

Der König von Spanien hat Frankreich nachgegeben und abgedankt. Bonaparte hat Joseph überredet, Neapel aufzugeben und die Krone von Spanien anzunehmen. »Nicht Joachim?«, fragte ich erleichtert, aber überrascht. Caroline hatte unmissverständlich klargemacht, dass die spanische Krone an ihren Ehemann zu gehen habe.
»Pah!«, murmelte Bonaparte. »Joachim hat hier alles vermasselt. Ich werde ihm Neapel geben. Das sollte Caroline glücklich machen. Dann hat sie endlich eine Krone.«
Aber nicht die Krone, die sie wollte. Keine *große* Krone.

Freitagnachmittag

Irgendetwas in dieser salzigen, anregenden Brise belebt unsere Lebensgeister. Die melancholischen Schreie der Möwen sind »heimatliche« Klänge für uns beide. Wie ähnlich Bonaparte und ich uns doch sind, beide auf Inseln geboren und aufgewachsen, das Meer immer vor unseren Augen.
Wenn wir doch nur ewig so leben könnten, weit weg von den Pariser Intrigen. Gestern Nacht haben wir lange in der Dunkelheit miteinander geflüstert: »Wenn wir mal alt und grau sind, werden wir ein kleines Schloss am Meer haben«, sagte er schläfrig. »Du kümmerst dich um die Blumen und ich mich um das Gemüse.«

[Ohne Datum]

Bonaparte und ich kamen heute Nachmittag ausgelassen zum Schloss zurück. Meine Zofen schüttelten verwundert die Köpfe über meine vom Wind zerzausten Haare, meine nackten Füße. »Der Kaiser hat mir die Schuhe weggenommen und sie versteckt«, erklärte ich und lachte schallend über ihre verdutzten Gesichter. Eine Zofe bereitet gerade ein Bad für mich vor, denn ich habe Sand in den Haaren und Augen.

Der Tag war herrlich. Wir fuhren in raschem Tempo in einer der neuen leichten Kaleschen los und konnten bald darauf das Meer sehen. »Ah«, sagte Bonaparte, atmete tief ein und nahm meine Hand. Die Sonne spiegelte sich funkelnd im Wasser.

Sobald wir einen einsamen Strand erreichten, befahl Bonaparte unserem Kutscher anzuhalten. »Zu wild, was meinst du?«, fragte er, als er die kleine Felsenbucht betrachtete.

»Genau richtig«, sagte ich und band meine Hutbänder fest.

Am Rand des Sandstrands schleuderte ich die Schuhe von mir und raffte meinen Rock. Hinter mir hörte ich Bonaparte rufen und lief los. Er fing mich ein, die Welle schäumte und wirbelte um unsere Füße. Wir lachten und rangen nach Atem. Er versuchte mich ins Wasser zu stoßen, aber ich drehte mich weg und floh aus seiner Reichweite.

Wie lange spielten wir so wie die Kinder? Stunden? Eine Ewigkeit.

Ich wüsste gerne, was unsere Wachen dachten, als sie ihren Kaiser und ihre Kaiserin dabei beobachteten, wie sie an der Küste hin und her liefen, lachend in den Sand fielen, Hand in Hand spazieren gingen – sich umarmten.

Vielleicht dachten sie ja, dass wir sehr verliebt wären.

Wir kehren ins feindliche Lager zurück

15. August 1808, Bonapartes neununddreißigster Geburtstag – Saint-Cloud

Bonaparte und ich waren beide zerknittert und müde, als unsere Karosse in Saint-Cloud einfuhr. Die Nacht zuvor hatten wir in der Kutsche geschlafen, aber trotzdem war keine Zeit, ein Bad zu nehmen – nur Zeit für einen Kleiderwechsel und einen schnellen Imbiss.

Ich schreibe dies jetzt im Salon, der zum Garten führt, die Türen weit geöffnet, und warte darauf, dass Bonaparte aus seinem Arbeitszimmer auf der anderen Seite des Innenhofes herauskommt. In wenigen Minuten müssen wir den Senat empfangen und anschließend zur Messe und zu einem Tedeum zu Ehren des »heiligen Napoléon« gehen.

Ich kann es kaum erwarten, Hortense, Petit und das neue Kind zu sehen, aber das muss warten. (Verflixte Pflicht!) Kaum zu glauben, dass wir über vier Monate fort waren – vier *wundervolle* Monate.

Später Nachmittag

»Er ist ein braves Kind«, sagte Hortense liebevoll und reichte mir den Säugling.

»Oh, Hortense, er ist …« Ehrlich gesagt, war ich beunruhigt. Das Kind sah so klein aus, mit Ausnahme des Kopfes. »Er ist entzückend«, sagte ich aufrichtig. Er besitzt die uralte Schönheit eines neuen Menschenkindes.

»Er heißt Oui-Oui«, sagte der allerliebste Petit, der neben mir stand und sein Patschhändchen auf mein Knie gelegt hatte. Ich beugte mich vor, um dem Jungen einen schallenden Kuss zu geben. »Kitzelt«, sagte er, fügte aber hinzu: »Nochmal?«

»*Später* tollen wir herum«, sagte ich. »Aber jetzt willst du dir vielleicht erst einmal etwas ansehen« – ich nickte zur Tür und senkte die Stimme zu einem Bühnenflüstern– »etwas, das ich dir mitgebracht habe.« Seine Augen wurden groß. »Hat der Kutscher es schon hereingebracht?«, fragte ich Adèle.

»Der Kutscher *und* der Diener«, sagte sie. »Es ist schwer!«

»Maman, *was* hast du da mitgebracht?«, fragte Hortense und streckte sich auf der Chaiselongue aus.

»Ja, Grandmaman, *was* hast du da mitgebracht?«, plapperte Petit nach, als im Korridor ein lautes Klappern auf dem Parkettboden zu hören war. Der Diener erschien und zog das Modell eines Kriegsschiffes auf Rädern hinter sich her (wobei er trotzdem versuchte würdevoll auszusehen).

Petit drehte sich zu mir um, einen verwunderten Ausdruck auf dem Gesicht. »Ja, für *dich*«, sagte ich und wiegte den Säugling, der unruhig zu werden begann.

»Sag: Danke, Grandmaman«, rief Hortense hinter Petit her, als er zu dem wundersamen Ding lief.

»Danke, danke, danke, Grandmaman!«, sang das Kind.

Montagmorgen, 22. August

Gestern Abend ein Ball. »Ich bin derjenige, der Spanien gewonnen hat«, hörte ich Joachim prahlen, der schon reichlich betrunken war. »Ich bin derjenige, der diese Krone hätte bekommen sollen, nicht Joseph. Der kann ja nicht einmal ein Pferd reiten. Und was bekomme ich zum Dank? Neapel! Aber vielleicht lässt mir Joseph wenigstens die Herzogin d'Atri zurück.«

Hahaha, hahaha.

Er ist fort, endlich. Heute Morgen ist er nach Neapel aufgebrochen. Dieses arme Königreich.

28. August, Sonntag

Ein Familientreffen in Malmaison: Madame Mère, Pauline, Julie Bonaparte und ihre Mädchen, Hortense und der allerliebste Petit. Die Kinder waren hell begeistert von dem Orang-Utan, der in einem Kleid steckte und sehr komisch aussah. Seine Possen ließen sie brüllen vor Lachen. Dann spielte Bonaparte einen Bären, sehr zum Vergnügen der Kinder *und* der Möpse.

10. September 1808, Mailand

Chère Maman,
die kleine Joséphine läuft. Du solltest sie mal sehen – sie ist ja so entzückend! Meiner schönen Auguste geht es, wenn man ihren Zustand bedenkt (noch drei Monate), außergewöhnlich gut. Bitte, richte Papa aus, dass ich seinen Rat beherzige und mehr Zeit zu Hause bei der Familie verbringe – keine Arbeit mehr bis Mitternacht.

Eine Million Küsse
dein dich liebender Sohn Eugène

Anmerkung – Ich hoffe, dass Papa bei der bevorstehenden Konferenz in Erfurt eine Abmachung mit Zar Alexander treffen kann. Wenn er Russland dazu bringen kann, eine Blockade gegen England zu unterstützen, wird England gezwungen sein, einen Frieden auszuhandeln.

16. September, Freitag

Es scheint, dass jeder – unsere besten Schauspieler und Schauspielerinnen, meine Köche, selbst Dr. Corvisart – nach Erfurt in Thüringen fährt … wegen der Friedensgespräche, heißt es, aber

geflüstert wird, dass Bonaparte mit Zar Alexander zusammentreffen wird, um eine Heirat mit der Schwester des Zaren zu erörtern.
»Unsinn«, sagte Bonaparte heute Abend zu mir, als ich ihn mit diesem Gerücht neckte. »Talleyrand, erklären Sie meiner Frau, dass meine Konferenzen mit Zar Alexander streng politisch sein werden.«
»Eure Majestät, die Konferenzen werden streng politisch sein.«
»Und königliche Ehen sind nicht politisch?«
Als Folge dieses »harmlosen« Geplänkels konnte ich letzte Nacht nicht schlafen und liege schon den ganzen Tag im Bett. Ungefähr jede Stunde streckt Bonaparte den Kopf durch die Bettvorhänge. »Du machst dir zu viel Sorgen«, sagte er, da er den Grund meines Unwohlseins ahnte. »Du solltest nicht auf Gerüchte hören.«

22. September – Saint-Cloud

Heute Morgen um fünf Uhr brach Bonaparte nach Erfurt auf. Er umarmte mich zum Abschied und küsste mich liebevoll. »In einem Monat bin ich zurück. Versprichst du mir, dass du dir keine Sorgen machst?«
»Ich verspreche es«, log ich.

26. September, Montag – Malmaison

Thérèses Hut war noch phantasievoller als üblich: eine exotische Kreation aus Vögeln und Blumen. »Was gibt's denn da zu lamentieren?«, fragte sie, womit sie gleich zum Thema kam. »Hat der Kaiser jemals eine Frau geschwängert? Nein! Er wird sich doch nicht von dir scheiden lassen und irgendein junges Ding heiraten, nur um öffentlich einen Narren aus sich zu machen.«

»Das ist das Einzige, was mich tröstet«, gab ich zu – und das macht mich noch trauriger.

19. Oktober

Bonaparte kam beladen mit prachtvollen russischen Pelzen von den Friedensgesprächen zurück. »Warum die Verkleidung?«, fragte ich, denn er trug den schwarzen Wollumhang eines Advokaten.

»Ich musste mich beeilen. Spanien steckt in Schwierigkeiten.«

»Du willst *nochmals* nach Spanien?«

»Joseph hat Madrid verlassen, ist geflohen, ohne auch nur zu kämpfen! König Pepe Coxo nennen ihn die Spanier – zügellose Niete. Mit einer Familie wie der meinen brauche ich keine Feinde.«

»Wird der Krieg denn nie zu Ende sein?«

»Meinst du vielleicht, ich suche ihn?«, fragte er bekümmert.

Samstag, 2. Oktober – Rambouillet

Bonaparte will mir nicht erlauben, ihn nach Spanien zu begleiten. »Es ist zu gefährlich«, sagte er unnachgiebig. »Die Spanier sind unberechenbar.«

Blutrünstig, meinte er. Ich drückte meine Wange an sein Herz. Wenn er doch nur wüsste, wie sehr ich mich sorge! Ich spürte einen Gegenstand unter seiner Weste. »Was ist das?« Es fühlte sich wie ein weicher, kleiner Beutel an, nicht ganz drei Zentimeter im Durchmesser. Bonaparte riss sich los. »Was ist das?«, ließ ich nicht locker. Seine Hände waren kalt.

»Joséphine, es wäre dir doch sicherlich nicht recht, wenn ich …«

Ich schloss die Augen. Es war Gift, wurde mir klar, für den Fall, dass man ihn gefangen nahm.

13. November – Paris, die schrecklichen Tuilerien

Ich bin wieder in die Tuilerien eingezogen: diesen dunklen, feuchten Palast – mittlerweile leider in grellen Farben renoviert. Ich bin zu krank, um mich darum zu kümmern, ehrlich gesagt, der spanische Feldzug nimmt mich zu sehr mit. Jedes Mal, wenn ich an diesen fürchterlichen, unmöglichen Krieg denke, zittere ich. Bonaparte wäre überhaupt nicht dort, wenn man ihn nicht darauf hingewiesen hätte, dass die Spanier nach »Befreiung« lechzen. Und da man nun schon einmal im Land ist, wie zieht man sich wieder zurück? Sicherlich nicht Bonaparte. *Le feu sacré*. Er wäre der Letzte, der eine Niederlage eingestünde – vor allem nicht gegenüber England.

4. Dezember, Sonntag

Die erstaunlichste Neuigkeit – die *beunruhigendste* Neuigkeit. Talleyrand hat Fouché in sein Haus an der Rue de Varenne eingeladen. Man sah sie Arm in Arm durch die Räume spazieren. »Aber Fouché und Talleyrand verabscheuen sich«, sagte ich.
»Wenn sich Feinde verbünden, gibt es bestimmt Probleme«, sagte Chastulé.

22. Dezember 1808, Mailand

Chère Maman,
es ist mir gelungen einen Brief abzufangen, den Gouverneur Junot an Königin Caroline in Neapel schickte. Wie du vermutet hast, machen Talleyrand und Fouché gemeinsame Sache, um Joachim auf den Thron des französischen Kaiserreiches zu heben – sollte der Kaiser in der Schlacht fallen, werden sie sagen, aber der Plan kommt mir verdächtig vor. Caroline hat sogar ein Kommunikationssystem zwischen Paris und Neapel einge-

richtet, damit ihr Mann rasch gerufen werden kann. Junot sicherte ihr militärischen »Schutz« zu – du weißt, was das bedeutet.
Ich habe den Kaiser alarmiert, der sicherlich umgehend nach Paris zurückkehren wird. Der Feind sitzt nicht in Spanien – er sitzt zu Hause und im trauten Familienkreis.
*Meiner schönen Auguste geht es gut. Die Hebamme sagt »jeden Tag«.**

Dein stets treuer Sohn Eugène

Dienstag – Malmaison

»Also *das* führte Caroline im Schilde«, sagte Thérèse. »Sie hat diesen kleinen Staatsstreich schon seit einiger Zeit geplant. Ich muss schon sagen, dass ich dieses kleine Luder bewundere. Sie begriff, dass sie Fouché auf ihrer Seite brauchte, also schmierte sie ihm Honig um den Bart. Als Gouverneur von Paris kontrolliert Junot die Miliz, und daher zerrte sie ihn in ihr Bett. Und – versteht sich – eine intime Beziehung mit dem österreichischen Botschafter würde sich als nützlich erweisen, sollte sie Königin von Frankreich werden. Was für ein entsetzlicher Gedanke! Hast du schon den Kaiser alarmiert?«
»Das hat Eugène getan.«
»Beten wir, dass er bald zurückkommt.«

23. Januar 1809, Tuilerien

Bonaparte ist aus Spanien zurück und brüllt alle an. Talleyrand ist degradiert worden,** aber Fouché ist leider immer noch Polizeiminister. Der Mann, der alles weiß, weiß anscheinend zu viel. »Es ist sicherer, ihn in der Nähe zu behalten«, sagte Bonaparte.

* Am folgenden Tag, am 23. Dezember, wurde eine Tochter, Eugènie, geboren.

** Talleyrand wandte sich unverzüglich an die Österreicher und bot gegen eine Bezahlung von einer Million Francs »Dienste« an.

Und was ist mit seiner Schwester Caroline? Ich traue mich nicht, zu fragen. *Die Familie ist das Allerwichtigste.*

12. April – Saint-Cloud, 10 Uhr abends

Vor einer Stunde, als wir beim Abendessen saßen, kam eine Botschaft, dass Österreich in München einmarschiert ist – *schon wieder*. Bonaparte wird zwischen dem Krieg im Südwesten und dem Krieg im Nordosten aufgerieben.

Samstag, 25. April – Straßburg

Nichts an Bonapartes Verhalten warnte mich: kein lautes und unmelodisches Summen von »Marlbrough«, keine hastigen Vorbereitungen in letzter Minute. Nach einem späten Abendessen ging er wieder in sein Zimmer, um zu arbeiten – wie gewöhnlich. Ich spielte mit meinen Damen bis ein Uhr Whist und zog mich dann zurück. Ich glaube, es war kurz nach drei Uhr, als ich vom Wiehern eines Pferdes geweckt wurde. Ich setzte mich verdutzt auf. Wagenräder? Ich ging zum Fenster und zog die Vorhänge zurück: Dort unten im Innenhof stand Bonapartes Reisekutsche. Diener, Pferdeknechte und Adjutanten liefen mit Fackeln hin und her ... und da war Bonaparte, der gerade seinen Hut aufsetzte. Der Lakai öffnete die Kutschentür und ließ den Tritt herunter.
Er reiste ab – ohne auch nur einen Glücksbringer-Kuss? Ich tastete mich durch die dunklen Zimmer zum Eingang und warf dabei einen Tisch um. Ich flog die Treppe hinunter und in die Kutsche hinein.
»Joséphine!« Bonaparte war überrascht, mich zu sehen.
»Du kannst doch nicht abreisen, ohne mir ein Wort davon zu sagen, Bonaparte!«
»Ich fürchtete, dass du darauf bestehen würdest, mitzukommen, und –«

»Nun, da hattest du Recht.«
»Aber du kannst doch nicht einfach –«
»Sire, wir sind abfahrbereit.« Duroc sah mich verdutzt an. Was hatte die Kaiserin in Nachtgewand und Nachthaube in der Kutsche zu suchen?
»Es ist gut so«, sagte ich um Autorität bemüht.
»Aber Joséphine, du bist ja noch nicht einmal angekleidet.«
»Das ist mein Ernst«, knurrte ich, was Bonaparte zum Lachen brachte.
»Geben Sie Anweisung, dass die Koffer der Kaiserin nach Straßburg geschickt werden«, sagte er zu Duroc und legte mir seinen Paletot um die Schultern. »Ach, Joséphine, was soll ich bloß mit dir machen?«, seufzte er, als wir durch die Tore zur Stadt und auf den mit Kopfstein gepflasterten Boulevard fuhren.

Sonntagmorgen – Straßburg

Wir sind gerade erst in Straßburg eingetroffen, und schon bricht Bonaparte auf, um zu seiner Armee zu stoßen – noch eine überstürzte Abreise, noch ein tränenreiches Abschiednehmen, noch ein rascher Glücksbringer-Kuss. Ich habe Kerzen aufgestellt und die Karten ausgelegt: Halte wieder einmal Wache.

6. Mai, mittags

Mon amie, die Kanonenkugel, die mich gestreift hat, verursachte keine Wunde – sie hat knapp die Achillessehne gestreift. Meine Gesundheit ist ausgezeichnet. Mache dir keine Sorgen. Alle läuft sehr gut hier. Ganz der deine, N.

Schönbrunn, 12. Mai 1809

Ich beherrsche Wien. Alles läuft perfekt. Meine Gesundheit ist sehr gut. N.

27. Mai

Eugène ist mit seiner Armee zu mir gestoßen. Er hat die Aufgabe, die ich ihm übertragen habe, ausgeführt und die vor ihm stehende feindliche Armee fast gänzlich zerstört. Es geht mir sehr gut. Ganz der deine, N.

[Ohne Datum]

Nachricht aus dem Hauptquartier: Der Kaiser ist siegreich.
Gerüchte aus dem Hauptquartier: Der Kaiser ist häufig in Gesellschaft einer jungen polnischen Gräfin.
Fahr nach Hause zurück, schreibt Bonaparte. Suche mich nicht hier auf.
Ich packe und kehre mit Bedauern um.

20. September – Malmaison

»Es ist der Außenminister, Eure Majestät, Monsieur Maret, oder besser gesagt« – Clari reckte die Nase in die Luft, um sein arrogantes Benehmen nachzuahmen – »der *Herzog* de Bassano.«
»Sind Sie sicher, Clari?« Ich wähnte Hugues Maret bei Bonaparte in Deutschland.
Aber es war tatsächlich der Außenminister – Bürger Maret, wie ich ihn insgeheim nenne. (Schließlich kannte ich ihn schon seit der Zeit vor der Revolution.) »Verzeihen Sie mir meine Überraschung, Minister Maret. Ich dachte, Sie wären beim Kaiser.«
»Das war ich auch, Eure Majestät«, sagte er und reckte, genau wie Clari es vorgeführt hatte, die Nase in die Luft. »Ich habe eine Botschaft von ihm.«
»Einen Brief?«
»Nein, Eure Majestät. Eine mündliche Mitteilung.«

»Hätten Sie etwas dagegen, wenn wir in den Garten gingen, Minister Maret?«

Zwei der Möpse erhoben sich träge und beschnüffelten die Stiefel des Ministers. Er lächelte zu ihnen herab, wobei er ein künstliches Gebiss entblößte. »Das wäre wunderbar«, sagte er und trat zwei Schritte zurück.

Der Tag war frisch und sonnig. »Und wie geht es dem Kaiser?«, fragte ich und zupfte ein welkes Blatt von einer eingetopften Aurikel. Dem Kaiser, meinem Mann; dem Kaiser in den Armen seiner polnischen Mätresse. Meinem Mann, den ich trotz allem sehr, sehr vermisste.

»Dem Kaiser geht es außerordentlich gut, Eure Majestät«, sagte Minister Maret und sprang nach vorn, um mir das Gittertor zu öffnen.

Ich blieb auf dem Weg stehen, um den Duft einer Blüte einzuatmen. *Rosa Longifolia, Rosa Pulila, Rosa Orbessanea*, sagte ich stumm vor mich hin. »Sie sagten, Sie hätten eine Botschaft für mich.« Ich brach eine schon welkende Blüte ab; die Blütenblätter rieselten auf die Steine. »Vom Kaiser.«

»So ist es«, sagte er und verstummte.

»Könnten Sie mir dann vielleicht auch verraten, um welche Botschaft es sich handelt?«, regte ich liebenswürdig an.

»Eure Majestät, vielleicht sollten wir … Das heißt, vielleicht sollten Sie …« Er wedelte zu einer Bank hinüber.

Er wollte, dass ich mich setzte. Argwöhnisch geworden, nahm ich Platz und zog mir den Schal um die Schultern.

»Eure Majestät, der Kaiser möchte Ihnen einen Vorschlag unterbreiten, einen, der – wie er Sie wissen lassen möchte – aus der tiefen Quelle seiner Liebe für Sie entspringt.« Minister Maret fuhr sich mit der Zunge über die schmalen Lippen. »Er betrifft eine Frau, Eure Majestät, Gräfin Walewska. Mir wurde zu verstehen gegeben, dass Sie darüber im Bilde sind, dass der Kaiser und sie …?«

»Ja, Minister Maret, ich bin im Bilde.«
»Die junge Dame ist offenkundig in guter Hoffnung, Eure Majestät.«
Rosa Longifolia, Rosa Pilila, Rosa Orbessanea. »Das Kind des Kaisers?«
Minister Maret nickte, vermied es jedoch, mich anzusehen.
»Und daran kann kein Zweifel bestehen?«
Minister Maret hustete in die Faust. »Es ist noch zu früh, Eure Majestät, daher ist es möglich, dass sich die *Dinge* nicht entwickeln, aber was die Vaterschaft angeht, besteht absolut kein Zweifel.«
Ein Kind – nach so vielen Jahren. Sein Kind. Es muss ihm wie ein Wunder vorkommen. »Der Kaiser dürfte sehr glücklich sein«, sagte ich und spürte, wie es mir die Kehle zuschnürte. »Aber dies ist gewiss nicht der Grund, warum Sie den ganzen Weg nach Paris zurückgekommen sind, Minister Maret.«
»In der Tat, Eure Majestät, ich bin wegen eines höchst vertraulichen und heiklen Vorschlags gekommen. Der Kaiser wünscht zu erfahren, ob Sie es in Erwägung ziehen könnten ... dieses Kind zu *adoptieren*.«
Bonapartes Kind? O ja! »Durchaus.«
»Und darüber hinaus wünscht der Kaiser zu erfahren, ob Sie bereit wären, eine Schwangerschaft vorzutäuschen – damit es so aussähe, als wäre es Ihr eigenes.«
»Sie können dem Kaiser mitteilen, dass ich *alles* tun werde.«

[Ohne Datum]

Nun denn. Eine junge polnische Gräfin bekommt ein Kind von Bonaparte. Wie ich höre, ist sie schüchtern, sanftmütig und aufrichtig in ihrer Liebe zu meinem Mann. Wie ich höre, wird sie seine »polnische Gemahlin« genannt. Oh, meine mörderischen

Gedanken! Sie ist mein Verderben – *sein* Verderben. Nennt man das *sanftmütig*? Nennt man das *aufrichtig*?

1. Oktober 1809, Schloss Schönbrunn

Eure Majestät,
der Kaiser, der in Raab weilt, hat mich beauftragt, Ihnen mitzuteilen, dass Dr. Corvisart leider Bedenken hat, nicht so sehr bezüglich seines bedeutenden Rufes als Arzt, sondern aufgrund seiner Überzeugung, dass das Projekt letztlich aufgedeckt werden würde, was verheerende Folgen hätte. Er hat den Kaiser überredet, diese Vorgehensweise nicht weiter zu verfolgen.
Verbrennen Sie diesen Brief.

Ihr ergebener Diener, Hugues Murat
Außenminister

14. Oktober 1809, Schönbrunn

Eure Majestät,
Sie missverstehen mich. Ich habe vollstes Verständnis für Ihre Bitte. Ich weiß, wie wichtig dieses Thema sowohl für den Kaiser als auch für Sie und insbesondere für das Kaiserreich ist. Trotzdem bin ich mir als Arzt der damit verbundenen Risiken bewusst. Wenn man im Blickpunkt der Welt steht, wird selbst der richtigste Schritt falsch erscheinen. Ich habe den Kaiser gewarnt und nun warne ich Sie vor einer Torheit, die, wie gut sie auch gemeint sein mag, dem Kaiser zur Schande gereichen würde.
Die Gesundheit des Kaisers ist ausgezeichnet. Der Freudentaumel, in dem wir uns alle seit der Unterzeichnung des Friedensabkommens befanden, wurde durch einen Anschlag auf sein Leben überschattet. Der Kaiser würde dem ungestümen Studenten, der versuchte ein Messer gegen ihn zu zücken, gerne vergeben, aber der junge Mann hat törichterweise darauf bestanden, seine Schuld zu erklären. Ich möchte Ihnen versichern, dass der

Kaiser völlig unversehrt ist. Der Vorfall soll nicht an die Öffentlichkeit dringen, da er zweifellos Besorgnisse über die Zukunft des Kaiserreiches entfachen würde.

Ihr ergebenster Diener, Dr. Corvisart

26. Oktober, Donnerstag

Moustache kam durch das Tor galoppiert, als ich gerade im Rosengarten war. »Eure Majestät«, schrie er mir zu. »Der Kaiser ist in Fontainebleau!«

»Aber …« Bonaparte wurde frühestens morgen am späten Abend zurückerwartet.

»Darf ich einen Vorschlag machen, Eure Majestät?« Moustache zerrte an einem Ende seines gewaltigen Schnurrbartes. »*Beeilen* Sie sich.«

Es war fast sechs Uhr, als ich Fontainebleau erreichte. Ich traf Bonaparte im Salon an, wo er allein am Tisch saß. »Das wurde aber auch Zeit«, sagte er, schaute kurz auf und senkte dann den Blick.

»Bonaparte, sei *bitte* nicht böse.«

»Ist es nach einer Abwesenheit von über sechs Monaten zu viel verlangt, wenn ich meine Frau bitte, zu meiner Begrüßung hier zu sein?«

»Sire«, redete ich ihn formell an, »wenn ich mir die Unverschämtheit erlauben darf, Sie an Ihre Mitteilung zu erinnern, dass Sie frühestens morgen Nacht ankommen würden. Meine Damen und ich hatten vor, morgen früh einzutreffen, um uns bereitzuhalten.«

»Es wäre dir wohl *lästig* gewesen, ein paar Tage früher zu kommen, was?«

»In all unseren gemeinsamen Jahren, Bonaparte, ist dies das erste Mal, dass ich zu einem Treffen mit dir zu spät gekommen

bin. Nur dieses eine Mal! Wir waren ein halbes Jahr getrennt, und so begrüßt du mich?«
Er drückte die Hände an die Brust, als wäre er verwundet worden.

Samstag, 28. Oktober – Fontainebleau

Wieder einmal müssen wir fröhlich sein. Drei Abende in der Woche sind für Theater, der Rest der Woche für Empfänge reserviert, ein Abend im Salon des Kaisers, vielleicht ein Ball. Wenn nichts geplant ist, stellt Chastulé in ihrem Salon Spieltische auf.
Bonaparte geht täglich zur Jagd und galoppiert mit Furcht erregender Energie bis zu zwanzig Wegstunden weit. Wenn er nicht mit Hunden jagt, dann mit Falken.
Abends, beim Diner und Theater, bei den Empfängen und Bällen, gehen wir behutsam miteinander um, reden und bewegen uns wie einstudiert. Hin und wieder bemerke ich, dass er mich mit melancholischer Miene beobachtet. Ich weiß, was er denkt: Soll er sich von mir scheiden lassen oder nicht?

29. Oktober, Sonntag – es regnet

Bonapartes Schwester Pauline traf vor drei Tagen mit einer blauäugigen, lasziven Gesellschafterin ein. Mit rätselhaftem Lächeln verfolgt Mademoiselle Christine jeden Schritt Bonapartes und lässt dabei ständig ein riesiges Goldkreuz an einem Samtband hin und her pendeln, als versuchte sie, ihn in Trance zu versetzen.

[Ohne Datum]

Das Licht, das aus Paulines Fenstern fällt, ist hell: Es beleuchtet den Innenhof, die Wachposten, die am Brunnen stehen. Eine Tür auf den Balkon öffnet sich, und plötzlich höre ich Violinenklänge, Gelächter. Ich höre Bonapartes Stimme, Mademoiselle Christines schrilles Kichern.

[Ohne Datum]

»Ich finde, dass Sie einfach nur lächeln und so tun sollten, als bemerkten Sie nichts, Eure Majestät«, sagte Clari.
»Ich würde mir einen Liebhaber nehmen«, sagte Chastulé. »Der Prinz von Mecklenburg-Schwerin wird doch bald eintreffen, richtig?«
»Dass ich das tue, ist genau das, was *sie* gerne hätten«, sagte ich. Das, was sich die Bonaparte-Sippe mit Sicherheit wünschte – in der Hoffnung, dass ich einen verhängnisvollen Fehler machte.
»Ich denke, dass Bonaparte mit Absicht versucht, sich unbeliebt zu machen –«
»Ha! Und mit Erfolg.«
»– aus gutem Grund.« Meine Vorleserin zog den Schal um meine Schultern zurecht. Ich sah Carlotta mitleidig an. Wir waren beide zurückgestoßen worden. »Ich kenne Bonaparte. Er spielt eine Rolle. Er möchte, dass ich eine –« Ich hielt inne. Das Wort »Scheidung« kam nicht über meine Lippen. »Er möchte, dass ich eine Trennung für wünschenswert halte.«
»Maman«, warf Hortense mit kummervoller Stimme ein, »vielleicht hat er ja Recht. Vielleicht wäre sie ja wirklich wünschenswert.«
Ich schaute auf meine Stickarbeit hinunter, Tränen verschleierten die Stiche.

Mittwoch, 8. November

Ich schreibe dies in einem goldenen Zimmer. Ich bin mit Diamanten geschmückt, meinem schönsten Kleid, einem Hut. Der Teufel soll ihn holen!

Oh, vergib mir, denn ich habe Angst. Um meine eigene schwache Seele, ja, aber auch um Bonaparte, meinen unausstehlichen Ehemann, den *Kaiser*. Diesen Mann, der so heldenhaft – so lammfromm – sein kann, aber auch so niederträchtig und zerstörerisch.

Ja, ich habe Angst, um mich selbst, um Bonaparte, um meine Kinder, aber auch um alle Menschen dieses Landes, die mich mit so viel Zuneigung geehrt haben. Ich gebe es zu: Ich habe die Schlacht verloren, und in der Schlacht ging es um Bonapartes Herz.

Du wirst Königin sein, hat mir eine Voodoopriesterin einst prophezeit. Wie deutlich ich mich noch an diese schrecklichen Worte erinnere. *Aber nicht lange*.

Es ist mir egal! Ich will keine Königin, Monarchin, Kaiserin sein. Ich will nicht auf einem Thron sitzen. Die Krone hat mich nur unglücklich gemacht. Aber mein Pech ist es, dass ich mir von ganzem Herzen wünsche, neben dem Mann auf dem Thron sitzen zu dürfen. Ich liebe nicht den Kaiser, ich liebe den *Mann*. Und wer außer mir liebt ihn? Niemand.

13. November

Ein grässliches Gemetzel. Ich bin krank.

Schon seit Tagen spricht Bonaparte über eine Keilerjagd. Heute hat der Kaiser seinen Willen durchgesetzt: *Je le veux*.

Wir fuhren zu einer Lichtung hinaus, wo ein riesiger Pferch errichtet worden war: die Damen in ihren eleganten Jagdensembles, ihren Federn und Samtjacken über Kleidern aus weißem

Satin. Zitternd vor Nervosität stiegen wir auf eine hohe Tribüne. Die Männer standen alle auf einer riesigen, in der Mitte des Pferches aufgebauten Plattform und luden ihre Gewehre. Bald hörten wir schreckliche Töne, ein gefährliches Grunzen und Schnauben, als über achtzig wilde Keiler in panischer Flucht in den Pferch stürmten. Und dann machten sich Bonaparte und die Männer daran, sie alle zu töten. Die Angstschreie füllten die Luft mit einem Geräusch, das ich nicht vergessen kann. Erst kicherten die Damen, dann wurden sie bleich.
Der Aufenthalt hier ist qualvoll geworden. Gott sei Dank kehren wir morgen nach Paris zurück.

14. November

Paris: Stadt des Getuschels. Ich betrete einen Raum, und plötzlich schweigen alle und lächeln verlegen. Isabey, der mich jeden Morgen schminkt, äußert sich nicht über meine rot geränderten Augen. »Vielleicht ein wenig Bleiweiß?«, schlägt er vor und trägt die dicke, weiße Grundierung auf. Ich schaue in den Spiegel, und mein Gesicht ist eine Maske. »Aber nicht weinen, Eure Majestät«, tadelt er mich sanft, und wieder füllen sich meine Augen mit Tränen.

15. November

»Monsieur Calumet?« Der Mann, der vor Jahren mein Rechtsbeistand gewesen war, war alt geworden. Warum überraschte mich das?
»Madame Bonaparte«, sagte er und erhob sich mit Mühe. Er zögerte, die bloße Hand auszustrecken. »*Kaiserin*, Eure Majestät. Vergeben Sie mir.«
»Wie geht es Ihnen, mein lieber Herr?«, fragte ich, als ich Platz nahm. Monsieur Calumet hatte meiner standesamtlichen Trau-

ung mit Bonaparte beigewohnt. Wie sich doch die Dinge verändert hatten. Jetzt schmückten Diamanten meine Frisur und Tränen mein Herz.
»Oh«, sagte er mit zittriger Stimme, »Ihr Gemahl ist gut zu uns allen gewesen. Lang lebe der Kaiser!«
Dieser Gefühlsausbruch überraschte mich sehr. »Leider bin ich in einer ... heiklen Angelegenheit gekommen, Monsieur«, begann ich, die Hände wie ein Schulmädchen auf den Knien. »Ich möchte mich mit Ihnen über die Rechtmäßigkeit meiner Ehe beraten – zumindest in den Augen der Kirche. Hatten Sie schon Gelegenheit, über das Dokument, das ich Ihnen zukommen ließ, nachzudenken?«
»Die katholische Heiratsurkunde?« Er zog sie aus einer Schublade und legte sie sorgfältig vor sich hin. »Eure Majestät, verzeihen Sie, dass ich derjenige bin, der es Ihnen sagen muss, aber ich fürchte, dass es da ein Problem gibt.«
»Oh?«, sagte ich, und das Herz wurde mir schwer. Dies war meine letzte Hoffnung.
»Die nach dem Kirchenrecht erforderlichen Zeugen waren nicht zugegen.«
»*Welche* erforderlichen Zeugen?«
»Der Priester Ihrer Gemeinde zum Beispiel. Eure Majestät, ich möchte nicht ...« Er legte die Hand auf die Brust und räusperte sich.
»Monsieur Calumet, ich bin zu Ihnen gekommen, weil ich weiß, dass ich mich darauf verlassen kann, die Wahrheit von Ihnen zu hören. Wenn man auf einem Thron sitzt, ist Ehrlichkeit selten.«
Er wandte den Blick ab. »Eure Majestät, die Wahrheit ist, dass dieses Dokument nichts wert ist.«
Nichts? Das Wort brannte wie Feuer! Ich bin für immer deine Frau, sagte ich Bonaparte in jener Nacht. Ist das nichts?
Ich kehrte ganz benommen in den Palast zurück. Dieses »wert-

lose« Dokument in der Hand, stand ich eine Weile vor dem Kamin in meinem Schlafzimmer. Zweimal war ich drauf und dran, es ins Feuer zu werfen … und zweimal zögerte ich.
Schließlich schickte ich Mimi los, die Kassette aus Eichenholz zu holen. Ich habe es dort eingeschlossen, zusammen mit meinen alten Tagebüchern, zusammen mit Bonapartes glühenden Liebesbriefen.
Es ist wahr: Dokumente sind nichts wert. Was bindet, ist das Herz – die wahre Geschichte des Herzens. Ich liebe Bonaparte und er liebt mich. Wir *sind* Mann und Frau. Komme, was da mag, komme, was da wolle.

1. Dezember, Freitag

Bonaparte hat gesprochen.
Zum Essen trug ich einen breitkrempigen Hut, um meine Augen zu verbergen. Wir saßen schweigend, unsere Diener standen wie Statuen hinter uns. Unsere Teller wurden auf den Tisch gestellt und wieder weggenommen, das Essen darauf unberührt.
»Wie viel Uhr ist es?«, fragte Bonaparte einen der Küchenmeister und schlug unbewusst mit dem Messer an sein Glas.
»Fünf vor sieben, Eure Majestät.«
Bonaparte stand auf und ging in den Salon. Ich folgte, eine Serviette an den Mund gepresst. Mir war, als ob ich durch tiefes Wasser watete, als ob jeder Schritt, den ich machte, meine volle Konzentration erforderte. Wir essen, Bonaparte steht auf, ich folge ihm. Dieses Ritual haben wir bisher an jedem Tag unsres gemeinsamen Lebens vollzogen, aber plötzlich scheint es fremd zu sein.
Der Salon war drückend heiß. Der Diener kam mit dem üblichen Tablett herein und trat vor mich hin, damit ich dem Kaiser die Ehre erweisen konnte, ihm den Kaffee einzuschenken.

Ich griff nach der Silberkanne, aber Bonaparte war schneller. Während er mich unverwandt, herausfordernd ansah, schenkte er sich den Kaffee selbst ein, löffelte Zucker hinein und trank. Er stellte die leere Tasse auf das Tablett, bedeutete dem Diener mit einer Handbewegung, sich zu entfernen, und schloss die Tür hinter dem verdutzten Mann.
»Joséphine«, sagte er und wandte sich zu mir um. »Wir müssen uns scheiden lassen.«

Er wollte, dass ich die Gründe einsehe. Die Sicherung des Kaiserreiches verlangte dieses Opfer. Er verließe sich darauf, dass ich aus Liebe zu ihm einwilligte. »Dies ist ein großes und großmütiges Opfer, das wir bringen müssen«, sagte er in entschiedenem Ton.
»Du irrst dich, Bonaparte. Es wäre ein Fehler! Wir würden es unser Leben lang bereuen.«
Ohne einen Erben, wiederholte er, sei seine Dynastie nicht gefestigt. Er hätte inzwischen eingesehen, dass es absolut notwendig sei. Das Kaiserreich müsse mehr als nur einen Tag Bestand haben; es müsse in alle Ewigkeit Bestand haben.
»Ernenne Eugène zum Thronerben«, widersprach ich. »Du hast ihn gut geschult. Er ist loyal und dir ergeben. Er versteht deine Ziele, deine Vision. Du *weißt*, dass es für das Volk von Nutzen wäre.« Das Kaiserreich würde blühen und gedeihen! »Du kannst ihm vertrauen. Unter Eugène hätte dein Vermächtnis Bestand.«
»Er ist kein Bonaparte.«
Die Familie ist das Allerwichtigste. »Wie wäre es dann mit deinen Neffen? Wie wäre es mit Petit?«
»Das ist nicht dasselbe wie ein Sohn, der von königlichem Geblüt wäre und in einem Schloss aufgezogen würde. Ich muss ein eigenes Kind haben, Joséphine. Dass du mir das nicht vergönnst, ist grausam von dir!«

Und dann fing ich zu weinen an. »Du kennst die Qual nicht, die wir leiden werden.« Ich hatte das Gefühl, verrückt zu werden, den Verstand zu verlieren.
»Ich werde dich immer lieben. Ich werde dich besuchen kommen – oft.«
»Verstehst du denn nicht? Es wird nicht dasselbe sein!« Er machte sich etwas vor. Dieser Mann, der sich so viel auf seinen klaren Weitblick einbildete, kannte sein eigenes Herz nicht.
»Ich *verspreche* es dir«, fuhr er fort, als ob Worte heilen könnten. »Du wirst deinen Titel behalten. Ich werde dir fünf Millionen jährlich geben. Du kannst Malmaison haben. Ich werde dir ein Landschloss kaufen – alles! Ich werde dich zur Königin von Rom machen. Du wirst dein eigenes Reich haben.«
»Bonaparte, nein! Was auch immer du tust, *bitte* – schick mich nicht fort.« Ich stellte mir vor, wie einsam und ungeliebt ich wäre. Ich fiel auf den Teppich und schluchzte haltlos und jämmerlich.

An das, was dann folgte, erinnere ich mich nur ungenau. Ich wurde über den schmalen Durchgang zu meinem Zimmer getragen, und Dr. Corvisart wurde gerufen. »Sie haben einen heftigen Nervenanfall erlitten, Eure Majestät.«
Durch einen Laudanumnebel tauchte Hortense vor mir auf. »Eugène und ich werden dir folgen«, teilte sie mir mit. »Wir werden gemeinsam ein ruhiges Leben führen. Es wird friedlich sein. Wir werden erfahren, was wahres Glück ist.«
Ich schlang die Arme um ihre schmalen Schultern. Mutter und Tochter, wir waren beide allein auf der Welt. Vielleicht ist es das Beste, dass sie nicht weiß, was die Zukunft bringt, dachte ich. Ich kam mir wie eine Kassandra vor, die vergebliche Warnungen vor dem bevorstehenden Untergang ausstieß. Der Lauf des Schicksals wurde durchkreuzt; ab heute wird es bergab gehen.

Wir müssen voneinander scheiden

Um acht Uhr betrat meine für die Garderobe zuständige Hofdame, wie sie es gewohnt ist, mit einer Auswahl von Kleidern mein Schlafzimmer. »Kommen Sie herein, Mademoiselle Avrillion«, sagte ich und schob die Bettvorhänge zur Seite. »Ich habe Ihnen etwas mitzuteilen, aber sorgen Sie zuerst dafür, dass die Tür geschlossen ist.« Ich sank wieder in die Kissen. Ich bin immer noch geschwächt, aber gefasster.

Mademoiselle Avrillion stellte ihren Korb ab und strich sich mit ängstlicher Miene den Rock glatt. Wir hatten alle schon das Schlimmste befürchtet, hatten darauf gewartet, dass der Himmel einstürzte – hatten gewusst, dass es so kommen würde, aber nicht, wann. Und nicht, wie das Leben danach weitergehen sollte.

Aber das Leben geht nun einmal weiter. Ich holte tief Luft und begann. »Der Kaiser teilte mir mit, dass er beschlossen hat –« Als ich es ihr erzählte, wurde ich wieder von meinen Gefühlen übermannt. Ich konnte nur mit Mühe zu Ende sprechen. »Er hat beschlossen, die Scheidung auszusprechen.« Mademoiselle Avrillion schlug die Hände vor den Mund und stieß einen Schrei aus. »Dennoch muss vorläufig alles normal aussehen.«

»Das ist grausam von ihm, Eure Majestät.« Ihr Blick war trotzig – loyal.

»Der Kaiser leidet«, teilte ich ihr in bestimmtem Ton mit. »Er tut, was er tun muss.«

Und so beginnt nun, bei strahlender Wintersonne, mein neues Leben. Man sieht mir an, dass ich am Ende bin, aber ich werde die Rolle weiterspielen, werde das Kostüm der Kaiserin anlegen, mich an ihr ruhiges und gütiges Herz erinnern. Nach der Friedensfeier wird Bonaparte es öffentlich bekannt geben. Für den Augenblick leide ich an einem Unwohlsein, das ist alles.
Tapfere Worte, aber sobald Mademoiselle Avrillion das Zimmer verlassen hatte, ließ ich meiner Verzweiflung freien Lauf. Wie soll ich das nur bewältigen? Morgen habe ich einen Empfang in Malmaison, und am Tag darauf findet eine große Feier statt, ein Ball. Und dann noch mehr Bälle und Feste und Bälle und Feste, alles in fröhlicher Stimmung. Woher soll ich den Mut nehmen, die Kraft?

Samstag, 2. Dezember – Malmaison

Es ist spät. Ich schreibe dies an dem kleinen Mahagonischreibtisch in Bonapartes Schlafzimmer in Malmaison. Ich bin im Nachtgewand und werde von dem Bärenfell gewärmt, das ich vom Bett gezogen habe.
Alle Monarchen sind abgefahren, selbst Bonaparte, der beschloss, zur Vorbereitung für den morgigen Tag in die Tuilerien zurückzukehren – ungeachtet des Schnees und des gefrierenden Regens. »Heute ist dein Glückstag«, sagte ich ihm beim Abschied. Er machte ein verdutztes Gesicht. »Der zweite Dezember.« Der Jahrestag der Krönung: Wie konnte er ihn nur vergessen?
»Ach ja«, sagte er mit einem Schulterzucken, als ob Glück keine Rolle mehr spielte.
Ich bin erleichtert, dass ich allein bin. Der schwerste Teil war, die Familie zu empfangen. Königin Caroline und König Joachim sind gerade aus Neapel zurückgekommen und beobachteten mich genau. Sie haben einen Verdacht, das weiß ich. Und

was werden sie tun, frage ich mich, wenn sie erfahren, dass sie den Sieg davongetragen, die Schlacht, den Krieg gewonnen haben? Sie werden es zweifellos laut hinausposaunen. Endlich werden sie den Kaiser für sich allein haben – seine ganze Macht und seine ganzen Reichtümer. Und sein ganzes Herz, werden sie meinen – ohne sein Herz zu kennen, ohne zu merken, dass dieses Opfer ihn hart machen wird.

Mittlerweile ist es fast zwei Uhr, nehme ich an. Das Feuer ist heruntergebrannt; ich spüre allmählich die Winterkälte. Mein Porträt neben dem Bett liegt im Dunkeln – Bonapartes Lieblingsporträt, wenn auch nicht meines.

Heute vor fünf Jahren krönte mich Bonaparte zur Kaiserin. Oh, es war der herrlichste Tag! Ich nahm diese Krone entgegen, als wäre sie ein Verlobungsring, glaubte, sie würde mich an meinen Mann binden. Und nun … *nun* erkenne ich, dass sie mich von ihm weggestoßen hat. Ohne Nachkommen habe ich kein Anrecht auf diesen Thron – nicht einmal das Anrecht auf des Kaisers Bett. Als Kaiserin wurde nur eins von mir gefordert: für die Verbindung zur Vergangenheit und zur Zukunft zu sorgen, den Platz des Kaisers in der Geschichte zu sichern. Im Mutterleib einer Kaiserin entfaltet sich die Zukunft. Sie ist die Vergangenheit, sie ist die Zukunft. Und ich? Ich war nie eine Kaiserin. Nur Yeyette, Rose, Joséphine – eine normale Frau aus Martinico. Eine normale Frau, die ihren Mann liebt.

Wie viel zählt am Ende meine Liebe zu Bonaparte? Nicht viel, ehrlich gesagt, wenn man sie gegen die dringenden Bedürfnisse einer Nation abwägt. Es ist in der Tat ein Opfer, das wir bringen, Bonaparte und ich – ein großmütiges Opfer. Ich bete nur, dass wir es nicht umsonst bringen, dass meine Befürchtungen unbegründet sind. »Abergläubischer Hokuspokus«, wie Bonaparte sagen würde, »Weiberphantasien«. (Als wäre er selbst überhaupt nicht abergläubisch.)

Oh, Bonaparte – wie schwer es mir doch fällt, die vor uns liegenden Veränderungen zu begreifen. Ich spüre, dass du jetzt in diesem Zimmer bei mir bist – dein leichter Zitronenduft ist noch in der Luft. Du bist überall gegenwärtig. Ein halb volles Champagnerglas aus Kristall, auf dem dein Monogramm eingraviert ist, steht auf dem Tisch neben einem Stapel Zeitungen, Münzen, einer Schnupftabakdose. Eine kleine, verbeulte Medaille zieht meinen Blick an: der Talisman Karls des Großen, achtlos zwischen den Krimskrams aus den Taschen geworfen. Ein Buch, in dem du gelesen hast – *Geschichte der Revolutionen des Römischen Reiches* – liegt mit der aufgeschlagenen Seite nach unten auf einem Stuhl neben dem Bett; der Buchrücken hat Risse, die Seiten haben Eselsohren, deine Weste ist über die Lehne des schwarzen Ledersessels geworfen. Ein zerknülltes Nachrichtenblatt liegt auf dem Teppich verstreut herum.
Die Uhr hat gerade zwei geschlagen. Ich möchte diesen Raum nicht verlassen, dieser Augenblick ist so voller Erinnerungen, aber ich weiß, dass ich morgen einen schweren Tag haben werde. Ich werde die Tür verschließen, wenn ich gehe, und allen den Zutritt verbieten. Das Zimmer wird immer für mich da sein.

Sonntag

Erst ein Tedeum in Notre-Dame. Ich werde nicht in der Kutsche des Kaisers hinfahren, werde nicht neben ihm sitzen, erklärte Duroc übertrieben diensteifrig, als wäre ich eine Dienstbotin, der er Anweisungen erteilt. Vielmehr werde ich bei Caroline und Jérômes Frau Katharina sitzen. »Der Kaiser wünscht, dass sich das Volk allmählich darauf vorbereitet«, sagte Duroc. »Er wünscht, dass Vermutungen angestellt werden.«
Vermutungen. Natürlich. Es würden Gerüchte zirkulieren, man würde Andeutungen machen, die populären Zeitungen würden

Prophezeiungen drucken. Und vielleicht hat das auch sein Gutes. Vielleicht werde auch ich mich auf diese Weise allmählich darauf »vorbereiten«.

»Weiß irgendjemand bei Hofe Bescheid?«, fragte ich.

»Nur die kaiserliche Familie, Madame.«

Madame. Nicht *Eure Majestät* – nur *Madame*. Nun gut, so sei es, dachte ich und schluckte schwer.

»Madame Bonaparte«, sagte Caroline mit einem strahlenden (selbstgefälligen) Lächeln. »Wie hübsch Sie heute Nachmittag aussehen.«

»Wie freundlich von Ihnen, das zu sagen«, erwiderte ich mit einem strahlenden (scheinheiligen) Lächeln. »Königin Caroline.«

(Wie unwichtig mir das alles in Wahrheit vorkam, als ich einen flüchtigen Blick auf das Grab des kleinen Napoléon werfen konnte, das versteckt in einer Ecke dieser weitläufigen Kathedrale lag.)

Nach der Messe fuhr das kaiserliche Gefolge zur Legislative, wo Bonaparte mit stürmischen Jubelrufen empfangen wurde. Es war Balsam auf mein schweres Herz, als die Rufe »Heil dem Friedensstifter! Lang lebe der Kaiser!« erschallten. Aus Gewohnheit und Liebe warf mir Bonaparte über die Schulter einen Blick zu, teilte diesen Augenblick mit mir.

Um fünf kehrte das Gefolge in die Tuilerien zurück, wo wir die ausländischen Botschafter empfingen, bevor wir uns in die Diana-Galerie zum kaiserlichen Bankett begaben. (Mein letztes, Gott sei Dank – wie ich sie hasse.) König Joseph saß zu meiner Linken, Madame Mère zu meiner Rechten. König Louis, gerade erst aus Holland eingetroffen, saß neben seiner Mutter (bei der er logiert). Bonaparte saß mir genau gegenüber, mit dem König von Sachsen zu seiner Rechten. Hortense saß links von ihm. Ich mied den Blick meiner Tochter aus Angst, dass ich weinen könnte.

Und dann natürlich all die anderen: der König von Württemberg, König Jérôme und seine Frau Katharina, eine auffallend fröhliche Prinzessin Pauline, König Joachim in rosafarbener, mit goldenen Sternen bestickter Seide – und natürlich eine triumphierende Königin Caroline, die die Diener herumkommandierte, als hätte sie das Sagen, als wäre *sie* die Gastgeberin. Bonaparte wirkte nervös, winkte den Kammerherrn grundlos heran und wischte sich den Mund ab, auch wenn er nicht aß, sodass sich hinter ihm ein wachsender Haufen gebrauchter Servietten bildete.*

Wir aßen schweigend, jeder wurde geräuschlos von drei Lakaien bedient, und die einzig vernehmbaren Stimmen waren jene der Trancheure, die den Lakaien die Tabletts reichten. Ich glaube nicht, dass ich schon jemals so froh war, als ich sah, wie Bonaparte sich erhob. Sofort standen auch alle anderen auf, drehten sich um und traten einen Schritt auf die aufgereihten Diener zu, die Tabletts anboten. Mit zitternden Händen drückte ich eine Zitrone in der weißen Schale aus, reinigte mir den Mund und schwenkte die Fingerspitzen in der blauen Schale. Wenn man bedenkt, dass ich dieses kleine Ritual nun endlich beherrsche, dachte ich, und warf meine Serviette auf Carolines Stapel.

4. *Dezember, Montag – Paris*

Über meine Abdankung – meinen Verlust eines Thrones, einer Krone, eines Ehemannes – werden allmählich »Vermutungen« angestellt. Bei der Militärparade heute Morgen legte mir eine Marktfrau Blumen zu Füßen, als ob ich gestorben wäre.

Der Parade folgte ein Fest der Stadt Paris, für das der Gerichtssaal des Hôtel de Ville in einen riesigen Ballsaal umgewandelt

* Nachdem eine Serviette einmal benutzt worden war, warf der Speisende sie hinter seinen Stuhl und erhielt eine neue.

worden war. Ich hatte Anweisung erhalten, allein dorthin zu gehen. Meine Damen würden mich dort treffen, wurde mir gesagt, aber als ich eintrat, fand ich das Foyer leer vor, und in dem kleinen Salon neben der großen Treppe, wo die Bediensteten warteten, war niemand. Wo waren meine Damen, mein Gefolge? Der ranghöchste Diener kam die Marmortreppe heruntergelaufen.
»Ihr Gefolge hat bereits Platz genommen«, sagte er atemlos.
»Ich soll allein hineingehen?«
»Es ist der Wunsch des Kaisers.«
Ich will es so. Bien. Trommeln verkündeten meinen Eintritt in den Großen Salon. Ich konnte das gedämpfte Tuscheln hören, als ich mich zum Podium begab: eine Kaiserin ohne einen Kaiser. Als ich mich dem Thron näherte, begannen meine Knie nachzugeben. Rasch wurde mir auf den samtgepolsterten Thron geholfen. Ich lehnte mich zurück, stellte mich der Menge.
Die Trommeln schlugen wieder, und Bonaparte kam mit Caroline am Arm herein, gefolgt von Joachim.
Caroline lenkte meinen Blick auf sich, der Triumph des Sieges strahlte ihr aus dem Gesicht.

5. Dezember – Paris, kurz vor dem Abendessen

Eine Botschaft von Eugène – er wird in wenigen Tagen hier sein.

Donnerstag

Ich war gerade bei meiner Toilette, als Hortense mit geröteten Wangen und glänzenden Augen an der Tür erschien. »Eugène ist hier!«
Ich drückte die Hände ans Herz. Ich hatte meinen Sohn seit seiner Hochzeit mit Auguste nicht mehr gesehen – heute vor fast vier Jahren.

»Er ist beim Kaiser«, sagte sie und drückte ihre Wange leicht an meine. »Bist du sicher, dass du in Ordnung bist?«

»Mir geht es … *gut.*« Ich griff nach dem Fläschchen mit dem Kräuterextrakt, den Dr. Corvisart für die Nerven verschrieben hatte. Ich träufelte einen Tropfen auf den Finger, hielt ihn mir an die Nase und inhalierte langsam. Ich hatte nicht geschlafen und bereits heute Morgen einen meiner »tropischen Stürme« – eine Tränenflut, die unerwartet und ohne Vorwarnung über mich hereinzubrechen schien. Ich inhalierte noch einmal und lehnte mich zurück. »Mir geht es gut«, wiederholte ich (doch mit aufsteigenden Tränen). »Ich habe –«

Das dröhnende Geräusch von Schritten in dem privaten Durchgang unterbrach mich. »Komm herein«, rief ich, als ich Bonapartes typisches *Poch-Poch* hörte. Wie ich dieses Geräusch vermisst habe!

Bonaparte stolperte in den Raum und blinzelte gegen das Licht. »Hortense ist tatsächlich hier«, sagte er über die Schulter.

Und dann, dicht hinter ihm, tauchte ein großer, gut aussehender junger Mann mit breiten Schultern und ehrlichen, lächelnden Augen auf: Eugène! Ich erhob mich und umarmte meinen geliebten Sohn. »Oh, mon Dieu, Eugène, du siehst so alt aus!« So stattlich – so männlich.

Er hielt mich umschlungen und schaukelte mich ausgelassen, wobei er leise sang: »Ach, Maman, Maman, Maman …«

»Und du hast jetzt Koteletten.« Und ein Königreich. Und zwei Töchter. »Du siehst wunderbar aus«, sagte ich und blinzelte, um die Tränen zurückzuhalten. »Nicht wahr?«, sagte ich zu Bonaparte – *Papa* – gewandt. »Nicht wahr?« Zu Hortense gewandt.

»Oh Maman, *nicht*«, sagte Eugène mit Tränen in den Augen. Er zog mich an seine Brust, tätschelte meinen Rücken und erstickte meine plötzlichen Schluchzer.

»Halt sie fest, Eugène.« Hortense sah, dass meine Knie nachgaben.

Von beiden gestützt, kam ich wieder zu Kräften. »Verzeiht mir. Es tut mir Leid.« Ich blickte auf. Bonaparte starrte uns drei mit tränenfeuchten Wangen an.
»O Papa«, flüsterte Hortense und zog ihn in den Kreis unserer Umarmung.

8. Dezember

So wie wir getraut wurden, so müssen wir uns auch scheiden lassen: mit einer Zeremonie.
Wir beginnen mit den genaueren Einzelheiten: wer, was, wann, wo. Das Datum ist auf heute in einer Woche, also auf nächsten Freitag, festsetzt worden. Abends Hofkleidung. Empfang im Thronsaal, die Zeremonie selbst in Bonapartes Arbeitszimmer. In Anwesenheit der Familie und weniger Staatsdiener wird Bonaparte eine Erklärung abgeben, ich werde folgen, und dann wird das rechtsgültige Dokument unterzeichnet. Erzkanzler de Cambacérès wird darauf achten, dass alles rechtmäßig ist. Sein Sekretär wird die Einladungen verschicken.
»Wie du willst«, sagte ich mit trockenem Mund.

[Ohne Datum]

»Eure Majestät, habe ich Sie richtig verstanden? Es wird keine Spitze gewünscht, keine Stickerei, keine Perlen – *nichts*?«
»Das Kleid muss schlicht sein, Monsieur Leroy«, sagte ich, »als wäre es für eine Nonne.«

[Ohne Datum]

Erzkanzler de Cambacérès hat mir den Entwurf für eine Scheidungserklärung gegeben, wie er sie für angemessen hält. Seine Worte kann ich nicht verlesen. Ich werde selbst eine schreiben.

[Ohne Datum]

Heute Morgen habe ich versucht, meine Scheidungserklärung zu schreiben – gab in Tränen aufgelöst auf.

Da ich keinerlei Hoffnung mehr habe, Kinder zu empfangen, erbringe ich meinem geliebten Gemahl den Beweis meiner Zuneigung, indem …
Indem ich mich von ihm scheiden lasse.
Oh, mon Dieu – es ist nicht recht, so zu handeln, Bonaparte!

13. Dezember, Mittwochabend

Ein anstrengender Tag, den ich meinen Wohltätigkeiten und meiner Kleiderkammer widmete.* Zu Bett. Morgen findet ein offizieller Empfang, gefolgt von einem Diner in der Diana-Galerie statt. Ich habe darum gebeten, nicht teilnehmen zu müssen, wurde jedoch unterrichtet, dass ich müsste. Es wird mein letzter Auftritt als Kaiserin sein.

Da ich keinerlei Hoffnung mehr habe, Kinder zu empfangen, erkläre ich hiermit, dass ich bereit bin, meinem Gemahl den Beweis meiner Zuneigung zu erbringen, indem ich …

14. Dezember, Mittwochabend

Der Empfang und das Diner waren mühsam. Wenigstens ist es vorüber. »Sie verursacht mir sowieso immer Kopfschmerzen«, sagte ich zu Chastulé, als sie meine Krone mitnahm.

* Joséphine verdoppelte ihre Wohltätigkeitsspenden und verschenkte außerdem 72 Ballen Spitze, 380 Kleider, 17 Schals, 146 Hauben und Hüte, 39 Bahnen Stoff und 785 Paar Stiefel und Escarpins – praktisch jedes Paar, das sie besaß.

Da ich keinerlei Hoffnung mehr habe, Kinder zu empfangen, was die Interessen Frankreichs befriedigen würde, erkläre ich hiermit, dass ich bereit bin, meinem Gemahl den größten Beweis meiner Liebe und Zuneigung zu erbringen, indem ich ...

15. Dezember, Freitag

Leroy hat mein Kleid geliefert. »Endlich habe ich es verstanden, Eure Majestät«, sagte er. »Sie möchten sich mit wertvollen Juwelen schmücken. Die Schlichtheit des Kleides wird, wie wir Modeschöpfer es nennen, einen Kontrapunkt setzen.«
»Nein, Monsieur Leroy, ich habe nicht die Absicht, auch nur ein einziges Schmuckstück zu tragen.« Nur meinen Ehering, den ich bis zu meinem Tod tragen werde.
Er sah mich an, als hätte ich den Verstand verloren – und vielleicht hat er ja Recht.

Mademoiselle Avrillion kam mich um kurz vor neun Uhr abholen. »Eure Majestät, sind Sie bereit? Der Kaiser erwartet Sie in seinem Arbeitszimmer.«
»Ich bin bereit.«
Sie brach in Tränen aus. »Sie sollten sie alle sehen.«
»Sie sind eingetroffen?« Schon?
»Sie sind im Thronzimmer, Eure Majestät. Ich habe Caroline und Pauline noch nie so herausgeputzt gesehen. Selbst Madame Mère trägt fuchsienroten und gelben Brokat – und Rubine! Man könnte meinen, es wäre Karneval. Da wir ja nun weggehen, will ich ehrlich sein. Ich finde, dass sie abscheuliche Individuen sind, und ich hasse sie!«

Auf dem Treppenabsatz schickte ich Mademoiselle Avrillion fort. »Ich werde schon zurechtkommen«, beruhigte ich sie und setzte, während ich den Wachposten und Zofen zunickte, mei-

nen Weg durch das Vorzimmer, den Warteraum und den Salon fort. Hugo, dessen Kinn sich vor Kummer kräuselte, riss die Tür zu Bonapartes Arbeitszimmer auf. »Der Kaiser erwartet Sie, Eure Majestät«, sagte er und verbeugte sich tief.
Bonaparte saß mit dem Rücken zur Tür auf dem Sessel neben dem Kamin. »Joséphine!« Er sprang hoch. Er trug einen blauen, reich mit Gold bestickten Samtanzug. Er wischte sich die Hände an den Kniebundhosen ab und kam mit ausgestreckten Händen auf mich zu, als wäre ich ein Gast, den er erwartet hatte. Doch plötzlich blieb er stehen. »Die Familie wird bald hereingeführt. Ich dachte, du solltest hier sitzen, am Schreibtisch.« Er schob den antiken Stuhl zurück.
Ich nahm langsam Platz. Der Stuhl musste neu gepolstert werden, stellte ich fest – die Seidenkordel franste allmählich aus. Der Bezug war aus Kerseystoff in einem ungewöhnlichen grünen Farbton. Es dürfte schwer sein, etwas Passendes zu finden. Ich erinnerte mich vage, dass eine Bahn in der Kleiderkammer auf dem Dachboden gelagert worden war. Ich sollte Bonapartes Kammerherrn davon unterrichten.
»Joséphine, geht es dir gut?« Bonaparte klopfte mir auf die Schulter, ganz leicht und vorsichtig – als hätte er Angst, mich zu berühren.
Ich nickte und schluckte, meine Augen brannten. Vor mir auf dem Tisch war ein goldener Federständer bereitgestellt worden, daneben ein Blatt Pergamentpapier. Ich legte mein eigenes Pergamentblatt auf den Tisch und strich es glatt, damit es flach lag.
Ich erkläre, dass …
Bonaparte holte einen dazu passenden Stuhl und stellte ihn vor das Feuer. »Und ich werde hier sitzen. Alle anderen können auf den Schemeln sitzen – außer meiner Mutter natürlich. Ich dachte, dass sie vielleicht auf dem Sessel sitzen könnte? Was meinst du?«
»Deine Mutter sitzt nicht gerne zu nah am Feuer.«

»Ach, nein?«
Auch nicht zu weit weg. »Vielleicht sollte man den Sessel an die Wand stellen«, schlug ich vor.
»Gute Idee«, sagte er, schob den Sessel an die richtige Stelle und zog dann den Teppich an einer Ecke gerade.
Die große Pendeluhr begann die Stunde zu schlagen.
Eins.
Zwei.
Drei.
Beim vierten Schlag wurde knarrend die Tür geöffnet. »Eure Majestät, es ist Zeit«, teilte Christophe Duroc Bonaparte mit (ohne mich anzusehen). Er trug seine Galauniform als Großmarschall: einen riesigen Umhang mit einem Fledermauskragen, der mit Stäbchen versteift war.
Fünf.
Sechs.
Sieben. Bonaparte und ich sahen uns lange, wie es schien, in die Augen.
Acht. Lass uns fortgehen, hätte ich am liebsten geschrien. Lass uns auf irgendeine Insel fliehen, in der Brandung herumtollen, Blumen züchten, Gemüse anbauen. Lass uns zusammen alt werden, gebrechlich und liebevoll.
Neun.
»Schicken Sie sie herein«, sagte Bonaparte und wandte den Blick ab.
Ich konnte Carolines Stimme hören und dann Paulines schrilles Kichern. Ich zog ein frisches Taschentuch hervor und holte tief Luft.

Duroc meldete jeden in der Reihenfolge seines Ranges. Zuerst Madame Mère (lächelnd), dann Louis – schwer auf zwei Spazierstöcke gestützt und mit verkniffener Miene – mit Abstand gefolgt von Hortense, Jérôme und seiner Frau, Caroline und

Joachim (kichernd), Julie (Joseph ist in Spanien), Eugène und zuletzt einer kichernden Pauline.

Hortense griff nach meiner Stuhllehne, während Eugène mit großen Schritt das Zimmer durchquerte und sich neben Bonaparte stellte. Mein Sohn, so blass, wie ich ihn noch nie gesehen hatte, verschränkte die Arme vor der Brust und starrte auf den Teppich.

Ich berührte die Hand meiner Tochter und blickte zu ihr hoch. Ihr rot geränderten Augen schimmerten, ihr Gesicht war tränenverschmiert – dieses delikate Gesicht, das so viel Intelligenz, so viel Würde ausstrahlte. Kein Wunder, dass die Bonaparte-Schwestern sie verabscheuten, dachte ich. Hortense ist alles, was sie nicht sind.

Erzkanzler de Cambacérès kam herein, den Umhang zurückgeschlagen, damit seine Orden und Bänder, die seine Weste bedeckten, besser zur Geltung kamen, gefolgt vom ehrwürdigen Graf Regnault, dem Anwalt der Sippe. Wir versanken in die unbehaglichen, vom Kodex vorgeschriebenen fünfzehn Schweigeminuten, die nur von Hortenses Schniefen, dem gedämpften Abgang eines Darmwindes (Joachim, nahm ich an) und dem Geflüster von Pauline und Caroline unterbrochen wurden. Ich suchte Bonapartes Blick. Er lächelte matt und schaute weg. Meine Kehle schnürte sich zusammen, und eine Woge von Tränen stieg in mir auf. Ich holte tief Luft und zeichnete einen Kreis auf dem Kopf des vergoldeten Greifs nach, der die Lehne meines Stuhles zierte. *Ich erkläre, dass …*

Bonaparte unterbrach das Schweigen. »Ihr wurdet hier zusammengerufen«, begann er, »um Zeugen der Erklärung zu sein, welche die Kaiserin und ich abzugeben gezwungen sind.« Er räusperte sich. »Wir lassen uns scheiden.«

Eugène griff nach dem Kaminsims. Er zitterte, wie ich besorgt feststellte. Hortense unterdrückte ein Schluchzen. Ich streichelte ihre Finger, den Blick auf meinen Mann gerichtet.

Zunächst las er rasch vor, als hätte er es eilig, die Tortur hinter sich zu bringen. Dann hielt er inne. »Sie hat fünfzehn Jahre meines Lebens veredelt. Die Erinnerung an diese Jahre werde ich für immer in meinem Herzen bewahren«, las er stockend und nur mit Mühe zu Ende vor.

Ich spürte, wie Hortense meine Schulter drückte. Ich war an der Reihe.

Das Pergamentpapier zitterte in meiner Hand. »Ich erkläre, dass …«, begann ich vorzulesen, aber bei den Worten *Alles, was ich habe, verdanke ich seiner Güte* konnte ich nicht weiter und reichte das Blatt Graf Regnault. Einen Ellenbogen auf den Tisch gestützt, hörte ich zu, wie er meine Worte, so aufrichtig und so tief empfunden, vorlas: *Die Auflösung meiner Ehe wird an den Gefühlen meines Herzens nichts ändern. Der Kaiser wird in mir immer seine treueste Freundin finden.*

Graf Regnault legte das Blatt auf den Tisch und zog ein Taschentuch hervor, um sich über die Augen zu wischen.

Bonaparte saß reglos da. Durch einen Tränenschleier sah ich das schmerzerfüllte Gesicht meines Sohnes. Cambacérès bedeutete Bonaparte, dass es an der Zeit war, das offizielle Dokument zu unterzeichnen. Bonaparte erhob sich und kratzte seine Unterschrift auf das Papier – dieses fürchterliche Gekrakel, das ich so gut kannte.

»Joséphine?«, sagte er dann mit einem liebevollen, traurigen Lächeln und reichte mir die Feder.

4 Uhr 30 morgens

Der Nachthimmel hellt auf. Ich glaube nicht, dass ich überhaupt geschlafen habe.

Es war kurz vor Mitternacht, als ich meinem Herzen nachgab. Im Négligé tappte ich mit einer einzigen Kerze als Beleuchtung den Verbindungsgang entlang. Der Wachposten schreckte aus dem Schlaf hoch, als ich an Bonapartes Tür klopfte. Er sah mich verwirrt an, die Hand am Knauf seines Schwertes. »Ich bin es nur, Kaiserin Joséphine.« Glücklicherweise öffnete Bonapartes Kammerdiener die Tür.

»Eure Majestät«, sagte er ebenso erstaunt über meinen unerwarteten Besuch als auch über meine nicht korrekte Aufmachung.

»Wer ist da, Constant?«, hörte ich Bonaparte rufen. Ich betrat das Zimmer. Im Schein einer Laterne auf dem Waschgestell sah ich, dass Bonaparte im Bett unter einem Stapel Decken lag.

»Bonaparte, ich wollte nur –«, begann ich mit ruhiger Stimme, doch plötzlich wurde meine Stimme schrill, wie die eines Kindes, das Schmerzen hat. »Ich weiß nicht, ob ich die Kraft habe, das zu tun«, keuchte ich.

Bonaparte setzte sich auf, seine Nachtmütze rutschte herunter. Ich fiel schluchzend in seine Arme. »Mut«, sagte er liebevoll und sanft. Ich berührte seine Wange, die nun feucht von Tränen war. »O Joséphine, wie soll ich jemals ohne dich auskommen?«, flüsterte er und hielt mich fest an sich gedrückt.

Samstag, kurz vor 2 Uhr nachts

Bald gehe ich fort, verlasse den Palast, ohne jemals zurückzukehren, verlasse meinen Platz neben Bonaparte. Bald wird eine andere Kaiserin – jung, königlich, fruchtbar – an diesem Schreibtisch sitzen. Ich mache mir keine Illusionen. Bonaparte wird sie mit der Zeit lieben lernen; das ist ihr Recht. Sie wird die Mutter seiner Kinder sein.

Und ich, wer werde ich sein? Ich werde »die andere« sein, die einsam alt wird.

Ich habe den Raum mit meinem leichten Lavendelduft besprengt. Er wird mich nie, *niemals* vergessen.

[Ohne Datum]

»Fertig, Maman?« Hortense berührte mich an der Schulter, eine sanfte Berührung, die mir Kraft gab.

»Was ist mit den Welpen?«, fragte ich und streifte mir einen Schleier über den Kopf, um meine tränenverschmierten Wangen zu verbergen. Vor zwei Tagen hatte einer der Möpse einen Wurf auf die Welt gebracht.

»Keine Sorge, sie sind in Mademoiselle Avrillions Kutsche«, sagte Hortense und nahm meine Hand. »Zusammen mit den Kanarienvögeln«, fügte sie mit einem Lächeln hinzu.

Alle Bediensteten standen aufgereiht in der Eingangshalle. Als sie mich sahen, sahen, dass der Augenblick gekommen war, erhob sich ein fürchterliches Wehklagen, ein herzzerreißendes Jammern, das von den Marmorflächen widerhallte. Ich war blind vor Tränen; Hortense zog mich weiter.

»Oje«, hörte ich sie sagen, sobald wir aus der Tür heraus waren. Im Innenhof stand eine Menschenmenge im kalten Winterregen. »Es ist die gute Kaiserin Joséphine!« Hortense scheuchte mich in die Kutsche. Als die Pferde in schnellem Tempo anzogen, streckte Hortense die Hand aus und schloss die Ledervorhänge. Ich blickte nicht zurück.

3

Die andere

Wenn er glücklich ist,
dann werde ich nichts bereuen.
Joséphine

Ein König wird geboren

Sonntag, 17. Dezember 1809 – Malmaison

Als ich heute Morgen aufwachte, hörte ich Mimi ein vertrautes kreolisches Lied summen. »*Er* ist hier«, sagte sie, den Kopf durch die Bettvorhänge gesteckt.
»Bonaparte?« Ich setzte mich auf, und mein Herz machte einen Sprung.

»Der Kaiser erwartet Sie im Garten«, teilte mir ein Adjutant, den ich nicht wieder erkannte, mit, wobei er mich weder als Kaiserin anredete noch sich verbeugte, sondern nur den Kopf einzog.
»Im Regen?«, fragte ich. Mittlerweile war es eher ein Nieselregen, aber trotzdem war es feucht. Ich schickte Mimi los, um Stiefel und einen Schirm zu holen – nicht den englischen –, einen Umhang und einen Hut.
Die Adjutanten folgten wie unangenehme Schatten bis zum Gatter des Rosengartens. Bonaparte, der am anderen Ende in seinem vertrauten grauen Mantel auf und ab ging, drehte sich zu mir um. Er berührte wie zur Begrüßung die Krempe seines Dreispitzes.
Die Adjutanten stellten sich wie Wachposten entlang des Zauns auf – nah genug, um zuschauen zu können, wie ich bemerkte. Bonaparte machte einen Schritt zurück, als ich näher kam. Ich verstand: Wir durften uns nicht umarmen.
»Ich hatte nicht erwartet, dich so bald zu sehen.« Ich holte ein-

mal zittrig Luft, noch einmal. Ich wusste, dass ihn Tränen aufregen würden.
»Ich musste wissen, wie du zurechtkommst.« Sein Gesicht war grimmig – seine Augen waren rot gerändert.
Ich wagte nicht zu antworten, aus Angst, die Wahrheit zu sagen.
»Lass uns spazieren gehen, Joséphine«, sagte er sanft und bot mir seinen Arm.

17. Dezember, 8 Uhr abends

Mon amie,
ich fand, dass du heute schwächer warst, als du sein solltest. Du darfst dich nicht einer solch verheerenden Melancholie hingeben. Du musst Zufriedenheit finden, und vor allen Dingen musst du auf deine Gesundheit achten, die mir so teuer ist.
Zweifele nie an meinen unwandelbaren und zärtlichen Gefühlen. Du verstehst mich nicht, wenn du meinst, dass ich glücklich sein kann, wenn du nicht in Frieden lebst.

Adieu, schlafe gut. N.

21. Dezember – Malmaison

Thérèse brach in Tränen aus, als sie mich sah. »Ich habe dir doch gesagt, dass du dich niemals scheiden lassen sollst!«, sagte sie zornig. »Ich habe dir doch gesagt, dass es die Hölle ist.« Und dann umarmte sie mich und hielt mich fest an sich gedrückt. »Verzeih mir!«, weinte sie und hüllte mich in eine Wolke ihres vertrauten Neroli-Öldufts. »Du *liebst* den brutalen Kerl – und er liebt dich. Das macht alles nur noch schlimmer.«

Sonntag

Bonaparte setzte den Hut ab und hielt ihn an sein Herz. »Ich möchte gerne, dass du, Hortense und Eugène morgen mit mir zu Abend esst. Weihnachtsessen«, fügte er hinzu, als ob ich das nicht wüsste.

Montag, Weihnachtstag

»Das war das fürchterlichste Essen, das ich jemals erlebt habe«, rief Hortense bei unserer Rückkehr aus.
Ich streichelte einem der Möpse die Ohren. Die Hündin blickte mit bekümmerten Augen zu mir auf, als wüsste sie, was ich dachte. Es war wirklich fürchterlich gewesen. Während des gesamten Essens hatte Bonaparte nur stumm dagesessen und sich hin und wieder über die Augen gewischt.
Eine wohltuende Begebenheit am Rande: der liebevolle Empfang von Bonapartes Bediensteten. »Der Kaiser vermisst Sie schrecklich, Eure Majestät«, raunte mir Constant zu. »Wir alle.«
Hier in Malmaison kommt es mir jetzt einsamer vor. Ich sehe ihn immer noch vor mir, wie er durch den Garten spaziert, an seinem Schreibtisch arbeitet.
O Bonaparte … wie schwer das doch ist!

1. Januar 1810 – Malmaison, fast Abendessenszeit

Wie grauenvoll, so das neue Jahr zu beginnen.
Die Tortur nahm nach der Mittagsmahlzeit ihren Lauf. Die Bediensteten des Haushalts hatten Anweisung, einer nach dem anderen das Musikzimmer zu betreten. Ich sollte ihnen ein Neujahrsgeschenk überreichen, und anschließend sollten sie sich erklären: sollten mir mitteilen, ob sie bei mir bleiben oder sich anderswo eine Beschäftigung suchen wollten.

»Chastulé, vielleicht könnten Sie niederschreiben, was jeder Einzelne sagt«, schlug ich vor.
»Ha! Aber wer wird *meine* Erklärung aufschreiben?«
»Sie möchten sich sofort erklären?«
»Warum warten?«
»Gräfin d'Arberg, könnten Sie vielleicht? Würde es Ihnen etwas ausmachen?« Meine große, elegante Hofdame gab sich alle Mühe, sich in Chastulés kleinen Stuhl und hinter ihren kleinen Schreibtisch zu zwängen.
»Bekomme ich nicht zuerst mein Geschenk?«, wollte Chastulé wissen. »Es ist das auf der rechten Seite, das mit der roten Schleife.« Gräfin d'Arberg überprüfte den Anhänger und reichte es ihr. »Mein Mann besteht darauf, dass ich bei Hofe bleibe«, sagte Chastulé und steckte sich die Diamantbrosche ans Mieder. »Ich muss an meine Familie denken, und Sie werden keine Ehrendame mehr brauchen, da Sie ja keine Gäste empfangen und Salons oder Abendessen abhalten werden.« Sie warf einen Blick auf das, was Gräfin d'Arberg geschrieben hatte. »Ich sagte *Abendessen*, nicht Mittagessen.«
»Sie verlassen mich, Chastulé?« Ich spürte ihre Worte wie einen Faustschlag.
»Ich habe dem Kaiser bereits geschrieben, Madame«, sagte sie und bewegte sich auf die Tür zu.
»Wenn Sie noch die Güte hätten, Carlotta hereinzuschicken, Gräfin de la Rochefoucauld«, sagte Gräfin d'Arberg kühl.
Die Tür schlug mit einem Knall hinter Chastulé ins Schloss. Das Schweigen war bedrückend. Selbst die Kanarienvögel schwiegen. »Hätten Sie etwas dagegen, meine Ehrendame zu sein?«, fragte ich Gräfin d'Arberg mit schwacher Stimme.
»Ich habe diese Position angestrebt, seit ich in Ihren Hofstaat eingetreten bin, Eure Majestät«, sagte sie, löschte sorgfältig das Hauptbuch ab und schlug die Seite um.
Ich war überrascht. Gräfin d'Arberg ist eine belgische Adlige

deutscher Herkunft, verwandt mit den Herrscherhäusern Deutschlands. Ich hatte angenommen, dass sie lieber bei Hofe bleiben würde.

Die Tür öffnete sich knarrend. »Eure Majestät, Sie haben mich rufen lassen?« Carlottas dunkle Augen weiteten sich, als sie Gräfin d'Arberg an Chastulés kleinem Sekretär sitzen sah.

»Ganz recht«, sagte ich zurückhaltend. Ich war sicher, dass auch Carlotta mich verlassen würde. »Wie Sie wissen, muss jeder heute eine Erklärung abgeben.«

Carlotta wurde rot, als sie sagte: »Ich möchte Ihnen dienen, Eure Majestät – das heißt, wenn Sie mich haben wollen. Verzeihen Sie – habe ich etwas Falsches gesagt?«, fragte sie verblüfft über meine Reaktion.

»Ich versichere Ihnen, Madame Gazzini, das dies nicht der Fall ist«, sagte Gräfin d'Arberg und überreichte meiner Vorleserin ihr Geschenk.

»Und dies dazu, Carlotta«, sagte ich, zog einen Ring vom Finger und drückte ihn ihr in die Hand.

Und so wurden den ganzen Nachmittag über viele, viele Tränen vergossen. Eine beträchtliche Anzahl der Bediensteten wird fortgehen – verständlich, sage ich mir. Einige wenige werden sich mit einer Rente zur Ruhe setzen. (Agathe gehört leider dazu. Sie ist mit dem Gutsverwalter in Fontainebleau verlobt.) Clari wäre gerne geblieben, versicherte sie mir, bat jedoch aus gesundheitlichen Gründen darum, in den Ruhestand gehen zu dürfen. Ich werde sie vermissen.

Der Hofstaat ist nun kleiner geworden, aber er ist zufriedenstellend. Mademoiselle Avrillion wird als Garderobenverwalterin bleiben. Mimi wird natürlich bleiben und auch der alte Gontier. »Ich werde Sie bis an Ihr Lebensende begleiten, Eure Majestät«, erklärte er, auf einen Stock gestützt und mit der Hand auf dem Herzen.

6. Februar, fast Mitternacht

Eugène zog den einen Mops am Schwanz und knurrte aus Spaß. »Tut mir Leid, dass ich so spät komme, Maman.«
»Und?« Ich legte meine Stickarbeit nieder. Heute am späten Nachmittag war er zur österreichischen Botschaft aufgebrochen, um Bonapartes formelles Ersuchen um die Hand der Erzherzogin Marie-Louise zu überbringen.* »Wie hat der österreichische Botschafter reagiert?« Der Heiratsantrag war unter der Bedingung gestellt worden, dass die Antwort innerhalb eines Tages erfolgte. Die siebzehnjährige Erzherzogin würde nicht einmal gefragt werden.
»Der Vertrag wird morgen Mittag unterzeichnet.«
»Das ist vermutlich ein Grund zum Feiern.«
»Vermutlich«, wiederholte er und umarmte mich.

14. Februar

Eugène ist abgereist, um nach Mailand zurückzukehren. »Ich werde bald zurück sein«, versprach er, »mit Auguste.« Zu Bonapartes Hochzeit, das sagte er nicht.

Samstagmittag

Le Moniteur ist voll von Nachrichten über die Vorbereitungen, die für »die Hochzeit des Jahrhunderts« getroffen werden, über all die Feste und Darbietungen, die geplant sind.
»Eure Majestät, vielleicht wäre es das Beste, die Zeitungen

* Für Joséphine und ihre Kinder war es wichtig, ihre Unterstützung der neuen Ehe öffentlich unter Beweis zu stellen. In der Tat waren sowohl Eugène als auch Hortense (ebenso wie Joséphine) in die Diskussionen, welche königliche Prinzessin ausgewählt werden sollte, einbezogen.

nicht zu lesen«, sagte Gräfin d'Arberg freundlich, als sie mir eine Tasse Tee brachte (und die Zeitungen wegschob).

Montag, 19. Februar – ein leichter Nieselregen

»Der Onkel mag seinen Tanzunterricht nicht«, erzählte mir Oui-Oui heute Nachmittag.
Bonaparte nimmt Tanzunterricht?
»Tante Caroline sagte, dass er es lernen muss«, erklärte Petit.
»Aber sicher«, schwindelte ich. Wie oft hatte ich versucht, Bonaparte dazu zu überreden, Tanzen zu lernen, und mir immer nur anhören müssen, nein, unmöglich, davon kann überhaupt keine Rede sein! Und *nun* – nun, da er eine junge Frau haben wird – hat er beschlossen, es zu lernen.
»Und er hat einen neuen glänzenden Anzug mit einem hohen Kragen.« Petit zeigte mit den Fingern wie hoch.
»Aber er ist zu eng«, sagte Oui-Oui kichernd.

20. Februar, Dienstag

Mein Friseur war untröstlich heute Morgen – und nun bin ich es ebenfalls. »Es tut mir Leid, Eure Majestät, aber –«
»Monsieur Duplan, seit über einem Jahrzehnt frisieren Sie mir schon die Haare.«
»Königin Caroline hilft dem Kaiser, den neuen Hofstaat aufzustellen, und besteht darauf, dass –«
Besteht darauf, dass Duplan – *mein* Duplan – von nun an der Frisör einer einzigen Frau und ausschließlich einer einzigen Frau ist: der künftigen Kaiserin Marie-Louise. »Ich verstehe«, sagte ich, aber innerlich kochte ich vor Wut, wie ich zugebe.
Einen Ehemann und eine Krone zu verlieren ist eine Sache, einen Friseur zu verlieren eine ganz andere.

[Ohne Datum]

»Nicht auch noch Sie, Monsieur Leroy.« Wie sollte ich ohne meinen Modeschöpfer zurechtkommen? Ich hatte Leroy entdeckt! Ich hatte ihn gefördert. Gemeinsam hatten wir eine neue Mode kreiert.

»Eure Majestät, Sie wissen doch, dass ich weit lieber für Sie Kleider anfertigen würde«, sagte er unter Tränen, die manikürten Hände an seine gerougten Wangen gedrückt. »Aber –«

[Ohne Datum]

»Dr. Corvisart, sagen Sie mir nicht, dass Sie mich nicht mehr behandeln können.«

»Na, na«, sagte Dr. Corvisart nachdenklich, als er mir den Puls fühlte. Er setzte sich mir gegenüber, den Daumen am Kinn – und wollte mir sicher gleich sagen, dass ich todkrank sei. »Eure Majestät, Ihr Augenlicht ist ziemlich schwach geworden«, bemerkte er. »Weinen Sie häufig?«

»Nein«, sagte ich weinend.

Er lächelte. »Ich will ehrlich sein. Ihre Nerven haben ziemlich ernsthaft gelitten *und*, wie ich mir denken könnte, auch Ihr Herz.«

Ich drückte die Hände an die Brust. Ich war todkrank; ich wusste es ja! »Was ist mit meinem Herz los?« Dr. Corvisart ist ein Herzspezialist – er hat über dieses Thema einen medizinischen Artikel geschrieben.

»Ich glaube, dass es gebrochen ist«, sagte er mit sanfter Stimme und reichte mir ein Taschentuch aus feinem Leinen. »Die Quellen von Aix-les-Bains eignen sich hervorragend für Nervenleiden.« Er klopfte sich mit dem Ende seines Stifts an die Wange. »Juni wäre ein guter Reisetermin – nicht zu heiß und nicht zu kalt«, sagte er und trug es in seinen Kalender ein.

»Aber, Dr. Corvisart, in diesem Badeort bin ich noch nie gewesen.« Aix-les-Bains lag im Südosten, in den an Italien angrenzenden Bergen.
»Genau«, sagte er. »Keine Erinnerungen.«

Freitagabend, 9. März, ziemlich spät

Feuerwerk erhellte den Nachthimmel. Zweifellos wieder ein Fest, um die bevorstehende Hochzeit zu feiern – wieder ein Fest, zu dem ich nicht eingeladen wurde.
Heute vor vierzehn Jahren haben Bonaparte und ich geheiratet.

12. März

Mon amie, ich hoffe, dass du mit Schloss Navarre glücklich sein wirst. Du wirst darin einen weiteren Beweis für meinen Wunsch, dir eine Freude zu machen, erkennen. Es liegt nicht weit vom Dorf Évreux entfernt, ungefähr dreizehn Poststationen von Paris – achtundzwanzig Wegstunden, um genau zu sein. Joachim, der den Kauf erledigt hat, teilt mir mit, dass das Schloss von Mansart, dem Architekten von Versailles, entworfen wurde und dass es für seine Parkanlagen berühmt ist. Du könntest am 25. März reisen und den April dort verbringen.

Adieu, N.

12. März, Montag – Malmaison

»Warum am 25. März?«, fragte Gräfin d'Arberg und schaute im Kalender nach. »Oh«, sagte sie und verstummte.
25. März: Zwei Tage bevor die Ankunft von Erzherzogin Marie-Louise in Paris erwartet wird.

20. März

Hortense ist gerade in heller Aufregung gegangen. Jeder König und jede Königin in Europa kommt zur Hochzeit. »Wo sollen denn all diese Herrscher wohnen?«, wollte sie wissen. Allein schon Jérôme und Katharina sind mit einem Gefolge von über 30 Bediensteten eingetroffen. »Und alle verlangen ein Bett, Maman – unmöglich!«
Ich erinnerte mich an die Probleme, die Chastulé und ich im Dezember gehabt hatten, als wir versuchten, während der Friedensfeierlichkeiten für alle passende Unterkünfte zu finden. Man kann Könige und Königinnen eben nicht in jedes Etablissement stecken. »Chastulé sollte dabei helfen können«, schlug ich vor.
»Weißt du es denn nicht, Maman? Papa hat sie ihre Siebensachen packen lassen. Er war außer sich, dass sie nicht bei dir bleiben wollte.«
Gräfin d'Arberg suchte meinen Blick und lächelte.

24. März

Eugène und seine schöne Auguste sind angekommen (erschöpft). Bald werden sie nach Compiègne aufbrechen, wo sie Bonaparte treffen und an dem Fest teilnehmen, das die junge Braut in Frankreich willkommen heißt.
»Fährst du denn nicht aufs Land, Maman?«, fragte Eugène besorgt. »Hat dir Papa nicht ein Schloss gekauft? Solltest du jetzt nicht dort sein?«
Keine Sorge, beruhigte ich ihn. »Ich reise am Morgen ab.« Ich werde nicht hier sein, wenn *sie* nach Paris kommt.
Keine Sorge, keine Sorge, keine Sorge. Die alte Kaiserin wird schon lange fort sein.

29. März, Donnerstag – Château de Navarre

Mein Schloss – mein »Geschenk« von Bonaparte.
Mein Fluch, fürchte ich. Die Bevölkerung von Évreux hat es »den Kochtopf« getauft. Der hässliche Bau in Form eines Würfels wird von einer bizarren Kuppel gekrönt, die einmal eine riesige Statue tragen sollte. Man tritt in eine düstere, runde Halle ein – das einzige Licht fällt durch Schlitze zwei Stockwerke höher. Und von dieser Halle gehen rund herum seltsame, dreieckige Räume ab.
Der Stuhl, auf dem ich sitze, ist wie alle anderen Möbel auch antik und unbequem. Ich habe einen abgesplitterten Eichentisch nahe an den (rauchenden) Kamin rücken lassen, weil es so schrecklich kalt ist. Keines der Fenster lässt sich öffnen oder schließen. Einige kann man nicht öffnen, aber die meisten können leider nicht geschlossen werden, so aufgequollen ist das Holz durch die Feuchtigkeit.
Mademoiselle Avrillion ist im Augenblick bei mir, zusammengekauert vor dem Feuer. Die Schlafzimmer sind klein, kalt, trist. Jeden Tag verbrennen wir fünfzehn Wagenladungen Holz und sieben Säcke Kohle, und trotzdem frösteln wir.
»Die Parkanlagen sind wunderschön« sagte Mademoiselle Avrillion leise, als könnte sie meine Gedanken lesen.
Ja, stimmte ich zu: Wenn die Sümpfe und stehenden Tümpel nicht wären.

[Ohne Datum]

Vier Diener sind heute gegangen, zwei gestern … und wer kann es ihnen verübeln?

[Ohne Datum]

Heute Nachmittag trafen drei Wagenladungen mit Möbeln aus Paris ein. Die Diener stürzten sich darauf wie verhungernde Männer, die eine Bankettafel stürmten. Es folgte ein Besorgnis erregendes Handgemenge, bei dem sich die Diener um Schemel und Bettgestelle balgten, während der Fahrer brüllte, dass sie aufhören sollten. (Vergeblich.)

1. April – Château de Navarre

Während ich dies hier schreibe, werden Bonaparte und Marie-Louise ehelich verbunden.
Bei der Trockenlegung des Sumpfgeländes sind wir etwas vorangekommen. Immer noch sehr kalt, eisig. Meine Gesundheit leidet.

5. April, Donnerstag

Trotz meiner guten Vorsätze habe ich die Berichte über die Hochzeit in den Zeitungen gelesen. Die Menschen entlang der Champs-Élysées standen so dicht, dass die Truppen Mühe hatten, sie zurückzuhalten. Achttausend nahmen an der Zeremonie teil. (Wer trug die Schleppe der Braut?, frage ich mich.) Die üblichen Konzerte, Feuerwerksraketen und Springbrunnen, aus denen Wein sprudelte. Essen wurde wie Preise in einer Lotterie verteilt.* (Keine Banketts?) Auf ein Zeichen aus dem Palast wurde die gesamte Stadt illuminiert – *das* hätte ich gerne gesehen.
Es ist erst acht Uhr, aber ich werde zu Bett gehen. Wir haben die Fensterritzen mit Wachs versiegelt, was hilft. Ich wüsste gerne, ob Onkel Fesch daran gedacht hat, ihr Bett zu segnen.

* Die Preise: 4800 Pasteten, 1200 Zungen, 3000 Würste, 140 Truthähne, 360 Kapaune, 360 Hühner und je 1000 Hammelkeulen und -schultern.

18. April – Château de Navarre

Ich traute meinen Augen nicht, denn wer sonst außer meinem Sohn sollte heute Abend, als ich mit dem Bischof von Évreux Trictrac spielte, gemeldet werden! Ich sprang auf und warf, allen Anstand vergessend, die Arme um ihn. »Warum bist du gekommen?«, wollte ich plötzlich beunruhigt wissen. Ging es Hortense gut? Ihren Buben! Und was war mit Bonaparte? War er …?

Eugène hob die Hände. »Es geht allen gut. Papa hat deinen Brief erhalten. Er hat mich geschickt, um dir mitzuteilen, dass er dir das Geld, das du für Reparaturen benötigst, geben wird.«

»Aber kein Brief von ihm?«

»Er sagte, dass ich dir ausrichten soll, dass er bald schreiben wird. Er wollte, dass ich mich mal umsehe, nachsehe, wie du zurechtkommst.« Eugène runzelte die Stirn über die morsche Fensterbank. »Tja«, sagte er, die Hände in die Hüften gestemmt. »Das Problem ist klar.«

»Es ist wirklich schon viel besser.« In meiner Freude, meinen Sohn zu sehen, waren meine Klagen wie weggeblasen. »Und hier kann man ausgezeichnet angeln, wie ich höre. Nicht wahr, Bischof? Oh, verzeihen Sie, ich war unhöflich. Prinz Eugène, Vizekönig von Italien, ich bitte um die Ehre, dich dem Bischof von Évreux vorstellen zu dürfen. Dem Trictrac-König, wie wir ihn nennen.«

»Leider ein besiegter König«, sagte der alte Mann und erhob sich mit Mühe.

»Bitte bleiben Sie sitzen«, sagte mein Sohn mit Nachdruck und ließ sich auf dem (harten) Sofa nieder.

»Nein, nein, es reicht, wenn ich einmal an einem Abend vernichtend geschlagen werde«, sagte der Bischof und verabschiedete sich. »Morgen Abend, Eure Majestät, wie immer?«

»Ein reizender Mann«, sagte Eugène, nachdem er gegangen war.

»Er hat mir hier das Leben gerettet«, sagte ich, setzte mich neben meinen Sohn und nahm seine Hand. »Und wie geht es Bonaparte wirklich?« Wie ist die Kaiserin?, wollte ich eigentlich fragen, wagte es aber nicht. Noch nicht.
»Papa geht es gut«, sagte er nach einem kurzen Zögern. »Obwohl –« Er grinste. »Obwohl er ein paar *Änderungen* vornehmen musste.«
Ich runzelte die Stirn. »Änderungen« schätzte Bonaparte gar nicht.
»Sie nennt ihn Popo, zum Beispiel.«
Kaiser Popo?
»Sie mag es, wenn ihr Schlafzimmer eiskalt ist.«
Bonaparte konnte Kälte nicht ertragen!
»Sie wird ärgerlich, wenn man sie zur Eile drängt.«
»Oh-oh.«
»Und sie weigert sich, *Tragödien* anzuschauen.« Eugène seufzte. »Folglich ist der Hof gehalten, jeden Abend eine Burleske über sich ergehen zu lassen, während der –«
»Bonaparte ebenfalls?« Ich konnte mir nicht vorstellen, dass er eine Komödie durchstand.
»– während der Kaiser auf seinem Stuhl schläft.«
»Und …« Ich neigte den Kopf zur Seite, den Finger am Kinn – als wollte ich eine unwichtige, fast abwegige Frage stellen. »*Liebt* er sie, was meinst du?«
Eugène senkte den Blick auf den zerschlissenen Teppich. »Es ist anders, Maman.«

Donnerstag, früher Nachmittag – Château de Navarre

Ein wunderschöner Morgen mit meinem Sohn. Ich zeigte ihm das neue Kräuterbeet, meine Rosen und meinen Flieder, die hübschen Kaskaden und Teiche, die bezaubernden Ausblicke. »Du hast hier bereits ein Paradies geschaffen«, sagte er.

»Es ist friedlich.« Einsam in Wahrheit: Aber ich wollte ihn nicht beunruhigen. »Und stell dir vor: keine Intrigen.«
»Keine *Sippe*, meinst du«, sagte er, denn selbst die neue Kaiserin musste bereits unter ihr leiden. »Selbst Auguste«, vertraute er mir an.*

10. Juni, Sonntag – Malmaison

Endlich bin ich wieder in Malmaison. Es ist ruhig bis auf das entfernte Krachen und Zischen der Feuerwerkskörper. Die meisten meiner Bediensteten sind in Paris bei den Festen zu Ehren des Kaisers und der Kaiserin. Sie werden betrunken und fröhlich zurückkommen. Ich habe vor zu schlafen.

Mon amie, ich würde dich sehr gerne sehen. Ich muss wissen, dass du froh und munter bist. Zweifele nie an der Aufrichtigkeit meiner Gefühle für dich. Sie werden sich bis zu meinem Tod nicht ändern, N.

13. Juni

Bonaparte traf heute Morgen um Punkt zehn Uhr ein. Eine aufgescheuchte Zofe führte ihn zum Garten, wo ich Rosen pflegte. Ich eilte auf ihn zu, blieb dann jedoch abrupt stehen. (Wir wurden beobachtet.) Ich *wollte* nicht weinen!
Wir saßen über eine Stunde lang nebeneinander auf einer geschwungenen Steinbank – redeten und redeten, als ob sich nichts zwischen uns geändert hätte. »Soviel ich weiß, hat dir Prinz Mecklenburg-Schwerin einen Heiratsantrag gemacht«, sagte er.

* Eugènes Frau Auguste schrieb ihrem Bruder über die Familie Bonaparte: »Wenn man sie aus der Nähe erlebt hat, dann kann man sie nur verabscheuen. Ich hätte mir niemals etwas so Widerwärtiges vorstellen können wie ihre schlechte Erziehung. Es ist eine Qual, mit ihnen zusammen sein zu müssen.«

»Wer hat dir das erzählt?« Ich war gerührt (und überrascht) von dem Angebot gewesen, hatte aber nur einen Augenblick lang darüber nachgedacht.

»Dann stimmt es also? Ich meine, du solltest ihn annehmen.«

»Er ist jung. Es wäre nicht anständig ihm gegenüber.« Und in meinem Herzen war ich immer noch verheiratet, immer noch sehr in meinen Mann verliebt.

Auf mein Drängen sprach Bonaparte mit mir über Marie-Louise, seine Probleme und Sorgen. (Sie ist noch nicht schwanger, was mich beunruhigt.) »Und leider ist sie überaus eifersüchtig auf dich«, sagte er. »Als sie erfuhr, dass du wieder in Malmaison bist, war sie sehr aufgebracht. Ich musste mich der allergrößten Geheimhaltung bedienen, um dich heute besuchen zu können.«

»Vielleicht sollte ich mich mit ihr treffen.« Ich möchte, dass mich Marie-Louise als eine ältere Schwester betrachtet, als jemanden, dem sie sich anvertrauen, von dem sie lernen kann. Ich könnte ihr helfen. Ich könnte ihr sagen, was dem Kaiser gefällt – und was nicht. Ich könnte ihr sagen, wie man auf seine heikle Gesundheit achtet, wie man sein leicht aufbrausendes Temperament beruhigt.

»Unmöglich! Sie ist in vieler Hinsicht noch ein Kind.« Bonaparte erhob sich und lief auf und ab. »Und vielleicht hat sie ja Recht, vielleicht hat sie ja allen Grund, eifersüchtig zu sein. Vermutlich ist es nur von Vorteil, dass du bald nach Aix-les-Bains zur Kur reisen wirst.«

Nur von Vorteil, dass ich fortgehe – und fortbleibe.

18. Juni – Aix-les-Bains

Ich bin in dem Badeort eingetroffen, erschöpft von einer tage- und nächtelangen Reise. Ich sehne mich bereits nach zu Hause.

6. Juli 1810

Chère Maman,
*ich habe gerade eine erschreckende Nachricht erhalten: Ich weiß nicht, was ich davon halten soll. In einem »Akt des Wahnsinns«, wie Papa es nennt, hat Louis auf den Thron von Holland verzichtet und ist mit seinem geliebten Hund verschwunden.**
Ich bin also keine Königin mehr, Maman. Darüber bin ich, offen gestanden, nicht unglücklich. Ich habe nur den Wunsch, mit meinen Buben ein ruhiges Leben zu führen.
Ich hoffe, dass sich die Kur in Aix-les-Bains vorteilhaft auf deine Nerven auswirkt. Stimmt es, dass Madame de Souza und ihr Sohn Charles sich auch dort aufhalten? Vielleicht komme ich zu Besuch.
Deine dich liebende und treue Tochter Hortense

Anmerkung – Bei Talleyrands Salon sprach ich mit Madame Clari Rémusat. Sie sieht bemerkenswert gut aus.
Und noch eine – Es wird vermutet, dass Kaiserin Marie-Louise ein Kind erwartet.

14. September, Saint-Cloud

Mon amie, die Kaiserin erwartet bereits seit vier Monaten ein Kind. Es geht ihr gut. Zweifele nicht an meinem Interesse, an meinen Gefühlen für dich, N.

11. November – Malmaison

Ich bin wieder in Malmaison, aber nur für ein paar Wochen. Ich hatte Fieber, aber heute geht es mir besser. Dr. Corvisart hat

* Der Wasserspaniel sprang an einer Poststation aus dem offenen Fenster von Louis' Kutsche. Er fiel unter die Räder und wurde zu Tode gequetscht.

Ruhe verordnet. Das Château de Navarre wird sowieso nicht vor Ende nächster Woche fertig sein.

6 Uhr 15 abends

Gräfin d'Arberg hat mich gerade davon unterrichtet, dass gestern eine kaiserliche Taufe stattgefunden hat. Bonaparte und Marie-Louise tauften eine Anzahl von Säuglingen – Söhne und Töchter der Honoratioren des Kaiserreiches. Leider wurde jedes Mädchen, das zum Taufstein gebracht wurde, auf den Namen Joséphine getauft. Das wird Marie-Louises Eifersucht auf mich nur noch steigern. Ich hatte gehofft, es käme anders. Ich habe keine Lust, in das feuchte und kalte Navarre zu reisen, aber ich weiß, dass mir nichts anderes übrig bleibt.

9. Dezember 1810, Mailand

Chère Maman,
ich bin nun Vater eines großen, gesunden Sohnes. Die Geburt war schwierig, aber meine schöne Auguste scheint außer Gefahr zu sein. Mache dir keine Sorgen – wir werden genau das tun, was die Hebamme sagt.
Meine Mädchen sind ganz hingerissen, einen Bruder zu haben. Augustus Karl Eugen Napoléon wird er heißen – kurz Augustus. Gefällt dir der Name? Klein Joséphine hat mich gebeten, dir diese Zeichnung, die sie von ihm gemacht hat, zu senden. Du kannst erkennen, dass er einen kräftigen schwarzen Haarschopf hat. Eugénie hat beschlossen, dass Augustus ihre Puppe ist – an Heiligabend wird sie zwei. Es ist kaum zu glauben. Wie doch die Zeit vergeht!
Ich denke, dass deine Entscheidung, bis nach der Geburt nach Navarre zu gehen, klug ist, Maman.
Ich muss fort – ich höre den Kleinen schreien!

Dein sehr stolzer und glücklicher Sohn Eugène

19. März 1811 – Château de Navarre, Évreux

Die Dorfbewohner von Évreux kamen in Wagen, die von Ackergäulen gezogen wurden, und sagten Verse auf, die sie mir zu Ehren geschrieben hatten. Sie überreichten mir eine Büste, die sie von mir angefertigt hatten, geschmückt mit einer Krone aus welkenden Frühlingsblumen.

20. März – Château de Navarre

Ich hatte Kopfschmerzen und ruhte mich gerade aus, als ich hörte, wie in der Stadt die Glocken zu läuten begannen. »Das Kind ist geboren!«, hörte ich jemanden schreien. Einem Salutschuss folgte eine Minute später ein weiterer, und dann noch einer und noch einer. Die Stille nach dem einundzwanzigsten Salutschuss schien eine Ewigkeit zu dauern. Und dann … noch einer. *Zweiundzwanzig* Salutschüsse: ein Junge!*
Gott sei Dank! Mein Opfer ist nicht umsonst gewesen. Der Kaiser hat einen Erben.

* Einundzwanzig Salutschüsse verkündeten die Geburt eines Mädchens, einhundert und einer die eines Jungen. Was sich in Paris zutrug, als man den entscheidenden zweiundzwanzigsten Schuss hörte, berichtete die Gazette de France: »Ein einziger Schrei, nur einer, schwang sich in Paris empor und ließ die Mauern dieses alten Palastes, in dem der Sohn des Helden gerade geboren worden war, erzittern, und rund um den Palast standen die Menschen so dicht gedrängt, dass nicht einmal eine Fliege mehr Platz hatte. Fahnen wehten in der Luft, Taschentücher flatterten – Menschen rannten hierhin und dorthin, umarmten einander, verkündeten die Nachricht mit Lachen und Freudentränen.«

Alles ist umsonst

21. März 1811 – Château de Navarre

Eugène umarmte mich an der Tür und hob mich hoch. »Unsere Gebete wurden erhört.«
»Bonaparte muss überglücklich sein!«
»Er befahl mir, auf der Stelle zu dir zu kommen«, sagte er und stützte sich an der Wand ab, damit ihm ein Diener die dreckigen Stiefel ausziehen konnte. »Er will dir heute Abend schreiben«, sagte er. »Er kann einfach den Blick nicht von dem Kind lassen.«
»Kaffee und Frühstückskuchen«, sagte ich zu einer Zofe. »Und eine Flasche Champagner«, rief ich ihr hinterher. »Komm«, sagte ich, nahm meinen Sohn bei der Hand und zog ihn in den Salon. »Du musst mir *alles* berichten.«
Und das tat er auch. Grands Dieux – die junge Kaiserin wäre um ein Haar gestorben. »Ach, das arme Mädchen.«
»Es war schrecklich, Maman. Sie mussten das Kind an den Füßen herausziehen. Marie-Louise fiel glücklicherweise sofort in Ohnmacht. Der Geburtshelfer war entsetzlich aufgeregt. *Stell dir das nur vor*. Irgendwann sagte er zu Papa, dass er zwischen dem Leben des Kindes und dem Leben der Kaiserin wählen müsste. Papa zögerte keine Sekunde – er sagte dem Arzt, dass er Marie-Louise retten sollte.«
»Aber es geht ihr doch gut, oder?«
»Es ist natürlich noch zu früh. Es scheint ihr gut zu gehen – erschöpft ist sie natürlich.«

»Und das Kind?« Der König von Rom.
»Ein großer Junge.«
Mon Dieu – und mit den Füßen voran.
»Sie dachten, er wäre tot, aber er kam wieder zu sich. Ein kräftiger Schreihals«, sagte er und grinste breit.
»Bonaparte liebt Kinder so sehr.« Ein Kind endlich – und ein *Sohn*. »Und in Paris wird jetzt natürlich groß gefeiert, ja?«
»Außer auf Seiten der *Schwestern*«, sagte Eugène und äffte ihre langen Gesichter nach. »Alles, woran sie denken konnten, war, dass nun ihr Einfluss nachlassen würde, dass *ihre* Kinder ihren Rang verlieren würden.«
»Warum überrascht mich das nicht?«, sagte ich, als die Zofe mit einem Imbiss hereinkam. »Einen Toast«, sagte ich und reichte meinem Sohn ein Glas Champagner. »Auf den König von Rom. Auf den *Frieden*.«
»Auf den Kaiser!«
»Und seine Frau«, sagte ich und hob mein Glas. Ich habe meine Ehe für dieses Kind geopfert, aber Marie-Louise hat um ein Haar ihr Leben geopfert.

22. März, Paris

Mon amie, ich habe deinen Brief erhalten. Mein Sohn ist groß und wohlauf. Er hat meinen Brustkorb, meinen Mund und meine Augen. Ich hoffe, dass er sein Schicksal meistern wird. N.

2. April – Malmaison, endlich

Wie wunderschön Malmaison doch ist, die Luft ist süß, die Blumen blühen. Ich war den ganzen Morgen mit meinen Gärtnern zusammen. Trotzdem wandern meine Gedanken immer wieder nach Paris, zu ihnen.

18. Mai, Sonntag

Mit ihren rosigen Wangen unter einem hellgrünen Samthut mit einem hohen Federkopf sah meine Tochter wie eine Elfe aus. Sie hat zugenommen, was ermutigend ist. Ich vermute, dass sie verliebt ist (endlich), denn sie errötete, als ich sie über ihren Adjutanten Charles Flahaut ausfragte.

Sie blieb nur eine Stunde, in der sie mir alles über das Neugeborene berichtete. »Er ist groß und hübsch – obwohl er nach *ihr* kommt«, sagte sie und rümpfte die Nase.

»Aber es heißt doch, dass die Kaiserin Marie-Louise schön ist.«

»Breite Wangenknochen, Maman.« (Wir kicherten, ich gebe es zu.)

Sie erzählte mir, dass Marie-Louise in ihrer Zuneigung zum Kaiser wie ein kleines Kind ist, dass sie weint, wenn sie auch nur eine Minute von ihm getrennt ist, aber auch nicht gerne reist. »Das macht es schwierig«, sagte ich besorgt. »Ein Kaiser muss reisen.« Vor allem Bonaparte.

»Vor allem jetzt«, sagte Hortense und setzte mich ins Bild. Russland weigert sich, die Blockade gegen England durchzusetzen.

»Das verstehe ich nicht. Zar Alexander hat doch zugestimmt. Er gab Bonaparte sein Wort.«

»Und nun wird sogar von Krieg gesprochen«, sagte sie und verzog das Gesicht.

Mit Russland? Was für ein schrecklicher Gedanke! »Sieht es ernst aus?«

Hortense wollte gerade antworten, als ihre Buben angerannt kamen; sie wollten das Pony reiten, sagten sie. »Wir müssen leider aufbrechen«, sagte Hortense zu ihnen und band ihre Hutbänder zu. »Ich habe eine Verabredung in der Stadt.«

Ich überredete sie, die Kinder für ein paar Tage bei mir zu lassen. Wir winkten, bis ihre Kutsche nicht mehr zu sehen war, und dann läutete ich nach Gebäck, während das Pony gesattelt

wurde. Wir plapperten die ganze Zeit und plapperten und plapperten. Petit und Oui-Oui sind so rührend begeistert von dem neuen Kind in der Familie – den »Kleinen König« nennen sie es.
Petit ist schon recht verständig für einen Sechsjährigen, finde ich, aber Oui-Oui ist immer noch sehr kindlich. Er scheint ein wenig aufgeregt zu sein, dass er bald drei wird. »Onkel sagt, dass ich gewachsen bin«, berichtete er mir feierlich. Ihr Onkel Napoléon, der darauf besteht, dass sie ihm bei seinem Mittagsmahl Gesellschaft leisten, der ihren Unterricht überwacht, der in Saint-Cloud einen Rosengarten pflegt.
»Er selbst?«, fragte ich ungläubig.
»Er will Gärtner werden, wenn er groß ist«, teilte mir Oui-Oui mit.
»Ja, das kann ich mir denken.« Ach, Bonaparte! »Und was ist mit der Kaiserin. Seht ihr sie häufig?«
Petit zuckte mit den Schultern. »Ich glaube, sie mag uns nicht. Wir sind zappelig, sagt sie.«
»Aber Grandmaman mag uns!«, sang Oui-Oui und stürzte sich in meine Arme.

[Ohne Datum]

Petit zu Mimi: »Maman verwöhnt mich, wenn ich brav bin, aber Grandmaman verwöhnt mich immer.«
Und heute Nachmittag im Wald warf Oui-Oui seine Mütze in die Luft und rief: »Oh, ich liebe die Natur!«
Wie ich die *beiden* liebe.

[Ohne Datum]

Heute Morgen holte Hortense die Buben ab. Irgendetwas schien ihr Kummer zu bereiten, daher lockte ich sie in den Ro-

sengarten, damit wir uns unterhalten konnten. Schließlich rückte sie mit der Sprache heraus: Caroline, die als Patin bei der Taufe dabei sein sollte, kann Neapel nicht verlassen. Sie hat Hortense gebeten, ihren Platz einzunehmen.
»Das ist eine ziemliche Ehre«, sagte ich.
»Aber die Zeremonie wird in Notre-Dame stattfinden, Maman.«
Jetzt verstand ich es. Dort befindet sich das Grab des kleinen Napoléon. »Warst du denn nicht mehr dort, seit …?«
Sie schüttelte den Kopf. »Ich habe solche Angst, dass ich es nicht verkraften werde!«

9. Juni, Sonntag

Der Kleine König wurde heute getauft. Der Zeitplan für den feierlichen Zug war auf dem Markt angeschlagen: Um zwei Uhr würden die Kaiserlichen Kutschen vor Notre-Dame vorfahren.
Ich hatte mir eine Reihe von Beschäftigungen vorgenommen, um mich gedanklich abzulenken, aber die Salutschüsse und das Kirchengeläut ließen es nicht zu. Um die Mittagszeit sagte ich zu Mimi: »Wir gehen hin.« Sie machte ein erschrockenes Gesicht. »Inkognito«, beruhigte ich sie. Ich würde einen Hut mit breiter Krempe und eine Maske aufsetzen. »Ich *muss* es sehen.« Musste die Kaiserin sehen, das *Kind*. »Wir werden den Landauer nehmen.« Er ist ein schlichtes Gefährt ohne Insignien, das bei schönem Wetter für Spazierfahrten im Park genutzt wird. »Wenn wir gleich aufbrechen, können wir rechtzeitig dort sein.« Allerdings hatte ich nicht mit den vielen Menschen gerechnet. Es war weit nach drei Uhr, bis sich der Kutscher in die Stadtmitte durchgekämpft hatte. Ich bat Antoine, uns ein paar Häuserblocks von der Strecke entfernt aussteigen zu lassen. »Wir gehen zu Fuß.«
Auf den Straßen wimmelte es von Menschen. Den Truppen

blieb nichts anderes zu tun, als die Leute zurückzuhalten. Festliche Transparente waren von den Dächern gehängt worden, und überall, wohin ich blickte, sah ich Blumengirlanden. »Lass uns hier warten«, sagte ich zu Mimi und tauchte rasch in eine Nische ein. Steinstufen, die zur Ladentür eines Schuhmachers hinaufführten, gewährten einen Blick über die Köpfe der Menschenmenge.
Und warten mussten wir wirklich: vier Uhr, halb fünf, fünf. Die Menge lichtete sich, die hungrigen Bürger kehrten widerwillig nach Hause zurück. Mimi und ich schlängelten uns näher an die Straße heran. Durch Zufall fanden wir ein Plätzchen, von dem aus wir alles deutlich sehen konnten. Um halb sechs waren endlich Schüsse und Glockengeläut zu hören.
»Was hat das wohl zu bedeuten?«, fragte eine Frau, die neben uns stand.
»Dass der Kaiser und die Kaiserin soeben den Palast verlassen haben«, antwortete ich ihr.
»Jetzt dauert's nicht mehr lange«, sagte jemand hinter uns. Mein Herz erzitterte freudig, als ich den fernen Schlag von Trommeln, eine Marschkapelle hörte.
»Sie kommen!«, schrie ein Mann hinter uns.
Ich sah Mimi an und grinste. »Es ist aufregend auf der Straße.«
»Ich sehe sie«, rief ein Kind, das rittlings auf den Schultern eines Mannes saß, als die glitzernde, von acht Schimmeln gezogene Krönungskarosse wie aus einem Märchen entsprungen in Sicht kam. »Wo ist das Kind?«, fragte der Junge.
Bonaparte, in purpurrotem Samt mit Gold, ließ den Blick über die Menge schweifen. Er denkt an seine Arbeit, dachte ich. Er fragt sich, wie lange diese Zeremonie wohl dauern wird. Er bewertet die Begeisterung der Leute. Er denkt, wie unbequem sein Rock ist.
»Kaiserin Marie-Louise ist hübscher, als ich erwartet hatte«, sagte Mimi und verdeckte das Gesicht mit ihrem Schal.

Marie-Louise. Große Unterlippe, ausgeprägte Wangenknochen, drall. Ich hatte sie mir attraktiver vorgestellt. Und sie machte ein gelangweiltes – gar verächtliches – Gesicht. »Sie ist jünger, als ich dachte.« Noch ein Mädchen. Sie war – nicht sehr elegant – in weißen Satin gekleidet und trug ein Brillantdiadem. *Mein* Diadem.

»Die andere hat immer gelächelt«, sagte die Frau neben uns. »Die hier nie.«

»Ich sehe das Kind!«, rief der Junge hinter uns. »Es ist in der nächsten Kutsche. Es hat etwas Weißes mit roten Bändern an.« Alle verrenkten sich die Hälse, als die zweite Kutsche in Sicht kam. Der König von Rom wurde von Madame de Montesquiou gehalten, seiner Kinderfrau. Der dicke, zufriedene Säugling nuckelte am Daumen. Ich warf ihm eine Kusshand zu, meinen Segen.

Montag, 10. Juni, ungefähr 4 Uhr 30 – Malmaison

Hortense war voller Geschichten über die kaiserliche Taufe. »Ich bin ja so froh, dass es vorbei ist.« In der Nacht davor hatte sie Notre-Dame aufgesucht und die Wachen überredet, sie hineinzulassen. In der leeren Kathedrale war sie vor dem Grab des kleinen Napoléon auf die Knie gefallen und hatte geweint. »Das war gut so«, beruhigte sie mich, als sie meinen schmerzerfüllten Blick sah. »Am anderen Tag konnte ich die Zeremonie ohne eine einzige Träne überstehen.«

Da nun die Taufe vorüber sei, würde sie gerne zur Kur fahren, sagte sie. Ob ich mich um die Buben kümmern könnte? (Mit Freuden!) Beim Abschied umarmte sie mich ein wenig steif und zurückhaltend. Irgendetwas an ihrem Gang lässt mich an eine schwangere Frau denken. Nein – das würde sie mir *sicher* sagen.

Lago Maggiore, 2. September 1811

Chère Maman,
ich muss länger als erwartet fortbleiben. Meine Gesundheit ist etwas anfällig.
Ich sende ein paar Schmuckstücke für Petit und Oui-Oui. Wie ich sie vermisse! Umarme sie für mich. Erzähle ihnen oft von ihrer Maman. Ich hoffe, dass ich im Oktober zurück bin. Ob sie sich nach vier Monaten überhaupt noch an mich erinnern werden?
Wie geht es deinen Augen? (Nicht weinen, denke daran!) Trägst du die Salbe auf, die ich dir geschickt habe?
Ich musste offen gestanden lächeln, als ich erfuhr, dass du versuchst »Sparmaßnahmen« zu ergreifen. Du hast ein zu gutes Herz, Maman. Deine Hand ist immer offen.
Ach, meine zärtliche, sanfte Maman – die Widrigkeiten dieser Welt lasten auf mir. Wir werden für unsere Freuden bestraft; wenn wir dann doch wenigstens auch für unser Leid belohnt würden.
Deine dich liebende und treue Tochter Hortense

11. Oktober – Malmaison

Hortense kam rechtzeitig zu Petits Fest anlässlich seines siebten Geburtstages zurück. Sie ist schlanker und hat etwas Melancholisches an sich. Ich habe einen Verdacht, möchte aber nicht fragen; ich weiß es, kann aber nichts sagen.

[Ohne Datum]

Bonaparte kam heute zu Besuch. Er wirkte bedrückt – es war offensichtlich, dass ihm viel im Kopf herumgeht. »Zar Alexander weigert sich, die Blockade gegen England durchzusetzen«, sagte er, die Hände auf die Knie gestützt. »Obwohl er es versprochen hat! Er verschifft Hanf nach England – er *weiß*, dass daraus Tauwerk für ihre Marine hergestellt wird. Eine Kontinentalsperre ist die einzige Möglichkeit, England an den Friedenstisch zu bringen.«

Ich schaute hinterher, als Bonaparte mit schwerem Herzen aus dem Tor fuhr. Bald wird es wieder Krieg geben, fürchte ich. Ich sah es in seinen Augen. *Le feu sacré*.

11. Februar 1812, Fastnachtsdienstag – Malmaison

Karneval. Heute Abend findet in den Tuilerien ein Kostümball statt – ein Ball, zu dem ich natürlich nicht eingeladen wurde. Hortense wird eine Quadrille vorführen. Gestern war sie hier und zeigte mir ihre komplizierte Choreographie, die schönen Kostüme. »Bitte komm, Maman. Ich möchte, dass du zuschaust! Niemand wird es erfahren. Du hättest ein Kostüm an.« Ich antwortete ihr, dass es zu gefährlich wäre, aber das war nur die halbe Wahrheit. Ich kann den Gedanken nicht ertragen, zuschauen zu müssen, wie Bonaparte sich um seine junge Frau kümmert, während ich allein im Dunkeln stehe.

12. Februar, Aschermittwoch

»Die Quadrille Ihrer Tochter war *großartig*«, erzählte mir Mademoiselle Avrillion. »Sie hätten den Applaus hören müssen! Die Männer standen auf den Stühlen, um ihr zuzuschauen. Wie begabt sie ist, jeder Schritt so präzise, so leicht, so ...« Sie machte eine fließende Handbewegung. »So *elegant*. Und ihre Tanztruppe – sie waren einfach wundervoll. Mir kamen die Tränen, als ich ihnen zuschaute. Königin Caroline machte ein Gesicht, als bekäme sie gleich einen Anfall, so wütend war sie. Oh, natürlich spendeten alle auch ihrem Tanz Beifall, aber nur aus Höflichkeit. All dieses grässliche Getrampel! Und der Kaiser? Er war begeistert von der Quadrille Ihrer Tochter, das war un-

schwer zu erkennen, aber andererseits ...? Dreimal sah ich, wie er gähnte und seine Uhr hervorzog. Und als er und die Kaiserin sich erhoben, um sich zu verabschieden, wissen Sie, was ich ihn ihr da zuzischen hörte? ›Bemühe dich, liebenswürdig zu sein.‹«
»Oh, das arme Mädchen.«
»Eure Majestät, sie hat nicht gelächelt, nicht ein einziges Mal.«

Montag, früher Nachmittag in Malmaison, 9. März

Bonaparte stand in einiger Entfernung da, sodass seine Adjutanten ihn sehen konnten. Wir hatten uns schon seit Monaten nicht mehr gesehen, aber ich hatte ihn erwartet. Schließlich war es unser sechzehnter Hochzeitstag.
»Du hast zugenommen«, sagte er lächelnd.
»Du auch.« Trotzdem sah er ungesund aus. »Wie geht es dir, Bonaparte?«
»Recht gut.« Er müsste wieder in Form kommen, sagte er, für den bevorstehenden Feldzug. Er ist jeden Tag im Bois de Boulogne zur Jagd gegangen, um sich abzuhärten. Heute Morgen war es ihm gelungen zu »verschwinden«, um mich besuchen zu können.
»Kannst du ein paar Minuten bleiben?« Ich bat ihn, sich zu mir auf die Steinbank unter dem Tulpenbaum zu setzen. »Ich möchte alles über deinen Sohn hören.« In zwei Tagen würde er ein Jahr alt werden.
»Er ist ein großer, gesunder Junge – allerdings etwas jähzornig veranlagt.«
Wie sein Vater, dachte ich liebevoll. »Petit und Oui-Oui erzählen mir so viele Geschichten über ihn. Ich finde es wundervoll, wie viel Zeit du mit den Kindern verbringst.«
»Marie-Louise findet es abartig.«
Ich hatte gehört, dass Marie-Louise ihr Kind selten sah, dass Wochen vergingen, ohne dass sie ihn kommen ließ. »Es ist si-

cherlich ungewöhnlich, wenn ein Mann die Gesellschaft von Kindern so genießt, wie du es tust.« Sie so *abgöttisch* liebt. »Ich würde so gerne deinen Sohn sehen, Bonaparte.«
»Ich habe schon darüber nachgedacht«, sagte er. »Man wird es sorgfältig vorbereiten müssen, damit Marie-Louise es nicht herausfindet.«

[Ohne Datum]

Baron de Canisy, erster persönlicher Diener des Kleinen Königs, hat mich wissen lassen, dass Madame de Montesquiou am nächsten Sonntag das Kind in den Park von Bagatelle bringen wird. Ich soll dort in dem kleinen Schloss auf sie warten.

Sonntag, ein wunderschöner Frühlingstag, heiter und frisch

Ich fuhr, wie vereinbart, nach Bagatelle.* Sobald ich die kaiserliche Karosse näher kommen sah, ging ich in den kleinen Raum an der Rückseite. Bald darauf erschien die matronenhafte Gestalt von Madame de Montesquiou mit dem Kind auf den Armen. Ich erhob und verbeugte mich: der König von Rom.
»Welche *Überraschung*, Sie zu sehen, Eure Majestät«, sagte Madame de Montesquiou mit Bühnenstimme. (Das war die Scharade, die wir vereinbart hatten.) »Ich möchte mich hier mit dem Kind einen Augenblick ausruhen«, sagte sie zu ihren Begleitern im anderen Raum.

* Madame de Montesquiou hinterließ folgenden Bericht: »Ich vereinbarte mit Baron de Canisy, dass ich ihm die Wahl überlassen würde, wohin wir mit der Kutsche führen. Etwas später würde ich zu ihm herausrufen, dass wir in Bagatelle halten sollten, falls der Säugling eine Pause brauchte. Und dort kamen wir auch an. Als wir in den Hof hineinfuhren, kündigte Baron de Canisy mit ›Erstaunen‹ an, dass die Kaiserin Joséphine dort wäre. Ich sagte ihm, es wäre zu spät umzukehren – das wäre unhöflich.«

Sie nahm neben mir Platz und löste sanft den Griff des Kindes um ihr Hutband. »Sehen Sie, wie brav er ist? Schauen Sie.« Sie ließ ihn auf den Knien reiten, um ihn zum Lachen zu bringen. Große Stirn, breite Wangenknochen. »Er schlägt nach der Kaiserin«, sagte ich und lenkte die Aufmerksamkeit des Buben auf mich, indem ich ein lustiges Gesicht machte. Er sah mich lange an und stopfte sich dann die Faust in den Mund. Lebhafte Augen – Bonapartes Augen.

»Aber das Temperament hat er von seinem Vater«, sagte die Kinderfrau lachend und hatte Mühe, das strampelnde Kind festzuhalten, das herunterklettern wollte. »Ziemlich *dickköpfig*.«

Ich griff in meinen Korb, holte einen Holzring heraus, an dem bunte Gegenstände hingen, und ließ ihn vor ihm baumeln. Er griff danach, verfehlte ihn, griff noch einmal danach und schloss die Finger um den Ring.

»Meinen Sie, dass er etwas dagegen hätte?«, fragte ich und klopfte mir auf die Knie.

»Er ist wählerisch geworden«, sagte sie, »aber wir könnten es versuchen. Er lässt es nicht einmal zu, dass seine Mutter ihn hält.« Sie setzte mir das Kind auf den Schoß.

Er saß still da, in sein Spielzeug vertieft. In Gefühlen versunken atmete ich den süßen Kinderduft ein und noch etwas anderes, einen Hauch von Zitrone. »Er riecht wie der Kaiser«, sagte ich grinsend (und mit brennenden Augen).

»Kurz bevor wir kamen, war er bei seinem Papa. Der Sie grüßen lässt.« Sie sah mich liebevoll an. »Der Sie immer noch sehr vermisst, Eure Majestät«, fügte sie leise hinzu.

17. April, später Nachmittag

Bonaparte beugte sich vor, die Unterarme auf den Knien. Wie es uns zur Gewohnheit geworden war, saßen wir auf der geschwungenen Steinbank unter dem Tulpenbaum im Rosengar-

ten. »Ich habe nach Eugène schicken lassen«, teilte er mir mit. »Ich gebe ihm das Kommando über das Vierte Korps: achtzigtausend Mann. Das dürfte ihn freuen.«
»Dann stimmt es also, was alle sagen, dass es bald Krieg geben wird?« Bonapartes Schweigen gab mir die Antwort. »Wer wird als Regent fungieren, während du fort bist?«
»Ich bin mir nicht sicher, wem ich trauen kann.«

22. April – Malmaison

Eugène ist eingetroffen. Zuerst besuchte er Hortense, die ihm eine Kutsche lieh, damit er nach Saint-Cloud fahren konnte.
»Dann hast du Bonaparte also schon aufgesucht?«, fragte ich.
»Er war in Besprechungen. Er sagte, dass ich zum Essen zurückkommen soll.« Eugène blickte auf die Uhr auf dem Kaminsims. »Vielleicht habe ich ja noch Zeit, angeln zu gehen.«
Ich lachte. »Wozu du Zeit hast, ist eine Unterhaltung mit deiner Mutter. Ich möchte alles über die Kinder wissen.« Joséphine, fünf; Eugénie, drei; Augustus, eins (schon).
»Und in nur drei Monaten bekommt Auguste wieder ein Kind«, sagte Eugène und zeigte mir stolz die Reihe der Miniaturporträts, die er von jedem Kind bei sich trug. »Ich habe ihr versprochen, dass der Krieg bis dahin vorbei ist.«
Der *Krieg*. »Sie wird dich vermissen.« Und sich Sorgen machen.
»Ich vermisse *sie* bereits, Maman.« Er machte sich auf den Weg, als die Pendeluhr die Stunde zu schlagen begann. »Papa wartet!«

9 Uhr 15, ein milder Abend

»Nun?«, wollte ich wissen, als ich Eugène an der Tür empfing. Ich hatte schon ungeduldig auf seine Rückkehr gewartet.
»Ich habe das Kind halten dürfen – den Kleinen König, wie die

Buben ihn nennen. Aber nur für einen Augenblick. Er war quengelig – weil er Zähne bekommt, sagte seine Kinderfrau. Zwölf Zähne in dreizehn Monaten ist doch viel versprechend, meinst du nicht auch?«

»Und dein Gespräch mit Bonaparte?«

Er nahm den Hut ab und fuhr sich mit den Fingern durch die Haare. »Er hat mich gebeten, als Regent zu fungieren, während er auf dem Feldzug ist.«

»Das ist ja wunderbar!«, sagte ich, als wäre ich überrascht.

»Ich habe abgelehnt, Maman.«

Ich legte die Hand auf die Brust. Abgelehnt?

»Es ist eine große Ehre, das weiß ich, aber wie kann ich in Paris an einem Schreibtisch sitzen, während meine Männer kämpfen?«

Es stand doch so viel mehr auf dem Spiel als ein oder zwei Kämpfe! Erkannte er das denn nicht? »Was sagte Bonaparte dazu?«, fragte ich verzagt.

»Er sagte, ihm wäre es ebenso ergangen.«

30. April

Wie es scheint, hat sich jeder taugliche Mann im Kaiserreich eiligst der Grande Armée angeschlossen.* Ich werde von sechzehn untauglichen Soldaten bewacht, die bedauerlicherweise zurückbleiben müssen. Alle meine guten Pferde wurden eingezogen.

2. Mai, Samstag, später Nachmittag

Unter schmetternder Marschmusik und Glockengeläut sind Eugène und seine Männer heute Morgen nach Polen aufgebrochen. Ihre Musketen waren mit Blumen geschmückt, und die

* Die Grande Armée war die größte Armee aller Zeiten. Sie setzte sich aus 200 000 Franzosen, 150 000 Deutschen, 80 000 Italienern, 60 000 Polen und 110 000 Freiwilligen aus anderen Ländern zusammen.

Menschen hingen aus den Fenstern und jubelten: unsere ruhmreiche Grande Armée.

Freitag, 8. Mai, Sturm droht

»Ich bin gekommen, um auf Wiedersehen zu sagen«, sagte Bonaparte mit ernstem Blick.
»Es ist schon lange her, seit du zu einem Feldzug aufgebrochen bist.«
»Ich hatte gehofft, dass es nicht dazu käme.«
Ja, gewiss. Die Heirat mit Marie-Louise, die Geburt eines Erben – all das hätte einen dauerhaften Frieden sichern sollen.
»Wenigstens gehe ich mit der Gewissheit fort, dass das Kaiserreich in meinem Sohn Bestand haben wird, falls mir irgendetwas zustoßen sollte.«
»Du wirst ihn vermissen.«
Wir hatten beide ein ungutes Gefühl, wussten beide, dass dies das erste Mal war, dass er ohne eine »Glücksbringer«-Umarmung in die Schlacht zog. Er sah mich lange an, und dann öffnete sein Lakai die Kutschentür. Ich schaute der Kutsche nach, wie sie durch die Tore fuhr, und wagte es nicht einmal, eine Kusshand zu werfen.

Wir werden besiegt

18. November 1812 – Malmaison

Schon seit Monaten sind wir ohne Nachrichten, nur Gerüchte. Wir warten und wir machen uns Sorgen. Wir machen uns Sorgen und wir beten.

30. November, Montag

Eine junge Frau, nicht älter als zwanzig, kam heute in Begleitung einer älteren Zofe nach Malmaison hinaus. Mademoiselle Aurélie de Beaumont, stellte sie sich vor, während sie ihren Strohhut in den weiß behandschuhten Händen drehte. Ihr Vater, Monsieur Beaumont, war der beste Freund von Monsieur Bataille.

Auguste Bataille? »Monsieur Bataille ist einer der Adjutanten meines Sohnes.«

Sie nickte und holte einige gefaltete Blätter Papier aus dem Kopf ihres Hutes. »Er hat meinem Vater Briefe geschickt.«

»Vom Feldzug?« Mein Herz machte einen Sprung. Nachrichten – *authentische* Nachrichten sind selten. Den offiziellen Bulletins, die nach Paris gesandt werden, kann man nicht vertrauen, wie ich weiß.

»Mein Vater schlug vor, dass ich die Briefe für Sie abschreibe. Er dachte, dass Sie vielleicht den Wunsch hätten, Nachricht von Ihrem Sohn zu erhalten, Eure Majestät.«

»Ja«, sagte ich beinahe atemlos.

»Dies ist einer der Originalbriefe.« Aurélie zeigte mir einen Fetzen Papier. Die Schrift war winzig, der Brief quer geschrieben.* »Manchmal muss ich eine Lupe nehmen, um sie entziffern zu können.« Sie versprach wiederzukommen, wenn der nächste Brief eintraf.

Plock. Mon ami, wir sind nun schon fast zwei Wochen in dieser polnischen Stadt und warten auf Befehle des Kaisers. Wir kommen uns vor, als wären wir mitten im Nirgendwo. Etliche von uns sind krank geworden. Das Gepäck und die Pferde von Prinz Eugène sind endlich eingetroffen, sodass er jetzt reihum seine Regimenter inspizieren kann. Salut et amitiés, Bataille.

Thorn. Mon ami, wir erwarten den Kaiser jeden Tag. Ich war damit beschäftigt, Nahrungsmittel für die Truppen und Heu für die Pferde aufzustöbern. Es wurden uns etwas Getreide, dreihundert Bullen und dreißigtausend Scheffel Hafer zugeteilt, aber das Getreide war grün und die Pferde bekamen Koliken, und viele der Soldaten haben die Ruhr von dem sauren Schwarzbrot. Salut, Bataille.

Soldau. Mon ami, von Thorn marschierten wir nach Soldau. Die Dörfer sind erbärmlich. Prinz Eugène schläft trotz der Kälte in einem Zelt. Wir haben achtzigtausend Männer zu ernähren und nur ein paar Säcke Getreide. Amitiés pour toujours, Bataille.

Später Abend.

Plock, Thorn, Soldau. Ich habe in Bonapartes Arbeitszimmer eine Landkarte gefunden und verfolge die Route. Sie sind so schrecklich weit weg.

* Ein Brief galt als »quer geschrieben«, wenn der Briefschreiber ein Blatt Papier beschrieb, es dann seitlich drehte und quer über das ausgefüllte Blatt weiterschrieb.

Mon ami, wir sind jetzt in Russland und halten nach einer Armee Ausschau, gegen die wir kämpfen können. Es ist eine triste Landschaft – nichts außer Bäumen (ein paar Birken) und Sand. Es ist jetzt nach zehn Uhr abends, aber noch so hell, dass ich dies ohne Kerze schreibe. Die Sonne weckt uns um zwei Uhr morgens. Toujours, Bataille.

Vitebsk. Mon ami, wie soll das mit uns weitergehen? Bei Tag schwitzen wir; bei Nacht frieren wir. Wir haben über dreihundert kranke Soldaten – unsere Männer sterben an Hitzschlag. Tausende von Pferden sind verendet. Der Kaiser traf gestern Nacht ein. Er besteht darauf, weiter nach Smolensk vorzurücken. Noch einmal zehn Tage, wenn wir es überleben. Adieu, Bataille.

3. Dezember – Malmaison

Ich bin krank vor Sorge. Batailles Briefe sind beruhigend und bestürzend zugleich. Ich habe den ganzen Morgen mit den Gärtnern im Treibhaus gearbeitet, aber meine Gedanken wandern ständig nach Nordosten, nach Russland, diesem kargen Land.

Mon ami, wir haben es bis Smolensk geschafft, ein Haufen rauchender Ruinen. Bis Moskau sind es »nur« noch einhundertfünfundzwanzig Kilometer, sagt uns der Kaiser – aber jeder weitere Kilometer wird uns umbringen. Je weiter wir hinter dem Feind herjagen, umso weiter entfernen wir uns von zu Hause, umso weiter von Nahrung und Unterkunft. Amitiés, Bataille.

Mon ami, die russische Armee ist zum Stillstand gekommen – endlich werden wir eine Schlacht erleben. Einige Kosaken wurden gefangen genommen – Wilde mit Säbelbeinen. Sie stürzten becherweise Weinbrand herunter, als wäre es Wasser, und hielten ihre leeren Gläser hin, weil sie noch mehr wollten. Ihre Pferde sind klein und gedrungen und haben lange Schwänze. Sie sind sehr von König Murat, seinem Federschmuck und seinem Glitzerkram beeindruckt. Sie haben darum gebeten, ihn als ihren »Häuptling« zu bekommen. Sie sollen ihn haben! Salut, Bataille.

Mon ami, es floss viel Blut. Prinz Eugène sammelte gerade seine Truppen, als Tausende von Kosaken über seine Reserve herfielen. Er galoppierte zurück, um ihnen Mann gegen Mann gegenüberzutreten. Ein Sieg, ja, aber schwer errungen. Adieu, excéllent ami, Bataille.

Mon ami, als wir einen Hügel erklommen und die Stadt erblickten, rannten die Soldaten los und schrien: »Moskau! Moskau!« Die Türme und zwiebelförmigen Kuppeln glitzerten wie ein Trugbild in der Sonne – und ein Trugbild ist es auch, denn die Russen, eine barbarische Rasse ohne jedes Ehrgefühl, haben sie in Brand gesteckt, die prächtigste alte Stadt in ganz Europa. Während ich dies schreibe, erhellen Flammen den Himmel. Wir sind in einem kleinen Holzhaus außerhalb der Stadt untergekommen. Die Landschaft ist eintönig: Kohlfelder, nichts als Kohlfelder. Amitiés, Bataille.

14. Dezember – Malmaison, kalt, aber sonnig

Ich wurde heute Nachmittag mit einem Besuch der Gräfin Walewska und ihrem Kind beehrt: »der polnischen Gemahlin« und ihrem Kind von Bonaparte. (Er sieht *genau* wie Bonaparte aus – ich war ja so bewegt.) Es hatte zahlreicher dringender Bitten bedurft, um die junge Gräfin zu einem Besuch bei mir zu überreden, aber da sie nun einmal hier war, wird sie hoffentlich wiederkommen. Das Einzige, was uns verbindet, sind unsere Gebete für einen einzigartigen Mann. Sie wurde blass und wäre um ein Haar ohnmächtig geworden, als ich ihr die Briefe von Bataille zeigte.

Mon ami, der Zar hat auf das Friedensersuchen des Kaisers nicht reagiert. König Murat hat den Kaiser überzeugt, dass die Russen in Auflösung begriffen sind und dass die Kosaken bereit sind, aufzugeben. Deshalb machen wir weiter. Amitiés, Bataille.

Mon ami, König Murat wurde von den Kosaken geschlagen, daher sind wir wieder unterwegs, auf dem Weg nach Hause, falls wir es schaffen können. Wir bieten einen bemitleidenswerten Anblick, Soldaten, die Schubkarren mit erbeuteten Kunstschätzen schieben, und im Schlepptau eine lärmende Horde von Prostituierten. Die Kanone bleibt ständig im Morast stecken. À toi pour toujours, Bataille.

Mon ami, Prinz Eugène hat eine großartige Schlacht geschlagen, aller Ehre wert, aber wir haben viele Verluste erlitten, und nun hat auch noch ein Frost über Nacht Hunderte unserer Pferde gelähmt. Folglich hat der Kaiser befohlen, dass alle Wagen in einen See geleert wurden. Wir schauten zu, wie unschätzbare Kunstwerke durch das Eis versanken. Das riesige Kreuz von Iwan dem Schrecklichen verschwand als Letztes, wie ein schreckliches Omen des Schicksals. Die Kosaken überfallen uns immer wieder. Sie kreisen uns ein und grölen dabei wie wilde Tiere. Wir marschieren in eisigem Nebel. Wir sind am Ende der Welt. Bataille.

[Ohne Datum]

»Eure Majestät, wäre es Ihnen lieber, wenn ich Ihnen die Briefe nicht brächte?«, fragte Mademoiselle Aurélie, ihren Strohhut umklammernd.
»Nein! Bitte, Sie *müssen* Sie herbringen«, sagte ich und schenkte ihr zwei meiner Ringe.

Mon ami, was von der Grande Armée noch übrig war, wurde in den eisigen Sümpfen vernichtet. Diejenigen, die dem Tod durch Ertrinken entronnen, wurden von Kosaken überfallen. Prinz Eugène gelang es zu ret-

ten, was von seinen Truppen noch übrig geblieben war. Das Glück bleibt ihm treu, so wie es aussieht. Schon zwei Pferde wurden unter ihm weggeschossen. Bataille.

17. Dezember, Donnerstag, frostig

Paris ist vor Verzweiflung wie gelähmt. Das Ausmaß unserer Verluste in Russland – der Tod so vieler unserer Männer – wurde endlich im *Moniteur* enthüllt. Jedes Herz ist von der schrecklichen Vorahnung erfüllt, dass ein geliebter Mensch vermutlich nicht zurückkehren wird. Ich bin krank vor Angst um Eugène, um Bonaparte.

19. Dezember, Samstag – Malmaison

Bei dem vertrauten Anblick von Bonapartes Kurier, der den Fahrweg hinaufgaloppierte, blieb mir das Herz stehen. Ich riss das Fenster auf und beugte mich hinaus. »Monsieur Moustache! Was ist geschehen?«

»Der Kaiser ist im Palast«, schrie er herauf.

»Bonaparte? Er ist in *Paris*?« Wie war das möglich?

Moustache nickte und holte Luft. »Er hat mich hergeschickt, damit ich es Ihnen sage. Und um Sie wissen zu lassen, dass es Ihrem Sohn gut geht.«

Das ist das Letzte, woran ich mich erinnere, bevor ich in Ohnmacht fiel.

Sonntag

Bonaparte sah in seinem Mantel und Hut aus Bärenfell wie ein Kosake aus. Sein Gesicht war dunkel, von der Sonne verbrannt. »Ich kann nicht lange bleiben.« Er nahm meine Hand, ließ sie nicht los. »Komm nach draußen.«

Wir saßen auf der Steinbank unter dem Tulpenbaum mit seinen kahlen Ästen, der winterliche Garten war grau und öde. Ich lauschte seinem Bericht mit weinendem Herzen. Er sei eilig zurückgekehrt, um die Bevölkerung zu beruhigen, sagte er. Er befürchtete, dass die Leute in Panik ausbrächen, wenn sie das Ausmaß der Verluste erfuhren. Der Feldzug wäre grandios geworden, wenn der russische Winter nicht so früh hereingebrochen und nicht so streng gewesen wäre. Er müsste nichts weiter tun, als eine neue Armee aufzustellen.

Ich konnte nicht sprechen. Eine *neue* Armee? Woher sollten die Soldaten kommen? War ihm denn nicht klar, dass wir ein Volk von Frauen waren – ein Volk von Frauen, die Trauer trugen? Die einzigen übrig gebliebenen Männer waren entweder alt oder verkrüppelt.

Vierhunderttausend, mehr wären nicht nötig, sagte er.

28. Februar 1813

Die Karnevalszeit beginnt, während die Verwundeten zurückkehren, trotzdem gehen die Feste und Bälle weiter – »die Bälle für die Holzbeine«, nennen sie die Leute jetzt.

Jeden Tag, so scheint es, erfahren wir von einer neuen Tragödie. Einer von Carlottas Brüdern starb in Russland. Mademoiselle Avrillions Tante verlor zwei Söhne, und der dritte Sohn, der zurückkam, hat durch den Frost seine Hände verloren.

6. März

Schon die ganze Woche stellen wir Mullbinden her. Mein Salon sieht wie ein Hospital aus.

Mittwoch, 14. April – Malmaison

Heute Morgen saßen Bonaparte und ich zwei Stunden unter unserem Tulpenbaum. Er erzählte mir reizende Geschichten von seinem Sohn, der jetzt zwei und lebhaft ist, und beklagte sich über seine junge Frau (sie wischt sich den Mund ab, wenn er sie geküsst hat). Dann begann er vom Krieg zu sprechen, von dem bevorstehenden Feldzug, von seiner Überzeugung, dass er diesmal siegen und dass ein Frieden unterzeichnet wird. »Aber kein unehrenhafter Frieden. Kein Frieden um jeden Preis.«
Ich möchte ihm so gerne glauben – und warum auch nicht? Hatte er nicht Wunder vollbracht?
Bevor er ging, berührte er meine Hand und versprach, Eugène von mir zu grüßen.
»Meine Gebete werden dich stets begleiten.«
»Ich war glücklich hier«, sagte er und ließ den Blick über die Gärten schweifen.

26. April, Mansfeld

Chère Maman,
verzeih meine Handschrift: Ich habe mir ein wenig Rheuma zugezogen. Meine Armee ist wieder unterwegs, um sich dem Kaiser anzuschließen. Ich bin zuversichtlich, dass dieser Feldzug rasch vorüber sein und bald Frieden herrschen wird. Beide Seiten sehnen sich danach.
Pass auf dich auf, meine schöne Maman, und grüße meine Schwester und ihre Buben. Wir singen oft ihre Lieder – sie machen uns Mut.
Dein dich liebender Sohn Eugène

5. Mai

Bonaparte hat einen Sieg errungen! »Die Staatsanleihen hoch auf 76.90«, sagte Mimi.

Freitag, 7. Mai

Noch ein Sieg! Den ganzen Morgen donnerten Kanonen.

12. Mai 1813, Lützen

Chère Maman,
die große Schlacht wurde gewonnen. Der Kaiser erlaubt mir, nach Mailand zurückzukehren – zu meiner wunderschönen Auguste und unseren Kindern. Ich soll eine neue Armee aufstellen und ausbilden.
Vor ungefähr einer Stunde habe ich dem Kaiser viel Glück gewünscht. Er sah angegriffen aus. Wir sind alle müde. Ich bin schon ein ganzes Jahr im Krieg.

Dein treuer Sohn Eugène

11. Juni, ein herrlicher Tag

Endlich wurde ein Waffenstillstand unterzeichnet. Dürfen wir daran glauben, dass wir Frieden haben werden?

23. August, Montag, früher Abend

Der Kaiser von Österreich hat den Waffenstillstand aufgekündigt und Frankreich den Krieg erklärt. Mon Dieu – er ist Marie-Louises *Vater*. Wie kann er sich bloß gegen uns wenden – sich gegen seine eigene *Tochter* wenden?

30. Oktober – Malmaison

Katastrophe in Leipzig. Ich weinte, als ich die Zeile las: *Die französische Armee hat verloren*. Auf nur vierzigtausend Mann reduziert!
Ich habe mich in meinem Zimmer eingeschlossen – um auf und

ab zu laufen, zu beten, zu weinen. Wider alle bessere Einsicht habe ich Bonaparte geschrieben.*

9. November

Bonaparte ist zurück, an der Spitze einer geschlagenen Armee. Er kehrte ohne Fanfaren, ohne Kanonen, ohne Marschmusik zurück.

2. Dezember

Heute, am Jahrestag der Krönung, an Bonapartes »Glückstag«, erhielt ich einen bekümmerten Brief aus Mailand – von meiner schönen Auguste. Ihr Vater, der fröhliche König Max von Bayern, hat sich dem Feind angeschlossen! Überdies hat er versucht Eugène dazu zu überreden, es ihm gleich zu tun.
Eugène hat sich natürlich geweigert. »Gott schenkte mir einen Engel als Gemahl«, schrieb Auguste. Und Gott schenkte ihm einen Engel.

3. Januar 1814, Montag

Hortenses Wangen waren gerötet. »Maman, eine schreckliche Nachricht! Eine Armee von über einhunderttausend Kosaken hat den Rhein überquert und ist auf dem Weg nach Paris. Ich habe die Kaiserin Marie-Louise noch nie so aufgewühlt erlebt. Weißt du, was sie zu mir sagte? Dass sie auf all ihren Wegen vom Unglück verfolgt wird, dass jeder, der in ihre Nähe kommt, leiden muss.«

* Joséphine schrieb: »Sire, ich las im Bulletin, dass Sie einen großen Verlust erlitten haben, und ich weinte. Ich teile Ihre Sorgen und Nöte, Sie werden immer in meinem Herzen sein. Ich schreibe Ihnen, weil ich dem Bedürfnis, Ihnen dies zu sagen, nicht widerstehen kann, ebenso wie ich nicht aufhören kann, Sie von ganzem Herzen zu lieben.«

»Und was meinte Bonaparte dazu?«
»Er sagte zu ihr, das sei abergläubischer Unsinn.«
»Nein – ich meine zu den Kosaken!«
»Er sagte, kein Grund zur Sorge – er hätte einen Plan.«

14. Januar

Es ist ein Aufruf verkündet worden: dringend Soldaten benötigt.
»Ich werde mich freiwillig melden«, teilte mir Oui-Oui in vollem Ernst mit.
»Ich auch«, echote Petit.
Ich erklärte ihnen, dass dazu ein gewisses Alter erforderlich sei.
»Onkel sagt, dass er uns gerne nimmt.«
»Jeden«, erklärte Oui-Oui ernst. »Sogar *alte* Männer.«
Sogar alte Männer, wie wahr: Der gute, alte Gontier hat mir gerade mitgeteilt, dass er sich melden wird. »Gontier, das müssen Sie nicht!« Er ist über sechzig, da bin ich sicher.
Aber nichts, was ich tun oder sagen könnte, würde ihn davon abbringen. Ich schenkte ihm ein gutes Pony, eines der wenigen, die mir geblieben sind; so viele wurden eingezogen.

Samstag, 22. Januar

Bonaparte stand neben seiner Kutsche, als er mir mitteilte, dass er morgen früh in die Schlacht aufbrechen würde. In drei Monaten wäre er entweder siegreich oder tot.
Le feu sacré. »Ich bin nicht hergekommen, um dich zum Weinen zu bringen«, sagte er verblüfft über meine Reaktion.
Ich versuchte, mir meine Angst nicht anmerken zu lassen. Ganz Europa hat sich gegen ihn verbündet. Er hat nur fünfzigtausend Mann. Ein Sieg ist unmöglich!

Aber »unmöglich« ist kein französisches Wort, erinnerte ich mich. »Darf ich –« dich küssen, hätte ich beinahe gesagt. »Ich möchte dir viel Glück wünschen.« Eine Höflichkeitsfloskel. Bonaparte sah mich lange an. »Vergiss mich nicht, Joséphine«, sagte er, trat zurück und tippte an seinen Hut.

4. Februar

Schreckliche Gerüchte – es heißt, dass Bonapartes Truppen zurückgeschlagen wurden, gezwungen wurden, sich auf französischen Boden zurückzuziehen. Ich weiß nicht, was ich glauben soll. Ich habe Mimi nach Paris geschickt, um alles herauszufinden, was ihr möglich ist. Sie kam mit besorgter Miene zurück: in Notre-Dame werden Gebete gesprochen und die Sammlungen des Louvre werden verpackt.

18. Februar 1814, Mailand

Chère Maman,
ich fürchte, dies wird dich schrecklich erschüttern, aber du musst es wissen. Caroline und Joachim haben sich dem Feind angeschlossen, und heute Morgen hat Joachim der italienischen Armee öffentlich den Krieg erklärt. Ich brauche dir nicht zu sagen, wie empört ich bin – noch, wie tief mein Mitgefühl für den Kaiser ist. Was für eine »Familie«, unter der er da leiden muss.

Dein treuer Sohn Eugène

28. März

Auf der vorsorglichen Flucht vor dem Feind kommen die Menschen in hellen Scharen nach Paris.
»Bonaparte wird uns retten«, beruhigte ich Hortense, während wir Mullbinden aufrollten und aufeinander stapelten. »Er be-

rechnet alles so sorgfältig, zieht jedes mögliche Ergebnis in Betracht. Der Überraschungseffekt war schon immer seine Strategie. Zweifellos gehört dies zu seinem Plan.«

[Ohne Datum]

Ein Schuster aus der Stadt war gerade hier und warnte mich, dass er auf der Straße verwundete Soldaten getroffen hätte. Sie hätten ihm gesagt, dass der Feind in der Nähe sei. Was heißt das: *in der Nähe*?

Tuilerien. Maman, wir haben erfahren, dass sich der Feind von Süden her nähert. Königin Marie-Louise hat vor, morgen früh mit dem Kind aus Paris zu fliehen. Du musst nach Navarre fahren – auf der Stelle. Triff alle Vorsichtsmaßnahmen. Mache dir um mich und die Buben keine Sorgen. Ich werde dir eine Nachricht zukommen lassen. Hortense.

29. März – Mantes, 7 Uhr 20 abends

Hortenses Mitteilung kam nach Mitternacht. Ich weckte alle, gab den Befehl, dass wir Malmaison am Morgen verlassen und so viel mitnehmen würden, wie es uns möglich ist. Wir haben beschlossen, die Tiere des Gutshofes, die Orang-Utans und die Vögel in der Obhut des Gutsverwalters zu lassen, die Möpse und die Pferde jedoch mitzunehmen.
Mimi und ich blieben auf und nähten meine Juwelen in den Saum eines wattierten Rocks. Den restlichen Schmuck verstauten wir in Kassetten einschließlich des Eichenkästchens mit Bonapartes Briefen – mein wahrer Schatz. Es war fast drei Uhr morgens, als wir fertig waren. Wir wollten früh aufbrechen, um sieben, zum Schlafen war nicht mehr viel Zeit. Ich wünschte Mimi gute Nacht und ging zu Bett. Ich lag einige Zeit wach da, lauschte dem Frühlingsregen, dachte an die Kaiserin Marie-

Louise, die in den Tuilerien ganz allein in diesem großen Messingbett lag. Ob sie schlief? Oder wie ich von Angst und Zweifeln geplagt wurde – und gewiss auch von *Schuld*, weil wir aus Paris flohen?
Ich stand auf. Mit der Nachtkerze in der Hand schlich ich die Treppe hinunter und wanderte durch das Schloss. Ob die Kosaken wohl mein geliebtes Malmaison verwüsten, meine Kostbarkeiten plündern würden? Ich fuhr mit den Fingern über die Saiten der Harfe – der leichte, perlende Klang brachte die Erinnerung an Sommerabende zurück. Welch märchenhafter Ort Malmaison doch gewesen ist – welch märchenhaftes *Leben* ich hier doch geführt habe.
Ich ging ins Arbeitszimmer – in den Raum, in dem Bonaparte gearbeitet, ein Kaiserreich aufgebaut hatte. Ich drehte den Globus. Wo ist er?
Mit schwerem Herzen ging ich wieder ins Bett. Bei Tagesanbruch wachte ich schweißgebadet auf. Draußen war es grau und es regnete, ein kalter Frühlingsnieselregen, der mich frösteln ließ. Zwecklos, Feuer zu machen, sagte ich zu Mimi und schlüpfte in mein wattiertes Kleid.
Erst bei Einbruch der Nacht erreichten wir Mantes. Mit all den Pferden kamen wir in dem strömenden Regen nur langsam voran.
Dieser Gasthof ist voll von Menschen, die aus Paris geflüchtet sind. Ich bin Madame Mercier, sage ich ihnen. Niemand weiß etwas; alles wird nur geflüstert. Ich bin zu Tode erschöpft, finde aber keine Ruhe. Wo ist Hortense, während ich dies schreibe? Wo ist Bonaparte? Was geht in Paris vor?

Ich habe den Feind zu Gast

1. April 1814 – Navarre

Es war der Klang von Bubenstimmen in der hohl tönenden Eingangshalle, der mich aufspringen ließ. In der Tür wäre ich um ein Haar mit Hortense zusammengeprallt. »Mon Dieu, du bist es wirklich!« Ich warf die Arme um sie und drückte sie an mich. »Verzeih mir, ich habe schon Höllenqualen gelitten, weil ich nichts wusste.«

Die Dienerschaft drängte sich ins Zimmer. Hortense zögerte, bevor sie mitteilte: »Wir haben kapituliert.«

Einen Augenblick lang herrschte Fassungslosigkeit, gefolgt von ungläubigen Schreien.

»Wo ist der Kaiser?«, wollte ich wissen.

»Maman, ich weiß es nicht! Ich weiß nur, dass ein Kapitulationsvertrag unterzeichnet wurde und dass die Kaiserin und das Kind im Südwesten, in Blois sind.«

Samstag, 2. April

»Die Armee wollte mich nicht nehmen«, sagte der alte Gontier verlegen. Er kehrte auf meinem stämmigen Pony nach Malmaison zurück, wo er erfuhr, dass wir nach Norden geflohen waren. Drei Tage war er unterwegs, um zu uns zu kommen.

Er verließ Paris am Mittwoch, sagte er. Morgens hörte er Kanonen in Richtung Saint-Chaumont. Als er fortritt, sah er russische Soldaten auf der Straße. »Gut erzogene Burschen, die grüne Mützen mit angesteckten Blättern aufhatten.« Von Plünderungen oder Gewalttätigkeiten sei nichts zu sehen gewesen, sagte er, was uns alle sehr erleichtert. (Obwohl es kaum zu glauben ist.)

Sonntag

Als Hortense schlief, nahm ich die Buben zur Messe in der Kathedrale von Évreux mit. Die Stadt war ruhig – kaum etwas deutete darauf hin, dass Frankreich vom Feind genommen worden war. Das kaiserliche Zeichen über der Poststation war abgenommen, aber nichts an seiner Stelle angebracht worden.
»Bist du traurig, Grandmaman?«, fragte Petit. Er ist groß gewachsen für einen Neunjährigen; sein Name passt nicht mehr zu ihm.
»Sehr.«
»Ich auch«, sagte Oui-Oui und kuschelte sich an mich, um sich zu wärmen. Das Wetter war sonnig, aber frisch. »Ich musste mein Schaukelpferd zurücklassen«, sagte er mit zitternder Unterlippe zu mir.
»Ich werde dir ein neues besorgen«, versprach ich.
»Nein, Grandmaman«, teilte mir Petit feierlich mit. »Maman sagt, dass wir wie alle anderen auch leiden müssen, dass wir jetzt niemand Besonderes mehr sind.«

4. April, Montag – Château de Navarre

Endlich eine Nachricht von meinem Gutsverwalter: Russische Wachen waren abgestellt worden, um Malmaison zu schützen. Er fügte eine Ausgabe des *Moniteur* bei, aber sie enthielt lediglich die Proklamation von Zar Alexander.
Wo ist Bonaparte? Was geht da vor sich?

7. April

Erschütternde Neuigkeiten. Der Prätendent ist im Begriff, den Thron zurückzuerobern.

Später …

Noch schlechtere Neuigkeiten: *Talleyrand* steht an der Spitze der neuen provisorischen Regierung, macht mit dem Feind gemeinsame Sache.
Chamäleon! Opportunist! Dass er sich als Verräter entpuppen würde, überrascht mich nicht im Geringsten. Im Grunde beruhigt es mich sogar, dass er sein wahres Gesicht enthüllt hat. Was mich allerdings maßlos bestürzt, ist die Geschichte, dass es *Clari* war, die ihm geholfen hat, dass sie es war, die dem Feind die Tore von Paris öffnete.

[Ohne Datum]

Wir haben Zeitungen aus Paris erhalten. Abscheu erfüllt mich, ein bitterer Geschmack. Gibt es denn kein Ehrgefühl mehr? Keine Loyalität? Bonapartes Marschälle – Männer, denen er seine Gunst gewährt und zu Ruhm und Ehre verholfen hatte – hatten nichts Eiligeres zu tun, als sich öffentlich für den Prätendenten auszusprechen. Diese Männer – Soldaten – haben Bonaparte Treue und Ergebenheit geschworen, und nun fallen sie über ihn her, stellen ihn als Unmenschen dar.
Die Enttäuschung hat mein Herz geschwächt. Besiegt in den Händen des Feindes zu sein, ist nichts gegen diese Korruption in den eigenen Reihen. Ich weine um Bonaparte, um uns alle.

8. April

Mimi weckte mich in der Nacht, indem sie sanft an meinen Zehen zog. »Unten ist jemand, der dich gerne sprechen möchte, Yeyette – Monsieur de Maussion. Der Buchhalter«, erinnerte sie mich und zündete eine Lampe an. »Er hat Nachricht vom Kaiser, sagte er.«
»Von Bonaparte?« Mit klopfendem Herzen setzte ich mich auf.

Monsieur de Maussion stand neben dem verglühenden Feuer im Salon. Er trug einen kurzen, grünen Jagdrock. An seinem breiten Gürtel hing eine kleine Reisepistole. »Eure Majestät«, sagte er und verbeugte sich steif aus der Taille. »Ich bitte um Vergebung, dass ich Sie in Ihrer Nachtruhe störe.«
»Wie ich hörte, haben Sie Nachricht vom Kaiser«, sagte ich und nahm Platz. Meine Besorgnis ließ mich alle Höflichkeitsfloskeln vergessen. Ich bedeutete ihm, sich auf den gegenüberstehenden Stuhl zu setzen, aber er blieb stocksteif, wie ein Soldat beim Appell, stehen.
»Der Kaiser ist in Fontainebleau«, teilte er mit. »Er hat abgedankt und wird ins Exil geschickt werden. Ich wurde –«
»Exil?« Ich war erschrocken, aber auch erleichtert. Zumindest wurde Bonaparte nicht hingerichtet.
»Nach Elba, Eure Majestät. Ich wurde –«
»Wo liegt Elba?«
»Elba ist eine kleine Insel im Mittelmeer, Eure Majestät, die durch die Straße von Piombino vom italienischen Festland getrennt ist. Ich wurde –«
»Eine sehr *kleine* Insel, nicht wahr, Monsieur?«
»Zwischen einer und dreieinhalb Wegstunden breit, Eure Majestät, und sechs Wegstunden lang. Ich wurde –«
»Aber das ist ja kleiner als der Park von Malmaison!«

»Ich erinnere mich nicht an die Ausmaße des Parks von Malmaison, Eure Majestät. Ich wurde –«

»Haben Sie den Kaiser *gesehen*, Monsieur de Maussion? Haben Sie mit ihm gesprochen?«

»Ich habe ihn gesehen, Eure Majestät, aber nein, ich habe nicht mit ihm gesprochen. Ich wurde –«

»*Bitte* sagen Sie es mir: Wie sah er Ihrer Meinung nach aus?«

Monsieur de Maussion runzelte die Stirn. »Wie der Kaiser, Eure Majestät.«

Ich presste die Faust an den Mund. Wenn ich Bonaparte doch nur sehen könnte! Ich würde auf den ersten Blick erkennen, wie es ihm ging. Ich würde sofort erkennen, ob er schlief, ob er aß, ob sein Magen – ach, sein empfindlicher Magen! – ihm übel mitspielte. Ich würde an seinen abrupten Bewegungen erkennen, ob ein Fallsuchtsanfall drohen könnte. Ich sammelte meine Gedanken. »Ja, natürlich«, sagte ich mit schwacher Stimme. »Sah er … *gut* aus, was meinen Sie?«, fragte ich und trocknete mir mit dem Ärmel die Augen. Es war ungerecht, diesen Mann zu bitten, mit den Augen einer Ehefrau zu sehen.

»Ja, Eure Majestät. Ich wurde vom französischen Botschafter in Russland, dem Grafen de Vicenza, gebeten, Ihnen –«

»De Caulaincourt?«

Monsieur de Maussion nickte. »Ja, er bat mich, Ihnen –«

»De Caulaincourt ist beim Kaiser?« Der sanfte, aristokratische Armand de Caulaincourt. Es wäre mir ein Trost zu wissen, dass er bei Bonaparte war.

»Ja, Eure Majestät. Er hat mich eigens hergeschickt, um Sie zu bitten, alles zu tun, was Ihnen möglich ist.«

»Was soll das heißen?« *Alles tun, was Ihnen möglich ist.*

»Das heißt, dass Sie versuchen sollen, am Hofe des Feindes Anklang zu finden, Eure Majestät.«

13. April

Eine Mitteilung von Armand de Caulaincourt. Er drängt mich, nach Paris zurückzukehren – es läge in meinem größten Interesse, sagte er. Es wäre meine Pflicht, mich zu zeigen, dem Zaren meinen Standpunkt mit Nachdruck darzulegen. Es ist der Wunsch des Kaisers. *Je le veux*.

Und dann zum Schluss eine Anmerkung in der winzigen Handschrift des Sekretärs: *Eure Majestät, es ist dringend, dass sie überzeugt werden, in Bezug auf den Kaiser Milde walten zu lassen.*

Ich packe.

4 Uhr 45 nachmittags

»Sehr schön«, sagte Hortense, aber in einem Ton, der andeutete, dass sie es nicht billigte.

»Du meinst nicht, dass ich fahren sollte«, sagte ich.

»Tu, was du für richtig hältst, Maman«, sagte sie, »aber ich werde nicht mitkommen.«

»Du willst hier bleiben?« Ich war, ehrlich gesagt, erleichtert. In Navarre waren sie und die Buben sicher.

»Ich habe beschlossen, nach Blois zu fahren, um die Königin aufzusuchen.«

»Aber Hortense, das ist gefährlich!« Man würde es ihr verübeln, wenn sie öffentlich ihre Ergebenheit gegenüber der Kaiserin zeigte. »Du musst an deine Zukunft und an die deiner Kinder denken.«

»Es ist meine Pflicht, Maman«, beharrte sie. »Marie-Louise ist jung und sehr allein. Stell dir doch nur vor, welche Qualen sie leiden muss! Du hast mich dazu erzogen, ehrenhaft zu handeln.«

»Ich verstehe«, sagte ich und wandte mich zornig und zugleich stolz ab.

15. April, Freitag – Malmaison

Es war beunruhigend, an den Toren nach Malmaison russische Soldaten zu sehen. Ich versuchte ihnen zu erklären, wer ich war, aber erst als mein Gutsverwalter angehumpelt kam, durfte ich einfahren. »Was ist geschehen?«, fragte ich erschrocken, denn sein Kopf war mit Binden umwickelt und ein Arm hing in einer Schlinge.

»Kosaken. Ich habe versucht sie aufzuhalten, Eure Majestät, aber –« Er zuckte mit den Schultern, eine Bewegung, die ihn zusammenfahren ließ. »Sie haben das Bein des Tisches in der Eingangshalle abgebrochen, aber das war alles. Der Orang-Utan hat sie verscheucht.«

Und so geschah es, dass ich mein Haus mit seinen unschätzbaren Kostbarkeiten betrat und mit ungläubigem Staunen alles unberührt vorfand. Wenn die Russen an meinem Tor nicht wären, wüsste man nicht, dass die Nation vom Feind besiegt ist.

[Ohne Datum]

Oh, diese Geschichten: dass die Theater in Paris nur für einen Tag schlossen – an dem Tag, an dem Paris kapitulierte –, dass die Schauspieler selbst dann weiterspielten, als Kanonen donnerten. Dass es Joseph Bonaparte war, der Befehl gab, die weiße Flagge der Kapitulation zu hissen und anschließend verschwand, ohne auch nur das Kommando zu übergeben. (Genau, wie er es in Madrid getan hatte – dieser Feigling!) Dass jedermann in Paris eine weiße Bourbonenrosette trägt, dass überall Bourbonenspruchbänder zu sehen sind. (Diese Undankbaren!) Dass der Bruder des Prätendenten, der Graf d'Artois, eingetroffen ist, dass er eine weiße, von einem lächerlichen Hut gekrönte Perücke trägt. Dass seine Bediensteten seltsame gotische Tuniken anhaben, an deren Knopflöchern riesige Kreuze hängen. Dass die Kosaken in Stiefeln schlafen. Dass die Kaufleute einen lebhaften Handel treiben. Dass sie in den Tuilerien einfach Bourbonenlilien über die kaiserlichen Bienen gekleistert haben. Dass Talma für den Zaren spielte und von der Menschenmenge gezwungen wurde, zu verkünden: »Lang lebe König Ludwig XVIII.«, die Bühne jedoch mit Tränen in den Augen verließ. (Der arme Mann.) Dass der Vater von Kaiserin Marie-Louise, der Kaiser von Österreich, am helllichten Tage die Champs-Élysées entlangstolzierte und nicht einmal zu verbergen versuchte, dass er vom Unglück seiner Tochter profitiert hatte. Dass die Leute über ihre eigenen Füße stolperten, um sich vor dem neuen Regime zu verbeugen, und behaupteten, dass sie »dieses Ungeheuer« Napoléon verabscheut hätten. Dass selbst seine Familie ihn im Stich gelassen hatte.

Wie niederschmetternd das alles ist.

Fast Mitternacht (kann nicht schlafen)

Clari, die einen Weidenkorb umklammert hielt, sah mit ihrer Haube wie eine Matrone aus. »Ich fürchtete schon, Sie würden mich nicht empfangen«, sagte sie und spielte an dem goldenen Kreuz herum, das an einem gelben Samtband um ihren Hals hing.

»Es entspricht nicht meiner Art, nachtragend zu sein«, sagte ich, war jedoch trotzdem unversöhnlich. Sie hatte Bonaparte verraten, das Volk, *mich*. »Kommen Sie zur Sache.« Und gehen Sie.

»Der Zar Alexander bittet, Ihnen einen Besuch abstatten zu dürfen.«

»Dann stehen Sie wohl in seinen Diensten?«

»Ich helfe aus, wo ich kann.« Die scharfe Nase in die Luft gereckt.

»Wie ich höre, haben Sie dem Feind geholfen, in Paris einzuziehen.« Clari und Talleyrand. »Solche Hilfsbereitschaft wird gut belohnt, nehme ich an.«
»Ich hatte nicht die Absicht, *Ihnen* zu schaden.«
»Ich denke, Sie sollten gehen.«
»Werden Sie sich bereit erklären, den Zaren zu empfangen? Es wäre zu Napoléons Vorteil, wenn Sie es täten.«
»Wie können Sie es wagen, seinen Namen auszusprechen!« Eine Vase fiel zu Boden und zersprang.
»Er hat den Herzog d'Enghien ermordet!«
»Sie sind eine Närrin. Wenn irgendjemand für den Tod des Herzogs d'Enghien verantwortlich gemacht werden kann, dann ist das Ihr Freund Talleyrand. Er ist derjenige, der Bonaparte überredete, den Herzog zu verhaften.«
»Er hat mir schon gesagt, dass Sie das sagen würden.«
Ich machte zitternd zwei Schritte auf sie zu.
»Verzeihen Sie, Eure Majestät«, flüsterte sie und ging rückwärts zur Tür hinaus.

16. April, Samstag

Zar Alexander traf nur von wenigen Wachen begleitet ein. »Es ist mir eine Ehre«, sagte er und verbeugte sich vor mir. Er ist attraktiv, ein Mann mittleren Alters – fünfunddreißig? sechsunddreißig? – beeindruckend groß mit goldblonden Locken und hellblauen Augen.
Dass er mir Respekt bezeugte, überraschte (und beruhigte) mich. Ich bin die ehemalige Frau eines ehemaligen Kaisers. Er ist der Sieger, Herrscher über eines der mächtigsten Länder der Erde. »Eure Majestät«, antwortete ich und verabscheute mich dafür, »die Ehre ist ganz meinerseits.« Als ich sprach, beugte er sich näher, und mir fiel wieder ein, dass er leicht taub war. »Die Ehre ist ganz meinerseits«, wiederholte ich mit erhobener Stim-

me und wurde rot dabei (da ich wusste, dass die Diener es hören konnten).
Ich machte mit ihm die übliche Runde durch Malmaison – durch die Galerie, das Musikzimmer, das Theater, den Rosengarten, das Treibhaus – und sogar durch die Molkerei (meine Schweizer Kühe interessierten ihn). Ich fand, dass man sich leicht mit ihm unterhalten konnte, denn er spricht ein ausgezeichnetes Französisch und ist sehr wissbegierig. (In dieser Hinsicht Bonaparte so ähnlich.) Er wollte etwas über die Pfropftechnik wissen, die meine Gärtner erfolgreich bei immergrünen Büschen angewandt hatten, wie viel Sonne für Tulpenbeete ratsam war, wie viel Teile Kuhdung dem Kompost für die Aurikel hinzugefügt wurden, wie viel Milch meine Kühe gaben. Vor dem Treibhaus blieben wir stehen und unterhielten uns über das Theater: Er hatte sich im Théâtre-Français Talma in *Iphigenie auf Aulis* angesehen und war ungeheuer ergriffen gewesen. »Obwohl sich hinterher«, sagte er, »ein Zwischenfall ereignete, den mitzuerleben offen gestanden peinlich war.«
»Ich habe davon gehört.« Der arme Talma – allmählich befürchte ich, dass er nicht mehr ganz bei Sinnen ist. Er hat Goeffrey tätlich angegriffen, weil er eine kritische Rezension geschrieben hatte.
»Der Schauspieler bewahrt seine Zuneigung zum Kaiser. Seine Gefühle sind ehrenwert und sollten respektiert werden.«
»Wir bewahren uns *alle* unsere Zuneigung zum Kaiser«, sagte ich hitziger, als es klug war.
»Ich verstehe«, sagte der Zar einfühlsam.
Aber Sie sind es, der ihn vernichtet hat!, schrie mein Herz.
In diesem Augenblick wurden wir – vielleicht glücklicherweise – von Kinderstimmen abgelenkt: Petit und Oui-Oui! Sie rannten den Weg entlang und blieben wie angewurzelt stehen, als sie den großen und imposanten Fremden neben mir sahen.

»Kommt her, kommt her«, sagte ich und beugte mich herunter, um sie zu umarmen. Warum waren sie in Malmaison? Hortense hatte die Buben nach Blois mitgenommen, um Kaiserin Marie-Louise zu besuchen. »Ich möchte euch mit Zar Alexander von Russland bekannt machen.«

Petit machte ein besorgtes Gesicht. »Ist schon in Ordnung«, flüsterte ich. »Mach deinen schönsten Diener.«

Der Zar lächelte und verbeugte sich ebenfalls.

»Wo ist eure Mutter?«, fragte ich beunruhigt.

»Sie kommt langsam. Sie muss stehen bleiben und *alles* bewundern«, sagte Oui-Oui und verdrehte theatralisch die Augen.

»Wir sind nicht lange in Blois geblieben«, berichtete Petit und zog an einer Ringellocke. (Oje, dachte ich. Jetzt wird der Zar wissen, dass Hortense Kaiserin Marie-Louise besucht hat.)

»Wir sind *tagelang* in einer Kutsche gewesen«, sagte Oui-Oui und verdrehte wieder die Augen.

Hortense war neben einem der Rosenbeete stehen geblieben. Ich winkte, um ihre Aufmerksamkeit zu erregen. Sie lächelte – *Da* bist du! –, runzelte dann die Stirn und drehte ihren Perkalsonnenschirm, während sie die Gestalt neben mir auf sich wirken ließ.

»Wir sind hier drüben«, sagte Petit.

»Mit einem Kosaken«, rief Oui-Oui und warf seine Mütze in die Luft.

»Pst«, sagte Petit und sah seinen jüngeren Bruder stirnrunzelnd an.

Zar Alexander lachte. (Ich war erleichtert.)

»Ich bin ja so froh, dich zu sehen«, sagte ich und umarmte meine Tochter.

»Malmaison sieht schön aus. Wurde nichts gestohlen?«

»Dank des Zaren Alexander«, sagte ich und stellte meine Tochter vor.

»Angenehm«, sagte sie kühl und neigte nur leicht den Kopf.

»Darf ich meinen Gästen Eistee anbieten?« Hortense war nicht gerade hilfreich!
»Kosaken trinken Wodka«, sagte Oui-Oui.
»Wie bitte?«, sagte Hortense mit tadelndem Blick.
»Sehr gerne«, sagte der Zar. »Und ja, wenn Sie Wodka hätten …« Und zog dem Kind die Krempe seiner Mütze über die Augen.

»Er beeindruckt mich«, sagte ich zu Hortense, nachdem der Zar abgefahren war. »Er scheint den aufrichtigen Wunsch zu haben, den Konflikten ein Ende zu setzen.«
Hortense zuckte mit den Schultern.
»Du missbilligst, dass ich ihn empfangen habe, nicht wahr?«
»Wir haben bereits in Navarre darüber diskutiert, Maman. Ich verstehe deine Argumentation vollkommen.«
»Warum dann …?«
»Es war offen gestanden unerfreulich zu sehen, dass *du* den Feind zu Gast hast.«
»Hortense, Zar Alexander hat die Macht, dir und deinen Kindern zu helfen.« Und auch die Macht, sie zugrunde zu richten.
»Wir brauchen nichts.«
»Für Idealismus ist jetzt nicht die Zeit! Möchtest du aus Frankreich verbannt werden und nie mehr zurückkehren dürfen? Du tätest gut daran, höflich zu sein, wenigstens deinen Kindern zuliebe. Und, muss ich dich daran erinnern, Eugène zuliebe, *mir* zuliebe – *Bonaparte* zuliebe. Wer, glaubst du wohl, wird die Entscheidung über Bonapartes Zukunft treffen? Der Zar – der Mann, den du so rüde behandelt hast.«
Wir brachen beide in Tränen aus. »Oh, verzeih mir, Maman! Ich habe zwei so schreckliche Tage hinter mir.«
Und dann brach alles aus ihr heraus: dass Kaiserin Marie-Louise Hortense nach ihrer langen und beschwerlichen Reise nach Blois hatte warten lassen, dass sie ihr, als sie Hortense endlich

empfing, mitteilte, dass es vielleicht das Beste wäre, wenn Hortense abreiste, da ihr Vater, der Kaiser von Österreich, sie abholen käme, und dass das Einzige, worum sie sich *wirklich* Sorgen machte, war, dass ihr Vater sie zwingen könnte, Bonaparte ins Exil zu folgen.

Einen Augenblick lang saß ich in fassungslosem Schweigen da. »Aber ich dachte, dass Marie-Louise Bonaparte aufrichtig zugetan ist. Du hast doch gesagt, dass sie es nicht ertragen könnte, auch nur einen einzigen Tag von ihm getrennt zu sein.«

»Das dachte ich auch, Maman.«

Armer Bonaparte! Jeder lässt ihn im Stich, selbst seine Frau. »Und der Junge?« Der Sohn, den er so liebt.

Hortense lächelte traurig. »Der Kleine war so froh, Petit und Oui-Oui zu sehen. Weißt du, was er zu ihnen gesagt hat? Dass er weiß, dass er kein König mehr ist, weil er keine Pagen mehr hat. Madame de Montesquiou erzählte mir, dass er nach seinem Papa schreit.«

Ich erhob mich und ging zum Kamin, um die Hände über die Glut zu halten. »Ich würde auf der Stelle zu Bonaparte fahren, wenn ich könnte.«

Hortense trat hinter mich und hielt mich fest in ihren Armen. »Das weiß ich, Maman.«

Früher Abend

Der Anblick des Pferdes, das die Auffahrt hinaufgaloppierte, verblüffte mich. Der Reiter kam mir bekannt vor, trotzdem konnte ich ihn nicht einordnen. Ich ging zum Gartentor, meinen Korb voll mit Rosen. »Moustache?« Aber ich war nicht sicher. »Was ist mit Ihrem …?« Ich deutete auf meine Oberlippe.

»Ich habe ihn abgeschnitten und dem Kaiser geschenkt«, sagte er und reichte mir einen Brief. »Ich habe ihm gesagt, dass er

mein Herz ja schon hätte; da könnte er genauso gut auch noch meinen Namensvetter haben.«
Wie rührend, wollte ich sagen, brachte aber kein Wort heraus.
Der Brief war von Bonaparte.

Fontainebleau
Ich schrieb dir am achten diesen Monats (es war ein Freitag), aber vielleicht hast du meinen Brief nie erhalten. Da immer noch gekämpft wurde, wurde er möglicherweise abgefangen.
Ich möchte nicht wiederholen, was ich schrieb – ich klagte damals über meine Lage. Heute fühle ich mich besser. Mir wurde eine ungeheure Last von den Schultern genommen.
So vieles ist nicht gesagt worden. So viele haben eine falsche Meinung! Ich habe Tausende von armen Teufeln mit Wohltätigkeiten überschüttet. Was haben sie für mich getan? Sie haben mich verraten – ja, alle, wie sie da sind. Mit Ausnahme des guten Eugène, der deiner und meiner so würdig ist.
Adieu, meine liebe Joséphine. Finde dich damit ab, so wie ich es getan haben. Ich werde dich nie vergessen. N.

»Danke«, sagte ich zu Moustache und streifte einen Diamantring von meinem Finger. In all den Jahren als Bonapartes Kurier war er alt geworden; sein Gesicht war von Runzeln durchzogen. »Wie geht es ihm?«
»Dem Kaiser?«
Ich beugte mich zu ihm. »Ja. Erzählen Sie.«
»Es … geht ihm nicht gut, Eure Majestät.« Seine Stimme klang flehend.
Ich nickte. Und?
Er blickte weg. »Ich habe gehört, dass er versucht hat, sich zu vergiften.«
Es herrschte eine Stille, die ein Jahrhundert zu dauern schien, schwer, drückend und gefährlich. »Versucht?«

»Offensichtlich war es nicht stark genug.«
»Danke, Moustache«, sagte ich mit schwacher Stimme und wandte mich ab.

Grand Dieu. Ich *muss* zu ihm.

Sehr spät, nach zwei Uhr nachts, glaube ich

Vielleicht werde ich verrückt. In meinem Innern tobt ein Aufruhr der Gefühle. O Bonaparte! Ich fühle mich so hilflos …

Montag

Kurz nach dem Essen rief ich nach meiner Kutsche. »Fontainebleau«, wies ich den Kutscher an.
»Aber Eure Majestät …« Es würde Stunden dauern und die Straßen wären nicht sicher, sagte Antoine. »Und was ist mit der Eskorte?« Die Männer hatten sich gerade zum Essen niedergelassen.
»Ich werde sie nicht brauchen«, teilte ich ihm mit. »Ich werde inkognito reisen.« Allein.

Seltsamerweise war die Ledermaske beruhigend. Ich war von dieser Welt, aber ich gehörte nicht dazu. Eingelullt vom Schaukeln der Kutsche, sah ich zu, wie die Sonne unterging und der Mond aufging, wie die Umrisse der Hügel zerflossen und dunkel wurden. Ich saß wie in Trance und ohne zu denken da.
Als wir uns Fontainebleau näherten, hielten wir an einer Poststation an, damit sich die Pferde ausruhen konnten. »Wohin in Fontainebleau?«, fragte Antoine.
»Zum Schloss.«
»Aber …« Der Kaiser war im Schloss. Es würde schwer bewacht sein.

»Ich werde erwartet«, sagte ich und glaubte sogar, dass es stimmte.

Als wir uns dem Wachhäuschen am Haupttor näherten, wurde mir klar, wie töricht ich war. Überall waren russische Wachposten.

Ich hämmerte mit der Faust gegen das Kutschendach: Anhalten, bitte! Ich musste noch einmal nachdenken. »Eure Majestät?«, rief mein Kutscher nach unten.

»Warten Sie einen Augenblick, Antoine.« Im Schloss waren ein paar Lichter zu sehen: Bonapartes Suite. Ein Licht ging an, dann flackerte es.

Aus, an, aus, an – als ob jemand hin und her, vor und zurück liefe. »Fahren Sie an den Straßenrand«, sagte ich, ohne das Licht aus den Augen zu lassen. An. Aus. An. Aus. Und dann an. Ich wartete, hörte dem Quaken der Frösche zu – fast genauso wie in Martinico, dachte ich, bis auf den Wind, der nicht den Geruch des Meeres herantrug. »Jetzt nach Hause«, sagte ich, und die Tränen strömten mir über das Gesicht.

Mein Herz ist bei meinem Mann

19. April 1814, Dienstag – Malmaison

»Der französische Botschafter in Russland möchte Sie sprechen, Eure Majestät.«
Armand de Caulaincourt! Endlich. »Danke, dass Sie so umgehend gekommen sind«, sagte ich zu ihm, sobald die Höflichkeiten ausgetauscht worden waren und wir uns, was zu einem Ritual geworden ist, gegenseitig eingestanden hatten, dass sich die Welt verändert hat und wir alle recht doppelzüngig neue Rollen spielen.
»Ich hatte sowieso vor, Sie zu besuchen, Eure Majestät.« Seine blauen Augen blickten traurig, resigniert.
»Wegen des Kaisers?«
Einen Augenblick lang herrschte betretenes Zögern. Welcher Kaiser? »Wegen Zar Alexander«, sagte er mit einem Ausdruck des Bedauerns.
»Aber Sie haben Bonaparte doch gesehen? Sie waren doch in Fontainebleau?«
»Ganz recht, Eure Majestät. Ich war mit ihm während der ganzen Zeit seines … dieses schrecklichen Martyriums zusammen.«
Aah!, dachte ich, als wäre ich auf einen Schatz gestoßen. »Ich habe schon so ungeduldig auf Nachricht von ihm gewartet, Armand«, sagte ich, alle Förmlichkeit außer Acht lassend. »Ich habe so schreckliche Dinge gehört.« Ich spielte mit meinem bereits feuchten Taschentuch. »Ich habe gehört –« Wie fragte man so etwas? »Stimmt es, hat der Kaiser wirklich versucht, sich …?«

»Leider ja, Eure Majestät.« Armand beugte sich vor. »Mir ist nicht bekannt, ob Sie es wissen, aber seit dem letzten Spanienfeldzug hatte sich der Kaiser angewöhnt, einen kleinen Beutel an einem Band um den Hals bei sich zu tragen.«
Der Beutel!
»Er enthielt eine tödliche Mischung aus Belladonna und weißem Nieswurz für den Fall, dass man ihn in der Schlacht gefangen nehmen sollte. Er hat es eingenommen, aber es war schon zu alt und wirkte nicht mehr.« Er lächelte wehmütig. »Sie können sich die Enttäuschung des Kaisers sicherlich vorstellen.«
»Aber es muss ihm fürchterlich übel davon geworden sein.« Der Gedanke machte mich krank. Bonaparte ist so empfindlich. Schon die kleinste Kleinigkeit verursacht ihm schreckliche Schmerzen.
»Sehr.« Constant steckte Bonaparte den Finger in den Hals, damit er sich übergab, erzählte er mir. »Dann zwang ich ihn, Milch zu trinken. Wir dachten, dass er stirbt«, sagte Armand mit belegter Stimme. »Und *er* dachte es auch. Damals bat er mich Ihnen zu sagen, dass er sehr viel an Sie gedacht hat.«
Das Zwitschern eines singenden Kanarienvogels durchbrach das schmerzliche Schweigen. Ach, Bonaparte! »Wann bricht er nach Elba auf, Armand?«
»Morgen.«
Oh, mon Dieu, so bald! »Ich *muss* ihn sehen.« Ein allerletztes Mal. *Bitte*.
Armand schüttelte den Kopf, ohne mir in die Augen zu sehen. »Es tut mir Leid, aber es ist einfach unmöglich. Der Kaiser hofft, wieder mit seiner Frau und seinem Kind vereint zu werden. Alles, was diese Wiedervereinigung gefährden könnte, darf nicht –« Er hielt inne. Es schmerzte ihn, es erklären zu müssen.
»Ich verstehe«, log ich und dachte mit Bitterkeit an Marie-Louises widerstrebende Haltung. »Ich würde niemals etwas

tun, was dem Kaiser noch mehr Kummer bereiten könnte, als er sowieso schon zu erleiden hatte.«

Eine Zofe kam mit einem Tablett mit Erfrischungen herein. Ich ergriff die Gelegenheit, meine Fassung wieder zu finden. »Sie sagten, dass Sie mit mir über Zar Alexander sprechen möchten«, sagte ich und hob meine Tasse Tee zum Mund, um zu prüfen, wie ruhig meine Hand war. Ich nippte vorsichtig. »Vor einigen Tagen hat er mir einen Besuch abgestattet. Ich fand ihn höflich und zuvorkommend.«

»Als Botschafter in Russland kenne ich Zar Alexander mittlerweile gut. Zweifellos beehrt er mich mit seinem Vertrauen. Als ich ihn das letzte Mal sah, wirkte er deprimiert. Er vertraute mir an, dass Ihre Tochter ihn betont kühl empfangen hätte.«

»Hortense und ich haben darüber gesprochen, nachdem er gegangen war«, sagte ich bekümmert zu Armand. »Wir leben in *schwierigen* Zeiten. Hortense ist maßlos in ihrer Loyalität. Trotzdem glaube ich, dass sie jetzt begreift, wie wichtig Diplomatie ist.«

»Er würde Sie sehr gerne noch einmal besuchen, Eure Majestät, und lässt fragen, ob Ihnen der kommende Freitag genehm wäre, zum Abendessen.«

»Aber gewiss.« Eine solche Bitte lehnte man nicht ab.

»Sie sind eine kluge Frau. Vermutlich wäre der Kaiser hingerichtet worden, wenn der Zar nicht eingegriffen hätte.«

Bevor er ging, gab ich Armand eine kleines Päckchen mit Sachen, die er Bonaparte geben sollte, Sachen, die er mit ins Exil nehmen könnte: eine Miniatur von mir (aus dem ersten Jahr unserer Ehe), Hortenses Liederbuch, ein paar Blumenzwiebeln – unter anderem eine Asphodeluslilie, die seiner empfindlichen Verdauung so förderlich ist. »Und dieses«, sagte ich und fügte den Talisman hinzu, den Karl der Große getragen hatte, als er in die Schlacht zog. »Sagen Sie ihm …« Ich wandte mich ab. Sagen Sie ihm, dass ich warten werde.

20. April, Mittwoch

Den ganzen Tag im Bett. Ich habe kaum die Kraft zu gehen. Ich kann den Gedanken an Bonapartes Einsamkeit nicht ertragen. Ich stelle mir vor, wie er seinen Männern Lebewohl sagt und als Gefangener in einer Kutsche, umgeben von russischen Wachleuten, davonfährt. Vermutlich werden sie die Straße nach Lyon nehmen, aber dieses Mal werden keine Triumphbögen, keine jubelnden Menschenmengen zu sehen sein. Dieses Mal wird es anders sein.

Ich sehe ihn so deutlich vor mir! Er sitzt reglos da (ausnahmsweise) und schaut hinaus, ohne etwas zu sehen. Was geht ihm im Kopf herum?

Er wird inkognito reisen, ganz sicher, aber trotzdem werden Leute die Straße säumen, um ihn vorüberfahren zu sehen – ihren »kleinen Korporal«, diesen Mann, den sie einst wie einen Gott verehrten. Oh, welcher Ruhm! Ob die Welt so etwas noch einmal erleben wird? Heute kommt es mir wie ein Traum vor.

Und wie in einem Traum sehe ich die Menschen schweigend zuschauen, wie seine Kutsche vorüberrollt. Sie senken die Köpfe wie in einem Trauerzug. Die Veteranen mit ihren Holzbeinen – sind sie da? Ja, ich sehe sie, und sie haben Tränen in den Augen.

So hatte er es nicht gewollt.

Adieu, Bonaparte. Mein Seelenfreund.

[Ohne Datum]

Ich habe fast die Hälfte meiner Garderobe an die Bediensteten verschenkt. Sie sind überglücklich. Morgen werde ich meine Papiere durchgehen. In meinen Ohren ist ein Klingeln, das mich nicht schlafen lässt. Ich habe so wenig Kraft. Wo ist er jetzt?

22. April, Freitag

Zar Alexander kam heute Abend zum Essen. Er spielte mit den Buben – Hortense war liebenswürdig und sogar charmant. Ich sah wie aus der Ferne zu und dachte an Bonaparte.

3. Mai

Ein bedrückender Tag. Der Prätendent – nun König Ludwig XVIII. – ist in Paris eingefahren. Die Menschenmenge soll zwar groß, aber wenig begeistert gewesen sein. »Er ist langweilig«, berichtete Carlotta, als ob das etwas Schlimmes wäre. Ich höre gleichgültig zu, bin mit meinen Gedanken anderswo.

8. Mai

Eugène ist aus Mailand eingetroffen. Er hielt mich in seinen Armen und sagte mir, dass ich mir nicht so viele Sorgen machen sollte und dass er im Palast gewesen sei, um den König aufzusuchen.

»Schon?«

»Es lief besser, als ich dachte.«

Wenn für meine Kinder gesorgt ist, dann kann ich mich ausruhen, dachte ich. »Ich habe meine Sachen durchgesehen. Ich habe da etwas, das ich gerne Auguste schenken möchte.«

Eugène betrachtete erstaunt meine Diamanten. »Keine Sorge, ich werde auch Hortense etliche schenken. Und ich habe eine Kiste mit Sachen, die ich für dich beiseite gestellt habe.«

Er sah mich lange an und seine Augen füllten sich mit Tränen. »Wirst du sie denn nicht mehr brauchen, Maman?«

[Ohne Datum]

Hortense, Eugène, Zar Alexander: jung, leidenschaftlich, idealistisch. Welche Ironie, dass sie sich angefreundet haben. Ich sitze am Feuer und unterhalte mich höflich, aber mein Herz ist weit, weit weg auf einer kleinen Mittelmeerinsel. *Elba*. Er müsste jetzt dort sein. Das Meer.

12. Mai, Donnerstag

»Aber Maman, du *musst* kommen«, bat mich Hortense inständig. Sie hat Zar Alexander auf ihr Landschloss in Saint-Leu eingeladen und nun ist sie ängstlich. »Schließlich warst *du* es, die darauf bestanden hat, dass ich ihn einlade, nicht wahr? Ohne dich wäre es nicht dasselbe.«
»Ich weiß«, wandte ich ein, »aber –« Das Klingeln in meinen Ohren hörte mittlerweile nicht mehr auf und machte es mir unmöglich zu schlafen. Ich habe schon Anfälle von Schwäche und Unwohlsein gehabt. Und von Melancholie – oh, diese Melancholie.
»Aber du wirst kommen?«
»Aber gewiss, mein Schatz.« Ich lächelte.

14. Mai – Saint-Leu

Ich überstand die Fahrt nach Saint-Leu einigermaßen gut, aber kurz nach meiner Ankunft trat wieder einer meiner Anfälle auf. Wie sie mich ängstigen! Ich bin im Gästezimmer und erhole mich. Mademoiselle Avrillion hat mir einen Tee aus Zitronenwasser und Orangenblüten gebracht. Das Wetter ist kalt und feucht – es war dumm von mir, eine Ausfahrt in Hortenses offener Kalesche zu machen. Unten kann ich die Stimmen von Zar

Alexander und Eugène und das melodische Lachen von Hortense hören.
Ich muss für das Diner wieder zu Kräften kommen. »Das Gleichgewicht wieder herstellen«, wie Bonaparte zu sagen pflegte. Ach, Bonaparte!

15. Mai – immer noch Saint-Leu

Die Kutsche steht für meine Rückkehr nach Malmaison bereit. Ich fühle mich immer noch nicht wohl. Solange ich die Kraft dazu habe, möchte ich über mein Gespräch mit Zar Alexander gestern Abend berichten.
Vor dem Essen ließ ich ihm ausrichten, dass ich ihn zu sehen wünschte. Er kam umgehend in mein Zimmer. »Eure Majestät«, sagte er, »ich fürchte, dass wir sie ermüdet haben. Stehen Sie nicht auf«, sagte er mit Nachdruck und bat um die Erlaubnis, sich den Stuhl, der mir am nächsten stand, nehmen zu dürfen.
»Zar Alexander, ich bin –«
»Eure Majestät, ich flehe Sie an – bitte nennen Sie mich Alex. Ich befehle es«, sagte er mit einem Lächeln.
»Also gut, *Alex*.«
»Ich muss ein Geständnis ablegen.« Er legte die rechte Hand auf sein Herz. »Ich liebe Ihre Familie.« Eine erneute Schwäche überkam mich und ich suchte nach einem trockenen Taschentuch. »Oh, sehen Sie, ich habe Sie doch ermüdet.«
»Zar – *Alex*, meine ich, ich muss offen sprechen. Ich mache mir Sorgen darüber, was aus Eugène und Hortense werden wird. Ich werde nicht schlafen können, bis ihre Zukunft gesichert ist.«
»Ich werde mich umgehend darum kümmern«, sagte er und küsste mir die Hand.
Wenn ich ihm doch nur glauben könnte. Bonaparte hat ihm vertraut und wurde hintergangen.

16. Mai, Montag – Malmaison

Wieder zu Hause, aber immer noch *so* krank. Eine vernichtende Schwäche, eine unerträgliche Traurigkeit hat mich erfasst. Dr. Horeau verschrieb ein Emetikum, das nicht geholfen hat.

23. Mai

Heute Abend nach dem Essen mit Gästen begleitete mich Eugène zu meinem Schlafzimmer.
»Es geht mir gut«, beteuerte ich.
Er legte mir die Hand an die Stirn. »Du musst dich ausruhen, Maman.«
»Ich *werde* mich ausruhen, Eugène – sobald entschieden ist, wie für dich und Hortense gesorgt ist.«
»Maman, Maman, Maman.«
Kurz darauf kam Hortense in mein Zimmer. »Eugène sagte, es geht dir nicht gut.«
»Ich bin nur ein wenig müde.«
»Ich rufe den Arzt.«

Dienstag

»Dr. Horeau hat Recht, du solltest keine Gäste empfangen«, sagte Mimi. »Du solltest im Bett liegen.«
»Hat Dr. Horeau gesagt, dass du mir das sagen sollst?«
Mimi streckte die Hand aus, um mir die Stirn zu fühlen, aber ich wich ihr aus. Ich wusste, dass ich Fieber hatte, aber es war nicht hoch. »Schick den Koch nach oben«, verlangte ich. Der Zar und die russischen Großherzöge würden zum Diner kommen. Das Menü musste wohl durchdacht sein. Es konnte nun jeden Tag so weit sein, dass sie – »die da oben«, wie Mimi sie nannte – eine Entscheidung über Hortense und Eugène trafen.

26. Mai

Leichtes Fieber, benommen. Ich schreibe dies im Bett, von einem grässlichen Ausschlag befallen. Hortense will ihren Arzt rufen lassen, aber ich weiß, dass Dr. Horeau darüber gekränkt wäre. »Ich werde alles tun, was Sie mir sagen«, sagte ich zu ihm. Jetzt habe ich ein ekelhaftes Pflaster an der Kehle.
Immer noch keine Nachricht von »denen da oben«.

[Ohne Datum]

Hortense machte ein verdutztes Gesicht, als ich ihr sagte, dass sie mir einen hinter meinen Hüten versteckten Kasten holen müsste. »Bitte – hole ihn für mich herunter«, sagte ich zu ihr.
»Warum soll ich nicht einen Diener zu Hilfe holen?«
»Nein«, sagte ich und sank wieder in die feuchten Kissen.
Die Eichenkassette war wirklich schwer, nach Hortenses geröteten Wangen und den Schweißperlen an ihrem Haaransatz zu urteilen. Sie stellte sie mit einem Knall auf dem Nachttisch ab.
»Nein, aufs Bett«, sagte ich und setzte mich mühsam auf. »Der Schlüssel ist in der oberen linken Schublade meines Sekretärs – unter der Schachtel mit den Visitenkarten.«
Das Metall lag kalt in meinen Händen. Ich mühte mich mit dem Schloss ab, bis ich es endlich öffnen konnte. Und da war alles: meine alten Tagebücher, die kirchliche Heiratsurkunde, Bonapartes mit einem roten Band zusammengehaltene Briefe. Ich nahm sie behutsam heraus. Nur Papierfetzen – doch so viel Leidenschaft, so viel Liebesglut. »Ich möchte, dass du sie an einem sicheren Ort aufbewahrst«, sagte ich zu Hortense. Sie beugte sich vor, um danach zu greifen. »Aber jetzt noch nicht«, sagte ich, da ich es mir anders überlegt hatte. Ich war noch nicht bereit, sie aus den Händen zu geben. »Und diese hier«, sagte ich und zeigte auf die alten Tagebücher, »ich möchte, dass du

sie verbrennst … wenn es so weit ist.« Hortense machte ein verwirrtes Gesicht. »Kann ich dir vertrauen?« Sie nickte knapp, einen argwöhnischen Ausdruck auf dem Gesicht. »Und noch etwas: Du darfst sie nicht lesen.«

»Maman, warum machst du das?«

»*Versprich* es einfach.«

Sie atmete schnaubend aus. »Ja, Maman«, sagte sie wie ein gehorsames Schulmädchen.

Ich lächelte. »Weiß du eigentlich, wie sehr ich dich liebe?«

Ihre Augen füllten sich mit Tränen. »Ja, Maman.« Schniefend. Und noch einmal. Sie zog ein Taschentuch aus dem Mieder. »Und ich liebe dich!«

Ich breitete die Arme aus, und sie fiel neben mir ins Bett, als wäre sie wieder ein Mädchen und nicht die Frau, die aus ihr geworden war. Ich hielt sie fest, bis sich ihr Atem beruhigte. Die Pendeluhr schlug viermal. Und dann, in der drückenden Stille, die darauf folgte, fragte ich ganz ruhig: »Hortense, gibt es irgendetwas, das du mir erzählen möchtest?«

»Nein, Maman, warum fragst du?«, sagte sie, setzte sich auf und wischte sich mit den Handrücken über die Augen.

»Es ist nicht wichtig.« *Erinnere dich, was ich gesagt habe.*

[Ohne Datum]

Ich kann nicht sprechen, aber ich kann schreiben. Mein Hals! Die Kinder sind ja so lieb. Ich sehe die Verzweiflung in ihren Augen – die *Angst*. Ich liebe sie so sehr! Wenigstens haben sie einander.

Ach, Bonaparte, wenn doch nur …

Nachwort

Sire, Kaiser (Papa),
ich schreibe dies mit weinendem Herzen. Unsere geliebte Joséphine ist plötzlich entschlafen. Wir können es immer noch nicht begreifen, dass sie nicht mehr bei uns ist. Unser Kummer lässt sich leichter ertragen, weil wir wissen, dass sie ein erfülltes Leben hatte, ein Leben voller Liebe. Sie liebte uns. Sie liebte Sie – aus tiefstem Herzen.
Bei einer Ausfahrt im Wald von Montmorency verkühlte sie sich und zog sich eine tödliche Halsentzündung zu. Allerdings hat es den Anschein, als ob es schon früher begonnen hätte, denn nach Ihrem Exil verschlechterte sich ihr Gesundheitszustand zusehends. Von Mademoiselle Avrillion wissen wir, dass sie zeitweise unter einer verzehrenden Melancholie litt – was ihr so gar nicht ähnlich sah, wie Sie wissen.
Es war nicht gerade förderlich, dass sie darauf bestand, aufzustehen und Gäste zu empfangen. Sie machte sich Sorgen um mich und Hortense, darum, welche Entscheidung über unsere Zukunft getroffen würde. Wir haben soeben erfahren, dass wir nicht ins Exil geschickt werden, dass wir unsere Besitztümer und die damit verbundenen Rechtsansprüche behalten dürfen. So wird sie vielleicht in Frieden ruhen.
Aber um welchen Preis! Bei der Rückkehr aus Saint-Leu empfahl ihr der Arzt, der sie gewöhnlich behandelte, eine kleine Dosis Brechwurz als Korrektiv. Obwohl sie litt, schien es ihr besser zu gehen, sogar so gut, dass sie mit Gästen frühstücken konnte. An diesem Abend versuchte sie, uns bei einem Spiel auf dem Rasen Gesellschaft zu leisten, musste sich jedoch hinsetzen. Nachdem die Gäste gegangen waren, wollte sie ihren üblichen Spaziergang durch den Rosengarten machen, wurde jedoch so schwach, dass sie nicht mehr laufen konnte und zurück ins Schloss getragen werden musste. Zu diesem Zeitpunkt begannen wir uns Sorgen zu machen. Ein

paar Tage der Ruhe belebten sie wieder, aber als sie in der Zeitung las, dass der Leichnam des kleinen Napoléon exhumiert werden sollte, erlitt sie einen Rückfall. Ungeachtet dessen ließ sie nicht nach in ihrem Bemühen, die österreichischen und russischen Herrscher zu unseren Gunsten zu beeinflussen.*

Hätte ich gewusst, wie krank sie war, hätte ich ihr Einhalt geboten, Sire. (Nicht, dass sie auf mich gehört hätte. Ihr Arzt sagt uns, dass er sie anflehte, im Bett zu bleiben.) Als ich an diesem Nachmittag aufbrach, schien es ihr schlechter zu gehen. Obwohl uns der Arzt versicherte, dass sie kein Fieber hätte und nicht in Gefahr sei, konnte sie nur mit Mühe sprechen. Ich glaube, das war am Montag, folglich am dreiundzwanzigsten Mai.

Am nächsten Morgen erwachte sie mit starken Halsschmerzen. Dr. Horeau verabreichte ein Abführmittel und versuchte sie zu überreden, im Bett zu bleiben. Sie weigerte sich: Der Zar und die russischen Großherzöge wurden zum Diner erwartet. Sie erholte sich, musste sich jedoch irgendwann während des Essens entschuldigen. Ich brachte sie auf ihr Zimmer.

Als sie am Mittwoch aufwachte, war sie von einem Ausschlag befallen. Sie hätte eine schreckliche Nacht verbracht, erzählte mir Mimi: Schmerzen in der Brust, Erbrechen, Schüttelfrost.

Der Ausschlag verschwand zwar am Abend, trotzdem bestand Hortense darauf, dass ihr ein Pflaster auf den Hals appliziert wurde.

Am Freitag schickte der Zar seinen eigenen Arzt, Sir James Wylie – ein Schotte, kein Engländer. Alle drei Ärzte waren beunruhigt: Mamans Rachen war dunkelrot. In dieser Nacht wütete ihr Fieber. Zwischen ihren Schultern wurde ein Zugpflaster angelegt und an ihren Füßen Senfpflaster. Aber es war zu spät. Wir verloren den Kampf. Am Samstagmorgen hatte sie hohes Fieber und ihr Puls war kaum zu fühlen. Sie konnte nur mühsam atmen, hatte Schmerzen und fiel ins Delirium, aus dem sie immer wieder erwachte. In dem vergeblichen Bemühen, sie zu retten, applizierten die Ärzte ein Pflaster auf ihre Brust. Hortense brachte ihre Buben her-

* Aus Mitleid (und Freundschaft) veranlasste Zar Alexander, dass das Kind in der Kapelle von Hortenses Schloss in Saint-Leu beigesetzt wurde.

ein, aber Maman wurde ganz unruhig aus Angst, die Luft im Zimmer könnte den beiden schaden.

Am Pfingstsonntag, dem 29. Mai, teilten uns die Ärzte mit, dass keine Hoffnung mehr bestünde. Wir schickten nach dem Seelsorger, damit er die Sterbesakramente spenden konnte. Er war nicht zu Hause, daher wurde Hortenses Hauslehrer, Abbé Betrand, gerufen. Um elf erhielt Maman die Sterbesakramente. Als Hortense und ich in der Tür erschienen, streckte sie die Arme nach uns aus, konnte jedoch nicht sprechen. Oh, diese Liebe in ihrem Blick! Hortense fiel in Ohnmacht und musste in ihr Zimmer getragen werden.*

In diesem Augenblick schrie mir Mimi entsetzt etwas zu. Ich eilte zum Bett. Maman sank zu mir hin, und ich wusste, dass sie von uns gegangen war. Während ich sie eine Weile in meinen Armen hielt, fühlte ich mich von ihrer Seele wie von einem strahlend hellen Licht umhüllt.

Mimi sagte, dass ich zu Hortense gehen sollte – sie selbst würde Yeyette zur Ruhe betten, sagte sie weinend. Hortense war in ihrem Zimmer und immer noch bewusstlos. Sie wurde wach, sah mir kurz in die Augen und begann zu weinen. »Wenigstens werdet ihr einander haben«, hatte Maman vor einigen Wochen zu mir gesagt. Ich hatte nicht hingehört, Sire. Sie hatte Lebewohl gesagt und ich hatte nicht hingehört.

Bald darauf fuhren Hortense und ich nach Saint-Leu. Hier sind wir jetzt. Hortense ist immer noch sehr erschüttert. Es wird seine Zeit brauchen.

Wie Sie sich vorstellen können, hat die Nachricht, dass ihre »Gute Kaiserin Joséphine« nicht mehr unter ihnen weilt, die Bürger dieses Landes zutiefst bekümmert. Der alte Gontier erzählte mir, dass sich wegen der Blumensträuße, die sich vor Malmaison zu einem Berg stapeln, das Tor nicht mehr öffnen lässt, dass die lange Straße nach Paris von Menschen mit Tränen in den Augen – Bauern wie Aristokraten – wimmelte.

Sie wurde in einem doppelten Sarg aufgebahrt. Über zwanzigtausend

* Die Autopsie von Joséphines Leichnam ergab eine entzündete Luftröhre mit einem brandigen Herd am Kehlkopf. Die Lungen waren voller Blut.

Menschen kamen den ganzen Weg nach Malmaison heraus, um ihr die letzte Ehre zu erweisen. Erstaunlich. Selbst hier in Saint-Leu stapeln sich vor dem Tor Blumensträuße und Beileidsbriefe. Wirklich, Papa, wir sind tief bewegt über diese überwältigenden Liebesbezeugungen.
»Sag ihm, dass ich warte«, sagte Maman wenige Tage vor ihrem Tod zu Hortense. Im Fieberwahn gesprochene Worte, dachten wir zu dieser Zeit, doch nun erscheint alles so klar. Mimi, die während dieser letzten Fiebernacht bei ihr war, sagt, dass ihre letzten Worte Ihnen gegolten hätten. Wusste sie, wie sehr wir sie liebten? Wenn mich Mamans Tod eins gelehrt hat, Sire, dann, dass man seine Gefühle aussprechen muss, solange man es kann. Ich liebe und verehre Sie als meinen Kaiser und kommandierenden General, aber vor allem als meinen Vater. Bon Courage, wie die Korsen sagen. Gott sei mit Ihnen. Joséphines Seele wird es sein.

Ihr treuer und ergebener Sohn Eugène

Epilog

Ein Jahr später floh Napoléon von der Insel Elba und kehrte nach Frankreich zurück, wo er den Bourbonenkönig Ludwig XVIII. und die Royalisten, einschließlich Talleyrand und all die anderen, die ihn hintergangen hatten, vertrieb. (Auch Fouché, der blieb, verriet Napoléon, indem er dessen Kriegspläne nach England sandte.) Dies war der Zeitraum, der als die Hundert Tage bekannt ist und mit Napoléons Niederlage durch die Briten und ihre Verbündeten in der Schlacht von Waterloo endete. Diesmal wurde Napoléon nach St. Helena verbannt, einer abgelegenen Insel vor der Westküste des südlichen Afrika. Er starb sechs Jahre später im Alter von einundfünfzig Jahren – an Magenkrebs, wie einige sagen, an Vergiftung, wie andere behaupten. Seine an seine Mutter und Onkel Fesch gerichteten Bitten, medizinische Hilfe zu senden, wurden von diesen als eine Finte der Briten abgetan. Eine Mystikerin hatte sie überzeugt, dass es Napoléon ausgezeichnet ginge. Es wird berichtet, dass Napoléon auf seinem Sterbebett die tief empfundenen Worte geäußert haben soll: »Ich habe gerade meine liebe Joséphine gesehen. Sie hat zu mir gesagt, dass wir uns wieder sehen werden und dass wir niemals mehr getrennt würden. Sie hat es mir versprochen.«

Alle Mitglieder der Bonaparte-Sippe wurden aus Frankreich verbannt.

Madame Mère, die sich mit ihrem Halbbruder Fesch und ihrer Tochter Pauline nach Rom zurückzog, weigerte sich, mit Caro-

line zu sprechen, nachdem diese Napoléon verraten hatte. Sie starb nach einem Sturz im Alter von sechsundachtzig Jahren.
Joseph emigrierte als »Graf de Survilliers« in die Vereinigten Staaten und häufte durch Spekulationen ein beträchtliches Vermögen an. Er starb in Florenz im Alter von sechsundsiebzig Jahren.
Lucien kehrte nach Frankreich zurück, um Napoléon während der Hundert Tage zu unterstützen. Als ihm die Erlaubnis, sich zu Napoléon nach St. Helena begeben zu dürfen, verweigert wurde, lebte er bis an sein Ende mit seiner Frau und elf Kindern in Italien.
Elisa floh als »Gräfin de Campignano« nach Italien. Sie starb im Alter von dreiundvierzig in der Nähe von Triest an einem Fieber.
Auch Pauline floh nach Italien, wo sie zeitweise bei ihrer Mutter in Rom und am Ende ihres Lebens sogar bei ihrem ehemaligen Mann Prinz Borghese wohnte. Von allen Geschwistern Bonapartes war Pauline diejenige, die Napoléon im Exil am meisten die Treue hielt und der es sogar gelang, ihn trotz ihrer angegriffenen Gesundheit in Elba zu besuchen. Als sie im Alter von fünfundvierzig Jahren in Florenz starb, trug sie ein Ballkleid und hielt einen Spiegel in der Hand.
Nachdem er auf den Thron von Holland verzichtet hatte, ließ sich Louis in Italien nieder und führte als Literat ein ruhiges Leben. Er schrieb einen melancholischen Roman, *Marie* (über einen Mann, der gezwungen wird, eine Frau zu heiraten, die er nicht liebt), Gedichte und verschiedene Werke über Holland und das Kaiserreich. Er starb an einem Schlaganfall im Alter von sechsundsechzig Jahren.
Caroline, entthrohnte Königin von Neapel, wurde als zu gefährlich beurteilt, um in der Nähe irgendeines Familienmitglieds leben zu dürfen, und starb als »Herzogin de Lipona«, einem Anagramm für Neapel (Napoli), einsam in Florenz. Ihr

Mann, Joachim Murat, wurde im Alter von achtundvierzig mit den Porträts seiner Kinder in der Hand von einem Exekutionskommando erschossen. Tollkühn wie immer hatte er versucht, sein Königreich von Neapel mit nur dreißig Männern zurückzuerobern.
Jérôme ließ sich zunächst in der Schweiz und dann in Italien nieder. Schließlich kehrte er nach Frankreich zurück und erlebte noch die Regentschaft von Napoléon III. (Oui-Oui) mit. Jérôme ist es zu verdanken, dass der Name Bonaparte bis heute existiert.

Kaiserin Marie-Louise, Opfer eines ausgeklügelten Komplotts von Seiten der Österreicher, das sie daran hindern sollte, sich Napoléon anzuschließen, gab sich mit Begeisterung der Manneskraft des Grafen Neipperg hin, eines Kammerherrn, der ihr eigens zu diesem Zweck zugeteilt worden war. Das Schicksal ihres Sohnes von Napoléon berührte sie nicht mehr. Der Knabe – Napoléon II. – starb ohne Erben im Alter von zweiundzwanzig Jahren an Tuberkulose. »Mein Leben wäre anders verlaufen«, soll er gesagt haben, »wenn Joséphine meine Mutter gewesen wäre.« Marie-Louise starb im Alter von sechsundfünfzig Jahren in Wien.
Hortense kam Napoléon während der Hundert Tage zu Hilfe und wurde demzufolge nach der Niederlage von Waterloo ins Exil verbannt. Sie ließ sich in der Schweiz nieder, wo sie im Alter von vierundfünfzig Jahren starb. Ihr älterer, noch lebender Sohn Napoléon-Louis (Petit) fiel im Alter von siebenundzwanzig Jahren in einer Schlacht. Louis-Napoléon (Oui-Oui) wurde nach der Revolution von 1848 zum Präsidenten von Frankreich gewählt und unter dem Namen Napoléon III. zum Kaiser der Franzosen ausgerufen.
Hortenses Liebhaber, Charles Flahaut – der als Talleyrands unehelicher Sohn galt – bat Hortense, ihn zu heiraten, was sie je-

doch ablehnte, da Louis gegen eine Scheidung war, und schließlich heiratete Flahaut eine andere Frau. Beider unehelicher Sohn, Charles Auguste Demorny, war ein führendes Mitglied der Regierung von Napoléon III., seinem Halbbruder.
Unter der Bedingung, dass Eugène nie wieder zu den Waffen griff (was ihn davon abhielt, Napoléon während der Hundert Tage zu Hilfe zu kommen), wurde ihm von Zar Alexander der Titel Herzog von Leuchtenberg angeboten. Eugène und Auguste ließen sich mit dreien ihrer Kinder in München nieder, wo sie glücklich und ruhig lebten. Eugène starb im Alter von dreiundvierzig Jahren an einem Schlaganfall.
Von seinen sieben Kindern überlebten sechs. Alle heirateten in königliche Familien ein:
Joséphine heiratete den Kronprinz von Schweden (Sohn von General Bernadotte und Eugénie-Désirée Clary – Josephs und Julies Neffe) und wurde Königin von Schweden.
Eugénie heiratete Prinz Friedrich von Hohenzollern-Sigmaringen.
Augustus heiratete Königin Maria II. von Portugal (starb jedoch kurz darauf).
Amélie heiratete den Kaiser von Brasilien.
Théolinde heiratete Graf Wilhelm von Württemberg.
Maximilian heiratete Großherzogin Maria, eine Tochter des russischen Zaren.
Durch Eugène leben Joséphines Nachkommen heute in den meisten Königshäusern der Welt weiter.

Anhang

Chronologie

9. März 1800	Napoléons und Joséphines vierter Hochzeitstag
29. März 1800	Napoléon trifft mit dem royalistischen Mittelsmann Cadoudal zusammen.
18. Juni 1800	Marquis de Beauharnais stirbt in Saint-Germain-en-Laye im Alter von sechsundachtzig Jahren.
10. Oktober 1800	Das Opéra-Komplott: Revolutionäre versuchen Napoléon in der Opéra zu ermorden.
24. Dezember 1800	Ein royalistischer Mordanschlag durch eine Schießpulver-Explosion gelingt beinahe.
9. Februar 1801	In Lunéville wird der Friedensvertrag mit Österreich unterzeichnet.
7. Juli – 5. August 1801	Joséphine fährt in den Badeort Plombières, um gegen Unfruchtbarkeit behandelt zu werden.
4. Januar 1802	Hortense und Louis heiraten.
27. März 1802	In Amiens wird der Friedensvertrag mit Britannien unterzeichnet.
18. April 1802	Das Konkordat mit der Kirche wird gefeiert.
15. Juni – 12. Juli 1802	Joséphine fährt erneut in den Badeort Plombières, um sich einer Behandlung gegen Unfruchtbarkeit zu unterziehen.

2. August 1802	Als Ergebnis eines Volksentscheids wird Napoléon zum Ersten Konsul auf Lebenszeit ernannt. (Fouché ist dagegen.)
14. September 1802	Fouché wird seines Amtes enthoben.
10. Oktober 1802	Hortenses und Louis' erstes Kind wird geboren: Napoléon-Charles
1. oder 2. November 1802	Pauline Bonapartes Mann, Victor Leclerc, stirbt in Saint-Domingue (heute Haiti) an Gelbfieber.
14. März 1803	Joséphines Tante Désirée stirbt.
Mai 1803	Joséphines Patentochter Stéphanie Tascher, fünfzehn, segelt auf der *Dard* von Martinique ab.
kurz vor dem 18. Mai 1803	Die *Dard* wird von den Briten aufgebracht.
18. Mai 1803	England erklärt Frankreich den Krieg.
18. August 1803	Nachdem sie als Geisel festgehalten worden war, kommt Stéphanie mit dem Schiff aus England in Frankreich an.
4. Februar 1804	Eine royalistische Verschwörung zur Entführung Napoléons wird aufgedeckt.
19. Februar 1804	General Moreau wird verhaftet.
9. März 1804	Georges Cadoudal wird verhaftet.
15. März 1804	Herzog d'Enghien wird in Deutschland verhaftet.
21. März 1804	Herzog d'Enghien wird »vor Gericht gestellt« und hingerichtet.
27. März 1804	Fouché stellt einen Antrag im Senat, der Napoléon auffordert, seinen Ruhm »unsterblich« zu machen.
7. April 1804	Napoléon und Joséphine fragen Louis, ob sie seinen Sohn adoptieren können. (Abgelehnt.)

18. Mai 1804	Eine neue Verfassung, die auf dem Code Civil basiert, wird ausgerufen. Napoléon wird durch einen nationalen Volksentscheid zum Erbfolgekaiser erklärt.
28. Juni 1804	Cadoudal wird hingerichtet. General Moreau wird verbannt.
10. Juli 1804	Fouché wird wieder als Polizeiminister eingesetzt.
30. Juli–11. Sept. 1804	Joséphine fährt nach Aix-la-Chapelle, um sich einer Behandlung gegen Unfruchtbarkeit zu unterziehen.
11. Oktober 1804	Hortenses und Louis' zweiter Sohn, Napoléon-Louis, wird in Paris geboren.
25. November 1804	Napoléon empfängt Papst Pius VII. in Fontainebleau.
1. Dezember 1804	Joséphine und Napoléon werden kirchlich getraut.
2. Dezember 1804	Krönung in Notre-Dame. Napoléon und Joséphine werden zum Kaiser und zur Kaiserin der Franzosen gekrönt.
26. Mai 1805	Napoléon wird in Mailand zum König von Italien gekrönt.
7. Juni 1805	Eugène wird zum Vizekönig des Königreiches von Italien ernannt.
1. August–30. August 1805	Joséphine fährt zu einer weiteren Kur gegen Unfruchtbarkeit nach Plombières.
21. Oktober 1805	Schlacht von Trafalgar. Die französische Flotte wird besiegt.
2. Dezember 1805	Napoléon erringt einen entscheidenden Sieg in der Schlacht von Austerlitz.
14. Januar 1806	Eugène heiratet in München Auguste von Bayern.

5. Juni 1806	Louis und Hortense werden offiziell zum König und zur Königin von Holland erklärt.
13. Dezember 1806	Carolines Vorleserin, Éleonore Denuelle, bringt einen Sohn, Léon, zur Welt, der von Napoléon gezeugt sein soll (vermutlich aber von Joachim Murat stammt).
4. Mai 1807	Louis' und Hortenses ältester Sohn, Napoléon-Charles, stirbt.
27. Juli 1807	Napoléon kehrt nach zehnmonatiger Abwesenheit zurück.
21. April 1808	Hortenses und Louis' dritter Sohn, Louis-Napoléon, wird vorzeitig geboren.
Dezember 1808	Eugène fängt einen Brief ab, der ein Komplott aufdeckt: Joachim Murat soll auf den Thron gesetzt werden, falls Napoléon in der Schlacht fallen sollte. Napoléon ist auf der Hut.
23. Januar 1809	Napoléon kehrt aus Spanien nach Paris zurück. Kurz darauf wird Talleyrand seines Amtes enthoben.
Ende September 1809	Gräfin Marie Waleska wird von Napoléon schwanger.
30. November 1809	Napoléon teilt Joséphine mit, dass sie sich scheiden lassen müssen.
15. Dezember 1809	Offizielle Scheidungszeremonie.
16. Dezember 1809	Joséphine zieht aus den Tuilerien aus.
27. März 1810	Napoléon und die österreichische Erzherzogin Marie-Louise treffen sich zum ersten Mal in Compiègne.
29. März 1810	Joséphine zieht in das Château de Navarre in Évreux.

1. April 1810	Napoléon und Marie-Louise werden in Saint-Cloud getraut.
4. Mai 1810	Napoléons Mätresse, Gräfin Marie Waleska, bringt in Warschau einen Sohn zur Welt.
20. März 1811	Napoléons und Marie-Louises Sohn, François-Charles-Joseph-Napoléon II., König von Rom, wird geboren.
15. oder 16. Sept. 1811	Charles Flahauts und Hortenses Sohn wird geboren.
17. Dezember 1811	*Le Moniteur* druckt das XXIX. Bulletin, das die schweren Verluste der Grande Armée in Russland umreißt.
10. August 1813	Österreich schließt sich den Verbündeten an.
26.–27. August 1813	Napoléon besiegt die Verbündeten in der Schlacht von Dresden.
16.–19. Oktober 1813	Schlacht von Leipzig, Napoléons Armee wird geschlagen und auf 40 000 Mann dezimiert.
22. November 1813	Im Auftrag der Verbündeten versucht Augustes Vater, König Max von Bayern, (erfolglos) Eugène zu veranlassen, sich von Napoléon zu trennen.
15. Februar 1814	Joachim Murat erklärt Eugène den Krieg.
28. März 1814	Königin Marie-Louise und die Bonapartes beschließen, Paris zu verlassen. Joséphine erhält eine dringliche Botschaft von Hortense: Fliehe.
29. März 1814	Joséphine verlässt Malmaison und fährt nach Évreux.
1. April 1814	Hortense und ihre beiden Buben treffen

	in Évreux mit der Nachricht ein, dass Paris kapituliert hat.
6. April 1814	Napoléon dankt ab.
16. April 1814	Zar Alexander besucht Joséphine in Malmaison.
14. Mai 1814	Zar Alexander besucht Joséphine, Hortense und Eugène in Saint-Leu. Joséphine zieht sich eine Erkältung zu.
29. Mai 1814	Joséphine stirbt um die Mittagsstunde.
26. Februar 1815	Napoléon flieht von Elba.
21. März 1815	Napoléon kehrt nach Paris zurück.
18. Juni 1815	Napoléon wird in Waterloo geschlagen.
22. Juni 1815	Napoléon dankt ein zweites Mal ab.
15. Oktober 1815	Napoléon trifft in Jamestown, St. Helena, ein.
5. Mai 1821	Napoléon stirbt.

Namen und Personen

Agathe: Joséphines Küchenmagd.

Arberg, Gräfin d': Joséphines zweite Ehrendame, ersetzte Chastulé.

Auguié, Adèle: Madame Campans Nichte und sowohl Hortenses engste Freundin als auch ihre Zofe.

Avrillion, Mademoiselle: Joséphines Garderobenverwalterin.

Bacchiochi, Elisa Bonaparte (Prinzessin von Piombino, Großherzogin): Napoléons älteste Schwester, verheiratet mit Félix.

Beauharnais, Eugène (Vizekönig von Italien): Joséphines Sohn aus erster Ehe; heiratete Prinzessin Auguste-Amelie von Bayern und hatte sieben Kinder.

Beauharnais, Fanny: Joséphines Tante (über ihren ersten Mann); Dichterin und Exzentrikerin.

Beauharnais, Marquis de: Vater von Alexandre, Joséphines erstem Mann; verheiratet mit Joséphines Tante Désirée.

Hortense Beauharnais (Königin von Holland): Joséphines Tochter aus erster Ehe; heiratete Napoléons Bruder Louis und hatte vier Söhne (Klein Napoléon, Petit und Oui-Oui von ihrem Mann; Charles Auguste Demorny von Charles Flahaut).

Bonaparte, Jérôme (König von Westfalen): Napoléons jüngster Bruder; heiratete zuerst die Amerikanerin Elizabeth Patterson (annulliert), dann Prinzessin Katharina von Württemberg: ein Kind von seiner ersten Frau, vier von seiner zweiten.

Bonaparte, Joseph (König von Neapel, König von Spanien):

Napoléons älterer Bruder; verheiratet mit Julie Clary, mit der er zwei Töchter hatte.

Bonaparte, Letizia (Signora Letizia, Madame Mère): Napoléons Mutter.

Bonaparte, Louis (König von Holland): Napoléons Bruder; heiratete Hortense und hatte drei Söhne.

Bonaparte, Lucien: Napoléons Bruder, von ihm verstoßen; heiratete zuerst Christine, mit der er zwei Kinder hatte; nach deren Tod heiratete er Alexandrine, mit der er elf Kinder hatte.

Bonaparte, Napoléon (Kaiser der Franzosen, König von Italien): erste Frau Joséphine; zweite Frau Marie-Louise, von der er einen Sohn hatte, Napoléon-Français-Charles-Joseph.

Borghese, Pauline Bonaparte (Prinzessin Borghese): Napoléons Schwester, berühmt für ihre Schönheit; zuerst mit Victor Leclerc verheiratet, nach dessen Tod mit Prinz Camillo Borghese verheiratet. Ihr Sohn von Leclerc starb im Alter von sechs Jahren.

Bourrienne, Fauvelet: Napoléons erster Sekretär.

Cadoudal, Georges: royalistischer Agent, verurteilt wegen Verschwörung.

Cambacérès, Jean-Jacques de: Zweiter Konsul, Erzkanzler.

Campan, Madame: Schulmeisterin und ehemalige Hofdame von Königin Marie-Antoinette.

Caulaincourt, Armand de: französischer Botschafter in Russland, Außenminister. Joséphine hatte seine Familie bereits vor der Revolution gekannt und ihr während des Terrors geholfen.

Chimay, Thérèse Tallien (Prinzessin de Chimay): Joséphines enge Freundin. Von Tallien geschieden (der in ärmlichen Verhältnissen starb und vermutlich an einer Geschlechtskrankheit litt) und die Mutter zahlreicher unehelicher Kinder von Ouvrard, einem Finanzier. Obwohl vom Hofe und der feinen Gesellschaft geächtet, heiratete sie Prinz de Chimay. Einer ihrer Söhne von Chimay heiratete eine Frau, deren Vater Napoléon gewesen sein soll.

Constant: Napoléons Kammerdiener.

Corvisart, Dr. Jean: Viele Jahre Hofarzt von Napoléon und Joséphine, dann Arzt von Kaiserin Marie-Louise. Er konspirierte mit den Österreichern und half, Marie-Louise und ihren Sohn daran zu hindern, zu Napoléon nach Elba zu reisen, indem er ihr sagte, dass ihre Gesundheit nicht kräftig genug für eine solche Reise wäre.

Denuelle, Éléonore: Carolines Vorleserin, Napoléons Mätresse. Ihre Behauptung, dass Napoléon der Vater ihres Sohnes Léon sei, wurde später untermauert.

Désirée, Tante: siehe Montardat.

Despréaux, Monsieur: Tanzmeister.

Duchâtel, Adèle: Joséphines Hofdame, Mätresse von Napoléon, von Eugène umschwärmt.

Duplan, Monsieur: Friseur.

Duroc, Christophe: Napoléons Adjutant und Hortenses erste Liebe.

Fesch, Joseph (Erzbischof von Lyon, Kardinal): Napoléons angeheirateter Onkel.

Flahaut, Charles: Hortenses Liebhaber und Vater ihres Sohnes Charles Auguste Demorny (mit finanzieller Unterstützung durch Hortense von Flahauts Mutter, der Liebesromanautorin Madame de Souza, aufgezogen).

Fouché, Joseph: Polizeiminister zu verschiedenen Zeiten; Intrigant.

Frangeau, Madame: Hebamme.

Gazzani, Carlotta: Joséphines Vorleserin und Napoléons Mätresse (für kurze Zeit).

Georges, Mademoiselle: Schauspielerin, Napoléons Mätresse.

Gontier: Joséphines ältlicher Diener.

Grassini: italienische Sängerin, Napoléons Mätresse.

Horeau, Dr.: Dr. Corvisarts Student; Joséphines Arzt zum Zeitpunkt ihres Todes.

Isabey: Porträtmaler, Kunstlehrer, Joséphines Schminkkünstler.

Junot, Andoche: Napoléons Adjutant; Gouverneur von Paris; Carolines Liebhaber.

Lavalette, Émilie Beauharnais: Joséphines Nichte über ihren ersten Mann; verheiratet mit Lavalette. Nach Napoléons zweiter und endgültiger Niederlage verkleidete sich Émilie als Mann und nahm den Platz ihres Mannes im Gefängnis ein (wo er zum Tode verurteilt worden war), was ihm erlaubte, nach Bayern zu fliehen. Tragischerweise hatte sie im Gefängnis eine Fehlgeburt und verlor den Verstand. Als er 1822 begnadigt wurde, kehrte Lavalette zu seiner Frau nach Frankreich zurück, aber sie erkannte ihn nicht wieder. Durch seine liebevolle Pflege fand sie jedoch teilweise ihr Gedächtnis wieder, und ihre letzten gemeinsamen Jahre waren glücklich.

Leroy, Monsieur: Modeschöpfer.

Méneval: Napoléons Sekretär, ersetzte Fauvelet Bourrienne.

Mimi: Joséphines Jugendfreundin, eine Mulattin aus Martinique, früher eine Sklavin. Sie heiratete einen von Napoléons Arbeitszimmerwachen und gewährte Hortense während der Hundert Tage Zuflucht.

Montardat, Désirée: Joséphines Patin und Tante; in erster Ehe mit Monsieur Renaudin verheiratet, der im Verdacht stand, einen Mordversuch an ihr verübt zu haben. Ihr zweiter Mann war Marquis de Beauharnais, der Vater von Joséphines erstem Mann. Kurz nach dem Tod des Marquis heiratete sie Pierre Danès de Montardat (»Monsieur Pierre«), den Bürgermeister von Saint-Germain-en-Laye.

Moreau: beliebter General, der wegen Verschwörung verurteilt wurde; nach Amerika verbannt, kehrte jedoch aus dem Exil zurück und schloss sich den russischen Streitkräften an. Er wurde in der Schlacht von Dresden im Jahre 1813 von einer französischen Kanonenkugel getötet.

Moustache: Napoléons Kurier.

Murat, Caroline Bonaparte (Herzogin von Berg, Königin von Neapel): Napoléons jüngste Schwester; verheiratet mit Murat, mit dem sie vier Kinder hatte.

Murat, Joachim (Herzog von Berg, König von Neapel): Caroline Bonapartes Mann.

Rémusat, Claire (»Clari«): Hofdame von Joséphine.

Rochefoucauld, Chastulé, Gräfin de la: Joséphines entfernte Cousine und Ehrendame.

Roustam: Napoléons mameluckischer Leibwächter.

Talleyrand, Charles-Maurice: Außenminister und Verräter.

Talma: der berühmteste Schauspieler seiner Zeit.

Tascher, Stéphanie: Joséphines Nichte und Patentochter.

Thérèse: siehe Chimay.

Walewska, Gräfin Marie: Napoléons polnische Mätresse, die Mutter seines Sohnes Alexandre.

Stammbaum der Beauharnais'

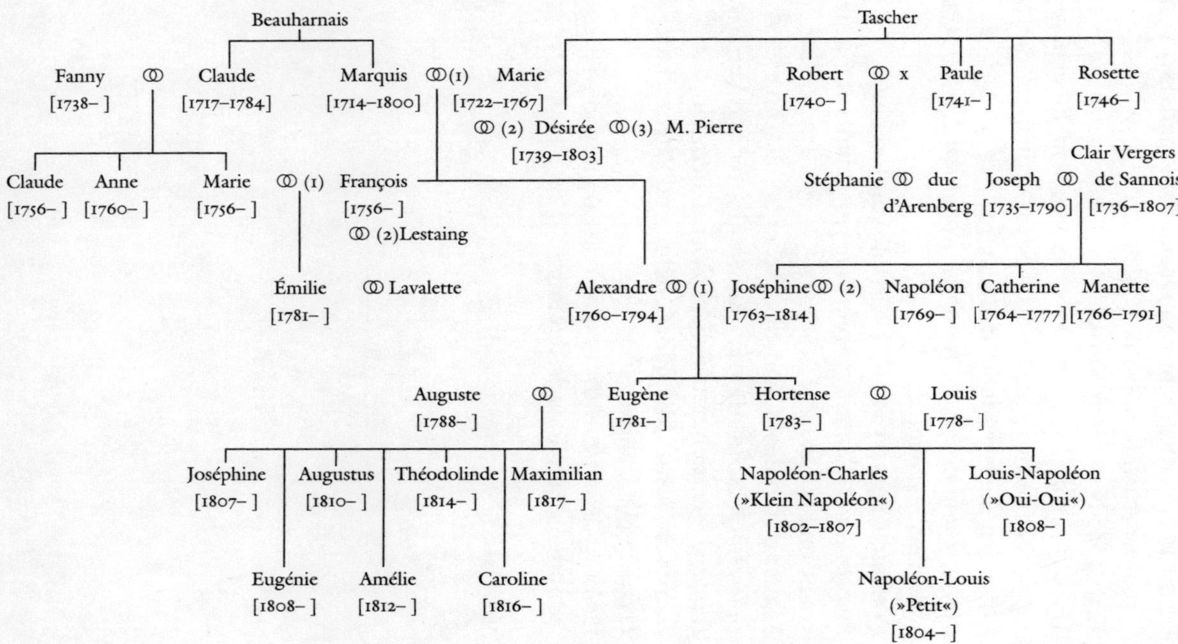

Stammbaum der Bonapartes

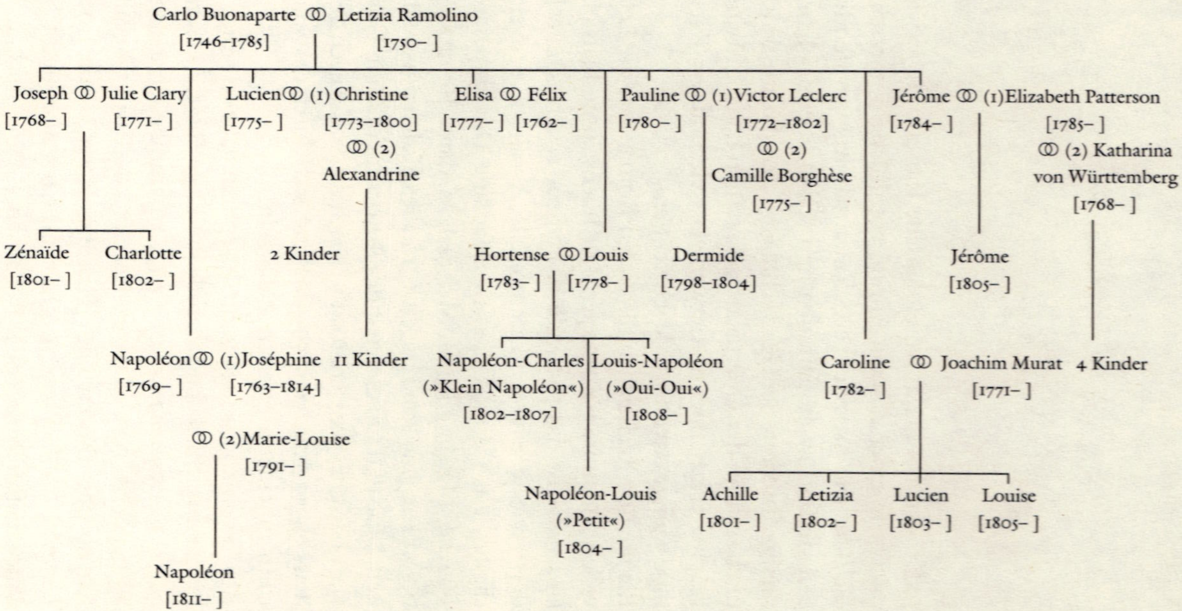

Literaturauswahl

Jeder, der sich in das napoléonische Kaiserreich vorwagt, wird rasch von einer riesigen Anzahl von Büchern überschwemmt, die über alle Aspekte dieses Zeitabschnitts veröffentlicht worden sind. Obwohl ich mich nun schon über ein Jahrzehnt in diesen Abschnitt der Geschichte vertieft habe, meine ich immer noch, nur an der Oberfläche gekratzt zu haben. Meine Bibliographie verzeichnet mittlerweile fast vierhundert Titel; nur einige wenige davon werde ich nennen.

Bei meinen Recherchen für diesen Roman war die Lektüre der vielen Memoiren aus dieser Zeit höchst unterhaltsam – »zerstreuend« ist das passende Wort für das achtzehnte Jahrhundert: wie jene von Mademoiselle Avrillion, Fauvelet Bourrienne, Las Cases, Constant, Madame Ducrest, Baron Fein, Fouché, Madame Junot, Méneval, Madame Rémusat und insbesondere jene von Hortense. In allen Fällen musste die Wahrheitsliebe und Objektivität des Autors (der oft ein Ghostwriter war) bewertet werden, wodurch sich die Suche nach der »Wahrheit« eher als der Versuch gestaltete, sich durch das Spiegellabyrinth auf einer Kirmes zu schlängeln.

Als Informationsquellen für Joséphine habe ich mich wie bisher hauptsächlich auf folgende Werke gestützt: *Impératrice Joséphine: Correspondance, 1782–1814*, zusammengetragen und herausgegeben von Maurice Catinat, Bernard Chevallier und Christophe Pincemaille (Histoire Payot, Paris, 1996), und *L'impératrice Joséphine* von Bernard Chevallier und Christophe Pincemaille (Presses de la Renaissance, Paris, 1988, dt. bei Heyne, München, 1991) ebenso wie Ernest Johne Knaptons *Empress Joséphine* (Harvard University Press, Cambridge/Massachusetts, 1963). Eine mit einem Preis ausgezeichnete Biographie wurde veröffentlicht, als ich gerade in den letzten Stadien dieses Buches war: Françoise Wageners *L'Impératrice Joséphine* (1763–1814) (Flammarion, Paris, 1999).

Es ist schwierig, ein bestimmtes Buch über Napoléon auszuwählen: Es gibt so viele. Obwohl der Autor entschieden Napoléons Partei ergreift, bleibt Vincent Cronins *Napoléon* (Collins, London, 1971, dt. bei Heyne, München, 1983) nach meiner Meinung eines der besten. Zumindest ist es sehr lesbar und fängt den Geist der Zeit ein. Frank McLynns *Napoléon: A Biography* (Pimlico, London, 1998) ist eine kürzlich erschienene und ausgewogene Darstellung, die ich häufig zu Rate zog.

Andere erwähnenswerte Bücher: Joan Bear, *Caroline Murat* (Collins, London, 1972); Jean-Paul Bertaud, *Bonaparte et le duc d'Enghien; le duel des deux Frances* (Robert Laffont, Paris, 1972); Hubert Cole, *The Betrayers: Joachim and Caroline Murat* (Eyre Methuen, London, 1972) und *Fouché: The Unprincipled Patriot* (Eyre & Spottiswoode, London, 1971); Émile Dard, *Napoléon and Tayllerand* (Philipp Allan & Co., Ltd., London, 1937); Walter Geer, *Napoléon and His Familiy: The Story of a Corsican Clan* (George Allen & Unwin Ltd., London, 1928); Carola Oman, *Napoléon's Viceroy: Eugène de Beauharnais* (Funk and Wagnall, New York, 196); Jean Tulard, *Fouché* (Fayard, Paris, 1998) und *Murat* (Fayard, Paris, 1999).

Drei Bücher vor allem lieferten eine Fülle von wunderbaren Details: Bernard Chevalliers preisgekröntes Buch *L'art de vivre au temps de Joséphine* (Flammarion, Paris, 1998); Maurice Guerrini, *Napoléon and Paris: Thirty Years of History* (Walker and Company, New York, 1967); Frédéric Masson, *Joséphine, Empress and Queen* (Goupil & Co., Paris and London, 1899).

Ich werde häufig gebeten, ein Sachbuch zum Thema Joséphine

und Napoléon zu empfehlen. *Napoléon and Joséphine: The Improbable Marriage* von Evangeline Bruce (Scribner, New York, 1995) ist ausgezeichnet – ein äußerst lesbarer und genauer Bericht über die sowohl persönlichen als auch politischen Welten. Zum Schluss eine Warnung: Dieses Thema macht süchtig.

Anmerkung

Mit Ausnahme des Briefes vom 12. März 1810 (dem Informationen hinzugefügt wurden) sind alle Briefe Napoléons veröffentlichte Fassungen derjenigen Briefe, die er Joséphine tatsächlich schrieb. Die Polizeiberichte sind ebenfalls authentisch ebenso wie Hortenses und Émilies Bericht über die Reise nach Plombières (Seite 75/76), Napoléons Anweisungen an Eugène, wie er Italien regieren soll (Seite 273), und Joséphines Brief an Napoléon (Seite 432).

Die Illustration auf Seite 91 über die Schrittkombinationen und Noten des Menuetts ist *The Art of Dancing* von Kellom Tomlinson, veröffentlicht 1735, entnommen. Die Illustration auf Seite 196, die zeigt, wie man sich verbeugt, stammt aus *Chironomia; or A Treatise on Rhetorical Delivery* von Gilbert Austin, Originalausgabe von 1806.

Danksagungen

In den vergangenen drei Jahren hat es Zeiten gegeben, in denen ich das Gefühl hatte, dass mir die Geister Straßensperren in den Weg stellen, dass sie sich verschworen hatten zu verhindern, dass dieses Buch zu Ende gebracht wurde – eine Verschwörung, in der ich zweifellos eine unfreiwillige Komplizin war, denn es fiel mir nicht leicht, dieses Buch abzuschließen. Es beendet ein Jahrzehnt täglichen, wechselweisen Umgangs mit Joséphine und ihrer Familie, schließt einen Vorhang zu einer Welt, in der ich mich mittlerweile heimisch fühle.

Der vielleicht schwierigste Teil beim Schreiben dieses Buches war, einen sehr komplexen Handlungsablauf vereinfacht darstellen zu müssen. Viele wunderbare Persönlichkeiten und faszinierende Geschichten mussten gestrichen werden: Leser, die mit dieser Zeit vertraut sind, werden Fanny Beauharnais' Enkelin Stéphanie vermissen (*noch* eine temperamentvolle Stéphanie); die etlichen Tascher-Buben, die von Martinique geschickt wurden, um sich den fürsorglichen Schutz ihrer kaiserlichen Tante zunutze zu machen; Talleyrands Heirat mit der herrlich unbedarften Madame Grand; General Bernadotte und seine Frau (Napoléons erste Liebe, Eugénie-Désirée Clary), die König und Königin von Schweden wurden; die bunt schillernde spanische Königsfamilie, ganz besonders der unvergessliche »Prinz Frieden«. Jeder dieser Menschen könnte ohne weiteres Thema eines Romans sein.

Aber am allermeisten hatte ich das Gefühl, der Aufgabe nicht gewachsen zu sein, Napoléon, seine Stärken und Schwächen, seinen Weitblick und seine Blindheit, seine heroischen Leistungen und schwer wiegenden Fehler angemessen zu porträtieren. Auch das politische Bild – so gewaltig und so komplex – musste vereinfacht werden. Vor allem fehlt die Geschichte über Toussaints Verteidigung von Saint-Domingue (heute Haiti) und seinen tragischen Tod in Frankreich, ebenso wie die Geschichte von der Verhaftung und Gefangenschaft des Papstes. Dieser Roman stellt nur die Spitze eines Eisbergs dar.

Sollte ich jene Personen, die ich in die Handlung aufgenommen habe, in irgendeiner Weise falsch dargestellt haben, so entschuldige ich mich bei ihren Nachkommen. Ich hoffe, dass meine Achtung und Zuneigung zu ihnen, selbst in ihrer Niedertracht, zu erkennen ist.

Bei meinen Recherchen zu diesem Buch in Europa schulde ich Yves Carlier, dem Kurator von Fontainebleau, besonderen Dank, der mich auf einen Rundgang hinter die Kulissen dieses erstaunlichen Schlosses mitnahm, und den Mitarbeitern der Archives Municipal in Évreux. Und wie immer schulde ich Bernard Chevallier und Dr. Catinat in Malmaison besonderen Dank. Dr. Catinat hat fast ein Jahrzehnt lang unverdrossen meine zahlreichen Fragen beantwortet. Sein Wissen und seine Erkenntnis über »notre héroïne« hat mich stark beinflusst.

Eine besondere Würdigung gebührt all jenen Menschen in den zahlreichen Geschichtsforen im Internet, die sich die Zeit nahmen, mir spezielle Informationen zukommen zu lassen, vor allem: Bruno Naeckerts, Beryl Bernardi, Cori Hauer-Galambos, Yves Martin und besonders Tom Holmberg, der nach dem Lesen eines frühen Entwurfs scharfsinnige und nützliche Vorschläge machte. Die Militärhistorikerin Dr. Margaret Chisawn beantwortete nicht nur meine häufigen Fragen, sondern durchforstete auch den endgültigen Text nach Fehlern (jene Fehler, die noch vorhanden sind, sind ausschließlich von mir zu verantworten). Seit ich diese Trilogie begonnen habe, stehe ich groß in ihrer Schuld. Dr. John McErlean hielt mich über neue Publikationen und Entwicklungen auf dem Laufenden; Irène Delage im Le Souvenir Napoléonien half, unklare Verweise zu finden; John Ballantrae steuerte Tarot-Sachverstand bei; der Hanfaktivist Robert Anderman steuerte eine interessante Betrachtungsweise bezüglich des russischen Feldzuges bei; und Marschall Pynkoski und Jeanette Zingg vom Opéra Atelier öffneten mir die Augen über die komplizierte Welt des Tanzes im achtzehnten Jahrhundert.

Die Mitglieder des Algonquin Book Club (Penny Carson-Mak, Shirley Felker, Bonnie Ference, Catherine Lee, Rhoda Levert, Joanne Paine und Cathleen Sullivan) gaben eine außergewöhnlich hilfreiche Kritik zu einem frühen Entwurf ab. Meine hart arbeitenden Leser erwiesen sich wieder einmal als unbezahlbar: Peggy Bridgland, Janet Calcaterra, Thea Caplan, Dorothy Goodman, Marnie McKay, Jenifer McVaugh, Carmen Mullins, Fran Murphy, Robin Paige, Chris Pollock und insbesondere meine Eltern, Robert und Sharon Zentner. Kristine Puopolo bei Scribners machte sehr hilfreiche Vorschläge. Die einfühlsame Arbeit von Fiona Foster, einer begabten Lektorin, ist auf jeder Seite erkennbar. Ein »dreifaches Hoch« auf Judy Holland, die zwei Entwürfe las und mir jedes Mal ihren beträchtlichen Sachverstand als Lektorin, Autorin und Lehrerin zugute kommen ließ. Dank an Jan Whitford, dessen frühes Vertrauen sich schließlich ausgezahlt hat, und an meine »Heimmannschaft« bei HarperCollins Canada: Karen Hanson, Roy Nicol, Magda Nusink, Lorissa Sengara, Rebecca Vogan – und insbesondere, insbesondere, *insbesondere* meine Lektorin und Verlegerin Iris Tupholme, die beim Lesen immer weinen musste.

Und wie immer danke ich meinem Mann Richard, der mich aufhob, wenn ich fiel, mich abbürstete und sanft, aber bestimmt wieder dem achtzehnten Jahrhundert zudrehte.

Paul Löwinger
Das Lied des Troubadours
Roman

Band 15063

Brian de Martial ist kein einfacher Troubadour, auch wenn die schöne Kaufmannstochter Gaelle ihn so in Südfrankreich kennen lernt. Sein Auftrag ist es, als Ritter für ein Reich des Südens zu kämpfen. Aber sein Weg ist auch eine Suche nach Glück, nach der Poesie und der Liebe.

»Löwingers Held erlebt zwischen
Kreuzzügen und höfischer Liebe alles,
was das Mittelalter auszeichnet.«
Format

»Ein großartiges Abenteuer des Herzens,
des Geistes und des Körpers.«
ORF

Hanny Alders
Die Rebellin von Carcassonne
Roman
Aus dem Niederländischen von Silke Schmidt
Band 15292

Anfang des 13. Jahrhunderts in Frankreich: Der junge Ritter Amaury schließt sich dem christlichen Heerzug an, um die angeblich ketzerische Sekte der Katharer zu bekämpfen. Doch dann lernt er inmitten von Blut und Tod die wunderbare Colomba kennen – und durch sie den wahren katharischen Glauben. Von da an teilen Colomba und Amaury ein Schicksal bis zur alles entscheidenen Belagerung von Montségur.

»Spannung von der ersten bis zur letzten Seite.«
Kieler Stadtmagazin

Sandra Gulland

Joséphine und Napoléon

Roman

Aus dem Amerikanischen
von Sigrid Gent

Fischer Taschenbuch Verlag

Sandra Gulland
Die Joséphine-Trilogie
Band II: ›Joséphine und Napoléon‹

Veröffentlicht im Fischer Taschenbuch Verlag,
einem Unternehmen der S. Fischer Verlag GmbH,
Frankfurt am Main, November 2004

Die Originalausgabe erschien 1998
unter dem Titel ›Tales of Passion, Tales of Woe‹
im Verlag HarperCollins, Toronto

Lizenzausgabe mit Genehmigung des
Wolfgang Krüger Verlags, Frankfurt am Main

Druck und Bindung: Clausen & Bosse, Leck
Printed in Germany
ISBN 3-596-16330-7

Für meinen Vater, der Geschichten liebt,
und meine Mutter, die Bücher liebt.

In dunkler Zeit beginnt das Auge zu sehen.

Theodore Roethke

Prolog

Marie Antoinette (Geist)

Er nennt sie Joséphine.
Ich nähere mich ihr mit Bedacht. Ich möchte sie nicht erschrecken, ihr nur zuschauen, wie sie an ihrem Sekretär schreibt. Es ist ein altes Möbelstück von den Inseln – primitiv im Stil, aber von sentimentalem Wert. Sie sieht ihren Vater daran sitzen und über den Rechnungen fluchen, wie sie es selbst oft tut.
Sie hält inne, blickt auf, die Hand schwebt über der Seite ihres Tagebuchs.
Sie ist nicht das, was man eine Schönheit nennt, doch er betet sie mit einer Leidenschaft an, die an Wahnsinn grenzt! Große haselnussbraune Augen, das gebe ich zu, und, nun ja, lange, gebogene Wimpern, schlanke, anmutige Figur, raffiniertes Gewand – aber sind das denn Eigenschaften, die verhexen? Vielleicht ist es die Sanftheit ihrer melodischen Stimme, die ihn verzaubert hat. (Mit Zauberei kenne ich mich aus.) Nein, es ist ihre aufreizende Sanftmut, die ihn zur Verzweiflung treibt. Er möchte sie verschlingen, sie besitzen, sie gefangen halten! Und sie … nun, ich sehe diesen verwunderten Blick in ihren Augen.
Sie späht über die Schulter. Da ist niemand, versichere ich ihr.
Sie lauscht und hört: das stete Ticken der Pendeluhr, das Knistern des Feuers im Schlafgemach. Sie taucht die Rabenschwanzfeder in die Tinte.
Ich will doch nur helfen! Die Geschichte war grausam, soweit es mich betraf. Sie machten ein Ungeheuer aus mir, nahmen mir den Gemahl, die Kinder, den Kopf.
Sei auf der Hut! möchte ich sie warnen. Kleine Täuschungen,

eine nach der anderen, zerstören das Vertrauen. Du wirst es erst vermissen, wenn es nicht mehr da ist. Wer verraten wird, wird zum Verräter. Der Teufel weist den Weg. Sag, was du willst, aber es gibt kein Zurück.
Sie legt die Feder nieder. Eine Träne? Solche Gedanken sind bedrückend, kein Zweifel. Loyalität ist ihre hervorstechendste Eigenschaft; sie lebt, um zu gefallen.
Das ist der Luxus der Bürgerlichen – eine Einbildung, wenn man so will.
Sie zieht sich das Tuch um die Schultern; ich weiß, ich habe sie frösteln lassen. Das lässt sich nun mal nicht ändern. Sie kennt die Zukunft nicht. Ich schon.

1

Unsere Siegesgöttin

Wie viele Länder, wie viele Grenzen trennen uns!
Napoléon in einem Brief an Joséphine

Mein Leben beginnt

10. März 1796 – Paris, frühmorgens, grauer Himmel

Ich schreibe dies in meinem nach Jasmin duftenden Ankleidezimmer, wo mich Bonaparte, seit einem Tag mein Gemahl, wohl nicht aufspüren wird.
Gemahl. Das Wort fühlt sich fremd an auf meiner Zunge, so fremd wie die Landkarten, die auf dem Tisch im Speisezimmer ausgebreitet sind, wie das Schwert, das in der Ecke meines Salons lehnt. So fremd wie der Mann selbst.
Mein Gesicht im Spiegel sieht hart aus, ist von Schatten durchzogen, die die düsteren Gedanken in meinem Herzen widerspiegeln.
Melancholisch zu sein ist so gar nicht meine Art. Ich bin versucht, die Worte, die ich gerade geschrieben habe, durchzustreichen und stattdessen zu schreiben: Ich habe geheiratet, ich bin glücklich, alles ist in Ordnung. Doch eines habe ich mir gelobt – auf diesen Seiten aufrichtig zu sein. Wie viel auch immer ich heucheln, schmeicheln und überreden muss, hier darf mein Herz die Wahrheit sagen. Und mein Herz ist wahrlich bekümmert. Ich fürchte, ich habe einen Fehler gemacht.

[Ohne Datum]

Joséphine Rose Beauharnais Bonaparte
Joséphine Rose Bonaparte
Joséphine Tascher Beauharnais Bonaparte

Joséphine Beauharnais Bonaparte
Joséphine Bonaparte
Madame Bonaparte
Madame Joséphine Bonaparte
Joséphine
Joséphine
Joséphine

2 Uhr 30 nachmittags

Wir sind gerade aus Saint-Germain zurückgekehrt. Bonaparte ist in einer Besprechung im Arbeitszimmer, und ich bin wieder in meinem Ankleideraum und suche Trost. Es hat den Anschein, als ob alles verkehrt läuft. Wo soll ich anfangen?
Heute Morgen, als ich mich gerade zum Ausgehen fertig machte und mir das Gesicht mit Reispuder bestäubte, sah ich Bonaparte in der Tür stehen. »Die Kutsche ist bereit.« Er hielt eine Reitgerte in den Händen, die er drehte und bog. Ich wusste, dass er besorgt war, weil ich nach Saint-Germain fahren wollte, um meine Kinder in ihren Schulen zu besuchen. Gewiss, ich war selbst beunruhigt. Denn ich war nicht sicher, wie Hortense und Eugène die Nachricht aufnehmen würden.
»Du trägst deinen neuen Rock nicht?«, fragte ich, während ich ein Paar Ohrgehänge mit Saphiren anlegte. Ich hatte ein langärmeliges violettes Kleid über einem gepunkteten Gazehemd angezogen. Es war ein neues Ensemble, und das Resultat gefiel mir, aber ich konnte mich nicht entscheiden, welche Schuhe ich dazu tragen sollte – meine Schnürstiefel oder meine seidenen Escarpins, die so gut dazu passten. Es regnete zwar nicht mehr, aber draußen war es feucht. Die Stiefel wären praktischer. »Die Stiefel«, sagte ich zu meiner Küchenmagd, die mir den einen ungeschickt über den Fuß schob. Ich notierte mir im Geiste,

nach einer Kammerzofe Ausschau zu halten, sobald Bonaparte in den Süden aufbrach.

Sobald Bonaparte in den Süden aufbrach und das Leben zur Normalität zurückkehrte.

Heute, heute Nacht und dann morgen, dachte ich – achtundzwanzig Stunden. Achtundzwanzig Stunden hektischer Betriebsamkeit, Soldaten, die kommen und gehen, Kuriere, die in den Hof galoppieren. Achtundzwanzig Stunden Chaos. Jede Fläche meines kleinen Hauses ist mit Landkarten, Zeitungen und Papierfetzen, die Proviant, Namen, Zahlen und Zeitpläne auflisten, bedeckt. Bücher stapeln sich auf dem Tisch im Speisezimmer, auf dem Sekretär, neben meinem Bett. Noch einmal achtundzwanzig Stunden mit seinen unbeholfenen Zärtlichkeiten und Umarmungen. Bonaparte arbeitet und liest mit äußerster Konzentration – ohne von mir, ohne von den Bediensteten Notiz zu nehmen – und fällt dann heißhungrig über mich her. Achtundzwanzig Stunden kopfloser Verwirrung? Wer ist dieser Mann, den ich da geheiratet habe? Wird das Leben jemals wieder »normal« sein?

»Was gibt es an diesem Rock auszusetzen?«, wollte er wissen.

»Er muss geflickt werden«, sagte ich und strich die Schulter glatt. Die abgetragene graue Wolle zerrte an den Säumen, die Stulpenkanten waren ausgefranst. Ich hätte ihn längst geflickt, wenn ich ihn nur bewegen könnte, ihn auszuziehen. Wenn mir das jemals gelingen sollte, werde ich ihn wohl verbrennen, dachte ich und küsste ihn auf seine glatte Wange. »Und in dem neuen siehst du so stattlich aus.« Die knielangen Schöße lenkten von seinen dünnen Beinen ab und ließen ihn größer wirken. Er küsste mich und grinste. »Ich ziehe mich nicht um«, sagte er und zupfte mich am Ohr.

Die Reise nach Saint-Germain ging nur langsam voran – der Regen hatte die Straßen aufgeweicht –, sodass es beinahe Nachmittag war, als unsere Kutsche in den Hof von Hortenses Schule einfuhr. Ich erspähte sie auf dem Spielplatz und winkte. Sobald sie uns sah, ließ sie den Fußball fallen, schlug die Hände vors Gesicht und wirbelte auf den Absätzen herum. Weinte sie? Ich berührte Bonapartes Arm, um ihn abzulenken, aber es war zu spät – er hatte die Reaktion meiner Tochter bereits gesehen. Mit einem traurigen Ausdruck in den grauen Augen starrte er über den Spielplatz.

»Irgendetwas stimmt nicht«, sagte ich. Ich ahnte mit Schrecken, worin das Problem liegen könnte.

»Ich warte im Haus auf dich.« Bonaparte zog die Krempe seines neuen Generalshutes nach unten. Der Filz war noch steif, und der Hut thronte auf seinem großen Kopf.

Ich drückte seine Hand, wie Liebende es tun. »Ich bleibe nicht lange«, versprach ich.

Der Boden unter meinen Füßen war weich. Ich spürte, wie die Feuchtigkeit in meine dünn besohlten Stiefel sickerte. Eine Frühlingsbrise trug den Geruch gepflügter Felder heran. Während ich mir meinen Weg um die feuchten Stellen herum bahnte, rief ich mir in Erinnerung, dass Hortense noch jung war. Rief mir in Erinnerung, dass es für ein Mädchen von zwölf (fast dreizehn) normal war, äußerst empfindsam zu sein, vor allem, wenn man bedachte …

Vor allem, wenn man bedachte, was sie durchmachen musste. Seit dem Terror waren fast zwei Jahre vergangen, doch noch heute wachte meine Tochter manchmal nachts schreiend auf. Noch heute konnte sie den Platz nicht überqueren, auf dem ihr Vater gestorben war, ohne in Tränen auszubrechen.*

* Joséphines erster Mann, Alexandre Beauharnais, Vater ihrer beiden Kinder Hortense und Eugène, wurde am 23. Juli 1794 enthauptet, auf dem Höhepunkt der gewalttätigen Phase der Französischen Revolution, des so genannten »Terrors«, bei dem Tausende von Aristokraten unter der Guillotine endeten.

Meine Nichte Émilie lief herbei, um mich zu umarmen. »Hat sich Hortense wehgetan?«, fragte ich. »Was ist los?« Meine Tochter sah so verlassen aus, wie sie da mit dem Rücken zu uns vornüber gebeugt neben dem Torpfosten stand.
»Sie weint, Tante«, sagte Émilie zitternd, die Hände in ihren schlichten Wollkittel gesteckt. »Das ist ein hysterischer Anfall!«
Ein hysterischer Anfall? Man hatte mich gewarnt, dass vierzehnjährige Mädchen für furchtbare Weinkrämpfe anfällig wären, aber Hortense war noch nicht in diesem Alter. Ich raffte den Saum meines Kleides und lief auf meine weinende Tochter zu.
»Hortense?«, rief ich, als ich mich näherte. Ich sah, wie ihre Schultern bebten. »Liebling …« Ich streckte die Hand aus und berührte ihre Schulter. Selbst durch meine Handschuhe hindurch konnte ich ihre Knochen spüren – noch die Knochen eines Mädchens, noch nicht die Knochen einer Frau.
Ich dachte daran, sie zu mir herumzudrehen, aber ich kannte ihre störrische Kraft. Stattdessen trat ich um sie herum und stellte mich ihr gegenüber.
Der gequälte Blick in ihren Augen erschreckte mich. Rosa Flecken überzogen ihre sommersprossigen Wangen und ließen ihre Augen ungewöhnlich blau wirken – die Augen ihres Vaters. Die kritischen Augen ihres Vaters, die mich immer noch verfolgten. Ich ergriff ihre kalte, bloße Hand und drückte sie an mein Herz. »Was hast du, Liebling?« Und dachte dabei, wie groß sie doch im letzten Jahr geworden war, dass sie groß war für ihr Alter und dass sie bald so groß wäre wie ich, vielleicht größer.
»Ich habe Angst, Maman.« Sie schluchzte auf.
Ein Windstoß rauschte in den Blättern. Der Strohhut flog mir vom Kopf und baumelte an einem Band auf meinem Rücken. Diese Antwort hatte ich nicht erwartet. »Wovor?«
»Dass du ihn heiraten wirst!«
Ihn: Bonaparte. Ich versuchte zu sprechen, konnte es aber

nicht. Die Worte blieben mir in der Kehle stecken. Wie konnte ich ihr erzählen, dass der Akt bereits vollzogen, das Gelübde abgelegt, der Vertrag unterzeichnet war: Bonaparte und ich waren Mann und Frau. Wie konnte ich ihr erzählen, dass dieser Mann nun ihr Vater war – in Freud und Leid, für alle Zeiten.

»Hortense, General Bonaparte ist ein liebenswürdiger Mann«, sagte ich mit sanftem Tadel. »Er hat dich aufrichtig gern.«

»Ich nicht! Ich habe *ihn* nicht gern.« Als sie meinen gequälten Blick sah, ließ sie den Kopf hängen. »Tut mir Leid, Maman!« Sie holte tief Luft und atmete, die Wangen wie ein Ballon aufgeblasen, wieder aus.

Ich schloss sie in die Arme. »Ich muss zurück. Wird jetzt alles wieder gut?« Ich spürte ihr Nicken an meiner Brust. Ich strich ihr über die weichen, goldenen Locken. Sie würde Zeit brauchen. Wir alle. »Ich möchte, dass du und Eugène mich nächstes Wochenende nach Fontainebleau begleitet, um Tante Désirée und den Marquis zu besuchen«, sagte ich und wiegte mich von einer Seite zur anderen, wie eine Mutter, die ihr Baby in den Schlaf lullt. Es schnürte mir die Kehle zu, als ich daran dachte, wie sie sich bei ihrer Geburt angefühlt hatte, wie winzig ihr Kopf gewesen war, wie durchdringend sie geschrien hatte. Es *wird* alles wieder gut, hätte ich am liebsten zu ihr gesagt. (Ich möchte es ja selbst glauben.) »Kannst du nächstes Wochenende kommen?« Bis dahin wäre Bonaparte abgereist.

Die verwitterte Tür zur Schule quietschte in den Angeln und erschreckte eine Magd, die auf einer Trittleiter hockte und den Kristallleuchter putzte. Ich hörte Bonapartes Stimme, seinen dozierenden Ton. Ich klopfte an die Tür zum Arbeitszimmer der Schulleiterin.

Madame Campan saß hinter ihrem riesigen Sockelschreibtisch, der mit Büchern und Papierstapeln bedeckt war. Der kleine Raum war im Stil des Ancien Régime eingerichtet, überladen, muffig und dunkel. Eine Vase mit Seidenlilien stand unter dem Porträt der Königin Marie Antoinette. Vor zwei Jahren hätte es Madame Campan das Leben gekostet, Anteilnahme für die Königin zu zeigen.*

Die spröde Schulleiterin winkte mich herein, ohne den Blick von ihrem Besucher zu wenden. Bonaparte hockte mit einer Tasse in der Hand auf der Kante eines braunroten Louis-quinze-Armsessels und erläuterte die Nutzlosigkeit des Lateinunterrichts für Mädchen. In seiner Untertasse stand eine Pfütze – Kaffee, schätzte ich, dem Aroma nach zu urteilen.

Als er innehielt um Luft zu holen, erhob sich Madame Campan, um mich zu begrüßen, wobei sie den Rock ihres Kleides glatt strich. Ohne die komplizierte Perlenverzierung an dem Kopftuch, das sie trug, als wäre sie ständig in Trauer, hätte man sie in ihrem schwarzen Kleid für eine Zofe halten können. »Verzeihen Sie, dass ich unterbreche«, sagte ich und nahm den Stuhl neben Bonaparte. Er suchte in meinen Augen nach einem Hinweis. Es war eine peinliche Situation für ihn, das wusste ich, eine schwierige Situation für uns beide. Es lief nicht wie geplant.

»General Bonaparte und ich haben uns über die Erziehung in einer republikanischen Gesellschaft unterhalten«, sagte Madame Campan und zog ihr Kopftuch nach vorn. »Es kommt nicht oft vor, dass man einem Mann begegnet, der sich darüber Gedanken gemacht hat.«

An jeder Fingerspitze einzeln ziehend, streifte ich meine Handschuhe ab. Das Licht fing sich in meinem neuen goldenen Ehering. Ich legte meine Hand darüber und sagte: »General Bonaparte ist im Grunde seines Herzens ein Philosoph, Madame Campan. Er macht sich über alles Gedanken.« Ich lächelte Bonaparte beschwichtigend zu.

* Madame Campan war einst Hofdame der Königin Marie Antoinette gewesen, die man zweieinhalb Jahre zuvor, als man die Monarchie abschaffte und stattdessen die Republik ausrief, enthauptet hatte.

Bonaparte trank seine Tasse aus und stellte sie mit der Untertasse auf den kleinen Tisch zwischen uns. Ich streckte die Hand aus, um zu verhindern, dass der Tisch umkippte. »Es ist schon spät«, sagte er zu mir, nachdem er seine Taschenuhr herausgezogen hatte. »Willst du es ihr nicht sagen?«
»Doch«, sagte ich und errötete, weil ich ihn mit den Augen einer Fremden betrachtet hatte: ein kleinwüchsiger, dünner Mann mit fahlem Teint, strähnigen Haaren, schäbiger Kleidung. Ein Mann mit korsischem Akzent und schlechten Manieren. Ein ernsthafter, humorloser Mann mit feurigen Augen – ein Korse, ein Revolutionär, ein Opportunist. Mein Gemahl.
»Wir möchten Ihnen etwas mitteilen«, sagte ich zu Madame Campan.
Nur meine engsten Freunde wussten, dass wir geheiratet hatten. Ich war nicht erpicht darauf, meine Familie zu informieren – eigentlich auch meine Bekannten nicht, von denen viele, wie ich befürchtete, süffisant reagieren würden, trotz Bonapartes kürzlicher Beförderung zum Oberbefehlshaber der italienischen Armee. Die feine Gesellschaft würde schweigend urteilen, dass ich unter meinem Stand geheiratet hätte. Man würde sagen, dass ich als Witwe mit zwei Kindern, die sie aufziehen und denen sie einen Platz in der Welt verschaffen musste, als Aristokratin ohne Vermögen und, natürlich, als Frau über dreißig verzweifelt war. »Ich – das heißt, General Bonaparte und ich – haben geheiratet.« Ich ergriff die Hand meines Mannes; sie war so feucht wie meine.
Madame Campan lehnte sich so jäh zurück, als hätte man sie gestoßen. »Aber … das ist ja fabelhaft«, sagte sie mit dem äußeren Anschein von Aufrichtigkeit. »Welche Überraschung. Aber das ist ja fabelhaft«, wiederholte sie. »Wann?«
»Zwanzig nach zehn gestern Abend«, sagte Bonaparte und trommelte mit den Fingernägeln auf die Lehne seines Stuhles. »Zweiundzwanzig Minuten nach, um genau zu sein.«

»Nun denn.« Madame Campan hustete kurz und trocken in ihre Faust. »Ihre Kinder haben dieses Geheimnis sehr gut bewahrt, Madame … Bonaparte, so heißt es doch jetzt?« Ich nickte, zutiefst bekümmert darüber, meinen neuen Namen ausgesprochen zu hören, zutiefst bekümmert darüber, den schönen und vornehmen Namen Beauharnais aufgegeben zu haben. »Hortense und Eugène wissen ohne Zweifel …?« Sie streckte die Hände mit den Innenflächen nach oben aus.
Ich spürte, wie mir die Hitze in die Wangen stieg. »Genau das scheint das Problem zu sein. General Bonaparte und ich sind heute mit der Absicht nach Saint-Germain gekommen, um es meinen Kindern zu sagen, aber …« Ich versuchte zu schlucken. Madame Campan beugte sich über ihren Schreibtisch nach vorn, die Hände fest gefaltet. »Hortense weiß nichts davon?«
»Wir wollten es ihr gerade sagen, aber sie war so durcheinander, dass ich es nicht für klug hielt.«
»Sie weinte«, sagte Bonaparte und verlagerte sein Gewicht.
»Wie seltsam«, sagte Madame Campan. »Heute Morgen beim Frühstück war sie noch so fröhlich. Kennen Sie den Grund?«
Wie konnte ich es erklären, ohne Bonaparte zu kränken. »Vielleicht gefällt es ihr nicht, mich am Arm eines Mannes zu sehen«, sagte ich nicht ganz wahrheitsgemäß. »Sie hängt so sehr an der Erinnerung an ihren Vater, wie Sie ja wissen.«
»O ja, meine Liebe, ich verstehe. Ihre Tochter ist … empfindsam.« Sie sprach das Wort mit bewusster Sorgfalt aus und drückte dabei die Hände in einer Gebetsgeste an die Wange. »Sie empfindet alles so intensiv! Das ist auch der Grund, warum sie in der Schauspielkunst so begabt ist, glaube ich, und in den Künsten im Allgemeinen. Sie ist, wie ich Ihnen schon oft gesagt habe, meine Lieblingsschülerin.« Sie hielt inne. »Darf ich einen Vorschlag machen?«
»Bitte! Ich gestehe, dass ich ratlos bin.«
»Vielleicht, wenn ich es ihr sagte? Manchmal ist diese Art die

bessere. Ich könnte mit Hortense und Eugène gemeinsam sprechen.«
Ich sah kurz zu Bonaparte. Es war eine feige Lösung, das war mir klar, aber nichtsdestoweniger eine Lösung. »Gut«, sagte Bonaparte und erhob sich.

Danach standen Bonaparte und ich schweigend auf der untersten Steinstufe und warteten auf meine Kutsche. »Unter diesen Umständen sollten wir wohl überlegen, ob wir Eugène jetzt besuchen oder nicht«, sagte ich schließlich und schaute über die Felder zu Eugènes Schule nebenan. Einerseits war mir der Gedanke, ihn nicht zu sehen, unerträglich; andererseits schuldete ich für vier Monate das Schulgeld. »Er erwartet uns nicht«, sagte ich, als meine Kutsche knirschend vor uns hielt.
»Zurück nach Paris«, wies Bonaparte meinen Kutscher an und öffnete die Wagentür selbst. »Ich halte Campans Methode für gut«, sagte er, als er hinter mir einstieg. »Sie ist gebildet, aber kein Blaustrumpf. Und stolz ist sie auch nicht. Ich dachte, sie wäre Hofdame der Königin gewesen.«
Die Kutsche fuhr durch die Schultore. Ich nickte der Bettlerin, die mit ihrem Kleinkind an der Brust auf der Erde hockte, bedauernd zu; gewöhnlich hatte ich etwas für sie. »Das war sie auch«, sagte ich und zog meine Hutbänder fester an. Madame Campan war praktisch bei Hofe aufgewachsen. »Sie war in den Tuilerien bei der königlichen Familie, als der Palast geplündert wurde. Ein Mann aus Marseille packte sie und wollte sie umbringen, aber irgendjemand schrie, dass sie keine Frauen umbrächten, und das rettete sie.«
»Da hatte sie Glück. Ich halte es für gut, dass die Mädchen lernen, Suppe zu kochen, und ihre Zimmer selbst aufräumen müssen. Ich werde meine Schwestern anmelden.«
Bonaparte hatte vier Brüder und drei Schwestern – nun auch meine Familie. »Deine Schwestern, die bei deiner Mutter in

Marseille leben?« Mittlerweile in der Stadt angekommen, fuhren wir gerade am Schloss vorüber, eine Ruine wie so vieles.
»Ich werde sie alle nach Paris holen.«
»Das wäre wunderbar«, sagte ich und lächelte dabei trotz der Schmerzen in meiner Seite.
»Wie viel berechnet die Campan?«
»Für das Jahr? Dreitausend Francs.«
»Das ist lächerlich«, sagte er und schlug ein Buch auf, das er auf dem Hinweg gelesen hatte, das Leben Alexanders des Großen.
»Eugènes Schule kostet sogar noch mehr.« Und ich bezahlte auch das Schulgeld für meine Nichte Émilie – oder versuchte es zumindest. Es war schon eine lange Zeit her, seit ich Einkünfte von zu Hause bekommen hatte.* Mein Kutscher knallte mit der Peitsche. Ich lehnte den Kopf gegen das mit Quasten verzierte Polster und schloss die Augen, denn die Erinnerung an Hortenses Tränen stieg wieder in mir auf.
»Fühlst du dich nicht wohl?«
»Mir geht es gut«, log ich.

Nun, in der Stille meines kleinen Ankleidezimmers, lasse ich der Verzweiflung freien Lauf. Was soll ich bloß tun? Vor noch gar nicht langer Zeit hatte ich meiner Tochter versprochen, dass ich Bonaparte nicht heiraten würde. Jetzt wird sie denken, dass ich sie hintergangen habe. Sie ist noch zu jung, um zu begreifen, was wirklich das Beste für sie ist, zu jung, um die Vielschichtigkeit von Liebe und Notwendigkeit zu begreifen. Zu jung, um zu begreifen, dass aus Liebe gegebene Versprechen auch aus Liebe gebrochen werden können.

* Joséphines Mutter, eine Witwe, lebte auf der Zuckerplantage der Familie auf der Karibikinsel Martinique, wo Joséphine geboren und aufgewachsen ist. Ein kleiner Prozentsatz der Plantagengewinne machte Joséphines Haupteinnahmequelle aus – wenn sie ihn erhielt, was selten der Fall war. Früher unter französischer Regierung, wurde die Insel nun von England beherrscht.

Später Abend

Weitere Besprechungen, Besucher. Bonaparte ist unten mit zwei seiner Adjutanten. Der Geruch von Zigarrenrauch schwängert die Luft. Ich bin gebadet und fürs Bett gekleidet, in Erwartung meines Gemahls. Dies ist unsere letzte gemeinsame Nacht, bevor er abreist.

Nach einem hastigen Abendessen (er isst so schnell!) las Bonaparte seinen Brief an die Direktoren vor, in dem er unsere Heirat bekannt gibt. Zufrieden faltete er das Papier zusammen, schob es in einen Umschlag, ließ Wachs darauf tropfen und knallte sein Siegel hinein. Dann legte er den Umschlag zur Seite, durchwühlte die Schublade, in der die Papiere aufbewahrt wurden, und zog ein Blatt Hadernpapier heraus. Er erhob sich und bedeutete mir, den Platz am Sekretär einzunehmen. »Ich brauche von dir einen Brief an meine Mutter.«

Natürlich! Ich legte meine Spitzenarbeit beiseite. Er würde seine Mutter in Marseille besuchen und sie von unserer Verbindung unterrichten – seine Mutter, die nach korsischem Brauch zuerst um Erlaubnis hätte gefragt werden müssen. Seine Mutter, die ihre Erlaubnis verweigert hätte, wäre sie gefragt worden. Seine Mutter, die dagegen war, dass ihr Sohn eine Witwe mit zwei Kindern heiratete, eine Frau ohne Mitgift, eine Frau, die sechs Jahre älter war als ihr Sohn. Bonaparte ging auf und ab und diktierte, was nach seiner Vorstellung in dem Brief stehen sollte: dass sie nun meine verehrte Frau Mutter wäre, dass ich mich darauf freute, sie kennen zu lernen, dass ich sie auf meinem Weg nach Italien zu meinem Mann besuchen würde, dass ...

Ein plötzlicher Regenguss setzte ein. Meine Rabenschwanzfeder schwebte in der Luft. Ich sollte nach Italien reisen? »Aber Bonaparte ...«

»In sechs Wochen, nachdem ich die Österreicher vertrieben habe.«

Ich lächelte. Scherzte er? Der Ruf eines Mannes aus dem Garten erlöste mich aus meinem Dilemma: »Öffnet die verdammte Tür!«
»War das Direktor Barras?«, fragte ich Bonaparte auf dem Weg zur Gartentür. »Du bist es wirklich!« Ich küsste meinen Freund auf die feuchten Wangen.
»Und Ihnen einen guten Abend, General Bonaparte, Oberbefehlshaber der italienischen Armee«, erklärte Barras in gespielt formellem Ton, während er seinen Spazierstock mit der vergoldeten Spitze an die Wand lehnte. »Meine herzlichsten Glückwünsche zu Ihrer kürzlichen Ernennung.« Bonaparte machte ein mürrisches Gesicht, selbst als der Direktor ihm die Hand schüttelte.*
»Was dir zu verdanken ist, Père Barras«, sagte ich und drapierte seinen Militärmantel über einen Stuhl neben dem Feuer, damit er trocknete. Noch vor weniger als einem Jahr war Bonaparte ohne Beschäftigung gewesen. Barras hatte ihm zu einer Reihe von Beförderungen verholfen, aber diese letzte, die zum Oberbefehlshaber, hatte vonseiten Barras' beträchtliche Überredungskunst erfordert. Die Direktoren waren nur ungern bereit, einem Korsen das Kommando über eine Armee zu übertragen.
»Nicht schlecht, nicht schlecht«, sagte Barras, während er Bonaparte wie eine Gliederpuppe schwenkte, um seine Uniform zu inspizieren. »An den Schultern vielleicht ein wenig ausladend?« Sein eigener Rock schien ihm ein wenig eng zu sitzen, wie ich bemerkte; die Schöße platzten am Rücken auf. »Aber warum diese ausgefransten Epauletten?«
»Was hast du denn da draußen im Garten gemacht, Paul?«, fragte ich, um das Thema zu wechseln. Das Thema Epauletten hat-

* Die Exekutivgewalt der Republik lag in den Händen eines Rates von fünf Direktoren – den »fünf Majestäten«. Direktor Paul Barras wurde für den Mächtigsten der Fünf gehalten und war demzufolge der politisch mächtigste Mann in der französischen Republik.

te ich auch schon angesprochen, aber ohne Erfolg. (Bonaparte ist ja so halsstarrig!)
»Ich habe geklopft, aber niemand hörte. Wie du mit so wenig Personal zurechtkommt, Rose, geht über meinen Verstand«, sagte Barras und fuhr sich mit der Hand durch das schütter werdende Haar. (Schwarz gefärbt?)
»Ich suche tatsächlich gerade nach einer Kammerzofe.« Als sie erfuhr, dass ich im Begriff war, einen Revolutionär zu heiraten, hatte meine frühere Zofe gekündigt. »Wenn du von einer hören solltest …«
»Sie heißt jetzt Joséphine«, sagte Bonaparte.
»Deinen Vornamen hast du auch geändert?« Barras runzelte nachdenklich die Stirn. »*Joséphine* – doch, er gefällt mir, Rose, er steht dir ziemlich gut. Ebenso wie dein Kleid, wie ich nicht verhehlen kann. Wie reizend du aussiehst. Ich habe in der Tat von einer Zofe gehört. Meine Tante hat mir von einem Mädchen erzählt. Aber nur eine? Du brauchst mindestens drei. Schluss mit dieser republikanischen Anspruchslosigkeit! Republikanische Romantik, wie ich es nenne. Und da wir gerade von Romantik sprechen, wie geht es denn meinen Turteltauben an diesem grässlichen Abend?«
»Sehr gut«, sagte ich mit mehr Begeisterung, als ich empfand.
»Das Direktorium kann mir nur achttausend Francs zur Verfügung stellen«, sagte Bonaparte.
Barras warf seine Rockschöße nach hinten und setzte sich. (Trug er ein Korsett? Barras, mittlerweile vierzig, wurde eitel.)
»Ich weiß, es reicht nicht, aber wenigstens ist es nicht dieses Falschgeld, mit dem uns England in dem Bemühen, unsere Wirtschaft zu ruinieren, überflutet.« Er hob die Hände, als flehte er den Himmel an. »Als wäre unsere Wirtschaft nicht schon längst ruiniert.«
Bonaparte fand das nicht lustig. »Wie soll ich mit nur achttausend eine ganze Armee verpflegen und ausrüsten?« Er trommel-

te mit den Fingern auf das Schachbrett, was zwei Figuren zu Boden schickte.
»Gebet?« Barras fing meinen Blick auf und lächelte, sein betörendes schiefes Grinsen. »Immerhin ist es jetzt gesetzlich – na ja, beinahe.«
»Barras, du machst dich lustig«, sagte ich und bot ihm ein Glas des Clos-Vougeot an, den er, wie ich wusste, bevorzugte.
»Nein, danke – ich kam nur vorbei, um die Liste abzuliefern, um die Sie gebeten haben, General«, sagte er und reichte Bonaparte ein zusammengefaltetes Blatt Papier.
»Aber das sind ja nur die Namen der Generäle«, sagte Bonaparte, als er die Liste überflog. »Ich hatte um die Namen aller Offiziere der italienischen Armee gebeten.«
»Selbst die Hauptleute?« Barras erhob sich und griff nach seinem Spazierstock.
»Selbst ihre Adjutanten.«
»Sie reisen morgen Abend ab? Ich werde meinen Sekretär anweisen, sie Ihnen morgen Vormittag vorbeizubringen.« Er schlug Bonaparte in Soldatenmanier auf die Schulter. »Viel Glück bei der Befreiung der Italiener von den Österreichern, General, wie Sie es so heldenhaft nennen. Und wenn Sie schon einmal dabei sind, versäumen Sie nicht, auch ihre Gemälde und Skulpturen zu befreien sowie all das Gold in den Kirchenschatullen. Darin werden Sie das Geld finden, um Ihre Soldaten zu verpflegen.« Er warf seinen Spazierstock in die Luft, fing ihn wieder auf und schaute, ob ich es auch bemerkt hatte.
Muss gehen – ich höre Bonapartes Schritte auf der Treppe.

11. März, morgens

Schläfrig heute Morgen, aber lächelnd. Bonaparte geht die ehelichen Beziehungen mit der Inbrunst eines religiösen Konvertiten und der Neugier eines Wissenschaftlers an. Er ist fest ent-

schlossen, jede Stellung auszuprobieren, die in einem Buch beschrieben ist, das er an einem Stand am Fluss gefunden hat. Es sind über einhundert, behauptet er, und wir sind erst bei der neunten.
In der Tat lerne ich, niemals vorherzusagen, was mich bei ihm wohl erwarten könnte. In einer Minute kann er herrisch und gefühllos sein und in der nächsten zärtlich und ergeben. In der vergangenen Nacht haben wir geredet und geredet …
»Wie Schaum auf einer Welle«, sagte er zu mir und streichelte meine Brust.
»Ich mag das«, sagte ich, während ich die Wellenbewegungen betrachtete, die das Kaminfeuer an die Wand malte, und dabei an das Meer dachte.
»Das Gedicht oder das hier…?«
»Das war ein Gedicht? *Und* das hier.« Seine Hände sind weich, seine Berührung erstaunlich sanft.
»Das ist eine Zeile aus *Carthon* von Ossian. *Ihre Brüste waren wie Schaum auf einer Welle und ihre Augen wie leuchtende Sterne.*«
Es dauerte einen Moment, bis mir klar wurde, was er meinte. Bonaparte sprach den Namen des schottischen Barden wie »Ozean« aus.
»Alexander der Große wählte Homer als seinen Dichter, Julius Cäsar wählte Virgil – und ich habe Ossian gewählt.«
»Bonaparte, du beunruhigst mich, wenn du so redest.«
»Warum? Gefällt dir diese Reihenfolge nicht: Alexander, Cäsar, *Napoléon?*«
»Ich meine es ernst. Kannst du denn kein normaler Mann sein?«
»Bin ich denn kein ›normaler‹ Mann?« Er drückte sich an mich.
»Nun ja, in dieser Beziehung schon.« In dieser Beziehung durchaus. Außer, dass Bonaparte unersättlich war.
»Kann ich dir etwas verraten?«

»Natürlich!« Ich genoss die heimliche Intimität unseres Gesprächs, dieses nächtliche Bettbekenntnis.
»Manchmal denke ich, dass ich die Reinkarnation von Alexander dem Großen bin.« Er starrte mich an. »Nun wirst du mich für verrückt halten.«
»Es fällt mir auf, dass du viel über Alexander den Großen liest«, sagte ich, da ich nicht wusste, wie ich auf eine derartige Erklärung reagieren sollte. Es stimmte – Bonaparte hatte einiges an sich, das mir seltsam vorkam.
»Du glaubst nicht an so etwas?«
»Manchmal. Aber nicht immer. Als junges Mädchen prophezeite mir eine Wahrsagerin, ich würde erst unglücklich verheiratet und dann verwitwet sein.«
»Na, siehst du? Die Prophezeiung hat sich erfüllt.«
»Ja.« Meine erste Ehe war sicherlich unglücklich. »Aber sie hat auch prophezeit, dass ich eine Königin werden würde.«
Er stützte sich auf einen Ellbogen. »Das ist interessant.«
»Mehr als eine Königin, sagte sie.« Aber für nicht sehr lange Zeit. »Nun siehst *du*, dass Prophezeiungen oftmals einfach töricht sind.«
»Dann wollen wir jetzt auch töricht sein.«
»Schon wieder?« Ich lächelte und schlang meine Beine um ihn.
»Du weißt ja gar nicht, wie schön du bist. Du bist die schönste Frau von Paris.«
»Bonaparte, sei nicht albern.«
»Das ist mein Ernst! Alles an dir entzückt mich. Lach nicht! Manchmal, wenn ich dich betrachte, denke ich, dass ein Engel bei mir ist, der auf die Erde heruntergekommen ist.«
Ich streichelte seine feinen, dünnen Haare und blickte in seine großen, grauen Augen. Noch nie zuvor war ich so geliebt worden. Mein erster Ehemann verachtete mich; Bonaparte betet mich an. Am liebsten würde ich weinen. Die Wahrheit, die schreckliche Wahrheit ist, dass ich mich in den Armen meines

Ehemannes einsam fühle. Wenn ich ein Engel bin, warum öffnet sich dann nicht mein Herz?

Die ganze Nacht hindurch hörte ich die Uhr schlagen: eins, zwei, drei. Als es vier schlug, war Bonaparte nicht mehr da. Ich lauschte nach dem Geräusch seiner Schritte, hielt nach einem Flackern von Kerzenlicht Ausschau, aber das Haus war dunkel und still. Ich versuchte, wieder einzuschlafen, doch es gelang mir nicht, weil mich nächtliche Gedanken quälten. Nächtliche Zweifel, nächtliche Ängste. Schließlich streifte ich meinen Morgenmantel und meine Pantoffeln über und wanderte mit einer Kerze durch die Zimmer. Vom Treppenabsatz auf der Hälfte des Stockwerks sah ich unten ein Licht. Ich lief die Treppe hinunter und zur offenen Tür des Arbeitszimmers. Bonaparte lehnte über dem achteckigen Tisch und hielt eine Laterne über eine Landkarte. Ich beobachtete ihn wie ein Dieb. Was sah er beim Anblick dieser Landkarte? Er wirkte so konzentriert. Was dachte, wovon träumte er?
»Bonaparte?«, rief ich schließlich.
Er blickte erschrocken auf. »Joséphine«, flüsterte er verwundert, als hätte er mich gefunden.

Früher Nachmittag

Welche Aufregung! Ich habe nur eine Minute Zeit. Heute Abend bricht Bonaparte gen Süden auf, um das Kommando über die italienische Armee zu übernehmen. Im gesamten Haushalt herrscht hektische Aktivität. Meine Küchenmagd näht seine Reithosen enger (er schreckte vor den Kosten eines Schneiders zurück). Ich bat meinen Diener, seine Reitstiefel ordentlich zu polieren, und die Köchin, einen Korb mit Reiseproviant zu packen – Schiffszwieback, harte Eier, eingelegte Schweinesülze, Rüben. Meinen Kutscher schickte ich zum Weinhändler, um eine Kiste Chambertin zu holen – ein untrinkbarer Wein, wie ich finde, aber Bonaparte besteht darauf (er ist billig) –, und zu einer Parfümerie, um das Mandelmehl und die Rosenseife zu kaufen, die er gerne für sein Gesicht benutzt. Ich darf nicht vergessen, für seinen Ausschlag Helenenkrautwurzel in Quellwasser zu kochen. Und was noch? Was habe ich vergessen?

Eine halbe Stunde später

Bonaparte platzte in den oberen Salon und setzte sich. Ich wusste, was sein kleines Lächeln zu bedeuten hatte. Ich sagte zu meiner Küchenmagd: »Agathe, vielleicht könnte ich mit meinem Mann sprechen – allein.«
Bonapartes verknittertes Leinenhemd war ausgezogen, bevor wir noch mein Schlafzimmer erreichten. »Junot und Murat werden in fünfzehn Minuten eintreffen.«
»Da bleibt nicht viel Zeit.«
»Ich kann schnell sein«, sagte er, als wäre dies eine Leistung.
Ich drehte ihm den Rücken zu, damit er die Knöpfe an meinem Kleid öffnen konnte. Er fuhr mit seinen kalten Händen über meine Brüste, presste sich an mich. Ich drehte mich zu ihm um und küsste ihn. Er ist ein kleiner Mann, aber kräftig. Und schnell, wie er gesagt hatte.
»Ich möchte, dass du dich wäschst«, sagte er, als er sich aus seinen Pantalons schälte.
»Das hatte ich gerade vor.« Seine soldatische Unverblümtheit überraschte mich.
Nackt (kleiner Körper, großer Kopf) stieg er ins Bett, zog das Bettlaken über sich und sah mich erwartungsvoll an. Ich ging in meinen Ankleideraum und kam in einem mit violetten Bändern verzierten Gazenachthemd wieder heraus. »Zieh das aus«, befahl er.
Ich gehorchte widerwillig (Bonaparte ist sechs Jahre jünger als

ich) und legte mich neben ihn. »Stellung Nummer zehn?«, neckte ich.
»Dreiundzwanzig.« Er ließ seine Hand über meine Brust, meinen Bauch gleiten. »Ich habe einen Sprung nach vorn gemacht.«
Ich lächelte. Scherzte er? (Es ist so schwer, ihn zu durchschauen.)
Dann setzte er sich auf und sagte: »Schließ die Augen. Lieg einfach nur so da.« Ich tat, wie mir geheißen. Ich spürte, wie er ans Bettende kroch, spürte, wie seine Hände meine Beine öffneten, spürte die Wärme seines Atems, seine …
Mon *Dieu*. Ich schluckte, zog scharf die Luft ein.
Bonaparte hatte es seltsamerweise nicht eilig. Eine sinnliche Wärme überkam mich. Ich krallte meine Finger in seine Haare, als Wellen der Lust in meinem Blut aufwallten.
Danach lag ich einen Augenblick da, rang nach Atem und trocknete meine Wangen an der Bettdecke. Bonaparte saß in der Hocke und betrachtete mich ehrfürchtig. Dann grinste er. »Nun denn, das ist die bisher Beste«, sagte er und schwang die Füße auf den Boden.
»Komm wieder her«, sagte ich und griff nach seiner Hand.

21 Uhr

Ein Kuss, und fort war er.
Ich höre das Knistern des Feuers, meine Küchenmagd, die unmelodisch im Schlafzimmer singt, die schweren Schritte der Holzschuhe meines alten Dieners auf der schmalen Treppe, der Eimer mit heißem Wasser für mein Bad hinaufträgt. Mein Mops Fortuné schnüffelt in allen Ecken auf der Suche nach »dem Eindringling«. Ich lausche dem geschäftigen Klicken seiner kleinen Zehennägel auf dem Parkettboden.
Geräusche eines normalen Lebens, wie ich feststelle. Wäre da

nicht die auf dem Fensterbrett vergessene Schnupftabakdose aus Blech, die eselsohrige Ausgabe von Ossians *Carthon* auf dem Kaminsims, wüsste man nicht, dass Bonaparte jemals hier gewesen ist. Dieser Mann, der wie ein Wirbelwind in mein Leben trat, ist ebenso plötzlich wieder verschwunden und lässt mich atemlos zurück, benommen … und verwirrt, wie ich gestehe.

Ich teile meiner Familie und meinen Freunden die Neuigkeit mit

17. März 1796 – Paris

Ich habe eine neue Zofe. Sie knickste an der Tür, wobei sie den Saum ihres Hemdkleides aus Leinen anhob. Ihre langen kastanienbraunen Locken waren zu einem festen Zopf geflochten, der ihr über den Rücken fiel. Sie ist jung, noch nicht in dem Alter, um ihre Haare aufzustecken. »Louise Compoint, Madame«, sagte sie, während ihr Blick über das Mobiliar schweifte. »Aber ich werde Lisette genannt.«

Ich steckte einen Finger durch Fortunés Halsband und bat sie, näher zu kommen. Ihre Mutter war Kammerzofe gewesen, berichtete sie mir, ihr Vater ist unbekannt. Sie war von der adligen Familie, für die ihre Mutter arbeitete, »adoptiert« und in einem Kloster erzogen worden. Nun war ihre Mutter tot und die Aristokraten hatten während der Revolution fliehen müssen. »Ich kann Lampendochte putzen, Madame, und auch Haare frisieren. Ich weiß, wie man Stärke auflöst, und kann gut mir der Nadel umgehen. Meine Mutter hat mir vieles beigebracht.«

»Dies ist ein kleiner Haushalt«, sagte ich ihr. »Meine Kammerzofe muss auch als Dienstmädchen und sogar als Küchenmagd dienen, wenn es nötig ist.«

»Ja, Madame. Ich habe Sahne gebuttert und Gitter geschwärzt. Ich kann auch zur Ader lassen. Meine Herrin kränkelte oft«, erklärte sie als Antwort auf meinen erstaunten Blick.

Sie ist erst siebzehn, aber mir gefällt ihr aufgewecktes Wesen.

Sie besitzt eine natürliche Anmut. »Wir sind eine republikanische Familie, Lisette. Ich werde dich mit Respekt behandeln und erwarte das Gleiche von dir. Ich erlaube keine Verehrer, und wenn irgendein Mann Annäherungsversuche machen sollte, erwarte ich, dass du mich informierst. Einmal in der Woche steht dir ein halber Tag zur freien Verfügung zu. Dein Zimmer liegt im Untergeschoss. Es ist klein, aber es hat ein Fenster und gehört dir allein.«
»Ja, Madame!« Ihre Zähne sind hervorragend.

20. *März – noch in Paris*

Es war früh, noch nicht zehn Uhr morgens, als ich die Kinder in der Halle hörte. Ich stand auf und bereitete mich darauf vor, ihnen gegenüberzutreten, die Hände gefaltet, um meinen Ehering zu verstecken. Nichts hatte sich geändert, ich musste es ihnen mitteilen; Bonaparte zu heiraten bedeutete nicht, dass ich sie weniger liebte.
»... und dann *sprang* mein Pferd über den Karren.« Eugène trabte mit der Anmut einer Färse ins Zimmer. Hortense folgte mit finsterem Gesicht, während sie an ihren Hutbändern zerrte.
Meine Tochter begrüßte mich zurückhaltend und versteifte sich, als ich sie umarmte. »Mein Hut, Maman«, sagte sie, setzte ihre Crèpehaube ab und behielt die weiße Spitzenkappe darunter auf. Ihr Verhalten, ihre abgewandten Augen sagten, dass sie mir böse war.
»Ich ließ die graue Stute springen.« Eugène roch nach Seife und Schweiß. Ich schob ihm eine Locke aus den Augen. Mir war klar, dass er mit seinen vierzehn Jahren bald die Berührung seiner Mutter für unter seiner Würde halten würde.
»Aber was hat das zu bedeuten, dass du einen Karren übersprungen hast?«, fragte ich ihn vorwurfsvoll.

Meine neue Zofe kam an die Tür. Mein abgelegtes Kleid aus pfirsichfarbenem Chintz kleidete sie trefflich. »Sie haben geläutet, Madame Bonaparte?«
Bonaparte. Hortense und Eugène tauschten Blicke. Ich bedeutete Lisette näher zu kommen, damit ich sie vorstellen konnte. Sie machte vor beiden einen Knicks. Meinem Sohn stieg die Röte in die Wangen. Hortense neigte den Kopf, aber es war offensichtlich, das sie mit den Gedanken woanders war, denn ihre Augen schweiften durch das Zimmer – auf der Suche nach einer Spur von Bonaparte, wie mir klar wurde.
»Danke, Lisette. Wenn du uns etwas heiße Schokolade bringen könntest? Und das Konfekt.« Hortense hatte eine Schwäche für Süßigkeiten.
»Maman, das war ganz ungefährlich. Die Stute kann mit Leichtigkeit über einen Meter fünfzig springen«, sagte Eugène und ließ sich in einen Armsessel fallen, die Beine von sich gestreckt. Hortense ließ sich auf dem Stuhl mit dem Roßhaarsitz nieder, die Schulter straff, die Haltung tadellos (ausnahmsweise einmal). Ich nahm neben der Harfe Platz. »Soviel ich weiß, hat Madame Campan mit euch beiden über meine Vermählung mit General Bonaparte gesprochen«, sagte ich – zu direkt, fürchte ich. Nicht so, wie ich diese Rede in Gedanken geprobt hatte!
»Vor vier Tagen«, antwortete Hortense, jedes Wort deutlich aussprechend.
»Ja, sie hat es uns mitgeteilt. Wir wissen über alles Bescheid«, sagte Eugène und rutschte unbehaglich hin und her.
»Ich möchte euch wissen lassen, dass General Bonaparte euch beide von Herzen gern hat.« Ich merkte, dass ich die Sache schlecht angepackt, dass ich sie im Stich gelassen hatte. Ich wollte sie beruhigen.
»Maman?«
Ich lehnte mich erwartungsvoll vor. »Ja, Eugène?«

»Kann ich heute Morgen zum Luxembourg gehen, bevor wir nach Fontainebleau aufbrechen? Direktor Barras hat mir gesagt, dass ich seine Pferde reiten kann, wann immer ich Lust dazu habe.«

Ich lehnte mich verblüfft zurück. Pferde? War das alles, woran mein Sohn denken konnte? Wie verwirrend diese Situation doch war! »Nein, Eugène«, sagte ich um einen ruhigen Ton bemüht. »Ich habe etwas anderes vor. Heute ist Palmsonntag. Ich dachte, dass wir gemeinsam zur Messe gehen sollten.«

Hortense sah überrascht aus. (Und erfreut, wie ich mit Erleichterung feststellte.)

»Kirche?«, stöhnte Eugène und ließ sich in die Tiefen seines Sessels gleiten.

»Wir gehen zu Fuß«, betonte ich mit Nachdruck und erhob mich.

Ich war überrascht von der Anzahl der Leute, die vor der Église Saint-Pierre stand und die Frühlingssonne genoss, bevor sie hineinging. Es war ja nicht nur Décadi* und Sonntag (ein seltenes Zusammentreffen), sondern auch noch Palmsonntag. Ausnahmsweise einmal konnten alle einen Feiertag gemeinsam genießen – Katholiken und Atheisten, Royalisten und Republikaner gleichermaßen. Ich legte die Arme um meine Kinder, als wir die Stufen hinaufschritten. Wenn im Volk Frieden herrschen konnte, dann konnte sicherlich auch in meiner kleinen Familie Frieden herrschen.

* Während der Revolution war ein neuer Kalender eingeführt worden. Die Zehn-Tage-Woche endete mit dem Décadi, dem gesetzlichen Ruhetag. Auch die Monate waren geändert worden: Vendémiaire (der Monat der Weinlese), Brumaire (der Monat des Nebels), Frimaire (der Monat des Frostes) und so weiter. Trotzdem richteten sich viele auch weiterhin nach dem alten Kalender, was beträchtliche Verwirrung stiftete.

Wir konnten erst kurz nach zwei Uhr nachmittags nach Fontainebleau aufbrechen, daher war es bereits ziemlich spät, als wir in den Hof des Hauses Beauharnais in Fontainebleau einfuhren. »Ich hatte euch früher erwartet, Rose«, sagte Tante Désirée und drückte an ihren gepuderten Haare herum, die zu dicken Wurstrollen frisiert waren. Ihr untadeliges Haus roch nach Bienenwachs und Terpentin.

»Wir sind erst spät weggekommen«, erklärte ich, während ich darauf achtete, dass meine Kinder ihre schmutzigen Stiefel auszogen, bevor sie auf den Teppich traten. »Wir waren in der Kirche.« Ich wusste, dass diese Erklärung sie zufrieden stellen würde.

»Ist Großpapa wach?«, fragte Hortense.

»Lauft! Lauft, meine Süßen! Er hat schon auf euch beide gewartet.« Sich gegenseitig schubsend und ziehend rannten die Kinder die Treppe hinauf. Ich versuchte erst gar nicht, sie zur Ruhe zu ermahnen; ich war froh, sie lachen zu hören.

»Ich habe äußerst ungeduldig auf deine Ankunft gewartet, Rose«, sagte meine Tante und bedeutete mir, Platz zu nehmen. »Ich habe großartige Neuigkeiten« Sie setzte sich auf die Kante des grünen Brokatsofas und rüttelte nervös an einem gewaltigen Schlüsselring.

»Oh?« Ein mulmiges Gefühl erfasste mich. Ich war selbst mit einer Neuigkeit hergekommen und fürchtete, dass meine Tante sie nicht im Geringsten für großartig halten würde.

»Mein Mann ist gestorben!«, sagte sie und bekreuzigte sich.

»Monsieur Renaudin?« Ich hatte keinen Grund, das Ableben dieses Mannes zu bedauern. Er und meine Tante hatten sich schon vor meiner Geburt getrennt. Geschichten über den bösen Monsieur Renaudin hatten als Kind meine Phantasie angestachelt – Geschichten über den Mann, der nicht nur versucht hatte, meine Tante zu vergiften, sondern ebenfalls seinen eigenen Vater, weshalb man ihn eingesperrt hatte.

»Und daher hat der Marquis um meine Hand angehalten.« Tante Désirée verkündete dies mit einem mädchenhaften Lidflattern.

»Das ist ja wunderbar!«, sagte ich und unterdrückte ein Lächeln. Der Marquis war über achtzig Jahre alt – meine Tante ein Vierteljahrhundert jünger –, und ich bezweifelte, dass ihn der Gedanke an eine Ehe sehr beschäftigte. »Und darf ich annehmen, dass du eingewilligt hast?« Ich wusste, dass meine religiöse, tugendhafte und gesellschaftlich empfindliche Tante darunter gelitten hatte, all diese Jahre ohne kirchlichen Segen mit dem Marquis leben zu müssen.

»Aber Pater Renard besteht darauf, dass wir ein Jahr warten – aus Rücksicht. Ich habe schreckliche Angst, dass der Marquis stirbt, bevor er eine ehrbare Frau aus mir gemacht hat«, sagte sie, während sie nacheinander die losen Sofakissen hochhob, als suchte sie etwas. Unter einem der Kissen fand sie eine Münze und legte sie stirnrunzelnd zurück. (Damit sollte ihre Dienerschaft auf die Probe gestellt werden, wie mir klar wurde.) »Daher habe ich Pater Renard gesagt, dass ich der Kirche einen neuen Kandelaber spenden würde, und schließlich hat er sich mit sechs Monaten einverstanden erklärt. Ich weiß, woher ich einen gebrauchten für einen Bruchteil dessen bekommen kann, was ich in Paris zahlen müsste. Tüchtig mit Essig gereinigt, wird er so gut wie neu aussehen.« Nachdem die Kissen wieder an ihrem Platz waren, zog sie ein Knäuel zerknitterter Taschentücher aus den Tiefen ihres Busens und machte sich daran, eines nach dem anderen auf ihrem Schoß zu glätten. »Und nun, Rose, sag mir: Wie geht es dir?«

»Gut! Ich habe auch eine Neuigkeit.« Die Worte kamen lauter heraus, als ich beabsichtigt hatte, und weit mutiger, als mir zumute war.

»Hat deine Kuh gekalbt, Liebes?« Sie legte ein pastellgrünes

Taschentuch zur Seite und stopfte die restlichen wieder in die Spalte ihres üppigen Busens.
»Nein«, sagte ich verblüfft. »Zumindest noch nicht. Nein, ich habe …« Das Herz hämmerte mir gegen die Rippen. »Ich habe geheiratet, Tante Désirée«, sagte ich schließlich.
Tante Désirée hielt das grüne Taschentuch gegen das Licht und untersuchte es nach Flecken. »Hast du *geheiratet* gesagt, Rose?«, fragte sie und wandte sich zu mir um.
Ich nickte besorgt über ihre Gelassenheit.
»Nun … das ist ja wunderbar«, sagte sie und bekreuzigte sich, »aber wen?«
»Einen Militär mit Namen Napoléon Bonaparte. Er ist …«
»Was ist denn das für ein Name?«, wollte meine Tante mit einem misstrauischen Stirnrunzeln wissen.
»Ein korsischer Name, Tante Désirée, und …«
»Du hast einen *Korsen* geheiratet?« Sie griff nach einer Messingglocke und schüttelte sie heftig. »Aber Rose, Korsen sind … sie sind Barbaren, sie leben wie die Zigeuner. Sie stehlen, morden, *lügen* – sie haben absolut keine Moral! Und sie sprechen keine ordentliche Sprache, du verstehst kein Wort von dem, was sie sagen.«
Glücklicherweise erschien genau in diesem Moment eine Dienstmagd mit Rüschenhaube an der Tür. »Riechsalz!«, forderte meine Tante gebieterisch.
»Wir haben kein Riechsalz mehr, Madame«, stammelte die Magd und wischte sich die Handflächen an ihrer weißen Latzschürze ab. »Aber wir haben Hysteriewasser, Madame.« Tante Désirée schnaubte ungeduldig.
»Tante Désirée, so ist er überhaupt nicht«, sagte ich, sobald die Magd verschwunden war. »Seine Familie ist von altem Adel, und er wurde in den besten Militärschulen Frankreichs erzogen. Er hat mich sehr gern und *besonders* die Kinder«, fügte ich gefühlvoll hinzu.

»Begüterter Adel?« Mit schiefem Blick.
»Er hat eine gute Stellung als kommandierender General«, sagte ich, ohne auf ihre Frage einzugehen. Bonaparte hatte nicht nur kein Geld, sondern unser Ehevertrag verlangte auch, dass wir zu gleichen Teilen unsere gesamten Haushaltskosten bestritten. »Er wird Eugène bei seiner Militärlaufbahn helfen können.« Das war meine Trumpfkarte. Ich verließ mich darauf.
»Sie haben einen Korsen zum General gemacht?«, fragte Tante Désirée, während sie versuchte, sich mit dem schlaffen grünen Taschentuch Luft zuzufächeln. »General *wovon?*«
»Monsieur Bonaparte ist Oberbefehlshaber der italienischen Armee«, sagte ich und gebrauchte das »Monsieur« in dem schamlosen Bemühen, die Wogen zu glätten.
»Ich habe noch nie von einer italienischen Armee gehört. Ist sie der französischen ebenbürtig?«
»Ja, natürlich!«, rief ich aus – obwohl mich alles, was mir bisher über die italienische Armee zu Ohren gekommen war, zu der Überzeugung gebracht hatte, dass sie nur schwerlich überhaupt als eine Armee bezeichnet werden konnte, eher als ein zusammengewürfelter Haufen von Herumlungerern und kleinen Ganoven, hungrig und ohne Uniformen, geschweige denn Musketen. »Er ist zwei Tage nach der Trauung abgereist, um das Kommando zu übernehmen.« Die Hochzeit kam mir jetzt wie ein Traum vor, wie etwas, das nicht hätte passieren dürfen.
»Eine kirchliche Trauung, Rose?«, fragte sie, während sie an dem grünen Taschentuch zerrte, es zwirbelte und knetete.
»Nein«, gab ich zu. Bonaparte war gegen die Kirche, aber ich hatte nicht vor, es ihr zu verraten.
Ich hörte ein Schniefen. Ach du meine Güte! Weinte sie etwa? Bestürzt streckte ich die Hand aus, um sie zu trösten, aber sie griff mich wie ein Habicht an. »Rose, wie konntest du nur?«, weinte sie und betupfte ihre Wangen. »Wie konntest du nur einen Mann mit einem derart schrecklichen Namen heiraten?«

Ich schreibe dies jetzt in Tante Désirées Gästezimmer in Fontainebleau. Ich sprach ausführlich mit ihr, versuchte, sie zu beruhigen. Schließlich überredete ich sie, ein Glas Hysteriewasser zu trinken und sich niederzulegen. (Ich trank auch ein Glas.) Ich bedauere mein Verhalten, doch indem ich Bonaparte verteidige, indem ich mich bemühe, meine Tante von der Klugheit meines Schrittes zu überzeugen, beginne ich gleichzeitig, mich selbst zu überzeugen. Bonaparte hatte die Worte »Auf das Schicksal« in die Innenseite meines Eheringes gravieren lassen, denn er glaubt an das Schicksal, glaubt, dass wir füreinander bestimmt sind. Sind wir das wirklich? frage ich mich. Ich kann nur hoffen, dass das Schicksal irgendwie, irgendwann den Beweis dafür erbringen wird, dass ich das Richtige getan habe. Um meiner Familie willen hoffe ich es von ganzem Herzen.

21. März – Paris

Heute Morgen erhielt ich meinen ersten Brief von Bonaparte. So bald! Es hat mich viel Zeit gekostet, die Worte zu entziffern, manches kann ich immer noch nicht lesen. Bonapartes Handschrift ist so ungestüm wie seine glühenden und zärtlichen Worte.
Der Brief war an Bürgerin Bonaparte bei Bürgerin Beauharnais adressiert, als wäre die Bürgerin Bonaparte Gast in meinem Hause, jemand, der nichts mit mir zu tun hat – und so ist mir auch noch zumute.

25. März

Eine wohl tuende (und produktive) Plauderei mit Thérèse, gefolgt von ein paar amüsanten Stunden mit meinen herrlich exzentrischen Freundinnen.

Thérèse kam früh in ihrem eleganten kleinen Landauer an, den sie *eigenhändig* lenkte (zur Übung, wie sie erklärte, um sich zu den Rennen melden zu können, die wieder im Bois de Boulogne stattfinden sollten). »Und wie geht es Madame Bonaparte an diesem schönen Nachmittag?«, war das Erste, was sie sagte. Der exotische Duft von Neroliöl erfüllte mein Vorzimmer. Sie ging in die Knie, damit Lisette ihr leichter das pelzgefütterte Cape abnehmen konnte.

»Du trägst eine Perücke?«, fragte ich und betrachtete meine Freundin mit Erstaunen. Unter einem kecken Hut mit Reiherfeder ringelte sich eine Flut blonder Locken.

»Nur zwanzig Francs.« Sie drehte den Kopf von einer Seite zur anderen, um die Locken wippen zu lassen. »Deswegen habe ich siebenundzwanzig gekauft – und alle blond.« Sie zog sowohl den Hut als auch die Perücke vom Kopf und grub die Nägel in ihre Kopfhaut. Ihre eigenen schwarzen Haare waren fest geflochten und hoch gesteckt. »Du hast meine Frage noch nicht beantwortet«, sagte sie und hielt einen Finger hoch.

»Madame *Bonaparte* geht es wirklich gut, danke. Ich habe doch wahrhaftig schon einen Brief von meinem Mann erhalten«, erzählte ich ihr. »Aber manches kann ich nicht entziffern.« Ich holte den Brief aus einem Schreibtischfach, zeigte ihn ihr und deutete dabei auf die unleserlichen Stellen.

»Mon Dieu, ich verstehe, was du meinst. Was für ein Gekritzel«, sagte sie blinzelnd. »Ich glaube, das hier heißt ›fortwährend‹. ›Meine Gedanken kreisen fortwährend um dich.‹ Er unterzeichnet mit B. P.?«

»Für Bona Parte … glaube ich.«

»Oh, là là!«, sagte sie, als sie weiterlas. »Er ist ja *wahnsinnig* in dich verliebt.«

»So sind die Korsen eben«, sagte ich (errötend) und nahm den Brief wieder an mich.

»Zweifellos«, sagte Thérèse mit spöttischem Blick. »Und deine

Kinder?«, fragte sie und nahm sich ein Lakritzkonfekt mit Anisgeschmack. »Was halten sie denn von ihrem neuen Papa?«
Ich verzog das Gesicht. »Hortense brach in Tränen aus.«
»Weil du geheiratet hast?«
»Bloß, weil sie mich mit Bonaparte gesehen hat!«
»Wenn du möchtest, könnte ich mal mit deiner Tochter sprechen.«
»Das hat Madame Campan bereits getan«, versicherte ich ihr rasch. Meine ach-so-tugendhafte Tochter lehnte meine Freundin Thérèse ab. *Und* den Mann von Thérèse. *Und* Barras. *Und* überhaupt beliebig viele andere, einschließlich ihrer Patin!*
»Da wir gerade von deiner Tochter sprechen, ich hatte da eine großartige Idee. Wie wäre es mit Direktor Reubells ältestem Sohn?«
Ich sah sie verdutzt an.
»Als Ehemann – für Hortense.«
»Aber sie ist doch noch nicht einmal dreizehn, Thérèse. Und seit wann bist du eine Kupplerin?«
»Seit ich dich dem Korsen vorschlug. Aber mal im Ernst«, sagte sie, »die Reubells mögen zwar eine Kaufmannsfamilie sein, aber sie sind reich. Und natürlich Reubells Stellung als Direktor ... das bedeutet doch schon etwas, oder nicht? Es käme ihnen wahrscheinlich nicht ungelegen. Schließlich stammt Hortense aus adligem Hause.«
»Direktor Reubell ist ein radikaler Jakobiner«, sagte ich, während ich überprüfte, ob wir alles hatten, was wir brauchten – Schreibfedern, Tinte, Papier, die Akten. »Ein aristokratischer Stammbaum wäre ihm einerlei, so oder so ...«
Thérèse lachte. »Machst du Witze?«
»Nun ja, auf alle Fälle wird sie eine Mitgift brauchen.«

* Fanny Beauharnais, eine unkonventionelle Dichterin, ist mit Joséphine über deren ersten Mann verwandt und Hortenses Patin. Zu dieser Zeit wird sie gerade von einer jungen Frau verklagt, die behauptet, ihre uneheliche Tochter zu sein.

»Wie viel hast du?«
»Fünf.«
»Fünftausend? Das ist *alles?*«
Fünftausend Francs Schulden kam der Sache schon näher.
»Aber was ist mit dem Inselbesitz?«
Ich zuckte mit den Schultern. »Da Martinique jetzt in britischer Hand ist, werde ich wohl keinen einzigen Sou erben.«
Thérèse kniff die Wangen zusammen, überlegte. »Heutzutage kann doch eigentlich jeder eine Million verdienen. Warum steigst du nicht in die Heeresbelieferung ein? Wenn mein Mann das kann, kann das jeder.« Sie sah mich an. »Was ist daran so lustig?«
»Hin und wieder ein kleines Geschäft zu machen ist eine Sache; die Armee zu beliefern ist eine ganz und gar andere Größenordnung.«
»Das Konzept ist das Gleiche – du brauchst nichts weiter als Nerven. Mir ist nicht entgangen, dass du neulich abends diese beiden Bankiers beim Billard geschlagen hast – die reichsten Männer der französischen Republik, und du hast sie gedemütigt. *Das* heißt Nerven haben, wenn du mich fragst.«
Ich lächelte. Nun ja.
»Und schau dir deine Kontakte zu den Freimaurern an, deine Kontakte zur Regierung, deine finanziellen Kontakte.«
»Das sind *gesellschaftliche* Kontakte.«
»Ich glaube, dass du dich unterschätzt. Du bist in einer idealen Position, um ein kleines Vermögen zu verdienen, wenn nicht gar ein großes. Und mache dir doch nichts vor, ein Vermögen ist keine so schreckliche Sache. Frag mal die Revolutionäre. Die scheffeln es, so schnell sie nur können. Sie glauben, nach so langer Hungersnot sei es Zeit für ein Festessen, und du musst zugeben, dass sie Recht haben. Barras sagt, jeder, der nicht in die Heeresbelieferung einsteigt, ist ein Narr. Es ist schnelles Geld, es ist großes Geld, und es ist praktisch kein Risiko damit verbunden.«
»Solange man die Kontakte hat und das Geld, um zu investieren.«

»Also, wirklich, Rose – Joséphine! Verzeihung! –, ich bezweifele sehr, dass das ein Problem wäre. Schließlich hast du ja den lieben Père Barras, nicht wahr? Den König der Profitmacher.«

Ich zog die Augenbrauen hoch. König der Korrupten, so nannten ihn die meisten Leute. »Na schön, Mama Tallita, ich werde darüber nachdenken.« Ich öffnete die Akte mit der Aufschrift »Laufendes« und schaute auf die Uhr. »Wir haben nur noch eine Stunde Zeit.«

Ein Rückblick auf unsere Projekte erwies sich als entmutigend. Wir hatten immer noch nicht erreicht, dass Bürger Mérode gelöscht wurde, obwohl er wegen der Emigration seines Vetters auf der Liste* stand. Wenigstens *hatten* wir erreicht, dass die Bürgerin Daco und ihr Sohn aus dem Gefängnis entlassen wurden, aber die Bürger Mercier und Pacout saßen noch ein. Bürger Pinson starb bedauerlicherweise. Wir werden sehen, was wir tun können, um seiner Witwe und seinen fünf Kindern zu helfen. Zusätzlich zu unserer karitativen Arbeit sind elf Männer und Frauen an uns herangetreten, um ihnen dabei behilflich zu sein, dass ihre Namen aus der Liste gestrichen werden, dass sie Arbeit bekommen, dass sie aus dem Gefängnis entlassen werden. In Anbetracht der wachsenden Zahl von Gesuchen beschlossen wir, uns jede Woche zu treffen, bevor die Damen sich zum Kartenspiel zusammenfanden.

»Wenn man davon spricht …«, sagte ich, als ich eine Kutsche in den Hof fahren hörte.

* Die »Liste« war eine Aufstellung von Emigranten und Verwandten von Emigranten, die Frankreich nicht betreten durften. Da sie wegen der Revolution das Land verlassen hatten, wurden Emigranten und sogar ihre Familien als Feinde der Republik betrachtet. Diese in der Liste Aufgeführten verloren alle bürgerlichen Rechte, ihr Besitz wurde beschlagnahmt und sie riskierten die Hinrichtung, wenn sie auf französischem Boden entdeckt wurden. Die Anzahl der Namen belief sich auf über einhunderttausend. »Gelöscht« zu werden bedeutete, dass der Name aus der Liste gestrichen wurde.

»Ah, da sind ja die Ehrenjungfrauen.« Die Ehrenjungfrauen? »Hast du das etwa noch nie gehört? Barras nennt uns so«, erklärte Thérèse. »Weil wir uns zu Ehren Gottes kleiden.«
Die Ehrenjungfrauen, das konnte man wohl sagen!* Bevor ich Lisette bitten konnte, sie hereinzuführen, waren sie bereits eingetreten und füllten das Speisezimmer mit ihren exotischen Düften, ihren wedelnden Fächern, ihren wippenden Federn und ihren mit aller erotischen Sinnlichkeit eines Harems wirbelnden Seidenrüschen.
»Oh, wie es scheint, haben wir eine Wohltätigkeitssitzung unterbrochen«, sagte die kleine Madame de Crény, über deren Augen die Enden einer gewaltigen rot und gelb gestreiften Schleife wie Kaninchenohren baumelten.
»Wir waren gerade fertig«, sagte ich und sammelte die Papiere ein.
»Stimmt es, dass du den Korsen geheiratet hast?«, fragte Minerva, während sie versuchte, ihren Mops davon abzuhalten, an meinem Mops zu schnüffeln, der drohend knurrte.
Ich sah Thérèse anklagend an. »Ich habe es ihnen nicht erzählt«, wehrte sie ab. »Ich bin unschuldig.«
»Wohl kaum!« Fortunée Hamlin war trotz des kühlen Frühlingstages halb nackt; ihr Gewand aus indischer, mit Silber durchwirkter Gaze enthüllte mehr, als es verhüllte. (Sie brüstete sich damit, dass ihr gesamtes Ensemble in ihre bestickte Tasche aus irischem Leinen passen könnte.

* Außer Joséphine und Thérèse gehörten zu der Gruppe Fortunée Hamelin, Madame Châteaurenaud (Minerva genannt) und Madame Crény. Fortunée Hamelin (neunzehn) ist Kreolin wie Joséphine. Sie ist berühmt für ihren Witz, ihre gewagte (Nicht)Bekleidung und ihr Tanzen. Minerva (sechsunddreißig) ist eine sinnliche Frau, bekannt für ihre sanfte, liebe Art und ein Interesse am Okkulten. Madame de Crény (fünfunddreißig) lernte Joséphine kennen, als Joséphines erster Mann, Alexandre, sie zwang, in einem Kloster zu leben. Thérèse Tallien (dreiundzwanzig) ist eine der berühmten Schönheiten der Zeit. Sie ist eine wunderbare Geschichtenerzählerin und beschreibt sich selbst als Komödiantin.

»Sie dürfen Thérèse nicht die Schuld geben«, sagte Madame de Crény, als sie mir in den Salon folgte, wo der Spieltisch aufgebaut worden war. »Direktor Barras ist der Schuldige.«
»Wie gewöhnlich.« Fortunée stützte ihre Escarpins mit den hohen geschweiften Absätzen auf einem Fußschemel ab, wobei sie vorteilhaft zur Schau stellte, was gemeinhin als wohlgeformte Fesseln gilt. (Sie trug knöchellange Unterhosen!*)
»Er hat keine Willenskraft, der Arme«, lispelte Minerva leise.
»Und wenn man bedenkt, dass er dieses Land regiert.«
»Er *regiert* dieses Land.« Madame de Crény setzte sich mit baumelnden Füßen auf einen Stuhl.
»Meint ihr, dass er sich die Haare färbt?«
»Es muss diese Opernsängerin sein, die ich auf seinen Empfängen gesehen habe.«
»Eher schon ihr jüngerer Bruder.« (Gelächter.)
»Und er trägt ein Korsett.«
»Wo wir Damen doch unsere gerade ausgezogen haben.«
»*Das* ist die wahre Befreiung.«
»Also, Rose, wo genau ist denn nun dieser Ehemann von dir?«, fragte Minerva und spähte in die Bibliothek.
»Ihr Ehemann, der sie wahnsinnig liebt.«
»Thérèse!«
»Wie romantisch.«
»Wie lästig.«
»Er ist in Nizza und übernimmt das Kommando der italienischen Armee«, sagte ich stolz.
»Dann befinden wir uns also in anderen Umständen?«
»Dazu ist es wohl noch ein wenig zu früh, meint ihr nicht? Er reiste zwei Tage nach unserer Hochzeit ab.«
»Ich brauche dazu nur eine Minute«, stöhnte Thérèse.

* Knöchellange Unterhosen – oder Pantalettes – wurden als Männerbekleidung angesehen, die nur von Frauen mit schlechtem Ruf getragen wurden.

»Und seht mich an, zwölf Kinderchen«, brüstete sich Minerva. »Mein Mann braucht mich nur anzulächeln, und schon bin ich in anderen Umständen.«
»Es ist uns nicht entgangen.«
»Und *mir* ist nicht entgangen, dass die meisten Frauen von Paris in diesen Zeiten in anderen Umständen sind.«
»Das ist Mode – selbst Jungfrauen stopfen sich Kissen in ihre Gewänder.«
»Habt ihr schon gehört? Sogar Madame hat es erwischt.«
»Nein.«
»Doch. *Endlich.* Nach fünf Jahren Ehe ist sie zu einem deutschen Arzt gegangen. Er sagte ihr, dass Unfruchtbarkeit bei einer Frau durch das Vorhandensein von übermäßiger Hitze begleitet von einem Anschwellen geheilt wird.«
»Wie bitte?«
»Ich glaube, das bedeutet, dass eine Frau … ihr wisst schon, *Spasmen* kriegen muss.«
»Um ein Kind zu bekommen?«
»Offensichtlich ist das eine allgemeine deutsche Überzeugung.«
»Ich habe bei meinem Mann nie Spasmen gekriegt, und glaubt mir, ich habe ein paar Kinder von ihm bekommen.«
»Was sind Spasmen?«
»Der Arzt sagte Madame Lebon, wenn sie, ihr wisst schon, wäre …« Sie rieb die Finger aneinander. »Dann wäre das der Beweis, dass Spasmen stattgefunden hätten.«
»Wohl kaum!«
»Was ist denn das, Rose? Eine Perücke?« Minerva hob das Gewirr von Ringellocken hoch.
»Rose ist jetzt Joséphine«, sagte Thérèse und streifte die goldenen Locken über.
»Du hast deinen Vornamen geändert?«
»Bonaparte wollte es so.«
»Ich dachte, sein Name ist *Buona*parte.«

»Er hat ihn geändert.« Alles änderte sich!
»Oh, eine Perücke könnte praktisch sein. Niemand würde dich erkennen«, sagte Fortunée.
»Ich habe siebenundzwanzig Stück davon gekauft. Nur zwanzig Francs jede, also sollte ich wohl einen hübschen Gewinn damit machen können.«
»Echtes Haar. Hübsch! Aber warum so billig?«
»Na ja ...« Thérèse verzog das Gesicht. »Das ist eben das Problem.«
»O nein«, flüsterte Minerva.
»Die ... Guillotine?«, piepste Madame Grény.
»Haar ist Haar, oder etwa nicht?«, sagte Fortunée mit einem Schulterzucken. »Ich werde drei nehmen.«
Lisette betrat das Zimmer mit einem Tablett klirrender Gläser und einer geöffneten Flasche Champagner. Sie stellte es auf den Beistelltisch, und danach stand sie da und glättete die Falten ihrer gerüschten Tüllschürze.
»Spekulation? Pfänderspiel?« Wir einigten uns auf Spekulation, wobei Fortunée auf einem anfänglichen Einsatz von fünfzig Francs bestand, »damit das Blut in Wallung kommt.«
»Oh, heute habe ich Glück!«, sagte Madame Crény und wackelte mit ihren silbern bemalten Fingernägeln, bevor sie die Karten mischte.
Thérèse hob ihr Glas, ihre Ringellocken hüpften. »Auf Joséphine Bonaparte!«

Die Vergangenheit holt mich immer wieder ein

29. März 1796

Eine gute Nachricht: Dank Barras ist die Beschlagnahmung von Alexandres Besitz aufgehoben worden.*

31. März

Die Abteilung für konfiszierte Güter SW 24 ist in einem ehemaligen Frauenkloster in der Rue de Grenelle, nicht weit vom Invalidendom, untergebracht. Ich zeigte dem Mann an der Pforte mein Ermächtigungsschreiben und dann noch einmal einem Mann, der an einem Schreibtisch saß und Solitär spielte. Er hielt mein Dokument an die acht brennenden Kerzen in einem silbernen Kandelaber und warf einen kurzen Blick auf Siegel und Stempel, bevor er aus einer Schreibtischschublade einen Schlüsselring zog (der neben einer Pistole lag) und einen Mann mit einem verfilzten Bart anherrschte, der auf einem Sofa schnarchte: »Gaspard, du Dummkopf!« Der gähnende Gaspard griff nach einer Blechlaterne und winkte mir, ihm eine enge, dunkle Treppe hinauf und durch eine Reihe von Zimmern zu folgen, die alle vom Boden bis zur Decke mit Comte Diesunddas, Marquise Soundso beschrifteten Kisten voll gestopft waren – die verpackten Überreste verlorener Leben, gestohlener Leben.

* Joséphines erster Mann war (irrtümlich) wegen einer Verschwörung verurteilt worden. Er wurde hingerichtet, sein Besitz konfisziert.

Im letzten Raum entriegelte Gaspard ungestrichene Holzläden vor einem kleinen Fenster, und das Licht fiel auf ein Cembalo und einige (wunderschöne) Harfen, auf Statuen und große Ölporträts von Männern zu Pferde, von Frauen mit ihren Kindern ... ich wandte mich von ihren starren Blicken ab. Dass ich überlebt hatte, war nur Zufall.

»316, 317, 318 ... 322.« Gaspard deutete auf eine Reihe rohgezimmerter Holzkisten auf dem Fußboden, alle mit der Aufschrift Vicomte A. de Beauharnais versehen.

»Ist das alles?«, fragte ich. Sieben Kisten.

1. April

Schwermut hat mich übermannt. Ich bat Lisette, Dr. Cucé zu holen, damit er mich zur Ader ließ, aber sie erbot sich, es selbst zu tun, aus meinem Fuß. Ich schuldete dem Arzt Geld, und daher nutzte ich die Gelegenheit. Lisette setzte den Schnitt rasch und sicher; das helle Blut floß in die angeschlagene Porzellanschale. Ich fühle mich schwach, aber rein.

Später Nachmittag

Fühle mich schon kräftiger. Folgendes hat sich ereignet:

Ich war früh aufgestanden, um dabei zu helfen, in der Bibliothek Platz für die Kisten zu schaffen. Doch kurz nach elf Uhr meldete Lisette einen Besucher: Louis Bonaparte.

»Ein junger Mann mit schweren Augenlidern, Italiener, glaube ich.« Lisette beschrieb die Leute inzwischen freiheraus.

Ich war verdutzt. Von einem Louis Bonaparte hatte ich noch nie gehört.

Ich fuhr mir mit der Hand über die Haare. Ich hatte ein Kleid aus verwaschener Gaze angezogen, dessen Volant geflickt werden musste – angemessen für einen Tag, an dem ich die muffigen Kisten durchsehen wollte, deren Anlieferung ich jeden Augenblick erwartete. »Sag ihm, dass ich gleich komme«, sagte ich und streifte ein Paar Seidenstrümpfe über. Über meine Chemise zog ich ein Mantelkleid und legte Rouge auf. Ein bestickter Musselinschleier, den ich mir über die struppigen Haare warf, verlieh mir den römischen Schliff, der gerade in Mode war. *Bien*.

Der junge Mann erhob sich, um mich zu begrüßen, und schob ein in grünes Leder gebundenes Buch in die Innentasche seines Gehrocks. Es war Luigi, Bonapartes jüngerer Bruder, jener Bruder, den er als seinen Sohn betrachtete! »Napoléon hat mir aufgetragen, meinen Namen in Louis zu ändern«, erklärte er. Er scheint in Eugènes Alter zu sein, obwohl er meines Wissens ein oder zwei Jahre älter ist. »Ich bitte Sie, mir meinen Besuch zu so früher Stunde nachzusehen, Bürgerin Bonaparte«, sagte er ehrerbietig und mit melancholischer Miene. Er wäre in einem Kurort in Châtillon gewesen, erklärte er, und sei nun auf dem Weg nach Nizza, um als Adjutant zum Stab seines Bruders zu stoßen.

Ich hieß ihn herzlich willkommen und fragte ihn, ob er gerne einen Kaffee, Tee oder ein kleines Bier hätte. Er gestand, dass er sich nach meinem Inselkaffee sehnte, von dem ihm sein Bruder erzählt hatte. »Leider sind meine letzten Bohnen aus Martinique aufgebraucht – aber mein Koch, der selbst von den Inseln stammt, hat als Ersatz eine ausgezeichnete Bohne aus Südamerika entdeckt.« Ich läutete nach Lisette und bat um Kaffee, Schokoladenlikör und eine Schale Biskuits, die mein Koch heute Morgen gebacken hatte.

Wir sprachen über den Kurort, in dem er sich aufgehalten hatte, über seine bevorstehende Reise, die Gefahr von Straßenräubern, die Aufführung von Voltaires *Brutus*, die er am Abend zuvor im Théâtre de la Republique gesehen hatte. Wir waren uns einig, dass der große Schauspieler Talma »über alle Maßen unterhaltsam« (seine Worte) war. Ich erzählte ihm, dass Talma ein Bekannter von mir wäre und dass er sogar einmal in eben diesem Haus gelebt hätte, was ihn erstaunte – vielleicht, weil es ein so bescheidener Wohnsitz ist. Kurz gesagt, eine angenehme Unterhaltung.

Gerade als Lisette mit dem Kaffee erschien, hörte ich Fortuné draußen auf der Veranda bellen. »Ich bekomme ein paar Dinge geliefert«, erklärte ich, als ich aufstand. »Nein, bitte, bleiben Sie doch und trinken in Ruhe Ihren Kaffee aus.«

Louis kippte seinen Kaffee hinunter und nahm sich ein Biskuit, als er sich erhob. »Ich muss so oder so gehen«, sagte er, als er mich zur Eingangstreppe begleitete. Zwei Fuhrleute luden gerade eine der Kisten ab – eine schwere, nach ihren angestrengten Mienen zu urteilen.

»Haben Sie ein Nationalgut erworben?«, fragte Louis, als er die Siegel betrachtete.

»Gewissermaßen«, sagte ich, da ich nicht erklären wollte, dass diese Kisten die persönliche Habe meines ersten Mannes enthielten.

Die Kisten füllten praktisch die winzige Bibliothek aus. Mein Diener verrückte ein paar, damit ich mich zwischen sie zwängen konnte. Dann holte er ein Brecheisen und machte sich daran, die Deckel aufzustemmen.

Die erste Kiste enthielt Haushaltsgegenstände: Porzellan, Wäsche, muffige Bettvorhänge. Es fanden sich erstaunlich wenige persönliche Dinge: ein Tintenfass, ein Eichenkästchen mit Perlmuttintarsien, ein Glasgefäß mit metallenen Militärknöpfen. Ein Paar Reitstiefel, die Eugène vielleicht gebrauchen konnte. Vier Reitgerten, eine mit einem Goldgriff. Aber keine Pistolen und Schwerter – zweifellos gestohlen. Und auch kein Silber. Eine Ledermappe mit finanziellen Aufzeichnungen, Briefe. Ich legte alles für Tante Désirée und den Marquis zur Seite. (Ich wollte sie nicht lesen.) Und, wie ich befürchtet hatte, ein Samtbeutel mit kleinen Dessous, Strumpfbändern, einem perlmutternen Haarschmuck: Alexandres »Trophäen«. Ich warf alles fort, doch dann holte ich den Haarschmuck, der es mir angetan hatte, wieder heraus.

Und dann die Bücher: vier große Kisten. Eine war durch Wasser zerstört worden: Die Buchseiten waren verquollen und staubig vor Schimmel. Ich wies meinen Diener an, diese Bücher im Garten zu verbrennen.

In den restlichen Kisten waren eine Anzahl wertvoller Texte:

- eine komplette Ausgabe von Diderots Enzyklopädie, die Seiten noch unbeschnitten
- das Gesamtwerk von Voltaire
- eine wunderschöne Ausgabe von Ciceros *De legibus* mit geprägtem Maroquineinband und handgenähtem Rücken
- ein Bibelfoliant, sehr abgegriffen (überraschenderweise)
- Rousseaus *Discours sur l'origine et les fondements de l'inégalité parmi les hommes*

Es gab zahlreiche Bücher über Freimaurertum, die Natur, Kunst und Architektur. Auf dem Boden der letzten Kiste fanden sich ein paar Romane (einschließlich, noch verpackt, *Das Leben von Frétillon, dem Zappler*). Und zuletzt ein Notenbündel und ein Eichenkasten mit Malutensilien. Das alles sollte Hortense bekommen.

Doch ansonsten wenig von Wert. Die Erbschaft meiner Kinder.

Liebe Rose,

ich werde am 4. April nach Paris kommen, um Stoff für mein Hochzeitskleid zu kaufen. Bist du zu Hause? Vielleicht kann ich die Briefe mitnehmen, die du erwähntest. Es brach mir das Herz zu erfahren, dass all das wunderschöne Silber fehlt. Banditen! Es war seit sechs Generationen in der Familie Beauharnais.

Deine dich liebende Tante Désirée

4. April

Tante Désirée hatte noch nicht einmal ihre Handschuhe ausgezogen, als sie mir auch schon eine Strafpredigt hielt: »Deine Küchenmagd hätte verschwinden müssen, als ich ins Zimmer kam«, sagte sie und fuhr mit den Fingern über meine Regale, um festzustellen, ob sie ordentlich abgestaubt waren. »Sie sollte ihren Blick abwenden. Und deine Kammerzofe trägt Seide. Seide raschelt und wirkt anzüglich auf Männer. Das wird ganz sicher noch Ärger geben. Dienstboten sollten nur Leinengewänder in gedeckten Farben tragen und sich schon gar nicht pudern. Mein Priester hat mir ein ausgezeichnetes Buch über den Dienst im Haus gegeben. Ich habe es meinen Dienstboten nach unseren Abendgebeten vorgelesen. Sprichst du mit ihnen ein Gebet am Ende des Tages?«

»Es hat sich einiges geändert, Tante Désirée«, wandte ich schwach ein.

Sie warf mir einen vernichtenden Blick zu. »Rose, mein liebes Kind, ich hatte gehofft, dir wäre mittlerweile klar geworden, dass dieser Unsinn über Gleichheit überhaupt nichts mit Dienstboten zu tun hat. Es ist Gottes Wille, dass sie uns dienen.«

Sie blieb eine Stunde. Ich war völlig erschöpft hinterher. Wenigstens hatte sie sich nicht schon wieder zum Thema meines korsischen Ehemannes, »des Barbaren«, ausgelassen.

Nizza, 10. Germinal

Ich habe keinen Tag verbracht, ohne dich zu lieben; keine Nacht ist vergangen, ohne dass ich dich in die Arme genommen habe. Ich habe nicht einmal eine Tasse Tee getrunken, ohne den Ruhm und Ehrgeiz zu verfluchen, der mich von der Seele meines Lebens trennt. Wenn ich mich der Arbeit widme, an der Spitze der Truppe, auf der Runde durch die Lager, bist nur du allein in meinem Herzen.

Und trotzdem redest du mich förmlich an! Wie konntest du einen solchen Brief schreiben? Und vom 23. bis 26. sind vier Tage vergangen. Womit bist du beschäftigt, dass du deinem Mann nicht schreiben kannst? Mein Gemüt ist traurig; mein Herz ist versklavt; meine Phantasie erschreckt mich.
Verzeih mir! Mein Kopf ist mit großen Plänen beschäftigt, doch mein Herz wird von Ängsten gequält. – B. P.

9. April

»Ich kann euch gar nicht sagen, wie ich leide, wenn ich eine Feder in die Hand nehme«, gestand ich den Ehrenjungfrauen. »Schon mein erster Mann verabscheute meine Briefe und nun auch Bonaparte.« Es schien mein Schicksal zu sein – mein Fluch.
»Er ist böse, weil du ihn förmlich anredest, mit *vous*?«
»Aber so muss eine Frau doch ihren Ehemann anreden.« Die Krone von Madame Crénys Hut war mit Tulpen bekränzt, die von einer breiten Schleife aus schwarz und weiß gestreiftem Satin gehalten wurden.
»Es sei denn, du bist die Bäckersfrau.«
»Wie egalitär müssen wir denn noch werden?«
»Er ist eben leidenschaftlich«, sagte ich und seufzte entmutigt. Fortunée Hamelin lachte verächtlich auf. »Gewöhnlich bedeutet das schnell.«

10. April

Ich bin neunzehn Tage im Verzug.

11. April

Ich bin erschöpft und spüre einen Schmerz in der Seite, den die Bewegung einer Kutsche zu entfachen scheint. Beunruhigende

Gespräche in beiden Schulen über die Kinder. Zu müde, um es zu erklären. Für heute fünfzehn Tropfen Laudanum und ins Bett.

12. April, ein Uhr mittags. Noch in meinem Nachtgewand.

Ich fühle mich erholt, wiederhergestellt (obwohl diese Schmerzen anhalten). Folgendes ereignete sich:
Als wir Hortense an ihrer Schule absetzten, sagte man mir, dass Madame Campan mit mir zu sprechen wünschte. Ich bat Eugène zu warten und ging hinein.
»Meine Absicht, Sie rufen zu lassen, Madame Bonaparte, ist«, sagte Madame Campan, »mit Ihnen über das mögliche Einsetzen der Periode zu sprechen. Nun, da Ihre Tochter dreizehn geworden ist, wird alles sehr schnell gehen. Es ist das Beste, vorauszudenken.«
Ich brauchte einen Augenblick, um zu verstehen, worauf sie sich bezog. »In meiner Familie nannten wir es Monatsfluss«, sagte ich und kam mir ein wenig albern dabei vor.
»Das tun viele.« Der Lederstuhl der Schulleiterin knarrte, als sie sich zurücklehnte. »Oder die normalen Leute. Unsere verstorbene Königin nannte es das *Übliche*. Das Übliche ist eingetreten, sagte sie immer, oder das Übliche hat sich verspätet oder ist zu früh, je nach seiner Laune.« Ihre Stimme verriet ein Zittern. Die sonst so stoische Schulleiterin war jedes Mal aufgewühlt, wenn sie sich an ihre Jahre als Hofdame von Königin Marie Antoinette erinnerte. Sie räusperte sich. »Was ich Sie fragen möchte, ist Folgendes: Möchten Sie, dass ich einen Boten schicke, wenn es soweit ist? Ich bilde mir etwas ein auf die Bedeutung meiner Rolle in den Herzen und Köpfen meiner Schützlinge, aber wenn das Übliche ruft, um ein Mädchen ins Reich der Frau zu begleiten, dann ist es ihre Mutter, die ihr zur Seite stehen sollte.«
»Na … Natürlich«, stotterte ich.

Madame Campan lächelte und beugte sich vor. »Zweifellos haben Sie bereits über das Thema Korsett nachgedacht.«
Ich nickte, doch diesmal runzelte die Schulleiterin die Stirn. »Ich muss Ihnen davon abraten, Ihre Tochter zu schnüren. Diese Praxis könnte ihre Organe verletzen. Ihre Tochter nähert sich dem Alter von Gebärmuttererkrankungen – man kann nicht vorsichtig genug sein. Madame Bonaparte, Sie sehen besorgt aus. Habe ich Sie erschreckt?«
In Eugènes Schule wiederholte sich das Schema: Bürger Muestro, der Schulleiter, wünschte mein Erscheinen. Eugène stöhnte, was mich leise warnte, dass die Nachricht vermutlich nicht erfreulich war – und sie war es auch nicht. Eugène versagte in allen seinen Fächern, teilte man mir mit – außer im Reitunterricht. Und darüber hinaus hatte er sich an einem Streich gegen den Koch beteiligt, bei dem ein »Geist« im Hühnerhaus erschienen war, was den Mann an den Rande eines Schlaganfalls gebracht hatte. Erschüttert verließ ich das Büro des Schulleiters, und seine Drohung klingelte mir in den Ohren: »Wenn Ihr Sohn nicht anfängt, sich Mühe zu geben, werden wir Sie bitten müssen, ihn aus dieser Institution zu nehmen.«
Eugène reckte das Kinn vor. »Das ist mir egal! Ich hasse die Schule!«, sagte er und legte das Sammelalbum weg, an dem er gerade arbeitete.
»Du bist erst vierzehn, Eugène. Du musst zur Schule gehen.« Ich schaffte mir auf seinem schmalen Bett Platz. »Ohne Ausbildung wirst du niemals Offizier werden.«
»Und was ist mit General Hoche? Er ist Oberbefehlshaber und er ist nie zur Schule gegangen.«
Hoche? Es erschreckte mich, Lazares Namen aus dem Munde meines Sohnes zu hören. Es erschreckte und entwaffnete mich. Eugène war erst zwölf Jahre alt gewesen, als sein Vater starb. Dieses ganze schreckliche erste Jahr hindurch war er mürrisch, launisch, wütend gewesen. Es mussten Engel gewesen sein, die

uns Lazare Hoche geschickt hatten, einen Mann mit einem so großmütigen Herzen, dass er selbst die erschüttertsten Seelen heilen konnte – meine eigene, Eugènes. Er hatte Eugène unter seine Fittiche genommen, ihn als seinen Adjutanten und Lehrling in die Armee gebracht, sich um ihn gekümmert, als wäre er sein Sohn. Doch General Hoche hatte eine Frau und ein eigenes Kind – und Eugène jetzt einen Vater.

13. April

Schon den ganzen Morgen verbringe ich damit, ein Buch durchzusehen, das mir Madame Campan geliehen hat, *Eine Abhandlung über alle Krankheiten, die mit Frauen verbunden sind*. Der Leibarzt von König Ludwig XV. hat es geschrieben. Madame Campan erzählte mir, dass auch die Königin Marie Antoinette ihn konsultierte. Es steht eine Menge über alle Arten von Beschwerden darin. Zum Beispiel über das Thema Monatsfluss (krankhafter Fluss, wie es der Autor nennt):

Die menstruelle Reinigung ist ein Blutfluss, der monatlich aus dem Uterus strömt. In seinem Buch von der Blutung *führt Galen den Ursprung der Menses auf eine Überfülle zurück. Denn, so sagt er, verursacht nicht die Natur selbst eine Entleerung in allen Frauen, indem sie jeden Monat das überflüssige Blut ausschüttet? Ich vermute, dass das weibliche Geschlecht, weil es durch das ständige Leben im Hause und das nicht an harte Arbeit oder Sonnenbestrahlung Gewöhntsein eine große Menge von Körpersäften anhäuft, einen Ausfluss dieser Überfülle als ein von der Natur geschenktes Heilmittel erhalten sollte.*

1. Die erste Tatsache dieses krankhaften Flusses ist, dass er zu einer festgesetzten Zeit auftritt und das gewöhnlich im Alter zwischen dreizehn und sechzehn Jahren.

2. Die Erfahrung hat gelehrt, dass die Menses normalerweise zwischen dem fünfundvierzigsten und fünfzigsten Lebensjahr versiegt.

Demnach ist es in der Tat möglich, dass Hortense, die gerade dreizehn geworden ist, bald mit ihrem regelmäßigen Unwohlsein beginnen könnte. Der Autor warnt davor, Mädchen in diesem Alter scharf gewürzten Speisen oder einer Musik unsittlicher Tonart auszusetzen. Wenn ich nur wüsste, welche musikalischen Tonarten unsittlich sind!

14. April

Ein anhaltender Schmerz in meiner Seite und ein Fiebergefühl. Und immer noch keine Anzeichen des Monatsflusses.

17. April

Die Pendeluhr hatte gerade zwei geschlagen, als ich ein Pferd die Gasse entlang galoppieren hörte. Ich ging zur Eingangstreppe. Es war Eugène, der von einem schweißbedeckten grauen Wallach abstieg. Er warf die Zügel um die steinerne Löwenstatue und sprang die Treppe, zwei Stufen auf einmal nehmend, hinauf. »Du reitest allein?«, fragte ich, als ich ihn umarmte. Die Straße zwischen Paris und Saint-Germain war abgelegen und für ihre Gefährlichkeit bekannt.
»Solltest du nicht in der Schule sein?« Seine Augen waren rot umrändert. »Ist etwas vorgefallen?«
»Maman, es geht um General Hoche«, sagte er nach Atem ringend. Er zog ein zerrissenes Blatt aus seiner Rocktasche, eine Seite aus *Les Nouvelles*. Die Zeitung bebte in seiner Hand. Ich kniff die Augen zusammen, um die kleine Schrift entziffern zu können: *General Lazare Hoche wurde in der Vendée getötet.*
»Eugène, das kann nicht wahr sein.« Barras hätte mich sofort unterrichtet. Aber mein Sohn war nicht davon überzeugt. »Wenn du möchtest, fahre ich zum Palais«, beruhigte ich ihn. »Direktor Barras wird es sicher wissen.«

Trotz der riesigen Kaminfeuer, die brannten, den Teppichen, den Wandbehängen, den Vorhängen aus purpurrotem Damast, war es kalt im Palais Luxembourg. Und seltsam still, außer dem rhythmischen Besenwischen der Pförtner, die nach dem täglichen Gedränge der Bittsteller sauber machten. In Gedanken bei diesem Zeitungsfetzen, der zusammengefaltet in der Innenfläche meines Handschuhs steckte, folgte ich dem Lakai durch die hohltönenden Empfangsräume.
Vier Arbeiter, die die Täfelung in der Grande Galérie neu vergoldeten, verstummten, als ich vorüberging. Noch vor fünf Monaten hatte das einst elegante Palais nur Ungeziefer und Fledermäuse beherbergt. Nach und nach ließ Barras es vollständig renovieren. Nach und nach sah es wieder wie ein Palais aus – und jedes Stück genauso einschüchternd. Ich blickte kurz in einen Spiegel und zog meinen Hut schräger. Ich suchte den mächtigsten Mann in der französischen Republik auf, rief ich mir ins Gedächtnis. Es war kaum zu glauben. Mein lieber, exzentrischer Freund Paul Barras herrschte nun über das Land. »Père Barras«, wie Thérèse und ich ihn wegen seiner Großherzigkeit nannten.
»Empfängt Direktor Barras Besucher?«, fragte der Lakai Barras' ältlichen Türsteher, der mich mit einer schwungvollen Geste hereinwinkte.
»Entrez!« Von drinnen hörte ich einen schrillen Schrei.
»Bruno, war das ein Papagei?«
Der Türsteher grinste, ihm fehlten drei Vorderzähne. Ich betrat den Raum. Es dauerte einen Augenblick, bis sich meine Augen an die Beleuchtung gewöhnt hatten. Barras bevorzugte dunkle, in Samt gehüllte Räume – eine Spielsalonatmosphäre.
»Schöne Dame!«
Barras saß ausgestreckt in seinem Lieblingssessel, auf seiner weiß behandschuhten Hand hockte ein farbenprächtiger Vogel. »Darf ich dich mit Igor bekannt machen, ein Geschenk des Sul-

tans der Türkei – zusammen mit einem Tiger. Den Tiger habe ich hinüber in den Jardin des Plantes geschickt und diesen klugen Burschen behalten. Es ist ein wenig erschreckend, wie rasch er lernt.«

»Ha, ha, ha.« Der Papagei ahmte Barras' leises Lachen perfekt nach.

»Schau mal – Toto hat sich versteckt«, sagte Barras grinsend. Nur noch die Nase des Zwergwindspiels guckte unter seinem Schreibtisch hervor.

»In Martinique hatte ich auch einen Papagei.« Ein abscheuliches Geschöpf. Vorsichtig, ein Auge auf den Vogel gerichtet, küsste ich meinen Freund auf die Wange. Barras trug ein florentinisches purpurnes Taftjackett, das ich noch nicht kannte. Es war auf Taille geschnitten; er sah aus, als würde er gleich platzen. Ja, vermutlich doch ein Korsett, dachte ich. Und es stimmte, entschied ich: Er hatte seine Haare wirklich schwarz gefärbt. Barras erhob sich gemächlich und stupste den Vogel auf die Stange eines Käfigs im Fensteralkoven, während er eine Klaue aus seinen Spitzenmanschetten löste.

»Zur Hölle mit den Royalisten«, kreischte der Vogel.

Barras warf eine Samtdecke mit goldenen Fransen über den Käfig. »Brandy?«, bot er an und schenkte sich selbst ein Glas ein. Ich lehnte ab und setzte mich auf den Sessel, auf den er mit seinem Glas deutete. Er setzte sich mir gegenüber und schlug die Knöchel übereinander. Toto raste wie wahnsinnig durch den Raum und sprang auf den Schoß seines Herrn. »Und welchem Grund verdanke ich das Vergnügen dieses Besuches?«, fragte er und streichelte den Kopf des Hundes. »Ich habe dich eigentlich erst heute Abend in meinem Salon erwartet. Wirst du noch einmal kommen? Der Sultan wird da sein, und ich möchte den Eindruck eines Harems erwecken.« Ein spitzbübisches Grinsen. Ich zog den Artikel aus der Innenseite meines Handschuhs, entfaltete ihn und reichte ihn ihm. »Eugène sah einen Bericht in

Les Nouvelles, der ihn beunruhigte.« Meine Stimme klang nicht so ruhig, wie ich gehofft hatte.
Barras klopfte auf die Taschen seiner Weste, zog ein goldgefasstes Lorgnon hervor und schob es in die Augenhöhle. »Lazare ... getötet?« Er stieß ein Lachen aus.
Ich spürte ein Kribbeln in der Brust. »Dann stimmt es also nicht?«, fragte ich und beugte mich vor. Eugène würde besorgt auf meine Rückkehr warten.
»Natürlich nicht. Wunschdenken vonseiten einiger Royalisten, kein Zweifel. Journalisten kannst du nichts glauben. Habe ich dir nicht etwas beigebracht? Lazare ist nicht umzubringen – das weißt du doch.«
Er setzte Toto auf den Boden und begleitete mich zur Tür. »Aber eine Frage, bevor du gehst, meine Liebe.« Und setzte sein charmant schiefes Grinsen auf. »Warum diese Besorgnis um Lazare Hoche?« Zwickte mich in die Wange. »Madame *Bonaparte*.«

Ich erfahre die Tatsachen des Lebens

20. April 1796

Ich habe einen Arzt wegen des Stillstands meines monatlichen Unwohlseins aufgesucht. »Haben Sie kürzlich geheiratet, Madame?«, fragte er.
»Mein Mann ist jetzt in Italien.«
»Er reiste ab …?«
»Am einundzwanzigsten Ventôse.«
Dann stellte er mir eine Reihe von Fragen. Sind meine Brüste knotig? (Nein!) Habe ich Ängstlichkeit empfunden? Besorgnis? (Ja, ja.) Habe ich Zahnschmerzen? (Seit ich erwachsen bin.) Habe ich Appetit auf abscheuliche und ungesunde Nahrungsmittel wie zum Beispiel Karotten, rohe Rüben, Schweinebraten? (Ich gab zu, Karotten sehr zu mögen.) Habe ich Angst vor dem Sterben? Habe ich Vorahnungen und Depressionen? Werde ich von einer Angst vor undefinierbarem Unheil heimgesucht? Leide ich an Sodbrennen?
»Ausgezeichnet, Sie werden zur rechten Zeit erwarten«, sagte er offensichtlich zufrieden mit meinen Antworten.
»Meinen Sie damit, Dr. Cucé, dass ich ein Kind erwarte?«
»Das bestätige ich.«
»Aber Dr. Cucé …«
»Kein Grund, Angst zu haben, Madame«, sagte er und polierte sein Stethoskop mit dem Zipfel seiner Jacke. »Obwohl es für eine Frau nach dem dreißigsten Lebensjahr nicht ratsam ist, sich fortzupflanzen, brauchen Sie sich keine Sorgen über verhäng-

nisvolle Auswirkungen zu machen. Sie haben, wie Sie mir mitteilten, von Ihrem ersten Mann bereits zwei Kinder zur Welt gebracht, ein Vorgang, der die Kanäle wirkungsvoll geöffnet hat.«

»Dr. Cucé, ich meine nur, dass ich nicht das Gefühl habe, dass ich …« Meine Brüste sind in keiner Weise empfindlich, und mein Bauch ist nicht aufgebläht. »Und was ist mit den Schmerzen, unter denen ich leide? Dem Fieber?«

»Die Schmerzen sind …?« Er bohrte mir seinen manikürten Finger in die Seite.

»Manchmal ziemlich schlimm«, sagte ich, »und dann wieder nur ein Ziehen.« In diesem Augenblick ein stetes, klopfendes, schmerzhaftes Ziehen.

»Eine geringfügige Magenentzündung.« Er schrieb ein Rezept für einen abführenden Diättrank und einen Kräutertee für Fußbäder.

Zwanzig Livres – als Anzahlung.

Thérèse küsste mich auf beide Wangen und die Stirn, als wollte sie mich segnen. »Das ist eine wunderbare Nachricht! Bonaparte ist ja so leistungsfähig.«

»Ich wünschte nur, ich könnte es glauben. Ich bin kein bisschen empfindlich, und diese Schmerzen sind so …« Beunruhigend.

»Hast du das Hirschhorn-, Muskat- und Zimtpulver genommen, das ich dir geschickt habe? Und hast du es in Quellwasser gekocht, wie ich dir sagte?«

Ich nickte. »Und dann probierte ich ein Heilmittel, das mir Tante Désirée schickte, zusammen mit ihrem speziellen Gebet. Und dann noch eines, von dem meine Küchenmagd beim Kopfe des Brutus schwor, dass es einen Krankheitszustand eindämmen würde.«

»Und nichts hat geholfen?«

Ich schüttelte den Kopf. Irgendetwas stimmte nicht.

21. April

Heute Nachmittag hatte ich amüsanten Besuch – er trug dazu bei, meine Schwermut zu vertreiben.
»Hauptmann Charles.« Er stellte sich mit einer theatralischen Verbeugung vor. Er ist jung, Anfang zwanzig, würde ich schätzen, mit einem aufgeweckten Koboldblick. Ein hübscher Mann, außergewöhnlich gut gebaut mit angenehmen Gesichtszügen und ausgezeichneten Zähnen. Sein dichtes schwarzes Haar war nach hinten zu einem Zopf gebunden. Seine himmelblaue Husarenuniform hob die außergewöhnliche Farbe seiner Augen hervor – ein helles Aquamarin. (An *wen* erinnert er mich nur?) »Ich komme gerade aus Marseille«, erklärte er, »wo mir ein Brief an Sie anvertraut wurde. »Wie durch Zauberei zog er ein Dokument hinter der Marmorbüste von Sokrates hervor.
Ich lächelte hinter meinem Fächer.* Ein Trickkünstler!
Der Brief war von einer Frau geschrieben, die Handschrift ungelenk, wie die eines Kindes. »Er ist von General Bonapartes Mutter?« *Mein Sohn hat mir von seiner glücklichen Heirat erzählt, und fortan haben Sie meine Wertschätzung und Zustimmung.*
»Wie nett von ihr zu schreiben«, sagte ich, vermutete allerdings, dass Bonaparte auch ihr den Brief diktiert hatte.
»Ja, die Mutter des Generals ist sehr nett«, echote er, jedoch mit einem seltsamen leidgeprüften Ausdruck, der mir die Frage nahe legte, ob er vielleicht das Gegenteil meinte.
Ich hörte das geschäftige Klicken der Krallen meines Mopses auf dem Parkettboden. Fortuné kam mit herrischem Gehabe ins Zimmer. »Was für ein reizender kleiner Hund!« Hauptmann Charles beugte sich hinunter und streckte die Hand aus.
Reizend? Die meisten Leute finden meinen mürrischen Mops

* Joséphine hatte schlechte Zähne und die Angewohnheit, mit geschlossenen Lippen oder hinter einem Fächer zu lächeln.

hässlich. »Bitte seien Sie vorsichtig, Hauptmann. Mein Hund ist berüchtigt dafür, dass er beißt.«
Fortuné näherte sich der Hand des Hauptmanns und schnüffelte daran. Der Hauptmann hob Fortuné hoch und rieb das Gesicht mit spielerischem Knurren in Fortunés Fell. »Er hat noch nie einem Fremden gestattet, ihn zu berühren«, sagte ich ebenso erstaunt über Fortunés Reaktion wie über die des Hauptmanns.

27. April

»Mein Schützling hat es geschafft!« Barras glitt von seinem Pferd. Ich kam ans Gartentor und wischte mir dabei die Hände an meiner Schürze ab. Er stieg über den niedrigen Zaun, nahm mich in die Arme und wirbelte mich herum. »Ich habe ihnen ja gesagt, dass er es schaffen könnte, aber das hier – das ist ein Wunder.« Er trug noch seine Direktorenrobe; ein Zipfel des scharlachroten Capes verfing sich in einem Rosenbusch.
»Paul, warte.« Ich löste ihn von dem Dorn. Meine Küchenmagd, die gerade einen Teppich über die Steinmauer hängte, erstarrte mitten in der Bewegung, die Hand über die Schulter gereckt.
»Es ist unglaublich. Selbst ich habe nie erwartet …!« Er war noch ganz außer Atem von dieser Demonstration jugendlichen Elans und gefährlich gerötet.
»Nun, Père Barras«, sagte ich und winkte ihn zu der Gartenbank, »könnte ich dich vielleicht überreden, Platz zu nehmen? Und wenn du mir dann – lass dir ruhig Zeit! Ich möchte dich auf keinen Fall hetzen! – erzählen könntest, was das für ein Wunder ist?« Ich legte meine Schürze ab und benutzte sie, um die Steinbank abzuwischen. »Und welcher Schützling?« Denn Barras hatte viele.
Er ging auf dem schmalen Pfad auf und ab und kickte Steine weg. »Dein Mann. Wer sonst?«

»Bonaparte?« Ich lehnte mich zurück und zog meinen Strohhut nach vorn, damit er meine Augen gegen die Sonne schützte. Barras klatschte in die Hände. »Er hat einen Sieg errungen!«
Ich lächelte ungläubig. »Schon?«
»Ja – in Montenotte.« Er wedelte mit den Händen in der Luft herum, als wäre er geistesgestört. »Und das mit dieser verhungerten, jämmerlichen, kleinen italienischen Armee, die ihm die Direktoren nur so widerwillig zugestehen wollten.« Ging wieder auf und ab, schleuderte sein Cape über die Schulter. »Habe ich nicht immer gesagt, dass ich einen Blick für Talente habe? Ich habe ihnen gesagt, dass er es schaffen könnte. Und nun werden sie zugeben müssen, dass ich Recht hatte. *Ha!*«

29. April

Noch ein Sieg! Diesmal in Millesimo. Ich habe eine Landkarte an die Wand in der Bibliothek geheftet und kleine Fähnchen hineingesteckt, genauso wie Bonaparte es bei der Planung seines Feldzuges getan hatte.

30. April

Und noch einer in Dego! »Ich halte diese ganze Feierei nicht mehr aus!«, stöhnte Barras und hielt sich den schmerzenden Kopf.

17. Floréal, Palais du Luxembourg

Meine Freundin,
bitte verzeihe diesen Brief – ich bin den ganzen Tag in Sitzungen mit den Direktoren eingespannt. Ich möchte, dass du die Erste bist, die es erfährt: Dein Mann hat vier weitere Siege errungen, und das in nur vier Tagen! Einundzwanzig österreichische Flaggen erobert! Ich bestelle ein Feuerwerk

über dem Fluss – zum Teufel mit den Kosten. Bei diesem Tempo wird Bonaparte bald die Schatztruhe des Papstes öffnen.
Ich rate dir, den Journalisten, die dich – ich warne dich – bedrängen werden, keinerlei Interviews zu geben. Alle Informationen dürfen nur vom Direktorium kommen.
Geht es dir nicht gut? Thérèse erwähnte, dass du mit Fieber zu Bett gelegen hast. Diese Nachricht wird sicherlich heilsam sein. Komme wieder zu Kräften – es werden Feierlichkeiten ohne Ende stattfinden.

Père Barras

Anmerkung: Ich verhandele über den Kauf von Grosbois. Stell dir vor, vorher wohnte dort die königliche Familie.
Mit Glück und ein wenig Überzeugungskraft (von der goldenen Art) wird der königliche Besitz für ein Butterbrot mir gehören. Allerdings wird es Millionen kosten, ihn wieder bewohnbar zu machen.

4. Mai

Fieber, wieder Schmerzen, ziemlich heftig heute Morgen. Dr. Cucé kommt bald.

3 Uhr nachmittags

Dr. Cucé hat sich tatsächlich vor mir verbeugt. »Madame Bonaparte!«, rief er aus, wobei er den Namen wie »Bonne à Pare Té« aussprach. »Ganz Paris ist im Freudentaumel! Vier weitere Siege in nur vier Tagen. Meine Gattin war außer sich, als ich ihr mitteilte, dass meine verehrte Patientin unsere Siegesgöttin ist. Und als sie erfuhr, dass ich Sie heute aufsuchen würde, um mich Ihrer Gesundheit zu widmen, ist sie praktisch auf der Stelle in Ohnmacht gefallen. Wenn ich mich erkühnen darf, ob Sie vielleicht ein kleines Zeichen hätten, etwas, das der Held von Italien berührt hat? Ein Taschentuch wäre ausgezeichnet, besser noch – vielleicht eines von General Bonne à Parte Tés Haaren? Ich würde mit Vergnügen auf mein Honorar verzichten. Nein! Stehen Sie nicht auf, ich bestehe darauf. Ich werde selbst nachsehen. In dieser Schublade? Diese Bürste?« Ich nickte, zu erschöpft, um zu widersprechen, und verärgert darüber, dass die Bürste nicht gereinigt worden war. »O ja!«, rief der Arzt aus, als er ein langes schwarzes Haar herauszog und es ans Licht hielt. Er drehte sich mit funkelnden Augen zu mir um. »Für meine Gattin, versteht sich. Sie wissen ja, wie Frauen sind.«

5. Mai

Immer noch ans Bett gefesselt. Thérèse war gerade mit Kräutern und aufmunternden Worten hier. Sie zeigte mir einen Bericht in der Zeitschrift *Ami des Lois*. Offensichtlich hatte jemand zu meinen Ehren geschriebene Verse eingesandt – unsigniert allerdings.

»Aber ich glaube zu wissen, wer sie geschrieben hat«, sagte sie. »Hellwach.«

Hauptmann Charles? (Thérèse hatte den amüsanten Trickkünstler Hellwach getauft, weil er immer so fröhlich ist.) »Sei nicht albern, Thérèse«, sagte ich und zog mir die Bettdecke unter das Kinn. »Er ist zehn Jahre jünger.« Und ich vermutete sowieso, dass der hübsche Hauptmann der Typ Mann war, der nur mit Frauen kokettierte – nichts weiter.

»Junge Männer bewundern dich. Schau Bonaparte an – er ist sechs Jahre jünger als du. Und was ist mit Lazare? Wie viele Jahre ist er jünger?«

»Fünf«, sagte ich errötend.

[Ohne Datum]

Allmählich geht es mir besser. Ich hasse es, krank zu sein.

6. Mai

Es war spätmorgens – ich hatte gerade gebadet –, als man mir mitteilte, dass unten zwei Männer warteten, die mir ihre Aufwartung zu machen wünschten. Ich erwog, ihnen zu sagen, dass ich nicht empfinge, da ich noch nicht gänzlich wiederhergestellt sei. »Ich glaube, einer könnte der Bruder Ihres Mannes sein«, sagte Lisette zu mir.

Bonapartes älterer Bruder Giuseppe tippte an seinen Zweispitz und verbeugte sich aus der Taille. »Ich werde jetzt Joseph genannt«, teilte er mir mit und enthüllte dabei die Spitzen seiner ebenmäßigen Zähne. »Entzückt, Sie endlich kennen zu lernen.« Er ist sowohl größer als auch älter als Bonaparte, ein leise sprechender Mann mit trägem Blick. Er war teuer, wenngleich ausgefallen in einen gelben Frackrock mit passenden Bundhosen gewandet, ein kleiner, mit Juwelen besetzter Fechtsäbel baumelte an seiner Hüfte. Oberst Junot, einer von Bonapartes Adjutanten, stand neben ihm und ließ die Fingergelenke knacken.

»Was für eine Überraschung!« Ich begrüßte meinen Schwager. »Ich kann Ihnen gar nicht sagen, welches Vergnügen mir dies bereitet«, sagte ich nochmals und war mir bewusst, dass ich zu laut und zu überschwänglich sprach. Sollte ich Bonapartes Bruder mit seinem Vornamen anreden? Sollte ich meine Anteilnahme zur Entbindung seiner Frau von einer Totgeburt aussprechen? Welche Bräuche herrschten auf Korsika?

Joseph zog meine Hand an seine Lippen und küsste sie theatralisch mit geschlossenen Augen, als wäre er von Gefühlen übermannt. Ich wartete, bis er fertig war. »Mein Bruder bittet mich, Ihnen von seiner überwältigenden Liebe zu erzählen«, sagte er.

»Bonaparte hat mir oft von seiner Liebe zu *Ihnen* erzählt«, antwortete ich, während ich überlegte, wie ich seinen Speichel von meiner Hand abwischen könnte. Als ich Lisette ein Zeichen gab, Fruchtlikör zu servieren, schlug ich mit der Hand an meinen Rock und durch die Luft, als wäre ich eine temperamentvolle Frau. »Wann sind Sie in Paris eingetroffen? Ich sehne mich nach Neuigkeiten von Bonaparte. Vier Siege in vier Tagen – es ist unvorstellbar!«

»General Bonaparte hat fünf Pferde zu Tode geritten«, sagte Oberst Junot und ließ wieder die Fingergelenke knacken.

Mon Dieu, dachte ich. »Wie war Ihre Reise?«, fragte ich mit schwacher Stimme.

»Wir haben den langen Weg genommen, über das Meer«, sagte Joseph. »Aber Sie werden mit Vergnügen hören, liebe Schwester, dass die Rückkehr nicht länger als eine Woche beanspruchen dürfte, da ja nun die Überquerung der Alpen vertraglich gesichert ist. Bequeme Unterkünfte wurden für Sie vorbereitet.«

Unterkünfte? Ich schloss meinen Fächer. Ich verstand nicht.

»Sie sollen zu meinem Bruder nach Italien reisen, liebe Schwester.«

Ich raffte meine Schleppe zur Seite und setzte mich auf den Stuhl neben der Harfe. »Verzeihen Sie, aber ich bin nicht sicher, ob ich in der Lage bin, zu …« Wäre es unschicklich, ihm mitzuteilen, dass ich in anderen Umständen bin?

»Sie verstehen nicht, liebe Schwester«, sagte Joseph leise, die Muskeln in seinem Kiefer zuckten. »Mein Bruder, der General, er …«

»Man darf dem General nicht den Gehorsam verweigern«, sagte Junot und drehte an seinen Fingern, schaffte es diesmal jedoch nicht, die Gelenke knacken zu lassen.

Bald darauf gingen sie. Ich habe meinen Kutscher angewiesen, die Pferde anzuspannen – ich muss mit Barras sprechen.

5 Uhr nachmittags

Barras runzelte die Stirn. »Aber das ist unmöglich. Die Direktoren müssen zuerst ihre Einwilligung geben.«
»Das scheint ihnen nicht klar zu sein.«
»Tatsache ist, dass dir die Direktoren die Reise nicht erlauben, dass wir dir keinen Reisepass bewilligen würden. Es ist einfach noch nicht sicher. Und außerdem ...« Er stützte das Kinn in die Hand und betrachtete mich mit seinen Hundeaugen. »Ehrlich gesagt, bezweifele ich, dass es in unserem Interesse läge. Ihr würdet den Befreier Italiens von seinen militärischen Aufgaben ablenken.« Er grinste lüstern.
»Dann würden mir die Direktoren also nicht erlauben, nach Italien zu reisen?«
Er schüttelte den Kopf, dass die Feder an seiner Mütze wippte. Kurz darauf ging ich, doch erst, nachdem ich Barras versprach, am ersten Wochenendtreffen in seinem neuen Landschloss teilzunehmen. »Es wird wundervoll erholsam«, versprach er mir.

19. Mai – Grosbois

Ich sitze auf einem Stuhl, auf dem wahrscheinlich schon Ludwig XIV., der Sonnenkönig, gesessen hat. Ich schreibe an einem Tisch, an dem Verträge entworfen worden sind, wohne in einem Schloss, in dem die großen Männer der Geschichte übernachtet haben.
Ehrlich gesagt bin ich sprachlos, wie groß Grosbois, nun Barras' Landbesitz, ist. Das ist wirklich ein Schloss.
»Es ist ein Problem, das ist es«, sagte Barras und wies auf all die notwendigen Reparaturen am Dach, am Fundament, an den Fenstern hin. Denn dass man es vernachlässigt hatte, war nicht zu übersehen. Zwei Diener hatten acht volle Tage damit zugebracht, nur das Ungeziefer zu fangen und zu vernichten, erzählte er uns.

Wir sind eine kleine Gesellschaft: Thérèse und Tallien (die sich leider ständig zanken), Julie und Talma* (wieder zusammen, zweifellos vorübergehend), ein Deputierter Dolivier (der auch Bankier ist), Fortunée Hamelin (zum Glück blieb ihr wichtigtuerischer Mann zu Hause), Ouvrard und seine Frau, Lucile Beaucarnot, eine Sängerin an der Oper (Barras' gegenwärtige Favoritin) und deren wohlgestalteter junger Bruder. Sie machen gerade alle einen Besichtigungsspaziergang. Da ich mich nicht wohl fühlte, ging ich nicht mit.
Auf jeden Fall war es eine Entschuldigung, um ein kurzes, aber erquickendes Schläfchen unter Seidenlaken zu halten. Bald werde ich nach Lisette läuten und mich zum Abendessen ankleiden. Das Wasser in der Schüssel ist mit Rosenblütenblättern parfümiert worden; eine Kristallflasche feinsten Bordeauxweins steht auf dem Tisch vor einem mit Blumen gefüllten Kamin. Ich kann den Duft von gebackenem Brot riechen. Drei Köche sind dabei, etwas vorzubereiten, was zweifellos wieder eines von Barras' üppigen Festmahlen wird. (Das Menü liegt jetzt vor mir.) Barras hat für ein Streichensemble gesorgt, das während des Essens spielen wird. Und danach, zweifellos übersättigt, werden wir uns in einen goldenen Salon zurückziehen, wo Talma lesen wird und ich die Harfe spiele, während Lucile Beaucarnot singt, und wir uns – zum Schluss, unausweichlich! – über die urkomischen Imitationen von Thérèse vor Lachen krümmen werden. »Und *danach* der Spielsalon«, warnte uns Barras mit einem boshaften Grinsen und schleuderte sein scharlachrotes Cape über die Schulter. Er fühlt sich offenkundig sehr wohl in dieser Rolle, der Großmeister, der unser Amüsement orchestriert. Ich bin nur allzu gern bereit, dem Folge zu leisten.

* Julie Careau und der große Schauspieler François Talma hatten in Joséphines Haus gelebt, als sie noch verheiratet waren.

Spät (ich weiß die Uhrzeit nicht genau)

Um fünf Uhr versammelten wir uns in Festgarderobe zum Abendessen. (Mein neues cremefarbenes, mit Goldfäden besticktes Musselinkleid war genau richtig für den Anlass.) »Darf ich bitten?« Barras bot mir seinen Arm. Wir schritten an der Spitze der kleinen Prozession in den alten Speiseraum.

»Ein Fresko von Abraham Bosse?«, fragte Thérèse. Die Wände waren mit einer mittelalterlichen Szene bemalt.

Barras zuckte mit den Schultern. »Ich wohne hier nur.«

»Wie alt ist dieses Haus eigentlich?«, sagte Ouvrard, während er den wuchtigen Kamin betrachtete, der das eine Ende des Raumes beherrschte. Ouvrard ist ein groß gewachsener Mann, jung (Mitte zwanzig), außergewöhnlich gut gebaut. Der reichste Mann in der Französischen Republik, wie es heißt.

»Es ist schon seit dem dreizehnten Jahrhundert eine königliche Domäne. Le Monsieur war der letzte Bewohner«, sagte Barras. Le Monsieur, der Thronprätendent, der Bruder von König Ludwig XVI. – und, wenn es nach den Royalisten ginge, der König. »Wir wandeln in den Fußstapfen der Geschichte.«

»*Sie* wandeln«, verbesserte ich ihn.

Wir nahmen Platz und aßen, jeder von einem schweigsamen Diener umsorgt. Wir tranken, wir lärmten: Ich ließ die Neuigkeiten auf mich wirken. Das Staatsdefizit war Besorgnis erregend: zweihundertfünfzig Millionen. In dem Bemühen, Geld aufzutreiben, plante die Regierung, eine Reihe von Nationalgütern zu verkaufen.* Die Direktoren zogen in Erwägung, neue Steuern einzuführen: eine Patentsteuer, eine Briefmarkensteuer, eine Grundsteuer. Es wurde sogar von einer Steuer auf

* Im Verlauf der Revolution hatte die Regierung Kircheneigentum wie auch die Besitztümer von Emigranten und verhafteten Aristokraten beschlagnahmt. Um Geld aufzutreiben, bot die Republik von Zeit zu Zeit diese Besitztümer zum Verkauf an – gewöhnlich zu einem sehr guten Preis.

Abendmenü

FÜR DEN TISCH DES BÜRGERS DIREKTOR UND GENERAL BARRAS
DÉCADI, 30. FLORÉAL
12 PERSONEN

1 Suppe
1 Vorspeise
6 Hauptgerichte
2 Bratengerichte
6 Beilagen
1 Salat
24 Nachspeisen

Suppe

Mönchs kleine Zwiebelsuppe

Vorspeise

Am Spieß gegrillter Stör

Hauptgerichte

Kurzgebratene Steinbuttfilets
Aaltartar
Mit Mark gefüllte Gurken
Hähnchenbrust in einer Blätterteigmuschel mit Sauce Béchamel
John-Dory-Fisch in Kapernsauce
Rebhuhnfilets in Ringen

Bratengerichte

Hiesiger Gründling
Karpfen in doppelter Kraftbrühe

Beilagen

Schnee-Eier
Weiße Rüben mit Schinken gebraten
Madeiraweingelee
Schmalzgebackenes mit Orangenblütensahne
Marie-Antoinette-Linsen in einer Creme aus konzentrierter Kalbsbrühe
Artischockenherzen in einer Schalottenvinaigrette

Salate

Geraspelter Sellerie in einer Kräuter-Senf-Mayonnaise

24 Nachspeisen

Türen und Fenster gesprochen, was zu einer hitzigen Debatte führte.

»Die Bauern werden gezwungen sein, im Dunkeln zu leben«, wandte Thérèse ein.

»Wie die Engländer«, bemerkte Ouvrard. »Die tun das schon seit Jahren.«

»Und seht euch an, was aus ihren Bauern geworden ist.«

»Die Engländer werden dafür besteuert, dass sie leben«, sagte Tallien. »Dass sie atmen.«

»Aber sie haben kein Defizit«, sagte der Deputierte Dolivier.

»Und ihnen wird nicht von jedem royalistischen Land Europas Krieg angedroht, weil sie es wagen, sich demokratische Ideale zu Eigen zu machen. Tatsache ist«, sagte Barras mit seiner Direktorenstimme, »dass es uns sehr viel kostet, unsere Soldaten zu unterhalten. Über die Hälfte unserer Staatseinkünfte gehen an das Kriegsministerium. Eine stehende Armee von fünfhunderttausend erfordert … Auf wie viel würdet ihr einen Tag schätzen, einfach in Weizensäcken gerechnet? Über sechshundert«, sagte er, ohne unsere Schätzung abzuwarten.

»Sechshundertfünfzig«, korrigierte Ouvrard. »Siebenhundert Stück Vieh, siebzigtausend Säcke Hafer – pro Tag. Allein die Pferde brauchen täglich zwei Millionen Ballen.«

»Da spricht der Heereslieferant«, sagte ich.

»Ja, und ich bin stolz darauf«, sagte Ouvrard ernsthaft. »Obwohl ich befürchte, dass dieser Titel in den meisten Kreisen nicht als ehrenwert erachtet wird.«

»Jeder ist schnell bei der Hand, Heereslieferanten der Korruption zu bezichtigen«, sagte Barras, »doch Tatsache ist, dass die französische Republik ohne sie schon lange zusammengebrochen wäre.« Barras gab mit der Hand ein Zeichen; die zwölf Diener setzten sich gleichzeitig in Bewegung, füllten unsere Gläser mit Madeira und räumten das Geschirr ab. Dann nahm er aus dem Beistelltisch ein Kartenspiel und warf einen Sack

Münzen auf den Tisch. »Wollen wir vor dem Dessert ein schnelles Spiel machen? Wie wär's mit fünfhundert für den Anfang?« Er beugte sich zu mir. »Ich werde dir Kredit geben«, flüsterte er und warf einen zweiten Sack auf den Tisch. »Das ist für Madame Bonaparte, Jungs, aber nehmt euch in Acht.« Er zwinkerte seinen Gästen zu. »Sie spielt, um zu gewinnen.«
(Und ich gewann: fünfzehnhundert.)

21. Mai – wieder zu Hause in Paris

Wieder einmal bin ich indisponiert – Fieber, schreckliche Schmerzen. Es war ein Fehler, nach Grosbois zu reisen. Ich habe kaum die Kraft, die Feder zu halten! Ich wurde schon von drei Ärzten untersucht – dem von Thérèse, dem von Barras und von meinem eigenen, Dr. Cucé. Sie standen um mein Bett herum und kratzten sich am Kopf. Vergangene Nacht waren die Schmerzen so heftig, dass ich befürchtete, den Morgen nicht mehr zu erleben.

24. Mai

Die Blutung setzte plötzlich und furchtbar ein. Und mit derartigen Schmerzen! Ich hatte Angst, sterben zu müssen. Ich fühlte mich leicht, als könnte ich schweben. Es kam mir vor, als flöge ich. Lisette deckte mich mit einem Laken zu. »Es tut mir Leid, was ich da angerichtet habe«, sagte ich und schloss die Augen.

Später

»Madame Bonaparte, Sie werden wieder gesund, der Krankheitszustand der Gebärmutter hat sich gebessert, aber ich bedauere, Ihnen mitteilen zu müssen, dass Sie nicht ...«
Nicht schwanger, leider. »War ich es vorher, Dr. Cucé?«

Er kratzte sich am Kinn. »Vielleicht ein Windei?«
Ein Windei?

[Ohne Datum]

Aus Madame Campans Buch:
»Ein Windei ist eine sich in der Gebärmutter entwickelnde Masse, die mit einem Kind im Mutterleib verwechselt werden kann. Ärzte bestätigen, dass alle Windeier richtige Empfängnisse sind, die nur dann stattfinden können, wenn ein Verkehr zwischen den beiden Geschlechtern vorausgegangen ist. Auch sind sie nicht davon überzeugt, dass eine Frau aufgrund einer Einbildung schwanger werden kann. Daher können wir, sooft wir auf Windeier stoßen, sicher sein, dass ein Beischlaf mit einem Mann vorausgegangen ist.«

28. Mai

Ich habe einen Brief an Bonaparte begonnen, um ihm davon zu berichten, doch ich konnte es nicht.

Hauptquartier in Mailand, 20. Prairial

Jeden Tag springt der Tod um mich herum: Ist das Leben soviel Aufhebens wert? Lebwohl, Joséphine. Bleibe in Paris, schreibe nicht; respektiere wenigstens meine Einsamkeit. Tausend Messer dringen in mein Herz; stoße sie nicht noch tiefer hinein. – B. P.

23. Prairial

Joséphine, wo wirst du sein, wenn du diesen Brief erhältst? Falls in Paris, werde ich mit Gewissheit Qualen leiden! Mir bleibt nur der Tod. – B. P.

Später Nachmittag

Thérèse sah die Verzweiflung in meinen Augen. »Was ist los?«
Ich gestand ihr meine Ängste ein. Ich erzählte ihr, wie beunruhigend Bonapartes Briefe wären. »Ich weiß nicht, was ich denken soll. Er sagt Dinge, die mich erschrecken. Es ist, als wäre er von einem Fieber befallen. Ich erhalte einen Brief, der mir mitteilt, dass ich vorsichtig sein soll, auf meine Gesundheit achten soll, nicht nach Italien kommen soll – und dann ein paar Tage später erhalte ich einen Brief, in dem steht, dass er sich umbringen wird, weil ich nicht gekommen bin!«
»Meinst du, er könnte ein bisschen ...?« Sie machte eine Drehbewegung an der Schläfe.
Tränen strömten mir über die Wagen. »Nein, natürlich nicht.« Obwohl dies tatsächlich meine schlimmste Befürchtung war. »Er gerät nur immer so aus der Fassung, dass ich befürchte, er könnte ...«
»Sich vor eine Kanone stellen?«
Ich starrte auf meine Hände hinunter und nickte. Es waren die Hände einer älteren Frau – meine Hände bestimmt nicht. »Er will mich bei sich haben.«
»Dann solltest du vielleicht zu ihm reisen.«
»Thérèse! Ein Schlachtfeld ist kein Ort für eine Frau. Und was ist mit Hortense und Eugène?«
»Deine Tante Désirée wird sich um sie kümmern.«
»Aber meine Gesundheit ...«
»Bessert sich.«
Ich lehnte mich zurück. »Meinst du wirklich, dass ich hinfahren sollte?« Mir war zumute, als wäre ich verurteilt worden.
Sie nahm meine Hand. »Erinnerst du dich, wie es während des Terrors war, wie wir um etwas kämpften, was stärker war als wir?«
Ich nickte ungeduldig. Was hatte das damit zu tun?

»Es ist noch nicht vorüber«, sagte sie. »Ich weiß, dass wir das gerne *denken*. Wir tanzen, wir spielen Karten, wir gehen ins Theater. Ich gebe es zu! Ich bin die Erste auf einem Fest und die Letzte, die geht. Aber warum auch nicht? Wir sind die Überlebenden. Der Tod hat uns auf die Schulter geklopft, und wir sind davongekommen. Das Leben ist kurz, warum es also nicht genießen? Doch wir halten uns selbst zum Narren. Die Republik schwankt. Alles, wofür unsere Lieben gestorben sind, steht auf dem Spiel. Unsere geliebte Republik zerfällt, doch wir tanzen weiter und versuchen, es nicht zu beachten.«

»Aber Thérèse, was hat das denn damit zu tun, ob ich nun nach Italien fahren sollte oder nicht? Die Rettung der Republik hat doch nichts mit mir zu tun«, sagte ich und spürte, wie Zorn in mir aufwallte.

»Würdest du vielleicht zugeben, dass sie etwas mit deinem Mann zu tun hat?«

Ja, das hielt ich für möglich, es hing soviel von Bonaparte ab – *warum*, das konnte ich nicht sagen. Im Innersten meines Herzens war ich überzeugt, dass er uns retten könnte – und schlimmer noch, dass wir gerettet werden mussten.

Mittags, 27. Prairial

Mein Leben ist ein nicht endender Albtraum. Eine tödliche Vorahnung raubt mir den Atem. Ich lebe nicht mehr. Ich habe mehr als das Leben verloren, mehr als die Zufriedenheit, mehr als die Ruhe. Ich habe kaum noch Hoffnung. Ich warne dich, wenn deine Krankheit bedrohlich ist, werde ich sofort nach Paris aufbrechen. – B. P.

Ich reise endlich ab

19. Juni 1796

Zunächst widersetzte sich Barras. »Das ist Siegesnervosität, nichts weiter«, sagte er beharrlich.
»Paul, dies ist ernst. Das ist mehr als Nervosität.« Ich wagte nicht, ihm das ganze Ausmaß meiner Befürchtungen mitzuteilen, dass Bonaparte wahnsinnig sein könnte, *selbstmordgefährdet.*
»Schau, es ist einfach unvernünftig von ihm zu erwarten, dass du zu ihm kommst.«
»Bitte, hör mir zu!« Barras sah mich verblüfft an. Ich hatte ihm gegenüber noch nie die Stimme erhoben. »Wenn … wenn ich nicht nach Italien reise«, sagte ich, dieses Mal ruhiger, »wird Bonaparte herkommen.« Ich wusste, dass dies das einzige Argument war, das ihn möglicherweise überzeugte.
»Nach Paris? Er würde seine Truppen mitten in einem Feldzug verlassen?«
Ja, nickte ich. Er würde. Er *wird*.
»Das brächte ihn vor ein Kriegsgericht.«
Ich nickte. Ruiniert! Erschossen!
»Seltsam. In seinem letzten Brief an mich hat er davon kein Wort erwähnt.« Er sah die Papierstapel, die seinen Schreibtisch bedeckten, durch. »Hier ist er«, sagte er, hielt einen Brief hoch und warf einen Blick darauf. »Nur das Übliche – seine Bedingungen für das Waffenstillstandsabkommen mit dem Papst.«
»Bonaparte verhandelt mit dem Papst?«

Barras grinste. »Ein bisschen überheblich, könnte man sagen?«
»Die Republik, die er repräsentiert, ist überheblich.«
»Das ist ja das Problem – genau das regt die Direktoren ja so auf. Bonaparte repräsentiert die Republik nicht, und doch handelt er so. Ah ja, hier ist die Stelle.« Barras räusperte sich und las vor: »›Ich hasse Frauen. Ich bin verzweifelt. Meine Frau kommt nicht – sie muss einen Liebhaber haben, der sie in Paris hält.‹«
Barras sah mich amüsiert an. »Also, wer ist der Liebhaber?«
»Der einzige Mann, der in letzter Zeit mein Schlafzimmer betreten durfte, ist mein Arzt, fürchte ich. Fieberanfälle sind einer Liebschaft nicht gerade zuträglich.«
»Ich muss sagen, dass du wirklich geschwächt aussiehst. Geht es dir überhaupt gut genug, um eine Reise zu unternehmen?«

Früher Abend – Fontainebleau

»Oh!«, rief Tante Désirée aus, als sie uns sah. »Ich hatte euch nicht erwartet. Hortense, schau mal an, eine richtige kleine Dame mit dieser Haube. Und du, Eugène, so ein stattlicher Bursche. Du wächst wie ein Krautkopf.«
Hortense stieß ihren Bruder in die Rippen. Eugène packte ihr Handgelenk und versuchte, ihr den Arm hinter den Rücken zu pressen.
»Kinder!« Ich beugte mich vor, um meiner Tante einen Kuss zu geben, und warf dabei Eugène einen zornigen Blick zu. »Warum geht ihr beiden nicht zum Stall und vergewissert euch, dass die Pferde versorgt werden?«
»Mein Stallbursche wird sich um eure Pferde kümmern«, sagte Tante Désirée und zog die Schärpe ihres mit Eichhörnchenfell gesäumten Morgenrocks enger.
»Die Kinder brauchen frische Luft«, flüsterte ich, als sie zur Tür rannten. »Die Fahrt von Saint-Germain ist lang.« Die Wände wackelten, als die Haustür zuschlug. »Und außerdem muss ich

mit dir über etwas sprechen, Tante Désirée – unter vier Augen.«
Ich ließ mich auf dem Armsessel neben dem Sofa nieder.
Meine Tante warf mir über den Rand ihrer dicken Brille einen unheilvollen Blick zu. »Ich warne dich, Rose. Ich habe kein Riechsalz mehr.«
»Immer noch nicht?« Ich hielt inne. »Ich muss nach Mailand fahren.«
»Nach Italien? Aber ist das denn nicht dort, wo gerade gekämpft wird?«
»Ich weiß, Tante Désirée, es ist nur so …«
»Wie willst du denn dort hinkommen? Die Straßen sind doch so gefährlich. Selbst zwischen Fontainebleau und Paris läuft man Gefahr, ausgeraubt zu werden. Und was ist mit deiner Gesundheit? Sieh doch bloß, wie blass du bist!«
»Ich werde dort gebraucht, Tante Désirée, mein Mann …«
»Eine Frau gehört zu ihren Kindern. Und was ist mit unserer Hochzeit? Der Marquis und ich können ohne dich nicht heiraten.« Schniefen.
Ich war bestürzt. Meine Tante weinte sonst nie, und nun schien sie fortwährend zu weinen. »Ich möchte einen Vorschlag machen. Vielleicht könnte der Priester dich und den Marquis trauen, bevor ich abreise.«
»Wann wäre das?«
»Wahrscheinlich nächste Woche«, sagte ich mit schwacher Stimme.
»Nächste Woche!«, schrie meine Tante auf. »Pater Renard wollte uns ja nicht einmal nächsten Monat trauen.«
»Vielleicht könnte ich ihm das Problem erklären.« Ihm eine ansehnliche Summe zahlen. Oder zumindest versprechen.
»Aber, Rose, mein Kleid ist doch noch nicht fertig. Sie haben noch nicht einmal damit begonnen.«
Ich hörte die Stimmen der Kinder in der Diele. Ich legte die Finger auf den Mund, *schscht*!

»Die Kinder wissen noch nichts davon?«
»Was wissen wir noch nicht?«, fragte Hortense und setzte ihren Hut ab.
Eugène grinste seine Schwester an. »Ein Geheimnis«, raunte er.
»Irgendwann wirst du es ihnen erzählen müssen«, sagte Tante Désirée verärgert, nahm einen Stickrahmen in die Hand und stieß eine Nadel in den straff gespannten Stoff.
Nicht jetzt! Aber ich schien keine Wahl zu haben. »Ich werde eine Reise machen«, sagte ich ihnen widerwillig.
»Oh?« Hortense machte ein besorgtes Gesicht.
»Nach Mailand«, sagte ich und senkte reumütig den Kopf.
»Wo liegt Mailand?«, fragte Hortense Eugène.
»In den Krieg?« Eugène sprach das Wort ehrfürchtig aus.
»Du verlässt uns, Maman?« Hortenses Strohhut fiel zu Boden und rollte einige Zentimeter, bevor er mit einem leisen *Puff* umkippte. Sie ging rückwärts zur Tür hinaus.
»Hortense!«

Als ich den Park erreichte, war ich außer Atem. »Hortense!« Ich blieb stehen, um zu verschnaufen, eine Hand gegen die Schmerzen in die Seite gepresst. Es wurde dunkel, die Schatten wichen.
Hinter einer Steinmauer hörte ich ein Schluchzen. Hortense sah so klein aus, wie sie da auf der Erde kauerte. Ich schloss sie in die Arme. »Liebling.« Ich strich ihr über die Haare. Sie zitterte. »O mein großes Mädchen«, flüsterte ich und schluckte schwer.
Ich hörte das Knirschen von Wagenrädern, das träge Klipp-Klapp von Pferdehufen auf dem Kopfsteinpflaster jenseits der Mauer. Hortense atmete stoßweise. Und dann, zwischen Schluchzern, brach alles aus ihr heraus. Ich würde sie nicht in der Theateraufführung zum Jahresende sehen. Alle anderen Eltern kämen, aber wer wäre da, um sie zu besuchen? Und am

Jahresende, wenn alle Mädchen nach Hause führen, wo sollte sie dann hin?
»Aber ich komme doch zurück«, versprach ich ihr.
»Das glaube ich dir nicht!«, schluchzte sie.

20. Juni – wieder zu Hause

Tante Désirée und der Marquis sind endlich verheiratet. (»Jetzt küss mich«, schrie sie und schlug das Kreuz über ihm. »Ich bin deine Frau!«) Jetzt muss ich mich um die Pässe, die Finanzierung, eine Garderobe kümmern. Heute werde ich versuchen, meinen Arzt und den Apotheker aufzusuchen. Meinem Diener werde ich Anweisungen hinterlassen, sich um die Bettlerfamilien zu kümmern, die zu uns ans Tor kommen. Ich sollte mit meinem Anwalt sprechen und mich vergewissern, dass mein Testament in Ordnung ist. Außerdem muss ich mit Joseph Bonaparte sprechen – möglichst noch heute. Er und Junot werden mit uns reisen. Ich muss jemanden finden, der meine Pferde nimmt; sie sollten jeden Tag bewegt werden. Und – was soll ich nur mit der Kuh anfangen?
Oh – die Postbotin kam gerade mit der Post. Bitte, lass nicht schon wieder einen schrecklichen Brief von Bonaparte dabei sein!

4. Mai 1796, La Pagerie, Martinique

Madame Bonaparte,
Ihre Mutter hat mich gebeten, in ihrem Auftrag zu schreiben. Sie kann keine Feder mehr halten, denn der Rheumatismus hat ihre Gelenke stark entzündet.
Ihre Mutter wünscht Ihnen alles Gute in Ihrer Ehe. Sie betet, dass Ihr Mann ein Christ ist und dass er auf der Seite des Königs steht.
Trotzdem lehnt sie Ihr Angebot, nach Frankreich zu kommen und dort bei Ihnen zu leben, ab. Ihren Weisungen gemäß hat sie das Geld, das Sie

ihr geschickt haben, dazu verwandt, die Sklavin Mimi freizukaufen. Wir werden sie zu Ihnen schicken, sobald wir das Geld für die Überfahrt erhalten haben.
Ich bedauere, Ihnen mitteilen zu müssen, dass es im vergangenen Jahr keine Einnahmen aus der Plantage gegeben hat.
Ihre Mutter hat mich gebeten, für Sie und Ihre Kinder zu beten.
Im Dienste des Ewigen Herrn, Pater Droppet

Ich habe Pater Droppets Brief mehrmals gelesen. Es ist schon sehr lange her, seit ich Nachrichten von zu Hause erhielt, und dieses kleine Zeichen macht mich nur unglücklich. Ich werde eine Nachricht senden, dass sie Mimi erst herschicken, wenn ich aus Italien zurückgekehrt bin. Welch ein Segen wäre es, sie wieder bei mir zu haben! Ich bin so erleichtert, dass sie bereit ist zu kommen.

21. Juni

»Dann stimmt es also, Schätzchen?«, fragte Madame de Crény und spielte eine Karte aus. »Fährst du wirklich nach Italien?«
»Über die Alpen«, informierte Thérèse die Ehrenjungfrauen und verdrehte dabei die Augen. (Anfangs war sie fassungslos gewesen – sie hatte nicht gedacht, dass ich es wahr mache.)
»Die Alpen? Mon Dieu.«
»Es geht schneller als unten herum«, erklärte ich.
»Ich hätte nicht gedacht, dass es überhaupt möglich ist.«
»Bonaparte hat die Strecke erschlossen.«
»*Route de Joséphine* wird sie genannt«, sagte Thérèse.
»Mein Mann sagt, er würde für mich Berge versetzen, aber deiner hat es tatsächlich getan.« Minerva schien sich über ihren Scherz zu freuen.
»Mir wird schon bei dem Gedanken an diese tiefen Schluchten übel.«

»Ganz zu schweigen von den Banditti.«
»Hast du gehört von …«
»Erzähl es ihr nicht!«
»Was?«
»Nichts, Schätzchen. *Nichts!* Es wird alles gut gehen.«

Abends

»Bonapartes Bruder Joseph kann erst in sechs Tagen abreisen«, teilte ich Barras mit.
»Hat er dir auch gesagt warum?«, fragte er spöttisch, während er in seinen Papieren herumwühlte. »Er macht eine Quecksilberkur.«
Ich zog die Augenbrauen hoch. Mit Quecksilber wurde Syphilis kuriert.
»Hat sich wohl ein wenig zu viel in der Stadt amüsiert – zweifellos Recherchen für den Liebesroman, den er angeblich gerade schreibt. Aber kannst *du* es denn in sechs Tagen schaffen? Du wirst eine Garderobe zusammenstellen müssen – Reifröcke und so weiter. Die Italiener sind reichlich provinziell.«
»Reifröcke? Das kann nicht dein Ernst sein.«
»Unterwürfig, traditionsverhaftet, ungebildet, abergläubisch. Kram deine alten Korsetts hervor. *Und* eine Turnüre.«
Ich stöhnte. Aus meinen Turnüren hatte ich schon vor langer Zeit Kissen machen lassen.
»Und vergiss nicht, Madame Bonaparte, meine schöne Merveilleuse*«, dozierte er und zeigte dabei mit einem Brieföffner auf mich, »steck immer dein Taschentuch in dein Weinglas – nur Saft für die Damen.« Ich verzog das Gesicht. »Und auch kein Billardspiel mit den Männern, kein Gespräche mit ihnen über

* Merveilleuse: extravagant gekleidete Frau dieser Zeit, typisch für die Klasse der neureichen Profitmacher, Bankiers und Finanziers

Finanzen und Politik.« Er öffnete eine Schublade, kramte darin herum und lehnte sich dann mit verwunderter Miene zurück. »Wonach suche ich eigentlich?«

»Etwas, das mit Italien zu tun hat?«

»Ah, ja!« Er zog eine Akte heraus. »Ich muss Reisepässe besorgen, für dich, Joseph Bonaparte, Oberst Junot und ... für wen noch? O ja, diesen Adjutanten, den drolligen kleinen Burschen, den Thérèse Hellwach nennt. Den Finanzagenten – du weißt schon, wen ich meine. Alle Damen sind verrückt nach ihm.«

»Hauptmann Charles?« Ich hatte gehofft, dass sich der Hauptmann uns anschließen würde. »Er ist ein Finanzagent?«

»Aber meine Liebe, hast du das denn nicht gewusst? Ich frage mich, ob es vertraulich sein soll. Ich kann mich nicht erinnern, wer mir das erzählt hat. Er gehört offensichtlich zur Firma Bodin. Es ist kaum vorstellbar – er ist noch so jung ... und so überaus *drôle*.«

Drôle, das konnte man wohl sagen! »Zumindest wird Fortuné ihn nicht beißen. Selbst mein Hund findet ihn amüsant.«

»Du nimmst den Hund mit? Mon Dieu, das kommt aber plötzlich. Warum sause ich eigentlich ständig herum, um irgendetwas für Bonaparte zu erledigen? Ah, *hier* ist es ja, wonach ich gesucht habe. Es ist ein Brief des schönsten Mannes in der französischen Republik, unseres einzigartigen Generals Lazare Hoche. Er bittet um die Erlaubnis, nach Paris kommen zu dürfen.« Barras hielt den Brief mit schadenfroher Miene hoch. »Ein Jammer, dass du nicht in der Stadt sein wirst.«

»Du wirst dich um die Reisepässe kümmern?«, sagte ich und erhob mich.

»Du bist ja rot geworden! Verzeihst du mir?« Er küsste mich auf die Wangen. »Aber ja, du verzeihst mir ja alles, alle meine kleinen Sünden.«

»Da wäre ich nicht so sicher«, sagte ich und band meine Hutbänder zu. Und vergaß auch nicht zu lächeln.

23. Juni

»Madame, es ist ... es ist ...« Meine Zofe brachte tatsächlich keinen Ton heraus. »Es ist der berühmte General Hoche. Höchstpersönlich!«

»Hier? Das ist unmöglich«, sagte ich und schleuderte die Daunendecke weg. Es war fast Mittag, aber Dr. Cucé hatte darauf bestanden, dass ich mich in Vorbereitung auf die Reise ständig ausruhte. »General Hoche ist im Süden. Er wird nicht vor Monatsende in Paris sein.«

»Dann werde ich ihm sagen, dass er nicht hier ist.« Vor lauter Aufregung war Lisette übermütig geworden.

»Vielleicht hast du dich geirrt.« Bestimmt hatte sie sich geirrt. »Ist dieser Herr Ende zwanzig, mit einer Narbe?«

»Breite Schultern, dunkle Augen«, sagte sie, die Hände ans Herz gepresst.

»Lisette, bitte!« Ich lachte. »Ist mein Morgenrock gebügelt? Kannst du meinen Spitzenschal finden – den mit den Seidenfransen? O mon Dieu, meine Haare.«

»Rose«, sagte Lazare, als er sich zu mir umdrehte und seinen Hut absetzte. Er war von der Sonne gebräunt, seine Narbe, die sich von der Stirn bis zur rechten Wange herabschlängelte, stach weiß dagegen ab.

»General Hoche.« Ich streckte die Hand aus. Lazare. *Lazarro*. Er wirkte größer, als ich ihn in Erinnerung hatte. Barras nannte ihn Herkules. »Welch angenehme Überraschung.« Freude durchströmte mein Herz. »Ich gratuliere dir zu deinen jüngsten Siegen.« Ein Mann des Friedens, die Leute jubeln ihm zu.*

»Der Ruhm gebührt nur der Republik, für die ich kämpfe.«

* General Lazare Hoche hatte die schwierige Aufgabe übernommen, die Aufstände gegen die Revolution im Süden der Republik (geschürt von Emigranten und England) niederzuschlagen.

»Selbstverständlich.« Ich lächelte. Lazare glaubte an die Revolution, als wäre sie eine Religion – und das aus gutem Grund. Unter dem Ancien Régime war er nichts weiter als ein Hundepfleger gewesen. Unter der Republik war er zu einem der bedeutendsten Generäle des Landes aufgestiegen – *der* bedeutendste General, wie Barras behauptete.

Ich schob einen Stuhl vor. »Wie wäre es mit einem Cognac?« Vom Frühstück stand noch ein Krug Orangensaft da. »Oder einem Pétépié?«

»Ein Pétépié wäre der Stunde angemessen«, sagte er mit einem wissenden Lächeln.

Ich goss ein großes Glas Saft ein und fügte einen ordentlichen Schuss Rum und Absinth hinzu. »Du hast die Genüsse Martiniques nicht vergessen«, sagte ich und reichte ihm das Glas. Meine Hand zitterte leicht; ich fürchtete, einen Tropfen zu vergießen, fürchtete, dass er es bemerken könnte.

»Ganz recht, sie lassen mich nicht los.« Seine Finger berührten meine.

Die Uhr auf dem Kaminsims schlug die Stunde, einen Moment später gefolgt von dem Echo der Uhr in meinem Schlafzimmer.

»Du bist früh nach Paris gekommen«, sagte ich mit leicht bebender Stimme.

»Genau in dem Moment, in dem du, wie ich sehe, abreisen willst.« Er nickte zu dem geöffneten Schiffskoffer neben der Tür zu meinem Schlafzimmer.

»Ja, ich breche in drei Tagen nach Mailand auf.«

»*Du* fährst nach Norditalien?« Er lehnte sich zurück. »Ist das nicht riskant?«

»Ich habe Vertrauen in meinen Gemahl, General Hoche.«

»So gehört es sich auch«, sagte er, und unsere Blicke trafen sich. O Lazare, mein kostbarer Lazarro. Erinnerungen durchströmten mein Herz – Erinnerungen an die Fieberhitze der Leidenschaft, der Liebe. Ich erhob mich, trat ans Fenster links neben

dem Kamin, stieß es auf. Ich liebte ihn immer noch, wurde mir klar. Liebte und achtete ihn, für die Ehre, von der er lebte, seinen republikanischen Eifer, seine leidenschaftliche Hingabe an *la liberté*.
»Du hast heute Geburtstag«, hörte ich ihn sagen.
»Und du morgen, wenn ich mich richtig erinnere.« Ich erinnerte mich genau.
Lazare trat hinter mich. Ich spürte die Wärme seiner Hand auf meiner bloßen Schulter. »Mein Arzt wird in Kürze einen Besuch machen«, sagte ich und wandte mich mit wild pochendem Herzen um.
»Geht es dir nicht gut?«, fragte er mit jener vertrauten Zärtlichkeit, die mich schwach werden ließ.
»Es geht mir schon besser«, flüsterte ich und schluckte. Konnte er denn mein Herz nicht hören?
»Meinst du, dass General Bonaparte etwas dagegen hätte, wenn ich seiner Gemahlin einen Geburtstagskuss gäbe?«, fragte er mit verwegenem und neckendem Blick.
»Ja, General Hoche«, sagte ich und blickte zu ihm auf. Ich berührte mit der Fingerspitze die Spalte an seinem Kinn. »Ich bin überzeugt, dass er etwas dagegen hätte.«
Lazare beugte sich zu mir. Ich spürte seine Zunge, sein Herz – mein eigenes.

Später, beinahe zehn Uhr am Abend

Heute Abend, nach einer Schale Brühe, ging ich in den Garten hinaus und setzte mich, die Arme wie ein Kind um die Knie geschlungen, auf die Bank unter dem Limonenbaum. Der Mond tauchte die Landschaft in ein gespenstisches Licht. Lazares Besuch hat mich mit Melancholie erfüllt. Ich dachte an meine Mutter, die so weit entfernt war. Blickte sie zu demselben Mond hinauf? Dachte sie überhaupt noch an mich? Ich fragte mich, was

aus ihnen allen geworden war, meiner Familie, den Sklaven, mit denen ich aufgewachsen war – meiner Kinderfrau Da Gertrude, und meiner Zofe Mimi. Der gute alte Sylvester war wahrscheinlich längst tot. Ich dachte an die Gräber meines Vaters, meiner beiden Schwestern. Ich dachte an den Erdhügel am Fluss – das Grab der Voodoopriesterin. Ich erinnerte mich an ihre schrecklichen Worte: Du wirst Witwe sein. Du wirst eine Königin sein.
Überwältigt von Erinnerungen, von Gefühlen der Sehnsucht und des Verlusts nahm ich die Medaille des Heiligen Michaels, die mir Lazare zum Abschied geschenkt hatte, aus der Tasche. Der Heilige Michael, der Erzengel, das Schwert in der Hand. Der Heilige Michael, der Heilige der Krieger, der die Mächte des Bösen besiegte.
»Ich möchte, dass du sie bekommst«, sagte er zu mir. Sie hätte seiner Mutter gehört, sagte er. Seiner Mutter, die bei seiner Geburt gestorben war. Seiner Mutter, einer armen Bäuerin, die weder lesen noch schreiben konnte. Er sagte, dass sie mir Mut verleihen würde.
»Wirklich?« Ja, sagte er, den Mut, das Richtige zu tun. Ich rätselte über einige Worte auf der Rückseite: *»La liberté ou la mort* –« Ich habe sie eingravieren lassen«, erklärte er irgendwie verschämt. Ich sagte ihm, dass ich die Medaille stets in Ehren halten würde.
Später, als er sich an der Tür herumdrehte, sagte er: »Wir haben nie wirklich Lebewohl gesagt.«
»Ist dies nun ein Lebewohl?«, fragte ich ihn.
Er hat nicht geantwortet.

26. Juni

Lisette berührte mich sanft an der Schulter, um mich zu wecken. »Draußen im Hof stehen zwei große Kutschen, Madame.«
Ich ging zum Fenster und zog die Vorhänge zurück. Einer der

Männer zu Pferde war Bonapartes Kurier Moustache – so genannt wegen seines gewaltigen Bartes. Er stieg ab und sagte etwas zu Hauptmann Charles und zu Junot. Bonapartes Bruder Joseph stand an einer Seite und schrieb etwas in ein kleines Buch.

Ein Pferd wieherte. Am Tor erschien eine Reihe berittener Gardisten – neun? zehn?

»Wir haben eine Eskorte?«

»Es ist eine Parade!«, sagte Lisette.

Abends – Fontainebleau

»Endlich!«, rief Tante Désirée, als ich eintraf. Sie spähte aus dem Fenster. »Wo sind all die anderen?«

»Sie übernachten im Gasthaus in der Stadt.« Ich fühlte mich sandig von der staubigen Fahrt von Paris.

»Ein Mann wartet schon seit über eine Stunde auf deine Ankunft. Ich habe mich bemüht, ihn zu unterhalten, aber in der Zwischenzeit kam der Mann mit den Spitzen und dann die Wasserträger …« Tante Désirée ging voraus in ihr dunkles Ankleidezimmer, wo die schweren Brokatvorhänge gegen die Nachmittagssonne vorgezogen waren. »Er spielt nicht einmal Trictrac, nur Piquet, und er sagt ›Tyrann‹, wenn er ›König‹ sagen sollte. Ein Herr nach seiner Kleidung, aber mit gewöhnlichen Manieren.« Sie verzog das Gesicht. »Er blinzelt.«

»Heißt er Hamelin?«, fragte ich, als ich meine Handschuhe auszog.

»Du *kennst* ihn?«

»Ich fürchte ja.« Ich hatte gehofft, Fortunée Hamelins Mann würde die Reise nach Italien allein unternehmen.

»Er wartet schon sehr ungeduldig auf deine Ankunft. Nach der Art, wie er mit schräg nach außen gestellten Füßen dasteht, könnte er meiner Meinung nach ein Freimaurer sein.«

»Bürger Hamelin ist der Mann einer Freundin von mir und, ja, ein Mitglied der Olympischen Loge. Er hat um die Erlaubnis gebeten, in Geschäften mit uns nach Italien kommen zu dürfen.« In Geschäften, um Profit zu machen. In Geschäften, um sich von den Verwüstungen durch die Revolution zu erholen. In Geschäften, um sich von einer Schwäche für Pferderennen zu erholen, wie ich nicht grundlos argwöhnte.

»Ich verstehe«, sagte Tante Désirée mit unverhohlener Verachtung, als wäre schon das Wort Geschäfte unter ihrer Würde. »Er hat fünf kleine Biere getrunken«, raunte sie in kreolischem Dialekt, als sie die Tür zum Musikzimmer öffnete.

»Madame Bonaparte!« Bürger Hamelin sprang heftig blinzelnd auf. Er trug einen Rock mit Schößen, die am Rücken wie die Flügel eines Käfers abstanden. Er ergriff meine behandschuhte Hand und küsste sie, wobei er einen schwachen rosafarbenen Rougefleck hinterließ. »Ich habe schon, offen gestanden, begonnen, Zweifel zu hegen und Überlegungen anzustellen. Die Straße ist mühsam, und man kennt ja die Gefahren, auf die man stoßen kann, die Räuber, die *chauffe-pieds**.«

»Bürger Hamelin, Sie werden verstehen, dass in unseren Kutschen kein Platz ist …«

»Ich werde eine Postkutsche mieten.«

Ich ließ mich in einem Sessel nieder. »Welch gute Idee«, sagte ich schwach.

Nachdem Bürger Hamelin *endlich* gegangen war, folgte ich meiner Tante die enge Treppe hinauf, um den lieben alten Marquis zu besuchen.

Auf dem Treppenabsatz des ersten Stockwerks sagte Tante Désirée mit ihrer gedämpften Krankenzimmerstimme: »Warte

* Chauffe-pieds: wörtlich »heiße Füße«, der Ausdruck für die Verbrecher, die erzwingen, was sie wollen, indem sie ihren Opfern die Füße versengen.

hier.« Der Geruch nach Mottenkugeln lag schwer in der Luft. Durch die halb geschlossene Tür hörte ich sie sagen: »Wach auf, Marquis! Rose möchte mit dir sprechen. Sie verreist, nach Italien. Nein, nicht ich, *Rose*.« Dann wurde die Tür weit geöffnet. Eingesunken in das Federbett lag der verwelkte Marquis, eine Allongeperücke saß schief auf seinem Kopf. »Beeile dich«, raunte meine Tante und trat beiseite. »Er schläft vielleicht wieder ein.«

Ich hielt mich an einem Bettpfosten fest und beugte mich vor, um den alten Mann auf die Stirn zu küssen. Seine Perücke roch nach Pomade. »Sie sehen gut aus, Marquis«, sagte ich und staunte über die trockenen Runzeln seiner Haut.

»Lauter«, sagte Tante Désirée. »Er hat dich nicht gehört.« Sie sah die Bücher in den Regalen durch und blies Staub von den Rücken.

»Ich verreise, Marquis«, sagte ich dieses Mal mit lauter Stimme. »Nach Italien.«

Er runzelte die Stirn. »Sind die Buben unten?«

Ich warf Tante Désirée einen kurzen Blick zu: O nein. *Die Buben* – seine beiden Söhne Alexandre und François. Alexandre war schon beinahe zwei Jahre tot, und François war so gut wie tot. Als Emigrant würde man ihn verhaften und hinrichten, wenn er auch nur einen Fuß in die französische Republik setzte.

»Verzeih mir, Rose«, sagte der Marquis mit zitternder Stimme und plötzlich bei klarem Verstand. »In meinem Alter ...« Ich nahm seine Hand, Haut und Knochen, Knochen und Haut. Sein neuer Ehering saß ihm locker am Finger; er hatte groß sein müssen, damit er über sein starkes Fingergelenk gleiten konnte. Er schluckte, wobei sein Adamsapfel wie ein mechanischer Hebel auf und nieder hüpfte. »Ich bete jeden Tag für Alexandre«, krächzte er. »Ich habe schon für ihn gebetet, als er noch lebte, aber es hat nicht viel geholfen. Und was François angeht ...« Er bedeckte die Augen, fluchte.

Mit zugeschnürter Kehle streichelte ich seine Hand. Tante Désirée warf mir einen warnenden Blick zu.
»Du hast also wieder geheiratet«, sagte er schließlich, als er sich wieder gefangen hatte. »Eugène erzählte mir, dass dein Mann hinter den Österreichern her ist.«
»Ja.« Dieses Gespräch hatten wir schon einige Male geführt.
»Sag ihm …« Der alte Mann rang nach Atem. »Sag ihm, dass wir Mainz zurückbekommen müssen.«*

27. Juni, 11 Uhr vormittags – noch in Fontainebleau

Um acht Uhr heute Morgen fielen alle in Tante Désirées bescheidenes Stadthaus ein. Ich stand auf der Eingangstreppe und hielt einen zappelnden Fortuné fest. In dem kleinen Hof wimmelte es von Menschen, Kutschen und Pferden, die sich auf die Abfahrt vorbereiteten. Überall wurde gebrüllt, überall herrschte ein heilloses Durcheinander. Junot brüllte einen Postillion an, der versuchte, ein Pferdegeschirr zu entwirren. Hamelin – »der Blinzeler«, wie ich ihn insgeheim nenne – brüllte einen Lakai an, der sich abmühte, um einen riesigen Schiffskoffer in seine kleine Postkutsche zu zwängen. Und überall eilten Diener hin und her und brüllten sich gegenseitig an. Nur Bonapartes Bruder Joseph, der am Tor stand und etwas in ein Buch schrieb, blieb ruhig.
»Ich kann den Hund halten, wenn Sie es wünschen, Madame Bonaparte«, hörte ich eine Stimme hinter mir sagen.
Es war der drollige Hauptmann Charles in seinen mit roten Troddeln geschmückten Stiefeln. Seine Augen strahlten, die Messingknöpfe blinkten. Dankbar übergab ich ihm Fortuné.

* Alexandre, der Sohn des Marquis und Joséphines erster Ehemann, war verhaftet worden, weil er den Österreichern »gestattet« hatte, in Mainz am Westufer des Rheins einzumarschieren. Die Franzosen waren traditionell der Überzeugung, dass der Rhein ihre natürliche Landesgrenze wäre.

Der Hauptmann streichelte Fortunés Ohren, und dann küsste er meinen Hund sogar auf den Kopf! »Dürfte ich um die Ehre bitten, Madame Bonaparte zu ihrer Kutsche zu begleiten?« Er schob den Hund unter einen Arm und bot mir den anderen.
»Aber was ist mit ...?« Ich schaute über die Schulter zurück. Hatte man an alles gedacht?
»Ich bestehe darauf, Madame. Wir müssen uns um Sie kümmern.« Er öffnete unsere Kutschentür und zog am Tritt, bis er klappernd herunterfiel. Und dann bedeutete er mir mit einer Drehung seiner weiß behandschuhten Hand einzusteigen.
»Wir?« Meine Reiseausrüstung lag bereits auf dem Sitz: Arzneien, Tarotkarten, der Roman *Clarissa* von einem englischen Autor, mein Tagebuch (in das ich gerade schreibe).
»Die Heiligen und ich.«
Ich lächelte. Er war so reizend. »Wer hat für die Kissen gesorgt?« Auf der Fahrt von Paris waren noch keine Kissen da gewesen.
»Ich. Ich empfehle Ihnen, auf der den Pferden abgewandten Seite zu sitzen.« Hauptmann Charles rüttelte an der Tür, um sie schließen zu können. Ich fasste an die Fensterbank. »Oh, *da* würde ich meine Hand nicht hinlegen«, sagte er. Ich betrachtete meinen weißen Handschuh – er war mit Schmutz beschmiert.
Hauptmann Charles streifte seine Handschuhe ab. »Sie werden Ihnen passen, Madame. Ich habe sehr kleine Hände. Sehen Sie?« Er hielt seine Hände hoch – sie waren so groß wie Kinderhände.
Ich streifte seinen Handschuh über. Er passte wirklich. »Sie sind ein zart fühlender und freundlicher Mann, Hauptmann Charles.« Ich holte einige Male tief Luft, lehnte den Kopf an das harte, rissige Leder. Sei stark, befahl ich mir. Es wäre nicht angemessen, in Ohnmacht zu fallen. Nicht jetzt, nicht am Beginn einer so langen und gefährlichen Reise.

2

La Regina

Ogni talento matta.
(Jeder begabte Mensch ist ein Verrückter.)
Italienisches Sprichwort

Ich treffe mich mit dem Befreier Italiens

29. Juni 1796 – Briare

Erst zwei Tage unterwegs, und schon fühlen wir uns erbärmlich. Bürger Hamelin ist außer sich über die Flöhe in seiner Kutsche. Oberst Junot hat das langsame Tempo mürrisch gemacht. Mein Schwager Joseph ist bei schlechter Gesundheit (wegen der Auswirkungen seiner Quecksilberkur) und nicht willens, schweigend zu leiden. Gott sei Dank ist Hauptmann Charles in unserer Begleitung – nur er ist gut gelaunt.

5. Juli – Roanne

Heute folgten wir der Uferstraße entlang der Loire nach Roanne, einer quirligen Stadt von Kaufleuten und Fuhrmännern. Als wir den Markt überquerten, hörte ich fremde Laute. Schurkische Männer mit langen schwarzen Haaren und rostigen Schwertern beobachteten unser Gefolge mit gierigem Interesse.

Es war dunkel, als wir in den Hof dieses bescheidenen Gasthauses, dem besten in der Umgebung, einfuhren. Der Wirt kam mit einem Hühnerbein winkend herausgelaufen, um uns zu empfangen. Sein Bart glänzte vor Fett. Er warf den Knochen einem Hund zu und erzählte Joseph wild gestikulierend von einem Kurier, der ermordet worden war.

»Es ist nicht weit von hier passiert, Richtung Süden«, erklärte Joseph, als wir die Steintreppe zum Gasthaus hinaufstiegen.

»Der Kurier hatte Schuldscheine bei sich, die für meinen Bruder bestimmt waren.«
»Wie grässlich!« Ich fragte mich, ob es derselbe Kurier war, der mir so oft Bonapartes Briefe gebracht hatte.
»Ja, es war eine stattliche Summe«, sagte Joseph und öffnete mir die Tür zum Gasthaus.
Die Luft drinnen war süß vom Duft von Quitten, die auf ausgeglühter Kohle brieten. Ich setzte mich auf eine Bank neben der Treppe. Ich hatte Fieber, befürchtete ich, und wieder diese Schmerzen. »Ich werde hier auf Lisette warten«, sagte ich zu meinem Schwager, der die Unterkunft zu inspizieren wünschte. Er legte Notizbuch und Schreibzeug auf die Bank und ging nach oben. Das Notizbuch glitt zu Boden, und als ich es aufhob, konnte ich nicht umhin, einen Eintrag zu bemerken, der lautete: »10 Uhr 15 – J und HC spielen Kordelspiel.«
Bürger Hamelin trappelte herein. Rasch legte ich Josephs Notizbuch wieder auf sein Schreibzeug. Joséphine und Hauptmann Charles spielen Kordelspiel. Fadenspiel meinte er – aber warum das notieren? Es war ein Kinderspiel. »Ist Ihnen bewusst, dass der Mörder in eben diesem Gasthaus übernachtet hat?«, fragte Hamelin und blinzelte dabei heftig. »Genau in dem Zimmer, das mir zugeteilt wurde?«
Dann kam Lisette herein, gefolgt von Oberst Junot, dessen Nasenspitze rosa gefärbt war. Mir fiel auf, dass sie ihr Reisekleid ohne den Spitzeneinsatz trug. Die Frau des Wirtes lief herbei, um ihr den Korb abzunehmen.
»*Königin* Lisette heißt es jetzt wohl«, sagte Hauptmann Charles. Sie starrte ihn wütend an. »Wenn es noch heißer wird, sterbe ich«, sagte sie und wedelte mit ihrem Fächer.
»In Mailand wird es noch schlimmer sein«, sagte Oberst Junot und ließ seine Fingergelenke knacken. »Aber es gibt Methoden, um sich abzukühlen. Energische Körperertüchtigung ist empfehlenswert, eine, bei der einem der Schweiß ausbricht.«

»Wie undamenhaft«, sagte Lisette und schaute hoch, um Junots Blick zu erwidern.

»Ist Oberst Junot verheiratet?«, fragte mich Lisette später, als sie gerade meine Halskette bewunderte, ehe sie sie in ihre Schachtel zurücklegte.
»Oberst Junot muss erst noch eine Frau mit einer ausreichend großen Mitgift finden«, sagte ich und fügte dann hinzu: »Mir fiel auf, dass er nicht übel Lust hätte, mit dir zu kokettieren.«
»Sie meinen, ich gefalle ihm?«
Ich hörte einen hoffnungsvollen Ton aus ihrer Stimme heraus.
»Oberst Junot gehört zu jenen Männern, denen eine attraktive junge Frau immer gefällt.« Ich wandte mich vom Spiegel ab und sah sie an. »Lisette, du weißt hoffentlich, dass es unverzeihlich wäre, wenn du einem Offizier gestattest, dir den Hof zu machen.«
»Ich ermutige Oberst Junot nicht, Madame«, sagte sie und half mir in mein Straßenkleid.
»Du vergisst doch nicht, deinen Spitzeneinsatz zu tragen?«
Sie errötete. »Er muss geflickt werden, Madame.«
»Lisette, meine Kleine«, sagte ich, »du bist so jung und so überaus hübsch. Du musst lernen, vorsichtig zu sein. Mehr will ich damit nicht sagen.«

Kurz nach 4 Uhr nachmittags

Wir sind gerade von einem erfrischenden Spaziergang zurückgekehrt. Da ich mich noch schwach fühlte, stützte ich mich auf Hauptmann Charles' Arm, als wir hinter den anderen Mitgliedern unserer Reisegesellschaft am Fluss entlanggingen.
Wir unterhielten uns wie alte Freunde: über Mode (die reizenden hohen Leghorn-Strohhüte, die Frauen heute tragen und die ihnen am besten mit offenen und wallenden Haaren stehen);

über seinen Geburtstag (er ist heute dreiundzwanzig geworden, so jung); meine Kinder (wie sehr ich sie bereits vermisse); über Romane (er empfahl *Die Leiden des jungen Werthers* des deutschen Autors Goethe). Dann sprachen wir über ernsthaftere, finanzielle Angelegenheiten – die erschütternde Abwertung unserer Währung, die unaufhaltsame Inflation.

»Sie sind Finanzagent, soviel ich weiß«, wagte ich zu sagen.

»So etwas würde ein Soldat wohlweislich nicht zugeben, Madame.« Der Hauptmann wischte sich eine schwarze Locke aus den Augen – seinen ach-so-blauen Augen. »Vor allem nicht gegenüber der Gemahlin seines kommandierenden Generals.«

»Ich versichere Ihnen, Hauptmann, dass ich es keinem gegenüber erwähnen werde.« Erst recht nicht gegenüber Bonaparte.

»Nun denn, ja, ich bin Agent – für die Firma Bodin, eine Kapitalanlagegesellschaft mit Sitz in Lyon. Die Brüder Bodin – es gibt zwei – stammen aus Romans. Wir sind zusammen aufgewachsen.«

»Ich habe früher einmal mit einem Spekulanten in Lyon Geschäfte gemacht. Ich erinnere mich, dass er den Namen Bodin erwähnte.« Ich hatte mit einer Schiffsladung Salpeter einen außergewöhnlichen Profit gemacht und dann noch einmal mit einem Auftrag für Spitzen. »Das überrascht Sie?«, fragte ich, als ich sein Erstaunen bemerkte.

»Nun ja, es ist nur ...«

»Frauen sind sehr wohl in der Lage, Geschäfte zu tätigen«, wies ich ihn zurecht.

»Ja, Madame, aber Sie erwecken kaum den Eindruck, als ...« Er wurde rot.

Ich erwecke kaum den Eindruck, als *benötigte* ich Geld, hatte er sagen wollen. »Ich werde Sie nicht mit Geschichten langweilen, wie es meinen Kindern und mir während des Terrors ohne Brot ergangen ist.«

»Es wäre nicht im Mindesten langweilig.«
»Mittlerweile ist es eigentlich eine ziemlich bekannte Geschichte. Wie so viele haben wir alles verloren. Mein Mann verlor sein Leben; seine Besitztümer wurden beschlagnahmt. Ich musste zwei Kinder unterhalten, ernähren und zur Schule schicken. Unter solchen Umständen tut man das, was man tun muss.« Es klang edelmütig, aber in Wahrheit genoss ich es, Geschäfte zu machen. Die kaufmännischen Gewerbe zu erlernen hatte mir ein erregendes Gefühl der Unabhängigkeit geschenkt.
»Und nun, unsere Siegesgöttin, haben Sie alles.«
»Alles, einschließlich der Schulden.« Als Frau des Befreiers von Italien hatten sich meine Ausgaben mehr als verdoppelt. Als Frau des Befreiers von Italien war ich schon um sehr viele Wohltätigkeiten ersucht worden – Wohltätigkeiten, die abzulehnen nicht meiner Art entsprach.
»Vielleicht könnte ich in dieser Hinsicht behilflich sein, Madame.« Er hielt inne. »Es tut mir Leid, habe ich Sie gekränkt?«
»Nein, nicht im Geringsten«, stammelte ich mit brennenden Wangen, denn plötzlich war mir eingefallen, an wen mich der Hauptmann erinnerte: an William, einer Jugendliebe von mir.

Spät, fast Mitternacht

Das Gespräch bei Tisch heute Abend drehte sich viel um den Mord, den der Wirt, seine Frau, drei Töchter, zwei Söhne, die Schwester des Wirts und ihre beiden Söhne nur allzu freudig in allen Einzelheiten beschrieben. Mit jeder Schilderung wurde der Schurke finsterer. Daher war es der Sache nicht gerade zuträglich, als wir kurz nach zehn plötzlich von einem Mann mit einer Maske überfallen wurden, der mit einem gewaltigen Schrei in den Raum sprang.
Junot sprang hoch, die Hand am Knauf seines Schwertes. Wir schnappten nach Luft, Lisette schrie, aber Junot konnte an-

scheinend sein Schwert nicht aus der Scheide ziehen. Er fluchte derb und war so mit seinem Dilemma beschäftigt, dass er unser Gelächter gar nicht bemerkte – denn der Mann mit der Maske war niemand anderer als Hauptmann Charles.
Junot, dessen blonde Haare wie ein Heuhaufen abstanden, stand wie angewurzelt da. »Was haben Sie mit meinem Schwert gemacht, Hauptmann?«, verlangte er zu wissen und ließ die Fingergelenke knacken.
Hauptmann Charles stieß einen Laut aus, der wie das Quaken einer erschrockenen Ente klang, und setzte sich neben mich. »Wie tragisch, an seinem Geburtstag ermordet zu werden«, flüsterte er und duckte sich, als der Riese Junot näher kam. (Wir retteten ihn!)

10. Juli – Lanslebourg

Der Aufstieg zum Pass war gefährlich. Wir folgten einer schmalen Straße durch dichte Tannenwälder, über uns glitzerten die Gletscher.
Ich wechselte einen besorgten Blick mit Joseph. »Werden wir ihn wirklich überqueren?«
»Für mich ist es auch das erste Mal.« Er hatte den ganzen Morgen geschrieben – Notizen für seinen Roman, behauptete er. »Wie klingt das: ›Die schöne junge Frau warf einen Blick auf den stattlichen Soldaten und erschauerte, als hätte sie das geöffnete Himmelsgewölbe gesehen.‹«
»Das gefällt mir«, log ich.
»Ich bin mir wegen des Wortes ›stattlich‹ nicht sicher«, sagte Joseph. »Vielleicht ist kraftvoll besser.«
Hauptmann Charles senkte das Buch, das er gerade las (Voltaires *Lettres philosophiques*). »Übernachten wir in Lanslebourg?«
»Dort sind unsere Maultiere und Träger«, sagte Joseph.

»Wir überqueren die Berge auf Maultieren?«, fragte ich erschrocken.
»Vielleicht würden Sie ja lieber in einer Sänfte hinübergetragen werden. Jedenfalls wird das meine Heldin tun, in Stroh eingepackt.«
»Ihre Heldin wird die Alpen überqueren?«
»Das arme Mädchen.« Joseph blickte zu einer turmhohen Felswand empor. »Sie ist äußerst ängstlich.«

Als wir in das winzige Dorf Lanslebourg einfuhren, kam es mir vor, als wären wir auf eine neue Spezies Mensch gestoßen. Alle schienen missgestaltet zu sein, denn aus ihren Hälsen wucherten riesige Geschwülste. Wie ich erfuhr, werden diese Wucherungen Kropf genannt, hervorgerufen durch das Wasser.

11. Juli, frühmorgens

Wir fahren in einer halben Stunde ab. Man hat uns Bärenfelldecken gegeben, in die wir uns einwickeln können, Bieberledermasken, die wir über den Kopf ziehen sollen, und Augenschirme aus Taft als Schutz unsrer Augen vor dem gleißenden Licht. Die Berge türmen sich wie Riesen über uns auf. Ein Zittern hat mich ergriffen, das kaum von einem Fieber herrührt. Meine Miniaturen von Hortense und Eugène habe ich in den kleinen, in meinen Unterrock eingenähten Schmuckbeutel aus Samt gelegt, als Seelentröster. Lazares Medaille des Heiligen Michael habe ich in mein Mieder gesteckt, als Mutmacher.

Benediktinerabtei Abbazia di Novalesa

Wir sind drüber. Kleine alte Männer trugen uns in Sesseln über gefährliche Felsen. Es war sogar noch Furcht erregender, als ich gedacht hatte.

12. Juli – Turin

Unsere Abfahrt heute Morgen hatte sich wegen eines Problems beim Zusammenbau unserer Kutsche verspätet. (Sie war in Teilen zerlegt auf dem Rücken von Maultieren, die Nagelschuhe anhatten, über den Pass getragen worden.) Folglich verbot Junot jeglichen Aufenthalt, sodass es mich, als wir in die kleine, aber prächtige Stadt Turin einrollten, recht dringend nach Erleichterung verlangte. Mein Mut sank, als ich ein Regiment französischer Kavaliere sah, das von einem jungen Mann in der Uniform eines Adjutanten angeführt wurde.

»August!« Junot sprang aus unserer Kutsche, obwohl sie noch fuhr. »Was hat das alles zu bedeuten?«

»Der General schickt mich, um Madame Bonaparte nach Mailand zu eskortieren.« Der Adjutant warf mir einen raschen Blick zu und tippte an seinen Hut. »Doch zuvor hat der König von Sardinien um eine Audienz gebeten.«

Grinsend ließ Junot die Fingergelenke knacken. »Der König der Haselmäuse lernt wohl, einen Diener zu machen, was? Vor uns Republikanern? Das ist ein guter Witz. Nun, ich frage mich, ob ich so freundlich sein soll, Seiner Hoheit die Ehre zu erweisen?«

»Vielleicht habe ich mich nicht klar genug ausgedrückt«, stammelte der junge Mann. »Seine Hoheit hat um eine Audienz bei der *Gemahlin* des Generals gebeten.«

Lisette hat die Schleppe an meinem elfenbeinfarbenen Seidengewand geflickt und meine Perlen, die wir zur Sicherheit in den Saum eines Unterrocks genäht hatten, herausgetrennt. Ich habe gebadet, meine Haare sind frisiert worden, ich wurde gerougt und gepudert. »Das wär's«, sagte Lisette, als sie einen perlenbesetzten Schmuck in meinen Haaren befestigte. »Sie sehen wunderschön aus.« Ich betrachtete mein Gesicht im

Spiegel und zog an einer Locke, damit sie nach vorne fiel. Lisette hatte meine Augenbrauen zu einem anmutigen Bogen gezupft. Ja, bei Kerzenschein könnte ich dem König von Sardinien gefallen.

Wenn ich nicht vorher geschmolzen bin, dachte ich, und wischte mir die Schweißperlen von der Stirn. Mein Kleid war bereits feucht. Ich öffnete die doppelten Schiebetüren, die zum Balkon mit Blick auf die Piazza führten. Dahinter konnte ich die Baumwipfel der Festungswälle sehen und jenseits davon am blauen Horizont die vereisten Gipfel des Mont Cenis, der wie ein riesiger Diamant in der Sonne glitzerte.

Kirchenglocken läuteten zur nachmittäglichen Vesper. Ich hatte schon vergessen, wie schön Glocken klingen. Ich beobachtete, wie eine verschleierte Frau in Schwarz, den Blick starr auf den Boden gerichtet, ihre Schritte zur Kirche lenkte. Was werden sie von mir denken, diese Frauen? Von mir, der Pariser Merveilleuse in ihrem offenherzigen Pariser Gewand, die ihre Pariser Vergnügungen genießt … ihre Pariser Freiheit. Allmählich verstand ich.

Fortuné kläffte, als es an der Tür klopfte. »Oh, Sie sind es«, sagte Lisette.

Hauptmann Charles trat ein, hob Fortuné hoch und rieb sein Gesicht am Fell des Hundes. Dann setzte er den entzückten Hund ab und teilte mir mit, dass wir erst in einer Stunde zum Palast aufbrächen.

»In einer Stunde!« Ich wartete schon eine Ewigkeit, wie es schien. Wartete darauf, zum Palast gebracht zu werden, darauf, dem König dieses Reiches vorgestellt zu werden. Darauf, dass das Laudanum, das ich gegen die Schmerzen nahm, seine Wirkung zeigte. »Verzeihen Sie mir, Hauptmann Charles. Ich bin offen gestanden nervös.« Ich hatte noch nie einen König kennen gelernt.

»Warum sollten *Sie* nervös sein?« Der Hauptmann staubte einen Schemel ab, klappte seine Rockschöße hoch und setzte sich. »Ich möchte doch meinen, dass es der König wäre, der Grund zur Beunruhigung hat. Schließlich hat Ihr Gemahl ihm eine ziemlich üble Abfuhr erteilt.«

Wovor hatte ich Angst? Dass ich etwas Törichtes tun könnte. Dass ich in Ohnmacht fallen könnte, vor Schmerzen und vor Fieber. Dass ich Bonaparte, die Republik in Verlegenheit bringen könnte. »Ich hatte nur einfach nicht erwartet ...«

»La Gloire?«

La Gloire, das war es! Ruhm war das Letzte, was ich von der Heirat mit Bonaparte erwartet hatte. Der seltsame, ernsthafte kleine Napoléon, der unhöfliche Korse – heute ein Held, der Befreier Italiens. Der Mann, vor dem sich Könige verbeugen.

Lisette hielt mir ein Glas Orangenwasser hin. »Ich habe etwas Äther hineingetan, Madame. Sie sehen blass aus.«

Spät

Ich habe überlebt. Es war grauenvoll. (Der König ist auf seinem Thron eingeschlafen!) Barras hatte Recht – ich hätte einen Reifrock mitnehmen sollen.

13. Juli – Mailand

Als wir uns Mailand näherten, konnte ich Jubelrufe hören – es klang nach vielen Menschen. Bonapartes Bruder streckte den Kopf aus dem Fenster und hielt dabei seinen Dreispitz fest. Eine Kapelle stimmte die *Marseillaise* an. *Amour sacrée de la patrie*, summte ich mit zugeschnürter Kehle vor mich hin. Ich hätte gerne hinaus geschaut, aber ich hielt es nicht für damenhaft, wenn man mich aus einem Kutschenfenster hängend sah. »Wir sollten Oberst Junot wecken«, sagte ich und winkte einer Bande Gassenjungen zu, die neben uns herlief.

»Was?«, schreckte Junot hoch und fuhr sich mit den Fingern durch die Haare. »Wir sind in Mailand? Schon?«
»Sitzt meine Feder gerade?«, fragte Joseph und rückte seinen Hut zurecht. »Wie sehe ich aus?«
»Gut«, sagte ich und steckte mir ein Aniskonfekt in den Mund, um meinen Atem zu reinigen. Wir sahen tatsächlich alle aus, als wären wir zwei Wochen lang unter harten Bedingungen gereist: zerknittert, erschöpft und gereizt. Es war eine äußerst strapaziöse Reise gewesen.
Die Menge rief im Sprechchor *Evviva la Francia! Evviva la Liberta!* Ich erblickte einen riesigen römischen Bogen, der mit leuchtenden Bannern behängt war. »Nervös?«, flüsterte Hauptmann Charles. Als Antwort weitete ich die Augen. Ja!
Und *was* für eine Menschenmenge das war – Männer in gepuderten Perücken und altmodischen höfischen Jacken, Frauen (die wenigen, die ich sehen konnte) in ausladenden Reifröcken, die Köpfe mit schwarzen Tüchern bedeckt. Hinter den Aristokraten standen die Bauern in Lumpen, ziemlich viele, ein Meer von Gesichtern. Eine Kolonne von Gendarmen stand stramm, die Sonne glitzerte auf ihren Musketen. Ich dachte an meine Kinder, an Tante Désirée. Sie wären hingerissen, wenn sie eine solche Menschenmenge sehen könnten.
Ich erkannte Bonapartes jungen Bruder Louis zu Pferd bei den Adjutanten. Aber wo war Bonaparte? Ich spürte eine leichte Übelkeit im Magen. Ich darf mich nicht übergeben, befahl ich mir. Nicht jetzt.
Wir blieben abrupt stehen. »Wir sind da«, sagte Joseph mit seinem lästigen Gekicher.
»Endlich«, sagte Junot und ließ die Fingergelenke knacken.
Ein Lakai in fliederfarbener Livree öffnete die Kutschentür. Eine Brise wehte Staub herein. Ich gab mir größte Mühe, ihn nicht zu beachten – zu blinzeln und zu lächeln –, denn dort, vor mir, stand mein Mann Napoléon Bonaparte.

Sein Gesicht war von der Sonne gebräunt. Im Hintergrund die jubelnde Menge, eingerahmt von seinen strammstehenden Soldaten, hatte er etwas Hoheitsvolles an sich. »Willkommen«, sagte er, ohne zu lächeln. »Warum habt ihr so lange gebraucht?«, fuhr er Junot an und trat zurück, damit der Lakai den Tritt herunterlassen konnte.

Evviva la liberta!, schrie ein Mann. Fortuné in seinem Reisekorb winselte, weil er heraus wollte.

»Deiner Frau ging es nicht gut«, teilte Joseph, die Hände zwischen die Knie gepresst, seinem Bruder zerknirscht mit. »Wir mussten Zwischenstationen einlegen.«

Bonaparte schaute mich an, seine großen grauen Augen blickten düster. Der Lakai hatte Schwierigkeiten, den Tritt herunterzulassen. Ich hatte das Gefühl zu träumen. Der Mann, der vor mir stand, schien ein Fremder zu sein – dieser Mann, mein Gemahl, der Befreier Italiens.

»Darf ich helfen?«, fragte Hauptmann Charles den Lakai, denn der Mechanismus des Tritts hatte sich erneut verklemmt. »Mit diesem Riegel habe ich in den vergangenen Wochen oftmals kämpfen müssen«, fuhr er, sich seiner Überheblichkeit bewusst, eilig fort, »und mir folglich ein intimes Wissen seiner perversen Eigenheiten angeeignet.«

Bonaparte starrte den Hauptmann an. »Sie müssen Charles sein, der Adjutant.«

»General Bonaparte, Sir!« Der Hauptmann salutierte.

Evviva la Francia!, schrie ein Kind.

»Dann beeilen Sie sich, Hauptmann – ich möchte meine Frau umarmen.«

Der Lakai trat zurück. Hauptmann Charles drückte an der linken Seite des Tritts nach unten, und er gab klappernd nach. Bonaparte ergriff meine Hand. »Vorsichtig!«, sagte er – als wäre ich, wie mir (traurigen Sinnes) klar wurde, eine Frau mit einem Kind unter dem Herzen. Ich trat hinunter auf die staubige Stra-

ße. Er legte mir die Hand unters Kinn. »Ich habe nach dir gehungert.«
Ich lächelte, sprachlos, überwältigt von dem Staub, der gleißenden Sonne, der Menschenmenge. Überwältigt von der Intensität von Bonapartes Augen. »Bonaparte, ich …«
Er legte die rechte Hand an meinen Nacken, den Daumen an meinen Schädel gepresst. Dann küsste er mich – ohne Schamgefühl, ohne Zurückhaltung, als wären wir die beiden einzigen Menschen auf Erden. Einen Augenblick lang sträubte ich mich, das Gebrüll der Menge in den Ohren. Und dann gab ich ihm nach.

Mein Hut rutschte herunter. Ich griff danach, dann trat ich zurück und presste Bonapartes Hand an mein Herz. Von fern hörte ich Leute jubeln. Er starrte mich mit glänzenden Augen an. »Wir sind so schnell wie möglich gekommen«, versicherte ich ihm, aber meine Stimme wurde von einem Trompetenstoß übertönt. »Ich fühle mich ein wenig schwach.« Alles sah wie gebleicht aus. Die Menschenmenge schien in der Hitze zu schimmern. Ich hielt mich an seinem Arm fest. Die anderen Kutschen in unserer Karawane kamen in Sicht: Hamelins Trümmerhaufen von einem Mietfiaker, die Kutsche der Diener, der Gepäckwagen.
Ein Mann in gelb gestreiften Lumpen lief durch die Reihe der Soldaten. *»Evviva Napoléone!«,* schrie er, als sie ihn fortzogen. *»Evviva la liberta!«*
Bonaparte führte mich zu einer Kutsche, vor die vier Grauschimmel mit klingelnden Messingglöckchen gespannt waren. Die prunkvolle Berline war mit roten, weißen und blauen Bändern geschmückt; sie sah wie eine Festtagstorte aus. »Um die königlichen Insignien Österreichs zu verdecken«, sagte Bonaparte und hob eine Schleife hoch. Darunter wurde ein königliches Emblem enthüllt.

»Kommen die anderen nicht mit uns?«, fragte ich, als er mir beim Einsteigen behilflich war. Die Polsterung war aus hellem cremefarbenen Brokat. Ich nahm unsicher Platz. Mein monatliches Unwohlsein war unberechenbar geworden. Ich konnte nie sicher sein, was auf mich zukam – oder wann. »Was ist mit deinem Bruder?« Und genau genommen auch Junot?

»Dieser Empfang ist *dir* zu Ehren«, sagte Bonaparte, als er sich neben mir niederließ und meine Hand nahm. Ich wusste, dass er vorhatte, mich erneut zu küssen. Ich öffnete meinen Fächer und wedelte damit, während ich den Kopf an die mit Quasten verzierte Polsterung lehnte. Die Hitze war erdrückend.

»Vielleicht ein wenig Luft«, sagte Bonaparte und ließ die Scheibe herunter. Ein Blumenstrauß kam hindurch geflogen. Er kurbelte die Scheibe wieder hoch. Die Menge rief im Sprechchor *Evviva la Francia! Evviva Napoléone!* Ihre Inbrunst erschreckte mich – erschreckte und erstaunte mich.

Ich hörte den Kutscher etwas auf Italienisch schreien. Unsere Kutsche schaukelte sanft, als das Pferdegespann sie anzog. Ich legte die Hand an die Seite, wieder die Schmerzen.

Menschenmengen jubelten, als wir uns durch die engen, zerfurchten Straßen wanden, entlang an Wasserstraßen und Kanälen voller Lastkähne. Die Luft war geschwängert mit dem beißenden Geruch von Kartoffeln, Kastanien, kochenden Auberginen, bratendem Fisch. »Mailand ist eine wunderschöne Stadt«, sagte Bonaparte und streichelte meine Hand. »Es wird dir hier sehr gefallen.«

»Ja«, sagte ich, obwohl ich in Wahrheit enttäuscht war. Mailand war kleiner, als ich erwartet hatte, und wirkte trotz der Menschenmengen merkwürdigerweise wie ausgestorben. Die wenigen Frauen, die ich auf der Straße sah, waren ganz in Schwarz gekleidet. Die Läden hatten keine Schaufenster; selbst die Fensterläden der Häuser waren geschlossen.

Bonaparte deutete auf ein Schild in der Form eines roten Kardinalshutes: »Ein Hutmacher.« Eine Schere deutete auf einen Schneider hin, eine Schlange auf einen Apotheker, ein blutender Fuß auf Blutegel. »Aber das Wasser ist nicht sauber«, fuhr er fort, als wir einen stinkenden Kanal überquerten. »Wir sind sehr damit beschäftigt, ein neues Kanalisationssystem zu installieren.« Ein Mann mit einem Räuberhut, der am Straßenrand seinen Darm entleerte, hob die Hand zum Gruß. »Und die Einwohner zu unterrichten«, fügte er hinzu.

An einer Kreuzung mussten wir warten, bis ein mit einem riesigen Wasserfass beladener Karren vorbeigefahren war. Dahinter folgten in Ketten gelegte Gefangene, die lange Lederröhren schwangen, aus denen Wasser kam und den Staub anfeuchtete.

Wir gelangten auf einen großen Platz, wo fünf Ziegen grasten. »Das muss die berühmte Kathedrale sein«, sagte ich erstaunt über ihre Ausmaße. Die Kirche sah noch größer aus als Notre Dame und war weitaus prunkvoller.

»Drei Mörder leben dort drin, und ich kann nichts dagegen tun.«*

Steinmetze unterbrachen ihre Arbeit auf einem der Ecktürme, um uns zuzujubeln, als wir vorüberfuhren. Ich lächelte ihnen zu und winkte. (Wie eine Königin, dachte ich.) »An der Fassade wird schon seit fünf Jahrhunderten gebaut«, sagte Bonaparte. »Ich habe vor, sie zu Ende zu bringen.« Seine Aussagen überraschten mich. So sprach kein Soldat – so sprach ein Herrscher.

Wir fuhren durch einen breiten Porticus in den Hof einer Villa aus glitzerndem rosa Granit. In der Mitte war ein Springbrunnen, aus dem braunes Wasser spritzte. Der Lakai öffnete unsere Kutschentür. Sein fliederfarbener Rock hatte Flecken, da er vor unserer Kutsche hergerannt war. Ich trat hinunter und hob mei-

* Kirchen waren offizielle Heiligtümer. Jeder Verbrecher, der in einer Kirche Zuflucht suchte, konnte nicht verhaftet werden.

nen Rock hoch, damit er nicht mit dem Staub in Berührung kam. Eine riesige Anzahl von schwarz gekleideten Dienern verbeugte sich, als wir uns näherten.
Ich hing an Bonapartes Arm, während wir die Treppe hinauf und durch zwei majestätische Kollonaden in eine weite Marmorhalle schritten. Ich blickte rasch über meine Schulter zurück.
Eine Menge lärmender »Hilfskräfte« folgte uns. Wohin ich auch blickte, standen Männer in Uniform stramm. »Dies ist dein Zuhause«, sagte Bonaparte stolz mit einer ausladenden Handbewegung.

Lisette blies sich den Staub von den Händen. »Unsere Schrankkoffer werden bald heraufgebracht, Madame – das sagen sie jedenfalls.« Sie verdrehte die Augen. Die Strapazen der Reise hatten meine Zofe in eine reizbare Stimmung versetzt.
Eine Uhr, die eindeutig verrückt spielte, schlug neun. Neun? »Weißt du, wie viel Uhr es ist?« Für mich war es etwa drei Uhr nachmittags.
»Ich glaube, es *ist* neun, Madame, Aber, wie ich gehört habe, beginnt der Tag eine halbe Stunde nach Sonnenuntergang, daher ändert sich die Uhrzeit je nach Jahreszeit ständig.« Sie blies verzweifelt die Backen auf.
Ich lächelte. Sie erinnerte mich an Hortense, und eine Woge der Sehnsucht überschwemmte mich. »Ich werde ein Bad brauchen«, sagte ich zu ihr. Ich hatte Laudanum genommen und fühlte mich, in eine rosige Wärme eingehüllt, bereits wohler.
»Ich glaube nicht, dass die sich hier mit Bädern auskennen«, sagte sie naserümpfend.
Lisette kam einige Zeit später zurück. »Ich gebe es auf, Madame! Ich habe es mit Französisch versucht. Ich habe es mit Latein versucht, sogar mit Griechisch. Ich sagte Wasser, sie holten einen Spiegel – einen zerbrochenen. Ich sagte ein Bad, sie brachten mir eine Melone, die wie blöd auf einem Tablett herumrollte.«

»Wir brauchen Bonaparte.«
»Der General ist in einer Besprechung mit seinen Offizieren, Madame«, sagte Lisette, als sie zurückkam. »Er sagte, er brauchte nur einen Augenblick.«
Aber es dauerte über eine Stunde, bevor Bonaparte erschien. Ihm folgte ein stirnrunzelndes Kind in einem blauen Kittel und einer Vase mit Blumen in den Händen.
»Ich möchte baden«, sagte ich zu ihm, als ich die feierliche Gabe des Mädchens entgegennahm.
Bonaparte zog abwartend die Augenbrauen hoch.
»Aber wir können uns nicht verständlich machen!« Ich gab dem Mädchen eine Münze, und es lief kichernd davon.

Eine Kupferwanne in der Form eines Sarges wurde in einen kleinen Raum vor meinem Schlafzimmer getragen. Ein endloser Strom von Mägden lief mit dampfenden Kannen ein und aus. Schließlich war die Wanne voll. Ich dankte ihnen (*grazie* – das einzige Wort, das ich kenne), und bedeutete ihnen, dass sie gehen könnten, aber sie rührten sich nicht vom Fleck. »Könntest du sie bitten zu gehen, Bonaparte?« Er bellte etwas auf Italienisch, woraufhin die Mägde wie ein Schwarm Vögel davonstoben und dabei *prego, prego, prego* murmelten.
Lisette half mir aus meinem Kleid. Ich glitt in das seifige Wasser. Die Decke des kleinen Zimmers war mit Cherubinen bemalt. Lisettes Finger waren kräftig. Sie massierte mir den Schädel und den Nacken. Meine Kopfschmerzen ließen nach. Sie half mir in mein bestes Nachtgewand – aus kühler, durchscheinend blauer Seide. Ich würde es ihm bald sagen müssen.
Bonaparte warf das Bettlaken zurück. Ich blies eine der Kerzen aus und streckte mich neben ihm auf dem muffigen Federbett aus. Das Laudanum und das Bad hatten ein zärtliches Gefühl in mir geweckt.
Er küsste mich, als wäre ich ein Kind, sittsam auf die Wange.

Ich konnte die Hitze spüren, die er ausstrahlte. »Ich muss dir etwas sagen, Bonaparte.« Ich nahm seine Hand und drückte sie an meine Wange. »Ich bekomme kein Kind. Nicht mehr – wenigstens sagte das mein Arzt.« Ich brachte es nicht über mich, ihm zu erzählen, dass der Arzt meinte, es könnte nur ein Windei gewesen sein. Es gab Dinge, die Männer lieber nicht wissen wollten.

Bonaparte setzte sich auf, die Arme um die Knie geschlungen. »Wann ist das passiert?«, fragte er und starrte in die Dunkelheit.

»Vor über einem Monat.« Ich legte die Hand an seinen Rücken. Ich konnte spüren, dass er leicht bebte. »Ich wollte eigentlich schreiben, aber dann dachte ich, dass es besser wäre, es dir selbst zu sagen.«

»So etwas kommt vor«, sagte er und wandte sich mir mit Tränen in den Augen wieder zu.

»O Bonaparte!« Ich nahm ihn mit wehem Herzen in die Arme. Wenn ich ihm doch bloß geben könnte, was er sich wünschte, was er brauchte. Wenn ich doch bloß seine Liebe erwidern könnte.

Tag der Bastille, 10 Uhr abends

Wir sind gerade von einem trostlosen Ball zum Tag der Bastille zurückgekehrt. Nun verstehe ich, was der Ausdruck »zu Tode gelangweilt« bedeutet.

Als wir den riesengroßen düsteren Ballsaal betraten, wurde Bonaparte gefeiert. Dann wurden wir zu einem Podest geführt, wo er noch einmal gefeiert wurde. »Was machen wir jetzt?«, fragte ich ihn, als ich versuchte, es mir auf dem wuchtigen Stuhl bequem zu machen. In den Ecken tuschelten Frauen hinter ihren Fächern und betrachteten mich missbilligend. Mein Kleid enthüllte weit mehr als die Kleider der anderen Frauen. Ich bereute, dass ich keinen Schal mitgenommen hatte.

Bonaparte trommelte mit den Fingern. »Wir sind die Ehrengäste. Wir müssen sitzen bleiben.«
Den ganzen Abend? Ich kam mir auf dem Podest wie eingesperrt vor.
Wir hörten stundenlang, wie es schien, hochtrabenden Ansprachen zu, da jeder Adliger von Mailand vorgestellt wurde. (Ein Mann verbeugte sich derart tief, dass er mit der Nase praktisch den Boden berührte.) Meine Wangen schmerzten vom Lächeln. Nach den Vorstellungen wurde Bonaparte zu einer Dringlichkeitssitzung wegen irgendeiner Militärsache weggerufen. Ich saß wie auf einem Präsentierteller da und blickte auf die Tanzfläche. Schmale rote, weiße und blaue Bänder hingen von den Dachsparren herab. Sie boten einen trostlosen Anblick. Die Luft stank nach Pomade, Knoblauch und Schweiß. Ein Dunstschleier aus Reispuder von den dick gepuderten Perücken vernebelte die Luft. Das einzige Gelächter kam von einer Gruppe von Kammerdienern, die neben einem leeren Marmorkamin stand. Es war ein freudloses Ereignis, und ich fürchtete, dass es nichts Gutes für die kommenden Monate ahnen ließ.
»Ist es der *bellissima regina** gestattet, mit einem Bürgerlichen zu tanzen?«, raunte Hauptmann Charles von einer Seite des Podestes. Er trug ein reizendes chinesisches Ensemble aus grüner, mit Gold besetzter Seide und dazu passende grüne Escarpins. »Obwohl es den Musikern an dem mangelt, was ein Pariser Finesse nennen würde, sind sie wenigstens temperamentvoll.« Er löste eine Feder von seinem Samtbarett, um sich damit Luft zuzufächeln.
Ich lächelte hinter meinem Fächer. »Zu allererst, Hauptmann Hellwach, wollen wir eines klarstellen: Ich bin keine Königin.«
»Dann sitzen Sie nur zufällig auf einem Thron?«
»Wo ich leider auch bleiben muss.«

* Bellissima regina: italienisch für »schöne Königin«

»Wie … aufregend.« Er schnitt eine komische Grimasse.
»Bringen Sie mich nicht zum Lachen«, sagte ich lachend.
»Warum nicht?«
»Ich darf mich nicht amüsieren. Ich bekleide eine ernst zu nehmende Stellung.« Ich setzte mich aufrecht hin.
»Dann wollen Sie uns nicht einmal bei einem Kotillon Gesellschaft leisten? Ich dachte, alle Pariserinnen hegten eine Leidenschaft für das Tanzen.«
»In Paris herrscht nur eine wahre Leidenschaft, Hauptmann«, sagte ich, »und das ist, wie ich leider sagen muss, die Jagd nach Reichtum.«
Der Hauptmann streckte die grün behandschuhten Hände in die Luft und setzte eine Miene gespielter Überraschung auf.
»Zynismus bei einer Frau überrascht mich.«
»Verzeihen Sie, Hauptmann, ich wollte nur geistreich sein – ein Fehler meinerseits, denn ich bin keine geistreiche Frau.«
»Dennoch kann ich wohl zu Recht sagen, dass an Ihrer Beobachtung etwas Wahres dran ist. Ich hege selbst eine Leidenschaft für die Jagd nach Reichtum, wie Sie es formulieren – oder eher eine Leidenschaft für schöne Dinge, denn das eine erfordert das andere.«
»Ich leide selbst unter dieser Schwäche«, sagte ich und lächelte reumütig.
»Ich betrachte sie lieber als ein tugendhaftes Laster, denn ist die Verehrung schöner Dinge nicht so etwas Ähnliches wie eine Religion?«
»Sie sprechen über Heiligkeit und machen sich zur gleichen Zeit darüber lustig, Hauptmann. Sie sind kühn.«
»Ich glaube, dass alles eins ist: das Heilige, das Schöne und das Kühne – auf Männer bezogen jedenfalls. Für Frauen kann ich nicht sprechen, die nach meiner Beobachtung Kühnheit mit Sorge, aber gewiss nicht mit Ehrfurcht betrachten.«
»Kühnheit, Hauptmann, bereitet uns allen Vergnügen, Män-

nern gleichermaßen wie Frauen. Männer werden zum Beispiel dazu getrieben, kühn zu Pferde zu sein oder auf den Schlachtfeldern. An Frauen werden dagegen nur wenige Joker ausgeteilt. Und die wenigen, die wir bekommen, spielen wir gewöhnlich etwas unbedarft aus, bei der Schneiderin oder der Hutmacherin.«

»Oder vielleicht bei …?« Er neigte den Kopf in Richtung des Spielsaals.

»Ich liebe Glücksspiele, Hauptmann Charles, aber mein Verhalten wäre auf keinen Fall kühn zu nennen. Ich bin von Natur aus vorsichtig.«

»Dennoch sagt man Ihnen nach, dass Sie eine Gewinnerin sind.«

»Ich verliere höchst ungern«, gab ich zu.

»In diesem Fall habe ich Ihnen einen Joker vorzuschlagen«, sagte er. »*Spekulation*. Es ist alles in allem das spannendste Glücksspiel, aber …«, er hielt inne und betrachtete mich mit ernster Miene –, »in den richtigen Händen mit wenig Risiko verbunden. Genau das Richtige für eine Frau, die von Natur aus vorsichtig ist.«

Ein korpulenter Mann in einer altmodischen langen Samtjacke steuerte in meine Richtung. »Verzeihen Sie, Hauptmann, aber ich glaube, man will mir zu nahe treten.«

»Benötigen Sie meinen Schutz, Madame? Ich könnte Ihr *cavaliere servente* sein.«

»Und was bitte, Hauptmann Charles, wäre das?« Erleichtert sah ich, dass der Mann in der langen Samtjacke von einem anderen aufgehalten wurde.

»Der *cavaliere servente* ist einer der wenigen charmanten Bräuche dieses Landes. Wenn der Ehemann einer Frau nicht anwesend ist, bedarf sie der Aufmerksamkeit eines Ersatzes: ihres *cavaliere,* der sie von vorne bis hinten bedient, der jeden ihrer Ansprüche erfüllt.«

»*Jeden* ihrer Ansprüche?« Ich sah den Hauptmann schelmisch an. Er war der Typ Mann, mit dem man gefahrlos kokettieren konnte.
»Nun ja, die ehelichen Pflichten selbstverständlich ausgenommen, zu denen ist nur der Ehemann berechtigt. Dank dieser strengen Übereinkunft kommt zwischen dem Ehemann und dem *cavaliere servente* seiner Frau nur selten Eifersucht auf.«
»Interessant.« Nun kamen beide Männer auf mich zu. »Da wir gerade von Ehemännern sprechen, Hauptmann Charles, wissen Sie vielleicht, wo General Bonaparte ist?«
»Ich glaube, er berät sich mit seinen Offizieren im Vorzimmer, Madame.«
»Würden Sie mir einen Gefallen tun, Hauptmann?«
Er klappte wie ein Taschenmesser in der Taille zusammen.
»Würden Sie ihm sagen, dass er herkommen möchte?«
Der Hauptmann machte ein entgeistertes Gesicht. »Moi?«
»Ja, bitte.«
»Sie möchten, dass *ich* General Bonaparte sage, was er zu tun hat?« Er mimte den Angsthasen.
»Ja, mein *cavaliere servente*, ich möchte gerne, dass Sie meinem Mann mitteilen, dass seine Frau ihn braucht – *sofort*.«

»Ich fürchte, ich bin dafür nicht sehr talentiert«, sagte ich später zu Bonaparte, als wir in unserem Zimmer allein waren. Vom Kanal wehte eine kühlende Brise herein und brachte den durchdringenden Geruch von Abwasser mit. »Worum ging es in allen deinen Sitzungen?«, fragte ich und schloss die Läden.
»Die Österreicher rücken wieder vor.« Er zog sein Schwert aus der Scheide und fuhr prüfend mit dem Finger an der Klinge entlang. »Ich denke, dass ich dein Pferd mitnehmen werde, wenn ich aufbreche.«
»Du gehst fort, Bonaparte?« *Schon?*
»In ein paar Tagen.«

Mir wurde bang ums Herz. Kam ich ohne ihn in Mailand zurecht? »Aber warum nimmst du mein Pferd mit?«
»Du wirst nachkommen und mir Gesellschaft leisten.«
»Während eines Feldzuges? Aber Bonaparte, wird das nicht …?«
»Du glaubst doch nicht, dass ich ohne dich leben kann, oder?«, grinste er und zog mich am Ohr.

16. Juli, frühmorgens

Es scheint, dass Bonaparte und ich ständig voneinander Abschied nehmen. Die Soldaten pfiffen, als wir uns umarmten. »Als Glücksbringer«, sagte er und küsste mich. Er löste ein Band aus meinen Haaren und steckte es in die Tasche neben seinem Herzen. »Ich lasse nach dir schicken«, sagte er, als er sich auf sein Pferd schwang. Dann galoppierte er aus dem Tor, während seine Männer sich drängelten, um ihn einzuholen.

Ich erfahre, was Krieg heißt

Kurz nach 5 Uhr morgens – immer noch sehr heiß

Heute Nachmittag ein kleines geselliges Beisammensein. Es war unmöglich! Die Männer standen an einem Ende des höhlenartigen Salons um den Kamin herum, um über Pferde zu sprechen und sich Kriegsgeschichten zu erzählen, während die Frauen in der Fensternische am anderen Ende saßen und sich über Mode, Kinder und Hunde unterhielten. Ich war erleichtert, als sich Hauptmann Charles dazu gesellte, doch kurz darauf kam ein Lakai und teilte dem Hauptmann mit, dass sein Pferd bereitstünde.

»Sie verlassen uns?«, fragte ich bestürzt. Er war, ehrlich gesagt, der einzige Lichtblick in der Unterhaltung.

»General Leclerc erwartet mich heute Abend in Verona, Madame.«

Ich entschuldigte mich bei meinen Gästen und begleitete den Hauptmann zum Eingang. »Ich dachte, Sie wären mein *cavaliere servente*«, neckte ich ihn, »und trotzdem lassen Sie mich bereits allein.«

Er verbeugte sich, eine anmutige, weiche Bewegung, wie sie vielleicht einem Mädchen anstand. »Werden Sie mir vergeben?« Er nahm meine Hand und küsste sie, sein Atem war warm. »Zweifellos werden Sie einen Beweis für meine Zuneigung wünschen. Vielleicht gibt es ja andere Möglichkeiten, wie ich von Diensten sein könnte?«

Ach, was war er doch für ein garstiger Junge, dachte ich, und

ach, wie mich diese Charade amüsierte. »Was hätte mein *cavaliere* denn vorzuschlagen?«
Er holte eine Münze aus der Tasche; vor meinen Augen wurde daraus eine Hand voll! »Mein Talent, wenn man es denn so nennen darf, ist ein Gespür für Wertsteigerung. Ich garantiere einen Gewinn von dreißig Prozent.« Er nahm der Magd seinen Umhang und seinen Hut ab und schenkte ihr die Münzen.
»Das ist ein kühnes Versprechen, Hauptmann.« Meinte er es ernst?
»Ich bin für meine Kühnheit bekannt«, erwiderte er, während er seinen Hut im Spiegel überprüfte und einen Kniff in die Krempe machte.
Kühn, das konnte man wohl sagen. Ich rückte seine Feder zurecht, sodass sie senkrecht nach oben stand. »Das wär's«, sagte ich und kam mir reichlich gluckenhaft vor.
»Zusätzlich zu all den anderen Erfordernissen, darf ich hinzufügen«, sagte er und schloss seine Schwertscheide.
»Welche zum Beispiel?«, fragte ich und trat nach draußen, wo ein Knecht mit seinem Pferd am Zügel wartete.
»Diskretion.« Hauptmann Charles packte eine Faust voll Mähne und schwang sich anmutig in den Sattel. »Zehntausend, Madame, für den Anfang?« Sein Pferd warf den Kopf hoch und scharrte auf dem Kopfsteinpflaster.
Ich reckte zwei Finger in die Höhe, zwanzig. Doppelt oder nichts: mein Spiel.

23. Juli

Unter einem riesigen schwarzen Schultertuch verborgen (wie alle Frauen hier) ging ich heute Morgen zur Kirche, um für Alexandre eine Kerze anzuzünden. Heute vor zwei Jahren ist er gestorben.
Wenn ich eines gelernt habe, dann, dass das Leben kostbar und

vergänglich ist. Ich weine, weil ich von meinen Kindern getrennt bin. Und ich bin auch nicht gern von Bonaparte getrennt. Ich betete zum Heiligen Michael für seinen Sieg. Ich möchte schon wieder nach Hause.

17. Juli, Saint-Germain

Chère Maman,
gestern sandte mir General Hoche einen Brief. Da er dich darin erwähnt, schreibe ich einen Teil davon hier ab:
»Mit dem größten Vergnügen gebe ich deiner Bitte nach einer Beurlaubung deiner Freunde statt. Vielleicht werden sie dir helfen, die Verluste, die du erlitten hast, zu vergessen. Ich werde Paris nicht verlassen, ohne meinen lieben Eugène zu besuchen. Es wäre besser gewesen, wenn seine Mutter ihn mir nicht weggenommen hätte; ich hätte jede Anstrengung unternommen, meine Pflicht gegenüber einem unglücklichen Freund zu erfüllen.«
Und nun, gerade heute Nachmittag, hat General Hoche sein Versprechen eingelöst und kam mich besuchen. Alle in der Schule waren begeistert, selbst die Lehrer! Ich zeigte ihm mein Sammelalbum, welches ihm gefiel. Dann haben wir gefochten. Er brachte mir einige hervorragende neue Schritte bei. Er war auch der Meinung, dass es Zeit für mich wäre, ein eigenes Pferd zu haben.
Ich lerne besser. Der Direktor sieht mich nicht mehr ganz so häufig finster an. Ich bin jeden Tag reiten gewesen. Hortense habe ich diese Woche zweimal gesehen – sie ist mit ihren Projekten beschäftigt.
Dein dich liebender Sohn Eugène.

H. Q., Castiglione, 4. Thermidor

Meine Brüder Louis und Joseph sind eingetroffen und haben mir versichert, dass deine Gesundheit wiederhergestellt ist. Es ist furchtbar heiß; meine Seele brennt für dich. – B. P.

24. Juli

Plötzlich herrscht hektische Aktivität. Ich soll Bonaparte in Brescia treffen. Von dort werden wir zusammen nach Verona reisen. Mitten in all dem Packen und Vorbereiten erschien der glücklose Bürger Hamelin (»der Zwinkerer«) zu einem Besuch. »Bitte verzeihen Sie, Bürger, dass ich abgelenkt bin«, sagte ich zu ihm, »aber ich bereite mich darauf vor, meinen Mann in Brescia zu treffen.« Ich versuchte zu entscheiden, ob ich meinen Mops mitnehmen sollte. Und was war mit meinen Arzneien? Hatte ich genügend Laudanum? Wie lange würden wir fort sein? »Wir brechen heute Abend auf, und wir haben erst zu guter Letzt festgestellt ...«

Hamelin zwinkerte mehrmals, bevor er ausrief: »Brescia! Madame, die Straße nach Brescia ist verseucht mit Halunken. Ich werde Sie begleiten. Es wäre mir eine Ehre, mein Leben zu riskieren, damit die Gemahlin des Generals sich einer sicheren Reise erfreuen kann.« Augenblicklich stürzte er zur Tür. »Verzeihen Sie mir, aber ich muss davoneilen! Ich muss meine Musketen reinigen lassen, Fett für die Wagenräder beschaffen. Für einen Schurken ist nichts verlockender als ein zusammengebrochenes Fahrzeug. Nein, nein, Madame – ich *bestehe* darauf!«

Abends – Brescia

Bonaparte empfing uns auf der Straße. Ich stieg zu ihm in die Kutsche. »Geht es dir gut? Du siehst gut aus«, sagte er und betrachtete mich hungrig. »Schließe die Vorhänge.«

29. Juli – Peschiera

Der Tag brach an, als unsere Kutsche in den Hof einer Villa am Stadtrand von Verona fuhr.

»Hat hier der Prätendent gewohnt?«, fragte ich Bonaparte gähnend. Ich war erschöpft. Wir waren nachts von Brescia hergereist, aber die Straße war holprig und der Schlaf, den ich bekommen konnte, unruhig gewesen, gestört von Bonapartes leidenschaftlichen Liebkosungen.

»Es ist nicht so prachtvoll, wie ich erwartet hatte«, sagte Bonaparte und sprang aus unserer Kutsche, bevor sie gänzlich zum Stillstand gekommen war.

Wir saßen draußen auf der Veranda, die über eine hügelige, mit Maulbeerbäumen gesprenkelte Landschaft blickte, tranken Kaffee und aßen frische Feigen von einem Baum im Garten. Die Luft roch süß nach Heu. Bonaparte wurde lebhaft, als er uns Geschichten über den Prätendenten erzählte. »Er führte ein einfaches Leben. Die Leute hier kannten ihn als Comte de Lille. Niemand merkte, dass er der Bruder von König Ludwig XVI. war. Nur seinen Dienern war bekannt, dass er der Prätendent auf den Thron Frankreichs war.«

»Woher weißt du das alles, Bonaparte?« Ich hatte drei Tassen starken Kaffee getrunken und wurde allmählich munter.

»Ich habe Spione, die ihm folgen. Er ist jetzt im Norden, in Deutschland – meine Männer lassen ihn keine Minute aus den Augen. Sein Alltag verläuft sehr geregelt. Bis acht Uhr jeden Morgen ist er angekleidet, ein schlichtes Ensemble, das mit einer Insignie, einem Kurzschwert, geschmückt ist. Dann sucht er den Kanzler auf. Und dann sitzt er in seinem Arbeitszimmer und schreibt. Mittags unterbricht er für eine Mahlzeit – er führt einen kärglichen Tisch. Dann schließt er sich in sein Studierzimmer ein und läuft knapp eine Stunde lang in erregtem Zustand auf und ab. Dieser Ablauf wiederholt sich jeden Tag.«

»Wenn man bedenkt, dass er auf eben diesem Stuhl saß«, sagte Bürger Hamelin zwinkernd. Er wackelte an der Lehne. »Sie muss befestigt werden.«

»Das muss ein einsames Leben sein«, sagte ich und blickte über die Berge. Ich glaubte, eine Bewegung in einer dunklen Spalte zu sehen. Gab es in diesem Land Bergziegen?, fragte ich mich. Ich stand auf und ging zur Steinbalustrade. »Was hat diese Bewegung auf dem Berg zu bedeuten?«

Aber Bonaparte war damit beschäftigt, Hamelin von dem letzten Bericht zu erzählen, den er über den Prätendenten erhalten hatte, von dem Buch, das der Prätendent gelesen hatte. »Es steht immer noch in der Bibliothek«, sagte er, »mit einem Lesezeichen auf Seite 231. Einige Monate zuvor war er auf Seite 204, daher kann er kein sehr schneller Leser sein.«

»Vielleicht hat er nicht jeden Tag darin gelesen«, sagte Hamelin zwinkernd. »Vielleicht nur an ein paar Tagen in der Woche. Wenn das so ist, dann könnte man sagen, dass er …«

Ich wandte mich zu Bonaparte um. »Österreichische Soldaten tragen doch weiße Uniformen, nicht wahr?«

Er kam an meine Seite. »Ich sehe nichts.«

»Da drüben auf der linken Seite – siehst du diese Reihe weißer Punkte?«

Bonaparte zog ein zusammengeschobenes Fernrohr aus der Tasche, schüttelte es, damit es sich öffnete, und hielt es an ein Auge. »Ihr müsst auf der Stelle fort«, sagte er und ließ das Fernrohr fallen.

Wir waren Stunden unterwegs, Lisette, Hamelin und ich in der Kutsche, vier Dragoner zu Pferd im Gefolge. An der Festung in Peschiera kam ein beleibter General mit Backenbart, der wie ein Würstchen aussah, nach draußen geeilt, um uns abzufangen. »Sie können hier nicht bleiben – die Österreicher sind bedrohlich nahe gekommen.«

Hamelin und Lisette sahen mich erschrocken an. »Mein Mann hat uns Anweisung erteilt, hier zu bleiben«, sagte ich dem General. Die Luft roch streng nach Fisch.

»Aber Madame, was wenn …?«, rief Hamelin.
»Madame Bonaparte«, stotterte der General, »ich bitte Sie, es sich zu überlegen. Falls Ihnen irgendetwas zustoßen sollte, dann bin ich …«
»Ich weiß Ihre Besorgnis zu würdigen, General, aber wir werden uns nicht von der Stelle rühren, bis wir von meinem Mann den Befehl dazu erhalten haben«, wiederholte ich mit einer Entschlossenheit, die selbst mich erstaunte. Bonaparte war der einzige Fels, an den ich mich klammern konnte.

Ich schreibe dies jetzt in einer kleinen Zelle aus Stein im Keller der Festung. Wenigstens ist sie kühl. Vor einer Stunde haben wir eine Mahlzeit aus Seeforelle mit verdünntem Montferrat hinuntergespült. Wir aßen schweigend. »Lass die Pferde angespannt«, wies ich den Stallknecht an. Lisette und ich werden uns ein Zimmer teilen. Da unsere Koffer verladen sind, werden wir in unseren Kleidern schlafen. Wenn wir schlafen.
Eine betäubende Angst hat mich eingehüllt. Angst und Wut, wie ich gestehe. Wie konnte Bonaparte uns nur in diese Lage bringen? *Mich*. Um seiner Wollust willen gefährdete er mein Leben.

31. Juli, Sonntag – Parma

Im Morgengrauen wurden wir von Pferdegetrappel im Hof und dem Geräusch von Metall, das gegen Steine klirrt, geweckt. Ich berührte Lisettes Arm. »Ich glaube, da ist jemand gekommen«, flüsterte ich. Sie stöhnte und drehte sich wieder in ihr Kissen. »Vielleicht müssen wir bald aufbrechen. Wir stehen besser auf«, sagte ich, während ich das Pedal des angestoßenen Waschbeckens löste und mein Gesicht bespritzte.
Da kein Spiegel da war, band ich mir blind ein rotes Tuch nach

Kreolenart um den Kopf und rieb mir die Wangen mit Rouge ein. Ich hörte eine Stimme. »Es ist Junot, glaube ich.«
Lisette öffnete die Augen. »Oberst Junot?«

»Es sieht nicht gut aus«, hörte ich zufällig Junot zu General Guillaume sagen, als ich die Steintreppe in den Hof hinunterkam. »Die Österreicher sind uns zahlenmäßig dreifach überlegen.«
»Oberst Junot, was ist geschehen?«, fragte ich besorgt.
»Wir hatten eine ziemliche Schlacht vergangene Nacht.« Sein Atem roch nach Alkohol. »General Bonaparte hat in Castelnuovo einen Kommandoposten eingerichtet. Ich soll Sie dort hinbringen, aber wir müssen sofort aufbrechen.«
Ein gegen die Morgensonne zwinkernder Hamelin erschien am Eingang der Festung, gefolgt von einem Diener, der seinen schweren Koffer schleppte. Und dann tauchte Lisette mit einem Weidenkorb auf.
Junot sprang zu unserer Kutschentür. »Wenn Sie gestatten«, sagte er und bedeutete uns, einzusteigen.
»Ich bin noch so müde!«, gähnte Lisette, als sie hinter Hamelin hineinkletterte. »Haben Sie geschlafen, Madame?«, fragte sie, während ihre Augen Junot anlächelten.
»Ein wenig.« Obwohl ich es eilig hatte, zu Bonaparte zu kommen, hatte ich es doch auch wieder nicht eilig, den Schutz der Festung zu verlassen. Nirgendwo schien es sicher zu sein.
Junot ritt vorneweg aus dem offenen Tor, die Dragoner reihten sich hinter ihm ein. Ein junger Dragoner mit gerötetem Gesicht sprang auf sein Pferd und trabte los, um sie einzuholen. Er lächelte und tippte an seinen Hut, als er an mir vorüberritt.
»Immer haben die jungen Männer *Sie* gern, Madame«, neckte Lisette und reichte mir ein mit einer Bratwurst gefülltes Brötchen.
»Habe ich etwas versäumt?«, fragte Hamelin und blickte von seinem Buch mit italienischen Redewendungen auf.
»Ich erinnere sie an ihre Mütter«, sagte ich zu meiner Zofe. Das

frisch gebackene Brot hob meine Stimmung, gab mir mein Vertrauen zurück.
»Wären Sie gekränkt, wenn ich Ihnen sage, dass Sie mich an meine Mutter erinnern?«, fragte sie.
»Ganz und gar nicht. Tatsächlich erinnerst du mich an meine Tochter.« Wir wechselten einen liebevollen Blick.
Unsere Kutsche setzte sich ruckelnd in Bewegung. Ich winkte General Guillaume zu, als wir durch das Tor fuhren. Die Hand auf dem Herzen wandte er sich ab. Er hat Angst um uns, wurde mir klar, und es überlief mich kalt vor Furcht.

An den Ufern des Gardasees war es kühler, das ausgedehnte Gewässer war ruhig, das blaue Gebirge in der Ferne dunstig. Ich war froh, kein Heckenschützenfeuer zu hören.
Lisette und ich spielten gerade das Fadenspiel, als wir von dem bedrohlichen Donnern einer Kanone aufgeschreckt wurden. Die Kutsche hielt abrupt an; ich streckte eine Hand aus, um nicht nach vorne zu fallen. Ich sah ein Licht aufblitzen, hörte Musketenfeuer, wieder eine Kanone. Aber es war der Schrei eines Pferdes, der mich frösteln ließ – dieser Laut und das heftige Rütteln unserer Kutsche. Mir wurde klar, dass wir Gefahr liefen, umzukippen. Ich hörte Junot brüllen: »Runter da, runter da, steig ab, du Idiot!«
»Was ist los?«, hickste Hamelin und zog seinen Hut nach unten.
Die Kutschentür wurde aufgerissen. »Springt!« Junot packte Hamelin und zog ihn mit einem Ruck hinaus. Das Krachen von Geschützfeuer ließ ihn auf allen Vieren kriechen.
Lisette sprang in Junots Arme. Er setzte sie ab und schob sie in Richtung des Grabens. Ich raffte die Röcke. Ich war seltsam ruhig; trotzdem schmeckte ich Tränen. Ein plötzlicher Ruck warf mich aus dem Gleichgewicht. Ich hörte einen Donnerschlag. »Raus da!«, brüllte Junot.
Ich sprang und kroch hinter Hamelin und Lisette her, mein

Unterrock riss. Ich rollte eine Böschung hinunter und kam in sumpfigem Schilfgras zum Stillstand. Ich kroch durch den Schlamm zu den anderen. Lisette sah totenbleich aus. Ich legte die Arme um sie. Sie zitterte. Oder war ich es?

»Mein Schluckauf ist weg«, sagte Hamelin zwinkernd.

Ich hörte den Aufschrei eines Mannes. »Das muss einer der Männer sein.« Ich kletterte die Böschung wieder hinauf.

»Madame, nicht! Seien Sie vorsichtig«, zischte Lisette. »Kommen Sie zurück!«

Ich spähte durch das hohe Gras. Junot kauerte neben einem gestürzten Pferd, einem großen Braunen. Es schlug um sich, blutete aus einer Wunde am Hals. Die anderen Pferde bäumten sich auf und traten um sich, um sich aus dem verhedderten Geschirr zu befreien. Der Kutscher konnte nichts anderes tun, als sie festzuhalten, während ein Dragoner die Zügel kappte. Und dann sah ich den jungen Dragoner …

Ich duckte mich, mein Atem zitterte. Meine Hand war voller Schlamm. Ich wischte sie langsam, wie im Traum, im Gras ab, dann rutschte ich zitternd wieder die Böschung hinunter.

»Was ist los?«, fragte Hamelin, der eine schlaffe Lisette in den Armen hielt. War sie in Ohnmacht gefallen? Ich versuchte zu antworten, aber ich konnte es nicht, denn ich hatte den jungen Dragoner gesehen, der von seinem Pferd gefallen war, den Fuß im Steigbügel verfangen, das Gesicht …

»Was ist mit Lisette los?«, sagte ich schließlich keuchend.

Hamelin schüttelte sie. »Ich bekomme sie nicht wach.«

»Haben Sie einen Flakon dabei?«

»Oh!« Er tastete in seiner Tasche herum, zog eine mit Leder bezogene Flasche heraus und reichte sie mir. »Whisky. Es ist noch ein kleiner Rest übrig.«

Ich öffnete sie und hielt sie Lisette unter die Nase. Ihre Augenlider flatterten. Ich goss mir etwas von dem Alkohol über die Finger und strich ihn ihr auf die Stirn, die Lippen, die Nasen-

löcher. Sie stöhnte. »Setzen Sie sie aufrechter hin.« Ich hatte Angst, sie könnte würgen.
Hamelin ließ sie nach vorn fallen. Lisette schüttelte den Kopf, schaute zu mir auf. »Mir ist übel, Madame.«
»Trink einen Schluck«, sagte ich und reichte ihr den Flakon. »Aber nur einen kleinen«, warnte ich sie, als ich sah, wie sie ihren Kopf nach hinten neigte. Wenn es zu laufen galt, mussten wir bereit sein.
Ich hörte Junot brüllen, das Knallen einer Peitsche, das Klappern der Kutsche, Pferde. Lose Steine prasselten auf uns nieder. Dann kam Junot die Böschung hinunter getaumelt. Er fluchte, als er in den Schlamm fiel. Er kroch zu uns herüber, sein Gesicht war eine Fratze aus Schlamm und Blut. Lisette reichte ihm ihr Taschentuch aus ihrem Mieder. »Sind Sie in Ordnung?«, fragte er und presste ihr Taschentuch an die Lippen.
»Es ist unbequem hier«, sagte Hamelin und schlug nach einer Mücke. Sie waren jetzt überall. »Diese abscheuliche Luft …«
»Oberst Junot, wir hörten die Kutsche.«
»Ich habe sie auf die Räder gestellt.« Er ließ die Fingergelenke knacken.
»Wir sitzen fest?«, rief Hamelin aus.
»Die Österreicher werden annehmen, dass wir in der Kutsche sind, und das Feuer einstellen. Aber wir müssen in den Wald kommen, ohne dass sie uns sehen.« Junot begann, den Graben entlangzukriechen. »Können Sie folgen?« Ich nickte. »Bleiben Sie unten«, zischte er.
Einmal, nicht weit entfernt, in einem weniger einsehbaren Gebiet, konnten wir aus dem Schlamm aufstehen. Lisettes Zähne klapperten trotz der Hitze. »Wissen Sie, wo wir sind?«, fragte ich Junot. Ich legte den Arm um Lisette, um sie zu stützen, mich selbst zu stützen.
»In der Nähe von Desenzano«, sagte Junot und schlug nach einer Mücke.

Ich erinnerte mich an Desenzano, ein Dorf mit engen Gassen, die zum See führten. Bonaparte und ich hatten es zwei Abende zuvor auf dem Weg nach Verona passiert.
Ich spürte den Hufschlag eines Pferdes. Junot spannte den Hahn seiner Muskete und ging zum Rand des Waldes. »Ein Fuhrmann«, sagte er, als er zurückkam. »Er hat angehalten, um nach dem toten Pferd zu sehen.«
Ein quietschender, von einem dicken roten Pferd gezogener Karren kam in Sicht. Er hatte Hühnerkäfige geladen. Der Fuhrmann trug ein schwarzes Tuch wie eine Bäuerin um den Kopf. Er hielt an, als er uns sah, und sagte etwas auf Italienisch. »Können Sie ihn verstehen?«, fragte ich Junot.
»Steigen sie einfach ein«, sagte Junot und richtete die Muskete auf den Bauern. Wir kletterten auf den Karren und setzten uns mit einem unguten Gefühl auf die Hühnerkäfige. »Los!«, sagte Junot zu dem Kutscher und kletterte neben ihn, aber der Kutscher rührte sich nicht.
»Haben Sie Ihr kleines Buch dabei?«, fragte ich Hamelin.
Hamelin kramte in seinen Taschen, setzte die Brille auf, blätterte rasch die Seiten seines Buches mit italienischen Redewendungen durch. »Nohn sahp-pii-AH-mon DOH-veh chii troh-vii-AH-moh«, sagte er (oder etwas Ähnliches).
»Was haben Sie gesagt?«, wollte Junot wissen.
»Wir haben uns verlaufen«, sagte Hamelin zwinkernd. »Das habe ich wohl gesagt.«
»Wir haben uns nicht verlaufen!« Junot packte die Peitsche des Kutschers, ließ sie knallen und versetzte dem Pferd einen leichten Schlag auf die Hinterbacken. Die Stute machte einen Satz nach vorn, was ein aufgeregtes Gackern der Hühner auslöste.
Wir rochen Desenzano, bevor wir es sahen. Die Stute scheute, warf den großen Kopf hoch, weigerte sich vorwärtszugehen. »Das ist der Geruch«, sagte ich. Ich hielt mir ein Taschentuch an die Nase, meine Augen tränten.

»Hier hat vergangene Nacht eine Schlacht stattgefunden«, sagte Junot und ließ erneut die Peitsche knallen. Aber die Stute bewegte sich nicht von der Stelle. Dann brüllte der Kutscher dem Pferd etwas zu, und schließlich zog es mit dem geflochtenen Schwanz wedelnd los.
»Er sagte *stupido*, nicht wahr? Ich glaube, er hat dem Pferd gesagt, es wäre dumm.« Hamelin blätterte in seinem Buch mit Redewendungen.
»Stuffato, meine ich verstanden zu haben.« Ein Schwächegefühl hatte mich ergriffen.
»Schmorfleisch?«, las Hamelin.
Junot schaute kurz zu mir nach hinten. »Bedecken Sie ihr die Augen.«

Ich versuchte, die Augen geschlossen zu halten, als wir durch die Stadt fuhren, aber den Geruch nach Schießpulver und verbranntem Fleisch, die schwachen Spuren eines süßlichen Gestanks konnte ich nicht abwehren. Das weiche Rumpeln des Karrens über eine Leiche. Die Wimmerlaute wie die eines Kindes. »Ich habe jemanden rufen hören. Können wir nicht anhalten?« Und dann machte ich den Fehler, die Augen zu öffnen. Überall lagen aufgedunsene Leichen. Das Kopfsteinpflaster war überspült mit Blut, das in der Morgensonne trocknete. Zwei Bäuerinnen zogen einem toten Soldaten, einem Buben mit fahler grauer Haut und leerem Blick, den Mantel vom Leib. Die Diebinnen blickten zu uns auf, und eine von ihnen grinste zahnlos wie ein Kleinkind. Ich drückte Lisette an mich, meine zitternden Finger in ihren süßfeuchten Haaren verwickelt.

Als wir uns Castelnuovo näherten, waren Herden von angebundenen Kavalleriepferden, beladene Munitionskarren, aufgeschlagene Zelte und überall Soldaten zu sehen. Der Rauch zahlreicher Lagerfeuer tauchte die Landschaft in ein diesiges Licht. Tränen traten mir in die Augen, als ich die Flagge der französischen Republik vom Strohdach einer Bauernkate hängen sah – das vorübergehende Hauptquartier der italienischen Armee.

»Warum habt ihr so lange gebraucht?«, wollte Bonaparte wissen, als er herauskam. »Eure Eskorte ist schon vor gut über einer Stunde zurückgekehrt.«

»Wir sind nur mühsam vorangekommen«, sagte Junot und salutierte mit rotem Kopf. Er spähte zu Lisette. Sie starrte über die Maisfelder.

»Es war gut, dass ich dabei war«, sagte Hamelin zu Bonaparte, als er mich vom Karren hob.

Ich unterdrückte die Tränen. »Ich glaube, ich sollte mich hinsetzen.« Und dann brachen die Schluchzer unaufhaltsam aus mir heraus.

»Holt Äther«, befahl Bonaparte einem Sanitäter. Er packte mich an der Schulter. »Kämpfe dagegen an, gib nicht nach.« Aber ich hatte zu lange dagegen angekämpft. »Das werden die Österreicher teuer bezahlen«, hörte ich ihn vor sich hin murmeln, als er mich in die Arme nahm.

Ich trank das Ätherwasser, das der Helfer brachte, hustete. Es schmeckte brackig. Ich hatte den Geruch immer noch in der Nase. »Gib Lisette etwas davon.« Sie saß noch im Karren und betrachtete uns mit verschleiertem Blick. Selbst die Hühner in den Käfigen waren still.

»Der Kutscher möchte eine Belohnung«, sagte Junot zu Bonaparte und ließ die Fingergelenke knacken. »Zumindest glaube ich das. Vielleicht sollten Sie mit ihm sprechen.«

»Geben Sie ihm, was er will«, sagte Bonaparte und drückte meine Hand.

»Sind unsere Koffer hier? Können wir uns umziehen?«, fragte Lisette und erhob sich.

Junot streckte die Hand aus, um ihr herunter zu helfen. »Vorsichtig, sie könnte fallen«, sagte ich zu ihm mit bebender Stimme.
»Ihr solltet etwas essen – das wird euch stärken.« Bonaparte führte mich in die kleine Kate mit dem Strohdach.
Im Innern war es dunkel. Der Boden bestand nur aus Erde. Die Hütte war heiß, stickig und roch nach Ziegen. Ein von einer Blechlaterne beleuchteter Tisch vor dem leeren Kamin war mit Berichten übersät. Eine riesige Landkarte war an die grobe Bretterwand genagelt. Bonaparte führte mich zu einer Strohpritsche. Er sagte etwas auf Italienisch zu einem Bauernjungen mit schmutzigem Gesicht. »Salami?«, fragte Bonaparte, als er sich zu mir umsah. Ich schüttelte den Kopf. Ich glaubte nicht, dass ich etwas essen konnte.
»Die Kutsche wird in dreißig Minuten bereit sein, General«, sagte Junot, als er den Kopf hineinsteckte.
»Das Geschirr ist geflickt?«
Junot nickte und knackte mit den Fingerngelenken.
Ich begann zu zittern.

Als wir uns der Toskana näherten, wurden wir von einem Kurier erwartet, der auf einem schweißnassen Rappen saß. »Kehren Sie um!«, schrie er. »Die Österreicher sind da vorne zugange. Sie haben Brescia eingenommen.«
Mon Dieu, dachte ich, Brescia? Brescia lag so nahe bei Mailand.
»Was sollen wir denn jetzt machen?«, fragte Hamelin und zog sein Reisebuch heraus. »Wir können weder nach Norden noch nach Osten oder Westen.«

»Süden«, sagte Bonaparte, während er unruhig auf und ab ging.
»Ich möchte bei dir bleiben!«
Er betrachtete mich mit einem Gesichtsausdruck, aus dem ich

nicht schlau wurde. Dieser Mann, mein Gemahl, war nicht mehr der Mann, den ich Paris gekannt hatte. Hier, in der rauen Atmosphäre des Lagers, umgeben von Männern, die ihn mit ergebener Loyalität betrachteten, wirkte er wie verwandelt. Selbstsicher und aufgeschlossen wie er jetzt war, lag in allem, was er tat, eine gewisse Würde. Wie seine Männer glaubte auch ich an ihn, spürte eine Aura der Sicherheit, wenn ich in seiner Gegenwart war. »*Bitte*, Bonaparte.«

Er kniete sich neben mich und nahm meine Hände in seine. Seine Berührung beruhigte mich. »Sieh es doch ein – die Österreicher kommen bedrohlich nahe. Wir erwarten eine ziemlich heftige Schlacht. Im Süden wirst du in Sicherheit sein.«

Seine Augen verrieten mir, dass mir nichts anderes übrig blieb, dass es zu meinem Besten war. Ich schniefte und nickte. Er küsste mich mit großer Zärtlichkeit. »Du warst tapfer heute Morgen«, sagte er lächelnd.

»Ach, Bonaparte!« Ich presste seine Finger an meine Lippen. Er strahlte Stärke aus. Ich konnte begreifen, warum seine Leute ihm mit solch bedingungsloser Ergebenheit folgten – er adelte sie, genau wie er mich adelte.

Er erhob sich und wandte sich an seinen Kurier, der in der Tür stand und die Enden seines gewaltigen Backenbartes zwirbelte. »Überquert den Po bei Cremona«, sagte er zu ihm und fuhr mit einem Papiermesser auf der Landkarte die Route entlang. »Da ist es weniger gefährlich.« Er kritzelte etwas auf ein Stück Papier. »Mein Onkel Fesch ist in Parma. Er wird euch für die Nacht Unterkunft gewähren. Dann nehmt ihn mit nach Süden. Sagt ihm, das ist ein Befehl. Fahrt hinunter in die Provinz Lucca – das sind friedliche Leute. Ich schicke eine Nachricht, wenn eine Rückkehr sicher ist.«

»Einen Kuss?«, fragte ich und erhob mich.

»Als Glücksbringer«, lächelte er und nahm mich in die Arme.

Es ist jetzt nach Mitternacht. Wir sind in Parma, im Haus von Bonapartes Onkel Fesch, ein fröhlicher Mann mit gesunder Gesichtsfarbe. Gerade kam eine Magd, um mein Tablett mit dem unberührten Gebäck abzuholen. »Ich kann nichts essen«, sagte ich langsam in einfachem Französisch zu ihr. *Scusatemi*. »Ich bin krank«, fügte ich wahrheitsgemäß hinzu.
Und immer noch voller Angst.
Und ruhelos: Das Bild eines Bubengesichts, seines mageren Körpers auf der staubigen Straße verfolgt mich, der Gestank von Desenzano, die Schreie der zum Sterben zurückgelassenen Verwundeten.
Tränen, Tränen. Ich beginne zu zittern. Mon Dieu. Ich bin die Tochter eines Soldaten, die Witwe eines Soldaten, die Frau eines Soldaten. Doch bis heute hatte ich nicht gewusst, was Krieg bedeutet.

Ich bin von Bonapartes umzingelt

2. Oktober 1797 – Mailand, ein glühend heißer Nachmittag

Wie ich sehe, ist schon einige Zeit seit meinem letzten Eintrag vergangen. So vieles ist geschehen, und doch bleibt so vieles das Gleiche. Bonaparte ist wider Erwarten siegreich. Doch der Feind ist eine mehrköpfige Hydra. Wie viele Armeen können die Österreicher noch aufstellen? Jedes Mal, wenn Bonaparte eine bezwingt, erhebt sich eine andere an ihrer Stelle. Ich fürchte, es wird niemals Frieden geben.
Ein Unwohlsein hat mich ergriffen. Ich spüre, dass ein weiterer Anfall naht. Migräne, hatte mir der Arzt gesagt, als er das letzte Mal auftrat, ein krampfhafter Schmerz in der Schläfe. Selbst Laudanum konnte nichts dagegen ausrichten. Als ich das letzte Mal einen Anfall hatte, blieb ich drei Tage in einem abgedunkelten Raum und wagte nicht, mich zu bewegen oder gar zu sprechen. Dieses Land wird mein Grab sein, fürchte ich.

23. November

Sieg – endlich! Die Österreicher haben sich wieder einmal hinter die Mauern von Mantua zurückgezogen.

9. Dezember

Bonaparte ist zurück. Seine Gesundheit ist durch einen Sturz in einen Sumpf angegriffen. (Ich bete, dass es nicht Malaria ist.)

Das ruhige, häusliche Leben, das wir nun führen, wird hoffentlich helfen. Wie wenig Zeit wir zusammen verbracht haben! Er hat sein Porträt malen lassen, wir planen einen Ball – und nachts, muss ich wohl hinzufügen, widmen wir uns dem, was Bonaparte als »unser Projekt« bezeichnet. Vielleicht wird es uns jetzt, da wir Zeit füreinander haben, gelingen.

24. Dezember, Heiligabend

»Madame?« Lisette knickste, als sie bemerkte, dass Bonaparte im Alkoven am Fenster saß. »Ihre Schwester, General, sie ist …«
»Maria-Paola? Meine Schwester ist hier?« Bonaparte sprang auf. »Schon?«
Lisette warf mir einen kurzen Blick zu. Oh, là, là!, sagten ihre Augen.

»Uff. Das Schiff war widerlich!« Bonapartes sechzehnjährige Schwester ist ein eindrucksvolles Mädchen mit lockigen schwarzen Haaren und saphirblauen Augen – sogar noch hübscher, als ich nach allem, was mir zu Ohren gekommen war, erwartet hatte. »Ich habe mich auf das Deck übergeben, über die Wand, im Speisesaal, in meiner Koje.« Sie hatte ihre Augenbrauen wie die Dienstmädchen zu einer dünnen Linie gezupft. »Du bringst meine Frisur durcheinander«, protestierte sie in schlechtem Französisch, als Bonaparte sie umarmte. Sie hatte eine schrille Stimme. »*Hier* wohnst du? Magnifico!«
Bonaparte, den Arm um seine kleine Schwester gelegt, wandte sich zu mir. »Paganetta«, sagte er stolz.
Ich nickte und lächelte dümmlich. Sie ist erst sechzehn und doch schon so fraulich. Und, wie leicht zu erkennen war, ein temperamentvolles Mädchen, das sich ihrer Reize wohl be-

wusst war – *la beauté du diable*.* »Willkommen, Maria-Paola, in …«
»Ich bin nicht mehr Maria-Paola, ich bin Pauline.«
»Willkommen, Pauline, in …«
Ohne zuzuhören, rauschte sie an mir vorbei. »Denke dran, Napoléone, du hast es versprochen! Ich bekomme meine eigene Suite.«

27. Dezember

Ein unaufhörlicher Strom von Mägden und Lakaien ist in der Halle auf und ab gelaufen, um Paulines Befehle auszuführen. Die Bettlaken sind nicht weich genug, der Spiegel nicht prunkvoll genug, die Porzellanzuckerdose passt nicht zu dem silbernen Teegeschirr, und die Tapeten an ihren Wänden sind verschlissen. Ich beobachte diese Hektik mit Verärgerung. Ich gebe einen Empfang, der vorbereitet werden muss, und nichts wird getan.

29. Dezember

Ich ertappte Pauline in meinem Ankleideraum, wo sie sich in meinen Ballgewändern versteckte. »Ich spiele!«, behauptete sie steif und fest. (Spielen? Sie ist sechzehn!) Im Spiegelbild sah ich, wie sie mir die Zunge herausstreckte.
»Es wäre mir lieber, wenn du nicht in meiner Suite spielen würdest, Pauline«, sagte ich und lächelte mit aller Liebenswürdigkeit, deren ich fähig war.

* La beauté du diable: die Schönheit des Teufels oder die Blüte der Jugend, die sexuelle Anziehungskraft eines Mädchens

7. Januar 1797

Gestern Abend in der Oper erschienen vier junge Männer in unserer Loge und behaupteten beharrlich, dass sie eingeladen worden wären. Wie sich herausstellte, hatte Pauline jeden von ihnen mit dem langen Ende ihres Opernglases angeschaut (was in diesem Land bedeutet: *Komm mich besuchen*).

30. Ventôse, Palais Luxembourg

Chère amie,
eine schreckliche Nachricht – Thérèse hat gestern gegen Tallien die Scheidung eingereicht. Sie, das Baby, das Kindermädchen und drei Hausdiener sind nun bei mir. Offensichtlich hat Tallien sie mit einer Pistole bedroht. Ich sagte ihr, dass ich alles in meiner Macht Stehende täte, um es aus den Zeitungen herauszuhalten.
Und da wir gerade von Zeitungen sprechen: Dem Républican *zufolge bin ich nicht einmal in der Lage, diesen Brief zu schreiben, da man mich wegen der Herstellung falscher Banknoten ins Gefängnis geworfen hat. Ha! Ich mache mir Sorgen um die bevorstehende Wahl. Die Fraktion der Royalisten wird immer stärker. Unser Polizeiminister behauptet, dass einhundert Deputierte dem Prätendenten den Treueeid geschworen haben. Ein Deputierter hatte sogar die Frechheit, in Stiefeln mit roten Absätzen* in den Gärten der Tuilerien herumzuspazieren.*
Direktor Letourneur versichert uns, dass wir nichts befürchten müssten, dass alles unter Kontrolle sein wird, weil er die Straßen von Paris zu Pferde bewachen wird. (Dieser Tölpel!) Und was Direktor La Réveillère angeht, der ist von Dingen, die eine von ihm gegründete Sekte betreffen, in Anspruch genommen. Ich gab ihm den Rat, dass jede gute Religion einen Märtyrer brauchte und dass er, um aus seiner einen Erfolg zu machen, sich hängen lassen sollte. Er verstand den Witz nicht.

Père Barras

* Vor der Revolution trugen Adlige Stiefel mit roten Absätzen.

9. Mai – Mailand

Nach einer schwierigen Reise von drei Monaten sind wir wieder in Mailand. Im Januar schlug Bonaparte noch eine österreichische Armee – die fünfte – und wandte dann seine Aufmerksamkeit nach Süden, nach Rom, wo er die päpstlichen Staaten zwang, sich zu ergeben. Dann, nachdem der Süden gesichert war, jagte er die Österreicher in den Norden, bis sie endlich vor zwei Wochen einem vorläufigen Frieden zustimmten.
Und so sind die Österreicher endlich geschlagen, und Bonaparte ist siegreich. Seine Frau dagegen nicht. Ich führe einen aussichtslosen Kampf gegen seine temperamentvolle Schwester Pauline. Heute Morgen entdeckte ich sie in der Speisekammer mit einem Lakaien. »Ich glaube, du solltest daran denken, deine Schwester zu verheiraten«, sagte ich zu Bonaparte. *Rasch.* »General Leclerc ist in sie verliebt«, schlug ich vor. Victor Leclerc war vollkommen verrückt nach dem Mädchen. »Jeder nennt ihn den blonden Bonaparte, weil er dich nachahmt.« Klein, ernsthaft, mit schmalen Lippen und großen Augen sah Victor Leclerc Bonaparte sogar ähnlich, abgesehen von seinem hellen Teint.
»Sein Vater ist ein Kaufmann.« Bonaparte erhob sich und ging, die Hände hinter dem Rücken verschränkt, zum Fenster. »Allerdings wohlhabend.«

Pauline gähnte. »Vielleicht möchtest du dich setzen.« Bonaparte, plötzlich unsicher geworden, warf mir einen kurzen Blick zu. Angelegenheiten, die mit seiner Familie zu tun hatten, brachten ihn völlig aus dem Konzept.
»Vielleicht sollte ich gehen«, sagte ich und erhob mich.
»Du bleibst!«
»Was soll das alles?«, wollte Pauline wissen.

»Du brauchst unbedingt einen Ehemann«, sagte Bonaparte.
»Ich bin bereits verlobt.« Pauline blickte zornig. (Zu mir!) »Wie du dich vielleicht erinnerst.«
»Der Deputierte Fréron ist ein Trunkenbold mittleren Alters mit drei unehelichen Kindern von einer Schauspielerin – einer schlechten.«
»Er wird sie verlassen!«
»Sie behauptet, er hätte sie geheiratet!«
»Bonaparte?« Ich berührte seine Hand. Er und seine Schwester würden sich letztlich nur lautstark streiten. Und wenn sich jemand mit Bonaparte messen konnte, dann war es Pauline.
Bonaparte setzte sich missmutig hin. »Wie wäre es mit General Leclerc?«
Pauline sah von mir zu ihrem Bruder und wieder zurück. »Der kleine Victor?«
»Die Ehe bringt viele Vorteile, Pauline«, sagte ich. »General Leclerc stammt aus einer wohlhabenden Familie.«
»Mehlhändler!«
»Er ging in Paris zur Schule«, fuhr ich unbeirrt fort. »Die Familie besitzt einen Landsitz – das Schloss Montgobert.« Soweit ich wusste, war es ein Steinhaufen.
»Wie steht's mit einer Aussteuer?«, wollte sie wissen.
»Was immer du möchtest.«
»Die Kleider müssen von Signora Tandello sein.«
Bonaparte hustete. Signora Tandello war die teuerste Schneiderin in Mailand. Ja, nickte ich, selbstverständlich, *alles*.
»Wie viel Mitgift bekäme ich?«
»Darüber werden Joseph und ich uns unterhalten müssen«, sagte Bonaparte.
»Zweifellos eine Menge«, fügte ich hinzu.
Pauline schürzte die Lippen. »Bien.«

15. Mai, La Chaumière

Schätzchen,
nur gut, dass du im Land der Antike bist, denn die Situation in Paris ist Besorgnis erregend geworden. Die Wahl war ein Fiasko. Die Royalisten haben die Kontrolle über die gesetzgebenden Räte übernommen! Sogar General Pichgru, der, wie jeder weiß, im Sold des Prätendenten steht, wurde zum Präsidenten *der Fünfhundert gewählt. Gestern Abend war ich zu einem Essen, wo die Gäste ganz offen darüber sprachen, den Prätendenten auf den Thron zu setzen. Die Mittelsmänner der Royalisten – von denen es, wie man munkelt, eine Menge in Paris gibt – werfen ganz ungeniert mit Gold um sich.*
Mein Familienleben ist ebenfalls Besorgnis erregend – ein Fiasko, könnte man sagen. Ich war verrückt, dass ich mich mit Tallien versöhnt habe. Ich liebe ihn leidenschaftlich, wie du ja weißt, aber mit seiner Trinkerei, seinen Weibergeschichten und seinen rasenden Eifersuchtsanfällen kann ich nicht leben. Und nun ist es leider zu spät. Jede Frau in Paris ist, wie es scheint, in anderen Umständen, mich selbst nun eingeschlossen.

Deine dich liebende und liebste
(und unglückliche) Freundin Thérèse

Anmerkung – Ich hörte, dass deine Freundin Aimée gestorben ist. Mein Beileid, Schatz.*

*22. Mai – Mombello***

Es ist ein herrlicher Frühlingsabend. Vor den geöffneten Fenstern tanzen Glühwürmchen. Ich schreibe bei Mondschein. Wie spät ist es? Ich weiß es nicht genau. Der Brief von Thérèse hat mich schrecklich beunruhigt. Ich bin von Sorge, Kummer

* Aimée Hosten, eine kreolische Freundin von Joséphine, mit der sie inhaftiert war.

** Eine Villa auf dem Lande nördlich von Mailand, die Josephine und Bonaparte für die Sommermonate gemietet hatten.

erfüllt. Wie viele Menschenleben waren schon für unsere Revolution, unsere kostbare *liberté* geopfert worden. Ich denke an Aimée, alle meine Lieben, die gestorben sind. Ich denke an Alexandre. *La liberté ou la mort*. Wird ihr Opfer umsonst sein? Werden die Royalisten siegen, wieder einen König auf den Thron setzen, alles abschaffen, wofür so viele gestorben sind? Schon den ganzen Tag trage ich Lazares Medaille des Heiligen Michael ganz dicht an meinem Herzen – der Heilige Michael mit seinem Schwert, der Heilige Michael, der unermüdlich gegen die Kräfte des Bösen kämpft. Ich denke an Bonaparte, wie er dem Feind gegenübertritt, immer und immer wieder. Ich denke mit Bewunderung und Stolz an seine erstaunlichen Siege. Doch wozu, muss ich mich fragen, jagt er die Royalisten aus Italien fort und baut hier eine Demokratie auf? Welche Rolle spielte es noch, wenn Paris an die Royalisten fallen sollte?

30. Mai

Leutnant Lavalette brauchte einen Augenblick, um zu Atem zu kommen. Er ist kein junger Mann mehr. Er nahm seinen Hut ab und rückte seine Perücke zurecht, die seine kahle Stelle nicht verbergen konnte. »Ich kam am frühen Nachmittag in Genua an, General«, begann er und stand stramm. »Nachdem ich mich in einem Gasthaus erfrischt hatte, machte ich mich sofort auf den Weg zur Botschaft, und als …«
»Kommen Sie zur Sache.« Bonaparte trommelte mit den Fingern.
»Mir wurde mitgeteilt, dass sich Ihre Mutter auf einem Schiff im Hafen befand, General.«
»Und wo ist sie jetzt?«
»In Genua, General, ich …«
»Sie haben sie dort zurückgelassen? Leutnant, Genua steht kurz vor einem Aufstand!«

»Sie bestand darauf«, stammelte Lavette. »Sie sagte: ›Mein Sohn ist hier, ich habe nichts zu befürchten.‹« (Bonaparte lächelte.) »Ich stellte ein Sonderkommando der Kavallerie zu ihrer Begleitung ab, General. Sie werden morgen eintreffen.«
»Sie?«
»Ihre Mutter und ein Mann – seinen Namen hat sie mir nicht gesagt. Und ein Knabe – ihr Sohn, sagte sie, glaube ich. Ihr Bruder, General?«
»Girolamo?«
»Und zwei Töchter.«
»Mon Dieu, Bonaparte«, sagte ich und erhob mich abrupt. »Das ist ja fast deine ganze Familie!«

1. Juni

Wir brachen auf, um sie auf der Straße zu begrüßen, Bonaparte und ich und die beiden »Kinder« – Pauline und Louis. Südlich von Mailand kam eine von berittenen Soldaten eskortierte Kutsche in Sicht. Bonaparte senkte das Fernrohr. »Das sind sie.«
»Nimm das Fernrohr hoch«, protestierte Pauline.
»Kreisch nicht so.« Louis hielt sich die Ohren zu. Er war zwei Jahre älter als Pauline, und die beiden zankten sich ständig.
»Oh, ich fühle mich nicht wohl«, sagte ich zu Bonaparte. Ich war erschöpft von der Hitze und ausgedörrt vor Durst.
Bonaparte fuhr sich mit den Fingern durch die Haare. »Maria-Anna hat ihren Namen in Elisa geändert, und Maria-Anunziata heißt jetzt Caroline. Aber Girolamo ist erst dreizehn. Ihn kann ich immer noch Fifi nennen.«
»Wie soll ich deine Mutter anreden?« Ich spürte schlimme Kopfschmerzen nahen. Warum hatte ich nicht daran gedacht, Laudanum zu nehmen?
»Als Signora Letizia.« Bonaparte verschränkte die Hände und öffnete sie wieder, dann wischte er sich die Handflächen an den

Oberschenkeln ab. »Sie hat dreizehn Kinder zur Welt gebracht; acht haben überlebt.«
»Bemerkenswert.« Ich wusste nicht, was ich sonst sagen sollte.
»Sie ist berühmt für ihre kleinen Hände und Füße«, sagte Pauline.
»Sie stammt aus dem korsischen Gebiet Sartène, das für Banditen und Blutrache berüchtigt ist.« Bonaparte rückte seine Schärpe zurecht. »Als Kind hielt ich meine Mutter für einen Krieger.«
Eines unserer Pferde wieherte. Bonaparte hämmerte gegen die Decke. Ich fiel nach vorn, als die Kutsche plötzlich anhielt. Bonaparte stieß die Tür auf und sprang auf den Boden.
»Aspetti un momento«, schrie Pauline und band ihre Hutbänder zu. »Napoléone, aspetti!«
Der Lakai ließ den Tritt herunter und half Pauline aus der Kutsche. Ich hörte Schreie: meine korsische Familie. Ich zog den Schal züchtig um die Schultern.
»Madame?« Louis streckte eine weiß behandschuhte Hand aus. »Darf ich meinen Schutz anbieten? Die Bonapartes sind für ihr rüpelhaftes Benehmen berüchtigt.«
»Wieso sind Sie dann so sanftmütig, Louis? Sind Sie sicher, dass Sie ein Bonaparte sind?« Ich war erleichtert, ihn lächeln zu sehen. Keine gewagten Bemerkungen mehr, nahm ich mir vor.
Wir näherten uns der lärmenden Gruppe. Ein Knabe fiel auf die Erde, lachte. Ohne Zweifel Girolamo. Bonaparte schlug ihm auf die Schulter, und der Knabe schlug wie ein Boxer zurück.
»Ich wüsste gerne, wer dieser dicke Mann ist«, sagte Louis.
Ein älterer Mann mit einem Puddinggesicht stand neben der Kutsche und sah mit aufgesperrtem Mund zu, wie der Befreier von Italien seinen kleinen Bruder in eine Kopfzange nahm, während der Knabe wie ein Matrose fluchte. »Sie kennen ihn nicht?«
Ein pummeliges Mädchen um die vierzehn – ohne Zweifel

Bonapartes jüngste Schwester Caroline – hüpfte aufgeregt vor Pauline herum. Eine hagere, männlich wirkende Frau mit groben Gesichtszügen betrachtete alle mit missbilligendem Blick: Elisa. Und im Mittelpunkt des Aufruhrs war Signora Letizia, eine kleine Frau in einem schwarzen Leinenkleid mit bogenförmigen gelben Halsrüschen, die einen ziemlich unpassenden Kontrast dazu bildeten. »Du bringst dich um, Napoléone.« Zumindest glaubte ich, dass sie das sagte, denn durch ihren starken korsischen Akzent war sie schwer zu verstehen.
»Ah, da bist du ja.« Bonaparte ließ den jungen Girolamo los, der hinfiel. Er nahm meinen Arm und wandte sich seiner Mutter zu. »Maman, erlaube mir, dir meine Frau Joséphine vorzustellen.«
Ich knickste respektvoll. »Endlich lerne ich meine verehrte Frau Mutter kennen«, sagte ich und küsste sie auf beide Wangen. Sie war kleiner, als ich erwartet hatte, aber wesentlich furchteinflößender.
Sie musterte mich mit gerunzelter Stirn und sagte etwas auf Italienisch zu Bonaparte. Dann wandte sie sich an ihre älteste Tochter. »Hol deinen Mann.«
»Sofort?« Elisa stieß einen Hickser aus.
Bonaparte sah von Elisa zu dem Mann neben der Kutsche. »Elisa hat geheiratet? Aber ich habe meine Einwilligung nicht gegeben!«
»Du bist nicht das Oberhaupt dieser Familie«, teilte Signora Letizia ihrem Sohn mit.
»Félix!«, schrie Elisa. »Komm her.«
»Ich werde auch heiraten!« Pauline führte ihren Ring vor.
Bonapartes Mutter durchbohrte mich mit einem bösen Blick, als wäre ich daran schuld. Eine Staubböe stach mir wie mit Nadeln in die Augen. Ich drückte Bonapartes Arm. »Es ist zu heiß in der Sonne.«

»Er ist ein Idiot«, schäumte Bonaparte, als wir in unserem Zimmer allein waren. »Wie kann Elisa ihn nur ertragen?«
»Ich glaube nicht, dass sie sich auch nur das Geringste aus ihm macht.« Elisa machte sich anscheinend aus niemandem etwas.
»Sie wird keinen Sou bekommen.«
Keine Mitgift? Ich konnte mir lebhaft vorstellen, welchen Aufruhr diese Erklärung auslösen würde. Bei den Bonapartes, das wurde mir allmählich klar, löste schon die kleinste Kränkung einen Kampf aus. »Meinst du, dass deine Mutter Pauline erlauben wird, General Leclerc zu heiraten, wenn du Elisa keine Mitgift gewährst?«
Bonaparte machte ein finsteres Gesicht.
Ich legte meine Hand auf seine. »Ich glaube, du hast Recht, Bonaparte. Ich glaube, deine Mutter ist ein Krieger.«

3. Juni

Bonapartes Onkel Fesch, sein Bruder Joseph und Josephs schüchterne Frau Julie sind eingetroffen, sodass nun alle Bonapartes hier sind – das heißt, alle außer Bonapartes Bruder Lucciano, der sich, wie ich erfuhr, meinetwegen weigerte, nach Italien zu kommen. (Oder *Lucien*, wie ich besser sagen sollte, denn offenbar hat auch er seinen Namen geändert.)
»Seine Frau hatte eine Fehlgeburt«, erzählte mir Lisette, »und er behauptet, dass Sie daran schuld sind.«
»Wieso sollte ich denn etwas damit zu tun haben?«
»Weil Sie Pauline daran gehindert haben, den Deputierten Fréron zu heiraten.«
»Ich war doch nicht diejenige, die das verbieten konnte! Und überhaupt, was hat das denn mit der Fehlgeburt von Luciens Frau zu tun?«
»Lucien Bonaparte und der Deputierte Fréron sind Freunde.«
»Ach wirklich?«

»Und deswegen hat General Bonaparte seinen Bruder Lucien zur Nordarmee beordern lassen – um ihn von dem Deputierten Fréron fern zu halten. Oder besser, Sie haben den General dazu angestiftet.«
»Bonaparte sollte etwas tun, nur weil ich ihn darum bitte?« Ich lächelte bei dem Gedanken.
»Und darum mussten Lucien Bonaparte und seine Frau in den Norden umziehen, und daraufhin hatte sie eine Fehlgeburt ...«
»Ich habe es mit Bedauern gehört.«
»Und darum waren Sie an dem Malheur schuld.«
Ich runzelte verblüfft die Stirn.
»Ihretwegen mussten sie umziehen. Als sie umzogen, passierte es.« Lisette zuckte mit den Schultern. »Bonapartesche Logik.«

4. Juni (Pfingstsonntag)

Unser erstes großes Familientreffen. Mit Verdruss habe ich festgestellt, dass sich die Bonapartes bei Tisch am liebsten über Unfruchtbarkeit und Geld unterhalten.
»Warum gibt's kein Bambino, Napoléone?«, wollte Signora Letizia wissen und klopfte zur Betonung ihrer Worte mit dem Messer auf den Tisch. Sie hatte den Ehrenplatz am Kopf des Tisches eingenommen.
Bonaparte ignorierte den anzüglichen, starren Blick seiner Mutter. Er saß mit verschränkten Armen und finsterer Miene da. Sein Bruder Joseph hatte als Ältester den Stuhl rechts von seiner Mutter beansprucht, und das ärgerte meinen Mann, wie ich wusste. (Die Bonapartes nehmen jedes Statussymbol sehr ernst.)
»Als französischer Botschafter in Rom werde ich im Jahr sechzigtausend Francs verdienen«, erzählte Joseph Onkel Fesch. »Als Oberbefehlshaber der italienischen Armee bekommt Napoléone nur vierzigtausend.« Er nahm eine Gabel in die Hand, begutachtete sie interessiert und reichte sie an seine Frau wei-

ter, die sie ebenfalls begutachtete und umdrehte, um die Gravur zu lesen.
»*Magnifico!*«, sagte Elisas Mann Félix und wischte sich den Schweiß von der Stirn.
»Joseph, in Rom kannst du mit Skulpturen sehr gute Geschäfte machen«, sagte Onkel Fesch und lehnte sich in seinem Stuhl zurück.
»Lei e troppo vecchio, Napoléone«, sagte Signora Letizia zu Bonaparte.
Ich hustete wegen eines Wurststückchens im Reis. *Troppo vecchio*: zu alt. Ich bin zu alt, hatte sie zu ihm gesagt – zu alt, um Kinder zu bekommen.
»O primavera, gioventù dell'anno. O gioventù, primavera della vita!«*, sang Pauline unmelodisch.
»Vielleicht ist sie ja unfruchtbar«, sagte Elisa. (Hickser.)
»Plombières ist ein ausgezeichneter Badeort für dieses Problem«, raunte mir Josephs Frau über den Tisch hinweg zu. »Allerdings teuer.« Als Tochter eines Seidenhändlers hatte Julie Bonaparte eine klare Weltanschauung: Gewinn, Verlust, Angebot, Nachfrage. Handelsspanne. Und von Zeit zu Zeit: Qualitätsware.
»Was bedeutet unfruchtbar?« Girolamo hatte das Brot zu einem Teig gedrückt und formte daraus einen Backenbart.
»Das erkläre ich dir, wenn du älter bist, Girolamo«, sagte Elisa zu ihm.
»Ich bin dreizehn. Und ich ändere meinen Namen in Jérôme.«
»Lügner. Du bist erst zwölf.« Caroline schnappte sich ein Stück von seinem Teigbart und warf es quer über den Tisch.
»Maman hatte dreizehn Kinder, fünf sind gestorben«, sagte Pauline.
»*Magnifico*!«, sagte Félix feierlich.

* O Frühling, Jugend des Jahres! O Jugend, Frühling des Lebens!

»Alla salute. Auf Maman!«
»Cin-cin!« (Hickser.)
»Cin-cin, cin-cin.« Onkel Fesch hob sein Glas, ohne Notiz von dem Stück Brotteig in seinem Glas zu nehmen.
»Salute.« Ich hob mein Glas auf meine neue Familie.

[Ohne Datum]

Joseph, Elisa, Lucien (nicht hier), Louis, Pauline, Caroline, Jérôme.
Joseph, Elisa, Lucien, Louis, Pauline, Caroline, Jérôme.
Allmählich lerne ich es.

8. Juni

»Vierzigtausend Franc«, verkündete Bonaparte Elisa. »Jede.«
Bonaparte und Joseph sind gerade von einer Besprechung mit einem Notar in Mailand zurückgekehrt, um die Mitgift für Elisa und Pauline zu regeln.
»Ich bekomme vierzigtausend?« Einen Augenblick lang dachte ich, Elisa könnte sogar lächeln.
»Nun, für dich genau genommen fünfunddreißigtausend zuzüglich drei korsischer Liegenschaften – Vecchia und die beiden Weinberge.« Bonaparte zuckte mit den Schultern. »Das läuft aufs Gleiche hinaus.«
»Vecchia ist feucht.« Elisa verzog das Gesicht. »Was hat Pauline bekommen?«
»Vierzigtausend – in Gold.« Pauline streckte die Zunge heraus.

5 Uhr 15 nachmittags

»Napoléone!«
Bonaparte hob den Kopf. »War das meine Mutter?«

»Napoléone!«
Es hörte sich an, als stünde Signora Letizia vor der Tür zu unserer Suite. »Sie möchte mit dir sprechen, glaube ich.«
Bonaparte ging zur Tür. »Dein Lakai schläft«, hörte ich seine Mutter sagen. »Ist *la anziana* drin?«
La anziana: die alte Frau. Mich packte der Zorn. Heute Morgen hatte Lisette gehört, wie meine Schwiegermutter mich als *la puttana* bezeichnete. Italienisch für Hure! Ich habe schon alles in meiner Macht Stehende unternommen, um die Gunst meiner Schwiegermutter zu erlangen, aber nichts schien sie zu befriedigen. Sogar meine Freundlichkeit wurde als Affront angesehen. Ich ließe sie wie eine Bäuerin aussehen, sagte sie zu Bonaparte. Wenn ich beim Reversi gewann, ließ ich sie dumm aussehen. (Ich hatte absichtlich nur eines von vier Spielen gewonnen.) Ich wäre meinen Dienstboten gegenüber zu vertrauensselig – ich sollte mit dem Silber am Fußende meines Bettes schlafen. Ich sollte den Bettlern nicht so viel geben. Ich lachte zu viel – ich sollte schweigen wie Josephs Frau Julie. Und ob ich nicht merkte, dass ich zu alt wäre, um Blumen im Haar zu tragen? Kurz gesagt, sie war fest entschlossen, mich zu hassen.
Bonaparte ging hinaus. Ich konnte hören, wie seine Mutter italienisch mit ihm sprach. Dann stürzte er zurück in unser Zimmer, seine Mutter dicht hinter ihm. *»Zitto! Basta!«* Bonaparte stampfte mit dem Fuß auf.
Signora Letizia faltete die Hände über der Brust. »Dann verweigere ich die Einwilligung. Pauline wird nicht heiraten.«
Bonaparte ließ sich auf einem Sessel nieder, die Beine von sich gestreckt. Er schlug mit der Faust auf die Armlehne. »Du sagst *mir* – dem Mann, der einen Feldzug gegen den Papst geführt und gewonnen hat! – du sagst mir, dass ich eine katholische Trauung für meine Schwestern arrangieren soll?«
»Bitte, Signora Letizia, setzen Sie sich doch.« Ich zog einen Sessel für sie heran. Sie blieb stocksteif stehen. Ich suchte nach

einem möglichen Kompromiss. »Könnte ein Gottesdienst vollzogen werden, ohne dass jemand davon erfährt?«, fragte ich Bonaparte.
Bonaparte schnaubte verächtlich. »Aufgebote müssen verlesen werden …« Er machte eine kreisende Bewegung mit der Hand, was wohl »und so weiter und so weiter« heißen sollte.
Signora Letizia ging auf die Tür zu.
»Un momento, Signora Letizia. Per piacere.« Ich wandte mich an Bonaparte. »Von der Verlesung der Aufgebote könnte man gewiss einen Dispens erwirken.« Was seinen Preis hätte. »Und die Trauung könnte hier vollzogen werden, in der kleinen Kapelle.« Wir könnten sie auslüften, die Fledermäuse vertreiben. »Niemand braucht etwas davon zu wissen. Und die Ziviltrauung könnte folgen.«
Schweigen.
»Die Ziviltrauung muss zuerst kommen«, sagte Bonaparte schließlich.
»Würde Sie das zufrieden stellen, Signora Letizia?«, fragte ich so liebenswürdig wie nur möglich.
Ihre Unterlippe war zu einem Flunsch vorgeschoben. »Elisa auch.«
»Elisa ist bereits verheiratet!«
»Nicht durch die Kirche.«
Ich berührte Bonapartes Arm. Was spielte es schon für eine Rolle, eine Trauung oder zwei? »Sie könnten zur gleichen Zeit stattfinden.« Ich wagte nicht vorzuschlagen, dass auch unsere Ehe gesegnet werden könnte.
Er grunzte. Ich sah zu Signora Letizia hinüber. Sie neigte leicht den Kopf. Bedeutete das ja? Ich war nicht sicher. »Also gut«, sagte ich mit mehr Selbstvertrauen, als ich hatte. Ich öffnete die Tür für Signora Letizia. »Heute Nachmittag werden wir die Einzelheiten besprechen«, flüsterte ich ihr zu. Sie stapfte steif aus dem Zimmer.

Ich schloss die Tür hinter mir, wurde jedoch von einem Lachanfall überrascht.
»Gut gemacht!« Bonaparte umarmte mich.

14. Juni

»Da ist ein seltsamer kleiner Mann, der Sie besuchen möchte.« Zur Feier des Tages hatte Lisette ihr bestes Kleid angezogen – eine von ihr selbst genähte Chemise aus Musselin, das von einem violetten Kräuselband zusammengehalten wurde.
»Der Priester aus dem Dorf?«
»Ich … ich glaube *nicht*.«
Ein kleiner Mann betrat das Zimmer, seine Stiefel in der Hand. Seine Strümpfe waren schmutzig und voller Löcher. Er verbeugte sich vor mir. »Signora Bonaparte?«
»Pater Brioschi?« Es *war* der Priester. Aber seine Kleider! »Lisette, frage ihn, ob er seine Gewänder mitgebracht hat.«
»Habetisne vestimenta?«, fragte sie ihn auf Latein.
»Si.« Aber er stand einfach nur da.
»Ich hole jemanden, der italienisch spricht«, sagte Lisette, und eilte aus der Tür.
Ich schob Pater Brioschi einen Holzstuhl zu. »Peccato«, sagte er. Wie schade? Ich fragte mich, was er wohl meinte.
Ich wurde von diesem quälenden »Dialog« durch Lisettes Rückkehr mit Caroline Bonaparte erlöst, die ihren pummeligen jungen Körper in ein rosafarbenes Taftkleid gezwängt hatte, das mit einem Schwall Rüschen besetzt war.
»Caroline, das ist Pater Brioschi. Könntest du …?«
»*Das* ist der Priester?«
»Könntest du ihn fragen, ob er seine Roben mitgebracht hat?«
»Ha portato i suoi abiti?« Der kleine Mann sagte etwas auf Italienisch und zuckte mit den Schultern. »Er hat gar nichts mitgebracht«, sagte Caroline.

»Vielleicht hat dein Onkel etwas, das er ausleihen kann.« Onkel Fesch reiste mit einer umfangreichen Garderobe, von der vieles aus den Truhen besiegter italienischer Adliger und Kirchenmänner zusammengetragen war.
Kurz darauf kehrte Lisette, unter dem Gewicht eines juwelenbesetzten weißen Capes schwankend, zurück. Ich breitete es für den bescheidenen Priester aus. »Per voi.«
Er strich über die glitzernde Oberfläche und flüsterte etwas Ehrfürchtiges auf Italienisch. »Er sagte, es sei so schwer wie eine kranke Sau«, sagte Caroline.

Trotz aller Blumenbouquets roch die Kapelle modrig. Pauline erschien in einem Kleid, das so offenherzig war, dass es Pater Brioschi die Sprache verschlug. Den Hut schräg auf den Kopf gesetzt, mit einem grauen Überzieher, der dem von Bonaparte sehr ähnlich war, sah Victor Leclerc selig lächelnd zu. Er konnte einfach nicht den Blick vom Wunder dieser Schönheit, seiner Braut, lassen. (Und seine Braut konnte den Blick nicht von ihrem Spiegelbild in dem polierten Messing lassen.) Dann traten eine stirnrunzelnde Elisa und ein zitternder Félix zu ihnen an den Altar – zum Glück kein Schluckauf –, und Pater Brioschi konnte endlich den Text herausquieksen.
Nun, da die Trauungen beendet sind, ist es an der Zeit, ein Festmahl, einen Empfang und einen Ball vorzubereiten. Die Bonapartes zanken sich bereits über die Tischordnung heute Abend. Und ich bin jetzt schon erschöpft.

[Ohne Datum]

»Ist etwas los?«, fragte Lisette und biss einen Faden ab. »Signora Letizia hat ihr Kleid gewechselt.«
»Wahrscheinlich hat es mit der heutigen Besichtigung zu tun.«

»Besichtigung?« Lisette leckte an dem Faden, um ihn zu verknoten.
»Während des Ancien Régime strömten die Menschen an jedem Wochenende nach Versailles, um zuzuschauen, wie König Ludwig V. ein Ei aß. Daher meinen die Bonapartes, dass man der Öffentlichkeit gestatten sollte, den Bonapartes beim Essen zuzuschauen.«
Sie machte ein erstauntes Gesicht. Ich hob die Hände, als wollte ich sagen: Frag mich nicht. Ich habe nichts damit zu tun!

19. Juni

»Sie sind weg, Madame!« Lisette schenkte mir ein Glas Champagner ein.
»Schenk dir auch ein Glas ein, Lisette«, schlug ich vor. Ich war in Feierstimmung. Jérôme war zurück in die Schule nach Paris geschickt worden. Joseph, seine Frau Julie und die junge Caroline Bonaparte waren nach Rom abgereist. Louis war mit Depeschen nach Brescia geschickt worden. Und nun, gerade an diesem Morgen, waren Signora Letizia, Elisa und ihr glückloser Ehemann nach Korsika aufgebrochen.
Nur Pauline blieb zurück.
Ich hörte eine Tür zuschlagen, eine schrille Stimme.
Ich stieß mit Lisette an und lächelte wehmütig. *Nur* Pauline?

Ich erhalte erschütternde Nachrichten

21. Juni 1797 – Mombello

»Ist das die ganze Post aus Paris?« Ich legte den kleinen Stapel weg.
»Das sagt jedenfalls Moustache«, sagte Lisette, während sie aus dem Fenster starrte.
»Nichts von meiner Tochter?« Auch nichts von Eugène.
»Nur, was da liegt.« Sie brach in Gelächter aus. »Der Lakai ist betrunken! Den sollten Sie sich mal ansehen.«
Zum dritten Mal, diesmal langsamer, ging ich den Stapel durch: ein Brief von meinem Bankier; zwei Briefe von Barras; zwei von Tante Désirée; zwei von Thérèse; etliche von Leuten, deren Namen ich nicht kannte, die üblichen Bittbriefe. Und Rechnungen natürlich. Ziemlich viele.
Ich riss eine Benachrichtigung von Madame Campan auf. Es war nur die Ankündigung eines bevorstehenden Konzerts – ein Konzert, dass ich versäumen würde. Beigefügt war ein Briefchen: »Ich dachte, es interessiert Sie vielleicht, dass ›der General‹ Ihre Tochter besucht hat. Alles ist in Ordnung. Sie ist zu einer schönen jungen Frau herangewachsen. In der Rolle der Kassandra in *Agamemnon* war sie großartig.«
Lisette lachte erneut über die Szene vor dem Fenster. »Madame, kommen Sie her – rasch.« Verblüfft über mein Schweigen drehte sie sich um. »Madame, was ist los? Schlechte Nachrichten?«
»Oh – nein.« Ich strich Madame Campans Nachricht glatt. Der Schweiß von meiner Hand hatte die Tinte verschmiert.

Lisette erhob sich. »Soll ich Ihnen ein Orangenwasser holen?«
Ich schüttelte den Kopf. Wie sollte ich es erklären? Ich reichte ihr das Briefchen. Ich kam mir töricht vor, so überrumpelt. Irgendwie war es mir nicht bewusst gewesen – war ich nicht darauf vorbereitet.
»Das ist nett.« Lisette drehte das Briefchen verwirrt in den Händen.
Eine schöne junge Frau. »Ja«, sagte ich und blinzelte die Tränen zurück.

22. Juni

»Madame Bonaparte ist im Garten«, hörte ich unseren Lakaien sagen. Ich sah eine weiße Feder über der Buchsbaumhecke wippen, hörte die Stimme eines jungen Mannes. Eine vertraute Stimme! Ich raffte die Röcke, eilte mit jagendem Herzen den schmalen Weg entlang.
Beinahe wären wir zusammengestoßen. Eugène hob mich in seine Arme und wirbelte mich unbeholfen herum. »Ich kann es nicht glauben, du bist es wirklich«, rief ich mit brennenden Augen.
Er wackelte mit den Händen hinter den Ohren. »Ja, Maman, ich bin's – wahrhaftig. Genau rechtzeitig zu deinem Geburtstag.«
Blinzelnd und schniefend umschloss ich seine Hände. Er hatte daran gedacht! »Du hast nicht geschrieben. Ich habe dich erst in einem Monat erwartet.« Es war eine solche Freude, ihn zu sehen.
Verlegen zog er seine Hände weg. »Ich weiß, ich trage meine Reithandschuhe nicht. Ich schneide meine Nägel nicht.« Grinsend ahmte er meine Stimme nach.
»Das habe ich gar nicht gedacht«, widersprach ich lachend. »Wann bist du so groß geworden?« Trotzdem immer noch die-

ses Knabengesicht: Grübchen, Sommersprossen auf der Nase. »Wie war deine Reise?«
Doch bevor er antworten konnte, wurde er von meinem neuen Hund überrascht, der an seinen Stiefeln schnüffelte. »Was ist denn das?«, rief er aus und sprang zurück.
»Er heißt Mops.« Hechelnd wie ein alter Hund, das lahme Bein zur Seite gestreckt, setzte sich das kleine schwarze Geschöpf an die Kante des Wegs.
»Was sagt Fortuné denn dazu?« Eugène beugte sich nach unten und strich Mops über den Kopf.
Ich machte ein trauriges Gesicht. »Fortuné wurde getötet, Eugène.«
»Fortuné!«
»Erst vor kurzem. Er forderte den Mastiff des Kochs heraus und ...« Bei der Erinnerung quollen meine Augen über.
»Fortuné hat sich mit einem Mastiff angelegt?« Der Gedanke belustigte ihn.
»Komm«, sagte ich und zog ihn am Arm, »Bonaparte ist im Stall.« Mein Sohn blieb abrupt auf dem Weg stehen. »General Bonaparte?«, stammelte er.
»Er wird sich so freuen, dass du eingetroffen bist.« Ich zerrte an ihm, aber er war zu groß, um ihn von der Stelle zu bewegen. Und dann begriff ich. Der Stiefvater, den er kaum kannte, war jetzt ein Held, bejubelter Befreier Italiens. Der Stiefvater, den er kaum kannte, war jetzt sein kommandierender General.

23. Juni

Mit Eugènes Ausbildung wurde sofort begonnen. »Ein souveräner Krieg wird ohne Kampf gewonnen«, hörte ich zufällig, als Bonaparte ihn heute Abend nach dem Essen unterwies. »Um wirkungsvoll zu sein, kann man zwar die Kräfte der Natur nutzen, aber Wissen ist der Schlüssel. Schlachten werden hier

gewonnen.« Bonaparte tippte sich auf die Stirn. »Nicht hier.« Er legte die Hand auf den Knauf seines Schwertes. »Habe ich mich klar ausgedrückt?«
»Jawohl, General!«, sagte Eugène eifrig.
Bonaparte suchte meinen Blick und grinste.

29. Juni, etwa 8 Uhr abends

Eugène, Junot und Hauptmann Charles gaben ihren Pferden die Sporen und jagten voraus. Lisette gab sich alle Mühe mitzuhalten (sie ist eine kühne Reiterin). Ich war froh, in einem gemächlicheren Tempo folgen zu können, nahm einen Weg, der sich an einem Teich entlangschlängelte, und genoss die Einsamkeit, die Ausblicke. Es war ein herrlicher Sommertag.
Bald merkte ich, dass ich mich verirrt hatte. Ich fing gerade an, mir Sorgen zu machen, als ich am Horizont einen Mann zu Pferde sah: Hauptmann Charles. Ich spornte mein Pferd zu einem Galopp an. »Ich habe mich verirrt!« Lachend kam ich neben ihm zum Stehen und legte die Zügel zusammen, um mein Pferd im Zaum zu halten. Die plötzliche Freiheit hatte es erregt. Hauptmann Charles warf sich in Heldenpose: »Ich bin zurückgekehrt, um eine Seejungfrau in Not zu retten.«
»Das ist also Ostwind«, sagte ich, als ich das Pferd des Hauptmanns betrachtete. Über das Pferd, das Hauptmann Charles kürzlich gekauft hatte, hatte es Gerede gegeben, haarsträubende Spekulationen über den Preis, den er für die Stute bezahlt hatte. (Der Einhundert-Louis-Ritt, wie Pauline die Stute nannte.) Gut gebaut, von schimmerndem Schwarz strahlte sie sowohl Kraft als auch Schönheit aus.
»Gefällt sie Ihnen?« Er strich seinem Pferd über den Hals. Die Silberverzierungen auf ihrem Stirnriemen glitzerten im Licht. Es war ein prachtvolles Pferd, ohne Zweifel. Und der Hauptmann gab eine außerordentlich stattliche Figur ab, dachte ich, als

ich die ungewöhnliche Stickerei um die Manschette seines Reitrockes, die quadratischen beinernen Knöpfe bemerkte. »Mein Vater hatte auch einmal das Glück, ein solches Pferd zu besitzen«, sagte ich. »Ein Spielgewinn. Lady Luck, hat er sie genannt.«
»Ich hatte ein etwas anderes Glück.«
Unsere Pferde gingen nun im Schritt nebeneinander her. »Oh?«
»Ich war recht erfolgreich bei einem Geschäftsvertrag.« Er schlug eine Fliege von Ostwinds Ohr.
»Durch die Gebrüder Bodin?«
»Ja, und daraufhin haben sie mich aufgefordert, in ihre Firma einzutreten. Sie haben mit großem Erfolg Nationalgüter gekauft und verkauft, doch jetzt möchten sie in die Sparte der Heeresbelieferung expandieren, sich auf Pferde spezialisieren.«
»Für die italienische Armee?«
»Es ist vermutlich dumm von mir, so etwas zu verraten.«
Oder einfach nur sehr vertrauensvoll, dachte ich. »Darf ich Ihnen etwas anvertrauen, Madame? Sobald der Frieden besiegelt ist, habe ich vor, aus der Armee auszuscheiden. Nicht jeder Mann ist zum Soldaten bestimmt.«
Es war in der Tat schwer, sich den Hauptmann mit einem Säbel in der Hand vorzustellen – und ebenso schwer der Gedanke, dass er ihn benutzte. »Heereslieferanten sind sehr erfolgreich.«
Heereslieferanten wurden über Nacht maßlos reich.
»Mit den richtigen Verbindungen, ja, aber ohne …« Er schnalzte mit der Zunge, und seine Stute fiel in einen schnelleren Schritt. »Bisher hatten die Bodins keinen Erfolg bei ihren Bemühungen, einen Regierungsvertrag zu erhalten.«
»Sie haben sich beim Kriegsminister beworben?«
»Ja, aber ohne die Zustimmung eines gewissen Direktors ist das zwecklos.« Er warf mir einen raschen Blick zu.
»Direktor Barras vielleicht?«
»Wie ich höre, stehen Sie mit ihm auf vertraulichem Fuß.«
»Direktor Barras und ich sind befreundet.«

»Das versetzt Sie in eine einflussreiche Position.«
Ich lachte. »Ach wirklich?«
»Madame, darf ich Sie etwas fragen?« Wir ritten einen steilen Abhang hinunter. Ich stützte mich ab, damit mein Damensattel nicht rutschte.
»Gewiss«, sagte ich. Zweifellos wollte er, dass ich Barras die Firma Bodin empfahl. Ich werde so oft um Gefallen gebeten, dass ich die Fingerzeige mittlerweile gleich erkannte.
»Könnten Sie in Erwägung ziehen, in unsere Firma einzutreten? Ich hoffe, ich habe Sie durch diesen Vorschlag nicht brüskiert, Madame.«
Ich presste meinem Pferd die Wade in die Flanke, um es hinüberzulenken. »Im Gegenteil.« Es war sogar ein höchst interessanter Vorschlag.
»Mit den richtigen Verträgen könnte man Millionen verdienen.«
Millionen. Mein Pferd spitzte die Ohren. Ich hörte Hufgetrappel. Lisette (an der Spitze!), gefolgt von Junot und Eugène erschienen am Waldrand. Sie jagten schreiend und lachend im Galopp auf uns zu.
»Offensichtlich hat man uns ertappt, Hauptmann«, sagte ich.
»Und jetzt wird es Gerüchte geben.« Hauptmann Charles gab Ostwind die Sporen. Bockend galoppierte die Stute los. Mein Pferd ruckte an der Gebissstange, wollte unbedingt folgen. Ich packte seine Mähne und ließ ihm mit klopfendem Herzen, den Wind im Gesicht, die Zügel schießen.

3. Juli

Die österreichischen Delegierten werden in einer Woche eintreffen – Repräsentanten des ältesten Königshofes in Europa. Ich bin in Panik! Hätte ich mich doch nur früher um meinen Zahn gekümmert.

4. Juli, später Nachmittag

Dr. Rossi, der Zahnarzt, ist ein kleiner Mann mit einem buschigen roten Schnurrbart, an dem er ständig zieht. Er sagte mir, dass sich ein neuer Zahn erfolgreich einwurzeln ließe – zu einem Preis von neunhundert Francs und das ohne Garantie. Ich erläuterte ihm die Dringlichkeit meiner Situation; morgen früh soll ich wiederkommen.

5. Juli

Ich bin krank! Es war *entsetzlich*.

Abends, fast Mitternacht (kann vor Schmerzen nicht schlafen)

Folgendes ereignete sich:
Als ich eintraf, saß in Dr. Rossis Wartezimmer ein Bauernmädchen. Sie grinste und entblößte dabei gelbe Zähne. Dr. Rossis Magd führte mich in ein kleines Zimmer, in dessen Mitte ein Lederstuhl stand. Ich wurde gebeten, Platz zu nehmen und meinen Hut abzusetzen, was ich auch tat. Einen Augenblick später kam der Arzt herein. Wie üblich zog er an seinem Schnurrbart. Er spähte mir in den Mund und stocherte mit einem Metallgegenstand an meinem schlechten Zahn herum. Die Schmerzen, die er mir verursachte, schienen ihn zu befriedigen: »Ausgezeichnet, ausgezeichnet.«
Nachdem mir seine Magd Morphium für die Nerven gegeben hatte, entschuldigte er sich und erklärte, dass er gleich wiederkäme. Ich hörte Schreie – das Bauernmädchen? –, und dann stürzte er mit einem blutigen Zahn, der in ein schraubstockähnliches Werkzeug eingeklemmt war, ins Zimmer, zwei Helfer rannten hinter ihm her. Unwillkürlich wich ich zurück, aber die Helfer hielten mich fest, und der Arzt zog mit einem

Ruck meinen Zahn heraus und drückte den neuen Zahn an seine Stelle. Dann hielt einer der Helfer meinen Kiefer geschlossen, während der andere mir den Kopf mit einem starken Leinenstreifen umwickelte, damit ich den Mund nicht öffnen konnte.
Und hier bin ich nun, stumm und benommen, bandagiert und ruhig gestellt, mit dem Zahn eines Bauernmädchens im Mund. Ich muss mich beherrschen, damit mir nicht übel wird.

7. Juli

Mein Zahn ist ausgefallen – eine Entzündung ist aufgetreten. Ich nehme großzügige Dosen Laudanum. Es war wohl Gottes Wille, dass ich schlechte Zähne habe und so die österreichischen Diplomaten empfange. Oder so ähnlich, rede ich mir ein.

9. Juli

Die österreichischen Delegierten werden morgen hier sein. Den ganzen Tag bin ich in den Händen von Kosmetikerinnen gewesen: Man hat mich eingewachst, massiert, geklopft und poliert. Lisette lackierte mir die Nägel, während Eugène mich die Namen und Titel jedes einzelnen Diplomaten herunterbeten ließ (Cobenzl, Gallo, Merfeld, Ficquelmont), die ihrer Kinder, Eltern, sogar ihrer Tanten und Onkel, ihr Geburtsjahr, ihren Geburtsort. »Du weißt das doch schon alles, Maman«, sagte Eugène und warf die Listen hin.

10. Juli, etwa 4 Uhr nachmittags

Sie werden in einer Stunde eintreffen. »Du hast nie schöner ausgesehen«, sagte Bonaparte ehrfürchtig zu mir, während er die Feinheiten meines Kleides, ein im Stil des alten Roms dra-

pierter Musselin, auf sich wirken ließ. Ein filigranes Lorbeerblatt aus Gold bändigte meine offenen Locken.
»Ist es nicht zu modern?« Ich betrachtete die Wirkung im Spiegel.
»Das ist doch gerade der Sinn. Die alte Welt begegnet der neuen. Die alte Welt *verbeugt* sich vor der neuen.«
Die neue Welt, das konnte man wohl sagen. Ich lächelte, denn Bonaparte weigerte sich, seine Stiefel mit Seidenbändern zu schnüren. Ich kannte mich mit Aristokraten aus und befürchtete, dass sie sich über seine Schuhbänder und seinen runden Hut lustig machten.
»Uff! Sie werden noch früh genug plebejische Schnürsenkel tragen«, sagte Bonaparte und gab mir einen behutsamen Kuss, bevor er in sein Arbeitszimmer zu seinen Landkarten und Dokumenten, Texten und Korrespondenzen verschwand – die Arbeit, die ihn den ganzen Tag und die ganze Nacht, Tag für Tag, auf Trab hielt. Schlachten zu gewinnen war nur ein Schritt gewesen; die wichtigste Arbeit war, eine Demokratie in Italien aufzubauen.
»Könige arbeiten nie so schwer«, sagte ich zu Lisette und drehte mich, um mich von der Seite zu betrachten. Wegen meiner schlechten Gesundheit war ich in Italien schlank geworden. Die Wirkung befriedigte mich – ich sah jünger aus.
Hauptmann Charles und Eugène erschienen an der Tür, bekleidet mit Tischdecken als Capes und Lampenschirmen als Hüte.
»Aan Friedn müssmer hoam!«, brüllten sie unisono mit imitiertem österreichischem Akzent.
»Bringt mich nicht zum Lachen«, bat ich. »Sonst ruiniere ich mir meine Kosmetik!«

11 Uhr 20 abends

Es lief gut! Ich bin zufrieden, nicht jedoch Bonaparte. Ich habe ein Bad vorbereiten lassen, um ihn zu beruhigen.

Alles in allem fand ich die Diplomaten sympathisch – insbesondere den Grafen von Cobenzl, den Leiter der Delegation, der ein geschliffenes Französisch spricht. »Ich freue mich auf viele angenehme Abende«, sagte ich zu ihnen, als sie aufbrachen, und fügte kühn hinzu: »Bürger.« Der Graf von Cobenzl, der mich deutlich hörte, lächelte und umarmte mich brüderlich.

Er ist ein hässlicher, aber freundlicher alter Herr mit dem Talent des Adels, jedem die Befangenheit zu nehmen. Wir unterhielten uns über Corneilles *Le Cid* (den Bonaparte, wie ich zu meiner Überraschung feststellte, teilweise auswendig gelernt hat), über Goethes neues Epos *Hermann und Dorothea*, die korrespondierenden Theorien über Elektrizität und körperliche Anziehungskraft, Mozarts Oper *Die Hochzeit des Figaro*. Bonaparte rühmte seinen geliebten Ossian, was die Österreicher, wie ich sehen konnte, überraschte und beeindruckte – sie hatten nicht erwartet, dass ein republikanischer General Gedichte las.

»Diese charmanten Hundesöhne«, fluchte Bonaparte, sobald sich die Tür hinter ihnen schloss. »Sie denken gar nicht daran, über ein Friedensabkommen zu verhandeln.«

14. Juli

Heute Abend, als ich mich gerade aufs Schlafengehen vorbereitete, stürmte Bonaparte in mein Ankleidezimmer. »Sie sträuben sich«, sagte er und schritt, die Hände auf dem Rücken verschränkt, vor dem Schrank auf und ab. »Sie weigern sich, zu einer Einigung zu kommen.« Er setzte sich auf einen kleinen Schemel. »Und warum sollten sie auch? Solange die Royalisten in Paris stärker werden ...« Er ballte die Fäuste.

16. Juli

Der Ärger begann vor dem Mittagessen. Lisette und ich saßen mit zweien der Köche zusammen, um das Menü für einen Empfang zu Ehren der österreichischen Delegation zu besprechen.

»Solo …« Ich wandte mich an Lisette. »Wie heißt das Wort für Huhn?«

»Pollo.«

»Solo pollo.« Nur Huhn. Die Worte rollten von meiner Zunge wie ein Lied, als wäre ich in einer Oper. Einer komischen Oper. Die Köche konnten das nicht begreifen. Keine Pasta? Keine Salami?

»Lisette, erkläre ihnen, dass der General eben dies wünscht!« Ich wurde von jemandem, der etwas rief, unterbrochen. Es war Bonaparte, der auf Italienisch schrie. Er sprach nur italienisch, wenn er zornig war. Oder wollüstig.

Die beiden Köche brachen in Gelächter aus.

»Was hat er gesagt?«, fragte ich Lisette. Bonaparte war in letzter Zeit ziemlich aufbrausend gewesen. Die Friedensgespräche hatten keine Fortschritte gemacht. Die Österreicher nahmen ihn nicht ernst. Sie warteten den rechten Augenblick ab in der Überzeugung, dass die Royalisten in Frankreich bald wieder an der Macht wären.

»Er sagte Arschloch, Madame.« Lisette wurde rot.

Arschloch? Vulgäre Ausdrücke waren nicht Bonapartes Art. »Bist du sicher?« Lisette hatte zwar Italienisch gelernt, aber woher sollte sie ein derartiges Wort kennen?

»Und zur Hölle. Und Teufel.«

»Der General ist gefährlich wie …« Der Chefkoch hielt grinsend ein Fleischbeil hoch. »Fleisch. Beil.« Stolz und langsam artikulierend auf Französisch.

Noch ein Wutausbruch. »Diese aufgeblasene, anmaßende

Sau!«, schrie Napoléon, diesmal auf Französisch. Meine Wangen brannten.
Der Koch mit dem Geschwulst am Hals schnaubte. Dieses Wort kannte er.
Ich erhob mich. »Nein, du bleibst«, befahl ich Lisette.

Bonaparte stand mit dem Rücken zur Tür da. Seine graue Wollweste hatte Schweißflecken. Der Schauplatz war in Unordnung geraten, der Teppich mit Zeitungen aus Paris übersät. Eine erkannte ich – den *Mémorial*, ein Blatt der Royalisten. Berthier, Bonapartes Stabschef, saß mit einer Feder in der Hand am Schreibtisch in der Ecke und starrte den General an. Sie sahen aus, als wären sie in einem antiken Tableau erstarrt, Silhouetten gegen das Licht. Selbst die Luft schien gefährlich zu sein, als könnte sie gleich wie Schießpulver explodieren. »Die Leben braver Männer wurden geopfert«, brüllte Bonaparte und brach damit den Bann. »Und wofür? Was haben wir ohne ein Friedensabkommen erreicht? Nichts!«
»Un momento«, flüsterte ich dem Türsteher zu und baute mich außer Sichtweite entschlossen neben der Tür auf, als wäre es das Natürlichste auf der Welt, seinen Ehemann zu belauschen.
»Der Feind ist nicht hier, der Feind ist in Paris! Die Royalisten haben die Macht an sich gerissen. Die Verräter sollten eingesperrt, verbannt werden! Alle! *Veni, vidi, fugi*, dass ich nicht lache.* Die Zeitungen sollten unterbunden werden! Sie stehen im Sold von England, von Österreich, von jeder verdammten Royalistennation in Europa – warum sollte man sie tolerieren? Und wieder schürt die Kirche den Ärger. *Basta!* Berthier, notieren Sie das. Richten Sie das an den Kaiser. Ja, natürlich, den Kaiser von Österreich. Teilen Sie ihm Folgendes mit. Teilen Sie ihm

* *Veni, vidi, fugi* – Lateinisch für »Ich kam, ich sah, ich floh« – wurde in einer Pariser Zeitung der Royalisten Napoléon zugeschrieben. Es spielt auf den berühmten Ausspruch von Cäsar an: »*Veni, vidi, vici,* was bedeutet: Ich kam, ich sah, ich siegte.«

mit, wenn das Friedensabkommen nicht bis zum ersten September unterzeichnet ist – Nein, schreiben Sie das nicht. Schreiben Sie … was noch gleich? Ja. Schreiben Sie fünfzehnter Fructidor. Das soll er selbst herausfinden. Wenn die Friedensverhandlungen nicht bis zum fünfzehnten Fructidor abgeschlossen sind, erklären wir den Krieg. Haben Sie verstanden: Krieg!«

Ich trat in die Tür. Bonaparte drehte sich mit hervorquellenden Augen zu mir um. Er sah aus, als fieberte er, strahlte eine manische Energie aus.

»Ist etwas geschehen?« Ich durchquerte das Zimmer und nahm seine Hand. Er ist kurzsichtig; ihn aus der Ferne anzusprechen ist ein Fehler. »Was hat es mit dieser ganzen Schreierei auf sich?«

»Schreierei?«

»Wir konnten dich bis in die Küche hören.«

Bonaparte warf seinem Stabschef einen verblüfften Blick zu. »Wir haben nicht geschrien.«

La Chaumière

Schätzchen!

Ein paar Zeilen in Eile: Ich habe Gerüchte gehört, dass Lazare als Kriegsminister in Erwägung gezogen wird. Dein Mann soll Befehle von deinem ehemaligen Liebhaber entgegennehmen? Nom de Dieu!

In allergrößter Liebe, Thérèse

18. Juli, nach Mitternacht

»Darf ich dich etwas fragen?« Bonapartes Hand auf meiner Schulter war kalt.

»Natürlich.« Ich küsste seine Hand, als wollte ich sie wärmen – ihn wärmen.

»Wie … wie nahe hast du General Hoche gestanden?«

»Wir waren Freunde.«

Er schnaubte. »Ihr wart ein Liebespaar. Das weiß jeder.«
Ich zog das Bettlaken über mich. »Im Gefängnis, ja.« Ein Teil der Wahrheit.
»General Hoche wird nachgesagt, dass er große Anziehungskraft auf Frauen hat. Er ist ein Schlafzimmerkavalier, heißt es.«
»Bonaparte, bitte, sei nicht so.« Ich drückte mich in seine Arme, schob mich durch das Dickicht von Ellbogen und Händen, die er als Hindernisse aufbaute, drückte mich an ihn, wusste, was er brauchte.

1. August

»Was bedeutet *res non verba?*«, fragte Eugène und blickte von der Lektüre des *Moniteur* auf.
Res non verba war Lazares Motto. Ich sah meinem Sohn über die Schulter. Der Artikel zitierte aus einer Rede, die Lazare vor seinen Truppen gehalten hatte. »Es bedeutet: die Sache, nicht das Wort – was du tust, ist wichtiger als das, was du sagst«, erklärte ich Eugène, beunruhigt über die Unfähigkeit meines Sohnes, einen einfachen lateinischen Satz zu übersetzen. Vor der Tür hörte ich das Klirren von Sporen. Hastig faltete ich die Zeitung zusammen. »Eugène, sprich in Gegenwart von Bonaparte nicht von General Hoche«, raunte ich, als ich mich erhob, um meinen Mann zu begrüßen.

22. Juli – Palais Luxembourg, Paris

Chère amie,
es ist fast Mitternacht, während ich dies schreibe. Ich bin durcheinander, wie ich gestehen muss. Vergib mir meine eilige Feder. Bedauerlicherweise hat es, was Lazare betrifft, nicht funktioniert. Die Sache ist zu komplex, um sie hier zu erklären. Großmütig ist er zurückgetreten. Was auch immer du hören magst, er tat es aus freien Stücken.

Direktor Reubell ist vor Angst wahnsinnig geworden. Sein Delirium brachte mir ein altes orientalisches Sprichwort in Erinnerung: dass man das Schlagen seines eigenen Herzens nicht mit dem Hufschlag nahender Pferde verwechseln sollte. Was mir Kummer bereitet, ist mein eigener Herzschlag. Allmählich wird mir klar, dass ich mein Leben nicht als siegreicher Ritter verbracht habe, sondern als ziemlich jämmerlicher Höfling, der stets hoffnungsvoll im Vorzimmer zum Boudoir der Liebesgöttin saß. War es nicht einfach nur Liebe, die ich bei all meinen tölpelhaften Begegnungen suchte? (Ich erinnere mich an einen kleinen Vortrag diesen Inhalts, den du mir, meine Freundin, gehalten hast.) Und obwohl ich nun endlich gesegnet worden bin, unterwerfe ich mich nicht dem Licht, sondern der Dunkelheit im Innern.
Ich höre den Hufschlag nahender Pferde. Bis du dies erhältst, wird alles vorüber sein. Man sagt, dass der Schuldige siegt. Wenn das so ist, dann brauche ich mich nicht zu fürchten.

Père Barras

23. Juli, Fontainebleau

Liebe Rose,
wenn man sich vorstellt, dass General Hoche sich derart schändlich benimmt! Er hatte neuntausend Soldaten in La Ferte-Alais einquartiert, und er gibt so gut wie zu, dass er mit Gewalt die Macht ergreifen wolle. Und wenn man daran denkt, dass Eugène in seinem Stab gedient hat.

Deine Patin, Tante Désirée

Anmerkung – heute Morgen habe ich Marie-Adélaïde d'Antigny gesehen, als ich kurz mit dem Geld für ihre Erziehung und ihren Unterhalt vorbeischaute. Sie ist gerade elf geworden, ein hübsches kleines Ding. Ich*

* Joséphines Mann Alexandre hatte mindestens drei bekannte uneheliche Kinder, eines davon war Marie-Adélaïde d'Antigny. Joséphine und Désirée trugen gemeinsam zu ihrem Unterhalt bei.

hätte beinahe geweint, als ich sie sah – sie sieht genau wie Alexandre aus! Bitte vergiss nicht, Geld zu senden.

27. Juli, La Chaumière

Schätzchen,
Lazare musste unter dem Verdacht, ein Verräter zu sein, Paris verlassen. Ich bin krank vor Sorge. Barras will nicht darüber sprechen. Wenn du diese rätselhafte Angelegenheit in irgendeiner Weise erhellen kannst, lasse es mich bitte wissen.

In Liebe, deine beste Freundin Thérèse

Wetzlar

Rose,
verzeih, dass ich dir schreibe. Ich habe einen Kurier, dem ich vertrauen kann – sonst würde ich dich nicht auf diese Weise gefährden.
Du wirst in den Zeitungen gelesen haben, dass ich in Ungnade gefallen bin. Ich bitte dich, mir zu glauben, dass ich nicht unehrenhaft gehandelt habe. Obwohl ich ein reines Gewissen habe, trage ich die Last der Schande. Es ist kein Umhang, den ich bereitwillig trage. Versichere deinem Sohn, dass ich meinen Schwur auf die Republik nicht gebrochen habe.
Sollte mir irgendetwas zustoßen, bitte ich dich inständig, meiner Frau und meinem Kind beizustehen.
Ich liebe dich immer noch.
Verbrenne diesen Brief.

Dein Soldat, für immer, Lazare

[Ohne Datum]

O Lazare, Lazarro …

4. August

Irgendetwas ist in Paris geschehen – aber was? Heute, als sich Bonaparte mit den österreichischen Delegierten traf, habe ich die Zeitungen in seinem Arbeitszimmer durchgesehen. Offensichtlich war Lazare zum Kriegsminister ernannt worden, und dann gab es einen Aufschrei wegen seiner Jugend, und er trat zurück. Und dann wurden seine Truppen in der Nähe von Paris, innerhalb eines Sperrgebiets, entdeckt. (Soweit ich daraus schlau werde, verbietet die Verfassung, dass sich im Umkreis von zwölf Wegstunden zu dem Gebäude, in dem die Gesetzgebenden Räte tagen, Truppen aufhalten.) Und dann wurde er öffentlich beschuldigt, ein Verräter an der Republik zu sein.
Ich kann das nicht verstehen. Es gibt keinen überzeugteren Patrioten als Lazare, keinen ehrenwerteren Mann. Es macht mich krank, wenn ich daran denke, dass er öffentlich geschmäht wird mit jenem Wort, das er zutiefst verabscheut, dass er gebrandmarkt wurde: *Verräter*.

*8. September – Passariano**

Wir sind endlich in Passariano eingetroffen. Wir sind im Palast des letzten Dogen von Venedig untergebracht. Der Innenhof ist so groß wie ein Truppenübungsplatz, und der Palast selbst ist riesig, protzig, überladen. Unter den Blicken der Diener wandere ich von einem goldenen Zimmer zum nächsten. Sie halten uns für Schwindler, republikanische Hochstapler.
Ich hoffe, dass wir nicht lange hier sein werden.

* Das Hauptquartier wurde nach Passariano, nordöstlich von Venedig, verlegt, um die Friedensgespräche zu erleichtern.

10. September

Post aus Paris. Wieder Ärger. Ich bin noch verwirrter als zuvor.

18. Fructidor, Palais Luxembourg, Paris

Chère amie,
es ist vorüber; ich lebe noch. Und die Republik, wie man meinen könnte, ebenfalls.
Bei Morgengrauen gab ich den Befehl, das Alarmgeschütz abzufeuern. Über sechzig royalistische Deputierte wurden verhaftet. Bald werden sie alle deportiert. So also wurde die Republik gerettet.
Wieder.
Wieder und immer wieder.
Die Direktoren Carnot und Barthélemy sind geflohen – in die Schweiz vermutlich.
Mein Sekretär Botot ist mit Anweisungen für Bonaparte nach Italien unterwegs. Bitte halte mich auf dem Laufenden.
Dein Vorschlag, dass wir verschlüsselt korrespondieren sollten, ist berechtigt. Das nächste Mal.

Père Barras, Direktor – noch

Anmerkung – Bitte nimm meinen letzten Brief nicht ernst. Ich hatte, wie man so sagt, »zu tief ins Glas geschaut«. Ich erinnere mich dunkel, dass ich etwas über Pferde schrieb.

9. September, Fontainebleau

Liebe Rose,
unsere Regierung hat sich selbst verhaftet – und das ausgerechnet in dem Augenblick, als ich unseren Umzug nach Saint Germain vorbereitete. Ich musste den Fuhrleuten sagen, dass sie in der folgenden Woche wiederkommen sollten – leider auf meine Kosten. Aber bei diesem Aufruhr auf den

Straßen war eine sichere Reise unmöglich. Überall waren Soldaten, rumpelten die Räder von Karren, die Kanonen zogen, über das Kopfsteinpflaster. Fast zweihundert unserer gewählten – jawohl, gewählten! – Vertreter wurden wie wilde Tiere in Eisenkäfigen fortgeschafft. Auch dieser reizende General Pichegru, Präsident der Fünfhundert. Und sogar zwei Direktoren! Und das alles nur, weil sie den Décadi nicht behalten wollten? Der König war gerechter.*

Deine Patin, Tante Désirée

[Ohne Datum]

»Ausgezeichnet, die Royalisten sind verjagt worden«, sagte Bonaparte und warf den *Moniteur* auf den Boden. »*Jetzt* wird Österreich verhandeln.«

20. September

Eine überraschende Ankündigung von Bonaparte. Kurz nach zwei kam er in meine Gemächer und setzte sich mir gegenüber.
»Du hast gesagt, du würdest gerne Venedig besichtigen«, sagte er.
Ich blickte von meiner Stickerei auf. »Wir fahren nach Venedig?« Ich war erstaunt, dass er überhaupt einen Gedanken daran verschwendete. Seit sich die Venezianer gegen französische Soldaten erhoben und sie in ihren Lazarettbetten massakriert hatten, hegte Bonaparte einen lodernden Hass gegen sie. Eine weibische, tückische Rasse! wütete er jedes Mal. »Eine Stadt der Schurken!«
Er trommelte mit den Fingern auf die Armlehne. »Nein, *du* fährst.«
Und dann klärte er mich auf: Die venezianische Regierung, be-

* General Pichegru war ein Mittelsmann der Royalisten.

sorgt um ihr Schicksal in den Verhandlungen, hatte ihn zu einem Besuch nach Venedig eingeladen, um ihre Loyalität gegenüber der französischen Republik unter Beweis zu stellen. Er lachte höhnisch. »Stinkende Lügner. Natürlich werde ich nicht hinfahren, aber eine glatte Weigerung würde alles nur komplizieren. Daher schicke ich dich an meiner Stelle.«

»Aber Bonaparte …« Ich hielt inne, bemühte mich, seine Worte zu begreifen. »Das ist eine Aufgabe für einen Diplomaten. Ich kann doch nicht …«

»Ich werde meinen Sekretär anweisen, alle Vorbereitungen zu treffen«, sagte er und erhob sich. »Du wirst ein Kleid brauchen, etwas angemessen Beeindruckendes.« Er zögerte einen Augenblick. »Dreihundert Francs? Vierhundert müssten reichen. Keine Sorge, das zahlt die italienische Armee.«

»Was ist passiert?«, rief Lisette, als sie mich im Ankleideraum vorfand, wo überall Kleider und Schals herumlagen. Es sah wie auf einem Schlachtfeld aus.

»Ich habe gerade erfahren, dass ich nach Venedig reise …«

»Das ist ja wunderbar!«

»… in einer *diplomatischen* Mission.« Ich stöhnte. Sie sah mich verständnislos an. »Und das Problem ist, dass ich mich der Rolle entsprechend kostümieren muss … aber in traditionellem Stil.«

»Dann werden Sie sich also Kleider nähen lassen?«

Ich seufzte. Fünfhundert Francs für jedes Kleid, dreihundert für ein Cape, einhundertfünfzig für Reifröcke, sechshundert für … Bonaparte ist nicht davon abzubringen, dass ich in einem Vierhundert-Francs-Kleid ausreichend elegant aussehen werde. Als ob ein Kleid ausreichte! Ich soll mich drei Tage lang Tag und Nacht in nur einem Ensemble feiern lassen? »Meine Mutter trägt manchmal ein Kleid wochenlang«, machte er mir klar. Wohlweislich hielt ich meinen Mund.

Venedig

Nach Venedig zu kommen war, als fiele man in einen köstlichen Traum der Sinnesfreuden. Alles verschwört sich, um einem das Gefühl zu geben, nicht auf dieser Erde, sondern in einem märchenhaften Wasserreich zu sein.
Meine Begrüßung war überwältigend. Eine »Parade« – in Booten! – den Canal Grande entlang, die Einwohner lehnten aus den Fenstern, winkten mit Fahnen, überschütteten mich mit Blumen. Ich bin überwältigt. Und offen gestanden ein wenig krank von zu viel schwerem Essen.

24. September

Ich bin nach Passariano zurückgekehrt, ins Land der Wirklichkeit. Auf meinen Vorschlag hin hat mich der Präsident der Venezianischen Republik begleitet, um die Argumente für Venedig mit Nachdruck zu vertreten. Jetzt bedauere ich es, denn Bonaparte benahm sich abweisend, unfreundlich. Beim Abendessen erhob ich das Glas, um auf Venedig zu trinken, sprach herzlich von den Venezianern, dem revolutionären Eifer, den ich bei den Bürgern dieser neu gegründeten Republik erlebt hatte. In Bonapartes Antwort lag keine Herzlichkeit.
»Mörder«, fluchte er, als die Kutsche des venezianischen Präsidenten heute Morgen davonfuhr.
Ich bin betrübt und niedergeschlagen. Eine Diplomatin bin ich nicht. Ich bin zu schnell mit dem Herzen dabei.

29. September

Ich war mit offiziellen Aufgaben beschäftigt. Im Anschluss an meine »diplomatische« Mission in Venedig wurde ich aufgefordert, an die Kammer des Kaisers von Österreich zu schreiben und um die Freilassung französischer Gefangener zu ersuchen. (Ich kann diese neuen Aufgaben selbst kaum glauben.) Wenn ich doch nur etwas tun könnte, um die Verhandlungen zu beschleunigen. Sie kommen so langsam voran, und Bonapartes schlechte Laune ist dabei, wie ich befürchte, überhaupt nicht hilfreich. Es ist nicht einfach, mit ihm zu leben, und er wird noch schwieriger, wenn nicht alles nach seinem Kopf geht. »Je le veux!« ist sein Lieblingsausdruck. Ich will das!

30. September

Barras Sekretär traf staubbedeckt ein. »Zum Reisen bin ich zu alt«, sagte Butot und bürstete sich mit seiner Hutfeder ab.
»Ich hätte nie gedacht, dass die Straßen so holprig sind.«
»Wurden Sie von Banditen belästigt?«
»Mein Kammerdiener hat sie in die Flucht geschlagen.« Ein selbstgefälliges Lächeln.
»Bonaparte ist heute Nachmittag in Udine im Hauptquartier der österreichischen Delegation«, informierte ich ihn. Die Sitzungsorte wechseln sich ab. An einem Tag begibt sich Bonaparte nach Udine, am nächsten Tag kommen die Österreicher nach Passariano. »Er hatte sich schon auf Ihr Eintreffen gefreut.« Eine Lüge. Bonaparte ist überzeugt, dass Barras' Sekretär geschickt worden war, um ihn auszuspionieren.
Lisette kam die breite Steintreppe heruntergesprungen, ihre Röcke bauschten sich hinter ihr. »Ein Besucher aus Paris! Gibt es Neuigkeiten? Post?« Sie blieb abrupt vor uns stehen, errötete.
Ich lächelte über ihren jugendlichen Überschwang. »Zuerst müssen wir unserem Gast eine Erfrischung anbieten, und erst *dann* werden wir ihn bestürmen, uns das Neueste mitzuteilen.«

Eine Neuigkeit: Lazare ist tot.

Ich entschuldigte mich und durchquerte allein den Innenhof. Eugène war in der Reithalle, wie ich wusste, und nahm Unterricht. In den Ställen war es dunkel, kühl, und es roch nach Mist. Zwei Pferde in Boxen beobachteten mich kauend. Der Stallbursche sprang aus einem Heuhaufen. »Signora!«
»Mi dispiace.« Es tut mir Leid. »Non importa.« Keine Ursache.
In der Halle hörte ich jemanden schreien. Ich drückte die schwere Tür auf. Eugène ritt auf einem Rappen um die Bahn. Sein Gesicht glänzte, sein Pferd schäumte vor Schweiß. Der Reitlehrer stand in der Mitte und brüllte: »Lass die Beine an ihm. Daumen nach oben. Außenzügel!«
Ich nahm auf der Tribüne Platz. Eugène hatte sein Pferd zur Hallenmitte gewendet und sprach mit seinem Reitlehrer. Dann blickte er hoch, sah mich und grinste. Der Reitlehrer drehte sich um und verbeugte sich tief. »Wir sind fertig, Madame la Générale!«
»Ich schaue gerne zu, Bürger.« Ich fürchtete mich davor, Eugène die Nachricht zu überbringen.

Eugène warf sich neben mir nieder. »Hast du diese Kehre auf der Vorhand gesehen?« Sein Gesicht war gerötet, sein Haare feucht vor Schweiß.
»Sehr präzise.« Ich erhob mich. »Lass uns in den Garten gehen.« Er zog mich am Arm. »Maman, was ist los?«
Ich ließ den Blick durch die Halle wandern. Sie war jetzt leer. »Es ist keine gute Nachricht«, sagte ich und setzte mich wieder. »Deiner Schwester geht es gut, ebenso Tante Désirée und dem Marquis«, versicherte ich ihm, als ich die Besorgnis in seinen Augen sah. »Es geht um General Hoche, Eugène.« Ich faltete die Hände. »Er ist … Er ist verschieden.« Obwohl ich fest entschlossen war, mich zu beherrschen, begann mein Kinn zu zittern.

Eugène starrte mich verständnislos an. »Tot, meinst du? Im Kampf gefallen?« Mit einem kaum merklichen Stammeln.
»Nein, in seinem Bett. An einer Lungenentzündung.« Ich fand ein Taschentuch. »Schwindsucht.« Meine Stimme schwankte noch immer. Ich holte tief Luft. Es gehörte sich nicht, dass *ich* weinte.
Eugène beugte sich auf die Knie gestützt vor, blinzelte und schlug mit der Reitgerte auf die Bank vor ihm. »Er starb in seinem *Bett*?« Er warf die Gerte zu Boden und stand auf, sein Gesicht war fleckig.
»Eugène, ich wollte, dass du …«
Seine Schritte die Holztreppe hinunter hallten durch die Arena. Ich machte Anstalten aufzustehen, ihm zu folgen, ihm nachzueilen, aber ich hielt mich zurück. Er wollte auch allein sein.

Es ist spät, dunkel bis auf eine einzige Kerze, die das Zimmer nach und nach erhellt. In eine Flickendecke eingehüllt sitze ich an einem Marmortisch im Salon. Ich kann den Türsteher vor der Schlafzimmertür schnarchen hören, höre jemanden betrunken im Hof singen.
Das Quaken der Frösche klingt wie ein Pulsschlag, ein nächtlicher Pulsschlag. Ich kann meine Gedanken nicht daran hindern umherzuschweifen, nach Lazare zu greifen. Ich kann nicht fassen, was ich gehört habe: dass er tot ist, dass er in seinem Bett starb, des heldenhaften Soldatentods im Kampf beraubt.
Tränen schießen mir in die Augen, quellen über. Wann darf ich trauern? Wo? Ich wage es nicht. Bonaparte hat mich den ganzen Abend beobachtet, meine rot geränderten Augen, mein trauriges Lächeln wahrgenommen.
Die wahren Gefühle und Gedanken einer Frau, wie geheim sie sein müssen. Verborgen, begraben, dürfen sie nur in der Nacht zum Vorschein kommen.

Ich erinnere mich an die raue Oberfläche der kalten Steinmauern, als ich die Stufen zu Lazares feuchter Gefängniszelle hochstieg. Ich erinnere mich an den Geschmack von Whiskey auf seiner Zunge, an das Zischen einer schmutzigen, brennenden Kerze, an seine seidige Haut. Ich erinnere mich mit Verwunderung – und Dankbarkeit – an die Glut seiner Liebe … und an meine eigene, aus Asche entfacht.
Ich habe die Medaille des Heiligen Michael gefunden, die Lazare mir geschenkt hat, versenkt auf den Boden meiner Juwelenschachtel. *La liberté ou la mort*, hatte er auf die Rückseite gravieren lassen. *Ou la mort*.
Sollte mir irgendetwas zustoßen, hatte er geschrieben.
Er starb an der galoppierenden Schwindsucht, erklärte Botot noch einmal beim Abendessen, ohne den Blick von seinem kristallenen Weinglas zu lösen. In Wetzlar. Dort wurde er auch begraben.
Sollte mir irgendetwas zustoßen …
Irgendetwas ist mir in der Kehle stecken geblieben. Es schmeckt bitter, faulig, lässt mich würgen. Es ist ein plötzlicher Gedanke: Wurde Lazare ermordet?

1. Oktober

Heute Abend ein langes Gespräch mit Botot. Soviel weiß ich nun:
Die Royalisten hatten ihre Taktik geändert. Anstatt die Republik mit Gewalt anzugreifen, beschlossen sie, sie lieber von innen auszuhöhlen, und zu diesem Zweck ist es ihnen gelungen, etliche Royalisten in die Gesetzgebenden Räte wählen zu lassen. Ziel war natürlich, die Republik zu Fall zu bringen und die Monarchie wieder einzusetzen.
Zusammen mit den Direktoren Reubell und La Réveillière entschloss sich Barras zu handeln. Da sie die Mehrheit im Rat der

fünf Direktoren bildeten, beschlossen sie, die royalistischen Minister durch loyale Republikaner zu ersetzen (Lazare als Kriegsminister gehörte dazu). Aus Furcht, diese Veränderungen könnten einen Aufstand der Royalisten auslösen, überredete Barras Lazare, seine Truppen in die Nähe von Paris zu verlegen. Doch hier wird die Geschichte ungenau. Irgendwie schlug der Plan fehl, die Truppen wurden entdeckt, Lazare fiel in Ungnade und musste als Verräter, als Feind der Republik gebrandmarkt, Paris schließlich verlassen.
Und dann, ein paar Wochen später, unternahm Barras einen zweiten Versuch, die Royalisten auszubooten, und diesmal hatte er Erfolg. Und dann starb Lazare.
Das ist nicht die ganze Geschichte, fürchte ich.

3. Oktober

Lisette stellte ein Tablett neben mein Bett. Ich konnte Eugène im Treppenhaus hören, der nach seinem Kammerdiener rief, damit er ihm den Reitrock herunterbrachte. Ich war froh, dass er reiten ging; er war missmutig, still gewesen. »Madame, erinnern Sie sich, wie General Hoche Sie in Paris besuchte?«, fragte sie und reichte mir einen Becher mit schaumiger heißer Schokolade. »Kurz bevor wir nach Italien aufbrachen. Das war an Ihrem Geburtstag, er brachte Ihnen Rosen mit.«
»An Rosen kann ich mich nicht erinnern«, sagte ich und blies auf die dampfende Schokolade, bevor ich vorsichtig einen Schluck trank. »Warum?«, fragte ich und wusste im gleichen Augenblick, dass ich die Frage noch bedauern würde.
»Es ist schrecklich, Madame. Am liebsten würde ich weinen. Jeder sagt, dass er ermordet wurde!«

1. Oktober, La Chaumière

Schätzchen,
gerade bin ich von der Trauerfeier für Lazare zurückgekehrt und bin überwältigt vor Kummer. Die ganze Nation trauert, ist fassungslos über den Verlust des Goldjungen der Republik. Er starb unter der Anklage seiner Feinde, aber das Volk hat in ihm einen Heiligen gesehen – einen Heiligen der Revolution. Es gab eine schöne Prozession von Hirten, die Kronen aus Zypressen trugen und um ihre Stäbe schwarze Bänder gebunden hatten.
Lazares junge Frau war da. Sie schien einer Ohnmacht nahe zu sein, tragisch. Ich vermute, dass sie ein Kind bekommt. Lazares Vater stützte sie, so gut er konnte, aber dann wurde er selbst von herzzerreißendem Schluchzen übermannt, ein schreckliches Wehklagen. Ich brauche jetzt nur daran zu denken, und schon weine ich.
Die Erinnerung an einen Abend in meinem Salon lässt mich nicht mehr los. Bonaparte las jedem aus der Hand, und als er Lazare ansah, sagte er ihm voraus, dass er jung in seinem Bett sterben würde. Erinnerst du dich an diesen Abend?
Natürlich laufen hässliche Gerüchte um. Alle sind überzeugt, dass Lazare vergiftet wurde – und zwar von Barras, versteht sich. (Sie geben ihm für jedes Verbrechen die Schuld!) Es ist fürchterlich, vor allem, wenn man bedenkt, dass Barras selbst außer sich vor Kummer ist. Er verbringt ganze Tage in einem abgedunkelten Raum und weigert sich zu sprechen.
Zärtliche Liebkosungen von Thermidor. Und natürlich alles Liebe von den Ehrenjungfrauen. Wirst du jemals zurückkommen? Hier ist alles so traurig.

Deine dich liebende und liebste Freundin Thérèse

Anmerkung – Ich hörte, dass du Vautier beauftragt hast, dein Haus zu renovieren. Eine ausgezeichnete Wahl!

13. Oktober

Die österreichischen Delegierten aßen heute hier zu Abend. Bonaparte zuversichtlich.

[Ohne Datum]

Heute ist es feucht. Ich habe befohlen, das Feuer in den Kaminen anzumachen. Ich bin in einer melancholischen Stimmung. Wie gestaltet man einen entsprechenden Rahmen für den Frieden? Ich arrangiere Schnittblumen, bitte die Haushälterin, das silberne Teeservice polieren und auf das Buffet stellen zu lassen, überprüfe die Likörkaraffen, gehe mit dem Chefkoch das Tagesmenü durch. Doch trotz meiner größten Bemühungen, trotz der Kaminfeuer, der Blumen, des saftigen Essens ist alles von einem düsteren Schauder durchdrungen. Heute wird es keinen Frieden geben, das weiß ich.

15. Oktober

»Der Leiter der österreichischen Delegation wünscht Sie zu sprechen, Madame.« Lisette riss die Augen weit auf.
»Graf von Cobenzl? Führe ihn herein, bitte!« Einen so bedeutenden Mann ließ man nicht warten.
Als der Graf von Cobenzl eintrat, verspürte ich den Drang, mich zu verbeugen, aber ich unterließ es. Als Gemahlin von General Bonaparte, dem Sieger, sollte sich Graf Ludwig von Cobenzl eigentlich vor mir verbeugen. Wir lösten das Dilemma, indem wir uns genau im selben Augenblick verbeugten und mit dem gleichen Maß an Hochachtung.
»Ich werde nicht lange bleiben, Madame Bonaparte«, sagte er, als er den von mir angebotenen Stuhl ablehnte. »Ich bat um eine private Audienz bei Ihnen, weil ich ernsthaft um die Zu-

kunft der Verhandlungen besorgt bin. General Bonaparte hat uns … um ehrlich zu sein … *rüde* behandelt. Bei der geringsten Bitte von uns geht sein jähzorniges Temperament mit ihm durch. Sie wissen ja sicherlich, dass er mein wertvolles Teeservice aus Porzellan zertrümmert hat.«

Am Tag zuvor hatte Bonaparte in einem Wutanfall Cobenzls Teeservice zu Boden geworfen – das Teeservice, auf das der Graf so stolz war, das ihm von Katharina der Großen persönlich geschenkt worden war – und dabei ausgerufen: »Ich werde Eure Monarchie zerschmettern wie dieses Porzellan!«

»Graf von Cobenzl, bitte glauben Sie mir«, sagte ich, »ich war bestürzt, als ich …«

Der Graf hob die Hand. »Es steht viel mehr auf dem Spiel als ein Teeservice, Madame. Wenn der General auf diese Weise weitermacht, dann wird sich Österreich, wie ich befürchte, von den Verhandlungen zurückziehen.«

»Graf von Cobenzl …« Mir fehlten die Worte. Wenn sich die österreichischen Unterhändler zurückzogen, würde es wieder Krieg geben.

»Meine Frage an Sie ist folgende: Würden Sie mit dem General sprechen?«

Mit Bonaparte sprechen? War das überhaupt möglich?

»Wir sehen dem Ergebnis entgegen.« Graf von Cobenzl verbeugte sich, ich verbeugte mich tiefer, er verbeugte sich noch tiefer.

16. Oktober

»Du hast dich da nicht einzumischen!« In seinem Zorn spuckte Bonaparte.

»Ich mische mich nicht ein!«

Bonaparte war wütend aus Udine zurückgekehrt; die Verhandlungen waren abgebrochen worden. In vierundzwanzig Stunden würde der Krieg wieder beginnen, hatte er gedroht. »Wie kannst du das sagen? Gestern hast du dich mit Graf von Cobenzl unter vier Augen getroffen. Das nennst du nicht einmischen?«

»Hast du mich bespitzelt, Bonaparte?«

»Der Palast ist durchlöchert von Spitzeln. Wir werden alle bespitzelt. Selbst die Spitzel werden bespitzelt.«

Ich wandte mich um und sah meinen Mann an. »Graf von Cobenzl kam aus freien Stücken zu mir. Er brauchte ... einen Rat.« War es klug, den direkten Weg zu gehen? Es stand so viel auf dem Spiel. »Er meint, du wärst rüde gewesen, Bonaparte, und ist der Ansicht, dass du den Frieden gar nicht schließen willst.«

Bonaparte lachte. »Er kann sich glücklich schätzen, dass er noch am Leben ist, und beklagt sich über Details. Wie ... wie *aristokratisch*. Cobenzl benimmt sich, als wäre er in einem Salon beim Nachmittagstee. Und dann fordert er Mantua. *Mantua!* Mantua ist der Schlüssel. Wenn ich zuließe, dass die Österreicher Mantua zurückbekämen, dann würden sie Italien in kurzer Zeit wieder beherrschen. Und angesichts einer derartigen Forderung wünscht er, dass ich *höflich* bin?«

»Bonaparte ...« Ich nahm seine Hand in meine. Es überrascht mich immer wieder, wie weich seine Haut ist, wie zart seine Knochen. Ich sah ihm in die Augen. Wie überzeugte man einen Mann wie diesen? »Da gibt es etwas, was ich sagen muss.«

»Ich hindere dich nicht daran.«

»Wenn du Cobenzl höflicher behandeln würdest, würde er vielleicht auf deine Wünsche eingehen.«

Er machte ein skeptisches Gesicht. »Du schlägst vor, dass ich *freundlich* bin?«

»Bonaparte, im Ernst, du bist so charmant, wenn du lächelst. Wer könnte dir da widerstehen?«

17. Oktober

Bonapartes Kutsche fuhr reichlich spät, fast um Mitternacht, in den Hof ein. Ich sah, wie er gefolgt von Eugène und Louis aus der Kutsche sprang. Ich öffnete das Fenster. »Der Frieden ist unterzeichnet«, rief Eugène und hielt eine Fackel hoch. »Packe für Paris!«*

* Historisch wird der Vertrag von Campo-Formio als spektakulär und schändlich zugleich beurteilt. Spektakulär, weil die Französische Republik unter anderem Belgien und das Rheinland (einschließlich Mainz) gewann und damit ihre »natürliche Grenze« zurückbekam, und schändlich, weil den Österreichern die gerade flügge gewordene Republik Venedig geopfert wurde.

3

Profitjäger

Die Geißel und Pest der Streitkräfte!
Dreister Diebstahl!
Napoléon über die Heereslieferanten

Zu Hause erwarten mich Probleme

16. Dezember 1797 – Frankreich!

»Ich kann verstehen, was die Leute sagen!« Lisette warf die Arme in die Luft und drehte sich im Kreis.
Ich verstand ihre Freude. Die Wirtin des Gasthauses mit ihrer gestärkten weißen Haube hatte ein vertrautes Gesicht. Kannte ich sie nicht irgendwoher? Selbst der Postillion schien auf eine Art sein Pferd zu besteigen, die unerklärlicherweise *richtig* wirkte.
»Sehen Sie nur!« Lisette hüpfte auf dem Kopfsteinpflaster herum. »Der Himmel ist französisch, die Berge sind französisch, die Luft ist französisch. Ich wette, dass die Pferde Französisch sprechen.« Die alte Mähre wandte den Kopf. »Sehen Sie?«

17. Dezember

»Wo haben Sie gelernt, wie man eine Pistole lädt, Madame?« Lisette sah von ihrer Flickarbeit an der Schleppe eines meiner Kleider auf.
»In Paris, während des Terrors. Ein Freund hat es mir beigebracht.« Ein Freund, der jetzt, wie so viele andere auch, tot war. Ich ließ die Kammer zuschnappen, steckte das Sicherheitsschloss auf. Wir reisten mit nur zwei berittenen Eskorten; bei Nacht, in den Gasthäusern, fühlte ich mich nicht sicher.* Mei-

* Napoléon war über Rastatt in Deutschland nach Italien zurückgekehrt, wo die Gespräche über das Friedensabkommen fortgesetzt wurden.

nen Schmuck hatte ich in einen kleinen Samtbeutel genäht, der unter meinem Kleid hing. »Ich höre so gerne Geschichten über die Revolution, über all die Kämpfe und Aufstände. Verzeihen Sie, Madame«, sagte sie, als sie meinen gequälten Gesichtsausdruck sah.

Ich reichte ihr die Pistole. »Ziele nie auf eine Person, selbst wenn sie nicht geladen ist.«

»Ich weiß!«

Ich lächelte. »Habe ich dir schon einmal gesagt, dass du mich an meine Tochter erinnerst?«

»Schon oft, Madame.«

»Abgesehen davon natürlich, dass du jetzt eine junge Frau bist. Hast du schon einmal ans Heiraten gedacht, Lisette?« Sie war neunzehn. Es war Zeit. Es war schon über die Zeit, um ehrlich zu sein.

»Ich möchte lieber Ihnen dienen, Madame«, sagte sie und versteckte die Pistole auf dem Boden ihres Nähkorbes.

»Du kannst heiraten und mir weiterhin dienen.«

»Das würden Sie erlauben, Madame?«* Sie nahm ihre Flickarbeit wieder auf.

»Denkst du wirklich, ich würde ein solches Opfer von dir erwarten?«

»Andere Damen tun das.« Sie zuckte mit den Schultern. »Und überhaupt, wer würde mich schon heiraten wollen?«

»Du bist bildhübsch!« Aber ohne Mitgift, richtig. »Ich werde dich gerne mit einer Mitgift ausstatten.«

»Wirklich?«, fragte sie mit ungläubigem Gesicht.

»Mein Ehrenwort.«

* Es war üblich, Dienstboten zu entlassen, die heirateten oder schwanger wurden.

19. Dezember – Lyon

In unserem Gasthaus in Lyon erwartete mich ein Brief mit Goldprägung: Er kam von Bürger Louis Bodin von der Firma Bodin und lud mich zu einem Besuch ein.

20. Dezember

Ich war offen gestanden erstaunt über den Besitz der Bodins. Dass er so stattlich war, hatte ich nicht erwartet. Eine breite Einfahrt wand sich durch einen wundervoll gepflegten Park, der entzückende Ausblicke bot, bevor man das Schloss erreichte. Ich wurde von einem Lakaien mit weißem Halstuch durch eine Reihe eleganter Räume und schließlich in ein Spielzimmer geführt, wo Louis Bodin (rund wie ein Kürbis und ganz rosig) Billard spielte. Eine schläfrige, einäugige Magd mit krausen Haaren stand neben dem hohen Tisch zur Bedienung bereit. Trotz der Uhrzeit brannten alle Kerzen in den Bronzekandelabern.
»Willkommen, Madame Bonaparte.« Louis Bodin verbeugte sich aus der Taille. Er war herzlich, von aufrichtiger Natur und doch würdevoll trotz seines Teints und seiner Jugend. Alter Geldadel, dachte ich, als ich die Geweihe über dem Kamin auf mich wirken ließ, die abgenutzten, eleganten Möbel, die Familienporträts, den Jagdhund, der mit der Schnauze auf den Hinterpfoten zusammengerollt neben dem Feuer lag.
Nach dem Austausch von Höflichkeiten unterhielten wir uns über unseren gemeinsamen Bekannten, den unverzagten Hauptmann Charles, unsere Freimaurerverbindungen, Spiritismus (wobei wir sorgfältig eine Diskussion über Religion vermieden), den Vertrag von Campo-Formio (wobei wir eine Diskussion über Politik vermieden), seinen Bruder Hugo, der die Pariser Filiale des Unternehmens leitet. Und dann, als wir uns in ein mit Büchern gesäumtes Arbeitszimmer zurückzogen, wo ein

leichter Imbiss bereitgestellt worden war (Orangen aus Sevilla, kleine Weißwürste, Pistazien), begannen wir uns schließlich darüber zu unterhalten, was uns zusammengeführt hatte: die Jagd nach Reichtum.

Louis Bodin erklärte, dass die Firma Bodin durch den Kauf und Verkauf von Nationalgütern einen hübschen Profit gemacht hätte, dass das Unternehmen aber wegen des wachsenden Mangels an solchen »Gelegenheiten« in die lukrativere Sparte der Heeresbelieferungen – speziell in die Lieferung von Reitpferden an die italienische Armee – zu expandieren wünschte. »Wir haben alles geregelt, um aus diesem Projekt einen Erfolg zu machen«, sagte er. »Alles, das heißt bis auf ein entscheidendes Element – die Zustimmung durch die Direktoren.« Er sprach leise, während eine riesige orangefarbene Katze auf seinem Schoß schnurrte. »Wie Sie ja zweifellos wissen, herrscht ein scharfer Wettbewerb um diese Verträge. Es ist vielleicht kein Zufall, dass diejenigen, die erfolgreich sind, persönliche Bekannte eines bestimmten Direktors sind.« Er lächelte und zeigte dabei ein weiß schimmerndes falsches Gebiss. »Direktor Barras natürlich, bei dem Sie, wie mir zu verstehen gegeben wurde, Einfluss haben.«

Ich überlegte, wie ich auf eine derartige Feststellung antworten sollte. »Direktor Barras ist ein Freund von mir«, sagte ich, eine einfache Feststellung der Tatsachen.

Louis Bodin schob die Katze von seinem Schoß herunter und lehnte sich vor, die Hände auf den pummeligen Knien.

»Madame Bonaparte, wären Sie ... das heißt, könnten Sie darüber nachdenken ...« Er kratzte sich an der Nasenspitze.

Ich wusste, was er fragen wollte. Ich wartete.

Er zupfte an seinen Hemdmanschetten, wobei riesige Manschettenknöpfe aus Smaragden zum Vorschein kamen. »Könnten Sie darüber nachdenken, im Interesse der Firma Bodin tätig zu werden? Das heißt, mit Direktor Barras über die Vorzüge unseres Unternehmens zu sprechen?« Er lehnte sich zurück, die Hände auf den Armlehnen seines Sessels. »Wir wären bereit, uns über einen Partnerschaftsvertrag zu unterhalten.«

»Das hinge davon ab …«

»Von den Bedingungen, selbstverständlich. Ich verstehe vollkommen. Aus diesem Grund habe ich mir erlaubt, einen Vertragsentwurf vorzubereiten, den Sie sich durchlesen können.« Er holte eine Mappe von einem Beistelltisch und reichte sie mir. »Bitte, Madame, nehmen Sie ihn zumindest mit. Sie können ihn in Ruhe prüfen.«

Ich hielt den Vertrag in der Hand, ohne ihn durchzulesen. Nach meiner Rückkehr nach Paris würde ich ihn mit meinem Anwalt durchgehen und dann entscheiden. Ich wusste, dass meine Antwort – ob sie nun ja oder nein lautete – bedeutsame Konsequenzen hätte. Wenn sie nein lautete, müsste ich einen Weg finden, mit meinen sich häufenden Schulden fertig zu werden. Wenn sie ja lautete, würde ich mit Sicherheit davon profitieren – enorm –, aber nicht ohne Risiko. »Könnte ich davon ausgehen, Bürger Bodin, dass meine Beteiligung vertraulich bliebe?«

»Ich kann Ihnen versichern, dass wir uns über den heiklen Charakter Ihrer Lage vollkommen im Klaren sind.«

»Nun denn, ja«, sagte ich. »Dann bin ich bereit, darüber nachzudenken.«

28. Dezember – eine Zwischenstation hinter Nevers

Heute Nachmittag, als Lisette und ich die Wäsche auslüfteten, wurden wir von vier rhythmischen Klopfzeichen überrascht.

»Klopft so nicht Hauptmann Charles?«, fragte Lisette.

»Wusste ich doch, dass Sie es sind«, sagte sie, als sie die Tür öffnete.

Denn da stand er wirklich, Hauptmann Charles, durchnässt und mit Schlamm bespritzt, die am Kiel umgeknickte Hutfeder baumelte ihm wie der Schwanz einer unglückseligen Kreatur über den Rücken. Mops richtete sich auf seinem Kissen auf und wackelte mit dem Stummelschwanz.

»Hauptmann Charles!« Ich war erstaunt, ihn zu sehen. »Was haben Sie mit sich angestellt?«

»Ich bin wie ein Wahnsinniger geritten«, sagte er und zog galant seinen ruinierten Hut, »in der Hoffnung, Sie einzuholen.«

Ich bedeutete ihm, den zerschlissenen Sessel am Kamin zu nehmen. »Welch unerwartetes Vergnügen.«

»Ich hatte befürchtet, Sie könnten Paris möglicherweise schon erreicht haben«, sagte er und wischte den Staub von seinen ledernen Reithosen, bevor er sich in dem Armsessel niederließ. Er langte nach unten, um Mops spielerisch am Schwanz zu ziehen.

»Wir hatten ein paar Pannen«, sagte ich.

»Und in jeder Stadt Feierlichkeiten«, sagte Lisette. »Madame hat Reden gehalten.«

Ich öffnete meinen Fächer. Ich wollte mit dem Hauptmann über mein Treffen mit Bürger Bodin sprechen – aber unter vier Augen. »Lisette, bring uns doch bitte einen Mittagsimbiss. Und eine Flasche von diesem guten hiesigen Wein.« Nachdem sie gegangen war, sagte ich: »Hauptmann Charles, wir haben nur einen Augenblick Zeit. Ich möchte Sie davon unterrichten, dass ich in Lyon mit Ihrem Partner, Bürger Louis Bodin, zusammengetroffen bin.«

»Er hat es mir erzählt. Soviel ich weiß, werden Sie sich mit seinem Bruder in Paris treffen. Ich muss Ihnen sagen, Madame, dass wir …«

Ich hob die Hand. »Ich habe ihm lediglich gesagt, dass ich darüber nachdenken würde.« In der Tat kamen mir allmählich Bedenken. »Sie verstehen hoffentlich, wie wichtig es ist, dass über unsere Gespräche in dieser Angelegenheit nichts bekannt werden darf.«

»Selbstverständlich, ich würde doch niemals ...« Er hielt jäh inne und starrte über meine Schulter.
Ich wandte mich um. Lisette stand mit einem Tablett in der Hand in der offenen Tür. »Ah, da bist du ja«, sagte ich.

Neujahrstag 1798, 1 Uhr morgens

Ein Tag der überraschenden Wendungen. Es war dumm von mir, mich als Ehestifterin zu versuchen. Während mir Lisette heute Morgen bei der Toilette half, machte ich ihr einen Vorschlag. »Mir ist aufgefallen, dass du und Hauptmann Charles ein freundschaftliches Verhältnis habt, Lisette. Hast du schon einmal an die Möglichkeit einer Heirat gedacht?«
»Ist das Ihr Ernst, Madame?«, lautete ihre spontane Antwort. »Ich und Hellwach?« Sie kicherte.
»Der Hauptmann mag zwar nicht reich sein, Lisette, aber eines nicht fernen Tages wird er ein vermögender Mann sein. Habe ich deine Erlaubnis, mit ihm darüber zu sprechen?«

Wir aßen zusammen zu Abend: Lisette, Hauptmann Charles und ich. Der Koch dachte sich ein einfaches, aber ansprechendes Mahl aus: eine grüne Erbsensuppe (er bewahrt die Erbsen in Hammelfett über den Winter im Keller auf), Karpfen, eingelegte Champignons und kleine Zwiebeln, gefolgt von Käse und süßen Kastanien.
»Hauptmann Charles«, verkündete Lisette, nachdem unsere Teller abgeräumt worden waren, »vielleicht könnten Sie heute Abend meinen Platz am Trictracbrett einnehmen. Madame hat mir den Abend freigegeben, damit ich in die Kirche gehen kann.« (Genau genommen hatte *Madame* ihr gesagt, dass sie mit dem Hauptmann unter vier Augen sprechen müsste, und Lisette hätte vielleicht nichts dagegen, am Abend auszugehen.)

Hauptmann Charles sah erst Lisette, dann mich und dann wieder Lisette an. »*Sie* gehen in die Kirche?«
»Es gibt vieles, was Sie über Lisette vielleicht noch nicht wissen, Hauptmann Charles«, sagte ich und tunkte ein Stück Roquefort in den Rotweinpunsch (von dem wir alle reichlich getrunken hatten). »Hinter ihrem lebhaften und fröhlichen Benehmen verbirgt sich ein ernster Charakter.«
Hauptmann Charles brach in schallendes Gelächter aus und duckte sich, als Lisette eine harte Brotkugel nach ihm warf. War das ein gutes Zeichen? Ich war nicht sicher.
Nachdem Lisette zur Kirche aufgebrochen war (ein wenig betrunken, fürchte ich), begaben sich der Hauptmann und ich in den vorderen Salon. Der Raum war klein, aber warm und bot einen Ausblick auf den Platz. »Sie können die Tür hinter sich schließen, Hauptmann«, sagte ich und zündete feierlich drei Kerzen an.
Hauptmann Charles stand mit gefalteten Händen da wie ein Diener, der auf Anweisungen wartete. Seine Bekleidung – weite venezianische Samtpantalons und eine silberbestickte Weste – verliehen ihm das Aussehen eines königlichen Kuriers, eines Wesens aus einer anderen Zeit, fehl am Platze in unserer Welt des gleichmachenden Leinens und der groben Wolle. »Bitte, machen Sie es sich bequem.« Ich schenkte uns aus einer geöffneten Flasche nicht moussierenden Champagner ein. Das einzige gute Glas reichte ich dem Hauptmann. »Auf das neue Jahr.«
Er setzte sich auf einen Holzstuhl. Ich setzte mich auf das Sofa ihm gegenüber. (Die Daunenkissen rochen nach Enten.) Warum diese Befangenheit? Wir kamen uns gegenseitig wie Fremde vor. »Bis zum Jahr 1800 sind es nur noch zwei Jahre«, sagte ich, als ich dem Hauptmann einen Teller mit Blätterteigwürstchen anbot und mich anschließend selbst bediente.
»Die Wahrsager geben bereits Prophezeiungen von sich. Haben Sie sie gelesen?«

Ah, die Prophezeiungen – wie gut, dass er davon anfing. »Ich lese die Prophezeiungen *immer*, Hauptmann«, sagte ich. »Und ich glaube an sie, wie ich gestehe.«
Hauptmann Charles beugte sich vor. »Die Anzeichen sprechen dafür, dass es ein ausgezeichnetes Jahr für geschäftliche Vorhaben wird.«
»Ausgezeichnet.« Ich öffnete meinen Elfenbeinfächer und ließ ihn wieder zuschnappen. Das Thema Heirat ist nicht leicht anzuschneiden. Ich hatte gehofft, dass Hauptmann Charles' übliche Unbeschwertheit es leichter machen würde. Ich räusperte mich; Hauptmann Charles tat das Gleiche. Wir lächelten über diese zufällige Übereinstimmung. »Es gibt da etwas, worüber ich gerne mit Ihnen sprechen möchte, Hauptmann«, sagte ich schließlich.
»Die Firma Bodin betreffend, Madame?«
»Nein – es hat etwas mit Herzensangelegenheiten zu tun. Haben Sie jemals daran gedacht, sich eine Frau zu nehmen?«
Ein Lacher entfuhr ihm, eher ein Schnauben. Ich wusste nicht genau, wie ich diese Reaktion interpretieren sollte. Sie hörte sich irgendwie ironisch an. War es möglich, dass mein Verdacht bezüglich des Hauptmanns zutraf? »Ich belustige Sie?«, fragte ich.
»Im Gegenteil, Madame, Sie entzücken mich.«
Er redete Unsinn. »Hauptmann Charles, keine Scherze, ich bitte Sie.« Ich hob die Hände, die Handflächen ihm zugekehrt. »Im Ernst, als eine Freundin, als jemand, dem Ihr Wohl am Herzen liegt, empfehle ich Ihnen zu heiraten, eine Familie zu gründen. Sie sind jung, doch bevor Sie es bemerken, ist Ihre Jugend dahingeschwunden. Kinder sind eine einzige unermessliche Freude.«
Hauptmann Charles schob die Spitze seines Stiefels an die ausgefranste Teppichkante. »Vielleicht haben Sie ja schon jemanden im Sinn, Madame?«

Ich nickte und lächelte mit den Augen. »Raten Sie.«
Er schürzte die Lippen zu einer perfekten Rosette. »Ihre Tochter?«
Ich lachte vor Erstaunen, wie ich gestehe. Obwohl ich Hauptmann Charles für einen charmanten Begleiter hielt, zog ich ihn nicht als eine geeignete Partie für Hortense in Betracht. »Verzeihen Sie«, sagte ich und wischte einen Krümel von meinem Schoß –, denn seine äußerst betretene Miene machte deutlich, dass ich ihn beleidigt hatte. »Es ist nur, dass sie noch so jung ist, Hauptmann, erst vierzehn. Ich muss mir noch einen Ehemann für sie ausdenken.«
»Sie brauchen sich nicht zu verstellen, mia belissima regina. Ich weiß, welchen Rang ich in dieser Welt einnehme.«
Ich achtete nicht auf diese Bemerkung; er hatte eindeutig zu viel getrunken. »Ich werde Ihnen sagen, wer nach meiner Meinung eine perfekte Ehefrau für Sie wäre«, fuhr ich unbeirrt fort und schlug mit meinem Fächer gegen die Handfläche. Die Glocken fingen zu läuten an, begrüßten das neue christliche Jahr.
»Sie.«
Ich lehnte mich zurück. »Hauptmann Charles, seien Sie doch ernsthaft!« Mittlerweile läuteten viele Glocken, ein fröhlicher Tumult. Woher kamen sie, diese Glocken?
»Der Clown, Madame, ist immer ernsthaft.« Er nahm den gefiederten Jockeyhut vom Kopf, vollführte eine lässige Verbeugung, küsste mich leicht und schwankte zur Tür hinaus.
Vom Fenster aus beobachtete ich, wie er auf dem Kopfsteinpflaster hin und her torkelte. Sein Hut fiel hinunter; er achtete nicht darauf.

Später Nachmittag

Lisette sah erleichtert aus, als ich ihr erzählte, dass Hauptmann Charles nicht geneigt gewesen wäre, über das Thema Ehe zu

diskutieren. Und zu meiner großen Erleichterung konnte sich der Hauptmann an nichts mehr erinnern. Mein Gelübde für das neue Jahr: keine Ehen mehr zu stiften.
Morgen Paris!

2. Januar – Paris

»Warum hast du so lange gebraucht?« Bonaparte zerknüllte ein Stück Papier und warf es an die Wand. Die Haare hingen ihm über die Ohren, wodurch er wie ein Indianer aussah. Seine fahle Haut und sein hageres, fast ausgezehrtes Gesicht erschreckten mich. Seine Gesundheit hatte sich in den sechs Wochen, seit ich ihn zuletzt gesehen hatte, eindeutig verschlechtert. Seine Laune ebenfalls.
Sein Zorn hatte mit Geld zu tun. Der Innenarchitekt, den ich beauftragt hatte, das Haus umzugestalten, hatte die Bezahlung der Renovierungen gefordert – einhunderttausend Francs! Ich setzte mich sprachlos hin. Das war eine unfassbare Summe.
»Einhundertdreißig, um genau zu sein«, tobte Bonaparte und trat gegen die lodernden Holzscheite, dass die Funken flogen. »Das Haus selbst ist nur vierzig wert, und es gehört dir noch nicht einmal. Der Fries im Speisezimmer ist nicht einmal von David gemalt, sondern von einem seiner Studenten.«
Im Speisezimmer war ein Fries? »Der größte Teil des Geldes steckt in der Einrichtung«, verteidigte ich mich.
»Der größte? Selbst siebzigtausend für Möbel wäre unfassbar – es ist mir egal, wer die Möbel gemacht hat. Die Gebrüder Jacob oder nicht! Auf gar keinen Fall werde ich die Hälfte davon bezahlen. Ich steuere dreißigtausend bei und keinen Sou mehr.«
Und überließ *mir* eine Rechnung über hunderttausend? »Da ist bestimmt ein Fehler unterlaufen. Ich werde mit Vautier sprechen.« Die Renovierungen waren allerdings das Letzte, womit

ich mich nach einer Abwesenheit von fast zwei Jahren befassen wollte. Zuerst musste ich Hortense besuchen. Und dann natürlich Tante Désirée und den guten alten Marquis. Und dann Thérèse – hatte sie ihr Kind schon bekommen? Und wie ging es Père Barras? *Und* den Ehrenjungfrauen natürlich? Ganz zu schweigen von der geschäftlichen Angelegenheit, um die ich mich kümmern, deretwegen ich meinen Anwalt aufsuchen musste.

»Wie kann da ein Fehler unterlaufen sein? Vautier hat zum Beweis deine Briefe vorgelegt. Du hast ihm uneingeschränkte Handlungsfreiheit erteilt! Man erteilt niemals uneingeschränkte Handlungsfreiheit!«

Ich zog meine Handschuhe aus und ließ die Veränderungen auf mich wirken: die pompejischen Fresken, die Militärtrophäen, die mit gestreiftem Stoff bezogenen Sessel. Die Renovierung war schlicht, aber elegant. Ich strich über die Oberfläche des neuen Mahagonischreibtisches. Die Maserung schien unter meinen Fingerspitzen zu glänzen. Ich hatte das Gefühl, tief ins Innere des Holzes sehen zu können. »Gefällt dir denn *nichts* davon, Bonaparte?«

»Komm und schau dir unsere Betten an«, sagte er mit einem kleinen Grinsen.

Unser Schlafzimmer war so gestaltet worden, dass es wie ein Armeezelt aussah. »Schau dir das an.« Bonaparte löste einen Riegel, und unsere beiden Betten sprangen laut klappernd zusammen.

»Schlau!« Ich setzte mich auf einen der Schemel, die mit Gamsleder bezogen waren, damit sie wie eine Trommel aussahen. Die Betten waren mit einem Baldachin aus weißen und blauen Streifen drapiert, die Bettpfosten aus Kanonen geschmiedet. Bonaparte zog mich am Arm.

»Nicht jetzt, Bonaparte«, bat ich, jedoch lächelnd. »Es ist noch nicht einmal Mittag, und ich brauche dringend ein Bad.«
»Wir werden zusammen baden«, sagte er und zerrte an meinem Ärmel, »hinterher.«

11 Uhr nachts

Ich hatte gebadet und ein Nachmittagskleid angezogen, als ich im Hof Pferde hörte. Eine schlanke junge Frau in einem weißen Reitrock stieg aus einem Landauer. Eine Flut goldener Locken fiel ihr über die Schultern. Ich schlug die Hände vor den Mund. Mon Dieu, war das Hortense?
»Maman!«, rief sie, als sie mich erblickte, ganz das Auftreten einer eleganten Pariserin, die das Jungmädchengehabe abgelegt hatte. Ihre Augen waren außergewöhnlich blau, wieso überraschte mich das? Plappernd legte sie ihren Umhang ab. »Wo ist Eugène? Ich habe sein gesatteltes Pferd neben dem Stall gesehen. Ist das Louis Bonapartes Pferd? Der Bruder des Generals wohnt hier? Aber warum ist Eugène noch nicht zurück? Ich habe allen meinen Freundinnen erzählt, dass er mit dir zurückkäme.«
Die langen Fingernägel meiner Tochter waren rot lackiert. Und Busen – sie hatte einen Busen! »Eugène ist in Rom«, stammelte ich. »Er wird …«
»Warum hast du so lange gebraucht? Wo warst du? Jeden Tag wurde in den Zeitungen deine bevorstehende Ankunft angekündigt. Maman, was ist los? Ist etwas los?«
»Nein, nichts«, krächzte ich und betrachtete sie, diese schöne junge Frau.

Tante Désirée traf kurz darauf ein und herrschte zwei Kammerdiener an, die den alten Marquis durch den Garteneingang ins Haus trugen. Sie lagerten ihn auf einem Armsessel mit Daunen-

kissen, wo er sich mit verwirrter Miene umschaute. Ich bat meinen Diener, Feuer zu machen, und Lisette, die Geschenke auszubreiten, die ich aus Italien mitgebracht hatte.
»Modern«, sagte Tante Désirée, als sie sich im Salon umsah und die Veränderungen begutachtete.
»Griechisch ist modern?« Ich beugte mich vor, um den alten Marquis zu küssen. Sein Bart roch nach Brillantine.
»Bon à Parté!«, sagte er mit kräftiger Stimme.
Hortense lachte. Tante Désirée bedeutete ihr, aufrecht zu sitzen, die Knie geschlossen zu halten, die Hände im Schoß zu falten und nicht so laut zu lachen – und das alles mit einer einzigen stummen Geste, die alle Frauen und Mädchen kannten. Hortense verzog affektiert das Gesicht, tat jedoch, wie ihr geheißen. Tante Désirée warf mir einen triumphierenden Blick zu. »Hortense, dieser Schal sieht entzückend aus – hat dir den deine Mutter aus Italien mitgebracht? Wo ist unser berühmter General, Rose? Ich habe eine Blumenvase gekauft, nur weil sein Bild darauf war.«
»Bonaparte ist gerade im Palais Luxembourg, zu einem Gespräch mit den Direktoren.« Ich bedeutete Louis Bonaparte, sich zu uns zu gesellen. »Aber ich möchte euch gerne mit Louis bekannt machen, Bonapartes Bruder.« In der Hoffnung, dass vielleicht die Anwesenheit wenigstens eines Bonapartes die Neugier stillte.
Tante Désirée musterte Louis mit dem mir vertrauten abschätzenden Blick einer Frau, die nach einem Ehemann für ihre Nichte Ausschau hielt. »Entzückt! Wie viele Brüder hat General Bonaparte denn? Und Schwestern natürlich.«
»Wir sind sehr zahlreich, und bald werden es noch mehr sein«, sagte Louis und zupfte an seinem sprießenden Backenbart. Seine Wangen färbten sich rot, als er zu Hortense spähte. Meine Tochter senkte den Blick. »Mein ältester Bruder Joseph ist in Rom mit meiner Schwester Caroline …«

»Und Eugène«, warf ich ein, während ich die Geschenke auf dem Tisch anordnete – eine römische Vase, eine Glasschale aus Venedig, eine Bahn bestickten Seidenbrokats aus Genua sowie eine Anzahl hübscher Schmuckstücke.
»Meine Schwester Pauline ist in Mailand«, fuhr Louis fort. »Sie ist verheiratet und in anderen Umständen. Und meine andere verheiratete Schwester, die in Korsika lebt, ist ebenfalls in anderen Umständen. Und mein Bruder Lucien ist im Norden, und *seine* Frau ist auch in anderen Umständen. Und da ist noch Jérôme, der hier in Paris zur Schule geht.«
»Jérôme ist erst dreizehn«, sagte ich verdrossen über die Parade fruchtbarer Bonapartefrauen – zu denen ich, das war klar, nicht gehörte.
»Wie nett für Hortense und Eugène, so viele neue Geschwister zu haben«, rief Tante Désirée mit übertriebener Begeisterung, vielleicht, weil sie ihre christliche Nächstenliebe gegenüber so vielen korsischen Verwandten beweisen wollte.
»Ich meine Tanten und Onkel. Und so viele zukünftige Cousins und Cousinen«, fügte sie in Anerkennung der Fruchtbarkeit der Bonapartesippe hinzu.
Louis ging rückwärts auf die Tür zu. Er müsste an einer Englischstunde teilnehmen, erklärte er, und sich deshalb verabschieden.
»Es war ein Vergnügen, Sie kennen zu lernen«, sagte Hortense zu ihm in sorgfältigem Englisch.
»Danke, mein Fräulein. Auf Wiedersehen«, erwiderte Louis mit der gleichen Liebenswürdigkeit und tippte auf englische Art an seinen Hut.
»Was für ein reizender Bursche«, sagte Tante Désirée, sobald er aus der Tür war, und drehte die römische Vase in den Händen. Ich erklärte ihr, dass die Vase nicht »modern« wäre, sondern eigentlich sehr alt. Und dann sprachen wir über dies und das – den außerordentlichen Empfang, den Paris Bonaparte bei seiner

Rückkehr bereitet hatte, Hortenses Auszeichnungen in der Schule, wie gut sich Eugène als Adjutant machte – und dann natürlich über den Klatsch.
»Du hast ja sicher die Neuigkeit General Hoche betreffend gehört.« Tante Désirée sah wie eine Katze aus, die ihrem Herrn eine tote Maus zu Füßen legte. »Seine *Ermordung* betreffend.«
Ich schloss meinen Fächer. Ich öffnete meinen Fächer.
Tante Désirée beugte sich vor. »Weißt du, was ich gehört habe? Dass es dein Freund, Direktor Barras, war, der es getan hat.«
»Tante Désirée«, unterbrach ich sie. Ich wollte nicht, dass Hortense unwahre Gerüchte hörte.
»Meine Theorie ist«, fuhr Tante Désirée unbeirrt fort, »dass Direktor Barras, dessen Habgier ja bekannt ist, hinter der einen Million Francs her war, die General Hoche veruntreut hat.«
»Tante Désirée, ich glaube nicht ...«
»Es waren achthunderttausend.«
Ich sah den Marquis erstaunt an. Er war so tief in seinen Sessel gesunken, dass er praktisch zusammengeklappt war, einen verträumten Ausdruck in seinen halb geschlossenen Augen. »Hat da eben der Marquis gesprochen?«, fragte ich.
»Er weiß nicht, wovon er redet«, sagte Tante Désirée. »Es war gut über eine Million.«
Sie blieben zu einem leichten Imbiss und mussten dann aufbrechen, um den Marquis nicht übermäßig zu ermüden. Hortense übernachtet bei ihnen in der Stadt, weil es sich, wie mir Tante Désirée mitteilte, für eine unverheiratete junge Dame nicht schickte, im selben Haus wie ein unverheirateter junger Mann zu übernachten, auch wenn es sich bei diesem jungen Mann eigentlich um ihren Onkel handelte. Unter Tränen sagte ich ihnen allen Adieu und gab Anweisung, meine Pferde anzuspannen: Ich konnte es kaum erwarten, meinen Anwalt wegen des Vertrages mit der Firma Bodin aufzusuchen und danach Thérèse und *danach* Barras.

»Thérèse ist noch im Wochenbett«, teilte mir Tallien mit. Das Kind war dreizehn Tage früher geboren worden, zur Sonnenwende. »Ein Mädchen«, er zuckte mit den Schultern. »Es starb bei der Geburt.«
»Es tut mir so Leid, Lambert!« Ich legte das Päckchen mit Kinderkleidern, das ich aus Italien mitgebracht hatte, ab und umarmte ihn. Wie oft hatte ich dies in der Vergangenheit schon getan und ihn mir dabei als jungen Mann vorgestellt, der weniger verwundbar als beeinflussbar wäre, der jemanden brauchte, der ihn führte. Doch nun besaß er die müde Gebrechlichkeit des Alters. Irgendetwas in ihm war zerbrochen, war nicht verheilt. »Wie nimmt Thérèse es auf?«
»Keine Ahnung.«

Thérèse thronte auf der Chaiselongue in ihrem Schlafzimmer. Ich beugte mich vor, um sie auf die Wange zu küssen. »Hat dir Tallien erzählt, dass ich ihn ausgesperrt habe? Hat er dir erzählt, warum? Natürlich nicht. Er weigerte sich, einen Priester zu rufen! Mein Kind ist ungetauft gestorben. Und dann, ein paar Tage später, erwartet er ›Bedienung‹. Mit diesen Männern des Volkes bin ich restlos fertig.«
Ihre Hand war eiskalt. Ich drückte sie zwischen meiner, um sie zu wärmen. Mir war absolut erbärmlich zumute. Ich liebte sie von ganzem Herzen, aber Tallien liebte ich auch. Ich hatte ihn schon als idealistischen jungen Mann gekannt.
Die Zofe erschien mit einer Flasche Portwein und kristallenen Stielgläsern. Peinlich berührt, weil sie beim Weinen ertappt worden war, trocknete sich Thérèse die Wangen. »Anweisung meiner Hebamme«, sagte sie fröhlich und stieß mit mir an. »Ich kann dir gar nicht sagen, wie erleichtert ich bin, dich zu sehen. Wir stehen immer noch unter Schock wegen Lazares Tod. Du hättest seine Trauerfeier erleben sollen. Auf den Straßen wimmelte es vor Menschen – so etwas habe ich noch nie gesehen.

Und nun erzählt mir meine Hebamme, dass seine Witwe eine Fehlgeburt hatte, das arme Ding. Sie ist erst neunzehn. Allerdings nicht ganz bei Trost, wie es heißt.« Thérèse leerte ihr Glas. »Gehst du heute Abend zu Talleyrands Ball?«

»Ich bedauere, dass du nicht da sein wirst.«

»Ich wurde nicht eingeladen. Anscheinend bin ich auf Veranstaltungen, an denen tugendhafte Frauen teilnehmen, nicht mehr erwünscht«, sagte sie mit unüberhörbarer Ironie. »Hast du gehört, was auf dem Ball, den Pulchérie de Valence gab, passiert ist? Sobald ich eintraf, gingen alle Frauen.«

»Das ist ja unglaublich!« Während des Terrors hatte Thérèse vielen dieser so genannten tugendhaften Frauen das Leben gerettet, oft unter Einsatz ihres eigenen Lebens.

»Offensichtlich habe ich es allzu publik gemacht, dass ich Tallien mit der Scheidung gedroht habe. Frauen haben im stillen Kämmerlein zu leiden, weißt du noch? Und dann beging ich den Fehler, einen jungen Mann zu beherbergen, der mich eines nachts vor Banditen gerettet hatte. Er war leicht verletzt, aber eine tugendhafte Frau hätte ihn trotzdem fortgeschickt. Und *dann* gab es auch noch einen entsetzlichen Skandal wegen eines Porträts von mir, das im jährlichen Salon ausgehängt wurde. Die Gebieter über den guten Geschmack verlangten, dass man es entfernen sollte.«

Ich lächelte. »Warst du auf diesem Porträt bekleidet?«

»Ich habe nie züchtiger ausgesehen! Nein, sie missbilligten, dass mich der Maler in meiner Gefängniszelle porträtierte. Alles, was mit dem Terror zu tun hat, darf in der feinen Gesellschaft nicht erwähnt werden, nehme ich an. Ehrlich gesagt bin ich nicht sicher, ob es mir etwas ausmacht.«

Aber es machte ihr etwas aus. Ihre Stimme verriet es mir.

Die Tür wurde von einem Kind in gerüschtem Musselin aufgestoßen. »Maman?« Es war die kleine Thermidor – sie lief und sprach!

»Schätzchen, erinnerst du dich noch an Joséphine, deine Patin?«
»Ja«, sagte die Zweijährige unsicher, die pummeligen Finger in den Mund gestopft.
Ich breitete die Arme aus. Würde sie zu mir kommen? Sie lief durchs Zimmer und sprang auf meinen Schoß. Ich spürte, wie ihre kleinen Finger auf meinen Nacken klopften, tapp, tapp. Ich schaute Thérèse an. *Sie ist so schön*, formte ich unhörbar mit den Lippen. Doch offen gestanden dachte ich dabei auch daran, wie die Zukunft dieses kleinen Mädchens zerstört werden würde, wenn Thérèse und Tallien sich scheiden lassen sollten.

Nach meinem Besuch bei Thérèse wies ich meinen Kutscher an, mich zum Palais Luxembourg zu bringen. Die Fahrt schien ewig zu dauern, die Straßen waren in derart schlechtem Zustand. Und überall Spuren von Elend. In Lumpen gekleidete Kinder liefen neben meiner Kutsche her und quengelten nach Almosen. Ich warf ihnen alle Münzen zu, die ich hatte. Ein Junge, der eine mottenzerfressene englische Reisekappe auf dem Kopf hatte und bei dem man die Rippen sehen konnte, schlug die anderen mit einem Stock in die Flucht. Erschüttert wandte ich den Blick ab, als wir durch die Tore und ins Reich der Privilegierten fuhren.

»Zur Hölle mit den Royalisten«, krächzte Barras' Papagei, als ich in den Salon geführt wurde. Barras saß in einem Lehnsessel neben einem prasselnden Feuer und streichelte seinen Zwergwindhund. »Bleib sitzen«, sagte ich zu ihm und beugte mich vor, um ihn zu küssen.
»Nein, nein, ein Kavalier muss immer für eine Dame aufstehen«, sagte er, setzte Toto auf einem mit Troddeln verzierten Kissen ab, tätschelte dem Hund entschuldigend den Kopf und hievte sich dann aus dem Sessel. »Grand Dieu, meine Freun-

din, du siehst aber wirklich reizend aus«, sagte er mit seinem lakonischen, sanften provenzalischen Akzent. »Wie immer.«
»Oh, ich habe dich beschmutzt«, sagte ich und wedelte Puder von seiner samtenen Hausjacke. Er roch angenehm nach Zigarren und Ambra.
»Setz dich, setz dich«, drängte er.
Ein Netz aus Sorgenfalten zog sich um seine Augen. In den eineinhalb Jahren, seit ich ihn zuletzt gesehen hatte, schien er gealtert zu sein – oder hatte ich es vorher einfach nur nicht bemerkt?
»Wie geht es dir?«, fragte ich und ließ mich auf dem angebotenen Sessel nieder. Er sieht müde aus, dachte ich. Der Welt müde. Eher des Kämpfens müde.
»Oh …« Er machte eine wegwerfende Handbewegung und ließ dann die Hand fallen. »Das Übliche. In Grosbois, meiner bescheidenen Behausung, wird ein neues Dach gedeckt – also, *das* ist vielleicht eine Arbeit.« Er räusperte sich. »Und nun dieser ganze Wirbel um Talleyrands Ball. Zu sehr Ancien Régime, laut meinen Direktorenkollegen, die nur widerwillig ihre Teilnahme zugesagt haben, aber in schlichtem Habit kommen wollen. Wir werden so deplatziert aussehen wie Quäker bei einer Schlägerei.«
Der Name Lazare Hoche lauerte zwischen uns, unmöglich, ihn zu vermeiden. »In Saint-Roch sind mir Trauerkränze aufgefallen«, sagte ich schließlich. »Mein Kutscher erzählte mir, dass erst kürzlich eine Trauerfeier zu Ehren von Lazare stattgefunden hätte.«
»Die offizielle Trauerfeier war schon vor drei Monaten, aber die Leute wollen einfach nicht damit aufhören! Jedes Mal, wenn ich mich umdrehe, laufe ich in irgendeine verdammte Prozession, die mit seinem Bild herumzieht.« Er wandte den Blick ab, rang um Beherrschung, wie ich vermutete.
Ich betrachtete meine Hände, drehte und drehte an meinem Ehering. »Du weißt doch, dass ihm Bonaparte, als er Lazare das

letzte Mal sah, ironischerweise prophezeit hat, dass er jung in seinem Bett sterben würde. An diesem Abend, vor unserer Hochzeit, waren wir bei Thérèse und Tallien, und Bonaparte las jedem aus der Hand. Habe ich dir diese Geschichte nie erzählt?«

Barras, die Hand vor dem Mund, schüttelte den Kopf.

»Der Gedanke, dass es vielleicht Bestimmung war, tröstet mich offen gestanden«, sagte ich mit gefährlich schwankender Stimme. »Wenn der Tod dich haben will, dann findet er dich: das Credo eines jeden Soldaten.«

»*Merde*.« Barras verbarg das Gesicht in den Händen.

3. Januar

Oh, was für ein Tag, was für ein Abend! Es begann mit meinem Koch, der außer sich war – Bonaparte wollte nur hart gekochte Eier essen, behauptete er. Callyot beugte sich vertraulich zu mir: »Weil man damit nichts verkehrt machen kann, Madame.«

Dann erschien der Innenarchitekt; es war unmöglich, ihn hinzuhalten. »Ich hoffe, die Arbeit ist zufrieden stellend?«, fragte Vautier und reichte mir einen Fetzen Papier, auf dem in winziger Schrift die horrende Zahl stand: 130.000 Francs.

Oh, außerordentlich zufrieden stellend. Ausgezeichnet. Aber vielleicht etwas … teurer, als ich veranschlagt hatte. (Um das Zehnfache!)

»Wie Sie geschrieben haben, nur das Beste für den Befreier Italiens.« Er verbeugte sich.

Das hatte ich ihm geschrieben? »Ich werde veranlassen, dass mein Bankier mit Ihnen Kontakt aufnimmt.« Und dachte dabei: Wo sollte ich bloß das Geld hernehmen?

Lisette erschien an der Tür, eine Hand auf dem Elfenbeinknauf. »Die Schneiderin, Madame.«

Ich fertigte den Innenarchitekten mit übertriebenem Lob und

ebenso übertriebenen Versprechungen ab. Höflich machte er meiner hektischen Schneiderin Platz. Jede Frau in Paris bestellte ein neues Kleid für den Ball, ihre vierundzwanzig Näherinnen hätten Tag und Nacht gearbeitet, ereiferte sie sich und wies ihren Lakaien an, unsere Kreationen vorzuführen. Das Kleid für Hortense war exquisit, dachte ich, aber mein Kleid – eine schlichte gelbe Tunika im griechischen Stil – hatte ein Unterkleid aus Musselin. »Englischer Musselin ist doch ausdrücklich verboten«, sagte ich bestürzt. Es hatte sogar auf den Einladungen gestanden.

Die Augen traten ihr aus dem Kopf; ich fürchtete schon, es könnte sie der Schlag treffen. »Aber Madame«, sagte sie, die Stimme zu einem Flüstern gesenkt, »Madame de Chevalleys Unterkleid ist aus Musselin ebenso wie das von Madame de la Pinel.«

»Weder Madame de Chevalley noch Madame de la Pinel ist die Frau von General Bonaparte«, erinnerte ich sie liebenswürdig. Außerdem – obwohl ich es mir verkniff, ihr das zu sagen – fehlte es dem Modell an Eleganz. (Sie hatte den Saum gekräuselt!) Ich wiederholte meinen Wunsch nach Schlichtheit.

»Madame Bonaparte – wenn ich so kühn sein darf –, sind Sie sicher, dass Sie eine derart schlichte Tunika wünschen? Ich habe drei Mädchen beschäftigt, die sich ausschließlich der Applikation von Pailletten widmen.«

Keine Verzierungen, beharrte ich. Und kein Unterkleid aus Musselin.

»Auf Rechnung, Madame Bonaparte?«

Ja, natürlich – auf Rechnung.

Und dann der Juwelier, der darauf bestand, samt seiner Schatulle mit (wie ich gestehe) unwiderstehlichen Stücken hereingeführt zu werden. Ich wählte eine bildschöne Kette aus ineinander greifenden Goldblättern aus. Was sonst sollte zu einer griechischen Tunika passen? »Auf Rechnung, Madame?«

Und so ging es weiter. Lisette ist gerade mit einem Krug Glüh-

wein hereingekommen. Die Kutschen sind für neun Uhr bestellt worden, informiert sie mich.
»So früh!«
Es ist Zeit für mein Bad.
Und vielleicht ein wenig Laudanum.

Bonaparte saß auf einem Hocker neben meiner Frisierkommode und sah zu, wie mir Lisette die Haare frisierte. Er wäre mit der Schlichtheit meines Kleides zufrieden, sagte er. »Wir müssen den Anschein geben, als lebten wir meinen Verhältnissen entsprechend.«
Ich verkniff mir ein Lachen. Selbst den unverheirateten Generälen gelang es nicht, von einem jährlichen Generalsgehalt von vierzigtausend Francs zu leben, und was meine »schlichte« Tunika anging …
»Wie sieht das aus?« Louis erschien in der Tür und zupfte an den Ärmeln eines Rockes aus Nankingstoff. Früher am Tag war er krank gewesen und sah immer noch blass aus. (Schon seit Italien war seine Gesundheit nicht stabil.)
»Hässlich!«, rief Jérôme hinter seinem Bruder, eifersüchtig, weil er noch zu jung war, um an dem Ball teilzunehmen.
Bonaparte sprang hoch. »Wer hat diesen Rock für dich gemacht?« Der Kragen war aus schwarzem Samt, die Insignien der Royalisten.
»Wie wäre es mit deinem blauen?«, schlug ich vor.
»Nicht bewegen, Madame!« Lisette sprühte Lack über meine Haare. »Sie sehen wunderschön aus«, sagte sie und reichte mir den Spiegel.
Ich sah grauenvoll aus! Die Locken waren mit einer Substanz auf meinem Kopf festgesteckt worden, die den Eindruck erweckte, als wäre ich gerade in einen Regenguss geraten.
Bonaparte zog seinen Chronometer aus der Tasche. »Wir kommen zu spät.«

Wir brachen bei leichtem Schneefall auf, Bonaparte, Louis, Hortense und ich. Das Klingeln der Messingglöckchen am Geschirr der Pferde klang festlich. An der Rue de Grenell mussten wir anhalten. Auf der gesamten Strecke zur Seine stauten sich die Equipagen. Hortense wischte ein Guckloch in das beschlagene Fenster. Woher kamen all diese Kutschen? Jahrelang hatte man auf den Straßen von Paris nur schäbige Mietdroschken gesehen, und nun waren die Fahrbahnen auf einmal mit eleganten Landauern, Phaetons, Kaleschen und Karriolen voll gestopft.
Bis wir in den Hof des Hôtel Gallifet einfuhren, war es halb zehn. Am Eingang war eine Biwakszene nachgestellt worden – Männer in Uniform und Zelte rund um ein Lagerfeuer. »Die Schlachtfelder von Italien«, erklärte Louis Hortense, als er ihr den Arm bot. »Abgesehen von dem Schnee natürlich«, fügte er hinzu, und meine Tochter lachte.
Als wir die Treppe hinaufgingen, flogen die Doppeltüren auf. Vier Pagen sprangen herbei, um uns die Umhänge abzunehmen. Ein Diener kündigte uns mit Opernstimme an. Die Musiker hörten auf zu spielen, und alle drehten sich um und starrten uns an. Dann brach ein Hurrageschrei aus, und Hörner bliesen einen Willkommensgruß.
Die Szene, die ich sich mir bot, überwältigte mich. Eine verschwenderische Fülle von Kerzen in riesigen Kronleuchtern beleuchtete eine Menschenmenge in glitzernder Pracht. Ein Mann mit glänzender Stirn bahnte sich mit Hilfe eines Ebenholzstockes seinen Weg zu uns. Er glitt mehr, als dass er ging, weil er, wie ich bemerkte, einen Klumpfuß hinter sich herschleifte. Es war Talleyrand, der berühmte (berüchtigte) Außenminister.
Er verbeugte sich tief vor Bonaparte und dann vor mir, wobei er zwei Finger der rechten Hand ausstreckte, als segnete er uns. (Er war einmal Bischof gewesen, erinnerte ich mich.)

»Wir haben Ihre Ankunft erwartet, Madame la Générale.« Nur seine Augen verrieten eine Spur von Leben. Sie füllten sich mit kriecherischer Ehrfurcht, wann immer sein Blick zufällig auf meinen Mann fiel. Mein Mann, der uns allerdings nicht beachtete, sondern mit hinter dem Rücken verschränkten Händen wie ein Habicht auf die Menge blickte.

»Ich bin erstaunt über die schöne Dekoration«, sagte ich zu Minister Talleyrand und stellte ihm Hortense vor, die knickste, und dann Louis, der sich verbeugte.

»Erfreut«, sagte Talleyrand mit monotoner Stimme.

Der Dramatiker Arnault erschien und begrüßte uns schüchtern. Bonaparte ergriff seinen Arm. »Führen Sie mich im Saal herum, Arnault. Wir werden uns in ein Gespräch vertiefen; dann wird mich niemand ansprechen.« Louis erbot sich, Hortense zum Ballsaal zu begleiten.

Wodurch ich ganz plötzlich mit unserem Gastgeber allein zurückblieb. »Diesen ganzen Abend über«, teilte er mir mit, »werde ich Ihr *cavaliere servante* sein. Ist das in Italien nicht so üblich?« Er lächelte, ein Gesichtsausdruck, der ihn furchteinflößend aussehen ließ. Ich hörte, wie die Musiker sich einstimmten. »Kommen Sie«, sagte er, »Sie müssen meine streitsüchtigen Tänzer sehen. In einem fehlgeleiteten Bewusstsein für Gleichheit bestanden sie darauf, dass sie, wenn sie schon für uns auftreten müssen, auch die Ehre haben sollten, mit uns zu speisen.«

Die Menge teilte sich für uns, als wir uns näherten. Ich trat etwas zur Seite, um jedem Schwung seines großen Fußes Platz zu machen. »Und wer ging als Sieger aus dieser Debatte hervor?«

»Ich bin immer der Sieger, Madame.«

Das Orchester blies einen Tusch. »Ah. Sie wollen einen neuen Tanz aus Deutschland vorführen. Walzer nennen sie ihn, glaube ich.« Ein Winkel der schmalen Lippen des Ministers kräuselte sich. »Er erfordert, dass sich Mann und Frau aneinander festhalten, und deswegen versuchen die Priester natürlich, ihn für sündhaft erklären zu lassen.«

Der Ballsaal war voll mit Musikern, Tänzern und Männern, die hinter sitzenden Frauen standen und zuschauten. Der Walzer war ein Tanz, bei dem sich die Paare in den Armen hielten und im Kreis drehten. Ich sah Hortense mit Louis in einem Alkoven, wo sie ihm zeigte, wie man das machte.

»Ah, da ist ja Bonaparte.« Ich erspähte ihn in einer Ecke am anderen Ende.

»Meiner bescheidenen Einschätzung nach sind alle fünf Direktoren nicht den kleinen Finger des Generals wert. Zwanzig Siege stehen einem so jungen Mann sehr gut an. General Bonaparte *ist* die Republik.« Die tonlose Stimme des Ministers passte nicht zu der Leidenschaftlichkeit seiner Worte.

Ja, nickte ich zerstreut. Bonaparte kam Arm in Arm mit Arnault auf uns zu. Ein Schwarm von Männern und Frauen folgte ihnen – wie das Gefolge eines Königs, dachte ich, und ein Gefühl der Benommenheit überkam mich.

Ich werde in Intrigen verwickelt

4. Januar 1798

»Wohin, Madame?«, fragte mein Kutscher und tippte an seine Schaffellmütze. Er fühlte sich elend, vermutete ich. Die Kutscher und Postillione hatten in der vergangenen Nacht zusammengesessen und die Gläser klingen lassen, während ihre Herrschaft den Ball genoss.
»Rue Honoré einhundert«, wies ich Antoine an, während ich die Karte, auf der die Pariser Adresse der Firma Bodin stand, las. Bonaparte hatte ich gesagt, dass ich Thérèse einen Besuch abstatten wollte – was zum Teil der Wahrheit entsprach. Nachdem ich in der Rue Honoré einhundert vorbeigeschaut hatte.
Ein Diener im Frack öffnete die Eichentür. Ich wurde in einen Salon geführt, der so groß war, dass er zwei Kamine brauchte. In einem Fensteralkoven stand ein mit Akten und einem Rechengerät bedeckter Schreibtisch.
Ich hörte das gleichmäßige Wumm, Wumm, Wumm eines Holzbeines. »Madame Bonaparte?« Hugo Bodin war jünger als sein Bruder, aber genauso rundlich, und sein Teint war sogar noch rosiger. Er zog an der Klingelschnur. »Hauptmann Charles«, wies er den Diener an und schob einen hohen Lehnstuhl für mich nach vorn. »Ich habe Ihren Besuch schon erwartet, Madame. Wir fühlen uns geehrt. Die Leidenschaft der Leute für Ihren Gemahl ist elektrisierend, um ein modernes Wort zu gebrauchen.« Er ließ sich auf einem purpurroten Sofa nieder, den Stumpf zu einer Seite ausgestreckt wie das Ruder eines

Bootes. »Wie ich höre, war das gestern Abend ein tolles Fest zu seinen Ehren. Selbst wir Plebejer, die wir nicht eingeladen wurden, waren ›ganz aus dem Häuschen‹, wie die Engländer sagen.«

»Es war eine außergewöhnliche Darbietung.« Ein Ball im Stil des Ancien Régime: ein großes Orchester, Tänzer, ein Festmahl. »Und recht raffiniert gemacht. Der Außenminister ließ seine Residenz so umwandeln, dass man meinte, hinter den Kulissen der Oper zu sein.«

»Wie ich hörte, wurde dieser Tanz, den der Klerus auf den Index setzen lassen möchte, vorgeführt. Wallace? Nein, *valse*.«

Irgendwo im Gebäude bellte ein Hund. »Der Hauptmann lässt Ihnen ausrichten, dass er gleich da sein wird«, verkündete der Butler.

Wie aufs Stichwort erschien der Hauptmann, während er noch den obersten Knopf einer weißen Rippenweste mit Goldmuster zuknöpfte. »Madame Bonaparte! Ich hoffe, dies bedeutet …?«

»Ich bin mir nicht sicher«, sagte ich zu beiden. »Mein Anwalt und ich haben den Vertrag sorgfältig geprüft, und wenn man die Höhe der Investition bedenkt, dann fürchte ich, dass …«

Hugo hob die Hände. »Bevor Sie irgendetwas sagen, Madame, sollten Sie wissen, dass wir bereit wären, Ihren Anteil auf zwölf Prozent zu erhöhen.«

Sie hatten ihn verdoppelt. »Ich weiß Ihr Angebot zu schätzen, Bürger Bodin, aber ich fürchte, dass ich mindestens fünfzehn fordern muss.«

»Abgemacht«, sagte Hugo.

Abgemacht. Ich schaute von einem Mann zum anderen. Dann lächelte ich dem Hauptmann zu und sagte: »Hauptmann Charles, wie es aussieht, sind wir jetzt wohl Geschäftspartner.«

»Hurra!«, rief Hugo in einem Ausbruch unwürdiger Begeisterung. Wir tranken mit Chartreuse aus Fingerhutgläsern auf unsere Partnerschaft.

Danach, als ich allein in der Kutsche saß, lachte ich über meine Dreistigkeit. Fünfzehn Prozent: ein kleines Vermögen. Ein Vermögen, das ich dringend brauchte.

Thérèse war hingerissen. »Du wirst es also wirklich tun? Du wirst Partnerin in einer Firma für die Belieferung des Heeres? Das ist gewagt! Du bist die einzige Frau, die ich kenne, die sich auf so etwas einlässt.«
»Aber du warst es doch, die mir dazu geraten hat.«
»Ich kann es einfach nicht glauben. Du wirst *Millionen* verdienen.«
»Wohl eher Millionen borgen.«

6. Januar

»Das ist eine große Summe«, warnte Barras. Der Ledersessel knarrte, als ich mein Gewicht verlagerte. »Vierhunderttausend.« Ich bemerkte, dass ich zwinkerte – einmal, zweimal, dreimal.
Barras lehnte sich zurück und betrachtete seine Fingernägel. Dann grinste er. »Willkommen in der Welt der Hochfinanz.«
Hochfinanz, hohe Verschuldung: hoher Profit.

8. Januar

»Draußen ist eine Negerin, die Sie zu sehen verlangt«, teilte mir Lisette heute Nachmittag mit. »Ich sagte ihr, sie solle zum Hintereingang gehen, aber sie rührt sich nicht von der Stelle.«
Ich fummelte am Fensterriegel herum und schaute hinaus. Eine schwarze Frau stand im Hof – eine hoch gewachsene, ältere Frau, die in einem abgetragenen Wollumhang über einem Kattunkleid fröstelte. »Mimi?« Sie blickte hoch, blinzelte gegen die Sonne. »Mimi!«

Ich wusste nicht, wie ich sie begrüßen sollte. Es war schon über sieben Jahre her. Wir hatten uns in einer schwierigen Zeit getrennt, in einer von der Revolution zerrissenen Welt, einer geteilten Welt. Es schien eine Ewigkeit her zu sein. »Ich dachte, ich würde dich nie wiedersehen«, sagte ich, und meine Augen füllten sich mit Tränen. In meiner Jugend war sie wie eine Schwester für mich gewesen – eine Schwester, eine Mutter, eine Freundin. Mimi war es, die mir das Tanzen, das Kartenlesen, das Amulettbasteln beibrachte, Mimi, die mich pflegte, wenn ich als Kind Fieber hatte, die half, meine Kinder auf die Welt zu bringen, Mimi, die ihr Kindermädchen gewesen war.

»Yeyette«, nannte sie mich bei meinem Kindernamen mit ihrem warmen Inselakzent, der wie Musik in meinen Ohren klang, »weint noch immer.« Und dann lächelte sie, dieses großzähnige, großherzige Lächeln.

Wir haben stundenlang geredet. Ich *hungere* nach Neuigkeiten von zu Hause. »Und wie geht es Maman?«, war eine meiner ersten Fragen.

Mimi schob ihre große Unterlippe vor, die Innenseite rosa wie eine Auster. »Sie kann nicht mehr gehen und auch ihre Hände nicht mehr benutzen.«

»Wie schrecklich!« Meine Mutter ist eine stolze Frau, unabhängig. Sie hatte die Zuckerplantage der Familie ohne jede Hilfe meines glücklosen Vaters geführt. Nach seinem Tod hat sie hart gearbeitet, um seine Schulden zu begleichen.

»Sie sagt, du hast einen Jakobiner geheiratet, den Teufel persönlich.«

Ich lächelte. Es überraschte mich nicht. Meine Mutter glaubt an Gott und den König. »Ich vermisse sie!«

Mimi berührte meine Hand. »Sie hat mir aufgetragen, mich an ihrer Stelle um dich zu kümmern.«

Meine Kehle war wie zugeschnürt. O *Maman*.

9. Januar

Ich besprach mit Mimi gerade die täglichen Abläufe, als Hortense den Kopf ins Zimmer steckte. Überrascht über die Anwesenheit einer dunkelhäutigen Frau fuhr sie zusammen.
»Hortense, erinnerst du dich noch an Mimi?«
»Mein Kindermädchen, meinst du?«, fragte Hortense und legte ihre Mappe ab.
»O mein Gott.« Mimi schlug die Hände an die Wangen.

[Ohne Datum]

Nachricht über einen Aufstand in Rom. Leutnant Duphot, Eugènes Freund, der gerade heiraten wollte, wurde in der Nacht vor seiner Hochzeit getötet. Wie schrecklich! Noch keine Silbe von Eugène. Ich kann nicht schlafen.

22. Januar

Es war nach Mitternacht, als ich von einem Klopfen an der Tür, dem Geräusch einer sich knarrend öffnenden Tür, geweckt wurde. »Madame?« Lisettes Kerze warf gespenstische Schatten an die Wände.
Ich glitt mit flatterndem Herzen aus dem Bett. Bonaparte, der schlief, regte sich nicht. »Was ist los?« Mit klappernden Zähnen zog ich einen Morgenmantel über.
»Ihr Sohn, Madame.«
Ich schlug die Hand über den Mund, denn ich befürchtete das Schlimmste.
»Er ist unten!«
»Maman!« Eugène zog einen Stiefel aus und stand schwerfällig auf.
»Du bist zurück!« Ich weinte. »Ich war außer mir vor Sorge.«

Er hielt seine Laterne hoch und stieß einen anerkennenden Pfiff aus. »Ist das hier das richtige Haus, Maman? Selbst der Straßenname ist nicht mehr der Gleiche.* Und ein Pförtner am Tor! Er hätte mich beinahe nicht hereingelassen.«
Bis spät in die Nacht unterhielten wir uns flüsternd am Kamin. So viele Abenteuer!
Vierundzwanzig Stunden Sturm auf See …
»Mir war so übel, dass ich glaubte sterben zu müssen.«
»So ergeht es mir auch immer.«
Mörder, die ihn nachts in Neapel aus dem Schlaf rissen …
»Mörder?«
»Mit diesen kleinen, rostigen Dolchen.« Jetzt lachte er darüber.
Ein mit Edelsteinen besetztes Schwert, das ihm die Gemeinde von Korfu geschenkt hatte und das er jetzt stolz für mich aus der Scheide zog …
»Sind das echte Rubine? Es muss ein Vermögen wert sein.«
»Ich hatte überlegt, es zu verkaufen und dafür ein Pferd zu erwerben, aber Onkel Joseph sagt, das darf ich nicht – dass es eigentlich als Geschenk für den General gedacht war und daher der Familie Bonaparte gehört.«
»Das hat er gesagt?«
Und dann, zum Schluss, was in Rom geschah, der Aufstand …
»Ist es wahr – ist Leutnant Duphot …?«
»In der Nacht vor seiner Hochzeit, Maman! Wir gaben gerade ein Abendessen für ihn, als der Ärger begann. Er griff nach seinem Schwert und stürzte sich in den Pöbel draußen auf der Straße. Ich habe versucht, ihn aufzuhalten. Er hielt sich für einen Helden, und nun …« Einen gequälten Ausdruck in den Augen hielt Eugène inne.

* Die Rue de la Chantereine war zu Ehren von Napoléons Siegen in Rue de la Victoire umbenannt worden.

9. Februar

Ich hatte eigentlich vorgehabt, mich heute mit Hugo Bodin und Hauptmann Charles zu treffen, aber es erwies sich als schwierig. Bonaparte will unbedingt über jeden meiner Schritte unterrichtet werden.

10. Februar

Bonaparte brach heute Morgen mit Eugène und Louis zu einer Inspektionsreise an der Küste auf. Ich winkte, bis die Kutsche außer Sicht war. Bonaparte wird für drei Wochen fort sein – Zeit genug.

[Ohne Datum]

Barras ist mit einem Prozent einverstanden, aber der Kriegsminister wird mehr erwarten, warnte er mich. »Und was ist mit General Berthier?« Bonapartes früherer Stabschef war jetzt Oberbefehlshaber der italienischen Armee.
»Er auch«, sagte er.
Jeder erwartet ein Stück von dem Kuchen. *Bien*. Solange ein Stück für mich übrig bleibt.

18. Februar

Ich bereitete mich gerade darauf vor, zu einem Treffen mit Barras ins Palais Luxembourg zu fahren, als ich Bonapartes Kutsche die enge Auffahrt hinaufrollen hörte. Die Pferde dampften in der frostigen Luft. Er sprang heraus, obwohl die Kutsche noch rollte.
»Du bist früh zurück«, sagte ich, als ich ihn umarmte – dachte jedoch offen gestanden an mein Treffen, zu dem ich unbedingt musste, und jetzt …

»Ich habe gesehen, was ich sehen musste.«
»War es denn keine gute Reise?« Er roch nach Seeluft.
»Die Direktoren träumen. Wir sind keineswegs in der Lage, England anzugreifen.«
Sein neuer Sekretär, Fauvelet Bourrienne, stolperte, als er aus der Kutsche stieg. Dann kam, gähnend und blinzelnd, der junge Louis Bonaparte zum Vorschein, gefolgt von Eugène, dessen Haare wie ein Heuhaufen abstanden.
»Willkommen zu Hause!«, sagte ich, als ich meinen Sohn auf die Wange küsste (waren da Stoppeln?), mir jedoch gleichzeitig Sorgen machte, wie ich Barras benachrichtigen sollte. Die Angelegenheit mit der Firma Bodin würde warten müssen.

23. Februar

Jeden Nachmittag kommt Bürger Talleyrand, der Außenminister mit der undurchdringlichen Miene, vorbei, und er und Bonaparte verschwinden im Arbeitszimmer. Dann verschwinde auch ich – um in die Reitschule zu fahren, sage ich meinem Mann. Oder zur Schneiderin. Oder um Thérèse zu besuchen.
Alles gelogen. Ich fahre »zur Arbeit« – ins Kontor der Firma Bodin in der Rue Honoré. Dort, an einem mit Pergament und Rechenmaschinen übersäten Tisch, arbeiten wir – Hauptmann Charles, Hugo Bodin und ich – die letzten Einzelheiten des Antrags aus: Lieferanten, Transport, Liefertermine, aber vor allem die Finanzen.
Ich gebe zu, dass ich trotz meines Geschlechts diese Beschäftigung genieße. Ich verspüre eine gewisse Erregung dabei, als besuchte ich einen Liebhaber. Aber es ist Geld, um das ich buhle, Geld, das mich betört, und der berauschende Ansporn, sehr viel zu verdienen.

24. Februar

Ich ließ den Antragsentwurf sinken. Im Schein der Lampe wirkten Hauptmann Charles' Augen riesig, wie schwarze Tintenkleckse. »Er ist klar und gut belegt. Ich glaube, er ist fertig.«
Er stand hinter mir, blätterte bis zur dritten Seite. Er roch nach Rosenwasser. »Was ist damit?« Er deutete auf einen Paragraphen.
»Das ist in Ordnung.« Seine Hände waren nur Zentimeter von meiner Brust entfernt. Er sammelte die Papiere mit übertriebenen, geschäftigen Bewegungen ein und legte sie in seinen Löschpapierblock.
Mein Herz flatterte wie ein Blatt im Sturm, als ich meine Handschuhe überstreifte.

Später Nachmittag

Endlich ist der Antrag der Firma Bodin fertig gestellt. Hauptmann Charles fertigte zwei Kopien in seiner sauberen und winzigen Schrift davon an. Ich soll ihn morgen früh bei Barras abliefern. »Warten Sie«, rief der Hauptmann, als ich aufbrach. Er machte einen Handstandüberschlag und landete vor mir auf den Füßen.
»Ja?«, fragte ich belustigt.
Er wackelte mit den Fingern über dem Umschlag, als wolle er ihn verzaubern.

25. Februar

»Voilà, der Antrag der Firma Bodin«, sagte ich zu Barras und legte ihm die Mappe vor.
Barras deutete mit seinem goldbetressten Hut auf Papierstapel

auf einem Beistelltisch. »Leg ihn dort hin, zu all den anderen.« Mit müdem, geduldig leidendem Blick.

Ich legte ihn auf den Stapel und lächelte so gewinnend, wie ich nur konnte. »Der Erste, der in Erwägung gezogen wird, Père Barras?«

Nun können wir nur noch warten. Alles hängt von der Zustimmung Schérers ab, des Kriegsministers.

Nachmittag

»Hat der Kriegsminister jemals deinen Salon besucht, Fortunée?«, fragte ich, als ich die Karten austeilte.

»Bürger Schérer? Jede Woche.«

»Oh, sie kann diese Angeberei einfach nicht lassen«, sagte Thérèse.

»Ich dachte, du kennst ihn, Joséphine.«

»Ich habe mich bei Barras mit ihm unterhalten, und ich kenne seine Frau, aber zu meinem Salon muss er erst noch kommen.«

»Der Innenminister ist vergangene Woche zu meinem Salon gekommen. *Und* vier Deputierte«, sagte Madame de Crény und baumelte mit den Füßen.

»Deputierte gehen überall hin.«

»Ich habe monatelang versucht, den Außenminister zu meinem zu locken, und schließlich ist es mir gelungen.«

»Das habe ich schon gehört.«

»Du meinst, dass du tatsächlich Talleyrand von Joséphines Salon weggelockt hast?«

»Alle wichtigen Männer gehen zu *ihrem* Salon.«

Alle außer Schérer, der Kriegsminister, dachte ich – der einzige Mann, der zählte.

»Lade mal Geneviève Payan ein«, sagte mir Fortunée später, als sie aufbrach.

Die Opernsängerin? »Ich stehe in deiner Schuld«, sagte ich und umarmte sie.

26. Februar

Mittags brachte mir Lisette die Visitenkarten, die im Laufe des Vormittags abgegeben worden waren. Ich sah die Namen durch und verteilte sie auf drei Stapel – diejenigen, denen ich eine Karte schicken würde, diejenigen, die einen Gegenbesuch erforderten, diejenigen, die ich zu einem neuerlichen Besuch einladen würde.

Die letzte Karte stimmte mich nachdenklich. Sie war schwarz umrandet und nach üblichem Muster gestaltet. *La veuve Hoche*. Lazares Witwe.

Nach 10 Uhr abends

Es war dunkel, die engen Straßen waren matschig. »Sind Sie sicher, Madame?« Mein Kutscher ließ den Tritt herunter und reichte mir die Hand. Das Haus war klein, ohne Hof. Ich nickte. »Es wird nicht lange dauern.«

»Bürgerin Beauharnais.« Die Witwe Hoche redete mich mit dem Namen meines ersten Mannes an, dem Namen, mit dem Lazare mich angeredet hätte. Ihre dunklen Augen, verborgen unter der bogenförmigen Rüsche einer schlichten Leinenhaube, blickten ängstlich. Ganz wie ein Schulmädchen, das eine Lehrerin begrüßte, hob sie den Saum ihrer fleckigen weißen Schürze an beiden Ecken hoch und machte einen gehorsamen Knicks. Mit ihren qualvoll dünnen Schultern wirkte sie wie ein verletzter Vogel, ein Findelkind. Ich konnte sie mir nicht in Lazares Armen vorstellen, konnte mir nicht vorstellen, dass *dies* die Frau war, die er geliebt, die Ehefrau, die er betrogen hatte. Ich hatte mir Lazares Frau als gut gebautes, sittsames und dralles Bauernmädchen mit Apfelbäckchen und einem herzhaften Lachen vorgestellt. Nicht als dieses ätherische Wesen mit seinen dünnen Fingern, die mehr daran gewöhnt waren, Spitzen zu häkeln, als eine Kuh zu melken.

»Meine tiefe Anteilnahme«, sagte ich.

Blinzelnd schob sie eine Haarsträhne unter ihre Haube. Ich folgte ihr nach oben in ein kleines Wohnzimmer am Ende eines dunklen und engen Ganges. Über einem Kohlekamin hing ein Porträt von Lazare – er sah streng darauf aus. Zu meiner Überraschung hing an der Wand daneben ein Kruzifix. Ich akzeptierte den angebotenen Sessel, eindeutig der beste Sessel im Raum, der Ehrenplatz. Seine junge Witwe nahm mir gegenüber Platz, die Hände im Schoß gefaltet. Ich hörte ein Kinderlachen, dann kleine Schritte, harte Lederschuhe auf einem blanken Holzfußboden. »Ihre Tochter?«, fragte ich.

Die Tür quietschte in den Angeln. »Diese Dame war eine Freundin deines Vaters.« Adélaïdes Hoches Stimme bebte.

Die Kleine bohrte einen Finger ins Ohr und deutete dann auf das Porträt. Sie war noch keine drei, schätzte ich, aber groß für ihr Alter. »Sie hat die Augen ihres Vaters«, sagte ich. Und seinen Mund.

Eine alte Frau erschien und hob das Kind hoch. Die Tür schlug mit einem Knall zu, der die dünnen Wände erzittern ließ. Ich fragte mich, ob sie die Tante war, die Lazare aufgezogen hatte, die Gemüsehändlerin, die von Haus zu Haus zog und so fest entschlossen war, dass Lazare lesen und schreiben lernte, dass sie selbst kein Gemüse aß, um jeden Sou zu sparen.

Einen Augenblick saßen wir schweigend da, Adélaïde Hoche auf ihren Händen und den Blick starr auf den Fußboden gerichtet. Von irgendwoher konnte ich das klagende Miauen einer Katze hören. Ich wollte gerade eine Bemerkung über das nicht sonderlich gute Wetter machen, als sie mit den Worten herausplatzte: »Er hat gesagt, dass Sie mir helfen würden, wenn ich jemals Hilfe brauchte.«

»General Hoche?« *Sollte mir irgendetwas zustoßen, dann bitte ich dich inständig, meiner Frau und meinem Kind beizustehen.*

»Er hat gesagt, dass ich Ihnen vertrauen kann.«

Ich nickte, ja!

In dem anderen Zimmer fing das Kind zu weinen an; die Witwe neigte den Kopf, um abzuschätzen, wie groß der Kummer war. Das Weinen versiegte und ging in Geplapper über. »Es hat mit Père Hoche zu tun…« Die Knöchel ihrer gefalteten Hände waren weiß.

»General Hoches Vater?«

»Er ist zurück nach Thionville, um sich um alles Mögliche zu kümmern, daher habe ich die Gelegenheit genutzt, mit Ihnen zu sprechen. Ich bin froh, dass Sie gekommen sind. Morgen kehrt er zurück.« Sie starrte auf eine blaue, tönerne Urne auf dem Kaminsims. »Er ist in schlechter Verfassung«, sagte sie schließlich mit bebendem Kinn.

Ich wandte den Blick ab. Ich fürchtete, sie könnte zu weinen anfangen, und dann würden wir, das wusste ich, beide weinen.

»Es muss schrecklich schwer sein. Gibt es irgendetwas, was ich tun kann?«

Sie zögerte, bevor sie sagte: »Wenn Sie nur den Bericht bekommen könnten. Père Hoche hat es versucht, aber sie wollten ihn ihm nicht zeigen.«

»Ich verstehe nicht.« Den Autopsiebericht?

»Père Hoche ist …« Sie schlang die Finger ineinander. »Wenn er nur den Bericht sehen könnte, vielleicht würde ihm das ja helfen.«

»Aber besteht denn irgendein Zweifel? Waren Sie denn nicht bei Ihrem Mann?«

»Er starb in meinen Armen«, sagte sie stolz.

Ein Schluchzer brach aus mir heraus. »Verzeihen Sie«, sagte ich und wischte mir über die Wangen. Ich hatte mir geschworen, es nicht soweit kommen zu lassen.

Gleich darauf suchte ich Barras auf. Ich war erleichtert, als ich ihn allein antraf. »Ich komme gerade von einem Besuch bei der Witwe Hoche«, sagte ich, um einen beiläufigen Ton bemüht.
Er zog sein Lorgnon hervor und sah mich überrascht an. *»Du* hast ihr einen Besuch abgestattet?«
»Sie hat den Anstoß dazu gegeben. Sie macht sich Sorgen um ihren Schwiegervater.«
»Hoches Vater? Er ist bei der Trauerfeier zusammengebrochen, wusstest du das? Es war grässlich.«
Ja, ich hatte davon gehört. »Die Witwe meint, dass Père Hoche vom Tod seines Sohnes besessen ist, wie man wohl sagen würde, besessen herauszufinden, woran er starb.«
»Er weiß ganz genau, woran Lazare starb – an Schwindsucht. Das hat die Autopsie eindeutig ergeben. Es stand in allen Zeitungen. Ich verstehe nicht, wo da das Problem liegt.«
»Wenn er vielleicht nur den Bericht sehen könnte.«
»Das ist Geheimsache.«
»Paul, du kennst doch die Gerüchte«, sagte ich sanft. »Wenn der Autopsiebericht feststellt, dass Lazare an Schwindsucht starb, warum macht man ihn dann nicht öffentlich bekannt? Es würde dazu beitragen …«
»Ich werde dir sagen warum!«, sagte er, die Hände um die Lehnen seines Stuhles geklammert. »Weil es nichts zu verbergen gibt. Ich habe sie *satt*, diese ignoranten, misstrauischen …«, ereiferte er sich, suchte nach weiteren Schimpfworten.

27. Februar

Die Tür zum Hause Hoche war angelehnt. Ich zog an dem Klingelzug, wartete. Ich hörte ein Kind plappern. Ein großer

weißhaariger Mann in einer schweren Wolljacke und gerippten Strümpfen kam zur Tür. Lazares Vater, Père Hoche – es war leicht an seinen buschigen Augenbrauen, seinem vorstehenden Kiefer, seiner stolzen Haltung zu erkennen. Das Kind spähte zwischen seinen Beinen hindurch. Ich stellte mich vor und reichte ihm meine Karte. »Bürgerin Bonaparte.«
»Die Frau von General Bonaparte?«, fragte Père Hoche mit Respekt in der Stimme.
»Ich kannte Ihren Sohn, im Carmes-Gefängnis.«
»Ja, er hat mir davon erzählt.« Mit prüfendem Blick.
Ich wurde rot. »Meine tiefe Anteilnahme, Bürger Hoche.«
»Hoche ist *mein* Name«, sagte das Kind zwischen den Beinen seines Großvaters hindurch.
»Ja, ich glaube, wir wurden einander schon vorgestellt.« Ich lächelte.
Kreischend lief sie in die Tiefen des Hauses zurück.
Der alte Mann winkte mich ins Haus. »Sind Sie hier, um Adélaïde zu besuchen?«
»Sie erwartet mich, glaube ich.«
»Sie sagte mir zwar, dass sie jemanden erwartet, aber sie hat mir nicht verraten, dass es die Frau dieses Halunken Bonaparte ist«, sagte er und zündete eine in Ölpapier gewickelte Kerze an.
Ich folgte ihm, als er langsam die enge Treppe zu dem dunklen Wohnzimmer hinaufstieg. »Nehmen Sie Platz. Ich werde ihr sagen, dass Sie hier sind.« Ich wartete in dem kargen Zimmer, spürte Lazares Augen auf mich herabstarren. Eine Seidenblume war unter das Porträt gestellt worden, neben die blaue Urne. Ich hörte eine Tür, Schritte. Adélaïde Hoche kam herein, ganz in Schwarz gekleidet, einen Witwenschleier um die Schultern drapiert. »Père Hoche, bitte setz dich zu uns. Ich glaube, es betrifft Lazare«, sagte sie über die Schulter. Sie berührte die Urne auf dem Kaminsims, bekreuzigte sich und nahm Platz.

Der alte Mann erschien in der Tür, füllte den Türrahmen aus.
»Ach ja?«
Ich blickte unbehaglich von einem zum anderen. »Es tut mir Leid, aber ich fürchte, es wird mir nicht möglich sein, den Bericht zu bekommen. Man sagte mir, dass das Gesetz verhindert, ihn öffentlich bekannt zu machen …«
»Den Autopsiebericht?«, fragte Père Hoche und trat ins Zimmer.
»Direktor Barras versicherte mir persönlich, dass die Ergebnisse eindeutig sind – Ihr Sohn starb an Schwindsucht.«
Père Hoche schlug mit der Faust gegen die Wand. »Wagen Sie es ja nicht, den Namen Barras in diesem Hause auszusprechen!«
Ich erschrak, mein Herz klopfte wild.
»Père Hoche, bitte«, zischte die junge Witwe, aber ihr Schwiegervater beachtete sie nicht.
»Ja, mein Sohn hatte die Schwindsucht, aber das hat ihn nicht getötet. Von der Schwindsucht bekommt man keine Schüttelkrämpfe. Lazare wurde *vergiftet*.«
Äußerlich ruhig wirkend erhob sich die Witwe und rückte Lazares Porträt zurecht. »Es ist kein gutes Bild«, sagte sie.

Ich werde beschuldigt

28. Februar 1798

Bonaparte ist schon wieder in einer Besprechung mit Talleyrand. Jeden Nachmittag schließen sie sich ins Arbeitszimmer ein. Es ist ein wenig geheimnisvoll geworden, denn nun hat Bonaparte jedem den Zutritt zu diesem Raum verboten. »Auch die Dienstboten, Bonaparte?«, fragte ich verblüfft. Denn im Arbeitszimmer sah es aus wie auf einem Schlachtfeld.
»Selbst du«, sagte er und kniff mich ins Ohrläppchen.

[Ohne Datum]

Neben Bonapartes Bett stapeln sich Bücher – Ossian, Plutarch, der Koran.

[Ohne Datum]

Ich kam mir wie ein Dieb in meinem eigenen Haus vor. Ich zündete eine Kerze an, sah mich um. Bonapartes Arbeitszimmer war in diesem vertrauten unordentlichen Zustand, der nach unbändiger Aktivität aussah. Jede Fläche war mit Papieren, Zeitungen, Schriftrollen übersät. Ich nahm einen Teller mit Hühnerknochen in die Hand, um ihn wegzuräumen, doch dann stellte ich ihn wieder genau dorthin, wo ich ihn gefunden hatte. Ich hielt die Kerze über die Landkarte, die über dem Teppich ausgebreitet war – *Ägypten*.

1. März

Minister Schérer hat den Vorschlag der Firma Bodin noch nicht einmal gelesen. »Warum braucht er so lange?«, fragte ich Barras. Wir standen in einem Alkoven seines prunkvollen Salons, angeblich um ein Gemälde zu bewundern, das vor kurzem dort aufgehängt worden war.

»Weil er jede Minute jeden Tages damit verbringt, sich mit den Vorschlägen deines Herrn Gemahls zu befassen, deswegen.«

Ich schaute zu den Leuten, die am anderen Ende des Salons zusammenstanden. Joseph stand vornüber gebeugt und redete auf Bonaparte ein – hielt ihm eine Standpauke, nach Bonapartes Gesichtsausdruck zu urteilen. Trotz seines zurückhaltenden Wesens nahm Joseph seine Stellung als Familienoberhaupt der Bonapartes ernst. Nach korsischem Brauch standen seine jüngeren Geschwister alle unter seiner Obhut. Dies ging sogar so weit, dass Joseph allen Ruhm, der Bonaparte zukam, für sich in Anspruch nahm; alle Erträge wurden von ihm verwaltet. Wir sind Korsen, pflegte Bonaparte zu mir zu sagen, als ob dies alles erklärte.

»Schläft dein Mann eigentlich nie?«, fuhr Barras fort. »Wir erhalten jeden Tag mindestens eine Mitteilung von ihm, und das zusätzlich zu all den Besprechungen, die er ständig einberuft.«

»Bezüglich Ägypten?«, fragte ich und sah ihm dabei in die Augen, um seine Reaktion zu beobachten.

Barras stieß einen verächtlichen Laut aus. »Das ist Wahnsinn, was er da plant«, schnaubte er und packte mich am Ellenbogen.

»Die Leute haben schon den Italienfeldzug für Wahnsinn gehalten«, verteidigte ich meinen Mann. Nahm jedoch zur Kenntnis, dass Barras einen Ägyptenplan nicht ablehnte.

Er wedelte nach provenzalischer Manier mit den Armen durch die Luft. »Vielleicht hat er ja Recht, wer weiß? Vielleicht ist das ja wirklich die einzige Möglichkeit, nach England zu kommen, es von Asien abzuschneiden, von der Quelle seines Reichtums.«

England: der Feind. Solange ich zurückdenken konnte, war das schon so gewesen. Wir hätten Frieden, wenn England nicht wäre. Wir hätten Wohlstand, wenn England nicht wäre. Fast jeder Mann, den ich jemals geliebt habe – mein glückloser Vater, mein zügelloser erster Mann, mein ehrenhafter Lazare und nun auch noch mein brillanter und zielstrebiger zweiter Mann – wurde von einem einzigen Gedanken und nur von diesem einen verzehrt: England zu besiegen. »Ich nehme an, dass du nicht zu den Befürwortern zählst.«

Barras fuhr mit den Fingern durch seine sich lichtenden Haare. »Offiziell zähle ich natürlich schon zu den Befürwortern. Aber privat – und das habe ich Bonaparte selbst gesagt – habe ich ernsthafte Bedenken. Sein Vorschlag stützt sich auf drei Voraussetzungen, drei *falschen* Voraussetzungen aus meiner Sicht. Erstens, dass es möglich sei, Ägypten zu erobern, was zweifelhaft ist. Zweitens, dass er dann in der Lage wäre, eine Verbindung zu Indien aufzubauen, was unwahrscheinlich ist. Und drittens, dass sich Indien dann mit uns verbündet, um England zu erobern, was absurd ist.

Aber weißt du, was *wirklich* Wahnsinn ist? Dass meine Direktorenkollegen dem einfach zustimmen könnten. Meine persönliche Meinung ist, dass sie allem zustimmen werden, wenn es nur bedeutet, deinen Mann außer Landes zu bekommen. Seine Popularität beunruhigt sie. Hast du schon die Bonapartepuppen gesehen, die unten an den Kais von den Straßenhändlern verkauft werden?«

»Indien?«, fragte ich verwirrt. Was hatte Indien damit zu tun?

Barras betrachtete mich eine ganze Weile. »Du weißt überhaupt nichts darüber, richtig? Du hast nur Vermutungen angestellt.«

[Ohne Datum]

»Du könntest mir ruhig von Ägypten erzählen«, sagte ich zu Bonaparte und stellte mein Glas mit verdünntem Wein ab.
Er wandte sich mir mit einem rätselhaften Lächeln zu.

2. März

Hauptmann Charles machte drei Handstandüberschläge im Hof der Firma Bodin. »Er ist genehmigt worden!«, jauchzte er. Endlich – die Firma Bodin ist jetzt der offizielle Lieferant für Pferde an die italienische Armee.
»Wir haben es geschafft«, rief Hugo Bodin von der obersten Stufe. Er legte seine pummeligen Fäuste ineinander und reckte sie in Siegespose in die Luft.
Hauptmann Charles wirbelte mich herum. Ich fühlte mich leicht in seinen Händen. Er hob mich tanzend hoch und sang: »Wir werden reich, wir werden reich, wir werden *stinkend* reich!«

5. März

Bonaparte schlug die Tür hinter sich zu. »Die Direktoren haben ihre Einwilligung gegeben.« Er schleuderte seinen Hut auf einen Sessel; er verfehlte sein Ziel und warf eine Lampe um.
»Wozu?«, fragte ich, als ich die Lampe aufrichtete, um nachzusehen, ob Öl herausgelaufen war.
»Zum Einmarsch in Portugal.« *Portugal?* Er grinste wie ein Schuljunge. »Zumindest ist das die offizielle Version.«

10. März

Gestern war unser Hochzeitstag – unser zweiter. Wir hatten einen ruhigen Abend geplant, doch um vier Uhr nachmittags

teilte mir Bonaparte mit, dass Admiral Bruyes und zwei Adjutanten mit uns zu Abend essen würden. »Ich dachte, wir essen allein, Bonaparte. Heute ist unser Hochzeitstag.«
»Ach ja?«
»Wir haben gestern darüber gesprochen.«
»Hast du eigentlich eine Ahnung, was ich in einer Woche tue?«, explodierte er und stürmte aus dem Schlafzimmer.
Später, viel später, kehrte er reumütig zurück. Er hatte getrunken, was ungewöhnlich war. »Ich möchte ein Kind machen«, sagte er und machte sich an der Bettfeder zu schaffen. Unsere Betten flogen krachend zusammen – ein Geräusch, von dem ich wusste, dass es im ganzen Haus gehört werden konnte. Ein Geräusch, bei dem die Dienstboten zweifellos zu kichern anfingen.
»Ich gebe langsam die Hoffnung auf, ob ich jemals noch ein Kind bekommen werde«, gestand ich. Es war schon einige Zeit her, seit ich die monatliche Unpässlichkeit hatte.
»Über die Sterilität einer Frau wird in den ersten drei Jahren des Ehelebens entschieden.« Er setzte sich und zerrte an seinen Stiefeln. »Bei einer Frau über fünfundzwanzig wird der Abstand größer.«
»Du hast dich schlau gemacht?« Bonaparte war überzeugt, dass man durch Wissen alles erreichen konnte – und durch Willen, *seinen* Willen.
Er legte mir demonstrativ die Hand auf die Brust. »Gebärmutter und Brüste stehen im Einklang miteinander. Um die Gebärmutter zu erregen, muss man nur die Brust erregen.«
»Dann hätte ich schon vor langer Zeit ein Kind erwarten müssen«, sagte ich lächelnd.
Er zog an meinem Nachthemd und streifte es mir über den Kopf. »Königin Anna von Österreich hat Ludwig XIV. nach zweiundzwanzig Jahren Sterilität zur Welt gebracht.«
Einundzwanzig Jahre Treue, so verstand ich das. Aber sprach es nicht aus.

[Ohne Datum]

Aus Madame Campans Buch, Kapitel sechsundzwanzig »Über die Sterilität«:
Sterilität ist die mangelnde Empfängnisbereitschaft bei einer Frau entsprechenden Alters, welche den Annäherungsversuch des Mannes gebührend duldet.
Ich weiß nicht, was ich davon halten soll. Ich bin im »entsprechenden Alter«, und ich »dulde gebührend« (!) den Annäherungsversuch des Mannes. Ich begreife nicht, warum ich nicht schwanger werde. Und eigentlich begreife ich auch nicht, warum ich den Monatsfluss nicht mehr habe, trotz des bitteren Rautetees, den zu probieren mich Mimi überredet hat.*

13. März

Ich bin ... ja, *am Boden zerstört* ist das richtige Wort. Hintergangen worden. Bitterkeit erfüllt mein Herz. Fassungslosigkeit. Lisette ist fort. Ihre Tränen konnten mich nicht rühren.
Folgendes ist geschehen:
Nach meiner Morgentoilette nahm ich im oberen Salon einen raschen Imbiss ein. Lisette, die behauptete, Depressionen zu haben, war in ihr Zimmer im Untergeschoss gegangen. Bonaparte war mit Fauvelet, Junot und einigen anderen Adjutanten im Arbeitszimmer. Das dachte ich jedenfalls.
Als ich gerade eine Tasse Kaffee austrank, kam Bonaparte nach oben und fragte nach Junot. »Ich dachte, er wäre bei dir«, sagte ich.
»Ich habe ihn schon den ganzen Morgen nicht gesehen.« Verdutzt. »Vielleicht ist er ausgeritten.«

* Ein Tee, der aus Raute, einer immergrünen Pflanze, hergestellt und gewöhnlich von Frauen benutzt wird, die abtreiben wollen.

»Vielleicht«, sagte ich und erhob mich, denn ich war plötzlich beunruhigt.

Die steile Treppe, die zu den Dienstbotenquartieren im Untergeschoss führte, war dunkel. Auf dem Absatz hielt ich inne. Ich meinte, eine Männerstimme gehört zu haben. Vielleicht war es der Koch oder mein Diener. Aber das glaubte ich nicht.
Unten angekommen blieb ich, plötzlich unsicher geworden, stehen. Die Luft war kühler als oben, aber abgestanden, und es roch nach Plätteisen. Ich könnte einfach die Tür zu Lisettes Zimmer öffnen – machte man das nicht so in Theaterstücken? Stattdessen klopfte ich.
»Sag ihr, dass ich gleich oben bin«, hörte ich Lisette in ärgerlichem Ton rufen. Die Tür war dünn; ich konnte es ziemlich deutlich hören.
Ich klopfte noch einmal, diesmal fester, nachdrücklicher.
»Sag ihr, sie soll sich am Riemen reißen!« Eine Männerstimme: Junot!
»Ich werde *dich* gleich am Riemen reißen«, hörte ich Lisette kichernd sagen und dann: »Dieses Weib macht mich noch wahnsinnig.«
Dieses Weib. Ich drehte den Metallknauf. Die Tür schwang mit einem gequälten Quietschen auf. Da, nackt auf einem schmalen Rollbett unter dem hohen, schmutzigen Fenster, waren Lisette und Junot, Lisette rittlings auf ihm. Beide wandten mir in einer seltsam übereinstimmenden Bewegung das Gesicht zu.
»Bonaparte sucht Sie, Oberst Junot«, sagte ich, ging rückwärts aus dem Zimmer und schloss die Tür hinter mir. Haltsuchend an beide Wände gestützt und mit unsicheren Beinen stieg ich wieder die Treppe hinauf.

Mimi war in meinem Schlafzimmer und sammelte Schmutzwäsche ein. »Es geht mir gut«, versicherte ich ihr. »Aber ich wäre gerne allein.« Ich fürchtete, dass mich ihr zärtlich besorgter Blick zum Weinen brächte. Unten hörte ich schwere Schritte, hörte, wie eine Tür geöffnet und wieder zugeschlagen wurde, das gedämpfte Poltern von Männerstimmen. Ich ließ mich auf einem der harten Schemel neben dem Bett nieder. Noch nie zuvor hatte ich einen Mann mit einer Frau gesehen, nicht so, *in flagranti*. Ein Mann mit einem Mädchen.

Ich trank gerade ein zweites Glas Hysteriewasser, als ich hörte, wie die Dielenbretter vor meiner Tür knarrten und dann dreimal leicht geklopft wurde. Ich antwortete nicht.

Wieder wurde dreimal geklopft. Der Knauf drehte sich, die Tür schwang auf. »Verzeihen Sie, Madame«, sagte Lisette mit gesenktem Kopf und vorne verschränkten Händen.

Ich wusste nicht, was ich sagen sollte. Ich war nicht fähig, ihr zu verzeihen. Es war nicht so sehr das, was sie getan, sondern das, was sie gesagt hatte: *dieses Weib*. Bedeutete ich ihr denn nicht mehr? Ich hatte inzwischen geglaubt, dass wir einander sehr gern hätten. Wir hatten doch so viel gemeinsam durchgemacht. Aber ganz offensichtlich hatte ich mich getäuscht. »Pack deine Sachen, Lisette.«

»Madame, bitte!« Sie schlug die Hände vors Gesicht.

Weinte sie? Ich bezweifelte es. Sie streckte die Hand aus, um meine Hand zu berühren, als ich an ihr vorbeiging und aus der Tür eilte. Ich hatte mich nicht getäuscht. Ihre Augen waren klar.

»Es war doch nur einmal, Madame. Ich verspreche ...«

Atemlos schloss ich die Tür hinter mir.

»Das wird Ihnen noch Leid tun«, hörte ich sie schreien.

»Du hast deine Zofe entlassen?«, fragte Bonaparte, als er seinen Rock anzog, um sich auf Weg zu einer Besprechung mit den Direktoren im Palais Luxembourg zu machen. »Aber warum denn?«

Junot, der am Kaminsims lehnte, beobachtete mich mit ungerührtem Blick aus seinen kalten blauen Augen.
»Es war eine persönliche Angelegenheit«, teilte ich meinem Mann gelassen mit, wobei ich Junots Blick auswich. Es hatte keinen Zweck, es Bonaparte zu sagen. Junot war einer seiner ältesten Freunde.
»Du hast ihr zu viele Vertraulichkeiten erlaubt. Das verdirbt eine Zofe.«
»Ja«, sagte ich.
»Das nächste Mal wirst du klüger sein.«
Ich hörte, wie Junots Fingergelenke knackten.

14. März, mittags

»Jeder wusste Bescheid«, berichtete mir Mimi.
»Warum hast du mir nichts gesagt?«
»Das ist nicht meine Art.«
»Wirst du meine Zofe?«
»Eine Kammerzofe?« Mimi zögerte, überlegte.
Ich berührte ihre Hand. »Bitte, Mimi – ich brauche jemanden, von dem ich weiß, dass ich ihm vertrauen kann.« Ich fühlte mich wie ein Schiff ohne Ruder. Ich glaubte nicht mehr an mein eigenes Urteilsvermögen.
Sie machte ein zweifelndes Gesicht. »Ich müsste lernen, mich zu benehmen.«
»Aber du wirst es doch tun?«
Sie grinste. »Habe ich deiner Mutter versprochen, dass ich mich um dich kümmern würde, oder nicht?«

16. März

Bonapartes älterer Bruder Joseph hat es sich angewöhnt, jeden Tag zum Mittagessen vorbeizukommen. Heute bat er um eine

Unterredung mit Bonaparte unter vier Augen, daher entschuldigte ich mich. Sie waren einige Zeit allein. Dann erschien Bonapartes Sekretär. »Der General und sein Bruder wünschen mit Ihnen zu sprechen, Madame«, teilte mir Fauvelet Bourienne mit verlegenem Blick mit.

Bonaparte hatte die Füße auf seinen Schreibtisch gelegt und schlug mit einer Reitgerte auf die Tischplatte. »Gehen Sie, Fauvelet«, befahl er seinem Sekretär. »Und schließen Sie die Tür!«

Joseph lümmelte sich auf einem Sessel neben dem Feuer und betrachtete seine Fingernägel. Er schaute zu mir auf und lächelte. In diesem Augenblick wusste ich, dass ich in Schwierigkeiten war.

»Joseph hat mich gerade informiert, dass du Geschäftsbeziehungen zu einer Firma für Heeresbelieferung unterhalten hast.« Bonaparte schaute kurz zu seinem Bruder, der nickte. »Der Firma Bodin, um genau zu sein, der kürzlich ein Vertrag zur Lieferung von Pferden an die italienische Arme bewilligt wurde.«

Ich schaute kurz von Bonaparte zu Joseph und wieder zurück. »Worüber sprichst du?«, wollte ich wissen, mein Herz hämmerte.

»Vielleicht frischt dies Ihr Gedächtnis auf.« Joseph zog ein Blatt Papier aus seiner Westentasche und las vor. »Rue Honoré einundzwanzig.« Er lächelte.

Hugo Bodin wohnte in der Rue Honoré zwanzig, nicht einundzwanzig. »Da bin ich noch nie gewesen.«

»Seltsam«, sagte Joseph immer noch lächelnd. »Sie wurden gesehen, wie Sie am fünfzehnten Ventôse um zwanzig vor elf dort hineingegangen und nicht vor drei an diesem Nachmittag herausgekommen sind. Sie wurden erneut am zweiundzwanzigsten gesehen, und dann noch einmal am dreiundzwanzigsten.«

»Werde ich etwa verfolgt?«

»Gestehe, Joséphine!«, explodierte Bonaparte. »Gehst du dort nicht jeden Tag hin – wenn du mir sagst, dass du zur Reitschule gehst, um deinem Sohn zuzusehen?«
Es war eine heftige Auseinandersetzung. (Ich zittere immer noch.) »Na los, lass dich doch von mir scheiden, wenn es das ist, was du willst!«, schrie ich schließlich. Und Joseph Bonaparte lächelte die ganze Zeit.

17. März

Eine schlaflose Nacht. Joseph weiß alles – die Einzelheiten des Vertrages, die Finanzen! Wie hat er das herausgefunden? Irgendjemand muss ihn informieren. Ich habe Jubié in Verdacht, den Bankier, mit dem Hugo Bodin verhandelt hat. Ich habe einen Brief an Hauptmann Charles gesandt, um ihn und Hugo Bodin zu warnen.
Ich habe das Gefühl, in einer Falle zu sitzen, bin wütend. Mit welchem Recht mischt sich Joseph in meine Geschäfte ein? Mit welchem Recht spioniert er mir nach? Und mit welchem Recht behandelt mich eigentlich Bonaparte mit derartiger Geringschätzung? Selbstgerecht werfen sie mir Verbrechen vor, deren sie sich selbst schuldig machen. Ich bin nicht mit Bonaparte verheiratet, ich bin mit einer korsischen Sippe verheiratet – und ich verachte sie.

11 Uhr 30 nachts

Bonaparte setzte sich auf sein Bett. Ich lag steif ausgestreckt in meinem Nachgewand auf meinem eigenen. »Du weißt, dass ich in dieser Sache Recht habe«, sagte er kalt und von oben herab.
Ich antwortete nicht.
»Antworte mir!« Die Hände zu Fäusten geballt.
»Du hast doch *immer* Recht, Bonaparte«, sagte ich und drehte

an meinem Ehering. Ich könnte ihn einschmelzen, dachte ich, Ohrringe daraus machen.

»Gib es zu – du hast mal so ganz nebenbei als Heereslieferantin herumgepfuscht.«

Herumgepfuscht. Das Wort ärgerte mich. »Pfuschten« Männer herum? Tatsache war, dass ich schon lange bevor wir heirateten, schon lange bevor wir uns kennen lernten, »herumgepfuscht« habe. Und zufälligerweise habe ich meine Sache gut gemacht. Die Gewinne bezahlten mir die Miete, ermöglichten es mir, meine Kinder zur Schule zu schicken – ermöglichten mir zu überleben. »Ja, Bonaparte, ich habe *herumgepfuscht*. Genau wie dein Bruder, genau wie dein Onkel Fesch.« Genau wie er selbst in Italien. Genau wie praktisch alle Offiziere in der Armee. Genau wie eigentlich all die *bon ton*, die feinen Leute von Paris.

»Es gehört sich nicht für eine Frau, sich in geschäftliche Dinge einzumischen.«

Er redete wie ein rückständiger Klosterbruder vom Lande. »Die Zeiten haben sich geändert. Viele Frauen …«

»Nicht meine Frau!«

»Wir haben einen Vertrag, Bonaparte: Du kommst für deine Kosten auf und ich für meine.« Ich ballte die Hände, bohrte die Nägel in die Handflächen. »Ich bin diejenige, die für Hortenses Ausbildung aufkommen muss. Ich bin diejenige, die eine ansehnliche Summe für ihre Mitgift aufbringen muss, die meinen Sohn mit Uniformen versorgen muss. Wie soll ich das, deiner Meinung nach, wohl anstellen, frage ich dich? Wenn meine so genannte Herumpfuscherei nicht wäre, säße ich, ehrlich gesagt, auf der Straße.« (Nun ja, da habe ich wohl ein wenig übertrieben.)

Er stampfte aus dem Zimmer. Heute Nacht schläft er im Arbeitszimmer. *Bien*. Da kann er meinetwegen bleiben.

18. März

Mimi half mir in meinen Wollumhang. »Nicht deinen Pelz?«, fragte sie und drückte mir mütterlich die Schulter. »Es ist kalt draußen.«

»Es wird schon gehen.« Für Mimi war es immer kalt. »Sollte Bonaparte fragen, sag ihm, dass ich zur Korsettmacherin gefahren sei.«

Sie sah mich lange an. »Aber die Korsettmacherin kommt doch morgen hierher.«

»Ich meine die Hutmacherin«, sagte ich mit glühenden Wangen. Ich hatte Mimi noch nie belogen. Ich wandelte mich zu einer Person, die kein Vertrauen mehr hatte – zu einer Person, die nicht mehr vertrauenswürdig war. An der Tür schaute ich zurück. »Verzeihst du mir?«

Mein Kutscher trieb die Pferde mit gefährlichem Getrappel aus dem Tor. Als wir uns dem Monceau-Park näherten, zog ich meinen schwarzen Schal aus der Tasche und drapierte ihn mir über den Kopf. Mein Kutscher half mir beim Aussteigen und warnte mich vor dem Matsch. Glücklicherweise regnete es nicht mehr. Ein Heer von Bettlern schrie auf und streckte die Hände aus. Ich gab ihnen einen Beutel mit Krusten. Wo war Hauptmann Charles?, fragte ich mich und spannte trotz der Wolken meinen Sonnenschirm auf. Ich hatte ihn benachrichtigt, mich um zehn zu treffen. Mir war unbehaglich zumute, den Monceau-Park ohne Begleitung zu betreten. Erleichtert entdeckte ich schließlich einen Mann auf einem Rappen, der sich in raschem Trab auf dem Hauptweg näherte. Er wedelte mit einem weißen Federhut. Ich eilte zu einer Bank neben einigen römischen Säulen.

»Eigentlich wollte ich vor Ihnen hier sein«, sagte Hauptmann Charles, als er anmutig von Ostwind absprang, »aber ich wurde

durch Vorbereitungen für Mailand aufgehalten.« Er schlang die Zügel über einen Ast. »Hier«, sagte er, zog ein Tuch mit Seidenquasten aus seiner Satteltasche und breitete es über die Steinbank.
Ich setzte mich ans andere Ende der Bank, um ihm Platz zu lassen – mehr als er brauchte. Ich zog meinen Umhang eng um mich. Es war ein feuchter und scheußlicher Tag, und ich bedauerte es jetzt, nicht den Pelz übergezogen zu haben.
»Ich habe mit Hugo gesprochen«, sagte er, beugte sich vor und blickte über den Teich. Seine vollen Lippen streiften die Kante seines blauen Halstuches, das so gebunden war, dass es sein Kinn vollkommen bedeckte. Er räusperte sich. »Sie hatten Recht. Es war der Bankier Jubié. Wie sich herausstellte, kennt er den Bruder Ihres Mannes.«
»Aha.« Ich verschränkte die Arme über der Brust. Ich mochte es nicht, wenn ich mich so benahm – so distanziert. »Und Jubié erzählte Joseph, dass ich an der Firma beteiligt bin?« Hauptmann Charles nickte. »Aber woher wusste *er* es denn? Hugo schwor, es vertraulich zu behandeln.«
Hauptmann Charles warf einen Kieselstein in den Teich. »Hugo sagte, er hätte es ihm erzählen müssen. Sonst hätte er uns das Geld nicht vorgeschossen.«
Aber ja doch, natürlich, dachte ich verärgert. Ich sah zu, wie sich die Wasserkreise öffneten. Ich hätte auch gerne etwas in den Teich geworfen, aber ich fühlte mich zu alt für solche Spiele, und dieser Gedanke stimmte mich traurig.
»Jubié und Ihr Schwager sind offensichtlich gemeinsam durch die Stadt gezogen«, grinste Hauptmann Charles. »In drei Tavernen, eine Spielhölle und ein Bordell.«
Ich zuckte mit den Schultern. Mir waren schon vorher Geschichten über Josephs Ausschweifungen zu Ohren gekommen, gewöhnlich von seiner tränenreichen Frau.
»Werden Sie aus der Firma austreten?«, fragte er.

»Nein.« Ich konnte es nicht – auch wenn ich es wollte. Ich hatte mir ein kleines Vermögen geliehen, um eintreten zu können. Wenn ich jetzt ausstieg, wäre ich am Ende. »Eher würde ich die Scheidung einreichen«, log ich.
»Das wäre Ihrem Schwager sehr recht. Offensichtlich hat er Jubié erzählt, dass er keine Ruhe gäbe, bis er seinen Bruder dahin gebracht hätte, sich von Ihnen scheiden zu lassen«, sagte der Hauptmann und schlug mit einem Stock an seine Stiefelspitze.
»Oh?« Das erklärte, warum Joseph mir hatte nachspionieren lassen, sein gehässiges kleines Lächeln. Trotzdem überraschte es mich. Ich wusste, dass Joseph nichts für mich übrig hatte, aber ich hätte nicht geglaubt, dass er so weit gehen würde, Bonaparte zu einer Scheidung von mir zu bewegen.
»Er erzählte dem Bankier, dass Sie seinen Bruder des Geldes wegen geheiratet hätten.«
Ich lachte, wie ich gestehe. Als wir heirateten, hatte Bonaparte keinen Sou. »Das ist amüsant. Was hat er *noch* gesagt?«
»Dass Sie Bonaparte in Ihren Bann gezogen haben.« Ich lächelte. Nun ja …
»Und dass Sie eine Hexe sind.« Er zuckte entschuldigend mit den Schultern.
Eine *Hexe*? Was hatte ich Joseph jemals angetan, dass ich eine so hasserfüllte Verleumdung verdiente?
»Es tut mir Leid, Madame Bonaparte, aber ich meinte, dass Sie das wissen sollten. Es trägt dazu bei zu wissen, wem man vertrauen kann …«
»Und wem nicht«, sagte ich und trat gegen einen Kieselstein. Er schlitterte über den Weg und ins Wasser. Ich sah zu, wie sich die Kreise öffneten, einer nach dem anderen. Wie weit ging sie, diese Hinterlist?

Danach fuhr ich zu Thérèse. Ich war außer mir. »Hör zu«, sagte ich zu ihr, während ich auf und ab ging, »ich kann die Firma

Bodin nicht verlassen, selbst wenn ich es wollte.« Allein Barras schuldete ich fast eine halbe Million Francs. Die einzige Möglichkeit auszusteigen war, so lange dabei zu bleiben, bis ich meine Schulden zurückzahlen konnte.

»Darf ich einen Vorschlag machen?«, sagte Thérèse, bemüht mich zu beruhigen. »Sprich mit Bonaparte. Sag ihm, dass er ein mieser Geizhals gewesen ist – mit dem man unmöglich zusammenleben könnte –, dass er dich in eine untragbare Situation gebracht hätte, dass du nicht die Absicht hättest, ihn durch etwas zu kompromittieren, was *jeder* in Paris tat, einschließlich aller Mitglieder seiner habgierigen Familie, und dann sag ihm, dass du beabsichtigst, dich zurückzuziehen. Vielleicht wird es etwas länger dauern, da herauszukommen, als du zugibst, und vielleicht ist er besser dran, wenn er es nicht weiß. Nach seinen cholerischen Anfällen, die er wegen eines Hutkaufs kriegt, zu urteilen, kann ich dir garantieren, dass er die Höhe deiner Schulden gar nicht wissen will. Ehrlich gesagt, alles, was er hören will, ist, dass du ihn liebst. Warum sagst du es ihm dann nicht einfach?« Sie lachte über meine mürrische Miene. »Doch, das tust du, weißt du. Warum gibst du es denn nicht einfach zu?«

[Ohne Datum]

»Yeyette?« Mimi stellte ein Tablett auf dem Tisch neben meinem Bett ab. »Ich habe den Koch dazu überredet, dir Bananenbrot zu backen.« Sie reichte mir ein Stück.

»O Mimi, ich bin ja so unglücklich«, gestand ich. Seit drei Nächten schlief ich schon allein, warf und drehte mich hin und her.

»Der General ist auch traurig.«

»Oh?« Ich biss in das himmlisch riechende Brot, und im Geiste hüllte mich meine Kindheit wieder ein.

»Ich habe noch nie in meinem Leben einen unglücklicheren Mann gesehen.«
»Gut!«, sagte ich, hielt jedoch blinzelnd die Tränen zurück.
»Ich glaube, es wird Zeit, dass wir miteinander reden«, sagte sie und reichte mir ein Flanelltuch, damit ich mir das Gesicht trocknen konnte.
Und so redeten wir. Ich erzählte ihr, wie verwirrt ich wegen Bonaparte war, wie wütend er mich machte, wie sehr er mich zur Verzweiflung brachte. Und dann erzählte ich ihr, wie brillant er meiner Meinung nach ist, wie unbändig sein Verstand, immer mit Denken beschäftigt – und wie mich das manchmal erschreckte, weil ich seine Gedanken, seine Träume kannte. Ich sagte ihr, wie verschieden wir sind, wie schwer es ist, mit ihm zu leben. Und dann sagte ich ihr, wie ähnlich wir uns sind, dass wir beide auf Inseln aufgewachsen waren, fern von Frankreich, dass wir wussten, wie es war, ein Außenseiter zu sein. Und dass er mich mehr liebte als jemals irgendjemand zuvor und dass er mich brauchte, dass ich sein Glücksstern bin und dass ich manchmal meinte, dass wir unter einem ungünstigen Stern stehen.
»Glaubst du, er ist dein Seelenfreund?«
»Das befürchte ich«, sagte ich und weinte erneut.

19. März, Sankt-Josephs-Tag

Ich kämmte mir gerade an meiner Frisierkommode die Haare, als ich im Schlafzimmer Schritte hörte. »Bonaparte?«, rief ich und stand auf.
Er steckte den Kopf in mein Ankleidezimmer, den Hut noch auf dem Kopf. »Da bist du ja.«
»Es …« Tut mir Leid, wollte ich sagen.
Feierlich überreichte er mir eine Kette aus Messing. »Heute ist dein Namenstag.«

Der neunzehnte März, natürlich – Sankt-Josephs-Tag. Ich war überrascht, dass er daran gedacht hatte, überrascht, dass er es überhaupt wusste. »Wie lieb von dir.« Ich legte sie um. »Sie ist wunderschön«, log ich.

»Joséphine, ich …«

Ich schaute in seine großen grauen Augen, seine melancholischen Augen, die so voller Träume waren. »Ich weiß, Bonaparte.«

»Der Sultan der Türkei hat über hundert Frauen«, erzählte mir Bonaparte, »Schönheiten, die darauf warten, an die Reihe zu kommen, der Befriedigung hingegeben, der Kunst der Befriedigung. Er strich mir über die Brust, die Hüfte. »Wie meine Frau.« Denn ich befriedige diesen Mann, meinen Mann.

»Ich möchte mit dir kommen«, sagte ich zu ihm.

»Nach Ägypten?«, flüsterte er.

»Wo auch immer du hingehst.«

Ich muss zurückbleiben

20. März 1798

Das Schwarze Land – es geht mir nicht aus dem Kopf. Ich habe darüber gelesen und das Buch unter meiner Matratze versteckt. Wir werden im Juni ankommen, nach dem Schirokko, einem erstickenden Wind, der über die Wüste fegt. Es wird heiß sein. »Ich bin Kreolin«, beruhigte ich Bonaparte. »Die Hitze wird mir nichts ausmachen.«

In Ägypten regnet es nicht. Jedes Jahr tritt der Nil über die Ufer und überschwemmt das Land mit einer schleimigen Substanz. Sonst würde nichts wachsen. Ein Land ohne Wasser! Selbst die Namen der Oasen hören sich trocken auf meiner Zunge an: *Khârgeh, Dâkhel, Farâfa, Sîwa, Bahrîyeh*.

In diesem Land gedeihen Krankheiten – Pest, Cholera, Augenentzündung, Ruhr … selbst Furunkel, die so schrecklich sind, dass sie einen Menschen töten können.

Ein Land aus Kristallgestein, das mit Flugsand bedeckt ist.

Ein Land ohne Bäume. Man kann sich einen solchen Ort gar nicht vorstellen. Ich bin gespannt darauf, eine Papyruspflanze zu sehen, aus der das Papier, das man überall im Altertum benutzte, hergestellt wurde. Die Lotusblume ist eine Seerose, die am Nil wächst.

Ochsen, Pferde, Esel, Schafe, Ziegen – vertraute Kreaturen. Aber Kamele! Und Katzen ohne Schwänze. (Krokodile sind glücklicherweise selten zu sehen.) Der Pelikan, der geliebte Vogel meiner Jugend, lebt im Norden.

Die Städte werden von weißen Geiern bevölkert, die verehrt werden – ebenso wie bestimmte Tiere, Reptilien und sogar Gemüsepflanzen. Der Sonnengott ist Ra, ein Mann mit Habichtkopf, der Mondgott ist Thot. Seth ist die Macht des Bösen, ein Geist mit einem freundlichen, verführerischen Namen.
»Ägypten ist die Erste der Menschheit bekannte Nation«, erzählte mir Bonaparte mit ehrfürchtiger Stimme. Er arbeitet bei Kerzenlicht auf dem Fußboden unseres Schlafzimmers, studiert die Landkarten, folgt den Schritten Alexanders des Großen, Julius Cäsars. Er träumt von Wüstensand.

2. April

Den ganzen Tag Besprechungen hier im Haus zur Vorbereitung der »Expedition« – der *geheimnisvollen* Expedition. Eugène lachte mit den Männern, als er aus dem rauchgeschwängerten Arbeitszimmer kam. »Wir ziehen nach Portugal«, teilte er mir im Vertrauen mit.
»Oh?« Mehr, als ihm das wahre Ziel nicht zu verraten, kann ich nicht tun.

3. April

Heute suchte mich die Witwe Hoche auf, ihre Sorge über Père Hoche siegte über die Schüchternheit. Ihr Schwiegervater leidet, Zorn und Kummer verzehren ihn. »Können Sie denn gar nichts tun?«

4. April

»Da will ich dich ein seltsamer Mann besuchen«, sagte Mimi naserümpfend.
Es war mein alter Freund Fouché*, der wie ein Bettler aussah.

»Wie freundlich von Ihnen, so schnell zu kommen.« Denn ich hatte erst heute Morgen nach ihm geschickt. Ich bot ihm ein Glas Orangenwasser an – Fouché nahm keinen Alkohol zu sich, wie ich wusste. Seine Augen mit den schweren Lidern, seine unordentliche Bekleidung, sein muffiger Geruch, alles das weckte ein Gefühl der Zuneigung in mir. Er war ein Exzentriker, dieser verlotterte Mann, dieser glühende Revolutionär mit Mundgeruch. Dieser Mann, der seiner hässlichen, rothaarigen Frau und all ihren hässlichen, rothaarigen Kindern treu ergeben war. Dieser Mann, der als Partner der Firma Ouen, ein Heereslieferant, ein Vermögen verdiente (wie ich gehört hatte). Dieser Mann, der ungewöhnliche Spion. »Es gibt da ein Dokument, dass ich unbedingt beschaffen muss«, wagte ich zu sagen. »Wären Sie möglicherweise verfügbar?«
Er öffnete seine Schnupftabakdose. »Gegen entsprechende Entlohnung«, sagte er und nahm eine Prise. Ich wurde rot. »Sie missverstehen mich, Bürgerin. Ich handele mit Informationen. Ich gebe Ihnen, was Sie wollen, und Sie zahlen es mir in gleicher Münze zurück.«
Was er sagte, klang so harmlos, ein schlichter Tauschhandel. Aber mir war klar, was er in Wahrheit meinte. Im Tausch gegen jedwede Antworten, die er vielleicht lieferte, sollte ich mich als Spionin in seinem Interesse betätigen. »Ich würde niemals einen Freund kompromittieren«, sagte ich.
»Das dürfte auch kaum nötig sein. Sie wissen doch zweifellos, dass Sie eine Anzahl von Feinden haben, die Ihnen zahlreiche Gelegenheiten verschaffen könnten, eine derartige Verpflichtung zu erfüllen.«
»Vielleicht sagen Sie mir erst einmal, wer das sein könnte?« Ich lächelte hinter meinem Fächer.

* Joseph Fouché war ein radikaler Revolutionär, der für Gewalttätigkeiten (selbst Gräueltaten) und seine Vorliebe für Konspiration berüchtigt war.

»Man braucht kein Hellseher zu sein, um zu erkennen, dass die Bonapartes Ihnen den Tod wünschen, aber angesichts der damit verbundenen Unannehmlichkeiten gäben sie sich sicherlich schon damit zufrieden, Sie zugrunde zu richten. Und in ihrer Mitte wurde in letzter Zeit eine recht hübsche junge Dame gesehen – ein Mädchen, das einmal Ihre Kammerzofe war.« Er trank einen kleinen, vorsichtigen Schluck aus seinem Glas Orangenwasser. »Es ist eine von unserem ehemaligen Adel wohlverstandene Weisheit, dass man sich niemals einem Mann oder einer Frau, der oder die für einen arbeitet, offenbaren sollte. Dienstboten, die solchermaßen ins Vertrauen gezogen werden, sammeln mit der Zeit sehr viele Informationen, die sie in die Lage versetzen, von deren Verkauf zu profitieren. Und Profit ist, das wird Ihnen sogar ein Revolutionär bestätigen, eine unwiderstehliche Naturgewalt. Vielleicht ist es ja diese junge Frau, die Ihnen Sorgen bereitet.«
Lisette war mit den Bonapartes gesehen worden? Ich ging mit glühenden Wangen zum Fenster. »Nein, Bürgerin Compoint ist es nicht.«
»Vielleicht hat es ja mit Ihrer gegenwärtigen« – er hielt inne – »Verlegenheit zu tun.«
Meine Schulden meinte er. »Damit hat es nichts zu tun.« Offen gestanden war ich entsetzt darüber, was Fouché alles wusste.
»Dann betrifft es zweifellos die etwas suspekten Praktiken Ihrer Geschäftspartner, der Gebrüder Bodin.«
Suspekte Praktiken? »Der Name Bodin ist mir nicht bekannt, Bürger Fouché«, teilte ich ihm mit großartiger Gelassenheit mit.
Fouché knöpfte seinen Rock auf und enthüllte darunter eine gediegene Weste mit Silberbesatz. »Bürgerin, Sie sind eine eindrucksvolle Lügnerin, ein Talent, das ich von jeher an Ihnen bewundert habe. Dann verraten Sie es mir – was wünschen Sie zu erfahren?«
»General Hoches Witwe hat mich um Hilfe gebeten.« Fouché

lehnte sich überrascht zurück. Es freute mich offen gestanden, einen Mann wie Fouché, einen professionellen Alleswisser, verblüffen zu können. »Ihr Schwiegervater, Père Hoche, der Vater des verstorbenen General Hoche, neigt zu düsteren Träumen, Wutanfällen, die seine Gesundheit geschwächt haben. Er ist davon besessen, den Grund für den Tod seines Sohnes herauszufinden.«

»Fall abgeschlossen, Bürgerin. Es ist allgemein bekannt, dass General Hoche an Schwindsucht starb.«

»Genauer gesagt hat der ältere Hoche vergeblich versucht, eine Kopie des Autopsieberichtes zu bekommen …«

»Der, da Militärsache, natürlich geheim ist.«

Ich nickte. »Dies sagte man mir. Die Tatsache, dass niemand ihn einsehen darf, hat Père Hoches Phantasie weiter angestachelt.«

»Aber Direktor Barras könnte Ihnen doch sicher eine Kopie besorgen.«

»Ich fürchte nein.« Ich hielt inne, da ich nicht sicher war, ob ich Fouché erzählen sollte, wie sehr sich Barras allein schon bei der Erwähnung des Berichts aufgeregt hatte. »Das Problem ist, dass Père Hoche davon überzeugt ist, dass sein Sohn vergiftet wurde.«

»Père Hoche und das übrige Paris.« Fouché machte eine wegwerfende Handbewegung. »Hat er denn Grund dazu? Oder stützt er sich nur auf Gerüchte wie wir anderen auch?«

»Er behauptet, dass sein Sohn vor seinem Tod Schüttelkrämpfe erlitten hätte.« Ich schluckte, denn eine Woge von Tränen drohte in mir aufzusteigen. »Offensichtlich sind Schüttelkrämpfe für Schwindsucht nicht symptomatisch.«

Nachdenklich biss sich Fouché in die Innenseite seiner Wange. »Ich bin der Ansicht, dass der Vater vor lauter Kummer in den Wahnsinn getrieben wird. Wenn er wenigstens den Autopsiebericht einsehen könnte, würde das vielleicht seine fixen Ideen beschwichtigen. Aber nach meinem Gespräch mit Direktor Barras bin ich zu dem Schluss gelangt, dass es nicht einfach sein wird, eine Kopie des Berichts zu bekommen. Dass dies vielleicht sogar ein gewisses Maß an, nun ja …«

»An Schnüffelei erfordert?«

Ich lächelte reumütig. »Ganz zu schweigen von Diskretion. Denn ich bin sicher, dass Sie verstehen können, Bürger Fouché, wie wichtig es ist, dass mein Engagement in dieser Sache streng vertraulich bleibt.«

»Verschwiegenheit ist meine Leidenschaft, Bürgerin.«

6. April

Gestern Abend in Barras' Salon schlich sich Fouché an mich heran. »Der Autopsiebericht scheint aus den Akten des Kriegsministeriums verschwunden zu sein«, raunte er mit aufgerissenen Augen.

Ich bedeutete ihm, still zu sein. Gerade hatte Talleyrand den Raum betreten.

»Ich habe einen Verbindungsmann in der medizinischen Fakultät«, fuhr er fort. »Er sollte mir den Namen des Chirurgen nennen können, der die Autopsie durchgeführt hat.«

»Wie schön, Sie heute Abend zu sehen, Bürger Talleyrand«, sagte ich und reichte dem Außenminister die Hand.

7. April

»Ich konnte den Chirurgen ausfindig machen, der die Autopsie durchgeführt hat, aber er verlangt einhundert Francs«, teilte mir Fouché heute Abend auf dem Korridor im Palais Luxembourg mit. »Sind Sie bereit?«

»Einhundert Francs zu zahlen? Nur für die Kopie eines Berichts?«

Fouché zuckte mit den Schultern. »Ich war überrascht, dass er nicht mehr wollte.«

»Sie haben ihn?«, fragte ich Fouché mit belegter Stimme. Mir war es gleichgültig, mir war beides gleichgültig, sowohl das Suchen als auch das Finden. Ich wollte nur, dass es vorüberging. Hätte ich nicht versprochen, der Witwe Hoche zu helfen, hätte ich von dieser Sache gänzlich die Finger gelassen.

Fouché, die Hand in seiner Manteltasche, zog die dünnen roten Augenbrauen hoch. »Ja. Aber er wird den Vater nicht beschwichtigen«, warnte er und faltete das einzelne vergilbte Blatt auseinander. »Laut Autopsiebericht ist die Ursache für General Hoches Tod« – er legte eine wirkungsvolle Pause ein – »unbekannt.«

Das hatte ich ganz und gar nicht erwartet. Barras hatte mir selbst gesagt, dass die Autopsie festgestellt hätte, Lazare sei an Schwindsucht gestorben. »Dann ist General Hoche also nicht an Schwindsucht gestorben?« Ich überflog das Dokument und faltete es dann zusammen. Ich wollte es nicht genauer lesen.

»Möglicherweise – denn wenn er an Schwindsucht gestorben wäre, dann hätte der Chirurg, wie mir scheint, dies wohl eindeutig erklärt. Wenn man aber an einer Vergiftung sterben sollte – sagen wir mal, lediglich zu Ermittlungszwecken – und die Auswirkungen heimtückisch und daher mysteriös waren, dann würde die Todesursache im Bericht höchstwahrscheinlich als …«

»Unbekannt?« Père Hoche schüttelte den Bericht in der Luft, als drohe er den Göttern. »Mein Sohn wurde vergiftet. Daran ist nichts unbekannt. Und ich werde Ihnen sagen, wer es getan hat – Direktor Barras.«

Ich spähte bestürzt zu der Witwe. Sie stand am Kamin, die Hand an der blauen Urne auf dem Sims. Ich wollte etwas zu Barras' Verteidigung vorbringen, aber ich wusste, dass es den alten Mann nur noch wütender machen würde.

»Und ich sage Ihnen auch warum«, polterte er weiter. »Direktor Barras hat meinen Sohn ermordet, weil Lazare rechtschaffen war. Sprechen Sie dieses Wort in Gegenwart von Barras aus und sehen Sie, ob er es überhaupt kennt. Rechtschaffen, ehrlich, mutig – das sind alles Fremdwörter für diesen Verräter.«

»Kannst du nicht schlafen?«, fragte Mimi, als sie mich im unteren Salon fand, wo ich zusammengerollt auf dem Sofa lag und in die Glut starrte.
»Wie spät ist es?«, fragte ich.
»Zwei«, sagte sie.
Ich seufzte. Würde ich jemals schlafen? »Ich habe Sorgen, Mimi.«
»Ich weiß.«
Ich lächelte. Mimi wusste alles.
»Willst du reden?«
»Noch nicht«, sagte ich zu ihr und erhob mich.
»Denk immer daran, wir passen auf dich auf«, sagte sie, »deine Mutter und ich.«
Auf dem Treppenabsatz drehte ich mich um. »Danke.«

9. April

Bonaparte und ich sind gerade von einem Abend in Barras' Salon zurückgekehrt. Ich bin in Aufruhr wegen eines Gesprächs mit Fouché. Er berichtete mir, dass der Mann, der die Autopsie durchgeführt hatte, ihn zu Hause aufgesucht und ihm weitere Informationen angeboten hätte – gegen mehr Geld natürlich. »Ich habe mir erlaubt, in Ihrem Interesse zu bezahlen.«
»Oh«, sagte ich schwach. Ich hatte gedacht, die Sache wäre ausgestanden. Er hatte den Bericht besorgt. Die Aufgabe war erledigt.
»Wie es aussieht, hat General Hoches Arzt nach der Autopsie darum gebeten, das Herz beiseite zu legen.«

Lazares Herz? Warum? Erschüttert setzte ich mich hin. Ich konnte es nicht ertragen, auf diese Weise, als eine Ansammlung so vieler Teile, an Lazares Körper zu denken.

»Außerdem«, sagte Fouché und setzte sich, die Hände auf den Knien, neben mich, »gab es Verfärbungen an der Magenschleimhaut – genug, um einen Verdacht zu wecken, aber nicht genug, um etwas zu beweisen.«

»Verdacht worauf?« Ich hörte eine Glocke läuten, gefolgt von einer anderen und dann noch einer.

»Auf Vergiftung.« Er drehte sich zu mir und lächelte. »Darf ich einen Vorschlag machen, Bürgerin? Im Laufe der Jahre habe ich gelernt, dass Erfolg von einer einzigen Sache und ausschließlich von einer einzigen Sache abhängt – dem Mut, die richtige Frage zu stellen. Und die richtige Frage, bei allem Respekt, wäre nicht, wie General Hoche starb, sondern eigentlich eher, wer ihn umbrachte.

»Bürger Fouché, ich möchte, dass diese Ermittlung eingestellt wird.«

Er machte ein verwundertes Gesicht. »Aber Bürgerin ...«

»Ich bestehe darauf!«

10. April

Bonaparte ist außer sich. Es gibt so viel zu tun, und alles wird durch die Notwendigkeit erschwert, die Gelder für die Expedition aufzutreiben – eine Expedition, deren wahres Ziel nicht bekannt werden darf (damit die Engländer es nicht herausfinden). Zu diesem Zweck haben wir jeden Abend Gäste – gestern Abend den Bankier Perrégaus; heute Abend Collot, den Rüstungsfabrikanten. An jenen Abenden, an denen wir keine Gäste haben, suchen Bonaparte und ich Barras' Salon im Palais Luxembourg auf, wo sich das Gespräch ständig nur um das dreht, was alle mittlerweile »Bonapartes Kreuzzug« nennen.

11. April

Jeden Abend empfangen wir Mitglieder der Académie: Ingenieure, Chemiker, Zoologen, Kartographen, Antiquare. Bonaparte ist fest entschlossen, über einhundert Gelehrte mitzunehmen. Er muss seine ganze Überredungskunst aufwenden, denn das Ziel bleibt weiterhin geheim.*

12. April

»*Basta*!« Bonaparte schleuderte seinen Hut auf den Teppich und zog seine Stiefel aus. »Du kennst doch dieses Theater von Louis, dass er zu krank sei, um an der Expedition teilzunehmen, ja?« Er gab einen verächtlichen Laut von sich. »Ich habe gerade den wahren Grund herausgefunden.«

»Louis fährt nach Barèges zur Kur.« Seit unserer Rückkehr aus Italien hatte sich Bonapartes jüngerer Bruder häufig nicht wohl gefühlt. »Oder nicht?«

»Das ist nur eine Ausrede.« Bonaparte schlug mit der Faust auf einen Tisch. Ich konnte die Uhr gerade noch festhalten, bevor sie umfiel. »Nein, der Grund ist, dass er verliebt ist, auch das noch.«

Ich nahm Mops auf den Schoß und streichelte sein seidiges Fell. »Nun, das ist ...«

Bonapartes Augen funkelten zornig. »In Émilie.«

»*Meine* Émilie?« Ich war erstaunt.

»Die Tochter eines Emigranten«, sagte er, und seine Wange zuckte. »Und ihre Eltern geschieden. Und ihre Mutter mit

* *Letztlich wurden 167 Gelehrte zur Teilnahme überredet, welche eine Kommission für Kunst und Wissenschaft bildeten, die anschließend »Institut für Ägypten« genannt werden sollte. Als Ergebnis dieser Aktion wurde ein vierundzwanzig Bände umfassendes Werk,* Déscription de l'Égypte, *veröffentlicht, auf dem die Wissenschaft der Ägyptologie begründet ist.*

einem Mulatten verheiratet!« Er zog an der Dienstbotenschnur. Mimi, die gerade ihre Schürzenbänder zusammenband, erschien. »Hole Louis.«
»Was willst du ihm sagen, Bonaparte?«
»Dass er anfangen soll, für Ägypten zu packen.« Bonaparte starrte finster in die Glut. »Und dass er sie nie wiedersehen soll. Und dass sie verlobt ist.«
»Aber Bonaparte ...«
»Und dass sie in wenigen Wochen heiraten wird.«
»Heiraten?« Ich hatte Émilie erst vor ein paar Tagen gesehen, und sie hatte kein Wort darüber verloren. »Wen?«
»Diese Entscheidung liegt bei dir.« Er ging mit großen Schritten zur Tür. »Louis!« Ich hörte, wie er die Treppe hinaufstampfte.

13. April

Bonapartes Brüder Lucien und Joseph wurden beide in den Rat der Fünfhundert gewählt. (Lucien ist erst dreiundzwanzig!) Wenn das so weitergeht, wird die Republik von Bonapartes beherrscht werden. *Bien* – solange sie nicht mich beherrschen.

18. April

Eugène, Lavalette dicht hinter ihm, wedelte mit einem Papier in der Luft herum. »Wir brechen in vier Tagen auf!«
In vier Tagen? »Warum so bald?« Bonaparte und ich würden erst in mindestens einem Monat aufbrechen – jedenfalls sagte er mir das.
»Um vier Uhr morgens«, sagte Eugène verdutzt über den Inhalt des Papiers. »Leutnant Lavalette, Louis und ich. Wir müssen in Zivilkleidung reisen. Wir dürfen niemandem verraten,

dass wir Adjutanten sind, und wenn wir nach unserem Reiseziel gefragt werden, müssen wir antworten, dass wir nach Brest wollen.« Er sah Lavalette an. »*Brest*?«
»Das soll wahrscheinlich die Engländer auf Dauer verwirren«, sagte ich.
»Wenn die nur halb so verwirrt sind wie wir, dann werden sie verwirrt sein«, sagte Lavalette.

Ich hörte Schritte auf der Treppe, leichte, eilige Schritte unterbrochen von klirrenden Sporen – Bonaparte.
»Auf ein Wort, bevor du gehst, Bonaparte.« Ich stand in der Tür, um ihn aufzuhalten.
»Ich bin spät dran. Um was geht es?«, wollte er wissen, während er seinen grauen Uniformrock zuknöpfte. Gleich, wie viele modische, neue Röcke ich den Schneider für ihn anfertigen ließ, zog Bonaparte es unweigerlich vor, seinen schlichten grauen mit den ausgefransten Epauletten zu tragen.
»Lavalette könnte der Mann sein, den wir …«
Verwirrt blinzelte er mich an.
»Für Émilie.« Ich nickte zur Haustür. »Er ist im Hof.«
»Leutnant Lavalette? Du willst, dass ich mit ihm spreche? *Jetzt*?«
»Er muss in vier Tagen fort!«

Lavalette stand in der Speisezimmertür, den grünen Filzhut in der Hand.
»Der General hat mit Ihnen gesprochen?«, fragte ich, als ich mich erhob, um ihn zu begrüßen.
»Madame Bonaparte, ich bin … ich muss zugeben, dass sie ein Engel ist, alles, was ich mir jemals … aber« – er fuhr sich mit der Hand über die schütter werdenden Haare – »aber sie ist ein Mädchen, und ich bin schon neunundzwanzig.«
»Neunundzwanzig ist nicht so sehr alt, Leutnant.« Tatsächlich hatte ich gedacht, er wäre älter.

»Der General sagte, dass die Hochzeit in einer Woche stattfinden müsste.«
In einer Woche! Sollte Émilie vielleicht erst am Altar vorgestellt werden? »In diesem Fall sollten wir morgen zur Schule hinausfahren.« Lavalette, Bonaparte, Eugène und ich. »Ich werde Sie vorstellen, und Sie werden Ihren Antrag machen.«
»M-m-morgen?«

19. April

Bonaparte musste dem Direktorium erst einen Bericht senden, daher war es bereits Mittag, als wir an der Schule eintrafen. Caroline (die erst vor kurzem aufgenommen worden war) und Hortense kamen zu uns herausgesprungen, Émilie folgte. »Da es ein so herrlicher Tag ist, dachte ich mir, dass ein Picknick schön wäre«, sagte ich und umarmte sie nacheinander. Émilie sah reizend aus in ihrer breitkrempigen Haube: ein gutes Omen, dachte ich.
»Ich habe schon gegessen«, sagte Caroline.
Ich spähte zu Lavalette. Er stand mit gefalteten Händen, die einen Strauß welkender Veilchen festhielten, da. »Leutnant Lavalette, kennen Sie schon alle hier?« Ich stellte die Mädchen vor, aber sie waren mehr an Eugènes neuer Uniform interessiert. »Vielleicht trägt Eugène den Korb«, schlug ich vor und nahm Bonapartes Arm. Ich kannte ein Plätzchen unter einigen Eichen.
Wir gingen den breiten Kiesweg entlang. Von Zeit zu Zeit warf Caroline einen schnellen Blick auf Lavalette, auf den seltsamen Strauß welkender Blumen, den er umklammerte. Sie flüsterte Hortense etwas zu, die loskicherte. Ich suchte Lavalettes Blick. »Ich kenne ein Mädchen, das zufälligerweise Veilchen liebt«, sagte ich und gab Émilie einen Stups. Wortlos stieß er ihr den Strauß entgegen. Die Mädchen wurden plötzlich still.

Wir erreichten den Platz, den ich im Sinn hatte. Caroline, Émilie und Hortense beeilten sich, mir beim Auspacken des Korbes zu helfen. Eugène beschäftigte sich damit, die Servietten wie einen Zweispitz zu falten. Wir breiteten das Picknicktuch aus Hanf aus und verteilten das Essen darauf: Fladenbrot, milder Käse, Hasenbraten.

Wir aßen rasch und schweigend. Bonaparte warf die Knochen in den Wald. Ich bat Eugène, uns mit seinen Imitationen zu unterhalten. Dann wurde es Zeit, den Korb wieder zu packen. Ich nahm Bonapartes Arm. »Ich würde mir gerne den Teich ansehen, ehe wir aufbrechen.«

Eugène packte Caroline und Hortense bei der Hand und lief den Weg entlang los. Émilie machte ein paar Schritte, um ihnen zu folgen. »Nein!«, rief Eugène zu ihr zurück. »Du bleibst da.«

»Oh, ich halte es nicht aus«, sagte ich zu Bonaparte, während ich mich beeilte, mit ihm Schritt zu halten. Ich spähte über die Schulter. Ich sah, wie Lavalette sich nach unten beugte und Émilie auf den Kopf küsste. »Ich denke, dass wir jetzt zurückgehen können«, sagte ich.

[Ohne Datum]

Louis schien über Émilies Heirat überrascht zu sein, aber darüber hinaus zeigte er keinerlei Gefühlsregung. Trotzdem war er nicht glücklich, dass er an der Expedition teilnehmen musste. Seine Gesundheit macht mir Sorgen.

22. April, Sonntag

Eugène hat bereits gepackt. Als ich ihm etwas in seinen Lederkoffer schob (ein Lied, das ihm Hortense geschrieben hatte), entdeckte ich seine Sammelalben auf dem Regal. Das Haus war

still: keine Gefahr. Ich nahm das Album über Hoche herunter, öffnete die vom Leim steifen Seiten. Es war alles da: Lazares Ruhm, seine Schmach am Ende.
Was folgte, waren die Elogen: der tief empfundene Ausdruck der Trauer eines Volkes über den Tod eines wahren Republikaners, eines leidenschaftlichen Verteidigers der Liberté. Aus den Worten, die nach seinem Tod gesprochen worden waren, konnte ich ein Wehklagen herauslesen, das nicht so sehr Lazare galt, als vielmehr der Freiheit, für die er gekämpft hatte, für die er gestorben war: *la liberté ou la mort*.
War Lazare vergiftet worden? War er in Verteidigung der Liberté gestorben? Ich schlug das Album zu und stellte es genau so ins Regal zurück, wie ich es vorgefunden hatte.

4. Mai

Es war auf dem Heimweg vom Theater, als Bonaparte mir mitteilte: »Wir brechen heute Nacht auf.«
Ich legte die Hand auf sein Handgelenk. »Du meinst doch nicht wirklich heute Nacht ... nicht wahr?«
Er hielt seine Taschenuhr ins Mondlicht. »Sobald wir zu Hause sind. Wir werden Louis und Eugène in Lyon abholen.«
»Aber ...« Wir hatten noch nicht gepackt. »Aber was ist mit Hortense? Ich kann doch nicht einfach abreisen, ohne ...«

9. Mai – Toulon

Trotz eines Zwischenfalls auf der Straße war es noch früh, als wir in den Hafen von Toulon einfuhren.
»Schauen Sie«, rief Bonapartes Sekretär Fauvelet.
Als ich über den Hafen blickte, sah ich die französische Flotte vor Anker liegen, ein Wald von Masten. »Ist das die *Pamone?*«, fragte ich. Vor siebzehn Jahren war ich auf der *Pamone* nach

Frankreich gekommen. »Wie viele Schiffe sind das?« So viele hatte ich noch nie gesehen.
»Dreihundertzehn«, sagte Louis.
»Die größte Flotte in der Geschichte seit den Kreuzzügen«, wisperte Eugène ehrfürchtig.

10 Uhr 30 morgens

Auf dem Markt wird nur über die Flotte gesprochen, wohin sie wohl segelte. »Es gibt sogar einen Stand, wo man Wetten abschließen kann«, sagte Eugène.
»Ich hab da einen Sou auf Portugal gesetzt«, sagte Mimi und schaute von ihrer Näharbeit auf.
»Oh?«
»Und dann wollten plötzlich alle auf Portugal setzen. Jeder dachte, ich wüsste es.«
»Welches Ziel ist der Favorit?«, fragte Bonaparte, als er von dem Gedichtband aufschaute, den er gerade las, seinen geliebten Ossian. (»Eine Geschichte aus alten Zeiten! Die Taten aus Tagen anderer Jahre!«)
»Die Krim«, sagte Mimi.
Eugène und Louis kicherten, weil sie meinten, das wahre Ziel zu kennen.

12. Mai

Bonaparte war die ganze Zeit über in hektischer Betriebsamkeit gewesen, hatte Proviant beschafft, die Listen durchgesehen, die Schiffe, die Artillerie inspiziert. Die Landkarten überprüft. Jetzt ist er fertig und ungeduldig. Er wartet auf Wind.

Abends

Wind ist aufgekommen, aber nicht in die richtige Richtung. Bonaparte beobachtet den Himmel. Vom Witwengang, einer Plattform auf dem Dach, sucht er den Horizont mit einem Fernglas nach Anzeichen für den Feind ab.

14. Mai

Heute Morgen, als er mir persönlich meine Tasse heiße Schokolade brachte, teilte mir Bonaparte mit, dass ich nicht reisen würde.

Eine Brise blähte die Vorhänge und wehte den ranzigen Geruch des Hafens ins Zimmer. »Wohin reisen?«, fragte ich verwirrt und zog die Decke über mich. Ich war nackt, mein Nachthemd hatte sich irgendwo in den Laken verheddert. Seit wir Toulon erreicht hatten, war Bonaparte sogar noch leidenschaftlicher als gewöhnlich. Dass er wieder ein aktives Kommando führte, hatte eine unbändige Energie bei ihm ausgelöst.

Er setzte sich aufs Bett. Ich rückte, um ihm Platz zu machen. Er legte mir die Hand auf die Schulter, als wollte er mich trösten, und in diesem Augenblick wusste ich, was er sagen wollte. »Bonaparte, nein. *Bitte* lass mich nicht zurück.« Ich war den Tränen nahe. Törichte Tränen.

»Es ist zu gefährlich – die Engländer sind da draußen. Wahrscheinlich werden sie angreifen.«

Außer dem Ticken der Uhr war es still im Zimmer. »Das hast du mir nie gesagt.«

Er nahm meine Hand, küsste sie. »Wenn wir in Ägypten sind, werde ich dir ein Schiff zurückschicken. Die *Pamone*, wenn du willst.«

Ich presste den Kopf an seine Schulter. »Ich habe Angst, wenn ich von dir getrennt bin, Bonaparte.«

»Wovor solltest du Angst haben?«
Vor seiner Familie, dachte ich.

15. Mai

Ich sitze untätig herum, während alle hin und her hasten und sich auf den »Kreuzzug« vorbereiten. Sie sind voller Begeisterung, und ich bin voller Traurigkeit ... und Angst.

18. Mai

Die Flaggen wehen nach Osten. Eugène kam die Treppe zu meiner Suite heraufgerannt. »Wir brechen bei Morgengrauen auf«, stieß er atemlos und mit rosigen Wangen hervor.

19. Mai

Ich konnte die ganze Nacht nicht schlafen. Beim ersten Dämmerlicht glitt ich aus dem Bett und ging zum Fenster. Die Masten im Hafen bewegten sich in der Brise auf und ab. Die Wetterfahne zeigte nach Osten.
»Wo ist Fauvelet?« Bonaparte sprang hellwach aus dem Bett. Ich half ihm in seine Uniform. Wohlweislich hatte er sich schon am Abend vorher rasiert. Es klopfte, es klopfte dreimal. »Da ist er schon.«
»General, sie sind ...«
Bonaparte stürzte schon aus der Tür, während er noch seine langen Leinenhosen zuknöpfte.
Ich setzte mich an meine Frisierkommode und betrachtete mich im Spiegel. Das Morgenlicht war grausam, die Sorgenfalten waren deutlich zu sehen.
Es klopfte erneut. Wieder Fauvelet, mit bedauernder Miene. »Zwanzig Minuten, Madame.«

Zwanzig! Mimi vollbrachte ein kleines Wunder an mir, als sie eine besorgte Frau, die keinen Schlaf gehabt hatte, in die elegante Frau von General Bonaparte verwandelte.

Eugène platzte herein und warf sich in Heldenpositur. »Fertig?«

Von unten wurde gerufen. »Komme schon!« Er sprang die Treppe hinunter, sein Hut flog hinter ihm davon.

Als wir in die Morgensonne hinaustraten, ging ein großes Geschrei los. Leute, in eine bunte Mischung von Festtagsgewändern gekleidet, schwenkten Fahnen. Eine Menschentraube umringte einen Mann mit einem Brett über den Schultern, auf dem »Hier letzte Wetten« stand. Die Zielorte waren zusammen mit den Wettquoten aufgelistet. Ich wagte nicht hinzusehen, aus Angst, meine Miene könnte das wahre Ziel verraten. *Portugal*, redete ich mir ohne Unterlass ein. Sie segeln nach Portugal. Die Menge jubelte und stimmte ein Lied an: »Chant au départ«.

Der Augenblick, vor dem ich mich gefürchtet hatte, kam. Ich nahm Eugènes Hand, studierte sein Gesicht, seine sanften Augen, die Sommersprossen auf seiner Nase und dachte: So werde ich ihn immer in Erinnerung behalten, *falls* …

»Wie sagt man einem Soldaten, dass er auf sich aufpassen soll?«, fragte ich mit erstickender Stimme.

»Maman.« Verlegen, peinlich berührt vor Louis und all seinen Schiffskameraden.

Ich küsste ihn rasch, bevor er entkommen konnte. »Ich werde nachkommen.« *Bald.*

Bonaparte traf sich mit mir an der Reling. Ich presste mein Taschentuch an die Nase. Ich wusste, dass uns alle beobachteten.

»Bleib in Toulon, bis klar ist, dass wir es geschafft haben«, sagte er.

»Besteht die Möglichkeit, dass du umkehrst?«
Er strich mir eine Haarlocke aus den Augen. »Wenn wir dazu gezwungen werden.«
Von den Engländern. »O Bonaparte, ich hasse das.« Ich drückte die Wange an die raue Wolle seines Rocks – derselbe ausgefranste Rock, den er in Italien getragen hatte.
»Wenn du etwas brauchst, wende dich an Joseph«, sagte er mit belegter Stimme. »Ich habe ihn angewiesen, dir vierzigtausend im Jahr zu geben.«
»Aber ich werde doch in wenigen Monaten zu euch stoßen.«
Warum dann dieses Gerede von einem Jahr?
»Wirst du nach Plombières zur Kur reisen?«
Ich nickte. Die Kur für unfruchtbare Frauen.
»Wenn es sicher ist, werde ich dir die *Pamone* schicken.« Er küsste mich leicht auf die Wange. »Und dann werden wir mit unserem Projekt Erfolg haben.«
»General Bonaparte?«
»Einen Augenblick, Fauvelet.« Ein Windstoß blies mir die Haare in die Augen. Ich hielt meinen Hut fest. Bonaparte legte mir die Hand auf die Schulter. »Sollte mir …«
»Nein, Bonaparte!« Die Engel wachten über ihn: Daran musste ich fest glauben.
Er hielt inne, seine Augen glitzerten. Ich presste das Gesicht in seinen Hals. »Pass auf dich auf.« *Bitte*.

Ich wurde zum Balkon des Gebäudes der Marineintendantur begleitet, wo bereits eine Anzahl von Frauen, Offiziersfrauen, saß. Sie rückten beiseite, damit ich den besten Stuhl bekam. Der Zahlmeister kam heraus, in der Hand ein Tablett mit Ferngläsern. »Oh«, riefen wir alle wie aus einem Mund. Und dann lachten wir.
Ich nahm ein Fernglas und suchte die Decks der *Orient* ab. »Ich sehe Ihren Mann«, sagte ich zu Madame Marmont, einer jun-

gen, erst sechzehn Jahre alten Ehefrau. Aber keinen Eugène, keinen Bonaparte. »Am Ruder.« Ich zeigte ihr, wie sie das Glas einstellen musste, damit das Bild scharf wurde.

Sie senkte ihr Glas, blind vor Tränen. »Es ist hoffnungslos.«

Geschützfeuer! Die Menschenmenge am Ufer stimmte die *Marseillaise* an, und wir fielen alle ein. Ich drückte mein Glas an die Augen. Schließlich erspähte ich Bonaparte in einer Menschentraube am Ruder. Ich erkannte ihn an seinem Hut. Mein Herz schwoll an vor Freude, ihn zu sehen. Ich suchte nach den Gesichtern von Louis und Eugène.

»Ich habe mein Geld auf Sizilien gesetzt«, sagte eine der Frauen.

»Ich bin sicher, dass es Afrika ist«, sagte Madame Marmont. »Warum würden sie sonst so viel Wasser mitnehmen?«

Als die Schiffe Anker lichteten, wurden die Kanonen im Fort abgefeuert, und eine Armeekapelle am Ufer begann, eine blecherne Hymne zu schmettern. Die Kriegsschiffe und das Fort schossen gegenseitig Salut. Der Geruch nach Schießpulver lag in der Luft.

»Sie hissen die Segel!« Der Wind trieb die *Orient* vorwärts. Am Ufer brach Jubel aus.

»Oh«, rief ich. Denn das riesige Schiff hatte heftige Schlagseite bekommen.

»Da stimmt etwas nicht.« Madame Marmont war aufgesprungen.

»Sie schleift über den Meeresgrund!«

»Sie wird sich von selbst aufrichten«, beruhigte ich sie. Aber innerlich zitterte ich.

»Jetzt richtet sie sich auf.«

Ja. Das riesige Schiff schaukelte wie ein Spielzeug auf dem Wasser. Die Menge jubelte. Wind füllte seine gigantischen Segel, trieb es vorwärts. Ein einsamer Trompeter schmetterte einen Ton. Ich winkte mit meinem durchnässten Taschentuch, aber ich konnte durch die Tränen nichts mehr sehen.

4

Lobbyist

»… Frauen sind Politiker.«
Talleyrand

Ich entgehe ganz knapp dem Tod

14. Juni 1798 – Plombières-les-Bains

Eine grauenvolle Reise, aber endlich bin ich hier in Plombières-les-Bains, diesem reizenden Badeort in den Bergen – schiefergraue Häuser, eingezwängt in ein enges Tal, als wären sie in eine Spalte gestürzt und zu erschöpft, um sich aufzurichten. Eine wunderschöne Gegend, Felsen, die sich in den Himmel recken, rundherum dichte Wälder, die Luft prickelnd und klar. Aber was für ein kleines Dorf! (Ich habe es in siebzehn Minuten in der Länge durchschritten.) Und so viel abgelegener, als ich erwartet hatte.

15. Juni

Heute Morgen kam ich mit Dr. Martinet, dem Wasserarzt, zusammen. Er ist ein kleiner Mann mit einer ansprechenden Figur und einer sachlichen Art. Er trug eine starke Brille und einen weißen Segeltuchanzug. Seine sich lichtenden Haare waren ungepudert und am Hinterkopf zu einem sehr langen Zopf geflochten, der hoch gesteckt war und mit einer weißen Kordel zusammengehalten wurde. Eine Wand seines Sprechzimmers war voll mit gerahmten Referenzen.

»Briefe von zufriedenen Patienten«, sagte er mit einer ausgreifenden Handbewegung. Mir fiel auf, dass er, wie man es von einem Wasserarzt vielleicht erwarten sollte, feuchte Lippen hatte und obendrein feuchte Augen. »Zunächst möchte ich darauf hinweisen, dass sich unser Programm einer hohen Erfolgsrate erfreut.« Er schloss die Augen, während er redete. »Es ist wichtig, dass der Patient dies gleich zu Beginn weiß, denn Vertrauen – oder besser der Gehorsam, der auf Vertrauen beruht – ist für den erfolgreichen Abschluss unseres Programms unbedingt erforderlich.« Er öffnete die Augen.

Ich beugte mich auf meinem Stuhl vor. Die Möglichkeit, dass es tatsächlich eine Behandlung geben könnte, ermutigte mich. Ich war mit Gebeten im Herzen hergekommen, aber offen gestanden mit wenig Hoffnung. »Ich habe vor, eine Musterpatientin zu sein, Dr. Martinet.«

Er lehnte sich in seinem rissigen Lederstuhl zurück, die Hände umklammerten ein Brett, auf das Papiere geheftet worden waren. »Das Programm ist für diejenigen, denen es an Mut fehlt, ungeeignet. Es verlangt ein gewisses Maß an sowohl physischer als auch geistiger Kraft, um erfolgreich abgeschlossen zu werden. Aber« – er hob einen Zeigefinger – »die Natur belohnt jene, die durchhalten. Nun, Madame Bonaparte, wenn Sie mir zunächst einmal Ihre Geschichte erzählen wollen.« Er spähte mich über seine Brille hinweg an. Seine Augenbrauen sind dicht, buschig (im Gegensatz zu seinen sich lichtenden Haaren), was ihm ein etwas diabolisches Aussehen verleiht.

Folgendes habe ich ihm erzählt:

Im Alter von sechzehn Jahren, nach nur fünf Monaten Ehe, empfing ich zum ersten Mal, erlitt jedoch eine Fehlgeburt. Anschließend wurde mein Sohn Eugène empfangen und zur rechten Zeit geboren. Knapp zwei Jahre später empfing ich eine Tochter. Es war eine schwierige Schwangerschaft, und sie wurde einige Wochen zu früh geboren.

»Aber ansonsten normal?«

»Ich hatte Schwierigkeiten, Milch zu produzieren.« Ich räusperte mich. »Und dann …« Musste er wissen, dass Alexandre und ich uns getrennt hatten? »Jahre später starb mein Mann …

und zwei Jahre nach seinem Tod heiratete ich General Bonaparte. Das ist jetzt gut zwei Jahre her.«

»Und Sie haben durch diese Vereinigung empfangen, jedoch eine Fehlgeburt erlitten?«

»Mein Arzt meinte, es könnte ein Windei gewesen sein.«

»Interessant! Und setzten anschließend die Blutungen wieder ein?«

»Eine Weile waren sie sporadisch.«

»Und die letzte war …?«

Ich war mir nicht ganz sicher. Ich war damals in Mailand gewesen. »Vor etwa einem Jahr.« Möglicherweise aber auch vor eineinhalb Jahren.

»Haben Sie etwas eingenommen, damit die Blutung wieder einsetzt?«

Ich schob ihm die Liste der Kräuter zu, die ein Arzt in Mailand verschrieben hatte, Lindenblüten, Wermut, Huflattich, Aloetee, Enzianwurzel und Jalape. »Ich suchte auch eine Hebamme auf, die mir Gebärmutterpulver gab.« Ich lehnte es ab, ihm von der Zigeunerin zu erzählen, die ich in Italien aufgesucht hatte –, jener, die einen reichlich gerupften Wacholderbusch in ihrem Gemüsegarten hatte – und von dem Rautetee, den zu trinken mich Mimi überredet hatte.*

»Aber ohne Ergebnisse?«

»Von dem Pulver wurde ich krank.«

»Und Ihre Beziehung zum General ist …?« Er leckte an seiner Oberlippe.

Ich nickte und errötete.

* Dies alles waren beliebte Abtreibungsmittel. Gebärmutterpulver ist dem Mutterkorn ähnlich, ein schwarzer, harter Pilz, der auf Roggenähren wächst, ein Abortivum, das sehr verbreitet war, um »den Monatsfluss herbeizuführen«. Pulver, hergestellt aus den Blättern des Wacholderbusches, den man häufig im Garten der Dorfhebamme sehen konnte, wurde allgemein angewandt. Aus Raute hergestellter Tee wurde für gleichermaßen wirksam, allerdings für zuverlässiger als Wacholder gehalten.

Dr. Martinet klopfte mit seinem Bleistift auf den Schreibtisch. »Madame Bonaparte, während des Terrors wurden Sie festgehalten, nicht wahr?«
Inhaftiert, meinte er. »Ja, ich war vier Monate im Carmes.«
Der Arzt beugte sich vor, die Ellenbogen auf den Schreibtisch gestützt. »Ich darf Ihnen sagen, dass ich eine bedeutende Anzahl von Patientinnen gehabt habe, die während des Terrors ebenfalls ›festgehalten‹ wurden – Frauen, die ebenfalls an einer unerklärlichen Unfruchtbarkeit zu leiden scheinen.«
Ich fühlte, wie sich meine Brust zusammenschnürte. »Es stimmt, dass die Blutung während dieser Zeit unberechenbar wurde.«
»Es ist erwiesen, dass sich Schockeinflüsse störend auf die weibliche Verfassung auswirken. Wenn es an Nahrung mangelt, die Luft drückend, die körperliche Bewegung eingeschränkt ist – jeder dieser Faktoren ist dafür bekannt, dass er die Fähigkeit einer Frau beeinflusst, das zu sein, wozu die Natur sie bestimmt hat: eine Mutter.«
»Wollen Sie damit sagen, dass das Ende meines regelmäßigen Unwohlseins durch meinen Aufenthalt im Gefängnis verursacht worden sein könnte?«
»Ich deute an, dass es eine Möglichkeit sein kann. Nach meinen Beobachtungen haben zahlreiche Frauen, die sich auf diese Weise in Haft befanden, ein Ende der Blutungen erlitten und sind, ungeachtet ihres Alters, in einen Zustand gestürzt, der demjenigen einer Frau ähnelt, die das Fortpflanzungsalter schon lange hinter sich hat. Sie haben Schlafstörungen, sind von einer überwältigenden Angst gepackt, von Melancholie – in manchen Fällen von Wahnsinn. Und natürlich sind sie alle unfruchtbar.«
»Dr. Martinet, meinen Sie die *Wechseljahre*?«

Aus einem Buch, das mir Dr. Martinet geliehen hat:
Zuerst wird man im Nacken füllig, wo sich an der untersten Halswirbelsäule zwei Wölbungen bilden.

Die Brüste werden flach und hart, weniger weich.
Die Beine und Arme trocknen aus, ähneln denen eines Mannes.
Der Bauch vergrößert sich in einem Maße, dass die Frau schwanger wirken kann.
Häufig zeigt sich Bartwuchs.

Ich sitze am Schreibtisch in meinem karg möblierten Zimmer, das auf die Hauptstraße von Plombières blickt. Es ist warm. Ich habe die Doppeltür zum Balkon weit geöffnet. Ich höre die Geräusche von Pferden, Kutschen, Leuten, die sprechen, gehen. Irgendwo spielt irgendjemand wunderschön auf einer Violine. Meine Unterhaltung mit Dr. Martinet hat mich offen gestanden erschüttert. Es war mir noch nie in den Sinn gekommen, dass ich jenseits des Fruchtbarkeitsalters sein könnte. Ich denke an alte Frauen, krumm und verhutzelt, schnurrbärtig und mürrisch, und Verzweiflung packt mich.

16. Juni

Heute Nachmittag lernte ich die Duschen kennen – »die Folterkammer«, wie es die Frauen hier nennen. Jetzt weiß ich warum.
In einer Außenkammer wurde ich von einer Bademeisterin gebeten, meine Kleider abzulegen – alle. In diesem Evaskostüm betrat ich einen kleinen Raum voller Dampf. Eine Frau stand vor einem geschlossenen Vorhang aus weißem Segeltuch.
Ich erschrak, als ich einen Mann sagen hörte: »Madame Bonaparte.« Die Stimme kam von hinter dem Vorhang. »Hier spricht Dr. Martinet. Erschrecken Sie nicht! Ihre Intimsphäre wird respektiert. Sind Sie bereit?«
Der Dampf war bereits so dicht, dass ich meinte, aus Luftnot ersticken zu müssen. Die Bademeisterin, eine dünne Frau mit einer gewaltigen Nase, machte sich an einem Schlauch und einer

Reihe von Ventilen zu schaffen. Vor ihr war eine Grube, auf die sie einen kräftigen Strahl dampfenden Wassers richtete. »Stellen Sie sich auf die Markierung«, sagte sie und hielt den bebenden Schlauch zur Seite. Ich stellte mich auf einen verblassten grünen Kreis in der Mitte der Grube. »Drehen Sie sich um.«

»Meine Helferin wird den Wasserstrahl zunächst auf den unteren Teil des Nackens richten.« Dr. Martinets Stimme klang geisterhaft, losgelöst. »Dann wird sie ihn langsam an der Wirbelsäule entlang nach unten führen. Was Sie empfinden, kann unangenehm sein, aber seien Sie versichert, dass Sie trotz des Brennens in Wirklichkeit nicht verbrannt werden. Es stehen Haltegriffe zur Verfügung, falls Sie sich abstützen wollen.«

Ich klammerte mich an den Griffen fest.

»Das Genick ist das Zentrum Ihres Daseins, das Zentrum des Lebens. Die Schwester wird jetzt mit dem Abwärtsstrahlen beginnen.«

Der kochende Wasserstrahl brannte sich langsam seinen Weg an meiner Wirbelsäule entlang nach unten. *Es war entsetzlich!* Ich würde ihn umbringen, schwor ich, aber nicht schnell. Schnell wäre zu freundlich.

Am Ende dieser Tortur war ich so schwach, dass mir die Bademeisterin in den angrenzenden Raum helfen musste, wo ich auf ein Bett gelegt und allein gelassen wurde, um in großen Mengen zu schwitzen. Eine Kur, hat man mir gesagt. Wenn ich sie überlebe.

2. Prairial, Palais Luxembourg

Chère amie,

in Paris brodelt es schon wieder. Im vergangenen Jahr wurden wir von rechts angegriffen, in diesem Jahr von links. Wie befürchtet, führten die Wahlen dazu, dass eine Anzahl radikaler Revolutionäre Sitze in der Legislativen einnehmen, die alle ein gemeinsames Ziel haben: die Direkto-

ren zu Fall zu bringen. Den Ausschuss, den wir einsetzten um die Wahlergebnisse zu überprüfen, disqualifizierte einen von vier. Du kannst dir die Reaktion ja vorstellen.
Bedauerlicherweise gehört Tallien zu den Disqualifizierten, und ich kann nichts gegen diese Entscheidung unternehmen. Thérèse hat mich gebeten, ihm eine Position bei Bonaparte in Ägypten zu verschaffen. Ehrlich gesagt, glaube ich, dass sie ihn aus dem Land haben will.

Père Barras

4. Juni, Paris

Verehrte Schwester,
als Geschäftsführer der Bonaparte Familienstiftung habe ich von meinem jüngeren Bruder die Anweisung erhalten, Ihnen an jedem Ersten eines Monats dreitausend Francs zukommen zu lassen. Ich habe Bürger Emmery, Ihrem Bankier, eine Banknote gesandt. Ich rate Ihnen, verantwortungsbewusst damit umzugehen.*
Als Antwort auf Ihre Frage: Für die Kosten einer Kur in Plombières ist die Bonaparte Familienstiftung nicht verantwortlich. Die mangelnde Fruchtbarkeit einer Frau ist eine Bürde, welche die Ehefrau tragen muss. Das Familieneigentum des Ehemanns sollte damit nicht belastet werden.

Mit familiären Grüßen, Joseph Bonaparte

23. Mai, Rue de Thrévenot, Paris

Liebe Rose,
Émilie ist jetzt verheiratet; ich war in Tränen aufgelöst. Du wurdest vermisst – unsere kleine Gesellschaft war sehr unvollständig ohne dich. Die Braut sah bildhübsch aus in dem Kleid, das du für sie hast machen lassen, wenngleich sie kein Wort sprach, was ich einer jungfräulichen Vorahnung

* Die Stiftung dürfte sich fast ausschließlich aus den acht Millionen Francs finanziert haben, die Bonaparte aus Italien mitgebracht haben soll.

zuschrieb. Als ich allerdings später die Braut und Hortense weinend im Puderraum entdeckte, erfuhr ich, dass mehr an der Geschichte dran ist. Die Braut hat deiner Tochter offensichtlich gestanden, dass sie einen anderen liebt.
Ich belehrte die Mädchen über Pflichterfüllung und darüber, dass Geschehenes nun mal geschehen ist und dass das Schicksal Émilie dazu bestimmt hätte, Leutnant Lavalette zu heiraten, wie es nun ja auch geschehen wäre – dann ging ich, um mich um meine Gäste zu kümmern. Schließlich erschienen die Mädchen, Émilie mit rotem Gesicht und traurig. Der Bräutigam – ein reizender Mann, wenn auch ein wenig einfältig – hat den Kummer seiner jungen Frau glücklicherweise nicht bemerkt.
Ich habe dich davor gewarnt, den Mädchen die Lektüre von Liebesromanen zu erlauben. Nun siehst du, was dabei herauskommt.

Vergiss nicht zu beten.
Deine Patin, Tante Désirée

Anmerkung – Ich las im Publiciste, *dass die Flotte auf dem Weg nach Spanien ist. Und ich dachte, sie führe nach Afrika! Ich bin erleichtert, wie ich gestehen muss. In Spanien kann Eugène wenigstens zur Kirche gehen. Und noch etwas – Madame Campan bat mich, dich an Hortenses und Émilies Unterricht zu erinnern.**

Chère Maman,
ich muss etwas Schreckliches gestehen. Émilie ist unglücklich, und das ist allein meine Schuld. Es fing zeitig im Frühjahr an. Louis Bonaparte hatte sich angewöhnt, unsere Schule aufzusuchen, und ich sagte Émilie, der Grund wäre, dass er sie gern hätte. Aber die Wahrheit, die schreckliche Wahrheit war, dass ich befürchtete, er hätte mich gern, und ich wollte nicht, dass es irgendjemand merkte! Und dann hat sie sich in ihn verliebt! Und das ist der Grund, warum der arme Louis an dem Kreuzzug

* Für eine junge verheiratete Frau war es nicht ungewöhnlich, ein Internat zu besuchen, wenn ihr Ehemann fort war.

teilnehmen muss und die arme Émilie unglücklich verheiratet ist. Ach, meine liebe Maman, ich möchte vor Scham sterben.

Deine Tochter Hortense

[Ohne Datum]

Ich weiß nicht, was ich von Hortenses Brief halten soll. Der Gedanke, dass Émilie unglücklich ist, bestürzt mich, aber gleichzeitig gebe ich zu, dass ich von dem Eingeständnis, dass Louis meine Tochter gern hat, entzückt bin – meine Tochter, die sich so sehr vor jungen Männern fürchtet! Wie soll ich sie bloß jemals verheiraten?

17. Mai, Korsika

Verehrte Schwester,
mit diesem Brief möchte ich Ihnen mitteilen, dass mein Mann abkömmlich ist, um das Kommando der Festung in Marseille zu übernehmen. Bitte teilen Sie Direktor Barras mit, dass General Bonapartes Schwager der einzige geeignete Kandidat für den Posten ist. Wir werden im Juli nach Marseille umziehen.

Elisa Bonaparte Bacchiocchi

[Ohne Datum]

Nachdem ich meine Briefe aufgegeben hatte, machte ich einen langen Spaziergang den Berg hinauf zu einer kleinen, auf dem Gipfel eines steilen Hügels thronenden Kapelle, ein reizender Steinbau mit Blick über das Tal. Ich musste die Tür aufstemmen. Drinnen war es muffig und feucht. Die Stille war bedrückend, tröstlich. Allein mit meinen Gedanken saß ich eine Weile so da. Aus einem Impuls heraus kniete ich nieder.
So viele Gebete purzelten mir aus dem Herzen! Ich betete für

die Sicherheit der Flotte, für Bonaparte und die Buben. Ich betete, dass Émilie ihren Ehemann lieben lernte und sich das Gemüt meiner Tochter beruhigte. Ich betete für die Gesundheit von Tante Désirée und dem alten Marquis und für den Erfolg meiner Behandlung hier. Ich betete, dass die Firma Bodin gedeihen möge und dass ich bald meine Schulden zurückzahlen und für die Zukunft meiner Kinder sorgen könnte. Aber vor allem betete ich um Geduld im Umgang mit Bonapartes Familie.

18. Juni

Ein Tag in den Bädern – riesige, dampfende Becken mit Köpfen gesprenkelt, Frauen mit hellen Kopftüchern. In der höhlenartigen Kammer hallten die Geräusche von Lachen, geflüstertem Klatsch wider. Schultern tauchten ein, Zehen tauchten auf, ein Knie, zwei. Träge dahintreibend lachte eine Frau, ein andere machte Blasen. Eine Traumwelt ist das.

[Ohne Datum]

Ich hatte einen Unfall.* Hortense ist jetzt bei mir, Gott sei Dank. Große Schmerzen, Verzweiflung.

23. Juni, Rue de Thrévenot, Paris

Liebe Rose,
wenn man sich vorstellt, dass du fast gestorben wärst! Ich füge eine Unze Süßholzwurzel und Koriandersamen bei, aus dem dein Mädchen ein aus-

* Am 20. Juni waren Joséphine und drei Bekannte auf ihrem Balkon, als dieser einstürzte. Joséphines Verletzungen waren kritisch. Sie wurde sofort in das Fell eines frisch geschlachteten Lamms gewickelt. Eine Zeit lang war ungewiss, ob sie überleben würde, und man schickte nach Hortense. Joséphines Kur, über die in einer medizinischen Zeitschrift berichtet wurde, bestand aus einer erbarmungslosen Behandlung mit Klistieren und Duschen.

gezeichnetes Abführmittel herstellen kann. Schabe die Süßholzwurzel und schneide sie dünn, zerquetsche die Samen, gib beides in einen halben Liter Wasser und koche es ein wenig. Seihe dieses Wasser in ein Unze Sennesblätter, und lass es sechs Stunden ziehen. Gieße es von den Sennablättern ab und trinke es, während du fastest.
Vergiss nicht zu beten, jetzt mehr denn je.

Deine Patin Tante Désirée

Anmerkung – Meine Nachbarin teilt mir mit, dass die Flotte auf dem Weg nach Spanien ist. Sie hat es im Messager des Relations Extérieures *gelesen. Aber in einem Artikel im* Postillion de Calais *steht, dass dein Mann beabsichtigt, die Insel Malta einzunehmen. Ist das nicht in der anderen Richtung?*

23. Juni, La Chaumière

Schätzchen,
die Ehrenjungfrauen haben geweint, als sie von deinem schrecklichen Sturz hörten. Die Vorstellung, dass so etwas in einem Kurort passieren konnte, ist erschreckend. Barras berichtet mir, dass der Arzt überzeugt ist, dass du wiederhergestellt wirst. Ich sende dir ein Paket mit Heilmitteln. Es tröstet mich zu wissen, dass Hortense bei dir ist.

Deine dich liebende Freundin Thérèse

24. Juni, Palais Luxembourg

Chère amie,
Dr. Martinet versichert mir, dass du außer Gefahr bist. Du musst seine einzige Patientin sein; das Abfassen der Mitteilungen, die er schickt, dürfte Stunden dauern, ganz zu schweigen von den Berichten, die er in einer medizinischen Zeitschrift veröffentlicht hat und in denen er übertrieben ausführlich jedes einzelne Heilmittel beschreibt, das er verabreicht. (Weißt du das eigentlich?)

Ich habe deiner Bitte entsprechend an General Brune geschrieben. Ich lasse es dich wissen, sobald ich etwas höre. Das Letzte, worüber du dir gerade jetzt Sorgen machen musst, ist die Firma Bodin. Mache dir keine Gedanken, »Papa bringt das schon in Ordnung«.*

Père Barras

8. Juli

Es ist jetzt schon achtzehn Tage her. Meine Arme, die zwar immer noch schreckliche blaue Flecken haben und bei jeder Bewegung schmerzen, sind aus den Bandagen heraus. Wenigstens kann ich jetzt wieder selbst essen und schreiben, obwohl meine Handschrift noch zittrig ist. Ich werde sowohl getröstet als auch geplagt von einem ständigen Strom von Leuten, die mir gute Besserung wünschen.
An den eigentlichen Sturz kann ich mich kaum noch erinnern. Das Erste, woran ich mich erinnere, ist, dass ich auf der Straße lag und über mir Männer standen, alles wie in einem Traum. Und dann der stechende Schmerz, als man mich herumdrehte – ich soll entsetzlich aufgeschrien haben – und dann die Ekel erregende Labsal von etwas Warmem und Feuchtem auf meiner Haut, der wollene Geruch von Blut (denn ein geistesgegenwärtiger Diener hatte ein Lamm geschlachtet und mich in sein noch warmes Fell gewickelt). Dann begannen die Behandlungen – die Heilmittel und Duschen, die Bäder, die Blutegel, der Aderlass und die Tees. Ich bin entschlossen, wieder gesund zu werden, wenn dadurch nur die »Kur« beendet wird!
Hortense ist aufopferungswürdig und lieb (aber sie langweilt sich, wie ich befürchte). »Ich liebe dich«, sagte ich ihr heute

* Das Kommando über die italienische Armee ging von Napoléon an General Berthier, Napoléons früheren Stabschef, und dann an General Brune über. Berthier hatte die Firma Bodin begünstigt (möglicherweise war er an den finanziellen Gewinnen beteiligt), General Brune tat dies jedoch nicht und drohte, den Vertrag zu lösen.

Morgen, als sie mich in meinem Behindertenstuhl herumschob. »Was auch immer mit mir geschieht, ich möchte dir nicht zur Last fallen.«
Sie beugte sich unter meinen Sonnenschutz und küsste mich auf die Wange. »Du *wirst* wieder gehen, Maman.«
Für diese Zärtlichkeit zwischen uns lohnt es sich beinahe, dass ich so leiden muss.

10. Juli

Wieder schreckliche Schmerzen – gerade, als ich dachte, es ginge mir besser. Ein Gefühl der Hoffnungslosigkeit ergreift mich. Es ist schon zwanzig Tage her, und ich kann immer noch nicht stehen.

9. Messidor, Palais Luxembourg

Chère amie,
ich möchte, dass du die Erste bist, die es erfährt. Bonaparte ist Nelsons Schiffen ausgewichen und hat Malta besetzt – ein unglaublicher Glücksfall.
Père Barras

16. Juli

Ich bin drei Minuten gelaufen. Stechende Schmerzen.

22. Messidor, Palais Luxembourg

Chère amie,
gemessen an dem unablässigen Strom von Petitionen, die du mir schon gesandt hast, bist du zweifellos auf dem Weg der Besserung. Was deine Gesuche angeht, bitte ich dich davon Notiz zu nehmen, was ich bereits getan habe:

1. Eine Beschäftigung für den Neffen der früheren Äbtissin des Klosters von Panthémont gefunden.
2. Dafür gesorgt, dass der Frau von Bonapartes Arzt, Bürgerin Yvan, ihre Gratifikation gesandt wurde. (Sie bat mich, dir mitzuteilen, dass es Mops gut geht und er sogar schon rundlich geworden ist.)
3. Bürger Félix Bacchiocchi, den hoch geschätzten Schwager des Generals, zum Kommandeur der Festung Saint-Nicolas in Marseille ernannt. Ich bete zu Gott, dass die Bürger dieser Stadt niemals seines Schutzes bedürfen.
4. Es erreicht (endlich – es war nicht leicht), dass die Namen von drei der fünf Bürger, um die du ersucht hast, aus der Liste gelöscht wurden.
5. Und nicht zuletzt ist es mir bezüglich dieser feurigen Tänzerin, die wegen ihrer so genannten Überzeugungen (wohl eher wegen Tändelns mit französischen Soldaten) aus Mailand gejagt wurde, gelungen, ihr eine Anstellung bei der Opéra-Comique zu verschaffen (Sie hat mir »Wiedergutmachung« angeboten. Wenn doch nur jeder Akt der Barmherzigkeit so lohnenswert wäre.)
Aber dich, meine Freundin, möchte ich Folgendes fragen: Wie finden eigentlich alle diese seltsamen und ziemlich jammervollen Gestalten ihren Weg zu dir? Du solltest vorsichtig sein, Chérie. Dein letzter Brief hat mich ziemlich erschreckt.

Père Barras

17. Juli, Paris

Verehrte Schwester:
Mir ist klar, dass vierzigtausend pro Jahr sich auf dreitausenddreihundertdreiunddreißig Francs pro Monat belaufen. Man muss allerdings die Verwaltungskosten berücksichtigen.
Ich habe Dr. Martinet die Rechnungen, die er seit Ihrem Sturz vorgelegt hat, zurückgesandt. Ich habe ihm mitgeteilt, dass Sie selbst für alle weiteren Ausgaben im Verlauf einer Behandlung gegen Unfruchtbarkeit, wie unerwartet und ungewöhnlich auch immer, verantwortlich sind. Die Bo-

naparte Familienstiftung kann nicht dafür verantwortlich gemacht werden.

Mit familiären Grüßen Joseph Bonaparte

18. Juli, La Chaumière

Schätzchen,
es hätte dir großen Spaß gemacht, den Umzug, der gestern hier stattgefunden hat, zu sehen: Achtzig mit der prächtigsten Kunst aus Italien beladene Wagen wurden unter großem Beifall zum Louvre transportiert. Ein Transparent über jeder der riesigen Kisten verkündete den Inhalt – Rubens, Tizian, Domenichino, Guercino. Es reichte, um selbst die Unkultiviertesten unter uns in Ohnmacht fallen zu lassen. Aber der Triumph waren selbstverständlich die vier Pferde von Sankt Markus aus Venedig. Natürlich versäumten die Direktoren, es deinem Mann als Verdienst anzurechnen, dass er diese ganze wundervolle Beute nach Paris gebracht hat. Oh, entschuldige, ich vergaß mich – dass er »geniale Werke befreit« hat. Zumindest wird man wohl in Paris die Statue des Apollo ohne sein lächerliches Feigenblatt besichtigen können. Wenn das nicht Befreiung heißt, was dann?

Deine dich liebende Freundin Thérèse

4. August, Palais Luxembourg

Chère amie,
Siege in Ägypten! Einer bei El-Ramanyeh, ein anderer bei Chebreis und dann, der Gnadenstoß, ein entscheidender Sieg über die Mamelucken in der Nähe von Kairo. »Die Schlacht bei den Pyramiden« haben wir sie genannt.
Ich weiß, dass du, so ermutigend diese Nachricht auch ist, enttäuscht sein wirst über die fehlenden Briefe aus diesem Land. Bedauerlicherweise entführen die Engländer jedes Schiff, das Bonaparte in unsere Richtung entsendet. Diese Beziehung entbehrt nicht eines gewissen Charmes. Wir brin-

gen ihre Schiffe auf, lesen ihre Post; sie bringen unsere Schiffe auf, lesen unsere Post. Wenn doch nur ihre Briefe interessanter wären.
Bezüglich banalerer Angelegenheiten wird es dich amüsieren zu erfahren, dass General Brune die ganze Strecke von Mailand nach Paris zurücklegte, nur um sich über die Machenschaften gewisser Funktionäre unserer Regierung vor Ort zu beschweren, eingeschlossen die »schamlose Plünderei« deiner reizenden Schwägerin Pauline Bonaparte und ihres Komplizen in Sachen Habgier, ihres Ehemannes General Victor Leclerc.
Bevor General Brune nach Mailand zurückkehrte, gelang es mir jedoch, ihn wegen der Verträge mit Bodin ins »Gebet« zu nehmen. Die kleinste Andeutung einer Belohnung versetzte ihn in eine bereitwillige Stimmung. Ach, diese tugendhaften Republikaner sind am leichtesten zu bestechen.

Père Barras

*Anmerkung – Verzeih mir, meine Liebe, aber ich kann und will mich einfach nicht für Bürger Lahorie einsetzen. Als Direktor dieser Republik muss ich von Zeit zu Zeit verantwortungsbewusst handeln. Ich weiß, dass er ein Freund deines ersten Mannes war und du dem Mann deshalb helfen möchtest, aber ehrlich gesagt, er ist ein Idiot.**

9. August

Ich bin zehn Minuten gelaufen. Ich bin fest entschlossen, zu Bonaparte nach Ägypten zu reisen.

* Lahorie gab Joséphine die Schuld für Barras' Ablehnung. Folglich schloss er sich 1812 einer Verschwörung zum Sturz Napoléons an und wurde wegen Verrats erschossen.

Auf die Siege folgt die Niederlage

16. September 1798 – Paris

Bei meiner Heimkehr erwarteten mich niederschmetternde Neuigkeiten. In einem gewaltigen Stapel von Visitenkarten, Päckchen, Glückwunschbriefen und den üblichen Forderungen von Rechnungseintreibern war eine Briefchen von Barras vergraben: *Such mich auf, sobald du angekommen bist. Dringend.*
Ich setzte meinen Hut wieder auf. »Was ist los, Maman?« Hortense reagierte mittlerweile feinfühlig auf meine Stimmungen.
»Direktor Barras möchte mich sehen.« Zweifellos hatte es mit Nachrichten aus dem Osten, die Bonaparte betrafen, zu tun. Oder vielleicht Eugène! Das Wort *dringend* gefiel mir nicht.
Es dauerte einige Zeit, um zum Palais zu gelangen – die Straßen waren verstopft, und überall waren Festtagszeichen zu sehen, Vorbereitungen auf die Feierlichkeiten zum Republikanischen Jahr VII. In der Rue Honoré hatte man vom Glockenturm einer Kirche ein riesiges Transparent gehängt, das Bonaparte mit Palmen und Pyramiden im Hintergrund zeigte.
»Madame Bonaparte!« Barras' ältlicher Kammerdiener sprang hoch. »Direktor Barras hat schon sehr auf Ihr Eintreffen gewartet.« Bruno zog die großen Eichentüren auf.
Barras spielte Violine, als ich eintrat. Er hörte abrupt auf, als er mich sah. Sein goldgefasstes Lorgnon fiel herunter und baumelte an einem rosafarbenen Band. Sein Blick war zärtlich und bekümmert. »Ich bin ja so erleichtert, dich zu sehen. Hast du

die Reise überlebt? Du siehst dünn aus.« Seine Stimme klang liebevoll, glockenhell.
Ich umarmte ihn, atmete seinen vertrauten Duft ein, Amberöl. Wie es mir ging? Gut, gut, log ich. In Wahrheit war die Reise qualvoll gewesen, aber ich wollte nicht aufzählen, was mir alles wehtat. »Ich habe deine Nachricht erhalten.« Ich nahm behutsam Platz, denn nach zwei Tagen in einer rumpelnden Kutsche war meine Hüfte entzündet. »Ich bin offen gestanden beunruhigt.«
»Sicher! Sicher!« Barras nahm den Sessel in meiner Nähe und rutschte unbehaglich hin und her. »Wir haben ... Neuigkeiten erhalten«, sagte er und räusperte sich. Sein Adamsapfel hüpfte auf und ab.
»Paul, bitte, sag es mir – geht es ihnen gut?« Nichts konnte schlimmer sein als das, was ich mir vorstellte.
»Bonaparte, meinst du?«
»Ja – und den Buben.« Eugène, Louis.
»Sicher, doch. Es geht ihnen gut, glaube mir, aber es hat da ... Wie soll ich es ausdrücken? Es hat da einen kleinen Rückschlag gegeben. Aber ich versichere dir, Bonaparte und die Buben sind nicht in Gefahr«, wiederholte er und hob dabei die linke Hand, als legte er einen Schwur ab, »so wie die meisten Männer.«
Die *meisten*? Ich neigte den Kopf zur Seite, mein Ohrgehänge klimperte.
»Aber die Flotte ist ... gesunken«, flüsterte er.
Gesunken? Ich hörte benommen zu, als Barras es erklärte. Nachdem Admiral Brueys die Flotte in Abukir vor Anker gelegt hatte, griffen die Engländer überraschend an und zerstörten bis auf vier alle unsere Schiffe. Der Kommandant der *Timoléon* steckt sein Schiff lieber in Brand, als sich zu ergeben. Er stand auf Deck, als er starb. Admiral Brueys wurde in zwei Teile gerissen, als er am Ruder der *Orient* stand. Die Explosion des Schießpulvers im Frachtraum konnte man noch in Alexandria, vierzig

Kilometer entfernt, hören. Die Schlacht zog sich über drei Tage hin, die blutigste, die jemals auf See geschlagen wurde. Und trotzdem haben die Engländer kein einziges Schiff verloren.

Überwältigt von dem ungeheuren Ausmaß des Verlusts, presste ich die Faust an die Lippen. Die größte Flotte in der Geschichte seit den Kreuzzügen – *vernichtet*? Über dreitausend Männer getötet oder verwundet. Alle Vorräte – einschließlich des Goldes für den Einkauf von Proviant – *verloren*.

Barras füllte sein Glas auf, wobei er Alkohol auf dem Teppich verschüttete. »Und das Unglückselige daran ist natürlich, dass unsere Truppen jetzt …« Er räusperte sich erneut. »Festsitzen.«

Mein Herz begann zu hämmern. »Aber wir werden sie doch sicherlich befreien«, sagte ich und wrang mein Taschentuch.

»Ich wüsste nicht wie! Die Engländer kontrollieren jetzt das Mittelmeer. Es ist nicht einmal sicher, ob wir ein Postboot durchschleusen können.«

Eine panische Angst ergriff mich. Ich musste nach Hause, bevor sie mich überwältigte.

»Du wirst verstehen, dass wir dies geheim halten«, fuhr er fort.

»Aber Paul, eine ganze Flotte, wie könnt ihr …«

»Morgen eröffnet die Ausstellung! Wir haben das spektakulärste Neujahrsfest geplant, das man sich denken kann, um Bonapartes Siege zu feiern. Und nun *das*. Die Leute lachen uns sowieso schon aus. Man wirft mir bereits jedes Laster vor, jede kriminelle Tat, jeden geringfügigen Diebstahl. Nach dem, was die Leute so reden, bin ich ein viel beschäftigter Mann. Hast du schon von diesem Plakat mit einer Lanze, einem Salatblatt und einer Ratte gehört? Es hängt überall, du wirst es sehen. Ich habe es schließlich begriffen: *Das siebte Jahr wird ihn töten.** Und, weißt du, allmählich denke ich, dass sie vielleicht …«

* Lancette (Lanze), laitue (Salat), rat (Ratte): ein Spiel mit den Worten *l'an sept le tuera.*

»Paul, bitte, sag es mir. Was hat das zu bedeuten?«
Barras' Glas verfehlte den Kamin und zersplitterte an der Wand. Toto sprang hoch und duckte sich. »Das hat zu bedeuten, dass die *gottverdammten* Engländer die gesamte französische Flotte versenkt haben.« Er ließ sich wieder in seinen Sessel sinken, die Hände über den Augen. »Grand Dieu, ich werde noch wahnsinnig.«

17. September

Hortense hüpfte vor Aufregung auf und nieder. »An allen Pfosten sind Bänder und Blumensträuße.«
»Und bunte Seidentransparente, die im Wind flattern«, sagte Émilie (nun Madame *Lavalette*).
»Das ist wunderbar«, sagte ich, bemüht, ein wenig Begeisterung in meine Stimme zu legen.
Hortense horchte besorgt auf. »Wir gehen doch zu der Ausstellung, Maman – nicht wahr?«
Glückwünsche zu den Siegen meines Mannes entgegennehmen, lächeln, verbeugen, nicken – sich nichts anmerken lassen: Es war einfacher, als ich gedacht hatte. Wie aus weiter Ferne sah ich zu, wie die Menschen im Ruhmesglanz ihres Landes, in der Illusion des Sieges tanzten, sangen, taumelten. Die Erkenntnis der Niederlage würde sich noch früh genug einstellen. Vielleicht ist es ja immer so. Vielleicht sind alle Siege trügerisch, ist die Niederlage die unausweichliche Wirklichkeit.
Oder vielleicht, eher der Wahrheit entsprechend, wollte auch ich nicht darüber nachdenken, was ich mit Sicherheit wusste, dass auf den größten Sieg die größte Niederlage gefolgt war.
Ich spürte eine leichte Berührung an meiner Schulter. Barras, der krank aussah – zweifellos von der Zecherei gestern Abend. »Wie kommst du zurecht?«, fragte er. Seine leise Stimme ging in all dem Tumult fast unter. Er trug die Amtsrobe eines Direk-

tors, einen gewaltigen purpurroten Umhang aus Kaschmir und eine Toque aus Samt mit einer Trikolorefeder.

»Gar nicht so schlecht«, sagte ich, während ich Hortense, Caroline, Émilie und Jérôme im Auge behielt, die drüben bei einem Limonadenverkäufer waren. Eine Enklave von Bonapartes saß in einer von Seilen abgesperrten Gruppe direkt vor der Bühne. »Es ist nicht so schwer, wie ich dachte.« Das heißt, während des Tages. Während der Nacht war es etwas anderes. »Wissen *sie* es?« Ich deutete mit dem Kopf zu den Bonapartes – Joseph und seine Frau Julie, Lucien (zurück aus Korsika), Pauline und Victor Leclerc (vor kurzem aus Mailand eingetroffen). Alle sahen inmitten so großer Feierstimmung merkwürdig missmutig aus.

»Sicher nicht. Dieser hitzköpfige Lucien würde es augenblicklich dem *Moniteur* zuspielen, zusammen mit Beschuldigungen, dass es die Schuld der Direktoren sei – meine Schuld, genauer gesagt. Wusstest du, dass man ihn zum Sekretär der Fünfhundert gemacht hat?«

»Aber er ist doch erst vor drei Monaten zum Deputierten gewählt worden.«

»Er hat sich aufgrund seiner eher großmäuligen Opposition gegenüber den Direktoren – aufgrund seiner Opposition mir gegenüber, sollte ich wohl sagen – recht beliebt gemacht. Und was diesen lächelnden Schakal angeht, diesen sanftmütigen …« Er zog eine Augenbraue hoch. »Ich würde mit Joseph Bonaparte nicht durch eine dunkle Gasse gehen, um es mal so auszudrücken.«

»Aber warum schauen sie alle so verdrießlich drein?«

Barras schnaubte. »Ihre Plätze gefallen ihnen nicht, sie sollten oben auf der Bühne sitzen, auf den Plakaten sollten ihre Köpfe sein, es sollten mehr Plakate sein, die Plakate sind nicht groß genug.« Er warf die Hände in die Luft. »Kurz gesagt, es ist nicht genug. Offensichtlich ist es für einen Bonaparte nie genug. Deinen Mann natürlich ausgenommen.«

»Natürlich«, plapperte ich nach – offen gestanden war ich da nicht so sicher. Eine attraktive junge Frau hatte sich nach vorn gebeugt, um mit Joseph zu sprechen. Sie hatte irgendetwas mir Vertrautes an sich.

»Bereit, Direktor Barras?« Es war Direktor Neufchâteau, das neueste Mitglied im Rat der fünf Direktoren und als Innenminister der führende Kopf hinter der Ausstellung. Ich suchte nach einer Gelegenheit, ihm persönlich für seine Antwort auf meine Bitte, die Gelder für die Gemeinden der Vogesen zu erhöhen, zu danken. Obendrein hatte ich eine Anzahl weiterer Bitten vorzutragen. Doch am wichtigsten war, dass Bonaparte Verbündete brauchen würde – gerade jetzt.

Ich gab Direktor Neufchâteau die Hand. »Eine großartige Vorführung, Direktor, sehr inspirierend. Meinen Glückwunsch.«

Die Frau, die mit Joseph sprach, richtete sich auf, drehte sich um – Lisette! Sie schritt auf eine Tür zu, die Edelsteine in ihrem Kopfschmuck glitzerten im Licht der Fackeln. Fouché hatte mich gewarnt, dass sie mit den Bonapartes verkehrte. Warum hatte sie mit Joseph gesprochen?, fragte ich mich mit Besorgnis, denn ich erinnerte mich an ihre Worte: *Das werden Sie noch bereuen!*

Die Militärkapelle spielte sich ein. Ich bemerkte, dass sich in der Menge etwas rührte, Hälse, die sich reckten. »Ah, da ist sie ja«, sagte Barras in provenzalischem Dialekt, »unsere schöne Amazone.« Ich schaute zum Eingang. Es war Thérèse, die in schimmerndem Silber und Mauve die Menge überragte. Ihr folgten mit Abstand ihr Lakai und ihr Kindermädchen, das Thermidor in wippenden Röckchen trug. Thérèse entdeckte mich, machte ein überraschtes Gesicht und winkte heftig.

Direktor Neufchâteau legte Barras die behandschuhte Hand auf die Schulter. »Wir werden gleich aufgerufen, Direktor«, sagte er. Die beiden Männer steuerten auf die Bühne zu.

»Ich wusste ja überhaupt nicht, dass du zurück bist«, rief Thérèse und schloss mich in die Arme.
Ich nahm ihre Hand, und meine Kehle war plötzlich unerklärlicherweise wie zugeschnürt. Es tat so gut, sie zu sehen. Thérèse hielt mich auf Armeslänge fest. »Und wie geht es dir?«
»Ich werde wieder ganz gesund werden.« Glaube ich. »Ich laufe, das ist das Wichtige.«
»Und was hältst du von alledem?«, fragte Thérèse, bevor ich ihr von Lisette erzählen konnte. »Jeder spielt verrückt wegen deines Mannes. Vielleicht stimmt es ja, was er sagt – vielleicht bist du ja wirklich seine Glücksgöttin.«
Ich wandte mich ab. Thérèse konnte man nicht belügen. Glücklicherweise erschien das Kindermädchen mit Thermidor, die den Daumen im Mund hatte und mit ihren großen Augen vor sich hin stierte. »Die Kleine ist schläfrig«, sagte Thérèse.
»Ich bin nicht klein«, sagte Thermidor und nahm den Daumen aus dem Mund. »Ich bin schon …«
»Drei! Ich weiß.« Ich nahm sie in die Arme. »Nein so was, du bist ja wirklich ein großes Mädchen.« Sie roch nach Seife. Ich drückte ihre seidige Wange an meine.
»Du wirst eine wunderbare Großmutter abgeben«, sagte Thérèse.
Sie hatte nicht gesagt *eine wundervolle Mutter*.

19. September

Eine schlaflose Nacht. Vor einem Jahr starb Lazare, doch ich denke immer noch oft an ihn. Ich bin keine Glücksgöttin. Jeder Mann, den ich jemals geliebt habe, ist tot. Der Gedanke, dass Bonaparte und Eugène etwas zustoßen könnte, macht mich krank. Ich habe schon zu viele geliebte Menschen betrauert. Ich bitte meine Schutzengel: Fliegt, fliegt! Fliegt zu ihnen. Bewahrt sie davor, dass ihnen etwas zustößt.

21. September

Ach, meine Ehrenjungfrauen …

»Schätzchen, wir sind ja so *erleichtert*, dich zu sehen. Was hast du mit deinen Haaren gemacht?«

»Ich liebe dieses Kleid. Dreh dich, dreh dich, lass dich anschauen.«

»Oh, das ist mal etwas anderes, mir gefällt, wie die Schärpe nach oben über die Schultern läuft.«

»Ganz Paris hat ein Loblied auf deinen Mann gesungen.«

»Der französische Cäsar, nennt ihn mein Koch.«

»Jeder.«

»Heil, Cäsar!« Fortunée Hamelin trug eine blaue Perücke. Sie hatte eine von Thérèses blonden gefärbt. »Oh, dieser Champagner ist aber ausgezeichnet«, sagte sie und ruckelte mit den Schultern, damit ihr Mieder nach unten rutschte. »Du solltest dein Mädchen besser noch ein paar Flaschen heraufbringen lassen, Joséphine. Na, siehst du? Ich habe es nicht vergessen.«

»Stimmt es? Bürgerin Marmont erzählte mir, dass du mit ihr nach Ägypten reist, dass der General die *Pamone* von Malta zurückschickt, nur um dich abzuholen.«

»Das ist ja so romantisch. Ich hätte auch gerne, dass man mir ein Schiff schickt.«

»Aber geht es dir denn gut genug für eine Reise, Schätzchen? Mir fiel auf, dass du beim Laufen ein wenig hinkst.«

»Wir haben *alles* über deine Behandlung in dieser medizinischen Zeitschrift gelesen – wie grässlich.«

»Es ist ein Wunder, dass du die Kur überlebt hast.«

»All diese Klistiere.« Die hellen Seidenblumen, die sich auf Madame de Crénys Rüschenhaube türmten, ließen sie noch kleiner wirken, als sie sowieso schon war.

»Das ist etwas, was ich einfach nicht ausstehen kann.«

»Klistiere? Manche Frauen haben sie gern.« Minerva kicherte.

»Und manche Männer machen sie gern.«
»Parbleu!« Fortunée Hamelin lachte schallend.
»Es stimmt. Madame Mercier beklagt sich ständig, dass ihr Mann ihr zu viel Abführmittel gibt.«
»Na, so ein Schlingel.«
»Ich möchte ja *wirklich* nicht das Thema wechseln, Joséphine, aber dieses große Haus weiter unten an der Straße, das an der Ecke der Rue du Mont Blanc – ist das jenes, das deine Schwägerin und ihr Mann gekauft haben?«
»Die Leclercs?« Ich nickte und spielte eine Karte aus. Bei ihrer Rückkehr aus Mailand hatten Pauline und Victor das Anwesen drei Häuser weiter gekauft (mit Bargeld, wie gemunkelt wurde). Jedes Mal, wenn ich dort vorbeikam, sah ich Paulines Gesicht am Fenster. Mein Privatspion, wie ich sie inzwischen insgeheim nannte.
»Ich finde es nett, Familie in der Nähe zu haben«, sagte Madame de Crény.
Thérèse suchte meinen Blick. »Nicht immer«, gab ich zu.
»Oh?« Sie sahen mich gespannt an.
»Du weißt doch, dass du einer Ehrenjungfrau immer vertrauen kannst«, sagte Minerva, die mein Zögern gespürt hatte.
Und dann brach ich zusammen, erzählte alles: dass Joseph geschworen hatte, meine Ehe zu zerstören; dass Bonapartes Mutter mich »die alte Frau« nannte (und Schlimmeres!); dass Pauline mich ausspionierte; dass ich inzwischen endlich begriffen hätte, dass eine Ehefrau für Korsen gar nichts wert war, dass es die Familie des Ehemannes war, die wirklich zählte und dass die Liebe meines Mannes zu mir und meinen Kindern einen tiefen eifersüchtigen Hass in ihnen hervorgerufen hatte.
»Mon Dieu, ich habe ja schon von Vendetten gehört, aber … ich hatte ja keine Ahnung«, rief Madame de Crény.
»Ich bin ziemlich überrascht über den Wirbel wegen deiner ge-

schäftlichen Aktionen. Ich dachte, der Onkel deines Mannes wäre ein Heereslieferant.«
Fesch? Ich nickte. Ebenso wie Joseph. *Und* Lucien.
»Und Pauline und Victor Leclerc nicht?«
Ich verdrehte die Augen, nun ja, schon … sie auch.
»Stimmt es, dass sie von Mailand *zurückgerufen* wurden?«
»Weil sie sich die Taschen gefüllt hatten, wie ich hörte.«
»Man sagt, dass sie einen Landsitz in Italien gekauft haben.«
»Und sich nach einem Besitz in der Nähe von Senlis umsehen.«
»Ich dachte, es wäre der andere Bruder, der sich nach einem Besitz in der Nähe von Senlis umsieht. Wie heißt er noch gleich? Lucien. Der junge Mann mit den dicken Brillengläsern.«
»Aber hat der denn nicht gerade dieses große Stadthaus in der Grand-Rue Vert gekauft?«
»Vom Gehalt eines Deputierten?«
Fortunée Hamelin pfiff. »Ich *liebe* diesen Champagner.«
»Hast du schon von Fortunées Abenteuer gehört, Joséphine?«
»Sie lief die Champs-Élysées entlang – *nackt* bis zur Taille.«
»Sie haben mich herausgefordert.« Fortunée Hamelin machte ein selbstgefälliges Gesicht.
»Sie hat praktisch einen Aufstand ausgelöst.«
»Ich verstehe immer noch nicht, warum«, sagte Fortunée. »Es ist doch nicht so, als hätten die Leute noch nie eine Frau gesehen.«
»Du hättest mal all die Artikel in den Zeitungen lesen sollen.«
»Da wir gerade von Zeitungen sprechen.« Minerva legte ihre Karten ab. »Hat eine von euch den Artikel in *La Révélateur* gelesen? Irgendetwas darüber, dass die Direktoren schon seit einer Woche von der Niederlage unserer Flotte wüssten?«
»*Welche* Niederlage?«
»Das möchte ich ja gerade wissen.«
Sie wandten sich zu mir. Meine Augen füllten sich mit Tränen.

Bitte, nein. Ich möchte nicht diejenige sein, die es ihnen erzählt.

4. November

Gerüchte, dass Alexandria niedergebrannt wurde, dass sich Bonaparte auf dem Rückzug befindet.

16. November

Gerüchte, dass Bonapartes Armee schwankt, dass er umzingelt ist.

12. Dezember

Mein Diener kam in Tränen aufgelöst vom Markt zurück. »General Bonaparte wurde in Kairo getötet!«
Ich brach sofort zum Palais auf, um Barras aufzusuchen. Ich hatte beschlossen, die Zeitungen nicht mehr zu lesen, geschweige denn ihnen zu glauben, aber diesen Bericht konnte ich nicht einfach ignorieren – ich *musste* es wissen.
Die Fahrt zum Palais ging nur langsam voran. Es gab Anzeichen von Unruhe, die sich verstärkten, als ich mich dem Markt näherte. Mehrmals erkannte man meine Kutsche. Ein Mann zog seinen Hut wie bei einem Trauerzug. Ich lehnte mich außer Sichtweite zurück.
Was, wenn Bonaparte tatsächlich getötet worden war?
In dem Moment, als ich Barras sah, brach ich – trotz der Anwesenheit seiner Gäste – in Tränen aus, denn ich las die Antwort in seinen Augen. Meine Knie gaben nach.

Wie aus weiter Ferne konnte ich hören, wie Barras Befehle nach kalten Lappen und Riechsalz erteilte. Er fühlte meinen Puls,

schob meine Augenlider zurück. »Bitte«, sagte ich und versuchte mühsam, mich aufzusetzen. Ich spürte Galle in meiner Kehle. Ein Kreis von Gesichtern blickte auf mich herab, männliche Gesichter.
»Helft mir, sie im Nebenraum aufs Bett zu legen«, hörte ich Barras sagen. Er zog mich hoch. Komischerweise gehorchten mir meine Füße nicht, meine Beine waren wie die einer Lumpenpuppe. Unerklärlicherweise fing ich zu kichern an.
»Sie wird gleich wieder in Ordnung sein«, sagte Barras. »Sie ist kräftiger, als sie aussieht.«
Man legte mich aufs Bett, lockerte meine Bänder, zog eine Wolldecke über mich.
Ich schloss die Augen, wandte den Kopf ab. »Sprich«, sagte ich. »Sag mir, was du weißt.«

Sein Name bedeutete »Wüstenlöwe«, hatte er seinen Männern gesagt.
»Das wusste ich nicht«, sagte ich. Bonaparte hatte davon geträumt, auf einem Elefanten zu reiten, einen Turban zu tragen. »Sprich weiter.«
Soldaten! hatte er gerufen. *Von diesen Pyramiden blicken viertausend Jahre Geschichte auf euch herab!*
»Das ist wunderschön. Er versteht es, sich auszudrücken.«
Er war in Kairo eingezogen mit dem Koran in der einen Hand und Thomas Paines *Menschenrechte* in der anderen. Triumphierend.
»Er hatte viel Sinn fürs Theater«, sagte ich und schloss die Augen, stellte mir den Triumph vor, den er in diesem Augenblick empfunden hatte, wie er sich vorgekommen sein musste, als seine Seele vom Geist des Schicksals durchdrungen wurde, als er auf den Spuren von Alexander dem Großen, von Cäsar wandelte. Er hielt sich für auserwählt. Ich öffnete die Augen. »Barras, er kann nicht tot sein.«

[Ohne Datum]

Jeden Tag Gerüchte – Bonaparte lebt, Bonaparte ist umgekommen. Ich trauere, ich jauchze, ich trauere wieder. Ich beginne jeden Tag mit einem Gebet und der Überzeugung, dass Bonaparte überleben wird, dass er durchhalten wird, dass er siegen wird – doch wenn die Nacht hereinbricht, ziehen Zweifel und Angst wie böse Dämonen in mein Herz ein.
Ich habe die Briefe durchgelesen, die mir Bonaparte zu Beginn unserer Ehe schickte. Ich lese seine glühenden Worte der Liebe und möchte weinen. Ich habe ihn nicht geliebt, wie ich ihn hätte lieben müssen, habe ihm nicht mein Herz geschenkt. Es gibt so vieles, was ich ihm sagen möchte – und nun fürchte ich, dass es zu spät sein könnte.

[Ohne Datum]

Die Leute beobachten mich, suchen nach Hinweisen. »Sie lächelt nicht. Er muss tot sein«, hörte ich zufällig eine Marktfrau sagen.

23. Dezember

Ich bin schon seit zwei Wochen nicht mehr vor die Tür gegangen, unfähig, mich den trauernden Blicken, den frohlockenden Blicken zu stellen. Wohin ich auch gehe, spüre ich Augen.

1. Januar 1799, Neujahrstag

Das Tintenfass in meinem Sekretär war leer. Ich ging nach unten. Im Gästezimmer waren Schreibutensilien.
Es kostete einige Mühe, die Tür aufzustoßen. Ich stand einen Augenblick da, wartete darauf, dass irgendetwas in der Dunkel-

heit Formen annahm. Draußen war es noch hell, aber durch die geschlossenen Vorhänge drang kein Licht. Ich zog die Vorhänge zurück, öffnete die Fenster.

Was soll aus ihm werden?, dachte ich. Und was aus meinem Sohn?

Eine Brise fegte in den Raum, ließ Papiere zu Boden flattern. Die Uhr unter der Glasglocke schlug. Bonaparte wollte aus dem Zimmer einen zweiten Arbeitsraum machen – aber am Schluss hatte die Zeit gefehlt, über solche Sachen auch nur zu diskutieren. Ein Schreibtisch, erinnerte ich mich, Regale und in der Ecke ein Schreibtisch für seinen Sekretär.

Ja, dachte ich, es wird gemacht. Ich werde gleich an die Arbeit gehen, die Architekten rufen lassen, die Möbeltischler, die Stoffhändler – alles für seine Rückkehr vorbereiten. Denn er *wird* zurückkehren.

Ich habe überall Feinde

3. Januar 1799

»Es ist wieder dieser verdammte Schüttelfrost«, sagte Barras unter einem Berg von Decken hervor. »Eine Familientradition.« Sein mit Cambric-Binden umwickeltes Gesicht ähnelte dem einer alten Frau.

Ich verdrängte Toto von seinem kleinen Sessel neben Barras' gewaltigem Bett und nahm Platz. Es erschreckte mich, Barras so geschwächt zu sehen.

»Er kommt, er geht. Schau nicht so besorgt drein.« Er nahm einen Schluck von dem Chininwasser, das ihm sein Zimmermädchen gebracht hatte, dann spuckte er es aus. »Du könntest wenigstens ein bisschen Brandy untermischen.« Sie schlug die Tür hinter sich zu.

»Mein Vater schwor auf Rum«, sagte ich. Das Zimmer roch unangenehm nach Papagei.

»Und *er* ist tot.« Barras schlug auf die Kante der Matratze. Toto sprang neben ihn und schnüffelte herum, bevor er sich neben seinem Herrn zusammenrollte.

»Nun sag schon, gibt es Neuigkeiten?« Ich war immer besorgt, wenn man mich rufen ließ.

»Ich wollte dich nur beruhigen, dass alle diese Gerüchte über Bonapartes Niederlage falsch sind. Wir haben einen Bericht erhalten, dass er eine einhunderttausend Mann starke Armee aufgestellt hat und im Begriff ist, in Syrien einzuziehen.«

»Das ist eine wunderbare Neuigkeit!«, sagte ich und fragte

mich gleichzeitig, wo Syrien liegen mochte. Ich würde auf meiner Landkarte nachsehen, sobald ich zu Hause war.

»In England feuern sie Kanonen vom Londoner Tower ab in der Meinung, er wäre getötet worden. Wie man mir erzählte, wird in London sogar ein Stück mit dem Titel *Bonapartes Tod* aufgeführt. Nun werden sie Kanonen abfeuern müssen, um seine Auferstehung zu verkünden.« Er lachte. »Aber heute Morgen stand etwas im *London Morning Chronicle*, das ich dir, wie ich meinte, zeigen sollte.«

»In der englischen Zeitung?«

Er nickte und kramte in einem Stapel Zeitungen auf seinem Nachttisch herum. »Mein Sekretär arbeitet gerade an einer Übersetzung. Wo ist meine Brille? Verdammt, ich kann überhaupt nichts mehr finden.«

»Betrifft es Bonaparte?« Ich fand seine Brille auf dem Nachttisch und reichte sie ihm. Wann immer es Neuigkeiten gab, ging ich davon aus, dass es schlechte waren.

»Ich wünschte, ich könnte Englisch lesen.« Mit ausgestrecktem Arm blinzelte Barras auf die Zeitung. »Ich wünschte, ich könnte *sehen*.«

»Da steht der Name Beauharnais«, sagte ich, während ich ihm über die Schulter blickte. Etwas über Eugène?

»Ah, da ist ja Botot.«

»Es wird Ihnen nicht gefallen«, warnte uns Barras' Sekretär, der ein Blatt Papier in der Hand hielt. Er las vor: »*Die Veröffentlichung der Briefe, die vertraulich geschrieben werden sollen* …«

»*Geschrieben werden sollen*? Oder *geschrieben wurden*?«

»Geschrieben wurden. Verzeihung. Ja … *der Briefe, die vertraulich geschrieben wurden von Bonaparte und seinen Männern an Freunde und Familie in Frankreich (von unserer Marine abgefangene Briefe) gereicht der Moral unseres Kabinetts wenig zur Ehre. So ein Skandal kann nicht dazu dienen, unsere überregionale Zeitung gut zu machen, um zu adeln* …«

»Warten Sie eine Minute, langsamer, Botot. Das ergibt doch keinen Sinn.«
»Vielleicht liegt es an meiner Übersetzung.«*
»Fahren Sie fort.« Ich lehnte mich auf meinem Sessel vor. Etwas über die Veröffentlichung von Briefen?
»Einer dieser beschlagnahmten Briefe ist von Bonaparte an seinen Bruder, ein Lied über die Ausschweifungen seiner Frau …«
Meine *Ausschweifungen*?
Botot zuckte mit den Schultern. *»Ein anderer vom jungen Beauharnais …«*
Eugène? »Einer der Briefe ist von meinem Sohn?«
»… die Hoffnung ausdrückt, das seine chère *Maman weniger schlecht ist, als sie dargestellt wurde.«*
»Ich begreife das nicht.« Schlecht? Die Luft im Raum war stickig, das Feuer loderte.
»Die Engländer haben vor, diese Briefe zu veröffentlichen?«, wollte Barras mit klappernden Zähnen wissen. »Aber das ist unsittlich. Diesbezüglich gibt es internationale Abkommen.«
»Zum Teufel mit den Royalisten«, krächzte plötzlich der Papagei.

28. Nivôse, Palais Luxembourg

Chère amie,
wir haben endlich Abschriften der beiden Briefe erhalten, auf die sich der London Morning Chronicle *bezieht. Ich halte es nicht für klug, sie dir*

* Der Artikel im *London Morning Chronicle* lautete: »Es ist nicht sehr ehrenvoll … dass die Privatbriefe … die abgefangen wurden, veröffentlicht werden sollen. Es bringt den Charakter eines Volkes in Verruf, wenn es sich zu solcher Schwatzhaftigkeit herabwürdigt. Einer dieser Briefe ist von Bonaparte an seinen Bruder, in dem er sich über die Lasterhaftigkeit seiner Frau beklagt; der andere vom jungen Beauharnais, in der er seiner Hoffnung Ausdruck gibt, dass seine liebe Mama nicht so schlecht ist, wie sie dargestellt wird! Dies sind die kostbaren Geheimnisse, die, um Unfrieden in privaten Familien zu stiften, in Französisch und Englisch veröffentlicht werden sollen.«

per Boten zu schicken. Ich werde heute Nachmittag zu Hause sein, falls du vorbeikommen möchtest.

Père Barras

17. Januar

»Es wird dich trösten zu erfahren, dass ich vorhabe, sie auf den Index zu setzen«, sagte Barras, während er die Stapel auf einem Schreibtisch durchstöberte.

»Sind sie denn so schlimm?«

»Ah, da ist ja der eine.« Er reichte ihn mir. »Es ist eine Abschrift des Briefes, den Bonaparte an seinen Bruder Joseph schrieb. Aber wo ist dieser andere, der von deinem Sohn?«

Ich warf einen Blick auf die Worte: *Ich mache heftigen privaten Kummer durch, denn der Schleier ist nun endgültig zerrissen.* »Ich verstehe das nicht.«

»Der von Eugène wird es erklären.«

Chère Maman,

ich habe dir so viel zu erzählen, dass ich nicht weiß, wo ich anfangen soll. Vor fünf Tagen, nach einem Gespräch mit Junot, hat Bonaparte sehr traurig ausgesehen. Nach dem wenigen, das ich zufällig mitanhören konnte, hatte es mit Hauptmann Charles zu tun – dass er in deiner Kutsche aus Italien zurückkehrte, dass er dir dein Hündchen schenkte, dass er jetzt sogar bei dir ist.

Du weißt, Maman, dass ich kein Wort davon glaube. Ich bin sicher, dass alles nur Klatsch ist, den sich deine Feinde ausgedacht haben. Ich liebe dich nicht weniger und sehne mich nicht weniger danach, dich zu umarmen.

Eine Million Küsse, Eugène

»Dieser Brief soll in England veröffentlicht werden?«, fragte ich.

»*Und* offensichtlich auch der von Bonaparte an Joseph. Diese Hurensöhne – die Engländer sind durch und durch unmora-

lisch. Wir haben eine stillschweigende Übereinkunft mit ihnen getroffen, private Korrespondenz zu respektieren. Wir werden natürlich versuchen, sie davon abzuhalten, die Briefe öffentlich zu machen. Meine Liebe, geht es dir gut?«
Ich versuchte zu schlucken. »Ich denke schon.« Ich kam mir so entblößt vor, wie mein Leben da zur Schau gestellt wurde. Ich fühlte mich gedemütigt – aber ich war auch zornig. Was hatte ich denn getan, dessen ich mich schämen sollte? Ja, Hauptmann Charles hat mir Mops geschenkt; ja, er begleitete mich auf der Rückreise von Italien; und *ja*, er ist ein Freund, und ich genieße seine Gesellschaft – warum auch nicht? »Paul, du weißt doch, dass der Hauptmann nur ein Freund ist, nicht wahr?«
»Aber natürlich! Interessiert sich unser hübscher Hauptmann überhaupt für Frauen? Aber sorge dich nicht um Gerüchte, mein Schatz, niemand wird etwas erfahren.« Stirnrunzelnd ließ er die Daumen kreisen. »Ich kann nur nicht verstehen, warum sich Junot so große Mühe gibt, Bonaparte aufzuregen.«
»Ich glaube, ich weiß warum«, flüsterte ich in Erinnerung an Lisettes Worte: Das wird Ihnen noch Leid tun.

24. Januar

Die Schneiderin erschien um elf mit ihren drei Helferinnen, die riesige Ballen mit Stoffmustern, Kästen mit Spitzen und Bändern, Bücher mit Zeichnungen heranschleppten. »Dieses empfehle ich nicht«, sagte Henriette. »Ihre Schwägerin, Madame Leclerc, hat ein sehr Ähnliches.«
»Pauline Leclerc ist eine Ihrer Kundinnen?«
»Und so ein neugieriges Dingelchen. Jedes Mal, wenn wir eine Anprobe haben – ziemlich häufig, denn sie verlangt jede Woche ein neues Kleid –, will sie nur Neuigkeiten von Ihnen wissen.«
»Sie fragt Sie über *mich* aus?«
»Ganz recht, Madame. Sie will alles über Sie wissen.«

25. Januar

Meine Hutmacherin erschien um drei. Ich zeigte ihr den Entwurf des Kleides, das ich ausgesucht hatte, das Stoffmuster.
»Lola, wir kennen uns doch schon lange.«
»*Sehr* lange, Madame.«
»Wenn ich Ihnen eine Frage stellte, würden Sie mir dann die Wahrheit sagen?«
»Madame, wenn ich Sie nicht besser kennen würde, müsste ich mich jetzt eigentlich beleidigt fühlen«, sagte sie, und die Augen quollen ihr fast aus dem Kopf.
»Sie müssen mir verzeihen, ich fühle mich nicht ganz wohl.« Ich wusste nicht recht, wie ich meine Frage formulieren sollte. Aber ich musste es wissen. »Haben Sie Hüte für Madame Leclerc gemacht?«
»Aber ja, Madame, sie hat meine Mädchen ziemlich in Trab gehalten – jede Woche einen neuen Hut, manchmal zwei«, sagte sie, eine Form aus Stroh in der Hand.
»Hat sie sich jemals … nach mir *erkundigt*? Ich bin nur neugierig, mehr nicht.«
»Sie redet wie ein Wasserfall.« Lola wickelte ein Stück Gaze um den Kopf der Strohform und gestaltete daraus einen Turban im östlichen Stil.
»Sie *redet* über mich?«, fragte ich, während ich in den Spiegel schaute und die Feder zurechtrückte. Der Hut stand mir nicht.
»Ich glaube natürlich kein Wort davon.« Lola zog mir den Hut vom Kopf. »Wenn ich meine Mädchen nicht hätte, auf die ich aufpassen muss, hätte ich ihr schon vor langer Zeit gesagt, dass ich keine Hüte mehr für sie machen möchte. Sie ist pedantisch und außerdem nie pünktlich, lässt mich und die Mädchen ständig warten. Und *drei* Liebhaber hat sie.«
»Oh?« Es war allgemein bekannt, dass Pauline, seit ihr Mann

nach Lyon versetzt worden war, Affären mit den Generälen Moreau, Macdonald und Beurnonville hatte.
»Und einen Diener hat sie, der sie aus dem Bad hebt und sie ins Bett trägt. Es sei keine Sünde, weil er Neger ist und kein richtiger Mensch, sagt sie, aber trotzdem kann man sich nur wundern. Wirklich, Madame, sie macht dem General keine Ehre, möge Gott ihm bei seiner Schicksalsprüfung beistehen. Und was Sie angeht, so hat sie meinem Mädchen Doré erzählt, dass sie alle Ihre Liebhaber verführt hätte, einen nach dem anderen, und jeden gefragt hätte, wer besser wäre, Sie oder sie, und was Ihre …« Sie verstummte errötend.
»Weiter, Lola. Ich finde das amüsant.«
»Was Ihre *Tricks* wären, wie sie es ausdrückt.« Lola grinste. Ihr fehlten die beiden Vorderzähne. »Sie wissen schon, Madame – was Frauen so mit einem Mann anstellen, besondere Dinge, die man macht, wenn er erregt ist, Dinge, die ihn verrückt machen. Ich kenne selbst ein paar. Bringen meinen Logger um den Verstand …« Der Gedanke, wie Lola ihren verkrüppelten Ehemann mit Vergnügen verrückt machte, gefiel mir. »Aber *dann* sagt sie, dass Ihre Liebhaber sagen, dass sie genauso gut ist, dass der einzige Unterschied die Erfahrung ist. Was ich nicht einen Moment glaube, Madame.«
Ich war mir nicht ganz sicher, was Lola nicht glaubte. »Bitte sagen Sie Ihren Mädchen, Lola, dass ich keine Liebhaber habe.«
Lola sah mich ungläubig an. »Aber Madame, selbst *ich* habe Liebhaber.«

[Ohne Datum]

Ich habe von den Bodins drei Banknoten erhalten, sie jedoch umgehend an Barras gesandt, um diese Schuld zu begleichen. Andere werden warten müssen. Joseph Bonaparte lässt mir gar nichts mehr zukommen.

1. Februar

Die Seine ist über die Ufer getreten. Arme Thérèse – ihr wunderschönes Haus steht hüfthoch im Schlamm. Barras hat sie aufgenommen – Thérèse, das kleine Mädchen, das Kindermädchen und elf Dienstboten. Ich vermute, er wird rasch eine Unterkunft für sie finden.

6. Februar

Die Ehrenjungfrauen trafen sich in Thérèses (wunderschönem) neuem Haus in der Rue de Babylone – ein »Geschenk« von Barras. Nachdem wir die Einrichtung bewundert und darüber diskutiert hatten, ob wir Handel, Kasino oder Pfandhaus spielen sollten, und nachdem wir Neuigkeiten über unsere Kinder und Enkelkinder ausgetauscht hatten, widmeten wir uns dem Thema, über das wir uns in letzter Zeit am meisten unterhielten – dem Klatsch über die Bonapartesippe.

»Ich habe endlich die Hickserin kennen gelernt«, verkündete Madame de Crény.

»Elisa Bonaparte?«

»Sie stellte sich mir als *femme savante* vor.«

»Sie ist hier in Paris?«, fragte ich und spielte eine Karte aus. »Ich dachte, sie und ihr Mann wären in Marseille.« Wie ich wusste, war vor kurzem traurigerweise ihr Kind gestorben.

»Sie hat ihren Mann in Marseille zurückgelassen und lebt jetzt in Paris bei ihrem Bruder Lucien.«

»Soviel ich weiß, hat sie einen Salon eröffnet.«

»Ich war schon da. Die ganze Zeit ruhte sie auf einem Sofa und fächelte sich.« Thérèse wedelte mit ihrem Schal wie eine Frau, die vornehm tut. »Pauline Leclerc war auch da – *allein*, sollte ich wohl hinzufügen.«

»Geschieht ihr recht. Ich hörte, dass sich ihre drei Liebhaber gegenseitig entdeckt haben …«

»… und alle beschlossen, sie zu verlassen!«

Aber die große Neuigkeit war, dass Joseph gerade Mortefontaine gekauft hatte, eines der prächtigsten Güter im Land.

»Soviel ich weiß, steckt er Millionen hinein – ein See, eine Orangerie, ein Theater.«

»Woher hat er denn das Geld?«

»Die Mitgift seiner Frau?«

Ich zuckte mit den Schultern und kassierte meine Gewinne ein (elf Francs). Julies Mitgift von 100.000 Francs war zwar stattlich, aber nicht ausreichend, um ein Anwesen wie Mortefontaine zu kaufen und zu renovieren. Das rechnete sich einfach nicht.

»Jeder Mann von Stand braucht einen Landsitz, erzählte mir Joseph.«

»Und jede Frau von Stand, würde ich meinen«, sagte Minerva und stupste mich an.

»Arme Joséphine. Sie ist die einzige Bonaparte ohne einen Landsitz.«

Ich verdrehte die Augen. *Arme* Joséphine, wie wahr.

»Ich dachte, du und Bonaparte machten ein Angebot für ein Schloss auf dem Land?«

Ich nickte. »Das haben wir schon, für ein Haus an der Straße nach Saint-Germain.« Malmaison – ein Anwesen, in das ich mich über beide Ohren verliebt hatte. »Aber das Angebot wurde abgelehnt. Und dann ist Bonaparte nach Ägypten aufgebrochen.« Ich hatte einen Grundstücksmakler gebeten, das Kaufobjekt noch einmal zu prüfen, wartete aber noch auf eine Antwort.

»Jetzt ist der richtige Zeitpunkt, um zu kaufen.«

»Die Preise werden nicht mehr sehr viel weiter sinken.«

8. Februar – in dem kleinen, aber reizenden neuen Haus von Tante Désirée und dem Marquis in Saint-Germain

Der Marquis ist heute fünfundachtzig geworden. »Ich könnte jederzeit gehen«, sagte er zu mir und versuchte dabei, mit den Fingern zu schnippen. Tante Désirée hatte ihn mit seiner blauen Hausjacke aus Samt herausgeputzt.
Ich lächelte. »Ich glaube, Sie werden hundert Jahre alt.«
»Ich bin bereit, gleich zu sterben, wenn da nicht noch etwas wäre.«
Ich stopfte die Decke um seine Beine und schob seinen Behindertenstuhl näher ans Feuer. Ich wusste, was dieses »Etwas« war. Er hielt meine Hand fest. »Bevor ich sterbe, muss ich François sehen«, sagte er, und seine kleinen wässrigen Augen füllten sich mit Tränen. François, seinen emigrierten Sohn.
»Marquis, ich habe es versucht, aber ich …« *Kann es nicht*, wollte ich sagen, aber stattdessen entschlüpften mir die Worte: »Ich werde es weiter versuchen.«

11. Ventôse – Croissy

Chère Madame Bonaparte,
heute Morgen habe ich vier Stunden in Malmaison verbracht. Wenn Sie so wohlhabend wären, wie allgemein angenommen wird, würde ich Ihnen nur den Reiz dieses Anwesens beschreiben – aber Sie wünschen einen Besitz, der Ertrag bringt, und ich freue mich, Ihnen mitteilen zu können, dass Malmaison eben dies ist.
Die Eigentümerin schlägt 300.000 Francs für Grund und Boden vor (was ihr angeblich letzten Sommer von General Bonaparte angeboten wurde) und zusätzlich 25.000 für das Mobiliar. Hinzu kämen 15.000 für die landwirtschaftlichen Geräte und rund 15.000 an Steuern, was bedeuten würde, dass Sie ungefähr 360.000 Francs zahlen müssten. Wenn Immobilien nicht

im Wert gesunken wären, wäre Malmaison normalerweise für 500.000 Francs zu verkaufen.
Das Land war in den letzten dreißig Jahren in der Obhut eines Verwalters. Er erzählte mir, dass es 387 Morgen Getreidefelder, Weinstöcke und offenes Weideland gibt. Der Park, der hervorragend ist, umfasst fünfundsiebzig Morgen samt 312 Morgen, die zusätzlich verpachtet werden können. Wenn man diese für nur dreißig Francs verpachtet, so bringt das über 9.000 Francs ein, was zuzüglich der Einnahmen aus dem Park in Höhe von 3.000 die Gesamtsumme von 12.000 erbringt. Dies dürfte Sie beruhigen. Allein in diesem Jahr haben sie hundertzwanzig Fässer Wein gekeltert und zum Stückpreis von fünfzig Francs verkauft. Die fünfundzwanzig Gutsleute, die auf dem Gelände wohnen, können sich gänzlich selbst versorgen.
Das Anwesen, das den Vorteil hat, sowohl praktisch als auch angenehm zu sein, ist das schönste, das ich bisher gesehen habe.

Bürger Chanorier

3. März

Ich habe Chanorier angewiesen, für Malmaison ein Angebot von 325.000 Francs zu machen – ein hervorragender Preis, wenn ich es bekomme.

4. März

Angebot angenommen! Jetzt muss ich nur noch das Geld vorweisen.

7. März, Paris

Verehrte Schwester,
was den Kauf eines Landbesitzes betrifft, lehne ich es ab, ohne direkte Anweisung meines Bruders irgendwelche Gelder aus der Bonaparte Familien-

stiftung vorzuschießen. Sollten Sie Ihren Plan weiter verfolgen wollen, werden Sie dies daher ausschließlich unter Ihrem eigenen Namen tun müssen.

Mit familiären Grüßen, Joseph Bonaparte

9. März

Bürger l'Huillier, der Gutsverwalter, hat eingewilligt, gegen eine Garantie für seinen Arbeitsplatz fünfzehntausend zu leihen.

10. März

Zweiundzwanzigtausend von Ouvrard (dank Thérèse, die Ouvrard »Gesellschaft leistet«), aber es reicht immer noch nicht.

16. März

Ich habe gerade herausgefunden, dass Louis Bonaparte (offensichtlich krank) vor fünf Tagen mit Signora Letizia nach Paris zurückgekehrt ist. Warum haben sie sich nicht mit mir in Verbindung gesetzt? Louis wird Nachrichten von Bonaparte, von Eugène haben – ich muss unbedingt mit ihm sprechen.

17. März

Ich habe alle Bonapartes für den kommenden Décadi zu einer Abendgesellschaft zu Ehren von Madame Mère eingeladen. Mein Kutscher ist vor wenigen Augenblicken aufgebrochen, um die Einladungen zu überbringen. Ich bete, dass es klappt.

Kurz nach 4 Uhr

»Wenn man beunruhigende Neuigkeiten über den Mann einer Freundin hat, meint ihr, dass man sie der Freundin mitteilen sollte?« Minerva fächelte sich so heftig, dass die Federn auf ihrem Hut flatterten.

»Es käme auf den Inhalt der Neuigkeiten an, würde ich meinen«, sagte Madame Crény und spielte eine Karte aus.

»Freundschaft verlangt Ehrlichkeit, wie schmerzlich auch immer«, sagte Thérèse.

»Hast du denn Neuigkeiten, die den Ehemann einer Freundin betreffen?«, fragte ich Minerva und nahm meine Karten auf.

»O nein.«

Wir spielten in beklemmendem Schweigen. Als die Glocken vier schlugen, legte ich meine Karten nieder. »Minerva, bitte …«

»Es ist nicht wahr. Nur ein Gerücht.«

»Von wem hast du es?«

Sie zuckte zusammen. »Von deiner Schwägerin Pauline Leclerc.«

»Oh?« Ich klatschte eine Karte auf den Tisch. »Du kannst es mir ruhig erzählen. Da ich es mir letztlich ja doch anhören muss, würde ich es lieber von Freunden hören.«

»Es ist nur die übliche Art von Gerücht, weißt du, dass sich der General eine Geliebte genommen hat, so was in der Art.«

Der General: mein *Mann*. Ich blickte um den Tisch herum. Das war noch nicht alles, wie ich merkte. »Und?«

»Und die Sache ist …«, stammelte Madame Crény.

»Offenbar hat er ihr gesagt, dass er sie *heiraten* wird …«

»… wenn sie schwanger wird.«

Ich warf meine Karten auf den Tisch.

19. März

Die Bonapartes übermittelten ihr Bedauern – jeder Einzelne.

24. März, Ostern

Ich liege schon drei Tage im Bett. »Melancholie«, sagte der Arzt und bestand darauf, dass ich zwei Mal am Tag vom Fuß aus zur Ader gelassen werde.

9. April

Heute Nachmittag, kurz nach dem Mittagessen, meldete Mimi einen Besucher. »Hauptmann Charles?« Aus Mailand zurückgekehrt!

Doch bevor ich auch nur meinen Stickreifen niederlegen konnte, war er schon wie ein Tänzer ins Zimmer gewirbelt. »Buon giorno, Signorina.« Er machte einen Knicks, wobei er seine weiten venezianischen Hosen schürzte, als trüge er einen Rock.

»Wenn du uns etwas Portwein bringen könntest, Mimi«, sagte ich lachend, »und etwas zu essen. Sind Sie hungrig, Hauptmann?« Ich stellte meinen Stickereikorb von einem Stuhl herunter.

»Wie ein Bär. Sie haben eine neue Zofe?«

»Lisette ist nicht mehr bei mir, Hauptmann.«

»Oh!« Er lächelte mich verschmitzt an. »Könnte das etwas mit Oberst Junot zu tun haben?«

»Das war einer der Gründe«, sagte ich, und vor Zorn stieg mir die Röte ins Gesicht. Hatte es denn jeder gewusst, nur ich nicht?

»Ah, da ist ja mein Ungeheuer!« Mops erschien mit gespitzten Ohren an der Tür. »Waren wir denn auch brav?«, fragte der Hauptmann und streichelte dem Hund den Kopf. »Haben wir die Diebe abgeschreckt?«

»Er war richtig krank.« Ich bedeutete Mimi, den Imbiss auf den Tisch neben mir zu stellen.

»Nun, mein braver Bursche«, sagte Hauptmann Charles zu

dem Hund, als wäre er ein Mann, »du bist in den Händen der liebenswürdigsten Frau in ganz Europa. Viele Männer würden dich beneiden.«

»Leider muss ich sagen, dass sich seinetwegen ein internationaler Zwischenfall ereignet hat.«

»Oh?«, sagte er und zuckte zurück, als der aufgeregte Hund an seinem Kinn lecken wollte.

Ich erklärte ihm, was geschehen war, von den Briefen, die von den Briten abgefangen worden waren. Ich erzählte ihm, was Eugène in seinem Brief geschrieben hatte und einiges von dem, was Junot Bonaparte erzählt hatte.

»Aber woher wusste Junot denn, dass ich Ihnen den Hund geschenkt habe?«

»Lisette muss es ihm erzählt haben, kein Zweifel.«

»Aha, sie hat es also Junot erzählt, der es wiederum Ihrem Mann erzählte.«

»Und ihm gegenüber andeutete, dass Sie und ich …« Ich errötete.

»Ich muss gestehen, dass mir die Anschuldigung, dem großen General Bonaparte Hörner aufgesetzt zu haben, schmeichelt.« Er grinste. »Dafür könnte ich in die Geschichte eingehen.«

Wie jung er doch war, wie wenig er doch über den Lauf der Welt wusste! »Ich wünschte, ich könnte Ihre Heiterkeit teilen, Hauptmann, aber ich fürchte, dass mein Mann die Scheidung verlangen wird.«

»Wegen eines geschenkten Hundes?«

»Bitte verstehen Sie doch, Bonaparte ist ein äußerst eifersüchtiger Mann. Seine Gefühlsregungen sind heftig. Schon der leiseste Verdacht verstärkt sich in seiner Einbildung derart, bis er über seine Vernunft herrscht.«

»Dann vermute ich, dass ein Abend in der Opéra Comique mit Ihrem *Cavaliere servante* nicht infrage kommt?«

»Ich gehe nirgendwo hin. Ich lebe wie eine Gefangene. Pauline

Leclerc ist jetzt meine Nachbarin, und sie unterrichtet ihren Bruder über jeden meiner Schritte. Zweifellos wird er bald über Ihren Besuch informiert sein. Ehrlich gesagt, wenn ich nicht bald aus Paris herauskomme, werde ich noch wahnsinnig. Ich habe mit dem Kauf eines Landsitzes an der Straße nach Saint-Germain geliebäugelt, aber alle Hoffnung aufgegeben, auch nur die Anzahlung aufbringen zu können.«

»Das hier dürfte helfen.« Hauptmann Charles zog ein dickes Päckchen aus der Innentasche. Er warf es in die Luft, fing es wieder auf und überreichte es mir förmlich. »Wir haben bei der letzten Lieferung einen recht ordentlichen Profit gemacht.«

Ich spürte sein beträchtliches Gewicht. *Fünfzig*tausend Livres, sagte er.

21. April

Ich habe unterschrieben. Malmaison ist mein.

Ich ziehe mich zurück

23. April 1799 – Malmaison

Es ist später Nachmittag. Ich schreibe dies an meinem kleinen Schreibtisch im Boudoir meines Landschlosses. Eine rebellische Stimmung hat mich erfasst. Ich habe mich nicht frisiert, nicht geschminkt, trage alte »Lumpen« – ein bequemes Hauskleid. Ein Gefühl des Friedens erfüllt mich, wenn ich nach draußen über die Hügel schaue, über meine vierhundert Morgen Wald und Felder, gesprenkelt mit weidenden Schafen, Kühen und ein paar Pferden. Ein Bulle mit Nasenring muht kläglich neben dem Kuhstall. Morgen früh werde ich die braune Stute durch jedes Wäldchen und jedes Tal reiten, und am Nachmittag werden der Gärtner und ich einen Kräutergarten anlegen.
Und heute Abend? Heute Abend werde ich der nächtlichen Stille lauschen. Heute Abend werde ich zufrieden schlafen.

24. April

Mein Verwalter hat mir gerade Bericht erstattet. Mit einem Gesicht, das puterrot anlief, und einem verbeulten Strohhut, den er mit den Händen umklammerte, teilte er mir mit, dass die Hühner nicht gelegt hätten, der Klee am anderen Ende des Feldes von Schierling überwuchert sei und die Worfschaufel ein Ersatzteil benötigte (vierzig Francs). Solche »Probleme« sind Balsam auf meine wunde Seele.

27. April

Ich ziehe mich immer mehr von der zivilisierten Welt zurück. Ich stehe mit der Sonne auf, verbringe den Tag in Gesellschaft der Dienstboten, der Bauern, der Tiere. Am frühen Morgen arbeite ich im Küchengarten, jäte Unkraut, dünne aus. An Paris, an die dort ständig herrschende Unruhe, das prunkvolle und geistreiche Leben denke ich mit einer Art von Abscheu.

[Ohne Datum]

Zweimal habe ich mich auf den Weg nach Paris gemacht; zweimal bin ich umgekehrt. Aus mir ist eine Landpomeranze geworden.

20. Mai

Deprimiert durch meine Abwesenheit haben sich die Ehrenjungfrauen hier heraus bemüht!

»Ach, Schätzchen, jetzt hast du alles: eine Harfe, eine Kutsche und ein Schloss. Was gibt es noch?«

»Meiner Harfe fehlen drei Saiten, meine Kutsche braucht eine neue Deichsel, und was das Schloss angeht …!« Ich lachte.

»Gib die Hoffnung nicht auf, du kannst es reparieren lassen«, tröstete mich Minerva.

»Ich gebe zu, dass ich es genau so liebe, wie es ist«, sagte ich und vergewisserte mich mit einem Blick unter den Tisch, dass Mops sich mit den Hunden meiner Gäste vertrug. Wir waren fünf Frauen, vier Möpse – ein Zoo.

»Die Anlagen sind wirklich wunderschön.«

»Es ist perfekt«, sagte Thérèse und umarmte mich. Sie sah etwas rundlich aus, dachte ich. »Ihr könnt es ruhig wissen. Ich bekomme ein Kind«, teilte sie der Gruppe verlegen mit.

»Oh!«
»Oh?« Und Tallien, ihr Mann, in Ägypten. Und Ouvrard, ihr Liebhaber, verheiratet.
»Schaut mich doch nicht so an!«
Wir spielten Karten und unterhielten uns den ganzen Nachmittag, holten nach, was es an Neuem gab: die Ermordung der französischen Unterhändler in Deutschland; die niederschmetternden Armeeverluste in Italien; dass einer der Direktoren Fesch, Lucien und Joseph Bonaparte beschuldigte, öffentliche Gelder zu stehlen. Aber am wichtigsten: die wundervolle Nachricht, dass ein Rettungsversuch in Ägypten unternommen werden sollte.

24. Mai

Der Rettungsversuch ist fehlgeschlagen. Unsere Schiffe konnten die englische Blockade nicht durchbrechen. Ich liege schon den ganzen Tag im Bett.

16. Juni

Heute kam ein Bote in den Hof galoppiert. Ein Brief von Bonaparte?, dachte ich hoffnungsvoll in Erinnerung an die ersten Tage des Italienfeldzuges. Der Umschlag enthielt eine aktuelle Ausgabe der Zeitung *La Feuille du Jour*. Daran hing eine Notiz, nicht unterschrieben, aber in Hauptmann Charles' winziger Handschrift – *Seite 4, oben links. Ich muss Sie sehen.* Auf Seite vier stand ein Artikel über die Lieferung schlechter Pferde an die italienische Armee – durch die Firma Bodin. Offensichtlich hatten die Soldaten die Alpen auf lahmen und schwachen Reitpferden überqueren müssen und deswegen den Namen Bodin verflucht.
Die Zimmer von Hauptmann Charles im Untergeschoss der

Rue Honoré einhundert sind dunkel. Der Diener kniff die Augen zusammen, um die Aufschrift auf meiner Karte lesen zu können. »Madame Tascher?«

Ich nickte und reichte ihm meinen Umhang. Ich wurde gebeten, in einem kleinen Salon zu warten. (Ich erinnere mich, dass ich überlegte, ob ich ein Bellen hörte.) Ich machte es mir bequem und ließ die geschmackvolle Schlichtheit der Einrichtung auf mich wirken – die Gemälde an den Wänden, die Blumenarrangements, einen Beistelltisch voller Bücher (Montesquieus *Persische Briefe,* mit der aufgeschlagenen Seite nach unten), die Bronzeskulptur eines Pferdes – das angenehme Durcheinander eines Raumes, der viel benutzt wird.

»Er empfängt«, teilte mir der Diener mit und führte mich anschließend einen dunklen Flur entlang. Wir blieben vor einer antiken Eichentür mit einem Messingknauf stehen. Wieder hörte ich einen Hund bellen. Der Diener klopfte dreimal.

»Kommen Sie herein, Claude«, hörte ich eine Stimme rufen – Hauptmann Charles.

Der Diener stieß die Tür auf. Inmitten einer Horde von Hunden stand Hauptmann Charles in einem Künstlerkittel aus grobem Leinen. Auf den Armen hielt er einen Beagle, dem ein Ohr fehlte. »Madame …«

»*Tascher.*«

Sanft setzte er den Beagle auf den Boden, wischte sich die Hände an seinem Kittel ab und trat über einen langhaarigen Köter. Seine Zöpfe waren mit einem scharlachrot und schwarz gestreiften Band nach hinten gebunden. »Sie haben mein geheimes Leben entdeckt«, sagte er schüchtern und blickte hinunter auf sein Rudel.

»Woher kommen sie alle?« Wie viele waren es? Acht? Zehn?

»Ich sammele sie auf der Straße auf«, sagte er, zog seinen Kittel aus und komplimentierte mich aus dem Zimmer. Darunter trug er einen scharlachroten, wollenen Rock mit Schößen und wei-

ßen Satinaufschlägen. Er schloss die Tür hinter sich, um das Gejaule zu dämpfen.
»Und was machen Sie dann mit ihnen?«, fragte ich, als ich ihm zurück in den Salon folgte.
»Und dann bringe ich es nicht übers Herz, mich von ihnen zu trennen!«, sagte er und schob einen gepolsterten Stuhl heran. »Sie sind wegen des Artikels in *La Feuille du Jour* gekommen?«
»Er hat mich beunruhigt.«
»Die Pferde, die von Bodin gekauft wurden, waren einwandfrei, das versichere ich Ihnen. Aber die Pferde, die verschifft wurden, waren offensichtlich Schlachthaustiere. Das Problem scheint beim Händler zu liegen.«
»Louis und Hugo Bodin sind beide in Lyon?«
Der Hauptmann nickte. »Ich habe gerade einen Brief von ihnen erhalten. Es ist von einer Ermittlung die Rede.«
Das könnte für uns das Ende bedeuten, dachte ich – für *mich* das Ende. »Es gibt nur eine Person, die uns helfen kann.«

»Grand Dieu«, rief Barras aus, als er mich sah. »Ich dachte allmählich, dass wir dich nie wieder in Paris sehen werden. Du kommst gerade rechtzeitig zum Feiern.« Er vollführte ein Tänzchen und zuckte dann, die Hand am Kreuz, zusammen.
»Endlich ist Direktor Treilhard, dieser Angeber, draußen – seine Wahl zum Direktor wurde für ungültig erklärt.«
»Ha, ha.« Der Papagei kicherte wie Barras.
»Oh?« Ich versuchte mich zu erinnern, wer Direktor Treilhard war. Ich lebte schon in einer anderen Welt. »Warum?«
»Er ist vier Tage zu jung, um wählbar zu sein.«
»Nur vier Tage?«
»Vier oder vierhundert, was bedeutet das schon? Gesetz ist Gesetz«, intonierte Barras mit verstellt tiefer Stimme. »Die Ironie dabei ist, dass es dein Schwager Lucien Bonaparte war, der die

Diskrepanz entdeckte und Gerechtigkeit forderte. Ihm fehlen selbst vierhundert Tage, um als Deputierter wählbar zu sein, und er regt sich über Treilhards vier Tage auf. Und das Ganze heute Morgen um ein Uhr. Gut, dass ich Sinn für Humor habe.«

»Barras, bitte, hast du diesen Artikel über die Firma Bodin gelesen, in …«

»*La Feuille du Jour*? Ach ja, das jüngste Skandälchen. Die Gesetzgebenden Räte sind außer sich, schreien natürlich nach einer Ermittlung.« Er hob die Hände wie bei einer Festnahme. »Und sie brennen darauf, es mir anzuhängen. Dieser Platz ist so explosiv wie ein Pulverfass.«

Barras' Sekretär Botot erschien an der Tür. »Noch eine Abordnung, die Sie sprechen will, Direktor.«

»Das ist heute schon die dritte Gruppe.« Barras nahm mich am Ellenbogen und komplimentierte mich hinaus.

»Paul, was geht da vor?«

Er küsste mich auf beide Wangen. »Nur ein weiterer Coup d'État, eine kleine Wischi-Waschi-Revolution.« Er winkte fröhlich und verschwand aus dem Blickfeld, während seine Worte in dem riesigen Raum widerhallten – *Coup d'État, Coup d'État, Coup d'État*.

»Dann kann er also gar nichts tun?«, fragte Hauptmann Charles, ohne den Blick von den sechs Bällen, die er gerade jonglierte, zu lassen.

»Ich hatte gar keine Gelegenheit, ihn zu fragen. Die Lage ist … gespannt. Das Letzte, worauf er sich jetzt einlassen will, ist die Firma Bodin. Vielleicht später.«

»Später wird zu spät sein«, sagte der Hauptmann und ließ die Bälle fallen.

21. Juni

Schweren Herzens habe ich an Barras geschrieben und ihn gebeten, die Interessen der Firma Bodin zu verteidigen.

29. Juni

Ich arbeitete gerade mit Mimi im Kräutergarten, als eine Mietdroschke durch die Tore fuhr. Ich kniff die Augen zusammen, um erkennen zu können, wer das sein mochte. »Ich glaube, es ist dieser ulkige Mann«, sagte Mimi, denn sie sieht besser als ich.
Hauptmann Charles? Ich band meine Schürze ab.
»Und eine Unmenge Hunde, wie sich's anhört«, sagte sie.

»Man hat mich auf die Straße gesetzt«, erklärte der Hauptmann, während ihm sein Diener die Hundehaare von seinem roten Jagdrock zupfte. Der Beagle und ein gefleckter Hund drückten ihre feuchten, schwarzen Nasen durch das Droschkenfenster und schnüffelten. Dem unterschiedlichen Gekläffe nach zu urteilen vermutete ich, dass er sie alle mitgebracht hatte.
»Wegen der Ermittlungen?« Die Zahlungen der Regierung an die Firma Bodin waren eingestellt worden, bis die Ermittlungen abgeschlossen waren.
Er nickte. »Ich habe alle Büroakten in Sicherheit gebracht, aber was die Hunde angeht – ich weiß, es ist eine große Bitte, aber ...«
Ich wollte ihn schon abweisen, weil ich daran dachte, was die Leute sagen würden, weil ich die Konsequenzen fürchtete. Aber dann dachte ich: Wie kann ich einen Freund, der in so großer Bedrängnis ist, im Stich lassen? Wenn Hauptmann Charles nicht gewesen wäre, besäße ich nicht einmal Malmaison. Und wer sollte schon davon erfahren, dass er hier war? Ich lebte ja so zurückgezogen. »Im Gutshaus steht eine Zimmerflucht leer«,

sagte ich zu ihm und fragte mich im gleichen Augenblick, ob ich das Richtige tat. »Meine Tochter kommt nur an den Wochenenden. Den Dienstboten werde ich sagen, dass Sie mein Buchhalter sind.« Ich konnte seine Hilfe tatsächlich gebrauchen.

»Ich werde nicht lange bleiben«, versicherte er mir, öffnete die Droschkentür und trat zurück, als all die kläffenden, drängelnden Hunde heraussprangen.

7. Juli – Paris

Obwohl der Vertrag mit der Firma Bodin immer noch geprüft wird, werden wir wenigstens nicht beschuldigt. »Mehr kann ich nicht tun«, sagte mir Barras. Er machte einen reservierten, abgespannten Eindruck. Eigentlich hatte ich vorgehabt, ihn um ein weiteres Darlehen zu bitten, aber ich wagte es nicht.

10. Juli

Was für eine Nacht! Jetzt ist alles auf den Kopf gestellt. Wo soll ich beginnen? Es war vermutlich unausweichlich, dass aus dem Hauptmann und mir … nun ja, vielleicht irre ich mich auch.

Es begann damit, dass ich den Hauptmann einlud, mir bei der Verkostung der ersten Flasche unseres Malmaison-Weines Gesellschaft zu leisten. Das war immerhin ein Anlass. Wir hatten erfahren, dass die Ermittlungen eingestellt worden waren. Die Firma Bodin würde überleben. Und außerdem waren die Fasane, die mir ein Nachbar so freundlicherweise geschenkt hatte, von meinem Koch vorzüglich zubereitet worden und verlangten nach einem »vollmundigen« (die Worte des Hauptmanns) Roten.

Die erste Flasche ließ erkennen, dass der Wein tatsächlich fertig war. Der Hauptmann und ich ließen uns im Spielzimmer nie-

der, wo wir, nachdem ich ihn lautstark bei Backgammon* geschlagen hatte (dreimal!), unsere bestrumpften Füße auf das große lederne Kniekissen stützten und redeten: über seine Familie und ihre Not; von seinem Ziel (ein Gestüt zu besitzen, Pferde zu züchten). Ich fragte ihn wieder einmal, warum er nie geheiratet hatte.
»Die Frau, die ich liebe, ist bereits vergeben«, gestand er.
»Sie wollen mir wohl nicht verraten, wer sie ist?«, fragte ich und überlegte gleichzeitig, ob er die Wahrheit sagte. Überlegte, ob die Gerüchte über den Hauptmann stimmten. Ich nahm mein Weinglas am Stiel in die Hand, sah den Hauptmann an und hielt seinen Blick fest, während ich mein Glas hob und es leerte. Dieses »Glasleeren« ist ein altmodisches Ritual; ich bezweifelte, ob er es überhaupt kannte, so jung wie er noch war. Aber mutig folgte er meinem Beispiel, hielt meinen Blick fest und leerte sein Glas ebenfalls. Ich beugte mich vor und schenkte ihm erneut ein. Dass der Schnitt meines Kleides einiges enthüllte, war mir bewusst.
»Ich werde Ihnen einen Hinweis geben«, sagte er, stand abrupt auf und stützte die Hände auf die Lehnen meines Sessels. Sein Atem duftete süß nach Pistazien. Bevor ich Einspruch erheben konnte, lagen seine Lippen auf meinen, und seine Zunge forschte sanft. Ich wich zurück. »Warum haben Sie das getan?« (Offen gestanden schockiert über seine Leidenschaft. Ich hatte den Hauptmann immer für »ungefährlich« gehalten.)
Hauptmann Charles sank in die Hocke zurück. »*Warum* ist eigentlich nicht die Frage, die eine Dame stellt, wenn sie geküsst wird«, sagte er, erhob sich und zog an seinem Jackett, um die

* Der Backgammonwürfel wurde ursprünglich in einem lauten Eisenbehälter geworfen. Das Spiel wurde von einem Mann erfunden, der nach einer Gelegenheit suchte, sich unter vier Augen mit einer verheirateten Frau zu unterhalten, ohne den Verdacht des Ehemanns zu erregen. Während des lautstarken Spiels für zwei konnte man sie nicht belauschen.

unübersehbare Tatsache zu verbergen, dass er erregt war. Mit glühenden Wangen wandte ich den Blick ab. Vielleicht sollte ich mir einen Liebhaber nehmen, dachte ich, als ich an meinen Mann in den Armen einer anderen dachte. Aber war dieser Liebhaber der ulkige kleine Hauptmann Charles?

Die Nacht war neblig. Auf Hauptmann Charles' Arm gestützt, tastete ich mich behutsam vorwärts. Wie Schulkinder kichernd stolperten wir durch die Dunkelheit, erschraken bei dem kleinsten Geräusch. Ein Schnarchen und ein tiefes Knurren ließen mich zusammenfahren. »Das ist nur mein Diener, der schnarcht«, flüsterte er, als er mich den schmalen Weg zum alten Gutshaus hinauf führte. Im Haus fingen zwei Hunde zu bellen an. »Ruhig«, zischte Hauptmann Charles durch das geöffnete Fenster.

Ich legt ihm die Hand auf die Schulter, um nicht zu schwanken. Daraufhin hickste er, und ich sank gegen die Wand und versuchte, nicht zu lachen. Ich erinnere mich noch, dass ich dachte: Ich bin nicht bei Sinnen, das werde ich noch bereuen.

Hauptmann Charles öffnete die knarrende Tür zu seinem Schlafgemach. Der Raum roch nach Hunden. Er entzündete eine Lampe und stolperte im Zimmer herum, um aufzuräumen, eine Wolldecke über das Bett zu werfen. »So, das wär's.« Dann zog er mich an sich und küsste mich. »Bitte, überlegen Sie es sich nicht anders«, flüsterte er, denn er spürte, dass es möglich wäre. Er zerrte an meinen Miederbändern, seine Fingerspitzen waren auf meiner Brust, seine Lippen, seine Zunge. Ich stöhnte, die Hände in seinen Haaren vergraben. Wir fielen aufs Bett. Küsse ihn, dachte ich – bevor du es dir anders überlegst.

Er erhob sich und löste seine Pantalons, zog seine Kniehosen herunter, seine Unterhosen. Sittsam schaute ich weg. Er trat auf das Bett zu, und ich glaube, dass er das Gleichgewicht verloren haben musste, denn plötzlich hüpfte er im Raum herum. Seine

Fußknöchel hatten sich in den Kniehosen verheddert, und das Licht der einsamen Laterne spiegelte sich auf seinem entblößten Hintern, seinem ziemlich großen und wippenden Gemächt. Und dann, ich konnte mir nicht helfen – fing ich zu lachen an. Und dann fingen die Hund zu bellen an. Hauptmann Charles zog seine Kniehosen hoch und lief nach unten, um sie zum Schweigen zu bringen. Als er zurückkehrte, saß ich immer noch, aber nur noch verhalten lachend mit gekreuzten Beinen und schmerzenden Seiten auf seinem Bett und trocknete mir die Wangen. Verwirrt und schüchtern setzte er sich neben mich.
»Mein Diener schnarcht immer noch«, sagte er.
»Ach, Hauptmann Charles!« Ich legte ihm eine Hand auf die Schulter. Ich spürte, dass er nun selbst zu lachen anfing. Und dann bogen wir uns beide vor Lachen.
Er küsste mich zärtlich und half mir auf die Beine. Der Augenblick der Gefahr war vorüber.

11. Juli

Heute Morgen kam der Hauptmann mit einem Strauß wilder Blumen an meine Tür. Ich sah ihn an, eine kleine Ewigkeit, wie es mir vorkam, aber vermutlich nur ein oder zwei Herzschläge lang. Ich küsste ihn auf die glatte Wange. »Es tut mir Leid, Hauptmann Charles, ich weiß nicht, was ich sagen soll«, sagte ich und nahm seine liebenswürdige Gabe entgegen.

13. Juli

Ich wurde von einem Kurier geweckt, der die Auffahrt hinauf galoppierte. Bonaparte war in Ägypten verwundet worden, wurde mir mit ernster Miene mitgeteilt, bei einem Angriff in Saint-Jean-d'Acre.
»Die Frau eines Generals gewöhnt sich allmählich an Falsch-

meldungen«, versicherte ich den Dienstboten, ließ aber trotzdem die Kutsche anspannen.
»Ich begleite dich«, sagte Mimi und lief ins Haus zurück, um ihren Hut zu holen.
Ich stand da und wartete, während mein Kutscher das zweite Pferd anschirrte, einen grauen Wallach, der die Ohren gegen den Braunen anlegte und mit dem Schwanz schlug.
»Joséphine?« Es war Hauptmann Charles, der am Tor stand. »Ich habe die schlechte Nachricht gehört.«
Meine Augen begannen zu brennen. »Sicherlich ist es wieder nur eine Falschmeldung. Ich fahre nach Paris zum Palais Luxembourg. Direktor Barras wird Bescheid wissen.« Der plötzliche Lärm von Musketenfeuer ließ mich zusammenfahren. Richtig – morgen war ja der Tag der Bastille.
Mimi kam mit flatternden blauen Hutbändern angerannt. Die Kutsche neigte sich zur Seite, als der Kutscher auf den Kutschbock kletterte.

Direktor Barras empfinge nicht, teilte mir sein Assistent mit. »Sein Arzt hat alle Besuche untersagt.«
»Aber mich wird er sicherlich empfangen.«
»Keine Ausnahmen.« Er war noch jung, neu in dieser Stellung, hatte Angst, Fehler zu machen.
»Dann können Sie mir vielleicht helfen«, sagte ich, das Beben in meiner Stimme verriet mich.

»Es ist wahr. Sie wurden verwundet«, sagte ich zu Mimi. Ich war wie betäubt. Erst jetzt begriff ich das ungeheure Ausmaß der Nachricht. »Bonaparte und auch Eugène.«
»Schlimm?«
»Ich befürchte es!« Mit zittrigem Atem erzählte ich ihr, was ich erfahren hatte. Während eines Angriffs auf Saint-Jean-d'Acre, war mitten im Hauptquartier eine Granate explodiert. Ein

Splitter traf Eugène am Kopf. Bonaparte, selbst verwundet, setzte sein Leben aufs Spiel, um Eugène zu Hilfe zu kommen. Ein Feldwebel hatte sich auf Bonaparte geworfen, um ihn zu schützen, wurde jedoch getroffen und starb.
Mimi legte den Arm um mich. Ich brach in Tränen aus.

Auf dem Heimweg nach Malmaison senkten die Pferde die Köpfe gegen den Wind. Mein Herz sehnte sich nach Ägypten, nach einem heißen Wüstenland. Angst entfachte meine Phantasie.
Hauptmann Charles saß im Spielzimmer am Kamin, die Pantoffeln auf dem ledernen Kniekissen, und las eine Ausgabe von Voltaires Tragödien. Er legte das Buch nieder, als er mich sah. Ich nahm den Hut ab, zog die Handschuhe aus. In wenigen Stunden träfe Hortense ein. Sie würde fröhlich sein und aufgeregt wegen der morgigen Feiern zum Tag der Bastille in unserem kleinen Dorf Reuil. Und dann würde ich ihr sagen müssen – dass ihr geliebter Bruder eine Kopfverletzung hatte, noch nicht wieder erwacht war. »Ich werde Sie bitten müssen zu gehen«, sagte ich zu Hauptmann Charles.
»Ich weiß, Ihre Tochter wird bald eintreffen. Ich wollte sowieso gerade ins Gutshaus zurück.« Sein Ton war zärtlich. »Die Nachricht ist nicht …?«
»Nein. Ich meine, das ist es nicht.«
»Was ist geschehen?«, fragte er. »Wurde General Bonaparte verwundet?«
Hauptmann Charles sprach den Namen meine Mannes ehrfürchtig aus. »Ja. Sie wissen nicht, wie schwer. Und auch Eugène. Er hat durch eine Kopfverletzung das Bewusstsein verloren, daher besteht die Möglichkeit, dass er vielleicht …« Ich dachte an den Dorftrottel.
Ich spürte Hauptmann Charles' Hand auf meiner Schulter. »Es tut mir so Leid.«

Ich wich zurück, weg aus seiner Reichweite.
»Sie möchten nicht, dass ich Sie tröste?«
Ich schüttelte den Kopf. Er kam mir wie ein Junge vor, nicht sehr viel älter als mein Sohn. Meine Beziehung zu ihm war nicht sündhaft, aber sie war auch nicht harmlos. Die Götter hatten mich bestraft, ganz sicher! »Hauptmann Charles, ich muss ... ich muss Sie bitten, Malmaison zu verlassen.«
»Auf der Stelle?« Er machte ein verwirrtes Gesicht.
»Ja bitte.« Wie konnte ich für meinen Mann und meinen Sohn beten, wenn der Hauptmann an meiner Seite war? »Es tut mir Leid!« Ich floh aus dem Zimmer, bevor ich noch mehr Schaden anrichten konnte.

14. Juli, Tag der Bastille

Feuerwerksraketen, Trompeten, monotoner Trommelschlag. Ich befestigte den Riegel an dem Bleiglasfenster und zog die Brokatvorhänge vor, um die Festgeräusche zu dämpfen. Ich behalte Hortense für ein paar Tage bei mir.

15. Juli

Zweimal sind Hortense und ich heute die staubige Straße nach Reuil gegangen, um in der Dorfkirche Kerzen anzuzünden. Wir haben beide in unseren Schlafzimmern einen Betstuhl aufgestellt. Mimi geht im Mondschein spazieren und ruft die Voodoogeister an. Wir sind alle zu den Göttern unserer Jugend zurückgekehrt.

22. Juli – Malmaison

Erfreuliche Nachricht – Bonaparte ist genesen. Aber noch keine Nachricht über Eugène – ich bin krank vor Sorge.

Kurz vor Mitternacht – Paris

»Direktor Barras erwartet mich«, belog ich den Assistenten. Der junge Mann schaute auf die Uhr auf dem Kaminsims. »Nun gut«, sagte er immer noch unsicher.

Ich folgte ihm die große Wendeltreppe hinauf und durch eine Reihe eleganter Räume bis zum letzten, dem kleinsten und intimsten – dem Schlafgemach von Direktor Barras. Dort fand ich Barras in einem erschreckenden Zustand vor – bleich, zu schwach, um aufzustehen. »Es tut mir Leid, dass ich dich neulich nicht hereingelassen habe«, sagte er und wedelte dabei mit der Hand durch die Luft, bevor er sie auf das Bettlaken fallen ließ. »Wenn meine Feinde herausfinden sollten, wie geschwächt ich bin …« Er formte aus Zeigefinger und Daumen eine Pistole und hielt sie sich an die Schläfe. »Ich lasse nicht einmal Talleyrand herein. Du weißt, dass er zurückgetreten ist? Alles zerbricht. Aber wenigstens habe ich erreicht, dass Fouché zum Polizeiminister ernannt wurde. Er dürfte in wenigen Wochen wieder in Paris sein. Je früher, desto besser. Du kannst dir ja gar nicht vorstellen, was da für Komplotte geschmiedet werden. Ich sollte mich eigentlich geschmeichelt fühlen. Jeder will mich absetzen. Selbst dein reizender Schwager verbreitet das Märchen, dass ich Bonaparte nur in die Wüste geschickt habe, um ihn loszuwerden, dass das ganze Fiasko meine Schuld ist.«

Er plapperte unzusammenhängend. Ich legte ihm die Handfläche auf die Stirn. »Du hast Fieber. War dein Arzt schon da? Hat man dich schon zur Ader gelassen?«

»Ja, ja, aber nicht zur Ader gelassen – jedenfalls heute nicht. Ich habe kein Blut mehr.« Er lächelte schwach, seine Augen glänzten vor Fieber. »Das war doch eine erfreuliche Nachricht über Bonaparte. Du musst erleichtert sein.«

»O ja! Aber noch habe ich nichts über Eugène gehört …«

»Mein Assistent hat es dir nicht gesagt? *Merde*. Das ist dermaßen deprimierend. Ich habe ihm aufgetragen, es dich wissen zu lassen. Diese jungen Leute sind dermaßen unfähig.«
»Was denn, sag es mir, Paul!« Mein Herz hämmerte.
»Dass dein Sohn vollständig genesen ist!«
Ich legte die Hand auf die Brust, senkte den Kopf und dankte den Schutzengeln meines Sohnes.

23. Juli

Thérèse unterrichtete mich, dass Hauptmann Charles in der Suite der alten Madame Montaniser im Palais Égalité wohnt. Ich habe ihm eine Nachricht geschickt mit der Bitte, mich morgen um elf im Monceau-Park zu treffen. Ich wage es nicht, ihn hierher einzuladen, nicht, solange Pauline Bonaparte jeden meiner Schritte verfolgt.

24. Juli

Der Hauptmann saß bereits im Monceau-Park auf einer schattigen Bank bei den römischen Säulen, als ich eintraf.
Er lächelte über meine blonden Ringellocken, denn ich trug eine der Perücken von Thérèse.
»Möchten Sie gerne Platz nehmen, Madame Bonaparte?«, fragte er, als wären wir in einem Salon. Er hatte ein Tuch über die Bank gebreitet.
»Danke, dass Sie gekommen sind«, sagte ich und schloss meinen Sonnenschirm. Ich lehnte ihn an die Bank. »Ich möchte mich entschuldigen.« Ich schluckte. Ich wollte keinen falschen Eindruck erwecken. Er sah so überaus hoffnungsvoll aus. »Es tut mir Leid, Hauptmann Charles. Ich habe mich erbärmlich benommen.«
»Ich muss ebenfalls eine Entschuldigung vorbringen, eine Art

Geständnis.« Er warf mir einen schnellen Blick zu, seine Augen hatten die Farbe von seichtem Meerwasser. »Ich habe Ihnen den Hof gemacht, weil Sie mir das geben konnten, was ich brauchte, weil Sie Vorteile boten, Verbindungen.«

Ich wandte den Blick ab, schaute über den Teich. Zwei Enten schwammen in der Mitte. Am anderen Ende drückte ein Mädchen ein Kleinkind in einen Kinderwagen. Die Worte des Hauptmanns taten weh. Ich hatte ihn ausgenutzt – das wusste ich –, aber trotzdem taten sie weh.

»Und dann habe ich mich in Sie verliebt«, sagte er.

Meine Augen füllten sich mit Tränen. Diese kleinen Herzensdramen wirkten irgendwie so pathetisch. Ich dachte an Bonaparte, an Eugène, an ihren Kampf ums Überleben im fernen Wüstensand. »Hauptmann Charles, Sie sind ein lieber Mensch.« Ich liebte ihn wirklich, aber wie einen Freund.

Wir nahmen liebevoll Abschied voneinander. Der Hauptmann erklärte sich bereit, Mops zurückzunehmen. Ich wage es nicht, noch irgendwelche Erinnerungen an meine Torheiten zu besitzen, wenn Bonaparte zurückkehrt, was ich inständig hoffe – *bald*.

27. Juli – Malmaison, ein herrlicher Sommertag.

Émilie und Hortense kommen zum Wochenende. Ich bin den ganzen Morgen mit Callyot in der Küche gewesen und habe ihm beim Backen geholfen – Blätterteiggebäck, Kirschkonfekt und einen köstlichen Apfelkuchen. Ich vermisse Mops. Ständig erwarte ich, ihn zu meinen Füßen zu sehen, wo er gierig auf einen Bissen wartet. Ich bin dankbar, dass er in der Obhut des Hauptmanns ist.

28. Juli

Émilie wurde bei Tisch beinahe ohnmächtig und sank Hortense in die Arme. Eine Tasse fiel zu Boden. »Tut mir Leid«, stöhnte sie mit klappernden Zähnen.

Mimi und ich trugen das zitternde Mädchen hinauf und legten sie aufs Bett. Der Schüttelfrost ging ganz plötzlich in einen Hitzeausbruch über, und sie bat mich, die Fenster zu öffnen, die ich gerade geschlossen hatte.

Ich trug Mimi auf, den Arzt in der Stadt zu holen.

Hortense kam an die Tür. »Geht es Émilie gut?«

»Ich möchte nicht, dass du in die Nähe dieses Zimmers kommst, Hortense.« Als Kind war sie zwar geimpft worden, aber ich wollte kein Risiko eingehen.

»Maman!«

»Das ist mein Ernst.« Ich strich Émilie eine feuchte Haarsträhne aus den Augen. Als Kind hatte ich eine leichte Form von Pocken gehabt und kaum sichtbare Narben davon zurückbehalten, aber jetzt war ich geschützt.

6 Uhr nachmittags

Der Arzt hüllte sich vollständig in einen Kittel ein und streifte Handschuhe und eine Maske über. Émilie bekam es mit der Angst zu tun, als sie ihn sah. Ich suchte in seinem Gesicht nach einem Hinweis. Er räusperte sich, trat zurück, die Hände auf dem Rücken verschränkt. »Ich komme in vier Tagen wieder, wenn das Gift ausgetreten ist.« Er zögerte, die Hand am Türgriff. »Schade«, sagte er.

1. August

Wundersamerweise, teuflischerweise sind auf Émilies Gesicht und Hals Flecken erschienen, genau wie der Arzt es vorausgesagt hatte.

»Gib mir einen Spiegel«, verlangte Émilie. Ich konnte es ihr nicht abschlagen. »Sie sind klein«, sagte sie und berührte sie. »Und spitz.« Beinahe zärtlich.

Das Schlimmste kommt noch.

4. August

Ich habe die Spiegel aus Émilies Zimmer entfernt, aber nichts kann den Ekel erregenden Gestank entfernen, der die Luft verpestet, den Geruch des Giftes, das sie töten will.

[Ohne Datum]

»Ich bin's nur, Émilie.« Ich stellte das Tablett mit den Arzneien ab. Ihre Augen waren von Fieberblasen verkleistert. Ihr Gesicht war nicht mehr wiederzuerkennen, das Gesicht eines Ungeheuers.

»Papa?«, schrie sie auf.

Mir traten die Tränen in die Augen. Sie träumte von ihrem Vater François de Beauharnais – ihrem emigrierten Vater, der während der Revolution aus Frankreich geflohen war, der niemals mehr zurückkehren konnte. Dem Vater, den sie nicht mehr gesehen hatte, seit sie ein zwölfjähriges Mädchen war. Ich setzte mich neben sie aufs Bett. »Nein, Émilie, ich bin's, Tante Rose.«

»Papa!«

Spielte es eine Rolle, für wen sie mich hielt? »Ich werde dir jetzt eine Arznei aufs Gesicht tupfen.« Ich tauchte eine Ecke eines

sauberen Waschlappens in das Glasgefäß. »Es wird vielleicht ein wenig brennen«, warnte ich sie.
Sie zuckte zusammen, dann beruhigte sie sich. »Ich habe auf dich gewartet«, flüsterte sie.

21. Thermidor, Palais Luxembourg

Chère amie,
sehr gut, sehr gut. Ich werde sehen, was ich tun kann, um François de Beauharnais' Namen löschen zu lassen. Trotzdem würde ich mir nicht allzu große Hoffnungen machen. Zur Zeit herrscht eine blutrünstige Stimmung in den Räten.
Apropos Räte: Der Widerstand gegen deinen Mann wächst. Ich würde dir raten, dein zurückgezogenes Leben aufzugeben. Ich kann diese Schlacht nicht alleine schlagen.

Père Barras.

29. August

Heute Morgen ist Émilie von ihrem Krankenlager aufgestanden. Sie hob den Schleier, und einer nach dem anderen umarmten wir sie, wobei wir uns große Mühe gaben, den Kummer in unseren Augen zu verbergen. Ihr Gesicht ist voller Narben. Gott sei Dank ist sie bereits verheiratet.

Mir wird vergeben & ich vergebe

4. September 1799

Émilies Heimsuchungen haben mich aus meinem Selbstmitleid herausgerissen. Wenn dieses zarte Mädchen den Kampf gegen den Tod gewinnen kann, dann kann ich doch gewiss die Kraft aufbringen, gegen die Bonapartesippe anzutreten. Ich ziehe wieder nach Paris und bereite mich auf den Kampf vor.

10. September

Heute Besuche beim Kriegsminister, bei Direktor Gohier (der nun Vorsitzender des Rates der Direktoren ist), bei Barras – in dem Bemühen, das Interesse an einer Rettungsaktion in Ägypten wieder zu beleben. Es ist erschreckend, wie gleichgültig allen das Schicksal Bonapartes, das Schicksal unserer festsitzenden Männer geworden ist.

11. September

Ein Gefühl der Enttäuschung hat mich übermannt. Schon die ganze Woche mache ich Besuche, bemühe mich vergeblich, wie ich befürchte. Der Widerstand gegen Bonaparte ist stärker geworden. Blind für die unübersehbare Tatsache, dass die Republik zerfällt, beschäftigen sich diese selbstzufriedenen Herren an der Macht mit unwichtigen Einzelheiten.
Bonaparte wird zurückkehren (sage ich mir immer und immer

wieder), daran darf ich nicht zweifeln. Ich bin fest entschlossen, nicht aufzugeben. Als Frau hat meine Stimme kein Gewicht. Als Frau liegt meine Stärke darin, Männer zum Handeln zu überreden. Ich werde schlafen, und morgen werde ich aufstehen und von vorn beginnen, werde mich wieder auf den Weg zu den Amtsstuben und Wohnungen der Deputierten, der Minister und Direktoren machen, und mit meinem Frauengemüt – beharrlich und bohrend, überzeugend und schmeichelnd, buhlend und flirtend – werde ich die Männer, die meinem Mann Böses wollen, bedrängen. Mit dem Einsatz aller Waffen in meinem Arsenal werde ich sie auf seine Seite ziehen.

22. September, der erste Tag des Republikanischen Jahres VII

Meine Bemühungen zugunsten von Bonaparte hatten mich bereits erschöpft, doch heute war der schwerste Tag. Heute schluckte ich meinen Stolz herunter und suchte Joseph Bonaparte auf. »Madame«, begrüßte er mich und verbeugte sich tadellos aus der Taille. Ein Lächeln zuckte in den Winkeln seiner schmalen Lippen. »Verzeihen Sie, dass ich Sie warten ließ. Ich war bei meinem Tanzlehrer«, sagte er und stieß die Tür zu einem winzigen Raum auf, der mehr ein Vorzimmer als ein Salon war. »Mein Diener berichtet mir, dass Sie mit mir über Napoléon zu sprechen wünschen«, sagte er, wobei er den Namen seines Bruders französisch aussprach. Mit diesem für ihn typischen, öligen kleinen Grinsen schaute er auf seine Uhr. »Leider habe ich nicht viel Zeit.«
»Ich werde Sie nicht lange behelligen, Joseph. Wie Sie ja wissen, zeigt der Kriegsminister kein Interesse mehr an Bonapartes Misere. Ein neuerlicher Rettungsversuch müsste unternommen werden.« Ich schlang die Finger ineinander. »Wenn wir uns zusammenschlössen, könnten wir vielleicht mehr erreichen. Ihrem Bruder zuliebe …«

Joseph zuckte mit den Schultern. »Es hat keinen Zweck. Ich habe alles getan, was in meinen Kräften stand.«

5. Oktober

Eine *großartige* Neuigkeit: Bonaparte hat in Abukir einen Sieg über die Türken errungen. Vielleicht werden die Herren ja jetzt zuhören, vielleicht werden sie sich ja jetzt für seine Rückkehr einsetzen.

13. Oktober – Abenddämmerung

Die Fenster des Palais schimmerten vom Licht der tausend Kerzen und beschienen die Gesichter der Bettler, die am Tor zum Palais lagerten. »Bürgerin Bonaparte«, riefen sie mir im Chor zu, und dann stimmten sie »Chant au départ« an, was ich, wie sie wussten, mit einem Münzenregen belohnen würde.

Direktor Gohiers Kammerdiener kündigte mich würdevoll an. Ich blieb nur einen Augenblick stehen, war mir der Köpfe, die sich umdrehten, der starrenden Blicke bewusst. Es hatten sich ungefähr zwanzig oder dreißig Personen versammelt, eine auserlesene Gruppe. Barras, den scharlachroten Umhang theatralisch über eine Schulter drapiert, saß auf dem Fensterplatz und unterhielt sich mit einer Frau (einer Opernsängerin), die ihn mit gelangweiltem, wollüstigem Blick ansah. Talleyrand, unverkennbar in Schwarz, stand auf seinen Ebenholzstock gestützt am Kamin. Er blickte auf und verzog das Gesicht, seine breite Stirn glitzerte. In der Nähe saß der stellvertretende Kriegsminister und sprach mit dem Innenminister. Gut, dachte ich, als ich die Anwesenden taxierte. Ein großer Teil der maßgeblichen Leute, mit denen ich sprechen musste, war anwesend.

Direktor Gohiers Frau begrüßte mich mit ausgestreckten Armen. »Ihr Hut gefällt mir sehr gut«, raunte sie. »Eine Kreation von Lola? Wusste ich's doch. Ich schwärme für diese riesigen Seidenblumen.« Ich mochte die Frau des Direktors, aber trotz des Umgangs, den ich mit ihr pflegte, war ich nicht blind für die bedeutende Rolle, die ihr Mann in meinem Fall spielte. Der mächtige Direktor Gohier hatte heftigen Widerstand gegen Bonaparte geleistet. Nach und nach war es mir gelungen, ihn zu besänftigen.

Nach dem Austausch von Höflichkeiten gesellte ich mich zu der Gruppe am Glücksspieltisch. Der Würfel lag locker und glatt in meiner Hand. Ich hatte bereits über hundert Francs gewonnen, als ich Barras sagen hörte: »Na, schau mal, wer hier ist.«

Ich schaute zu den großen Doppeltüren. Dort stand ohne Ankündigung der Polizeiminister, mein Freund und Spion, Bürger Fouché. Er kam geradewegs auf mich zu.

»Bürger Fouché, wie schön Sie zu sehen.« Aber in seinem Gesichtsausdruck lag etwas Alarmierendes.

»Kann ich Sie unter vier Augen sprechen, Bürgerin?« Aber noch bevor wir das Vorzimmer erreicht hatten, reichte er mir ein Stück Papier.

Ich drehte es unschlüssig in der Hand. »Was ist das? Ich verstehe nicht.«

»Das hat Ihr Sohn geschickt. Es kam über Semaphor.«*

»Eugène?«

Direktor Gohier saß an dem schweigsamen Whisttisch und hatte nur Augen für seine Karten. »Herr Vorsitzender Direktor.« Ich beugte mich vor, um ihm ins Ohr zu flüstern. »Es hat sich etwas ereignet, das Sie wissen sollten. Bonaparte ist zurück; er hält sich im Süden auf.«

Gohier legte seine Karten verdeckt auf den Tisch. »Wenn Sie mich einen Augenblick entschuldigen wollen, Bürger, Bürge-

* Eine Nachricht, die durch Flaggenzeichen von einem Aussichtspunkt zum anderen übermittelt wird.

rin«, sagte er zu seinen Gästen. Er machte Barras ein Zeichen, als er mich schnell aus dem Raum führte.

»Bei allem Respekt, Direktor Barras, aber vom rechtlichen Standpunkt aus hat General Bonaparte seine Armee im Stich gelassen.« Direktor Gohier verschränkte die Arme, als wappnete er sich gegen eine unsichtbare Macht. »Ich frage Sie, ganz ehrlich, wie sollen wir es anstellen, ihn *nicht* zu verhaften?«

»Verhaften Sie Bonaparte, und ich garantiere Ihnen, dass sich das Volk gegen uns erheben wird«, sagte Barras.

Ich stand auf. »Direktor Gohier, Barras – bitte, wenn Sie mich entschuldigen wollen. Ich muss gehen.« Beide Männer sahen mich an, als hätten sie vergessen, dass ich anwesend war. »Ich werde versuchen, Bonaparte auf der Straße zu treffen, bevor er Paris erreicht.« Bevor ihn sein Bruder erreichte.

»Jetzt?«, fragte Direktor Gohier erstaunt.

»Aber die Straßen sind nicht sicher«, rief Gohiers Frau. »Und es ist so schrecklich kalt.«

»Und der Nebel«, wandte Barras ein.

Ich war wie benommen, eine seltsame Mischung aus Freude und Angst. Es stimmte, der Nebel war dicht – zu dicht, um zu reisen, insbesondere bei Nacht. »Ich werde bei Tagesanbruch aufbrechen.«

»In Ihrer kleinen Kutsche?« Direktor Gohier betätigte den Klingelzug. Sein Kammerdiener erschien und kratzte sich am Ohr. »Sagen Sie Philipp, er soll die Reisekutsche der Regierung bereitmachen.« Er hob die Hand. »Ich *bestehe* darauf. Sie kann in ein Schlafabteil umgewandelt werden.« Er grinste Barras an. »Praktisch, so gesehen.«

Mein Diener kam mit einer Laterne zur Tür, die ein gespenstisches Licht warf. »General Bonaparte ist zurück«, rief der Kutscher ihm zu, bevor ich auch nur ein Wort sagen konnte.

Gontier sah mich verständnislos an. Ein kühler Windstoß fegte Laub in die Halle. »Der General ist aus Ägypten zurück?«, fragte er und zog die Tür gegen die Kälte zu.
Ich nickte zitternd. »Er ist im Süden. Eugène hat eine Botschaft geschickt, über Semaphor.«
Hortense erschien im Nachtgewand, einen roten Wollschal um die Schultern drapiert. »Was ist los?« Gähnte und nieste.
»General Bonaparte ist zurück«, rief Gontier.
»Und Eugène ist bei ihm«, schrie ich. Ich konnte mich nicht länger beherrschen.
Hortense stellte ihre Kerze ab. »*Eugène* ist zurück?«
»Sie landeten vor zwei Tagen im Süden. Sie sind nach Paris unterwegs. Ich werde mich mit ihnen treffen.« Ich würde Wäsche brauchen, Proviant, Decken, dachte ich.
»Ich komme auch mit«, sagte Hortense mit klappernden Zähnen. Es war eiskalt, selbst in der Halle.
Ich zögerte, überlegte. »Aber du bist doch erkältet, Schatz.«
»Mir geht's schon besser!«
»Ich werde unterwegs nicht anhalten«, warnte ich sie. »Ich werde sogar in der Kutsche schlafen.«
»Das ist mir egal.«
Ihre goldenen Locken umrahmten ihre großen blauen Augen – ihre unwiderstehlichen blauen Augen. Bonaparte hatte Hortense gern; vielleicht half es, wenn ich sie bei mir hatte. Und ich brauchte dringend Hilfe. »Wirst du auch deine Pelzhaube aufsetzen?«
»Alles!« Sogar das.

Es war noch dunkel, als die riesige Reisekutsche der Regierung, gezogen von vier kräftigen Kutschpferden, die schmale, kleine Auffahrt entlang gerumpelt kam. Es dauerte nicht lange, sie reisefertig zu machen: ein Kohlebecken, Daunenkissen, Pelzdecken, Bettpfannen, Arzneien (Laudanum für meine Nerven

und Rückenschmerzen, Hirschhornöl und Gascoignes Pulver für Hortenses Erkältung). Wir nahmen einen riesigen Korb Proviant mit: Brot, hart gekochte Eier, Konfekt und Bonbons für Hortense, Wein und Brandy für uns beide.
Die Sonne ging gerade auf, als wir endlich aufbrachen. Die große Kutsche streifte zweimal die Gartenmauer. Ich winkte dem Pförtner, der gähnend in der Tür seiner Hütte stand. Der Morgen begann vielversprechend.
Hin und her schaukelnd jagten wir gen Süden. Ich hatte gedacht, dass wir schlafen würden, aber es war unmöglich. Hortense schäumte über vor Aufregung. Ihr geliebter Bruder lebte, er war in Sicherheit, er kam nach Hause. Und ich selbst? Ich war auf dem Weg zu meinem Mann.

15. Oktober – Auxerre

Wir haben kurz an einer Poststation in Auxerre gehalten. Wir baten um einen separaten Raum, während ein Rad repariert wird. Die Reaktion der Leute auf die Nachricht von Bonapartes Rückkehr ist überwältigend gewesen. Entlang der gesamten Strecke werden ihm zu Ehren Triumphbögen gebaut. Männer, Frauen und Kinder säumen die Straße in der Hoffnung, ihn vorbeikommen zu sehen. Die Lichter all der Fackeln gestern Nacht wirkte magisch. »Die Straße in den Himmel«, sagte Hortense ehrfürchtig.
Ein derartiger Ausbruch von Begeisterung grenzt fast schon an Wahnsinn. Wann immer wir anhalten, werden wir von Leuten bestürmt, die rufen: »Stimmt es? Kommt der Erlöser?«
Beim ersten Mal meinte ich, »der Böse« verstanden zu haben. Kommt *der Böse*? »Wie bitte?«
»Der Erlöser!«, schrie ein Schuster. »*Unser* Erlöser.«

16. Oktober – Châlon-sur-Saône

Wir haben ihn verpasst. In Lyon nahm er die Bourbonen-Route, nach Westen durch Nevers, seine Brüder ihm dicht auf den Fersen.
»Ah, sie werden als Erste am Ziel sein«, sagte Hortense, als wäre dies ein Spiel.
»Zurück nach Paris«, wies ich den Kutscher mit wachsender Besorgnis an. »Rasch.«

19. Oktober – Paris

Es war nach Mitternacht, als unsere Kutsche mit dampfenden Pferden vor meinem Tor anhielt. In der Pförtnerloge brannte ein Licht, das die Umrisse der schlafenden Bettler beleuchtete. Der Kutscher sprang ab und hämmerte an die Tür. »Kerzenmacher, wach auf, öffne das Tor.«
Ich stieß Hortense an. Wir waren von der fünftägigen Reise, vom Essen und Schlafen in der Kutsche erschöpft. Mein Rücken, meine Hüfte brannten wie Feuer von dem heftigen Rütteln über die holprigen Straßen. In der Nacht zuvor hatte ich kein Auge zugetan. Eine traumähnliche Benommenheit, ein merkwürdiges Kribbeln auf meiner Haut ließen mich nicht mehr los. Als wir uns den dunklen Straßen von Paris näherten – der Gestank nach Müll, trotz der kalten Herbstluft; der zu Furchen erstarrte Schlamm; der Geschmack von Rauch; die Schatten von Bettlern und Raufbolden, die in den Durchgängen um Feuer herum kauerten –, spürte ich, wie etwas Verhängnisvolles nach mir griff.
»Sind wir da?«, sagte Hortense, nieste und putzte sich die Nase. »Es ist so kalt. Wie spät ist es?«
»Wir sind da.« Ich packte meinen Korb zusammen, ordnete das Durcheinander von der Reise. Ich griff mir an die Haare; ich

hatte es zu Zöpfen geflochten und mit einem Schildplattkamm aufgesteckt, aber ein paar Strähnen hatten sich gelöst. Warum öffnete der Pförtner das Tor nicht? Ich streifte meine Handschuhe ab, damit ich die Schnürsenkel meiner Stiefel zubinden konnte.

Der Kutscher kam zur Kutschentür, eine Fackel in der Hand. »Es gibt ein Problem«, sagte er mit dampfendem Atem. Ein eisiger Luftstoß wehte durch die geöffnete Tür.

Ich zog mir die muffige Pelzdecke um die Schultern. »Ist der General denn nicht hier?« Und Eugène!

Der Kutscher nickte. »Aber der Pförtner …« Er hielt inne.

»Was ist los, Antoine?« Eines unserer Pferde wieherte. Der Pförtner stand in der Tür seiner Hütte und schaute heraus. Die Schatten einer Laterne ließen sein Gesicht diabolisch aussehen.

»Er kann das Tor nicht öffnen«, sagte der Kutscher schließlich.

»Kann es nicht öffnen?« Hortense kicherte, während sie ihre Hutbänder befestigte.

»Was soll das heißen, er *kann nicht*?«

»Befehl des Generals, Bürgerin.«

»Bonaparte hat befohlen, dass das Tor geschlossen bleibt?« Vielleicht war es ja eine Sicherheitsmaßnahme.

»Der Pförtner sagte, dass ich Ihnen mitteilen soll, dass Ihre Sachen in seiner Hütte sind, alles in Schrankkoffern verpackt.«

Hortense sah mich verblüfft an.

»Ich – ich verstehe nicht«, sagte ich. In Schrankkoffern verpackt?

»Der General, er …« Der Kutscher schaute zum Nachthimmel hinauf, trat von einem Fuß auf den anderen. »Er hat Ihre Sachen aus dem Haus geräumt.«

Und dann verstand ich – Bonaparte hatte es gewagt, mich aus meinem eigenen Haus zu werfen, hatte es gewagt, mein eigenes Tor vor mir zu verschließen, hatte es gewagt, meinen Pförtner anzuweisen, mir den Zutritt zu verwehren!

Ich war wütend. Ich schickte mich an, auszusteigen.
»Dann laufen wir?«, fragte Hortense und schloss den obersten Knopf ihres Umhangs. »Von hier?«

Im Vorraum der Veranda war es dunkel. Hortense betätigte den Klingelzug. Keuchend von der Anstrengung, mit meiner Tochter Schritt zu halten, lehnte ich an einem der Pfosten. »Da kommt jemand.« Hortense hüpfte auf und nieder, damit sie durch das kleine Fenster in der Tür hineinsehen konnte. »Oh, es ist Mimi.« Dann stieß sie einen Schrei aus und fing zu kichern an. »Maman, ich sehe Eugène! Ich sehe Eugène!«
»Wirklich?«
»Oh, er ist dunkel wie ein Araber!«, zischte sie und wirbelte herum, die Hände in gespieltem Entsetzen an den Wangen.
Die Tür wurde aufgerissen. »Endlich – ihr seid zurück.« Mimi verdrehte die Augen, als wollte sie sagen: Ihr könnt euch nicht vorstellen, was hier los gewesen ist. »Es sind deine Mutter und deine Schwester«, sagte sie über die Schulter.
Eugène stand mit einer Wolldecke um die Schultern vor dem Speisezimmerkamin. Er stellte die Kerze ab und breitete weit die Arme aus, die Decke fiel herunter.
Schluchzend warf sich Hortense in die Arme ihres Bruders. Er hielt sie verlegen fest, blinzelte. Er war ein richtiger junger Mann geworden – mager, hoch gewachsen … und so dunkel.
»Maman«, sagte er mit brechender Stimme. Seine Stimme verriet mir so viel – dass er mich liebte, dass ich in ernsthaften Schwierigkeiten steckte, dass er alles versucht hatte.
Er beugte sich herab, um mich zu umarmen. Er roch nach Zigarrenrauch, der Geruch eines Mannes, nicht eines Knaben. Der Geruch eines Soldaten, dachte ich nicht ohne Bedauern. Ich legte ihm die Hand an die Wange, überrascht von den Bartstoppeln. Er lächelte, doch irgendetwas stimmte nicht, ein Zittern um seine Augen, ein leichtes, krampfartiges Zucken.

»Ich kann dir gar nicht sagen …« Ich holte scharf Luft. »Ich liebe dich ja so sehr! Wir …« Aber ich konnte nicht sprechen, denn meine Kehle war plötzlich wie zugeschnürt.
»Wir haben dich für tot gehalten!«, schluchzte Hortense. All die Nächte schweißkalter Träume brachen aus ihr heraus. Sie holte schaudernd Luft und lachte über sich selbst und dann über uns drei, denn wir weinten alle.
Schniefend und stoßweise atmend riss ich mich los. Es gab so vieles, was ich ihn fragen wollte – über Ägypten, seine Verletzung, wie es ihnen gelungen war, zurückzukommen* – aber dazu war jetzt keine Zeit. »Bonaparte – ist er …?«
»Er ist im Arbeitszimmer«, sagte Eugène.
»Oben?« In dem Zimmer, das ich für ihn neu eingerichtet hatte. Ich griff nach einer Kerze.
»Maman, du weißt …«
»Ich weiß.«
Als ich um die Ecke der schmalen Treppe auf den Absatz in halber Höhe bog, entfuhr mir ein Schrei. Am oberen Ende der Treppe sprang in der Dunkelheit ein schwarzer Mann vor der Tür zum Arbeitszimmer auf die Füße. Der Schein meiner Kerze erfasste die gebogene Klinge eines Krummschwertes, das Weiß seiner Augen, seiner Zähne. »Sie haben mich erschreckt«, sagte ich nach Luft schnappend. Er war jung, kein Knabe mehr, aber auch noch kein Mann.
Er sagte etwas in einer fremden Sprache zu mir. »Ich kann Sie nicht verstehen«, sagte ich leicht stotternd. »Ich bin Madame Bonaparte. Ich muss mit meinem Mann sprechen. Ist der General da drin?« Ich sprach langsam und in einfachen Worten, damit er mich vielleicht verstand. Aber ich blieb auf Distanz.

* Am 22. August stahlen sich vier Schiffe aus dem Hafen von Alexandria. Indem sie sich nahe an der Küste hielten, gelang es ihnen glücklicherweise, den Briten zu entkommen.

»Bonaparte!« Er umklammerte den Knauf seines Krummschwertes.
Den Namen Bonaparte verstand er. »Ich«, sagte ich und deutete dabei auf meine Brust, »ich *Frau* von Bonaparte.« Effektheischend hielt ich inne, dann sagte ich: »Geh!« mit einer schwungvollen Bewegung meiner freien Hand.
Erleichtert sah ich, dass er verstanden hatte und ganz brav an mir vorbei die Treppe hinunterhuschte. Ich ging zur Tür des Arbeitszimmers und klopfte. Es kam keine Antwort, obwohl ich hörte, wie sich drinnen jemand bewegte. »Bonaparte!« Ich drehte an dem Knauf, drückte. »Ich bin es, Joséphine!« Die Tür war abgeschlossen. »Bitte, öffne die Tür.« Ich klopfte erneut, rief. Ich presste das Ohr ans Holz. Ich schüttelte an dem Knauf, drehte an ihm, rüttelte ihn. »Bonaparte!« Diesmal lauter. »Ich weiß, dass du da drin bist. Bitte!«
Schweigen.
Es war kalt im Flur. Die Erschöpfung ließ mich nicht mehr klar und nur verzögert denken. Und nun war ich mit meiner Weisheit am Ende. Ich schlug mit der Handfläche gegen die Tür. »Bonaparte, lass mich herein! Ich kann alles erklären. Es ist nicht so, wie du denkst.« Ich presste die Stirn an die Tür. »Ich liebe dich«, sagte ich, aber zu leise, als dass er es hören konnte. Dann hämmerte ich an die Tür, heftig, noch heftiger, als ich eigentlich beabsichtigt hatte. »Ich liebe dich«, schrie ich weinend. Du *Hundesohn*.
Nach einer langen und schrecklichen Zeit kamen mir meine Kinder zu Hilfe. Hortense sah verzweifelt aus. Eugène stand hinter ihr mit einem Ausdruck schmerzerfüllter Sorge und zuckender Wange. Ich fühlte mich gedemütigt; wie viel wussten sie? Ich zog den Schal um meine Schultern. Warum war es so kalt? Welche Jahreszeit hatten wir?
Hortense beugte sich neben mir herunter und strich mir zärtlich eine Haarlocke aus den Augen, als wäre ich ihr Kind und

sie meine Mutter. Im Schein der einzigen, flackernden Kerze sah sie ätherisch aus. »O Maman, bitte weine doch nicht«, sagte sie und reichte mir ein Taschentuch.

Ihre Zärtlichkeit ließ mich nur noch heftiger weinen. »Er will die Tür nicht öffnen.«

»Das wissen wir«, sagte Eugène.

Natürlich. Das Haus war klein. »Irgendwo muss ein Schlüssel sein«, sagte ich. Oder eine *Axt*.

»Maman.« Eugène machte ein verlegenes Gesicht. »Du kannst doch nicht einfach ...«

»Es ist kein Schlüssel da«, zischte Mimi vom Erdgeschoss nach oben. »Ich habe nachgesehen. Er muss ihn haben.«

Er – General Bonaparte. Mein Mann. Hortense und Eugènes Stiefvater. Auf der anderen Seite der kleinen Eichentür verbarrikadiert. »So ähnlich muss eine Belagerung sein«, sagte ich. Ein gequälter Ausdruck huschte über das Gesicht meines Sohnes.

»Eugène, vielleicht kannst du ja etwas zum General sagen«, sagte Hortense in verschwörerischem Ton.

»Hortense, du solltest etwas wissen.« Ich sah kurz zu Eugène. »Bonaparte glaubt, dass ich ...«

»Ist schon gut, Maman.« Hortense warf mir einen wissenden Blick zu, ein Von-Frau-zu-Frau-Ausdruck seltsamerweise.

»Versuche es einfach weiter, Maman«, flüsterte Eugène.

Meine Augen füllten sich mit Tränen. Womit hatte ich solche Kinder verdient? Mir war, als hätte ich sie irgendwie besudelt. Eugène half mir hoch. Ich presste die Stirn an die Tür. Bonaparte, *bitte*! Hör mir zu!

Wie viel kann ein Mann ertragen? Ich weiß es jetzt: sehr viel. Bonaparte auf jeden Fall.

Als er jedoch endlich den Riegel wegschob, sah ich einen erschreckend gebrechlichen Mann vor mir. Er hatte sich graue Flanellstreifen wie einen Turban um den Kopf geschlungen.

Seine Haut war wie die Eugènes von der Sonne gebräunt. Obwohl sein Gesicht im Dunkeln lag, war klar, dass auch er geweint hatte.
Wir drei, meine Kinder und ich, standen starr vor Überraschung da. Nach stundenlangem Weinen, Betteln, Bitten – *Fluchen* – hatten wir uns mit dieser verriegelten Tür abgefunden.

Ich erinnere mich nicht mehr daran, dass die Kinder gingen, nur an die Stille, die plötzliche Erkenntnis, dass Bonaparte und ich allein waren. Tagelang hatte ich Selbstgespräche geführt, mir diesen Augenblick ausgemalt, mir ausgemalt, was ich sagen würde. Aber nun kamen mir die Worte fremd vor. »Es ist kalt hier draußen im Flur«, sagte ich schließlich, denn ich fröstelte plötzlich.
Ich folgte ihm ins Arbeitszimmer und nahm auf dem Ledersessel am Kamin Platz. Der Raum roch nach Zimt und Ingwer. Eine mit einem ägyptischen Motiv verzierte Schnupftabakdose lag geöffnet auf einem Beistelltisch. Auf dem Schreibtisch, der bereits mit Papieren und Berichten, Büchern und Landkarten übersät war, brannte eine einzige Lampe.
Bonaparte zog die Tür zu, nicht, um ungestört zu sein, sondern eher wegen der Wärme, nahm ich an. »Nun? Willst du nicht reden?«, sagte er und hielt die Hände über das Feuer. Über ein Leinenhemd hatte er mehrere Westen gezogen und darüber eine schwere wollene Hausjacke. Die Kleiderschichten ließen ihn dünn aussehen. Er griff nach einem Sessel und setzte sich, wobei er sich mit der Miene eines nachsichtigen Monarchen auf eine der Lehnen stützte. »Du hast *gewinselt*, dass man dich hereinlassen sollte, und nun, da ich die Tür geöffnet habe, hast du nichts zu sagen.«
Ich saß da und schaute ihn an, versuchte den Zorn, der in mir aufstieg, zu unterdrücken. »*Du* bist es, der nichts sagt.«
»Ich rede doch.«

»Ohne Aufrichtigkeit – ohne Herz.«
»*Du* besitzt die Frechheit, zu *mir* von Herz zu sprechen?«
Ich konnte mich nicht länger beherrschen. »Du behauptest, mich zu lieben, und trotzdem bist du aufgrund von Soldatenklatsch bereit, dich von mir scheiden zu lassen! *Du* bist derjenige, der hier etwas erklären sollte, Bonaparte.«
»Du *wagst* es anzudeuten, dass du unschuldig bist, dass du nicht …« Er schlug heftig mit der Faust auf die Lehne seines Stuhles.
Ich holte tief Luft, hielt sie an, hielt sie länger an, hielt sie so lange an, wie ich konnte. »Und was ist mit deiner Mätresse, Bonaparte – deiner ›Kleopatra‹, wie die Soldaten sie nannten? Du hast ihr gesagt, dass du sie heiraten würdest, wenn sie dir ein Kind gebären würde.« Mit brennenden Augen, blinzelnd, versuchte ich, nicht zu schniefen.
»Woher weißt du das?«
»Deine Geschwister haben sich alle Mühe gegeben, dass ich es erfahre.«
Er lehnte sich zurück. Diese Antwort hatte er nicht erwartet.
»Sie sind so fest entschlossen, mich zu vernichten, dass es ihnen gleichgültig ist, was sie dir damit antun könnten.« Vorsicht, befahl ich mir. Ein falsches Wort, und eine Versöhnung wäre nicht mehr möglich. »Sie haben dir gesagt, dass ich dich nicht liebe.«
Der Schein der Lampe schimmerte in seinen Augen. Ich hatte seinen wunden Punkt getroffen, wie ich traurig bemerkte. »Ich liebe dich wirklich«, sagte ich und wusste, dass es die Wahrheit war. Ich liebte diesen Mann wirklich, diese ernsthafte, ruhelose, getriebene Seele. Warum, das konnte ich nicht erklären. »Und ich sehne mich nach dir«, sagte ich – und sah ihm in die Augen, hielt seinen Blick fest. Bonaparte lässt sich nicht leicht täuschen.

Es war fast vier Uhr morgens, als ich die Kerzen ausblies. Wir hatten die Wüste durchquert und waren verwundet, aber aufrechten Schrittes zurückgekehrt. Wir hatten uns unsere Schwäche gebeichtet, die Macht des Schmerzes. Wir hatten uns unsere hoffnungslose Einsamkeit gebeichtet. Ich erzählte ihm, dass ich nicht gut zurechtgekommen wäre, dass ich, durch die unablässigen Anfeindungen geschwächt, den Halt verloren hätte.

»Warst du mir untreu?«, fragte er rundheraus.

Ich zögerte. Es war an der Zeit, die Wahrheit zu sagen – aber was war die Wahrheit? »Nicht in dem Sinne, den du meinst.« Ich berührte seine Hand; sie war so kalt. »Nicht körperlich.« Nicht ganz. »Aber beinahe.« Ich holte tief Luft. »Und du?«

»Sie ging mir auf die Nerven.«

Ich hätte am liebsten gelacht – und geweint. Er erzählte mir, wie verzweifelt er in diesem Land gewesen war, überzeugt, dass ich ihn betrog, überzeugt, dass der Glücksengel nicht mehr bei ihm war. »Ohne dich …«

Er schlief mit mir und dann noch einmal. »Jetzt bin ich bei dir«, sagte ich.

5

Der Verschwörer

Heute säen wir mit Tränen und Blut.
Die Freiheit werden wir ernten.
Napoléon an Joséphine.

Eugène wird geheilt

20. Oktober 1799

Ich schreckte aus dem Schlaf hoch. Fauvelet, Bonapartes Sekretär, schüttelte ihn, versuchte ihn zu wecken. Ich streckte die Hand unter der Pelzdecke hervor. Obwohl ein gewaltiges Feuer im Kamin prasselte, konnte ich meinen Atem sehen. »Morgen, Fauvelet.« Erschöpft. »Wie spät ist es?« Durch die geschlossenen Vorhänge war ein Lichtsplitter zu sehen. »Ist etwas nicht in Ordnung?«

»Nein, Madame, der General ist immer schwer zu wecken – wie Sie ja wissen«, fügte er hinzu. In dem schummrigen Licht sah Fauvelets Gesicht dunkel aus, wie das von Eugène, wie das von Bonaparte. »Es ist sieben. Ich habe den General heute Morgen schlafen lassen, aber jetzt ist sein Bruder, Abgeordneter Lucien, hier und will ihn sprechen.« Ein schüchternes Lächeln. »Sie haben uns gefehlt, Madame«, raunte er.

Lucien Bonaparte? Ich legte meinem Mann die Hand auf die Schulter. Er schlief wie ein Toter. Alles, was er tat, tat er mit äußerster Intensität – arbeiten, lieben, sogar schlafen.

Er rührte sich, dann rollte er sich herum und umarmte mich mit fest geschlossenen Augen. Er roch wie ein Säugling, verschwitzt und süß. »Fauvelet, habe ich Sie schon mit meiner wunderschönen Frau bekannt gemacht?« Sprach's in meine Nachthaube.

Fauvelet zog die Vorhänge zurück, und Morgenlicht flutete ins Zimmer. Ich war bestürzt, wie fahl Bonapartes Haut war – sein Gesicht, obwohl von der Sonne dunkel geworden, hatte eine

ungesunde Farbe. »Dein Bruder ist hier und will dich sprechen«, sagte ich, küsste meinen Mann und besänftigte seine umherwandernden Hände. »Lucien.« Bonaparte rollte sich auf den Rücken. »Ich weiß, ich habe ihn rufen lassen«, sagte er und gähnte und streckte sich gleichzeitig.
Ihn rufen *lassen* – wann? Ich schickte mich an, aufzustehen, doch Bonaparte legte mir die Hand auf die Schulter. »Bonaparte!« Ich wollte nicht im Zimmer sein, wenn Lucien hereingeführt wurde.
»Weißt du noch, was ich gestern Nacht gesagt habe – über den Übergang zur Offensive?«
Ich fiel wieder in die Kissen zurück. *Der Übergang von der Defensive zur Offensive ist eine heikle Operation, eine der heikelsten im Krieg*. »Das ist kein Krieg.«
»Nein?« Bonaparte lächelte. Ich folgte seinem Blick. Lucien stand in der Tür. Er sah zerknittert und gealtert aus, krumm wie ein Achtzigjähriger und nicht wie der junge Mann von vierundzwanzig, der er ist.* Seine schlaksigen Arme baumelten aus den Rockaufschlägen. Er ist ein begabter junger Mann, hitzig und ehrgeizig. Ich würde ihn bewundern, wenn er nicht einen eklatanten Charakterfehler hätte: Er wünscht mir den Tod.
»Guten Morgen, Lucien«, sagte ich und zog mir die Decke unters Kinn. Ich hätte am liebsten gegrinst – *hämisch*. »Wie schön, dich zu sehen.« Zu dick aufgetragen, das wusste ich.
Er spähte mich durch seine dicken Brillengläser ungläubig an. Dann fiel ihm ein, dass er sich verbeugen musste, tiefer als erforderlich, eine übertriebene Demonstration von Unterwürfigkeit – ein Ausmaß an Unterwürfigkeit, hinter dem meiner Meinung nach Niedertracht steckte. »Ich gehe wieder, Napoléone«,

* Die jungen Männer hielten es für modisch, alt und zerknittert auszusehen: Man schlief in den Hemden, um den richtigen Effekt zu erzielen, neue Bekleidung wurde zuerst den Dienern gegeben, um sie »einzutragen«.

erklärte er. Er sah wie eine missmutige Spinne aus, nur lange Beine und Arme. Sein Bruder, dem er sich eindeutig überlegen fühlte, hatte die Frechheit besessen, seinen Rat zu missachten und seiner Frau zu vergeben.

»Nein, du bleibst.« Bonaparte schwang die Beine auf den Fußboden. Dann drehte er sich mit einem spitzbübischen Lächeln um und gab mir einen Klaps auf den Hintern. Ich vergrub mich unter der Wolldecke, denn ich befürchtete, in Gelächter ausbrechen zu müssen, wenn ich Lucien ansah.

An der Tür erschien plötzlich, ein klapperndes Tablett in der Hand, der schwarzhäutige junge Mann, dem ich in der Nacht zuvor begegnet war. Exotisch in leuchtende Seide und Pelz gekleidet sah er wie eine Phantasiegestalt aus einem Märchenbuch aus. Ein juwelenbesetztes Krummschwert baumelte von einer dicken Seidenschnur an seiner Taille.

»Roustam!«, sagte mein Mann und verknotete die Schärpe seines Wintermorgenmantels. Der junge Mann verbeugte sich und stellte das Tablett auf den Tisch neben dem Bett. »Dies … ist … meine … Frau«, sagte Bonaparte langsam und deutete auf mich. »Er ist ein Mameluck, aber ein braver Junge«, sagte er zu mir. »Jedenfalls sehr beliebt bei den Damen. Ich werde ihn im Auge behalten müssen.«

»Guten Morgen, Roustam«, sagte ich und langte nach einem Becher dampfender Schokolade.

»Und … das … ist … mein … Bruder … aber … er … ist … wütend«, sagte Bonaparte und zog Lucien am Ohr.

Der junge Schwarze verbeugte sich und rutschte in seinen scharlachroten Seidenpantoffeln, die ein Gleitgeräusch auf dem Parkettboden machten, rückwärts durch die Tür.

»Es ist so kalt in diesem Land.« Bonaparte warf sich einen meiner Kaschmirschals über und stampfte mit den Füßen. Er stürzte eine kleine Tasse Kaffee herunter. Ein Brötchen verschwand genauso rasch und hinterließ Krümel auf seinem Morgenmantel. Kauend stocherte er mit dem Eisenhaken im Feuer herum und warf dann zwei neue Scheite auf. »Na also«, sagte er und trat zurück, um die Flammen zu beobachten. Er zog einen der kleinen Tabouret-Schemel neben den Kamin und hockte sich darauf.

»Der General stellt sich vor, er wäre im Feldlager«, sagte ich zu dem finster blickenden Lucien in dem Bemühen, die Stimmung aufzuheitern.

Lucien verschränkte die Arme. »Noi dobbiamo parlare, Napoléone.« Wir müssen reden.

»Dann rede.«

»Privatamente.«

»Mein Frau wird in alle Diskussionen einbezogen.«

»Du bist ein Narr!« Das war die Stimme eines Mannes, der zu einem Untergebenen spricht. »Deine Frau hat ein falsches Spiel mit dir getrieben. Sie entehrt unseren guten Namen.« Erleichtert hörte ich Bonaparte lachen. »Unseren guten Namen, sagst du? Und unsere reizende Schwester Pauline mit ihren drei Liebhabern? Und Elisa, die sich einen Monat nach dem Tod ihres Kindes Dichtern zu Füßen wirft? Und Joseph, der schon wieder eine Quecksilberkur macht? Und *du*, Lucien, machst dich wegen Madame Recamier zum Narren, während deine Frau ans Kindbett gefesselt ist?«

Ich betrachtete Bonaparte mit Erstaunen. Er war erst seit kurzem wieder in Paris, und trotzdem hatte er bereits alles herausgefunden.

»Ich bin nicht hergekommen, um über Familienangelegenheiten zu diskutieren«, sagte Lucien mit halb geschlossenen Augen.

»Richtig. Du bist hergekommen, weil ich dich gerufen habe.«

»Bonaparte, ich kann ...« Ich stellte meinen Becher auf das Tischchen.

Bonaparte funkelte mich an, als wollte er sagen: Rühr dich ja

nicht. »Und setz dich, um Gottes willen«, herrschte er seinen Bruder an.
Mit arrogant übertriebenem Gehorsam ließ sich Lucien auf einem der kleinen Schemel nieder und entblößte dabei seine langen, knochigen Fußknöchel und Handgelenke.
»General? Die Zeitungen sind eingetroffen.« Ich war erleichtert, Fauvelet an der Tür zu sehen. »Aber ich kann ein anderes Mal wiederkommen.«
»Gleich, Fauvelet.« Bonaparte bedeutete seinem Sekretär, den anderen Schemel zu nehmen. Resigniert lehnte ich mich an die Kissen zurück. Es gab kein Entrinnen.
Fauvelet blätterte rasch den Stapel Zeitungen auf seinen Knien durch. »Ah ja, das hier sollten Sie wissen. Direktor Moulins behauptet, Sie hätten die Quarantäne durchbrochen, als Sie an Land gingen. Er sagt, dass Sie der Republik die Pest mitgebracht hätten.« Seine Stimme klang nervös, schrill.
»Pah! Du liebe Zeit, wir waren siebenundvierzig Tage auf See und nicht ein einziger Mann krank. Ist das nicht Beweis genug?« (Offen gestanden vernahm ich diesen Einwand mit einer gewissen Erleichterung.) »Was noch?«
»Dieser hier betrifft Bürger Bernadotte.« Fauvelet räusperte sich.
»Ach ja, mein reizender neuer Verwandter.«*
»Er hat den Direktoren einen Brief geschickt, in dem er vorschlägt, dass Sie vor ein Kriegsgericht gestellt werden.«
»Das hört sich nach der Tat eines Verwandten an.« Bonaparte lächelte, aber ich konnte nicht erraten, ob er sich nun darüber amüsierte oder nicht. »Nach der Tat eines *Feiglings*.«
»Er läuft herum und nennt dich einen ›Deserteur‹«, teilte Lucien Bonaparte mit unangemessener Schadenfreude mit. »Weil du deinen Posten verlassen hast.«

* Bernadotte hatte Eugenie-Désirée Clary, die Schwester von Josephs Frau (und frühere Verlobte von Napoléon), geheiratet. Später sollte Bernadotte zum König von Schweden gekrönt werden und sein Sohn eine von Eugènes Töchtern heiraten.

»*Basta!* Als ich dieses Land verließ, herrschte Frieden, und bei meiner Rückkehr herrscht Krieg. Als ich es verließ, war es mit Siegen gekrönt, und bei meiner Rückkehr ist es besiegt, verarmt und in großem Elend. Und wer, würde ich den guten Bernadotte fragen – unseren ehemaligen Kriegsminister für kurze Zeit –, wer ist daran schuld? Genau diese Frage würde ich ihm stellen.« Bonaparte schlug mit der Faust auf den Kaminsims. »Sonst noch etwas?«
Fauvelet und ich wechselten Blicke. Bonaparte war zurück.

22. Oktober, früher Abend

Jeden Tag kehren mehr Soldaten, braun gebrannt und mit Geschenken beladen, zurück. Paris glüht vor Feierfreude, schwirrt vor Geschichten. Ehefrauen und Töchter führen Tücher aus exotischer Seide spazieren, Väter und Söhne tragen stolz mit Juwelen besetzte Krummschwerter. Unsere Mahlzeiten sind auf einmal scharf gewürzt. Der Osten hat uns überrollt – verführt.

23. Oktober

Es ist erst vier Uhr nachmittags, und schon platzt mein kleines Haus vor lauter Soldaten aus den Nähten. »Meine Ägypter« nennt sie Bonaparte. Hortense, aus der Schule zurück, pudert sich die Nase und betrachtet sich im Spiegel, bevor sie die Treppe hinuntergeht.
Laut und wild feiern die Soldaten ihre Rückkehr »in die Zivilisation« und essen und trinken mit großem Genuss, als wären sie fast vor Hunger gestorben. (Was ja auch stimmt.)
Der furchtlose Murat, dunkelhäutig, mit Juwelen und Federn geschmückt, stolziert von Zimmer zu Zimmer und führt jedem Dienstboten seine Kriegsnarben vor, die Wunden immer noch

frisch, kaum verheilt, zwei Löcher, eines in jeder Wange. »Aber nicht in der Zunge«, sagt er und streckt sie zur Begutachtung heraus. Der Pistolenschuss fuhr neben seinem Ohr in die eine Wange und trat aus der anderen wieder aus, »ohne auch nur einen Zahn zu zertrümmern«, berichtete er mir und zupfte an seinen dicken Lippen.

»Da haben Sie aber Glück gehabt«, sagte ich und wich zurück.

»Und Junot?«, fragte ich Fauvelet, um einen beiläufigen Ton bemüht. »Ist er denn nicht mit Bonaparte zurückgekommen?«

Etliche mussten noch zurückkehren, Tallien eingeschlossen (worüber Thérèse sehr erleichtert ist).*

»Andoche Junot musste leider in der Wüste zurückgelassen werden« – ein verschmitztes Lächeln –, »bei *Othello*«, flüsterte er, »dem Kind, das er von einer abessinischen Sklavin hat.«

Wenn sie getrunken hatten, begannen die Männer – zunächst nur zögernd – über die mörderische Hitze zu reden, über die Fliegen, die Ruhr. Geschichten über einen Ozean aus Sand und über Durst. Geschichten über Soldaten, die durch das Fieber erblindeten. Geschichten über die Schwarze Pest.

Es sind die geflüsterten Geschichten, auf die ich horche und denen ich zuhöre – Geschichten über ein Meer aus weißen Turbanen, über barbarische Foltern, über französische Soldaten, die in der Wüste zurückgelassen wurden, wo sie verdursteten. Soldaten, die sich wegen eines Bechers Wasser gegenseitig umbrachten.

»Wie entsetzlich!«

»Dort war alles anders, Maman«, sagte Eugène mit zuckender Wange.

* Tallien erblindete in Ägypten auf einem Auge, möglicherweise wegen einer unbehandelten Syphilis. Bei seiner Rückkehr wurde er von den Engländern gefangen genommen. Er sollte erst 1802 wieder nach Frankreich zurückkommen und nur um festzustellen, dass seine Frau Thérèse öffentlich mit Ouvrard zusammenlebte. Sie wurden geschieden, und er beschloss seine Tage in Armut.

»Dann ist der häusliche Streit also beigelegt? Alles ist in Ordnung?« Barras begrüßte mich mit einer knochenbrechenden Umarmung. »Willst du mir nicht bei einer Tasse Schokolade Gesellschaft leisten? Mein Koch hat die phantastischsten Brüsseler Biskuits gebacken. Eugène, das muss ich sagen, wirkt wie ein strammer junger Mann. Aber ein bisschen ruhelos vielleicht? Ich weiß nicht, wie ich es formulieren soll, aber ich sehe das manchmal bei jungen Soldaten.« Er verzog das Gesicht. »Hat er irgendetwas zu dir gesagt? Die herkömmliche Überzeugung ist, dass es das Beste ist, nicht länger über ihre Erlebnisse nachzudenken, aber ich bin da nicht sicher. Manchmal hilft es, wenn man redet. Schimpf mich ein altes Weib! Aber erzähle mir, wie es meinem Schützling geht. Ich sehe Bonaparte ja so gut wie nie.«

»Er arbeitet an einem Referat für das Nationalinstitut.«

»Ach ja, irgendetwas über einen Stein, wie ich hörte.* Wie charmant. Der Soldat kehrt zurück und wirft sich den Deckmantel eines akademischen Eremiten über. Ein kluger Schachzug. Einer, den ich selbst empfohlen hätte, wäre ich zu Rate gezogen worden.«

»Es ist kein Schachzug.« Obwohl Bonaparte tatsächlich beschlossen hatte, dass er sich aus dem Blickpunkt der Öffentlichkeit heraushalten sollte, um Gerüchte über ehrgeizige Pläne zu entkräften. Und um sich seinen nächsten Schritt zu überlegen. *Zu Beginn eines Feldzuges muss sorgfältig überlegt werden, ob man vorrückt oder nicht vorrückt.* »Möchtest du uns nicht besuchen kommen?«, fragte ich. Irgendetwas in Barras' Stimme ließ vermuten, dass er gekränkt worden war.

* Die in der Nähe von Rosetta gefundene Steinplatte lieferte den Schlüssel für die Übersetzung ägyptischer Hieroglyphen. Der Rosette-Stein ist heute im Britischen Museum.

Außerdem war ich beunruhigt. Die Direktoren hatten Bonaparte mit einem deutlichen Mangel an Respekt behandelt. Eifersucht, vermutete ich. Und vielleicht Angst.

»Ist das eine Einladung von dir oder vom General?«

»Von uns beiden natürlich.«

»Natürlich«, sagte Barras und ließ sich mit der Hand am Kreuz auf einem Sessel nieder. Toto sprang auf seinen Schoß. »Hast du gehört, was Direktor Sieyès sagte, als er erfuhr, dass Bonaparte zurück war?«

»Sieyès aß mit Lucien Bonaparte zu Abend, richtig?«

»Ja, die beiden sind ein trautes Pärchen, wie mir nicht entgangen ist. Als Sieyès die Nachricht von Bonapartes Rückkehr überbracht wurde, soll er ausgerufen haben: ›Die Republik ist gerettet.‹ Seltsam, findest du nicht auch? Ich habe hin und her überlegt, was genau er wohl damit meinte.«

»*Sieyès* hat das gesagt? Bist du sicher?« Es heißt, dass Sieyès Bonaparte hasst – was sicherlich auf Gegenseitigkeit beruht. Ich beugte mich auf meinem Sessel vor, den Blick auf die Tür gerichtet. »Meinst du, dass an dem Gerücht, Direktor Sieyès wäre dabei, ein Komplott zu schmieden, etwas Wahres ist?«

»Eine Verschwörung? Jeder Politiker in Paris schmiedet irgendein Komplott.« Barras setzte Toto behutsam auf den Teppich zurück und zog spielerisch am Schwanz des Hundes. »Wenn man töricht genug wäre, eine Republik zu gründen, warnte Rousseau, müsste man aufpassen, dass man sie nicht mit Unzufriedenen füllte. Unzufriedenen! Die französische Republik ist ein einziges Volk von Unzufriedenen. Das habe ich dir schon vor Jahren gesagt – wir sind zum Scheitern verurteilt.«

24. Oktober

»Bonaparte, ich muss dich etwas fragen.« Ich hatte ihm aus *Carthon* vorgelesen, seinem Lieblingsgedicht von Ossian. *Wer*

kommt von seinen Tausenden umgeben aus dem Land der Fremden? In seinem Gesicht wohnt der Krieg. »Es geht um Eugène.«
Bonaparte sah mich mit glasigem Blick an, als träumte er.
»Was ist in Ägypten geschehen? Ich meine, was ist mit Eugène geschehen? Ich habe ihn gefragt, aber er will nicht sprechen.«
Das war noch nicht alles. Sobald ich nachforschte, verschloss sich mein sonst so offenherziger Sohn, seine Stimme wurde argwöhnisch, und er wandte mit zuckender Wange den Blick ab.
»Er hat in Schlachten gekämpft, er hat Menschen getötet, er wurde verwundet.« Bonaparte zuckte mit den Schultern. »Er ist siegreich zurückgekehrt. Was soll denn sonst noch sein?«

Nachmittags

Ich entdeckte Mimi in der Speisekammer, wo sie im Dunkeln auf dem Fliesenboden saß. »Bist du in Ordnung?«, fragte ich erschrocken.
»Ich habe zufällig gehört, was die Soldaten redeten. Ich weiß jetzt, was mit Eugène passiert ist.«
Ich ließ mich neben sie auf den Boden gleiten. »Oh?« Fasanen voller Maden hingen über den Schieferregalen.
Sie betrachtete ihre linke Handfläche, fuhr mit dem Finger die Linien nach. »Ich möchte es dir nicht erzählen.«
Ich legte ihr die Hand auf den Arm. Ihre Haut war glatt und kühl. »Bitte.«
Sie holte tief Luft: Eugène und ein anderer Adjutant, die beiden Jüngsten, hatten eine türkische Stadt eingenommen.
»Eine ganze Stadt?«
Die Männer hatten sich ergeben und um ihr Leben gefleht. Stolz kehrten mein Sohn und sein Kamerad mit ihren Gefangenen zurück. Aber Bonaparte konnte seine eigenen Leute schon nicht ernähren, geschweige denn alle diese Türken. Daher wurden die Gefangenen – Tausende – ins Meer getrieben,

damit sie ertranken. Am nächsten Tag erschoss sich Eugènes Kamerad.

»O nein«, wisperte ich.

»Das ist noch nicht alles«, warnte mich Mimi. Eugène erhielt den Befehl, die Wüste zu durchqueren. »Er sollte dem Pascha ein Paket übergeben – eine Warnung.« Ich lehnte den Kopf an die Wand zurück, schloss die Augen. Mimis Stimme in der dunklen Kammer war tief, melodisch. »Einen Sack mit Köpfen.«

Entsetzt stellte ich mir die flimmernde Hitze vor, den Gestank. Ich stellte mir die Fliegen vor, die Geister. »Aber das ist doch unmöglich!« So etwas Barbarisches würde Bonaparte doch nicht tun – und gewiss hätte er nicht einem Knaben den Befehl erteilt, es für ihn zu tun.

Bonaparte hatte in Sitzungen zu tun. Ich legte mich hin, versuchte zu entscheiden, was ich tun sollte. Schließlich stand ich auf und ging zum Stall hinaus, wo ich Eugène antraf, der dem Kutscher mit einem Pferdegeschirr half. Er sah mich erwartungsvoll an.

»Kann ich dich einen Augenblick sprechen?« Ich führte uns in den Garten zu der Bank unter dem Limonenbaum. »Ich habe erfahren, was mit deinen Gefangenen passiert ist – und von der Warnung, die du dem Pascha übergeben musstest.« Er wandte sich ab, biss sich auf die Lippen. »Ich wünschte, du hättest es mir erzählt!«

»Ich konnte es nicht, Maman.«

»Warum?«

»Du hättest es nicht verstanden! Du hättest mit dem General darüber sprechen wollen.« Er sah mir direkt in die Augen, als wollte er mich herausfordern. »Du hättest es ihm vorgeworfen.«

»Ach, Eugène …« Aber was konnte ich dazu sagen? Er hatte ja Recht.

»Maman, bitte, versprich es mir«, sagte er und hielt blinzelnd seine Tränen zurück. »Der General hat getan, was er tun musste; das haben wir alle getan. Du darfst kein Wort davon zu ihm sagen.«

»Vielleicht würde Eugène ja wieder gesund, wenn seine Kopfgeister besänftigt wären«, schlug mir Mimi später vor. Kopfgeister? Und dann fiel es mir wieder ein. Nach dem Voodooglauben übermitteln die Kopfgeister Weisheiten aus alter Zeit – ohne sie war man dem Leben auf Gedeih und Verderb ausgeliefert, war man ein Boot ohne Ruder.
»Ein rituelles Kopfwaschen – um ihn zu reinigen, die Geister zu beschwichtigen.«
»Ja«, sagte ich. *Alles*.

»Nein«, sagte Eugène, und sein Wangenmuskel zuckte.
»Aber was kann es denn schaden? Es ist genauso, als wenn du dir die Haare waschen lässt.«
»Es ist dumm, deshalb.«
»Vielleicht, aber … ich werde dir dieses Pferd kaufen, das du dir gewünscht hast.«
»Das schwarze Vollblut?« Ihm fiel die Kinnlade herunter. »Wirklich? Aber er kostet viertausend Francs.«
Ich zuckte mit den Schultern. *Irgendwie*. »Heute Abend?« Ein Handel.

Die Zutaten zu sammeln erwies sich als einfacher, als ich gedacht hatte. Der Stand auf dem Markt, den Mimi kannte, hatte alles, was wir benötigten.
Um zwei Uhr nachmittags sperrte ich Eugène ein. »Still«, befahl ich, wann immer er Einspruch erhob. Mimi mischte die Zutaten. Die Worte des Singsangs, den sie dabei anstimmte, fielen ihr nur zögernd wieder ein. Mit ihren kräftigen Fingern

massierte sie seinen Schädel. Ich goss einen Eimer klaren Wassers nach dem anderen über den Kopf meines Sohnes und murmelte dabei: *Ich taufe dich, ich taufe dich, ich taufe dich*.

25. Oktober

Schon ein ganzer Tag und immer noch kein Zucken.

3 Uhr nachmittags

Obwohl Hortense höflich gegenüber Bonaparte ist, betrachtet sie ihn auch weiterhin als einen Fremden. »Mir geht es gut, General Bonaparte«, sagte sie oder: »Guten Morgen, General Bonaparte.« Ob er jemals Papa für sie sein wird?
Auch Eugène nennt Bonaparte »General«, aber mit Wärme in der Stimme. In Ägypten hatten sie ein Zelt geteilt, und es war nicht zu übersehen, dass sie sich inzwischen nahe standen. Er hat ein neues Album angelegt, wie ich bemerkt habe, diesmal über Bonapartes Schlachten – seine Siege. Es ist schon dick. Es steht auf dem Regal neben seinen Kinderbüchern, seinen Alben über seinen Vater und Lazare. »Du brauchst Platz«, sagte ich zu ihm. »Vielleicht solltest du diese hier im Keller lagern.«
Er fuhr mit dem Finger über die alten Alben, dachte nach. »Nein, Maman, es ist Platz für alle«, sagte er und stellte sie ins Regal zurück.
Ich freute mich offen gestanden darüber.

Früher Abend

»Die Direktoren besaßen die *Frechheit*, mich auf halben Sold zu setzen«, explodierte Bonaparte, als er zur Tür hereinkam. Ich saß mit Hortense im Salon und versuchte, mich mit Fouché

und Bonapartes Brüdern Joseph und Lucien zu unterhalten. »Sie behandeln mich wie einen Staatsbeamten.«
Ich schlug Hortense vor, sich zu entfernen.
»Hast du mit Direktor Sieyès gesprochen?«, wollte Lucien wissen.
Ich nahm meinen Stickrahmen, meine Nadeln zur Hand. Warum sollte Bonaparte mit Sieyès sprechen wollen? Und warum sollte Lucien wollen, dass er das tat?
»Uff. Wie man den Mann leiden kann, übersteigt meinen Horizont«, sagte Bonaparte und kratzte sich. Er hatte Furunkel bekommen und war irrsinnig gereizt wegen eines Ausschlags.
Joseph schlürfte geräuschvoll seinen Tee. »Er dürfte trotzdem nützlich sein.«
»Absolut nützlich«, plapperte Lucien nach.
Bonaparte machte ein finsteres Gesicht. In Ägypten war er ein König gewesen. In Paris war er nur ein Staatsbeamter, ein reuiger Sünder, der vor fünf Direktoren – eine Seilschaft alter Narren, wie er sie nannte – auf den Knien um Gefälligkeiten bettelte. »Obwohl er Recht hat, was die Verfassung angeht. Sie ist wirklich unhandlich«, fuhr Bonaparte fort. Er sprach mit sich selbst, dachte laut. »Fünf Direktoren sind zu viel. Eine dreiköpfige Exekutive wäre effektiver, eine Person, die verantwortlich ist, die beiden anderen als Berater.« Bonaparte schritt vor dem Kamin auf und ab, die Hände auf dem Rücken verschränkt. »Und dieser ständige Regierungswechsel schafft nur Chaos. Wir sind nur noch eine parlamentarische Komödie. Man kann es auch übertreiben – jedes Jahr Wahlen abzuhalten hat die Bevölkerung ermüdet. Aber der Trick wird sein, die Verfassung im Rahmen des Gesetzes zu ändern.«
»Dazu«, sagte Fouché gelassen, »brauchen Sie die Unterstützung sowohl der Revolutionäre als auch der Royalisten.« Er hatte sich die Haare gepudert, um ihre hässliche rote Farbe zu überdecken, was ihm jedoch nicht gelungen war.

Die drei Brüder Bonaparte wandten sich Fouché zu, als hätten sie überrascht festgestellt, dass er im Raum war.
»Und habe ich diese Unterstützung, Bürger Fouché, Herr Polizeiminister?«, fragte Bonaparte.
Fouché zog eine zerbeulte Schnupftabakdose aus Blech hervor, beklopfte sie und öffnete sie dann mit dem Daumennagel, der lang, spitz und gelb war. »Ja, General, davon bin ich überzeugt«, sagte er langsam und nahm eine Prise Schnupftabak, ohne welchen anzubieten. »Oder genauer gesagt – ich bin überzeugt, dass Sie die Unterstützung haben *werden*.«

26. Oktober

Bonaparte und ich brachen heute Abend um sieben Uhr auf, um uns Diderots *Le père de famille* anzusehen. Ich freute mich auf einen unterhaltsamen Abend.
Jetzt ist erst eine Stunde vergangen, und wir sind schon wieder zu Hause, enttäuscht und deprimiert – und ein wenig überwältigt, denn sobald die Leute Bonaparte erkannten, brachen sie in Jubel und Schreie aus und übertönten damit die Stimmen der Schauspieler. Wir mussten gehen, damit die Aufführung fortgesetzt werden konnte. Wir sind Gefangene seiner Glorifizierung.

Ich muss eine Wahl treffen

27. Oktober 1799

Leutnant Lavalette sah sich in unserem Salon um. Er machte einen irgendwie hilflosen Eindruck. Er ergriff meine Hand, seine Pausbacken waren von der Kälte gerötet. »Bitte sagen Sie, wie geht es Émilie? Wie geht es meiner Frau? Ich hatte ja keine Ahnung! Aber ich hätte nicht mehr weiterleben können, wenn ich sie verloren hätte.«
»Sie haben sie noch gar nicht gesehen? Sie waren noch gar nicht draußen in Saint-Germain?«
»Soviel ich weiß, fahren Sie und der General morgen früh hinaus.«
»Und Hortense und Eugène. Wollen Sie denn…? Möchten Sie uns gerne begleiten?«
»O ja«, rief er erfreut, denn offensichtlich hatte er schreckliche Angst, allein dorthin zu müssen.

28. Oktober

Wir brachen früh nach Saint-Germain auf, Bonaparte, Lavalette, Hortense und ich in der Kutsche, Eugène neben uns auf Pegasus, seinem herrlichen neuen Pferd. Die Straße war stellenweise etwas schwer passierbar, sodass es Mittag wurde, bis wir in den Schulhof einfuhren.
»General Bonaparte, welche Ehre.« Madame Campan, in einen schwarzen Umhang gewickelt, neigte den Kopf. Wir wurden in

ihr Dienstzimmer geleitet – das heißt, alle außer Hortense, die loslief, um Émilie zu finden (und zu warnen). Eine Glocke läutete; die Decke bebte von dem Geräusch losstürmender Mädchen. »Soll ich Ihre Frau holen, Leutnant Lavalette?«, fragte Madame Campan.
»Madame Campan, wenn es Ihnen recht ist, würde ich es Émilie gerne selbst sagen«, sagte ich und ging auf die Tür zu.

Es war schon ein Jahr her, seit ich im oberen Stockwerk der Schule gewesen war. Es roch stark nach Pomade und Stärke. Zwei Mädchen mit den grünen Hüten der Schülerinnen im zweiten Jahr hatten sich untergehakt und rutschten kichernd auf dem gewachsten Parkett den Korridor entlang.
»Hortense ist in diesem Zimmer«, sagte das Mädchen mit den goldenen Ringellocken und deutete auf die andere Seite des Korridors.
Die Tür ging knarrend auf. »Sie will nicht nach unten gehen«, flüsterte Hortense und trat beiseite. Émilie lag zusammengerollt auf einem schmalen Bett in der Ecke, ihre Narben waren entzündet.
Ich setzte mich ans Fußende des Bettes. »Hast du Angst, Émilie?«
»Nein!«
»Was ist es dann?«
»Ich will nicht verheiratet sein.« (Ich dachte: Wenn du nur wüsstest, du armes Mädchen, wie viel Glück du hast.) Und dann sagte sie mit leiser Stimme: »Mit ihm.«

Leutnant Lavalettes Augen füllten sich mit Tränen, als er das vernarbte Gesicht seiner Frau sah. Ich hatte ihn, so gut es ging, darauf vorbereitet, aber der Anblick konnte nur ein Schock gewesen sein, da sie so schrecklich entstellt ist.
»Ach, dann stimmt es also doch. Du hattest die Pocken«, sagte Bonaparte.

Émilie stand in der Tür, die geröteten Augen auf die Spitzen ihrer Schnürstiefel gesenkt. »Ja, General Bonaparte. Sir.« Sie spähte zu Eugène, nickte ihm zur Begrüßung verstohlen und schüchtern zu. Eugène ging zu ihr und drückte seine Cousine an sein Herz. Die Zärtlichkeit meines Sohnes rührte mich. So hatte er Émilie getröstet, als sie vier Jahre alt war und er nicht viel älter. »Dein Mann hat mir das Leben gerettet«, sagte er zu ihr. »Mehr als einmal.«

Lavalette, den Hut fest in den Händen, errötete verlegen.

Und nun konnte dieser sanftmütige Mann vielleicht das Herz dieses Mädchens retten, dachte ich – wenn sie ihn nur ließe.

29. Oktober, frühmorgens

»Du hast 325.000 dafür bezahlt?« Bonaparte betrachtete Schloss Malmaison, seine bröckelnde Fassade, das reparaturbedürftige Dach, das zerbrochene Glas an einem Fenster im ersten Stock.

»Aber Bonaparte …«, hob ich an, um ihn daran zu erinnern, dass er selbst 300.000 geboten hatte, doch dann überlegte ich es mir anders. »Paris ist weniger als eine Stunde entfernt, und der Grund und Boden ist vorzüglich. Hinzu kommt, dass allein die Weinkellerei achttausend Franc jährlich einbringt.« Nun ja, sieben. »Der Makler meinte, es wäre außergewöhnlich preisgünstig.«

»Der Hühnerstall macht mehr her.«

Doch bis zum Ende des Tages, nachdem wir den Besitz zu Pferd besichtigt, uns die Schafherde angesehen und mit dem Gutsverwalter über den Zuckergehalt der diesjährigen Weinernte gesprochen hatten, war selbst Bonaparte allmählich dem Charme des Ortes erlegen. Bei Einbruch der Dunkelheit saßen wir am prasselnden Kaminfeuer und spielten Backgammon, während Hortense auf dem Klavier eine ihrer neuen Kompositionen vorführte und Eugène Angelgeräte reparierte.

Um neun zogen Bonaparte und ich uns zurück und trugen selbst die Kerzen in unser zugiges, kleines Schlafzimmer hinauf. Wir schlüpften zwischen die kalten Bettlaken. Unsere Zähne klapperten und unsere Füße suchten den heißen, in Flanell eingewickelten Backstein. Und dann redeten wir in unserem kleinen warmen Kokon und liebten uns, redeten und liebten uns.

Abends – Paris

Wir sind wieder in der Stadt. Heute Nachmittag treffe ich mich mit Handwerkern. Bonaparte möchte, dass an Malmaison Arbeiten durchgeführt werden – Renovierungen, Mobiliar, Gartenanlagen! Er findet es herrlich dort.

30. Oktober

»Was denkst du gerade?« Ich stupste Bonaparte mit dem Zeh an. Er saß reglos wie eine Statue auf der Bettkante.
»Dass ich mit Direktor Gohier sprechen sollte«, sagte er schließlich, als erwachte er aus einer Trance.
»Worüber?«
Fauvelet kam zur Tür, einen Stapel Zeitungen unter dem Arm.
»Das Bad des Generals wartet«, sagte er feierlich. Bonaparte stand auf, nahm die kleine Tasse türkischen Kaffee, die ihm sein Sekretär reichte, und trank sie mit einem Schluck aus. »Darüber, dass ich zum Direktor gewählt werde.«

3 Uhr nachmittags

»*Basta*.« Bonaparte zerrte an seinen Stiefeln und schleuderte einen weg. Er flog durch die Halle und gegen die Tür.
»Direktor Gohier war nicht hilfsbereit?« Ich folgte ihm und

sammelte seine Stiefel ein. Sie waren schmutzig und mussten geputzt werden.
Bonaparte warf sich in einen Sessel und starrte finster ins Feuer. Er trug die ledernen Bundhosen, die ihm der Schauspieler Talma geliehen hatte, damit er für die Besprechungen mit den Direktoren angemessen angezogen war. Sie hätten längst zurückgegeben werden müssen. Ich zog ihn am Zeh, um seine Aufmerksamkeit zu erlangen.
»Ich teilte ihm mit, dass ich Direktor werden möchte.«
»Und wie hat er reagiert?« Sowohl in Italien als auch in Ägypten hatte Bonaparte sein Talent für Verwaltungsarbeit unter Beweis gestellt. Wenn er einer der fünf Direktoren wäre, dann würde die Republik vielleicht …
»Er lachte mich aus! ›Sie sind zu jung, die Verfassung lässt das nicht zu, es wäre gesetzlich verboten.‹« Bonapartes Tonfall war höhnisch. »Gesetzlich! Die Verfassung stranguliert dieses Land, und sie weigern sich, irgendetwas dagegen zu tun. Sie beten am Altar des Gesetzes, als wäre es das Wort Gottes, dieses Ding, diese Verfassung, der sie dienen. Sie vergessen, dass es genau umgekehrt ist – *wir* machen die Gesetze, *wir* haben die Verfassung geschaffen, und *wir* können sie ändern.« Er marschierte auf und ab, die Hände auf dem Rücken verschränkt. »Und wenn *sie* nicht wollen, *ich* will!«

31. Oktober

Ein hektischer, aber aufregender Tag in Malmaison mit Gartenplanungen, Überwachung der Verschönerungsarbeiten. Hortenses neues Pferd wurde geliefert, eine bildschöne, kleine braune Stute. Sie jagte um die Koppel und wieherte Pegasus zu. »Danke für das Pferd, General Bonaparte«, sagte Hortense zu ihrem Stiefvater, als wäre er ein Gast – ein respektierter Gast zwar, aber eben nur ein Gast.

Am späten Nachmittag machten wir zu viert – Bonaparte, Eugène, Hortense und ich – einen Besichtigungsritt über das Gelände und sprachen mit den Arbeitern. Dann jagten Eugène und Bonaparte ihre Pferde zum Schloss zurück.
»Du weißt, Hortense, dass sich Bonaparte sehr freuen würde, wenn du ihn Papa nennen würdest«, sagte ich zu ihr, als unsere Pferde träge dahinschritten.
»Ja, Maman«, sagte sie, und die Tränen schossen ihr in die Augen.

[Ohne Datum]

Heute Abend sah ich, wie Bonaparte vor dem Cembalo stand und ein Notenblatt studierte – *Partant pour la Syrie*, ein Marschlied, das Hortense geschrieben hatte, als sie wegen ihres Bruders in Ägypten krank vor Sorge war.
»Das ist eine von Hortenses Kompositionen«, sagte ich.
»Sie ist gut«, sagte er nachdenklich und schnippste mit dem Fingernagel gegen eine der Ecken.

1. November – wieder in Paris

»Weißt du, was mir Minister Fouché erzählt hat?«, fragte Fortunée Hamelin und bückte sich, um den Lederriemen ihrer römischen Sandalen zuzubinden. »Er vermutet, dass ein ziemlich hohes Tier in der Regierung mit den Royalisten gemeinsame Sache macht.« Sie richtete sich auf und stopfte gelassen eine Brust in ihr Mieder zurück.
»Wie hoch?«, fragte Madame de Crény und spielte eine Karte aus.
»Ein Direktor.«
»Höher geht's nicht mehr.«
»*Das* ist interessant. Ich habe gehört, dass einer der Direktoren

von allen Protokollen und Korrespondenzen Abschriften nach England geschickt hat.«
»Was für ein schrecklicher Gedanke!«
»Und da verdächtigt natürlich jeder Barras.«
»Ach, der arme Père Barras, jedermanns Lieblingsbösewicht.«
»Meine Waschfrau ist überzeugt, dass die Royalisten Barras fünf Millionen gegeben haben.«
»Ich habe zwei Millionen gehört.«
»Gerüchte!«
»Aber das ist noch nicht das Schlimmste daran.«
»Oh?«
»Das Schlimmste daran ist, dass es heißt, General Hoche hätte es herausgefunden, und Barras hätte ihn deswegen …«
Nein! Sag es *nicht*.
»… vergiftet.«

Ich bin allein in meinem Ankleideraum und bereite mich zum Schlafen vor. Ich habe gebadet, Puder aufgelegt, meine Haare unter eine hübsche Nachthaube aus Spitze gesteckt. Und warte auf Bonaparte, der immer noch in Sitzungen ist. Es ist ein friedliches Bild, das ich im Spiegel sehe, eine Frau, die in ihr Tagebuch schreibt. Der Kerzenschein wirft einen weichen Lichthof. Doch in meinem Innern ist es nicht friedlich, denn einiges, was die Ehrenjungfrauen heute Nachmittag gesagt haben, beunruhigt mich. Klatsch, ich weiß, aber trotzdem wurde mir eine böse Saat des Zweifels ins Herz gepflanzt. Ich denke, ich kenne Barras – aber tue ich das wirklich? Ich dachte auch, Lisette zu kennen.

2. November, spät

Thérèse sah wie eine Fruchtbarkeitsgöttin aus, wie sie da in Ouvrards prunkvoller Loge in der Opéra Comique thronte. Im

sechsten Monat schwanger, der Bauch gewölbt, der Busen üppig, war sie die Verkörperung sinnlicher Weiblichkeit.
»Es kommt mir vor, als hätte ich dich schon ein Jahrzehnt lang nicht mehr gesehen«, sagte ich, als ich sie küsste. »Entschuldige meine Verspätung.« Die drei Hammerschläge waren ertönt, als ich gerade das Foyer betreten hatte, aber dann mussten noch Fortunée Hamelin und Madame de Crény begrüßt werden.
Auf der Bühne waren zwei Schauspieler in eine hitzige Debatte verwickelt, zwei Damen unter einem »Baum«, die mit riesigen Federfächern wedelten, sahen entgeistert zu. »Du hast nichts versäumt.« Thérèse nahm meine Hand und ließ sie nicht mehr los.
Die beiden Männer begannen, die beiden Frauen um einen Busch zu jagen. Die Leute im Parkett standen auf und fingen zu schreien an, schwenkten drohend die Arme. »Ist Ouvrard nicht hier?«, fragte ich.
»Er hasst komische Opern.« Thérèse beugte sich nach vorn in das grelle Licht der Gaslaternen. »Oh, da ist er ja – bei Talleyrand. »Ach, und sieh mal da …« Sie nickte nach links. »Unser neu gewählter Präsident der Fünfhundert.«
Lucien Bonaparte? Ich wich rasch in den Hintergrund zurück, damit er mich nicht sehen konnte. »Ich habe Bonaparte gesagt, ich wäre in der Reitschule. Er hält nichts von der Opéra Comique. Er meint, ich sollte nur ins Théâtre de la République gehen.« Aber die Wahrheit war, dass ich nicht wollte, dass er von meinem Treffen mit Thérèse erfuhr.
»Er entwickelt sich zu einem ausgesprochenen Snob.« Aber sie lächelte dabei. »Wie geht es denn unserem Goldjungen?«
Thérèse hielt Bonaparte für einen Freund, aber ich hatte festgestellt, dass ihre Vorgeschichte als Favoritin und Geliebte in seinen Augen nicht sehr ehrenvoll war – insbesondere nicht in dem Moment, wo ihre außereheliche Schwangerschaft nicht mehr zu übersehen war. »Sehr beschäftigt.«
»Wie ich höre, hast du deine Abende wieder aufgenommen.

Woraus ich schließe, dass ganz Paris zu deinem Salon kommt.«
Sie goss ein Glas Champagner ein und reichte es mir. »Keine Sorge, Schätzchen, ich werde dich nicht in Verlegenheit bringen. Ich bin schon so lange eine Außenseiterin der Gesellschaft, dass es mich nicht einmal stört.«
Ein großer Mann im Parkett stand auf und schüttelte die Faust zur Bühne. Andere zerrten an ihm, damit er sich wieder hinsetzte.
»Aha! Ich wusste doch, dass ich die schönsten Damen in Ouvrards Loge finde.« Barras, den legendären Hut schief auf dem Kopf, erschien mit Toto unterm Arm, der in einen roten Kaschmirschal gewickelt war. »Dann hat Ihnen der General heute Abend wohl frei gegeben, Madame Bonaparte?«
»Du hast Toto ins Theater mitgenommen?« Ich streckte die Hände aus.
»Es geht ihm nicht gut. Genaugenommen uns beiden nicht.«
»Er friert«, sagte ich und zog den Schal enger um den zitternden Hund. Der Zwergwindhund ähnelte eher einer Ratte als einem Hund.
»Willst du uns Gesellschaft leisten, Schatz?«, fragte Thérèse.
»Weilt der General unter uns?« Barras schaute hinter den Vorhang. Ein Stein an seinem kleinen Finger fing das Licht ein – ein riesiger Rubin. »Oder hält er sich immer noch versteckt?«
Barras hatte getrunken, wie ich vermutete. Es lag etwas Gefährliches in seinem Benehmen. »Ich konnte Bonaparte nicht dazu bewegen, sich hinauszuwagen«, sagte ich. Die Begeisterung der Leute für meinen Mann machten öffentliche Auftritte schwierig. Aber das konnte ich Barras nicht sagen.
»Ein weiser Schritt. Wir haben Berichte erhalten, dass seine Armee ihn umbringen will – weil er sie in diesem gottverlassenen Land im Stich gelassen hat.« Er lächelte süffisant. »Weil er sie dem Tod überlassen hat.«
Thérèse warf mir einen warnenden Blick zu.

»Vergebt mir, meine Damen! Wir genießen einen Abend der leichten Oper, habe ich Recht? Gewiss nicht der Tragödie, die der viel beklatschte General ja so gar nicht schätzt.« Im Gegenteil, Bonaparte schätzte Tragödien sehr, liebte klassisches Theater, aber ich hielt es nicht für klug, ihn zu korrigieren. »Natürlich nicht«, geiferte er weiter. »Der General weiß die Pariser zu nehmen. Sie wollen nur Siege, Ruhm, eine glitzernde Schau. Aber aufgepasst, Bürgerinnen – denn sie sind rasch übersättigt. In der Tat muss man sich fragen, ob ein derart launenhaftes Volk die Demokratie überhaupt verdient? Vielleicht spricht ja doch etwas für die Beständigkeit der Monarchie. Die Franzosen sind ein weibisches Volk – sie *sehnen* sich geradezu danach, beherrscht zu werden.« Er lächelte. »Wie kann man nur etwas so Schockierendes sagen! Welch ein Glück, unter Freunden zu sein.«

3. November

Kurz nach elf hörte ich ein Pferd die Auffahrt entlang galoppieren. Nur Bonaparte galoppierte in den Hof – er kannte kein anderes Tempo. Dann hörte ich, wie die Haustür zugeschlagen wurde.
»Wie ist es gelaufen?« Ich hatte auf seine Rückkehr gewartet.
»Wie ist *was* gelaufen?« Und warf seinen Hut auf den Tisch.
»Deine Besprechung mit Barras«, sagte ich, nahm seinen Hut und wischte den Regen von der Krempe.
Bonaparte warf sich in einen Sessel am Kamin. »Nun, in einer Sache hattest du Recht – Barras ist ebenfalls der Meinung, dass ein Wechsel völlig gerechtfertigt ist.« Er sprang wieder auf. »Er hat mir sogar gesagt, dass die Republik jemanden braucht, der das Ruder übernimmt, einen Mann mit Visionen, einen Militär, der das Vertrauen des Volkes genießt.«
Ja, nickte ich, fast furchtsam. Es lag für jeden auf der Hand, wer dieser Mann war.

»Er teilte mir sogar mit, dass er den Mann schon ins Auge gefasst hätte.« Bonaparte hielt effektheischend inne. »General Hedouville.«
Hedouville? Wer war Hedouville?
Bonaparte schlug mit der Faust an die Wand. »Ausgerechnet! Hedouville ist ein Niemand. Mit einem derartigen Vorschlag beleidigt mich Barras. Verschwendet – meine – Zeit.« Er artikulierte jedes Wort mit Verachtung.
Ich holte tief Luft, rührte mich nicht. »Da liegt zweifellos ein Missverständnis vor.«
Bonaparte stampfte aus dem Raum und riss im Vorübergehen eine alte ägyptische Vase zu Boden.

4. November

»Ich habe beschlossen, mich mit Direktor Sieyès zu verbünden«, teilte mir Bonaparte beim Frühstück mit.
»Aber …« Sieyès und Bonaparte hassten sich!
»Das Märchen von der Revolution ist beendet; es ist an der Zeit, ihre Geschichte zu schreiben.« Er stürzte seinen siedend heißen Kaffee mit einem Schluck herunter und wischte sich den Mund mit dem Handrücken ab. »Kann ich auf dich zählen?«
»Was meinst du damit?« Wobei auf mich zählen?
»Mithelfen, mit den Leuten reden, sie überreden. Das kannst du gut. Aber über den Plan musst du Stillschweigen bewahren. Kein Wort zu deinen Ehrenjungfrauen.«
»Es gibt einen Plan?«
»Allem Anschein nach hat Direktor Sieyès vor einiger Zeit einen ausgearbeitet.«
Aha, dachte ich, dann stimmten die Gerüchte also doch – Direktor Sieyès hatte etwas ausgeheckt.
»Erstens, die fünf Direktoren treten zurück. Zweitens, die Direktoren Sieyès und Ducos und ich bilden einen neuen Exeku-

tivrat. Drittens, wir erarbeiten eine umsetzbare Verfassung. Sieyès setzt natürlich voraus, dass es diejenige sein wird, an der er schon gearbeitet hat.« Er spottete. »Aber alles im Rahmen des Gesetzes.«

Es klang so logisch – so einfach. »Und Barras wird dem Rücktritt zustimmen?«

Bonaparte schenkte sich eine zweite Tasse Kaffee ein und schaufelte vier gehäufte Löffel Zucker hinein. »Es wird ihm nichts anderes übrig bleiben.«

Ich zögerte, bevor ich fragte: »Was meinst du damit?«

»Ich meine, dass er keine Macht mehr haben wird, dass wir stärker sind.«

Plötzlich begriff ich, was Bonaparte da sagte. Er war im Begriff, Barras zu Fall zu bringen – mit Gewalt, wenn es sein musste. »Aber Bonaparte, Barras hat dir doch soviel geholfen. Ohne ihn …« Ich hatte sagen wollen: Ohne Barras wären wir nicht verheiratet. Ohne Barras wäre Bonaparte ein Niemand. Aber solche Worte kann man einem Mann wie Bonaparte nicht sagen. »Warum kann Barras nicht dazu gehören? Du hast doch selbst gesagt, dass er meint, es müsste etwas getan werden.«

»Er würde die Verantwortung beanspruchen. Die Leute werden einen neuen Anlauf nicht unterstützen, wenn sie ihn am Ruder sehen. Sie werden es wieder nur für Geldgier seinerseits halten, nur für eine andere Möglichkeit, die Kasse zu seinem persönlichen Vorteil zu plündern.«

»Es gibt keinerlei Beweise, die dieses Gerücht untermauern! Alles, was wir wirklich *sicher* wissen, ist, dass Barras dein loyalster Anhänger gewesen ist.«

»Das spielt keine Rolle mehr. Es geht um Wichtigeres.«

»Das ist herzlos.« Ich warf meine Stickarbeit hin.

»Das würdest du wohl kaum sagen, wenn du wüsstest, dass dein so genannter Freund mit den Royalisten konspiriert.«

»Es ist schrecklich, so etwas zu sagen!«

»Korrektur – es ist schrecklich, so etwas zu tun.«
Ich starrte mit leerem Blick aus dem Fenster. Kriegszeiten sind keine moralischen Zeiten, hatte Barras einmal zu mir gesagt. Aber es gab Dinge, die ich lieber nicht wissen wollte.
»Die Royalisten haben lange nach jemandem im inneren Kreis der französischen Republik gesucht, der ihnen hilft, wieder einen König auf den Thron zu setzen – jemanden ganz da oben, jemanden, der Macht hat, und jemanden, der sich von ihrem Gold umstimmen lässt. Dein Freund ...«
»Unser Freund, *dein* Freund, Bonaparte. Das sind nur Vermutungen. Du hast keine Beweise.«
»Schau dir doch Grosbois an, schau dir doch an, wie Barras mit Geld um sich wirft. Meinst du etwa, man kann vom Salär eines Direktors, von Spielgewinnen in diesem Stil leben?«
Ich schluckte mit Mühe. »Nur weil Barras reich ist, heißt das doch noch lange nicht, dass er mit den Royalisten unter einer Decke steckt. Barras hat für den Tod des Königs gestimmt. Er glaubt an die Republik.«
»Barras glaubt an sich selbst! Mach die Augen auf, Joséphine – er wurde gekauft. Das ist keine persönliche Angelegenheit mehr. Es steht zu viel auf dem Spiel. Meinst du vielleicht, ich treffe diese Entscheidung leichten Herzens?« Er zögerte, bevor er beinahe traurig sagte: »Es *gibt* Beweise. Fouché hat General Hoches Papiere durchgesehen.«
Ich fühlte mich merkwürdig losgelöst, als hätte ich diese Geschichte schon einmal gehört. Barras steckte mit den Royalisten unter einer Decke. Wenn das stimmte, was ich befürchtete, was war dann mit all dem anderen? Mit all den anderen Gerüchten – dass Lazare dahinter gekommen war, dass Barras ihn hatte vergiften lassen?
Ich fühlte mich geschwächt, bekümmert. Ich dachte an den Mann, den ich kannte – den großmütigen, großzügigen Père Barras, den engagierten Republikaner, den glühenden Gegner

der Royalisten. Ich dachte an die Tränen, die ich in seinen Augen gesehen hatte, als er von Lazare sprach. *Dies* war der Barras, den ich in meinem Herzen kannte. Der andere Barras schien eine Fiktion zu sein, eine Figur in einem Schauspiel. »Bist du sicher, Bonaparte?«
Bonaparte legte den Arm um mich. Er sah, dass ich erschüttert war, hörte die Bestürzung in meiner Stimme. »Joséphine, mein Engel, wir müssen tapfer sein. Wir können es uns nicht leisten, uns selbst zu betrügen. Die Republik – und alles, wofür sie steht – wird entweder überleben oder sie wird untergehen.«
»Ich weiß, Bonaparte, aber …«
»Bitte, hör mir zu.« Er hielt mein Gesicht in den Händen. Seine Haut fühlte sich weich und kühl an, wohltuend an meinen heißen Wangen. »Wenn du für mich bist, kannst du nicht für Barras sein. So einfach ist das.«
»Du würdest mich bitten, einen Freund zu hintergehen?«
»Ich bitte dich mitzuhelfen, die Republik zu retten«, sagte Bonaparte sanft und wischte mir mit dem Daumen die Wange ab.
Ich legte den Kopf an seine Schulter. »Was soll ich tun?« Wenn ich mich schon nicht auf mein Herz verlassen konnte, auf was dann?
»Sei einfach so charmant wie immer. Lass dir nichts anmerken. Barras darf keinen Verdacht schöpfen.«
Ich nickte langsam. Also gut. »Kannst du mir eins versprechen?«
Er küsste mich sanft.
»Barras muss verschont werden.«
»Ich sagte dir doch schon, dass es kein Blutvergießen geben wird.«
Es gibt andere Möglichkeiten, einen Mann zu zerstören.

Wir erringen »einen Sieg« (oder zwei)

4. November 1799, abends

Barras begrüßte uns mit offenen Armen. »Ich habe eine Flasche ausgezeichneten Clos-Vougeot geöffnet. Habe ich euch schon von dem Streichquartett erzählt, das ich für später engagiert habe? Ich bin fest entschlossen, diesen deutschen Tanz zu bezwingen – wie heißt er noch gleich? *Valse? Un. Deux. Trois. Un. Deux. Trois.* Seht ihr, es ist ganz und gar nicht kompliziert, nur ein Dreieck, aber irgendwie muss man sich auf diese Weise im Raum hin und her bewegen. Das ist der Trick dabei. *Un. Deux. Trois. Un. Deux. Trois*. Trara! Seht ihr, ich kann's.« Er tanzte vor uns her in einen Salon, wo ein kleiner Tisch für drei Personen gedeckt worden war, das feine Kristall und das goldene Geschirr schimmerten im Kerzenlicht. Auf einem Beistelltisch standen vergoldete Servierplatten. Die Luft roch süß nach Wacholder. »General? Trinken Sie ein Glas?« Barras zog heftig an dem Korken und roch daran.

»Ich habe meinen eigenen, danke«, sagte Bonaparte und gab Roustam ein Zeichen vorzutreten.

Barras blickte erstaunt auf die Flasche Wein, die Roustam entkorkte. »Eine gesundheitliche Maßnahme«, beeilte ich mich zu erklären.

»Sie haben sich nicht wohl gefühlt, General? Sie müssen mit meinem Arzt sprechen. Er wird sich später zu uns gesellen. Er ist ja so niederträchtig, was Klistiere angeht.« Schallendes Gelächter. »Bei Gott! Aber heute Abend strotze ich vor Vitali-

tät. Sicher werde ich krank. Das ist immer das erste Anzeichen.«
Der Diener zog einen Stuhl für mich zurück. Er wollte gerade auch einen für Bonaparte zurückziehen, doch Roustam kam ihm zuvor. Ein Mädchen entfernte drei goldene Deckel: Drosseln in Wacholdersoße, Reis mit Safran, dicker weißer Spargel mit violetten Köpfen.
Zwei Mädchen rollten einen Teewagen herein. Barras hob einen silbernen Deckel hoch. »Ah, ein ganz vorzüglicher Thunfisch, hoch geschätzt wegen seiner wohltuenden Wirkung auf eine gestörte Verdauung, wie Sie sicher mit Freuden hören werden, General. Ihr nehmt es mir doch nicht übel, wenn ich den Gastgeber spiele?« Er schaufelte mir Spargel auf den Teller. »Wir sind hier ja schließlich ganz zwanglos beisammen. Ich bin den ganzen Morgen in der Küche gewesen und habe meinem neuen Küchenchef beigebracht, wie man eine ordentliche doppelte Kraftbrühe herstellt – wie man nachhilft, dass sie so wird«, sagte er, tauchte den Zeigefinger ein und leckte ihn ab. »Grand Dieu, ich glaube, er hat ein Talent dafür. General? Darf ich bitten … Nein?«
Roustam hatte ein hart gekochtes Ei auf Bonapartes Teller gelegt. Es rollte um den Rand herum. Bonaparte schlug es an der Tischkante an.
Meine Hand zuckte und hätte beinahe mein Glas umgeworfen. Was sollte ich sagen? »Barras, hast du dieses Stück schon gesehen, das gerade in diesem kleinen Theater in der Rue du Bac Premiere hatte? *Les femmes politiques*, heißt es, glaube ich.«
»Das Stück, über das Thérèse so aufgebracht ist?* Nein, ich war zu beschäftigt mit den Renovierungen in Grosbois. Dieses neue Dach – was für ein Schlamassel. Ich bin noch gar nicht draußen gewesen. Glücklicherweise ist es ziemlich unterhaltsam, Direk-

* Thérèse glaubte, dass das Stück von ihr handelte.

tor Sieyès hier von meinem Fenster aus dabei zuzusehen, wie er Reitstunden nimmt. Jeden Morgen schafft er es, herunterzufallen. Es ist schon so weit, dass sich eine Menschenmenge versammelt, nur um zuzuschauen. Allmählich glaube ich, wir könnten Eintrittsgeld verlangen. Das letzte Mal habe ich mich so amüsiert, als ich Robespierre beim Reitunterricht zugeschaut habe.«

»Sieyès ist etwas zu alt, um noch reiten zu lernen, nicht wahr?«

Ich spürte die Hitze in meinen Wangen. Ich wusste, dass Direktor Sieyès unbedingt neben Bonaparte reiten wollte – wenn es soweit war.

»Was war das noch gleich, was sie einem in der Militärakademie beibringen: Wenn ein Politiker das Reiten anfängt, bereitet euch auf eine Schlacht vor?«

Bonaparte wischte sich mit seiner Serviette das Ei von den Lippen und reichte Roustam seinen Teller und sein Glas. »Nein. Wenn ein Politiker das Volk hintergeht« – Bonaparte schob seinen Stuhl zurück –, »dann beginnt die Schlacht.«

[Ohne Datum]

»Gerade deswegen behaupten wir ja, dass Direktor Barras von dem Plan weiß, dass er für uns ist.« Bonaparte schlug mit der silbernen Spitze seiner Reitpeitsche auf einen Stapel Briefe.

Ich nickte. Noch ein Täuschungsmanöver.

Aus mir ist eine Person geworden, die ich nicht mag.

5. November

Der Vorsitzende Direktor Gohier erschien wie gewohnt pünktlich um vier mit einem Strauß Rosen. »Für die schönste Dame von Paris«, sagte er und gab mir einen ziemlich feuchten Kuss. Kurz danach traf der Polizeiminister Fouché ein und stahl sich,

nach Knoblauch und Fisch riechend, in ramponiertem Zustand ins Zimmer. Ich saß mit Direktor Gohier auf dem Sofa neben dem Kamin und unterhielt mich angeregt über das Theater. Ich rückte zur Seite, um Fouché Platz zu machen.
»Was gibt es Neues, Bürger Polizeiminister?«, fragte Direktor Gohier.
»Es gibt nichts Neues«, sagte Fouché mit gespielter Verdrossenheit.
»Aber es muss doch etwas geben«, sagte Gohier.
»Nur Gerüchte«, sagte Fouché und suchte meinen Blick.
»Über?«
»Nur das Übliche über eine Verschwörung.«
»Verschwörung«, rief ich entsetzt darüber, dass er so unverfroren die Wahrheit ausplaudern wollte.
Glücklicherweise erweckte mein Entsetzen den Eindruck von Ungläubigkeit, denn Direktor Gohier verschüttete seinen Tee und plapperte nach: »Verschwörung?«
»Ja, Verschwörung«, wiederholte Fouché völlig emotionslos. »Aber glauben Sie mir, Direktor Gohier, ich weiß, was vorgeht. Wenn an dem Gerücht etwas Wahres wäre, würden doch schon längst Köpfe rollen, meinen Sie nicht auch?« Er lachte.
»Bürger Fouché, wie können Sie über so etwas lachen?« Ich presste die Hand ans Herz.
Direktor Gohier legte mir den Arm um die Schulter. »Keine Sorge, meine Liebe«, sagte er, um mich zu beruhigen. »Der Polizeiminister weiß schon, wovon er redet.«
Und die ganze Zeit über lehnte Bonaparte am Kaminsims und sah zu – sah zu und lächelte.

6. November

Bonaparte ist gerade zu dem Bankett zu Ehren der militärischen Siege der Republik aufgebrochen. An seiner Umarmung, seiner feuchten Hand merkte ich, dass er nervös war – auch an dem Proviantkorb, den Roustam trug: eine Flasche Wein aus Malmaison, drei hart gekochte Eier.

21 Uhr 20

Es war fast acht Uhr abends, als Bonaparte nach Hause kam. Ich nahm seinen nassen Hut. »Wo bist du gewesen?«, fragte ich schroff und mit gedämpfter Stimme, damit unsere Gäste nichts mitbekamen. Vor lauter Sorge war ich ganz verkrampft gewesen.

Er spähte über meine Schulter in den Salon, in dem sich Wissenschaftler, Politiker, Militärs drängten, die alle nervös und verschwörerisch über Politik sprachen. »Nach dem Bankett war ich bei Lucien, um die letzten Vorbereitungen zu treffen.«

Die *letzten* Vorbereitungen? »Wie war das Bankett?«

»Ein trübsinnige Veranstaltung.« Ich half ihm aus seinem Überzieher. Einer der Furunkel an seinem Hals war wieder entzündet. »Es war eiskalt«, sagte er.

Der Dramatiker Arnault tauchte hinter mir auf. »General«, wisperte er, »Talleyrand schickt mich, um zu erfahren, wann wir morgen ...«

»*Über*morgen«, sagte Bonaparte zu ihm.

»Aber General, eine Verzögerung von einem Tag, ist das nicht ...?«

Gefährlich, hatte er sagen wollen.

Unsere Gäste verstummten, als Bonaparte den Salon betrat. Den ganzen Abend beobachteten sie gespannt, wen er in sein Arbeitszimmer bat – für wen die Tür geschlossen, für wen sie offen gelassen wurde. Und die ganze Zeit spielte ich die fröhliche Gastgeberin, als wäre nichts los, als wüsste ich nichts.

Was durchaus auch der Fall sein kann. Ich beruhige und schäkere, ich scherze und besänftige, aber ich habe zunehmend das

Gefühl, dass sehr viel mehr auf dem Spiel steht, als mir klar ist, dass ein anderes Spiel gespielt wird und ich die Regeln nicht kenne.

7. November, morgens

Als ich aufwachte, hörte ich Bonaparte unmelodisch singen. Mir fiel ein, dass Septidi war, der zweite Septidi im Brumaire, und dass sich die Ehrenjungfrauen bei Thérèse zu einem Kaffeeklatsch treffen wollten. Ich beschloss, eine Nachricht zu schicken, dass ich nicht kommen könnte. Weil ich krank wäre. Krank bin ich tatsächlich – im Geist, im Gemüt. Ich kann Thérèse jetzt nicht gegenübertreten, kann mich nicht überwinden, sie zu belügen, zu sagen: Nein, nichts ist los, es gibt keinen Plan, keine Verschwörung, um Père Barras zu stürzen.
Bonaparte hat gerade den Kopf ins Zimmer gesteckt und mir aufgetragen, Hortense und Caroline nach Saint-Germain in die Schule zurückzuschicken – noch *heute*. Ich wandte ein, dass sie sich auf einen Ball freuten, der morgen stattfinden sollte. Könnten sie nicht einen Tag länger bleiben? Seine Antwort beunruhigt mich: »Ich möchte nicht, dass sie sich irgendwo in der Nähe von Paris aufhalten«, sagte er.
Dahinter steckt mehr, als man mir verraten hat, fürchte ich.

Schätzchen,
die Ehrenjungfrauen waren betrübt, als sie hörten, dass es dir nicht gut geht. Vielleicht leidest du ja unter dem gleichen Schüttelfrost, der Barras gerade zuzusetzen scheint – ausgerechnet jetzt, der Arme, wo sein Cousin aus Avignon mit allen fünf Töchtern zu Besuch ist. Im Palais wimmelt es nur so von kleinen Barras – es geht dort zu wie in einer Mädchenschule! Werde wieder gesund. Bald haben wir die Jahrhundertwende. Stell dir das mal vor! Wir planen bereits alle unsere Kleider.

Deine dich liebende und liebste Freundin Thérèse

Anmerkung – Gute Nachricht. Barras hat versprochen, dieses abscheuliche Stück absetzen zu lassen.

8. November

Kurz vor Mittag kam Bonaparte vom Palais zurück. »Hast du Barras gesehen? Wie geht es ihm?«, fragte ich besorgt.
»Er hat keinerlei Verdacht geschöpft. Ich sagte ihm, dass ich ihn gerne heute Abend aufsuchen würde, um elf, damit wir uns unter vier Augen unterhalten könnten.«
»Und wirst du hingehen?«
»Natürlich nicht.«
Lügen, ablenken, ausweichen. So ist das also, wenn man ein Verschwörer ist, dachte ich – wenn man die Miene eines Freundes aufsetzt, aber den Ruin dieses Freundes plant. Ich kann nur beten, dass es bald vorüber ist und dass ich danach wieder eine Person werde, die die Wahrheit sagt.
Ich hörte einen Fluch, das Geräusch eines tänzelnden Pferdes. Ich öffnete das Schiebefenster und beugte mich hinaus. Der Kutscher Antoine hielt einen großen Rappen an den Zügeln fest und hatte große Mühe, mit ihm fertig zu werden. »Wessen Pferd ist das?« Pegasus, Eugènes neues Pferd, war es nicht. Dieses Pferd war größer – und ein Hitzkopf.
Bonaparte trat zu mir ans Fenster. »Admiral Bruix hat mir für morgen seinen Hengst geliehen.«
»*Du* willst dieses Pferd reiten?«
Bonaparte sah mich belustigt an. »Traust du mir das nicht zu?«

[Ohne Datum]

Bonaparte ist glücklich, fleißig, ja sogar fröhlich: schreibt Depeschen, Reden, bereitet sich auf das Kommende vor – auf einen Sieg. »Wie klingt das?«, fragte er und las vor: »*Nichts in*

der Geschichte gleicht dem Ende des achtzehnten Jahrhunderts, und nichts am Ende des achtzehnten Jahrhunderts gleicht dem gegenwärtigen Zeitpunkt.«
»Perfekt«, sagte ich und hatte Angst.

19 Uhr 20

»Dieser Rock steht dir«, sagte ich zu Eugène und zupfte ihm ein Haar vom Revers. Er ist aus einem kleidsamen dunkelgrünen Stoff, vorne ausgeschnitten, hinten Schöße und ein hoher Umlegekragen.
»Er ist zu neu, zu geschniegelt«, klagte er.
»Gehst du aus?«
»Ich gehe zum Recamierball im Bagatelle – das habe ich dir doch schon letzte Woche erzählt. Erinnerst du dich nicht?«
Ich stöhnte. Alles geschah so schnell, dass man unmöglich Schritt halten konnte. Jeden Abend hatten bis spät in die Nacht Sitzungen stattgefunden.
»Warum sind die Mädchen nicht hier? Ich dachte, sie wären ganz aufgeregt wegen des Balls. »Ach ja, wegen morgen«, sagte er, als er zur Tür eilte, »ich werde wohl diesen Jongleur einladen, von dem ich dir erzählt habe – den, den ich im Palais Égalité kennen gelernt habe. Und vielleicht seinen Freund, den Pantomimen.«
Mon Dieu – seine Frühstücksgesellschaft. Ich hatte sie ganz vergessen. »Eugène, es tut mir Leid, aber ich fürchte, dass ich dich werde bitten müssen, ihnen abzusagen«, rief ich hinter ihm her.
»Maman!« Er stöhnte verzweifelt.
»Es ist ja nur, dass ohnehin schon so vieles auf uns zukommt.«
»Das merke ich! Was geht hier eigentlich vor?«

9. November

Als ich aufwachte, roch ich Rauch. Ich schob erschrocken die Bettvorhänge zurück. Das Feuer im Kamin beleuchtete Mimis Gesicht, ihre weiße Morgenhaube. »Oh, du bist es«, flüsterte ich, um Bonaparte nicht zu wecken. »Wie spät ist es?«

»Kurz nach sechs.« Sie zog die schweren Vorhänge zurück.

»Sechs!« Ich schwang die Füße auf den kalten Fußboden. Und dachte: erster Tag, zweiter Tag, und dann wird es vorüber sein. So lautet der Plan. Und dachte: Heute ist der erste Tag. Heute beginnt es.

Mimi legte mir einen Kaschmirschal über mein Nachtgewand. »Der Boden ist gefroren«, sagte sie und drückte mir die Schulter. »Und im Hof sind Männer.«

»Schon?« Ich schob die Füße in ein Paar Pantoffeln und schlurfte zum Alkovenfenster.

»Ich habe sie hereingebeten, aber sie sagten, dass sie lieber draußen bleiben wollten.« Sie verdrehte die Augen. »Soldaten.«

»Wie spät ist es? Ist Fauvelet schon hier?«, fragte Bonaparte und riss die Augen auf. »Wo ist Roustam? Roustam!«

Roustam, der einen dicken Turban gegen die Kälte trug, schaute zur Tür herein. »Herr?« Er verbeugte sich und stellte das Tablett mit dem Rasierzeug und die Steingutschale mit dampfend heißem Wasser auf die Frisierkommode.

»Hol Gontier herauf und den Stallknecht!«, befahl Bonaparte Mimi. Er setzte sich auf den harten Lederstuhl, zog eine Felldecke vom Bett und legte sie sich über die Knie. Er neigte den Kopf nach hinten und entblößte seine Kehle. »Und Antoine!«, befahl er, wodurch Roustams Rasierpinsel mit dickem Schaum sein Ohr erwischte.

Ich ging in die Küche hinunter, um nachzusehen, wie der Koch zurechtkam. An über einhundert Armeeoffiziere waren Einladungen verschickt worden. Hatten wir überhaupt so viel Geschirr?

Leider war Callyot kurz vor einem Schlaganfall. Der Hefeteig für das Brot war wegen des verfrühten Frostes nicht aufgegangen. Wir kamen auf die Idee, die Pfannen mit einer Decke abzudecken und sie in die Nähe der Öfen aufzustellen. Dann kam Eugène die schmale Treppe herunter getaumelt, erschöpft von zu wenig Schlaf und am Verhungern, sagte er. »Warum sind alle in Uniform? Was ist hier los?«
»Ich schlage vor, dass du dir auch deine Uniform anziehst«, sagte ich und reichte ihm ein Brötchen, das er auf einmal verschlang. »Und am besten sattelst du dein Pferd.«

Es war noch dunkel, als Talleyrand eintraf. »Ich hätte nicht gedacht, dass Sie vor Mittag aufstehen«, sagte ich und servierte ihm die Biersuppe, die er, wie ich wusste, sehr gerne aß.
»Ich bin noch gar nicht im Bett gewesen.«
»Wollen Sie keinen Kaffee?« Der Geruch nach gerösteten Bohnen durchzog das ganze Haus.
»Mein Kopf braucht keine Nahrung«, sagte er, ohne die Miene zu verziehen.
»Sie sind so ruhig, Bürger.« Im Gegensatz zu uns anderen!
»Vielleicht haben Sie es vergessen, Madame, ich bin immer der Sieger.«
Unmittelbar darauf kam Bonaparte zu ihm, und die beiden gingen langsam auf die Tür zu. Talleyrands großer Stiefel machte ein schabendes Geräusch auf dem Parkettboden.
»Seien Sie respektvoll«, hörte ich Bonaparte zu ihm sagen, »aber sorgen Sie dafür, dass er begreift, dass er keine andere Wahl hat.«
»Ist Talleyrand auf dem Weg zu Direktor Barras?«, fragte ich Fauvelet mit gedämpfter Stimme, damit mich die Männer im Salon nicht hören konnten. »Um ihn davon zu überzeugen, dass er zurücktreten muss?«
»Mit Hilfe von zwei Millionen Francs«, sagte Fauvelet und kaute an seinem Daumennagel.

Zwei *Millionen*?, formte ich tonlos mit den Lippen und machte Froschaugen. »Das ist wahrlich überzeugend.«
»Ja, wenn Talleyrand sie nicht in die eigene Tasche steckt.«*
Ich ging im Salon reihum und machte höfliche Konversation, aber es war nicht einfach: Alle waren nervös, nippten an ihrem Champagner und behielten dabei ständig die Tür zum Arbeitszimmer im Auge. Ich hörte Trompeten blasen.
Zwei Staatsboten kamen gebückt durch die Tür, damit sie ihre Hutfedern nicht zerdrückten. »Eine amtliche Botschaft für General Bonaparte«, verkündete der eine und schniefte wegen der Kälte. »Vom Rat der Alten.«** Mit seinem pockennarbigen, von der Kälte geröteten Gesicht sah er aus, als hätte er Fieber.
Alle im Salon bildeten eine Gasse, als ich die beiden Männer zum Arbeitszimmer führte. »Holen Sie Eugène«, trug mir Bonapartes Sekretär auf. »Der General braucht ihn.«
Eugène sprang hoch, als ich ihn herbeirief. Aufgeregt verschwand er in Bonapartes Arbeitszimmer, kurz darauf erschien er wieder. Er roch nach Zigarrenrauch. »Ich muss weg«, sagte er zu mir und schnallte sich das Schwert seines Vaters um.
»Den wirst du brauchen«, sagte ich und reichte ihm seinen Hut. »Was ist los?« Nicht, dass eine schlichte Mutter das Recht hätte, es zu erfahren.
»Ich muss etwas ankündigen – dem Rat der Alten! Ich soll ihnen sagen, dass der General kommt.« Er schnitt eine nervöse Grimasse und kaute in gespieltem Entsetzen an seinen Fingernägeln.
Ich lächelte über seine charmanten Mätzchen. Er ist jetzt achtzehn, aber benimmt sich oftmals noch wie ein kleiner Junge. »Du wirst das schon schaffen«, versicherte ich ihm. Obwohl

* Es ist nicht bekannt, ob Barras jemals dieses Geld erhielt; möglicherweise hat Talleyrand es tatsächlich behalten.

** Napoléon wartete auf einen Erlass des Rates der Alten, der ihn zum Kommandanten der Truppen von Paris ernannte.

Eugène, wenn Theater gespielt wurde, stets derjenige gewesen war, der seinen Text vergaß.
Der Hof war mit Männern in Uniform bevölkert, die alle warteten – worauf, das wussten sie nicht. Interessiert schauten sie zu, wie Eugène auf sein Pferd stieg. Er tippte an seinen Hut – stolz darauf, wie ich wusste, dass er in der Uniform eines Adjutanten auf einem so schönen Tier saß – und ritt in kurzem Galopp die Gasse hinunter. Ich ging ins Haus zurück, wo ich Bonaparte im Gespräch mit Fauvelet im Speisezimmer entdeckte. Er gab mir einen flüchtigen Kuss. »Es ist soweit.«
Die Männer im Hof jubelten, als Bonaparte heraustrat. *Der König großer Taten*, dachte ich in Erinnerung an eine Zeile von Ossian. Er sprach zu ihnen von der obersten Stufe, als wäre er auf einem Feldzug. Plötzlich – wundersamerweise – brach die Sonne durch, und die Männer rasselten mit ihren Schwertern und schwenkten triumphierend ihre Hüte. *Der Sonnenstrahl ergoss seine helle Flut vor ihm, ringsherum glitzerten Tausende von Speeren*.
Antoine, der Kutscher, kam mit dem schwarzen Hengst aus dem Stall, der sich trotz der Nasenkette aufbäumte. Jemand hielt den Steigbügel, als Bonaparte aufsaß. Der Hengst scheute und hätte Bonaparte beinahe abgeworfen. Er riss die Zügel zurück und brüllte seinen Männern etwas zu. Das Pferd bäumte sich auf und jagte dann, mit dem Kopf schüttelnd und bockend, die schmale Gasse hinunter, die Männer hinterher.

Auf einmal schien es so still zu sein. Ich wandte mich um und entdeckte zu meiner Überraschung Fauvelet hinter mir. »Sie begleiten ihn nicht?« Abgesehen von den Dienstboten war das Haus jetzt leer. Zum ersten Mal seit Monaten, wie es mir vorkam.
»Madame«, sagte er, als er die Sorge in meinen Augen bemerkte, »seien Sie versichert, dass der Plan gut ist …«

»Ich weiß, Fauvelet.« Heute würden die Direktoren zurücktreten. Morgen würde ein vorläufiger Ausschuss gebildet werden, um eine funktionsfähige Verfassung zu erarbeiten. Alles im Rahmen des Gesetzes – ein Staatsstreich ohne Blutvergießen.
»Ich glaube, ich habe kein großes Talent zum Verschwörer.«
»Madame, ich erlaube mir, da anderer Meinung zu sein. Ich glaube, Sie haben ein sehr großes Talent dazu.«
An einem historischen Tag herrscht kein besonderes Wetter; an seinem Ablauf ist nichts Ungewöhnliches. Die Kuh muss gemolken, die Wäsche aufgefrischt, das Brot gebacken werden. Ohne die Sprünge meines Herzens, meine stillen Gebete, ohne mein ängstliches Lauern am Fenster, mein Lauschen nach Pferdegetrappel in der Gasse wäre es ein Tag wie jeder andere.

Es war kurz nach Mittag, als Bonapartes Kurier Moustache mit der Nachricht in den Hof getrabt kam, dass General Moreau eingewilligt hätte, das Kommando der Truppen zur Bewachung des Palais Luxembourg zu übernehmen.
Fauvelet sprang hoch. »Das ist der Schlüssel!« Er gab zu, dass er doch ein wenig besorgt gewesen wäre – jedenfalls besorgter, als er es sich hatte anmerken lassen.
»Aber warum muss denn das Palais bewacht werden?«, fragte ich.
»Die Direktoren Gohier und Moulins werden dort gefangen gehalten«, sagte Moustache.
Gefangen gehalten! »Was ist mit Direktor Barras?«
»Er ist auf seinen Landsitz gefahren, unter Geleitschutz.«
Unter Bewachung, meinte er. Mon Dieu.

Eine Nacht des Verrats, eine Nacht der Gebete. Mimi half mir ins Bett, gab mir Hysteriewasser und Laudanum, türmte Wolldecken über mir auf. Und doch wollte mir nicht warm werden. Ich wartete, umklammerte Lazares Sankt-Michael-Medaille, erschrak bei der geringsten Bewegung, vor den Schatten. Voller Angst, voller Reue. Wartete auf meinen Mann, auf meinen Sohn. Wartete. Und betete. *La liberté ou la mort.*

Es war fast Mitternacht, als ich Pferdegetrappel im Hof hörte. Ich empfing Bonaparte und Eugène an der Tür. »Gott sei Dank ist euch nichts zugestoßen!«, rief ich und umarmte sie beide. Ich war ja so erleichert, sie zu sehen. Mein Sohn, gleichgültig gegenüber der Gefahr, gähnte und stolperte die Treppe hinauf ins Bett.

»Du hast dir Sorgen gemacht? Warum?«, fragte Bonaparte, als er sein Schwert abschnallte. »Alles lief glatt, genau nach Plan.«

»Ich hatte ... Angst.« *Entsetzliche* Angst. »Ich mache mir Sorgen, dass Barras vielleicht irgendetwas versucht, seine Raufbolde schickt, um ...* Meinst du, dass wir draußen ausreichend bewacht werden?« Wir schienen so ungeschützt zu sein.

»Das ist nicht nötig. Roustam wird vor unserer Tür schlafen«, sagte Bonaparte, holte aber trotzdem ein Paar Pistolen hervor und spannte die Hähne, um festzustellen, ob sie geladen waren. Er kam um das Bett herum auf meine Seite und legte eine auf den Tisch neben mir. »Nur für alle Fälle«, sagte er und zog mich am Ohr.

Bonaparte, kampferprobt und kampfgestählt, liebte mich wie im Fieber und schlief danach sofort ein. Ich lag stundenlang neben ihm und mein Herzblut pochte: *la liberté ou la mort, ou la mort, ou la mort.*

10. November

Zweiter Tag. Ich schreckte aus dem Schlaf hoch, zog an der Klingel. Wie spät war es? Draußen im Hof konnte ich Lärm

* In seinen Memoiren – hundert Jahre später veröffentlicht – gab Barras zu, dass er tatsächlich Mörder angeheuert hätte, die Bonaparte töten sollten, dass er sie aber in letzter Minute zurückgerufen hätte.

hören. Bonaparte war nicht im Bett – warum hatte er mich nicht geweckt?
»Sie sind fast fertig und brechen gleich auf«, sagte Mimi, als sie mit einer Lampe hereineilte. Sie ging zum Fenster, zog die Vorhänge zurück. »Der General ist schon im Hof.«
Im Schein der Fackel konnte ich sehen, wie Bonaparte seinen Sattel nachstellte. »Rasch, sag ihm, dass ich ihn sehen muss.«
»Gleich?«
Ich packte sie am Ellenbogen. »Lass dich nicht abweisen.«

Bonparte lief mit klirrenden Sporen die Treppe hinauf. Ich zog ihn an mich, küsste ihn. »Als Glücksbringer«, sagte ich und die Tränen stiegen mir in die Augen. Die Augen geschlossen, als betete er, presste er die Stirn an meine. Alles hing vom heutigen Tag ab.

6 Uhr abends

Immer noch keine Nachricht. Es ist so still, dass ich die Kerzen tropfen hören kann.

8 Uhr 15 abends

Am Tor hat sich eine Menschenmenge versammelt. Ich schickte meinen Diener, um nachzufragen. Er kehrte mit niedergeschlagener Miene zurück. »Sie denken, es hätte einen Anschlag auf das Leben des Generals gegeben.«
»Einen Anschlag?«, wiederholte ich und dachte an die Worte *verwundet, verletzt, verkrüppelt, verstümmelt*. Dachte an das Wort *getötet*.
Kurz nachdem die Uhren zehn geschlagen hatten – alle gleichzeitig, ein seltenes und beinahe mystisches Ereignis – fuhr eine Kutsche in den Hof. Die Schimmel kannte ich, die prunkvolle

Karosse der Leclercs. Pauline fiel ihrem Diener in die Arme und wurde zum Haus getragen, gefolgt von einer Frau in Schwarz, Signora Letizia. Ich eilte zur Tür, öffnete sie selbst. Pauline schluchzte hysterisch. »Was ist geschehen?«, rief ich mit wachsender Panik.
»Es ist nur eine mütterliche Laune«, sagte Signora Letizia und stampfte ins Haus.
Ich bat Mimi, Hysteriewasser und Whiskey zu holen.
»Brandy«, sagte Pauline zwischen tiefen Atemzügen.
Signora Letizia nahm auf einem Sessel am prasselnden Feuer Platz. »Wir sind ins Theater gegangen«, sagte sie, während sie sich mit unverhohlener Missbilligung im Zimmer umsah. Sie hält meinen Geschmack für zu teuer, hatte man mir berichtet, aber gleichzeitig für zu wenig repräsentativ. »Wir waren gerade im zweiten Akt …«
»Ist doch egal, in welchem Akt!«, rief Pauline und zerrte an ihrem Taschentuch. »Der Komödiant Eleviou brach die Vorführung ab …« Sie wurde von Mimi unterbrochen, die mit einem Tablett, auf dem Gläser und Flaschen mit Hysteriewasser, Laudanum, Riechsalz und Brandy standen, ins Zimmer kann. Pauline schob das Hysteriewasser beiseite, schenkte sich einen Brandy ein, in den sie reichlich Laudanum schüttete, und trank ihn in einem Zug aus. »Er brach die Vorführung ab, um mitzuteilen, dass die Verräter der Republik …«
»Sie machte eine schreckliche Szene.« Signora Letizia ahmte das Geräusch lauten Weinens nach.
»… versucht hätten, meinen Bruder zu ermorden.«
Ich umklammerte die Lehnen meines Sessels. Ermordet? »Bonaparte wurde …?« Ein Schluchzen stieg in meiner Kehle auf.
»Nein. Am Tor sagte mir eine Dame, dass mein Sohn *König* wäre«, sagte Signora Letizia.
Ich erhob mich, ging zum Fenster, zog die Vorhänge zurück. Eisige Luft kam durch das Fensterglas herein. König?

»Der General hat die Republik gerettet!« Bonapartes Kurier Moustache roch nach Alkohol. »Der Geist der Republik hat den General gerettet!«
»Was sagt er?«, wollte Signora Letizia wissen. »Der Geist rettet wen?«
»Er sagte, dass Bonaparte einen Sieg errungen hat«, sagte ich langsam, damit meine Schwiegermutter es verstand.
»Ah, Sieg«, sagte sie und ließ ihre ebenmäßigen Zähne aufblitzen.

Fast Mitternacht

Ein kalter, strömender Regen. Signora Letizia und Pauline sind vor ungefähr einer halben Stunde gegangen, Gott sei Dank. Ich bin wieder allein, allein mit meinen Gedanken, meinen Gebeten – halte Wache. Ich denke an die Männer auf den Pferden im Regen, an Bonaparte, an Eugène. Ich denke an Barras draußen in Grosbois, ebenso allein wie ich. Ich sehe ihn durch die kalten, leeren Säle wandern – betrunken vermutlich, torkelnd und tobend. Hintergangen.
Fouché kam gerade und ging wieder, nachdem er die Nachricht überbracht hatte, dass der Sieg doch nicht so leicht zu erringen gewesen war, wie sie gehofft hatten. Am Ende musste Gewalt angewendet werden.
Gewalt? »Aber es sollte doch alles im Rahmen des Gesetzes geschehen.«
»Sie ist jetzt Gesetz«, sagte er und lächelte süffisant.

Fast 2 Uhr morgens

Eugène ist zu Hause – endlich! –, völlig durchnässt, aber in Hochstimmung wegen der Schlacht, einer gewonnenen Schlacht. »Überall rannten Abgeordnete herum, hatten ihre

Togas wie Damen geschürzt. Ihre roten Umhänge sind überall – in den Büschen, in den Bäumen.«
»Und Bonaparte?«
Er lachte. »Dieser schwarze Hengst hätte ihn beinahe abgeworfen. Er sah zum Fürchten aus. Sein Gesicht war voller Blut …«
»Blut!«
»… weil er an diesem Furunkel gekratzt hatte«, beruhigte er mich.

Tagesanbruch

Bonaparte und Fauvelet kamen erst um vier Uhr morgens zurück. Ich setzte mich im Dunkeln auf, als sie ins Schlafzimmer kamen. Fauvelet hielt eine Laterne in der Hand und neckte Bonaparte wegen des »Unsinns«, den er geredet hatte.
Ich warf die Arme um meinen Mann. »Was für einen Unsinn?«
Als ich in dem trüben Schein der Laterne sein Gesicht betrachtete, sah ich Spuren von etwas Dunklem. Wie Eugène gesagt hatte, schien Bonaparte an seinem Furunkel gekratzt zu haben. Morgen früh würde ich ihn mit Spitzwegerichsaft behandeln, dachte ich. Ich notierte mir im Geiste, dass ich mit meinem Koch sprechen musste.
Bonaparte warf seinen Rock über einen Stuhl. »Ich habe wohl ein *bisschen* übertrieben«, räumte er ein.
»Erzähle!«
Fauvelet kicherte verhalten. »Der General verkündete den Fünfhundert, dass er der Kriegsgott und die Glücksgöttin wäre«, sagte er und stellte die Laterne auf den Tabouret-Schemel.
Ich sah Bonaparte belustigt an. »Gleich beides?«
»Ich habe nicht gesagt, ich *wäre* Gott«, widersprach Bonaparte und streckte einen Fuß aus, damit ihm Fauvelet den Stiefel ausziehen konnte. »Es hat sich nur so angehört.«
»Nun erzähle schon, was geschah? Wie ist es gelaufen?« Ich

kroch ins Bett zurück und zog mir die Wolldecken bis zum Kinn hinauf wie ein Kind, das darauf brennt, eine Gutenachtgeschichte zu hören. Und das hat man mir erzählt:

Dass Lucien der Held des Tages gewesen war …

»Lucien?«

Bonaparte zuckte mit den Schultern, als wollte er sagen: Wer hätte das vermutet?

Dass Lucien öffentlich gedroht hatte, Bonaparte zu erstechen, wenn er jemals die Freiheit verraten sollte …

»Er hat ihnen gesagt, dass er dich erstechen würde?«

»Mit gezücktem Dolch«, rief Fauvelet und machte es vor.

Dass Lucien seine Toga zu Boden geworfen hatte und darauf herumgehüpft war …

»Im Tribunal?« Ungläubig.

»So.« Fauvelet sprang auf und nieder.

»Aber er hat sie wieder angezogen.« Bonaparte trank Cognac – was ich ihn noch nie hatte tun sehen.

Dass Murat furchtlos die Anklage geführt hatte …

»Es gab eine Anklage?« Erschrocken.

»Sie hatten sich gegen mich erhoben!« Bonaparte zog sich ein Nachtgewand aus Flanell über den Kopf.

Und dass Bonaparte angesichts des großen Gedränges einer Ohnmacht nahe gewesen wäre.

»Wirklich?« Wie schrecklich. Fauvelet verdrehte die Augen, als wollte er sagen: *Ja, wirklich*.

»Ich hasse dieses Gefühl«, sagte Bonaparte.

Und dass es Lucien gewesen war, der in der Dunkelheit hinter den fliehenden Deputierten herjagte und so viele von ihnen einsammelte, damit ein Dekret zur Bildung einer neuen Regierung verabschiedet werden konnte.

»Dann gibt es also keine Direktoren mehr?«

»Weg«, sagte Fauvelet gähnend. »Stattdessen gibt es drei Konsuln, die volle Exekutiv …«

»Drei *vorläufige* Konsuln«, verbesserte ihn Bonaparte.

»Ja. General Bonaparte zusammen mit Sieyès und Ducos, der …«

»Gute Nacht, Fauvelet«, unterbrach ihn Bonaparte, schlüpfte unter die Decken und schmiegte sich eng an mich, um sich zu wärmen. Ich schlang die Arme und Beine um ihn, küsste ihn. »Und, oh, vergessen Sie nicht …« Bonaparte hob den Kopf, als sein Sekretär gerade die Tür schließen wollte. »Morgen schlafen wir im Palais.«

6

Barmherziger Engel

Die Zeit der Legenden ist vorüber;
die Regentschaft der Geschichte hat begonnen.
Joséphine zu Thérèse Tallien

Ich muss in einem Spukschloss leben

11. November 1799

Hortense und Caroline trafen kurz vor dem Mittagessen ein.
»Maman, es war ja so aufregend!«, rief Hortense.
»Ich möchte es erzählen.« Caroline presste die Hände ans Herz.
»Joachim schickte vier Wachgrenadiere …«
»Kommandant Murat meinst du?«
»Ja … Joachim Murat schickte vier Grenadiere zu unserer Schule, um mir mitzuteilen, dass die Republik von meinem Bruder gerettet worden ist.«
»Nun, sie wurden nicht geschickt, um es nur dir mitzuteilen«, sagte Hortense.
»Doch!«
»Sie kamen mitten in der Nacht zur Schule?«
»Ja, und hämmerten mit dem Knauf ihrer Schwerter an die Tür!«, sagte Hortense.
»Nein – mit ihren Musketen.«
»Madame Campan muss ja entsetzlich erschrocken sein.« Diejenigen von uns, die den Terror überlebt hatten, wussten nur zu gut, wie grauenvoll dieses Geräusch war – das Hämmern an einer Tür mitten in der Nacht.
»Wir alle«, rief Caroline. »Es war ja so romantisch!«

Die Kinder sind entzückt, dass wir ins Palais Luxembourg umziehen werden, dem Wohnsitz von Königen und Königinnen aus der Vergangenheit.

»Ich wüsste gern, ob es da spukt«, sagte Hortense.
»Natürlich spukt es da«, gab Bonaparte zurück.
Wir zwängten uns in unsere kleine Kutsche: Bonaparte und ich, Caroline, Hortense, Eugène und Fauvelet. »Werden wir eine größere Kutsche bekommen?«, fragte ich. Unsere war zu klein und brach leicht zusammen – was mir auf der abgelegenen Straße nach Malmaison Sorgen machte. Es gingen Gerüchte um, dass im Steinbruch Banditen hausten.
Bonaparte machte ein finsteres Gesicht. »Die Karossen im Palais scheinen verschwunden zu sein. *Und* die Pferde.« Er wandte sich an Fauvelet: »Machen Sie eine Notiz, die Kronjuwelen zu überprüfen.«
»Aber wir werden unsere eigene Reithalle haben«, sagte Eugène.
»Gibt es da ein Klavier?«, fragte Hortense.
»Das Einzige, was wir übernommen haben, sind Schulden, fürchte ich«, sagte Bonaparte und trommelte mit den Fingern. Und ein marodes Land, das wieder aufgebaut werden musste. Und ein hungriges Volk, das ernährt werden musste.

Die Suite der Gohiers war beinahe unverändert. Ihre Bettwäsche war zerknittert, ein Becher mit kalter Schokolade stand auf dem Fenstersims. Ich kam mir wie ein Eindringling, ein Dieb vor.
»Es wird gehen«, sagte Bonaparte, als er sich umsah. »Wir werden in dieser Suite wohnen. In der unten werde ich arbeiten.«
Der Salon war dunkler, als ich ihn in Erinnerung hatte, düster und pompös. Alle paar Jahre war ein neuer Direktor eingezogen. Das Ergebnis war ein schauerlicher Mischmasch von Stilrichtungen, alle protzig. Ich wollte hier nicht wohnen, aber ich hatte eine Welt betreten, wo persönliche Wünsche keine Rolle mehr spielten. »Könnten wir sie neu einrichten?«
»Wir werden hier nicht lange bleiben«, sagte Bonaparte.
»Nein?«, fragte ich voller Hoffnung. Hortense, Caroline und

Eugène jagten die Marmortreppe hinauf und hinunter und schrien, um Echos zu erzeugen. Ich fragte mich, ob sich meine Kinder wohl daran erinnerten, dass sie während des Terrors, als das Palais als Gefängnis genutzt wurde, hierher gekommen waren, um ihren Vater zu besuchen.
Bonaparte umkreiste den Raum, die Hände auf dem Rücken verschränkt. »Sobald die neue Verfassung ratifiziert ist, werden wir in die Tuilerien umziehen.«
Die *Tuilerien*? Mir wurde bang ums Herz. Der Palast der Könige. Der Palast der Bettler war treffender. Dieses feuchte, bedrückende Gebäude hatte fast ein Jahrzehnt lang leer gestanden – mit Sicherheit ein Zuhause für Stadtstreicher und Ratten – ein Zuhause für ruhelose Geister.
»Was ist mit Barras' Suite?«, fragte ich. »Hast du sie dir schon angesehen?«
»Keine Gelegenheit.«
»Vielleicht werde ich sie mir ansehen«, sagte ich und hatte plötzlich Angst.

4 Uhr nachmittags

Bruno sprang herbei, um mir die Tür zu Barras' früherer Suite zu öffnen. »Sie sind noch hier?«, sagte ich bestürzt, ihn zu sehen.
»Madame, ich wurde hier geboren«, sagte er würdevoll.
Ich begriff. Er hatte erst dem König gedient, dann den Revolutionären, dann Direktor Barras und nun Bonaparte. Es war eigentlich nicht wichtig, wem er diente. Es war das Gebäude, dem er treu ergeben war, dem Palais selbst. »Ich bin froh, Sie zu sehen, Bruno. Ich werde Ihre Hilfe brauchen.«
Er öffnete die Holzläden, um etwas Licht hereinzulassen, und beschäftigte sich damit, ein Feuer zu schichten. Ich setzte mich auf den Sessel neben dem Fenster. Eine rote Überdecke war

über eine seiner Seiten drapiert worden und verströmte einen strengen Geruch nach Amberöl. Mir fiel auf, dass ich dieses Zimmer noch nie so hell gesehen hatte. Barras liebte es dunkel. Die Sonne funkelte in den winzigen Kristalltropfen des gewaltigen Kronleuchters. Ich bückte mich, um eine Ecke des Teppichs glatt zu streichen. Der Papageienkäfig war noch da, stellte ich fest, die Drahttür geöffnet. Auf dem Tisch, neben einem Zeitungsstapel, war eine halb volle Porzellantasse mit kaltem Kaffee. Auf dem Fußboden stand ein Geigenkasten, Barras' Violine lag auf der gepolsterten Bank. Der Notenständer war umgeworfen worden. Ich erhob mich, richtete ihn auf und legte das Notenblatt wieder auf den Ständer. Alles schien vertraut und doch fremd zu sein. Ich dachte, ich hätte Barras so gut gekannt, aber nun war ich nicht mehr sicher. War er ein Royalist? War er ein Mörder? Ich konnte nicht mit Sicherheit sagen, dass er es *nicht* war. Alle Regeln waren gebrochen worden. Jetzt schien alles möglich.

Mein Bild in dem vergoldeten Bronzespiegel verblüffte mich. Ich sah eine elegante Frau in einem klassischen Kleid aus feinem Musselin, einen Schleier über den kurzen Locken. Um sich zu wärmen, zog sie den roten Kaschmirschal enger um sich. Dies war das Zuhause ihres Freundes, aber er wohnte hier nicht mehr. Ihr eigenes Heim stand leer, und sie lebte in den Räumen eines Fremden.

Das Feuer prasselte, kam in Gang. »Na bitte«, sagte Bruno und sprang zurück, um die Flammen zu bewundern.

»Ist Barras' Arbeitszimmer offen?«, fragte ich.

»Das Dienstzimmer oder das Studierzimmer? Ich habe die Schlüssel zu allen Räumen, Madame.«

»Das Studierzimmer.« Wo Barras jeden Morgen arbeitete, wo er sich seiner privaten Korrespondenz widmete.

Ich folgte Bruno durch zwei Räume zu einer kleinen Tür, die von seinem Schlafgemach abging. Sie ähnelte der Tür zu einem

Beichtstuhl. Bruno klopfte, bevor er den Schlüssel ins Schloss steckte. »Gewohnheit«, erklärte er mit einem verlegenen Grinsen. Er öffnete die Tür, zündete eine Lampe an und sprang auf seinen Platz an der Wandtäfelung zurück, die Augen starr zur Decke gerichtet.

Barras' Studierzimmer zu betreten war, als beträte man eine Höhle: dunkel und abgeschieden von der Welt. Ich atmete den Duft von altem Holz ein. Die Möbel waren schlicht – was mich überraschte, denn Barras liebte Prunk. Ich ließ die Bücherregale auf mich wirken, das Stundenglas, den Kompass neben dem marmornen Federhalter auf dem Schreibtisch, den Globus, das Ölporträt einer Frau – seine Mutter, vermutete ich, nach der Stellung ihrer Augen. Ich rückte es gerade. Die Safetür stand offen, die Inhalte geleert. Ich fuhr mit dem Finger über die Schreibtischplatte. Ich hätte gerne die Schubladen durchgesehen, aber mir war nicht wohl dabei, weil Bruno mich beobachtete. »Danke, Bruno«, sagte ich, als ich hinausging. »Nein, schließen Sie nicht ab«, fügte ich hinzu. Ich würde wiederkommen.

Nach Mitternacht

Ich weiß nicht, wonach ich suchte. Ich weiß nicht, was ich zu finden erwartete. Ich wusste, dass Barras so klug war, in den Schubladen und Akten nichts Belastendes zu hinterlassen. Daher war mir klar, dass die drei Briefe, die ich fand, mit Absicht zurückgelassen worden sein mussten – damit Bonaparte sie sah. Ich erkannte Lazares verschnörkelte Handschrift sofort. Die Briefe waren an mich adressiert. Drei Liebesbriefe.

Nun ist es mitten in der Nacht. Bonaparte ist rasch eingeschlafen. Ich habe die Briefe gelesen, sie verbrannt. (Oh, mein Herz!) Lazare hatte sie Ende 1795 an mich geschrieben, als Bonaparte mir den Hof gemacht hatte – und Barras mich bedräng-

te, eine Heirat mit ihm zu erwägen. Ich liebte Lazare wider alle Vernunft, und daher war ich blind für Bonaparte. Doch dann schrieb Lazare nicht mehr – jedenfalls hatte ich das geglaubt. In der Annahme, dass er mich vergessen hatte, gab ich Bonapartes Werben nach.
Und jetzt, mit einem Gefühl hilflosen Zorns und Entsetzens, verstehe ich alles. Barras hatte Lazares Briefe absichtlich zurückgehalten in der Hoffnung, dass ich Bonaparte heiratete. *Bien.* Damit kann ich leben, denn inzwischen glaube ich, dass das Schicksal, auf welch verschlungenen, indirekten Wegen auch immer, bestimmt hatte, dass ich Bonaparte begegnete und ihn heiratete.
Was ich jedoch wirklich erschütternd finde, ist die Erkenntnis, warum er sie zurückgehalten hatte. Dafür gibt es nur eine Erklärung: Solange Barras diese Briefe besaß, hatte er die Macht, mich zu zerstören.

21. November

Der erste Abend mit Gästen in unserem »Heim«. Ein langes, langweiliges Whistspiel mit den Konsuln: Sieyès (der humorlos, wortkarg, für sein Alter zu runzlig ist) und Ducos (der Sieyès und Bonaparte nervös beobachtete und sie abwechselnd imitierte). Nach dem Spiel zogen die Männer ihre Schnupftabakdosen hervor und diskutierten über Verfassungsrecht. Ich gähnte hinter meinem Fächer, entschuldigte mich und ging zum Fenster »um Luft zu schnappen«.
Es war eine herrliche Nacht, klar, aber kalt. Es roch nach Schnee.
»Eine Verfassung sollte kurz und unklar sein«, hörte ich Bonaparte sagen.
»Ja, kurz«, plapperte Ducos nach und räusperte sich.
Draußen hörte ich eine Ente quaken. Auf der Straßenseite der Metallgitter standen ein Mann und drei Frauen – Fortunée

Hamelin, Minerva und Madame Crény! Der Mann machte einen Handstandüberschlag: Hauptmann Charles! Ich winkte und warf ihnen eine Kusshand zu. Komm heraus, komm heraus, gestikulierten sie. Ich schüttelte den Kopf: Ich kann nicht, tut mir Leid. (Oh, so *leid*!) Sie stimmten eine Arie aus *Don Giovanni* an.
»Der Pöbel macht viel Lärm heute Abend«, bemerkte Sieyès.
Ich schloss das Fenster, die Vorhänge.

22. November

»Ich bedauere, Madame Bonaparte, Madame Tallien empfängt nicht.«
»Immer noch nicht? Bitte, ich muss sie sehen.«
Thérèses Diener schloss die Tür.

[Ohne Datum]

Jeden Morgen um acht beginnt Bonaparte mit der Arbeit, wobei er unmelodisch pfeift. Alle paar Stunden erscheint er wieder, küsst mich, sagt ein paar nette Worte, erzählt eine lustige Geschichte, nimmt einen schnellen Imbiss zu sich – Kaffee oder einen Schluck verdünnten Wein (normalerweise jedoch Kaffee) –, berät mich bei meiner Toilette und verschwindet wieder, singend.
Er ist voller Optimismus. »Meine Regierung wird eine Regierung des Elans und der Jugend sein.« Das sagt er angesichts der Bettlerhorden auf den Straßen, der Räuberbanden überall, der Schwindel erregenden Verschuldung des Landes. Kein Detail wird übersehen. Heute Morgen bestellte er aus der Schweiz importierte Bullen, um die französischen Herden zu stärken, und Bäume, die entlang aller unserer Straßen gepflanzt werden sollen. Die Minister versuchen atemlos, mit ihm Schritt zu halten, denn er verlangt tägliche Berichte.

Und nachts, wenn ein normaler Mann von den Ereignissen des Tages vollständig erschöpft wäre, nimmt er mit dem gleichen Feuereifer »unser Projekt« in Angriff. Ich bin nicht mit einem Mann, ich bin mit einem Wirbelwind verheiratet!

29. November

»Ich bedauere, Madame Bonaparte, Madame Tallien empfängt nicht.«
Empfängt *mich* nicht.

[Ohne Datum]

Die Ausarbeitung einer neuen Verfassung mit Sieyès, der sowohl langsam als auch unlogisch ist, bringt Bonaparte um den Verstand. Für einen (sehr hohen) Preis hat Sieyès endlich zugestimmt, seinen Platz zu räumen. Nun, hoffe ich, werden die Dinge in Bewegung kommen.

24. Dezember, Heiligabend

Auf den Straßen wird heftig gefeiert. Die neue Verfassung wurde bekannt gegeben. »Die Revolution ist vorüber!«, schreien die Leute, Tränen strömen.
Vorüber? Ich möchte es gerne glauben. Ich möchte diese Worte gerne glauben.

25. Dezember, Weihnachtstag

Ein sehr schönes Familientreffen heute Morgen hier bei uns: Tante Désirée, Hortense und Eugène. (Für den Marquis war es zu kalt zum Reisen.) Die Kinder und ich hatten unseren Spaß bei einem Rundgang mit Tante Désirée. Tante Désirée bewun-

derte in der Küche den schwarzen »Adler«-Kochherd mit einem Kohlenrost und das ausgeklügelte Netz von Klingelzügen, um die Dienstboten herbeizurufen. Die Kinder bestanden darauf, ihr die Geheimgänge zu zeigen. (Ich meinte fortwährend, Barras lachen zu hören.) Tante Désirée verabschiedete sich von mir mit sorgfältigen Instruktionen über den Gebrauch von Goddard-Pulver zum Polieren von Silber und die richtige Art Wände zu reinigen, die mit Brokat bezogen sind (abbürsten und dann mit Seidenpapier und anschließend mit einem weichen seidenen Staubtuch abreiben).
Nun ein ruhiger Augenblick, bevor ich mich für die Bonapartes heute Abend vorbereite. Bonaparte ist damit beschäftigt, einen Brief an den König von England zu entwerfen, in dem er den Frieden vorschlägt. Frieden! Eine optimistische Stimmung hat uns alle erfasst.

31. Dezember

Heute ist der letzte Tag des achtzehnten Jahrhunderts. Es scheint, dass jedermann in Paris (außer mir) festlich gestimmt, fröhlich, *betrunken* ist – öffentlich feiert, denn gnädigerweise hat Bonaparte gestattet, die christlichen Feiertage zu begehen. Eher klugerweise, denn es wäre unmöglich gewesen, diesen bedeutsamen Jahreswechsel zu ignorieren.

1. Januar 1800

Heute ist der erste Tag des neuen Jahrhunderts. Man stelle sich das einmal vor! Bei allem, was ich tue, bei jedem Schritt, den ich mache, stellt sich das wachsame und doch erregende Gefühl eines Neubeginns ein. Heute Morgen sind Bonaparte und ich lange in unserem großen Federbett geblieben, haben gelacht und geflüstert, gealbert und kokettiert und an »unserem Projekt« (wie er es so feierlich formuliert) gearbeitet. Vor zwei Wochen habe ich ein wenig geblutet. Ich bin voller Hoffnung.

Später

Einhundertsiebenundfünfzig Pferdedroschken haben sich in einer Reihe vor dem Palais Égalité aufgestellt, um Zuckermandeln und überzuckerte Kastanien zu kaufen. »Genau wie zu Zeiten des Ancien Régime«, sagte Eugène, während er, das Kinn mit Puderzucker bestäubt, eine Zuckermandel kaute. »Es war wohl nicht alles schlecht«, fügte er hinzu und leckte sich die Lippen.

[Ohne Datum]

Jeden Abend, ehe er einschläft, lese ich Bonaparte vor.*
Für uns ist das ein ruhiger, ein kostbarer Augenblick. Er schläft mit mir, und danach reden wir, von unserem erstaunlichen Leben, den Herausforderungen, vor denen wir beide stehen, den erregenden Möglichkeiten, die vor uns liegen. Und dann lese ich ihm vor, gewöhnlich aus seinem geliebten Ossian. Heute Abend lag der abgegriffene Lederband nicht auf seinem üblichen Platz neben dem Bett. »Ich habe ihn verbrannt«, sagte er eher kummervoll als zornig.
»Warum?« Ich war entsetzt. Bonaparte nahm dieses Buch überallhin mit.
»Es war eine Fälschung«, sagte er. »Ich habe herausgefunden, dass man es in Schottland untersucht hat.«
»Ossian hat den Text gar nicht verfasst?« Ich konnte es einfach nicht glauben.
»Nein, irgendwer hat ihn sich ausgedacht und dann behauptet,

* Joséphine soll eine tiefe, melodische Stimme gehabt haben. Wenn sie Napoléon vorlas, lauschten die Dienstboten vor der Tür.

dass Ossian ihn geschrieben hätte. Hat uns alle an der Nase herumgeführt.« Verbittert. »Das beweist nur, dass man sich auf nichts verlassen kann, habe ich nicht Recht?«
»Aber Bonaparte, die Schönheit dieser Worte – nichts kann sie schmälern. Auf gewisse Dinge kann man sich vollkommen verlassen.« Ich legte ihm die Hand an die Wange.

2. Januar

Jetzt ist es amtlich. »Wir ziehen in die Tuilerien«, teilte mir Bonaparte mit.
Das Schloss der Bourbonenkönige.
Das Schloss unseres toten Königs.
Und unserer toten Königin.

3. Januar

Mimi stand auf dem schmutzigen Kopfsteinpflaster und schaute zur Fassade des Tuilerien-Schlosses hinauf. Alle Mauern waren mit obszönen Botschaften, revolutionären Emblemen und Parolen beschmiert worden. Auf dem Pflaster waren dunkle Flecken – Blutflecken, fürchtete ich. »Was für eine Schweinerei«, sagte Mimi mit gerunzelter Stirn.
Die Türen klemmten; es war schon lange her, seit sie das letzte Mal geöffnet worden waren. Zwei Männern (dem Architekten und einem Journalisten) gelang es nicht, das Siegel zu lösen. Dann warf sich Bonaparte dagegen, und die Türen sprangen auf. Wir lachten, als wir ihn fliegen sahen.
»Wie mühelos für *Sie*, in dieses Königspalais hineinzukommen, Konsul«, sagte der Journalist. »Man könnte meinen, dass Sie erwartet wurden.«
»Regierungspalais nennen wir es jetzt«, verbesserte ihn Bonaparte.

»Jawohl, Konsul!« Er holte ein Blatt Papier hervor, einen Bleistift.
Ich spähte in die weiten Tiefen. Die Fenster waren hoch, schmutzig, einige verbrettert. Obendrein war es kalt, kälter als draußen. Und feucht. Es roch nach abgestandener Luft.
»Der schwierige Teil wird nicht sein, hier einzuziehen«, sagte Bonaparte und bürstete sich die Schultern ab. »Der schwierige Teil wird sein, hier zu wohnen. Antoine, hol die Fackeln«, befahl er dem Kutscher. »Ich muss ein Land regieren.«
»Und die Schals!«, rief ich ihm hinterher.
»Ich hole sie«, sagte Mimi und rannte, zwei Stufen auf einmal nehmend, die Treppe hinunter.
Wir wirkten an diesem Ort wie eine mittelalterliche Prozession, die irgendeinen altertümlichen Ritus zum Jüngsten Tag beging. Antoine übernahm mit hoch gehaltener Fackel tapfer die Führung und schlug mit einem Stock gegen die Wände, um die Ratten zu verjagen.
»Oh«, sagte Mimi und umklammerte meine Hand.
»Das muss die Zimmerflucht des Königs gewesen sein«, sagte Bonaparte, während er den Plan studierte. Er blickte hoch, sah sich um, maß den Raum mit Schritten ab. »Das wird mein Dienstzimmer. In dem Raum dort werde ich empfangen.« Der Raum mit dem Thron.
Wir stiegen zu einem tiefer gelegenen Geschoss hinab, das dunkler, feuchter und kälter war: die Räume der Königin.
»Ein düsterer Ort, Generalkonsul«, sagte der Journalist, und seine tiefe Stimme hallte in den leeren Räumen wider.
»Düster wie alles Erhabene«, sagte Bonaparte.
»In diesem Raum tagte der Allgemeine Sicherheitsausschuss«, sagte der Architekt, als er die Außenfläche des Kamins untersuchte. »Ich erkenne das Detail an der Vorderseite des Kamins wieder. Die Königin konnte Monotonie nicht ausstehen – alles musste prunkvoll verziert sein.«

»Ja«, sagte der Journalist, die Stimme zu einem Flüstern gesenkt. Wir waren in jenem verbotenen Reich: dem Reich der Vergangenheit.
»Dann muss dieser Raum da drüben, der Empfangsbereich, derjenige gewesen sein, wo Robespierre ...« Ich legte die Hand auf die Augen und drückte, bis ich Sterne sah, aber das Bild ließ sich nicht verscheuchen; das Bild des Tyrannen, verwundet, ausgestreckt auf einem Tisch zusammen mit Blount, seinem getreuen Großen Dänen, wimmernd, an seiner Hand leckend.
Wäre Robespierre an diesem Tag nicht gestorben, wäre ich nicht ...
Und genau in diesem Augenblick sah ich sie, die Gestalt einer Frau in Weiß, die neben dem Kleiderschrank stand.

Sie legten mich auf den kalten Boden, meinen Schal unter dem Kopf. Mimi fächelte mir Luft zu und wirbelte dabei Staub auf. Ich hustete, versuchte mühsam, mich aufzusetzen. Alle standen mit besorgter Miene über mir. »Es geht mir gut«, beruhigte ich sie.
»Sie wird sich schon erholen«, sagte Bonaparte und zog an meiner Hand.
Ich stützte mich auf Mimi. Sie war ruhig, zitterte nicht. »O Mimi, sah sie nicht zum Fürchten aus!«, wisperte ich. Die Männer untersuchten die Fenster. Ich griff an meine Brust. Ein Zittern hatte mich ergriffen und ein Frösteln; es schien aus meinem Innern zu kommen, direkt aus meinen Knochen.
Mimi runzelte die Stirn. »Wer?«
»Diese Frau am Kleiderschrank.« Einatmen, ausatmen, ein, aus. Sie hatte wie ein Mann ausgesehen, der Kiefer fest zusammengepresst, die Haare kurz geschnitten und nur mangelhaft von einer Rüschenhaube bedeckt. Sie hatte ein schlichtes weißes Kleid mit langen Ärmeln getragen. »Du musst sie doch gesehen

haben. Sie stand neben der Schranktür. Wie ist es möglich, dass du sie nicht gesehen hast?« Sie war so deutlich gewesen.
»Oh, oh«, sagte Mimi und verzog das Gesicht.
Und dann erinnerte ich mich, wo ich dieses Gesicht schon einmal gesehen hatte, diesen zusammengepressten, dem Unglück trotzenden Kiefer. In Bürger Davids Atelier – seine Porträtskizze von Königin Marie Antoinette auf ihrem Weg zum Schafott.

7. Januar

Zu beschäftigt, um zu schreiben: Tag und Nacht arbeite ich daran, die Tuilerien in einen bewohnbaren Zustand zu versetzen. Es ist erst zehn Uhr morgens, und ich habe bereits Stoff für alle Vorhänge ausgesucht, mit meinem hysterischen Koch über die notwendigen Anschaffungen für die Küche der Tuilerien geredet (alles wurde gestohlen, es gibt nicht einmal mehr einen Suppentopf) und mit Madame Campan über Protokoll und Personal gesprochen (Madame Campans Erfahrungen als Hofdame der Königin machen sie für mich jetzt unbezahlbar. Es ist so überwältigend: Allein mein Koch wird drei Hilfsköche benötigen. Kein Wunder, dass er Anfälle bekommt.)
Morgen werde ich mich um meine Garderobe kümmern.
Aus allen Ecken des Palais höre ich Barras' leises Lachen. Wir werden alle noch den Verstand verlieren.

17. Januar

Bonaparte kam mittags in meinen Salon. Er setzte sich und starrte ins Feuer. »Murat hat gerade um Carolines Hand angehalten.«
»Oh?« Offen gestanden erleichtert. Vor einer Woche hatte ich Murat und Caroline dabei ertappt, wie sie ausgestreckt auf einem Sofa lagen.

»Murat ist das dreizehnte Kind eines Schankwirts; ich möchte mein Blut nicht mit seinem mischen. Ich dachte eher an General Moreau.«

»Aber Bonaparte …«

»Vielleicht wäre es das Klügste zu warten. Möglicherweise gelingt es mir schon bald, dass sie in ein Königshaus einheiratet. Er lächelte. »Ist doch eine gute Idee.«

»Murat ist mutig«, fuhr ich unbeirrt fort. Ein fluchender Haudegen, wie es heutzutage so große Mode war. Ein Haudegen in Pfauenfedern. »Er hat dir in der Schlacht von Abukir und in Saint-Cloud brav gedient.«

»Mutig reicht nicht. Er ist nicht intelligent, er ist ungebildet, und er ist von niederer Geburt.

»Er passt perfekt zu Caroline.«

Abends

Ein amüsanter Wortwechsel. »Bist du sicher, dass du das willst?«, wollte Bonaparte von seiner jungen Schwester wissen. Caroline saß sittsam auf dem Sofa, ganz in Musselinrüschen gehüllt. »Ich liebe ihn.«

»Das sagt sich jetzt so einfach, aber als dein Bruder muss ich dich warnen. Denn wenn er, dieses Riesentier von einem Mann, nackt und in einem Zustand des Begehrens ist, wirst du nicht finden, dass er so …«

Sie brach in helles, entzücktes Gekicher aus.

18. Januar

Es ist erledigt, der Vertrag wurde in Gegenwart aller Bonapartes in Paris unterzeichnet: Signora Letizia, die fünf Brüder, die zwei Schwestern, Onkel Fesch. Und obendrein einem kleinen Beauharnais-Trio: ich, Hortense und Eugène.

Die von Haus aus ach-so-armen Brüder waren kaum in der Lage, eine Mitgift von dreißigtausend Francs zusammenzukratzen, zehntausend weniger, als sowohl Elisa als auch Pauline bei ihrer Heirat erhielten, sodass Bonaparte in letzter Minute noch eine wunderschöne Perlenkette beisteuerte. Ich runzelte die Stirn, als ich sie sah. Sie kam mir bekannt vor. Sie war mir bekannt: Es war meine eigene.

20. Januar

In den schimmernden Perlen, die lose auf einem schwarzen Satintuch lagen, spiegelte sich das Kerzenlicht wider. »Ich habe noch nie Perlen gesehen, die so …« So *makellos* waren.

»Ganz recht, Madame, dies sind die seltensten Prachtexemplare, die runde, rosa Salzwasserperle.« Monsieur Lamarck sprach mit ehrfürchtig gedämpfter Stimme. »Es ist *unmöglich*, Perlen dieser Größe und Perfektion zu finden; schauen Sie sich zum Vergleich diese hässlichen Barockperlen an, Madame: voller Blasen. Sie sehen wie Kartoffeln aus. Oder schauen Sie sich diesen Satz Süßwasserperlen an, geformt wie kleine Weinfässer. Aber *diese* Perlen …« Er reichte mir eine Lupe, zog eine Lampe näher. »Diese Perlen glänzen.« Er murmelte das Wort »glänzen« vertraulich, als gäbe er gefährliche Informationen preis. »Und *schillern*. Sehen Sie her: Regenbögen. Darin *eingeschlossen*. Genauer gesagt, Madame, ist es eine außergewöhnlich dicke Perlmuttschicht, die sie so« – er verdrehte kokett die Augen – »*hypnotisch* macht. Manche behaupten, dass Perlmutt Heilkräfte besitzt – aber das ist reine Vermutung, und wie Sie wissen, Madame, handeln wir *nur* mit Tatsachen. Sehen Sie her, Madame, eine Tatsache: Sie sind unvollkommen. Eine *vollkommene* Perle ist eine unvollkommene Perle. Wussten Sie, dass die Königin von Spanien grüne Perlen trägt?« Jetzt flüsterte er. »Ihren Juwelier sollte man hängen. Aber diese Perlen hier, Madame, diese Perlen sind ohne Frage die prächtigsten auf der Welt. Selbst eine Königin könnte sie beruhigt tragen. Oh, verzeihen Sie.« Und zog ein riesiges Taschentuch aus seiner goldbestickten Westentasche. »Vergeben Sie mir, Madame.« Und schniefte. »Ich habe mich mitreißen lassen. Nun, wo war ich stehen geblieben – ach ja, der Preis. Der Preis beträgt fünfhunderttausend Francs.«

Ich schluckte, mein Mund war plötzlich trocken.

»J-j-ja?« Monsieur Lamarck nahm seine Brille ab und säuberte sie mit einer Ecke seines Taschentuchs. »Habe ich Sie richtig verstanden, Madame? Sagten Sie *ja*?«

Was ist bloß in mich gefahren, was habe ich getan? Meine Kühnheit raubt mir den Atem, meine Torheit erschüttert mich – meine Frechheit lässt mich schwindeln! Soviel Geld! Der Preis für einen weitläufigen Grundbesitz steckte in einer Halskette. Ich betrachte sie verzückt; es ist, als hätten sie mich verzaubert. Ich bin wie verwandelt, verhext! Wie soll ich das bloß bezahlen? Aber ich werde schon einen Weg finden, denn ich kann mich nicht von ihnen trennen. Wenn ich diese Perlen anlege, bin ich wirklich eine Königin. Grand Dieu.

Ich muss in Marie-Antoinettes Bett schlafen

21. Januar 1800

Heute Abend übergab mir Bonaparte eine dicke Akte.
»Was ist das?« Aber ich wusste es: Es war die Liste – die Namen der französischen Aristokraten, denen es nicht erlaubt war, in die Republik zurückzukehren. Jahrelang hatten Thérèse und ich unseren Einfluss geltend gemacht, damit Namen gelöscht wurden. Jeder kleine Erfolg war eine gewonnene Schlacht gewesen.
»Ich möchte, dass du bestimmst, wer herausgenommen werden soll«, sagte Bonaparte und öffnete seine zerbeulte Schnupftabakdose.
Ich starrte ihn verständnislos an. »Du willst, dass ich entscheide?« Bestimme, wer unschuldig, wer schuldig war – entscheide, wessen Leben zerstört, wessen Leben gerettet werden sollte?
»Wenn es dir lieber ist, könnte ich Duroc damit beauftragen.«
Duroc, der herzloseste von Bonapartes Adjutanten. »Nein, ich mache das schon!«

Nun, allein in meinem Boudoir, sehe ich die dicke Akte durch, lese die Namen von so vielen Männern und Frauen und bin erschüttert. Kann ich das? Ich bete um Kraft.

5. Februar

»Mach deinem Pförtner keine Vorwürfe«, sagte ich zu Thérèse. »Ich habe mich an ihm vorbei gedrängt. Darf ich hereinkommen?« Ich trat unverfroren ins Zimmer. »Wie ich hörte, hast du dein Kind bekommen, ein Mädchen.«

Thérèse betrachtete mich, ohne zu lächeln. Neben ihr lag eingewickelt der Säugling, erst wenige Tage alt. Ich stand einen Augenblick in unbehaglichem Schweigen da und erinnerte mich an Thérèse, als ich ihr das erste Mal begegnet war, an ihre so dunklen, so suchenden Augen. Kluge Augen, unschuldige Augen. Und nun müde Augen. »Ich brauche deine Hilfe beim Durchgehen der Liste. Ich wurde gebeten, die Emigranten zu benennen, denen die Rückkehr erlaubt werden sollte.«

»Zurück in die Republik?«

Ich nickte. »Aber es ist eine große Aufgabe, zu groß für mich.« Einer von Thérèses Kanarienvögel fing zu trillern an.

»Na gut, komm herein«, sagte sie schließlich. »Und zieh deinen Mantel aus«, fügte sie in gereiztem Ton hinzu, als wäre es zu schwierig, diese ungewohnt frostige Atmosphäre aufrechtzuerhalten.

Ich stellte den Korb mit Konfekt und Spielsachen ab, den ich mitgebracht hatte, und beugte mich über das Bett. »Sie ist wunderhübsch. Sie sieht genau aus wie Thermidor, als sie geboren wurde. Wie heißt sie?«

»Clémence.«

Gnade. Vergebung. »Schön.«

Thérèse berührte meine Hand. »Wie geht es dir, Rose?« Sprach mich mit meinem früheren Namen an. Meinem alten Ich. Nicht meinem neuen Ich.

»Ich lebe noch.« Ich zuckte mit den Schultern.

»Du und ich, wir hatten uns mehr erhofft«, sagte sie und deutete auf einen Stuhl neben dem Bett.

Bald darauf beichteten wir einander. Ich schüttete ihr mein Herz aus, erzählte ihr von dem trübseligen Leben im Palast, von all den langweiligen Festen, den eintönigen Zeremonien, dem Geist der Königin. »Verzeih mir«, sagte ich, als die Uhr drei schlug. »Ich hatte mir fest vorgenommen, nicht lange zu bleiben.« Es war nicht recht von mir, dieser Frau im Wochenbett mein Herz auszuschütten. Ich zog mir den Schal um die Schultern und stand auf – aber da war noch etwas, wie wir beide wussten, ein Name, der noch nicht ausgesprochen war. »Wie geht es ihm?«, fragte ich schließlich.

»Interessiert dich das?« Doch ihr Ton war merkwürdig freundlich.

Ja, nickte ich. Es interessierte mich. Trotz allem.

»Er trinkt zu viel, spielt riskant, mit seiner Gesundheit steht es nicht zum Besten – aber das war ja unter den gegebenen Umständen zu erwarten, denke ich.«

Ich spürte die Last ihrer Beschuldigung. »Du hast keine Ahnung.«

»Dann kläre mich auf, bitte.« Ihre großen Augen schwammen.

»Ich hatte meine Gründe. Mehr kann ich nicht sagen.«

Sie starrte mich lange an. »Ich weiß, dass Barras Geld von den Royalisten genommen hat, aber das war kein Grund, ihn zu hintergehen. Er mischte an allen Fronten mit. Das ist nun mal so seine Art – daraus macht er auch kein Hehl. Er hat ihr Geld genommen und es gegen sie verwandt.« Das Kind gab einen Piepslaut von sich.

»Hat er dir das erzählt?«

»Du glaubst es nicht?«, fragte Thérèse und legte den Säugling an die Brust.

Ich spürte ein vertrautes Kribbeln in meiner eigenen Brust. »Es ist vielschichtiger, als du denkst, Thérèse.« Schrecklicher.

»Er hat Lazare nicht vergiftet, wenn du das meinst. Eines Abends ist er zusammengebrochen und hat mir alles erzählt.«

»Oh?« Weinseliges Gerede, kein Zweifel – Wein und Tränen, eine starke Mischung. Wein, Tränen und Wut. Ich kannte Barras so gut. Aber nicht gut genug, wie sich herausstellte. Ich setzte mich wieder auf den kleinen Polsterstuhl neben ihrer Frisierkommode. »Aber Lazare *wurde* vergiftet?«
Sie nickte. »Von einem Mittelsmann der Royalisten.«
Ich stützte den Ellenbogen auf die Kommode und legte das Kinn in die Handfläche. Versuchte, diese Mitteilung auf mich wirken zu lassen. »Der Mittelsmann der Royalisten, von dem Barras Geld genommen hat?« Meine Worte hingen in der Stille. Sie zögerte, bevor sie sagte: »Einer von ihnen.«
Ich betrachtete meine Freundin im Spiegel. Dann drehte ich mich zu ihr um. »Aber warum?«
»Willst du das wirklich wissen?«
Ich nickte, aber ich hatte Angst.
»Lazare fand heraus, was Barras tat. Also wusste er zu viel. Der Mittelsmann machte sich Sorgen, dass er reden könnte.«
Also doch. Ein Mittelsmann der Royalisten vergiftete Lazare, um ihn zum Schweigen zu bringen, um sein schmutziges Geheimnis zu wahren, dass Direktor Barras, der mächtigste Mann in der französischen Republik, in seinem Sold stand. »Barras verlor fast den Verstand, als er es herausfand«, sagte Thérèse und legte das Kind an die andere Brust. »Er hätte den Mann am liebsten erwürgt.«
Wann war das geschehen?, fragte ich mich und dachte zurück. Die Erkenntnis, dass Thérèse es gewusst und mir verschwiegen hatte, machte mich fassungslos. »Du hast es die ganze Zeit gewusst.« Wir hatte uns alle gegenseitig getäuscht – ein Gedanke, der mich nicht im Mindesten tröstete.
»Uns trifft alle Schuld«, sagte sie mit einem lieben, wehmütigen Lächeln.
Nur nicht Lazare, dachte ich.
»Und daran erkennst du«, sang Thérèse ihrem Kind vor, ein

Zitat aus *Candide*, *»dass die neue Welt nicht besser als die alte ist.«*

8 Uhr 30 abends

Adélaïde Hoche saß wie ein Schulmädchen gerade auf ihrem Stuhl, die Hände ordentlich im Schoß gefaltet. In ihrem Blick lag Angst. Père Hoche stand hinter ihr.

»Ich möchte Sie beide nur wissen lassen, dass ich herausgefunden habe, was geschah. Zumindest, was vermutlich geschah«, sagte ich.

Père Hoche beugte sich vor, eine Hand auf die Rückenlehne von Adélaïdes Holzstuhl, die andere Hand auf seinen Stock, einem dicken Eichenknüppel, gestützt. Mit einem Stock wie diesem könnte man töten, dachte ich.

Ich begann: »Direktor Barras hat von den Royalisten Geld genommen.« Père Hoche fluchte. »Was er beabsichtigte, wird man wohl kaum mit Sicherheit erfahren«, fuhr ich unbeirrt fort. Er hatte sowohl von der Prätendentenfraktion als auch von den Orléanisten Geld genommen. Wie es seine Art war, hatte er mit allen Parteien verhandelt, aber seine Karten verdeckt gehalten, sein eigenes Spiel gespielt. Dann, als er erfuhr, dass Beweise gefunden worden waren, die den Mittelsmann der Prätendenten entlarvten, beschloss er, von Bord zu springen. Um sich selbst zu schützen, griff er die Prätendentenfraktion an – aber der Plan schlug fehl (zumindest beim ersten Mal), und Lazare nahm die Schuld auf sich.

»Sie nannten meinen Sohn einen Verräter.«

»Es blieb ihm nicht anderes übrig, als dabei mitzuspielen, Père Hoche«, sagte ich zu ihm so liebenswürdig, wie ich konnte. Ich wusste, dass Lazare eine solche Beleidigung lieber mit Musketenfeuer beantwortet hätte. Verräter waren Abschaum in seinen Augen. Die Narbe in seinem Gesicht war der Beweis dafür, wie

leidenschaftlich er sein Credo vertrat: Als Sechzehnjähriger hatte er einen Grenadier in seiner Kaserne herausgefordert, der für Bestechungsgeld spionierte. Der Spion hatte ihm die Narbe beigebracht, ein Mal, das Lazare stolz getragen hatte. »Hätte man Direktor Barras beschuldigt, wäre die Republik zu Fall gekommen. Die Mittelsmänner wussten das, daher versuchten sie Barras zu entlarven. Der Mittelsmann für die Prätendenten muss Ihrem Sohn einen Beweis vorgelegt haben, dass Direktor Barras ihr Bestechungsgeld angenommen hatte.«
Ich konnte mir vorstellen, wie tief Lazares Enttäuschung, sein Abscheu gewesen sein mussten. »Die Royalisten haben versucht, Ihren Sohn dazu zu bewegen, sich gegen den Direktor zu stellen, aber das hat nicht geklappt«, fuhr ich fort. »Er wusste, was auf dem Spiel stand. Dann muss der Mittelsmann in Panik geraten sein, weil General Hoche, ihr ärgster Feind, zu viel wusste – alles wusste.«
»Und aus diesem Grund hat der Mittelsmann ihn vergiftet«, sagte Adélaïde mit klarer und kräftiger Stimme. Sie stand jetzt am Kamin, mit der einen Hand auf dem Sims – an der blauen Urne.
Die Urne. Mon Dieu, dachte ich, als ich mich plötzlich daran erinnerte, was Fouché über Lazares Herz gesagt hatte. »Ja«, sagte ich erschüttert. Meine Kehle war wie zugeschnürt. Ich hörte das Kind lachen. Ich spähte zu Lazares Porträt hinauf, um Kraft zu sammeln. »Direktor Barras hat nichts damit zu tun.« Die Wahrheit allerdings war nicht so simpel. Die Wahrheit war, dass Lazare, der tapfere Unschuldige, einem von Barras' habgierigen Intrigenspielen zum Opfer gefallen war.

6. Februar

Das endgültige Ergebnis der Wahl zur neuen Verfassung ist errechnet worden. Bonaparte ist jetzt Erster Konsul. Drei Millionen stimmten dafür – und weniger als zweitausend stimmten dagegen.* Es ist ein Wunder.

[Ohne Datum]

Ich erkannte an Fauvelets nervösem Blick, dass er mir etwas sagen musste, etwas, was mir nicht gefallen würde. »Es geht um Ihre Schulden, Madame. Der Erste Konsul wünscht, dass sie beglichen werden.«
»Und da schickt Bonaparte Sie?« Feigling.
Fauvelet nickte. »Ich soll Sie nach der Gesamtsumme fragen.« Er kratzte sich am Kinn. »Er wird sie bezahlen. Er verlangt lediglich, dass Sie sich sofort und zukünftig aller spekulativen Bestrebungen enthalten, Madame.«
Ich schritt um ihn herum, während er redete. Es gab wahrhaftig keine andere Möglichkeit. Meine Schulden waren so hoch, dass ich sie nicht begleichen konnte. Es waren ja nicht nur die Hüte! (Obwohl ich das Geld für achtunddreißig Hüte schuldete – wie ist das nur passiert?) Die großen Rechnungen waren beträchtlich: Die Schulden bei der Firma Bodin, ein Nationalgut, in das ich investiert hatte, und Malmaison machten allein schon über eine Million aus. Und die Perlen, mon Dieu.

Es ist erledigt: Ich habe mich aus der Firma Bodin zurückgezogen. Bonaparte beglich meine Schulden. Es gab Tränen.

7. Februar

»Verdammt, Washington ist tot«, sagte Bonaparte und warf eine Depesche auf den Tisch.

* Das genaue Wahlergebnis lautete 3.009.445 Ja-Stimmen, 1.562 Nein-Stimmen. Sieyès und Ducos traten zurück und wurden durch Cambacérès als Zweitem Konsul und Lebrun als Drittem Konsul ersetzt.

»Der Amerikaner?«
»Ausgerechnet jetzt. Jetzt muss ich öffentlich trauern.« Er sah einen Kalender durch. »Wie viele Tage bleiben noch?«
Wie viele Tage, bis wir in die Tuilerien ziehen, meinte er. »Elf«, sagte ich und studierte den Kalender. Allein schon der Gedanke an den Umzug löste Panik in mir aus. Es gab noch soviel zu tun, soviel, was in so kurzer Zeit noch erledigt werden musste. Die Wände waren noch nicht verputzt. Und die Fußböden – *eigentlich* hätten die Handwerker schon vor drei Tagen beginnen sollen.
»Großartig, zehn Tage Trauer: und *dann* der Umzug.«

14. Februar

Ein erfolgreiches Treffen mit Thérèse. Wir kommen beim Durchgehen der Liste voran. Zu zweit ist es soviel einfacher.

16. Februar

»Sie haben nach mir geschickt, Bürgerin?« Émilies Mann Lavalette stand wie bei einer Armeeinspektion vor mir stramm.
Ich bat ihn, Platz zu nehmen. »Ich möchte Sie um einen Gefallen bitten, Leutnant Lavalette. Allerdings zögere ich, weil damit ein gewisses Maß an persönlichem Risiko verbunden ist. Ich brauche jemand, der nach Österreich reist …«
Lavalette zeigte sich überrascht.
»… um eine bestimmte Person ausfindig zu machen, einen Emigranten, dessen Name endlich aus der Liste gelöscht wurde. Ich brauche Sie, damit Sie behilflich sind, diese Person über die Grenze zurück nach Frankreich zu bringen.« Keine leichte Aufgabe.
»Darf ich fragen, um wen es sich handelt?«
»Gewiss, aber Sie müssen schwören, es keiner Menschenseele

zu verraten, nicht einmal Ihrer Frau.« Ich hielt inne, lächelte. »François Beauharnais.« Émilies Vater, der Sohn des Marquis.

17. Februar – Tuilerien

Ich schreibe dies an meinem Sekretär in dem Raum, der bald mein neuer Salon sein wird – das gelbe Zimmer, nenne ich ihn. Ich fühle mich unbehaglich, im Zwiespalt mit dem Geschmack der Königin, die diese Räume vor mir bewohnte. Jede Fläche – die Wände, die Decke, selbst der Boden – ist mit Ornamenten verziert.
Werde ich hier jemals glücklich sein? War sie es?, frage ich mich. (Ich bezweifele es.)
Ich bin erschöpft, ermahne ich mich. Es sind immer noch Kisten auszupacken, wegzuräumen. Aber das Speisezimmer und die Empfangsräume sind endlich akzeptabel, die schweren Brokatvorhänge hängen erst seit einer Stunde. Übermorgen …

18. Februar

Alles sollte schon längst für den morgigen Umzug – die große Parade, den Empfang, das Abendessen fertig sein. *Theoretisch* fertig jedenfalls. In Wirklichkeit läuft jedes Mal, wenn ich die Arbeiten überprüfe, irgendetwas schief. Erst heute Nachmittag waren die Handwerker da und haben die Teppiche gelegt. Und nun liegt mein Koch mit einem Schüttelfrost krank im Bett.

19. Februar

Eugènes Uniform wurde ausgebessert, und Hortense hat endlich den richtigen, zu ihrem Kleid passenden Farbton für die Bänder gewählt (ein schönes Blaugrün). Bonaparte eilte gerade herein, und wir gingen zum letzten Mal die Reihenfolge der

Veranstaltungen durch. »Sorge dafür, dass Hortense kurz nach der Kavallerie zuschaut«, flüsterte er mir zu. Aber er wollte nicht sagen warum.

Kurz nach 5 Uhr

»Ich hasse das alles.« Bonaparte zerrte an seiner Schärpe.
»Halt still!«
»Sie sehen majestätisch aus, General«, sagte Fauvelet, als er Bonaparte in seinen Rock half.
»Ich habe dich noch nie so ... geschniegelt gesehen«, sagte ich mit einem Lächeln. Bonaparte fühlte sich in alten, abgetragenen Kleidungsstücken am wohlsten.
»Soll das etwa ein Kompliment sein?« Er lächelte nicht. »Fauvelet, Sie können sich glücklich schätzen. Sie müssen sich nicht wie ich in aller Öffentlichkeit blamieren.«
»Madame Bonaparte?« Einer der Umzugsleute deutete auf einen Berg von Kisten. »Sollen die *alle* weg?«
Ich nickte. Umziehen, zu allem anderen auch noch das. Jeden Augenblick würde ich zusammenbrechen. »Wie du selbst gesagt hast, Bonaparte, müssen dich die Leute sehen, sie brauchen ein Spektakel.«
»Dann hörst du mir ja zu.«
»Bonaparte, ich höre immer zu.« Und zwickte ihn in *sein* Ohrläppchen.
Hortense, Émilie und Caroline schwebten ins Zimmer und drehten sich, um sich begutachten zu lassen. Ich befestigte Hortenses Haarband. Carolines Kleid spannte, aber daran war nichts mehr zu ändern. (Ist sie in anderen Umständen?, fragte ich mich. Schon?) »Ihr solltet mal Joachims neue Feder auf seinem Hut sehen«, sagte Caroline. »Sie hat dreihundert Francs gekostet.«
»Was ist das für ein grässlicher Lärm?« Ich sah zur Tür.

Eugène erschien. Er saß rittlings auf einem Stuhl und schaukelte und hüpfte damit in den Raum, als wäre der Stuhl ein Pferd. Die Mädchen und ich brachen in schallendes Gelächter aus. Er sprang ab, bändigte sein »Roß« und salutierte. »Nun?« Grinste. Führte seine neue Uniform vor, die Uniform der Konsulargarde.
»Oh«, sagte Hortense atemlos, »alle Mädchen werden dir ihre Blumensträuße zuwerfen.«
»Solange sie sie nicht meinem Mann zuwerfen.« Caroline band die Schleife in ihrem Haar, damit sie besser stand. »Seht nur, wie schlaff sie herunterhängt.«
Unser Kutscher erschien im Frackrock an der Tür. »Ihre Kutsche steht bereit, Madame.«
Ich schaute zur Uhr auf dem Kaminsims. Wir waren pünktlich – ein Wunder. Ich warf einen Blick in den Spiegel: Ich hatte den Eindruck, zu stark geschminkt zu sein, wie eine Schauspielerin, die sich auf ihren Bühnenauftritt vorbereitet. Und dann wurde mir klar, dass ich ja eine Schauspielerin und dies eine Bühne war.
»Kommt, Kinder. Es wird Zeit!«, sagte Caroline zu Hortense und Émilie und rauschte mit übertrieben vornehmer Miene in den Gang hinaus.
Ich suchte Bonapartes Blick, lächelte – Kinder! –, aber er war mit anderen Dingen beschäftigt. Der Kammerdiener half ihm, seine Stiefel anzuziehen. »Ich sehe dich dann später – nach der Revue?« Und vor dem Essen, dachte ich, wobei mir einfiel: War das Silber eingepackt worden? Und besorgt: Sollte ich jetzt meine neuen Möpse mitnehmen?
Bonaparte erhob sich und zerrte an der Stiefelschlaufe. »Ich kriege meinen Fuß nicht hinein.« Der Stiefel flog weg.
Ich berührte ihn an der Schulter. Er drehte sich um, als hätte er sich erschrocken. Wenn er zu Soldaten sprach, fühlte sich Bonaparte wohl; zu Zivilisten sprechen zu müssen jagte ihm schreckliche Angst ein. Jedes royalistische Land in Europa würde in-

ständig auf einen Fehler hoffen. »Alles wird großartig laufen«, sagte ich und gab ihm einen Kuss.

Die Parade war *großartig*. Eugène sah prächtig aus (ebenso sein neues Pferd Pegasus), und die Menschenmenge geriet wegen Bonaparte außer Rand und Band. Es war ein bewegender Augenblick, als die zerfetzten Fahnen der italienischen Armee vorüberzogen. Bonaparte nahm den Hut ab und neigte den Kopf; die Menge wurde plötzlich still, ehrfürchtig. Dieser kleine Mann mit so großen Träumen hat alle unsere Herzen mit Hoffnung erfüllt. Wenn es Engel gab (und es musste sie geben, bestimmt), dann sind sie jetzt bei ihm.

Ja, sogar meine Tochter kann sich seinem Zauber nicht entziehen. Sobald die Kavallerie vorüberritt, entschuldigten sich Hortense, Émilie und Caroline, um den Puderraum aufzusuchen. Gerade noch rechtzeitig fiel mir Bonapartes Anweisung ein. »Warte, Hortense.« Die Militärkapelle marschierte auf dem Hof auf, die Blasinstrumente glänzten in der Sonne. »Nur einen Moment, *bitte*.«

»Warum?«, wollte Caroline wissen, als Hortense wieder auf ihren Stuhl mit Blick auf den Schlosshof glitt. Die Musiker der Kapelle hatten ihre Plätze eingenommen, und ein Bursche lief mit einem Schemel über den Hof, auf dem der Dirigent stehen konnte.

»Ich weiß es auch nicht.« Der Dirigent stieg auf den Schemel und hob seinen Taktstock. Die Musiker setzten ihre Instrumente an, und die Eröffnungsakkorde wurden angeschlagen. Das Stück klang vertraut, aber ich konnte es nicht einordnen.

Hortense beugte sich vor, die Hände auf den Knien.

»Können wir jetzt gehen?«, fragte Caroline, die noch an der Tür stand. Hortense hob den Zeigefinger.

»Hortense, ist das nicht dein Lied, das Marschlied, das du geschrieben hast?«, fragte ich. *»Partant pour la Syrie?«*

»Still«, schrie sie auf. »Ich will es hören!«

Partant pour la Syrie

»Wie hat es dir gefallen?«, fragte Bonaparte, als er in mein Ankleidezimmer platzte. »Meiner Meinung nach ist es ziemlich gut gelaufen.«
»Es war fabelhaft«, sagte ich. Er hatte nicht bemerkt, dass Hortense an der Tür saß.
»Warum ist es hier drin so dunkel? Wo sind die Kinder? Was hat deine Tochter gesagt?«
Ich sah im Spiegel zu Hortense und lächelte. Bonaparte folgte meinem Blick. »Oh!«, sagte er erstaunt.
Hortense erhob sich, die Hände vor sich gefaltet. »Ich fühlte mich ja so geehrt.«
Bonaparte lächelte. »Du warst überrascht? Gut. Die Musiker möchten wissen, ob du ihnen noch einen Marsch schreiben würdest.«
Hortense, die keinen Ton herausbrachte, nickte nur. Röte überzog ihre blassen Wangen. »Caroline wartet auf mich!«, schrie sie und stürzte aus der Tür.
»Meinst du, dass sie sich freut?«, fragte Bonaparte verdutzt.
»Sie ist gerührt.« Ich drückte seine Hand an meine Wange. »Dass du das getan hast, war sehr lieb von dir.«
»Das Stück ist gut«, sagte er schulterzuckend und setzte sich, damit ihm der Kammerdiener die Stiefel ausziehen konnte. »Warum hast du die Vorhänge zugezogen?«
»Die Leute schauen herein.« Kurze Zeit zuvor hatte ich einen Schrecken bekommen, als ich ein Männergesicht sah, das sich an den Eisenrost drückte. »Aber hier drin ist es auch dunkel, wenn die Vorhänge aufgezogen sind.« Die Räume liegen unter dem Boden; die Fenster sind hoch oben in der Wand. Wenn man saß, konnte man nicht hinausschauen. »Deine neuen Kniehosen liegen zusammen mit der Schärpe oben auf der Kiste.«

Kurz danach erschien er wieder, seinen Diener wie einen Schatten im Gefolge.
»Ausgezeichnet«, sagte ich, obwohl sie nicht tadellos saßen. Es war keine Zeit mehr gewesen.
Mimi kam an die Tür, reizend anzuschauen in ihrem neuen Musselinkleid. »Der Dritte Konsul Lebrun und seine Frau sind ...«
»Schon?« Ich sah auf die Uhr. Es war erst fünf! Wir erwarteten die Ankunft der Gäste nicht vor sechs.
»Ich brauche nur noch einen Augenblick.« Ich stand vor dem großen Spiegel, während Mimi meine Perlen befestigte. Die Königin hatte ihr Bild in diesem Spiegel betrachtet, dachte ich.

Nach dem Abendessen mit den Konsuln (langweilig!) ging ich ins Schlafzimmer voraus, um mich auf meinen Mann vorzubereiten. Mimi schickte ich fort. Als ich allein war, badete ich und zog mir ein einfaches Flanellkleid über. Ich hatte genug von Spitzen und Gepränge. In eine Decke gewickelt saß ich am Feuer und dachte an die Frau, die einst auch so dagesessen hatte, in diesem Raum, an diesem Kamin, und auch darauf gewartet hatte, dass ihr Mann zu ihr kam. Ihr Mann: König Ludwig XVI. Ich erinnerte mich an den Tag, als er unter der Guillotine starb, an die langsamen, monotonen Trommelwirbel. Und dann erinnerte ich mich an den Tag ein knappes Jahr später, als die Königin starb, nur noch der Schatten einer Frau, verwitwet, ihrer Kinder beraubt. Sie war achtunddreißig, als sie starb, nur wenige Jahre älter, als ich jetzt bin.
Königin Marie-Antoinette. Wie seltsam es mir vorkommt, hier zu leben, an ihrem Sekretär zu schreiben. Wie seltsam und wie unwirklich.

Bonaparte kam, als die Uhren Mitternacht schlugen. »Ich läute nach dem Diener«, sagte er.

»Nein, lass das.« Ich half ihm aus seinem Mantel.
Mit seinem Nachthemd bekleidet, den Kopf mit einem meiner Madrasschals umwickelt, betrachtete er nachdenklich den Raum. »Nun denn.« Er ließ das mit Bronze dekorierte Mahagonibett auf sich wirken, ein monumentales Stück mit (hässlichen) überladenen Goldbronzeverzierungen.
»Ich kann es immer noch nicht glauben, dass wir jetzt hier leben.« Ich sagte nicht, dass ich es nicht einsehen kann, dass dieser grässliche Ort jetzt mein Zuhause sein soll.
Bonaparte ging zu dem bombastischen Bett und zog den kleinen Tritt heraus. »Komm, kleine Kreolin.« Lächelnd, die Arme weit ausgebreitet, verbeugte er sich wie ein Höfling aus der Taille. »Steige in das Bett der Könige.«

»Bonaparte, hast du nicht auch das Gefühl, als wärst du in einem Traum?« Die Mitte des riesigen Bettes war wie ein Tal; ständig rollten wir hinein. (Ich muss eine neue Matratze anfertigen lassen.)
Bonaparte, kurz davor einzuschlafen, brummte und zog mich näher heran, die Arme um meine Taille gelegt. »Ja«, sagte er gleich darauf, »ein Traum, den ich geschaffen habe.«
Ich hatte nicht den Mut, ihn zu fragen, welche Folgen dieser Traum hatte. »Ich denke dauernd an all das, was in diesem Raum geschah, an die Könige und Königinnen, die in diesem Bett geschlafen haben.« Die Könige und Königinnen, die ihr Leben verloren.
»Und ich denke dauernd daran, wie schön du bist, dass ich mehr Glück habe als einer dieser Könige.« Seine Hände gingen erneut auf Wanderschaft.
»Bonaparte, das ist mein Ernst. Es flößt mir Angst ein, hier zu sein, hier zu leben. Ich gehöre nicht hierher.«
»Du stellst Gott infrage, wenn du so etwas erklärst.« Er stützte sich auf den Ellenbogen.

Ich rollte mich auf den Rücken, sah ihm in die traurigen, ernsten Augen. »Was meinst du damit?« Bonapartes Energie, seine Träume, seine Ziele kannten keine Grenzen. War es der Glaube, der ihm Mut einflößte?
»Erinnerst du dich an das Schicksal, das man dir prophezeit hat, dass du eine Königin sein wirst?«
Die Tränen traten mir in die Augen. »Ich möchte keine Königin sein, Bonaparte.«
»Aber ich werde dich an meiner Seite brauchen«, sagte er leicht scherzhaft.
Ich legte ihm die Hand an die Wange. »Ich liebe dich.«

Ich lag stundenlang, wie es mir vorkam, neben meinem Mann und lauschte den Geräuschen der Nacht. Ich konnte die Prostituierten im Garten lachen, vor unseren Fenstern flüstern hören. Ich lag da und hörte in mein Herz hinein, in die ungewohnte, stille Dunkelheit der kalten Marmorflure.
Die Glocken hatten gerade einen Ton geschlagen, als ich es wieder spürte, dieses Frösteln. Bonaparte, der oftmals so tief schlief, dass ich fürchtete, er könnte tot sein, murmelte und drehte sich, zog die Decken um sich, als könnte er es ebenfalls spüren. Ich setzte mich auf, wachsam. Ich sah, wie ein Licht näher kam.
»Mimi?«, zischte ich. Mein Herz fing wild zu pochen an. Nur schlechte Nachrichten kamen so, in der Nacht. Ich zog die Decke um mich. Warum war es plötzlich so eisig kalt? Und dann sah ich sie wieder: dieses schlichte weiße Kleid, diese schlichte weiße Haube. Die Königin – in Gefängniskleidung. Ich stieß einen Schrei aus, streckte die Hand nach Bonaparte aus. In dem Moment, als ich ihn berührte, wich sie zurück, löste sich auf. Und dann war der Raum wieder dunkel und still bis auf das Pochen meines Herzens.

Man nennt mich den Barmherzigen Engel

22. Februar 1800

»Schon siebenundzwanzig heute Morgen«, sagte Mimi mit großen Augen.
Siebenundzwanzig Bittsteller? Gestern waren es zwölf gewesen und fünfzehn am Tag zuvor. Stolze, hungernde Aristokraten, zitternde Bettler. Weinende Frauen, sprachlose Männer, stotternde Kinder: Alle waren verzweifelt, alle brauchten Hilfe.

»Madame Bonaparte.« Das Mädchen verbeugte sich. Die alte Frau, die sie begleitete, war im unbequemen Stil des Ancien Régime gekleidet. Mit Hilfe eines Spazierstocks hielt sie sich mühsam auf den Beinen.
»Oh, bitte, setzen Sie sich doch«, sagte ich mit Nachdruck. Ihre zur Seite gerutschte Turnüre ließ sie missgestaltet aussehen.
»M-M-Madame B-B-Bonne …«, stotterte die alte Frau, aber weiter kam sie nicht.
»*Bon à Parté*, Grandmaman.« Das Mädchen warf mir einen verlegenen Blick zu.
»Mademoiselle de Malesherbes, nicht wahr?« Das Mädchen war vor Wochen schon einmal zu mir gekommen. Ich schätzte sie auf zwölf Jahre, vielleicht dreizehn.
»Sie erinnern sich!« Sie wurde rot.
Woran ich mich erinnerte, war die bezaubernde Ergebenheit gegenüber ihrer Großmutter, deren Namen man während der Revolution auf die Liste gesetzt hatte und der es beschieden

war, in Deutschland, fern von ihrer Familie, ihren Lieben zu sterben.
Ich nahm die Hand der alten Frau. »Dann müssen Sie die Comtesse de Malesherbes sein.«
»In Deutschland nennt man Sie den Barmherzigen Engel«, sagte die alte Frau jetzt mit klarer Stimme. Ihr Griff war wie ein Schraubstock. »Ich möchte, dass Sie zu meinem Begräbnis kommen.«
Ich lächelte. »Ich hoffe, dass dies noch nicht so bald sein wird.«
»Es wird eine großartige Feier. Meine Töchter haben es versprochen.«
»Wir sind gekommen, um Ihnen zu danken«, sagte das Mädchen.
»Und Gott segne Sie!«

Nach über zwanzig weiteren Bittstellern wurde ich müde. Kein Wunder, dass Thronsessel gepolstert sind. »Nur noch einer«, teilte mir der Pförtner mit. »Mademoiselle Compoint.«
Ich legte den Kopf zur Seite. »Wie bitte?«
Er schielte auf die Karte. »Mademoiselle Louise Compoint.«
Lisette?
»Ich könnte ihr sagen, dass sie morgen wiederkommen soll, Madame.«
Ich trommelte auf die Stuhllehne – wie es Bonaparte häufig tut, kam es mir in den Sinn. Bald hätte ich wohl alle seine nervösen Marotten übernommen – sein Zupfen, sein Zucken. Vielleicht wäre ich sogar bald so unbeherrscht wie er. Wenn ich doch bloß sein Urteilsvermögen besäße, dachte ich. Sollte ich ablehnen, Lisette zu empfangen? »Schicken Sie sie herein«, sagte ich schließlich und straffte die Schultern.

Sie sah älter aus, als ich erwartet hatte. Zwischen ihren Augen waren Unmutsfalten, die ihre starke Schminke nicht verdecken konnte. Sie sah wie eine *grisette** aus, dachte ich mit einem unerwarteten Gefühl des Mitleids … und der Schuld. Ich wusste, wie es Zofen erging, die ohne Zeugnis entlassen wurden, wusste, welche Möglichkeiten sie hatten.

»Madame«, sagte sie. Vier Jahre war es erst her, dass sie genauso nervös wie jetzt vor mir gestanden hatte. »Ich bin gekommen, um Sie um Vergebung zu bitten.« Sie senkte den Kopf, eine unterwürfige Geste, die genauso oberflächlich war wie ihre Worte.

»Vergebung ist eine ziemlich große Bitte.« Ich mochte das Gefühl nicht, das über mich gekommen war, die Erkenntnis, dass ich Macht hatte und sie nichts. »Sag mir, warum du gekommen bist«, sagte ich schließlich.

»Ich möchte heiraten, Madame – aber ich brauche dringend eine Mitgift.«

Aha, natürlich, sie war gekommen, weil sie Geld wollte. Einst, in einer vertrauensvolleren Zeit, hatte ich ihr eine Mitgift versprochen. »Du bist verlobt?«, fragte ich. Ich war zornig, aber auch voller Reue. Keiner von uns war ohne Schuld, wenn man es mit der Wahrheit genau nahm.

»Beinahe, Madame. Wenn ich eine Mitgift hätte, würde mich ein englischer Jockey heiraten, sagte er.«

»Würdest du dann nach England ziehen?«

»Ja, Madame.«

»Also gut.«**

Abends

Fouché ließ sich in einen Sessel am Feuer fallen. »Entmutigt, Bürger?«, fragte ich. Der Polizeiminister hatte gerade eine Besprechung mit Bonaparte gehabt.

* grisette: ein leichtes Mädchen

** Die Ehe scheiterte, und Lisette starb in erbärmlichen Verhältnissen.

»Ich gebe mich geschlagen. Wie es aussieht, war ich nicht erfolgreich in meinem Bemühen, den Ersten Konsul von der Durchführung seines Plan, die abscheuliche Sitte des Maskenballs wieder aufleben zu lassen, abzubringen.« Er verzog das Gesicht. »Die Zunft der Wäscherinnen hat sich durchgesetzt, wie ich leider sagen muss.«*

»In dieser Hinsicht werden Sie von mir leider keine Unterstützung erhalten.« Seit dem letzten Maskenball waren über sieben Jahre vergangen. In ganz Paris herrschte begeisterte Vorfreude, die Läden stellten Kostüme, phantasievolle Kreationen, in ihre Schaufenster. Farbenfrohe Seide zu kaufen war nicht mehr möglich. Wie es schien, wollte jeder als ägyptischer Gott, Mamelucke, Türke oder Haremstänzerin gehen. Ich selbst wollte als Schmetterling gehen. Und Bonaparte – den ich schließlich dazu überredet hatte, daran teilzunehmen – als Cäsar.

»Das überrascht mich nicht im Geringsten«, sagte Fouché und klopfte auf seine Schnupftabakdose. Hergestellt aus schwarzem und goldenem Email, passte sie genau zu seinem Rock – ein modisches Detail, das bei einem schlampigen Mann merkwürdig fehl am Platze wirkte. »Aber andererseits sind Sie ja auch nicht für die Sicherheit der braven Bürger von Paris verantwortlich.«

Er bot mir eine Prise Schnupftabak an. Ich lehnte ab. »Soll das etwa ein Vorwurf sein, Bürger Polizeiminister?«

Fouché ließ seine hübsche kleine Dose zuschnappen und in seine Tasche gleiten. »Den braven Bürgern von Paris Masken aufsetzen und ihnen für eine Nacht die Freiheit lassen, alles zu tun, was sie wollen, ohne dass es Konsequenzen hat?« Er zuckte mit den Schultern. »Nous verrons.«

* Die Zunft der Wäscherinnen, eine der mächtigsten in Paris, hatte sich wegen all der Waschaufträge, die durch die Feste entstanden, für die Rückkehr des Mardi Gras (Faschingsdienstag) eingesetzt und ihren Einfluss auf die Abgeordneten geltend gemacht.

»Du hast es Émilie nicht gesagt? Sie weiß von nichts?« Tante Désirée staubte zum dritten Mal in zehn Minuten ihre Porzellanfiguren ab.
»Meinst du, ich hätte es tun sollen?«, fragte ich und schaute aus dem Fenster in den Hof. Warum verspäteten sie sich? Es war Viertel nach drei. Lavalette und sein *ganz* besonderer Schützling – Émilies Vater und mein früherer Schwager, Vicomte François de Beauharnais – hätten schon vor fünfzehn Minuten hier sein sollen, eine volle Stunde bevor Émilie eintreffen sollte. Das Warten war unerträglich.
»Als ich dem Marquis erzählte, dass sein Sohn käme, hat ihn der Schock fast umgebracht. Stell dir nur vor, wenn François ohne Vorwarnung hereinspaziert wäre? Émilie ist anfällig, sie könnte …« Tante Désirée blinzelte, schniefte. »Ach Liebes, François ist noch gar nicht hier, und ich weine bereits!«
Ich führte sie zum Sofa und klingelte nach ihrem Mädchen, damit sie Hysteriewasser brachte. »Und das Riechsalz«, rief Tante Désirée und fächelte sich Luft zu. »Ich habe das Küchenmädchen heute Morgen eigens in die Apotheke geschickt, damit wir genügend davon haben. Oh!«, schrie sie, als die Türglocke läutete. »Das sind sie.« Mit angstvoller Miene.
»Setz dich, setz dich«, beruhigte ich sie, stieß sie aber praktisch wieder auf das Sofa zurück. »Du bleibst hier.«
»Ist meine Frisur in Ordnung?«
»Du hast nie hübscher ausgesehen«, versicherte ich ihr und eilte in die Diele, wo ich Lavalette vorfand, der einem Mann mittleren Alters aus seinem Rock half. Es war François, der zwar schwerer und merkwürdig altmodisch in seiner gepuderten Perücke aussah, aber trotzdem der vornehme, sanftmütige François war. Ohne Umschweife eilte ich zu ihm und nahm, gegen die Tränen ankämpfend, seine Hände in meine; er sah Alexandre so ähnlich.

»Rose?« Er nahm mich in die Arme. Es war schon … wie lange her? Sieben Jahre, seit er geflohen war? In diesen sieben schrecklichen Jahren war sein Bruder unter der Guillotine gestorben; waren der König und die Königin enthauptet worden; hatten wir eine Herrschaft des Terrors durchgemacht und nicht nur eine, sondern drei Republiken gegründet (bemüht, die richtige zu bekommen). Und ich hatte wieder geheiratet, einen Mann, der die Nation gerettet hatte, und das Königsschloss war nun mein Zuhause. »Du hast dich überhaupt nicht verändert«, sagte er und trocknete seine Augen.

»Fou Fou?«, schrie Tante Désirée in dem Moment auf, als François den Salon betrat, nannte ihn bei seinem Kindernamen. François beugte sich vor, um der Frau, die für ihn wie eine Mutter gewesen war, einen zärtlichen Kuss zu geben. »Du siehst so alt aus!«, rief sie und bekreuzigte sich. Und dann fing sie zu heulen an. »Es geht mir gleich wieder gut, keine Sorge, keine Sorge!«, rief sie und schnäuzte sich laut in ihr riesiges Taschentuch.

François half ihr hoch und nahm sie in die Arme. Sein Kopf ruhte auf ihren frisierten Haaren, er blinzelte und blinzelte und tätschelte verlegen ihren bebenden Rücken.

»Das reicht jetzt!«, sagte Tante Désirée und wich schniefend zurück. »So. Das wär's. Ich habe geweint, und jetzt ist Schluss damit. Komm, gehen wir zu deinem Vater, damit er nicht stirbt, bevor du auch nur die Treppe hoch bist. Wusstest du, dass wir mittlerweile verheiratet sind? Du darfst mich Maman nennen.«

»Maman«, wiederholte François gehorsam und lächelte mit zärtlicher Zuneigung.

Ich suchte Lavalettes Blick. »Émilie wird um vier hier sein«, flüsterte ich ihm zu und schaute kurz zur Uhr. Nur noch fünfzehn Minuten.

»Ich werde hier unten auf sie warten«, sagte er, setzte seinen

lächerlichen runden Hut ab und fuhr sich mit der Hand über den kahl werdenden Kopf. »Weiß sie es?«
Ich verdrehte die Augen, schüttelte den Kopf und lief die Treppe hinauf.
François stand auf dem Treppenabsatz vor der Tür seines Vaters, die Hand auf dem Glasknauf. »Désirée – *Maman* – hat mir gesagt, dass ich hier warten soll«, sagte er mit nervöser Stimme.
»Geh schon, geh schon«, sagte ich, packte ihn am Ellenbogen und drängte ihn hinein.

Das Zimmer roch nach Kräuteressig und Rosen.
»Vater?«, sagte François ein wenig ungläubig. Der geschrumpfte Mann in dem Federbett war nicht mehr der strenge Patriarch, den er gekannt hatte.
»Komm, wir warten unten«, flüsterte ich meiner Tante zu.
Der Marquis streckte seine zitternde Hand aus. François drückte die Finger seines Vaters an die Lippen. Sein Gesicht glänzte vor Tränen, und seine Unterlippe bebte unkontrollierbar.
Ich zupfte meine Tante am Ärmel. »Komm, wir lassen die beiden allein«, wiederholte ich. Offen gestanden wusste ich nicht, wie viel mein Gemüt noch ertragen konnte. Aber genau in diesem Augenblick hörte ich leichte Schritte auf der Treppe – Émilie?
Sie erschien in der Tür, den Schleier über dem Gesicht.
»François, hier ist jemand, der dich sehen möchte«, sagte Tante Désirée.
Émilie wollte rückwärts aus dem Zimmer, aber ihr Mann war hinter ihr – sie konnte nicht. »Habe keine Angst, Schatz«, sagte ich und griff nach ihrer Hand.
»Émilie?« Die Stimme ihres Vaters zitterte vor Rührung.
»Nun habe mal keine Angst«, sagte Tante Désirée. »Das ist dein Vater.«
François verbeugte sich mit aristokratischer Würde. Langsam hob Émilie den Schleier.

»Nun denn, das sind genug Tränen für heute!«, sagte Tante Désirée, öffnete das Fenster und atmete tief die kalte Luft ein. »Puh!«, rief sie aus und fächelte sich. »Puh.«

[Ohne Datum]

Ein herrlicher Tag in Malmaison. Ausgelassene Spiele mit den Kindern auf dem Rasen, Bonaparte lachte. Wir diskutierten (lautstark!), wer welche Rolle in dem Stück spielen sollte, das wir aufführen wollten (Corneilles *Mélite*). Und dann am Abend Schach vor dem Kaminfeuer, Bonaparte mogelte (oder versuchte es zumindest), die Kinder hänselten ihn lautstark! »Das darfst du nicht, Papa«, platzte Hortense missbilligend heraus.
Papa. Bonaparte lächelte, suchte meinen Blick. Er sah aus, als wäre er gerade gesegnet worden.

27. Februar

»Warum lachst du?« Bonaparte stand in einer schlecht drapierten weißen Toga und einer improvisierten Krone aus goldenen Blättern um die Stirn vor uns.
Ich versuchte, das Lachen, das in mir hochstieg, unter Kontrolle zu halten, aber es sprudelte ständig über und löste erst bei Hortense und dann bei Eugène einen Lachanfall aus. Bonaparte sah so ernst aus.
»Das war's. Ich gehe nicht«, sagte er und riss sich die Krone vom Kopf. Vier goldene Blätter flatterten zu Boden.
»Bonaparte, nein!« Wir sprangen alle protestierend auf. »Es ist perfekt«, versicherte ich ihm, und dann schlossen sich Hortense und Eugène an. »Mit deinen römischen Gesichtszügen, deinem Profil siehst du darin wie ein Held aus.«
Er betrachtete uns ausdruckslos. »Und was, wenn ich fragen darf, findet ihr dann so komisch?«

»*Wir* wissen, dass du Bonaparte bist«, sagte Hortense und hakte ihn lieb unter.
»Sonst niemand«, fiel Eugène ein.
»In dieser Verkleidung wird dich niemand erkennen«, versicherte ich ihm.

Natürlich wurde Bonaparte sofort erkannt. Im Ballsaal herrschte dichtes Gedränge, doch die Menge teilte sich ehrfurchtsvoll, als er erschien. (Glücklicherweise lachte niemand.)
Ich ergriff seine Hand – sie war feucht. Menschenmengen machten ihn nervös, wie ich wusste. Vielleicht hatte er Recht, vielleicht war es ein Fehler gewesen, dachte ich. Ich blickte über die Schulter. Roustam, gekleidet wie immer, war nicht weit hinter uns.
»Ist das Émilie?«, fragte ich Hortense und nickte zu einer jungen Frau in einem mittelalterlichen Gewand und einem Schleier vor dem Gesicht. Sie stand mit ihrem Mann Lavalette (ein Ritter) und einem anderen Mann zusammen, den ich zunächst nicht unterbringen konnte. Ihr Vater François, wurde mir plötzlich klar, im Kostüm eines Revolutionärs mit langer Hose, kurzer Jacke und Jakobinermütze.
»Und ist das nicht Tante Désirée?«, fragte Eugène.
»Ich fasse es nicht«, sagte ich. Tante Désirée, unpassend als Zigeunerin kostümiert, saß neben dem alten Marquis, der seinen alten (sehr alten!) Hut aus seiner Zeit als Marinekommandant aufhatte.
»Da ist Caroline, mit Murat«, sagte Hortense.
»Ah!« Der Wikinger und die Bauchtänzerin – die sich tief in die Augen schauten. (Wer hätte gedacht, dass sich ein raubeiniger Soldat wie Murat so unsterblich in ein Mädchen wie Caroline verlieben würde – seine *Frau*?)
Ein Mann mit schwarzer Kapuze erschien vor uns: Fouché als Tod verkleidet. »Ich bleibe ganz in der Nähe«, versicherte er uns.

»Wie tröstlich«, sagte ich.
Auf einmal gab es hektische Aufregung an der Tür, heisere Jubelrufe, rüdes Gejohle. Vier als Waldnymphen verkleidete Frauen hatten ziemlich theatralisch den Saal betreten, ihre kurzen Tuniken (durchsichtig über fleischfarbenen Hemden, sodass sie nackt aussahen) endeten an den Knien.
»Maman!«, zischte Hortense. »Das ist Bürgerin Tallien – mit entblößten Beinen.« Sie wandte entsetzt den Blick ab.
Meine Ehrenjungfrauen! Gefolgt von Fortunées blinzelndem Ehemann Hamelin (als venezianischer Gondoliere kostümiert) und einem hübschen kleinen Mann im Narrenkostüm – Hauptmann Charles? Eine als Hure verkleidete alte Frau klammerte sich an seinen Arm. Die reiche, alte Madame Montaniser.
Bonaparte wandte sich an Fouché. »Diese Frauen sind halb nackt. Das kann nicht zugelassen werden.«
»Ich werde mich darum kümmern«, sagte Fouché.
Gleich würde der Contredanse beginnen. »Nein, warten Sie.« Ich packte Fouché am Ärmel. »Ich werde mit ihnen reden.«
Thérèse umarmte mich mit ausgebreiteten Armen. »Ich muss dir etwas sagen.« Ich zog sie in den Alkoven. Wie sollte ich es bloß erklären? »Es gibt da ein kleines Problem.« Ich holte tief Luft. »Bonaparte macht sich Sorgen um die … Kleidung.« Die *fehlende* Kleidung. »Daher…« Ich schluckte. »Daher ist es vielleicht das Beste, wenn du gehst, du und die anderen.«
»Aber wir sind doch gerade erst gekommen.« Sie musste die Stimme erheben, damit ich sie hörte.
Ich schnitt eine Grimasse. »Ich fürchte, dass ihr dazu aufgefordert werdet – von der Polizei –, wenn ihr nicht geht.« Am Rande der Tanzfläche erschien ein hoch gewachsener Mann, die Hand auf dem Kreuz. Er trug eine Maske – das Gesicht von Lazare Hoche. Ich presste die Hand ans Herz.
»Wir haben doch nichts Unrechtes getan«, sagte Thérèse.

Der Mann mit der Maske drehte sich um und sah mich an, dann verschwand er in der Menge.
»Es hat etwas mit ... Veränderungen zu tun«, sagte ich, mein Herz pochte wild gegen meine Rippen. War es derjenige, der es, wie ich befürchtete, sein könnte? »Neue Maßstäbe setzen.« Und persönliche Opfer bringen. Ich spürte, wie sich meine Augen füllten. Ich schluckte, atmete vorsichtig ein. Ich wollte meine Schminke nicht verschmieren. »Thérèse, bitte, verstehst du denn nicht?« Die Musiker begannen zu spielen. »Die Zeit der Legenden ist vorüber, und die Regentschaft der ...« Ich blinzelte, um die Tränen zurückzuhalten. Die Regentschaft der Geschichte, hatte ich sagen wollen.
»Hör zu«, sagte sie und nahm meine Hand, »ich verstehe schon. Ich weiß, dass es nicht leicht ist.« Sie küsste mich auf die Wangen. »Ich werde es den anderen ...«
Aber sie wurde von Fortunée Hamelin unterbrochen, deren Stirn glänzte und deren nackten Brüste wogten. »Ist das nicht wundervoll? Parbleu, was für ein Fest, Thérèse. Ouvrard verlangt nach dir. Wir brauchen noch einen, um eine Gruppe zu bilden. Ich *liebe* dein Kostüm, Joséphine.« Fortunée packte Thérèses Hand und zog sie in das Meer der Feiernden.
Ich stand einen Augenblick mit dem Rücken an einem Pfeiler da und betrachtete das festliche Getümmel. Mir war schwindlig vom Druck der Menschenmenge, den beunruhigenden Kostümen, den kalten Augen hinter den Masken.
»Madame Bonaparte, gehen Sie mir ja nicht wieder verloren.«
»Oh, Sie sind es, Fouché.« Er schlich sich immer so heran.
»Sie sollten etwas wissen.« Er war vielleicht die einzige nüchterne Person im Saal – mit Ausnahme meines Mannes. »Paul Barras ist hier. Ich empfehle Vorsicht.«
Ich nickte. Ich wusste es schon.
»Er trägt eine Maske, das dem Gesicht von General Lazare Hoche ähnlich sieht.«

Fouché brachte mich zum Haupttisch. »Ah, da bist du ja.« Bonaparte war verärgert: Der junge Jérôme, bereits betrunken, hatte einen von Paulines Liebhabern zum Duell gefordert. Er nahm meine Hand. Sein trauriges, ernstes Gesicht war irgendwie ein wohltuender Kontrast zu der außer Rand und Band geraten Fröhlichkeit um mich herum. »Warum zitterst du?«, fragte er. Ich hörte eine Frau laut lachen. Ich schaute über die Schulter zurück. Hauptmann Charles jonglierte für Madame Montaniser mit Bällen. »Hast du mit Thérèse gesprochen?« Bonaparte presste meine Finger an die Lippen.

Ich nickte und blinzelte, um die Tränen zurückzuhalten. Wir hatten nur uns beide, stellte ich fest. Aber es genügte. Ja, es war sogar sehr viel.

»Was hast du ihr gesagt?«

»Ich sagte ihr, dass sich alles verändert hätte.« Es hatte sich wirklich alles verändert.

»Konsul«, unterbrach Fouché, »ich wurde gerade darüber informiert, dass die Musiker beabsichtigen, *Chant au départ* zu spielen. Ich denke, Sie sollten …« Aber er hatte die Worte kaum ausgesprochen, als auch schon die Eröffnungsakkorde angestimmt wurden. Alle jubelten plötzlich: *Vive Bonaparte! Frieden mit Bonaparte!*

»Ich denke, dass Sie auf der Tribüne sicherer wären, Konsul.« Bonaparte griff nach meiner Hand und neigte den Kopf in Richtung der Tribüne.

»Ich?«

»Ich will dich an meiner Seite haben.«

Fouché drängte sich zur Treppe durch, Bonaparte und ich segelten in seinem Kielwasser. Als wir auf der Tribüne erschienen, brandete Jubel auf. *Vive Bonaparte!*

Über die Köpfe der Menge hinweg sah ich im Hintergrund neben den Doppeltüren ein Handgemenge. Vier Gendarme es-

kortierten den Mann mit der Hoche-Maske hinaus: Père Barras. Meine Kehle schnürte sich zusammen.
Der Lärm wurde lauter und heftiger. Irgendjemand hatte die *Marseillaise* angestimmt. Die Wände des Ballsaals schienen von den donnernden Jubelrufen zu beben: *Vive Bonaparte! Vive la République! Die Revolution ist vorüber!*
Ich sah Joseph und Lucien Bonaparte, als Piraten kostümiert, an einem Pfeiler stehen. Ich verbeugte mich zu ihnen. (Schadenfroh: Ja! Ich gebe es zu.) Dann spürte ich, dass jemand an meinen Saum zupfte. Es war Mademoiselle Malesherbes, meine süße, kleine Bittstellerin, als Veilchen kostümiert. Ihre Großmutter, Comtesse de Malesherbes (mit einem Narrenhut auf dem Kopf), saß zusammengesunken in einem Behindertenstuhl neben ihr. »Consulesse Bon à Parté.« Das Mädchen musste schreien, um gehört zu werden. »Meine Großmutter lässt ihnen sagen: *Lang lebe der Barmherzige Engel.*«
Ich lächelte und winkte der Comtesse zu, die mit zahnlosem Grinsen Beifall klatschte.
Ich entdeckte François in der Menge, der bei einer Venusstatue stand, den einen Arm um die Schultern seiner Tochter gelegt. Leutnant Lavalette stand wie ein Zerberus hinter ihnen. Er beugte sich hinunter, um etwas zu seiner Frau zu sagen. Émilie hob den Schleier und lächelte.
In diesem Augenblick bemerkte ich Thérèse an der Rückseite des Ballsaals, die gerade hinter Fortunée Hamelin, Minerva und Madame de Crény zu den großen Doppeltüren hinausging. Meine Ehrenjungfrauen! Thérèse warf mir eine Kusshand zu und winkte zum Abschied. »Ahr-ri-we-der-tschi!«, hörte ich Fortunées Mann Hamelin brüllen, als sich die Türen hinter ihnen schlossen.
Die Zeit der Legenden ist vorüber …
Und dann auf einmal konnte ich seltsamerweise noch die fröhlichen Gesichter sehen, aber die Rufe nicht mehr hören. Und

genau in diesem Augenblick sah ich sie wieder, in den Schatten hinter den beiden Pfeilern: dieses Gesicht, dieser zusammengepresste Kiefer, diese weiße Rüschenhaube.

Ich berührte Bonapartes Arm und konnte wieder hören. Das Tosen in meinen Ohren vermischte sich mit Jubelrufen. *Die Revolution ist vorüber! Vorüber! Vorüber!*

»Lang lebe der Barmherzige Engel!« Das Mädchen kippte den Stuhl ihrer Großmutter nach hinten und wirbelte ihn herum. Die alte Frau lachte meckernd.

»Verbeuge dich«, wisperte Bonaparte und drückte meine Hand.

Ich verbeugte mich, und großer Jubel brandete auf. Ich spähte zu Bonaparte. Galt er *mir*?

»Sie lieben dich«, sagte er.

Uns, wie mir bewusst wurde.

Er reckte meine Hand in die Höhe. Wir verbeugten uns vor der jubelnden Menge.

Die Zeit der Legenden ist vorüber … die Regentschaft der Geschichte hat begonnen.

Anhang

Chronologie

9. März 1796	Napoléon und Joséphine heiraten.
11. März	Napoléon verlässt Paris, um den Oberbefehl über die italienische Armee zu übernehmen.
12.–22. April	Napoléon beginnt seinen italienischen Feldzug: sechs Siege.
Mai	Barras kauft Grosbois.
20. Juni	Désirée Renaudin und Marquis de Beauharnais heiraten.
26. Juni	Joséphine verlässt Paris, um zu Napoléon nach Italien zu reisen.
13. Juli	Joséphine trifft Napoléon in Mailand.
31. Juli	Joséphine gerät unter Kanonenfeuer.
15.–17. November	Napoléon siegt in der Schlacht von Arcole.
Ende Dezember	Napoléons Schwester Pauline trifft in Mailand ein.
8. März 1797	Thérèse reichte gegen Tallien die Scheidung ein, die anschließende Versöhnung resultiert in einer Schwangerschaft.
18. April	Siegreich zwingt Napoléon die Österreicher, einem Friedensabkommen zuzustimmen.
Mai	Joséphine und Napoléon ziehen für die heißen Sommermonate ins Schloss Mombello.

20. Mai	General Pichegru, ein mutmaßlicher Mittelsmann der Royalisten, wird zum Präsident des Rates der Fünfhundert gewählt.
1. Juni	Napoléons Mutter, zwei Schwestern und ein Bruder kommen nach Mombello, wo Pauline und Elisa heiraten.
18.–22. Juli	Barras überredet Lazare Hoche, Truppen in die Nähe von Paris zu verlegen. Als sie entdeckt werden, wird Hoche angeklagt und verlässt Paris als in Ungnade gefallener Mann.
Sommer	Eugène stößt zu Napoléons Stab in Italien.
4. September	»Journée du 18 Fructidor«, angeführt von Barras. Dreiundfünfzig Deputierte, mutmaßliche Royalisten, werden verhaftet.
19. September	Hoche stirbt in Wetzlar, Deutschland.
17. Oktober	Napoléon und die Österreicher unterzeichnen den Vertrag von Campo-Formio. Eugène bringt die Nachricht über den Vertrag nach Venedig, Korfu und Rom.
16. November	Napoléon verlässt Mailand und reist über Rastatt, wo der Vertrag ratifiziert wird, nach Paris zurück.
20. Dezember	Thérèses und Talliens Kind stirbt bei der Geburt.
2. Januar 1798	Joséphine kehrt nach Paris zurück.
3. Januar	Talleyrand gibt einen Ball zu Ehren Napoléons.
22. Januar	Eugène trifft wieder in Paris ein.

5. März	Die Direktoren genehmigen Napoléons Plan, in Ägypten einzumarschieren.
16. März	Napoléon und Joseph beschuldigen Joséphine, an der Firma Bodin beteiligt zu sein.
4. Mai	Joséphine und Napoléon reisen nach Toulon, von wo die Flotte nach Ägypten aufbrechen wird.
18. Mai	Émilie und Lavalette heiraten.
19. Mai	Die Flotte segelt ohne Joséphine von Toulon ab.
14. Juni	Joséphine trifft in dem Gebirgskurort Plombières ein, wo sie sich einer Behandlung gegen Unfruchtbarkeit unterzieht.
20. Juni	Joséphine fällt von einem Balkon und ist schwer verletzt.
21. Juli	Napoléon siegt in der Schlacht bei den Pyramiden.
24. Juli	Napoléon zieht im Triumph in Kairo ein.
27. Juli	Eugène schreibt an Joséphine aus Ägypten, dass Napoléon verdächtige Details über Hauptmann Charles und Joséphine zugetragen wurden. Napoléon schreibt in ähnlicher Weise an Joseph. Beide Briefe werden von den Briten abgefangen.
1. August	Die französische Flotte wird in der Schlacht vom Nil in Abukir von den Briten zerstört.
16. September	Joséphine trifft wieder in Paris ein.
24. November	Im *London Morning Chronicle* wird eine

	Anspielung auf den Inhalt der Briefe von Eugène und Napoléon veröffentlicht.
Dezember	Gerüchte über Napoléons Tod.
19. März 1799	Napoléon und Eugène werden bei der Belagerung von St.-John-d'Arce verwundet, Eugène schwer.
21. April	Joséphine kauft Malmaison.
Juni	Gegen die Firma Bodin werden Ermittlungen eingeleitet.
9. Oktober	Napoléon segelt in den Hafen von Fréjus an der französischen Riviera.
13. Oktober	Joséphine und Hortense brechen im Morgengrauen auf, um Napoléon entgegen zu fahren. (Sie verfehlen ihn.)
16. Oktober	Napoléon und Eugène treffen in Paris ein.
18. Oktober	Joséphine und Hortense treffen wieder in Paris ein. Bonaparte hat Joséphine ausgesperrt. Versöhnung.
9.–10. November	»Coup d'État du 18 Brumaire«. Napoléon wird Erster Konsul.
12. November	Napoléon und Joséphine ziehen ins Palais Luxembourg um.
1. Februar 1800	Thérèse bringt ein Mädchen zur Welt, gezeugt von Ouvrard.
18. Februar	Die Ergebnisse der Wahl zur neuen Verfassung werden verkündet: 3.011.007 Ja-Stimmen, 1.526 Nein-Stimmen.
19. Februar	Begleitet von Feierlichkeiten ziehen Napoléon und Joséphine in die Tuilerien um.

Namen und Personen

Agathe: Joséphines Küchenmagd
Junot Andoche: einer von Napoléons Adjutanten
Antoine: der Kutscher
Barras, Paul: einer der Direktoren; Joséphines Freund und Mentor
Alexandre Beauharnais: Joséphines erster Mann; während des Terrors unter der Guillotine gestorben
Émilie Beauharnais: Joséphines Nichte
Eugène Beauharnais: Joséphines Sohn
Hortense Beauharnais: Joséphines Tochter
Marquis de Beauharnais: der Vater von Alexandre, Joséphines erstem Mann, und François, Émilies Vater
Hugo und Louis Bodin: Joséphines Geschäftspartner
Caroline (Maria-Anunziata) Bonaparte: Napoléons jüngste Schwester
Elisa (Maria-Anna) Bonaparte: die älteste von Napoléons Schwestern: verheiratet mit Félix Bacchiochi
Jérôme (Girolamo, Fifi) Bonaparte: Napoléons Bruder, der Jüngste seiner Geschwister
Joseph (Giuseppe) Bonaparte: Napoléons älterer Bruder, verheiratet mit Julie Clary
Letizia Bonaparte: Napoléons Mutter
Louis (Luigi) Bonaparte: Napoléons jüngerer Bruder, den er wie einen Sohn aufzog
Lucien (Lucciano) Bonaparte: Napoléons hitziger jüngerer Bruder

Pauline (Maria-Paola, Paganetta) Bonaparte: Napoléons schöne und temperamentvolle jüngere Schwester
Botot, François: Barras' Sekretär
Fauvelet Bourienne: Napoléons Sekretär
Bruno: Barras' Diener
Callyot: Joséphines Koch
Minerva (Madame de Châteaurenaud): eine der Ehrenjungfrauen
Julie Clary: Josephs stille Frau
Fesch: Bonapartes (angeheirateter) Onkel
Fortuné: Joséphines erster Mops
Fouché, Joseph: Joséphines Freund, begabter Geheimagent
Gontier: Joséphines Diener
Fortunée Hamelin: eine der Ehrenjungfrauen
Charles, Hauptmann Hippolyte (»Hellwach«): Joséphines enger Freund und Geschäftspartner
Adélaïde Hoche: Lazare Hoches junge Frau
Père Hoche: Lazare Hoches Vater
Igor: Barras' Papagei
Lazare (Lazarro) Hoche: Joséphines ehemaliger Geliebter
Lavalette: einer von Napoléons Adjutanten
Lisette (Louise) Compoint: Joséphines Kammerzofe
Mimi: Joséphines Jugendfreundin, eine Mulattin aus Martinique
Mops: Joséphines zweiter Mops
Moustache: Napoléons Kurier
Napoléon (Napoléone in Italien): Joséphines Mann
Ouvrard: ein Finanzgenie
Pegasus: Eugènes Pferd
Désirée Renaudin: Joséphines Patin und Tante; sie lebt mit dem Marquis zusammen
Talleyrand, Charles-Maurice: ein ehemaliger Bischof, einige Zeit Außenminister, immer einflussreich

Tallien, Lambert: Thérèses Mann
Thérèse (Tallita, »Amazone«) Tallien: Joséphines engste Freundin, eine der Ehrenjungfrauen
Toto: Barras Zwergwindhund

Literaturauswahl

In Ergänzung zu mehreren hundert Nachschlagewerken und allgemeinen Lehrbüchern war ich beim Schreiben von *Tales of Passion, Tales of Woe* zum größten Teil auf die folgenden Bücher angewiesen. Diejenigen Titel, die ich Lesern empfehle, die mehr über Joséphine und die napoleonische Ära wissen möchten, habe ich mit einem Stern markiert.

ALLISON, ALFRED: *The Days of the Directoire*. John Lane The Bodley Company, New York, 1910

AULARD, A.: *Paris pendant la Réaction Thermidorienne.* Vol. 3-5. Maison Quantin, Paris, 1902

AULARD, A.: *Paris sous le Consulat*. Vol. 1. Maison Quantin, Paris, 1903

BARRAS, PAUL: *Memoirs of Barras, Member of the Directorate*. Vol. 1-4. Harper & Brothers, London, 1895 (Übersetzung)

BERNARD, J. F.: *Talleyrand, A Biography*. G. P. Putnam's Sons, New York, 1973

BONAPARTE, NAPOLÉON: *Letters and documents of Napoléon*. Vol. 1: *The Rise of the Power*. The Cresset Press, London, 1961 (Übersetzung)

BONNECHOSE, EMILE DE: *Lazare Hoche*. Willing & Williamson, Toronto, 1881 (Übersetzung)

BOURIENNE, LOUIS ANTOINE FAUVELET DE: *Memoirs of Napoléon Bonaparte*. Vol. 1-4. Charles Scribner's Sons, New York, 1892 (Übersetzung)

* BRUCE, EVANGELINE: *Napoleon and Josephine*. The Improbable Marriage. Scribner, New York, 1995 (deutsche Sonderausgabe unter dem Titel »Napoleon und Josephine« bei Scherz, Bern, München, Wien, 1998)

CATINAT, MAURICE, BERNARD CHEVALLIER, CHRISTOPHE PINCEMAILLE (eds): *Impératrice Joséphine: Correspondance, 1782–1814*. Histoire Payot, Paris, 1996

CERF, LÉON (ed.): *Letters of Napoléon to Joséphine*. Brentano's, New York, 1931

* CHEVALLIER, BERNARD, CHRISTOPHE PINCEMAILLE: *L'impératrice Joséphine*. Presse de la Renaissance, Paris, 1988

COLE, HUBERT: *Fouché. The Unprincipled Patriot*. Eyre & Spottiswoode, London, 1971

* COLE, HUBERT: *Joséphine*. Heinemann, London, 1962

COLE, HUBERT: *The Betrayers: Joachim and Caroline Murat*. Eyre Methuen, London, 1972

* CRONIN, VINCENT: *Napoleon*. Collins, London, 1971

DUPRE, HUNTLEY: *Lazare Carnot: Republican Patriot*. Porcupine Presse, Philadelphia, 1975

GOODSPEED, D. J.: *Bayonets at Saint Cloud: the Story of the 18th Brumaire*. Macmillan, Toronto, 1965

* HORTENSE, QUEEN: *The Memoirs of Queen Hortense*. Vol. 1-2. Cosmopolitan Book Corporation, New York, 1927 (Übersetzung)

HUBERT, GÉRARD: *Malmaison*. Editions de la Réunion des musée nationaux, Paris, 1989

* KNAPTON, ERNEST JOHN: *Empress Josephine*. Harvard University Press, Cambridge (Massachusetts), 1963

MARKHAM, FELIX: *Napoleon*. New American Library, New York, 1963

MOSSIKER, FRANCES: *Napoleon and Josephine. The Biography of a Marriage*. Simon and Schuster, New York, 1964

* OMAN, CAROLA: *Napoleon's Viceroy: Eugène de Beauharnais*. Funk and Wagnalls, New York, 1966

SAINT-AMAND, IMBERT DE: *Citizeness Bonaparte*. Charles Scribner's Sons, New York, 1899

SOREL, ALBERT: *Bonaparte et Hoche en 1797*. Librairie Plon, Paris, 1896

TOURTIER-BONAZZI, CHANTAL DE (ed.): *Napoléon lettres d'amours à Joséphine*. Fyard, Paris, 1981

Woronoff, Denis: *The Thermidorian Regime and the Directory 1794–1799*. Cambridge University Presse, Cambridge, 1984 (Übersetzung)

Anmerkungen

Dieser Roman erstreckt sich über die umstrittensten Jahre in Joséphines Leben. Wenn sie das hat, was man einen schlechten Ruf nennen würde, dann beruht er zum größten Teil auf ihrem Lebenswandel in diesen viereinhalb Jahren – oder besser, auf ihrem Lebenswandel, wie er von zahlreichen Historikern beschrieben wird. Als ich über Joséphine zu arbeiten begann, ging ich davon aus, dass diese skandalösen Geschichten über sie der Wahrheit entsprächen. Im Laufe jahrelanger Nachforschungen und Unterredungen habe ich meine Meinung jedoch allmählich geändert. Die allgemein anerkannte Version von Joséphines Leben ist mir durchaus geläufig. Mir ist auch bewusst, dass dieser Roman eine Sicht von ihr zeigt, die einzigartig in der Literatur ist. Ich hege die Hoffnung, dass eines Tages eine Studie über Joséphine in Angriff genommen wird, die die Primärquellen nochmals überprüft, und dass dann die Gerüchte um sie neu überdacht werden.

Folgende Auszüge stammen aus authentischen Dokumenten: sämtliche Briefe von Napoléon; das Menü eines Abendessens bei Direktor Barras auf Seite 75; der Brief von Hoche, den Eugène auf Seite 176 zitiert; Dr. Martinets medizinischer Bericht auf Seite 288; der Artikel aus dem *London Morning Chronicle* auf Seite 310; der Brief, den Eugène an Joséphine auf Seite 312 schreibt; Bürger Chanoriers Brief bezüglich Malmaison auf Seite 318; die von Hortense geschriebene Partitur auf Seite 444; die verschiedenen Zitate aus Jean Astrucs *Eine Abhandlung über alle Krankheiten, die mit Frauen verbunden sind* und aus anderen

medizinischen Büchern. Zu beachten ist ebenfalls, dass die Prophezeiung, Joséphine würde Kaiserin von Frankreich sein, bereits 1797 erwähnt wird, lange bevor sie 1804 gekrönt wird.
Aufmerksame Leser werden bemerkt haben, dass das Kind Hoche in den frühen Auflagen von *Joséphine* ein Junge war, in *Tales of Passion, Tales of Woe* dagegen ein Mädchen ist. Bei den Recherchen zu diesem Roman habe ich meinen Irrtum bemerkt.
Bezüglich der Währung: Es ist schwierig, den Wert eines Franc in dieser Periode der französischen Geschichte zu bestimmen. Vor der Revolution ordnen Schätzungen den Wert eines Franc (damals ein »livre« genannt) irgendwo zwischen 1,25 und 4,50 amerikanische Dollar ein. In der Zeit nach dem Terror war die Wirtschaft instabil, und die Inflation nahm rasant zu. Im Jahr 1795 zum Beispiel, dem Jahr vor der Heirat von Napoléon und Joséphine, konnte ein Laib Brot die horrende Summe von 1.400 Francs und ein Fass Kartoffeln 17.000 Francs kosten.

Danksagungen

Zeitweise kam die Entstehung dieses Romans einer Teamarbeit gleich. Obwohl ich bei meiner Arbeit auf mich gestellt war, kam mir das kollektive Wohlwollen zahlreicher Personen zugute. Vor allem möchte ich meiner Lektorin und Verlegerin Iris Tulphome meinen Dank aussprechen für die stundenlangen kreativen Brainstormings, für ihre übersprudelnde gute Laune, ihre wertvollen Ratschläge und genialen Vorschläge. Dank auch an Karen Hanson von HarperCollins Canada für ihre sorgfältige Überprüfung, an Valerie Applebee, die sich anbot, im Lektorenteam mitzuwirken, an Becky Vogan für ihren feinfühligen letzten Schliff, und an Maja Mavjee für ihr redaktionelles Feedback in den Anfangsphasen. Herzlichen Dank an Carol Shields, die eng am ersten Entwurf mitgewirkt hat, für ihre Unterstützung und ihren Scharfsinn.

Eine Reihe von Lesern hat in verschiedenen Phasen mit unschätzbaren Informationen reagiert: Peggy Bridgland, Janet Calcaterra, Thea Caplan, Fiona Forster, Dorothy Goodman, Marnie MacKay, Jenifer McVaugh, Carmen Mullins, Sharon und Bob Zentner. Zwei Buchclubs nahmen sich die Zeit, einen Entwurf dieses Romans zu lesen und gemeinsam darüber zu diskutieren. Ich möchte den Mitgliedern des Scarborough Book Club IV in Calgary, Alberta, und des Chapters 110 Bloor S. Book Club in Toronto, Ontario, für ihre Erkenntnisse danken.

Eine Reihe von Männern und Frauen half mir bei meinen Recherchen vor Ort. Prof. Egmont Lee steuerte die Information bei, die ich brauchte, um Mombello nördlich von Mailand ausfindig zu machen. Maurice Moncet war so liebenswürdig, Grosbois (heute ein Museum) nach den Öffnungszeiten noch einmal zu öffnen und mir eine Privatführung zu gewähren. Ebenfalls möchte ich den vielen Personen danken, deren Namen ich nicht kenne und die keine Mühe scheuten, um mir zu helfen: der Hausmeister, der mich in Mombello (heute eine Schule) herumführte; der Hausmeister, der mir Joséphines Räume im Serbolloni-Palast (heute Dienststellen der Regierung) zeigte; die Männer und Frauen in Plombière-les-Bains, die mich begeistert verschiedener Wasserbehandlungen unterzogen.

Ebenso möchte ich Marc Sebanc für seine Hilfe bei den lateinischen Übersetzungen danken wie auch Simone Lee und ihrer Mutter, Prof. Valerie Lee, für die Hilfe im Italienischen sowie Translingua an der Universität von Ottawa (insbesondere Christine Hug) für die Hilfe im Französischen.

Ein ganz besonderer Dank an meine beiden historischen Berater, Dr. Margret Chrishawn und Dr. Maurice Catinat, die großzügig ihre Zeit und ihr Wissen zur Verfügung stellten.

Romanideen kommen von fern und nah. In meiner Gemeinde möchte ich ganz besonders Christina Anderman für ihre Geistergeschichte und Fran Murphy für ihre Papageienerzählungen danken. Jim und Tish Smith bewahrten einen Stapel alter medizinischer Bücher für mich auf, die mich zu eingehenderen Studien anregten. Chaz Este tauchte vor meiner Tür mit einem wunderschönen Buch über Inneneinrichtungen im achtzehnten Jahrhundert auf, das er mir bereitwillig »unbegrenzt lange« lieh.

Ich möchte auch meinen Lesern danken, insbesondere Lady Cory, die ständig fragte: »Wann erscheint es?« Für die seelische Unterstützung Dank an WWW (Wilno Woman Writers), an meine Humber-Gruppe und an die im Internet schreibenden

Freunde. Mein innigster Dank gilt jedoch meiner Familie: meinem Sohn Chet, meiner Tochter Carrie und insbesondere meinem Mann Richard. Ohne ihre Unterstützung, sowohl tatkräftig als auch seelisch, hätte ich dieses Buch nicht schreiben können.

Band I der Joséphine-Trilogie

Was die Wahrsagerin der vierzehnjährigen Rose, Tochter eines verarmten Plantagenbesitzers auf Martinique, für die Zukunft voraussagt, ist umwerfend, aber zugleich auch völlig unglaubwürdig, wenn nicht sogar lachhaft. Rose soll die Frau eines Kaisers werden. Dabei ist sie doch völlig mittellos, ohne vornehme Erziehung und durch einen Ozean von der glanzvollen Welt der Kaiser und Könige getrennt.

Doch tatsächlich erzählt die Historie die Geschichte von Rose, die durch die Vermittlung ihrer Tante Désirée in eine reiche aristokratische Familie in Paris einheiratet. Nach einer unglücklichen Ehe mit Alexandre de Beauharnais bleibt Rose als Witwe mit zwei Kindern in den Wirren der Französischen Revolution zurück. Getrieben von dem Wunsch zu überleben, flüchtet sie sich in die Obhut des korrupten Barras, dem mächtigsten Mann Frankreichs. Und es ist seine Idee, daß Rose sich mit dem merkwürdigen kleinen Korsaren anfreundet, dem Mann, der Rose zu Joséphine und zur Frau von Napoléon Bonaparte werden läßt.

Die Autorin entwirft in ihrem Roman nicht nur ein fesselndes Panorama dieser Epoche, sondern sie zeichnet einfühlsam und zugleich kraftvoll das außergewöhnliche Schicksal einer faszinierenden und eigenwillig starken Frau nach.

Sandra Gulland wuchs im kalifornischen Berkeley auf, wo sie auch studierte. 1970 ging sie nach Kanada und arbeitete als Lehrerin und Lektorin. Mit ihrer Romantrilogie um Joséphine, für die sie jahrelang intensive Quellenstudien betrieb, hat sich Sandra Gulland ihren Platz unter den großen Autorinnen historischer Unterhaltungsromane gesichert. Die Autorin ist verheiratet und hat zwei erwachsene Töchter.

Unsere Adresse im Internet: www.fischerverlage.de

Sandra Gulland

Joséphine

Roman

Aus dem Amerikanischen
von Sigrid Gent

Fischer Taschenbuch Verlag

Sandra Gulland
Die Joséphine-Trilogie
Band I: ›Joséphine‹

Veröffentlicht im Fischer Taschenbuch Verlag,
einem Unternehmen der S. Fischer Verlag GmbH,
Frankfurt am Main, November 2004

Die amerikanische Originalausgabe erschien 1995
unter dem Titel ›The Many Lives & Secret Sorrows of Josephine B.‹
im Verlag HarperCollins Publishers, Inc., Toronto

Lizenzausgabe mit Genehmigung des
Wolfgang Krüger Verlags, Frankfurt am Main

Gesamtherstellung: Clausen & Bosse, Leck
Printed in Germany
ISBN 3-596-16330-7

Für Richard, der keine Ruhe ließ

… die Geister unserer Zukunft
sind unberechenbar
und nicht zu beeinflussen.

Wendy Rose,
aus »The Fifties«

1
Mademoiselle

Mir wird eine außergewöhnliche Zukunft vorausgesagt

23. Juni 1777 – Trois-Ilets, Martinique

Heute bin ich vierzehn geworden und immer noch nicht verheiratet. Ohne Mitgift, welche Hoffnung besteht da schon? Mutter sagt, der Wind packt die Hoffnung und schleudert sie hoch in den Himmel, so wie der große Wind unser Haus gepackt und hochgeschleudert und an seiner Stelle nichts als Schulden hinterlassen hat.
Oh, welch düstere Stimmung hat mich ergriffen. Sollte einem die Feier des eigenen Geburtstages nicht Vergnügen bereiten? Nach dem Essen, nach dem Verzehr von zu vielen Beignets mit Guavegelee, verabschiedete ich mich und kletterte zu meinem Platz im Kapokbaum hinauf. Im Schatten der Blätter war es kühl. Ich konnte Großmutter Sannois und Mutter hören, wie sie sich im Salon zankten, den Singsang der Sklaven, während sie in der Mühle die Zuckerrohrstangen durch die Walzen schoben, ein Huhn, das in den Geißblattbüschen scharrte. Ich kam mir seltsam vor dort oben – verfangen im Trübsinn über mein glückliches Leben starrte ich hinaus auf meine Welt.
Der Voodoo ist schuld daran, ganz sicher, das bitter schmekkende *Quimbois*, das mir Mimi heute morgen zu trinken gab, ein geheimer Zaubertrank. »Etwas, was *manbo* Euphémie für dich gemacht hat«, flüsterte sie. Sie hatte sich ein rotgelbes Tuch fest um den Kopf geknotet.
»Euphémie David – die Wahrsagerin?« Die Obifrau, die Voodoopriesterin, die in der Hütte flußaufwärts lebte.

Mimi drückte mir die Kokosnußschale in die Hände. »Das wird dir einen *Mann* bringen.«
Ich beäugte die Flüssigkeit mißtrauisch, denn sie roch abscheulich.
»Schnell!« Sie spähte über ihre Schulter. Denn Mutter ist gegen Voodoo. Mutter sagt, daß der Teufel durch die Münder der Voodoogeister spricht. Mutter sagt, daß der Teufel nach Mädchen wie mir hungrig ist. Mutter sagt, daß der Teufel ihr zu viele Mädchen gesandt hat und danach giert, eines zurückzubekommen.
Hier ist also das Bekenntnis Nummer eins, niedergeschrieben in meinem neuen Tagebuch, das mir meine wundervolle Tante Désirée den ganzen weiten Weg von Paris hierher geschickt hat: Ich habe einen Zaubertrank getrunken, und ich werde Mutter nichts davon erzählen. Ich habe einen Zaubertrank getrunken, und ich bin voller Kummer.
In einem Briefchen, das Tante Désirée ihrem Geschenk beigefügt hatte, stand: »Ein kleines Buch, in dem Du Deine Wünsche und Träume – Deine geheimen Bekenntnisse niederschreiben kannst.«
Ich schüttelte das Buch über dem Tisch. Zehn Livres fielen heraus.
»Bekenntnisse?« fragte meine Schwester Cathérine. Sie ist jetzt zwölf, fast dreizehn, aber trotzdem immer noch zu Streichen aufgelegt. Die Nonnen in der Klosterschule machen viel Aufhebens um sie. Sie wissen nicht, daß es Cathérine ist, die die Hühner ins Pfarrhaus einläßt, daß es Cathérine ist, die die Zuckerkuchen stiehlt, bevor sie ausgekühlt sind. Sie hat die Seele eines Gauners, sagt Mimi.
»Sag uns, was du dir wünschst«, lispelte meine jüngste Schwester Manette durch ihre Zahnlücke. Das Leuchten in ihren Augen stimmte mich traurig, denn sie ist erst zehn, jung genug, um noch zu glauben, daß Wünsche in Erfüllung gehen.
Ich zuckte mit den Schultern. »Ich wünsche mir jedes Jahr dasselbe.« Ich blickte hinüber zu Vater. Er hatte den Tag mit Rum

und Absinth begonnen und anschließend den ganzen Nachmittag über Agavepunsch getrunken. »Nach Frankreich zu reisen.« Schickt Rose nach Frankreich, schrieb meine wundervolle Tante Désirée jedes Jahr – schickt sie zu mir, nach *Paris*.
Vater sah weg. Seine Haut war gelb. Bestimmt ist es wieder die Malaria. Und dann hatte ich wieder ein schlechtes Gewissen, denn ist es Vaters Schuld, daß er nur Schulden geerbt hatte? Ist es seine Schuld, daß er mit drei Töchtern gestraft worden ist und keinen Sohn bekommen hat, daß Mutters Mitgift in seinen Händen zu Staub zerfallen ist, daß sein Traum, mich nach Frankreich zu schicken, niemals wahr geworden ist, weil er den Preis für die Überfahrt nicht bezahlen konnte?
»Frankreich!« Großmutter Sannois schubste ihre beiden Möpse vom Schoß. »Ich würde dieses Mädchen weit von Madame Désirée fernhalten.« Großmutter Sannois hält nichts von Tante Désirée, eigentlich von keinem der Taschers (*insbesondere* nicht von Vater). »Was gibt es an diesem Jungen drüben in der Nähe von Laniantin auszusetzen«, sagte sie und schluckte ihr Laudanum: sieben Tropfen in einem Gläschen Brandy. »Was gibt es an diesem jungen Beal auszusetzen?«
Algernon Beal! Der dicke Junge, den wir alle Algie nannten.
»Monsieur Beal fordert eine Mitgift«, sagte Mutter.
»Monsieur *de* Beal heißt es jetzt, glaube ich«, sagte Vater, »der Hersteller von Ketten und Brenneisen, der Besitzer von drei vergoldeten Kutschen, zweiundzwanzig Kampfhähnen, einem englischen Thoroughbred-Hengst und einem geistig beschränkten Sohn.« Vater hustete und leerte sein Glas. »Monsieur *de* Beal und ich hatten Gelegenheit, uns bei der Sklavenversteigerung im letzten Monat zu unterhalten. Er erzählte mir in aller *Länge* und in allen *Einzelheiten*, wie groß die Mitgift eines Mädchens, wie edel ihre Abstammung, wie üppig ihr Busen und wie unversehrt ihre Jungfräulichkeit zu sein hätten, damit es auch nur davon träumen könne, seinen pickeligen Sohn zu heiraten ...«

Manette hatte sich ihre Serviette in den Mund gestopft, um nicht lachen zu müssen.
»Nun ja, es gibt ja immer noch das Kloster«, sagte Großmutter Sannois.
Das *Kloster*. Immerzu das *Kloster*. Soll das etwa meine Zukunft sein? Ich sehne mich nach soviel mehr. Aber jetzt ist es wohl zu spät, denn dieses Mal, zu meinem vierzehnten Geburtstag, hat Tante Désirée kein Angebot gemacht, und zum ersten Mal, solange ich mich erinnern kann, hat Vater mir keine Versprechungen gemacht ... und um ehrlich zu sein, vorher, mit den funkelnden, falschen Hoffnungen, die mir den Tag verschönten, hat es mir besser gefallen.

24. Juni

Heute morgen habe ich meine zehn Livres dem Sklavenaufseher gegeben, damit er sie unter den Feldarbeitern aufteilt. Ich bin jetzt erwachsen und aufmerksamer den Leiden der Welt gegenüber.
Doch Mutter fand es heraus und wurde zornig. Ich sei genauso wie Vater, beschuldigte sie mich. Der »großzügige« Vater, der seine Familie verhungern lassen würde, um einem Freund zu essen zu geben. Der »verrückte« Vater mit seinen abenteuerlichen Geschichten und Träumen von Ruhm und Ehre. »Träume vom Rumgott«, schimpfte sie. »Versprechungen wie Wolken an einem Sommertag.«
Vater, der nie zu Hause ist. Er ist schon wieder nach Fort Royal aufgebrochen – »um mit dem Teufel zu spielen«, sagte Großmutter Sannois.
»Um mit den weiblichen Teufeln zu spielen«, murmelte Mutter vor sich hin.

Sonntag, 29. Juni

Liebes Tagebuch, ich habe mir über meine Sünden Gedanken gemacht und bereut.
Ich bin schuldig, weil ich sehnsüchtige Gedanken hege und zügellose Vorstellungen habe.
Ich bin schuldig, weil ich mich im Teich spiegele.
Ich bin schuldig, weil ich mit den Händen unter meinen Laken schlafe.
Da steht es geschrieben. Die Tinte trocknet, während ich schreibe. Ich muß dieses Buch jetzt schließen – ich kann den Anblick dieser Wörter nicht ertragen.

Sonntag, 6. Juli

»Mademoiselle Tascher«, rief mich Pater Droppet heute morgen nach der Kirche. »Ihre Großmutter bat mich, mit Ihnen zu reden.«
Ich fingerte an den Seiten meines Meßbuches herum. Draußen hörte ich ein Pferd wiehern und einen Mann rufen.
»Sie kommen in das Alter, in dem Sie sich entscheiden müssen«, sagte er. Seine große Nase zuckte.
»Ja, Pater.« Ich konnte den Umriß seiner Weste unter seiner weißen Kutte sehen.
Er zögerte. »Ich rate Ihnen, sich Gottes Willen zu fügen und sich mit einem Leben in Pflichterfüllung abzufinden.«
Ich spürte, wie mir die Hitze in die Wangen stieg.
Pater Droppet reichte mir ein Taschentuch. »Das Leben einer Nonne könnte den Hunger Ihres Herzens stillen.«
Durch das hohe, geöffnete Fenster konnte ich den Kopf der Christusstatue auf dem Friedhof sehen. Die Augen blickten zum Himmel auf. Der Hunger, den ich verspürte, war der nach Festen und Seidenschuhen, nach der Liebe eines stattlichen Kavaliers.

Er beugte sich zu mir. »Auch ich war einmal jung«, sagte er. Sein Atem roch nach Rum.
»In einem Kloster würde ich sterben!«
Vergib mir, Vater im Himmel. Ich wich zurück. An der Tür drehte ich mich um und rannte.

24. Juli

Heute nachmittag haben Mimi und ich in den Ruinen* gespielt, als Mimi einen Fleck auf meinem Unterkleid entdeckte.
Ich drehte mich nach hinten und zog meinen Rock herum. Blut?
»Das ist der Monatsfluß«, sagte Mimi.
Ich wußte nicht, was ich tun sollte.
»Sag's deiner Mutter«, sagte sie.
»Das kann ich nicht!« Mutter ist anständig.
Deshalb holte Mimi mir einen Lappen und zeigte mir, wie ich ihn benutzen sollte. Sie erzählte mir, daß sie ihren draußen in der Bucht wäscht, frühmorgens, wenn niemand sie dabei sehen kann.
»Wo wir baden?« Wie abscheulich.
»Weiter flußabwärts.«
Als ich ums Haus herumging, spürte ich dieses riesige Tuch zwischen meinen Beinen und dachte, daß sicherlich jeder es bemerken würde. Das also soll die große Wende in meinem Innern sein, aber ich fühle mich nur elend.

* Das Wohnhaus der Familie wurde 1766 bei einem Hurrikan zerstört. Sie zog in die Sucrerie, die ehemalige Zuckersiederei.

Samstag

Mimi bringt mir bei, die Zukunft aus den Karten zu lesen, wie man sie auslegen muß, wie man ihre Bedeutung erkennt. Heute haben wir bei meiner Schwester Cathérine geübt. Die Karte an der neunten Stelle bedeutete Tod.
Cathérine protestierte.
»Es bedeutet nicht wirklich Tod«, sagte Mimi und nahm die Karten auf. Sie schien irgend etwas zu riechen.
Später fragte ich sie: »Warum hast du aufgehört?«
»Hast du nicht den Zigarrenrauch gerochen?« flüsterte sie. »Der Geist des Todes ist ein Schwindler. Glaub ihm *nie*.«

Donnerstag, 31. Juli

Liebes Tagebuch, es ist etwas Schreckliches geschehen. Es schwebt wie ein Fluch über meiner Seele.
Es begann mit einer Lüge. Ich sagte meiner jüngeren Schwester Manette, daß Mimi und ich zum oberen Feld hinaufgehen wollten, um nachzusehen, ob Vaters Schiff schon im Hafen wäre. »Du bleibst hier«, befahl ich ihr.
Mimi und ich gingen den Weg hinter der Maniokhütte hinauf, doch oben auf dem Hügel nahmen wir den Pfad, der zum Fluß in Richtung Morne Croc-Souris hinunterführte. Wir waren noch nicht weit gekommen, als uns Manette einholte.
»Ich habe dir doch gesagt, daß du dableiben sollst«, schimpfte ich.
»Ihr habt gelogen. Ihr habt gesagt, daß ihr den Hügel hinaufgeht.«
Mimi starrte sie zornig an. »Kannst du ein Geheimnis für dich behalten?«
»Ich verrate kein Wort!«
Am Fluß war es dunkel. Das Moos hing dick von den Bäumen.

Wir hörten ein Huhn aufgeregt gackern, bevor wir auf die Hütte der Wahrsagerin stießen.

»Da lebt der Werwolf«, sagte Manette und nahm meine Hand.

Ich sah zu Mimi hinüber. »Ist es hier?«

Vor dem Haus stand ein Holzkohlebecken. Der Geruch gebratener Ziege hing schwer in der Luft. Im Schatten einer mit Bananenblättern gedeckten Veranda sah ich eine alte Negerin mit gekreuzten Beinen sitzen. Euphémie David – die Voodoopriesterin.

Als wir näher kamen, stand sie auf. Sie trug ein rotes Satinballkleid mit Goldfransen, reichlich zerfetzt und fleckig und außerdem viel zu groß für sie. Ihre Haare waren weiß und wollig und standen wie ein Heiligenschein von ihrem Kopf ab. Eine rostige Machete lehnte an der Wand hinter ihr.

Mimi rief etwas, das ich nicht verstehen konnte. Die alte Frau antwortete etwas in afrikanischer Sprache.

»Was hat sie gesagt?« fragte ich.

»Kommt her«, sagte die alte Frau. Ein Hündchen kam aus der Hütte und knurrte uns an. »Ich bleibe hier«, sagte Manette.

Mimi schubste mich vorwärts.

»Kommst du nicht mit?« fragte ich.

Wir beide gingen näher. Wovor sollten wir uns fürchten?

Als wir in den Schatten der Veranda traten, war ich überrascht, wie klein die alte Frau war, nicht viel größer als Manette. Ihre schwarze Haut hing lose von ihrem Hals. In der einen Hand hielt sie eine Muschelschale – es sah nach Schweinsknöchel und Kokosnuß aus – und aß mit den Fingern der anderen Hand. Sie warf dem Hündchen einen Knochen hin. Die alte Frau und Mimi unterhielten sich jetzt auf afrikanisch. Ich blickte über die Schulter zurück. Manette stand neben einem Kalebassenbaum und sah zu uns herüber. Eine Krähe stieß Warnlaute aus.

Mimi berührte meinen Arm. »Sie sagt, deine Zukunft ist überall um dich herum.«

»Was bedeutet das?«
Die alte Frau ging in die Hütte. Sie kehrte mit einem Korb zurück, den sie mir in die Hände drückte. In dem Korb waren eine Kürbisrassel, eine Holzpuppe, ein Stück Holz, zwei Kerzen, ein Knochen, kleine Stücke ausgefranster Bänder und ein Kruzifix.
Die alte Frau sagte etwas zu Mimi.
»Sie möchte, daß du drei Dinge aussuchst«, sagte Mimi zu mir.
»Egal was?« Ich nahm eine Kerze, die Puppe und das Kruzifix aus dem Korb.
»Sie möchte, daß du sie hinlegst«, sagte Mimi.
»In den Dreck?«
Die alte Frau stimmte einen Singsang an. Ich blickte mich um, ob Manette noch neben dem Kalabassenbaum stand. Ich zuckte mit den Schultern zu ihr hinüber. Ich erinnere mich, daß ich dachte: *Schau nur, es gibt keinen Grund, sich zu fürchten.*
Die alte Frau fing an zu stöhnen und rollte den Kopf von einer Seite zur anderen. Das Weiß ihrer Augen war trüb. Dann sah sie mich an und schrie – ein Laut, den ich nie vergessen werde, fast so wie ein Schwein, das abgestochen wird.
»Was ist los?« wollte ich wissen. Ich war nicht frei von Furcht. »Mimi! Warum schreit sie?«
Die alte Frau schüttelte den Kopf und murmelte vor sich hin. Schließlich sprach sie, langsam, aber seltsam. »Du wirst unglücklich verheiratet sein. Du wirst Witwe sein.«
Ich faßte mir an die Kehle.
Die alte Frau begann zu zittern. Sie schüttelte ihre Hände und stieß Worte aus, die ich nicht verstand. »Mimi, was sagt sie?«
Die alte Frau begann zu tanzen und sang dabei so tief wie ein Mann. Ich wich zurück, stolperte über eine knorrige Baumwurzel. Ich fiel in den Schmutz und taumelte wieder auf die Füße.
Du wirst Kaiserin sein, sagte sie.

Ich werde bestraft

Montag, 4. August 1777

Als ich Pater Droppet auf seiner grauen Stute den Weg entlangkommen sah, schlich sich Furcht in mein Herz. Ich rannte den Pfad zur Maniokhütte hinauf. Mimi wendete gerade den großen Eisenschaber.

»Pater Droppet ist hier!« sagte ich. »Warum? Es ist doch kein Feiertag.«

Mimi hörte auf, das Rad zu drehen.

»Ich habe gestern morgen meine Sünden bekannt«, erzählte ich ihr.

»Hast du es gesagt?«

»Das von der Voodoohexe?« Ich nickte.

»Hast du gesagt, daß ich dich mitgenommen habe?« In ihren Augen war Angst.

»Das würde ich nie.« Plötzlich besorgt wandte ich mich um. »Ich frage mich, was da vor sich geht.«

Ich wollte nicht lauschen. Das hatte ich nicht vor. Aber anstatt geradewegs zur Sucrerie zu gehen, lief ich in die Schlucht hinunter. Von meinem Platz im Kapokbaum aus konnte ich Stimmen auf der Veranda hören – Mutter, Großmutter Sannois. Dann Pater Droppet, der gerade sagte: »Sie verstehen, das ist eine Angelegenheit von ... Ich muß es nicht ...«

»Mein Gott!« rief Mutter aus.

Pater Droppet sagte etwas, das ich nicht verstehen konnte. Ich hörte, wie sich die Haustür öffnete und schloß. Dann hörte ich Manettes Stimme.

Manette! Angestrengt versuchte ich etwas zu hören, doch alles, was ich verstehen konnte, war Großmutter Sannois, die sagte: »Ich habe es dir gesagt. Ich habe dir gesagt, daß es so kommen würde.«

Ich hörte, wie die Tür erneut geöffnet und geschlossen wurde, und bald darauf das Weinen von Manette in einem Schlafzimmer im oberen Stock. Dann hörte ich Pater Droppet sagen: »Wenn man den Teufel läßt ... Sie müssen ...«

»Aber Pater Droppet!« hörte ich Mutter ausrufen. Ich versuchte angestrengt, mehr zu hören, doch auf dem Ast über mir landete ein Schwarzfink, der anfing so heftig zu schimpfen, daß ich kein Wort verstehen konnte. Ich rüttelte an dem Ast, um den Vogel zu verscheuchen. Dann wieder Pater Droppets Stimme: »Wenn Sie nicht ...«

Plötzlich wurde es dunkel, und es begann zu regnen, zunächst war es nur ein leichter Schauer, doch dann fielen große, schwere Tropfen.

»Yeyette!« hörte ich Mutter rufen.

Ich kletterte hinunter und näherte mich der Veranda.

»Schau an, da ist ja Rose«, sagte meine Mutter. »Du bist klatschnaß.«

Großmutter Sannois hing in einem Rohrstuhl. Pater Droppet stand mit einem leeren Glas in der Hand neben der Tür. Er nickte.

»Was hast du dir bloß dabei gedacht, bei einem solchen Wolkenbruch draußen zu bleiben. Geh und zieh dir etwas Trockenes an, und dann kommst du zurück. Es gibt etwas, das wir besprechen müssen«, sagte Mutter.

Ich war froh, entkommen zu können. Cathérine empfing mich oben an der Treppe, einen Stickrahmen in der Hand. »Manette sagt, du wirst eine Kaiserin sein! Sie sagte, das hat dir die alte

Hexe erzählt. Aber sie will einfach nicht aufhören zu weinen! Was ist geschehen?«

Ich konnte Manettes Geplärre sogar von der Diele aus hören. Ich ging den dunklen Gang entlang zu ihrer Zimmertür. Ich klopfte. »Manette, ich bin's.«

Das Weinen hörte auf, doch sie antwortete nicht.

»Ich werde dir nichts tun, ich verspreche es.« Ich stieß die Tür auf. Sie kauerte in der Ecke des kleinen Himmelbetts. Ich bückte mich unter den Baldachin und setzte mich ihr gegenüber. Ihre Augen waren gerötet, und ihre Nase lief. Ich tastete in meinem Mieder nach einem Taschentuch und reichte es ihr. »Ich weiß, daß du es verraten hast«, sagte ich.

»Du bist nicht böse?« fragte sie schluchzend. Sie blickte zu Cathérine auf, die zur Tür gekommen war.

Ich schüttelte mit dem Kopf. »Ich hätte dich nie dorthin mitnehmen dürfen. Hast du etwas von Mimi erzählt?«

»Nein!«

»Verstehst du, was passieren könnte, wenn du das getan hättest, Manette? Man würde sie verkaufen – oder in eine Feldkolonne stecken.« Oder noch Schlimmeres ...

»Ich habe kein Wort gesagt!« schluchzte sie so heftig, daß mein Herz von Furcht erfüllt wurde.

Der Regen hatte aufgehört, als ich auf die Veranda heraustrat. Ich konnte hören, wie Mutter und Großmutter Sannois unten auf dem Weg Pater Droppet verabschiedeten. Ich stand neben der Eingangstür, die Hände vor mir gefaltet, und wartete. Es klang, als wäre Pater Droppets Grauschimmel mürrisch. Ich hörte den Stallburschen auf afrikanisch fluchen. Das Pferd beruhigte sich. Dann hörte ich das gleichmäßige Geklapper der Pferdehufe auf den Steinen.

Mutter erschien auf dem Weg, Großmutter Sannois an ihrem Arm. Die beiden Möpse schnüffelten im Unkraut hinter ihnen.

Sie waren naß und sahen wie große Ratten aus. Großmutter Sannois sagte etwas zu Mutter, während sie langsam voranschritten. Dann blickte Mutter auf, sah mich.

Ich hielt den Atem an.

»Ich werde es ihr sagen, wenn du es nicht tust«, sagte Großmutter Sannois, als sie sich in dem Stuhl mit dem Sisalsitz niederließ. Einer ihrer Möpse sprang ihr auf den Schoß, und sie stieß ihn hinunter.

Mutter drehte sich um und sah mich an.

Ich senkte den Kopf. Ich spielte mit dem Gedanken, mich ihr zu Füßen zu werfen. Machte man das nicht so?

»Und sich vorzustellen, daß du die kleine Manette *gezwungen* hast, dich zu begleiten!« flüsterte sie so leise, daß ich sie kaum hören konnte.

»Laß mich es ihr sagen«, sagte Großmutter Sannois.

Mutter holte tief Luft. »Mimi wird natürlich ...«

»Nein!« Eine heftige Erregung überkam mich. »Mimi hat nichts damit zu tun! Ich habe sie *angefleht*, mich mitzunehmen, aber sie weigerte sich. Ich war diejenige, nur ich allein!« Mein Atem kam stoßweise, ich konnte ihn nicht beruhigen.

Mutter nahm die Kette von ihrem Hals, die Kette mit dem großen silbernen Kreuzanhänger. Sie nahm meine Hände und legte das Kreuz hinein. »Sieh mich an, Rose«, sagte sie.

Ich sah ihr in die Augen.

»Schwöre, daß du die Wahrheit sprichst.«

»Mimi ist unschuldig. Es ist alles mein Werk, meine Schuld«, rief ich, was nicht einmal gelogen war.

»Sie hat dich nicht mitgenommen, um die gottlose Frau in den Wäldern aufzusuchen?« Ich schüttelte heftig den Kopf.

»Sag es.«

»Mimi war nicht mit«, log ich. Das Kreuz fühlte sich kalt und schwer in meinen Händen an. Ich drückte es meiner Mutter wieder in die Hand.

»Ruf das Kind herunter«, sagte Großmutter Sannois.
Mutter setzte sich auf einen Holzstuhl. »Komm her, Rose«, sagte sie. Sie zog mich herunter – vor sich auf die Steine. Sie wischte mir ein paar feuchte Haarsträhnen aus der Stirn. Ihre Berührung war sanft. »Manchmal ist es nicht einfach, Mutter zu sein«, sagte sie. Ihre Stimme klang kalt, als sie sagte: »Du wirst in den Sturmraum, in den Keller gesperrt. Dort wirst du acht Tage bleiben.« Sie sah zu Großmutter Sannois hinüber und dann wieder zu mir. Sie holte tief Luft. »Du wirst nichts zu essen bekommen außer trockenes Brot und Wasser.«
Ich sah sie fassungslos an. Acht Tage? Acht *Nächte*? Im Keller? »Allein?« Meine Stimme bebte. In der *Dunkelheit*?
Mutter ließ die Kette mit dem Kreuz über meinen Kopf gleiten. »Das wirst du brauchen«, sagte sie.

Ich bin in mein Zimmer geschickt worden, um meinem Schicksal zu harren. Ich soll mit meiner Familie zu Abend essen und mich verabschieden. Es wird meine letzte Mahlzeit sein.
Mimi und Manette sind bestürzter als ich. Cathérine dagegen kann nur an die Zukunft denken, die mir vorausgesagt wurde. »Daß *du* einmal eine Kaiserin sein wirst, Rose. Stell dir das vor!«
Mein Kindermädchen Gertrude erschien, das Gesicht tränenfeucht. Sie drückte mich fest an ihren Busen. Dann wusch sie mich von den Füßen an aufwärts mit einer wohlriechenden Flüssigkeit. »Warum?« fragte ich, denn ihre Methode war seltsam. Ich hatte plötzlich das Gefühl zu schweben, so als gehöre mir mein Körper nicht. »Das wird dich beschützen«, sagte sie.
»Ich werde stark sein«, sagte ich und dachte auf einmal: *Wie es sich für eine, die Kaiserin werden wird, geziemt.*
In diesem Moment wußte ich, daß es wahr war: Ich *war* verflucht worden.

Beim Abendbrot brachte ich kaum einen Bissen hinunter. Danach umarmten mich alle, als ob ich zu einer Reise über den Ozean aufbräche. Großmutter Sannois überreichte mir ihre Bibel. Gertrude umarmte mich derart fest, daß ich fürchtete, meine Knochen würden brechen.

Mutter hielt die Lampe hoch, als wir in den Keller hinabstiegen. Es war kühl, die Luft feucht – abgestandene Luft. Aus Angst vor Kakerlaken achtete ich darauf, wo ich hintrat. Ich folgte Mutter in den Sturmraum – ein großer Raum mit einem schmalen Bett. Es gab einen Stuhl mit einer durchgescheuerten Sitzfläche aus Korbgeflecht und einen dreibeinigen, in einer Ecke abgestützen Tisch. Auf dem Tisch standen eine Laterne, eine Kerze, ein Tonkrug und eine gesprungene Porzellantasse. Das war alles, abgesehen von einer kleinen, mit einem Holzladen abgedeckten Öffnung hoch oben in der Wand.

Ich stellte meinen Korb auf das Bett. Den Flickenüberwurf erkannte ich als einen, den Cathérine und ich gemeinsam gefertigt hatten. Mutter setzte die Lampe auf dem Tisch ab und prüfte mit dem Finger, ob er abgestaubt worden war. Sie wandte sich zu mir. »Rose, ich hoffe, du verstehst, warum dies notwendig ist.«

»Ja«, log ich. Ich wußte nicht, was ich sonst hätte sagen sollen.

Sie begann zu weinen. Es war eher eine Art Erschaudern als ein Laut, denn es waren keine Tränen zu sehen. Irgendwie war es unnatürlich. Ich legte den Arm um ihre Schultern. Es überraschte mich, wie klein sie wirkte. Sie wischte sich das Gesicht mit dem Handrücken ab. »Möge Gott dir beistehen«, sagte sie.

Und dann war sie gegangen, und ich war allein.

Später.

Liebes Tagebuch, es ist Nacht, meine erste. Ich stemmte den Laden auf. Die nächtlichen Geräusche strömten in mein Zimmer. Dann verschloß ich den Laden wieder fest aus Angst vor den umherirrenden Nachtgeistern, den hungrigen Geheimnissen.
Ich fürchte, ich bin nicht allein. In den Schatten spüre ich deutlich die Gegenwart eines Geistes. Ich kann nicht schlafen, will nicht schlafen, aus Angst, er könnte sich mir nähern. Mit offenen Augen, ständig auf der Hut, spähe ich in die Dunkelheit.
Das Öl in meiner Laterne brennt schwach. Ich weiß, daß ich sie ausblasen, diese Insel des Lichts aufgeben muß. Mut, sage ich.
Vertrauen, höre ich etwas flüstern.

5. August

Ich erwachte vom Lärm des Sklavenaufsehers, der oben im Sklavendorf in seine Trompetenmuschel blies. Eine Zeitlang lag ich da, starrte an die Decke und suchte in den Rissen nach Gesichtern. Ich glaubte eine Stimme und ein Kichern zu hören. Ich schob den Stuhl an die Wand und öffnete den Laden. Durch das hohe Gras spähten mich Cathérines dunkle Augen an.
»Wir müssen uns beeilen!« flüsterte sie durch das Gitter.
Hinter ihr vernahm ich Manette: »Laß mich mal sehen! Laß mich mal sehen!« »Still!« zischte Cathérine.
Manettes kleines Gesicht kam zum Vorschein. Sie streckte die Hand aus. Ich nahm eine Handvoll feuchter Krumen entgegen.
»Ein Mangokuchen. Ich habe ihn gestohlen!«
Dann wieder ein wenig Gezanke, und Cathérine war wieder zu sehen. »Wie ist es da unten?«
»Langweilig.«
»Lauf!« hörte ich Manette ausrufen.
Und dann war nur noch Gras zu sehen.

6. August

Gegen Abend hörte ich wieder ein Kratzen am Fenster. Ich stellte mich auf den Stuhl und schaute hinaus. Es war wieder Cathérine. Sie weinte.

»Was ist los?«

»Du mußt versprechen, es nicht zu verraten.«

»*Was?*«

Sie begann zu sprechen, doch die Tränen kamen. »Gleich«, sagte sie, holte ihr Taschentuch hervor und putzte sich die Nase. Sie drückte das Gesicht näher an das Gitter. »Ich war bei der Wahrsagerin.«

»Bei Euphémie David?«

Sie nickte.

»Aber Cathérine! Wie konntest du nur!«

»Nur, weil sie dir gesagt hat, du würdest eine Kaiserin werden.«

»Hat Mimi dich mitgenommen?« Ich war jetzt wütend.

»Ich bin allein hingegangen.«

»*Allein?*« Ich konnte mir nicht vorstellen, daß jemand *so* tapfer sein konnte.

Nun fing sie zu keuchen an, tiefes Schluchzen überwältigte sie. Ich steckte den Finger durch das Gitter, um sie zu berühren. »Was ist geschehen? Hat sie etwas gesagt?«

Und dann erzählte sie es mir. Zuerst hatte ihr die Hexe befohlen, sich davonzumachen, sie würde ihr die Zukunft nicht voraussagen, und dann sagte sie, sie könne sie nicht sehen. Doch dann sagte das alte Weib etwas Schreckliches, nämlich daß Cathérine noch vor ihrem nächsten Geburtstag unter der Erde wäre.

»Mutter hat recht – sie ist der Teufel!« fauchte ich, doch Cathérine war schon durch das Gras davongekrochen.

[Ohne Datum]

Ist es der Teufel oder eine Art Geist, der die Form einer Fledermaus annimmt? Vergangene Nacht waren mehrere da. Ich werde allmählich benommen und bin überhaupt nicht mehr hungrig. Warum bin ich hier? Ich kann mich nicht mehr erinnern.

[Ohne Datum]

Ich habe einen Spaziergang gemacht. Ich erinnere mich an das Gesicht eines alten Weibes. Ich erinnere mich an ihre Augen und an den Staub auf ihren Händen. Ich erinnere mich, daß ich zusah, wie sie getrocknete Blätter aus einem Korb zupfte und eines nach dem anderen vor mich auf den Boden legte. Ich erinnere mich an ihren Singsang, an ihr seltsames Wehklagen. Ich erinnere mich an eine Tonschale mit zwei kleinen Herzen darin, umschwärmt von Fliegen. Ich erinnere mich, daß ich eine Made in der Schale sah.

War das ein Traum?

Ich erinnere mich an ein verkrüppeltes altes Weib, das mit erhobenen Armen dastand. Ich erinnere mich, daß sie einen Flakon mit Teufelsfeuer an den Mund setzte und es wie Wasser trank. Ich erinnere mich, daß sie vor mir auf dem Boden auf und nieder hüpfte und mit ausgestreckten Händen nach der Luft schlug.

Ich erinnere mich an die Worte: *Du wirst eine Kaiserin sein.*

Das muß ein Traum gewesen sein.

Dienstag, 12. August, spät

Es war Mutter, die mich schließlich holte. Ich lag auf dem Bett. Sie stand mit einer Laterne in der Hand an der Tür. »Rose?«

Ich antwortete nicht. Ich versuchte es, aber ich konnte es nicht – es schien meine Kräfte zu übersteigen.

Sie kam zum Bett. Sie trug ein weißes Kleid und ein weißes Kopftuch, und im Schein der Laterne sah sie wie ein Engel aus. »Sie sehen wie ein Engel aus«, sagte ich mit seltsamer, heiserer Stimme.
Ich spürte ihre Finger über mein Gesicht flattern. Ich hörte einen Schnieflaut. »Oh, mein liebster Jesus!« flüsterte sie.
Ich sah sie verwirrt an. Warum weinte sie? Ich sah ein strahlendes Licht, das sie umhüllte. Sie war die Jungfrau Maria, die gekommen war, um mich zu segnen. »Maman!« rief ich staunend über ihre Schönheit aus, küßte ihre Finger und preßte ihre Hand an meine Wange.

Die geheimen Geister setzen ihren Willen durch

Donnerstag, 21. August 1777

Ich erwachte von einem leisen Pochen an meiner Schlafzimmertür. »Wer ist da?« wisperte ich ängstlich.
Die Tür sprang auf.
»Vater!« Er trug einen Reitrock, blau mit goldenen Knöpfen.
»Ich habe angeordnet, dein Pony zu satteln«, flüsterte er, damit Gertrude nicht aufwachte. Aus dem Tonbecher in seiner Hand stieg Dampf auf. Er roch nach Kaffee und Rum. »Ich möchte, daß du meine neue Dame kennenlernst«, sagte er und warf mir einen Schokoladenkuchen zu.

Vaters neue Dame war eine schwarze Stute mit weißen Fesseln – ein keckes, gut gebautes Mädchen mit großen Augen, noch jung. »Lady Luck habe ich sie genannt«, sagte er stolz, »an den Tischen gewonnen.«
Ich streckte die Hand aus, um ihr Maul zu berühren. Sie riß heftig den Kopf nach hinten. »Sucre ist mittlerweile zu klein für mich geworden«, sagte ich. Mein kleines Pony stand mit Fliegen in den Augen neben der Mauer.
»Die hier ist ein wenig zu hitzig für dich«, sagte Vater. Ich hielt den Zaum, als er aufsaß.
Die Pferde schnaubten und schüttelten die Köpfe gegen die Fliegen, als wir den Weg hinunterritten. Die Sonne war gerade aufgegangen. Die Schatten waren noch lang, das Gras feucht. Ein Blaureiher flog auf, als wir uns den Zuckerrohrfeldern näherten,

wo nach der Ernte noch alles durcheinander lag. Am weitentfernten Horizont, am Ufer des Meeres, arbeiteten Sklaven, bereiteten ein Feld zum Abbrennen vor.
»König Zucker«, sagte Vater mit einem ironischen Lächeln und schlug nach einer Mücke. Er zog einen Lederflakon aus der Rocktasche, neigte den Kopf nach hinten.
Andere Pflanzer lebten wie die Könige. Warum waren wir nicht reich? Aber ich kannte die Antwort. Dein Vater macht Lady Luck den Hof, sagte Mutter. Aber die Glücksdame behandelt ihn schlecht.
»Erzählen Sie mir eine Geschichte, als Sie bei Hofe waren, Vater.«
Er stöhnte.
»Die Jagdgeschichte?«
»Die kennst du doch auswendig«, sagte er.
Das stimmte. Ich kannte die Geschichte von der Jagd so gut, daß ich sie selbst erzählen konnte. Wie der König jeden Morgen mit seinen Statthaltern und untergeordneten Statthaltern, den Jagdgefährten, seinen Edelknaben und untergeodneten Edelknaben und Pagen aufbrach. Wie die Hunde jaulten, wie der König jeden beim Namen kannte. Wie die edelblütigen Pferde im Morgendunst tänzelten – so viele, daß sechzig Mann nötig waren, nur um sie zu tränken!
Ich lehnte meinen Kopf an Sucres Hals, atmete ihren warmen, sauberen Geruch ein, stellte mir eine solche Welt vor. »Dann eben eine Geschichte von der Königin«, sagte ich. »Von der Geburt des Dauphins.« Von den Feuerwerken, die die Nacht erleuchteten.
Vater ließ die Zügel los, erlaubte seiner Stute zu grasen. »Apropos Königinnen, da hat man mir doch eine höchst ungewöhnliche Geschichte erzählt.« Er drehte sich um und sah mich an. »Man hat mir erzählt, daß du das alte Voodooweib flußaufwärts aufgesucht hast.«

Ich richtete mich auf. »Wer hat Ihnen das erzählt?« Ich versuchte nicht beunruhigt zu klingen.
»Eine Frau in Fort Royal.«
»Oh?« Es gefiel mir nicht, daß Vater mit »einer Frau« über mich sprach.
»Es heißt, daß du eine Königin sein wirst«, sagte er.
Ich spürte, wie meine Wangen glühten. Ich blickte zur Seite.
»Dann stimmt es also«, sagte er. Er hielt mir den Flakon hin. Ich schüttelte den Kopf. »Du siehst ein wenig blaß aus, Rose, ein wenig dünn. Bist du krank gewesen?«
»Nein.« Man hatte mich davor gewarnt, etwas zu sagen.
»Du weißt ja, daß ich mir gewünscht habe, daß du ein Junge wirst.« Er nahm einen neuerlichen Schluck aus seinem Flakon. Dann lachte er. »Aber eine Königin wäre vielleicht gar nicht so übel«, sagte er und trieb seine Stute an. »Eine Königin könnte mir vielleicht behilflich sein, meine Spielschulden zu begleichen.«
»Ich bin bestraft worden, Vater!« Die Worte entschlüpften mir ungewollt.
Sein Sattel knarrte, als er sich zu mir umdrehte. »Bestraft?«
Tränen traten mir in die Augen.
»Weil man dir gesagt hat, daß du eine Königin sein wirst?« fragte er.
Ich holte bebend Luft. »Weil ich mit dem Teufel gesprochen habe«, flüsterte ich.
»Der Riemen?« Seine Stimme klang kalt.
Ich nickte. Ich wollte ihm die Wahrheit sagen, aber ich wagte es nicht. Ich wollte ihm von dem Raum im Keller erzählen, von den Fledermäusen und den Geistern und den Gesichtern in der Nacht. Ich wollte ihm von den Stimmen erzählen. Aber es würde ihn verärgern, das wußte ich, und es gäbe Streit. Es gab schon genug Streit.
»Haben das die Alten gemacht?« So nannte er Mutter und Großmutter Sannois.

»Pater Droppet hat sie dazu angestiftet.«
»Der Teufel sei verdammt«, fluchte er vor sich hin. Seine Stute bockte, als er sie antrieb, bockte wieder, als sie in Galopp fiel. Ich versetzte meinem Pony einen kräftigen Tritt und hielt mich fest, die Tränen machten mich fast blind. Vater stieß einen Schrei aus, als ich ihn am Galgenbaum überholte.

25. August

Cathérine und ich bereiten uns darauf vor, in die Klosterschule von Fort Royal zurückzukehren. Die kleine Manette sieht uns neidisch dabei zu, bietet ihre Hilfe an, steht im Weg.
Wir reisen übermorgen ab, trotz des Regens. Das Wetter ist heiß und entsetzlich feucht. Wir müssen unsere Sticknadeln durch den schweren Baumwollstoff stoßen.

Eine Woche später, 6 Uhr nachmittags – Fort Royal

Cathérine und ich sind wieder in der Schule, wieder im eintönigen Dames de la Providence, wieder bei Schwester Gretchs finsteren Blicken. Messe um sieben, Unterricht von acht bis elf und nochmals von eins bis fünf. Zeichnen und Sticken. Lesen und Schönschreiben. Vorträge über Tugend und Bescheidenheit. Mein Hinterteil ist schon ganz wund, weil ich den ganzen Tag auf harten Bänken sitze.

7. September

Diese Regenzeit wird nie enden. Die Straßen sind Schlammbäche. Cathérine und ich stecken hier im Kloster fest – wir können nicht einmal zu Onkel Tascher zum Sonntagsessen. Stattdessen essen wir gesalzenen Fisch, schon den dritten Abend hintereinander. Eine Kakerlake, die größte, die ich jemals gesehen habe, lief unter den Tischen herum. Cathérine schrie, obwohl ich ganz genau weiß, daß sie mutiger als die meisten Jungen ist. Sie kletterte auf den Tisch, trat in mindestens zwei Eßteller und stieß ihren eigenen krachend zu Boden. Wenn Cathérine nicht wäre, würden wir vor Langeweile sterben.

Mittwoch, 10. September, 11 Uhr

Heute morgen beim Baden hob Cathérine ihr Unterkleid, als die Schwestern gerade nicht hinschauten. Ich bedeutete ihr, es herunterzulassen, aber sie kicherte nur und tat es noch einmal. Bald waren wir alle unartig.

Sonntag, 14. September, 1 Uhr mittags

Heute morgen nach der Messe wurden wir zu einer Promenade über die Savane geführt. Der Geruch der Sklavenschiffe im Hafen war streng. Und dann geschah etwas Beunruhigendes. Auf unserem Rückweg flüsterte Cathérine: »Ich will nicht sterben!«
»Dein Gesicht ist gerötet«, sagte ich aufgeschreckt durch ihre seltsame Erklärung. »Bist du krank?« Sie sah fiebrig aus.
Heute abend war Cathérine die erste, die einschlief. Das ist das beunruhigendste Zeichen. Normalerweise bekommt sie Schläge, weil sie zu spät ins Bett geht.

Dienstag, 16. September

Cathérine ist mittlerweile so krank, daß sie nach Hause zurückkehren muß. Ich habe darauf bestanden, sie zu begleiten. Schwester Gretch sagte mir, daß ich das Unglück meiner Schwester als Ausrede benutze, um nicht zur Schule gehen zu müssen. Es wäre nicht aufrichtig, liebes Tagebuch, wenn ich nicht zugeben würde, daß an Schwester Gretchs Worten etwas Wahres dran ist. Ich hasse es, in der Klosterschule zu sein, aber es ist auch wahr, daß ich mir Sorgen um Cathérine mache. Ich habe sie zwei Tage lang gepflegt. Wir fahren morgen früh ab.

22. September – Trois-Ilets

Wir sind seit fünf Tagen zu Hause, und Cathérine ist noch kränker, ständig in einem Dämmerzustand. Gertrude hat übelriechende Salben hergestellt und sie auf ihrer Brust verteilt, aber sie haben nicht geholfen. Mutter sitzt den ganzen Tag da, beobachtet sie und fächelt ihr mit einem großen Palmblatt Luft zu. Von Zeit zu Zeit betupft sie sie von Kopf bis Fuß mit Rum, ihre Gebete erfüllen das Zimmer mit einem monotonen Gemurmel.

23. September

Ich fand Hühnerfedern und Knochenteile unter Cathérines Bett. Voodoozauber, hoffe ich.

4 Uhr nachmittags

Großmutter Sannois sagt, Cathérine hat das Gelbfieber.
Gelbfieber! Ich versuche, nicht an Madame Laveaux' kleinen Jungen zu denken, der im Sommer starb, versuche nicht daran zu denken, was die Sklaven sagen, daß nämlich Madame Laveaux das Herz ihres toten Jungen mit einem Fleischermesser durchbohrt hat, um den Teufel von seinem Grab fernzuhalten.

Freitagnachmittag, 26. September

Endlich kam der Arzt und sah nach Cathérine. Er verschrieb Hoffmannstropfen mit Zucker. Er sagte, sie wäre von einem Schüttelfrost gepackt worden, dem ein Fieber gefolgt wäre, aber daß es nicht das Gelbfieber wäre und daß es keinen Grund zur Besorgnis gäbe – aber warum geht es ihr dann immer schlechter?

Ich bat Mutter, den Arzt zurückzurufen, aber sie sagte: »Wozu? Er wird ja doch nur das gleiche noch mal sagen und noch einen Livre berechnen.«

27. September, 10 Uhr abends

Heute nacht hat Cathérine im Traum gesprochen, aufgeschrien und gebrüllt. Dann sprang sie aus dem Bett und lief im Zimmer umher. Sie hielt die kleine Manette für eine riesige Krabbe, die sie zu zwicken versuchte. Mutter, Gertrude und ich versuchten sie festzuhalten, aber sie war zu stark. Ich konnte es nicht glauben, sie ist doch so dünn. Schließlich ließen ihre Kräfte nach, und Gertrude steckte einige Kräuter in ein Paar Socken und band ihr die Socken dann an die Füße. Es half, sie schlief ein.

6. Oktober

Cathérines Zustand verschlechtert sich. Manette und ich dürfen nicht in ihr Schlafzimmer. Wir stehen an der Tür, aber durch die Netze ist sie kaum zu sehen.

Donnerstag, 8. Oktober

Heute nacht, nachdem Mutter eingeschlafen war, schlich ich mich in Cathérines Zimmer. Ich setzte mich unter den Netzen an ihr Bett, und wir flüsterten im Dunkeln. Bevor ich ging, nahm ich ihre Hand.

»Du darfst mich nicht berühren«, sagte sie und zog ihre Hand zurück.

»Stell's dir vor. Stell dir vor, daß ich dich festhalte«, sagte ich.

Sie fing zu weinen an, darum legte ich die Arme um sie und hielt sie ganz fest. Wie hätte ich es nicht tun können?

14. Oktober

Vater kam heute abend spät nach Hause. Ich hörte, wie er hereintorkelte, und dann hörte ich Mutter: »Cathérine liegt im Sterben, und wo bist du? Betrinkst dich, du verdammter Narr!«

Wetterleuchten erhellte mein Zimmer, und in der dunklen Stille hörte ich das schrille Pfeifen der Flughunde. Cathérine *liegt im Sterben*?

15. Oktober

Nach der morgendlichen Hausarbeit ging ich zum Fluß hinunter, um nach Mimi Ausschau zu halten. Ich brauchte ihre Hilfe. Mimi kannte sich mit den Eigenheiten der Geister, den Geheimnissen aus. Sie stand bis zu den Knien im Teich und wusch Wäsche. Ihr Mehlsackhemd war klitschnaß. Unter einem Fliederbusch hockten die beiden Möpse und schauten zu. In der Nähe scharrte ein Huhn im Dreck.

Es fing zu regnen an. Wir suchten unter einem mit grünen Orangen beladenen Baum Schutz. Die Möpse raschelten um Mimis Füße herum.

»Erinnerst du dich noch, als wir zur Hütte der Wahrsagerin gegangen sind?« sagte ich.
»Glaubst du, das würde ich vergessen?« Sie warf einen Kieselstein nach dem Huhn, um es zu verscheuchen.
»Etwas habe ich dir nie erzählt.« Ich hielt inne. Der Regen prasselte jetzt heftig und tropfte durch die Blätter. Ich begann, mich etwas unwohl zu fühlen, so wie ich mich immer fühle, wenn ein Wind aufkommt. »Die Alte hat Cathérine gesagt, daß sie noch vor ihrem Geburtstag in diesem Dezember unter der Erde wäre. Und nun sagt Mutter, daß Cathérine ...«
»Cathérine ist hingegangen?«
»Als ich im Keller war.«
»Das hast du mir nie erzählt!«
»Ich habe es *versprochen*.«
»Dieses Mädchen!«
»Und nun sagt Mutter, daß Cathérine ...« Tränenerstickt hielt ich inne. »Was, wenn die Worte der Alten wahr werden?« platzte ich heraus. »Kannst du das nicht ändern?«
»Es ungeschehen machen?«
»Ja!«
Mimi stützte das Kinn auf die Knie und dachte nach. »Ein Kongobündel«, sagte sie schließlich.
»Ja«, sagte ich und holte Luft. Ein Kongobündel, richtig zusammengestellt ...

Ich verbrachte den Nachmittag damit, Mimi beim Sammeln der Bestandteile zu helfen: eine Kröte (die Mimi tötete, nicht ich), eine *Tcha-Tcha*-Wurzel, einen Beutel *Mombin*-Blätter und einige Haare, die ich aus Cathérines Kamm zog.
»Es muß unter einem *Mapou*-Baum vergraben werden«, sagte Mimi, während sie das Bündel mit einem Stück roter Kordel von der Art, wie sie unfruchtbare Frauen bei Voodoozeremonien tragen, fest zumachte. »Bei Mondschein.«

»Ich kann nicht«, sagte ich. »Nicht nachts.«
»Es passiert nichts, wenn du die Augen gesenkt hältst.«
»Es ist wegen Mutter.« Mutter glaubt nicht an Voodoo, aber sie fürchtet die Voodoogeister.
»Dann mach ich es eben«, sagte Mimi.
»Allein?« fragte ich voller Ehrfurcht vor ihrem Mut.
Ich weiß nicht, wie spät es war, als Mimi durch mein Fenster kletterte. »Ich hab's gemacht«, zischte sie, als sie mich wachrüttelte. In der Dunkelheit konnte ich sie kaum sehen. »Ich hab das Bündel vergraben.« Durch das monotone Rauschen des Regens hörte ich schwach das Schlagen von Trommeln.
»Du bist naß«, sagte ich, als ich ihre Hand berührte.
»Ich kann nicht bleiben.« Sie knotete sich ihr Taschentuch um den Kopf. »Es findet eine Séance statt.«
Ich sah zu, wie sie den Mangobaum herunterkletterte, schaute ihr nach, bis ich sie nicht mehr sehen konnte. Ich spürte, wie mich ein Schauder durchfuhr, nahm den schwachen Geruch einer Zigarre wahr. Zitternd schloß ich das Fenster und zog die Gardinen fest vor der dunklen Nacht zusammen.

15. Oktober

Heute kam Pater Droppet. Ich muß plötzlich blaß ausgesehen haben, denn er führte mich zum Sofa im Salon und schlug mir vor, mich einen Moment auszuruhen. Da kam Mutter herein. Sie nahm seinen durchnäßten Umhang und seinen Hut. »Ich fürchtete schon, Sie würden es nicht schaffen«, sagte sie. »Die Straßen sind so schlecht.«
»Die Straßen sind schlecht«, sagte er.
Er war für einen kurzen Augenblick bei Cathérine. Als er herauskam, bot ihm Mutter Tee an, aber er sagte, er müsse sich auf den Weg machen, wegen der Straßen.
Nachdem er fort war, ging ich in mein Schlafzimmer. Ich nahm

das schwere Holzkreuz von der Wand und küßte es, drückte es an mein Herz. Nimm Cathérine nicht mit, betete ich. Tu's nicht. *Tu's nicht.*

16. Oktober

Als ich erwachte, war es still im Haus bis auf Mutters Weinen und Vaters müde, kummervolle Stimme.
Ich ging auf Zehenspitzen in Cathérines Zimmer und sah sie dort liegen, reglos, keiner, der ihr zufächelte, der betete. Ich beobachtete, ob sich ihre Brust hob und senkte, ob ihre Augenlider flatterten, aber da rührte sich nichts, da war nur Stille.
Ich zwang mich, sie zu berühren, sie aufzuwecken, aber es gelang mir nicht. Ich stolperte die Diele entlang in mein Zimmer zurück. *Cathérine ist tot.* Ich begann zu zittern.
Ich kletterte aus meinem Fenster und den Mangobaum hinunter. Ich rannte den Pfad zu den Sklavenhütten hinauf. Mimi schlief auf ihrer Strohpritsche. Sie öffnete die Augen und erkannte mich nur langsam.
»Du hast gesagt, es würde funktionieren!« weinte ich. Ich schlug mit der Faust nach ihr.
»Oh ...« Sie packte mich fest an den Handgelenken.
»Tu etwas!« schluchzte ich. »Mach, daß sie zurückkommt!«
Jetzt weinte Mimi auch. »Oh, dieses kleine Balg«, stöhnte sie. Sie hielt mich in ihren Armen, wiegte mich und flüsterte: »Es ist vorbei, es ist vorbei, ruh dich jetzt aus.«

7 Uhr abends

Der Regen hat aufgehört. »Wir sind gesegnet«, sagte Mutter mit glänzenden Augen. Sie wusch Cathérine von Kopf bis Fuß mit Rum und bahrte sie in ihrem Festtagskleid auf einer bunten Decke auf. Vater trug mir und Manette auf, Blumen zu pflücken.

Den ganzen Morgen über brachten wir Körbe mit Rosen, rotem Jasmin, Orchideen und Geißblatt herein. Mutter flocht die Orchideen in Cathérines Haare und drapierte die anderen Blüten hübsch um sie herum.
»Sie sieht wunderschön aus«, sagte Manette ehrfürchtig.
Aber so reglos.
Mutter mühte sich, daß ihr bestes Kruzifix, das eiserne mit dem kleinen Rubin in der Mitte, in Cathérines Hand blieb, doch es glitt immer wieder zu Boden.
»Das reicht«, sagte Vater. Ich glaube nicht, daß er es guthieß, daß Mutter soviel Aufhebens machte.
Mutter legte das Kreuz auf Cathérines Brust, und es blieb liegen.
Am Nachmittag trafen nach und nach Nachbarn ein und starrten auf unsere zerschlissenen Teppiche. Später brachen wir in zwei Kutschen und einem Fuhrwerk durch den Morast nach Trois-Ilets zum Friedhof hinter der Kirche auf. Die Straßen waren gefährlich, aber es war so heiß, daß wir es nicht wagten, einen Tag zu warten. Eines der Pferde strauchelte in dem tiefen Schlamm, und einige Male mußten wir anhalten, um eine Kutsche aus den Fahrrinnen zu ziehen.
Die Sonne ging unter, als der Sarg ins Grab hinabgelassen wurde. Meine Knie gaben nach, als sie den Deckel schlossen. Gertrude half mir auf die Beine. Auf dem gesamten Heimweg umschwirrten uns Glühwürmchen. Schwirrten und schwirrten um uns herum.

Es ist schon spät. Die Luft ist schwer von drohendem Regen. Ich lausche den Landbrisen, die den Mangobaum vor meinem Fenster bewegen, der lauten Waldziege. Pater Droppet sagt, daß Cathérine im Himmel ist, daß sie bei Gott ist. Doch ich spüre sie im Wind, in den dunklen Schatten. Ich spüre ihre Tränen, und ich denke: Warum *Cathérine*? Warum nicht *ich*? Mein Herz schlägt, welch schreckliche Sünde.

Sonntag, 19. Oktober

Mutter und ich nahmen heute eine eingetopfte kupferrote Lilie mit in die Stadt, um sie auf Cathérines Grab zu pflanzen. Dann befahl mir Mutter, mich in den Wagen zu setzen. Als ich zurückschaute, sah ich sie auf der Erde knien. Ich lief hin, um zu sehen, ob sie verletzt war. Sie biß sich auf die Faust, und ihr Gesicht war feucht. Es machte mir Angst, sie so zu sehen. Ich wußte nicht, was ich sagen oder tun sollte.

»Gibt es einen Gott?« rief sie aus. In ihren Augen war Zorn.

Ich hatte Angst zu antworten, Angst, daß irgend etwas, das ich sagte, Cathérine in die ewige Hölle verdammen könnte. »Wir sollten besser gehen«, sagte ich rasch und streckte aus Angst vor dem, was sie an diesem heiligen Ort vielleicht tun würde, die Hand nach ihr aus.

Als wir zu Hause waren, überredete ich Mutter, einen Rum mit Sirup zu trinken, und brachte sie dazu, sich hinzulegen. Ihr Aufschrei hallte immer noch in mir wider: *Gibt es einen Gott*?

Meine Feder zittert, und winzige Tintenkleckse sprenkeln wie ein Tränengestöber die Seite.

Ich erleide eine bittere Enttäuschung, und wieder wird Hoffnung geboten

3. Januar 1778

Onkel Tascher kam heute von Fort Royal mit einer Wagenladung Vorräte zu uns: grober Baumwollstoff für die Sklavenbekleidung, schwarzer Crêpe für unsere Trauerkleidung. Dann zog er einen Brief aus seiner Westentasche – einen Brief aus Paris! Von Tante Désirée.

Vater las den Brief. Er blickte zu seinem Bruder auf. »Es geht um Désirées Patenkind – den Sohn des Marquis.« Er grunzte. »*Du meine Güte*.«

»Wollen Sie ihn nicht vorlesen, Vater?« Ich setzte mich neben Mutter aufs Sofa. Draußen bewegte eine leichte Brise die Palmen. Unser liebeskranker Bulle brüllte in seinem Pferch.

Vater begann vorzulesen. In dem Brief teilte Tante Désirée Vater mit, daß der Sohn des Marquis, Alexandre – »stattlich und wohlerzogen« –, nun siebzehn wäre. Falls er heiratete, käme er in den Besitz seines mütterlichen Erbes, darum hätte Tante Désirée vorgeschlagen, daß er eine ihrer Nichten heiraten solle – eine von *uns*.

Endlich! dachte ich. Meine Gebete waren erhört worden.

Doch dann las Vater weiter vor, daß Alexandre Cathérine den Vorzug gäbe.

Cathérine?

»Aber …«, stotterte ich. Es war erst zwei Monate her, daß wir Cathérine begraben hatten.

Mutter legte ihre Flickarbeit nieder. »Dann soll er sie eben be-

kommen«, sagte sie. Sie ist immer noch so – irgendwie seltsam.
Vater schritt im Zimmer auf und ab. »Der junge Chevalier wird über ein jährliches Einkommen von mindestens vierzigtausend Livres verfügen.«
»Vierzigtausend?« sagte Großmutter Sannois, die gerade ins Zimmer kam. »Sagte er vierzigtausend? Oder vier?«
Vater stand am Fenster. »Vielleicht nehmen sie Manette statt dessen«, sagte er.
»Genau daran habe ich auch gedacht, Joseph«, sagte Onkel Tascher und rieb sich das Kinn.
Ich verstand das nicht. Warum nicht mich?
»Viertausend wäre ein akzeptables Einkommen«, sagte Großmutter Sannois.
»Manette ist *elf*«, sagte Vater. »Bis dahin ...«
»Gerade eben«, sagte Mutter.
»Elfeinhalb. Du bist unvernünftig!« sagte Vater mit erhobener Stimme.
Onkel Tascher hustete und schenkte sich einen Rum ein. »Solche Gelegenheiten bieten sich nicht alle Tage«, sagte er.
»Warum nicht mich?« sagte ich und stand auf.
Vater machte ein gequältes Gesicht. Er seufzte. »Rose ...« Er warf erneut einen Blick in den Brief. Dann räusperte er sich. »Der Chevalier hat den Wunsch nach einer jüngeren Braut geäußert. Du bist nicht viel jünger als er. Du würdest nicht in der Weise zu ihm aufschauen, wie es sich für eine Ehefrau schickt.«
Mutter schnaubte.
»Genau das ist es«, sagte Vater. Er stapfte zur Tür. »Gott stehe mir bei!« Er schlug die Tür hinter sich zu.
»Ich lasse es nicht zu, daß du mir mein Baby wegnimmst!« schrie Mutter.
Ich lief in mein Zimmer. Ich fing an, Sachen in eine alte Proviant-tasche zu werfen. Ich wollte weglaufen, ganz gleich wohin. Ir-

gendwohin. Selbst der leerstehende Sklavenschuppen unten am Ufer wäre besser als dies hier. Selbst eine Höhle in den Bergen, mit den entlaufenen Sklaven.

In diesem Moment sah ich Manette, die an einem Zuckerrohr kauend in der Tür stand, ihre ramponierte Holzpuppe unter dem Arm.

»Ich dachte, du würdest draußen spielen«, sagte ich. Manette interessierte mich nicht, um die Wahrheit zu sagen.

Ich hörte ein Schniefen. »Ich will nicht fort!«

»Oh ...«, sagte ich. »Du hast alles gehört.« Ich nahm sie in die Arme. »Arme kleine Vogelscheuche«, sagte ich zu ihr. Das war der Name, den ihr die Sklaven gegeben hatten.

Sonntagnacht, 4. Januar

Ich erwachte von dem Geräusch, das Billardkugeln machen, wenn sie gegeneinanderschlagen, von dem Lärm lachender Männer. Onkel Tascher und Vater sind im Spielzimmer, dachte ich. Wie spät war es?

»Warum eines von *deinen* Mädchen, Joseph?« hörte ich den Onkel fragen.

Ich ging zur Tür, drückte das Ohr gegen den Spalt.

»Nicht, daß sie nicht reizend wären«, fuhr er fort, »und von unschuldiger Reinheit, alle beide – aber mache dir doch nichts vor, ein Mädchen ohne Mitgift? Der Bursche muß verzweifelt sein. Und wenn er so ein Prachtexemplar ist, warum muß er dann wegen eines Mädchens, das er noch nie gesehen hat, um die halbe Welt reisen? Und wegen eines mittellosen obendrein. Wenn er wirklich so ist, wie unsere Schwester sagt, dann würde er sich doch wohl irgendeine von den reinrassigen Huren in Frankreich nehmen.«

»Désirée ist nicht töricht«, hörte ich meinen Vater antworten. »Wie alt ist der Marquis denn jetzt eigentlich? Sechzig? Siebzig?

Wenn er mal den Löffel abgibt, dann wird Désirée ...« Vater furzte.
Dann sagte Onkel Robert etwas, das ich nicht verstehen konnte.
»Wenn sie das schafft« – einen Moment lang wurden Vaters Worte undeutlich –, »dann wäre sie rechtmäßig verwandt. Und für eine *Verwandte* würde es sich doch wohl nicht schicken, ihre Tage in einem Wohlfahrtsheim beenden zu müssen.«
Ich hörte einen Sessel über den Holzboden quietschen. »Der Vorteil für Désirée leuchtet mir ein – aber warum sollte der *Sohn* damit einverstanden sein?« fragte Onkel Tascher.
»Hat der Junge denn eine Wahl? Bis er einundzwanzig ist, muß er in die Seine springen, wenn sein Vater sagt, daß er in die Seine springen soll. Und wenn unsere Schwester dem Marquis sagt, daß er seinen Sohn in die Seine springen lassen soll, dann würde der alte Knacker das auch machen, glaube ich. Weiß der Teufel, was sie zur Belohnung mit ihm anstellt.« Er lachte.
»Dann meinst du also, daß der junge Alexandre zu dieser Abmachung gezwungen wird?«
»Weniger gezwungen als bestochen. Zufriedenheit ist ein unbegrenztes Einkommen, wenn du mich fragst. Die einzige Möglichkeit für den jungen Chevalier, über sein Vermögen verfügen zu können, ist die Heirat. Und ich schätze mal, daß sein hochnäsiger Vater zu ihm gesagt hat – auf den *Vorschlag* unserer geliebten Schwester hin, Gott segne sie –: Hör zu, wenn du meine Heiratserlaubnis willst, dann muß es ein Taschermädchen sein.«
Wieder brach Gelächter aus, und das Gespräch wandte sich den Sklavenpreisen zu. Ich kroch ins Bett zurück. In meinem Bauch war ein merkwürdiges Kribbeln. Was hatte Vater damit gemeint, daß Tante Désirée etwas mit dem Marquis *angestellt* hatte – etwas, das ihn veranlaßte, das zu tun, was sie wollte?

5. Januar

Ich erzählte Mimi, daß Manette vielleicht nach Frankreich reist, um verheiratet zu werden. »Sie hat Angst«, sagte ich.
»Was gibt's da Angst zu haben?« fragte Mimi, während sie die Hirse mit heftigen Schlägen zerstampfte.
Ich war mir nicht ganz sicher, wovor Manette Angst haben mußte, aber ich wußte, daß es irgend etwas war – irgend etwas, das mit Hunden zu tun hatte, die aufeinanderstiegen und dabei so mitleiderregend zitterten. »Du weißt schon, Ehepflicht.«
»Hat sie schon ihren Monatsfluß?«
Ich schüttelte den Kopf. »Was hat das denn damit zu tun?« Ich wußte nur, daß die Köchin kein Schweinefleisch pökeln durfte, wenn sie ihren Monatsfluß hatte.* »Kind, sagen die dir denn *gar nichts*!« Aber Mimi sagte mir auch nichts.

17. März

Jetzt ist Manette krank – sie hat Fieber, genau wie Cathérine. Mutter sagt, daß ihre Angst, verheiratet zu werden, das Fieber ausgelöst hat.
Ich kroch neben sie unter die Decken und versuchte, sie aufzumuntern. Ich erzählte ihr, wie fabelhaft es in Frankreich sein würde. Ich erzählte ihr von den wunderschönen Puppen, die sie dort haben, und wie sich unsere wunderbare Tante Désirée um sie kümmern würde. Ich erzählte ihr, wie stattlich der Chevalier wäre, wie gepflegt und wohlerzogen, wie vornehm und reich. Ich erzählte ihr, wie neidisch ich bin. (Oh, das bin ich wirklich!)

* Der Glaube, daß eine menstruierende Frau einen Schinken verderben konnte, hielt sich bis ins neunzehnte Jahrhundert. Ärzte veröffentlichten Beiträge in medizinischen Zeitschriften über die Theorie, daß eine Frau während der Menstruation eine feuchte Haut bekäme und dadurch verhindert würde, daß das Schweinefleisch Salz aufnimmt.

Aber in ihrem Fieber weinte sie nur. In manchen Nächten habe ich solche Angst, daß sie wie Cathérine sterben wird, in einem einzigen großen Augenblick fort ist und nur noch ein schlaffer Körper auf einem zerwühlten Bett zurückbleibt, nicht mehr und nicht weniger als eine Lumpenpuppe.

23. Juni, 9 Uhr abends

Vater kam gestern von Sainte-Lucie zurück. Sofort fingen er und Mutter zu streiten an.
»Aber Manette wollte niemals fort!« hörte ich Mutter sagen. »Du hast ihr diese Worte in den Mund gelegt.«
Sie fing zu schluchzen an, daß er ihr Manette nicht wegnehmen *könne*, nicht so bald nach dem Verlust von Cathérine. Vater schrie: »Du verrücktes Kreolenweib und deine Kinder!« Ich spürte, wie die Wände bebten, als die Tür zugeworfen wurde.

24. Juni

Vater hat nachgegeben. Er schrieb Tante Désirée, teilte ihr mit, daß er Manette nicht bringen könne, sie sei zu krank für die Reise, aber wie es mit mir wäre? Er erklärte, daß ich gar nicht *so* alt sei und dabei schon gut entwickelt wäre.
»Du weißt, daß ihnen diese Idee möglicherweise nicht gefällt, Rose«, sagte er zu mir, als er den Brief mit Wachs versiegelte. »Immerhin bist du schon fünfzehn.«
»Wann wirst du es erfahren?«
»Es wird ein paar Monate dauern, bis mein Brief dort ankommt, und dazu noch der Krieg ...« Er hörte auf zu rechnen. »Fünf Monate?«
Ich stöhnte. Fünf Monate! Ich will es *jetzt* wissen!

Ich verliebe mich

Sonntag, 19. Juli 1778

Es wird von einer neuen Familie in der Stadt geredet, einer Frau und ihrem Sohn. In der Kirche habe ich sie nach der Messe gesehen. Der Junge – über sechzehn, und von schöner Gestalt – schaute gerade drei Dorfjungen zu, die einen Skorpion jagten, der unter eine Kirchenbank geschlüpft war. Er spielte mit dem Griff seines Entermessers herum, die langen dunklen Ponyfransen verdeckten seine Augen. Sein Leinenkittel und seine Lederstiefel waren geflickt.

»*Béké-goyave*«, murmelte Mutter vor sich hin und schob mich nach draußen, »weiße Landstreicher.«

25. Juli

Mutter erlaubte mir, heute mit Mimi und Sylvester zum Markt zu fahren. »Sofern deine Hausarbeiten erledigt sind«, sagte sie. Wir brachen mit dem Ochsenkarren in die Stadt auf.

Im Dorf war viel los. Ich gestehe, daß ich hoffte, den neuen Jungen zu sehen, aber es waren nur Seeleute da, die aus Fort Royal zu den Hahnenkämpfen herübergekommen waren. Ich hielt den Blick gesenkt, wie es die Nonnen gelehrt hatten.

Am Pier kauften wir von einem Fischer mit hellem Kraushaar eine Makrele und drei Korallenfische. Er starrte mich an, während wir seinen Fang begutachteten. Dann sagte er etwas zu Sylvester und lachte auf eine Weise, die mich erröten ließ.

Wir spazierten wieder zum Dorfplatz hinauf, um Pawpaws, Guaven, Avokados und Tapiokas zu kaufen. An einem Tisch, auf dem Heiligenbilder, kleine Spiegel und Rosenkränze ausgelegt waren, erzählte uns eine Frau von dem entlaufenen Sklaven, der sich in einen Hund verwandelt und auf der Desfieux-Plantage ein Baby gefressen hatte. Gerade als es richtig schaurig wurde, erschien die Mutter des neuen Jungen, in einigem Abstand von dem Jungen gefolgt, der mit Paketen beladen war.

Seine Mutter nickte mir zu. Sie hatte tiefliegende Augen. »Ich habe Sie in der Kirche gesehen«, sagte sie. Sie sprach wie eine Nonne, korrekt. Zwischen den Sätzen preßte sie die Lippen zusammen.

Ich nickte.

Sie stellte sich als Madame Browder vor, ein britischer Name. Der Junge heißt William.

»Wir leben am Fuße des Morne Croc-Souris«, erzählte ich ihnen.

Mimi spuckte auf die Erde.

»Am Fluß?« fragte Madame Browder und steckte eine rote Haarsträhne unter ihre einfarbig weiße Haube.

»Weiter entfernt, La Pagerie.« Von jenseits der Bucht konnte ich einen Einbaum sehen, der langsam auf die Küste zutrieb. Ein Schwarm Möwen stand über ihm wie Moskitos in der Regenzeit.

»Wir wohnen näher an der Stadt«, sagte Madame Browder.

»Die alte Laignelot-Siedlung«, sagte Mimi. Sie kraulte die Ohren eines räudigen Hundes. »Nachbarn, wenn du am Fluß entlanggehst.«

Ich hatte das Gefühl, daß ich sie zu Tee und Kuchen einladen sollte, aber ich wagte es nicht, da ich mich an die barschen Worte meiner Mutter erinnerte: *béké-goyave*. Ich wurde von Sylvester gerettet, der mit dem Wagen vorfuhr. Hastig verabschiedete ich mich.

»Schöne Augen«, neckte mich Mimi auf dem Heimweg und stieß mich mit dem Ellenbogen an. »Ich hab gesehen, wie du ihm schöne Augen gemacht hast.«

Sonntag, 9. August

William und seine Mutter saßen heute morgen ziemlich weit vorne in der Kirche. Mutter, Manette (der es jetzt besser geht) und ich saßen auf einer Bank einige Reihen dahinter. Während der ganzen Messe beobachtete ich ihn, und mein Herz flatterte dabei wie ein gefangenes Vögelchen.

10. August

Heute nachmittag schlich ich mich zum unteren Teich, um zu schwimmen. Als ich jedoch dort ankam, sah ich den neuen Jungen, William Browder. Er angelte, die Hosenbeine bis zu den Knien aufgerollt. Er erschrak, als er mich sah, so, als ob er nicht dort sein sollte. Er zog die Leine aus dem Wasser, ein langes Stück weißes Roßhaar, das an einer Bambusstange befestigt war.

»Etwas gefangen?« Es war heiß, und ich sehnte mich nach einem Bad, aber ich wußte nicht, ob ich sollte, jetzt, da er dort war. Stattdessen setzte ich mich ans Ufer. Ich zupfte einen langen messerscharfen Grashalm und spaltete ihn, um hindurchpfeifen zu können. »Wie machst du das?« fragte William Browder, als er seine Hosenbeine hinunterrollte.

Ich zeigte es ihm, und wir saßen da und pfiffen.

»Warum seid ihr nach Trois-Ilets gezogen?« fragte ich schließlich. *Cul-de-sac à vaches* – Kuhweide – nannten wir es. »Nicht, daß es mich etwas anginge«, fügte ich in dem Bemühen, Manieren zu zeigen, hinzu.

»In Saint-Pierre war es schwer für meine Mutter«, sagte er. Er

schaute zum Himmel hinauf. Ein Habicht kreiste. »Hier ist es auch schwer für sie.« Er zuckte mit den Schultern.
Ich hatte gehört, daß seine Mutter früher Schauspielerin gewesen war und sich während des Siebenjährigen Krieges in einen Seemann der britischen Marine verliebt hatte. Stell dir mal vor, eine solche Mutter zu haben, dachte ich. Eine Schauspielerin! Welch eine Schande und welch ein Ruhm. Eine Schauspielerin konnte nicht auf dem Kirchfriedhof begraben werden oder durfte nicht einmal heiraten – die Kirche verbot es.
»Du bist Engländer? Aber du hast gar keinen Akzent.« Ich schlug nach einer roten Ameise, die meinen Arm heraufkroch.
»Mein Vater stammte eigentlich aus Schottland.«
Ich wußte nicht, wo Schottland lag, aber ich war froh, daß er kein Engländer war. Die Engländer sind keine Christen – sie fressen Kinder.
»Ich habe ihn nie kennengelernt«, fuhr er fort. Er streckte sich im Gras aus und zwirbelte einen Grashalm zwischen den Fingern.
»Nie?«
William sah mich an. Seine Augen war von einem hellen Blau, wie ich es noch nie gesehen hatte. »Ich erinnere mich an sein Gesicht, an sein Lächeln. Aber das ist auch schon alles.«
»Mein Vater ist selten zu Hause, darum glaube ich nicht, daß da ein großer Unterschied ist«, sagte ich zu ihm.
»Als ich klein war«, sagte William, »gefiel mir der Gedanke, daß meine Eltern sich sehr geliebt hatten und sich auf tragische Weise trennen mußten. Ich fand das besser als eine mühsam aufrechterhaltene Ehe, in der Mann und Frau nur verbittert und gefühllos werden.«
Ein Fisch sprang aus dem Wasser und zog dabei Ringe auf der spiegelglatten Oberfläche des Teiches. Ich dachte an meine Eltern, an die Bitterkeit zwischen ihnen. War da jemals Liebe im Spiel gewesen?
William schob sich die Haare aus den Augen. »Ich bin ein Ro-

mantiker, glaube ich.« Er lächelte. »Wie mein Idol, Jean-Jacques Rousseau.«
Ich stand auf, mir war unbehaglich. Niemand, und schon gar nicht ein Junge, hatte jemals über solche Dinge mit mir gesprochen. Ich fürchtete, daß es unschicklich war, und wußte nicht, was ich entgegnen sollte. »Ich muß gehen«, sagte ich.
»Ja«, sagte William und erhob sich auch. Er stand vor mir, verlegen und zögernd, kein geheimnisvoller junger Mann mehr, Sohn einer Schauspielerin, die auf tragische Weise geliebt worden war, sondern statt dessen nur William, ein *béké-goyave* in geflickten Kleidern.
Ich eilte den Pfad hinauf. An der Steinbrücke warf ich einen schnellen Blick zurück. William sah mir nach.
»Morgen?« rief er.
Mit brennendem Gesicht rannte ich den Hügel hinauf.

Mittwoch, 12. August

Den ganzen Morgen sagte ich mir: Ich werde nicht hingehen, ich werde nicht hingehen. Und dann, nach den Hausarbeiten, machte ich mich doch auf den Weg zum Teich …
William grinste, als er mich den Pfad herunterkommen sah. Ich tat, als wäre ich überrascht, ihn dort zu treffen. Ich wußte nicht, was ich sagen sollte, also setzte ich mich ans Ufer und warf Kieselsteine ins Wasser. Dann lief ich singend nach Hause.
Nicht auszudenken, was aus mir wird, wenn irgend jemand das herausbekommt.
Ich werde nie wieder hingehen.

2. September

Wann immer es möglich ist, gehe ich zum Fischteich. William ist oft dort. Meistens sitzen wir nur da und reden. Ich erzähle ihm, wie gerne ich nach Frankreich gehen möchte, nach *Paris*, daß ich spüre, wieviel es doch zu erleben und zu sehen gibt, wie aufregend es ist, jung zu sein und sich auf all das zu freuen, wie schwer es ist, wenn einem gesagt wird, daß Träume unerfüllbar sind.
William geht es genauso. Er möchte so gerne die Welt sehen. Er liest die Zeitungen, die mit den Schiffen herüberkommen. Er berichtet mir alles, was in den amerikanischen Kolonien geschieht. Er spricht von »Freiheit« und »Gleichheit«. Er fragt mich, was ich von all dem halte, aber ich sage ihm, daß ich nicht lese, woher soll ich es also wissen?
»Du mußt nicht lesen, um zu wissen, was du von so etwas wie Freiheit hältst. Das steht in deinem Herzen geschrieben«, sagte er, »nicht auf der Seite eines Buches.«
Heute nachmittag hat er mir einen Abschnitt aus einem Buch vorgelesen: *Der Mensch ist frei geboren, doch überall in Ketten.**
»Frei *geboren*«, sagte er. »Stell dir das vor.«
»Jeder?«
»Frei *und* gleich.«
»Sklaven auch?«
»Ein Herr und seine Sklaven.« Er dachte nach. »Ein König und seine Untertanen.«
»Und *das* steht in diesem Buch?« Ich betrachtete es besorgt, als könnte es vor meinen Augen in Flammen aufgehen. »Aber William«, sagte ich, »wenn das wahr wäre, dann wäre die Welt ...« Ich hielt inne. Mir fiel kein Wort ein, das groß genug gewesen wäre.
»Ja!« sagte er.

* Aus *Vom Gesellschaftsvertrag* von Jean-Jacques Rousseau

Freitag, 18. September

William und ich haben uns gestritten. Es begann damit, daß ich ihm erzählte, wie Mimi mir die Karten legt, daß sie mir beibringt, wie man das macht.
»Wie kann sich dein Leben in diesen kleinen Papierschnipseln abspielen?« wollte er wissen.
»Ich weiß nur, daß die Karten recht haben. Ich habe gesehen, daß es so ist.«
»Dann kannst du nicht an die Freiheit glauben«, sagte er.
»Zeig mir die Freiheit!« rief ich, und er wußte keine Antwort darauf. Denn so etwas gibt es nicht.

20. September, 8 Uhr 30 abends

William hat sich entschuldigt, und ich habe angenommen. Er gab zu, daß ihn der Gedanke bekümmert habe, so etwas wie Freiheit könne es nicht geben, daß alles nur auf dem Papier stünde.
»Welche Bedeutung hätte es denn dann, was ein Mensch tut?« wollte er wissen.
Ich erzählte ihm von Cathérine und dem Schicksal, das ihr die alte Frau vorausgesagt hatte, und wie es sich auf so tragische Weise erfüllt hatte. Dann erzählte ich ihm von dem Schicksal, das mir die alte Frau vorausgesagt hatte.
»Glaubst du wirklich, daß dies deine Vorsehung ist – *Kaiserin* von Frankreich zu sein?« fragte er.
»Wie entsetzlich das doch wäre«, sagte ich. Eine Schar Krähen lärmte in den Büschen unten in einer Schlucht.
William brach einen Bougainvilleazweig ab und krönte damit meinen Kopf. Er trat zurück, um mich zu betrachten. »Du wärst eine wunderschöne Kaiserin«, sagte er.
Ich wandte mich ab, denn ich fühlte mich so schamlos schön in seinen Augen.

Er verbeugte sich spöttisch. »Aber wer wird der Kaiser sein?«
Die Bougainvillea fiel von meinem Kopf. Ich beugte mich hinunter, um sie aufzuheben. Als ich mich aufrichtete und ihm gegenüberstand, war mir plötzlich schwindlig. »Du?«
Dann küßte er mich, und ich ließ es geschehen.

16. Oktober

Heute nachmittag zogen William und ich den Berg hinauf in der Hoffnung, die grüne Flamme* zu sehen. Wir warteten bis kurz nach Einbruch der Dunkelheit, aber trotzdem sahen wir sie nicht, weil wir uns zuviel küßten.

Sonntag, 1. November, Allerheiligen

Oh ... Ferien, Ferien, Ferien, mir ist so bang, daß sie zu schnell vorbeigehen.
Heute morgen, nachdem wir Kerzen auf Cathérines Grab angezündet hatten, sind Mutter, Manette und ich zu einem sogenannten Ferienfestmahl nach Hause zurückgekehrt: Gekochte grüne Bananen und Hirse. Die Hirse schmeckte fürchterlich ohne Salz, ohne das wir auskommen müssen, seit die Briten den Hafen blockiert haben.** Wir sprachen ein Gebet für Vater, der sich am Kampf in Sainte-Lucie beteiligt.
Ich habe William seit fünf Tagen nicht gesehen.

* Eine schmale grüne Linie, die gelegentlich bei Sonnenuntergang oder Sonnenaufgang zu sehen ist. Es heißt, daß sie jenen, die sie sehen, Glück bringt.

** Frankreich unterstützte inoffiziell den Amerikanischen Unabhängigkeitskrieg gegen England, indem es den amerikanischen Truppen von Fort Royal aus Vorräte lieferte. Daher blockierten die Briten den Hafen.

15. Dezember

Die Briten haben Sainte-Lucie eingenommen. Vater ist in Sicherheit – er ist auf dem Heimweg.

Neujahrstag 1779

Heute habe ich William als Geschenk Ingwerkonfekt mitgebracht. »Du hast den Weg zu meinem Herzen gefunden«, sagte er. Manchmal spricht er so – wie ein altmodischer Ritter.
Es war so heiß, daß wir lange im Wasser blieben. Als wir herauskamen, streckten wir uns am Ufer zum Trocknen aus. Er löste mein Haar. Dann küßte er mich und drückte mich eng an sich. Kein Laut war zu hören, kein Vogelgezwitscher, nur der Schlag meines Herzens. Schließlich rückte ich von ihm ab, denn es machte mir angst, das alles.

»Wo bist du gewesen?« sagte Mutter, als ich heimkam. Die Schatten waren lang geworden.
»Mit Mimi am Fluß«, log ich.
»Deine Wangen sind verbrannt«, sagte sie. »Du unterläßt es, deine Haube zu tragen.«

Jetzt ist es Nacht, spät. Die Hügel sind still. Ich konnte nicht schlafen, darum stand ich auf, zündete eine Kerze an und öffnete dieses liebe Büchlein, damit ich die Gedanken, die mir im Herzen brennen, niederschreiben kann.
Ich liebe William. Ich liebe William. Ich liebe William.

Ich werde versprochen

Freitag, 29. Januar 1779

Heute kam der Brief aus Paris. Tante Désirée schrieb an Vater: Welches auch immer, nur bringe ein Mädchen her, mich oder Manette, es spiele keine Rolle. »Wir brauchen unbedingt eine Deiner Töchter.« Sie drängte Vater, eilig zu handeln – der junge Chevalier könnte seine Meinung ändern, wenn er zu lange warten müßte.

Der Marquis hatte Vater ebenfalls ein Briefchen geschrieben: »Diejenige, die Sie für meinen Sohn als die Geeignetste erachten, wird unserem Wunsch entsprechen.« Er fügte die Erlaubnis bei, das Aufgebot verlesen zu lassen, und ließ Platz, um einen Namen einzusetzen.

Vater sah mich an. »Nun, Rose – deine Gebete sind erhört worden«, sagte er und schrieb meinen Namen auf den Bogen.

Ich sah weg.

»Was bist du doch für ein sonderbares Mädchen. Immer wenn du glücklich bist, weinst du.«

Ich wischte mir die Wangen mit dem Handrücken ab. »Ja, Vater«, sagte ich.

31. Januar

Heute morgen in der Kirche sah ich William. Ich machte unser Zeichen, und er nickte mir zu.

Wieder zu Hause beeilte ich mich mit meinen Hausarbeiten. Ich

bat um Erlaubnis, zum Fluß gehen zu dürfen – mit Mimi, sagte ich und betete um Vergebung für meine Lüge, zu allem Überfluß noch an einem Sonntag.
Mutter willigte ein, und ehe sie es sich anders überlegen konnte, war ich fort, den Pfad hinunter und in den Wald hinein. An der Brücke blieb ich stehen, mein Atem ging stoßweise. Warum rannte ich denn? Ich ging langsam weiter, während mich meine aufgewühlten Gedanken einholten. Was sollte ich ihm sagen?
William angelte am Teich. Er wandte sich um, als er mich auf dem Weg hörte.
»Ich bin froh, daß du kommen konntest«, sagte ich, als ich wie eine Fremde nervös neben ihm stand. »Ich muß dir etwas mitteilen.« Ich hörte den Schrei eines Raben.
William zog seine Leine ein. Am Haken hing ein lebender Frosch.
»Vater hat einen Brief von seiner Schwester in Paris erhalten«, sagte ich. »Sein Angebot wurde angenommen.«
»Welches Angebot?«
»Ich soll versprochen werden – einem Mann in Frankreich.«
William machte sich an dem Haken zu schaffen, um den Frosch abzunehmen. Er fluchte vor sich hin und bat mich dafür nicht um Verzeihung.
»Ich werde in Paris leben. Ich werde eine Vicomtesse sein.« Gegen meinen Willen klang Stolz aus meiner Stimme.
William sah mich an. Seine Augen wirkten unnatürlich blau.
»Willst du nicht irgend etwas sagen?« Ich fühlte mich unbehaglich.
William warf das Angelgerät in seinen Korb. »Danke, daß du es mir gesagt hast? Soll ich das sagen?« Er band seine staubige Eselin von einem Gummibaumast los.
»William ...« Ich legte ihm die Hand auf die Schulter.
Er sprang mit einem Satz weg und zog sich auf den Rücken der

Eselin hinauf. Dann trat er ihr in die Flanken und ritt den Pfad hinunter davon.
Ich saß am Fluß und bemühte mich krampfhaft, nicht zu weinen.

Sonntag, 11. April

Heute morgen, nach der Messe, verlas Pater Droppet das Heiratsaufgebot zwischen Alexandre-François, Chevalier de Beauharnais, und Marie Joseph Rose de Tascher de la Pagerie.
Manette zwinkerte mir zu. Jeder drehte sich um und starrte mich an. Mir war, als ob Pater Droppet nicht von mir, sondern von jemand anderem gesprochen hätte.
Dies ist nun die große Neuigkeit im Dorf: Endlich werde ich verheiratet, und das mit einem reichen Mann in Paris, einem *Beauharnais*, dem Sohn des ehemaligen Gouverneurs der Windward-Inseln. Ich werde eine Madame de Vicomtesse sein. Man betrachtet mich jetzt als Erwachsene, und ich gebe zu, daß ich mich älter fühle.

8. Mai

Mutter läßt ein Kleid für mich anfertigen, im Pariser Stil, aus purpurrotem Brokat mit Gaze rund um die Ärmel und den Hals. Ich darf es erst tragen, wenn ich in Frankreich bin. So hätte ich wenigstens ein anständiges Stück Garderobe, sagte sie. Heute gehe zur ersten Anprobe.

Montag, 7. Juni

Mutter besteht darauf, daß ich lerne, mich richtig anzukleiden. Ich muß ein Fischbeinkorsett tragen, das so steif bleibt, daß es meinen Busen nach oben drückt und mich zwingt, aufrecht zu

sitzen. Selbst das Atmen bereitet Schmerzen. »Wann kann ich es ablegen?« fragte ich, nachdem ich eine lange Stunde an meinem Frisiertisch gesessen und Salben aufgetragen hatte.
»Du darfst es nie ablegen«, sagte Mutter, während sie Mimi zeigte, wie mein Haar gepudert werden muß. »Du bist jetzt eine Frau.«

23. Juni

Heute bin ich sechzehn geworden – wie schnell doch die Jugend vergeht. Mimi hat mir eigene Tarotkarten geschenkt. »Mit heiligem Wasser geweiht«, flüsterte sie.
Sorgfältig legte ich sie aus. In der zehnten Position war der gehängte Mann, dessen Haare nach unten hingen.
»Das Leben wurde auf den Kopf gestellt«, prustete sie. »Das bist du!«

Samstag, 10. Juli

Vater hat Mühe, genügend Geld aufzutreiben, um die Überfahrt zu bezahlen. Ich hörte zufällig mit an, wie er sich mit Onkel Tascher stritt. »Ich habe dir bereits genug geliehen, Joseph!« hörte ich Onkel sagen.

16. Juli, 3 Uhr mittags

Vater hat endlich genügend Geld. Onkel Tascher hat nachgegeben. Nun muß Vater ein Schiff finden, das uns mitnehmen kann. In diesen Kriegszeiten wird es nicht leicht sein, sagt er.
Ich mache mir Sorgen, denn seine Gesundheit ist angegriffen.
»Du wirst diese Reise nicht überleben, Joseph«, hörte ich Mutter heute morgen zu ihm sagen. »Und was wird dann aus uns?«

»Es ist meine einzige Hoffnung. Diese Ärzte in Paris verstehen ihr Handwerk«, sagte er hustend.
Was, wenn Mutter recht hat? Was, wenn Vater stirbt?

28. Juli

Wir brechen in zwei Wochen auf. Mutter hat die beiden großen Seekisten in den Salon hinaufschleppen lassen, und überall stapeln sich Kleidungsstücke. Es gibt soviel zu tun, zu entscheiden, was mitgenommen werden soll, was zurückgelassen wird.
Mutter ist fest entschlossen, Gertrude mit mir mitzuschicken, aber Gertrude fleht, hierbleiben zu dürfen. Die Reise würde sie umbringen, sagt sie.
»Es ist Lasyrenn, die ihr Angst macht«, flüsterte Mimi.
Lasyrenn, der Voodoogeist des Meeres, die Meerjungfrau mit den langen schwarzen Haaren. Lasyrenn, die knapp unter der Wasseroberfläche lebt und ruft.

29. Juli

Mimi begleitet mich!

Sonntag, 8. August

Übermorgen brechen wir nach Fort Royal auf, und am Tag danach segeln wir los. In Saint-Domingue wechseln wir zur *Ile de France* über, einem Versorgungsschiff der Marine, das, wie Vater warnt, nicht allzu komfortabel sein dürfte. Die Fregatte *La Pomone* wird uns auf dem ganzen Weg nach Frankreich begleiten, um uns für den Fall, daß wir von den Engländern auf See angegriffen werden, zu verteidigen.
»Ich segele nicht gern in Kriegszeiten«, sagte Vater zu mir, »aber

wenn wir auf den Frieden warten, werden wir niemals dort ankommen.«
Es ist unheimlich, aber aufregend – was, wenn wir in einen Kampf geraten?

1 Uhr mittags

Ein Wind kommt auf, biegt die Palmen. Die heiße Luft stürzt sich auf meine Röcke, löst meine Zöpfe, zerrt fest an meinem silbernen Ohrgehänge. Es ist Mittag, aber dunkel wie um Mitternacht. In meinem Zimmer befestige ich mit einiger Mühe die Holzläden und zünde eine Wachskerze auf meinem Toilettentisch an. Ich kritzele über die Seiten auf der Suche nach einem Weg zu meinem Herzen, zu einem Wort, einem Namen: *William*.
Von irgendwoher erfaßt eine Brise die Flamme, löscht sie aus, und tiefe Dunkelheit umgibt mich.

9. August

Der Tag brach an, als ich aufstand. Ich schlüpfte in meine Kleider und ging auf die Felder hinaus. Sucre war mühsam einzufangen. Ich mußte sie mit einem Zimtapfel locken. Schließlich schaffte ich es, sie aufzuzäumen, und ritt auf den Fluß zu, die Unterröcke bis zu den Hüften hochgeschlagen, den warmen Körper meines Ponys zwischen den Beinen.
Ich wartete an der Steinbrücke. Bald darauf kam William, ein Buch lesend, gemächlich auf seiner Eselin daher. Er war überrascht, als er mich sah.
»Komm mit mir den Berg hinauf«, sagte ich.
»Du bist versprochen.«
»Ich reise morgen ab!«
Das schien ihn zu erschrecken.
Ich übernahm die Führung, als wir den Hügel hinaufritten. Am

oberen Ende des Weges, dort, wo er in eine Lichtung mündet, hielt ich an. »Das ist ein guter Platz.« Ich ließ mich von Sucre gleiten.

»So gut wie jeder andere.« William band seine Eselin an eine Kokosnußpalme.

»Du bist nicht der einzige, der ...«

»Der *was*? Was empfindest du denn, Rose?« Er wandte sich ab. »Es tut mir leid«, sagte er. »Ich weiß ja, daß es nicht zu ändern ist.«

Ich preßte die Stirn an seinen Rücken. »Hältst du es für möglich, daß wir einander ewig lieben werden?«

»Sprich nicht von Liebe, ich flehe dich an«, sagte er mit tränenerfüllter Stimme.

Wir blieben auf dem Berg, bis die Moskitos zu schwärmen begannen. Er küßte mich auf die Wange. Ich sehnte mich nach mehr, viel mehr, doch ich hatte kein Recht mehr dazu.

Wir ritten den Berg hinab, durch die langen Schatten. Am Fuß wandte er sich mir zu. »Wir haben nie die grüne Flamme gesehen.«

Ich hatte es schon vergessen.

»Ein andermal«, sagte er und schützte mit der Hand seine Augen vor der Sonne.

11. August – Fort Royal

Wir waren zu acht in dem Planwagen – ich, Vater und Mimi, dazu Mutter, Manette, Großmutter Sannois, und sogar Gertrude. Und Sylvester kutschierte. Dazu noch die beiden großen Seekisten. Es war ein Wunder, daß das Pferd uns alle ziehen konnte. Mehr als einmal steckten wir bis zur Radnabe im Schlamm und mußten zu Fuß gehen.

Es war schon bedenklich weit nach Einbruch der Dämmerung, als wir in Onkel Taschers Innenhof einfuhren. Seine Frau kam

mit aufgelösten Haaren und unordentlich gekleidet heruntergelaufen, um uns zu begrüßen, Onkel Tascher mit hochrotem Gesicht hinter ihr her.
Wir wurden alle zusammen in zwei Zimmern im ersten Stock untergebracht. Onkel Taschers Dienstmädchen brachte uns Kassavenbrot mit Zuckersirup und einen Kochtopf mit heißer Schokolade, der Vater einen Schuß Brandy aus seiner Futteralflasche beigab. Wir aßen und machten uns zum Schlafen bereit. Als wir gemeinsam unsere Abendgebete sprachen, konnte ich ein Schniefen hören. Gertrude hatte das Gesicht in den Händen vergraben.

Ich erwachte, bevor der Morgen dämmerte. Eine Zeitlang lag ich träumend da. Wie Monsieur de Beauharnais wohl sein mag, überlegte ich. Ich stellte ihn mir gutaussehend und schneidig vor, vielleicht ein wenig schüchtern, so daß ich ein wenig kokettieren mußte, um ihm die Befangenheit zu nehmen. Ich übte, mit den Augen zu rollen, die angeblich das Attraktivste an mir sind, und meine Hand zu küssen, was sie jedoch lediglich naß machte und mich an William erinnerte. Ich hoffte, daß Monsieur de Beauharnais William sehr ähnelte, nur eben adlig und reich, und daß er mich sehr lieben würde. Was mich betrifft, so weiß ich, daß ich ihn lieben werde, denn Gertrude sagt, ich könnte sogar einen Floh lieben.
Großmutter rührte sich, stupste Mutter an, damit sie ihr aufhalf, und der Tag begann. Ich ging zum Fenster und zog die schweren Brokatvorhänge zurück. Unser Segelschiff war noch da, neben den kleinen Fischerbooten. Eines der Segel war losgemacht worden. Ich konnte es kaum erwarten, an Bord zu gehen, denn was, wenn ein Wind aufkam und wir zurückgelassen wurden?
Dieses eine Mal mußte mir Mutter nicht sagen, daß ich mich fertigmachen sollte. Gertrude schnürte mich in mein bestes Gewand, das gelbe mit dem Schal, das ich selbst bestickt hatte.

Mimi, immer noch in ihren Unterröcken, gesellte sich aus dem anderen Zimmer zu uns. »Ich hatte einen schlimmen Traum heute nacht.« Sie rieb sich die schläfrigen Augen.
Gertrude schlug die Hände über die Ohren. »Sag das nicht!«
»Schweig!« sagte Mutter und bekreuzigte sich.

Schließlich waren wir, in unsere Sonntagsgewänder gekleidet, bereit. Wir hatten gegessen, Kaffee mit Milch getrunken und unsere Morgengebete gesprochen, die so lange dauerten, daß mir die Knie weh taten.
Onkel Tascher ließ zwei Wagen anspannen. Sein Kutscher (in neuer Livree – sehr stattlich) und Sylvester luden die Kisten auf ein Fuhrwerk, das von zwei schläfrigen Mulis gezogen wurde. Mimi, ihren Weidenkorb an sich gedrückt, und eine schniefende Gertrude kletterten hinten auf. Sylvester schwang sich auf den Kutschbock. Onkels Kutscher – der trotz der Stunde betrunken aussah – half uns in Onkel Taschers neue Karosse.
»Du meine Güte«, sagte Mutter, als sie die blauseidene Polsterung berührte. »Bist du sicher, daß wir darauf sitzen sollten, Robert?«
Großmutter klopfte an die Verglasung, um zu sehen, ob sie echt war, und zog eine der Jalousien herunter, um zu sehen, ob sie funktionierten. »Schade, daß es diese Farbe ist«, sagte sie.
»Aber ja, aber ja, aber ja, setzt euch nur.« Onkel Taschers Frau ordnete ihren braunen Taftfaltenrock (aus *Mailand*). »Ich gehe nirgendwohin mehr zu Fuß.« Sie schaute in die Glasscheibe, um sich zu vergewissern, daß ihr gräßliches rotes Haar unter ihrer Spitzenhaube gut verborgen war.
»Ich fühle mich wie eine Kaiserin in dieser Karosse«, sagte ich. Dann schlug ich die Hand vor den Mund, denn das Gerede über meine Zukunft war noch nicht verstummt.
Der Kutscher knallte mit der Peitsche, und die Pferde zogen mit einem Ruck an, wodurch wir durcheinandergewirbelt wurden.

Als wir uns dem Hafen näherten, nahm Vater meine Hand. »Nervös?«
»Mon Dieu«, sagte Mutter. »Dieses Schiff ist nicht besonders groß, Joseph.«
»In Sainte-Domingue wechseln wir auf ein größeres über.« Vater sprang auf den Kai, als wäre er ein junger Mann. Er ließ den Metalltritt herunter.
»Ein Schiff *und* ein Geleitschiff.« Onkel Tascher rückte seinen Hut zurecht, denn er war jetzt Hafenkommandant. Er nahm Mutters Hand, als sie herunterstieg. »Sie sollten eigentlich vor einem Angriff sicher sein.«
Sylvester lenkte das Fuhrwerk mit Gertrude und Mimi hinter uns heran. Unsere beiden Seekisten wurden in ein Ruderboot geladen, und plötzlich sagten wir alle auf Wiedersehen.
»Schick mir eine Puppe!« verlangte Manette, als sie meine Taille umklammerte.
Ich küßte ihr liebes, tränenverschmiertes Gesicht. »Wirst du mir schreiben?«
Sie nickte, aber ich wußte, daß sie es nicht tun würde.
Mutter ergriff meine Hände. »Du darfst nicht vergessen, dich unter den Nägeln zu waschen.«
»Maman!«
Sie legte mir die Hand auf die Schulter. »Wirst du ein braves Mädchen sein?«
Ich umarmte sie. Ich hatte Angst, sie könnte weinen.
Mimi und Vater hatten bereits in dem kleinen Passagierdinghi Platz genommen. Vater schrie mir zu, einzusteigen.
Gertrude nahm mich in die Arme. »Mein Baby!« Ich begann ebenfalls zu weinen.
Ich küßte ihre feuchten Wangen und riß mich los. Ein bärtiger Matrose half mir ins Boot. Vater reichte mir sein Taschentuch. Mimi sah verängstigt aus. Und dann waren wir auf dem Wasser, winkten und warfen uns Kußhändchen zu.

Ich sah zurück. Gertrude war auf die Knie gefallen und betete. Mutter stand regungslos da, die Hände an die Brust gepreßt. Schließlich standen nur noch Manette und Sylvester da und winkten.

2

Vicomtesse

Ich komme in die Alte Welt

Dienstag, 12. Oktober 1779 – Brest, Frankreich

Meine Knie zitterten, als ich auf den Kai kletterte. Ich hielt mich an Mimi fest, um mein Gleichgewicht nicht zu verlieren. Mir war gar nicht zu Bewußtsein gekommen, wieviel Angst ich gehabt hatte, daß wir es niemals schaffen würden.

Frankreich! So viele Menschen, Pferde, Kutschen! Ein Träger, der eine Last auf dem Kopf balancierte, fuhr uns an, aus dem Weg zu gehen. Ein Ausrufer schrie seine Neuigkeiten am Rand der Menge aus. Es wirkte seltsam, all diese weißen Gesichter, die umhereilten und Worte ausriefen, die ich nicht verstehen konnte.

Der Kapitän und der Flaggschiffleutnant halfen Vater. Er war so krank, daß er kaum laufen konnte. Er hatte ein Gebräu aus Federgrassirup und Brandy getrunken, das ihm der Schiffsarzt zubereitet hatte, aber es hatte nicht geholfen.

Ich fragte eine geschminkte Dame, die neben einigen Seekisten stand, wo wir eine Pferdedroschke mieten könnten, aber sie sah mich nur an. »Sie kann Ihren Dialekt nicht verstehen«, erklärte der Kapitän, während er Vater auf eine Kiste setzte. Er winkte eine Mietdroschke heran und half uns, in einem Gasthaus unterzukommen. Er sandte sogar eine Nachricht an Tante Désirée, daß wir angekommen wären. Er sagte, daß sie ungefähr zehn Tage bräuchte, um herzukommen, vielleicht auch länger.

Zuerst versuchten wir, im Hôtel du Monarque Quartier zu nehmen, ein luftiges und helles Gebäude mit Kronleuchtern, Teppichen und einem Büffet, auf dem ein paar Platten angerichtet waren. Wir wurden in einen Salon geführt, wo neben dem Kamin eine Dame in einem Kleid mit einem Reifrock stand, der so groß war, daß ich mich fragte, wie sie wohl durch die Tür gekommen war.

Wir waren nur kurz davor, uns zu einigen, als Vater, den wir in einen Sessel gelehnt hatten, hustend zusammenbrach, und die Hotelbesitzerin uns erklärte, daß wir nicht bleiben könnten. Der Kapitän, der ohnehin seinen Zorn nicht zügelt, wollte etwas einwenden, aber ich versicherte ihm rasch, daß wir es vorzögen, anderswo zu wohnen. Und hier sind wir nun, im Hôtel Graves, das zumindest sauber, obwohl nicht annähernd so prachtvoll ist.

Vater und ich haben ein Zimmer im ersten Stock mit Blick zur Straße. Mimi hat ein Zimmer neben den Ställen und Aborten bekommen. Ich sagte der Hotelbesitzerin, Madame Mignon Lodi-Clarion, ein mürrisches Weib und dünn wie ein Besenstiel, daß ich Mimi bei mir haben möchte, daß sie mir während der Nacht mit Vater helfen müßte, aber Madame war unerbittlich. »Der Bursche wird sie holen, wenn es nötig ist«, sagte sie, etwas kurz angebunden.

Nachdem ich Vater untergebracht hatte, bat ich als erstes um ein Bad. Madame brachte mir ein Handbecken mit heissem Wasser, Joppaseife und sagte, Eintauchen sei gefährlich. Ich wusch mich, so gut es ging.

Als die arme Mimi kam, roch sie wie die Scheune. Ich überließ ihr mein Wasser, damit auch sie sich waschen konnte, und dann steckten wir unsere kleine Wäsche ins Wasser. Wir drapierten sie über die Stühle vor dem Kohlekamin. Es ist so kalt und feucht, daß ich fürchte, sie wird nie trocknen.

Am selben Abend

Alle Leute, die in diesem Gasthaus logieren, essen gemeinsam. Ich ging ohne Vater hinunter. Wir aßen Kabeljaukopf mit Shrimps und Austern und anschließend Hammel, Eier und ein Gericht aus gegrillten Aalen, das mir zwar nicht zusagte, das ich mich jedoch aus Höflichkeit zu essen zwang. Nach der Mahlzeit rieb sich ein Mann, der mir am Tisch gegenüber saß, die Zähne mit einem Schwamm und einem Spachtel ab. Ich dachte, daß dies hier vielleicht so üblich war, aber er war der einzige, der das tat. Dann bat er um einen Nachttopf. Hastig verabschiedete ich mich.

Donnerstag, 14. Oktober

Vater hat vergangene Nacht nicht geschlafen und unter Fieberträumen gelitten. Er sagte ständig, daß er jetzt nicht sterben *könne*.
Ich versuchte ihn zu überreden, etwas Fischsuppe zu sich zu nehmen, aber er konnte sie nicht bei sich behalten, weil er Blut spuckte. »Ich werde Madame holen.« Ich wollte nicht, daß er mich weinen sah.
»Nein.« Er sank in die Kissen.
Ich bin jetzt wieder in meinem Zimmer, aber ich kann nicht schlafen, weil ich auf Geräusche von der anderen Seite der Wand horche. Auf das Leben horche – aber den Tod fürchte.

Am selben Abend

Schließlich kam der Arzt mit einem langwüchsigen Gehilfen, der ihm die große Tasche trug. Er verschrieb ein Elixier, das Vater dreimal täglich nehmen soll. Die Arznei und sein Besuch kosteten fünf Livres! Wenigstens muß Vater nicht zur Ader gelassen werden.

16. Oktober

Gestern abend, nachdem Vater eingeschlafen war, gesellte ich mich zu einigen Gästen im Salon. Ich brachte ihnen bei, wie man Pikett spielte, was ich auf dem Schiff gelernt hatte. Ich war keck und setzte ein wenig Geld darauf und gewann zwei Sous von Monsieur d'Aelders, einem reizenden alten Mann aus Dijon. Ich wollte es ihm zurückgeben, doch er, ein wenig stolz, bestand darauf, daß ich es behielt. Für heute abend hat er Revanche geschworen!

Sogar Madame spielte. Sie nippte an einem Glas Wein und summte vor sich hin.

Jeder wollte wissen, wie es sei, auf einer Zuckerplantage zu leben. Madame sagte, es wäre eine altbekannte Tatsache, daß der Besitzer einer Zuckerplantage mehr Geld verdiene als der König. Monsieur d'Aelders wollte wissen, ob es stimmte, daß die Sklaven nackt herumliefen.

»Nicht immer«, sagte ich, eine Antwort, die ihm zu gefallen schien.

Ich erzählte ihnen, daß ich nach Frankreich gekommen sei, um meinen Verlobten kennenzulernen. Madame erzählte, wie sie, als sie ihrem Ehemann (der vor sechs Jahren starb) vorgestellt wurde, falsche Augenbrauen aus Mäusefell trug. Aber eine Augenbraue war abgefallen, was sie nicht bemerkt hatte! Ihr Verlobter sah sie die ganze Zeit über seltsam an.

Ich kann Madame jetzt besser leiden. Sie ließ mich wissen, daß ich sie Madame Mignonette nennen dürfe. Sie verriet mir, wie man Stockflecken aus Leinen herausbekommt: mit Seife einreiben, etwas Kalk abkratzen und einreiben, ein wenig anfeuchten und in die Sonne legen. Sie sagte, vielleicht müßte ich es zweimal machen, aber die Flecken würden herausgehen.

Ich sagte ihr, daß mir Frankreich zwar gefiele, ich allerdings zugeben müsse, daß mich der Gestank manchmal vollkommen überwältige. Sie schenkte mir ein Fläschchen, das ich mir um den Hals hängen soll. Es enthält ein Blumenwasser, an dem ich schnuppern kann. Außerdem kann ich mir Tröpfchen an die Handgelenke, hinter die Ohren und sogar auf den Busen tupfen. Sie meinte, ich soll es »überall« hintupfen, wobei sie mit den Augenbrauen wackelte. Wenn sie einmal Zeit hätte, sagte sie, würde sie mir zeigen, wie man sich wie eine *echte* französische Dame kleidet.

21. Oktober

Immer noch keine Nachricht von Tante Désirée.

22. Oktober, abends

Kurz vor Mittag kam Madame, um Vater mitzuteilen, daß eine Frau da wäre, die ihn zu sehen wünsche. »Empfangen Sie Besuch, Monsieur?«

Ich sah mich in seinem Zimmer um, warf einen Blick auf sein Äußeres. Er war noch nicht rasiert, und das Zimmer war nicht aufgeräumt worden.

»Comtesse de la Touche de Longpré.« Als wäre sie eine vornehme Dame, reckte Madame die Nase in die Luft und wedelte mit den Fingern. »Die Tochter von Madame de Girardin, soll ich Ihnen ausrichten.«

Ich sah Vater verwirrt an. War Girardin nicht der Name von Mutters Schwägerin? Ich war ihr nur ein paarmal begegnet. Sie war mir als eine hochnäsige Frau in Erinnerung, die Mutter schlecht behandelte.

Vater stöhnte. »Mon Dieu, Laure Longpré – Brigittes Tochter …«

Meine Cousine Laure? Ich hatte sie nicht mehr gesehen, seit ich ein Kind war. Soweit ich mich erinnerte, war sie viel älter als ich,

fast fünfzehn Jahre, verheiratet und Mutter. Ich erinnerte mich, daß die Jungen sie angegafft hatten und ihr nachgelaufen waren, was sie nicht zu verhindern suchte.
»Was in Gottes Namen hat *die* denn hier zu suchen?« schnaubte Vater.
Kurz darauf wurde Madame Longpré eingelassen und erfüllte das Zimmer mit einem schweren Irisduft, der Vater zum Husten reizte. Rasch öffnete ich die Fenster.
»Rose, wie du gewachsen bist«, sagte sie und nahm mein Angebot, sich zu setzen, an. Sie trug ein duftiges pinkfarbenes Kleid mit Gazeschleifen und Troddeln.
Ich knickste, wußte nicht, was ich sagen sollte. Sie war ziemlich stark geschminkt und überall mit Juwelen behängt, insbesondere über ihrem Busen, den sie derart zur Schau stellte, daß man erröten mußte.
»Wie reizend, Verwandte in Frankreich zu haben«, sagte sie. Ihre Augenbrauen waren zu einer dünnen Linie gezupft und mit einem Kohlestift geschwärzt, und die Augenlider waren silbern bemalt. »Wie ich höre, wird es vielleicht bald eine Hochzeit geben.«
Vater bekam einen Erstickungsanfall.
»Hättest du gerne eine Schale Tee?« fragte ich. »Konfekt vielleicht?«
»Nein, danke, Kind. Ich will euch nicht aufhalten. Ich sehe, daß es meinem Onkel nicht gutgeht, und was mich betrifft, so muß ich nach Hause zurückkehren, da ich erst *kürzlich* das Kindbett verlassen habe.«
Bevor Vater und ich unsere Segenswünsche aussprechen konnten, wandte sich Madame Longpré an mich. »In den letzten beiden Jahren hatte ich das Glück, die Bekanntschaft deines Verlobten, Chevalier Alexandre de Beauharnais, zu machen, der, wie ich dir versichere, der *reizendste* Mann ist, den man sich nur wünschen kann.«

Vater spuckte in sein Taschentuch.
Ich suchte nach einer Antwort. »Vielleicht ein Glas Wein?«
Madame Longpré lächelte mich an. Sie erhob sich und nahm ihren pinkfarbenen Sonnenschirm auf. »Wenn der Chevalier eintrifft, wärst du dann so freundlich, ihm meine herzlichsten Glückwünsche zu übermitteln. Teile ihm mit, es wäre mir das *größte* Vergnügen, ihm *persönlich* zu gratulieren.«
Sofort, nachdem Madame Longpré gegangen war, verlangte Vater ein Glas Brandy.
»Mutter hat gar nicht erwähnt, daß Laure Longpré hier lebt«, sagte ich.
»Ich bezweifele, daß sie es überhaupt weiß. Deine Mutter und ich mögen die Girardins nicht sonderlich – und sie, muß ich wohl sagen, mögen uns auch nicht sonderlich.«
»Madame Longpré machte einen *sehr* freundlichen Eindruck.«
»Wie ein tollwütiger Fuchs«, schimpfte Vater und leerte sein Glas.

23. Oktober

Heute nachmittag hat mir Madame »Modetricks« gezeigt. Mimi und ich kicherten, was Madame nicht schätzte, aber wir konnten nicht anders, insbesondere, als sie uns die falschen Gesäße und Busen vorführte. Sie zeigte mir, wie ich eine kleine Korkkugel in die Wange stecken mußte, um die Lücke auszufüllen, wo man mir einen Zahn gezogen hatte. Madame macht es selbst, auf der rechten Seite. (Jetzt ist mir klar, warum sie manchmal etwas schwer zu verstehen ist.) Sie zeigte mir auch, wie ich mir kleine Schönheitspflästerchen ins Gesicht kleben konnte, um meine Pockennarben zu überdecken. Sie schenkte mir zwei kleine aus dicker blauer Wolle: eines in Form eines Diamanten, das andere ein Oval. Dann zeigte sie Mimi, wie sie mein Korsett straffer schnüren konnte, indem sie ihre Füße am Bettrahmen abstützte und zog. Wir staffierten mich von Kopf bis Fuß aus, mit Gesäß und Busen und einer ganz, ganz schmalen Taille. Ich sah wunderschön aus, aber ich konnte nicht atmen und war ganz kurz davor, in Ohnmacht zu fallen!

26. Oktober

Tante Désirée und Monsieur de Beauharnais werden morgen eintreffen! Ich fürchte, ich werde krank.

Ich werde meinem Verlobten vorgestellt

27. Oktober 1779

Mimi und ich verbrachten den Morgen damit, in meinem Zimmer viel Wirbel um mein Make-up, meine Kleider und mein Haar zu machen. Alle paar Minuten liefen wir zum Fenster. Gegen elf hörte ich das Dienstmädchen laut auf der Straße reden. Ich schaute hinaus und sah eine große Frau, der aus einem Gefährt geholfen wurde, aber keinen jungen Mann – daher wußte ich, daß sie es nicht waren.

Dann war plötzlich eine Frau an meiner Tür. Es war meine Tante Désirée! Ich hatte sie zuletzt gesehen, als ich erst drei oder vier Jahre alt war, und hatte daher keine Erinnerung mehr an sie, obwohl ich sie mir immer *vorgestellt* hatte: meine »wunderbare Tante Désirée«, die hochgewachsene Frau mit goldenem Haar, die den wohlhabenden Marquis verhext hatte. Und da war sie nun – füllig, mürrisch und herrisch.

»Aha.« Sie musterte mich von oben bis unten mit einem leichten Stirnrunzeln, »du mußt Rose sein.« Sie trug ein rotweiß gestreiftes Taftkleid und einen Hut mit wippenden roten Federn. Sie drängte mich in eine Umarmung. Der Puder in ihrer Perücke reizte mich zum Husten. Sie wollte wissen, wo Vater sei. »Mein Bruder – ist er schon tot?« bellte sie.

Ich öffnete die Schiebetüren zu Vaters Zimmer in der Hoffnung, daß sie den Branntweingeruch nicht riechen würde.

»Joseph«, befahl Tante Désirée von der Tür aus, »du hast nicht zu sterben!«

»Ich gebe mir wirklich keine Mühe zu sterben, Désirée«, sagte mein Vater, der sich mit einer Spur von Unbehagen, noch verstärkt durch die heftige Begrüßung seiner Schwester, im Bett aufsetzte. Ich half ihm, die Kissen hinter seinem Rücken zurechtzurücken. »Wo ist der junge Chevalier?« fragte er, eine Frage, die auch mich am meisten beschäftigte.
»Ich habe ihn für Besorgungen weggeschickt.« Tante Désirée nahm sich einen Likör aus der Vitrine am Bett. Sie musterte mich. »Wirst du deinen Mund halten, junge Dame? Deine Mutter warnte mich, daß du etwas geschwätzig seist.«
Gerade jetzt mußte ich meinen Mund halten.
»Désirée, wirst du wohl ... Grand Dieu! Ich hatte vergessen, welch ein ...«
»An deiner Stelle wäre ich still, Joseph. Ich wurde bereits von dieser Madame da unten überfallen wegen der sechsundachtzig Livres, die du ihr schuldest. Und es wird zweifellos noch andere Rechnungen geben.«
Ich seufzte und ging zum Fenster. Ein mit Mehl bestäubter Barbier überquerte die Straße und wich einem Mann zu Pferd aus.
»Wann wird Monsieur de Beauharnais zurückkehren?« fragte ich.
Tante Désirée faßte mich an den Schultern und drehte mich zum Licht. »Nicht so bald, hoffe ich. Du hast viel zu viel Rouge aufgetragen. Und was sind das für Dinger, die du dir da ins Gesicht geklebt hast? Schönheitspflästerchen sind schon seit dem Tod von König Louis XV. aus der Mode!«
Ich warf einen schnellen Blick zu Mimi, die an der Tür stand und sich große Mühe gab, nicht zu kichern. »Madame hat mir bei meiner Toilette geholfen«, gestand ich.
»Diese Madame da unten? Kein Wunder, daß du wie eine Dirne aussiehst.«
Ich unterdrückte die Tränen. Tante Désirée seufzte und schürzte die Lippen. Ich entdeckte ein Anzeichen von Zuneigung unter

ihrer rauhen Schale. »Mein liebes Kind, du wirst feststellen, daß dein Verlobter – das heißt, sollte er Gefallen an dir finden und in diese Verbindung einwilligen – *Schlichtheit* schätzt, nicht Künstlichkeit. Er ist, wie dir der junge Mann *zweifellos* selbst mitteilen wird, ein überzeuger Verfechter des ›Empfindsamkeitskultes‹, Gott stehe uns allen bei.«

Sie gab diese Erklärung ab, als wäre sie eine ehrenvolle und lächerliche Auszeichnung zugleich. Ich hatte nicht die leiseste Ahnung, was sie meinte.

»Worauf deine Tante Désirée hinauswill, Rose«, sagte mein Vater und sank wieder unter die Bettdecke, »ist, daß du deine Garderobe wechseln sollst.«

Und so kam es, daß ich eine weitere Lektion darin erhielt, wie sich eine echte französische Dame kleidet.

»Na bitte. Joseph, was hältst du davon?« Tante Désirée schob mich ans Fußende von Vaters Bett. Sie hatte mir ein einfaches Batistkleid angezogen und einen mit Seidenblumen geschmückten Strohhut aufgesetzt.

»Du hast eine Landpomeranze aus ihr gemacht, Désirée. Bist du verrückt? Sie wird sich in diesem Aufzug den Tod holen.«

Das Kleid unterschied sich nicht allzu sehr von den Hemdkleidern, die wir daheim trugen – im Haus während der Hausarbeiten. Ich war enttäuscht, daß ich das pupurrote Brokatkleid, das Mutter mir hatte nähen lassen, ausziehen mußte, aber Tante Désirée betonte nachdrücklich, daß es aus der Mode wäre und daß Monsieur de Beauharnais *niemals* in eine Heirat mit mir einwilligen würde, wenn er mich in einem *solchen* Kleid sähe.

»Du hattest noch nie Geschmack, Joseph.« Tante Désirée zupfte an meinen seitlichen Locken, damit sie locker um mein Gesicht fielen – à la négligence nannte sie das. »Obwohl ich zugeben muß, daß ich dir in diesem besonderen Fall fast recht gebe. Aber was immer die Königin trägt, die jungen Leute folgen ihr, und weiß Gott, sie führt sie auf eine fröhliche Jagd.« Sie zog eine Uhr aus ihrem Busen. »Komm jetzt, Kind, wir dürfen nicht trödeln.«

Ich war eher verwirrt als nervös, als ich Tante Désirée die Treppe hinunter zum Salon folgte. Die Bemühungen der letzten Stunden hatten mich durcheinandergebracht, und aus irgendeinem Grund war ich nicht darauf gefaßt, Monsieur Beauharnais in diesem Moment zu begegnen – als ich daher einen jungen Mann in Uniform auf dem Sofa sitzen sah, in ein Buch vertieft, dachte ich mir nichts dabei.

»Alexandre, wenn ich bitten darf«, rief Tante Désirée mit einer theatralischen Gebärde aus, »es ist mir eine Freude, dich meiner Nichte vorzustellen – deiner *Verlobten*.«

Monsieur de Beauharnais sah erschrocken auf, als hätte er auf eine Kutsche gewartet, und plötzlich wäre sie angekommen. »Oh!« Er legte ein Lesezeichen in seinen kleinen Lederband, bevor er ihn sorgfältig auf dem Beistelltisch ablegte. Er stand auf.

»Mademoiselle Tascher de la Pagerie«, sagte Tante Désirée feierlich, »Monsieur le Chevalier de Beauharnais.«

Ich hatte das Gefühl, daß hier ein Irrtum vorlag. Dieser junge Mann war so *ungemein* vornehm in seiner weißen Uniform mit Silberbesatz. Seine Haare (seine eigenen, keine Perücke – ich mag das) waren aus der Stirn nach hinten gebürstet und fein gepudert. Seine Nase war vielleicht etwas zu lang, aber elegant in dieser Form. Seine gewölbten Augenbrauen verliehen ihm ein intelligentes, fragendes Aussehen. Seine Augen waren dunkel und ziemlich tiefliegend.

Ich sank bis zum Boden in einen Knicks (wobei ich, wie ich gestehe, meinen Busen wirkungsvoll zur Geltung brachte) und bot, als ich mich aufrichtete, meine Hand dar, wie Vater es mir beigebracht hatte, grazil, den kleinen Finger leicht gespreizt. Ich lächelte, wobei ich darauf achtete, meinen Mund geschlossen zu halten*, was nicht schwer war, da ich schreckliche Angst davor hatte zu sprechen. Glücklicherweise hatte Tante Désirée diese Angst nicht. Sie nahm auf dem Sofa Platz und zog mich neben sich. Dann unterhielten sie und Monsieur de Beauharnais sich darüber, ob sie anderswo Quartier nehmen sollten oder nicht. Offensichtlich war Monsieur de Beauharnais mit dem Hôtel Graves nicht zufrieden. Tante Désirée bemerkte, daß Vater nicht an einen anderen Ort gebracht werden sollte; er müsse für die lange Reise nach Paris Kräfte sammeln. Monsieur de Beauharnais sagte, daß er sich in diesem Fall ein Zimmer im Hôtel du Grand Monarque nähme. Ich drehte den Kopf von einem zum anderen.

In diesem Moment stolperte Madame Mignonette herein, mit einem Korb schmutziger Wäsche. Sie erfaßte rasch die Situation und fragte stammelnd, ob wir eine Erfrischung wünschten.

»Was ist denn mit dieser Frau los?« fragte Monsieur de Beauharnais, als sie sich entfernt hatte, wobei sie auf höchst komische Art rückwärts aus dem Zimmer ging. Er zog eine Zigarre aus einem silbernen Futteral.

»Sie ist zweifellos durch den Zweck dieser Begegnung etwas aus der Ruhe gebracht«, antwortete Tante Désirée.

»Sie *weiß* davon?«

»Soweit ich feststellen kann, weiß *jeder* davon.« Tante Désirée verdrehte die Augen.

Madames Dienstmädchen kam mit Wein in einer Karaffe, einer kleinen Schale Kaumarzipan und einem Teller mit gebuttertem, verbranntem Toast herein. Ich lehnte den Wein ab, nahm jedoch eine Scheibe Toast an, den ich in kleinen Bissen und, trotz der Krumen, die in meinen Schoß fielen, um damenhaftes Benehmen bemüht verzehrte. Wann immer mir Monsieur de Beauharnais zufällig einen Blick zuwarf, lächelte ich und machte ihm schöne Augen.

* Wie alle Mitglieder ihrer Familie hatte Rose fürchterliche Zähne.

Ich überlegte angestrengt, was ich sagen konnte. »Madame Longpré kam zu Besuch«, verkündete ich schließlich. »Sie sagte, sie würde die Gelegenheit begrüßen, Monsieur de Beauharnais zu sehen.«
Für einen Moment herrschte Unruhe, da sich ein Stück Toast gefährlich in Tante Désirées Kehle verfangen hatte. »Madame *Laure* Longpré?« fragte sie mit tränenden Augen.
Ich nickte. »Hat Mutter sich nicht um sie gekümmert, als sie klein war?«
»Deine Mutter und ich gemeinsam. Laure war eine Plage.«
»Das ist sie immer noch«, sagte Monsieur de Beauharnais.
»Wie schade, daß wir sie nicht werden besuchen können«, sagte Tante Désirée.
Dann verkündete Madame Mignonette, daß das Abendessen serviert sei. Wie ich befürchtet hatte, gab es zum Hauptgang Aal. Ich bemerkte, daß Monsieur de Beauharnais auch nicht davon begeistert war – so haben wir wenigstens dies gemeinsam.
Später saßen wir im Salon am Kamin. Einige der anderen Gäste spielten Whist. Sie lärmten so stark, daß ich manchmal Schwierigkeiten hatte, den Worten von Monsieur de Beauharnais zu folgen. »Eine stärker werdende Welle erhellenden Liberalismus überschwemmt das Land«, oder so etwas in der Art. Daraufhin nickte Tante Désirée und lächelte, und ich nickte und lächelte, und Monsieur de Beauharnais sprach den nächsten Satz.
Und auf diese Weise verbrachten mein Verlobter und ich den ersten gemeinsamen Abend.

28. Oktober

»Nun?« fragte Vater, als ich ihm seine morgendliche Schale Fischbrühe brachte. (Ich habe ihn mit Erfolg überredet, vom Branntwein zu lassen – zumindest bis zum Mittag.) »Ist der Chevalier nach deinem Geschmack?«

»Er ist ein Herr.« Ich zog die Bettvorhänge zurück. »Und attraktiv«, fügte ich hinzu. Meine Wangen fühlten sich gerötet an.
»Allerdings. Ich nehme an, daß er den Damen recht gut gefällt.«
»Seine Passion ist die Philosophie«, erzählte ich ihm stolz.
»Mon Dieu – ein *philosophe*?« Vater sank in die Kissen zurück. »Nun«, seufzte er, »es könnte wohl schlimmer sein.«

Später

Heute nachmittag traf sich Tante Désirée mit einem Notar. Nun ist sie befugt, die Heirat selbst zu arrangieren, sagt sie, »falls etwas passieren sollte«.
Falls Vater sterben sollte, meint sie.

Am selben Abend

Monsieur de Beauharnais ist aufs Land gefahren, um Freunde aus seinem Regiment zu besuchen. Tante Désirée hat seine Abwesenheit genutzt, um mich darin zu unterweisen, was eine gute Ehefrau ausmache. Heute nachmittag, nach der Mittagsmahlzeit (ich darf nicht mit den Fingern essen), überreichte sie mir ein Buch, mit dem ich mich befassen soll. Darin stehen eine Anzahl von Aufsätzen über Enthaltsamkeit und Gehorsam sowie einer darüber, wie man Fleisch zubereitet und zu Bediensteten spricht. Sie erklärte mir, daß ich Mimi zu sehr wie eine Vertraute behandele, daß ich, um den meinem Stand gebührenden Respekt zu erlangen, auf korrekte Umgangsformen achten müsse.
Auch wäre ich, als nunmehr erwachsene Frau, für die Unterweisung meiner Dienerin verantwortlich: Mimi darf nicht spucken, und sie hat es zu unterlassen, in feiner Gesellschaft Wörter wie *Pißpott* zu benutzen. Sie muß einen Knicks machen, wenn sie mich sieht, und mich mit Mademoiselle de la Pagerie anreden. Wenn ich verheiratet bin, muß sie mich Madame la Vicomtesse

nennen. Dann führte Tante Désirée einen Knicks vor und ließ Mimi so lange üben, bis sie ihn beherrschte. Mimi hat sich noch nie durch Anmut ausgezeichnet, und ich mußte mich sehr beherrschen, um nicht loszulachen.

30. Oktober

Monsieur de Beauharnais kam von seinem Besuch auf dem Land wohlgelaunt zurück, ergriff meine Hand und versprach, »auf der Reise durchs Leben« ein getreuer Gefährte zu sein. Ich sagte: »Ich auch«, und Tante Désirée machte ein glückliches Gesicht und gackerte um uns herum wie eine Henne.
Nach dem Abendessen spielten wir Trictrac. (Ich ließ Monsieur de Beauharnais gewinnen.) Er ist ja so gebildet und begabt. Ich habe großen Respekt vor ihm. Er zeichnet Porträts, er hat eine gute Singstimme, und er spielt Cembalo. Er liest Latein, spricht Deutsch und sogar ein wenig Englisch. Er sagte mir, ich hätte wunderschöne Augen und nannte mich »mathia mou«, die griechischen Worte für »sein Augenlicht«, sagte er. Ich wünschte, ich wüßte auch einen griechischen Namen für ihn.

31. Oktober, der Abend vor Allerheiligen

Der Arzt meint, daß es Vater hinreichend bessergeht, um reisen zu können. Wir fahren morgen früh ab. Monsieur de Beauharnais hat eine geschlossene Kutsche für die Reise erworben. (Für vierzig Louis! So viel!) Sie ist dunkelgrün mit schwarzen Ledersitzen – *sehr* hübsch. Tante Désirée hielt ihm einen Vortrag über die Übel des Schuldenmachens, aber er sagte, daß die Ausgaben für Vaters Bequemlichkeit notwendig wären. Und, fügte er hinzu: »Wenn Mademoiselle Tascher und ich heiraten, werden Schulden kein Problem sein.«
Wenn wir heiraten?

Ich komme in die Stadt meiner Träume

Mittwoch, 10. November 1779 – Paris

Paris! Als wir die Seine überquerten, gab mir Vater einen Sou, um ihn hineinzuwerfen. »Wünsche dir etwas.«
»Das *ist* mein Wunsch.«
Paris ist größer und schöner, als ich es mir vorgestellt hatte, aber so schmutzig!
»Boue de Paris«, schimpfte Monsieur de Beauharnais, denn ein Stück Dreck war auf den Ärmel seiner Reitjacke aus lavendelblauem Seidenrips gespritzt.
»*Lutetia*, Stadt des Schmutzes – so nennen wir sie«, sagte Tante Désirée.
Ich mußte zugeben, daß es seltsam roch. Tante Désirée sagte, daß man sich daran gewöhne, aber sie gemahnte mich, darauf achtzugeben, daß kein Schmutz an meine Röcke kam – er kann ein Loch brennen, wenn er zu lange haftet.
Wir bahnten uns auf einem Bürgersteig den Weg durch überfüllte Straßen. Mir wurde ganz schwindlig, während ich alles in mir aufnahm. Es war kalt. Jedermann auf dem Markt trug Schuhe. Ein Mann mit einer bebänderten Perücke verkaufte Essig aus einer Schubkarre. Ein gedrungener kleiner Seifenhändler mit pockennarbigem Gesicht hatte hübsche Tücher miteinander verflochten, um seine wildledernen Bundhosen zusammenzuhalten. Ich sah eine Fischverkäuferin mit einer bogenförmigen Haube.
Und so viele Gerüche! Überall redeten, stritten, sangen Fußgän-

ger, aber ich konnte kein einziges Wort verstehen – es ist Französisch, aber *poissard*, sagte Tante Désirée, die vulgäre Sprache des Marktes.
Es war schon spät, als wir in den Bezirk kamen, in dem das Haus der Familie von Monsieur Beauharnais stand. Die Straßenlaternen, die an großen Wandarmen hingen, wurden gerade angezündet. Das Haus liegt in einer Straße, die so eng ist, daß die Kutsche nicht wenden kann. Tante Désirée warnte vor der Gegend. »Es ist allgemein bekannt, daß sich nicht weit von hier entfernt Diebe zusammenrotten«, sagte sie.*
Das Haus ist hoch, mit großen Fensterläden. Über der Eingangstür ist ein steinernes Frauengesicht. »Vesta«, sagte Monsieur Beauharnais, als er Vater die Treppe hinaufhalf. »Eine römische Göttin.«
»Eine *guiablesse*!« wisperte Mimi und weigerte sich, hindurchzugehen.
Ich packte ihre Hand und zog sie hinein. »In Paris gibt es keine Voodoogeister«, fauchte ich.
Drinnen war es sehr prächtig – noch prächtiger als Onkel Taschers Haus in Fort Royal – mit einem großen Kamin und vielen erlesenen Möbeln. Im vorderen Salon hingen weißgoldene Brokatvorhänge von goldenen Stangen.
»Ohhhh«, seufzte Mimi. Das glatte Parkett knarrte, als sie darüberging, was mich an das Krachen von steifen Gelenken erinnerte.
Vater nahm meinen Arm. »Wird das genügen?« fragte er augenzwinkernd.
»Es ist wie ein Palast«, flüsterte ich. Betrübt dachte ich an Mutter und Manette, an unsere zerschlissenen Teppiche.

* Die einst wohlhabende Gegend war jetzt ziemlich ärmlich, in unmittelbarer Nähe des Eingangs zum »cour de miracles« gelegen – einem Zufluchtsort für Bettler und Diebe, der in Victor Hugos *Der Glöckner von Notre-Dame*, geschrieben 1831, Berühmtheit erlangte.

»Hier entlang!« rief Tante Désirée und folgte Monsieur Beauharnais eine ausladende Treppe hinauf.
Monsieur de Beauharnais' Vater, der Marquis de Beauharnais, empfing uns, auf zwei Spazierstöcke gestützt, in seinem Schlafgemach. Er war mit einem Nachtgewand aus Flanell und einem wattierten Schlafrock aus Goldsatin bekleidet und trug eine altmodische, weißgepuderte Perücke mit dicken Locken, die ihm über die Schultern und den Rücken fluteten. Er war ein ganzes Stück älter, als ich erwartet hatte – zwischen sechzig und siebzig oder darüber, denke ich –, aber er hatte etwas Vornehmes an sich, obwohl er nur unzulänglich bekleidet war.
Ich deutete einen Knicks an und folgte seiner Aufforderung, mich in einen Sessel am Kamin zu setzen, wo ein Teetisch angerichtet war.
»Zufrieden, Alexandre?« fragte der Marquis, nachdem wir einander vorgestellt worden waren. Ich war erleichtert, daß Monsieur de Beauharnais bejahte.
»Ich glaube, sie wird dir gefallen«, sagte Tante Désirée.
»Das kann ich selbst sehen«, sagte der Marquis. Er zwinkerte mir zu.
Nach einem leichten Abendessen und einem Familiengebet zogen wir uns zurück, allesamt müde Reisende.
Tante Désirée zeigte mir mein Zimmer, das groß und voll von äußerst eleganten Möbeln ist. Vater ist im Zimmer nebenan, so daß ich mich mühelos um ihn kümmern kann. Mimi ist in einem Zimmer in der zweiten Etage bei den anderen Hausbediensteten untergebracht.
Und nun, liebes Tagebuch, muß ich die Kerze ausblasen. Ich höre Kirchenglocken läuten. Ich bin hier, endlich. *Paris!*

13. November

Vater fühlt sich wohler, seit er nun im Bett liegen kann und sich nicht von der Stelle rühren muß, obwohl er nicht sonderlich glücklich ist über all die Spezialmixturen, die Tante Désirée ihn einzunehmen zwingt. Morgens muß er einen Brei aus Rhabarberpulver und Korinthen essen. Abends bringt sie ihm Flohkraut mit Zucker vermischt. Das macht ihm nicht so viel aus, aber der Breiumschlag, den Mimi ihm auf die Brust schmieren muß, ist widerlich: mit Milch, Eigelb und Rosinen zerstampftes Brot.

14. November

Der Arzt brauchte nur einen Moment, um Vater zu untersuchen. Trotzdem ist er überzeugt, Erfolg zu haben. Er verschrieb ein Gran Brechweinstein gefolgt von einem Abführmittel, wenn die Übelkeit beginnt. Vater war zufrieden; er muß roten Bordeauxwein als Medizin zu sich nehmen.

20. November

Ich bin krank gewesen, »heimwehkrank«, sagt Tante Désirée. Es stimmt. Ich hatte von zu Hause geträumt. »Nichts, was ein Einkaufsbummel am Nachmittag nicht kurieren könnte«, sagte sie.

Also bestellte sie nach unserer Morgenschokolade gleich die Kutsche. Aubin, der Lakai, eskortierte uns, indem er in seinem gelben steifen Unterrock mit einer Fransenborte am Saum und ohne Kniebundhosen vor unserer Kutsche herrannte.* Mimi erzählte mir, daß in der Silberkugel auf seinem Stab Wein ist und

* In Kniebundhosen war das Rennen beschwerlich, daher trugen die Lakaien Röcke. Außerdem kleideten sie sich in helle Farben, damit sie in der Dunkelheit leichter zu erkennen waren.

daß er gar nichts unter seinem Rock anhat! (Jedesmal, wenn ich ihn jetzt sehe, kann ich an nichts anderes denken.)
Paris ist eine dreckige, überfüllte Stadt – aber überall, wo man hingeht, herrscht Fröhlichkeit. Überall sind Bettler. Manche sind ziemlich aufdringlich. Andere vollführen Kunststücke, um dich auf sich aufmerksam zu machen. Eine Bande Gassenkinder bedrängte uns vor einem Billardsalon, bis Aubin sie verjagte. Eines der Kinder schlug Aubin mit seiner Querflöte ans Bein, was ihm einen heftigen Fluch entlockte.
Ich war überwältigt von der Schönheit all der ausgestellten Dinge, all der Verzierungen und Accessoires, den Spitzen, Bändern und Seiden. Alles, was ich sah, wollte ich haben – das heißt, bis ich den Preis erfuhr. An einem Marktstand kaufte ich einen Skizzenblock und Zeichenkohle. Der Verkäufer erinnerte mich an William, was wehmütige Träume in mir weckte. Heimlich habe ich ein Porträt von ihm begonnen, aber ich kann mich schon nicht mehr richtig an sein Gesicht erinnern.

Samstag, 27. November

Es ist spät. Wir sind gerade vom Haus des Bruders des Marquis, Comte Charles, zurückgekehrt, der für uns einen Empfang gab. Ich trug ein neues Kleid, das Tante Désirée für mich hat machen lassen: elfenbeinfarbene Seide, kurz geschnitten – ziemlich kurz! – mit einer ganz schmalen Taille. (So schmal, wie es nur irgend geht – ich versuche abzunehmen.) Die Ärmel haben goldende Paspelverschlüsse, sehr hübsch. Der ganze Rock wird von hübschen kleinen Blumensträußen hochgerafft, wodurch ein Rock aus Gaze und ein gesteppter Seidenunterrock sichtbar werden.
Aubin hat über zwei Stunden gebraucht, um meine Haare zu einer sogenannten Igelfrisur aufzutürmen – in drei Wellen über meiner Stirn. Zuerst wurden meine Haare eingefettet und über

ein Drahtgeflecht, das mit Nadeln festgesteckt wurde, gekämmt. Dann begab ich mich ins Puderkabinett, um gepudert zu werden (ich bin fast erstickt). Zum Schluß befestigte er überall Bänder, Federn und Seidenblumen. Ein Windhauch könnte mich umwerfen, fürchte ich! Über dieser schweren Kreation muß ich nun Tag und Nacht eine Haube tragen, damit sie bis nach der Hochzeit schön bleibt.

Bevor wir aufbrachen, ging ich in Vaters Zimmer, um ihm mein Ensemble vorzuführen.

»Es ist zu ...!« Er seufzte und legte sich in die Kissen zurück. »Du siehst *bezaubernd* aus.« Er lächelte. »Deine Mutter würde das niemals billigen.«

»Wir sind in Paris, Vater«, sagte ich und bereitete ihm sein Abendelixier. »Nicht in Trois-Ilets.«

»Das will ich meinen«, sagte er und nahm sein Glas. »Vergiß nicht, deine Handschuhe anzulassen.«

»Und aufrecht zu sitzen und meinen Mund geschlossen zu halten, wenn ich kaue, und ...«

»Viel Vergnügen«, sagte er.

Alle applaudierten, als Monsieur de Beauharnais und ich schließlich erschienen. Es waren zahlreiche Gäste da: Onkel, Tanten, etliche Cousins und Cousinen wie auch Freunde der Familie. Ich wurde Monsieur de Beauharnais' älterem Bruder, François, vorgestellt. Er sieht bei weitem nicht so gut aus wie Monsieur de Beauharnais, ist auch nicht so gescheit, aber er scheint ein liebenswürdiger Mann zu sein und sehr höflich. In einer schwarzen Satinweste mit Ornamenten aus blauen Steinen war er eine elegante Erscheinung. Er ist mit Marie (seiner Cousine) verheiratet, die hochschwanger ist. Sie sah krank aus und redete nicht. Ihre Haare, die nicht frisiert waren, waren unter einer mit Geierfedern verzierten Kappe verborgen. Sie brachen kurz nach dem Essen auf, da Maries Niederkunft bevorsteht. Tante Désirée

erzählte mir, daß ihr erstes Kind vor noch nicht allzu langer Zeit starb und Marie nicht besonders gut damit fertig geworden ist.
Es waren viele vornehme Männer und Frauen da. Ein Monsieur de la Chevalerie* und seine Tochter waren reizend. Monsieur hat seine Jugend im Militär in Saint-Domingue verbracht, daher unterhielten wir uns über die Inseln. Mademoiselle lud mich zum nächsten Treffen ihrer Freimaurerloge ein. »Wir veranstalten Feste und verrichten gute Werke.« Ihre Haare waren rund um ihr Gesicht nach hinten zu einem Wuschelkopf gekämmt, was sie wie ein Schaf aussehen ließ.
Das Abendessen war erlesen und üppig, serviert auf einem mit achtzehn Tüchern bedeckten Tisch. Wir aßen gebratene Seezunge, gekochten Tafelspitz, geschmortes Kaninchen mit Zwiebelsoße, Stücke vom gerösteten Hammel mit süßer Sauce, Eierkuchenpastete mit Bratensaft, Makkaroni und Torten, wozu Wein in Hülle und Fülle und Brandy gereicht wurde. Zum Dessert gab es Haselnüsse, Apfelpudding und etliche Käsekuchen. So viel! Ich war dankbar für mein strenges Korsett, denn sonst wäre sicherlich eine Naht geplatzt. Während wir dinierten, spielte ein Geiger.
Nach dem Dessert spielten Monsieur de Beauharnais und sein Bruder im Spielzimmer Billard, während sie über Politik »diskutierten« (was eher ein Streit war).
»Oh, die Politik, immer die Politik«, flüsterte mir Mademoiselle de la Chevalerie zu. »In der Loge sprechen wir nur über erhabene Themen.«
Ich war versucht, Monsieur de Beauharnais bei einem Stoß, den er vorbereitete, zu einem geeigneteren Winkel zu raten, hielt jedoch meinen Mund. Er stieß und verfehlte, wodurch der Weg

* Jean Jacques de la Chevalerie (1731–1821) war ein berühmter Freimaurer. 1773 war er Großmeister des Grand Orient de France.

für seinen Bruder frei wurde, vier Kugeln nacheinander zu versenken.
Im Salon begann jemand, auf dem Cembalo zu spielen. »Ihr Verlobter mag ja nicht gut im Billard sein«, flüsterte Mademoiselle de la Chevalerie, als wir das Spielzimmer verließen, »aber er ist ja so charmant. Er ist der Liebling aller Damen.«
Im Salon spielte Tante Désirée auf dem Cembalo, während eine Frau dazu sang. Ich wurde mehreren Leuten vorgestellt, die gerade eingetroffen waren. Bald darauf gesellten sich Monsieur de Beauharnais und sein Bruder zu uns, und die Gesellschaft wurde fröhlich. Auf Drängen von Monsieur de Beauharnais wurde getanzt, zuerst eine Polonaise, wo man eher schreitet, und dann Kontertänze, die komplizierter sind.
»Alexandre ist der beste Tänzer in ganz Paris«, sagte eine der jüngeren Cousinen zu mir. Obwohl nicht gerade eine Schönheit, war sie auffallend in ein lavendelblaues Seidenbrokatkleid mit riesigen Rüschen und einer Turnüre gekleidet. Ihre geflochtenen Schuhe hatten goldene Schnallen, die wie Blumen aussahen.
»Sogar die *Königin* hat schon davon Notiz genommen«, flüsterte Mademoiselle de la Chevalerie.
»Die Königin?« Ich nahm ein weiteres Glas Champagner, das ein Diener herumreichte. Wir drei saßen in der Nähe der Musiker, und die Verständigung war etwas schwierig.
Mademoiselle de la Chevalerie kicherte hinter ihrem goldbemalten Fächer. »Aber der Königin hat es ja jeder beliebige Mann angetan.«
Ich fühlte mich ein wenig benommen und unterließ es zu antworten. Ich wandte mich um, weil ich zuschauen wollte, wie sich Monsieur de Beauharnais durch die komplizierten Figuren bewegte. Seine Bewegungen waren *wirklich* elegant. Ich konnte verstehen, warum ihn alle so bewunderten.
Nach dem Musikstück, das über zwanzig Minuten dauerte, forderte mich Monsieur de Beauharnais auf, seine Partnerin bei

einer Polonaise zu sein. Ich lehnte ab. Ich tanze sehr gern, aber diese Figuren waren vollkommen neu für mich. Ich hatte Angst, ihn zu blamieren.
Trotzdem war es ein unterhaltsamer Abend. Selbst der Marquis schien guter Dinge zu sein – ich sah ihn ohne Hut tanzen.*
Auf dem Heimweg in der Kutsche (ich mußte auf einem niedrigen Schemel zwischen den Sitzen Platz nehmen, weil meine Friseur so hoch war) teile Tante Désirée Monsieur Beauharnais mit, daß sie beschlossen hätte, die Hochzeit auf ihrem Landsitz in Noisy-le-Grand auszurichten, und daß sie beabsichtige, einen Sonderdispens vom Erzbischof von Paris zu erlangen, damit das Aufgebot nicht dreimal verlesen werden müßte. »Auf diese Weise können du und Rose noch vor Weihnachten heiraten.«
»Ausgezeichnet«, sagte Monsieur de Beauharnais. »Ich werde morgen mit meinem Finanzberater sprechen.«
Vor *Weihnachten*? So *bald* ...

* Männer, die tanzen wollten, trugen auf einer Soirée einen Hut. Allerdings wurde es für einen älteren Mann als unpassend erachtet zu tanzen, geschweige denn seine Tanzabsicht zu verkünden. Für einen älteren Mann war es jedoch zulässig, spontan aufgestellt zu werden und ohne Hut zu tanzen.

Ich heirate und erfahre die Geheimnisse des Lebens

14. Dezember 1779 – Noisy-le-Grand

Um neun Uhr am Morgen meiner Hochzeit begann ich mit meiner Toilette. Ich gestand mir vier Stunden zu, um einer Reihe von Ritualen zu frönen: einer Körperreinigung mit jasminparfümiertem Wasser (wovon ich Heimweh bekam), einer Massage (die mir Schmerzen verursachte) und einer Gesichtsmaske aus Gurke und Essig (wovon meine Haut Flecken bekam). Daher verlief mein Hochzeitstag gleich zu Beginn nicht so, wie ich es geplant hatte.

Nachdem ich zur Ader gelassen (nicht zuviel – gerade ausreichend, um mir einen blassen Teint zu verleihen), mein Make-up aufgetragen, was fast eine *Stunde* dauerte, und meine Friseur frisch gepudert worden war, halfen mir Mimi und Tante Désirée in ein steifes Fischbeinkorsett, an dem die Reifröcke befestigt wurden. Ich stieß fortwährend gegen die Möbel. Darüber kam das Kleid: eine weiße Satinrobe mit einer bestickten und mit Spitze besetzten Schleppe. Die wurde am Mieder befestigt, ein bestickter Einsatz, der an der Vorderseite nach unten lief. Es war nicht einfach, denn die Robe war eng. Ich betrachtete mich im Spiegel. Ich sah wunderschön aus, aber nicht strahlend. Es ist eine *Folter*, in dieser Konstruktion stecken zu müssen.

Zum Schluß schlüpfte ich in meine neuen, silbern geschnürten Schuhe. Ich stand vor dem Spiegel.

»Du siehst wie eine Braut aus!« sagte Mimi und stieß einen Schrei aus.

»Und du hast dich gerade wie Gertrude angehört«, sagte ich und drehte mich, um mein Profil zu sehen. Tränen traten mir in die Augen. Wie ich mich nach Mutter und Manette sehnte – und sogar nach Großmutter Sannois! Wenn sie mich jetzt bloß sehen könnten.

»Weine nicht! Du verdirbst dir sonst dein Rouge«, rief Tante Désirée.

Tante Désirée und ich gingen nach unten, um die Gäste zu erwarten. Ich setzte mich ans Fenster. Mein Schleier war durch eine perlenbestickte Haube, die ständig verrutschte, an meiner aufgetürmten Frisur befestigt.

Zuerst traf Abbé Tascher ein, um für Vater einzuspringen, der zu krank war, um uns nach Noisy-le-Grand zu begleiten. Kurz danach dann Monsieur de Beauharnais' Cousin Comte Claude, der die Nachricht überbrachte, daß François nicht würde kommen können, da Marie unpäßlich sei. Natürlich waren wir daraufhin alle besorgt, daß die Zeit ihrer Niederkunft begonnen hätte, aber es wurde uns versichert, daß dies nicht der Fall sei. Drei Männer in Uniform trafen ein, Kameraden aus Monsieur de Beauharnais' Regiment. Sie entschuldigten sich, daß einer von ihnen nicht teilnehmen könne, da er unter einer Unpäßlichkeit, die in Versailles grassiere, zu leiden habe. Monsieur Patricol, der Privatlehrer von Monsieur de Beauharnais – als er noch klein war –, erschien ein wenig verspätet und etwas aufgeregt, da er, wie er sagte, Ärger mit dem Rad seiner Kutsche gehabt hätte. Aber er formulierte es anders. Er sagte: »Es hat offensichtlich eine Auseinandersetzung mit dem Antriebsmechanismus gegeben.« Ich war von seinen vorstehenden Augen und von seiner gewaltigen Stirn beeindruckt.

Schließlich kam auch Monsieur de Beauharnais nach unten und gesellte sich zu uns. In einem schwarzseidenen Rock, einer goldbestickten Weste und einer Spitzenkrawatte war er eine elegante Erscheinung. Es machte mich stolz, neben ihm zu sitzen.

Tante Désirée bestellte Erfrischungen. Ich nippte an einem Glas Champagner, seufzte von Zeit zu Zeit vor Nervosität und aus Angst, ich könnte durch den Luftmangel, den mir mein Korsett verursachte, in Ohnmacht fallen.

Wir brachen zur Kapelle auf. Ein paar Kinder riefen: »Lange lebe die Braut und der Bräutigam!« Die Kirche war klein und ziemlich kalt. Wir wurden empfangen, und Monsieur de Beauharnais und ich sprachen unsere Gelübde. (Das Ankleiden dauerte länger als das Heiraten.) Beim Aufbruch stolperte der Priester beinahe über sein Ornat, als er sich bei Tante Désirée für das Geschenk von zwei Kupferkandelabern und sechshundert Livres bedankte, die, wie er ihr versicherte, in ihrer *Gesamtheit* dafür verwandt würden, um ein bedauernswertes Mädchen seiner Pfarrei mit einer Mitgift auszustatten.

Zurück im Landhaus wurden die Glückwünsche ausgesprochen. Tante Désirée stieß mit mir an. »Auf die Vicomtesse.«

Ich fühlte mich benommen und mußte mich niederlegen. Ich war immer noch etwas schwach, als ich mich wieder zu den Gästen gesellte. Die Männer neckten Monsieur de Beauharnais wegen der kommenden Nacht. Es war beinahe Mitternacht, als die letzten Gäste abfuhren. Auf Tante Désirées Anweisung begleitete mich Mimi zu Monsieur de Beauharnais' Zimmer. Ein Feuer war hergerichtet worden, trotzdem war es kühl. Im Ankleidezimmer half mir Mimi aus meinem Gewand und in ein neues spitzenbesetztes Hemd, das hübsch, aber kratzig war. »Du siehst wie ein Engel aus«, sagte sie. Mimi steckte meine pomadisierte und gepuderte Frisur unter eine mit Stäbchen verstärkte Haube. Sie begann zu summen: *Calypso, du bist eine Frau genau wie ich ...*

»Wie geht dieses Lied?« Es klang vertraut.

Mimi sang: »Ich streichelte Sonson, schmuste mit Sonson, ich ging sogar soweit, ich knabberte an Sonson!«

Ein Schwindelgefühl überkam mich. Ich hielt mich an einem Perückenständer fest.

»Geht's dir gut?« fragte Mimi.

»Ja.« Obwohl ich nicht sicher war. Ich hörte Schritte im Schlafzimmer, hörte, wie die Tür geschlossen wurde, das Bettgestell knarrte. Plötzlich ging das Licht im Schlafzimmer aus.

»Ooooh!« Hastig tupfte mir Mimi Jasminduft auf Hals, Busen und hinter die Ohren. Dann schob sie mich durch die Vorhänge des Ankleidezimmers.

Die Dunkelheit tröstete mich. »Ich bin hier«, hörte ich Monsieur de Beauharnais sagen. Unten hörte ich jemanden husten.

Ich tastete mich zur Bettkante. Seine Hand griff nach mir. »Du hast mich erschreckt!« sagte ich.

»Das tut mir leid«, sagte er und schlug die Decken zurück. »Ich hätte eine Kerze brennen lassen sollen.«

Ich schlüpfte unter die Decken, spürte die Wärmpfanne am Fuß des Bettes. Ich versuchte zu überlegen, was ich sagen sollte. Mußte ich etwas sagen? Plötzlich spürte ich den dumpfen, anhaltenden Schmerz an meinem schlimmen Zahn. Werde ich ihn ziehen lassen müssen? Hatte ich Würmer in meinen Zähnen, wie Mimi sagte? Durfte ich Monsieur de Beauharnais gestatten, mich zu küssen, wenn es so war?

»Was denken Sie?« fragte Monsieur de Beauharnais. Er drehte sich auf die Seite zu mir hin. Meine Augen gewöhnten sich allmählich an die Dunkelheit. Ich konnte die Umrisse seines Kopfes, seiner Schultern erkennen. Er trug keine Nachthaube.

»Nichts.« Ich hatte gedacht, daß ich am Morgen meinen Mund mit Urin spülen sollte, damit der Schmerz aufhört. Bei dem Gedanken wurde mir übel, aber dadurch würde ich den Zahn retten – »Und was denken *Sie*?« fragte ich.

»Ich denke, welch seltsame Situation dies doch ist. Wir kennen uns kaum.« Seine Worte klangen etwas undeutlich.

Ich lachte leise auf.

»Vielleicht würdest du lieber warten«, sagte er.

»Ja.« War es das, was er mir sagen wollte? überlegte ich.
Plötzlich wurde das Zimmer heller. Der Mond war hinter einer Wolke hervorgekommen. Ich konnte seine Augen erkennen. Seine Lippen waren schmal, ein wenig hochmütig, seine Nase markant, was ihm ein aristokratisches Profil verlieh. Mein Gemahl, der Mann, den Gott für mich bestimmt hatte. Erst vor sechs Wochen hatte ich ihn kennengelernt, und jetzt war ich seine Frau.
»Wenn ich dich vielleicht nur küßte«, sagte er.
»Ja.« Eine Nadel hatte sich in meiner Frisur gelockert und stach mir unangenehm in die Kopfhaut.
Er rückte zu meiner Hälfte des großen Bettes herüber. Sein Kopf verdeckte das Licht, das durchs Fenster fiel. Ich konnte seine Gesichtszüge nicht mehr erkennen. Er legte mir die Hand auf die Schulter. Sein Atem roch nach Brandy und Zigarren. Seine Lippen berührten meine, und dann zog er sich zurück. War es das schon? fragte ich mich. Hatte ich etwas falsch gemacht?
»Ich habe etwas vergessen«, sagte er.
Er langte nach hinten und öffnete das Schränkchen neben dem Bett. »Tante Désirée möchte nicht, daß die Laken fleckig werden«, sagte er und reichte mir ein Tuch.
Was sollte ich damit anfangen?
»Lege es unter dein ... du weißt schon.«
Unter mein Gesäß?
Er legte sich neben mich. Ich spürte, wie er an meinem Bettjäckchen herumnestelte. »Hast du etwas dagegen?« fragte er.
»Soll ich es ausziehen?« Ich wollte es nicht ausziehen.
Er küßte meine Nase. Hat er meinen Mund verfehlt, fragte ich mich? Seine Hand glitt in das Oberteil meines Nachthemdes. Seine Lippen bedeckten meinen Mund. Dann ließ er seine Hand unter mein Nachthemd gleiten, fand die Stelle zwischen meinen Beinen. Ich schrie überrascht auf. Seine Finger waren kalt. Er küßte mich heftig. Er schob mir das Nachthemd bis zur Taille

hoch, kam über mich. Seine Männlichkeit fühlte sich warm auf meiner Haut an. Er stieß sie hierhin und dorthin. Ich lag reglos da. Ich war nicht sicher, was von mir erwartet wurde. Dann spürte ich einen stechenden Schmerz. Ich schrie auf und versuchte, mich freizumachen, aber er hielt mich fest. Und dann war er in mir.

Er küßte meine feuchten Wangen. Er stöhnte und bewegte sich hin und her. Ich fragte mich, wie lange es wohl dauern würde. Ich versuchte, nicht zu weinen, aber es tat weh! Dann drückte er mich heftig an sich, seine Füße zappelten, und er brach stöhnend auf mir zusammen.

Hatte er einen Anfall erlitten? War er tot? Das Bild von Williams Gesicht tauchte vor mir auf, sein Lächeln. *Du würdest eine wunderschöne Königin abgeben*, hatte er zu mir gesagt.

Tränen kullerten seitlich an meinem Gesicht herunter in das Kissen. War ich nun eine Frau?

1. Januar 1780, Neujahrstag – Paris

Ich habe beschlossen, jeden Morgen zur Messe zu gehen. Ich möchte eine gute Ehefrau werden. Ich habe dafür um göttlichen Beistand gebeten, denn so häufig bewölkt ein schmerzlicher Ausdruck Monsieur de Beauharnais' Stirn.

»Was tue ich bloß?« fragte ich Tante Désirée. »Was ist der Grund?«

»*Grund*«, korrigierte sie meine Aussprache. »Du verschluckst nach wie vor die *R*s, Rose.«

Tante Désirée hat eine Liste mit Wörtern geschrieben. Die muß ich üben und ihr jeden Abend vortragen. Ich versuche, ihre Zurechtweisung ohne Zorn hinzunehmen, denn ich weiß, daß ich mir gerade *darin* große Mühe geben muß – ohne Fragen zu gehorchen, eine Madame la Vicomtesse zu werden, eine ausgezeichnete Ehefrau.

13. Januar

Monsieur de Beauharnais übt den ganzen Tag lang vor den großen Spiegeln Tanzschritte. Er ist zum Ball der Königin nach Versailles eingeladen worden ... aber ich nicht.
»Warum?« fragte ich Vater und Tante Désirée. »Warum darf *ich* nicht hingehen?«
»Du bist noch nicht bei Hofe vorgestellt worden, Rose«, sagte Vater.
»Alexandre auch nicht.«*
»Aber Alexandre ist der beste Tänzer von ganz Paris«, sagte Tante Désirée. »Dies ist wirklich eine Ehre, Rose. Du solltest dich für deinen Gemahl freuen.«

Sonntag, 23. Januar

Monsieur de Beauharnais ist aus Versailles zurückgekehrt. Er hat mit der Königin getanzt!
Tante Désirée sah aus, als fiele sie gleich in Ohnmacht. »Alexandre, sag uns die Wahrheit. Du hast doch nicht mit der *Königin* getanzt.«
Es stimmte, er hatte mit der Königin getanzt, für eine Vierteldrehung bei einer Polonaise.
»Hat sie deinen Handschuh berührt?« fragte Tante Désirée. »Diesen hier?«
»Seht, Madame, ich gebe Euch meinen Segen.« Monsieur de Beauharnais schwenkte elegant die Hand durch die Luft und legte sie auf ihre Schulter.
Wir versammelten uns im Salon, um seinem Bericht zu lauschen. Sogar Vater gesellte sich zu uns nach unten und unterbrach da-

* Um bei Hofe vorgestellt zu werden, mußte man eine adlige Abstammung bis zum Jahre 1400 nachweisen. Alexandres Adel war relativ neu und durch die Tatsache, daß die Regierung zu Tausenden Titel verkaufte, um Geld aufzutreiben, weniger eindrucksvoll.

durch Monsieur Beauharnais, der uns gerade über die Einzelheiten wahrhaft königlichen Benehmens ins Bild setzte.
Monsieur de Beauharnais sagte, daß die Königin graziös sei – obwohl sie im Augenblick nicht allzu viel tanze, nun, da sie Mutter sei, und sich an einem Abend nur ein paar Quadrillen oder eine oder zwei Colonne anglaise gönne. Wenn der König mit ihr zusammentrifft, muß er tanzen, ohne ihr den Rücken zuzuwenden, was ihn hoffnungslos durcheinander und aus dem Takt bringt.
Monsieur de Beauharnais sagte, daß die Königin eine vollendete Gastgeberin sei und die jungen Männer davon abhält, die ganze Nacht in Ecken herumzustehen und über Pferde und Duelle zu reden.
Oh, er hat uns soviel erzählt, daß man sich kaum alles merken kann: die Schweizer Garde mit gestärkten Halskrausen, ihre Spaniels an der Leine; eine Glastür, die so klar war, daß die Leute beinahe hindurchgelaufen wären; ein Raum, in dem sich Dienerinnen um die Kleider kümmerten, die einer Reparatur bedurften: die Feuerwehrmänner, die mit Wassereimern und großen Schwämmen bereitstanden …
Schon den ganzen Abend über träume ich vor mich hin. Ich stelle mir vor, wie ich herumschlendere und mich mit einem Fächer aus Perlmutt abkühle. Männer in schwarzem Samt und mit wippenden langen Federn tanzen um mich herum. Ich stelle mir die Musik vor, die Frauen, die in höfischen Reifröcken herumwirbeln, das Rascheln von Seide an Seide …
Der Morgen bricht an. Ich habe die ganze Nacht getanzt. An den Wänden des vergoldeten Raumes liegen die zusammengesunkenen Körper der schlafenden Pagen, Dienerinnen, der erschöpften Tänzer. Doch ich tanze immer noch …

Dienstag, 29. Februar

Oh, grenzenlose Trauer. Vor einer Woche gebar Alexandres Schwägerin, Marie, ein Mädchen. Tante Désirée und ich sind jeden Morgen zur Messe gegangen und haben für die Gesundheit des Neugeborenen gebetet, doch trotz unserer Bemühungen ist es heute morgen mit sieben Tagen gestorben. Dies ist nun schon der zweite Säugling, den Marie verloren hat.

Freitag, 23. Juni, Johannistag

Ich bin heute siebzehn geworden. Monsieur de Beauharnais machte mir einen Rubin zum Geschenk. Dann teilte er mir mit, daß er zu seinem Regiment zurückkehren müsse. »Wie lange wirst du fort sein?« fragte ich.
»Sechs Monate.«
Sechs Monate!

18. Juli, 3 Uhr nachmittags

Monsieur de Beauharnais ist fort. Er hinterließ eine Liste von Büchern, die ich durchlesen soll: Agesilaos, Brutus, Aristides. Ich bin beim Lesen eingeschlafen.

25. Juli, 1780 – Brest

Liebe Rose,
ich bin erfreut, daß Du Dich um Dein Studium kümmerst, aber entmutigt, daß Deine Bemühungen sich nicht besser in Deinem schriftlichen Ausdruck widerspiegeln. Sitzt Du ordentlich am Schreibtisch, wie ich es Dir gezeigt habe? Hältst Du Deinen Federkiel korrekt, indem Du den Arm richtig abwinkelst?
Um den Anforderungen zu entsprechen, schlage ich vor, daß Du Tante Dési-

rée fragst, ob sie ein Buch mit Briefen hat, das Du kopieren könntest. Auf diese Weise lernst Du vielleicht den korrekten Ausdruck.
Mein Herz ist von Sehnsucht erfüllt nach der einen, die mir die Liebste ist. Voller Entzücken schlafe ich des Nachts ein und drücke Dein Bild an meine Lippen. Oh, wenn Du es doch wärst! Welch grausame Zeit, die uns immer wieder trennt.
Schreibe, Rose. Vernachlässige Dein Studium nicht.

Dein Gemahl, Alexandre de Beauharnais, Vicomte

2. August

Heute morgen habe ich vor dem Spiegel meinen Leib erforscht, mich nach rechts und nach links gedreht und versucht zu erkennen, ob sich irgend etwas verändert hat. Schon vor zwei Wochen hätte mein Monatsfluß einsetzen müssen.

Donnerstag, 31. August

Heute morgen, als ich aufwachte und mich so unwohl fühlte, wie jetzt so häufig, beschloß ich, mit Tante Désirée zu sprechen. Nach dem Mittagsmahl fragte ich sie, ob wir uns unterhalten könnten. Sie bat mich in ihr Zimmer. Mir war etwas feierlich zumute, als ich mich auf dem Sofa niederließ. Ich sagte ihr, daß ich sie um ihren Rat bitten möchte.
Sie betrachtete mich wachsam, aber zufrieden. »Ja?«
»Woher weiß ich, ob ich ein Kind bekomme?«
Einen Augenblick dachte ich, Tante Désirée hätte zu atmen aufgehört, denn für gewöhnlich ist das Heben und Senken ihres Brustkorbs bemerkenswert.
Sie straffte die Schultern und sagte: »Sehr gut«, und dann stellte sie mir Fragen.
Als ich ihr sagte, daß ich seit über zwei Monaten meinen Monatsfluß nicht gehabt hätte, stand sie auf und steckte mich umgehend

ins Bett, wo sie mich seitdem mit Hühnerbrühe und Wein ernährt.
Der Arzt kommt jeden Morgen zu Vater. Hoffentlich befreit er mich aus diesem Gefängnis.

1. September

Der Arzt verschrieb zehn Tropfen Eisentinktur am Morgen, zweimal am Tag Fleisch und ein Glas Bier oder Portwein zum Abendessen. Ich kann das Bett verlassen, aber ich darf keine Kutsche fahren. Ich leide mit Freuden. Ich bin nicht mehr allein.

14. September, 7 Uhr abends

Monsieur de Beauharnais schreibt liebevolle Worte, nachdem er nun meine Nachricht erhalten hat. Aber, oh weh, ich fürchte, es ist zu spät. Vor einer Woche begann ich zu bluten – nicht viel, aber ich war vorsichtig und blieb im Bett. Das Baby wurde aufgehalten, sagte Mimi, am Wachsen gehindert. Sie bereitete eine Drachenblutmischung zu, die ich gehorsam zweimal täglich mit pulverisierten und mit Eigelb vermischten trockenen Mandeln zu mir nahm. Dies zog sich über einige Tage hin. Trotzdem wurde ich gestern von schrecklichsten Schmerzen gepackt. Mimi fragte, ob sie Tante Désirée holen solle, aber ich lehnte ab.
Daher war es Mimi, die mir beistand, wofür ich ihr ewig dankbar sein werde. Es war schlimm – das *einzige*, was ich tun konnte, war, nicht zu schreien –, aber Mimi wußte, was zu tun war, damit es vorüberging. Als es vorüber war, betete sie für mich, kein christliches Gebet, wie ich gestehen muß, aber ein sanfter, gefühlvoller Singang über die Schmerzen einer Frau und die Erde, die neues Leben hervorbringt.
Ich weinte die ganze Nacht. Ich bekomme kein Kind mehr.

Ich bin zuviel allein

1. November 1780, Allerheiligen

Bei Tisch sprachen der Marquis und Tante Désirée über Maries Mutter »Tante Fanny«, die kürzlich aus Rom zurückgekehrt ist. Sie ist Schriftstellerin und unterhält einen *salon*. Sie hat ein Buch veröffentlicht, *Heil allen Denkern!* (das, wie der Marquis überzeugt ist, »einer ihrer« Liebhaber geschrieben haben muß), und einen Liebesroman mit dem Titel *Triumph der Liebe* (den mir Tante Désirée zu lesen verbot).
»Ihr Salon ist bis fünf Uhr morgens geöffnet«, entrüstete sich der Marquis. »Ich würde zu gerne wissen, was Leute zu dieser Uhrzeit tun können!« Es war recht unterhaltsam, ihn so aufgebracht zu erleben.

Dienstag, 7. November

Mein Zimmer ist voll von schwerem Rosenölduft. Tante Fannys Parfüm. Ich gestehe, daß ich entzückt bin. Ihr Gesicht ist winzig und hat etwas Feenhaftes. Sie trägt eine entsetzliche Menge Schminke auf, vor allem auf die Augen, die sehr lebendig und ständig in Bewegung sind. Sie ist höchst *theatralisch*. (Man kann sich kaum vorstellen, daß sie Maries Mutter ist. Marie ist so scheu.)
Ihr Kleid war schlicht, aber sie trug es ohne Korsett – ich war entsetzt! Ihr Hut hatte eine männliche Note, die durch einen Kranz aus Blüten, die sie ungeachtet ihres Alters in Hülle und Fülle trug, reizend abgemildert wurde.

»Das also«, sagte sie, als wir uns kennenlernten, »ist die Schönheit, von der ganz Paris sprechen wird.«
Ich errötete. Wenn es doch wahr wäre! Ich glaube nicht, daß ich jemals Paris sehen werde, obwohl ich doch mittendrin wohne.
Sie blieb nur eine Stunde und trank ihren Tee mit Brandy. Der Marquis schien nur allzu bereit, ihren abenteuerlichen Geschichten zu lauschen, obwohl er sie mißbilligte, wie er unmißverständlich klarstellte. Sie kennt Künstler und Politiker, Philosophen und Dichter, die unterschiedlichsten Leute. Sie hat gerade einen Liebesroman fertig geschrieben, der bald veröffentlicht wird, und bereits mit einem neuen begonnen. Aber am meisten war sie an *mir* interessiert.
»Zu welchen Ereignissen habt ihr das Mädchen mitgenommen?« wollte sie wissen.
»Ereignissen?« fragte Tante Désirée.
»Du weißt schon – *draußen*.« Fanny hat eine abgehackte und energische Art zu sprechen. »Logentreffen, die Jahrmärkte ...«
»Wir sind ganz zufrieden damit, im Haus zu bleiben«, sagte der Marquis.
»Ihr habt sie nicht zum Jahrmarkt von Saint Germain mitgenommen?« Fanny war eindeutig entsetzt.
»Der ist so schmutzig geworden«, wehrte Tante Désirée ab. »Und als wir das letzte Mal dort waren, wurden wir praktisch von einer Kutsche überfahren, die im Galopp durch die Tore hereinpreschte.« Zur Bestätigung dieser Tatsache wandte sie sich an den Marquis.
»Ermenonville ist ruhig – dorthin könnt ihr sie mitnehmen.«
»Ich bin womöglich die einzige Person in Frankreich, die vor *Entzücken* nicht entzückt ist«, sagte der Marquis. »Verzeih mir, aber dein Held Jean-Jacques ist nicht nach meinem Geschmack.«
»Haben Alexandre und sein lieber Patricol dich nicht bekehrt?«

»Das haben sie nicht.«
»Sie haben dich nicht zu einem ihrer Freimaurertreffen gelockt?«
Der Marquis schnaubte verächtlich.
»Du konntest dir nie das Losungswort merken«, sagte Tante Désirée und verbarg ein hämisches Lächeln hinter ihrem Fächer.
»Das war ganz und gar nicht das Problem«, wandte der Marquis ein. »Es war dieser ganze Unsinn über Freiheit, Gleichheit und brüderliche Liebe. Und die roten Kappen, die sie trugen, waren ebenso kratzig wie häßlich.«
»Vielleicht das Theater? Ihr habt sie doch sicherlich in ein paar Aufführungen mitgenommen.«
Tante Désirée schüttelte den Kopf. »Ich fürchte, Alexandre würde es nicht billigen«, sagte sie. »Hat etwas mit dem Theater zu tun, das im modernen Zeitalter ein Gefühl der inneren Distanz fördert.«
Fanny schnaubte, ein höchst undamenhaftes Geräusch. »Ich nehme an, daß er uns alle draußen auf der Straße haben möchte, wo wir singen und mit Bändern um Maibäume herumtanzen sollen! Ich bin dieser Sehnsucht nach ›Den alten Zeiten‹ überdrüssig. Man kann die Grundsätze von Rousseau auch zu weit auslegen. Die Frage ist doch ganz einfach, wie könnt ihr dieses Mädchen nach Paris holen und sie *nicht* ins Theater mitnehmen?«
»Vielleicht können wir sie ins Théâtre Français mitnehmen«, schlug Tante Désirée mit einem raschen Blick zum Marquis behutsam vor.
»Mon Dieu!« sagte Fanny. »Das einzige Schauspiel, was dort sehenswert ist, ist der König – und gelegentlich die Königin, wenn es ihm gelingt, sie zu diesen langweiligen Inszenierungen mitzuschleppen. ›Ah, Tugend!‹ …« Fanny stolzierte durchs Zimmer und mimte einen Schauspieler, der auf höchst oberflächliche Weise Texte rezitierte. Als ich mich umdrehte, sah ich Mimi in der Tür stehen und kichern.

»Die Königin hingegen, die vielleicht keinen Verstand, aber zumindest Geschmack hat«, fuhr Fanny fort, »ist eher dabei zu beobachten, wie sie sich die Unterhaltung auf dem Boulevard du Temple zu Gemüte führt.«

»Den Boulevard des *Verbrechens* meinst du?« fragte der Marquis.

»Mittlerweile erwarten wir ja auch schon gar nichts anderes mehr von ihr«, sagte Tante Désirée.

»Haben Sie sie schon einmal gesehen?« platzte ich heraus und verriet mich damit als das, was ich ja auch war: ein für Berühmtheiten schwärmendes Mädchen von den Inseln.

»Was gibt es da zu sehen?« knurrte der Marquis.

»Wie kann man sie *nicht* sehen?« stöhnte Fanny. »Die Frau ist überall – im Theater, an den Spieltischen, bei den geistlichen Konzerten, in den Salons ... nicht in *meinem*, versteht sich – aber ich erfuhr von Comte Clairon, daß sie im Salon der Comtesse d'Autricourt war, in vermeintlicher Verkleidung, die natürlich jeder sofort durchschaut hat. Arme Frau. Sie tut mir leid. Hoffe, sie ist nicht allergisch gegen Katzen.* Soviel ich weiß, ist sie in das kleine Trianon umgezogen – der größeren *Freiheit* wegen (Fanny gönnte mir ein Augenzwinkern) – wo sie sich ganz ihren ›ländlichen‹ Gefühlen hingeben kann, wie zum Beispiel die Schäferin spielen, den Kühen und Schafen hübsche Bänder umbinden. Das ist alles so in Mode, daß es mich ganz krank macht, ehrlich. Obwohl ich zugebe, daß ich es nicht länger als eine Minute aushalten könnte, Königin zu sein. Der Palast ist voller Fremder, die sich das Kommen und Gehen der königlichen Familie ansehen, als wäre sie öffentlich ausgestellt, und sich in den Ecken erleichtern. Die Leute schauen ihnen sogar

* Nach Meinung mancher Leute führte die Comtesse de Lingiville d'Autricourt, die sich mit Angorakatzen umgab, von denen jede ein leuchtendes Seidenband trug, den hervorragendsten Salon in Paris.

beim Essen zu – könnt ihr euch das vorstellen?* Ich bin weiß Gott absolut dafür, auf Korsetts zu verzichten – wer kann sie schon ausstehen? –, aber meint ihr nicht, daß es unsere Königin zu weit treibt?« Fanny wartete nicht auf eine Antwort. »Aber natürlich, wer würde nicht verrückt werden mit einem Mann wie König Ludwig als Gemahl? Seine einzige Leidenschaft ist das Essen.«

»Und sich wie ein Kind aufzuführen«, murmelte der Marquis seinerseits, »und die Fontänen auf Spaziergänger zu richten, zur Belustigung. Es ist an der Zeit, daß Seine Majestät erwachsen wird, findet ihr nicht auch?«

»Wußtet ihr eigentlich, daß sie in Straßburg wahrhaftig eine Münze geprägt haben, die unseren verehrten König als Hahnrei mit Hörnern zeigt?« sagte Fanny. »Es stimmt – ein Freund eines Freundes besitzt eine.«

Sehr zu meinem Vergnügen hätte Fanny immer so weitererzählen können, aber Tante Désirée wechselte das Thema und berichtete Fanny, daß ich Harfespielen lernte, daß ich recht hübsch sänge und daß ich auch am Zeichnen interessiert wäre. Ich war zwar peinlich berührt, so vorgeführt zu werden, aber andererseits auch erpicht darauf, Fannys Aufmerksamkeit zu erregen.

Sie wollte unbedingt eine Zeichnung, an der ich gearbeitet hatte, sehen, eine Inselszene. Ganz zufällig stieß sie auf eine, die ich von der Steinwand des Nachbarhauses angefertigt hatte – der Blick aus meinem Fenster –, und sie lachte. Sie meinte, daß sie Originalität und Sinn für Humor ausdrücke, »oder einen ernsten Fall von Schwermut«. Sie musterte mich durchdringend.

Sie bemerkte einen offenen Band von Helvetius auf einem Tisch. Sie fragte mich, ob ich das läse. »Ich versuche es«, gestand ich.

* In Versailles war es der Öffentlichkeit erlaubt, die königliche Familie beim Essen zu beobachten. Die Menge rannte dann von einem Bereich des Palastes zum anderen, um mitzuerleben, wie die verschiedenen Mitglieder der königlichen Familie mehrere Gänge zu sich nahmen.

»Warum?« fragte sie. »Nicht, daß es keine vortreffliche Beschäftigung wäre.«
»Es ist der Wunsch von Monsieur de Beauharnais«, erklärte ich. »Er möchte mich bilden.«
»Wie nett von ihm«, sagte sie mit einem sarkastischen Unterton.
»Meine Rechtschreibung ist grauenvoll«, verteidigte ich die Absicht meines Mannes.
»Voltaires Briefe waren *voll* von Rechtschreibfehlern«, sagte sie, als sie meine in einer Ecke lehnende Gitarre bemerkte. »Spielst du?«
Ein wenig widerwillig gab ich es zu, denn Monsieur de Beauharnais hatte mir zu verstehen gegeben, daß nur Angehörige der niederen Gesellschaftsschichten solch ein primitives Instrument spielten.
»Ein wunderbares Instrument – so ausdrucksvoll. Welche Stücke kennst du?« Ich erzählte ihr, daß ich versuchte, die Kantaten von Clérambault einzustudieren, aber sie anspruchsvoll fände. »Das möchte ich meinen«, sagte sie, was mich ermutigte.
An der Tür drehte sie sich zu mir um. »Sag mir, meine Liebe – was hältst du von unserer schönen Stadt?«
Ich errötete.
»Nur keine Hemmungen. Meinst du nicht, daß dir dein Kummer im Gesicht geschrieben steht? Ebenso wie alles, was du denkst und fühlst? Wirklich, du bist ein äußerst durchschaubares Geschöpf. Aber nun komm schon – gib es zu –, man kann keine Französin sein und diese Stadt nicht lieben.«
Ich hatte das Gefühl, daß sie meine intimsten Gedanken lesen, meine Seele, ja sogar meine Träume durchdringen konnte. Hatte ich nicht mein ganzes Leben lang von Frankreich geträumt? Hatte dieses Wort für mich nicht alles Romantische, Schöne bedeutet? »Ich gestehe, daß ich nur mit diesen vier Wänden vertraut bin«, sagte ich.

»Und *dem*, meine Liebe, werden wir abhelfen müssen. Als erstes wirst du in meinen Salon kommen – morgen abend.« Sie hob einen Finger, um meinen Einwand zum Verstummen zu bringen. »Ich *bestehe* darauf. Ich werde dir meinen Lakai schicken, um neun.«
Und damit ist es abgemacht. Ein *Salon*? Ich weiß ja nicht einmal, was das ist.

Donnerstag, 9. November

Als ich eintraf, waren schon etliche Männer und Frauen in Fannys Salon versammelt – zwölf zählte ich. Fanny stellte mich als eine Studentin der Malerei und Musik vor, was meinen bescheidenen Bemühungen sehr schmeichelte. Nach dem Essen wurde Musik gespielt und Lyrik vorgelesen. Es wurde viel gelacht und diskutiert. Die ganze Zeit über lag Fanny hingegossen auf einem silberblauen Diwan mit einer Blumengirlande auf dem Kopf, was sie wie eine Göttin aussehen ließ. Ein Dichter mit Namen Michel de Cubières (klein, mit dröhnender Stimme und wulstigen Lippen) las einige von Fannys Gedichten vor, die ich nicht verstand, die aber jedermann zu schätzen schien. Ich war nervös, aber natürlich auch ziemlich stolz, als die Lesung vorüber war und sie von allen gelobt wurde.
Ich kann nicht einmal annähernd die interessanten Leute, die ich traf, und die Lebendigkeit der Unterhaltung beschreiben. Ich brachte keinen Ton heraus, wurde aber trotzdem freundlich aufgenommen. Ein älterer Herr mit einer engen, altmodischen Perücke erriet sofort, daß ich Kreolin bin.
»Woher wissen Sie das?« fragte ich.
»Ihr Akzent verrät Sie. Und Ihr betörender Gang.«
Mein betörender Gang, daß ich nicht lache!

Montag, 13. November

Ich war auf dem Treffen einer Freimaurerloge – die Loge des Triple Lumière. Ich bin mit François und Mademoiselle de la Chevalerie hingegangen, die ich kurz vor Alexandres und meiner Hochzeit kennenlernte. Das Bankett war erlesen, die Gesellschaft reizend, und abgesehen von der Länge mancher Reden war es ein angenehmer Abend. Etliche Männer und Frauen von den Inseln sind Mitglieder, so daß ich mich sehr heimisch fühlte. (Es wurde sogar Kalabassenbrot gereicht!) Die Lieder waren hübsch, alle handelten von Brüderlichkeit und Liebe.
Mademoiselle de la Chevalerie hat versprochen, meinen Namen vorzubringen. Sie zeigte mir bereits ein geheimes Handzeichen.
»Ich habe es auf dem Jahrmarkt von Saint Germain ausprobiert, und *Hunderte* erwiderten das Zeichen«, sagte sie.
»So viele?« Es war schwer vorstellbar.
»Sollten Sie jemals in Not sein, brauchen Sie nur ein Zeichen zu geben, und es wird Hilfe kommen«, sagte sie leidenschaftlich.

Samstag, 18. November

Fanny nahm mich heute abend zu einer Theateraufführung mit. Sie traf früh ein, um meine Toilette zu überwachen. Wir nippten Brandy und benahmen uns vielleicht ein wenig zu albern, denn Tante Désirée steckte den Kopf herein und runzelte die Stirn. Nachdem sich die Tür geschlossen hatte, schnitt Fanny eine Grimasse. Im Ernst, ich habe noch nie jemanden wie sie kennengelernt.
Fanny wies ihren Kutscher an, zum Boulevard du Temple zu fahren. Nach dem, was der Marquis gesagt hatte – daß er der Boulevard des Verbrechens genannt wurde –, hielt ich überall nach Raufbolden Ausschau, aber ich brauchte nicht lange, um mich von der fröhlichen Stimmung des Ortes einnehmen zu lassen.

Wir wurden ringsumher von Seiltänzern, Puppenspielern, Pantomimen und dressierten Tieren umgeben – es war, als wäre ein Zirkus auf die Straßen losgelassen worden! Jeder Bänkelsänger und Händler hatte ein Lied vorzutragen – über die Freiheit in Amerika, über den Ungehorsam der Königin und natürlich eine Menge Liebeslieder. Es waren sogar Schauspieler da, die eine sentimentale Liebesszene aufführten, eine Frau auf der einen Straßenseite, ein Mann auf der anderen, die sich Worte zuschrien. Es war unmöglich, von der erregenden Stimmung nicht mitgerissen zu werden. Etwas widerwillig betrat ich daher das Theater, nur um in eine wiederum ganz andere Welt hineingezogen zu werden. Nachdem Fanny und ich in ihrer Loge Platz genommen hatten – ich gab mir große Mühe, nicht wie ein Kind auf dem Jahrmarkt hierhin und dorthin zu schauen –, bemerkte ich Unruhe im Publikum. Alle richteten den Blick auf eine Loge an der Bühne. Es war die Königin!

Ich konnte ihr Gesicht sehr deutlich sehen. Sie ist jünger, als ich dachte, nicht viel älter als ich, und hübsch mit einem freundlichen Gesichtsausdruck, fast schüchtern. Natürlich sog ich jede Einzelheit ihrer Kleidung in mir auf, insbesondere ihre Frisur, eine höchst phantasievolle Kreation aus mauvefarbenen Federn, die bei jeder ihrer Bewegungen wippten. Sie war in Begleitung einer blonden Frau und eines großen, stattlichen Mannes.

»Das sind Yolande de Polignac und der Comte de Vaudreuil«, raunte Fanny. »Sie ist die Mätresse des Comte. Sie führen, was man eine ›heimliche Ehe‹ nennt – kompliziert, sollte man meinen, bei seiner Beziehung zur Königin.« Sie betrachtete mich über den Rand ihres Fächers.

»Die *Königin*?« flüsterte ich.

»Und überdies«, Fanny hob die Augenbrauen, »nehme ich an, die Königin und Yolande sind ...« Fanny hielt zwei ineinderverschlungene Finger hoch. »Wenn man dem, was die Leute sagen, glauben kann«, fuhr sie fort. »Was ich natürlich nicht tue.«

Genau in diesem Augenblick gingen die Lichter aus, und im Publikum wurde es still. In der Loge neben uns konnte ich eine Frau kichern hören.
»Ist da jemand drin?« fragte ich. Denn die Vorhänge waren dicht geschlossen.
»In der eigenen Loge darf man *jeden* empfangen.« Fanny verdrehte die Augen.
Ich hörte erneut schallendes Gelächter, gefolgt von einer tiefen Männerstimme. »Sie meinen ...«
»Wie ich sehe, muß ich dir einen meiner Romane zu lesen geben, Schätzchen«, raunte Fanny, als sich der Vorhang hob. »Getarnt als ein Text über Ästhetik, versteht sich.«
Das Stück, das wir sahen, war *Der Besiegte*, und ich lachte so heftig, daß ich befürchtete, meine Korsettschnüre würden reißen. In dem Stück wird Janot, einem Diener, ein Nachttopf über dem Kopf ausgeleert. Er versucht, rechtliche Schritte zu unternehmen, kommt jedoch schließlich ins Gefängnis. Es war schrecklich albern, aber gut gemacht. Zwischen den Akten gab es Reden, Gesang und Bekanntmachungen.
Oh, ich liebe das Theater! Fanny hat versprochen, mich bald in eine andere Aufführung mitzunehmen.

22. November

Monsieur de Beauharnais schrieb mir: *Labor omnia vincit improbus*. Ich mußte Vater bitten, es zu übersetzen. »Unablässige Arbeit besiegt alles«, sagte er mir. Ich hätte wissen müssen, daß es mit Lernen und absolut nichts mit *Liebe* zu tun hat.

Samstag, 25. November

Fannys neuester Roman mit dem Titel *Abailard, der Heuchler* ist veröffentlicht worden. Heute abend gingen wir alle in ein Ballett, um zu feiern – Fanny, mein Schwager François (Marie ist ans Bett gefesselt), Tante Désirée und sogar der Marquis. Als die Tänzerinnen in die Luft sprangen, konnte man ihre Strumpfbänder und Unterhosen sehen. Fanny dachte sich nichts dabei, aber ich konnte sehen, daß der Marquis und Tante Désirée peinlich berührt waren.

27. November

Tante Désirée liest Fannys neuen Roman, um zu entscheiden, ob ich ihn lesen darf. Ich bezweifele es – sie bekreuzigte sich, bevor sie ihn in die Hand nahm.

7. Dezember

Monsieur de Beauharnais benachrichtigte uns, daß er nach Hause kommt. Ich habe ihn seit fünf Monaten nicht mehr gesehen.

Mittwoch, 13. Dezember, 11 Uhr 30 morgens

Heute ist unser erster Hochzeitstag. Aber Monsieur de Beauharnais ist schon wieder fort, auf dem Weg zu seinem Regiment in Verdun. Er war nur vier Tage hier.

Ich werde Mutter
und entdecke eine entsetzliche Wahrheit

Sonntag, 28. Januar 1781

Tante Désirée und ich wurden in der Nacht gerufen. Maries Wehen hatten eingesetzt. Wir eilten an ihr Bett, die Pferde rutschten auf dem vereisten Kopfsteinpflaster. Als wir eintrafen, wurden wir augenblicklich in Maries Schlafzimmer gebracht, wo Fanny uns mitteilte, daß Marie bewußtlos geworden sei. Tante Désirée übermannte ein Unwohlsein, und sie verließ das Zimmer, Fanny im Gefolge. Kurz darauf wurde das Kind geboren. Die Hebamme bat mich, den Säugling zu halten, während sie die Nabelschnur abband. Das kleine Mädchen schrie nicht. Seine Augen waren geöffnet, seine blaue Haut verfärbte sich langsam rosa, das Wunder des Lebens in meinen Händen. Meine Tränen tropften auf seine Wangen.
Der Priester verspätete sich, und Fanny lag viel daran, daß der Säugling rasch getauft wurde. Ich hielt das schreiende Kind, als Tante Désirée Wasser über seinen Kopf goß und murmelte: »Ich taufe dich.« Die Kleine heißt Émilie. Wir beten für sie. Ich bete für sie.

19. Februar

Ich trage wieder ein Kind unter dem Herzen. Ich bewege mich mit großer Vorsicht.

28. Februar – Brest

Liebling,
Freude erfüllte mein Herz nach dem Empfang Deiner wundervollen Neuigkeit. Vergiß nicht, alles gemäß den Anweisungen des Arztes zu tun. Ich habe Patricol gebeten, ein Leseprogramm für Dich zu entwerfen, denn zur Zeit heißt es, daß sich die Gedanken einer Mutter auf das Kind, das sie trägt, auswirken werden, sowohl zum Guten als auch zum Schlechten. Ich brauche Dich wohl nicht daran zu erinnern, daß jede Lektüre von Romanen verboten ist – insbesondere von Liebesromanen. Halte Dich von Situationen fern, die heftige Gefühle wecken, und vor allem, gehe nicht ins Theater!
Ich habe Tante Désirée gebeten, Kupferstiche von beflügelnden Momenten der römischen und griechischen Geschichte zu besorgen und sie neben Deinem Bett aufzuhängen. So wirst Du, wenn Du einen Blick auf diese heroischen Bilder wirfst, für eine gute Wirkung sorgen. Ich verbiete Dir, eine Amme zu nehmen, da die Milch den Charakter des Kindes beeinflußt. Wenn Mütter ihre Kinder selbst nährten, wären viele Übel der Gesellschaft ausgemerzt.
Ich umarme Dich, meine zärtliche Freundin.

Dein Gemahl, Alexandre de Beauharnais, Vicomte.

Anmerkung – Ich schlage für diese Zeit des Wartens vor, daß Du Dich von Tante Fannys Gesellschaft fernhältst.

7. März

Fanny kam gegen elf zum Tee vorbei. Als sie ging, drückte sie mir ein kleines Paket in die Hand. »Verrate Désirée nichts«, flüsterte sie. »Und schon gar nicht deinem Vater.«
Ich habe es gerade geöffnet. Es sind Rousseaus *Bekenntnisse*, die verboten worden sind. Ich habe sie zu lesen begonnen und war augenblicklich entsetzt. Ich habe das Buch unter meiner Matratze versteckt.

15. März

Fanny kam vor dem Abendessen. Ich hatte nicht geglaubt, daß ich Gelegenheit bekäme, sie zu etwas in den *Bekenntnissen* zu befragen, aber schließlich ging Tante Désirée hinaus, um nachzusehen, wie die Köchin mit den Kaninchen zurechtkam, die Fanny mitgebracht hatte, und ich nahm all meinen Mut zusammen.
»Du möchtest, daß ich dir das erkläre?« fragte sie.
Ihr Gesichtsausdruck machte mir deutlich, daß ich nicht hätte fragen sollen.
»Du weißt, wie gewisse Dinge ... einen Mann *erregen* können?« fragte sie.
Nun war ich an der Reihe zu erröten.
»Nun – was Rousseau angeht, ihm gefällt es, wenn man ihm ein wenig den Hintern versohlt.«
Ich war entsetzt. »Sie meinen ...?«
»Bei einem solchen Mann trage eine Birkenrute bei dir und lasse ihn betteln, meine ich.« Sie lehnte sich mit mütterlicher Miene auf dem Sofa zurück. »Vielleicht ist es ja genau das, was dein Alexandre braucht«, sinnierte sie.
Als Tante Désirée zurückkam, war ich in einem so überdrehten Zustand, daß mein Benehmen sie mehr und mehr in Aufregung versetzte. Nachdem Fanny gegangen und ich wieder allein war, holte ich das Buch hervor und suchte nach den Passagen, die sich zuvor meinem Verständnis entzogen hatten. Auf diese unanständige Weise verbrachte ich einen angenehmen Tag des Herrn.

Sonntag, 25. März

Gestern, am Vorabend von Mariä Verkündigung, spürte ich mein Kind wie einen Schmetterling in meinem Leib flattern. Ich bewegte mich nicht mehr. Es tat es noch einmal, es flatterte – oh, so leicht!

Mimi legte mir die Karten. Ich werde einen Jungen bekommen, sagte sie.
Ein *Junge*! Ich denke an all das, was ein Junge tun muß, all das, was eine Mutter ihn tun lassen muß, und möchte am liebsten weinen. Bedeutet dies, eine Mutter zu sein, dieses verwirrende Gefühl, das mein Herz durchflutet?

Sonntag, 15. April

In der Kirche erfuhren wir, daß die Königin wieder ein Kind erwartet. Der Jubel war groß. Ich empfand die Feierlichkeiten, als wären sie mir zu Ehren, denn ich weiß, was sie empfindet, ich kenne ihre Freude.

18. April

Monsieur de Beauharnais beklagt, daß ich nicht geschrieben habe, doch wenn ich schreibe, werden meine Briefe korrigiert und zurückgesandt. Nun schlägt er vor, daß ich ihm *alle* meine Briefe sende – sogar die an Mutter und Manette –, damit ich in korrekter Rechtschreibung und Satzstellung unterrichtet werden könnte. Jetzt kann ich überhaupt nicht mehr schreiben, ich bin so bekümmert.

Später

Vater hat vorgeschlagen, daß Tante Désirée mir nun bei meinen Briefen an Monsieur de Beauharnais hilft – sie wird sie für mich aufschreiben, um sicherzustellen, daß keine Fehler gemacht werden.

30. April

Monsieur de Beauharnais hat Tante Désirée beschuldigt, meine Briefe für mich zu schreiben. Er ist außer sich!

4. Mai – Noisy-le-Grand

Heute nachmittag erhielt ich einen Brief von Monsieur de Beauharnais, abgeschickt aus La Roche-Guyon, dem Landgut seines Gönners, des Duc de la Rochefoucauld.
»Aber Monsieur de Beauharnais ist doch in Verdun«, sagte ich zu Tante Désirée. Monsieur de Beauharnais wäre sicher nicht nach La Roche-Guyon gereist, ohne uns zu besuchen – *mich* zu besuchen. Es war nur ein kleiner Umweg auf der Strecke.
»Alexandre hatte zweifellos seine Befehle«, sagte Tante Désirée, aber in ihren Augen konnte ich Zweifel lesen.
»Seine Befehle, zu leben, wie es ihm gefällt, ohne jede Rücksicht auf seine schwangere Frau«, sagte ich ärgerlich. Ohne jede *Liebe* für seine Frau.
»Du mußt dir mehr Mühe geben, Rose«, sagte Tante Désirée. »Eine Ehefrau hat die Aufgabe, ihren Mann zufriedenzustellen.«
»Monsieur de Beauharnais ist unmöglich zufriedenzustellen!« Ich ging zum Fenster. Selbst die Aussicht auf die Landschaft beruhigte mich nicht. »In einer Minute ist er fröhlich, in der nächsten mißmutig, mal ernst und dann frivol, mal hitzig und dann kalt – man weiß nie, woran man bei ihm ist!«
Seufzend legte Tante Désirée ihre Spitzenhandarbeit nieder. »Wir brauchen Hilfe«, sagte sie.

Donnerstag, 7. Juni

Tante Désirée schickte Patricol, Alexandres Hauslehrer aus Kindertagen, nach La Roche-Guyon, um mit ihm zu sprechen. Nun hat Patricol Tante Désirée geschrieben und eine Lösung für »unser« Problem vorgeschlagen: daß andere an meinem Unterricht mitwirken sollten. Daher stellt Tante Désirée jetzt Hauslehrer für mich ein. Jeder – sogar Vater – wird zu diesem Versuch, mich zu bilden, herangezogen.

23. Juni

Heute bin ich achtzehn geworden. Es ist entsetzlich heiß, und in meinem Zustand leide ich. Dennoch habe ich mich bemüht, den ersten Band von Vertots *Römische Geschichte* zu Ende zu lesen – doch dann bewegte sich das Baby in mir und verleitete mich zum Träumen.

Meine Briefe an Monsieur de Beauharnais berichten nur von meinen Studien. Von dem Wandel in meinem Herzen erzähle ich ihm nichts.

Montag, 3. September – Paris

Heute morgen wurde mein Kind geboren – ein Junge, genau am gleichen Tag wie meine Schwester Manette. Ein gutes Omen.

Es war eine Schinderei, schmerzhafter, als ich jemals vermutet hätte, aber die Liebe, die ich für dieses kleine Geschöpf empfinde, dieses kleine saugende Ding, überwältigt mich, versöhnt mich mit allem. Ich drücke meinen schreienden Sohn an mich und singe zärtliche sanfte Lieder, taufe ihn mit Tränen über dieses Wunder. Ich kuschele mich mit ihm unter die Laken und lege ihn an meine Brust. Er schnappt gierig nach meiner Brustwarze, zieht die wäßrige Flüssigkeit aus mir heraus, und danach sind wir gemeinsam still bis auf seine zwitschernden und saugenden Laute. Schließlich fallen wir in einen süß duftenden Schlaf, mein Kind und ich, und wenn wir sanft in Träume hinübergleiten, denke ich, das ist der Himmel, nicht wahr? Sieht so denn nicht der Himmel aus?

Später

»Rose, hier ist jemand, der dich besuchen möchte«, sagte Tante Désirée. Etwas in ihrer Stimme warnte mich.

Hinter ihr sah ich Monsieur de Beauharnais. Ich holte tief Luft. Seit wie vielen Monaten hatte ich ihn nicht mehr gesehen? Acht? Ich hatte die Übersicht verloren. Er sah außerordentlich gut aus, bekleidet mit einer eleganten schwarzen Jacke, einer rot gestreiften Weste und fleischfarbenen Kniehosen. Die Kappen seiner glänzenden schwarzen Stiefel liefen spitz zu.

Er lächelte und tippte an seinen Zylinder. »Bitte um Vergebung. Ich wollte eigentlich zu dem Ereignis hier sein, aber ...«

»Du brauchst dich nicht zu entschuldigen, Alexandre. Ich hatte dich nicht erwartet«, sagte ich.

»Ich entsinne mich, daß die Anrede mit meinem Vornamen bedeutet, daß du verärgert bist.«

»Ich bin zu müde, um verärgert zu sein.« Ich spürte einen Druck in der Brust. Bald würde es Zeit zum Stillen.

»Ich habe ein Geschenk für dich.« Er zog eine Schmuckschatulle aus der Westentasche. Darin war eine goldene Nadel mit einem winzigen Porträt von ihm.

Mimi kam ins Zimmer, mein Baby wie ein Bündel in den Armen. Sie erschrak, als sie Monsieur de Beauharnais sah.

»Alexandre, du erinnerst dich an ...«

»Rose, selbstverständlich ...« Er stockte.

»Mimi«, half ich ihm auf die Sprünge.

Aber sein Blick ruhte auf dem Kind. »Und das ist ...?

Mimi legte den Säugling behutsam in Monsieur de Beauharnais' ausgestreckte Arme. Er hob vorsichtig den Zipfel der Decke an und betrachtete das Gesicht seines Sohnes. Dann sah er zu mir herüber, die Augen voller Tränen. »Hast du ihm schon einen Namen gegeben?« fragte er mit bewegter Stimme.
»Die Ehre gebührt dir.«
»Ich würde ihn gerne Eugène nennen«, sagte er.
»Der Name gefällt mir«, sagte ich. Das Kind wurde unruhig. »Er ist hungrig.«
Monsieur de Beauharnais legte mir unseren Sohn in die Arme.
»Willkommen zu Hause, Alexandre.« Ich berührte seine Hand.

Freitag, 7. September, 3 Uhr nachmittags

Monsieur de Beauharnais verhält sich aufmerksam. Unaufhörlich schwärmt er von einem neuen Leben. Er hat die neusten Theorien studiert und ist fest entschlossen, alles richtig zu machen. Er spricht von Rousseau, vom Stillen, von der »Entwicklung« eines Kindes – er spricht von allem, was eine Mutter falsch machen könnte. Er ist außer sich vor Sorge.
Ich möchte seinen Kopf an mein Herz ziehen. Ich möchte ihm sagen, habe keine Angst. Ich möchte ihm über seine feinen, langen Haare streichen und ihn bemuttern – Monsieur de Beauharnais, mein Gemahl, der Mutterlose.

Montag, 22. Oktober

Die Sturmglocken läuten, auf den Straßen wird gefeiert. Die Königin hat ihr Kind zur Welt gebracht – ein *Junge*! Einhundert und eine Kanone wurden abgefeuert. Überall schreien die Leute: »Lang lebe der Dauphin!«
Ich drücke mein Kind ans Herz und bete für die Königin. Ich be-

neide sie nicht, denn ihr Kind gehört ihr nicht. Ihr Junge wird König werden. Er gehört Gott, Frankreich – er gehört uns allen.

23. Oktober

Vergangene Nacht hatte ich einen Traum, in dem mir Monsieur de Beauharnais mitteilte: »Du bist nicht meine einzige Frau.«
Ich erwachte schweißgebadet, als hätte ich Fieber.
Heute morgen habe ich Mimi von dem Traum erzählt. Ihr Gesicht ist wie Wasser, man sieht ihm die leichteste Bewegung an. Daher beobachtete ich sie.
»Was für ein verrückter Traum«, sagte sie, aber sie hatte diesen wachsamen Blick.
»Wenn etwas Wahres daran wäre, würdest du es mir sagen?«
»Frag Charlotte.« Charlotte ist Tante Désirées Köchin. Charlotte ist eine Klatschbase und übt beträchtliche Macht aus, und das nicht nur mit einem Messer. »Mimi – laß mich nicht die Demütigung erleiden, es von Charlotte erfahren zu müssen.«
Zweifel breitete sich in Mimis dunklen Augen aus.
»Bitte!« Denn die Wahrheit wurde immer offensichtlicher.
Mimi sammelte sich, bevor sie fortfuhr, in der ihr eigenen stolzen und ruhigen Art. »Monsieur le Vicomte hält sich eine Geliebte«, sagte sie.
Eine *Geliebte*. Es überraschte mich nicht. Monsieur de Beauharnais war selten zu Hause. »Wer ist es?« fragte ich.
Mimi senkte den Kopf. Das Licht funkelte auf ihrem schwarzen Haar. »Madame Longpré.«
»Madame Laure Longpré?« stammelte ich. »Meine Cousine Laure Longpré?« Ich rief mir die dralle Frau in Erinnerung, die Vater und mich besucht hatte, als wir gerade in Frankreich angekommen waren. Ich erinnerte mich an ihren mit funkelnden Juwelen geschmückten Busen, ihr duftiges, rosafarbenes Kleid.

Mimi nickte.
»Aber sie ist doch soviel älter als Alexandre«, wandte ich ein. Ich war eher verwirrt als gekränkt. Mir kam das Lied in den Sinn, das die Jungen immer gesungen hatten: *Laure, Laure, geht zur Lore runter.* Ich habe nie gewußt, was da unten bei der Lore passiert, aber irgend etwas sagte mir, daß es mit dem Raffen von Unterröcken zu tun hatte.
»Das ist noch nicht alles, es gibt auch ein Kind. Einen Jungen.«
»Monsieur de Beauharnais ist der Vater? Woher weißt du das. Wer hat dir das erzählt?«
»Charlotte.«
»Ist es allgemein bekannt? Der Marquis? Mein Vater?«
»Ob es dein Vater weiß, kann ich nicht sagen.«
Ich setzte mich auf die Bettkante und stützte den Kopf in die Hände. Dann stand ich auf. »Wohin gehst du?«
Ich ging nach unten. Ich fand Tante Désirée in der Speisekammer, wo sie die Vorräte überprüfte. »Könnte ich mit Ihnen sprechen?« fragte ich.
»Kann es warten, Rose?«
Ich schüttelte den Kopf.
»Gehe in den Salon. Ich komme gleich nach.«
Ich ging in den Salon.
Tante Désirée betrat das Zimmer, nahm Platz und legte entschlossen die Hände in den Schoß. »Ja?« Sie hatte zu tun.
»Ich habe gerade von Madame Longpré erfahren.« Ich war erleichtert, daß ich nicht weinte und meine Stimme fest war. »Und von ihrem Kind. Alexandres Sohn.«
»Oh«, sagte Tante Désirée mit äußerlicher Ruhe.
»Ist das etwa belanglos?« fragte ich nun doch erregt.
»Laure stellt keine Gefahr für dich dar, Rose. Alexandre hat dich gern, wenn es das ist, was dir Sorgen macht.«
»Woher wollen Sie das wissen?« Eine mit Boshaftigkeit gepaarte Verbitterung hatte mich gepackt.

»Alexandre erzählt mir alles.« Tante Désirée lehnte sich mit selbstgefälliger Miene zurück.
Ich stand auf. Ich fühlte mich benommen und mußte mich niederlegen. Tante Désirée griff nach meiner Hand. »Rose, bitte – sei nicht so provinziell.« Ich hastete auf die Treppe zu.

Kurz darauf kam Vater in mein Zimmer. Ich weigerte mich, ihn anzusehen, und widmete mich einer Zeichnung, die ich gerade überarbeitete. Er setzte sich neben meinen Schreibtisch und spielte mit einem gespaltenen Federkiel. »Désirée meinte, ich solle mit dir reden«, sagte er.
Ich hielt die Zeichnung auf Armeslänge ausgestreckt vor mich hin. Es war ein Porträt von Eugène. Ich war mit den Gesichtszügen nicht zufrieden.
Vater hustete. »Wie ich höre, bist du nicht glücklich.«
»Ich bin vollkommen glücklich«, sagte ich. Dennoch konnte ich das Zittern meiner Unterlippe nicht verbergen.
»Rose, du warst doch noch nie übermäßig stolz«, sagte Vater seufzend. »Und mehr als einmal warst du mit der Kraft, vergeben zu können, gesegnet. Denk nur daran, wie oft du *mir* schon vergeben hast.« Er lächelte, ließ einen weiteren Hustenanfall abklingen.
»Sie sind mein Vater.«
»Ich bin ein Mann. Du mußt begreifen, daß es nicht leicht für den jungen Chevalier ist ...«
»Bitten Sie mich ja nicht, das zu akzeptieren, Vater!« Ich stand abrupt auf und ging zum Kamin. Ich kniete nieder und nahm den Blasebalg in die Hand.
»Es liegt in der Natur eines jeden Mannes ... Interessen zu haben«, fuhr mein Vater fort und zerbrach den Federkiel in seinen Händen. »Aber das bedeutet doch noch nicht, daß Alexandre dich nicht liebt. Eine Ehefrau muß lernen ... nachgiebig zu sein.«

Die Asche wehte mir ins Gesicht. »Meinen Sie etwa, ich bemerke nicht, wenn Alexandre der Kammerzofe übers Mieder streicht? Meinen Sie etwa, ich weiß nicht, daß er die Hand unter ihre Röcke schiebt, wenn sie ihn frisiert, daß er ihre Schlafkammer aufsucht? Meinen Sie etwa, ich weiß nicht, daß er der Vicomtesse de Rosin-Mallarmé sein Porträt geschenkt hat? Daß er eine Sammlung von Seidenstrümpfen – Siegestrophäen! – in seinem Schrank aufbewahrt? Meinen Sie etwa, ich bin blind? Ich sehe, ich weiß – *und* ich sehe weg. Aber das hier, *das* ist etwas anderes. Laure Longpré ist meine *Cousine*!«

Ich legte den Blasebalg zur Seite, erhob mich und wischte die Asche von meinem Rock. »Sie haben selbst gesagt, daß von Laure nichts Gutes zu erwarten sei. Erinnern Sie sich an ihren Besuch, als wir gerade in Frankreich angekommen waren? Das Kind, das sie gerade geboren hatte, war *Alexandres* Kind, Vater. Erinnern Sie sich, wie sie *mich* bat, Monsieur de Beauharnais aufzufordern, sie zu besuchen? Und ich – so dumm! so unschuldig! so *freundlich*! – tat ihr den Gefallen. Erinnern Sie sich, wie er schon eine Woche später fort ist? Um Freunde aus seinem Regiment zu besuchen, sagte er!«

»Wenn du dich dadurch irgendwie besser fühlst«, Vater reichte mir eine Verschlußkappe mit Whisky aus dem Flakon, den er bei sich trug, »ich glaube, es ist meine Schuld.«

Ich setzte mich auf den Schemel. Der Alkohol brannte, als ich ihn herunterschluckte. »Was meinen Sie damit?« Ich gab ihm die Kappe zurück.

»Wie du weißt, hat Laures Familie die unsere lange Zeit gehaßt – hat sich über die Gefälligkeiten geärgert, die der Marquis mir erwiesen hat, nur weil ich nun mal Désirées Bruder bin. Ich glaube, es ist kein Zufall, daß sich Laure in deine Ehe einmischt. Dieser Familie liegt die Boshaftigkeit im Blut. Sie ist eine Katze, die mit der Maus spielt.«

»*Spielt*, Vater? Dieses *Spiel* wird mich töten!«

Um fünf Uhr kehrte Monsieur de Beauharnais nach Hause zurück. Ich hörte seine Stimme an der Haustür, hörte Vaters leise, warnende Töne, gedämpftes Flüstern.
Kurz danach erschien Monsieur de Beauharnais an der Tür. »Kommst du nicht zum Abendessen herunter?«
Ich weigerte mich zu antworten.
»Désirée erzählt mir, daß du mit ihr über Laure gesprochen hast.« Er trat ins Zimmer.
Laure. Nicht Laure Longpré. Nicht Madame Longpré. Sondern *Laure*. Ich preßte die Hand an die Lippen, um die Gefühle, die in mir aufwallten, zu unterdrücken.
»Oh, Rose, bitte!« Monsieur de Beauharnais hatte ebenfalls diesen ungeduldigen Ton in der Stimme: *provinziell*. Es war *provinziell* von mir, wegen so etwas gekränkt zu sein.
»Schlage mir gegenüber nicht diesen Ton an, Alexandre.« Auf meinem Kleid waren feuchte Flecken, Kleckse von meinen Tränen. Monsieur de Beauharnais ging zum Fenster. »Hier drin ist es stickig.« Er öffnete mit einiger Mühe das Fenster, denn es klemmte häufig.
»Wie kannst du nur so unbekümmert sein!«
»Du wirst das Kind aufwecken«, warnte er.
»*Du*, der sich so gut mit Kindern auskennst.« Ich wandte mich ab. »Wann werden wir Eugène mitteilen, daß er nicht dein Erstgeborener ist – an seinem fünften Geburtstag? Oder vielleicht sollten wir es ihm schon früher mitteilen, an seinem dritten ...«
»Herrgott noch mal, Eugène ist mein einziger rechtmäßiger Sohn.«
»Und Madame Longpré?« Ich konnte mich nicht zurückhalten. »Wer ist *sie*?«
»Möchtest du, daß ich ehrlich bin?«
»Von Betrug habe ich genug.«
»Du bist meine Frau.« Er zog einen Vorhang beiseite und schaute auf die Straße hinaus.

»Und …?«
»Und Laure ist die Frau, die ich liebe.«
»Scher dich raus!«
»Du wolltest ja die Wahrheit wissen!«
Ich warf ein Kissen und noch eines. Ich zitterte, als ich nach einer Vase griff.

Meine Geduld geht zu Ende

13. Dezember 1781

»Meine Tochter trägt ein langes Gesicht spazieren«, sagte Vater, als ich ihm sein abendliches Glas Rotwein brachte. Seit Monsieur de Beauharnais vor sechs Wochen nach Italien aufbrach, ist Vater liebenswürdig.
»Ach ja?« Ich wußte, daß es stimmte. Es war der Tag meiner Trauung mit Monsieur de Beauharnais vor zwei Jahren. Unser Hochzeitstag.
Vater griff nach meiner Hand. »Komm mit mir zurück, Rose.«
»Nach Martinique?« Vaters Gesundheit hatte sich gebessert, und es war ihm gelungen, eine kleine Erhöhung seiner Pension zu erhalten. Er würde bald nach Hause zurückkehren.
»Dein Mann ehrt dich nicht genug.«
Seine Worte überraschten mich. Hatte er meine Mutter genug »geehrt«?
»Ich könnte es nicht«, sagte ich. Eugène war noch zu klein – die Reise würde ihn umbringen.
»Laß dein Kind bei einer Amme zurück. Du kannst ja nach einiger Zeit nach ihm schicken lassen, wenn er alt genug zum Reisen ist.«
Eugène verlassen? Es war allgemein üblich, das wußte ich. Doch ich konnte den Gedanken nicht ertragen. »Verzeihen Sie, Vater, aber ich könnte es nicht.« Mein Kind ist meine einzige Freude.
Vater sah mich lange an. »Ihr Kreolenmütter«, seufzte er.

19. Januar 1782

Vater ist heute morgen abgereist. Er blickte nicht zurück, als die Kutsche davonfuhr.
Nun bin ich allein. Ich fühle mich um Jahre älter.

[Ohne Datum]

Ein Gefühl der Einsamkeit quält mich ohne Unterlaß. In dieser Osterwoche habe ich mein Gewissen erforscht. Monsieur de Beauharnais und ich wurden von Gott vereint. Habe ich das Recht, diese Vereinigung in Zweifel zu ziehen? Ich habe der Jungfrau Maria gelobt, daß ich meinem Mann schreiben und ihm in meinem erbärmlichen Stil, den er so verabscheut, mein Herz ausschütten werde.

25. Juli – Noisy-le-Grand

Heute morgen kam ein Bote mit einer Nachricht: Monsieur de Beauharnais ist in Paris. Unverzüglich ließ ich eine Kutsche kommen. Ich bat Mimi, das Kind zurechtzumachen. Sie zog Eugène seinen Matrosenanzug an – ein Ensemble, das eigentlich für ein um ein Jahr älteres Kind gedacht war. Ich küßte ihn auf sein dikkes Näschen. Er belohnte mich mit einem Lächeln und strampelnden Füßen. Ich versuchte ihn zu stillen, bevor ich mich ankleidete, aber ich war zu unruhig. Eugène jammerte und fing zu schreien an. »Ich werde es unterwegs noch einmal versuchen«, sagte ich Mimi, als ich ihr Eugène zurückreichte. Nervös bereitete ich meine eigene Toilette vor und wählte ein cremefarbenes Besuchskleid aus Seide und einen großen Strohhut mit breiten cremefarbenen Bändern, die unter meinem Kinn gebunden wurden. Die Jacke war mir mittlerweile etwas eng geworden.
Auf dem ganzen Weg in die Stadt überlegte ich, was ich sagen

sollte. An einem Waldrand wies ich den Kutscher an, in eine schattige kleine Lichtung einzubiegen. Diesmal war Eugène hungrig genug, um ungeachtet meines Gemütszustandes die Brust zu nehmen. Ich hielt ein Taschentuch an meine andere Brustwarze, damit sie meine Jacke nicht befleckte. »Ich bin nervös«, sagte ich zu Mimi.

Im Hôtel de la Rochefoucauld überreichte ich meine Karte. Mimi stand mit Eugène hinter mir und summte ihm etwas vor. Ich rückte seinen lustigen kleinen Matrosenhut zurecht, der ihm über die Augen gerutscht war.

»Rose.«

Ich drehte mich um. Es war Monsieur de Beauharnais, der in der offenen Tür stand. Er sah elegant aus in seiner zweireihigen, mit Gold bestickten Weste. Ich bot ihm meine Hand. »Es ist schön, dich zu sehen, Alexandre.« Das Baby stieß einen Schrei aus. Mimi hob es in die Arme seines Vaters. Einen Augenblick fürchtete ich, Eugène könnte in den Armen dieses Fremden erschrekken, doch das tat er nicht. Er starrte auf die Goldknöpfe an der Weste seines Vaters und streckte die Hand aus, um einen zu berühren.

»Halte ich ihn so richtig?« fragte Monsieur de Beauharnais nervös.

»Er ist ein kräftiger, gesunder Junge, du wirst ihm schon nicht weh tun«, sagte ich und folgte ihm in den Salon.

Monsieur de Beauharnais berührte mit dem Finger die Wange des Kindes. Eugène belohnte ihn mit einem Grinsen. »Er hat mich angelächelt! Meinest du, er weiß, wer ich bin?« Eugène begann zu strampeln. »Ich muß etwas verkehrt gemacht haben.« Monsieur de Beauharnais übergab Mimi seinen Sohn. Eugène begann zu brüllen.

»Kann ich hier irgendwo mit ihm hingehen?« fragte Mimi.

»Durch diese Türen geht es zum Garten«, sagte er.

Ich setzte meinen Hut ab, befühlte mein Haar. Monsieur de

Beauharnais stopfte sich eine Pfeife. Ich nahm Platz, denn meine Knie zitterten. »Wie war es in Italien?« fragte ich.

»Regnerisch.« Er hielt inne. »Einsam.«

Trotz meiner Gebete spürte ich, wie Zorn in mir hochstieg. Ich zwang diese Gefühle nieder. Sie waren das Werk des Teufels, nicht Gottes Werk. Denn da war auch diese Sehnsucht, die so mächtig von mir Besitz ergriffen hatte. Meinem Sohn zuliebe, mir zuliebe wollte ich meinen Gemahl an meiner Seite haben. Dafür war ich bereit zu vergessen und mein Herz aufs neue zu verschenken.

Monsieur de Beauharnais steckte seine Pfeife an, indem er heftig am Mundstück saugte. »Ich habe deinen Brief erhalten«, sagte er und stieß den Rauch aus.

Einen Moment herrschte Schweigen. Draußen hörte ich mein Kind juchzen. Eugène, der wieder glücklich war.

»Er war der Grund für meine Rückkehr.« Er musterte seine Fingerspitzen.

Ich erhob mich, ging zum Fenster, schaute hinaus. Ich fürchtete, das Falsche zu sagen.

Monsieur de Beauharnais legte seine Pfeife auf dem Kaminsims ab. »Ich ... ich weiß, daß es nicht einfach für dich war, Rose, aber auf meinen Reisen hatte ich Zeit nachzudenken, die Vergangenheit zu erforschen ... und an die Zukunft zu denken.« Er räusperte sich. »Ich habe beschlossen ... das heißt, ich habe den Entschluß gefaßt, eine gewisse Frau aufzugeben.«

Eine gewisse Frau. Ich drehte mich zu ihm um. »Wird es dir schwerfallen, Alexandre?«

Er kam zu mir und küßte mich, zuerst nur leicht. »Nein«, sagte er. Ich legte meine Hand an seinen Nacken. Er umarmte mich gefühlvoll. Mein Herz wurde weich.

Ich hörte mein Kind weinen und wich zurück. Mimi war an der Tür mit einem weinenden Eugène in den Armen. »Ich kann später wiederkommen«, sagte sie grinsend.

Monsieur fuhr sich mit den Fingern über die Haare. »Nein, komm herein ...« Er küßte mir die Hand.
Wir sind aufs Land zurückgekehrt, Monsieur de Beauharnais und ich, Mimi und unser Sohn. Von Zeit zu Zeit ertönt eine warnende Stimme in mir. Ich schenke ihr keine Beachtung. Ich bin fest entschlossen, die Einsamkeit hinter mir zu lassen.

1. September

An meinen Mann gekuschelt erwachte ich mit dem köstlichsten Gefühl der Wärme. Es erfüllte mich ein Gefühl des Friedens. Ich bin wieder guter Hoffnung.

3. September, abends

Eugènes erster Geburtstag. Ich habe eine äußerst niederschmetternde Nachricht erhalten. Monsieur de Beauharnais hat sich um die Stellung des Flügeladjutanten beim Gouverneur von Martinique beworben.
»Aber Alexandre, unser Sohn ist noch zu klein. Ich könnte ihn nicht zurücklassen. Und wenn ich ...«
»Ich glaube nicht, daß es für euch beide dort sicher wäre.«
»Du würdest uns zurücklassen?«
»Ich kann viel gewinnen, wenn ich diese Gelegenheit ergreife ...«
»Und *alles* verlieren«, rief ich, worauf das Kind zu brüllen begann.

7. September

Heute morgen erwachte ich, und Monsieur de Beauharnais war fort. Er war in der Nacht abgereist.

10. Dezember

Ich habe erfahren, daß sich Laure Longpré, nun Witwe, auf demselben Schiff befindet wie Monsieur de Beauharnais, ebenfalls auf dem Weg nach Martinique.
Ein Gefühl der Bitterkeit überwältigt mich. Man hat mich hintergangen.
Ich bete um Kraft. Ich muß standhaft sein – meinem Jungen zuliebe, dem Kind in mir zuliebe.

10. April 1783

Heute morgen habe ich entbunden, früher als erwartet. Sie ist rot, zart – sie schläft den Schlaf des Todes.
Nachdem die Nabelschnur durchtrennt war, nachdem die Hebamme sie in Rotwein gebadet und in Baumwolle gewickelt hatte, wusch mich Mimi mit einem wohlriechenden Tee. Ich hob an, um etwas zu sagen, aber sie brachte mich zum Schweigen. Eine Frau, die gerade entbunden hat, sollte niemals sprechen. »Sonst fährt ein Wind in dich«, sagte sie.
Ich schloß die Augen, die Lippen. Ich verschloß mein Herz. Der Wind war bereits in mich gefahren, ein mit Tränen beladener Sturm.

11. April

Heute nachmittag wurde mein Kind getauft. Fanny als Patin hat den Namen Hortense vorgeschlagen. Der Name gefällt mir nicht. Ich bin zu müde, um Einwände zu erheben. Ich mußte ein Medaillon verkaufen, um den Priester bezahlen zu können.
Ich kann mich nicht erinnern, mich bei Eugènes Geburt genauso gefühlt zu haben ... so traurig, so traurig.

22. April – Noisy-le-Grand

Hortense wächst nicht. Der Arzt besteht darauf, daß ich sie in die Obhut einer Amme gebe. Er hat Madame Rousseau hier im Ort empfohlen.
»Eine Amme in Noisy-le-Grand dürfte besser sein als eine in Paris«, antwortete Tante Désirée auf meine Bedenken. »In Paris lassen die Ammen ihre Schützlinge verhungern. Sie nehmen schmutzige Wäsche an, überanstrengen sich und verderben damit ihre Milch.«
Ich betrachtete das schreiende Kind in meinen Armen. Es hatte stundenlang gesaugt und sich trotzdem vor Unzufriedenheit gekrümmt. War auch meine Milch verdorben? Konnte Kummer die Muttermilch verderben?
Aus diesem Grund gingen Tante Désirée und ich heute zu Madame Rousseau, um mit ihr ein Einstellungsgespräch zu führen. Ihre Behausung ist bescheiden, aber sauber. Im Haus werden keine Tiere gehalten. Sie hat einen einjährigen Jungen (gesund, stellte ich fest), der immer noch gestillt, aber jetzt entwöhnt wird, wie sie uns versicherte. Ihre Brüste sehen üppig aus – sie entblößte sie, damit wir sie begutachten konnten.
»Ich kann Ihr Kind heute abend holen«, sagte sie.
So bald? »Ich hatte an morgen gedacht«, sagte ich.
»Heute abend wäre geeigneter«, sagte Tante Désirée. Das Schreien meines Kindes bekümmerte den Marquis, wie ich wußte.
Hortense jammerte, als wir zurückkehrten. Mimi ging mit ihr auf und ab. Ich nahm ihr meine unglückliche Tochter ab, legte sie an die Brust, aber schon kurz darauf schrie sie wieder. Ich ging über eine Stunde mit ihr im Garten spazieren, bis sie glücklicherweise erschöpft einschlief. Wenn Madame Rousseaus Milch das Schreien meines Kindes lindert, werde ich zufrieden schlafen.

24. April

Ich bin krank, habe immer noch schreckliche Schmerzen, habe nicht geschlafen. Nachdem mir mein Kind genommen worden war, band mir Mimi die Brüste ein, aber trotzdem hat sich die eine Brust entzündet und meine Milch stocken lassen. Der Arzt kommt jeden Morgen, um mich zur Ader zu lassen. Danach kann ich schlafen, doch ich wache weinend auf.

Eugène bringt mir Blätter, die er vom Fliederbusch im Garten abgerissen hat. Seine süßen Küsse sind mein einziger Trost. Das und die Nachricht, daß mein Kind nicht mehr schreit. Man hat mir geraten, es nicht zu besuchen, bis meine Milch versiegt ist.

Wer hätte gedacht, daß dieser Prozeß so herzzerreißend sein würde? Ich bewahre eines der Nachthemden meines Babys nachts unter meinem Kissen auf, drücke es an die Lippen, während ich schlafe, atme seinen süßen Duft ein. Ich sehne mich so heftig danach, es in meinen Armen zu halten, daß es mich krank macht. Ich trauere um die Mütter der ganzen Welt.

30. Juni

Der Marquis hat etliche Briefe erhalten, die Alexandres zügelloses Benehmen in Martinique betreffen. Sein Sohn, so mußte er erfahren, trinkt, spielt und verkehrt öffentlich mit einer Anzahl Frauen (nicht nur mit Laure), offensichtlich zur Schande für den Namen seiner Familie. In bedenklichem Maße zornig entwarf der Marquis einen Brief an den König mit der Forderung, seinen Sohn mit einem geheimen, königlichen Haftbefehl festnehmen zu lassen. Mit einiger Mühe brachte Tante Désirée den Brief an sich, bevor er abgeschickt wurde.

2. September

Ich beendete gerade die Stickerei auf einer Weste für Eugène, als Mimi mir einen Umschlag brachte. »Er ist von deinem Mann«, sagte sie.

»Hat ihn ein Bote gebracht?« Es war ungewöhnlich für einen Boten, so früh zu kommen.

»Eine Frau.« Mimi starrte zu Boden. »Madame Longpré.«

»Madame Laure Longpré?« War sie denn nicht in Martinique?

»Sie kam *hierher*?« Ich betrachtete den Umschlag in meiner Hand. Er roch nach Irispuder. Ich brach das Siegel und zog das Blatt Papier heraus.

Es war ein Brief – ein Brief von Monsieur de Beauharnais.

»Was ist los?« fragte Mimi, als sie meinen Kummer bemerkte.

»Monsieur de Beauharnais hat mir befohlen, das Haus zu verlassen – in ein Kloster zu gehen. Er behauptet ...« Ich stockte. Ich konnte es nicht aussprechen. Alexandre behauptete, daß Hortense nicht sein Kind wäre.

»Laß mich Madame holen!«

Ich wehrte mich nicht. Ich spürte, wie meine Kräfte schwanden. Tante Désirée eilte ins Zimmer. Sie nahm mir den Brief ab.

Darin nannte mich Monsieur de Beauharnais ein liederliches Geschöpf. Er beschuldigte mich, als junges Mädchen zahlreiche Affären gehabt zu haben. Er behauptete, ich hätte in der Nacht, bevor ich abreiste, um mit ihm verlobt zu werden, bei einem Mann gelegen und bei einem anderen in Saint-Pierre auf der Reise nach Frankreich. Er behauptete, Beweise zu besitzen.

Tante Désirée sank in den Sessel neben mir. »Mon Dieu«, hörte ich sie flüstern.

Ich spürte, wie die Welt um mich herum bedrückend wurde.

3
Madame

Ich werde in ein Kloster verbannt

29. Oktober 1783

»Das Logis beträgt sechshundert Livres im Jahr für ein Zimmer und die Kost achthundert Livres«, teilte uns die Äbtissin der Abtei von Penthémont mit. Sie ist eine kleine Frau mittleren Alters, hübsch trotz eines pockennarbigen Gesichts. Sie spricht mit diesem besonderen Tonfall, an dem man ein Mitglied der höchsten Adelsschicht erkennt.

Ich nickte. Ich hatte mehr erwartet. Das Kloster von Penthémont ist eine elegante Einrichtung für aristokratische Damen in Not. Die Prinzessin von Condé war auch schon als Pensionsgast dort.

Die Wohnung, die zur Verfügung steht, ist die Suite Nummer drei, im ersten Stock, mit Blick auf einen gepflasterten Hof. Die Zimmer, vier an der Zahl, sind nicht groß, aber sonnig und schlicht möbliert. Durch zwei mächtige Eichen konnte ich den glitzernden Invalidendom sehen.

Tante Renaudin fuhr mit dem Finger über das Fensterbrett, um zu prüfen, ob dort Staub lag.

»Zufrieden, Madame?« fragte die Äbtissin mit einem nachsichtigem Lächeln.

Ende November ziehe ich ein.

1. November

»Warum solltest *du* ausziehen!« schimpfte der Marquis. Er konnte mich nicht einmal ansehen, ohne sich zu ereifern. Sein Sohn hatte ihn auf schmerzlichste Weise enttäuscht. Seit seiner Rückkehr nach Paris hatte Alexandre nicht einmal mit seiner Familie sprechen wollen. Als Folge war die Gicht des Marquis wieder aufgeflammt.
Seine Loyalität rührt mich, doch was soll ich machen? Nach dem Gesetz muß ich Alexandres Befehlen folgen, ungeachtet der Tatsache, daß er nicht einen Écu zu meinem Unterhalt beigetragen hat, seit er mich vor über einem Jahr verließ, ungeachtet seines zügellosen Benehmens, seines Angriffs auf meine Ehre.
Eugène brach in Tränen aus, als ich es ihm erzählte. Er möchte bei »Papa« bleiben, weinte er, seinem geliebten Marquis. Wie soll ich es ihm erklären?

27. November

Wir sind umgezogen, Mimi, Eugène und ich. »Ich will nach Hause!« schrie Eugène, als ich ihm sein neues Bett zeigte.

1. Dezember

Gestern morgen erhielt ich eine stilvoll geschriebene Einladung zu einem Abendessen mit der Äbtissin.
Ihre Zimmer liegen im Erdgeschoß, direkt unter meinen. Drei weitere Pensionsgäste leisteten uns Gesellschaft: die Vicomtesse de Douai (groß, elegant), die Duchesse de Monge (geistreich, rundlich) und Madame de Crény (klein, lieb). Wir genossen ein erlesenes Mahl mit frischen Austern, Nierenspießen, Gänseleberpastete auf Trüffeln und zum Schluß ein Fondue, das in einer Kasserolle auf einem Rechaud mit einer Spiritusflamme auf den

Tisch kam. Danach saßen wir am Kamin und tranken *régals à gloire* – ein heißer Kaffee mit Kognak, der im Moment in Mode ist.
Heute abend war eine Zusammenkunft in der Wohnung der Vicomtesse de Sotin. Monsieur Beaumarchais, der Stückeschreiber, war zugegen. Nach Lesungen und Gesang gab es die üblichen Diskussionen über das Wetter, das Theater und die Politik. Dann gingen wir zum entspannenderen Zeitvertreib über – Klatsch und Spiele. (Die Äbtissin ist beim Trictrac unschlagbar, stellte ich fest.) Ich äußerte die Befürchtung, daß unser Gelächter unsere Nachbarn stören könnte, aber die Äbtissin sagte, ich sollte mir keine Sorgen machen – sie hätten sich im Laufe der Jahre daran gewöhnen müssen.
Das Leben hier ist ganz anders, als ich erwartet hatte.

Dienstag, 2. Dezember, 11 Uhr abends

Heute nachmittag, als ich noch eines meiner Kleider enger nähte (ich bin dünn geworden), teilte ich Tante Désirée mit, daß ich beabsichtigte, eine gesetzliche Trennung anzustrengen.
Tante Désirée machte ein besorgtes Gesicht. »Eine Trennung, Rose? Hast du überhaupt eine Ahnung, was das nach sich zöge – das gesellschaftliche Stigma, das an dir und deinen Kindern haften würde?«
»Trotzdem haben Sie eine gesetzliche Trennung von Ihrem Mann erreicht.« Im ersten Jahr ihrer Ehe hatte Tante Désirées Mann versucht, sie zu vergiften.
»Und ich habe den Preis dafür bezahlt. Viele Male bin ich von Gesellschaften ausgeschlossen worden. Es zählt überhaupt nicht, ob eine Frau unschuldig ist. Sie ist besudelt worden und wird als ungeeignet für die *anständige* Gesellschaft erachtet.« Tante Désirée legte ihre Näharbeit nieder. »Und was, wenn Alexandre sich als streitlustig erweist, Rose? Bist du bereit, die Einzelheiten eures

Privatlebens vor ganz Paris auszubreiten? In solch einem Kampf gewinnt eine Frau nur selten. Selbst wenn du grün und blau geschlagen woren wärst, würde man das als das Recht deines Ehemannes ansehen – und als deine Pflicht, sich seinem Wunsch zu beugen, *gleich*, welcher Art dieser Wunsch auch sein mag.«

»Soll ich etwa gar nichts tun?« fragte ich und stach mir versehentlich mit der Nadel in den Daumen. Mit einiger Mühe unterdrückte ich einen Fluch. »Alexandre hat meine Ehre in aller Öffentlichkeit angegriffen.«

»Aber was ist mit deinem Sohn? Überlege, wie es ihm schaden würde. Eugène ist alt genug, um die Sticheleien seiner Spielkameraden zu verstehen.«

»Überlegen Sie doch, wie ein Makel an meiner Ehre ihm schaden würde. Stellen Sie sich vor, wie es für ihn wäre, eine Mutter zu haben, die bis ans Ende ihrer Tage in einem Kloster leben muß. Und was ist mit Hortense? Ihre Aussichten auf eine gute Heirat würden bedenklich geschmälert. Eine gesetzliche Trennung ist meine einzige Alternative – sowohl um meinetwillen *als auch* um der Kinder willen.«

Tante Désirée seufzte. »Ich werde für dich beten, Rose.«

8. Dezember, später Nachmittag

Heute nachmittag traf ich mich mit Monsieur Joron, Anwalt und Bevollmächtigter der Krone in Chastelet, um meine Anklageschrift amtlich zu machen. Er erschien mit seinem Vater* und seinem Sekretär. Es fiel mir schwer, das Scheitern meiner Ehe offenzulegen, aber sie waren taktvoll und nahmen mir die Befangenheit.

* Monsieur Jorons Vater gab seiner Frau folgende Beschreibung von Rose: »Eine faszinierende junge Person, eine Dame von Rang und Eleganz, mit perfektem Stil, sehr kultiviert, und mit einer äußerst schönen Stimme.«

Monsieur Joron teilte mir mit, daß es ein paar Monate dauern werde, bis eine Anordnung über die Trennung von Person und Wohnung erlassen worden sei, und daß ich danach über ein Jahr lang keine Regelung erwarten dürfe. Bis dahin muß ich gemäß den Wünschen meines Gemahls leben. »Ein ganzes Jahr?«
Der Sekretär schrieb meine Aussage in seiner sorgfältigen Handschrift nieder. Ich wurde gebeten, sie durchzulesen und jede Seite zu unterzeichnen. »Wie soll ich unterzeichnen?« fragte ich. »Mit Beauharnais oder Tascher de la Pagerie?«
»Wie es Ihnen lieber ist.«
Ich schrieb: Tascher de la Pagerie.
Und so ist es auch – meine Ehe ist annulliert.

13. Dezember – Noisy-le-Grand

Wir sind für ein paar Tage in Noisy-le-Grand. Vor vier Jahren wurden Alexandre und ich hier getraut, teilten das Bett, in dem ich jetzt schlafe. Ich erinnere mich so deutlich an das erste Mal, als ich ihn sah, ein stattlicher junger Mann, der im Salon des Hôtel Graves in Brest Ciceros *Fragmente über die Rechtlichkeit* las. Es scheint eine andere Welt zu sein, eine andere Zeit – eine andere Rose.
Nachdem Eugène aus seinem Mittagsschlaf erwacht war, gingen wir zu Madame Rousseau, um Hortense zu besuchen. Sie kicherte, als ihr Bruder sie unbeholfen umarmte. Ich nahm sie beide in die Arme. Wie kann ich eine Verbindung bedauern, die mir zwei so wundervolle Kinder geschenkt hat?

Montag, 22. Dezember – zurück in Paris

Die Frauen hier im Kloster machen viel Aufhebens um mich. Ihre Herzlichkeit verblüfft mich. Wohlerzogen, reich und adlig sind sie meinem Stand weit überlegen.

»Sie erkennen eine natürliche Vornehmheit in Ihrem Auftreten«, sagte mir die Äbtissin heute morgen. (Ich lese ihr vor; dafür hilft sie mir bei meinem Ausdruck.) »Und außerdem ist nichts so lohnenswert wie eine eifrige Schülerin.«
Eine eifrige Schülerin, das gebe ich zu, bin ich geworden. Ich wünsche mir so sehr, daß ich mich in dieser Welt, unter diesen Frauen ungezwungen fühle – aber es gibt so vieles, was ich lernen muß: wie man sich verbeugt, wie man einen Raum betritt, wie man Platz nimmt, wie man spricht. Heimlich beobachte ich, wie die Vicomtesse de Douai ihre Kutsche bestellt, wie die Duchesse de Monge sich verbeugt (und für wen und wie tief, je nachdem), achte darauf, wem ihr Lakai beide Doppeltüren öffnet und wem nur eine, lausche der Redeweise der Äbtissin, ihrem aristokratischen Tonfall.
Allein in meinem Zimmer übe ich vor dem langen Spiegel, verbeuge mich tief vor meinem Spiegelbild. »Lache nicht!« sage ich zu Mimi, die mich mit spöttischem Lächeln beobachtet.

4. Februar 1784

Alexandre klagt auf Rückgabe meines Schmuckes, einschließlich des Medaillons, das ich verkaufen mußte, um Hortenses Taufe zu bezahlen. Er behauptet, daß es zu seinem Erbe gehörte, daß ich kein Recht gehabt hätte, es zu verkaufen.
Ich bin derart außer mir, daß ich nicht schlafen kann. Alexandre trägt nichts zu meinem Unterhalt bei. Ich benötige immer dringlicher Geld. Jeden Tag, so scheint es, steht ein Gläubiger an meiner Tür. Gestern wurde mir eine Rechnung für Schmuck vorgelegt, den ich noch nicht einmal gesehen habe. Ich gab dem Mann Alexandres Adresse und schickte ihn dorthin, wobei ich mich bemühte, mir meinen Zorn nicht anmerken zu lassen.

23. Februar

Fanny kam heute am frühen Morgen vorbei, das stark gepuderte Gesicht tränenverschmiert. Ihre Tochter Marie hat schon wieder den Tod eines Kindes erlitten. Die jüngste, Amédée, starb in der Nacht an Fieber. Sie war noch nicht einmal zwei. Die dreijährige Émilie hatte ihre »schlafende« Schwester gefunden.
»Kannst du mich begleiten?« fragte Fanny. »Ich kann ihr nicht allein gegenübertreten. Nicht schon wieder.« Es ist das dritte Kind, das Marie verloren hat.
Alexandres Bruder François, bekleidet mit einer Schlafmütze und einer blauen Weste über einem Nachthemd, kam an die Tür, um uns zu begrüßen. Er sah verzweifelt aus. Ich weiß nicht, warum mich das überraschte, da er doch ein einfühlsamer Mann und Kindern liebevoll zugeneigt ist. Er führte uns in Maries Schlafzimmer, wo sie auf einer Chaiselongue ruhte, eine Schale Tee auf dem Beistelltisch. Sie war bleich, starr, als wäre sie selbst tot. Die kleine Émilie saß mit verwirrtem Gesicht still neben ihrer Mutter.
Man sagte uns, daß das Kind im Nebenraum in seinem Bett läge. Ich blieb bei Marie, während Fanny hinüberging, um mit Hilfe des schluchzenden Kindermädchens den Leichnam vorzubereiten.
Nachdem der Priester gekommen war und anschließend der Arzt (der sowohl Fanny als auch Marie und François Laudanumtropfen verschrieb), verließ ich das Haus und nahm die kleine Émilie mit nach Penthémont. Mimi, Eugène und ich bemutterten sie zartfühlend. Trotzdem weigerte sie sich zu sprechen.

2. März

Eugène hat seinen magischen Charme auf Émilie wirken lassen. Sie folgt ihm überallhin. Sie ist ein intelligentes kleines Ding, eine kleine Fee mit hellrosa Wangen und kohlschwarzen Haaren und Augen – aber ach, so ernst! Nur Eugène kann ihr ein Lächeln entlocken.

»Ich fürchte, wir werden Émilie bald wieder nach Hause bringen müssen.« Ich brachte ihm die Nachricht schonend bei. »Zu ihrer eigenen Mutter.« Marie brauchte sie jetzt, brauchte ihr einziges Kind, das überlebt hatte.

10. April – Noisy-le-Grand

Hortense ist heute ein Jahr geworden. Sie läuft!

27. April 1784, Noisy-le-Grand

Liebe Madame Beauharnais,

ich gebe Ihnen das Geld zurück, das Sie mir geschickt haben. Ihr Mann kam letzte Woche zu Besuch und hat für zwei Monate bezahlt. Er brachte dem Kind ein paar hübsche Spielsachen vom Jahrmarkt mit. Sie hat überhaupt nicht gefremdelt. Er sang ihr eine Ballade vor und tanzte mit ihr herum, worauf sie spucken mußte, aber es machte ihm nicht allzuviel aus. Sie haben Ihren Mann nie erwähnt. Ich hoffe, ich habe das Richtige getan.

Hochachtungsvoll, Madame Rousseau

Dienstag, 11. Januar 1785 – Noisy-le-Grand

Tante Désirée hat die Nachricht erhalten, daß Alexandre Eugène sehen möchte. »Und er wäre damit einverstanden, mich ebenfalls zu sehen«, sagte sie, als sie den Brief studierte.

Der Marquis schnaubte wütend. »Wie reizend von ihm.«

»Ich meine, Sie sollten hingehen«, sagte ich.
Tante Désirée verbrachte den Morgen damit, sich fertigzumachen. Sie entschied sich für ihr blaues Seidenkleid mit einem schwarzen Samtcape. Ich lieh ihr meinen Hut mit den blauen Bändern, der hübsch zu dem Kleid paßte. Sie war aufgeregt, was etwas Farbe in ihre Wangen brachte.
Ich zog Eugène seine besten Kleider an. »Geh ich in die Kirche?« fragte er. Er ist noch zu klein, um die Situation zu erfassen. Für ihn ist der Marquis sein Vater – wie könnte es auch anders sein?

Tante Désirée kehrte bei Einbruch der Dunkelheit zurück und wirkte erleichtert. Eugène war ganz aufgeregt über die Fülle der Geschenke, mit der der »fremde Mann« ihn überschüttet hatte.
»Alexandre fragte, ob ich Eugène einmal in der Woche bringen könnte.« Tante Désirée setzte ihren Hut ab und brachte ihre Frisur in Ordnung.
»Was meinen Sie?« fragte ich.
»Es könnte von Vorteil sein.« Sie zögerte. »Obwohl es seine Meinung nicht ändern wird.«
Ich erstarrte. Selbst, wenn Alexandre nachgeben sollte, könnte sich mein Herz öffnen? »Und Sie? Wie fanden Sie ihn?«
»Oh, er hat viele schöne Worte von sich gegeben …«
Ich kannte Alexandres schöne Worte. »Aber er war nicht mit dem Herzen dabei?«
Tante Désirée sah mich an, und ihre Augen füllten sich mit Tränen. »Wie ist das bloß möglich?«

Freitag, 4. Februar

Heute, als ich von meiner Schneiderin zurückkehrte, kam Mimi völlig aufgelöst auf mich zugerannt und schrie auf afrikanisch.

»Sprich!« befahl ich. Sie war auf die Knie gefallen. »Mimi, mon Dieu!«

»Der Junge! Er ist weg!«

Ich konnte es nicht fassen. Eugène? *Weg?* Was bedeutete das? Hastig sprudelte sie ihre Geschichte hervor. Sie hatte Eugène erlaubt, wie gewöhnlich im Hof zu spielen. Alle fünf Minuten schaute sie hinaus. Eugène hatte auf eine Trommel eingeschlagen, und durch den Lärm wußte sie, wo er sich gerade aufhielt. Sie war in ihr Zimmer gegangen, um nach einem bestimmten farbigen Garn zu suchen. Als sie wieder herauskam, fiel ihr auf, daß es im Hof still geworden war. Sie schaute aus dem Fenster. Der Hof war leer.

Sie lief in den Hof hinunter und zu den Eisentoren hinaus – die geschlossen waren, wie sie mir versicherte – und auf die Straße. Eugène war nirgendwo zu sehen. Sie befragte die Bewohner, erhielt jedoch keine Antwort. Sie lief zur Äbtissin, die jedoch ausgegangen war.

Ich ging zum geöffneten Fenster und schaute in den leeren Hof. »Eugène?« rief ich. Ich eilte durch die Zimmer, sah in jeden Schrank und unter den Betten nach. Ich konnte nicht glauben, daß Eugène nicht da war. In diesem Augenblick bemerkte ich einen Zettel, der unter dem Teppich hervorschaute. Offensichtlich war er unter der Tür hindurchgeschoben worden. Ich hob ihn auf und wußte schon, bevor ich ihn las, was er enthüllen würde.

Er war von Alexandre. Er hatte Eugène mitgenommen.

Es dauerte nicht lange, um nach einem Fiaker zu schicken und den Weg zum Stadthaus der Rochefoucaulds in der Rue de Seine zu finden. Die großen Türen zum Hof waren noch geöffnet, die Pferde noch nicht ausgespannt. Ein livrierter Lakai öffnete die Tür.

Alexandre kam mit wachsamem Blick in die Halle. Wir hatten

einander nicht mehr gesehen, seit er vor zwei Jahren in der Nacht mein Bett verlassen hatte. Er sah unverändert aus, wenn auch blaß und schmal, zweifellos aufgrund der langwierigen Folgen des bösartigen Fiebers, an dem er in Martinique erkrankt war. Er trug keine Perücke, seine Haare waren lang und hingen bis zu den Schultern herab.
»Ich komme wegen Eugène.« Ich versuchte, mich zu fassen.
»Ich möchte nicht, daß mein Sohn in einem Frauenhaus aufwächst!« sagte er.
»Dann erlaube mir, anderswo mit ihm zu leben!« rief ich.
Er drehte mir den Rücken zu und befahl dem Lakai, die schwere Tür zu schließen. Mimi zog mich fort.

5. Februar

Ich habe die Behörde benachrichtigt. Heute in einem Monat ist eine Anhörung festgesetzt worden, doch bis dahin bin ich machtlos. Als Vater kann Alexandre mit Eugène machen, was ihm gefällt.
Mimi ist fort, um bei Alexandre zu wohnen und sich um Eugène zu kümmern. Ich bin unerträglich allein hier.

Samstag, 7. Februar

Als ich gerade packte, um nach Noisy-le-Grand abzureisen, kam die kleine Madame de Crény vorbei. Sie benötige eine Ablenkung, sagte sie. Ihre Kutsche war über eine Stunde lang in Saint-Sulpice im Verkehr steckengeblieben. »Eine gigantische Hochzeit.« Sie setzte ihren Hut ab. Sie trug ein Reisekostüm aus grauer Seide mit üppigem Spitzenbesatz, der ihre winzige Figur überflutete. An Hals und Ellenbogen waren riesige rosa und weiß gestreifte Schleifen. »General Arthur Dillon und diese Frau mit dem Busen. Kreolin, wie es heißt. Vielleicht kennen Sie sie ja.

Offensichtlich hat sie Dillon in Martinique kennengelernt. Ihr Name ist Longbeau, Longpreid ... oder so ähnlich. Sie kaut Kerzen, wie ich hörte.«
Laure Longpré.
»Sie hätten die Equipagen sehen sollen. Die Königin und der König unterzeichneten den Ehevertrag.« Madame de Crény verdrehte die Augen. »Nicht einmal der Schwester der Duchesse de Monge wurde *diese* Ehre zuteil, und sie lebt praktisch bei der Königin.«
Fassungslos setzte ich mich. Die Königin und der König? Unterzeichneten ihren Ehevertrag? Alexandres Abstammung war nicht einmal vornehm genug, um in einer königlichen Equipage zu sitzen. »Madame Longpré ist eine Cousine von mir.« Ich zögerte. »Mein Mann war ihr zugeneigt«, sagte ich.
»War *sie* diejenige?« sagte Madame de Crény freundlich. »Oh ...!« Sie nahm meine Hand. »Und nun ist sie mit General Dillon verheiratet?«
Ich erinnerte mich an den verstörten Ausdruck in Alexandres Augen. »Seltsam«, sagte ich, »nicht wahr?« Seltsam und grausam.

3. März

Nach der Messe heute morgen kam die Äbtissin an meine Tür. »Ihr Mann möchte mit Ihnen sprechen.«
»Alexandre?« Morgen sollen Alexandre und ich vor Gericht erscheinen. Warum kam er gerade jetzt? »Ist Eugène bei ihm?«
Die Äbtissin schüttelte den Kopf. »Sie müssen sich überlegen, ob *Sie* mit ihm sprechen wollen oder nicht.«
»Was könnte es schaden?«
»Wenn Sie wirklich gewillt sind, ihn zu empfangen, Rose, empfehle ich, daß Sie dies in Anwesenheit Ihres Anwalts tun.«
»Ich werde in nichts einwilligen, das verspreche ich Ihnen.«

»Sie werden ihn empfangen?«
»Wenn Sie bei mir bleiben.«
»Das ist klug.«
Sie blieb, wie es mir vorkam, lange weg. Als Alexandre eintrat, war ich über den Ausdruck in seinen Augen verblüfft. Es war schon immer schwierig, Alexandres Gefühle zu deuten, und dieses Mal war es nicht anders.
Die Äbtissin machte es sich auf einem Sessel neben der Tür bequem. Alexandre schien ihre Anwesenheit nicht zu behagen, und einen Augenblick lang dachte ich, er wolle Einwände erheben. Doch dann redete er: »Rose, nach einiger Zeit des Nachdenkens bin ich zu dem Schluß gekommen ...« Er hielt inne, um sich zu räuspern. »Ich bin zu dem Schluß gekommen, daß ich mich im Irrtum befunden habe.«
Sein Geständnis bestürzte mich, doch ich blieb trotz allem wachsam. Wie oft schon hatte mich Alexandre mit seinen goldenen Worten betört, mit Schmuck, den er verschenkte, aber nicht bezahlte?
Alexandre wandte sich jetzt an die Äbtissin. »Ich habe inzwischen eingesehen, wie ... schmerzlich meine Handlungsweise war – während meines Aufenthalts in Martinique und dann noch einmal, erst kürzlich, als ich Eugène mitnahm. Ich habe keine Rechtfertigung«, fuhr er fort, »außer, daß ich von Gefühlen besessen war, die ich nicht beherrschen konnte. Ich habe gelobt, mich zu bessern. Eugène wird dir in Kürze zurückgegeben werden. Bei der morgigen Anhörung werde ich mich schuldig bekennen, denn ich stehe im Bewußtsein meiner Schuld vor dir.«
Bis auf das gleichmäßige Ticken der Uhr war kein Laut zu hören.
»Madame de Beauharnais – wenn ich zu Ihrem Mann sprechen dürfte«, sagte die Äbtissin.
Ich nickte.
»Vicomte de Beauharnais, ich bitte Sie eindringlich, an dieser Denkweise festzuhalten. Es wird nur Früchte tragen. Die Er-

scheinung eines fiat lux* im Leben hilft nicht nur einem selbst, sondern allen Menschen in unserer Umgebung und setzt beliebig viele willkommene Ereignisse in Gang. Aber nicht aus diesem Grund möchte ich das Wort ergreifen. Ich möchte Ihrer Frau raten, Ihre Entschuldigung anzunehmen – aber nur, wo sie sich in greifbarerer Form ausdrückt, wie zum Beispiel in einer nur gerechten und sofortigen Begleichung überfälliger Rechnungen. Doch gleichzeitig möchte ich sie warnen, sich der Vorteile bewußt zu sein, die Ihnen aus Ihrem Schuldbekenntnis erwachsen könnten, denn vielleicht werden Ihre Sünden dadurch weniger streng beurteilt und Sie könnten auf diese Weise gewinnen. Ist es nicht so? Sagen Sie mir ehrlich«, fuhr sie fort, »wie denkt Ihr Anwalt über dieses … ›Bekenntnis‹ von Ihnen?«
»Äbtissin, bei allem Respekt«, unterbrach ich. »Ich danke Ihnen für Ihren Rat. Ich werde mir Ihre Worte sehr zu Herzen nehmen. Aber in diesem Augenblick möchte ich gerne ein Wort mit meinem Mann sprechen, unter vier Augen.«
Die Äbtissin sah mich besorgt an.
»Ich verspreche, daß ich nichts Törichtes tun werde«, raunte ich, als ich sie zur Tür begleitete.
Sie berührte meine Schulter, als sie ging.
Ich schloß die Tür hinter mir und wandte mich, den Schal fest um meine Schulter ziehend, zu Alexandre um. »Alexandre, sag mir, was dies zu bedeuten hat – ich habe zu lange mit der Unsicherheit gelebt.«
»Ich bin bereit, dir alles, was du verlangst, zu geben, Rose. Ich blicke mit Bedauern auf das zurück, was ich getan, was ich gesagt habe. Ich kann nur daraus schließen, daß ich nicht bei Sinnen war. Vielleicht war es das Delirium, das ich aufgrund des Fiebers in Martinique durchmachte.«
Erleichterung erfüllte mein Herz, doch dann auch Wachsamkeit.

* Sie bezieht sich auf Genesis: »Es werde Licht.«

Ich rief mir die Worte der Äbtissin in Erinnerung. »Was wirst du bei der Gerichtsanhörung fordern, im Hinblick auf eine Regelung?«
Alexandre wandte das Gesicht der Glut im Kamin zu. »Ich werde allem zustimmen. Einer öffentlichen Entschuldigung, einem Eingeständnis meines Irrtums, einer monatlichen Unterhaltszahlung, deiner Freiheit, dort zu leben, wo es dir gefällt ... was auch immer du wünschst.«
Ich ging zum Fenster. Ein Maurer arbeitete an der Hofmauer. »Und als Gegenleistung?«
»Ich bitte lediglich um die Vormundschaft für meinen Sohn, wenn er fünf wird.«
Eugène!
»Du wirst Hortense haben«, verteidigte er sich. »Kannst du mir nicht Eugène zugestehen? Ein Junge braucht seinen Vater. Er wird brauchen, was ich ihm beibringen kann. Das weißt du, Rose. Dem Jungen zuliebe.«
Dem Jungen zuliebe ...

Wir werden vom Unglück heimgesucht

12. März 1785 – Fontainebleau

Schatz!
Herzlichen Glückwunsch! Wer hätte geglaubt, daß eine Frau ihren Mann vor Gericht bringen und gewinnen könnte! Völlig undenkbar! Alle Damen sind in fieberhafter Erregung über Deinen Sieg. Man hat mir erzählt, daß sogar die Königin darüber spricht. Du bist jetzt eine Heldin!*
Ich habe Deine Tante und den Marquis endlich überredet, zu mir nach Fontainebleau zu ziehen. Das Landgut, das sie in der Rue de Montmorin gemietet hat, liegt günstig und ist groß – Ställe für zwölf Pferde! Und alles, versteht sich, zum Preis von so manchen Pariser Schuppen.
Stimmt es, daß Du bald zu uns kommen willst? Ich hoffe es sehr. Mein Salon hier in Fontainebleau könnte Dein aufgewecktes Gemüt gebrauchen.

Deine Dich liebende Tante Fanny.

24. März 1785 – Fontainebleau

Liebe Rose,
mit dem Erlös aus dem Verkauf von Noisy-le-Grand konnte ich eine langfristige Miete für ein Landgut in Fontainebleau sicherstellen. Es wird Dir sehr gefallen. Für Dich und die Kinder gibt es eine reizende Suite mit Blick in

* Die Trennungsvereinbarung verlangte, daß Alexandre Rose einen jährlichen Unterhalt von fünftausend Livres zahlte zuzüglich eintausend Livres für die Kosten für Hortense bis zu ihrem siebten Lebensjahr, danach fünfzehnhundert Livres. (Leider wurden diese Zahlungen nur selten geleistet.) Was Eugène betraf, verlangte die Vereinbarung, daß Alexandre die Vormundschaft übernahm, sobald der Junge fünf Jahre alt wurde.

den Garten. Es wird Dich freuen zu erfahren, daß Alexandre uns einen Besuch abstattete, um uns persönlich von den Ergebnissen der Regelung zu informieren. Er und sein Vater haben sich versöhnt. Welch große Freude das für mich ist. Ich bemerke bereits eine Besserung der Gesundheit des Marquis.
Komme bald zu uns. Der Garten, recht groß, hat Deine besondere Zuwendung bitter nötig. Die Preise sind angemessen, und es gibt diesen ganzen unangenehmen Pöbel nicht, dem man heutzutage in Paris begegnet.
Wir vermissen Eugène. Alexandre hat uns eine Reihe reizender Geschichten erzählt – es besteht kein Zweifel, daß er dem Jungen sehr zugetan ist. Was Hortense betrifft, so erwähnte er ausdrücklich, daß er es gern sähe, wenn »seine Tochter« (seine genauen Worte) von ihrer Amme entwöhnt würde. Ich sagte ihm, daß es das Beste für sie wäre, wenn sie nach Deinem Umzug entwöhnt würde. Ich weiß, daß das Warten schwerfällt, aber es ist kein einfacher Prozeß. Am besten ist es, sich erst einmal einzuleben.

Deine Dich liebende Tante Désirée

22. Juli, Tag der Heiligen Maria Magdalena – Fontainebleau

Wie ruhig Fontainebleau ist – so ganz anders als Paris, das nie zur Ruhe kommt. Heute morgen trank ich meine morgendliche Tasse Schokolade im Garten. Ich konnte das beruhigende Klipp-Klapp des Pferdes des Kaminkehrers hören, das Knarren des Fuhrwerks des Lumpensammlers. Irgendwo in der Nähe krähte ein Hahn. Hier werden wir glücklich sein.

24. Juli, abends

Heute abend brachte Madame Rousseau, die Amme, Hortense. Die gute Frau heulte, weil sie »ihr« Mädchen zurücklassen mußte, sie hat sie so sehr in ihr Herz geschlossen. Als Hortense sah, wie die Kutsche davonfuhr, fing sie zu brüllen an, als würde sie gefoltert. Dieser schreckliche Zustand hielt über zwei Stunden an.

Nun ist sie endlich in einen erschöpften Schlaf gefallen. Ich betrachte das Gesicht meiner Tochter mit ängstlicher Sorge. Wird sie mich jemals lieben?

Freitag, 23. September

Vater schreibt, daß La Pagerie keine Einkünfte erbracht hätte, selbst die Besitzungen des Marquis in Saint-Domingue nicht.*
»*Keinerlei* Einkünfte? Aber wie ist das denn möglich?« rief Tante Désirée aus, als ich den Brief vorlas. »Wie sollen wir denn zurechtkommen?«
In der Tat. Meine Schulden wachsen bereits. Alexandre hat schon seit vier Monaten kein Unterhalt mehr bezahlt. Er kaufte kürzlich von seinem Bruder einen Landbesitz an der Loire und behauptet, kein Geld zu haben. Und nun, ohne Einkünfte von den Inseln …

4. Mai 1786

Eine Madame Croÿ kam heute nachmittag zu Besuch. Sie hatte vor einer Woche einen Brief aus Paris gesandt, in dem sie um eine Audienz in einer Angelegenheit bat, die, wie sie sagte, uns beträfe.
Sie ist eine bescheidene Frau von ruhiger Gelassenheit. Obwohl ihre Kleider zerlumpt waren, trug sie sie mit Würde. Sie war nervös in unserer Gesellschaft, als sie jedoch bemerkte, daß wir freundlich waren, konnte sie ihr Anliegen vorbringen.
Ihre Tochter, eine verheiratete Frau mit drei Kindern, wird demnächst ein weiteres bekommen. Sie erklärte, daß ihre Tochter beabsichtigte, dieses Kind der Wohlfahrt zu überlassen, da sie für

* Joseph fungierte als Geschäftsführer aller Besitzungen der Beauharnais' in der Karibik. Leider war er kein guter.

seinen Unterhalt nicht aufkommen könnte. Madame Croÿ war besorgt über diese Möglichkeit, denn sie wußte, welches Schicksal dieses Kind erwartete.
Tatsächlich stirbt über die Hälfte aller Kinder, die im Laufe eines Jahres weggegeben werden.*
»Warum sind Sie zu uns gekommen?« fragte ich.
»Weil Monsieur de Beauharnais der Vater ist ...«
»Alexandre?« unterbrach Tante Désirée.
»Ich glaube nicht, daß er es bestreiten würde.« Die Rougeflecken auf Madame Croÿs Wangen leuchteten grell in der Nachmittagssonne.
Ich lehnte mich zurück.
Irrtümlicherweise hatte ich angenommen, daß Alexandres verwerfliches Benehmen mich nicht mehr berühren könnte. Ich täuschte mich.
»Sie wollen doch wohl nicht vorschlagen, daß *wir* das Kind nehmen«, sagte Tante Désirée.
»Nein – ich dachte, vielleicht könnten Sie ... Ich dachte, wenn Sie helfen könnten ...«
»Finanziell, meinen Sie«, seufzte Tante Désirée.
»Es würde nicht viel kosten, aber es ist mehr, als ich beisteuern kann. Ich mußte meinen Winterumhang verkaufen, um für die Fahrt hierher eine Karte für die Kutsche kaufen zu können.«
»Wieviel würde Ihre Tochter benötigen, um das Kind behalten zu können?« fragte ich.
»Ich glaube nicht, daß sie das Herz dazu hätte«, sagte Madame Croÿ. »Ich schäme mich, das zu sagen, aber das Kind wäre besser bei Pflegeeltern aufgehoben. Ich mache die Wäsche für eine Frau, eine Madame d'Antigny, die Frau eines Goldschmieds, eine Faulenzerin – sie hat keine eigenen Kinder. Vielleicht wäre sie bereit, wenn für die finanziellen Bedürfnisse gesorgt wäre.«

* Etwa vierzigtausend Kinder wurden alljährlich ausgesetzt.

»Haben Sie schon mit ihr darüber gesprochen?« fragte Tante Désirée.
»Tante Désirée, ich glaube, wir sollten mit Alexandre reden«, sagte ich.

6. Mai

Alexandre kam im Regen an. Er war am Tag zuvor von Paris aufgebrochen, aber die Straßen waren so schlammig, daß eines der Vorderräder einen Achsnagel verlor und sie in einem Gasthof am Wegesrand haltmachen mußten.
Daß ich mich eines berittenen Boten bedient hatte, hatte ihn aufgeschreckt. »Schlechte Nachrichten kommen immer rasch. Geht es um Vater? Spann mich nicht auf die Folter, ich bitte dich.« Sein gelber Frackrock aus Samt war schlammbespritzt.
»Eine Madame Croÿ hat uns einen Besuch abgestattet«, sagte ich. Alexandre lehnte sein Schwert an die Wand. »Kenne ich diese Madame Croÿ?« Aubin putzte den Schlamm von seinen Stiefeln.
»Sie behauptet, du hättest einer Liebschaft mit ihrer Tochter gefrönt.« Tante Désirée erschien in der Tür hinter uns, bekleidet mit einem Brokatmorgenmanntel über ihrem Korsett und Unterkleid. Sie hatte ihre Toilette unterbrochen, um zur Tür zu kommen, die Haare waren pomadisiert, aber ungepudert.
Alexander stöhnte.
»Du erinnerst dich?« fragte Tante Désirée.
Er seufzte verärgert und betrat den Salon. »Ich denke, ihr meint Madame Darigrand – eine gewisse Geneva-Louise.« Er setzte sich ans Feuer, blies in die Hände und rieb sie. »Es ist so kalt draußen! Kaum zu glauben, das wir Mai haben. Was ist nur mit diesem Land los? Das Wetter ist unberechenbar geworden!«
Das Dienstmädchen kam an die Tür. »Hätte Vicomte de Beauharnais einen Wunsch?«
»Ich trinke ein Glas Rotwein – warm.«

»Alexandre!« sagte Tante Désirée. »Es ist noch nicht einmal elf.«
»Und *Sie* sind nicht zwei ganze Tage lang in diesem grauenvollen Wetter gereist. Wenn man an den Unsinn denkt, für den die sich interessieren, sollte man meinen, daß sie einen Weg gefunden hätten, eine Postkutsche zu beheizen.«
Ich nahm ihm gegenüber Platz, bereit, über das anstehende Thema zu sprechen, als Mimi zur Tür kam, mit Hortense an der Hand und Eugène im Schlepptau, der eine Spielzeugarmbrust bei sich trug, die er tags zuvor aus Stöcken und Kordelstücken gebastelt hatte.
»Bring die Kinder weg«, forderte Tante Désirée Mimi auf.
»Bitte, wenn Sie einen Moment gestatten.« Ich wußte, wieviel Eugène die Besuche seines Vaters bedeuteten. Hortense wand sich, um sich aus Mimis Griff zu befreien.
Alexandre prüfte Eugènes Armbrust. »Möchten Sie sie ausprobieren?« fragte Eugène.
»Zuerst muß ich mit deiner Mutter und Tante Désirée sprechen.«
Mimi hob Hortense hoch, was Protestgeschrei auslöste. »Du wirst deinen Vater bald sehen«, versicherte ich ihr.
Nachdem die Kinder fort waren, saßen wir drei einen Augenblick in unbehaglichem Schweigen da. Tante Désirée räusperte sich. »Madame Croÿ ist um das Wohl des Kindes besorgt«, sagte sie schließlich.
»Des Kindes?« Alexandre stand vor dem Feuer. Es lagen nur noch ein paar kleine Zweige in einem tiefen Aschebett – sie verbreiteten wenig Wärme. »Welches Kind?«
»Du weißt nichts davon?« fragte ich. Tante Désirée und ich wechselten einen verwirrten Blick.
Tante Désirée erklärte: »Madame Croÿ behauptet, daß ihre Tochter, Madame Darigrand – in Kürze dein Kind zur Welt bringen wird.«

Alexandre setzte sich in einen Sessel, schlug erregt die Beine übereinander und wieder auseinander.
»Alexandre«, sagte ich, »du wirkst aufgebracht. Bitte erkläre es uns.«
»Ich ... kannte Genova-Louise – oder Madame Darigrand, wie ihr sie zu nennen beehrt – über einen Zeitraum von sechs Monaten. Ich war nicht der erste, und ich werde nicht der letzte sein. Wir trennten uns, und einen Monat später kam sie zu mir und behauptete, schwanger zu sein.«
»Warum überrascht dich dann diese Neuigkeit?« fragte ich.
»Weil ich Madame Darigrand eine ansehnliche Geldsumme gab, um ... ihren Zustand zu *bereinigen*.«
»Ich verstehe.« Tante Désirée bekreuzigte sich. »Und was schlägst du vor, was jetzt geschehen soll?«
»Ich sagte Madame Darigrand, daß ich nichts mehr mit ihr zu tun haben wollte«, sagte Alexandre, »und gewiß nicht mit einem Kind.«
»Aber, Alexandre«, sagte ich. »Du bist der Vater dieses ...«
»Ich bin nicht den ganzen Weg von Paris hergereist, um mir eine Moralpredigt halten zu lassen«, sagte Alexander. Mit schnellen Schritten ging er in die Halle zurück.
»Hortense und Eugène werden untröstlich sein, wenn du fortgehst!« rief ich.
Er blieb. Ich versprach, Madame Darigrand nicht mehr zu erwähnen.*

* Im Juni wurde Marie-Adélaïde (Adèle) geboren. Monsieur und Madame d'Antigny wurden ihre Pflegeeltern. Rose steuerte zum Unterhalt des Kindes bei. 1804 arrangierte Rose – als Kaiserin – die Heirat Adèles mit einem Captain Lecomte und stattete sie mit einem Bauernhof als Mitgift und einer Aussteuer aus.

10. August

Wir werden von finanziellen Problemen bedrängt, worüber ich mich außerordentlich ärgere, da ich Geld bei weitem nicht für das Wichtigste im Leben halte. Doch wenn es daran mangelt, kann dies zweifellos sehr bedrückend sein.

Die Plantage des Marquis in Saint-Domingue bringt nichts ein, auch La Pagerie in Martinique nicht. Tante Désirée und ich haben einen Brief nach dem anderen an meinen Vater geschrieben, aber es ändert nichts. Er behauptet, es seien die Briten, das Wetter, die Inflation … was alles auf das gleiche Ergebnis hinausläuft: keine Einkünfte. Ich muß mich auf Alexandres Zahlungen verlassen, die nur selten kommen. Es gibt Zeiten, in denen ich gänzlich mittellos bin …

3. September, 1 Uhr 15 nachmittags

Es heißt, der Herbst in Fontainebleau sei wundervoll, aber in diesem Jahr kann ich seinem Reiz wenig abgewinnen. In drei Stunden wird Alexandre eintreffen, und wir werden die Erfrischungen einnehmen, die die Köchin zu Ehren von Eugènes fünftem Geburtstag bereitet hat. Ich habe gerade die Tortendekoration beendet und seinen Wunsch nach Lakritzkonfekt auf der gesamten Oberfläche erfüllt. Oh, wie mein Herz bei jedem Konfekt, das ich setzte, überströmte, wie die Tränen kamen, als ich die Kerzen hineinsteckte.

4. September

Eugène und Alexandre reisten heute morgen ab. Eugène hielt seine neue Büchertasche mit der einen Hand fest und wirkte sehr erwachsen, abgesehen von der Babydecke, die er mit der anderen Hand umklammerte. Ich gab mir große Mühe, nicht zu weinen, da er dann vielleicht auch geweint hätte, und das würde ihn, wie ich wußte, bekümmern, wo er sich doch solche Mühe gab, groß zu sein. Wir gaben uns alle Mühe.

Mittwoch, 3. Januar 1787

Gläubiger umschwirren unsere Tür wie die Fliegen im Herbst. Vor Jahren wurde die jährliche Pension des Marquis auf einhundertfünzigtausend Livres festgesetzt. In den letzten zehn Jahren wurde sie auf zwölftausend herabgesetzt. Und nun, wegen des Geldmangels in der Regierungskasse*, wurde sie noch einmal auf unter dreitausend Livres im Jahr gekürzt.

Dreitausend! Wie kann man vom Marquis und meiner Tante erwarten, von einem solchen Betrag zu leben? Nach all seinen Jahren hervorragender Dienste ist dies der Dank? Ich habe dem Kriegsminister geschrieben, um ihn möglicherweise zu überreden, die Pension erhöhen zu lassen. Wir mieten ein Haus, das zwölf Pferden im Stall Platz bietet, aber können es uns nicht einmal leisten, zwei zu halten.

Der Marquis bewahrt seinen Humor. »Früher habe ich jemanden für verarmt gehalten, wenn er das Privileg nicht genießen konnte, drei bewaffnete Männer aufzustellen. Ich werde bald so arm sein, daß ich im Bett bleiben muß, während meine Bundhosen repariert werden.« Da er sowieso die ganze Zeit im Bett liegt, ist es unwahrscheinlich, daß er jemals wieder ein Paar Bundhosen verschleißt.

* Frankreich war unter anderem wegen seiner Unterstützung der amerikanischen Revolution bankrott.

1. Mai 1788

Die Briefe von zu Hause sind bedrückend. Vater geht es nicht gut, und nun ist Manette ernsthaft erkrankt. Mutter bittet mich inständig, nach Hause zu kommen – ihre Worte klingen unheilverkündend. Ich muß fahren, gewiß ... aber wie könnte ich Eugène verlassen?

Dienstag, 27. Mai

Wir haben äußerst verwirrende Nachrichten erhalten: Die Inselbesitzungen haben doch Gewinn abgeworfen. Den Informationen Onkel Taschers zufolge hat La Pagerie im vergangenen Jahr siebzigtausend Livre eingebracht.

»Siebzigtausend! Warum hat Joseph dir deinen Anteil nicht geschickt?« wollte Tante Désirée wissen. »Oder hat er dir etwas geschickt?«

»Er ist krank gewesen. Zweifellos ...«

»Ich frage mich, ob die Besitztümer des Marquis ebenfalls einen Gewinn abgeworfen haben.« Sie lief erregt hin und her. Meine Sorge, sie könnte ohnmächtig werden, legte sich.

»Wenn ich doch nur mit ihm reden könnte«, sagte ich.

Tante Désirée blieb stehen. »Du mußt fahren, Rose.«

»Nach Martinique?« stammelte ich.

»Ich würde gerne selbst fahren, wenn die Gesundheit des Marquis es zuließe.«

»Aber ...« Was war mit Eugène? Alexandre würde mir niemals erlauben, ihn mitzunehmen. »Aber Eugène kommt in wenigen Wochen, um seine Sommerferien bei mir zu verbringen.« Ich hatte mich schon darauf gefreut, Pläne gemacht.

»Aber gerade um seinetwillen mußt du doch fahren, Rose. Es ist schließlich sein Erbe, seine Zukunft.«

Ich wußte nicht mehr weiter. Ich sehnte mich danach, meine

Familie wiederzusehen, meinen kränkelnden Vater und meine kranke Schwester, doch allein schon bei dem Gedanken an eine Seereise wurde mir übel. »Die Reise würde ein kleines Vermögen kosten«, sagte ich. Vergangene Woche hatte mir Alexandre mitgeteilt, daß er die für Eugènes Ausbildung benötigten zweitausend Livres nicht hätte. Auch meine Schulden sind gestiegen.

»Wenn du *nicht* fährst, wird es teuer für dich.«

»Aber es ist doch schon fast Juni. Ich müßte unverzüglich aufbrechen.« Im August, dem Monat der Hurrikans, wäre es gefährlich, auf See zu sein.

»Ganz recht.« Tante Désirée tauchte eine Feder ins Tintenfaß. »Der Marquis mag ja schwach sein, aber als ehemaliger Kommandant der Marine kann er doch noch ein paar Dinge arrangieren – eine Passage auf dem nächsten Schiff nach Fort Royal dürfte ja wohl dazugehören«, sagte sie, während sie eine Nachricht niederschrieb. »Hier ...« Sie streute Sand über den Brief und schüttelte ihn ab. »Bring den Brief hinauf, damit er ihn unterschreibt, und ich werde ihn mit der nächsten Postkutsche absenden.«

2. Juni

Es ist alles sehr schnell gegangen. Die Passage ist schon gefunden. Ich habe mir sechstausend Pfund für die Reise geliehen. Außerdem wird mir Tante Désirée eintausend Pfund leihen. Sie hat bereits einen Käufer für meine Harfe gefunden – das sollte helfen, Eugènes Unterricht bezahlen zu können.

Und nun steht es also fest – Mimi, Hortense und ich werden in wenigen Wochen nach Paris aufbrechen. Von dort werden wir drei Tage mit der Kutsche nach Rouen unterwegs sein, wo wir eine Flußbarkasse nach Le Havre nehmen, um dort auf das Schiff zu warten.

Es gibt soviel zu tun, so vieles, was ich nicht vergessen darf, so vieles, um das ich mich kümmern muß.
Gestern abend zur Schlafenszeit habe ich es Hortense erzählt. Der Gedanke an ein Schiff gefällt ihr. Sie ist jetzt fünf und ein kräftiges Mädchen.
Mimi ist natürlich begeistert.
Ich kann nicht glauben, daß wir das wirklich tun.

20. Juni – Paris

Hortense und ich sind in Paris, um Eugène und Alexandre Lebewohl zu sagen. Morgen früh brechen wir nach Le Havre auf.
Es war schwer, Eugène zu erklären, daß wir für sehr lange Zeit fort sein werden. »Ich muß meinen Vater und meine Schwester besuchen«, erklärte ich. »Sie sind krank.« Er ist doch erst sechs. Diese Erklärung konnte er am ehesten verstehen.
Er sagte, er würde uns besuchen kommen, und ich mußte ihm erklären, daß dies unmöglich ist. »Deine Schwester und ich werden sehr lange auf dem Schiff sein, nur um dort hinzukommen.«
Ich schenkte ihm eine Spieldose mit einem Spielzeugsoldaten, der hochschnellt. Ich drehte die Uhr um. Im Boden war eine Widmung eingraviert.
»Ich kann es nicht lesen«, gestand er.
Ich zeigte auf jedes Wort, während ich es aussprach: »Für Eugène, den ich immer lieben werde, Maman.«
Er drehte die Dose in seinen Händen. »Ist das alles?« fragte er.
»Das ist alles«, sagte ich, den Tränen zu nahe, um mehr sagen zu können.

Ich kehre heim

Donnerstag, 3. Juli 1788

Als wir uns der offenen See näherten, wurde es dunkel. Bald kam ein heftiger Wind auf, und eines der Segel begann knallend zu flattern. Hastig fingen die Männer an, die Segel einzuholen.

»Gehen Sie unter Deck«, schrie ein Flaggmann. »Nehmen Sie das Kind mit!«

Ich packte Hortense aus Angst, der Wind könnte sie fortreißen.

Die Wellen wurden immer höher. Der Regen peitschte auf uns ein. Kurz bevor ich in den Gang hinunterkletterte, schaute ich aufs Meer hinaus. In der Dunkelheit konnte ich eine noch dunklere Dunkelheit erkennen, eine Zusammenballung von Wind und Regen. Dann ein ohrenbetäubendes Prasseln; der Regen war zu Stein geworden. Mimi tauchte auf und fiel hinter uns die Leiter hinunter.

Wir stolperten in unsere Kabine, so gut es ging, da wir in dem schmalen Gang von einer Seite zur anderen geschleudert wurden. Hortense schrie auf; ich umklammerte sie zu fest. Ich stützte mich an der Koje ab. Ich spürte, wie Übelkeit in mir hochstieg. Wir waren in die Höllengrube gefallen, in eine Urgewalt.

»Mimi!« rief ich.

»Ich bin hier.« Eine Stimme im Dunkeln, über dem angsterregenden Heulen kaum zu vernehmen. Ich tastete nach ihr und fand sie am Fußende der Koje zusammengerollt liegen.

Wieder überkam mich Übelkeit. Ich kämpfte kraftlos dagegen an. Oh, bitte, Gott, betete ich, beschämt, daß ich Ihn vernachlässigt hatte.

Wir kamen ins Licht hinaus, schwindlig von der Erinnerung an den Schrecken. Das Deck war übersät mit Hagelkörnern, die wie ein Meer von Diamanten glitzerten. Und, so weit ich sehen konnte, die wellige Meeresoberfläche ruhig und friedlich.

[Ohne Datum]

Wir sind in eine Flaute geraten und hilflos, unbeweglich. Schon seit zwei Tagen sind wir nicht vorangekommen, nur getrieben. Ich hätte nie geglaubt, daß ich einmal um Wind beten würde.
Ich fühle mich von der Welt abgeschnitten, losgelöst. Das Schrecklichste könnte geschehen, und ich würde es nie erfahren.
Wenn ich darüber nachdenke, während ich unter dem hellen und sternenübersäten Himmel auf Deck stehe und auf die weite Wasseroberfläche hinausblicke, wenn ich an das ungeheure Ausmaß all dessen und die Bedeutungslosigkeit meines eigenen kleinen Lebens denke, bin ich erschüttert und getröstet zugleich.
»Die Zeit ist länger als ein Tau«, sagt Mimi, ein karibisches Sprichwort. Und nun verstehe ich es.

7. August

Endlich haben wir Wind. Er zieht uns vorwärts. Bei dem Auf und Ab der Wellen überfällt mich wieder die Übelkeit. Ich nehme sie gerne hin. Ich warte ungeduldig auf das Ende dieser Reise.

[Ohne Datum]

Wir nähern uns Martinique. Ich kann es riechen. Ich stehe an Deck und tue so, als triebe mir der Wind die Tränen in die Augen.

10. August

Als ich die Berge sah, umarmte ich Hortense und weinte. »Ist das ›Tinique‹«, fragte sie mich vielleicht viermal, bevor ich es aufgab, zu antworten. Mimi lehnt an der Reling und starrt, als ob diese Vision verschwinden könnte, wenn sie sich umdrehte.
Oh, meine wunderschöne Insel – mitten in einem solch großen Wasser.

11. August – Fort Royal

Wir fuhren in einem Wolkenbruch in den Hafen ein. Onkel Tascher, naß bis auf die Haut, trotzte dem Wetter, um uns abzuholen.
Die Straßen waren Schlammbäche. Wir schafften es mit Mühe bis zu seinem neuen Landhaus in den Bergen, wo uns die Haussklaven aus unseren schlammbespritzten Kleidern halfen. Hortense entwischte und lief in ihrem Unterkleid durch die Zimmer (Mimi hinterher), sehr zum Vergnügen ihrer Cousinen.
Ich war verblüfft über die luxuriöse Ausstattung von Onkel Taschers Haus. Er ist jetzt Bürgermeister und obendrein noch Hafenkommandant. »Und er hat nichts weiter zu tun, als die jungen Männer davon abzuhalten, sich in Duellen umzubringen«, sagte seine Frau kichernd. Der Tag ihrer Niederkunft rückt näher, es ist nicht zu übersehen.
Trotz seiner durch den Regen wieder aufgeflammten Gicht machte der Onkel einen vergnügten Eindruck.

12. August

Das Meer in der Bucht war zu rauh, um mit dem Schlauchboot überzusetzen, daher legten wir den Weg nach Trois-Ilets über Land in einer Kutsche zurück.

Eine »Kutsche« sage ich – es war mehr ein Fuhrwerk mit einer primitiven Überdachung aus Leinwand, die entsetzlich leckte, sobald wir von einem heftigen Windstoß erfaßt wurden. Hortense, zappelnd vor Eifer, warf sich trotz meiner Bemühungen, sie zu besänftigen, von einer Seite zur anderen. Schließlich fiel sie in einen erschöpften Schlaf, den schweißnassen Kopf in meinem Schoß, und ich blieb mit meinen Gedanken allein.

Von Zeit zu Zeit riß der Himmel auf, und die Sonne kam hervor und beleuchtete das dichte Laub mit einer Intensität, die ich vergessen hatte. Es roch feucht, fruchtbar und salzig vom Meer. Alles, was ich vermißt hatte und noch vermisse, versetzte mich in einen Gefühlstaumel. Der unaufhörliche Lärm der Zikaden, das Quaken der Ochsenfrösche, selbst das Summen der Moskitos war wie ein Lied, auf dessen Melodie ich sehnsüchtig gewartet hatte. Ich hatte das Gefühl, ein Leben lang fort gewesen zu sein, und wurde von Erinnerungen der Freude, aber auch des Schmerzes bestürmt.

Als wir den Hügel hinunter nach Trois-Ilets einfuhren, bat ich Morin, den Kutscher, auf dem Platz vor der Kirche anzuhalten. Die Marktfrauen waren da, wie früher, und verkauften Obst. Die Fischerboote lagen hügelabwärts am Pier vertäut. Hinter der Kirche die hellweißen, mit Blumen und Schmuckgegenständen übersäten Gräber. Nichts hatte sich verändert. Nur ich hatte mich verändert – schmaler, in elegante Seide und Spitze gekleidet, eine Haube auf dem Kopf, die den Kummer in meinen Augen verbarg.

Mimi stieß einen Schrei aus – sie hatte eine der Frauen auf dem Markt wiedererkannt. Sie kletterte aus dem Wagen und rannte

über den Platz. Die Röcke bis zu den Knien geschürzt, hatte sie im Nu das damenhafte Schlendern vergessen, das sie sich in Paris angewöhnt hatte.
Hortense setzte sich auf und rieb sich die Augen. »Ich bin durstig«, sagte sie.
»Vielleicht verkauft uns eine der Marktfrauen einen Saft.« Ich kletterte vom Wagen, nahm Hortense in meine Arme. Ihre Kleider waren feucht von der Hitze. »Das ist die Kirche, in der ich getauft wurde.«
»Sie ist klein.«
»Ja.« Auch mir kam sie klein vor. Ich drückte Hortense an mein Herz, atmete den süßen Duft ihres feuchten Haares ein, küßte sie auf die Nase, bevor ich sie zu Boden gleiten ließ. »Möchtest du mit mir hineingehen?« Ich nahm ihre Hand, die mittlerweile schmutzig geworden war.
»Und dann einen Saft?«
Ich nickte. Ich hatte ihren Durst vergessen.
Wir stiegen die drei Stufen zur Tür hinauf. Sie knarrte, als ich sie aufzog. Drinnen war es dunkel und kühl – und leer, wofür ich dankbar war. Wir standen beisammen, schlugen das Kreuz (Hortense so lieb), gingen den Mittelgang hinunter. Der Klang unserer Schritte hallte auf den schwarzweißen Fliesen wider. »Ich will nur ein Gebet sprechen, und dann gehen wir«, flüsterte ich ihr zu und schlüpfte in die zweite Kirchenbank.
»Ein Gebet wofür?«
»Für Saft, für dich«, neckte ich sie.
»Mutter!« Sie runzelte beunruhigt die Stirn, weil sie meinen Scherz verstanden hatte und zweifellos meinte, daß Scherzen in der Kirche eine Sünde sei.
»Zum Dank für unsere glückliche Reise«, flüsterte ich, während ich meine Röcke ordnete und niederkniete. Und für die Seele meiner toten Schwester Cathérine. Und für meine kränkelnde Schwester Manette und meinen stets kränkelnden Vater. Und für

meine Mutter, die sie alle in ihren Armen hielt, die Toten und die Sterbenden. Und für meine eigene kleine Seele.
Nach kurzer Zeit erhob ich mich. Hortense saß mit zugekniffenen Augen, gefurchter Stirn und zu Fäusten unter dem Kinn geballten Händen neben mir auf der Bank. Ihre Augen flogen auf. »Einen Augenblick.« Ihre Augen schlossen sich wieder fest.
»Und wofür hast *du* gebetet?« fragte ich, als wir in die Helligkeit hinaustraten. Mimi saß bereits im Wagen und teilte sich eine Mango mit Morin. Sie flirtet, dachte ich, so, wie sie sich bewegt.
»Für Vater.« Hortense sprang drei Stufen auf einmal hinunter.
»Alexandre?« Ich war erstaunt. Ich nahm sie an der Hand, und wir eilten über den Markt.
»Für seinen Segen.« Hortense sah sich auf dem Markt um. Stämme gefällter Bananenbäume, dicht mit grünen Früchten behängt, waren neben einem Korb mit überreifen Mangos gestapelt, über denen Fliegen schwirrten.
Ich fragte die älteste der Frauen, ob sie einen Saft hätte. Sie grinste zahnlos und deutete auf einen Stapel reifer Orangen vor ihr. Sie hatte nicht verstanden, und meine Erinnerung an die afrikanische Sprache hatte mich verlassen. Ich nahm drei Orangen, gab der Frau eine Münze.
»Die Orange wird wunderbar saftig sein«, sagte ich Hortense, die gerade Einspruch erheben wollte. »Für seine Liebe, meinst du?« Ich schälte eine Orange, reichte ihr eine Spalte und steckte mir auch eine in den Mund. Die Süße der Frucht weckte eine ferne Erinnerung an eben diesen Markt, als ich nach der Messe am Sonntagmorgen an einer Orange saugte. Ein Mädchen mit wehem Herzen, das an einer Orangenspalte saugte und die Kirchentür beobachtete und in der Menge nach einem Jungen namens William suchte. Ich nahm Hortense an die Hand und eilte zum Wagen zurück.

»Ja, für dich.« Der Saft der Orange tropfte ihr vom Kinn.
Ich blieb im Schatten eines Manzanillobaumes stehen.
»Für ihn, damit er dich liebt«, sagte sie.
Ich hörte Mimi lachen. Ich sah zum Wagen hinüber. Die beiden Pferde schliefen im Stehen. »Du hast für deinen Vater gebetet, damit er *mich* liebt?«
Hortense machte ein verwirrtes Gesicht. »War das schlimm?«

»Bleib«, sagte ich zu Mimi, als ich Hortense auf den Wagensitz hievte und dabei (vergebens) achtgab, meine Röcke nicht an den schlammigen Wagenrädern zu beschmutzen. »Es geht uns gut hier hinten«, fügte ich hinzu und reichte zwei Orangen nach vorne, eine für Mimi und eine für Morin.
Die Straße, die nach Trois-Ilets hinausführte, war noch genauso holprig, wie ich sie in Erinnerung hatte. Beinahe wäre der Wagen umgekippt. Bald erreichten wir die Zuckerrohrfelder meiner Familie, schwarz von Asche. In der Ferne ein chaotisches Feld, das nach der Ernte noch nicht abgefackelt worden war, und jenseits davon frisch gepflanzte Kaffeebäume.
»All das gehört meiner Familie«, erklärte ich Hortense.
»Es ist abgebrannt.« Sie stand auf meinem Schoß, um besser sehen zu können. »Das tun sie nach der Ernte, um Käfer und Schlangen zu verscheuchen.«
»Schlangen!«
Am Fluß mußten wir absteigen. Die Pferde weigerten sich, die Hufe auf die alte Holzbrücke zu setzen. Man mußte ihnen gut zureden und am Ende die Peitsche geben, doch schließlich rannten sie los und galoppierten, vor Angst schweißgebadet und den Wagen rumpelnd hinter sich herziehend, darüber.
Wir stiegen wieder auf. Ich bemerkte eine Kolonne Feldsklaven mit großen Strohhüten, die auf einem Feld arbeiteten – wahrscheinlich neu anpflanzten. »Erkennst du jemanden wieder?« fragte ich Mimi.

»So weit kann ich nicht sehen.« Mimi warf eine Orangenschale ins Rohrdickicht. »Bieg da vorne links ab«, sagte sie zu Morin und ordnete ihre Röcke. »An den Kohlpalmen.« Sie drehte sich zu mir um und grinste.

Die Pferde wurden langsamer, als sie zum Aufstieg auf den sanften Hang ansetzten. Die Straße war stärker überwuchert, als ich es in Erinnerung hatte, das Moos hing schwer von den Bäumen und erinnerte mich an Träume. Als wir an den Küchengärten vorbeikamen, winkten einige der Negerfrauen.
»Sie haben obenherum ja gar nichts an.« Hortense preßte die Hände über die Augen.
»Es ist heiß, wenn man in der Sonne arbeitet.« Meine Kleider waren auch schon feucht, die Hitze war so intensiv. Als wir uns der Siedlung näherten, begann es zu regnen, ein weicher, kühlender Schauer, eher ein Sprühnebel. Ich machte mich an Hortense zu schaffen, säuberte ihr Gesicht, versuchte, ihre widerspenstigen Haare unter ihren Hut zu stecken.
»Ist es das?« fragte sie und schob ihren Hut vom Kopf nach hinten. Ich drehte mich um, als wir vor dem alten Steingebäude vorfuhren – der Zuckersiederei, die meine Familie ihr Zuhause nannte. Ich nickte wortlos, kletterte hinunter und betrachtete den reizlosen Bau mit den kritischen Augen eines Fremden. Der wuchtige Steinschornstein ragte über uns empor, drohend und schwarz vom Regen. Eine Ecke des Verandadachs hatte sich leicht gesenkt.
Wo waren Mutter und Vater? Ich suchte nach einem Zeichen in den Fenstern, aber alle Läden waren gegen die Mittagssonne geschlossen.
Es war Gertrude, die als erste zu unserer Begrüßung kam, schreiend den Weg von der Mühle herunterrannte. »Sie sind hier! Sie sind hier!« Ihre dicke Unterlippe bebte, als ihre riesigen, wie eine Windmühle kreisenden Arme zuerst Mimi und dann mich zu

einer so festen Umarmung einfingen, daß mir augenblicklich die Luft wegblieb. Sie wirbelte mich in ihren Händen herum und bewunderte meine Pariser Eleganz. »Du lieber Himmel, Mädchen, schau dich bloß mal an, eine *Dame*! Aber du bist zu dünn!« Jetzt weinte sie, stieß Schreie in afrikanischer Sprache aus, melodische Schnalzlaute. Sie war in den neun Jahren meiner Abwesenheit alt geworden, ihr Gesicht war von Linien durchfurcht wie Gletscherspalten in einem uralten Berghang. Aber ihre Augen strahlten, ihr Geist war so klar, wie ich ihn in meinem Herzen bewahrt hatte. In ihren Armen fühlte ich mich wieder wie ein kleines Mädchen.

Und dann auf einmal, fast wie durch ein Wunder, waren wir von allen Hausklaven umringt, von den vertrauten Gesichtern meiner Jugend, die in dem kühlenden Dunst Schreie ausstießen. Nacheinander nahmen sie uns in die Arme und tanzten fröhlich um uns herum. »Oh, schaut euch beide an, so elegant! Schaut bloß! Sogar das kleine Mädchen trägt Bänder! So fein mit ihrem kleinen Hut!« Sylvester war da, ältlich jetzt, so komisch wie immer, die vom Regen ausgelöschte Pfeife im Mund. Mein Herz war von der Liebe, die ich um mich herum spürte, zum Bersten voll. Ich hatte mich nach ihnen allen verzehrt und es nicht gewußt.

Beschämt von dem erstickenden Gefühl, das in mir aufgewallt war, suchte ich in meinem Samtbeutel nach einem Taschentuch.

»Und das ist Hortense« sagte ich und wischte mir die Augen.

»Oh, und wie sie lächelt!« Gertrude zog ein Stück Zuckerrohr aus der Tasche. »Hast du schon mal an einem Zuckerrohr gesaugt?«

Hortense betrachtete mißtrauisch den Strunk, sah mich um Zustimmung heischend an.

Ich küßte ihre schmutzige Wange. »Kau es. Es ist wie Konfekt.«

Mit einem Windstoß verwandelte sich der sanfte Nebel in pras-

selnde Regentropfen. Eilig suchte ich mit Hortense Schutz in der Veranda. Gertrude rannte hinterher.
»Mutter? Vater?« Ich setzte Hortense auf dem Boden ab. Ihre Abwesenheit verblüffte mich.
»Deinem Vater geht es nicht gut.« Gertrude stieß die schwere Tür zur Raffinerie auf. Sie hatte Hortense an die Hand genommen, umwarb mein Mädchen mit ihrem großherzigen Zauber. Ich folgte und trat ein.
Der Boden des Siederaums war mit Zuckerrohrstrünken übersät. Ich war hingerissen von dem vertrauten Geruch des Zuckersirups, dem Summen der Fliegen. Ich sah die Treppe, die in den Keller hinunterführte – zu dem Raum, in dem ich meine Strafe verbüßt hatte. War das wirklich geschehen?
Von oben hörte ich Stimmen. Ich stieg die wackelige Treppe hinauf.

In der Diele war es dunkel. »Mutter?«
Sie tauchte vor mir auf, so streng, wie ich sie in Erinnerung hatte, wären ihre Augen nicht gewesen, in die sich etwas anderes eingegraben hatte. Ich wußte nicht, was. Sie trug ein braunes, einfach geschnittenes Musselinkleid und eine weiße Rüschenhaube.
»Laß dich anschauen.« Sie nahm meine Hände in ihre. Sie trat zurück und musterte mich. »Du bist dünn, Rose.«
»Und Sie auch.« Sie war so viel älter, als ich sie in Erinnerung hatte, älter, als ich es mir jemals hätte vorstellen können.
»Nur, daß *du* wie eine modische Dame aussieht.«
Ihre Hände fühlten sich rauh, trocken an. »Haben Sie Hortense schon gesehen?« fragte ich.
»Das Kind?«
Beim Klang von Hortenses Gekicher drehten wir uns beide um. Gertrude kam mit großen Schritten herein, mein Mädchen auf ihren Schultern. Hortense grinste. Eine Hand bedeckte Gertru-

des linkes Ohr, die andere umklammerte immer noch den Zuckerrohrstrunk. »Dich hab ich früher auch so getragen, Rose«, sagte Gertrude. »Erinnerst du dich noch?«
Lächelnd griff ich nach oben, um Hortense herunterzuheben. Ich hielt sie fest in den Armen und wandte mich an Mutter. »Meine Tochter«, sagte ich.
Mutter streckte einen Finger aus, strich über die glatte Haut an Hortenses Arm. Hortense war plötzlich still, saugte an ihrem Zuckerrohr. »Sie ist reizend.« Mutters Augen glitzerten. »Sie kommt nach ihrem Vater, nicht wahr.«
»Ja.«
»Ich bin kein Mann!« sagte Hortense.
Ich ließ sie herunter. »Sie ist sehr groß für ihr Alter«, sagte ich, »gesund – ziemlich aufgeweckt. Und *lebhaft*«, seufzte ich, als ich zusah, wie Hortense auf dem glatten Holzboden im Kreis herumwirbelte.
»Ein Kind im Haus wird uns guttun«, sagte Mutter. »Wir sind alle zu alt hier.«
Aus dem Salon hörte ich eine Stimme dröhnen. »Das muß Yeyettes Mädchen sein!« Es war Vater, der zweifellos zu Hortense sprach, die in das andere Zimmer gewirbelt war.
»Nein«, hörte ich Hortense antworten. »Wer ist Yeyette?«
»Das weißt du nicht!«
Ich folgte Mutter in den Salon. Da war Vater, gestützt auf einen Spazierstock mit Quasten, und redete mit Hortense. Er trug einen geflickten Jagdrock über einem Nachtgewand. Zu seinen Füßen schnüffelte einer der Möpse, um die Schnauze herum mittlerweile weiß geworden und ziemlich dünn. Großmutter Sannois war vor fast drei Jahren gestorben, der andere Mops im darauffolgenden Jahr.
»Sie ist nicht mehr Yeyette«, sagte Mutter. »Sie ist jetzt eine Frau.«
»Vater!« Ich küßte ihn auf beide Wangen, wobei ich darauf ach-

tete, nicht gegen seinen Stock zu stoßen. Er sah so schwach aus – so zerbrechlich. »Sie sehen wunderbar aus«, sagte ich.
Vater blickte auf Hortense herab. »Also du würdest so etwas niemals sagen, habe ich recht? Einem häßlichen alten Mann sagen, daß er wunderbar aussieht. Das *Wunder* ist, daß ich immer noch am Leben bin.« Er hielt einen Moment inne, musterte mein Gesicht. »Meine Güte – aber du bist so wunderschön geworden.« Er wandte sich an meine Mutter. »Claire – wer hätte gedacht, daß dieses zusammengestoppelte, pummelige Ding mit dem schmutzigen Gesicht sich jemals in so etwas verwandeln würde!« Er machte eine schwungvolle Bewegung mit der Hand, zu schwungvoll, denn er begann, das Gleichgewicht zu verlieren.
Rasch war Mutter an seiner Seite, einen Arm um seinen Rücken gelegt, die Schulter unter seinen Arm gestützt. Vater hustete. »Du bist zu überschwenglich, Joseph«, sagte sie und klopfte ihm mit der Faust auf den Rücken.
Gertrude erschien mit einem Tablett. »Etwas Saft – und Zuckerkuchen«, verkündete sie. »Aber ich wette, daß du Zuckerkuchen nicht magst«, sagte sie zu Hortense.
»Doooch.« Hortense wirbelte ihre Röcke herum. »Und ob!«
Mutter nickte zur Diele hinüber. »Manette ist in ihrem Zimmer, Rose.«
»Geh«, sagte Vater und winkte mich fort. »Sie wartet schon.«
»Rose, sie ist ...« Mutter beendete ihren Satz nicht.
Ich tastete mich durch die dunklen Räume, die angefüllt waren mit dem Duft von Zuckersirup, dem moschusartigen schwachen Duft von Schimmel und dem Summen der Fliegen an jedem Fenster. Am Ende des schmalen Flurs war die Tür zu Manettes Zimmer. Ich blieb einen Augenblick stehen, bevor ich sie öffnete. Ich erinnerte mich, wie ich genau vor dieser Tür gestanden und Manettes Weinen gelauscht hatte. Jetzt war es nur still.

Es war dunkel im Zimmer. Ein Fensterladen war geschlossen. Manette lag in einem fleckigen weißen Musselinhemd auf dem Bettzeug, das lange dunkle Haar zersaust, feuchte Ringellocken um den Hals. Ein pummeliges Negermädchen, das ich nicht wiedererkannte, saß am Fußende des Bettes und fächelte ihr mit einem Palmwedel träge Luft zu.
Zögernd ging ich auf das Bett zu. Ich bemühte mich, eine tapfere Miene aufzusetzen, doch die Tränen brachen sich Bahn, sobald ich die Augen meiner Schwester erblickte. Ich tat so, als wären es Freudentränen – doch das waren sie nicht. Oh, meine kleine Manette, wie schrumpelig und alt sie geworden war, ein altes Weib im Körper einer jungen Frau.
Manette sprach langsam, stieß die Worte mit Mühe aus sich heraus. »Rose ...« Sie hielt inne. Sie nahm meine Hand. »Es tut mir leid«, flüsterte sie.
Ich legte den Kopf auf ihren eingesunkenen Bauch. Ich wußte bereits, daß es keine Hoffnung mehr gab.

Stürme wüten

17. August 1788

Als der Karibenhäuptling herankam, rannten die Sklaven davon. Er stand in seinem weiten, aus alten Mehlsäcken genähten Hemd auf dem Weg, die langen Haare flatterten im Wind. Mutter erhob sich, um ihn zu begrüßen.

Es war ein windiger Morgen ohne Moskitos. Die Blätter des Gummibaumes segelten zu Boden.

Ich konnte nur wenig hören, nichts verstehen. Er redete in seiner Sprache mit Mutter, einer altertümlichen Sprache, die mir unbekannt war, und meine Mutter antwortete ihm in der gleichen Sprache, langsam und mit einiger Mühe. Er drehte sich um und ging, der Rücken seines Hemdes war schweißbefleckt.

Ich ging zur Veranda hinunter.

»Ein Sturm zieht auf.« Mutter stand da und schaute in Richtung von Morne Croc-Souris.

»Kommt er immer?«

»Bisher erst einmal.« Sie drehte sich zur Zuckersiederei um. »Vor dem großen Sturm.«

Der große Sturm. Siebzehnhundertsechundsechzig. Damals war ich erst drei, doch noch heute überfällt mich ein flaues Gefühl, wenn Wind aufzieht. Meine ganze Kindheit über hörte ich Geschichten vom Wind, der unser Haus weggeblasen hatte, vom Regen, der eine ganze Stadt ertrinken ließ, von der Welle, die hundert Schiffe vollständig verschluckte, nicht einmal ein Schuh wurde an die Küste gespült.

»Wir müssen nach den Fensterläden sehen«, sagte Mutter.
Die Morgenstunden wurden hektisch. Die Feldkolonne wurde hereingerufen, die Haussklaven gewarnt, die Kinder in der Gartenmannschaft ausfindig gemacht, die Tiere in ihre Ställe zurückgebracht.
Nach dem Mittagessen wurde die Luft dicker. Der Wind heulte. Ein Holzeimer auf der Veranda klapperte über die Steine. Regentropfen klatschten heftig gegen die Fensterläden. Ein von dem aufziehenden Sturm erfaßtes Huhn schrie.
Wir stiegen in den steinernen Keller hinunter, die Luft dort war schwer vom Gestank verfaulender Kartoffeln. Mir wurde einen Augenblick übel, als ich diesen dunklen Raum betrat – den Raum, in dem ich als Mädchen eingesperrt worden war, mein Gefängnis. Das Bett stand immer noch da. Der dreibeinige Tisch war fort. Ich langte nach oben, um mich zu vergewissern, daß die Läden fest geschlossen waren.
Sylvester trug Manette die schmale Treppe herunter und legte sie behutsam auf das Bett. Sie blickte sich verträumt um. Mutter setzte den Mops ab und deckte sie gut zu. Mimi und ich saßen auf einer Strohmatte, mit dem Rücken an der rauhen Steinwand. Gertrude quetschte sich neben mich, während sie versuchte, Hortense festzuhalten, die sich trotzdem freistrampelte, um eine Eidechse zu jagen. Vater kauerte an der Tür, den Stock neben sich, und trank *Pétépié* aus einer Flasche.
Alle drängten sich herein, die Haussklaven und ihre Kinder zu uns, der Sklavenaufseher und die Feldsklaven in den anderen Kellerraum.
Ein Windstoß rüttelte am Fenster. Die Sklaven im anderen Raum stimmten ein Lied an.
»Ich möchte da hinein«, sagte Hortense.
»Was ist mit der Eidechse passiert?«
»Sie verlor ihren Schwanz und rannte davon. Ich möchte Max suchen.«

»Du läßt Hortense da hineingehen?« Mutter hatte ihre Bibel geöffnet auf dem Schoß liegen. Der Singsang im anderen Raum war lauter geworden. Jemand hatte zu trommeln begonnen. »Ich wünschte, sie würden aufhören«, seufzte sie und schloß die Augen.
»Sie ist weg, um einen Freund zu suchen. Sie wird gleich zurück sein.«
Mutter wollte gerade etwas sagen, als ein schreckliches Brüllen anhob. Der Deckenbalken über uns knackte. Mutter preßte ihr Kreuz an sich.
Ich sah zu Gertrude. Ihre Oberlippe perlte vor Schweiß. Ich dachte an die dunklen Nächte, in denen ich in ihren Armen gezittert, ihre Milch getrunken, in ihrem Bett geschlafen hatte. Als kleines Kind hatte sie mich vor den Ameisen beschützt, die über unsere Insel hergefallen waren, die Berge und Täler heimsuchten und alles fraßen, was ihnen in den Weg kam. Bei jedem Sturm hatte sie mich festgehalten, Gebete zu den heulenden Winden gesungen. Ich nahm ihre Hand.
»Jetzt bist *du* es also, die mich tröstet«, sagte sie.

Bei Tagesanbruch kamen wir heraus, gegen die Sonne blinzelnd, erschöpft von dem Schrecken und dem ununterbrochenem Beten. Vier Hühner hockten in einem entwurzelten Orangenbaum. Tiefe Risse waren in die Erde geschnitten worden, wie ein Netzwerk aus Schlangen. Überall ein dicker Teppich aus zerfetzten Bäumen und Büschen – selbst der riesige Kapokbaum war umgestürzt und über den Fluß gekracht, der nun vor Trümmern schäumte. Die Verwüstung war überall zu sehen, rosa und rein im frühen Morgenlicht.
Hortense fing zu heulen an. »Mein Krickettor!«
»Psst«, sagte ich. Wir haben überlebt.

Später.

Wir verbrachten den ganzen Tag damit, Trümmer zu durchsuchen. Die Sklavenhütten sind zerstört worden. Die Ställe und auch die Mahlhütte sind erheblich beschädigt worden. Der Schaden im steinernen Küchenschuppen beschränkt sich auf zwei zerbrochene Fenster und eine Überschwemmung. Zwei Pferde, neun Kühe und eine Ziege fehlen. Die Sau war schwer verletzt und so schwach, daß sie nicht einmal schrie, als sie geschlachtet werden mußte.

19. August

Wir haben Nachricht aus Fort Royal erhalten. Das Dach von Onkel Taschers Haus wurde weggeblasen und die Einrichtung zerstört. Aber keiner ist verletzt, Gott sei Dank.

14. September

Post – *endlich.*

16. Juli 1788 – Fontainebleau

Schatz!
Zwei Wochen, nachdem Du abgesegelt warst, hatten wir einen schrecklichen Hagelsturm – im Juli, dem heißesten Monat des Jahres! Stell Dir das mal vor. Wirklich, allmählich glauben wir, daß Frankreich von einem Unheilsengel heimgesucht wird. Die Hagelkörner waren so groß, daß sie Vögel töteten und die Zweige von den Eichen im Jardin du Luxembourg rissen. Meine Dienstboten geben den Priestern die Schuld, weil ihr Einfluß nichts bewirkt.*

* Fanny plagiiert, was sie bekanntermaßen regelmäßig tat. Die Aussage über den Unheilsengel ist in Wahrheit dem großen Ökonom Mirabeau zuzuschreiben.

Meine süße kleine Fee, Émilie, recht groß für sieben, entwickelt sich weiterhin prächtig. Vor kurzem hatte ich auch Eugène bei mir – die beiden sind ein Wundermittel gegen Schwermut.

Eine Million Küsse von Deiner Dich liebenden Tante Fanny

18. Juli 1788 – Fontainebleau

Liebe Rose,
wir waren damit beschäftigt, uns um die Finanzen und die Gesundheit zu kümmern. Es ist unerträglich, wieviel Zeit beides beansprucht. Glücklicherweise mache ich, zumindest was die Gesundheit betrifft, allmählich Fortschritte. Ein Arzt empfahl mir, Abführmittel und Klistiere zu nehmen, gefolgt von peruanischer Rinde. Ich befolge sein Programm mit ausgezeichnetem Erfolg. Ich füge drei Unzen dieser Rinde zum Preis von zehn Livres bei, die ich Deinem Vater auf die Rechnung setze. Ich bitte Dich inständig, Joseph (und Deine Schwester?) dazu zu bringen, sie einzunehmen. Halte ihn außerdem davon ab, Milchprodukte und Pökelfleisch zu verzehren – von Alkohol ganz zu schweigen.
Die Situation hier verschlechtert sich … es hat einen schrecklichen Hagelsturm gegeben, der die Ernte vernichtete, gerade, als jeder um Korn betete. Ohne Zweifel ist dies Gottes Strafe für die Aufstände in Paris. Der Bruder meiner Kammerzofe schwört, daß er die Statue von König Heinrich IV. hat bluten sehen.
Versäume nicht, Deine Gebete zu sprechen – morgens und abends – ebenso Deine Stundengebete. Hast Du mit Deinem Vater über die Geschäftsbücher gesprochen? Wir warten begierig auf Nachricht.

Deine Dich liebende Tante Désirée

5. Juli 1788 – Paris

Liebe Rose,
ein paar Zeilen in Eile (ich muß an einer Versammlung teilnehmen) – ich habe beschlossen, in die Politik einzusteigen. Dies ist eine Aufgabe, der ich mich bereitwillig unterziehe; mein Land braucht mich.

Dein Gemahl, Alexandre Beauharnais

Anmerkung – Eugène geht es gut.

Sonntag

Chère Maman,
aus dem Himmel kam Eis. Kommen Sie schon nach Hause?

Tausend Küsse, Eugène

29. Januar 1789

Ein Gespräch mit Mutter über die Geschäftsbücher. Es widerstrebt ihr, einen Außenstehenden hinzuzuziehen.
»Was kann es denn schaden?« beharrte ich. Vater war nicht fähig, Mutter war nicht bereit, und ich hatte keine Erfahrung, noch weniger das Wissen.
»Unser einziges Problem sind Vaters Schulden«, sagte sie. »Sein *Laster.*«
Aber schließlich gab sie nach. Sie hat eingewilligt, daß ich einen Monsieur de Couvray, einen verdienten Buchhalter in Fort Royal, zu Rate ziehen darf.

Montag, 16. Februar

In Vorbereitung meiner Reise nach Fort Royal habe ich die Geschäftsbücher durchgesehen. Es gibt da eine ganze Reihe von Rätseln. Vater war zunächst außer sich, weigerte sich, meine

Fragen zu beantworten, beschuldigte mich, keine Ahnung zu haben. Behutsam, aber beharrlich wies ich auf Widersprüche hin. Schließlich brach er zusammen. Ein großer Teil des Geldes war zur Deckung von Spielschulden verbraucht worden – aber nicht alles. Ein Teil deckte Fehler ab, die ihm bei der Verwaltung der Plantage unterlaufen waren. Es waren die Schnitzer, die er sich einzugestehen schämte, nicht die Spielschulden – diese »Ehrenschulden«, behauptet er unverdrossen, sind die Folge von Mut, nicht von Schwäche. »Es erfordert Kraft, ernsthaft zu spielen«, sagte er, »mit dem Wenden einer Karte sein Vermögen aufs Spiel zu setzen.« (Ich versagte mir den Hinweis, daß es nicht *sein* Vermögen gewesen war, das er aufs Spiel gesetzt hatte.)
Trotz seiner Enthüllungen blieb ein beträchtlicher Teil ungeklärt.
»Das kann noch nicht alles sein, Vater.«
Er gestand: Vor vier Jahren hatte er eine Liebschaft mit einer Näherin in Rivière Salée. Die Frau hatte ein Kind bekommen. Er war verpflichtet, sich um sie zu kümmern.
Ich wußte nicht, was ich sagen sollte. »Hat sie dir einen Sohn geschenkt?« fragte ich schließlich. Er hatte sich immer einen Sohn gewünscht.
»*Noch* eine Tochter.«
Ich hatte eine Halbschwester.*
»Sie ist fast drei, niedlich.«
»Weiß es Mutter?«
Vater nickte. »Deine Mutter ist eine Heilige.«

* Marie-Joséphine Benaguette, »Fifine«, geboren am 17. März 1786, Tochter von Marie-Louise Benaguette. Roses Mutter nahm das Mädchen schließlich in ihrem Haus auf, und 1806 ließ Rose – als Kaiserin – ihm eine Mitgift von sechzigtausend Livres zukommen.

Dienstag, 17. März – Fort Royal

Hortense, Mimi und ich kamen kurz vor neun dreckbespritzt in Fort Royal an. Hortense und ich zogen uns um, bevor wir uns mit meiner Tante und meinem Onkel zum Mittagessen trafen. Anschließend entschuldigte sich meine Tante, »um ein Schönheitsnickerchen zu machen«, sagte sie. Dann wurden Hortense und ihre Cousinen mit ihren Kindermädchen auf einen Ausflug an die Küste geschickt, was mir Gelegenheit gab, mit meinem Onkel unter vier Augen zu sprechen.

Ich nahm ein Stück Papier aus meinem Korb. »Da sind zwei Personen, die ich gerne zu Rate ziehen möchte, solange ich hier bin. Vielleicht könnten Sie mir sagen, wie ich sie erreiche.«

Onkel Tascher studierte die Namen und zwirbelte dabei die Spitze seines gewaltigen Schnurrbartes. »Monsieur de Couvray? Wahrscheinlich sehe ich ihn schon heute abend, bei einem Logentreffen. Wenn du möchtest, könnte ich einen Termin vereinbaren.«

»Ausgezeichnet.« Meine Handflächen waren feucht. »Und der andere ...?« fragte ich.

»Monsieur William Browder?« Onkel Tascher blickte auf. »Ein englischer Name – ich habe ihn irgendwo schon einmal gesehen. Oh, ja – *Captain* Browder. Er ist in der Marine, als Übersetzer, glaube ich, falls ich mich nicht täusche. Ich kann mir nicht vorstellen, wozu es gut sein sollte, ihn zu Rate zu ziehen.«

»Er und seine Familie waren früher Nachbarn von uns«, sagte ich mit belegter Stimme. »Es gibt da ein Feld, das immer gemeinsam zum Weiden genutzt wurde, eine Gemeindewiese – das heißt, bis heute. Die jetzigen Pächter haben es zu ihrer ausschließlichen Benutzung gefordert.«

»Aber das ist doch sicherlich ein Fall für das Gericht.«

»Ein teures Verfahren, obwohl vielleicht ein notwendiges. Auf jeden Fall benötige ich Dokumente, Informationen ...«

Ein Diener mit Silberringen in den Ohren kam zur Tür, nickte Onkel Tascher zu und verschwand.
»Wenn du mich entschuldigen würdest«, sagte Onkel Tascher und erhob sich. »Man braucht mich in der Residenz des Gouverneurs.« Er reichte mir das Papier zurück. »Mein Sekretär, Monsieur Dufriche, wird dir sagen können, wie Captain Browder zu erreichen ist.«
Ich zog mich in mein Zimmer zurück. Die Kammerzofe, ein Mädchen mit schmutzigen Händen und einem unangenehmen Geruch, half mir, mein Kleid auszuziehen. Meine Unterröcke waren feucht von der Hitze. Ich bat das Mädchen, in einer Stunde wiederzukommen, und streckte mich unter dem Baldachin aus Gazenetzen aus. Ein goldenes Kreuz baumelte an den Bettvorhängen.
Vergib mir, betete ich.

Ich stelle mich der Vergangenheit

18. März 1789

Ich saß am Schreibtisch im Arbeitszimmer meines Onkels, als Captain Browder angemeldet wurde, früher als erwartet. »Bitten Sie ihn herein.« Ich glättete die Spitzenrüschen über dem Mieder meiner Seidenbluse. Plötzlich kam sie mir zu offiziell vor.

Ich schlug ein Buch auf, ein Werk über griechische Geschichte, um mir den Anschein zu geben, beschäftigt zu sein. Ich kann den Tumult in meinen Gedanken einfach nicht beschreiben. Ich fürchtete, daß ich ihn lieben würde; fürchtete, daß er mich enttäuschen würde. Keiner dieser Gedanken erleichterte mein Herz.

Das Leder meines Stuhles knirschte, als ich mich umwandt. William stand in der Tür, einen schäbigen Hut mit schwarzer Feder in der Hand. Seine ungepuderten Haare wurden im Nacken mit einem Band zusammengehalten. Sein schlecht sitzender Frackrock war an einem Ellenbogen geflickt. Mir fielen die Worte meiner Mutter ein: béké-goyave.

»Captain Browder«, sagte ich. Ich streckte meine Hand aus.

William durchquerte das Zimmer, verbeugte sich. »Madame la Vicomtesse.« Er roch nach Pferden.

Ich zog meine Hand zurück, eher aus Angst, er könnte meine feuchte Handfläche bemerken, als aus einem Gefühl des Anstands heraus. »Wie schön, Sie zu sehen. Bitte, nehmen Sie Platz«, begann ich, die abgedroschenen Phrasen, mit denen man sich Mut zuspricht. »Hätten Sie gerne einen Brandy?« fragte ich.

»Nein, danke.« Er setzte sich auf den Schemel neben der Tür zum Garten. Der Schemel war zu niedrig für ihn. Er drehte seinen Hut in den Händen, während er mich betrachtete.

Ich blickte weg. Ich hatte vergessen, wie unnatürlich blau seine Augen waren. »Ich war zutiefst bekümmert, als ich vom Tod Ihrer Mutter erfuhr«, sagte ich. Erhängt, munkelte man, durch eigene Hand.

»Sie bekam, was sie wollte«, sagte er.

Die Bitterkeit in seiner Stimme entwaffnete mich.

»Von allem befreit zu sein.« Er schleuderte seinen Hut auf einen niederigen Tisch neben sich.

Freiheit. Williams Idol. Für ihn war das zweifellos ein Leben auf See, ein Leben in Freiheit. Befreit von Bequemlichkeit, befreit von Liebe?

»Bist du glücklich geworden, Rose?« wollte er wissen.

»Ja ...« Ich hielt inne, zuckte mit den Schultern. »Nein. Mein Mann und ich haben uns getrennt«, sagte ich.

»Ich bin nicht überrascht.«

Meine Wangen brannten. Mir kam es vor, als wüßte die ganze Insel von Alexanders schlechtem Benehmen, Alexanders Anschuldigungen.

»Hast du ihn geliebt?« fragte er unverfroren. Zu unverfroren, dachte ich.

»Ich war bereit, ihn zu lieben«, antwortete ich schließlich.

»Das ist nicht dasselbe, nicht wahr.«

»Deine Grübchen gibt es immer noch, wie ich sehe«, sagte ich, um das Thema zu wechseln. Ich merkte, daß ich einen Fehler gemacht hatte.

»Meine Töchter ziehen mich damit auf.«

»Und deine Frau?«

Er lächelte. Einen Augenblick sah ich den William, den ich kannte. »Sie findet sich mit mir ab«, sagte er.

»Ist das denn so schwierig?«

»Ich habe Wunschträume, sagt sie.«
»Ja.« Ich betrachtete sein Gesicht. Er hatte immer noch dieses jungenhafte Aussehen.
»Denkst du noch an diese Zukunft, die man dir vorausgesagt hat?« fragte er.
»Manchmal in meinen Träumen.« *Du wirst unglücklich verheiratet sein.*
»Schöne Träume?«
»Schlechte Träume.« Entsetzliche Träume.
»Ich muß ein Geständnis ablegen«, sagte er nach kurzem Zögern. »Ich wollte heute eigentlich nicht kommen. Aber dann änderte ich meine Meinung. Ich beschloß, daß ich etwas beweisen wollte.«
Er wurde vom Klang einer Kinderstimme, von näher kommenden Schritten unterbrochen. Mimi und Hortense erschienen an der Tür. William erhob sich.
»Hortense würde gern ... zum Pier hinuntergehen, um die Schiffe anzuschauen«, stammelte Mimi, der die Überraschung ins Gesicht geschrieben stand.
»Ja, das wäre schön. Captain Browder, das ist meine Tochter, Hortense. Und Sie erinnern sich noch an Mimi? Madame Mimi nennen wir sie jetzt.« Denn Mimi war unübersehbar in anderen Umständen. »Natürlich erinnere ich mich.« Er verbeugte sich.
»Großmama sagt, daß es sich nicht gehört, sich vor Sklaven zu verbeugen.« Hortense schob ihren Strohhut von der Stirn zurück.
»Hortense! Für ein Kind gehört es sich nicht, einen Erwachsenen zu tadeln.« Mit ihren sechs Jahren hatte Hortense einen übertrieben strengen Sinn für Recht und Unrecht und schien jedem mitteilen zu wollen, wie er sich zu benehmen hatte.
»Vielleicht ist Captain Browder das, was wir einen ›Neudenker‹ nennen«, erklärte Mimi meiner Tochter. »Solche Leute denken anders.«

»Oooooh.« Hortense betrachtete William mit Besorgnis.
William nickte. »Ich könnte sogar einen Kopfstand machen.«
Hortense musterte ihn eine Weile und lachte dann laut heraus.
»Entschuldige, daß wir gestört haben – wie ich sehe, bist du beschäftigt.« Mimi ging rückwärts zur Tür und zog Hortense mit sich.
»*Womit* beschäftigt?« hörte ich Hortense hinter der Tür fragen.
»Ich muß mich entschuldigen.« Ich ordnete die Papiere auf dem Schreibtisch. »Meine Tochter war unhöflich.« Ich hatte zuvor einen Federkiel gesehen, aber nun konnte ich ihn nicht finden – er steckte nicht in seinem Halter. Überrascht bemerkte ich, daß meine Hände leicht zitterten.
»Ich sollte gehen. Ich sollte nicht hier sein.« William stand am Fenster und sah in den Garten hinaus.
»Ich wollte eigentlich mit dir über dieses Feld sprechen.«
William zog ein Dokument aus der Westentasche. »Darin findest du, was du wissen mußt.« Es war eine Einverständniserklärung die Nutzung des Gemeindelandes betreffend.
»Möchtest du, daß ich sie dir zurückgebe?« Ich stand auf.
»Ich brauche sie nicht.«
»Du sagtest etwas, bevor wir unterbrochen wurden.«
»Ich erinnere mich nicht mehr.«
Ich zögerte. »Daß du heute hergekommen bist, um etwas zu beweisen.
»Es war nicht wichtig.«
»Den Eindruck hatte ich nicht.«
Er räusperte sich, sah mich an. »Ich bin heute in der Absicht hergekommen, zu beweisen, daß ich dich nicht mehr liebe.«
In der Stille hörte ich eine Krähe viermal schreien. Ich dachte an all die Nächte, in denen ich von ihm geträumt hatte, die Gespräche, die ich in Gedanken mit ihm geführt hatte. Die Fragen, die ich gerne gestellt, die Geschichten, die ich gerne erzählt hätte.

Aber der Mann, der vor mir stand, war nicht William. »Ich glaube, Sie sollten gehen, Captain Browder«, sagte ich.
Captain Browder nahm seinen Hut. »Ich habe mich geirrt«, sagte er, als er sich an der Tür umdrehte. »Ich liebe dich immer noch. Guten Tag, Madame.«

Später

Kurz nach vier wurde Monsieur de Couvray in Onkels Arbeitszimmer geführt. Als er sich von dem Unbehagen, geschäftliche Dinge mit einer Frau erörtern zu müssen, erholt hatte, machten wir uns daran, die Geschäftsbücher von La Pagerie durchzusehen, die Vermögenswerte zu prüfen, das Land. Der geringe Zuckerertrag deutet auf eine Ausmergelung des Bodens hin, wie ich vermutet hatte; gewisse Felder mußten erst zum Blühen gebracht werden und dann von dem Samen neu bepflanzt werden.
Seine anderen Empfehlungen waren weniger angenehm und werden es auch für Mutter und Vater nicht sein, wie ich befürchte. Er stellte fest, daß es unter unseren Sklaven, unserem »denkenden Eigentum«, wie er sich ausdrückte, etliche Kinder gab. »Es ist wirtchaftlicher, Sklaven zu kaufen, als sie aufzuziehen«, sagte er.
»Das ist nicht absichtlich geschehen.«
»Vielleicht sollten Maßnahmen ergriffen werden ... um die Produktion zu hemmen.« Er wischte die Handflächen an seinem wildledernden Bundhosen ab. »Wenn man diese Zahlen betrachtet, ist im großen und ganzen klar, daß die Unterhaltskosten zu hoch sind im Verhältnis zur geleisteten Arbeit.«
Ich wußte, daß das stimmte. Einige der Sklaven seien mittlerweile entweder gebrechlich oder gealtert, erklärte ich.
»Wenn ein Sklave nicht mehr produktiv ist«, sagte er, »ist es klug, ihn zu ermuntern ... *weiterzuziehen*.« Er paffte an seiner Pfeife; das Feuer war ausgegangen.

»Ziehen?« Ich war verwirrt. »*Wohin* ziehen?«
Er wedelte jetzt ungeduldig mit den Fingern. »Sie wissen schon ...«
»Sie meinen doch nicht ... getötet werden?« Ich hatte ihn gewiß mißverstanden.
»Nein! Du meine Güte. *Dieses* Wort würde ich doch nicht benutzen. Die Methoden sind jedenfalls human, und wenn sie leiden ...«
»Monsieur, ich bin überzeugt, daß meine Mutter und mein Vater eine solche Praktik nur sehr widerwillig anwenden würden, und was mich angeht, so ist es mir zuwider, sie vorzuschlagen.« Wir unterhielten uns nur noch kurze Zeit, der Form halber. Ich brachte ihn zur Tür.

Samstag, 21. März

Ich packte gerade, um nach Trois-Ilets zurückzukehren, als Mimi mir einen Brief brachte. »Ist er zum Haus gebracht worden?« fragte ich beunruhigt. Ich setzte mich ans Fenster.
Mimi schüttelte den Kopf, ihre Ohrringe klimperten. »Auf dem Markt. Er bat mich, ihn dir zu geben.«
Ich erbrach das Wachssiegel.

Madame Beauharnais:
Mir ist eine Information zu Ohren gekommen, die die Nutzung des Gemeindelandes durch Ihre Familie betrifft. Es ist dringend, daß Sie davon Kenntnis erhalten.
Wann immer es Ihnen genehm ist.

Ihr Diener, Captain Browder.

Ich legte den Brief auf den Beistelltisch.
»Er fragte, ob es möglich wäre, ein Treffen zu vereinbaren«, flüsterte Mimi.

Ich blickte in meinen Schoß hinunter. Meine Hände sahen wie die einer alten Frau aus. »Etwas von einer grünen Flamme.« Sie sah mich mit verwirrter Miene an.
Ich hielt den Atem an. »Sag ihm nein«, sagte ich.

2. April – Trois-Ilets

Wir sind schon seit über einer Woche wieder in Trois-Ilets. Ein Gefühl der Unruhe läßt mich nicht los. Als junger Mensch träumt man von Liebe; und bis man erwacht, ist es zu spät.
Auf der Suche nach Trost mache ich nach der Hausarbeit Morgenspaziergänge. In der Kühle des Waldes wird mein Geist besänftigt, aber nicht geheilt. Oftmals gehe ich zum Fluß hinunter, auf das Meer zu, doch heute morgen folgte ich dem Pfad nach Morne Croc-Souris. Bald hatte ich den Ort erreicht – die Lichtung am Flußufer, die Hütte aus Flechtwerk und Lehm zusammengebrochen, ein blühender roter Jasminbusch, wo einst die Tür war.
Du wirst unglücklich verheiratet sein.
Nicht weit von den Trümmern entfernt sah ich ein grobes Holzkreuz in einem mit Steinen bedeckten Erdhügel stecken. Ein Grab.
Du wirst Witwe sein.
Ein Wind, der durch den Wald fegte, schüttelte die Blätter, ein Vogel stieß einen Warnruf aus. Ich ging auf den Steinhügel zu. Der Boden war mit zerknitterten Papierfetzen, Federn, einem Stück Knochen übersät.
Du wirst Kaiserin sein.
Ich spürte, wie mich ein kalter Wind durchfuhr. Ein Gefühl der Leichtigkeit ergriff von mir Besitz, das Gefühl, im Wasser zu treiben.
Du wirst eine wunderschöne Kaiserin abgeben, hatte einmal ein Junge zu mir gesagt.

Zwei Welten fordern mein Herz

4. Januar 1789 – Paris

Chère Maman,
es ist schon seit drei Wochen kalt. Ich sah einen toten Mann, erfroren. Wir gehen am Fluß spazieren. Wann kommen Sie nach Hause?

Tausend Küsse, Ihr Sohn Eugène

3. April 1789 – Paris

Liebe Rose,
ein paar Zeilen in Eile – ich bin in den Generalstand gewählt worden, ein Vertreter der Adligen von Blois. Eine optimistische Stimmung hat unser Land durchdrungen. Es ist erregend!

Dein Gemahl, Deputierter Alexandre Beauharnais

Anmerkung – Die Zeichnung von Hortense war gut ausgeführt. Deine Technik bessert sich, obwohl eine Schattierung mit Kohle wirkungsvoller gewesen wäre, meine ich.
Und noch etwas – ich füge ein Pamphlet von Sieyès bei, Wer ist der Dritte Stand? *Ich empfehle Dir, es gründlich zu lesen.*

15. April 1789 – Paris

Schatz!
Ich bin nach Paris zurückgezogen – es ist hier jetzt sehr spannend. Es herrscht noch einmal die »Römische Republik« – die Göttin der Liebe regiert. Überall, wohin man geht, wird heftig gefeiert und um Freudenfeuer getanzt. Wenn

man auf der Straße spazierengeht, wird man von tiefer Sentimentalität berauscht, von jedem umarmt, den man trifft, reich und arm, jung und alt gleichermaßen.
Mein Salon wird niemals wieder derselbe sein. Wo wir früher über Schönheit sprachen, sprechen wir heute über Gleichheit der Stände.

Deine Dich liebende Tante Fanny

11. August

Ich habe die Zeitungen gelesen, die mit dem letzten Schiff herübergekommen sind. Die Nachricht, daß der Dauphin gestorben ist, betrübt mich – obwohl niemand davon Notiz zu nehmen, geschweige denn sich dafür zu interessieren schien. Ich teile den Schmerz der Königin. Ein Junge, der Eugène so ähnlich war.
Eugène. Die Sehnsucht, ihn wieder in meinen Armen zu halten, macht mich krank ... Ich bin nun schon seit einem Jahr in Martinique.

20. Juli 1789 – Fontainebleau

Liebe Rose,
Alexandre und François sind beide in den Generalstand gewählt worden. Wann immer nun die beiden Brüder an Feiertagen zu Besuch kommen, streiten sie sich fürchterlich. Der Marquis weigert sich, weiterhin über politische Angelegenheiten auch nur zu diskutieren mit der Begründung, »all das« sei ihm zuwider. »All das« wird bald vorüber sein, sagt er, und alles wird wieder so sein, wie es sein sollte. Er verbrannte alle Bücher, die von Rousseau im Haus waren, sogar die signierte Ausgabe vom Diskurs über die Ungleichheit. *Der Gedanke, was geschehen wird, wenn Alexander ihr Fehlen entdeckt, ist mir sehr unangenehm.*
Wenigstens sind wir nicht in Paris – dort sind jetzt zwanzigtausend Soldaten. Die Dirnen werden zweifelsohne reich. Außerdem sind alle Bettler und Diebe

aus ganz Frankreich in die Stadt gekommen, bei der geringsten Gelegenheit wimmelt es von ihnen. Jeder Bezirk – von allen sechzig – hat seine eigene Armee aufgestellt, um die Ordnung aufrechtzuerhalten. Ich habe mir angewöhnt, in meinem Beutel eine Pistole mitzunehmen, selbst hier in Fontainebleau.

Vergiß Deine Gebete nicht.

Deine Dich liebende Tante Désirée

Anmerkung – Hast Du von dem Aufstand an der Bastille gehört? Fanny hat versprochen, einige der Steine für mich zu retten. Ich werde einen für Dich aufbewahren, wenn Du möchtest.

10. August 1789 – Versailles

Liebe Rose,

was früher zusammenhanglose Notizen waren, ist nun zu einem fließenden System der Philosophie geworden, ein Äther, der die Gegenwart mit der Vergangenheit verbindet. Ich habe schon lange begriffen, wie das Römische Reich vom Feudalsystem verdrängt wurde, das wiederum von der zeitgenössischen Monarchie verdrängt wurde. Solch ein Studium enthüllt den repressiven Charakter unserer Gesetze. Doch erst jetzt begreife ich ganz allmählich, daß es die Römische Republik ist, nach deren Wiederaufbau wir streben.

Wenn meine Familie doch den tiefen Sinn der vor uns liegenden Aufgabe verstehen könnte. Leider sind sie von der Geschichte und der traditionellen Habgier unserer Klasse geblendet. Als ich mich anderen erleuchteten Adligen anschloß (La Rochefoucauld! Lafayette! Der Duc d'Orléans!), um unseren Feudalprivilegien zu entsagen, war ich gezwungen, zwischen meiner Familie einerseits und meinem Land andererseits zu wählen. Oh, welch eine Nacht großen Heldentums! Welch erhabenes Opfer! Möge die Nacht des 4. August ewig in meinem Herzen brennen.

Die Achtung meines Vaters, die brüderliche Umarmung meines Bruders geopfert zu haben, diesen Verlust muß ich ertragen. Die Revolution fordert, daß jeder Bürger ein persönliches Opfer zum Wohle der Nation bringt. Ich beuge mich mit aufrichtigen Tränen in den Augen, denn ich weiß, daß meine Qual belohnt werden wird.

Mit edlem Herzen,
Dein Gemahl, Deputierter Alexandre Beauharnais
»ein ehrenwerter und aufrichtiger Republikaner«

Anmerkung – Ich bitte Dich eindringlich, die Pamphlete zu studieren, die ich gesandt habe, öffne der Wahrheit, die Du darin finden wirst, Dein Herz. Eines – Einige Gedanken über die Natur von Vernunft & Revolution – *habe ich selbst geschrieben. Ich habe es in einfache Worte gefaßt, damit auch eine Frau es möglicherweise versteht, denn ich gehöre nicht zu jenen, die Frauen für unfähig halten abstrakt zu denken.*

Sonntag

Chère Maman,
ich habe jetzt mein eigenes Schwert. Mein Hauslehrer sagt, daß ich es vielleicht brauchen könnte. Wann kommen Sie nach Hause?

Tausend Küsse, Eugène

9. Dezember

Ein Kreole wurde tot auf einer Lichtung im Wald von Fort Royal aufgefunden, zusammen mit dem Kopf eines geschlachteten Huhns. Über seine Hände hatte man Blut gegossen. Drei Tage zuvor war ein Sklave auf seiner Plantage gestorben, eingesperrt in eine glühend heiße Hütte in der Sonne ohne Nahrung und Wasser. Im Sklavendorf höre ich Trommeln schlagen. Der Mond wirft ein gespenstisches Licht. Auf dem Hügel sehe ich ein Feuer, höre Geschrei und Gesang. Ich kenne das Lied.
Nie, nie werde ich die Stämme Afrikas vergessen
Nie, nie werde ich ihre Kinder vergessen.
Ich bin verzweifelt.

10. Oktober 1789 – Fontainebleau

Liebe Rose,
dem Marquis und mir ist es nicht gut ergangen. Unsere Nerven leiden unter den erschreckenden Berichten in den Zeitungen.
Ich schäme mich meines Geschlechts. Frauen – zu Tausenden, wurde berichtet – zwangen unseren König und unsere Königin in diesen entsetzlichen Palast in Paris zu ziehen, und nun spricht jeder von Format davon, Frankreich zu verlassen. Sogar der Bruder des Königs ist geflohen, sogar Madame de Polignac, die königliche Gouvernante, hat ihre Schützlinge verlassen. (Wie konnte sie nur?)
Doch das ist noch nicht alles. Monsieur Ogé, dieser Mulatte aus Saint-Domingue, trat vor die Nationalversammlung und forderte Gleichberechtigung für Mulatten – und hatte Erfolg*! Einer der Delegierten schlug sogar vor, die Sklaven zu befreien.* Alle, so scheint es, haben den Verstand verloren. Wenn man den Sklaven die Freiheit gibt, sind wir mittellos!*
Bete für uns ...

Deine Dich liebende Tante Désirée

*Anmerkung – Fannys Sohn Claude und seine Frau haben ein kleines Mädchen bekommen.** Laß sie Deine Anteilnahme wissen.*

23. Januar 1790

Morin, Mimis Liebhaber und der Vater des Kindes, das sie trägt, wurde bei einem Aufstand in Fort Royal getötet. Ich kann nichts zu ihrem Trost sagen, denn es waren Leute meiner Rasse, die ihn ermordeten.
Ich stand an der Tür zu ihrer weiß getünchten Hütte, sah zu, wie sie in den Armen der Sklavenfrauen zusammenbrach, lauschte

* Dieser Delegierte wurde gehängt, als er nach Saint-Domingue zurückkehrte.
** Stephanie Beauharnais sollte später von Napoleon adoptiert und mit dem Großherzog von Baden verheiratet werden, der sie zur Großherzogin des Hofes von Württemberg machte.

ihrem gemeinsamen Wehklagen – und ich, die ich ihr wie eine Schwester war, mußte mich mit Tränen, die über meine Wangen liefen, abwenden.
Trommeln in den Bergen. Als Kind wiegte mich der gleichförmige Rhythmus in den Schlaf. Doch heute nacht finde ich nichts Tröstliches in diesen Klängen. Heute nacht höre ich Wut und einen schrecklichen, schrecklichen Schmerz.

5. November 1789 – Lago Maggiore

Schatz!
Michel de Cubières und ich sind in einem reizenden Alpenkurort. (Erinnerst Du Dich an Michel? Den Dichter mit den wulstigen Lippen?) Jeden Abend spielen wir Pharao in einem Kasino im Dorf, wo eine erschreckende Menge Geld den Besitzer wechselt. Aber was ist das Leben, wenn man nicht bereit ist, alles in den Wind zu schlagen? Es erfordert Mut, so närrisch zu sein.
Die Österreicher haben gedroht, quer über die Berge eine »Gesundheitssperrzone« zu errichten, damit keine »gefährlichen Gedanken« von Frankreich herüberkommen. Hätte ich nicht so hirnlos geplappert und Michel nicht geschwiegen – dieses eine Mal! –, bezweifele ich sehr, daß sie uns in ihr rückständiges kleines Paradies eingelassen hätten. Glücklicherweise versäumten sie es, in den Korb zu schauen, in dem sich die politischen Pamphlete befanden, Pamphlete, die Michel auf den Straßen von Rom verteilen will.
Paß auf Dich auf, Schatz. Wie ich höre, ist Dein Ehemann ein Held der Revolution geworden. Wie verwegen!

Deine Dir ergebene Tante Fanny

Anmerkung – Claudes Frau hat ein Mädchen bekommen. Er nimmt es nicht gut auf, was mich enttäuscht. Ich dachte, das hätten wir alles hinter uns.

1. Februar

Mimi hat ihr Kind verloren. Ich besuchte sie im Krankenhaus, aber sie hatte Fieber und begriff nicht, daß ich es war. Ich saß eine Weile neben ihr und kühlte sie mit in Rum getränkten Leinenstreifen. Sie sprach im Traum: *Nie, nie werde ich vergessen ... Nie, nie ...*

Oh, meine liebe Mimi, wie sehr ich mit dir fühle. Ich bete, ich bete.

11. November 1789 – Paris

Liebe Rose,

ich bin zu einem der drei Sekretäre der Nationalversammlung gewählt worden. Ich fühle mich sowohl geehrt als auch herausgefordert. Nur das Schicksal kann der Schöpfer eines Projekts von derart heroischen Dimensionen sein.

Ich füge eine Abschrift der Erklärung der Menschenrechte *bei, die sich zum Einrahmen eignet. Ich halte die Mitwirkung an ihrer Entstehung für eines der Verdienste in meinem Leben.**

Dein Gemahl, Deputierter Alexandre Beauharnais

Sonntag – Fontainebleau

Chère Maman,

Papas Name ist in den Nachrichtenblättern. Ich habe ihn schon seit zwei Wochen nicht mehr gesehen. Kommen Sie jemals zurück?

Tausend Küsse, Ihr Sohn Eugène

* Frankreich faßte die amerikanische Bill of Rights weiter. Während die Amerikaner die Menschen in *ihrem* Land für frei und gleich erklärten, erklärten die Franzosen die Menschen *überall* für frei und gleich.

3. Februar

Mimi ist aus ihrem Fieber aufgetaucht, in Trauer gehüllt wie ein Geist. Die Sklavenfrauen schleichen beschützend um sie herum, wann immer ich näher komme. »Geh weg! Du hast sie verflucht!« Ich gebe auf.

7. Dezember 1789 – Chambéry

Schatz,
die Italiener sind wirklich versessen *auf mein Gedicht »Für Friedrich den Großen zum Tode Voltaires«. Dieses und einer meiner Romane (*Abailard, der Heuchler, *stell Dir mal vor – das frechste aller meiner Werke) wird ins Italienische übersetzt und bald veröffentlicht. Jetzt bin ich eine Weltautorin!*
Wie geht es meinem Patenkind Hortense? Ich füge für sie eine ledergebundene Ausgabe von Erasmus' Manieren für Kinder *bei. Es ist wenigstens egalitär. Ermuntere sie, den wunderschönen Text abzuschreiben – der erste Schritt auf dem Weg zur Schriftstellerin.*
Wie Du vielleicht bereits weißt, haben sich Marie und François getrennt, aus Gründen der Philosophie. *Philosophie! Als Claude (Gott hab ihn selig*) und ich auseinandergingen, taten wir dies wenigstens aus Gründen der Sentimentalität.*

Deine Dich liebende Tante Fanny

23. Februar

Mimi ist in der Feldkolonne eingesetzt worden, wie Mutter mir heute nachmittag mitteilte. »Wie konnten Sie das tun! Mimi gehört zu *mir*, zu Hortense!« Mutter legte ihre Näharbeit nieder. »Entschuldige dich für deine Unbeherrschtheit. Mimi bat darum, in der Feldkolonne eingesetzt zu werden.«

* Claude de Beauharnais, der Bruder des Marquis und Fannys Ex-Mann, starb am 25. Dezember 1784.

»Aber *warum*?« Ich konnte es nicht begreifen. Feldarbeit ist mörderisch.
»Ich kann nur vermuten, daß es deswegen ist, weil sie sich gegen uns gewandt hat, wegen unserer Rasse. Wenn du nicht so empfindsam wärst, Rose, hätte ich sie verkauft oder zumindest auspeitschen lassen. Haß in einem Sklaven ist gefährlich.«
Unter Tränen verließ ich das Zimmer.

17. Dezember 1789 – Fontainebleau

Liebe Rose,
der Marquis und ich haben wegen der betrüblichen Nachricht von François und Marie einen Nervenzusammenbruch erlitten. Der Marquis ist furchtbar betrübt und redet unaufhörlich von der Moral der Jugend, der Beschmutzung des Familiennamens, der mangelnden Bindung an Werte. Ich halte den Mund, aber innerlich gräme ich mich; denn ist dies nicht die Frucht unserer eigenen Sünden? Ich gehe nun zweimal täglich zur Messe und wöchentlich zu meinem Beichtvater. Ich bitte Dich inständig, das gleiche zu tun.
Deine Dich liebende Tante Désirée

Anmerkung – Ich füge einen Ein-Livre-Schein bei, das neue Papiergeld, das wir nun benutzen müssen, aber er ist nicht einmal einen Sou wert – behalte Dein Gold.

Mittwoch, 3. März

Der Inselpresse sind aus Furcht, daß jede weitere Erwähnung von »Freiheit« gefährlich sein könnte, Grenzen gesetzt worden. Selbst die Zeitungen, die wir aus Paris erhalten, müssen versteckt werden.
»Du solltest die Briefe deines Mannes verbrennen«, sagte Mutter. Sie mißbilligt Alexandres Ansichten. »Auch die von Madame Fanny.«

»Vielleicht zusammen mit ihrem Roman?«
»Ganz recht«, ereiferte sich Mutter und bekreuzigte sich.
Ich lächelte, denn ich habe gesehen, wie sie einen Blick hineinwarf, als sie sich unbeobachtet fühlte.

30. Dezember 1789 – Fontainebleau

Liebe Rose,
danke für die schönen Weihnachtsgeschenke – der Marquis liebt seinen Bambusstock, und die Flasche La-Pagerie-Rum ist schon leergetrunken. Die silbernen Armreifen finde ich hinreißend, aber vor allem die mit Inselmotiven bemalten Emailleknöpfe – sie wecken Träume in mir. Und eine Kiste *voller Kaffeebohnen! Welch ein Luxus!*
Eugène liebt alle Geschenke, die Du geschickt hast (wirklich, Rose, Du mußt von solchen Ausschweifungen Abstand nehmen), aber das, was ihm am besten gefiel – zu unserem Leidwesen, wie ich gestehe – war das Muschelnebelhorn.
Dein Onkel berichtet, daß Du eifrig bemüht gewesen bist, die Finanzen und die Verwaltung der Besitztümer zu ordnen. Du mußt einigen Erfolg gehabt haben, denn wir haben bereits eine Banknote erhalten. Dieses Geld wird sehr dringend benötigt. Du kannst Dir nicht vorstellen, wie teuer alles geworden ist. Es ist unmöglich, *selbst von den nunmehr zwölftausend Livre im Jahr zu leben. Nom de Dieu!*
Wie steht's um die Gesundheit meines Bruders? Wie geht es Deiner Schwester Manette? Ich habe meinen Gärtner auf eine Pilgerfahrt nach Chartres geschickt, um Heilung zu suchen. Er ist fromm; ich hoffe auf einen gewissen Erfolg.
Es war eine düstere Ferienzeit. Keiner lädt mehr ein – jeder bleibt zu Hause.
Denke daran – versäume Deine Gebete nicht …

Deine Dich liebende Tante Désirée

Weihnachtstag

Chère Maman,
danke für das Nebelhorn. Ich habe beschlossen, Seemann zu werden. So kann ich Sie und meine Schwester Hortense besuchen kommen.

Eugène

21. Mai

Während ich an diesem kleinen Tisch in meinem Zimmer schreibe und dem heftigen Tropfen des Regens lausche, frage ich mich, ob es möglich ist, daß ich diese Insel jemals verließ. Frankreich kommt mir wie ein Traum vor, weiter entfernt als meine Kindheit.
Ich schlafe mit Eugènes Miniatur unter dem Kopfkissen. Heute nacht konnte ich es nicht finden. Angst packte mein Herz – werde ich ihn *jemals* wiedersehen?

Wir fliehen unter Kanonenfeuer

3. Juni 1790

Ein Mulattenaufstand in Saint-Pierre. In seiner Predigt heute morgen stellte Pater Droppet in Frage, daß in Negern eine Seele wohnt. Nach der Kirche Gespräch über Waffen. Ich schlafe mit einer Pistole auf dem Nachttisch.

30. Juli

Heute sagte Mutter: »Du mußt fort, Rose – nimm deine Tochter, kehre nach Frankreich zurück.« Ihre Augen waren dunkel. Ich konnte ihre Gedanken nicht lesen. »Dies ist kein Platz, um ein Kind aufzuziehen.« Sie schob mir über den Tisch einen Stoffbeutel hin.

Es war ein Beutel mit Münzen – die Münzen, die sie jeden Tag so gewissenhaft zählte. »Ich kann nicht.« Ich schob den Beutel beiseite. Wie konnte ich sie angesichts der drohenden Gewalt und der schweren Krankheit von Vater und Manette im Stich lassen?

»Die Engländer werden angreifen. Wenn du jetzt nicht fährst, wirst du deinen Sohn niemals wiedersehen …«

Mir traten die Tränen in die Augen. »Aber …«

»Ich will nicht um *dich* trauern!« Und dann, mit leiser, beinahe tonloser Stimme: »Ich will nicht *alle* meine Kinder begraben!«

Später

Schweren Herzens habe ich Onkel Tascher geschrieben und angefragt, ob es möglich sei, eine Passage nach Frankreich zu erhalten ...

Am selben Abend

Onkel Tascher hat umgehend eine Antwort geschickt. Es ist schwierig, zu dieser Zeit eine Passage nach Frankreich zu bekommen, aber nicht unmöglich. Die Möglichkeiten ergeben sich rasch, ohne Vorankündigung. Wenn es mir mit meiner Abreise ernst wäre, müßte ich mit meiner gepackten Habe in Fort Royal sein. Er rät mir, auf der Stelle zu kommen, da Gerüchte von einer Blockade umgehen.

»In diesen turbulenten Zeiten«, schrieb er philosophisch, traurig nach meiner Meinung, »ist nichts, wie es scheint, nichts, wie es sein sollte.«

1. August, mittags

Mutter war auf der Veranda, als ich heute morgen zu ihr ging, und stopfte Strümpfe, die schon viele Male gestopft worden waren. »Du reist ab«, sagte sie. Sie schaute auf den Blumengarten hinaus, den ich gepflegt hatte. Die Blüten trieften vor Regen.

Ich nickte, wandte mich ab. Ich bin der Tränen überdrüssig geworden.

6. August

Ich habe gepackt. Den ganzen Tag hat Hortense wegen einer Lumpenpuppe, die sie mitnehmen will, mit Gertrude gekämpft, aber Gertrude beharrte darauf, daß sie Unglück brächte. »Sie war die ganze Nacht draußen im Mondschein!« sagte sie mit großer Furcht.

7. August

Heute abend, nach dem Essen, bürstete und flocht ich Manette die Haare, die dicken Zöpfe fielen ihr über die Schulter. Ich las ihr aus *Paul und Virginie* vor, bis sie einschlief. Eine Weile saß ich mit dem Buch im Schoß da. Die Brise, die zum geöffneten Fenster hereinkam, ließ die Kerze flackern. Ich sah zum Mond hinaus, der durch das wirre Astgeflecht des Mangobaums aufging. Auf diesen Baum waren Manette und ich geklettert, als wir Kinder waren. Wie nimmt man Abschied?

Dienstag, 10. August

Ich erwachte kurz vor Morgengrauen. Wie durch ein Wunder regnete es nicht mehr. Leise schlüpfte ich die Treppe hinunter, zur Zuckersiederei hinaus und hinüber zum Badeteich. Ich legte mein Unterhemd und mein Kopftuch auf die nassen Steine und glitt nach Luft schnappend, bis ich mich daran gewöhnt hatte, in das kalte Wasser. Ein Frosch hüpfte ins Gras, aber außer den in der Brise raschelnden Baumfarnen war kein einziger Laut zu hören. Der Duft des Orangenbaumes lag in der Luft.
Als die Turteltauben zu gurren begannen, stieg ich schweren Herzens aus dem Wasser. Es war Zeit. Ich kleidete mich an und drehte meine letzten Runden, blieb stehen, um mit den Haussklaven zu sprechen. Jedem gab ich einen Livre. Drei Louis hinterließ ich bei dem Sklavenaufseher, damit er sie unter den Feldarbeitern verteilte. Da ich wußte, daß Mutter es nicht billigen würde, bat ich ihn, nichts zu verraten.
Gertrude wies ich an, Mimi meinen Smaragd zu geben. »Heile

sie«, sagte ich. »Öffne ihr Herz.« Gertrude brach in Tränen aus. Ich schlang die Arme um sie. »Geh!« sagte sie und schob mich weg. Ich ging in Vaters Zimmer.
»So«, sagte er.
Ich setzte mich auf den gradlehnigen Stuhl neben dem Bett. Er wackelt, weil sich eines seiner Beine ständig lockert und nicht sehr erfolgreich mit Hanf befestigt worden ist. Ein fauliger Geruch lag in der Luft, ein Geruch, an den ich mich gewöhnt hatte, »den Geruch des Todes« nannte ihn Mutter. Aber ich hatte mich mit der Zeit zu sehr in die Routine von Vaters Pflege vertieft, um an solche Dinge zu denken.
Ich nahm seine Hand, weil es mir unangenehm war, daß ich mich mit derartigen Gedanken trug. Seine Haut fühlte sich trocken an, dünn – wie die feine Struktur einer abgestreiften Schlangenhaut. »Kann ich Ihnen irgend etwas holen?« fragte ich, denn aus meiner Ergebenheit war dies geworden: Pflichterfüllung.
»Du hast genug getan.« Seine Augen waren grau. »Genug für einen Sterbenden.«
Ich wollte schon Einwände erheben, ihn mit einer fadenscheinigen Lüge aufmuntern – aber ich wußte, es wäre respektlos, ihm die Tatsache, daß er sterben mußte, vorzuenthalten. Ich nickte. »Du wirst mir fehlen, Vater.«
»Prinzessin.« Er drückte meine Hand.
In diesem Augenblick erinnerte ich mich wieder an meine Kinderträume, an die verzaubernden Geschichten meines Vaters, die er einem in Träumen schwelgenden Mädchen erzählt hatte, das sich in einer Hängematte unter dem Mangobaum mit einem Palmwedel träge Luft zufächelte. Ich küßte ihn auf die Wange. »Mein König.« Ich fiel in den Hofknicks, den er mir als Kind beigebracht hatte und stieß, als ich mich zum Gehen wandte, majestätisch eine imaginäre Schleppe beiseite.
Er lachte leise, als ich hinausging. Einen Augenblick lang sah ich wieder diesen Funken. Ich sagte nicht auf Wiedersehen.

Ganz zum Schluß ging ich zu Manette, die schlief. Sie sah ernst aus, alt, ihr Bettzeug war zerwühlt. Ich brachte es nicht über mich, sie zu wecken. Ich küßte sie auf die Stirn und ging hinaus. Ich werde sie nie mehr wiedersehen.
Es war noch sehr früh, erst acht Uhr morgens, als Sylvester den Wagen vor die Zuckersiederei lenkte. Ich half Hortense, auf den Sitz zu klettern. Ich wandte mich zu Mutter. »Werden Sie kommen, nach Frankreich …?« Ich konnte nicht »wenn« sagen – wenn Vater und Manette tot waren.
Sie umklammerte meine Hände. Ich kletterte auf den Wagen. Sylvester knallte mit der Peitsche, die Pferde zogen an. Als wir uns der Steinmauer näherten, blickte ich zurück. Mutter war nicht mehr da. Ich beobachtete, wie sich das Haus entfernte, und suchte nach ihrem Gesicht in den Fenstern.

13. August – Fort Royal

Tante Tascher ist außer sich, das Haus in chaotischem Zustand – in jedem Zimmer stehen geöffnete Kisten. Sie und die Kinder ziehen aufs Land, erklärte sie. »Hier ist es nicht sicher!« Wir stellten unsere Seekiste in der Remise unter – auch wir werden bald abreisen, hoffe ich.
Hortense und ich teilen uns ein Zimmer im zweiten Stock. Es ist heiß – aber abgeschieden. Ich sitze an einem Schreibtisch im Alkoven mit Blick auf den Hafen. Durch den Regen kann ich verschwommen erkennen, wo die vier Kriegsschiffe und einige Handelsschiffe vertäut sind. Onkel wird spät nach Hause kommen. Er hat jetzt viele Probleme mit Regierungsangelegenheiten und der allgemeinen Aufsässigkeit in der Bevölkerung. Heute abend wird er uns die Lage in bezug auf unsere Abreise nach Frankreich schildern können.

3. September – Residenz des Gouverneurs

In der Stadt hat es Aufstände gegeben. Gestern auf einem Fest weigerte sich Gouverneur de Vioménil, eine Trikolorenkokarde anzustecken mit der Begründung, lieber tausend Tode sterben zu wollen – was zu einer derart gewalttätigen Auseinandersetzung führte, daß er gezwungen war, seine Erklärung zurückzunehmen und das Band anzustecken, »dieses Pfand des Friedens, der Vereinigung und Eintracht«, wie er verkündete. All dies zum Lärm von Musketenfeuer über seinem Kopf.
Es wurde ein Te Deum gesungen, und zwischen allen schien wieder Friede zu herrschen, doch Onkel Tascher bestand trotzdem darauf, daß Hortense und ich in die Residenz des Gouverneurs umziehen. Für uns ist es sicherer hier, sagte er. Wir gehen nicht mehr aus.

Montag, 6. September

Es gab einen Aufstand. Onkel Tascher sperrte die Revolutionäre ein, doch dann haben die Wärter sie wieder freigelassen und das Feuer auf die Stadt eröffnet.
Ich war in der Gouverneursresidenz, als es geschah. Gouverneur de Vioménil lief von Zimmer zu Zimmer und schrie alle an. Madame de Vioménil fiel auf die Knie und betete laut. Ich brachte Hortense in unser Zimmer hinauf und las ihr aus den *Fabeln von La Fontaine* vor, wobei ich versuchte, den Lärm des Musketenfeuers zu überhören. Die ganze Zeit über zitterte ich. Dann rannte das Dienstmädchen mit der Neuigkeit die Treppe hinauf, daß Onkel Tascher auf dem Weg sei, um mit den Rebellen im Fort zu sprechen.
Hortense und ich wagten uns wieder nach unten in den Salon, wo sich alle versammelt hatten. Der Kurier, der schließlich aus dem Fort eintraf, war ein dünner Mann mit schmutziger Pe-

rücke. »Baron Tascher ist als Geisel genommen worden«, verkündete er theatralisch. Die Rebellen hatten meinen Onkel eingekerkert und drohten, ihn und jede andere Person in der Stadt zu töten.

Ich wurde zu einem Sessel geführt. »Was hat er über den Onkel gesagt?« wollte Hortense tränenüberströmt wissen. »Was bedeutet ›Geisel‹?«

Der Gouverneur war außer sich. Von allen Seiten wollten ihm Helfer Ratschläge anbieten. Seine Frau rannte hinter ihm her: »Du kannst nicht gehen!«

Er stapfte in sein Arbeitszimmer und schlug die Tür hinter sich zu. »Er ist fest entschlossen, sich umzubringen!« weinte seine Frau. Wieder setzte Musketenfeuer ein und machte die geringe Zuversicht, die wir aufgebracht hatten, zunichte.

Kurz danach verließ der Gouverneuer die Residenz. Sein Plan war, in Gros Morne, einem Dorf auf dem Weg nach Trinité, Zuflucht zu nehmen und von dort Unterstützung für einen Angriff zu rekrutieren. Seine Frau schloß sich in ihr Schlafzimmer ein und weigerte sich, herauszukommen.

Ich lag in meinem Bett mit Hortense in den Armen, versuchte sie zu beruhigen, lauschte dem Lärm des Musketen- und Kanonenfeuers und betete für Onkel Tascher. Bald, nachdem Hortense endlich eingeschlafen war, wurde ich von einem Klopfen an der Tür aufgeschreckt. »Wer ist da?« Die Nachtkerze warf gespenstische Schatten.

Die Tür öfffnete sich – es war die Kammerzofe.

»Gibt es Neuigkeiten?« flüsterte ich in Angst um Onkel Taschers Leben.

»Ein Brief von Kommandant du Braye.« Sie reichte mir ein gefaltetes und versiegeltes Papier. »Man hat mir gesagt, es wäre dringend.« Plötzlich war die scharfe Erwiderung einer Kanone zu hören, gefolgt von einer Kartätsche.

»Kommandant du Braye?« Ein Freund meines Onkels. Durand

du Braye war der Kommandant der *Sensible*, eines der Kriegsschiffe im Hafen. »Wieviel Uhr ist es?«
»Fünf? Sechs?« antwortete sie verschlafen. Sie stellte ihre Laterne auf den Nachttisch.
Besorgt brach ich das Siegel. Ich hatte Mühe, die Handschrift zu lesen, denn auf der Seite waren dicke Tintenkleckse. Sie waren im Begriff, in See zu stechen, entzifferte ich schließlich. Ich müßte mich augenblicklich zum Schiff begeben. Kommandant du Braye warnte mich, mit niemandem darüber zu sprechen, insbesondere nicht mit den Dienstboten. Einer seiner Leute würde ausgeschickt, um mich in Shell Point, südlich des Dorfes, zu treffen.
Ich blickte zu der Kammerzofe auf. Sie hatte ein so liebes Gesicht – wie konnte sie nur mein Feind sein? »Das ist ja merkwürdig. Er bedauert, mir mitteilen zu müssen, daß er im Hafen bleiben müsse, bis er die Erlaubnis zur Abreise erhalte. Was mag der Grund sein, daß er mich deshalb weckt?« fragte ich errötend.
Die Zofe zuckte mit den Schultern. Ich hatte sie mit Erfolg verwirrt.
Als sie die Tür hinter sich schloß, stand ich auf. Wie sollte ich ein Kind unbemerkt an die Küste schaffen? Ich zog, so gut es ging, ein Unterkleid und zwei Kleider übereinander an. In einem kleinen Stoffbeutel hatte ich ein paar Goldmünzen. Ich steckte ihn in mein Mieder. Viel konnte ich nicht mitnehmen. Ich wickelte meinen Rosenkranz und ein Nachthemd zusammen mit einigen von Hortenses Kleidern und der Puppe, an der sie so hing, in ein Halstuch.
Es war Zeit, Hortense zu wecken. Ich hatte sie schon fast angekleidet, ehe sie sich zu rühren begann und bei jeder Bewegung wieder aufs Bett fiel. »Wir gehen auf ein Schiff«, raunte ich ihr zu. »Wir müssen uns beeilen.« Ich stellte sie auf ihre Füße. »Kannst du laufen?« Sie war zu schwer, um sie weit tragen zu können.
Ein lauter Knall aus einer Muskete ließ sie erschrocken wach wer-

den. Sie nickte. Ich nahm sie an die Hand und öffnete die Tür. Wir schlüpften die Treppe hinunter. In der Halle schnarchte ein Lakai in seine Brust. Ich legte den Finger an die Lippen, um Hortense zu bedeuten, daß sie sehr leise sein müßte. Auf der Straße hörte ich einen Schrei.

Ich beugte mich hinunter, küßte sie und strich ihr die kleinen Lockenbüschel aus den Augen. »Wir müssen tapfer sein«, sagte ich zu ihr, als ich ihr die Haube über den Kopf zog.

Sie vertraute mir vollkommen; ihr Vertrauen brach mir fast das Herz. Ich führte sie durch den Raum und öffnete langsam die große Eichentür. Ich war erleichtert, daß der Lakai weiterschlummerte. Unsere Schritte waren nichts verglichen mit dem Aufruhr draußen.

In dem Moment, als ich die Tür hinter uns schloß, schlug mir die Realität des Kampfes entgegen. Schwefelgeruch lag schwer in der Luft. Kartätschenschüsse durchbrachen knallend die Morgenstille. Ich zog Hortense vorwärts. Zum Zögern war keine Zeit. Wir hatten gerade erst die Savane überquert, um an die Küste zu gelangen. Es hatte aufgehört zu regnen. Der Boden unter unseren Füßen war matschig. Ich wich den Schlammpfützen aus. Gerade als ich dachte, daß wir es unversehrt schaffen könnten, brach ein Kanonenfeuer aus, gefolgt von einem Schlammschauer zu unseren Füßen.

Der Tod, so nahe.

Es heißt, daß in solchen Augenblicken die Zeit stehenbleibt. Ich werde wohl nie vergessen, wie ich in diesem Moment Hortense ansah. Ich sah sie als Baby und auch als alte Frau. Dann brach der Bann, und ich ging weiter, langsam, als entstiege ich einem Traum, die Morgendämmerung wunderschön und klar vor uns. Plötzlich sah ich ein helles grünes Lichtband quer über dem Horizont. »Schau nur!« Doch genauso plötzlich war es wieder verschwunden.

In Shell Point wartete ein Mann in einem Ruderboot. Ich ließ

Hortense in seine großen Hände hinab. Als wir über das dunkle Wasser ruderten, wurde rings um uns her geschossen. Als wir das Schiff erreichten, kletterte der Mann mit Hortense unter dem Arm die Strickleiter hinauf.
Kanonen feuerten, als die Segel losgemacht wurden, doch bis dahin waren wir außer Reichweite, und ich war unter Deck, Hortense an mein klopfendes Herz gedrückt.
Ich spürte, wie die Segel Wind fingen, das Schiff schoß vorwärts. Der Lärm der Kanonen wurde schwächer. Irgendwoher von oben konnte ich einen Mann singen hören, betrunken und falsch: *Ah, ça ira, ça ira, ça ira …*

4

Bürgerin

Ich werde wieder mit meinem Sohn vereint

Freitag, 29. Oktober 1790 – Toulon

Wir sind angekommen. Wir sind wieder an Land. Dies schreibe ich an einem Tisch neben einem knisternden Feuer. Der Tisch kippt nicht, die Tinte wird nicht verschüttet ... und meine Hand, sie zittert nicht, mein Magen dreht sich nicht um.

Sieben Wochen lang seekrank! Wenn ich die Augen schließe, sehe ich selbst jetzt noch einen Berg Wasser dunkel über mir aufragen. Wer Atheist ist, war noch nie auf See.

Unsere Heimsuchungen sind trotzdem noch lange nicht vorüber. Unsere dürftige Bekleidung – für heiße Sommertage in Martinique, aber nicht für kühle Herbstabende in Frankreich geeignet – ist fleckig und zerrissen. Auch haben wir keinen Sou mehr für Brot und ein Bett. Glückerlicherweise konnte ich mir einen Betrag von Kommandant du Braye borgen, und dieses Geld, zusammen mit jenem, das uns freundlicherweise von Kapitän du Roure-Brison* geliehen wurde, wird uns in die Lage versetzen, die lange Reise nach Paris zu überstehen.

Wenigstens sind wir noch am Leben, rufe ich mir in Erinnerung. Zweimal gerieten wir in Brand, doppeltes Glück, sagen sie, Glück, daß wir gebrauchen konnten, denn es war eine stürmische Überfahrt. In der Straße von Gibraltar liefen wir auf Grund. Hätte nicht jeder an Bord – Hortense inbegriffen, die unbedingt

* Kapitän Scipion du Roure-Brison gehörte zur Crew der *Sensible,* des Schiffes, das Rose und Hortense nach Frankreich zurückbrachte. Einige Historiker sind der Meinung (trotz mangelnder Beweise), daß er ihr Liebhaber war.

»helfen« wollte – *mit aller Kraft* an einem Seil gezogen, um uns frei zu bekommen, wären wir sicherlich untergegangen. Ich habe immer noch Verbrennungen von dem Seil.
Ich werde nie wieder einen Fuß auf ein Segelschiff setzen.

30. Oktober

»Voilà, Madame«, sagte der Angestellte in der Poststation mit dem harten Akzent des Südens, als er mir die Fahrkarten für zwei Plätze in der Postkutsche nach Beaucaire reichte. Er trug Lederschoner über seinen Spitzenstulpen.
»Beaucaire? Aber wir wollen doch nach Paris ...«
»Weiter kann ich Sie nicht fahren lassen.« Er warf die Hände in die Luft. »Von dort ... wer weiß! Alles hat sich geändert! Alles ist ›verbessert‹ worden – die Maßeinheiten, die Strecken, die *Verfahren*. Ich weiß nicht einmal, in welchem Bezirk ich bin! Aber die Straße ist gut«, fügte er hinzu, als er meine Verwirrung bemerkte, »das heißt, wenn die Banditen Sie nicht erwischen.«
»Banditen!« stieß Hortense hervor und griff nach meiner Hand.
Nach dem Kauf der Fahrkarten konnte ich eine Schneiderei ausfindig machen, die rasch (und erschwinglich) Capes für uns anfertigen wollte. Auf dem Schiff hatte uns Kommandant du Braye freundlicherweise einige Wollsachen geliehen. Ich kann nicht sagen, daß ich unglücklich war, sie zurückgeben zu müssen – sie kratzten und rochen nach Fisch. Er bat mich eindringlich, mir eine Pistole leihen zu dürfen, für alle Fälle – »Sie reisen ohne den Schutz eines Mannes, Madame.«
Zunächst lehnte ich ab. Daraufhin erzählte er mir eine Geschichte, die ich lieber nicht gehört hätte, und ich nahm sein Angebot an.
»Machen Sie eine tiefe Innentasche«, wies ich die Näherin an. Für die Pistole.

Sonntag, 31. Oktober, am Tag vor Allerheiligen – Aix

Nach der Frühmesse – Gebete dafür, daß wir die Seereise überlebt hatten, Gebete dafür, daß wir die lange Reise, die noch vor uns liegt, überleben mögen – begleitete uns Kommandant du Braye zur Poststation. Ich war dankbar für unsere neuen Capes, denn sie verhüllten unsere fleckigen und zerlumpten Kleider.
Ich war nur kurz davor zu weinen, als ich Lebewohl sagte. Kommandant du Braye drückte mir einen Korb in die Hände: eine Flasche Wein, ein gebratenes Hähnchen, ein paar eingelegte Pflaumen, sechs hartgekochte Eier und einen zweipfündigen Laib Brot. »Hier in Toulon gebacken«, versicherte er mir, denn das Schiffsmehl war längst verdorben. Ich nahm seine Gabe nur widerstrebend an – wir schuldeten ihm schon genug.
Wir hatten das Glück, einen Platz mit dem Rücken zu den Pferden zu bekommen. Trotzdem wurden wir durchgeschüttelt. Kurz vor der zweiten Poststation wurde die Strecke ziemlich holprig, am Fuße so mancher Hügel mußten uns Postknechte hinüberhelfen. Einige Male fürchtete ich, wir würden umkippen. An einem Paß durch die Berge, nach der zweiten Station, wurden wir aufgefordert, zu Fuß zu gehen. Einer der Fahrgäste – ein junger Mann, der aus einem Flakon getrunken hatte – weigerte sich und feuerte zum Spaß seine Pistole ab, woraufhin die Pferde durchgingen und beinahe die Kutsche umwarfen, in der noch immer der junge Mann saß. Sobald sich die Pferde wieder beruhigt hatten, gerieten der junge Mann und der Kutscher heftig in Streit – der Kutscher bedrohte den Soldaten mit seiner Peitsche. Plötzlich brach der Soldat in Tränen aus und warf dem Kutscher die Arme um den Hals, entschuldigte sich vielmals dafür, einen Mitbürger beschimpft zu haben, und bot ihm seinen Flakon an.
»Warum umarmen sie sich jetzt?« flüsterte Hortense, als wir, die erschütterten Fahrgäste, wieder in die Kutsche kletterten.

Es war später Nachmittag, als wir endlich an der Poststation in Aix aussteigen durften. Wir werden unsere Reise im Morgengrauen fortsetzen. Dieses Gasthaus ist schmutzig, und die Mahlzeit aus halbrohen kleinen Drosseln war nicht nach unserem Geschmack. Hortense suchte, wie es ihr zur Gewohnheit geworden ist, die süßen Brötchen sorgfältig nach Insekten ab.

Montag, 1. November, Allerheiligen – Beaucaire

Zwischen Aix und Beaucaire kippten wir um. Nur kleine Verletzungen, aber ich bin erschöpft. Glücklicherweise ist hier unser Bettzeug sauber, und es scheint keine Flöhe zu geben. Wir teilen uns das Zimmer mit einem Uhrmacher und seiner Frau. Ich fürchte, daß es vielleicht zu Unschicklichkeiten kommt.

Freitag, 5. November – Montélimar

Wir sind schon seit drei Tagen auf einem Flußkahn. Er wird von drei friedfertigen Ochsen gezogen – Joseph, Jos und Jean hat Hortense sie getauft. Es ist ein gewöhnliches flaches Schiff, einem Floß ähnlich. In der Mitte ist ein Unterstand, unter dem das gesamte Gepäck, die Fracht und die Passagiere Schutz finden. Unter Deck ist so etwas Ähnliches wie ein Stall für die Ochsen (wir riechen es).

Es scheint mir eine vollkommen geruhsame, wenn auch langsame Art zu reisen zu sein, und ich beglückwünschte mich zu meiner Weisheit, als wir nach Pont Saint-Esprit kamen, wo der Fluß mit starkem Druck unter den Bögen einer Brücke hindurchfließt. Wir nahmen die Einladung des Schiffers an, an Land zu gehen und mit dem Ochsentreiber – einem zwölfjährigen Bauernjungen – zu laufen, bis die Brücke sicher durchfahren war. Ich machte mir sowohl um die Ochsen als auch um unseren Schiffer Sorgen, doch die Tiere schwammen ruhig unter den Bögen

durch, während der Schiffer zwischen den Hörnern des Leitochsen saß.
Doch dies war, wie ich mit Genugtuung sagen kann, bisher unsere einzige Aufregung. Hortense ist guter Laune – eine bessere Reisende als ihre Mutter, wie ich zugebe, die bei der geringsten Bewegung seekrank wird. Sie liebt den Kahn, denn sie darf herumlaufen und dem Ochsentreiber zurufen, der ihre Aufmerksamkeiten geduldig erträgt. Von Zeit zu Zeit versuche ich sie, um meiner Mitreisenden willen, zum Sitzen zu bewegen, und dann halte ich sie auf meinem Schoß fest und unterhalte sie mit Geschichten von ihrem großen Bruder Eugène, auf dessen Anblick wir beide immer sehnlicher warten.
»Und Vater«, fordert Hortense und zappelt schon wieder ungeduldig. »Erzähl mir Geschichten von meinem *Vater*!«
Alexandre … Ich seufze. Wo soll ich da anfangen?

Donnerstag, 11. November – Lyon

Wir konnten einen Platz (nur einen – Hortense wird auf meinem Schoß sitzen müssen) in einer Postkutsche, die in Richtung Paris fährt, ergattern – eine ziemlich ebene Straße, sagt man mir. In fünf Tagen dürften wir in Fontainebleau sein, wenn es das Wetter erlaubt. Und dann Paris! Und dann *Eugène*.

Freitag, 12. November – Mâcon

Ich schreibe dies im Bett, beim Schein eines schmutzigen Talglichts. Hortense liegt erschöpft neben mir und schnauft süß. Der Boden dieses Gasthauses ist übersät mit Flöhen, das Bettzeug feucht vom Schweiß anderer. Läuse halten mich wach, weil ich mich ständig wie ein Esel kratzen muß. Halte durch, halte durch, sage ich mir, zitternd vor Kälte, da ich mich ungern von fünf Sous für Kohlen trennen wollte.

15. November – Pont-sur-Yonne

Beim Essen heute abend wurde über Straßenräuber gleich südlich von Fointainebleau gesprochen. Im dortigen Wald sind schon vier Kutschen gestohlen worden. Ein paar von uns haben beschlossen, eine andere Strecke zu nehmen, durch Provins. Von dort, sagt man uns, können wir eine Postkutsche nach Paris nehmen. Ich habe einen Brief an Tante Désirée aufgegeben, in dem ich sie über die Änderung unserer Pläne informiere.

Eine Station nach Provins

Zwei Männer in unserer Kutsche, der eine Bauer, der andere Wundarzt, unterhalten sich über Politik. Sie reichen sich eine Zeitung hin und her. Von Zeit zu Zeit mischt sich eine Frau, eine Händlerin von Kerzen und Baumwollhauben, in ihr Gespräch ein, und eine lebhafte Diskussion folgt. Sie reden über die Nationalversammlung.

Ich höre zu und schweige, aber ich kann Hortense nicht in Schach halten. Sie platzte damit heraus, daß ihr Vater ein Deligierter ist, ein Vertreter des Adels.

»Spricht das Kind die Wahrheit?« fragte die Frau. Weil wir nicht so aussehen.

Ich nickte zu Hortenses Verteidigung.

»Es gibt keine Adligen mehr«, sagte der Wundarzt. Er ist ein zahnloser junger Mann mit einer behaarten Warze auf dem Kinn. Später, als wir an etwas vorbeikamen, das wie die ausgebrannten Ruinen eines gepflegten alten Landsitzes aussah, deutete er darauf.

»Das Haus eines Adligen. Vielleicht war es ja dein Haus?« Er lachte gehässig.

Am Zinnwaschbecken in der Poststation raunte ich Hortense gerade zu, daß sie nicht mit diesem Mann sprechen dürfe, als sein

Begleiter, der Bauer, zu uns trat. »Tu t'appelles Madame Beauharnais, n'est-ce pas?« Er fragte, ob mein Mann François hieße.
Es widerstrebte mir, zu antworten.
»Dann also Alexandre?« ließ er nicht locker.
Ich mußte die Antwort durch meine Augen verraten haben, denn der stämmige Mann stürzte sich auf mich. Er drehte sich zu den anderen um und rief: »Madame Beauharnais! La femme du député Alexandre Beauharnais!«
Sein Freund, der Wundarzt, und die Frau, die Haubenhändlerin, kamen herbei, und alle drei zeigten beträchtliche Freude über diese Neuigkeit. Der Wundarzt entschuldigte sich für sein rüdes Benehmen und bot mir seinen Apfelwein an. Ich nahm an, aber nicht ohne Verlegenheit. Offensichtlich hat es etwas Gutes, die Frau des Deputierten Alexandre Beauharnais zu sein, aber ich bin zu peinlich berührt, um nach dem Grund zu fragen.

17. November – Mormant

Morgen – Paris! Ich kann nicht schlafen.

Donnerstag, 18. November – Paris

Fannys Stadthaus in der Rue de Tournon muß dringend instand gesetzt werden. Ein Fenster im ersten Stock war verbrettert worden. Ich hielt nach einem Lebenszeichen Ausschau. Die einst elegante Gegend war totenstill. Eine klapprige Kutsche, gezogen von zwei nicht zusammenpassenden Gäulen, fuhr vorüber. Die Kutschenembleme waren überpinselt worden. Zerfetzte Bänder hingen an den ledernen Zugriemen.
Hortense zerrte an meiner Hand, zog mich zu den großen Holztüren, riß an der Klingelschnur. Bald darauf hörten wir, wie sich jemand am Schnappriegel zu schaffen machte, und eine der Türen schwang auf. Vor uns stand eine Frau, erlesen gekleidet in

eine grüne, mit mauvefarbenen und blauben Bändern geschmückte Ballrobe. Selbst ihr Haar war im alten Stil frisiert, kunstvoll aufgetürmt, gepudert und mit Blumen dekoriert. Aber der Sitz ihrer Frisur war leicht verrutscht: eine ausgediente Perücke, dachte ich. Hinter ihr, im Hof, stand eine zusammengebrochene Kutsche, der ein Rad fehlte.

»Kann ich Ihnen behilflich sein?« fragte sie. Sie sprach mit einem Akzent – einem deutschen Akzent, dachte ich.

»Ist Comtesse Fanny de Beauharnais zu Hause?« fragte ich, peinlich berüht wegen unserer zerfetzten Bekleidung.

»Wen darf ich melden?« Sie hatte eine musikalische Stimme.

»Ihre Nichte, Madame Rose de Beauharnais.«

»Und Hortense!« sagte mein Mädchen keck.

Plötzlich erschien von der gegenüberliegenden Hofseite eine rundliche Frau mit wilden weißen Haaren, das Gesicht mit Rouge überdeckt. Fanny!

»*Ortensia!* Mein Kind!« Fanny beugte sich hinunter, um Hortense ins Gesicht zu sehen. Hortense bot ihrer Patin die Hand. Fanny drückte einen lauten Kuß darauf, was einen hellen Rougefleck auf Hortenses Haut hinterließ.

Fanny umarmte mich auf italienische Art, sehr überschwenglich. Sie roch streng nach Rosenöl. »Das *kannst* du nicht sein«, sagte sie, als sie ins Haus vorausging. Ich bemerkte einen Hauch von Wein in ihrem Atem. »Vergib mir, Schatz, aber ich bin gerade erst von meiner Italienreise mit Michel zurückgekehrt.« Ihre Stimme hallte durch die halbleeren Räume. Vom Treppenhaus hörte ich ein Zischen. Ich schaute hinauf. Ein Mädchen von etwa acht oder neun, in einem weißen Baumwollkleid, stand auf dem Treppenabsatz. »Émilie!« Ich erkannte das Feengesicht wieder, die großen schwarzen Augen: Fannys Enkelin, Maries einziges Kind, das überlebt hatte. In den zweieinhalb Jahren, seit ich sie das letzte Mal gesehen hatte, war sie groß geworden mit langen Gliedmaßen. Sie machte eine Geste zu Hortense.

»Erinnerst du dich noch an deine Cousine Émilie?« sagte ich. Hortense zögerte nur einen Augenblick und rannte dann die Treppe hinauf.
Ich folgte Fanny durch eine Schwingtür in die Küche. Dort saßen ein Mann und eine Frau an einem bemalten Tisch. Die Haare des Mannes waren kurz und ungepudert, und er trug einen Bauernkittel.
»Rose!« Eine Frau in Männerkleidung stand auf, um mich zu begrüßen, die gelösten Locken zwanglos nach hinten in eine Leinenhaube gesteckt. Verblüfft erkannte ich Marie, Émilies Mutter – die furchtsame, zimperliche, schüchterne Marie. Aber irgend etwas hatte sich verändert, denn die Frau, die ich vor mir sah, war unerschrocken und gewiß nicht *zimperlich*.
»Na so was – das ist doch Alexandres Frau!« rief der Mann aus. Er hatte wulstige Lippen, und seine Stimme dröhnte laut – erstaunlich für einen Mann von so kleinem Wuchs. Michel de Cubières, der Dichter. Ich hatte ihn vor Jahren bei einem von Fannys Empfängen kennengelernt. Er goß Rotwein aus der Flasche, die mitten auf dem Tisch stand, in ein Glas. Auf der Anrichte standen aufgereiht drei leere Weinflaschen.
Fanny reichte mir das Glas. »Oh, Rose, du hast die prächtigsten Feste versäumt.«
»Die prächtigste Revolution!« rief Michel und schlug mit der Faust auf die blanke Tischplatte.
»Werde ich denn nicht vorgestellt?« fragte die aristokratische Frau von der Tür.
»Prinzessin Amalia, Madame Beauharnais; Rose, Prinzessin Amalia.« Marie brach ein Stück von einem Baguette ab, das auf einem Holzteller lag. »Komm, Rose, iß. Wir genießen den freien Tag der Dienstboten.«
Alle lachten, als wäre dies ein Witz.
»Aber Prinzessin Amalia ist doch jetzt meine Dienerin«, protestierte Fanny.

Prinzessin Amalia! Die Frau mit der Perücke machte einen vollendeten Hofknicks. Ich kam mir vor, als wäre ich mitten in einer Komödie auf eine Bühne getreten und könnte den Text nicht.
»Ich bin richtig *vornehm* geworden«, sagte Fanny mit Bühnenflüsterstimme. »Prinzessin Amalia von Hohenzollern-Sigmaringen ist nun meine Küchenhilfe.«
»Und *wir* helfen, den Weinkeller zu putzen«, sagte Marie mit glänzenden Augen.
Michel de Cubières hob das Glas. »Auf den Hausputz!«
Fanny zog einen Stuhl für mich heran, damit ich mich setzen konnte.
Ich wich zurück. »Ich muß gehen«, stammelte ich, »zum Collège d'Harcourt. Ich möchte gerne Eugène sehen.«
»Collège d'Harcourt?« fragte Prinzessin Amalia.
»Aber, Rose, Schatz,« stammelte Fanny, »du ...«
»Gibt es ... gibt es da ein Problem?« Auf einmal hatte ich Angst.
Michel brach in Gelächter aus. »Ich schlage vor, daß eine von euch Damen Madame Beauharnais einen Spiegel reicht.«

Wie schwindelerregend, sauber zu sein.
Wie bestürzend, satt zu sein. Ich habe mich an den Hunger gewöhnt.
Nach einer Mahlzeit aus Sahnekäse und Brot und nach dem Wechsel in saubere Unterwäsche (von Marie zur Verfügung gestellt) und in ein Straßenkleid (von Fanny zur Verfügung gestellt) komme ich mir wieder wie neu vor.
Wie neu, aber noch längst nicht erholt, sollte ich vielleicht hinzufügen, denn bei jedem meiner Schritte (selbst in die Toilette) folgte mir Marie, die sich aufgerufen fühlte, minuziös über jedes politische Ereignis in den vergangenen sechshundert Tagen zu berichten, aber auch Fanny, die ihre Tochter ständig unterbrach, um mir minuziös über ihre kürzliche Italienreise zu berichten.

Schließlich blieb mir nichts anderes übrig, als sie zu unterbrechen. »Ich muß gehen«, sagte ich.
Es war noch nicht drei Uhr nachmittags. Es war noch Zeit.

Das Collège d'Harcourt ist eine große Einrichtung. Aristokratisch, militaristisch: Am Tor stand ein Wachposten. Jeder trug Uniform.
Ich schlenderte in den Haupthof und sah jedem Jungen ins Gesicht. Ich fürchtete, daß ich Eugène nicht wiedererkennen, fürchtete, daß er mich nicht wiedererkennen würde. Er war jetzt neun. Als ich ihn das letzte Mal sah, war er erst sechs gewesen.
Ich klopfte an die Tür zum Dienstzimmer. Ich wurde dem Schulleiter, Monsieur de Saint-Hilaire, vorgestellt, ein beleibter Mann in einem leuchtend roten Frackrock. Ich erklärte, wer ich war und warum ich da war. Monsieur de Saint-Hilaire verbeugte sich und bot mir einen Stuhl an, doch ich lehnte ab. »Ich habe meinen Sohn seit zweieinhalb Jahren nicht mehr gesehen, Monsieur.«
Nachdem er den Unterricht erwähnt hatte, der offensichtlich schon längst hätte beendet sein müssen, befahl er einem mageren Jungen mit Furunkeln im Gesicht, mich zum Arbeitsraum zu begleiten. Ich folgte dem Jungen durch mehrere Korridore zu einem Raum, in dem sich nur drei Schülern befanden. In der hintersten Ecke saß Eugène, niedergeschlagen über eine Tafel gebeugt. Er wirkte älter, als ich ihn mir vorgestellt hatte.
Ich gab meinem Führer einen Sou, und er lief davon. In diesem Augenblick schaute Eugène auf, die lockigen Haare fielen ihm über die Stirn. Er sah mich kurz an und machte sich mit resignierter Miene wieder an seine Arbeit. Ich war völlig verwirrt, weil mir kein mütterliches Gefühl zu Hilfe kam.
Ich trat wieder auf den Korridor hinaus, außer Sichtweite, und lehnte mich an die Wand. Ich war außer Atem und plötzlich unsicher. Nichts hatte mich darauf vorbereitet – auf diese Gleichgültigkeit meinerseits, diese mangelnde Liebe. Wieder spürte ich

die Tränen kommen, aber dieses Mal waren es Tränen der Bestürzung.
Ich beschloß, allem zu vertrauen, was die Vorsehung für mich bereithielt. Ich ging noch einmal zur Tür. Dieses Mal rief ich Eugène an, leise. Er blickte auf, erhob sich und kam mit fragendem Blick zur Tür. Ich entdeckte einen Moment des Wiedererkennens in seinem Gesicht – aber er war unsicher, seiner jungen Erinnerungen unsicher. Ich streckte ihm die Hand entgegen. »*Ich* bin es«, flüsterte ich und führte ihn in den Korridor hinaus, außer Sichtweite der anderen Schüler, die uns beobachteten. »Maman.«
Er wußte nicht, was er sagen sollte. Ich beugte mich hinunter, damit ich sein Gesicht besser sehen konnte. »Hast du den Kricketkorb bekommen, den ich dir geschickt habe – zu deinem Geburtstag?«
Eugène blickte auf den Fliesenboden und schob die Stiefelspitze in einen Riß. Ich legte ihm eine Hand auf die Schulter. In diesem Augenblick, als ich die Zerbrechlichkeit seiner knochigen Schulter spürte, überfiel mich die Erinnerung an ihn mit Macht. »Oh, mein Junge«, flüsterte ich. Ich nahm ihn in die Arme, und er klammerte sich an mich, als wollte er mich nie mehr loslassen.

Nach und nach rückten die Bruchstücke an die richtige Stelle, fügten sich die einzelnen Teile zu einem Ganzen zusammen. Ich, mein Junge, mein Mädchen.
Als ich wieder bei Fanny eintraf, saßen wir drei in dem großen leeren Salon auf dem großen leeren Sofa, ein rührendes Häufchen unten an dem einen Ende, das sich kleine Geschichten erzählte, scheu, sich aufs neue kennenlernen mußte.
Bei Einbruch der Dunkelheit schüttelte ich das große Federbett über ihnen aus und sang ihnen vor, ein Kinderlied nach dem anderen. Ich küßte sie einmal und noch einmal – und dann wieder und wieder. Wie kann man je davon genug bekommen?
Es ist schon spät, während ich schreibe. Die Nacht ist klar; die

Straßenlaternen funkeln wie Diamanten in der Dunkelheit. Von irgendwoher höre ich den lieblichen Klang einer provenzalischen Flöte, die sich mit einer Violine und einem Cello vereinigt. Der Feuerschein berührt die Gesichter meiner schlafenden Kinder. Eine Kirchenglocke läutet, Paris schläft. Doch bevor ich die Kerze ausblase, gelobe ich, mich daran zu erinnern, an diese Nacht, mich zu erinnern, daß gleich, was das Leben auch bereithält, wirklich nur eines zählt, diese Überfülle des Herzens.

Ich entdecke, daß mein Mann sich verändert hat

Montag, 22. November 1790

Fanny hat Karten für die Nationalversammlung und besteht darauf, daß ich hingehe. »Erleben, wie die Versammlung das Theater ersetzt hat«, sagte sie. Sie trug ein keckes Ensemble ganz in Rot, Weiß und Blau gehalten. »Meine Revolutionsgarderobe.« Offensichtlich ist die Revolution heute der Stil in Modekreisen. »Reizend, findest du nicht?« Sie drehte eine unbeholfene Pirouette. Selbst ihre Handschuhe paßten dazu. »Und außerdem, Rose, wird es Zeit, daß du deinen Mann siehst.«

Es war ein wundervoller Morgen, kalt, aber strahlend. Wir mieteten einen Fiaker, der uns zum Fluß und auf die andere Seite zu den Tuilerien bringen sollte. Die Versammlung traf sich in der ehemaligen Palastreitschule neben der Gartenanlage des Klosters Feuillants. Überall waren Deputierte in Schwarz. Die Gärten waren voll von Verkäufern, die Pamphlete und Zeitungen feilboten, von schreienden Limonadehändlern. »Frisch gemacht!« Leute aller Schichten drängelten, um eingelassen zu werden.

Drinnen, über dem Saal der Versammlung, gab es Galerien für die Öffentlichkeit. Fanny wählte eine Bank, die sauberer als die anderen war, und breitete ein Tuch für uns aus, auf das wir uns setzten. Ich bemerkte eine Reihe eleganter Frauen, die wie für einen Nachmittagsbummel im Bois de Boulogne gekleidet waren. Dazwischen saßen Männer und Frauen – hauptsächlich Frauen – der dienenden Klasse, sogar Marktfrauen.

Ich suchte die Gesichter der Deputierten unter uns ab.
»Er ist noch nicht da«, sagte Fanny als Antwort auf meine Gedanken.
Ein Delegierter stand auf und schritt mit respekteinflößender Miene zur Stirnseite des Saales. Eine Frau hinter uns fluchte. Ich muß zusammengezuckt sein, denn Fanny beugte sich zu mir und flüsterte: »Du hättest letztes Jahr hier sein sollen – da wäre sie mit einem Spieß bewaffnet gewesen.« Sie deutete auf einen Mann am anderen Ende des Saales. »Siehst du Robespierre? Das ist der mit der gepuderten Perücke.«
»Der kleine Aristokrat?« Der Mann, den ich sah, trug einen blaßgrünen Frackrock und eine weiße Halsbinde aus Spitze. Er saß sehr still, die Hände im Schoß gefaltet, da und beobachtete alle.
Verächtlich ließ Fanny ihren Fächer zuschnappen. »Er hätte Priester werden sollen.«
Plötzlich wurde stürmisch Beifall geklatscht. Ich beugte mich vor, um erkennen zu können, was den Aufruhr ausgelöst hatte. Fanny deutete auf einen Mann, der gerade eingetreten war.
»Der Bauer?« fragte ich. Er war mager und mit einer groben Leinentunika und Holzschuhen bekleidet.
»Das ist der Deputierte Luzerne. Sie klatschten, weil er wie ein Bauer gekleidet kam. Da ist François! In der vierten Reihe. Er trägt eine dieser schreckliche Schweineschwanzperücken und einen Kastorhut. Kannst du ihn sehen?«
Ich machte François an der großen weißen Feder und seinem runden Filzhut aus.
Aber wo war Alexandre?
Fanny stupste mich in die Rippen, nickte zum Eingang am anderen Ende hinüber. Ein Mann stand in einer der Türen, die langen Haare lockig um die Schultern fallend. Er war mit einem schwarzen Frackrock und Nankinghosen bekleidet. Es war Alexandre.

»Hören Sie auf, mich anzuschauen«, protestierte ich.
»Du hast ihn immer noch gern. Gib's zu.«
»Sie fabulieren.« Wenn Fanny in meinem Gesicht Liebe sehen wollte, würde sie nichts davon abhalten.
Glücklicherweise wurde Fannys Aufmerksamkeit durch aufgeregtes Schreien aus dem Saal abgelenkt. Zwei Männer hatten sich erhoben und brüllten ziemlich heftig einen anderen Deputierten an. Schließlich war die Ordnung wieder hergestellt – doch nur mit Mühe.
Fanny erklärte: »Einige Deputierte, darunter dein Mann, schlagen vor, daß die Geistlichen zu gewählten Beamten, Regierungsangestellten werden. Das Thema bringt sie schön in Rage, findest du nicht auch?«
»Die Geistlichen – *gewählt*? Aber der Papst würde einem solchen Vorschlag doch niemals zustimmen«, sagte ich erschüttert über den Gedanken.
»Wer fragt denn den Papst?« fauchte Fanny.
Sprecher dafür und dagegen wechselten sich ab. Alexandre war der sechste, der zum Podium ging. Er drückte sich äußerst überzeugend aus. Frankreich stünde vor dem finanziellen Ruin, begann er. Die Armen verhungerten, doch der Klerus fröne weiterhin einem maßlosen Lebensstil auf Kosten des Volkes, frei von Besteuerung, frei von jeglicher Untertanenpflicht gegenüber dem Staat. Der Adel hätte seine besonderen Privilegien aufgegeben. Daher müßte der Klerus im Gegenzug ...
Dann sprach Alexandres Bruder François, dagegen. Er war nicht so eloquent wie Alexandre. Seine Stimme trug nicht, und er war schwer zu verstehen. Trotzdem stellte ich zu meiner Verwirrung fest, daß ich seine Meinung ebenfalls verstehen konnte. Er machte geltend, daß solche Konzepte im Prinzip Hand und Fuß hätten, daß die vorgeschlagene Lösung jedoch in der Praxis undenkbar wäre. Man könnte von Männern Gottes nicht erwarten, daß sie ihre Untertanenpflicht gegenüber der Kirche aufgäben.

Von da an uferte die Debatte aus, wobei beide Seiten lautstark wurden. Die Frau, die hinter uns saß, fing erneut zu fluchen an. Schließlich wurde die Debatte beendet, doch ohne daß ein Beschluß gefaßt wurde.

»Es ist dieses System des Zehnten, das die Kirche in so große Schwierigkeiten bringt«, ereiferte sich Fanny, als wir hinausgingen. »Wenn der Klerus nur ein wenig Selbstbeschränkung üben würde – aber nein, sie müssen ja wie die Könige leben. Und auf wessen Kosten, frage ich dich? Und all diese trübsinnigen Umzüge! Warum müssen sie denn *jeden* Sonntag die Straßen verstopfen? Reichen die Feiertage denn nicht?«

»Ich wäre nur sehr ungerne bei dem Familientreffen dabei, wenn dieses Thema zur Sprache kommt«, sagte ich und dachte an Tante Désirée, die so fromm war, und an den Marquis, der Loyalität verlangte, aus welchem Grund auch immer.

Wir folgten der Menge in eine riesige Haupthalle. Alexandre stand bei einer Gruppe von Deputierten. Er blickte auf und wandte sich wieder der Diskussion zu. »Er erkennt dich nicht.« Bevor ich sie aufhalten konnte, drängte sich Fanny in die Gruppe.

Alexandre wandte sich mit einem seltsamen Blick zu mir um. Er riß sich los und stand mit zwei Schritten vor mir. »Madame Beauharnais«, sagte er, »welch Überraschung. Ich habe erst heute morgen erfahren, daß Sie zurück sind.« Er wischte sich die blonden Haare aus den Augen. »Ich fürchtete allmählich, Sie würden nie zurückkommen. Ist Hortense bei Ihnen?«

»Sie kann es kaum erwarten, Sie zu sehen«, sagte ich. Ich zog mein Schultertuch aus Gaze zurecht; Maries Kleid war mir zu klein. »Meiner Meinung nach haben Sie eine ausgezeichnete Rede gehalten.«

Alexandre schaute kurz zur Eingangshalle hinüber, wo zwei Männer, Deputierte, versuchten, seine Aufmerksamkeit zu erregen. Er sah mich mit einem entschuldigenden Achselzucken an. »Es tut mir leid, aber ich muß gehen. Sind Sie bei Fanny?«

»Noch für eine Woche. Ich hatte Mühe, in der Postkutsche nach Fontainebleau Plätze zu erhalten. Ich würde gerne Eugène mitnehmen, für die Ferien, wenn, das heißt ...«
Wir wurden von einem dicken, kleinen Mann in einer weißen Weste aus Barchent unterbrochen.
»Deputierter Dunnkirk – Sie sind *genau* der Mann, den ich sehen muß«, sagte Alexandre. »Ich würde Ihnen gerne meine Frau vorstellen, Madame Beauharnais.«
»Ihre *Frau*!« Der Mann packte und umarmte mich auf diese kameradschaftliche Art, die in Frankreich üblich geworden zu sein schien.
»Deputierter Dunnkirk ist *Bankier* – seien Sie nett zu ihm«, zwinkerte Alexandre.
»Die Damen sind alle *so* nett zu mir«, sagte der kleine Mann betrübt.
Alexandre nahm meine Hand. »Heute abend? Sie werden zu Hause sein?« Er verschwand in der Menge.
»Ich wußte gar nicht, daß der Deputierte Beauharnais verheiratet ist.« Der Deputierte Dunnkirk nieste in ein gewaltiges Leinentaschentuch.
»Da bist du ja, Schatz!« Fanny drückte ihr dick bemaltes Gesicht zwischen uns. »Ich wußte gar nicht, daß du Emmery kennst.«
»Deputierter Dunnkirk, vergeben Sie mir, wenn ich zerstreut wirkte«, sagte ich. »Ich bin erst seit ein paar Tagen in Paris, und alles ist einfach so ...«
»Das kann man wohl sagen. Wir sind alle verwirrt. Ich bezweifele sehr, daß wir uns jemals davon erholen werden.«
Fanny lachte zu laut. »Mein lieber, lieber Emmery. Warum sehe ich Sie nie?«
»Sie waren in Rom mit diesem wilden Mann. Auf einer Propagandareise, wie ich hörte, und haben zu den unaufgeklärten Massen gepredigt ...«
»Ich beginne wieder mit meinen Abenden, am kommenden

Montag«, sagte Fanny. »Ich werde einfach *sterben* vor Kummer, wenn ich Sie dort nicht sehe.«
Ich sah sie an. »Montag!« Das waren ja nur noch vier Tage.
»Aber Sie haben ja nicht einmal eine Köchin«, rief ich, als wir draußen auf unseren Fiaker warteten.
»*Mon Dieu!* Das hatte ich ganz vergessen!« sagte Fanny und befächelte sich heftig trotz der Kälte.

Am selben Abend

Ich verbrachte den größten Teil des Nachmittags damit, mich auf Alexandres Besuch vorzubereiten. Ich badete, fand ein passendes Kleid, diesmal eine Leihgabe von Prinzessin Amalia, eine ihrer weniger formellen Kreationen – eine grünlich blaue Seide mit elfenbeinfarbenen Bändern und Spitze, ganz modisch. Hortense probierte alle Großmädchenkleider von Émilie an und entschied sich schließlich für eines in einem scheußlichen Rosa. Es ist ihr viel zu groß, aber sie läßt sich zu nichts anderem überreden, schon gar nicht, nachdem Eugène ihr sagte, sie sähe »wunderschön« darin aus.
Alexandre traf nach dem Abendessen ein. Stolz bewies Eugène seine guten Umgangsformen – führte seinen Vater zu einem Sessel im Salon, bestellte Erfrischungen. Hortense wollte nicht von meiner Seite weichen, klammerte sich an mich – ihre Augen ließen das Gesicht dieses fremden Mannes, ihres Vaters, nicht los. Sie wollte nicht zulassen, daß er sich ihr näherte.
»Sie wird darüber hinwegkommen«, versicherte ich ihm, nachdem die Kinder zu Bett gebracht worden waren. Ich klang zuversichtlicher, als ich mich fühlte, denn in Wahrheit war es schwer, Hortenses Reaktionen vorauszusehen. »Du wirst mit Freuden entdecken, daß sie recht intelligent ist«, sagte ich zu ihm, »und eine Reihe bemerkenswerter Fähigkeiten besitzt.«
»Ich wünschte, ich könnte das auch von unserem Sohn sagen.«

Alexandre stand vor dem Kaminfeuer und wärmte sich die Hände.
»Vielleicht schlägt Eugène, was die Schule anbelangt, nach mir.«
Ich starrte in die Flammen, die Hitze wärmte mir das Gesicht.
»Er hat sicherlich dein Naturell.« Er räusperte sich. »Freundlich, großzügig ...« Er musterte mich einen Augenblick. »Bezaubernd. Diese Farbe steht dir sehr gut, Rose.«
Ich errötete.
»Denkst du überhaupt noch an mich?« fragte er.
»Ich denke oft an dich.«
»Sind es *freundliche* Gedanken?«
Wie ehrlich wollte ich sein? »Es ist nicht schwer, dich zu mögen, Alexandre.«
»Das klingt so einfach.«
»Ist das ein Fehler?«
»Ich möchte, daß du weißt, daß ich mich verändert habe. Ich habe das Gefühl, aus einem lähmenden Schlummer erwacht zu sein. Ich bin fest entschlossen, die Torheit der Jugend hinter mir zu lassen.«
Wir unterhielten uns einige Zeit über die Veränderungen in seinem Leben – seine Gesundheit, die Nachwirkungen des Fiebers, unter dem er in Martinique gelitten und das ein militärisches Leben unmöglich gemacht hatte. Eine politische Laufbahn war seine einzige Alternative. »Zufall«, sagte er, denn die Politik war seine Leidenschaft geworden. »Ich würde dir gerne mehr erzählen«, sagte er und zog eine Uhr hervor, »aber ich habe dem Duc d'Orléans versprochen, ihm bei der Vorbereitung einer Petition zu helfen. Oh, beinahe hätte ich es vergessen. Ich habe etwas für dich.« Er griff in seine Westentasche und zog einen Umschlag heraus.
»Ist er von *Mutter*?« Ich erkannte die Handschrift.
»Offensichtlich wurde er zu Ihrer alten Unterkunft in der Rue Neuve-Saint-Charles befördert.«

Ich erbrach das Siegel, überflog den Inhalt. Onkel Tascher war in Sicherheit. Vater, Manette waren am Leben.
»Schlechte Nachrichten?« fragte Alexandre beunruhigt durch meine Tränen.
»Nein, ja.«
»Gute Nachrichten?«
Ich lachte und reichte ihm den Brief zum Lesen. »Ich soll mich vor dir in acht nehmen«, erklärte ich.
»Vor mir?«
»Es sei denn, natürlich, es wäre mir gelungen, dich zu bessern.«

23. September im Jahre unseres Herrn 1790 – Trois-Ilets

Liebe Rose,
ich vertraue darauf, daß meine Gebete erhört wurden und daß Du und Hortense Eure Reise unversehrt beendet habt. Dein Vater und Deine Schwester werden immer schwächer, trotz meiner Gebete.
Dein Onkel Tascher wurde kurz nach Deiner Abreise freigelassen, und mit der Zeit wurden die Rebellen überwältigt. Die Unruhen gehen trotzdem weiter. Ich mußte Maßnahmen ergreifen, um die Disziplin unter den Sklaven zu gewährleisten.
Die Regierung in Frankreich ist gottlos. Ich habe Grund zu der Annahme, daß der Vater Deiner Kinder möglicherweise auf ihrer Seite steht. Es ist die Pflicht einer Mutter, dazu beizutragen, daß das, was von Gott kommt, das bezwingt, was nur das Werk des Teufels sein kann. Rose, bete für Alexandres Seelenrettung.
Es wird immer öfter von Krieg gesprochen. Es kann einige Zeit dauern, bis ich Dir wieder schreiben kann. Die Engländer blockieren immer noch den Hafen. Nur durch Schmuggler und den Willen Gottes war es mir möglich, Dir diesen Brief zukommen zu lassen, falls Du ihn erhältst.
Deine Mutter, Madame Claire de Tascher de la Pagerie

Mittwoch, 24. November

Jeder ist herangezogen worden, Fanny bei den Vorbereitungen für ihren Empfang zu helfen. Prinzessin Amalias Bruder Frédéric – *Prinz* von Salm-Kyrburg – und ich wurden gebeten, die Einladungskarten für den zwanglosen Empfang zu schreiben. Er ist ein reizender Mann, ziemlich klein und gänzlich ohne Kinn. Er tue es liebend gerne, vertraute er mir an. Er und seine Schwester haben gerade ein Stadthaus in der Rue de Lille gebaut – Hôtel de Salm heißt es.* Mit seinem drolligen deutschen Akzent beschwerte er sich, daß es dort nach Gips röche, daß ihn seine Schwester ewig in Gespräche über Wandbespannungen verwickelt, und daß er jede Ausrede, das Haus verlassen zu können, begrüßt. »Wer will schon den ganzen Tag mit Dienstboten zu Hause bleiben, die dich hinter deinem Rücken auslachen?« sagte er.
»Wenigstens *haben* Sie Dienstboten«, mischte sich Fanny ein. Sie war mit Mehl bestäubt und wirkte etwas beschwipst. Sie war den ganzen Morgen mit Jacques, ihrem Faktotum, in der Küche gewesen, um ihm das Kochen beizubringen, eine Beschäftigung, für die er Begeisterung, wenn nicht gar Talent entwickelte. Ich hatte sie in Verdacht, am Kochwein genippt zu haben.
»Sie meinen wohl *Gebieter*«, sagte Frédéric, seiner Leidenschaft für das Paradoxe frönend.

27. November

Fannys Abend ließ sich gut an, trotz vieler Katastrophen: die Gans war zu lange gebraten, der Kuchen fiel in sich zusammen, und ein Vorhang im Salon fing Feuer.
Es kamen eine ganze Menge Leute, und die Mischung war belebend. Royalisten unterhielten sich mit Radikalen, Künstler mit

* Heute der Palast der Ehrenlegion.

Bankiers. Zahlreiche Gäste waren Deputierte aus der Nationalversammlung. Als Alexandres Frau wurde ich hochgeschätzt. Ein Deputierter vermutete sogar, daß ich eine einflußreiche Position innehätte, und fragte an, ob ich mit Alexandre über eine bestimmte Angelegenheit sprechen würde.

Ich war beieindruckt davon, wie sich die Dinge verändert hatten. Wo früher die Leute mit ihrer Eleganz protzten, prahlten sie heute mit ihrer Sparsamkeit. Wo wir uns früher mit Reimspielen und Charaden unterhielten, vergnügten sich nun die Leute bei Gesprächen über Politik ... und natürlich darüber, was heute »Nationalökonomie« genannt wird: Sozialprodukt, Inflation, Staatsverschuldung. (Es hat den Anschein, als verfasse jeder einen Finanzierungsplan, um Frankreich zu retten.)

Es waren ein paar Dichter anwesend, glücklicherweise wurden einige von ihnen dazu überredet, aus ihren jüngsten Werken vorzutragen – die sie natürlich nur rein zufällig dabeihatten. Fanny bewegte mich sogar dazu, auf ihrer Harfe zu spielen, was ich ziemlich schlecht tat, wie ich zugebe – ich habe schon eine ganze Weile nicht mehr geübt.

Trotzdem war der Deputierte Emmery Dunnkirk, der Bankier, mit dem mich Alexandre bei der Versammlung bekannt gemacht hatte, überschwenglich in seinem Lob (zwischen seinen explosiven Niesern). Wir unterhielten uns eine Weile. Er meint, daß er vielleicht, trotz der englischen Blockade, mit Mutter Kontakt aufnehmen kann – auf jeden Fall wird er es versuchen. Er hat Kunden, die mit den Inseln zu tun haben, daher ist er mit den Problemen vertraut.

Alexandre erschien erst nach dem Abendessen. Er gesellte sich im Salon zu mir. »Dein heutiger Artikel im *Moniteur* hat mich beeindruckt«, sagte ich zu ihm. Es war eine lange Abhandlung über die dringende Notwendigkeit besserer Hospitäler.

Alexandre wollte gerade etwas sagen, als sich ein Mann mit einem gewaltigen Schnurrbart zu uns gesellte, ein Deputierter

aus Poitou. »Deputierter Beauharnais, Sie Teufel, Sie haben mir nie verraten, daß Sie eine so schöne Frau haben!«
»Rose – ich muß schon sagen, daß du einen ziemlichen Eindruck auf alle meine Gefährten gemacht hast«, sagte Alexandre.« Wo ich auch hinkomme ...«
»Alexandre, ich wußte gar nicht, daß du eingetrofffen bist!« unterbrach ihn seine Cousine Marie. Sie trug über dem gesamten Mieder rotblaue Kokarden, die Abzeichen eines Revolutionärs.
»Deputierter Beauharnais, wie reizend, Sie zu sehen!« Prinzessin Amalia schloß sich an. Ihre Haare waren in altem Stil frisiert, hoch aufgetürmt und stark gepudert. Überall waren Seidenbänder und Federn hineingesteckt.
»Gibt es denn Friseure, die immer noch wissen, wie man die Haare so frisiert?« fragte der Deputierte aus Poitou.
»Leider! Das Mehl ist knapp, und *sie* schüttet sich das Zeug auf die Haare«, sagte Marie.
Prinz Frédéric, der mithörte, wollte gerade etwas zur Verteidigung seiner Schwester sagen, als der Deputierte Dunnkirk und ein anderer Deputierter, Monsieur Lyautey, zu uns traten und sich das Gespräch der neuen Bodensteuer zuwandte.
Alexandre und Frédéric entschuldigten sich – sie kamen zu spät zur Sitzung eines Debattierclubs*, »gegründet unter der Schirmherrschaft der Tugenden«, sagte Alexandre, als er seinen Hut aufsetzte. »Werde ich dich und die Kinder in Fontainebleau sehen? Während der Ferien?«
»Es wird mir ein Vergnügen sein.«
Er nahm meine Hand und küßte sie mit einem zarten Anflug von Gefühl. »Das *Vergnügen* ist ganz meinerseits.«

* »Die Freunde der Verfassung« – früher der Bretonische Club und bald bekannt als der radikale und mächtige Jakobinerklub. Im Interesse der Klarheit sind alle Erwähnungen in »Jakobinerklub« umgewandelt worden.

Ich erleide einen großen Verlust

Mittwoch, 1. Dezember 1790

Fontainebleau ist eine Geisterstadt. Die Palastgärten sind verwildert, das lange Gras wuchert zügellos. Zigeuner zelten dort.
Trotz allem war es ein freudiges Wiedersehen: der Marquis stammelte, Tante Désirée weinte. Wie Hortense doch gewachsen wäre, riefen sie, und verwöhnten sie mit einer Vielzahl von Küssen.
Der Marquis ist gebrechlich, wie man es von einem Sechsundsiebzigjährigen erwartet. Es ist wirklich ein Segen, daß er noch unter uns weilt. Ich war erleichtert, Tante Désirée körperlich und geistig bei Kräften anzutreffen. Ihr Haus zeigt Spuren von Verwahrlosung – es ist nicht zu übersehen, daß sie mit sehr wenig auskommen müssen.
Es dauerte nicht lange, bis Tante Désirée auf Alexandre zu sprechen kam. Sie hat alle Zeitungsartikel über ihn ausgeschnitten und in ein großes Buch geklebt, das sie stolz und ehrfürchtig die Seiten umblätternd vorzeigt.
Sie sagte nicht, was sie von seinen Ansichten hielt. Ich frage mich, ob sie über solche Dinge überhaupt nachdenkt. Aber muß sie das denn nicht? Alexandre unterstützt den Verzicht auf die Feudalrechte – schon dies allein hat den Marquis eine Menge gekostet. Und nun unterstützt Alexandre die Umwandlung der Kirche in eine staatliche Institution. Verstand Tante Désirée denn nicht, was das bedeuten konnte? »Schau dir den an«, sagte sie. »Sein Name wird fünfmal erwähnt.« »Es ist wunderbar«, sagte ich, während ich die Seiten umblätterte.

Am nächsten Tag

Tante Désirée und ich hatten heute morgen ein Gespräch – über Finanzen. Es war nicht mehr aufzuschieben. Wir mußten entscheiden, was mit Adélaïde d'Antigny geschehen sollte, Alexandres sechsjähriger unehelicher Tochter, für die wir beide sorgen. Es ist schon schwer genug, für uns selbst zu sorgen. Trotzdem kann ich nicht damit einverstanden sein, den Unterhalt für das Mädchen ganz zu streichen. Tante Désirée drängte mich, strenger mit Alexandre zu sein. Ich mache es ihm zu einfach. »Wenn du mehr fordern würdest, würde er vielleicht den Vorteil einer Versöhnung einsehen.«

»Vielleicht möchte ich ja gar keine Versöhnung.« Ich wandte meine Aufmerksamkeit der Näharbeit zu.

»Aber du hast ihn doch gern.«

»Wie viele andere Frauen auch.« Alexandres »Erfolge« waren legendär.

Tante Désirée räusperte sich. Einen Augenblick herrschte Schweigen. »Du ziehst es doch sicher nicht vor, allein zu bleiben.«

»Ich habe wohl keine andere Wahl.«

Tante Désirée legte ihre Spitzenarbeit nieder. »Rose – da ist etwas, was du wissen solltest«, begann sie, als wollte sie gleich ein Geheimnis preisgeben. »Eine kluge Frau läßt nicht zu, daß die ›Vergnügungen‹ ihres Ehemannes sie beunruhigen, eine kluge Frau schließt die Augen. Dadurch, daß sie ihrem Ehemann seine Freiheit läßt, beherrscht sie ihn!«

Ich gestehe, daß ich keine Antwort darauf wußte. Ich kannte meine Tante Désirée als eine Frau, die in der Kunst, ihren Willen durchzusetzen, sehr erfahren war, aber ich hätte nie vermutet, daß sie ihre Maßnahmen mit einer *Philosophie* untermauerte.

Tante Désirée spürte, daß sie meine Aufmerksamkeit erregt hatte, und fuhr fort. »Alexandre hat eine Neigung zu stürmischen Empfindungen, er läßt sich leicht hinreißen – aber so ein übersteigertes Empfindungsvermögen ist sicher nur der Beweis für ein gutes Herz. Eine Familie, die unter dem Makel einer Trennung gelitten hat, kann nie mehr wiederhergestellt werden. Unter der Schande werden noch die kommenden Generationen leiden müssen. Ich verrate dir diese äußerst schmerzliche Tatsache aus der Weisheit meiner eigenen Erfahrung heraus. Rose, du schuldest es deinen Kindern, alles in deiner Macht Stehende zu tun, um eine Versöhnung zwischen dir und deinem Mann herbeizuführen – dem Mann, mit dem du von *Gott* vereint wurdest.«

Nun, nach Einbruch der Dunkelheit, sitze ich in der Stille meines Zimmers. Die Erinnerung an Tante Désirées Vortrag läßt mein Herz lächeln, aber die Absicht hinter ihren Worten läßt es erschaudern. Ich würde mein Leben für meine Kinder opfern – ich würde ohne Zögern für sie sterben –, aber wollte ich ihretwegen mit Alexandre leben?

Die Laterne wirft ein flackerndes Licht an die Wände.

Im Licht sehe ich Sicherheit, doch in den Schatten sehe ich Kummer … in den Schatten sehe ich Niederlage.

13. Dezember 1790 – Paris

Liebe Rose,

ich stelle fest, daß sich heute zum elften Male der Tag jährt, an dem wir vermählt wurden. Ich schreibe, um an diese Verbindung zu erinnern, die zwei wundervolle Kinder hervorgebracht hat.

Ich beabsichtige, in den Ferien nach Fontainebleau zu kommen. Zweifelsohne hat auch mein royalistischer Bruder vor zu kommen. Es ist heute beinahe unmöglich für uns, miteinander zu sprechen, ohne uns zu erregen, doch um der Familienharmonie willen werde ich versuchen, Gedanken über die Wahrheit beseite zu schieben.

Dein Gemahl, Alexandre Beauharnais

Anmerkung – Vergewissere Dich, daß Eugène mit seinen Studien fortfährt. Gestatte ihm keinerlei Ausnahmen, da sonst seine angeborene Neigung zur Faulheit Wurzeln schlägt.

Weihnachtstag

Alexandre kam vollbeladen mit Geschenken an, darunter ein Schmuckkasten für Hortense und emaillierte Stiefelspangen für mich. Hortense wurde schließlich von einem Gefühlstaumel überwältigt und weinte sich in ihrem Zimmer die Seele aus dem Leib. Es war einfach zuviel für sie, so plötzlich von einem fremden Mann, ihrem Vater, beachtet zu werden.
Ich kann ihre Verwirrung nachempfinden.

Sonntag, 26. Dezember

Welch ein gräßlicher Abend. Tante Désirée ist mit dem Marquis im Salon und verabreicht ihm Äther, versucht, ihn zu beruhigen.
Es begann nach dem Essen, beim Kaffee. Der Marquis fragte François, wie es in der Versammlung liefe. Ich glaube, es verletzte Alexandre, daß sein Vater nicht *ihn* gefragt hatte. Alexandre unterbrach, um die Dinge, die er vorangetrieben hatte, darzulegen. Genau an diesem Punkt schlug François vor, daß Alexandre ihren Vater über seine Ansichten zum Klerus informieren sollte.
»Nun, Alexandre«, fragte der Marquis, »meinst du wirklich, daß die Priester die Kirche verlassen sollten?«
»Sie können all seine Pläne an seinem Gesichtsausdruck ablesen, Vater«, sagte François. »Alexandre unterstützt diese Bewegung nicht nur, er ist einer der Deputierten, der sie vorantreibt.«
»Warum *sollte* der Klerus ausgenommen werden?« konterte Alexandre. »Wir glauben an die Gleichheit, aber wir fördern die Ungleichheit ...«

»Schöne Worte«, unterbrach François, »aber sie weichen der Kernfrage bedenklich aus. Ehre ist den Männern der Religion nicht unbekannt. Was willst du tun, wenn sich die Priester weigern? Sie an den Laternen aufknüpfen?«
Tante Désirée verließ mit einer Entschuldigung den Tisch. Ich fand sie im Salon, wo sie die Reliquien auf dem Kaminsims hin und her schob. Aus dem Speisezimmer hörte ich Alexandre ausrufen: »Und diese Realität heißt Hungertod!«
»Ist es wahr?« Tante Désirée sah bleicher aus, als ich sie je gesehen hatte. »Meint Alexandre wirklich, daß sich die Priester vom Papst *lossagen* sollten?« Sie sank auf den Stuhl neben dem Kamin. Sie fröstelte; die Glut wärmte den Raum nicht. Wieder hörte ich Stimmen aus dem Speisezimmer: François und Alexandre. Und dann der Marquis: »Ich werde es nicht dulden, Alexandre *de* Beauharnais!« wobei er das »de« mit großer Gehässigkeit aussprach.* Das Splittern von Porzellan war zu hören. Alexandre schritt energisch durch die Diele. Er knallte die Eingangstür hinter sich zu, daß die Wände zitterten. Als das Klappern der Hufe seines Pferdes schwächer wurde, ließ Tante Désirée ihren Tränen freien Lauf.

Freitag, 31. Dezember

Alexandre kam am letzten Tag des Jahres zurück. Er hatte auf der gesamten Strecke von Paris einen braunen Wallach geritten.
»Ich wollte das neue Jahr nicht schlecht beginnen lassen«, sagte er mir, als er erst Hortense und dann Eugène in die Arme nahm.

* *Nachdem die Adligen ihre Feudalrechte verloren hatten (ein Dekret, das Alexandre unterstützte), war es nicht mehr angemessen, in einem Namen auf das Familienerbe hinzuweisen: Folglich wurde aus Alexandre* de *(von) Beauharnais schlicht Alexandre Beauharnais, ein Mann ohne Stammbaum. Einige Personen umgingen dies, indem sie das »de« in ihren Nachnamen aufnahmen – zum Beispiel »de Moulins«, aus dem »Demoulins« wurde.*

»Haben Sie mir etwas mitgebracht?« fragte Hortense.
»Natürlich«, sagte Alexandre. »Fürs neue Jahr.«
Erwartungsvoll öffneten die Kinder ihre Geschenke: eine Reitpeitsche für Eugène und einen blauen Samtbeutel für Hortense.
»Und für eure Mutter.« Er überreichte mir ein Päckchen. Darin war ein bestickter Muff.
»Er ist wunderschön.« Ich küßte ihn auf die Wange. Eugène und Hortense liefen kichernd aus dem Zimmer.
Alexandre goß sich einen Brandy ein. »Hat mein Vater mir schon verziehen?«
»Er ist jetzt so vergeßlich. Er kann sich wahrscheinlich gar nicht mehr erinnern, was geschehen ist.«
»Ich habe ihm eine Ausgabe von Humes *Die Geschichte Englands* mitgebracht.«
»Du willst ihm ein Buch schenken, das ein *Protestant* geschrieben hat?«
Alexandre schlug sich an die Stirn. »Daran habe ich gar nicht gedacht.«
»Wie lange kannst du bleiben?«
Er verzog das Gesicht. »Ich habe morgen früh eine Sitzung, in Paris.«
»An einem Sonntag? Am Neujahrstag?«
Er seufzte. »Geschichte zu machen, ist so zeitaufwendig.« Er gab zu, daß er über eine Rede zum Thema staatliche Erziehung beunruhigt war, die er in der folgenden Woche im Jakobinerklub halten wollte. Er befürchtete, daß niemand erscheinen würde. Wenn Robespierre sprach, mußten im voraus Karten verkauft werden, aber für einen Unbekannten wie ihn …
In der Diele gab es einen Tumult. Plötzlich rauschte Tante Désirée ins Zimmer, den Hut noch auf dem Kopf. »Alexandre!« Sie sah blaß aus. »Hast du schon gehört?«
»Was gehört?«

»Du weißt es nicht?« Sie kramte in ihrem Korb herum, die Hand an die Brust gepreßt. »Tante Désirée?« Ging es ihr gut?
Sie zog eine Zeitung aus dem Korb. »Zweitausend Kreolen sind in Saint-Domingue *ermordet* worden! Von Sklaven!«
»Ermordet?« *Zweitausend*? Ich schlug die Hand vor den Mund. Mon Dieu.
Alexandre nahm ihr die Zeitung aus der Hand. Cap François war zerstört worden, die Straße in die Stadt mit den Leichen der Sklaven gesäumt – zehntausend getötet, las er vor.
*Zehn*tausend? Hatte ich richtig verstanden?
»Wir sind ruiniert!« Tante Désirée durchwühlte den Schreibtisch. »Ich dachte, hier wäre etwas Riechsalz drin.«
»Hinter den Federkielen«, sagte ich.
»Unsere Besitzungen sind um einiges von Cap François entfernt«, rief Alexandre, als sie die Treppe zum Zimmer des Marquis hinaufeilte.
Ich stand am Kamin und starrte in die Flammen.
»Das ist verhängnisvoll«, sagte Alexandre. Er stand am Fenster, umklammerte den Knauf seines Schwertes, ließ ihn wieder los.
»Ja.«
»Vielleicht solltest du dich setzen.«
»Es wird gleich vorbei sein.«
»Ich bestehe darauf.« Er räusperte sich. »Ich bringe ... weitere Nachrichten.«
Ich war besorgt. Ich setzte mich.
»Du weißt ja, daß es schwierig ist, Post nach Martinique hinein- oder herauszubekommen. Die Briten haben eine Blockade errichtet.«
Martinique? Ich nickte. »Der Deputierte Dunnkirk hat versucht, mit meiner Familie Kontakt aufzunehmen.«
»Deswegen bin ich hier.« Alexandre nahm den Stuhl neben meinem. »Emmery bat mich, dir zu sagen, daß er trotz des Bürgerkriegs dort durchkommen konnte.«

»In Martinique ist *Krieg*?«
»Wußtest du das nicht?«
Mein Herz begann zu klopfen. »Du hast Nachrichten erhalten, Alexandre?«
»Ja.«
Ich spürte ein Kribbeln in den Fingern. »Ist es meine Schwester?«
»Nein.«
»Sag es mir!«
»Dein Vater ... Er ...«
Ich preßte meine Hände aneinander.
»Es tut mir leid, Rose. Dein Vater hat vergangenen November die Welten gewechselt.« Er legte mir die Hand auf die Schulter.
Ich bekam keine Luft. *Vater.* Tränen traten mir in die Augen.
Alexandre nahm ein Taschentuch aus der Westentasche und reichte es mir. »Du hast es doch sicher erwartet. Dein Vater ist sehr lange krank gewesen.«
»Nein!«

1. Januar 1791

Das neue Jahr. Es ist ruhig. Keine Feste, keine großen Bälle, keine Empfänge. Statt parfümierten Wassers füllen abgestandene Pfützen die Springbrunnen.
Ich erwache mit einem Gefühl des Verlusts. Ich denke an Vater, ein Mann, der so gerne träumte.
Welche Bedeutung hatte sein Leben am Ende?
Meine Mutter haßte ihn.
Harte Worte, aber man muß der Realität ins Auge sehen. Und die Realität des Lebens meines Vaters war: Er hat gelitten, und er hat es zu nichts gebracht.

Alexandre ist ein Held

21. Juni 1791 – Fontainebleau

Auf meinem Weg zum Parfümhändler heute morgen erregte ein Plakat an der Mauer einer Schenke meine Aufmerksamkeit. In fetten Buchstaben stand der Name Beauharnais geschrieben. Alexandre war zum Präsidenten der Nationalversammlung gewählt worden.*

Umgehend kehrte ich nach Hause zurück. Als ich in die Tür kam, rief ich nach Tante Désirée. Ich rief die Kinder zu mir, die im Garten waren. »Ich habe Neuigkeiten von eurem Vater!«

Tante Désirée kam zum Treppenabsatz. »Ist der Marquis in seinem Zimmer?« fragte ich.

»Es geht um Vater!« rief Eugène. Er hatte Schmutz auf dem Teppich hinterlassen.

»Geht es Alexandre gut?« fragte Tante Désirée.

»Es ist eine gute Nachricht.«

Tante Désirée führte uns alle ins Zimmer des Marquis. Dort teilte ich ihnen die Neuigkeit mit. Ich mußte sie dreimal wiederholen.

»Mein Sohn? Alexandre? *Präsident* der Nationalversammlung?« rief der Marquis ungläubig aus. »Aber das ist doch nicht möglich!«

Ich versicherte ihm, daß es so war. Außer dem König war niemand im ganzen Land mächtiger, bedeutender.

* Obwohl Alexandres Amtszeit nur zwei Wochen dauern sollte – die Position des Präsidenten wechselte turnusmäßig –, war dies eine hohe Ehre.

Mittwoch, 22. Juni

Ich war besorgt, schlaflos ohne Nachricht. *Irgend etwas* war geschehen, denn die Tore nach Paris waren geschlossen worden; keine Post, keine Zeitungen, keine Kuriere durften hinein oder heraus. Es wurde gemunkelt, daß der König und die Königin aufs Land geflohen wären – ein unvorstellbarer Gedanke.

Erst heute morgen, bei der Prozession in der Stadt anläßlich des Festes des Heiligen Sakraments, konnten sich Tante Désirée und ich eine Ausgabe des *Moniteur* verschaffen. Dort wurden unsere Befürchtungen bestätigt: In der Nacht zum zwanzigsten sind der König und die Königin und ihre beiden Kinder verkleidet durch die unterirdischen Gänge der Palastküchen geflohen. Man nahm an, daß die königliche Berline nach Varennes unterwegs war.

Rasch kehrten wir nach Hause zurück, denn es bestand die Gefahr, daß sich der Zorn des Pöbels aufheizte. Im Schlafzimmer des Marquis las Tante Désirée die Zeitungsberichte laut vor. Mit beträchtlichem Stolz erfuhren wir, daß man Alexandre zutraute, das Land zusammenzuhalten – »mit fester und ruhiger Hand«.

Tante Désirée las: »Der Präsident, der Deputierte Alexandre Beauharnais, hat die Bemühungen, den König gefangenzunehmen, organisiert ...«

»Den König *gefangennehmen*!« Der Marquis wurde von einem Nervenanfall geschüttelt.

»Nicht, um ihn gefangenzunehmen, sondern um ihn zu *befreien*!« Tante Désirée eilte davon, um den Äther zu holen.

Der König ist nicht *geflohen*, er ist »entführt« worden; er soll nicht *gefangengenommen*, sondern »befreit« werden. Wenn die Wirklichkeit doch nur so leicht zu ändern wäre.

23. Juni

Heute nachmittag nach dem Essen – ein herrliches Mahl zu Ehren meines achtundzwanzigsten Geburtstages – wurden wir von Geräuschen draußen auf der Straße aufgeschreckt. Tante Désirées Kammerzofe ging ans Fenster. »Vor dem Haus ist eine Menschenmenge.«

»Vor *diesem* Haus?« fragte der Marquis.

Die Kinder liefen zum Fenster. Ich sprang auf, wobei ich beinahe eine Vase zu Boden warf. »Kommt zurück!« befahl ich.

»Sie rufen ›Dauphin‹!« sagte Eugène verwirrt.

»*Mon Dieu*!« flüsterte Tante Désirée. »Sie meinen Eugène.«

»Wegen Alexandre?«

»Aber der Dauphin ist nicht *hier*«, protestierte Hortense. »Ist er denn nicht in Paris?«

Ich konnte nicht antworten, mein Entsetzen war zu übermächtig. Der Pöbel nannte meinen Sohn Dauphin – den künftigen *König*.

27. Juni 1791 – Paris

Liebe Rose,

danke, daß Du mir einen so überaus lieben Glückwunsch geschrieben hast. Und bitte, vergib mir, daß ich Deinen Geburtstag versäumt habe. Ich bin in einem Taumel. Seit vier Tagen habe ich nicht mehr geschlafen. Die Ereignisse der vergangenen Woche waren überwältigend, sowohl für mich als auch für die Nation.

In Augenblicken der Verzweiflung rufe ich mir Rousseaus Worte in Erinnerung – daß das Beste an der Tugend sei, das Joch der Notwendigkeit zu akzeptieren. Und so verhält es sich mit jenen von uns, die wir adlig geboren wurden, geboren, um Waffen zu tragen. Wie belebend, von dieser Sklaverei befreit zu sein, statt dessen wählen zu können, sein Leben zu Ehren dessen, was wahr und recht ist, zu riskieren. Die Opfer, die wir der Revolution brin-

gen, werden ein großer Gewinn für die Menschheit sein. Mit der Liebe der Tugend, die uns anspornt, wie sollen wir da besiegt werden?

Dein Gemahl, Alexandre Beauharnais

30. Juni

François hat die Rolle des Verteidigers des Königs in der Versammlung übernommen. »Seinetwegen werden wir noch alle gehängt werden!« ereiferte sich der Marquis.

Gestern war es noch Alexandres *Verurteilung* des Königs, die ihn wütend machte.

Die Brüder fechten es über dem Kopf des Königs auf einer nationalen Bühne aus. Beauharnais *dafür*, Beauharnais *dagegen* … Wenn es nicht der eine Sohn ist, ist es der andere.

6. Juli 1791 – Paris

Liebe Rose,

ich war krank, weil ich meinen Organismus während der Krise erschöpft habe. Danke, daß Du Eugène für den Herbst im Collège d'Hancourt eingeschrieben hast. Ich hatte es völlig vergessen. Ich stimme zu, daß Hortense in dieser Zeit ebenfalls aus einem offizielleren Unterricht Nutzen ziehen würde. Wirst Du Dich darum kümmern? Allerdings nicht zu kostspielig.

Dein Gemahl, Alexandre Beauharnais

18. Juli 1791 – Rue de Tournon, Paris

Schatz!

Es ist spät, fast Mitternacht, aber ich fühle mich genötigt zu schreiben. Alexandre hat heute abend eine wunderbare Rede im Jakobinerklub gehalten – so erbaulich! Wir waren alle da, um ihm zu applaudieren: Marie, Michel de Cubières, Frédéric. Selbst Prinzessin Amalia kam, um ihn zu hören, trotz ihrer royalistischen Neigungen. Anschließend gingen wir alle ins Café

Covazza im Palais Royal. Dort teilte mir Alexandre mit, daß Du beabsichtigst, nach Paris zu ziehen, damit Eure Kinder zur Schule gehen können. Obwohl ich bei dem Gedanken, Dich und Deine Lieblinge öfter sehen zu können, außer mir vor Freude bin, meine ich, daß es nur recht und billig ist, Dich davor zu warnen, in welchem Zustand sich Paris im Augenblick befindet. Es scheint, daß wir ewig von einem Extrem zum anderen pendeln, beginnend mit dem Erhabenen und endend im Tragischen. Gib acht:

Die Woche begann mit der großen Feier und Prozession zum Einzug von Voltaires sterblichen Überresten ins Pantheon – wieder eines der brillant theatralischen Ereignisse, die der Maler David inszenierte. (Hast Du ihn kennengelernt? Er ist einmal in meinen Salon gekommen.) Natürlich mußte ich hin – Du weißt ja, was ich von unserem Apostel der Toleranz halte. Die Veranstaltung begann in der Freimaurerloge der Neun Schwestern, dann begab man sich durch eine Reihe von Triumphbögen hindurch zum Gelände der alten Bastille. Dort blieb der Sarg über Nacht.

Als Michel Cubières und ich am Montagmorgen wieder hinkamen, waren die Rosen, Myrten und Lorbeerkränze weggeräumt worden. Vertreter der Sektionen und Klubs hatten sich in Togas gehüllt und rote Wollkappen aufgesetzt (wie diese schrecklich kratzigen, die wir bei Logentreffen tragen müssen). Der Sarg wurde auf einen Triumphwagen geladen und von einem Schimmelgespann zum Pantheon gezogen. Ich zerfloß vor Tränen.

Donnerstag, ein weiteres Fest an der Bastille, dieses Mal zur Feier der Föderation. Wir sind nicht hingegangen (wie unpatriotisch), aber in jener Nacht strahlte der Himmel geradezu vor Feuerwerkskörpern.

Und gestern, als müßten wir für unsere ausschweifenden Vergnügungen bestraft werden, gab es einen tragischen Aufruhr auf dem Champ-de-Mars. Es begann mit einer friedlichen Versammlung – Marie war mit einer ihrer Frauengruppen dort, um eine Petition zugunsten einer Republik zu unterschreiben. Die Versammlung geriet außer Kontrolle, als zwei Männer, Spione (oder so etwas Ähnliches, wie es heißt) unter der Hauptplattform versteckt entdeckt und auf der Stelle gelyncht wurden. Lafayette alarmierte folglich die Nationalgarde, jemand in der Menge schrie »Feuer!«, und nun sind über fünfzig tot.

Gott sei Dank wurde Marie nicht verletzt! Im Laufe des Tages habe ich tatsächlich meine Flasche Laudanum geleert. Es hat nicht im geringsten geholfen, daß hier Waschwoche war und die beiden Frauen, die ich als Hilfen eingestellt hatte, verschwunden blieben, um zu irgendeinem Fest, einer Demonstration oder einem Aufruhr zu laufen. Und nun all diese trübsinnigen Begräbnisse.

Wenn Du, trotz meiner Warnungen, auf dem Unterricht für Deine Kinder beharrst und in unsere unterhaltsame Stadt ziehst, empfehle ich Dir, Kontakt mit Madame Hosten aufzunehmen, einer kreolischen Witwe mit drei Kindern (nur noch eines zu Hause, glaube ich). Mir wurde erzählt, daß sie gerade eine Villa in der Rue Saint-Dominique gekauft hat (nicht weit vom Hôtel de Salm) und nach jemandem sucht, der ihr einen Teil der Kosten abnimmt. Es ist ein guter Bezirk – zumindest schneiden dort die Raufbolde aus der Gegend den Katzen nicht die Ohren ab. Du wirst sehen, daß sie eine herzliche Frau ist, und es ganz gewiß nicht bereuen, daß ich Dich zu ihr geschickt habe.

Deine Dich liebende Tante Fanny

26. Juli 1791 – Rue Saint-Dominique, Paris

Liebe Madame Beauharnais,

Ihr willkommener Brief traf gestern ein. Ich erlaube mir, Ihnen durch Ihre Tante, Madame Fanny Beauharnais, ein paar Zeilen bezüglich des Anreizes für meinen neuen Wohnsitz zu senden.

Das Haus ist groß, aufgeteilt in zwei Wohnungen, mit Unterkünften für Dienstboten im zweiten Stock. Die Wohnung im ersten Stock ist klein, aber sonnig. Es gibt einen ummauerten Garten. Die Kirche zum Heiligen Thomas Aquinas ist unmittelbar hinter uns.

Es wird mir ein großes Vergnügen sein, Sie am kommenden Montagabend in unserem Haus zu sehen, damit Sie die Räumlichkeiten besichtigen können. In der Hoffnung, Sie und Ihre Familie als Nachbarn begrüßen zu dürfen, verbleibe ich

Ihre sehr ergebene Madame Hosten.

Donnerstag, 2. August – Fontainebleau

Wie vereinbart suchte ich Madame Hosten in der Rue Saint-Dominique auf, um die Wohnung zu besichtigen. Ein Dienstmädchen in einem Tageskleid aus gewirktem Musselin öffnete die Tür und wollte gerade etwas sagen, als eine riesige und ziemlich imposante Frau hinter ihr erschien. Sie trug eine Fechtmaske und hielt einen Säbel in der Hand. »Wer ist da?« fragte sie, als sie die Maske abnahm. Ihre Stimme war freundlich, im Gegensatz zu ihrer Haltung.

»Madame Beauharnais.« Ich überreichte meine Karte, ziemlich nervös, wie ich zugebe. »Ich dachte, ich würde erwartet.«

»Von welcher Insel stammen *Sie*?« rief die Frau aus, da sie meinen Akzente erkannt hatte. Sie legte ihren Säbel ab. »Nein – lassen Sie mich raten. Martinique?«

Sie war Madame Hosten – und sie stammt aus Sainte-Lucie. Ihre Familie kennt Vater sogar! Nachdem sie mir die Räume gezeigt hatte – sie sind perfekt, sehr sonnig –, lud sie mich in ihren Salon im Erdgeschoß zu Ingwerkonfekt und einem Glas (oder zwei) *Pétépié* ein. Wir redeten stundenlang.

Sie heißt Aimée. Obwohl groß (riesig!), bewegt sie sich anmutig, gar zierlich. Sie ist geistreich, sehr komisch. Sie ist dreißig – nur zwei Jahre älter als ich –, verwitwet, kommt jedoch allein mit drei Kindern, zwei Buben, fünfzehn und sechzehn (machen eine Militärausbildung), und einem Mädchen von zwölf, Lucie, noch zu Hause, gut zurecht. Ich glaube, ich habe eine Freundin gefunden.

1. September – Paris

Ich bin erschöpft, wir sind umgezogen.

Ich habe eine Kammerzofe eingestellt, Agathe Rible, ein unterwürfiges Geschöpf, das stottert.

Ich versichere ihr, daß sie nichts zu befürchten hat, aber sie zittert nur um so mehr. Ihr Zittern hatte bereits drei zerbrochene Gläser zur Folge.

14. September

Der König hat heute vor der Versammlung den Treueeid auf die Verfassung geleistet. Schon den ganzen Nachmittag explodieren Feuerwerkskörper. Die Revolution ist vorüber!
Alexandre besuchte uns in der Rue Saint-Dominique, um zu feiern. Ich nahm ihm an der Tür Umhang und Hut ab. »Ich gratuliere«, sagte ich, als ich ihn umarmte. Sein Gesicht war gerötet, und sein Atem roch nach Brandy. Zweifelsohne sind im Jakobinerklub viele Toasts ausgebracht worden.
Eugène kam das Treppengeländer heruntergerutscht und sprang in die Arme seines Vaters. »Sie haben gewonnen!«
Alexandre lachte. »Wir haben alle gewonnen.«
Hortense kam hinter ihrem Bruder hüpfend, drei Stufen auf einmal, die Treppe herunter. »Was gewonnen?«
»Eine Verfassung«, sagte Eugène altklug.
»Du mußt stolz sein auf das, was du erreicht hast«, sagte ich oben in unserem neuen Salon. Es ist eine zermürbende Anstrengung gewesen, wie ich wußte, eine Verfassung auszuarbeiten – eine, die Frankreich das Beste zweier Welten verschaffte, eine Republik mit einem Monarchen. »Und erleichtert.«
»Es bleibt abzuwarten, ob der König wirklich damit umgehen kann.« Alexandre stopfte Tabak in seine Pfeife. »Es wird ihm schwerfallen, die Macht zu teilen, nehme ich an. Er wurde dazu erzogen, über seine Untertanen zu herrschen, nicht, ihnen verpflichtet zu sein.«
»Wenn er klug wäre, würde er die Gelegenheit nutzen, Frankreich zu einen«, sagte ich.
»Klugheit ist dem Königtum von Natur aus leider nicht gegeben.

Und nun werden sicher alle royalistischen Länder ihre Truppen einsetzen, um ihn aus dieser erschreckenden Entwicklung zu retten ...«

»Du meinst, daß es Krieg geben wird?«

»Ohne Zweifel.«

»Österreich?«

Er nickte. »*Und Preußen, und* ...«

Auf der Treppe war plötzlich ein Gepolter zu hören. Hortense und Eugène stürmten ins Zimmer. Sie hatten im Garten einen Frosch gefangen. Alexandre und ich halfen, aus einem Reisekorb ein »Heim« für das kleine Ding zu machen. Dann, nach einer Mahlzeit aus Hammelfleisch und Sahnebeignets, nahmen wir die Kinder zu einer Gemäldeausstellung im alljährlichen Salon mit. Wir betraten die zweite Galerie, und da hing es: Alexandres Porträt, zusammen mit dem des Deputierten Robespierre. Eugène und Hortense waren natürlich höchst erfreut, obwohl sie das Prestige, das solch eine Ehre begleitet, nicht begriffen. Wir bewunderten die Ähnlichkeit, die großartig ist.

Auf dem Heimweg gingen wir am Fluß entlang und jauchzten bei jeder Feuerrakete, die explodierte. Liebespaare schlenderten träge vorüber. Sie erinnerten mich wieder daran, wie ich Alexandre vorgestellt worden war – Alexandre so jung damals, so weltmännisch, so schmuck in seiner weißen Uniform, und ich selbst ein nervöses Mädchen von den Inseln, so bemüht, es allen recht zu machen, so gern bereit, mein Herz zu verschenken.

Eine Rakete explodierte direkt über uns. Ich erschrak, klammerte mich an Alexandres Arm. Wir lachten. Die Kinder, die Wangen rosa, rannten voraus. Ein hübsches Bild, dachte ich: ein Mann, seine Frau, zwei Kinder auf einem Abendspaziergang.

Februar 1792

Es ist so, wie Alexandre es vorausgesagt hat: Wir sind ein belagertes Land geworden. Österreichische und preußische Truppen versammeln sich an unseren Grenzen, bereiten sich auf den Marsch auf Paris vor, bereiten sich darauf vor, uns von der Demokratie zu befreien. Bereiten sich darauf vor, unseren König zu befreien.

15. März

Schwermut hat mich ergriffen. Täglich werde ich zur Ader gelassen. Hortense und Eugène streichen umher, bringen mir Tee und Rum zu trinken. Die Nacht bricht herein. Wenn ich allein bin, stelle ich mich mühsam auf die Beine und falle vor dem Weihwasserbecken auf die Knie. Seit über einem Jahr habe ich nichts mehr von zu Hause gehört. In der Stille steigen Ängste auf, blühen, nehmen Gestalt an.

Ich widerstehe den Karten, widerstehe der Versuchung, hineinzusehen. Aber die Selbstbeherrschung war noch nie meine Freundin. Ich krame nach ihnen im Schreibtisch, in der oberen Ecke der obersten Schublade, neben der Tintenflasche. Mit gespielter Ruhe lege ich die erste Karte aus.

Der einstürzende Turm: die Steine stürzen herab, die Menschen werden hin und her geworfen und durcheinandergewirbelt, als wären sie durch irgendeine Kraft außer Kontrolle geraten.

Die übrigen Karten brauchte ich nicht mehr zu sehen: Das Glücksrad, der Tod, der auf den Kopf gestellte Stern.

Manette ist tot.

Ich legte die Karten weg.

Manette – liebe Kleine – ich sehe dich in den Sternen, ich sehe dich über die Steine im Fluß springen. *Warte auf mich!* rufst du – mir, deiner großen Schwester, zu. *Warte auf mich!*

20. April

Aus Paris ist ein bewaffnetes Lager geworden. Die Kirche zum Heiligen Thomas Aquinas wird als Sammellager für Waffen benutzt: auf den Kirchenbänken Gewehre, Musketen, Schwerter, Bajonette, selbst Kanonenkugeln sind gestapelt. Überall sieht man Männer mit Spießen. Jungen, zum Kämpfen zu jung, stehen Schlange, um sich zu verpflichten. Eugène betrachtet sie neidisch. Ich ziehe ihn fort.

21. April

Ich erwachte mit einem unguten Gefühl, und als daher Alexandre heute morgen unerwartet eintraf, war ich kurz davor, in Schwermut zu fallen. »Du bist in Uniform.« Auf der Straße hörte ich Schritte, eine Frau, die schrie, Trommelschläge in der Ferne. Die Angst, die ich beim Aufwachen gespürt hatte, hatte mich nicht verlassen. »Verheiratete Männer müssen nicht dienen, Alexandre. Ich verstehe das nicht.«

»Die Republik braucht dringend Offiziere.«* Alexandre legte mir die Hände auf die Schultern. »Rose, bitte – laß mich nicht in den Kampf ziehen ohne deinen Segen.«

Es war ein feierlicher Augenblick, der zerstört wurde, als ich etwas Zuckendes in Alexandres Mantel bemerkte.

Ich schrie auf. Alexandre zog ein Tier aus der Tasche – einen gräßlich aussehenden Hund –, nicht größer als ein Nagetier. Er hatte einen rehfarbenen Körper und einen schwarzen Kopf. »Es ist ein King Charles«, sagte er.

Der Hund wand sich aus seinen Händen auf den Teppich. Er schnüffelte an meinen Füßen und gab schnaubende Laute von

* Vor der Revolution waren alle Offiziere Adlige. Als die Revolution ausbrach, flohen die meisten. In Frankreich gab es nur noch wenige Männer, die für die Führung einer Armee ausgebildet waren, noch weniger mit Erfahrung.

sich, als könne er nicht atmen. »Ein Hund wie dieser ist zehn Louis wert«, sagte Alexandre stolz.

Ich rief nach Agathe, meiner schüchternen Kammerzofe, aber sie wollte sich ihm nicht nähern – er ähnelte zu sehr einer Ratte. »Es ist doch nur ein junger Hund«, schalt ich sie, hob das kleine Ding hoch, steuerte auf das Zimmer der Kinder zu und winkte Alexandre, mir zu folgen.

»Ist das ein Hund?« fragte Eugène, als er dessen Ringelschwanz untersuchte.

»Beißt es?« Diesmal Hortense, die die Hand nach ihm ausstreckte. Sie quiekte, als er sie ableckte. Er knurrte. »Hat es Hunger?«

»Können wir es behalten?« fragte Eugène.

Alexandre sah mich an: Wollte ich?

Ich streckte dem Hündchen die Hand entgegen. Es leckte und zwickte mich, harmlose, aber scharfe Zähne. Seine Nase war flach, ins Gesicht gedrückt. Es war ein abstoßendes Geschöpf – aber es bezauberte mich. »Fortuné. So werden wir ihn nennen.«

Ich brauchte nicht mehr zu sagen. Wir – Alexandre, die Kinder und ich – verbrachten miteinander einen äußerst angenehmen Morgen. Als ich ihm Lebewohl sagte, war es mit Bedauern. Ich schenkte ihm einen Stein, den ich seit der Kindheit besaß, einen Talisman.

»Ich werde ihn immer bei mir tragen.« Er zögerte an der Tür, als wir uns trennten. »Darf ich dich küssen, Rose?«

»Sagen Sie ja, Maman«, rief Eugène.

Ich umarmte meinen Mann.

»Gott steh Ihnen bei!« rief Hortense aus, als Alexandre durch das Tor ging. Sie brach in Tränen aus.

»Na, komm schon«, schalt ich sie, als ich ihre Wangen trocknete, »eine Soldatentochter darf nicht weinen.« Eine Soldatenfrau auch nicht.

Wir haben Krieg

23. April 1792

Es gibt jetzt eine Ausgangssperre in Paris. Um zehn ist die Stadt dunkel und still bis auf das Geräusch der Wächterstiefel auf dem Kopfsteinpflaster und der Katzen, die in den Gassen kämpfen. Von irgendwoher höre ich eine Kirchenglocke eine Melodie läuten – ein wunderschöner, melancholischer Klang – und so selten heute. Die meisten Kirchenglocken wurden für Munition eingeschmolzen.

25. April 1792 – Valenciennes

Liebe Rose,
ich bin General Birons Stab zugeteilt worden. Nur ein Bruchteil der verfügbaren Truppen ist hier zusammengezogen worden aus Angst, die Sicherheit der befestigten Städte aufs Spiel zu setzen. Die Folge ist, daß die Kriegspläne mit sehr wenigen durchgeführt werden müssen. Als ich dies erfuhr, habe ich ein Testament gemacht. Ich schicke es Dir zu, versiegelt. Es darf erst geöffnet werden, wenn …

Dein Gemahl, Alexandre Beauharnais

2. Mai 1792 – Valencienne

Liebe Rose,
verzeih, daß ich Dich erschreckt habe. Und danke für Deine Gebete. Wenn ich an etwas sterbe, dann wahrscheinlich an Frustration. Wie soll ich bloß aus

diesen Bauernburschen Soldaten machen? Wenn sie Hunger, Langeweile oder einen kleinen Schrecken bekommen, packen sie ihre Musketen und laufen nach Hause.
Bestelle den Kindern herzliche Grüße von mir. Deinen Talisman trage ich ständig bei mir.

Dein Gemahl, Alexandre Beauharnais

4. Mai

Alexandre hat gegen die Österreicher gekämpft. Sein Verhalten wurde im *Moniteur* gelobt. Stolz zeigte ich den Kindern den Artikel. Wir haben eine große Landkarte an die Wand des Speiseraums geheftet, wo wir sein Vordringen verfolgen. Außerdem haben wir ein Buch mit Zeitungsausschnitten angelegt, das schon dick ist, denn der *Moniteur* veröffentlich täglich patriotische Artikel von Alexandre.

17. Mai

Alexandre schickt Briefe, die ich verbrennen soll. Die revolutionären Armeen sind klein, teilt er mit – schlecht ausgerüstet und nicht ausgebildet. Mißtrauen herrscht. Die Truppen trauen ihren Offizieren nicht, die Offiziere trauen ihren Truppen nicht. Ein General mußte einen Bajonettangriff abblasen, weil seine Truppen dagegen stimmten, ein anderer wurde von seinen eigenen Leuten ermordet. *Von seinen eigenen Leuten.* Grand Dieu.

Dienstag, 19. Juni

Heute abend hörte ich einen Tumult. Ich sah hinaus: Auf den Straßen drängten sich Pferde, mit Habseligkeiten vollgestopfte Wagen. Was war geschehen? Ich lief nach unten zu Aimées Wohnung.

»Oh, der König hat alle durcheinandergebracht«, seufzte sie und streckte sich mit bemerkenswerter Ruhe auf der Chaiselongue aus. Sie trug ihr weißes Fechtgewand, der Säbel lag auf dem Boden.

Ihre Kammerzofe erschien an der Tür, in der Hand einen Mantelsack. »Ich werde meinen Lohn brauchen.«

Aimée warf mir einen angewiderten Blick zu. »Sie sind alle in Panik, ohne Ausnahme.« Widerwillig ging sie zu ihrem Schreibtisch.

»Sind andere auch weg?« fragte ich.

Die Kammerzofe fluchte. »Die Österreicher marschieren auf Paris zu, und unser eigener König will die Tore weit öffnen, um die Schlächter reinzulassen! Also – ich werde nicht hier sein!«

Aimée bot der Frau Papiergeld an, aber sie bestand auf Münzen.

»Da geht wieder eine dahin«, seufzte Aimée, als die Tür zuschlug. »Laß uns den Brandy herausholen.«

21. Juni

Meine Kammerzofe weckte mich heute morgen mit erregter Stimme. »Gestern nacht hat's Ärger gegeben.« Agathe reichte mir eine Schale heißer Schokolade. »Der Palast wurde gestürmt!«

»*Gestürmt?*«

»Die Leute sind reingelaufen, haben die Macht übernommen.« Sie stotterte nicht.

»Agathe, erkläre das, bitte.«

Langsam erfuhr ich die Geschichte. Die Festlichkeiten zum gestrigen Feiertag waren in der Nacht in Gewalttätigkeit umgeschlagen. Ein Pöbel von Männern und Frauen war in den Palast eingedrungen und forderte, daß der König Truppen zurückrufen sollte, um Paris vor den Österreichern zu schützen.

»Ist die Königin unversehrt?« fragte ich. »Die Kinder?«
Agathe sah mich mißtrauisch an. Ich bemerkte meinen Fehler. Man sollte niemals Sympathie für die königliche Familie zeigen, schon gar nicht für die Königin.

28. Juni

Agathe läßt sich nicht davon abbringen, daß die Königin plant, die Versammlung niederzubrennen, wenn alle Deputierten anwesend sind, daß Musketen und Schießpulver in den Kellern aller Nonnenklöster gelagert werden. Und nun will Hortense kein Brot mehr essen. »Ich könnte sterben«, sagte sie, denn Agathe erzählte ihr, daß die Priester vorhätten, jedermann durch vergiftetes Abendmahlsbrot zu ermorden.
»Mademoiselle Agathe hat dir das erzählt?«
Hortense sah mich mit entsetztem Gesicht an. »Maman – es heißt jetzt *Citoyenne* – Bürgerin – Agathe, nicht Mademoiselle.«
Meine Tochter, die Revolutionärin. Jetzt weigert sie sich, während der Mahlzeiten zu sprechen. Das ist die patriotische Art.

Montag, 2. Juli

Aimée und ich gingen in die Comédie Italienne, um uns *Unerwartete Ereignisse* mit Madame Dugazon in der Rolle der Soubrette anzusehen. Prinzessin Amalia hatte uns angeboten, ihre Loge zu benutzen.
»Es wird erwartet, daß die Königin da ist«, sagte Aimée.
»Ich habe nicht gedacht, daß die Königin noch ins Theater geht«, sagte ich. Sie hatte schon vor Monaten alle ihre Logen aufgegeben, was ihr die Leute verübelten.
»Man hat sie genötigt, sich zu zeigen.«
Unsere Loge lag genau gegenüber jener, die die königliche Fami-

lie benutzen sollte. Es wurde applaudiert, als Ihre Majestät eintrat, begleitet von ihren Kindern – dem Dauphin, einem Jungen um die Sieben mit einem lieben Gesicht, und Madame Royale, jetzt schon nahezu eine junge Frau. Die Schwester des Königs, Madame Elizabeth und noch eine Frau, die Gouvernante der Kinder, nahm ich an, waren ebenfalls bei ihr.

Während der gesamten Vorstellung beobachtete ich das Gesicht der Königin. Es war kaum zu glauben, daß sie erst zwischen dreißig und vierzig war, sie sah so ungemein alt aus. Der Dauphin, ein reizendes Kind in der Nationaluniform, saß auf ihrem Schoß. Von Zeit zu Zeit küßte die Königin ihn auf den Kopf. Er starrte unentwegt in ihr Gesicht – ihre Tränen schienen ihn zu verwirren.

Im dritten Akt sangen die Soubrette und der Kammerdiener ein Duett. Darin rief Madame Dugazon aus: »Ah! Comme j'aime ma maîtresse!« und schaute dabei direkt zur Königin. Drei Männer in Pantalons sprangen auf die Bühne und bedrohten die Sänger.

Die Leibgarde der Königin führte die Königin und ihr Gefolge eilig aus dem Theater. Danach war es natürlich unmöglich, die Aufführung fortzusetzen.

Donnerstag, 19. Juli

Die Österreicher haben die Lieferungen nach Paris abgeschnitten – wir sind gänzlich ohne Vorräte. Wir unterhalten uns flüsternd – nicht über Klatsch, sondern über Getreide: Wo man es finden könnte. (Jene, die es wissen, bleiben stumm.) Jeden Tag gibt es Hungeraufstände.

Santerre, Kommandant der Nationalgarde, hat vorgeschlagen, alle Hunde und Katzen zu beseitigen, mit dem Argument, daß das Futter, das sie fressen, besser den Leuten zukommen sollte.

»Was ist mit dem pain bénit?« wandte Agathe ein. Jeden Sonntag

werden Tausende von Brotlaiben von den Priestern gesegnet und einfach ungegessen liegengelassen. »Und was ist mit den Haaren, die mit Mehlpuder überladen sind? Was ist damit?«
Meine schüchterne Kammerzofe ist nicht mehr schüchtern.

22. Juli, Sonntag

Die Signalkanone auf dem Pont-Neuf ist jede Stunde abgefeuert worden. Vor einer Stunde schrie ein Mann zu Pferd, ein öffentlicher Ausrufer, in den Straßen aus: »*La patrie en danger! La patrie en danger!*« Das Vaterland ist in Gefahr.
Die Österreicher sind im Anmarsch …
Die Straßen sind mit Kutschen verstopft. Jeder versucht, aus Paris herauszukommen, aber es ist unmöglich – die Tore wurden geschlossen! Niemand darf hinein; niemand darf hinaus. Wir sitzen in der Falle.

8. August

Ich habe seit einer Woche nicht mehr richtig geschlafen. Es ist so heiß, daß Agathe behauptet, sie sähe den Fluß kochen. Jeden Tag versuche ich, Passierscheine zu bekommen, um aus Paris herauszukommen, aber es gelingt mir nicht. Die Tore sind *immer noch* geschlossen!

10. August

Letzte Nacht waren Massen von Menschen auf den Straßen. Die Kinder wurden heute morgen von der Schule heimgeschickt. Dann, gegen neun heute abend, gerade als Frédéric, die Prinzessin, Aimée und ich uns anschickten, uns zum Abendessen niederzulassen, begannen die Sturmglocken zu läuten.
Frédéric wollte unbedingt nachsehen gehen, was geschehen war.

Aimée, Prinzessin Amalia und ich versuchten ihn abzuhalten, aber er ließ sich nicht davon abbringen. Aimée bot ihm ihren Säbel an.

»Nein – das würde zu aristokratisch aussehen«, sagte Frédéric und nahm statt dessen ein Hackbeil mit.

Es war fast zwei Uhr morgens, als er zurückkehrte. Die Sturmglocken läuteten immer noch. Es wurde von einer Demonstration am Palast bei Tagesanbruch geredet.

»*Schon* wieder eine Demonstration?« fragte ich.

»Wer ruft dazu auf?« fragte die Prinzessin.

»Die Commune.« Frédérics Wangen waren gerötet. Große Fässer mit Wein waren auf der Straße vor dem Bezirkshaus aufgestellt worden.

»Wozu?« Ich fürchtete die Commune.*

»Um den König festzunehmen.«

Den König *festnehmen*?

Ich setzte mich. Ich konnte es nicht begreifen. Den König festnehmen? Aber der König *war* doch das Gesetz.

Bei Tagesanbruch begannen die Sturmglocken erneut zu läuten. Ich ging zum Fenster, zog die Vorhänge zurück. Eine Gruppe von Männern, Raufbolde, waren auf der Straße. Zwei von ihnen hatten Spieße dabei. Einer trug den blauen Kasack eines Hafenarbeiters aus Marseille. Er sah mich am Fenster und brüllte: »Tod den Aristokraten!«

Ich zog mich außer Sichtweite zurück. Aus weiter Ferne konnte ich das schwache Geräusch von Musketenfeuer hören, gefolgt von Kartätschen.

Irgendwo hatte ein Kampf begonnen.

* Die *Commune* war die Kommunalverwaltung der Stadt Paris. Konflikte entstanden, weil die Stadtverwaltung, die dazu neigte, radikal zu sein (auf Stadtebene), meinte, daß die konservative Nationalregierung (auf Landesebene) nicht genug tat, um Paris zu beschützen. Die *Commune* fühlte sich daher berechtigt, die Herrschaft zu übernehmen.

Später am gleichen Abend

Die Commune hat die Macht übernommen. Hunderte sind getötet worden. Weitere Hunderte verhaftet.

»Wir *müssen* hier raus«, flüsterte ich Aimée zu. »Die Kinder herausbekommen.« Aber wie? Wem konnten wir vertrauen?

»Ich habe gehört, daß es an der Allée des Invalides, in der Nähe des Boulevard, eine Stelle gibt, wo die Mauer niedrig ist. Vielleicht können wir da hinübergelangen?«

»Drüberklettern?« Wir müßten in der Dunkelheit über Felder laufen. Eugène und Lucie waren dazu vielleicht in der Lage, aber Hortense ...?

Gleich, wie gründlich wir es durchdenken, es ist zu gefährlich. Also bleiben wir und bereiten uns auf das Schlimmste vor.

Ich ergreife verzweifelte Maßnahmen

Montag, 13. August 1792

Ich war auf dem Balkon, als ein Vierspänner in den Hof einfuhr. Ein Lakai half einer älteren Frau auszusteigen. Ich konnte ihr Gesicht unter der Kapuze ihres Umhangs nicht erkennen.

Kurz danach brachte mir Agathe eine mit Lavendel parfümierte Visitenkarte. Es war die Comtesse de Montmorin, deren elegante Feste im Schloß in Fontainebleau mich so bezaubert hatten, deren guten, unbeholfenen Gemahl, Comte Luc de Montmorin, den Verwalter des Schlosses, ich so liebenswert gefunden hatte. Warum wollte sie ausgerechnet *mich* besuchen? Ich überlegte, während ich meine Morgenhaube abband und nach einer Perücke griff.

Die bebende Hand der Comtesse umklammerte die meine. »Comte de Montmorin ist verhaftet worden – von der Commune!«

»Ihr Gemahl?«

»Sie haben ihn mit Monsieur Armand de Montmorin, dem Außenminister, verwechselt!«

Der ungeschickte, vergeßliche, liebe alte Comte Luc de Montmorin – wie konnte man ihn mit einem Diplomaten verwechseln? »Welches Gefängnis?« fragte ich erschüttert.

»Die Abbaye.«

Die *Abbaye* – sie war nicht weit von unserem Haus entfernt; Eugène, Hortense und ich waren am Tag zuvor daran vorbeigegangen. Alle Fenster waren mit Brettern vernagelt worden.

»Niemand weiß etwas! Ich bin verzweifelt – an wen kann ich mich wenden?«

Freitag, 17. August

Endlich eine Nachricht vom Untersuchungsausschuß, der eingerichtet worden war, um die Verhaftungen vom zehnten August zu überprüfen. Man hat mir eine Audienz am kommenden Montag bei Bürger Botot, einem der sieben Leiter, gewährt. Überall auf dem Speisezimmertisch liegen Notizen herum, die Argumente formulieren, Bitten. Mein Bett ist übersät mit Kleidern, die ich aus dem Schrank geholt habe in dem Bemühen, ein passendes Ensemble auszuwählen. Was zieht man an, wenn man um ein Menschenleben fleht?

18. August

Heute morgen, als ich die Küche betrat, meinte ich zu sehen, wie Agathe hastig etwas unter die Anrichte schob. Später sah ich nach. Es war ein Pamphlet, offiziell in seiner Aufmachung, geschrieben von einem Patrioten ohne Bart. Es behauptete, daß ein Komplott aufgedeckt worden wäre, die guten Bürger von Paris während der Nacht des kommenden zweiten September zu töten. Dem Pamphlet zufolge soll dieser heimtückische Plan von Aristokraten und Priestern ausgeführt werden mit Hilfe derjenigen, die in den Gefängnissen sitzen und die die Aristokraten und Priester zu befreien gedächten.
Eine Lügengeschichte, eindeutig. Aber wer förderte eine solche Lüge? Wer förderte solche *Angst*?

Montag, 20. August, später Nachmittag, 3 Uhr 30

Bürger Botot ist ein großer, älterer Herr mit einem Kindergesicht und von schmuckem, wohlgenährtem Aussehen. Ich hatte das Gefühl, ihm schon einmal begegnet zu sein.

»Früher habe ich Zahnwasser in der Rue de Noyers verkauft«, sagte er. Er lispelte leicht.

L'eau de Botot – natürlich. »Ich habe Sie vor Jahren einmal um Rat gefragt«, sagte ich.

»Hat mein Mittel geholfen?«

»Ja«, log ich.

»Mein Onkel hat es erfunden«, sagte er stolz.

Er war teilnahmsvoll wegen der Verwechslung des Comte de Montmorin, teilte mir allerdings mit, daß er allein nur wenig ausrichten könnte. Er empfahl mir, an einem Empfang teilzunehmen, der in vier Tagen im Hause des Deputierten Paul Barras stattfinden sollte. Einige Mitglieder des Untersuchungsausschusses wären anwesend, sagte er.

»Aber der Deputierte Barras und ich sind einander noch nicht einmal vorgestellt worden«, sagte ich.

»Es wird mir eine Ehre sein, dies nachzuholen«, versicherte mir Bürger Botot.

Dienstag, 21. August

Agathe kam heute vor Aufregung gerötet vom Markt zurück. Sie hatte gesehen, wie ein Mann geköpft worden war – durch die Guillotine.* »Die Menge hat gebuht!« sagte sie, das bleiche Gesicht vor Aufregung gerötet. »Es war zu schnell vorbei.«

* Die Enthauptung, früher ein Privileg der Adelsklasse, wurde durch die Guillotine allen sozialen Schichten zugänglich gemacht. Sie wurde von Dr. Guillotin erfunden, der aus Kummer über den Mißbrauch seiner menschlichen Erfindung starb.

23. August

Die Kinder kamen heute nachmittag in hellem Entsetzen in den Salon gelaufen. Sie hatten gehört, daß unsere Truppen im Osten den Österreichern in die Hände gefallen waren.
»Ist das Vater?« fragte Eugène.
Ich versicherte ihm, daß sein Vater wohlauf war.
»Aber was ist mit uns?« rief Hortense.
»Nicht vor den *Österreichern* muß man sich fürchten«, fauchte Agathe. »Sondern vor den Priestern und Aristokraten im Gefängnis, die dir das Messer ans Herz setzen, während du schläfst.«
Hortense begann zu weinen. Es kostete einige Mühe, sie zu beruhigen.
»Entlasse Agathe«, sagte Aimée an diesem Abend mit Nachdruck. Wir saßen in unserem Garten, tranken Rotwein und beobachteten, wie der Mond und die Sterne aufgingen.
»Es ist zu gefährlich. Ich wage es nicht.« Viele werden heute von ihren Dienstboten an die Obrigkeit verraten.

Freitag, 24. August

Heute abend ist der Empfang beim Deputierten Barras. Prinzessin Amalia hat angeboten, mir eines ihrer wundervollen Kleider zu leihen. Ich habe ein Kräuterheilmittel eingenommen, um meine Magensäfte zu beruhigen. Ich muß dorthin, ungeachtet meines Zustandes.

Abends

Bürger Botot und ich wurden in eine elegant möblierte, mit Gobelins behängte Eingangshalle geführt. Ein älterer Mann um die Vierzig, der ein Schwert hinter sich herzog, kam auf uns zu. Er

ging mit der einstudierten Grazie eines Ballettmeisters. Er umarmte Bürger Botot, strich ihm über die Wange. »Und wer ist diese bezaubernde Dame, die du mir da mitgebracht hast, François?« Mit theatralischem Schwung küßte mir der Deputierte Barras die Hand.
»Ah – der berühmte Deputierte Barras.« Ich fiel in einen tiefen Hofknicks.
»Ich hasse den Gedanken, wo*für* ich wohl berühmt sein könnte.«
Er lächelte und entfernte sein goldgefaßtes Lorgnon aus dem rechten Auge. In einem Diamanten an seinem Mittelfinger fing sich das Licht. Er trug hautenge gelbe Seidenbundhosen, hohe schwarze Reitstiefel und überall Spitze – *sehr* Ancien régime. Kaum der Revolutionär, den ich, nach allem, was mir zu Ohren gekommen war, erwartet hatte.
»Gibt es da denn so viele Möglichkeiten?« fragte ich. Er roch stark nach Ambraöl.
»Unzählige.« Im Schein der Fackeln war sein Gesicht eckig, wie gemeißelt, mit hohen Wangenknochen. Ein empfindsam wirkender Mann mit kummervollen Hundeaugen. »Mein lieber Botot«, sagte er, als er meinen Arm ergriff, »wärst du gekränkt, wenn vielleicht *ich* diese Dame mit meinen Gästen bekannt machte?«
Als wir den Salon betraten, blieb ich stehen, um ein Gemälde von Greuze zu bewundern.
»Später werde ich Ihnen meine Sammlung zeigen«, sagte der Deputierte Barras. »Ich habe einen Blick für Schönheit …«
»Manche nennen es eine Schwäche«, raunte Botot.
Der Deputierte Barras lächelte, ein jungenhaftes schiefes Grinsen, das ziemlich einnehmend war. »Da wir gerade von Schönheit sprechen, wie ich sehe, tragen Sie eine von Bürgerin Deperets Kreationen«, sagte er in Anspielung auf das komplizierte Spitzen- und Bändermuster auf der Schulter meines Kleides.

»Eine ausgezeichnete Modeschöpferin, aber launisch, wie ich hörte.«
»Sie *ist* ausgezeichnet«, sagte ich. Ich wagte nicht zu enthüllen, daß ich das Ensemble ausgeliehen hatte.
Während des ganzen Abends war der Deputierte Barras sehr aufmerksam. (Ich habe ihn im Verdacht, daß er sehr viel mehr an der Inszenierung einer Verführung als an der Verführung selbst interessiert ist.) Nach dem dritten Toast auf die Republik war ich ausreichend ermutigt, mein Anliegen bezüglich der Verhaftung des Comte de Montmorin vorzubringen. Die Antwort des Deputierten Barras machte mir Mut – jedenfalls mehr als das abweisende »Wir werden sehen«. Er legte Wert darauf, mich mit den vier anwesenden Mitgliedern des Untersuchungsausschusses bekannt zu machen. Aufgrund der Achtung, die sie dem Deputierten Barras zollten, wurde mir klar, daß es klug wäre, seine Freundschaft zu pflegen ... was sicherlich nicht schwerfällt. Er amüsierte mich.

Dienstag, 28. August

Heute nacht geht es los. Keine Kutschen, keine Pferde auf den Straßen nach neun Uhr. Ein Ausrufer zu Pferd verkündete, daß die Durchsuchungen um Mitternacht begännen.
Was mußten wir verstecken? Aimée verbrannte eine Menge Liebesbriefe. Sie las die privateren Passagen laut vor, bevor sie sie ins Feuer warf. »Ich wünschte, ich hätte Liebesbriefe zu verbrennen«, sagte ich. Alexandres Briefe waren eher Predigten, in denen er die Tugenden der Republik pries.
»Laß seine dort liegen, wo die Obrigkeit sie sehen kann«, sagte Aimée.
Agathe beobachtete uns verstohlen, und auf einmal fragte ich mich: Ist meine Kammerzofe eine Spionin?

29. August

Es war nach ein Uhr morgens, als der Suchtrupp kam, eine Gruppe von zwölf Männern, die an die Tür hämmerte. Der Anführer war ein Bürger Wimpfen, ein Fellverkäufer, den ich, wie ich mich erinnerte, in unserem Bezirksbüro gesehen hatte. Sie gingen durch die Zimmer, bestanden darauf, daß wir die Kinder weckten, damit sie deren Betten durchsuchen konnten, wobei sie mit ihren Dolchen in die Pelzdecken stachen.

Aimée bot ihnen alten Wein in einer Karaffe und kalten Flußhecht an. »Das werdet ihr für die harte Arbeit, die heute nacht vor euch liegt, brauchen, Bürger«, sagte sie zu ihnen und schenkte großzügig ein, was ihnen schließlich die Röte ins Gesicht trieb. Sie kann das gut. Ich hingegen hatte Angst, sie könnten mein Zittern bemerken.

29. August 1792

Bürgerin Beauharnais:

Bezüglich der Arretierung und Inhaftierung des Bürgers Montmorin ist Ihnen in einer Woche, am vierten Tag des September, um drei Uhr nachmittags, eine Anhörung vor dem Ausschuß gewährt worden.

Bürger Botot
Vorsitzender, Untersuchungsausschuß

Donnerstag, 30. August

Wieder sind Tausende verhaftet worden – Kleriker, Priester, Aristokraten. »Wir sind die nächsten«, sagte Aimée und streifte ihre Fechtmaske über.

28. August 1792 – Valenciennes

Liebe Rose,
ich bin zum Generalfeldmarschall in Straßburg befördert worden. Ich reise morgen ab. Ich weiß nicht, wie lange es dauern wird, bis ich dort ankomme, da ich die Garnisonsstädte an der Strecke inspizieren werde. Mache Dir keine Sorgen, ich habe ein ausgezeichnetes Pferd.
Grüße die Kinder herzlich von mir.

Dein Gemahl, Alexandre Beauharnais.

2. September

Österreichische Truppen sind einen Zweitagesmarsch von Paris entfernt. Panik hat die Stadt ergriffen. In einem Hinterzimmer, auf einem kleinen Eichentisch, stellen wir Waffen zusammen: ein Hackbeil, Aimées Fechtsäbel, Kommandant du Brayes Pistole. Ich berührte das kalte Metall und malte mir das Schlimmste aus. Konnte ich? Wollte ich?

Montag, 3. September, abends

Eugènes Geburtstag, sein elfter. Der Lärm der Sturmglocken erfüllt die Luft, Kanonen zeigen an, wie langsam die Stunden vergehen.
Ich zog die Vorhänge vor und verbot den Kindern, hinauszuschauen. Ruhig ging ich meinen Beschäftigungen nach, befestigte Bänder zur Feier des Geburtstages, sagte Gebete auf, um den Tod abzuwehren. Die Dolche stets griffbereit, brachte ich den Tag herum: Kinder verköstigen, Wäsche flicken, Bettzeug lüften. Mit kleinen Gewohnheiten überwindet man die Angst.
Doch nun, da die Kinder schlafen, warte ich am Fenster und schaue, lausche und warte, die Pistole auf dem Tisch vor mir. Im

Dunkeln herrscht die Angst. Was würde ich tun, wenn ich angegriffen wurde? Brächte ich den Mut auf, ein Menschenleben auszulöschen? Wie wird so etwas gemacht?

4. September

Es war zwei, vielleicht drei Uhr morgens, als ich leises Gelächter hörte und zum Fenster ging. Die Sterne und der Mond schwebten über der Stadt. Friedlich, dachte ich, doch dann sah ich, wie sich in der Dunkelheit flackerndes Licht bewegte. Die Stadt pulsierte von Fackeln.

Zwei Burschen, lachend vor trunkenem Vergnügen, tauchten unten auf der Straße auf.

Ich sah genauer hin.

Sie zogen und zogen, sie torkelten und fielen hin, sie lachten und zogen wieder.

Aber was zogen sie?

Und dann sah ich es. Es war der Körper eines Mannes, den sie zerrten, die langen Beine weiß, nackt unter einem schwarzen Ordensgewand – ein Priester.

Ich würgte und drehte mich um, rang nach Luft.

Sobald der Himmel hell wurde, zog ich mich zum Ausgehen um und befestigte meine Kokarde. Ich machte mich auf den Weg zur Rue de Lille. Frédéric war Mitglied der Nationalgarde. Er würde Bescheid wissen.

Es war Prinzessin Amalia, die mich empfing, trotz der frühen Stunde. Auch sie hatte nicht geschlafen. Sie führte mich in den Garten, wo sie mich aufforderte, unter einer blühenden Akazie Platz zu nehmen. Dort, in einer Kulisse von Frieden und Schönheit, erzählte sie mir, was in der Nacht vorgefallen war. Die Männer und Frauen in den Gefängnissen waren abgeschlachtet worden.

Ich fühlte mich einer Ohnmacht nahe. »Der Comte de Montmorin? Er ist in der Abbaye ...«
Prinzessin Amalia nahm meine Hand.
Mon Dieu. Ich hätte an eben diesem Nachmittag einen Termin vor dem Ausschuß gehabt. Und nun war es zu spät.
In diesem Moment verriet mir die Prinzessin, daß sie und Frédéric vorhätten, aus Frankreich zu fliehen.
»Aber wie? Die Tore, die Wächter ...«
»Frédéric ist es gelungen, zu einem hohen Preis, Passierscheine nach Saint-Martin zu bekommen. Von dort aus, so glauben wir, können wir nach England gelangen.«
England. Der Feind. Aber wer war heute der Feind? Der Feind war überall.
»Sie werden ... Sie werden alles verlieren.« Ihren Landsitz, das Hôtel de Salm, alles, was sie besaßen, würde der Staat vereinnahmen, alles bis auf die Kleider auf ihrem Leib.
»Alles bis auf unser Leben.«
»Nehmen Sie uns mit.« Die Worte entschlüpften mir ohne nachzudenken. »Mich und die Kinder.« Es war furchtbar und erschreckend, so etwas zu tun, furchtbar und erschreckend, jemanden darum zu bitten, aber ich war nur von dem einen Gedanken besessen: Hortense und Eugène aus Frankreich heraus in Sicherheit zu bringen.
»Oh, Rose, das können wir nicht. Es ist unmöglich. Sie würden einen Paß benötigen.«
»Dann die Kinder.« Tränen traten mir in die Augen. »Sie können sie als Ihre eigenen ausgeben.«
Sie griff erschrocken nach mir. »Rose?«
Ich begann zu zittern.
Prinzessin Amalia blickte zum Himmel hinauf. Sie holte tief Luft. »Ja.«

Aimée und Lucie waren in der Halle, als ich eintrat. Ich schaute weg.
»Stimmt etwas nicht?« Aimée stellte ihren Marktkorb ab.
»Ich fühle mich nicht wohl«, sagte ich. Prinzessin Amalia und Frédéric wollten bei Tagesanbruch abreisen. Ich hatte versprochen, niemandem etwas zu verraten. Ich wollte es auch nicht. Ich fürchtete mich vor Komplikationen, der Logik – der Wahrheit. Ich fürchtete mich vor Schuldgefühlen, weil ich nur an mich dachte. Ich eilte die Treppe hinauf.
Eugène begrüßte mich mit einer Umarmung. Hortense lief mit einer Zeichnung, die sie gerade angefertigt hatte, herein. Sie wirkten so ungemein jung. Ein schreckliches Gefühl stieg langsam in mir auf.
»Maman?« fragte Eugène.
Ich faßte mich. »Ich habe Neuigkeiten. Ich habe Vorkehrungen für einen Ferienaufenthalt getroffen, mit Frédéric und Prinzessin Amalia.« Ich wußte, daß ich dies durchstehen und ruhig bleiben mußte. Sonst würde ich sie verschrecken.
Eugène erschien erfreut. Ich war erleichtert.
»Ich will aber in die Schule gehen«, sagte Hortense.
»Es gibt keine Schulen mehr. Erinnerst du dich? Alle Schulen wurden geschlossen.«
»Sie kommen nicht mit?« In Hortenses Stimme schwang ein hohes Tremolo mit.
Ich nahm sie in die Arme. »Ich werde bald nachkommen.« Ich log. Ich küßte sie auf den Kopf. Weine nicht, befahl ich mir. Weine bloß nicht!

Jetzt ist es Mitternacht. Das Lampenlicht ist heruntergebrannt. Ich wickele Haarsträhnen meiner Kinder um die Finger, drücke sie in ein Medaillon. Die von Eugène kräuselt sich leicht um meinen Finger; die von Hortense ist fein und glatt, sie widersetzt sich dem Eingesperrtwerden.

Sie schlafen. Eugène liegt ausgestreckt über dem Bett, fast nur aus langen Beinen und Armen bestehend. Er schläft geräuschvoll, ohne sich zu rühren. Ich habe keine Angst um ihn. Aber Hortense braucht mich noch, Hortense ist es, die leiden wird. Sie liegt zu einer angespannten Kugel zusammengerollt da, das Gesicht selbst im Schlaf in einem Stirnrunzeln erstarrt. Ich danke Gott, daß Eugène bei ihr sein wird. Er hat Mut genug für uns alle.

5. September

Der Morgen dämmerte, als wir aufbrachen. Eugène und ich wechselten uns mit dem Tragen der Provianttasche aus Leinwand ab. Ich bemühte mich, eine fröhliche Haltung zu wahren. Der Vierspänner wartete im Hof des Prinzen und der Prinzessin. Der Kutscher war nicht livriert, und die Familienwappen waren übermalt aus Furcht, Aufmerksamkeit zu erregen.
Der arme Frédéric war aufgeregt. Er schaffte es nicht, sein Schwert ordentlich umzuschnallen. Eugène half ihm. Dann nahmen die Kinder und ich Platz, wo wir nicht im Weg waren, während die Prinzessin das Packen überwachte. Es war soviel in eine Truhe gestopft worden, daß der Kammerdiener den Deckel nicht schließen konnte. Prinzessin Amalia war gezwungen, eine Anzahl Roben wieder herauszunehmen.
Schließlich waren sie fertig. Ich half den Kindern in die Kutsche. Ich küßte sie und schloß die Tür. Der Kutscher knallte mit der Peitsche, die Pferde zogen an. Hortense winkte. Eugène drückte die Lippen ans Fenster, um eine Grimasse zu schneiden.
Das war das letzte, was ich sah.

Ich eilte nach Hause. Als ich mich der Kirche zum Heiligen Thomas Aquinas näherte, hörte ich ein Kind singen, ein melancholischer Sopran, Hortenses lieblicher Stimme sehr ähnlich. Ich blieb stehen.

Ich wollte eine Kerze entzünden, ein Gebet sprechen ... ein Gebet für eine sichere Reise, für meine Kinder, aber in der dunklen Kapelle wurde meine Absicht vereitelt. Arbeiter rissen Kirchenornamente ab. In einer Ecke war ein Tisch aufgebaut worden, und eine Reihe junger Männer hatte sich formiert: Armeerekruten. Auf den vorderen Kirchenbänken sortierten ein Priester und mehrere alte Frauen Armeeuniformen.

Ich stand verwirrt im Bogengang.

Zwei der Arbeiter gingen an mir vorbei, eine schwere Madonnenstatue zwischen sich tragend. »Pardon«, sagte einer. Sie luden die Statue auf einen Handwagen und zogen damit los. Der Arbeiter in dem blauen Kittel winkte mir zu, wie in einer Prozession.

Ich erinnerte mich, wie Hortense gewinkt hatte. *Auf Wiedersehen. Auf Wiedersehen, Maman.*

Für wie lange?

Für immer?

Ein Gefühl der Panik überwältigte mich. Ich fiel auf die Knie. Der Priester und eine der alten Frauen eilten mir zu Hilfe. Der Priester führte mich, so gut es ihm möglich war, zu einer Kirchenbank, drängte mich auszuruhen. »Ich muß gehen.« Ich riß mich los.

Ich weiß nicht mehr, wie ich zur Rue Saint-Dominique gelangte. Ich weiß nicht mehr, wie ich die Treppe hinaufstieg. Ich weiß nur noch, daß ich an der Tür des Kinderzimmers stand. Über den ganzen Fußboden waren Eugènes Zinnsoldaten verstreut. Eine von Hortenses Puppen lag in sich zusammengesunken in einer Ecke.

»Oui?« Agathe stand über Eugènes Bett gebeugt, als wollte sie es in Ordnung bringen. Im Kissen war eine Vertiefung, wo Eugènes Kopf gelegen hatte.

»Nein!«

Agathe sah mich irritiert an.

»Bitte.« Diesmal leise. Ich hatte sie erschreckt. »Nicht.« Ich langte nach dem Türgriff, um mich abzustützen.
»Soll ich denn das Bett nicht machen?«
»Nicht gerade jetzt.« Meine Stimme bebte.
Agathe betrachtete mich mißtrauisch. »Ich verstehe.« Sie wich zurück.
Ich schloß die Tür hinter uns, drehte den Schlüssel herum, holte tief Luft. Ich hätte sie immer noch bei mir, ihre vertraute Unordnung, ihre zerwühlten Betten – ihren Duft, die Abdrücke ihrer Körper auf den Kissen ... Beweise, daß es sie gab.

Ich werde eine gute Republikanerin

8. September 1792

Aimée ist entsetzt über das, was ich getan habe.
»Ich *mußte* es tun!«
»Du hättest wenigstens mit mir darüber sprechen können.«
Die Wahrheit war, daß ich Angst davor hatte, es ihr zu sagen, Angst davor, daß sie es mir ausreden würde. Angst davor, daß sie sagte: Was ist mit Lucie? Was ist mit *meiner* Tochter?
»Ich versprach, es nicht zu verraten!«
»Rose, verstehst du denn nicht? Das bringt dich in große Gefahr!« schimpfte sie. »Und was ist mit Alexandre? Ich darf gar nicht daran denken, was ihm zustoßen wird, wenn die Obrigkeit das herausfindet!« Alexandre – *mon Dieu*.

Sonntag, 16. September

Regen und noch mehr Regen. Ich verbrachte den Morgen im Bett, lauschte dem Knistern des Feuers, dem steten Tropfen des Regens auf das Dach, allein mit meinen traurigen Gedanken, einer verzehrenden Langeweile.
Gegen elf muß ich eingeschlafen sein, denn ich träumte von zu Hause, vom Salzwasser in der Bucht, dem Astgewirr der Mangroven … Ich erwachte jäh. Draußen auf der Straße hörte ich eine Kinderstimme, das sprudelnde Gekicher eines Mädchens. Wie grausam, dachte ich, daß ein Kind, das sich wie Hortense anhört, vor meinem Fenster ruft.

Ich hörte das ungeduldige Tänzeln von Pferdehufen auf dem Kopfsteinpflaster, das Öffnen der Eingangstür, eine Jungenstimme. War es möglich? Ich ging zum Treppenabsatz, umklammerte hilfesuchend das Geländer. Dort, in der Eingangshalle, standen Hortense und Eugène und blickten zu mir hoch.
»Maman!« Sie polterten die Treppe herauf und in meine Arme. Ich umklammerte sie fest, ungläubig. Sie waren verwirrt – und vielleicht ein wenig beunruhigt – durch die Heftigkeit meiner Begrüßung, meine Tränen.
»Vater hat einen Brief geschrieben, daß wir zurückkommen sollen«, erklärte Hortense. Sie schien sich darüber zu freuen.
»Alexandre?«
Prinzessin Amalia kam in die Eingangshalle. Frédéric war hinter ihr, er sah angegriffen aus. Er trug seine Nationalgardenuniform, die ihm jetzt zu eng war. Ich bedeutete ihnen, vorsichtig zu sein, denn Agathe war mit einem Korb Wäsche an die Brüstung gekommen. »Soll euch Agathe eine heiße Schokolade machen?« fragte ich die Kinder. Sie folgten ihr freudig in die Küche hinunter. Ich öffnete die doppelte Schiebetür zum Salon. Als Prinzessin Amalia und Frédéric hinter mir eintraten, vergewisserte sich Frédéric, daß niemand sich hinter den Vorhängen verbarg. Ich schloß die Tür hinter mir. »Was ist *geschehen*?« flüsterte ich.
»Kurz vor Saint-Paul erhielten wir eine Eilpost«, sagte Prinzessin Amalia mit gedämpfter Stimme, als sie ihren Federhut abnahm. Ihr stark gepudertes Haar war zu einem kunstvollen Knoten frisiert. »Von Alexandre. Er verlangte, daß die Kinder auf der Stelle nach Paris gebracht werden.« Sie zog ein Schriftstück aus ihrem Korb und reichte es mir. »Es kam zwei Tage, bevor wir nach England aufbrechen sollten, an.«
»Alexandre hat das geschickt?« Ich sank aufs Sofa. »Wie hat er es herausgefunden?«
»*Sie* haben ihn nicht informiert?« Prinzessin Amalia sah kurz ihren Bruder an. »Wir dachten ...«

»Ist es möglich, daß die Regierung davon weiß?« fragte ich.
»Sie haben überall Spione«, sagte Frédéric verbittert.
Ich wußte überhaupt nicht, was ich denken sollte. Ich war vor Freude überwältigt, Hortense und Eugène wiederzusehen, aber auch beunruhigt durch die gefährliche Lage, in die sie zurückgekehrt waren. »Aber *Sie* hätten doch nach England weiterreisen können«, sagte ich zu ihnen.
»Jemand mußte doch die Kinder begleiten«, erklärte Prinzessin Amalia.
»Es gab niemanden, dem wir vertrauen konnten«, sagte Frédéric.
Erst nachdem sie gegangen waren, wurde mir die Ungeheuerlichkeit von Alexandres Tun klar. Das Leben unserer Kinder, das Leben des guten Frédéric und der Prinzessin Amalia war aufs Spiel gesetzt worden. Ich habe Alexandre einen wütenden und kummervollen Brief geschrieben. Ich schaue zu, wie er im Kamin verbrennt.

21. September 1792 – Straßburg

Rose,
wie kannst Du sagen, daß ich die Lage in Paris nicht verstünde? Ich verstehe sie vollkommen: Die Pariser wurden von einer unvernünftigen Panik übermannt. Die Österreicher hätten niemals angegriffen! Aber trotzdem, die Kinder nach England schicken? Kannst Du Dir vorstellen, was dies für meine Karriere bedeutet hätte? Als ehemaliger Aristokrat bin ich täglich dazu aufgerufen, meine Loyalität unter Beweis zu stellen.
Dein äußerst aufgebrachter und gekränkter Gemahl, Alexandre

Freitag, 21. September

Aimée ist auf meine Sicherheit bedacht. »Du mußt eine gute Bürgerin werden, eine vorbildliche Republikanerin.« Sie hat eine rote Mütze und eine Kokarde aus Wolleinen neben die Eingangstür gelegt – nicht einmal eine Seidenkokarde ist gut genug – »für *jede* Gelegenheit, bei der du das Haus verläßt«.
Ich stöhnte.
Sie erlaubte sich vorzuschlagen, daß ich einen weniger attraktiven Umhang suchen sollte, den ich auf der Straße trage. »Jede Zurschaustellung von Reichtum ist gefährlich«, sagte sie. »Selbst saubere *Unterwäsche.*« Sie schenkte mir einen Umhang, den sie in einem Laden für gebrauchte Kleidung gefunden hatte. Er ist abgetragen und geflickt, ein unkleidsames schmutziges Gelb. »Perfekt. Du siehst gräßlich aus.«

Samstag, 22. September

Die neue Republik dämmerte feucht und trübe herauf. Auf den Straßen wimmelt es von Menschen, die im Regen herumlaufen, Wein miteinander teilen, singen, die neue Ära der Freiheit feiern. In römische Tuniken, zerlumpte alte Armeeuniformen und stokkige Hofgewänder gehüllt, haken sie sich ein und wandern von einem Viertel zum nächsten.
Aimée hat den Salon mit revolutionären Zeitungen und Magazinen vollgestopft. »Für unseren Salon«, erklärte sie.
»*Unseren* Salon?«
»Jeden Dienstagabend, Revolutionäre willkommen«, sagte sie, während sie eine Gästeliste ausstrich. »Sie sind eine Bande von Flegeln – es könnte sogar amüsant werden.«

26. September

Unser »Salon« war ein Erfolg. Es waren siebzehn Gäste anwesend. Fanny erschien als erste (modisch rustikal aussehend). Sie kam mit Michel de Cubières (dick aussehend), ihrer Tochter Marie (dünn aussehend) und einem Bürger Lestaing (reich aussehend), einem verwitweten Mulatten aus Saint-Domingue, der auf mehr als nur freundschaftlichem Fuße mit Marie zu stehen schien. (Alle taten so, als seien sie nicht entrüstet.)

Marie teilte mir mit, daß sie unter dem neuen Gesetz die Scheidung von François beantragt hätte. »Es ist einfach!« Sie trug eine Arbeiterinnenhaube mit einer riesigen Trikolorenkokarde an der Vorderseite. »Wann läßt du dich von Alexandre scheiden?«

»Daran habe ich noch nicht gedacht«, sagte ich. Trotz allem meinte ich immer noch, daß Alexandre mein Mann *war* – der Vater meiner Kinder.

Eine Anzahl Deputierter war eingeladen worden, auch der Deputierte Barras, der in Begleitung des Bürgers Botot und des Deputierten Tallien erschien, allesamt in guter Stimmung.

Der Deputierte Barras küßte mir die Hand. »Bürgerin Beauharnais«, sagte er mit Trauer in den großen Augen. »Mit Bedauern erfuhr ich von Ihres Freundes ...«

Bürger Botot sah gleichermaßen niedergeschlagen drein. »Der Zeitplan ...«, lispelte er. Ich zuckte mit den Schultern.

»Ich hatte eigentlich vor, Ihnen zu schreiben«, sagte ich, »um Ihnen für Ihre Hilfe zu danken.«

»Darf man alternden Lüstlingen in Gesellschaft einer Dame trauen?« mischte sich ein junger Mann in einem roten Frackrock ein. Außerordentlich groß mit widerspenstigen Haaren bewegte er sich wie eine Katze.

»Hat dir deine Mutter erlaubt, heute abend auszugehen, Tallien?« fragte der Deputierte Barras, als er einen Tisch zum Kartenspiel vorbereitete. Bürger Botot lachte.

»Der Deputierte Tallien ist *Sekretär* der Commune?« fragte ich Aimée später, als ich Gelegenheit dazu hatte. »Aber er ist noch so jung.« Obwohl er nach außen sanft wirkt, hat er das Benehmen eines unbekümmerten Draufgängers: sarkastisch, respektlos, geistreich.

»Kaum fünfundzwanzig, der Sohn eines Kammerdieners. Aber attraktiv, findest du nicht? Und offensichtlich gebildet. Der Herr seines Vaters machte den Fehler, ihn zu unterrichten. Ich habe gehört, daß er Plutarch ebenso gut zitiert wie jeder Adlige. Es heißt sogar, daß der Herr sein Vater *ist*. Fällt dir nicht etwas Aristokratisches an seinem Profil auf? An seiner Nase? Ein sanfter, gutherziger Mann dem *Anschein* nach, aber skrupellos, wie es heißt – einer der Kommissare. Hast du von dieser neunzehnjährigen Frau aus Saint-Denis gehört? Als Delegierter verkleidet, wurde sie im Konvent verhaftet, mit Schwefelsäure in der Tasche – für sein Gesicht bestimmt.«

»Er ist ein Septembrist?« Ich dachte an Luc de Montmorin, an seinen gewaltsamen Tod. Wie hatten wir bloß einen *Septembrist* in unser Haus einladen können?

»Aber einflußreich. Er war derjenige, der um Passierscheine aus der Stadt für Prinzessin Amalia und Frédéric nachgesucht hat.« Aimée drückte meinen Arm. »Es heißt, daß ihm aristokratische Frauen gefallen.«

Nach unzähligen Toasts auf die Republik forderte ich Bürger Tallien zu einer Runde Ecarté auf. Er hatte eine Schwäche fürs Spielen, wie ich bemerkte. Ich erfreute ihn außerordentlich, indem ich verlor. Nach zwei Spielen (die mich siebzehn Livres kosteten) nahm ich all meinen Mut zusammen, um meine Bitte bezüglich meiner Freunde vorzubringen.

»Und Ihrem Freund Frédéric erlauben, in die Armee des Feindes einzutreten?« entgegnete Tallien. Ich mußte lächeln.

»Vergeben Sie mir, wenn ich nicht verstehe, was daran komisch ist«, sagte Tallien.

Ich klärte ihn auf: »Dies ist vielleicht das erste Mal, daß mein Freund als ein Held auf dem Schlachtfeld betrachtet wird.« Der gute Frédéric stand im Ruf, ein Feigling zu sein. Ihm war sogar die Schande zuteil geworden, aus der freiwilligen Nationalgarde entlassen zu werden.
Leichtfertig oder nicht, jedenfalls sagte Tallien, er bezweifele, daß Passierscheine zu erhalten seien.
»Aber es muß doch eine Möglichkeit geben.« Wäre ich nicht gewesen, wären Frédéric und Prinzessin Amalia jetzt in England, sie wären in Sicherheit.

30. September 1792 – Straßburg

Rose,
wie kannst Du mich beschuldigen, die Sicherheit meiner Kinder über meine eigene zu stellen! Ich würde für sie sterben! Und was Amalia und Frédéric beriff, so sind sie in Paris besser aufgehoben.

Alexandre

2. Oktober

Heute nachmittag ging ich in das Büro des Abgeordneten Tallien, um ihn noch einmal wegen der Passierscheine für Frédéric und Prinzessin Amalia zu befragen. Man ließ mich einige Zeit warten. Er hätte am Umbruch des *L'Ami des citoyens*, der Revolutionszeitung, die er herausgibt, gearbeitet, sagte er, als er endlich geruhte, mit mir zu sprechen. Er hätte einen Redaktionsschluß einzuhalten.
»Ein anderes Mal?« erkundigte ich mich und wagte den kühnen Schritt, ihn zum Abendessen einzuladen.
»Perfekt«, sagte Aimée, als ich es ihr erzählte, und bot an, Eugène und Hortense für die Nacht in ihrer Wohnung zu behalten.

Am selben Abend

Der Deputierte Tallien ist gegangen; meine Tugend ist unversehrt. Angegriffen vielleicht, aber unbefleckt.

Wir verbrachten den Abend zusammen, tranken gemeinsam zwei Flaschen Wein, dem der Deputierte Tallien zweifelsohne gerne zuspricht. Wir spielten Piquet und unterhielten uns – über die Republik, die Verfassung, die Zukunft. Hinter einem liebenswürdigen Auftreten steckt ein junger Mann, der unbedingt etwas ändern will. Er glaubt inbrünstig an die Revolution, hat sich ganz der Vision von einer besseren Welt verschrieben.

»Die gemäßigten Deputierten behaupten, daß die Radikalen der Vergangenheit keine Beachtung schenken«, sagte er, »doch die Gemäßigten ignorieren die Gegenwart. Sie wollen die Armut nicht sehen, die uns umgibt.«

»Es ist schwer verständlich, wie man sie *nicht* sehen kann.«

Wir sprachen über unsere Familien, unsere Hoffnungen und Ambitionen. »Sie sind – vierundzwanzig? Fünfundzwanzig?« fragte ich. »Suchen Sie keine Ehefrau?«

»Ich suche die Ehefrau eines Brigadegenerals«, sagte er charmant.

»Sie wissen schon, was ich meine.« Ich lächelte.

»Ich glaube, ich bin des Gefühls, das man Liebe nennt, nicht mächtig.«

Ich schaute ihn überrascht an. »Das muß ein trauriges Gefühl sein.

»Es ist ein sicheres Gefühl.« Er erhob sich, um zu gehen. »Sie haben nicht nach den Passierscheinen für Ihre Freunde gefragt.« Er zog ein Papier aus der Westentasche. »Ich habe dafür gesorgt, daß zwei erteilt werden.«

Der Schein einer Kerze spiegelte sich in seinen Augen wider. »Das ist freundlich von Ihnen.«

»Nicht viele nennen mich *freundlich*.«

»Ich möchte noch eine andere Bitte vorbringen«, sagte ich, durch den Wein kühn geworden. »Bezüglich eines Mädchens mit Namen Anne-Julie de Béthesy, im Gefängnis Port-Libre. Sie ist erst neunzehn.«* Eine weinende Madame Moulins hatte sich vor drei Tagen wegen ihrer Nichte an mich gewandt, die inhaftiert wurde, als ihre Familie aus Deutschland zurückkehrte.
Tallien lächelte. »Man gewinnt den Eindruck, daß Ihre Liste lang sein kann ...« Er beugte sich zu mir hinunter.
Ich bückte mich unvermittelt, um sein Schwert aufzuheben, reichte es ihm. »Ich bin überzeugt, daß Sie sich zur rechten Zeit verlieben«, sagte ich.
Er seufzte, legte die Hand aufs Herz. »Jeder will meinen Untergang.«
Ich lachte. Er ging befriedigt; ich bin erleichtert.

Donnerstag, 4. Oktober

Frédéric und Prinzessin Amalia reisten heute morgen ab, in aller Stille, bevor ich ihnen Lebewohl sagen konnte.

9. Oktober

Heute abend erhielt ich eine Nachricht von Frédéric: »Wir sind leider zurück.«
Ich eilte zum Hôtel de Salm. Frédéric kam an die Tür. Er hatte geweint. »Es ist hoffnungslos. Wir werden sterben!«
Prinzessin Amalia kam hinzu. Sie erzählte mir, was vorgefallen war. Sie waren nach Amiens aufgebrochen, doch an einer Poststation in der Nähe von Clermont waren ihre Papiere in Zweifel

* Anne-Julie de Béthesy war die Cousine der Äbtissin von Penthémont. Rose war der Tante des Mädchens, der Marquise de Moulins (oder Demoulins), in Fontainebleau vorgestellt worden.

gezogen worden. Weder alle aufgebotene Überredungskunst – »Noch Gold«, warf Frédéric ein – konnte den Stationsvorsteher dazu bewegen, sie nicht den Behörden zu übergeben. Glücklicherweise war der Kommandant nachsichtiger und ließ sie gehen, vorausgesetzt, daß sie umgehend nach Paris zurückkehrten.

»Und da sind wir, im fröhlichsten Gefängnis von ganz Europa«, sagte Frédéric abschließend und schwenkte ein besticktes Taschentuch durch die Luft. »Wenigstens können wir *hier* in die Oper gehen.«

Freitag, 12. Oktober

Eine Militärkutsche fuhr heute morgen in unseren Hof ein.

»Leutnant Soufflet«, meldete mir Agathe. »Er hat eine Nachricht von Ihrem Mann.«

»Von Alexandre?«

»Ja, ja.« Leutnant Soufflet erinnerte sich daran, seinen Hut abzusetzen. Er wirkte wie ein Junge – nicht älter als vierzehn oder fünfzehn. »Ja«, noch einmal. Er tastete in seinen Taschen herum und reichte mir einen Brief.

Ich erkannte Alexandres Handschrift. *Ich kann Dir nicht länger vertrauen. Ich brauche Dich wohl nicht an das Gesetz zu erinnern.*

»Ich soll General Beauharnais' Sohn nach Straßburg mit zurücknehmen.« Leutnant Soufflet sprach die Worte entschlossen aus, als hätte er sie einstudiert.

»Eugène soll nach Straßburg fahren? Mit Ihnen?«

»Ja.«

»Gleich?«

»Ja, ja.«

»Da ist sicherlich ein Irrtum unterlaufen.«

Ich las die Nachricht noch einmal. *Das Gesetz.* Als Vater konnte Alexandre seine Kinder in die Gefahren von Paris zurückbeordern, seinen Sohn auf einer langen und gefahrvollen Reise der Obhut eines Jungen anvertrauen, ihn den Gefahren einer Garnisonsstadt aussetzen. Ich steckte die Nachricht in die Tasche. Ich verstand: Ich hatte keine Wahl.

Leutnant Soufflet und ich holten Eugène in der Tischlerwerkstatt in der Faubourg Saint-Antoine ab, wo er, wie von der Commune gefordert, als Lehrling diente. Der angenehme Geruch von Sägespänen lag in der Luft des Raumes. Eugène, an einem Tisch im hinteren Teil beschäftigt, blickte nicht auf.

Ich erläuterte dem Bürger Quinette den Zweck meines Besuches. Er rief Eugène herbei und sagte ihm, daß er entlassen wäre. Eugène machte ein erschrockenes Gesicht. Ihm bereitete seine Lehrzeit mehr Vergnügen, als es jemals die Schule vermocht hatte.

»Ich werde es dir erklären«, sagte ich.

Die große, offizielle Kutsche und das stattliche Pferdegespann beindruckten Eugène, ebenso wie die Uniform, die Bürger Soufflet trug, der flotte Hut und das lange, glänzende Schwert. Eugène bürstete die Sägespäne von seiner Kleidung und kletterte auf den Ledersitz.

Wir kehrten in die Rue Saint-Domingue zurück. Die Vorbereitungen dauerten weniger als eine Stunde. Stolz schnallte Eugène sein Schwert um. Hortense schob eine Zeichnung in seine Proviantasche. Ich überprüfte den Korb mit Verpflegung. »Keine Eier?« Agathe ging nachsehen, ob noch hartgekochte da waren.

Leutnant Soufflet wurde unruhig. Es war Zeit. Da es regnete, sagten wir an der Tür Lebwohl. Ich hatte erst Angst, weinen zu müssen, doch statt dessen war ich entsetzt, betrübt – über Eugènes Begeisterung. Er war auf dem Weg, seinen Vater an der Front zu treffen. Was könnte dem Herzen eines Jungen näher sein?

Wir trauern um den König

5. November 1792

Eugène sendet kurze, traurige Briefe. Das Leben in Straßburg ist nicht so, wie er es sich vorgestellt hatte. Anstatt »an der Front« zu sein, in Zelten und an Lagerfeuern, wie er es sich ausmalte – ist er ins Collège Nationale eingeschrieben, ein revolutionäres Internat, das er noch mehr verabscheut als die aristokratischen. Hortense quält sich mit einer Schärpe ab, die sie für ihn näht. Sie vermißt ihn sehr. Wie wir alle.

16. November

Den größten Teil dieser Woche habe ich ausschließlich damit verbracht, mit Bewerberinnen als Hauslehrerin für Hortense Einstellungsgespräche zu führen. Heute nachmittag fragte ich meine Mantelnäherin, ob sie vielleicht interessiert wäre. Sie heißt Marie de Lannoy, aus der alten flandrischen Familie Lannoy (wie sie nicht müde wird zu betonen) – eine reizlose, eingebildete Frau mit dem Anspruch, eine Aristokratin zu sein. Sie plappert unaufhörlich, aber sie kann lesen, und ich weiß mir keinen Ausweg. Als ehemalige Näherin der Königin wird sie auch in der Lage sein, Hortense ein Handwerk beizubringen, das die gesetzliche Forderung erfüllt. Sie beginnt nächste Woche.

Montag, 19. November

»*Mademoiselle* Lannoy, s'il vous plaît.« Sie ist korpulent mit einem pockennarbigen Gesicht, vorstehenden großen Zähnen und Mundgeruch. Gegen eine Schlafstube im zweiten Stock hatte sie Einwände erhoben und auf einer im ersten Stock bestanden. Die Köchin flucht bereits, da sie ihre Hammelkoteletts dreimal zurückschickte. Kein »tu« oder »toi« bei dieser Dame, nicht einmal zu den Kindern, geschweige denn zu Fortuné, der sie zu beißen versuchte.

Agathe, unsere stotternde Revolutionärin, ist die einzige tapfere Seele unter uns. Nur sie läßt sich nicht einschüchtern, nennt sie dreist »*Bürgerin* Lannoy« und erlaubte sich, ihr eine kräftige schwesterliche Umarmung zu gewähren – sehr zu Mademoiselle Lannoys offenkundigem Unbehagen. Ich gestehe, daß ich belustigt war.

22. November

Mademoiselle Lannoy will nicht mit Agathe sprechen. »Ich habe mit einer Jakobinerin nichts zu schaffen«, teilte sie mir entschieden mit.

»Darf ich Sie daran erinnern«, teilte ich ihr mit, »daß mein Mann als Brigadegeneral in der Revolutionsarmee ebenfalls ein Jakobiner ist. Wir sind eine *republikanische* Familie.«

Ich habe darauf bestanden, daß sie Hortense zu allen Revolutionsfeiern mitnimmt und ihr erlaubt, mit den Kindern des Buchhändlers zu spielen. Ich klinge patriotischer, als ich bin, aber die Arroganz der Lannoy weckt sogar in mir den revolutionären Geist.

18. November 1792 – Straßburg

Liebe Rose,
danke für den »Ölzweig« – auch ich möchte nicht streiten. In einer Zeit wie der unsrigen ist es wichtig, daß alle Zwistigkeiten ausgeräumt werden. Wir müssen vereint gegen den Feind stehen, gegen die Unterdrücker der Freiheit.
Eugène scheint sich eingewöhnt zu haben und legt mehr revolutionären Geist an den Tag.

Dein Gemahl, Alexandre Beauharnais

Montag, 26. November

Wir sind ein Haus der Spione geworden. Agathe spioniert der Lannoy nach, die Lannoy Agathe. Hortense spioniert ihnen beiden nach.
Vergangene Woche informierte mich Hortense, daß sich Agathe jeden Tag nach dem Frühstück davonschleicht – und ich entdeckte, daß es stimmt. Agathe geht in der Tat aus, und zwar heimlich, gegen zehn Uhr morgens. Eine Stunde später ist sie zurück, die Wangen gerötet, die Hausarbeit unerledigt.
Jetzt habe ich herausgefunden, wohin sie geht. Die Guillotine zieht sie an, auf der anderen Seite des Flusses auf der Place Louis Quinze – heute Place de la Révolution –, wo sich täglich Menschenmengen versammeln, die Verkäufer Limonade feilbieten, die Kinder Nachlaufen spielen und die alten Damen tratschen, wenn die Köpfe rollen.

29. November

Heute morgen ging ich zu meiner Schneiderin in der Rue Saint-Honoré. Mir wurde beklommen ums Herz, als ich einen Wagen näher kommen sah, drei Männer und eine Frau auf dem Weg zur

Guillotine, einer der Männer jung, wirklich blutjung. Er weinte, ein anderer gab sich große Mühe, ihn zu trösten. Fünf Buben zogen hinter dem Wagen her und tanzten die Farandole.

Erschüttert überquerte ich die Straße und machte mich auf den Weg zurück zu den Palastgärten. Dort fand ich eine freie Bank unter einem Kastanienbaum, wo ich eine Weile mit kummervollem Herzen saß. Nicht weit von mir, unter einem anderen Kastanienbaum, stellte ein Spielzeugverkäufer ein Brett mit kleinen Guillotinen auf, solche, wie ich sie auf Drängen von Hortense und Eugène schon häufig hätte kaufen sollen, was ich aber unpatriotisch abgelehnt hatte.

Ich konnte den Lärm der Menschenmenge hören, die sich auf der Place de la Révolution versammelte. Dann und wann stimmte eine Gruppe ein Lied an, andere fielen ein, und das Lied wurde eindringlicher und fröhlicher. Es war ein heiterer und strahlender Morgen, und wenn man das Bild des Messers verdrängen konnte, konnte man sich kein unschuldigeres Fest vorstellen.

Beifall ertönte und dann der Ruf: »Lange lebe die Republik!«

Ein Kopf war gefallen.

Was ist nur aus uns geworden?

22. November 1792 – Straßburg

Liebe Rose,

ein Sieg hat unsere Waffen gekrönt! Ich war überzeugt, daß mein kommandierender General, der große Custine, Mainz erobern würde – aber gleich auch Frankfurt! Dieser Sieg bestätigt den Erfolg unserer Sache. Unsere Republik wird das Banner der Freiheit in alle Nationen der Welt tragen, das Unterdrückerjoch der Tyrannei abwerfen! Diese Neuigkeit hat meine Aufgabe als Ausbilder der neuen Rekruten erleichtert. Mit Stolz im Herzen packen sie ihre Aufgabe begeistert an.

Eugène war an Fieber erkrankt, ist jetzt jedoch auf dem Wege der Besserung.

Dein Gemahl, Alexandre Beauharnais

8. Dezember 1792 – Straßburg

Liebe Rose,
aus der Feier ist Schmach geworden. General Custines Truppen wurden zum Rückzug gen Mainz gezwungen, wo sie den Winter über eingeschlossen sind. Viele meiner Männer sind desertiert. Es gibt Gerüchte, daß Custine als Folge davon verhaftet werden soll.
Glaube nicht, was in den Zeitungen steht.

Dein Gemahl, Alexandre Beauharnais

23. Dezember

Es war ziemlich mühsam für Hortense und mich, zu »Weihnachten« nach Fontainebleau zu gelangen. (Wir wagen nicht, es heute so zu nennen – wir feiern nicht mehr Weihnachten, sondern *Einigkeit*, die amtliche Bezeichnung.) Die meisten Pferde sind für die Armeen beschlagnahmt worden, so daß die Wartezeit für einen Platz in der Postkutsche erheblich war. Ich dachte daran, eine Droschke zu mieten, doch die Kutscher verlangten das Vierfache des normalen Preises, was unsere Mittel weit überstieg. Als uns daher Frédéric und Prinzessin Amalia anboten, ihren Vierspänner zu benutzen, nahm ich an.
Und so kam es, daß Hortense (mit Fortuné), die Lannoy und ich auf derart vornehme Art aufbrachen. Obwohl Frédéric und Prinzessin Amalia schon vor langer Zeit die Vorsichtsmaßnahme getroffen hatten, die adligen Embleme zu übermalen, waren die feinen Holzfurniere rund um die Fenster nicht zu verbergen. War dies der Grund, warum uns die Beamten am Porte Saint-Martin nicht passieren lassen wollten? Oder war es das hochmütige Betragen der Lannoy? Oder Fortunés unablässiges Knurren? Was auch immer der Grund war, der Wächter wollte nicht glauben, daß unsere Papiere echt waren. Wir mußten umdrehen und es an einem anderen Tor versuchen. Der Umweg hat unsere Reise um

zwei Stunden verlängert. Bis wir in Fontainebleau ankamen, waren wir bedenklich durchgefroren.
Tante Désirée brach bei unserer Begrüßung in Tränen aus – wir hatten sie schon seit vielen Monaten nicht mehr gesehen, und die Zeit war sorgenvoll gewesen. Der Bart des Marquis, früher einmal grau, ist erschreckend weiß geworden.
»Nenne ihn nicht Marquis«, warnte Tante Désirée gereizt. »Es heißt jetzt *Bürger.*«
Ich unterdrückte ein Lächeln.

Mittwoch, 26. Dezember

Der Prozeß des Königs hat begonnen. »Das ist eine Beleidigung!« ereiferte sich die Lannoy. »Der *König* kann doch nichts Unrechtes tun!« Sie ist überzeugt, daß die kompromittierenden Papiere, die in der Eisenkassette gefunden worden waren, von Jakobinern absichtlich dort hineingelegt wurden.*
»Bitte halten Sie den Mund, Lannoy!« flüsterte ich und bat sie inständig, bei ihren Äußerungen Vorsicht walten zu lassen. Es war ein Verbrechen geworden, auf das die Todesstrafe stand, wenn man seine Verbundenheit der königlichen Familie gegenüber kundtat. »Eine Gouvernante braucht ihren Kopf.«
»Die können mich mal«, rief sie. »Die können mich mal, sage ich.«
Sie hat gewisse liebenswerte Eigenschaften, aber man muß danach suchen.

* Am 2. November wurde in den Tuilerien in einer verschlossenen Eisentruhe hinter einer Holzvertäfelung geheime Korrespondenz zwischen dem König und den Österreichern entdeckt.

Später

Heute abend erhielt ich Besuch von einer Marktfrau, einem Fischweib. Der Duft von Rosenöl stimmte mich nachdenklich. Im Salon schlug sie ihre Kapuze zurück. Es war Fanny. »Warum verkleiden Sie sich?« fragte ich beunruhigt.

»Ich bin gekommen, um dich zu warnen«, zischte sie und bedeutete mir, still zu sein. »François ist geflohen. Er hat versucht, den König zu befreien.«

»Mon Dieu.« Ich sank auf einen Stuhl. »Den König zu *befreien*? Aus dem Temple?« Ich formte die Worte mit den Lippen.

Fanny nickte und nahm einen Bleistift und Papier aus ihrem Korb. *Er gehörte zu einer Gruppe*, schrieb sie. *Eine Verschwörung.*

Ich war derart gelähmt von dieser Nachricht, daß ich sie kaum begreifen konnte. Alexandres älterer Bruder, der vorsichtige, ruhige, ehrenwerte François hatte alles aufs Spiel gesetzt, die einzige flammende, verzweifelte Tat eines Helden. Er hatte sein Leben riskiert, um den König zu befreien.

Fanny schob mir noch einen Fetzen Papier in die Hand. *Er ist nach Deutschland hinüber – um sich der Emigriertenarmee bei Koblenz anzuschließen.*

Ich warf die Zettel ins Feuer. Würden François und Alexandre gegeneinander Waffen tragen? Würden sie ihren Streit bis in den Tod austragen?

Ich hörte, wie in der Halle eine Tür geschlossen wurde. Agathe. Ich bedeutete Fanny, vorsichtig zu sein.

Fanny streckte die Hand aus. Es war ein Edelstein, ein Diamant. Die Lichter tanzten auf ihrer Haut. »Ich nehm nur Metallmünzen, Bürgerin«, sagte sie laut, wobei sie einen Marktakzent vortäuschte, von dem ich gar nicht wußte, daß sie ihn kannte. (Wäre ich nicht derart beunruhigt gewesen, hätte ich es vielleicht amüsant gefunden.)

»Ist er echt?« fragte ich laut genug, um gehört zu werden. »Was verlangst du dafür?«
»Nicht mal die Hälfte von seinem Wert.«
»Sie haben mit François gesprochen?« raunte ich, als ich sicher sein konnte, daß wir wieder allein waren.
Fanny nickte. »Er kam, um sich von Émilie zu verabschieden. Er gab mir einen Brief für seinen Vater. Ich werde heute nacht versuchen, nach Fontainebleau hinauszukommen. Der Marquis muß gewarnt werden.«
Natürlich. Wir stehen jetzt alle unter Verdacht. »Aber *wie*?« Die Schlagbäume waren schon die ganze Woche geschlossen.
Fanny sah kurz zur Halle hinüber. »Ich kenne eine Näherin, die neben einem Durchbruch in der Mauer wohnt«, flüsterte sie, »der früher von Schmugglern benutzt wurde.«
Ich hörte erneut leise Schritte in der Halle. »Also, gute Frau, was *willst du* denn nun dafür?«
Fanny kritzelte etwas auf ein Stück Papier. *Ich tauche unter.*
In diesem Augenblick wurde mir die harte Wirklichkeit unseres Lebens voll bewußt. Es war möglich – die Tatsache, daß es sogar *wahrscheinlich* war, konnte ich nicht eingestehen –, daß ich Fanny vielleicht nie wieder sah. Die Tränen, gegen die ich gekämpft hatte, überwältigten mich.
Fanny legte mir den Diamanten in die Hand, kniff mich in die Wange und war verschwunden.

15. Januar 1793 – Straßburg

Liebe Rose,
ich bin erschüttert und entsetzt, erfahren zu müssen, daß mein Bruder übergelaufen ist. Die Feinde der Revolution sind zu feige, sich den Problemen unserer Tage zu stellen; statt dessen richten sie ihren Blick auf die Vergangenheit, auf das Zeitalter des Rittertums, der Kreuzzüge, stellen sich die Emigration als einen modernen Kreuzzug vor. Sie behaupten, daß der König Gefahr

läuft, enthauptet zu werden. Absurd! Der Zorn Europas würde sich über uns ergießen! Für wie töricht halten sie uns? Sie beharren darauf, rechtschaffen zu sein, wenn sie die Waffen gegen ihre eigenen Landsleute erheben. Sie betrügen sich selbst.

François hat die gesamte Familie in Gefahr gebracht, uns allen den Schandfleck des Verräters aufgebürdet. Ich fürchte, daß er versuchen könnte, Kontakt mit meinem Vater aufzunehmen. Sollte ein Brief eintreffen, muß *er ungeöffnet den Beamten des Sektionsbüros übergeben werden. Überzeuge Dich davon, daß er und Désirée begreifen, wie wichtig das ist.*

Das Erbe meines Bruders, sein gesamtes Vermögen und all seine Besitztümer werden nun konfisziert, was Marie und ihre Tochter Émilie mittellos zurückläßt. Es versteht sich von selbst, daß Émilies Aussichten auf eine gute Heirat auf ewig zerschlagen sind.

Ich kann einfach nicht glauben, daß es dazu gekommen ist ... Ich schließe in Verzweiflung.

Dein Gemahl, Alexandre Beauharnais

Dienstag, 15. Januar 1793

Der König wurde für schuldig befunden – des *Landesverrats*. Die Lannoy ist gänzlich indisponiert. Wir haben ihr ein Wasser gegen Hysterie verabreicht, um sie wiederzubeleben.

»Werden sie ihn töten?« fragte Hortense. »Werden sie ihm den Kopf abschlagen?« Ich versicherte ihr, daß sie dies nicht tun werden. So sehr die Franzosen auch die Freiheit lieben, unser guter König Ludwig ist uns teuer.

17. Januar

Ich war gerade in meiner Parfümerie in der Rue Neuve des Petits Champs, als ich auf der Straße einen Tumult hörte. Ein Ausrufer zu Pferd schrie: »Der König muß sterben! Der König muß sterben!«

Ich drehte mich zu der Ladeninhaberin um. Sie brach in Tränen aus und lief aus dem Laden. Ich trat aus der Tür in die strahlende Wintersonne. Auch andere säumten die Straße. Wir sahen einander in entsetztem Schweigen an. Unser *König* muß sterben?

21. Januar

Die Trommeln setzten bei Tagesanbruch ein. Ich schloß die Vorhänge, aber ich konnte den Lärm nicht ausschließen.
Die Lannoy blieb in ihrem Zimmer. Agathe brachte ihr eine Schale Tee.
Wir hörten drei Trommelwirbel. Selbst Hortense verstummte. Ich hielt sie in den Armen.
Der König ist tot. Wir haben unseren König getötet.

Der Stern meines Mannes geht auf und unter

28. Mai 1793

Der Deputierte Tallien kam heute abend zu Besuch, das widerspenstige Haar unbedeckt trotz eines sanften Frühlingsregens.
»Was ist geschehen?« Eine Soldatenfrau fürchtet sich stets vor Neuigkeiten.
»Ihr Gemahl wird befördert«, sagte er.
»Befördert?« Es war erst zwei Monate her, daß man Alexandre zum General gemacht hatte.
»Oberbefehlshaber der Rheinarmee.«
»Ober*befehlshaber*?«
»Es wird morgen in der Versammlung verkündet.«* Tallien lehnte sein Schwert an die Wand.
»Kann man denn nichts dagegen unternehmen?«
»Es ist eine ziemliche Ehre, Bürgerin.«
Ich hielt den Mund. Nun, um beinahe drei Uhr morgens, kann ich nicht schlafen. Alexandre – Oberbefehlshaber? Ich sollte hocherfreut sein, doch es ist ein Gefühl der Angst, das mich erfüllt. Der Federkiel ist Alexandres Waffe – nicht das Schwert. Ich sehe mich in Witwenkleidung, ich sehe meine Kinder in Schwarz.

* Tallien benutzte eigentlich den Begriff »Konvent«. Während der Revolution wechselte der Name des gewählten Gremiums mehrmals: Am 17. Juni 1789 wurde aus den *Generalständen* die *Nationalversammlung*, aus der wiederum im Herbst desselben Jahres die *Konstituante* wurde. Mit der Annahme der neuen Verfassung am 1. Oktober 1791 wurde aus dem gewählten Gremium die *Legislative*, aus der wiederum am 22. September 1792 der *Nationalkonvent* wurde. Im Interesse, den Text für den Leser weniger verwirrend zu gestalten, wurde durchgehend der Begriff »Versammlung« verwendet.

29. Mai

Ich traf Tallien in einer Arkade, seine leuchtende dreifarbige Hutfeder hob ihn von all jenen Deputierten mit hohen schwarzen Hüten ab. Er wies einen Bediensteten an, mich in eine private Loge zu führen, die, nach der luxuriösen Ausstattung zu urteilen, früher der königlichen Familie gehört haben mußte. Es war eher eine Suite, mit Toilette und sogar einem Kamin. Drei Frauen befanden sich dort, eine in scharlachrotem Satin mit einem gewagten Dekolleté. Sie stellten sich als Gäste des Deputierten Barras vor, »auf Mission in den Süden, *leider*«, sagte die Frau in Scharlachrot.

Wir schickten uns an, die Vorgänge zu beobachten. Als Alexandre zum Befehlshaber ernannt wurde, sprang Tallien auf und applaudierte. Der Beifall war jedoch keineswegs einmütig. »Damit wir das einmal ganz klar zum Ausdruck bringen, Bürger«, brüllte ein Deputierter aus dem hinteren Teil des Saales. »Es ist der *Vicomte* Alexandre *de* Beauharnais, der ernannt wurde … ein *Aristokrat*.« Drohendes Zischen folgte der Erklärung.

»Ich gratuliere, *Vicomtesse*«, sagte die Frau mit der silbernen Schminke auf den Augenlidern.

»*Bürgerin*, s'il te plaît«, sagte ich und erhob mich rasch, um zu gehen.

3. Juni 1793 – Straßburg

Liebe Rose,

ich bin gefeiert worden, fühle mich jedoch keineswegs sicher. Der Krieg, der auf dem Schlachtfeld geführt wird, ist einfach im Vergleich zu dem, der in der Versammlung geführt wird. Es wäre hilfreich, wenn Du zu den Mitgliedern des Allgemeinen Sicherheitsausschusses Kontakt aufnähmst – der Deputierte Barère ist eines, wie ich weiß. Wir waren zusammen in den Generalständen.

Er könnte sich als nützlich erweisen, sei auf der Hut: In den Anfangsjahren hat er einen Thron aus Diamanten für den König vorgeschlagen, doch im Prozeß gegen den König bestand er darauf, daß der Baum der Freiheit durch königliches Blut erfrischt werden müßte. Man kann niemandem vertrauen.

Dein Gemahl, Alexandre Beauharnais

Donnerstag, 11. Juni

Ich bin erschöpft. Jeden Morgen schreibe ich Briefe – Bittbriefe, Bürgschaftsbriefe. Jeden Nachmittag nehme ich an Versammlungssitzungen teil, komme mit Mitgliedern der verschiedenen Ausschüsse zusammen. Abends gehe ich in die Salons, die von einflußreichen Leuten besucht werden. Ich lächele, ich nicke, ich frage. Auf diese Weise ist es der Frau des Oberbefehlshabers Beauharnais gelungen, die Konfiszierung des Hauses der Bürgerin Montlosier und ihrer drei Kinder aufheben zu lassen, einen Aufschub der Exekution für den Bürger Dolivier, die Freilassung des Bürgers Hervilly und die Vergabe einer Stellung im Postdienst für Bürger Basire, dessen Tochter auf dem Pont-Neuf um Münzen bettelt, zu erwirken. Auf diese Weise führt die Frau des Oberbefehlshabers Beauharnais ihren eigenen Krieg.

13. Juni

Die Österreicher werden stärker. Alexandres Briefe sind beunruhigend. Er macht sich Sorgen darüber, was geschehen könnte, wenn er seine Leute in die Schlacht führen muß. »Meine Truppen sind schlecht ausgerüstet, schlecht gekleidet und schlecht genährt. Ich tue alles, was in meiner Macht steht, um sie auszubilden, ihre Moral zu stärken, aber ich habe Angst um sie. Wir sind dreißigtausend gegen dreihunderttausend, und das Gebet ist nicht mehr in Mode.«

Sonntag, 16. Juni, 3 Uhr 15 nachmittags

Aimée ist überglücklich. Es ist ihr gelungen, für Lucie, jetzt vierzehn, einen Heiratsvertrag mit Jean-Henri de Croisœuil, vierunddreißig, auszuhandeln.
»Monsieur de Croisœuil? Ist er nicht Royalist, ein Konterrevolutionär?«
»Aber widerwärtig *reich*.«

15. Juni 1793 – Fontainebleau

Liebe Rose,
wie von Dir beharrlich gefordert, habe ich eine Kopie der Menschenrechtserklärung an einem auffälligen Platz in unserem Salon aufgehängt – glücklicherweise kann der Marquis nicht gut genug sehen, um sie zu bemerken –, und gerade heute morgen habe ich der Stadtverwaltung eine Spende gemacht im Austausch gegen eine beeidigte Erklärung, die meinen Patriotismus bestätigt. Aber dem Tempel der Vernunft diene ich nicht, da hört es für mich auf!
Ich habe versucht, den Marquis dazu zu überreden, dem hiesigen Jakobinerklub eine Spende zu schicken zusammen mit der patriotischen Rede, für die Du aufmerksamerweise gesorgt hast, aber er weigert sich. Über diese Sache mußt Du persönlich mit ihm sprechen.
Ich habe große Mühe, unsere Urkunden und Papiere zu ordnen. (Hast Du vielleicht meine Taufurkunde? Sie könnte in der untersten Schublade Deines Sekretärs sein.) Ich bin deswegen schon in arge Bedrängnis geraten. Auf Schritt und Tritt wird man aufgefordert, Papiere und Pässe vorzuzeigen, und wenn es da auch nur kleinste Ungereimtheit gibt ...!
Wann kommst Du uns in Fontainebleau besuchen? Wir vermissen Hortense. Ich weiß ja, wie beschäftigt Du mit all Deinen guten Werken bist, aber versuche es doch. Wir sind außer uns ...

Deine Patin, Tante Désirée

21. Juni – Fontainebleau

Tante Désirée ist mit den Nerven am Ende, was gar nicht ihre Art ist. Sie hat in einer Kellerecke Wertsachen eingemauert, spätnachts, als die Dienstboten schliefen. Sowohl sie als auch der Marquis schienen sichtlich erleichtert, mich zu sehen, und sehr erfreut, Hortense wiederzusehen.

Mein Paß erlaubte mir einen einwöchigen Aufenthalt. Dadurch hatte ich genug Zeit, mit Tante Désirée zu sprechen, zu entscheiden, was zu tun ist. Sie befürchtet, daß sie wegen François, der Generalmajor in der Emigrantenarmee geworden ist, unter Bewachung stehen. Wäre die Gesundheit des Marquis nicht so angegriffen, würden sie sich verstecken.

»Was sollen wir denn tun?« fragte Tante Désirée, als sie mir die Requisiten für die Letzte Ölung zeigte, die sie in einem Steinguttopf in der Spülküche versteckt hielt: ein ausgehöhltes Kruzifix mit zwei Kerzen, ein paar Baumwolltupfer und ein Fläschchen mit geweihtem Öl – für den Fall, daß der Marquis sterben sollte. »In einer Mansarde im zweiten Stock hausen?« Sie legte behutsam das Kruzifix zurück. »Das würde ihn umbringen!«

Daher verhalten sie sich ruhig, bezahlen ihr Personal gut (besser, als sie es sich leisten können), und tun nichts, wodurch sie Aufmerksamkeit erregen könnten.

Ich gab mir alle Mühe, sie dazu zu bewegen, öffentlich ihre Loyalität gegenüber der Republik zu bezeugen, als Schutz vor einer Verhaftung. Wenn sie es nicht taten, würde es sicherlich nicht zu ihren Gunsten sprechen. Zunächst weigerte sich der Marquis. Er wäre außerstande, Ergebenheit gegenüber einer Regierung zu geloben, die er nicht unterstützen könnte. »Ein Adliger hält zu seinem Schwert.« Es kostete beträchtliche Überzeugungskraft, ihn zum Einlenken zu bewegen.

Die Fahrt zur Sektionsverwaltung war gefährlich. Tante Désirée und ich hatten den Marquis nach besten Kräften eingekleidet und dafür gesorgt, daß er nicht zu vornehm aussah. Mit einiger Mühe bewegte ich ihn dazu, mit einer roten Kappe zu protzen. Ich ließ sie üben, was sie sagen mußten, und erinnerte sie daran, die familiäre Anrede zu benutzen. (»Bei jemandem, den ich nicht einmal kenne?« fragte der Marquis. »Wie unhöflich.«) Als der Beamte im Sektionsbüro ihn im familiären Ton ansprach und nicht respektvoll seine Kappe abnahm, zitterte ich. Glücklicherweise war der Marquis zu verwirrt, um zu streiten, und Tante Désirée zu nervös. Sie legten ihre Eide mit augenscheinlicher Aufrichtigkeit ab, und als wir wieder in die heiße Sommersonne hinaustraten, gratulierte ich ihnen beiden.

»Wozu?« grollte der Marquis und zog die rote Kappe vom Kopf.

Rasch nahm ich ihm die Kappe ab: Ich fürchtete, er könnte sie zu Boden werfen. Ich hängte sie an einen Zweig des Freiheitsbaumes vor der Bezirksverwaltung – eine übliche patriotische Tat.

»Wie hochherzig von dir, auf deinen Hut zugunsten des Freiheitsbaumes zu verzichten, Bürger«, sagte ich laut, damit ein paar junge Männer, die gerade vorübergingen, es hören konnten.

Langsam begaben wir uns nach Hause. Was mich angeht, so ist mir schwindlig vor Erleichterung.

25. Juni – Paris

Heute abend kam der Deputierte Tallien zu unserem Salon. Es war in den frühen Morgenstunden, nachdem eine erschreckende Menge Geld beim Faro den Besitzer gewechselt hatte, als er mir anvertraute: »Der Stern Ihres Mannes steigt weiter. Er wird jetzt für den Posten des Kriegsministers in Erwägung gezogen.«

»Für *ganz* Frankreich?«

»Freuen Sie sich nicht?«

»Sie werden ihn umbringen. Und *das* soll mich freuen?«

Tallien setzte ein unbekümmertes Grinsen auf. »Sie werden uns alle umbringen«, sagte er achselzuckend und spielte seine letzte Karte aus.

Donnerstag, 27. Juni

Heute wurde Alexandre in der Versammlung zum Kriegsminister nominiert. Eine Anzahl Deputierter, Robespierre eingeschlossen, sprang aus Protest auf. Der Deputierte Barère ging zur Tribüne vor der Loge des Präsidenten. Er trug einige von Alexandres patriotischen Erklärungen aus den Zeitungen vor, Beweise seiner Begeisterung. Dann trat ein anderer Deputierter vor. Er wand ein, daß der Oberbefehlshaber Alexandre Beauharnais zu wertvoll sei, um zum Kriegsminister gemacht zu werden. Er sollte bei der Rheinarmee bleiben und weiterhin glorreiche Siege erringen. Ein anderer Deputierter entgegnete, wenn der Oberbefehlshaber Alexandre Beauharnais an der Spitze einer einzigen Armee schon soviel erreichen könnte, zu welchem Ruhme Frankreichs wäre es dann erst, wenn man ihn als Kriegsminister an die Spitze von *elf* Armeen stellte.
Elf ... *mon Dieu*.
Als einige Deputierte protestierten – indem sie brüllten, daß es ein *Aristokrat* wäre, der für einen der mächtigsten Posten in der Republik erwogen würde –, sprang der Deputierte Barère auf und rief: »Er ist mein Freund! Er ist mein Freund!«
Die Nominierung wurde angenommen.
Ich bin krank; ich habe mich ins Bett gelegt. Alle unsere Armeen haben Niederlagen erlitten. In dieser Zeit Kriegsminister zu sein, bedeutet den sicheren Tod. Ich habe Alexandre einen Eilbrief gesandt, in dem ich ihn anflehe, abzulehnen.

Dienstag, 30. Juli

Unser Dienstagnachtsalon war etwas angespannt. Die plötzliche Kapitulation unserer Leute vor den Deutschen in Mainz, der fehlgeschlagene Versuch von Alexandres Truppen, sie zu retten, die Schande für die Republik, lastete schwer auf dem Abend.

»Ich muß Ihnen etwas zeigen«, raunte mir der Deputierte Tallien zu und führte mich ins Musikzimmer. »Ein Billet, das Ihr Mann der Versammlung schickte. Ich meine, Sie sollten es sehen.«

Er reichte mir den Brief – eine einzige Seite, nur zur Hälfte beschrieben. In kurzen, schonungslosen Worten drückte Alexandre seinen Zorn über die Kapitulation unserer Truppen in Mainz aus, beschuldigte die dortigen Befehlshaber, verlangte ihre Hinrichtung und forderte, daß ihre geköpften Häupter dem Feind geschickt werden sollten. Empört bestand er darauf, daß die Regierung seinen Abschied, sein Angebot, sein Schwert zu zerbrechen, annehmen möge. Ich reichte den Brief zurück. Alexandres Schuldzuweisung an andere, sein Ruf nach Vergeltung beunruhigten mich. »Offensichtlich ist er krank«, sagte ich.

»Wie passend.« Tallien faltete den Brief, ließ ihn in seine Westentasche gleiten. »Der Feind greift an, eine Million Franzosen bereiten sich auf den Kampf vor, und Ihr Mann möchte sein Kommando zurückgeben.« Sein Ton war sarkastisch. »Das wirft kein gutes Licht auf ihn, Bürgerin. Sie sollten sich sehr wohl darüber im klaren sein, daß das Wort ›Verräter‹ gefallen ist.«

»Hätte der Oberbefehlshaber Beauharnais besser daran getan, unausgebildete Truppen gegen eine zehnmal größere Berufsarmee zu führen? Hätte er besser daran getan, seine Männer zum *Abschlachten* zu führen?«

»Man führt, ob man will oder nicht«, antwortete der Deputierte Tallien. »Es verlangt schon Mut, dem eigenen Tod ins Auge zu sehen, aber noch mehr dem Tod anderer. Wir lernen diese Lektion gründlich.«

Unser Gespräch wurde von einer Frau und zwei Männern unterbrochen, von denen einer in Uniform war. »Warum ist das Tanzen auf der Straße eigentlich nicht mehr erlaubt?« beklagte sich die Frau und fuhr mit den Fingern leicht über die Saiten der Harfe.
»Mich interessieren die anderen ungesetzlichen Sinnesfreuden«*, sagte der Mann in Uniform. Sein Begleiter lachte.
»Deputierter Tallien, Liebster.« Die Frau nahm seine Hand, vollführte einen kleinen Tanz um ihn herum. »Warum kein Tanz, bitte?«
»Robespierre macht sich nichts aus Sinnesfreuden, habe ich gehört«, sagte der Mann in Uniform.
»Robespierre macht sich nichts aus Frauen«, sagte der andere Mann.
»Soll ich dem Deputierten Robespierre erzählen, daß Sie das gesagt habt?« Talliens Augen ruhten auf der Frau, auf ihrem offenherzigen Dekolleté.
Ich starrte in den leeren Kamin, taub für ihre Fröhlichkeit. Was würde jetzt aus Alexandre werden?

Samstag, 10. August

Wir wurden bei Tagesanbruch von Artilleriefeuer geweckt, das das Fest der Einigkeit ankündigte.
Da man an diesen Ereignissen teilnehmen mußte, damit der eigene Patriotismus nicht angezweifelt wurde, brachen Aimée, die Kinder und ich, in Revolutionstracht, am Nachmittag auf. Wir mieteten einen Fiaker, der uns auf das Gelände der Bastille bringen sollte. An der Port Saint-Paul mußten wir wegen einer Prozession von Männern, Frauen und Kindern, die sich mit klei-

* Die Revolutionsregierung mißbilligte die Prostitution als ein Überbleibsel des korrupten Ancien régime.

nen Weizengarben in den Händen mühsam in der Hitze dahinschleppten, langsamer fahren. Wir beschlossen, auszusteigen und hinterherzugehen. An der Kreuzung der Rue Saint-Antoine und Rue des Tournelles war eine riesige Waage (Symbol der Gleichheit?), unter der jedermann spazieren sollte. Sie erinnerte mich an dieses Ding, das man bei Freimaurertreffen sieht, und war ebenso geheimnisvoll.

Auf den Trümmern des früheren Gefängnisses war die riesige Statue einer Frau errichtet worden – Mutter Natur. Sie hatte einen merkwürdig spöttischen Gesichtsausdruck, während sie mit den Händen ihre Brüste drückte, aus denen Wasser strömte. Sie sah genau wie Aimée aus. Es gelang mir, eine angemessen ehrfürchtige Haltung zu bewahren. Aber die Kinder fingen natürlich zu kichern an. Ich war keineswegs traurig, als Aimées Tochter Lucie sich nicht wohl fühlte und wir heimkehren mußten. Später gestand mir Aimée den Grund für das Unwohlsein ihrer Tochter: Das Mädchen bekommt ein Kind, aber nicht von Jean-Henri, seinem Verlobten, sondern vom Sohn des Papierwarenhändlers.

»Was wirst du tun, wenn die Verlobung gelöst wird?« fragte ich.

»Sie umbringen«, sagte Aimée und machte mit ausgestrecktem Schwertarm einen Ausfallschritt.

13. August

Jean-Henri hat schließlich eingewilligt, Lucie zu heiraten, trotz der Schändung seiner jungen Braut. »Zweifellos war die Angst, geächtet zu werden, der motivierende Faktor«, bemerkte Aimée sarkastisch. »Vive la Révolution!«

18. August

Lucie ist endlich verheiratet. Die Verbindung wurde zum Lärm der Menge auf dem Place de la Révolution gesegnet – der Pöbel bejubelte die Hinrichtung von General Custine, Alexandres früherem kommandierenden Offizier. Er hatte eine Schlacht verloren – also herunter mit seinem Kopf. Trotz der Hitze schloß ich alle Fenster.
Jeden Tag schickt Alexandre Briefe an die Versammlung, in denen er die Annahme seines Abschieds fordert. Jeden Tag lehnen sie ab.

21. August

Die Versammlung hat *endlich* Alexandres Abschied angenommen – aber er muß sich dreißig Wegstunden von den Grenzen entfernt aufhalten, zwanzig Wegstunden von Paris, ein Verbrecher.
Ich war auf den öffentlichen Galerien, als die Ankündigung erfolgte. Augenblicklich stand der Deputierte Tallien auf und entfernte sich. Ich holte ihn in den Gartenanlagen ein – mit einiger Mühe, denn seine Beine sind lang, und sein Gang ist ungeduldig.
»Es gibt andere Belange«, sagte er. Er blieb gütigerweise stehen. Ich konnte verschnaufen. »Der Abschied Ihres Mannes, die Einschränkungen seiner Bewegungsfreiheit sind kein Thema mehr«, sagte er. »Was allerdings von Belang *ist*, ist sein *Kopf.*«
»Sie sind grausam!« Ich ärgerte mich über seine Respektlosigkeit.
»Weit davon entfernt, Bürgerin«, sagte er. »Habe ich nicht die Anschuldigungen, die gegen Ihren Mann erhoben wurden, von Ihnen ferngehalten? Habe ich nicht meinen Mund gehalten?«
»Meinen Sie etwa, ich weiß nichts davon!« Der Armeekommis-

sar von Straßburg hatte Alexandre beschuldigt, seine Zeit mit Dirnen zu verbringen, statt Vorkehrungen für die Schlacht zu treffen. Ich wußte das. Ich wußte noch mehr. Ich wußte, daß er der Tochter des Armeekommissars, Bürger Rivage, den Hof gemacht hatte – Rivage der Reiche, wie er gemeinhin genannt wurde. Rivage der Rächer, wie ich ihn jetzt nennen würde.

»Es gibt ernstzunehmendere Beschuldigungen«, sagte der Deputierte Tallien. »Einige sagen, daß Ihr Mann, ein Aristokrat in geheimem Bündnis mit seinem Bruder François, Mainz *absichtlich* fallen ließ, die Republik *absichtlich* verriet.«

»Wer äußert eine derartige Verleumdung?«

»Der Deputierte Robespierre zum Beispiel.« Tallien blickte hinter sich. Ich folgte seinem Blick. Zwei Männer, Deputierte, standen am Springbrunnen und beobachteten uns.

Tallien sprach nun mit gedämpfter Stimme. »Bürgerin Beauharnais, wenn Sie mir erlauben, als Freund – Sie täten gut daran, wenn Sie sich unsichtbar machten. Es wird den Radikalen bald gelingen, ihr Verdächtigengesetz durchzusetzen und damit dem Allgemeinen Sicherheitsausschuß die Macht zu verleihen, ohne *Prozeß,* ja selbst ohne *Grund* zu inhaftieren!«

»Sind Sie nicht in diesem Ausschuß?«

»Nicht mehr – die radikaleren Mitglieder haben nun das Sagen. Ich warne Sie, keine Aufmerksamkeit zu erregen. Wenn Sie klug wären, würden Sie von Ihren mildtätigen Aktivitäten, von Ihren Bemühungen, alle guten Menschen von Paris zu retten, Abstand nehmen. *Verlassen* Sie die Stadt.«

Ich glaube, ich wurde bleich, denn er umklammerte meinen Arm. »Sie *müssen* auf mich hören! Ich werde nicht hier sein, um Ihnen zu helfen. Ich gehe morgen früh von hier fort.«

»Fort?« Ich gestehe, daß ich entsetzt war. Ich war von seiner Hilfe, seinem Schutz abhängig geworden.

»Nach Bordeaux. In Mission.« Ich wußte nicht, was ich antworten sollte. »Ich gratuliere. Bordeaux ist wunderschön.«

»Meiner Meinung nach ist jeder Ort außer Paris unzivilisiert.«
»Werden Sie lange fortbleiben?«
»Lange genug, um die Bevölkerung zu zähmen, die Provinzler zu bekehren, sie gefügig zu machen.« Er vollführte eine komische Geste.
Ich lächelte. Er war in so vieler Hinsicht noch ein Kind.
Er zog seine Uhr heraus. »Ich werde zu einem Treffen in der Rue Saint-Honoré erwartet. Wir haben eine Guillotine machen lassen. Der Lieferant, ein Deutscher, hat uns versichert, daß sie fertig wäre, aber nun hat er natürlich tausend Ausreden.«
Eine *Guillotine*. Ich griff nach der Hand meines Freundes. Ich wußte, daß er wohlmeinend war, ein Patriot, doch er war so überaus jung, zu jung für die Macht, die er ausübte, die berauschende Macht über Leben und Tod. »Sehen Sie sich vor, mein Freund. Lassen Sie nicht …«
Er beugte sich vor, um mir ins Ohr zu flüstern: »Sie sind es, die sich vorsehen sollte.«

1. September 1793 – Hôtel Croisœuil, Croissy

Liebste Rose,
Lucies Schwangerschaft verläuft nicht gut. Sie muß das Bett hüten. Ich bin ins Hôtel Croisœuil umgezogen, um mich um sie zu kümmern und den Haushalt zu führen. Ich dachte, dies wäre nur eine vorübergehende Maßnahme, doch nun wird mir allmählich klar, daß es einige Zeit so weitergehen könnte. Folglich mußte ich mir überlegen, was aus meinem hiesigen Château werden sollte, und plötzlich kam mir die Idee: Warum ziehst Du nicht ein? Croissy ist sicher … und Du fehlst mir.
Alles Liebe und tausend Küsse,

Deine beste Freundin Aimée

Anmerkung – Mein Fechtlehrer hat mich endlich »gestochen« (wie wir auf den Inseln sagen). Ich fintierte, aber parierte nicht. Touché!

24. September

Agathe weckte mich in der Nacht. Sie hatte es klopfen hören.
»Ist es ein Suchtrupp?« fragte ich erschrocken.
»Es ist an der Hintertür.«
Ich holte den Dolch unter meiner Matratze hervor. Ich zog meinen Morgenmantel über. Agathe war verschwunden. Ich zündete eine Kerze an und ging zur Tür. »Wer da?«
Niemand antwortete. Ich hörte ein Geräusch. »Sprecht, ich bitte Euch!«
»Rose?«
Ich hielt den Atem an.
»Rose – bist du es? *Bitte*, öffne die Tür!«
Die Stimme klang vertraut. Ich öffnete die Tür einen Spalt, das Messer an meiner Seite. Da, im Mondschein, stand mein Mann.
»Alexandre!« Ich öffnete die Tür. Er war vom Regen durchnäßt.
»Du darfst nicht in Paris sein! Warum bist du hier? Du läufst Gefahr, verhaftet zu werden. Ist Eugène bei dir?«
Alexandre ging auf und ab. »Ich hatte keine Ahnung, daß es heutzutage in Paris so zugeht! Überall sind Wachen! Wie komme ich wieder heraus?« Er hatte an Gewicht verloren. Sein Gesicht sah ausgemergelt aus, und in seinen Augen war ein fiebriger Glanz.
»Alexandre – wo ist Eugène?« Ich packte ihn am Arm.
Er sah mich an. »Eugène?«
Hatte er getrunken? Ich konnte keinen Alkohol riechen.
»In der Schule«, sagte er. Er schlenderte ins Empfangszimmer. Er zog die Vorhänge zur Seite, spähte hinaus.
»Du … du hast ihn *zurückgelassen*, in *Straßburg*?« fragte ich, als ich ihm folgte. »Aber, Alexandre, er ist erst zwölf! Er kann doch nicht …«
Draußen auf der Straße waren Schreie zu hören. Dann ein Klop-

fen an der Eingangstür. »Ich muß hier heraus!« rief Alexandre. Er machte einen Satz zur Küchentür.
»Alexandre ...!« Doch bevor ich ihn aufhalten konnte, war er fort. »Gib auf dich acht!« Ich weinte, als die Küchentür zuschlug.

Ich versuche Paris zu entkommen

26. September 1793

Wir sind in Croissy, endlich, in diesem reizenden Château am Ufer der Seine. Der Himmel ist in den verblüffendsten Rosaschattierungen gestreift. Hier werden wir in Sicherheit sein.

4. Oktober

Er ist hier, endlich. Wir sitzen nebeneinander, Hortense und ich, und betrachten ihn voller Verwunderung. Er ist größer als in meiner Erinnerung, besteht fast nur aus Beinen – und so wunderbar anzuschauen, dieser Junge, mein Sohn.
Er hat sich von Straßburg aus durchgeschlagen, in Begleitung eines Adjutanten. Er trägt ein Schwert und weiß damit umzugehen. Er ist ein kühner Reiter und weiß, wie man ein Pferd zähmt. Er betrachtet mich scheu – seine Mutter, eine *Frau*. Er wurde unruhig, als ich weinte.

10. Oktober

Jeden Morgen um elf kommt Aimée auf eine Schale Tee. Häufig leistet uns Abbé Maynaud de Pancemont von der »Kirche« auf der anderen Straßenseite Gesellschaft. Er ist ein hochgewachsener Mann, schlaksig, seine mageren Knöchel schauen unter einem geflickten weißen, im römischen Stil drapierten Umhang hervor.

»Das ist ein römisches *Reit*gewand«, versicherte er mir. Priestern ist es nicht gestattet, Kirchengewänder zu tragen. Er trinkt gerne einen Schluck Rum und liebt romantische Poesie. Er hat ein gewinnendes Lächeln, ein breites Pferdegebißgrinsen. Heute morgen spielten wir drei Whist und plauderten über ein sehr wichtiges Thema in unserem Dorf: das Werben meines Gärtners um die Kammerdienertochter meines Nachbarn.
Abbé Maynaud de Pancemont hatte etwas ungehemmt Fröhliches an sich, so daß ich es zunächst nicht glauben konnte, als ich erfuhr, daß er während der Septembermassaker im Gefängnis von Carmes gesessen hatte. Er gehört zu den wenigen, die überlebt haben, weil er dank seiner langen Beine über die hohe Mauer in Sicherheit springen konnte, zu den wenigen, die dem Blutbad entkommen sind, während sich die Leichen seiner ermordeten Gefährten viele Meter hoch stapelten.
Wir alle verstecken uns hier.

17. Oktober

Die Königin wurde guillotiniert, unvorstellbarer Verbrechen angeklagt.*
»Nein!« schrie ich. Ich setzte mich in der Dunkelheit auf, mein Herz hämmerte. Die Nachtkerze war heruntergebrannt, und der Mond warf unheimliche Schatten auf die Wände. Ich dachte, ich wäre in Martinique. Ich glaubte, Trommeln, Gesänge zu hören. Ich hörte ein Geräusch vor meiner Tür, sah ein Licht, das sich bewegte. Ich begann zu zittern.

* Die Königin wurde unter anderem öffentlich angeklagt, ihren achtjährigen Sohn mit ins Bett genommen und ihm beigebracht zu haben, wie man masturbiert, worauf sie mit tränenreicher Würde entgegnete: »Ich wende mich an alle hier anwesenden Mütter – ist ein solches Verbrechen möglich?« Sie wurde verurteilt wegen Unterstützung und Aufhetzung fremder Mächte und wegen Verschwörung, um einen Bürgerkrieg in Frankreich zu provozieren.

»Madame?« Es war die Lannoy, eine Kerze in der Hand, das bleiche Gesicht von ihrer gerüschten Schlafhaube umrahmt. »Ich hörte einen Schrei.« Sie stellte den zinnernen Kerzenhalter ab.
»Oh, Lannoy«, weinte ich. »Unsere Königin.«

25. Oktober, 2 Uhr nachmittags

Noch ein Diktat des »Nouveau Régime« – wir haben keine Wochen mehr, sondern Dekaden von zehn Tagen.* Welcher Tag ist heute? Welcher Monat? Ich weiß es nicht. Ist jetzt Vendémiaire, der Weinmonat? Oder Brumaire, der Nebelmonat?
Diese Veränderung hat jeden aufgebracht. Diese neue, »natürlichere« Anordnung, dieser Kalender des Nebels, des Windes und Schnees, der Wiesen, Blumen, Hitze und Früchte bedeutet nichts anderes als mehr Arbeit. Wo sind unsere Festtage, die Sonntage geblieben? Wo unsere Ruhetage?**
»Das ist ein Komplott, um uns zu verwirren«, sagte Abbé Maynaud, und vielleicht hat er recht, denn verwirrt sind wir gewiß alle. Die Maßeinheiten wurden geändert, die Bezeichnungen unserer Münzen, unserer Straßen, unserer Gottheiten und nun sogar unserer Tage. »Sie ändern sogar das nächste Leben«, klagte er, denn er wurde aufgefordert, ein Schild auf dem Friedhof aufzustellen, auf dem steht: Der Tod ist ewiger Schlaf.

* Um Frankreich noch weiter von der Kirche zu trennen, wurde der Gregorianische Kalender durch einen »republikanischen« Kalender ersetzt, der ab dem 22. September des vorangegangenen Jahres (1792) datierte, dem Tag, an dem die Republik ausgerufen worden war.

** Vor der Revolution hatten die Franzosen über vierzig Feiertage im Jahr *zusätzlich* zu den Sonntagen und Montagen. Unter dem revolutionären Kalender gab es alle zehn Tage einen freien Tag plus fünf oder sechs »jours complémentaires«, die ans Jahresende angehängt wurden – eine erheblich schwerere Arbeitslast.

26. Oktober

Eine große Traurigkeit hat sich über dem Dorf ausgebreitet. Vor zwei Wochen ist eine hiesige Blumenhändlerin nach Paris gefahren, um als Zeugin für ihren Bruder auszusagen, und wurde seitdem nicht wieder gesehen. Gerüchte gingen um, daß sie verhaftet wurde, weil sie ihm zu Hilfe eilte, und nun heißt es sogar, daß sie geköpft wurde. An mehreren Türen in der Stadt hängt ein schwarzer Trauerkranz, und dies trotz des Gesetzes, das jedem mit dem Tod drohte, der um ein Opfer der Guillotine trauert. Geschichten dieser Art hört man jetzt häufig. In den meisten Fällen halte ich es für klug, ihren Wahrheitsgehalt anzuzweifeln, doch manchmal, fragt man sich ... was, wenn sie wirklich *wahr* sind?

Freitag, 1. November, Allerheiligen

Als ich heute morgen an der Kirche vorüberging – auf dem Weg zum Hôtel Croisœuil, um Aimée einen Besuch abzustatten –, winkte mir Abbé Maynaud zu, daß ich eintreten solle. In der Kirche waren Kerzen angezündet. Obwohl es noch früh war, lagen fünf Frauen auf den Knien. »Zu Ehren der ›Vernunft‹«, flüsterte er mir augenzwinkernd zu. Es ist Allerheiligen, aber wir wagen nicht, es auszusprechen.
Ich zündete Kerzen für Cathérine, Manette und Vater an – und noch eine für die Seele unserer Königin. Ich zittere, während ich diese Worte schreibe.

2. November

Heute brachte mir Eugène ein Briefchen, das ihm der Postmeister gegeben hatte. Das Wachssiegel war ungeschickt angebracht, aber nicht aufgebrochen worden. Die Handschrift war verschnörkelt, sorgfältig, gleichmäßig – eine Kinderschrift. Es war von der jungen Émilie in Paris, die mir mitteilte, daß man ihre Mutter ins Gefängnis gebracht hatte.

»Was ist los?« fragte Eugène.

Ich zögerte, es ihm zu sagen.

»Deine Tante Marie wurde verhaftet. Sie ist in Sainte-Pélagie ...«

»Im *Gefängnis*?« Er war entsetzt.

»Sie ist unschuldig«, versicherte ich ihm rasch. »Sie hat nichts Unrechtes getan.« Wie sollte ich es ihm erklären? Maries Verbrechen: mit einem Emigranten verheiratet gewesen zu sein. Dies reichte offensichtlich schon aus, um sie zu verurteilen. Ihre Scheidung, ihre revolutionären Aktivitäten, ihre Arbeit zur Unterstützung der Republik waren offensichtlich ohne Bedeutung.

»Ich muß zu ihr.«

»Nach *Paris*?« fragte Eugène. Ich konnte die Angst in seinen Augen sehen.

Heute abend zeigte ich Aimée den Brief. »Dein Sohn hat recht«, sagte sie. »In Paris ist es jetzt zu gefährlich. Du darfst keine Aufmerksamkeit erregen.«

»Aber ich muß doch!«

Mein Koffer ist gepackt. Morgen früh breche ich auf. In aller Stille.

Sonntag, 3. November – Paris

Es regnete auf dem gesamten Weg nach Paris. An einer Stelle, wo die Straße übel zerfurcht war, fürchtete ich, die Postkutsche könnte im Graben landen. In der Nähe von Melun passierten wir einen Korntransport, der von der Nationalgarde begleitet wurde. Bauern folgten ihm zu Fuß, Wölfe, die die Beute umkreisten.

In Fannys Stadthaus in der Rue de Tournon wurde ich von Bür-

ger Lestaing in Empfang genommen. Maries »Freund« war offensichtlich eingezogen.
»Und welchem Umstand verdanke ich das Vergnügen dieses Besuches?« fragte er. Er ist ein schmächtiger Mann mit gehetztem Blick. Er trug einen weißen, mit römischem Motiv bestickten Schlafrock aus Satin.
»Émilie hat mir geschrieben – wegen ihrer Mutter.« Ich nahm den angebotenen Teller Kalbsbrühe an. »Wie geht es Marie?«
»Ich schicke jeden Tag die Kammerzofe mit sauberer Wäsche ins Gefängnis. Sie berichtet, daß es Marie gutgeht.«
»Sie haben sie noch nicht besucht?«
Hinter mir hörte ich Schritte. Ich drehte mich um. Im Flur, eine Hand auf dem Treppengeländer, stand die elfjährige Émilie.
»Ich habe deinen Brief erhalten, Émilie«, sagte ich.
»Du hättest deine Tante nicht belästigen sollen«, sagte Bürger Lestaing. Ich ging zu Émilie, nahm ihre Hand in meine. Sie war kalt. »Hast du deine Mutter schon besucht?«
»Émilie!« Ich blickte hoch und in das Gesicht einer Negerin von ungeheuerlichen Ausmaßen, die auf dem Treppenabsatz stand. Die Kinderfrau. Émilie lief rasch die Treppe hinauf.
»Das Kind ist leicht erregbar«, sagte Bürger Lestaing. »Ein Besuch im Gefängnis würde es durcheinanderbringen.«
Ich wandte mich ihm zu, mein Herz hüpfte in meiner Brust. »Ich weiß Ihre Besorgnis zu schätzen, Bürger, aber ich werde Marie besuchen«, teilte ich ihm mit, »und ich werde Émilie mitnehmen.«

Es war kurz nach zwei, als Émilie und ich aufbrachen. Als wir die Eisentore zum Sainte-Pélagie-Gefängnis erreichten, nahm ich ihre Hand. »Du mußt nicht mit mir hineinkommen.«
Émilie drückte das Paket, das sie mitgebracht hatte, an sich. Sie hatte denselben Feenblick, an den ich mich aus ihrer frühen Kindheit erinnerte. »Ich möchte aber«, sagte sie.

»Du bist ein tapferes Mädchen.«
Der Torwächter war ein großer Mann mit rotem Gesicht. Er zeigte uns den Weg zum Wachhaus, wo wir in Gesellschaft zweier Männer warteten. Sie waren freundlich und rauchten draußen auf der Treppe. Émilie und ich saßen nebeneinander auf einem Rollbett, über das eine rauhe Wolldecke gezogen war. Bald kehrte der Torwächter zurück, atemlos vom Treppensteigen. Marie war hinter ihm.
Sie sah ungepflegt aus, das Kleid war verschmutzt, die Trikolorenkokarde auf ihrem Mieder ausgefranst. Sie versuchte, ihre Haare zu richten.
»Ich bin hier, um dir zu helfen«, sagte ich, da ich ihre Beschämung spürte.
»Bürger Lestaing ist nicht gekommen?«
»Er war besorgt, daß es dich quälen könnte«, log ich.
Émilie drückte ihrer Mutter das Paket in die Hand. Es enthielt saubere Wäsche und eine Gabel, ein Messer und einen Löffel aus Silber, außerdem eine Porzellantasse, ein Kästchen mit Nähzeug und einen Roman von Richardson.
Émilie umarmte ihre Mutter.
»Du darfst nicht zur Last fallen!« sagte Marie.
»Wir bemühen uns, dich herauszuholen«, sagte ich ihr. Ich küßte sie auf ihre schmutzigen Wangen. Sie nahm ihre Kokarde ab, drückte sie mir wütend in die Hand.
Nun ist es spät. Ich bin voller Sorge. Der Deputierte Tallien ist in Bordeaux. Der Deputierte Barras ist im Süden, wie ich hörte, der Bürger Botot begleitet ihn. An wen kann ich mich wenden?

5. November

»Du schlägst vor, daß *ich* ein Gnadengesuch an den Ausschuß richte?« Émilie errötete. Für einen Augenblick bezweifelte ich, ob mein Vorschlag klug war.

»Es ist wahrscheinlicher, daß sich der Ausschuß von einer Petition, die von der Tochter der Gefangenen eingereicht wird, überzeugen läßt.«

Émilie und ich verbrachten den Morgen mit Vorbereitungen. Wir formulierten die Petition, probten. »Stell dir vor, daß du in einem Theaterstück spielst«, wies ich sie an, denn so schüchtern Émilie auch ist, auf der Bühne blüht sie auf. »Stell dir vor, daß die Mitglieder des Ausschusses im Publikum sitzen.«

Sie vollführte eine dramatische, flehende Geste.

»Genau so!«

Kurz vor drei begleitete ich Émilie zu den Tuilerien. Man sagte uns, daß das Büro des Ausschusses im südlichen Trakt läge. Mein Herz klopfte heftig, als wir die breiten Marmorgänge entlangliefen. Ich dachte an die Königin, an ihre Schritte auf den Steinen, die ich gerade berührte. Ich dachte an ihre Kinder, nun Waisen, die allein in einem dumpfen Gefängnis aufwuchsen.

Wir saßen mit all den anderen Bittstellern im Vorzimmer, während Émilie ihre Notizen zusammen- und wieder auseinanderfaltete. Endlich wurde ihr Name aufgerufen. Ich gab ihr einen kleinen Schubs. Sie ging durch die Doppeltür.

Als sich kurze Zeit später die Türen wieder öffneten, erblickte ich eine traurige, in sich zusammengesunkene Émilie. »Ich habe versagt!« weinte sie. »Was, wenn ich versagt habe!«

10. November

In dieser Woche hingerichtet: Olympe de Gouges, der Duc d'Orléans, die Bürgerin Roland. Morgen der Bürger Bailly, der Astronom. Wie soll das nur weitergehen? Selbst Kühe können nicht mehr nach Paris gebracht werden, der Geruch von Blut ist zu stark.

Später

Ich reise morgen früh nach Croissy – ohne Émilie. Ich konnte sie nicht überreden, Paris zu verlassen, die Stadt, in der ihre Mutter gefangengehalten wird.

Montag, 13. Januar 1794 – Croissy

Abbé Maynaud machte heute morgen ein ernstes Gesicht.
»Stimmt etwas nicht?«
Er reichte mir einen Brief. Das Siegel war aufgebrochen.
Er war vom Ausschuß. »Haben Sie ihn gelesen?« fragte ich.
»Es sind keine guten Nachrichten.«
Ich überflog den Brief. Émilies Gnadengesuch war abgelehnt worden. Ein Grund wurde nicht genannt. Ich drehte das Blatt in meinen Händen. So wenige Worte, aber sie bedeuteten so viel – daß eine Frau, eine Mutter, eingesperrt blieb, ihre Gesundheit, ihre Seele gefährdete, vielleicht zur Guillotine ging, ihren Kopf verlor, während ein betrunkener Pöbel johlte.
Abbé Maynaud führte mich zu einem Stuhl. »Ein Glas Brandy?«
»Nein!« Ich wich zurück. »Ich muß meinen Koffer packen«, sagte ich.

14. Januar

Heute morgen ersuchte ich um einen Paß. »Du willst also wieder nach Paris reisen.« Der Postmeister benutzte ein winziges Guillotinemodell, um ein Stück Schnur abzuschneiden. Er lachte.
Ich warf ängstlich einen kurzen Blick zur Tür. Zwei Männer standen da und beobachteten mich.

Freitag, 17. Januar – Paris

Ich bin erschöpft. Es ist früher Abend, ein Hahn kräht. Ich habe Rotwein getrunken, um meine Nerven zu beruhigen. Ich werde morgen früh schreiben. Im Augenblick bin ich nicht dazu imstande …

18. Januar

Was geschah:
Als ich die große Eingangshalle betrat, wurde mir ein höchst beunruhigender Anblick geboten – eine lange Reihe von Männern, Frauen, sogar Kindern. Aus dem Bettzeug und den Körben mit Verpflegung schloß ich, daß einige schon lange da waren. Ich ging bis an den Anfang der Reihe. »Ich möchte mit dem Deputierten Vadier sprechen«, teilte ich dem Wachmann mit. Vadiers Unterschrift hatte auf Maries Haftbefehl gestanden. Er und Alexandre hatten, wie ich mich erinnerte, in der Versammlung zusammengearbeitet.
»Das möchten alle anderen auch«, lächelte der Wachmann affektiert.
Ich überreichte ihm einen Brief, den ich geschrieben hatte. »Wäre es denn möglich, dies dem Deputierten Vadier zukommen zu lassen?«
Der Wachmann öffnete die beiden großen Doppeltüren. Er gab meinen Umschlag einem Mann in blauem Samt, der an einem Schreibpult saß. Der Mann sah kurz zu mir auf.
Ich lächelte: *Bitte.*
Er sah weg. Zweifellos wurden ihm jeden Tag solche Blicke zugeworfen.
Jetzt konnte ich nur noch warten. Von Zeit zu Zeit öffnete sich die große Eichentür, der Mann im blauen Samt rief einen Namen auf, und einer aus unserer Mitte trat ein. Es hielt unsere Hoff-

nung aufrecht, daß wir selbst einmal aufgerufen werden würden.
Ein paar Mitglieder des Ausschusses kamen und gingen. Robespierre war darunter. Er trug eine gestreifte Satinweste. Eine Frau warf sich vor ihm auf die Knie. Sie wurde von den Wachmännern weggezogen.
Gegen Mittag begann ich zu verzweifeln. Da sah ich einen Mann näher kommen – einen Mann, den ich wiedererkannte. Den Deputierten Barère! Ich lief ihm nach, rief seinen Namen. Er wandte sich um.
»Bürgerin Beauharnais.« Etwas in seinem Gesicht warnte mich.
»Ich bin schon den ganzen Morgen hier in der Hoffnung, mit dem Deputierten Vadier sprechen zu können.«
»Wir sind außerordentlich beschäftigt.« Er fuhr mit der Hand durch sein sich lichtendes Haar, das er so gekämmt hatte, daß es eine kahle Stelle überdeckte.
»Wenn ich doch nur mit ihm sprechen könnte ...«
Er schüttelte den Kopf und warf mir einen warnenden Blick zu: *Besteht nicht darauf.* »Ich fürchte, das ist unmöglich.« Die große Eichentür schloß sich hinter ihm.
Es ging auf fünf Uhr nachmittags zu, als mein Name aufgerufen wurde. Ich ging zum Anfang der Reihe. Der Wachmann reichte mir einen Umschlag. Ich erbrach das Siegel. Darin war ein Zettel: *Grüner Salon, Nordseite.* Unterzeichnet *B.*
Es dauerte einige Zeit, den grünen Salon ausfindig zu machen. Als ich dem Wachmann meinen Namen nannte, öffnete er die Tür: Ich wurde erwartet.
Der Deputierte Barère saß an einem eleganten Schreibtisch. Der Raum war voller Goldbronzeuhren und Vasen, Gobelinbehängen, etlichen Teeservicen aus Gold und Silber, einer Messingstatue der Jungfrau Maria und drei riesigen Lichtputzscheren. Der Deputierte Barère wartete, bis sich die Tür geschlossen

hatte, bevor er mir einen Platz anbot. »Ich bringe mich in Gefahr, indem ich mich mit Ihnen treffe.«
Ich bekam kaum Luft. Draußen hörte ich Jubel: »Lang lebe die Republik!« Menschenmengen am Schafott. Hastig begann ich meine Rede: »Ich ersuche um die Freilassung meiner Schwägerin, der Bürgerin Marie-Françoise Beauharnais, einer glühenden Republikanerin. Sie wurde im Sainte-Pélagie inhaftiert, weil ihr ehemaliger Mann übergelaufen ist. Sie ist jedoch schon lange von ihm geschieden und hat mit ihm überhaupt nichts mehr zu tun ...«
»Bürgerin Beauharnais!« Der Deputierte Barère brachte mich mit einer Handbewegung zum Schweigen. »Ich kann Ihrer Schwägerin nicht helfen. Ich habe selbst Familie im Gefängnis – ihr kann ich auch nicht helfen! Ich habe diesem Treffen mit Ihnen nur aus einstiger Achtung vor Ihrem Gemahl zugestimmt. Sie müssen ihn warnen – er ist in Gefahr, verhaftet zu werden.« Diese letzten Worte flüstere er. »Und was Sie und Ihre Kinder angeht ...«
Die *Kinder* ... grand Dieu!
»Bitte begreifen Sie, daß Sie *außergewöhnlich* vorsichtig sein müssen. Ich kann dies nicht genug betonen ...«
»Aber Bürger Beauharnais ist in Blois«, stammelte ich. »Ich kann ihm nicht einmal schreiben, um ihn zu warnen. Ich habe Grund zu der Annahme, daß die Post überwacht wird.«
»Sehr wahrscheinlich.« Der Deputierte Barère erhob sich, seufzte. »Dies sind ... *schwere* Zeiten. Mehr kann ich nicht sagen.« Und er war fort.

Die Lannoy war beunruhigt über meine Verfassung. Sie brachte mir einen Rotwein. Entgegen Ermahnungen bestand ich darauf, aufzustehen. Ich wußte, was ich zu tun hatte. Ich mußte noch einmal an den Deputierten Vadier appellieren, einen Brief schreiben, um Alexandres willen und auch um Maries willen. Ich mußte aufstehen und diesen Brief schreiben, von dem so viel ab-

hing, und ich mußte dies rasch tun, bevor mich der Mut verließ, bevor die Angst von mir Besitz ergriff.
Es dauerte eine Stunde, das Konzept zu entwerfen. Die Lannoy brachte mir eine Brühe nach der anderen zur Stärkung. Trotz der Schwächen und Mängel schrieb ich die endgültige Version ab. Als ich sie mit Sand bestreute, sagte ich stumm ein Lied auf, das mir Mimi vor so vielen Jahren einmal beigebracht hatte – ein Gebet an die Geister. Ich versiegelte den Umschlag und schickte die Lannoy los, um ihn auszuhändigen. Wenn ich auf einen Boten wartete, würde ich ihn sicher zerreißen.

4. März 1794 – Croissy

Heute ein langer Spaziergang am Fluß entlang. Als ich ins Château zurückkehrte, sah ich Eugène auf mich zulaufen, seine langen Beine stampften auf und ab, auf und ab.
Was war geschehen?
Er weinte, als er mich erreichte.
Alexandre war verhaftet worden.

Ich eile meinem Mann zu Hilfe

6. März 1794 – Paris

Beklommen näherte ich mich dem Palais du Luxembourg – jetzt ein Gefängnis –, wurde jedoch bald beruhigt. Im Palais verkehrten Männer und Frauen in aristokratischen Gewändern ungehindert miteinander. Überall gab es Tête-à-têtes, Gesprächsrunden, Gelächter und Spiele. Einige Räume waren sorgfältig möbliert. Ich sah eine Frau in einem gestreiften kurzen Schnürrock, die von einem Kammerdiener in Livree begleitet wurde.

Ich wurde aufgefordert, in einem eleganten Vorzimmer zu warten. Man bot mir Tee an – *echten* Tee, heute so selten. Kurz darauf erschien Alexandre. Ich war gerührt, ihn zu sehen. Er war vom Leben auf dem Lande gebräunt, sein blondes Haar war heller als gewöhnlich. Wir umarmten uns und tauschten Neuigkeiten aus, fast, als säßen wir zu Hause im Salon, nicht in einem Gefängnis. Er gestand, daß er an einer Magenverstimmung litt, aber nicht aufgrund des Essens, das, wie er sagte, vorzüglich sei. Er hatte einen alten Freund getroffen, einen Offizier bei den Esterhazy-Husaren, und sie hatten den größten Teil der Nacht mit Weintrinken und Billardspielen zugebracht.

»Die besten Leute von Paris sind hier«, sagte Alexandre, als wäre er stolz, dazuzugehören. Er gab mir eine Liste mit Büchern, die er gerne hätte, und bat um Geld – eine ansehnliche Summe, denn das Privileg, so komfortabel inhaftiert zu sein, war kostspielig. »Ich werde zweifellos bald wieder draußen sein, aber bis zu diesem glücklichen Tag möchte ich die Zeit sinnvoll nutzen.«

»Ich wünschte, ich hätte deine Zuversicht«, sagte ich.
Nach einem Mittagsmahl, das ich nur halbherzig zu mir nahm, beschloß ich, Prinzessin Amalia und Frédéric aufzusuchen. Ich hatte die Liebenswürdigkeit der Prinzessin, den humorvollen Geist Frédérics bitter nötig.
Als ich mich dem Hôtel de Salm näherte, war ich irritiert, daß die Nationalgarde vor ihrem Tor stand. Ich durfte zwar den Hof betreten, aber nur, um von einem Lakai abgewiesen zu werden. Prinzessin Amalia wäre indisponiert, sagte er.
»Und Prinz Frédéric?«
Der Kammerdiener machte ein verwirrtes Gesicht. Er bat mich, im Vorzimmer zu warten, und verschwand in einem der palastähnlichen Räume. Kurz darauf kam er zurück. »Die Prinzessin wird Sie empfangen«, sagte er.
Er führte mich in ein Schlafgemach im ersten Stock, wo ich Prinzessin Amalia vorfand, mit geröteten Augen, die Perücke auf dem Teppich: Frédéric war verhaftet worden, sie selbst stand unter Hausarrest. Deswegen die Wache vor ihrem Tor.
Wir brachen beide auf dem Sofa zusammen. Ich fühlte mich wie erstarrt. Alle meine Befürchtungen waren eingetroffen. Ohne mein Zutun wären Frédéric und Prinzessin Amalia jetzt in England, sicher vor Gefahr. »Wo halten sie ihn fest?« fragte ich.
»Das weiß ich nicht einmal!« weinte sie.

9. März

Die Kinder und die Lannoy werden um drei mit der Kutsche eintreffen. Ich habe meine Fleischzuteilungskarten zusammengelegt, damit Agathe einen Hasen kaufen konnte. Wir werden eine Mahlzeit einnehmen und anschließend zum Palais du Luxembourg hinübergehen, um ihren Vater zu besuchen – einen Gefangenen.

14. März

Alexandre ist ins Karmeliterkloster verlegt worden. Mir sank das Herz, als ich es erfuhr. Ein verlotterter Ort, an dem es spukt – das Carmes, so heißt es, ist eines der schlimmsten Gefängnisse in Paris. Ich dachte an die Massaker, die dort stattgefunden hatten, die Geschichten, die Abbé Maynaud mir erzählt hatte.
Daher hatte ich, als ich heute dorthin ging, ein banges Gefühl. Das Tor knarrte, als der Wachmann es öffnete. Schon im Hof bemerkte ich den Gestank. Ich folgte dem Wachmann durch einen Bogengang und eine Steintreppe hinauf zu einem kleinen Raum. Dort sollte ich warten. An einer Wand waren dunkle Flecken, Blutflecken, erkannte ich, dort, wo die Mörder ihre Säbel angelehnt hatten.
Alexandre wurde hereingeführt. Er sah mitgenommen, verängstigt aus. Er trug keine Halsbinde. Ich sagte ihm, daß ich den Grund für seine Verhaftung immer noch nicht herausgefunden hätte. Zum erstenmal zeigte er Ungeduld. »Aber es muß doch einen Grund geben! Sie können mich doch nicht einfach festhalten!«
Als ich ging, war ich noch entschlossener, die Antwort herauszufinden.

Samstag, 15. März

Tallien ist wieder in Paris, Gott sei Dank. Ich schickte ihm eine Botschaft: Ich müßte ihn dringend sehen. Er sandte innerhalb einer Stunde eine Nachricht zurück. Ich sollte in sein Büro kommen – in Verkleidung. Ich sollte mich als eine Bürgerin Gossec ausgeben, eine Parfümhändlerin, die Zeugin geworden sei, als man eine Kornlieferung vor den Stadttoren vernichtete.
Warum ich mich verkleiden mußte, war mir rätselhaft. Ich borgte mir ein Kleid von der Lannoy. Durch ein kleines Kissen, das ich

in ein Korsett steckte, konnte ich den Eindruck erwecken, schwanger zu sein. Das und ein Hut mit Schleier ließen mich ausreichend geheimnisvoll aussehen.
Um Punkt zwei fand ich mich in Talliens Büro ein. Ich wurde ins Vorzimmer geführt. Als der Deputierte Tallien zur Tür kam, sah er mich an, ohne mich wiederzuerkennen. Ich lächelte, und dann wußte er, wer ich war.
Sobald wir im privaten Bereich seines Büros waren – das seit meinem letzten Besuch mit stattlichen neuen Möbeln ausgestattet worden war –, konnten wir uns umarmen.
»Nein, ich bin *nicht* schwanger«, lächelte ich in Antwort auf seinen fragenden Blick. »Warum war die Verkleidung notwendig?« fragte ich und nahm das Glas Clos-Vougeot an, das mir mein Freund anbot.
»Ich werde überwacht.«
»*Sie*?« Er sah nicht gut aus. »Sie sind überraschend nach Paris zurückgekehrt.«
»*Zurückgerufen* worden ist zutreffender.«
»Gab es dort ein Problem?« Ich dachte an die Dinge, die ich gehört hatte, an die entsetzlichen Dinge, für die mein Freund, wie man munkelte, verantwortlich gewesen sein sollte: ein *Massaker* in Bordeaux, Hunderte von Aristokraten hingerichtet. War es möglich? Ich konnte es nicht glauben.
»Sie sollten wissen, daß Ihr Wunsch in Erfüllung gegangen ist.« Er legte die Hand aufs Herz.
»*Mein* Wunsch?«
»Ich weiß jetzt, was es bedeutet, zu lieben.«
Über ein solch feierliches Geständnis mußte ich einfach lächeln.
»Das bekümmert Sie?« fragte ich. In seinem Gesicht spiegelte sich tiefer Kummer wider.
»Die Besitzerin meiner Zuneigung hat ein ungezähmtes Herz – wofür ich sie um so mehr liebe, wie ich gestehe. Aber die Folge wird sein, daß ich sterbe – wenn nicht an gebrochenem Herzen,

dann durch den Verlust meines Kopfes auf dem Schafott.« Er saß ernst da, die Hände vor sich, die langen Finger ineinander verschränkt.

»Ich flehe Sie an, laßt mich nicht im Ungewissen, mein Freund.«

»Diejenige, die mein Herz gefangengenommen hat, schrieb einen Brief an Bürger Jullien, Robespierres kleinen Liebling, der mich in Bordeaux bespitzeln sollte. Darin schenkt sie *ihm* ihre unsterbliche Liebe und beklagt sich über mich, ›den Tyrannen‹! Sie versuchte sogar, ihn dazu zu überreden, mit ihr nach Amerika zu fliehen!«

»Sie sandte diesen Brief an Jullien? Wie haben Sie dann davon erfahren?«

»Die Geschichte, meine Freundin, wird noch schlimmer.« Er trank seinen Wein aus und schenkte sich noch ein Glas ein. »Jullien leitete dieses Schreiben an den Allgemeinen Sicherheitsausschuß weiter. Nun ist es ein öffentlicher Skandal, und mir ist die Rolle des Narren zugewiesen worden.« Er sah verzweifelt aus.

»Vielleicht ist es ein Komplott von Jullien und Robespierre, um Sie in Verruf zu bringen. Haben Sie schon über diese Möglichkeit nachgedacht?«

Tallien schüttelte den Kopf. »Ich habe den Brief geprüft. Es ist ihre Handschrift. Darin besteht kein Irrtum. Sie, der Engel, der mein Herz gefordert hat, sie allein ist die Urheberin meiner Niederlage. Jullien hat mich vor den Mitgliedern des Ausschusses beschuldigt, ihr Leibeigener zu sein; ich kann es nicht leugnen!«

»Wo ist sie jetzt? Ihr Engel ...«

»Ich habe gerade erfahren, daß sie wieder in Paris ist. Ich kann Ihnen nicht sagen, wie es mich quält zu wissen, daß sie so nah ist.« Er stand auf und begann, auf und ab zu gehen, wobei er sein Weinglas heftig hin und her schwenkte. »Sie kennen sie, bestimmt. Ihr Name ist Thérèse ... Thérèse Cabarrus.«

Ich war völlig verblüfft. Thérèse Cabarrus? Ich war ihr vor Jahren in einem Salon begegnet. Schon als Mädchen war sie für ihre außergewöhnliche Schönheit bekannt gewesen – und ihre Körpergröße: »Amazone« hatte man sie genannt. Sie war die Tochter des Schatzmeisters des Königs von Spanien. Ihre Familie war sowohl mächtig als auch sehr reich. Thérèse war eine der wenigen Frauen gewesen, die zum Club 89 zugelassen worden waren, einer exklusiven Gruppe, zu deren Mitgliedern unter anderen Mirabeau, Lafayette, Sieyès und Condorcet zählten. Selbstverständlich behaupteten die Klatschmäuler, daß ihr Beitrag nicht *philosophischer* Natur wäre und hatten sogar in diesem Sinne ein Pamphlet veröffentlicht.
Plötzlich verstand ich das Klagelied meines Freundes. Der junge Deputierte Tallien, der unbedeutende Sohn eines unbedeutenden Kammerdieners hatte der reichsten, schönsten, *geistreichsten* Frau in ganz Europa sein Herz geschenkt.
»Welch gräßlichen Kummer haben Sie Ihrem Freund gewünscht!« jammerte er. »Nicht vor der Guillotine fürchte ich mich, sondern vor dem Verlust ihrer Liebe!«
Ich seufzte. Es war wenig wahrscheinlich, daß mein Freund ein offenes Ohr für eine *meiner* Bitten um Hilfe hatte – nicht in seiner erregten Verfassung. »Vielleicht kann ich ja behilflich sein«, bot ich an.
Und *danach* würde ich mich um Alexandre, Frédéric und Marie kümmern …

16. März

Thérèse Cabarrus war bei ihrer Toilette, als ich eintrat. Es war neun Uhr morgens. Sie trank Champagner vor einem offenen Fenster, das zur Seine hinausging. Eine junge Frau (ich würde sie auf zwanzig schätzen) und verblüffend hochgewachsen, die, ohne sich um Sittsamkeit zu bemühen, einen offenherzigen

Morgenmantel trug. »Kann ich Ihnen helfen?« fragte sie, als sie sich zu meiner Begrüßung umwandte. Sie sprach mit einem leichten spanischen Akzent. Ihre Stimme war tief, angenehm, ohne die Großspurigkeit, die in ihrer Gesellschaftsschicht so häufig ist.

Ich sah mich kurz in ihrem Schlafgemach um – überall, in und zwischen zahlreichen Blütenpflanzen, befanden sich Gemälde, Skulpturen, Kunstwerke. In der Ecke stand ein Cembalo. Am Fenster ein unvollendetes Gemälde auf einer Staffelei. Die üppigen Verzierungen waren elegant – trotzdem wirkte die Einrichtung einzigartig, bizarr, phantasieanregend.

»Ich bin im Interesse eines gemeinsamen Bekannten hier«, begann ich und nahm, wie mir angeboten, Platz.

Die Kammerzofe streifte Thérèse den Morgenrock von den Schultern und fing an, ihr den Hals zu massieren. »Und wer könnte das sein?« fragte Thérèse. Ihre Augen waren sehr groß, schwarz – und durchaus klug.

»Ein Mann, der Sie sehr liebt.«

Thérèse sah mich mit schelmischer Miene an. »Ah – aber davon gibt es so viele.«

Ich lächelte. Ich glaubte ihr. Ich hielt es für durchaus möglich, daß alle Pariser Männer ein solches Geschöpf begehrten.

»Finden Sie, daß ich eitel bin?«

»Ich finde, daß Sie entwaffend ehrlich sind«, sagte ich.

»Stört Sie das?«

»Ich schätze Ehrlichkeit.«

Sie sah mich lange an. »Wir sollten Freundinnen sein.«

Wir leerten die Flasche Champagner. Ich teilte ihr mit, daß der Deputierte Jullien ihren Brief an den Allgemeinen Sicherheitsausschuß weitergeleitet hatte.

»Grand Dieu!« Sie preßte die Hände ans Herz. »Ich wollte den Deputierten Jullien doch nur in Mißkredit bringen, weil ich herausgefunden hatte, daß er Tallien ausspionierte und Robespierre

darüber berichtete. Ich wollte ihn zu einer Dummheit verleiten.«
»Sind Sie sich bewußt, in welcher Gefahr der Deputierte Tallien sich dadurch befindet?«
»Wird er mir jemals vergeben?«
»Er wird Ihnen *alles* vergeben.«

20. März

Tallien hüpft umher. Er kann sein Glück nicht fassen, kann nicht fassen, daß eine so reiche, so schöne und so aristokratische Frau *ihn* lieben könnte. Er ist außer sich vor Unruhe, überwältigt von zärtlichen Gefühlen, schreibt Sonette und seufzt den lieben langen Tag. Es ist schwierig, seine Konzentration auf meine Petitionen wach zu halten, aber ich bin hartnäckig. Täglich besuche ich Alexandre. Täglich besuche ich Frédéric, Marie. Die Lage verschlechtert sich.

3. April

Ich bin erkrankt. Jeder Tag bringt Nachrichten von Verhaftungen, Todesfällen. Das Betteln um Audienzen, das Schreiben von Gnadengesuchen hat meine Kräfte aufgezehrt. Der Deputierte Tallien warnt mich, in meinen Bemühungen behutsamer zu sein. »Man wird Sie verhaften, wenn Sie nicht lockerlassen«, mahnte er. »Sie sollten zuerst an sich selbst denken. Ihre Kinder brauchen eine Mutter.«
»Meine Kinder brauchen einen Vater«, sagte ich und unterdrückte die Tränen.

19. April

Heute abend, bei Einbruch der Dunkelheit, kamen drei Männer an die Tür. Fortuné knurrte. Einen der Männer kannte ich aus dem Sektionsbüro. Die beiden anderen waren mir unbekannt. Ich fürchtete, sie könnten eintreten und die Osterzeichnungen finden, die ich für die Kinder angefertigt hatte.
Sie reichten mir ein Papier. »Was hat das zu bedeuten?« fragte ich. Es war ein Durchsuchungsbefehl.
»Die Zeichnungen sind im Feuer«, raunte die Lannoy.
Die Männer gingen nicht sanft mit unseren Besitztümern um. Sie begannen im Keller und arbeiteten sich bis zur Mansarde hinauf, wo sie begeistert ein verschlossenes Schreibpult entdeckten, das sie gewaltsam öffneten. Zu ihrer Enttäuschung fanden sie nur patriotische Briefe von Alexandre (die ich absichtlich dort hineingelegt hatte). Niedergeschlagen, weil sie nichts Belastendes gefunden hatten, zogen sie ab.
Mittlerweile ist es dunkel. Die Flamme der Kerze flackert. Ich kann nicht schlafen. Ich weiß, daß sie wiederkommen werden – *meinet*wegen.

Später

Es war vier Uhr früh, als das Hämmern an der Tür einsetzte. Dieses Mal hatten sie einen Haftbefehl für mich.
»Und aus welchem Grund?« protestierte die Lannoy.
»Sie brauchen keinen Grund«, raunte ich. Widerstand würde die Lage nur noch erschweren. Ich bat Agathe, ein paar Sachen zusammenzupacken.
Ich ging ins Kinderzimmer. Ich wollte sie wecken, Lebewohl sagen. Ich dachte an ihre Tränen. Ich konnte sie nicht aus ihrem Schlaf reißen. Ich gab jedem einen Kuß, zog die Bettdecken zurecht, sagte stumm ein Gebet.

Agathe und die Lannoy hatten beide zu weinen begonnen. »Paßt auf sie auf«, sagte ich, als die Männer mich aus der Tür führten.

Mein Gemahl und ich versöhnen uns

Ich war dankbar, daß es Nacht war. Ich hätte keine Zeugen haben wollen.

Meine Häscher waren gewöhnliche Männer, die eine Arbeit verrichteten. Einer, der Bürger Delmer, der gesprächigere von den dreien, hatte eine kranke Frau und konnte es kaum erwarten, nach Hause zu kommen. Ich war der letzte Befehl, und er war froh, daß er ausgeführt war. Es gefiel ihm nicht, Mütter von ihren Kindern wegzuholen. »Es ist gut, daß du sie nicht geweckt hast. So ist es besser.«

Sie brachten mich zum Konvent der Englischen Ursulinerinnen. Der Schließer, der nach Branntwein roch, sagte, es gäbe keinen Stuhl mehr, auf dem man sitzen könnte, geschweige denn ein Bett.

»Wo sollen wir sie denn dann hinbringen?« Bürger Delmer sah noch mehr Arbeit auf sich zukommen.

Der Schließer blickte finster. Delmer schlug das Rollbett im Wachraum vor.

»Das ist *mein* Bett«, sagte der Schließer, war aber schließlich einverstanden.

Am nächsten Tag bat ich darum, ins Carmes verlegt zu werden.

»Du willst ins Carmes?« Der Torwächter war ein kleiner Mann mit Pockennarben im Gesicht.

»Mein Mann ist dort.«

»Es ist überfüllt und nicht besonders angenehm.«

Trotzdem willigte er ein. Am Nachmittag, nach Schinken, Eiern und verschmutztem Wasser, von dem mir übel geworden war, wurde ich mit drei anderen auf einen Planwagen verfrachtet. Einer von ihnen war ein etwa fünfzehnjähriger Bursche. Die beiden anderen, ein Mann und eine Frau, waren Puppenspieler und verhaftet worden, weil sie eine Puppe von Charlotte Corday * angefertigt hatten.

Auf dem Wagen lag Stroh, teilweise besudelt. Der Wagen hatte dazu gedient, am Abend zuvor Gefangene von Versailles herzubringen, erklärte unser Wächter. Als wir durch die Straßen fuhren, schauten Leute zu uns herein und fluchten. Ein junger Bursche warf ein faules Ei. Ich wandte beschämt mein Gesicht ab.

Am Carmes mußten wir warten, während der Schließer, ein schwergewichtiger Mann namens Roblâtre, über die Dokumente murrte. »Jeden Tag ändern sie die Prozedur«, schimpfte er. »Und wenn ich was falsch mache ...!« Er rollte mit den Augen. Sein gerötetes Gesicht ließ erkennen, daß er nur allzu gerne dem Rebensaft zusprach.

Wir wurden einen engen Steinflur hinuntergeführt. Der Gestank von den offenen Latrinen erstickte mich beinahe. Roblâtre öffnete die Tür zu einem schmalen Raum. Der Boden war mit Strohsäcken gesäumt, alle in einer Reihe. Überall waren Kleider aufgehängt. Es roch streng nach Moder.

Mir wurde ein Ballen gegenüber einem der vergitterten Fenster zugewiesen. Auf der einen Seite lag eine junge Frau, das goldblonde Haar wie ein Heiligenschein auf dem Sack ausgebreitet.

»Bürgerin Madame Custine«, stellte sie sich vor. »Sie können mich Delphine nennen.«

»Custine? Der General ...«

»Der große General Custine war der Vater meines Mannes.« Sie hatte eine hohe, melodische Stimme und sprach sehr artikuliert, wie eine Schauspielerin, mit übertriebenen weiblichen Gesten.

* Die junge Frau, die den Deputierten Marat ermordete.

»Mein Mann hat unter General Custine gedient. Alexandre Beauharnais. Er ist hier.«
»Oh, Bürger General Beauharnais! Sie sind seine *Frau*?«
»Sie kennen ihn?«
»Er ist der Busenfreund meines Mannes.« Sie legte sich wieder aufs Bett und seufzte, die Hand über dem Herzen. »General Beauharnais hat mein Porträt gezeichnet.«
Im Flur wurde eine Glocke geläutet. Ich folgte Delphine und den anderen über ein Labyrinth von Treppen in die Kapelle hinunter. Dort, unter den Gewölbedecken, unter den zerkratzten Bildnissen von Christus und der Jungfrau, waren grobe Brettertische aufgestellt worden.
Ich suchte mir einen Platz auf einer Bank. Verbogenes Eßbesteck war zu Haufen gestapelt. Zu meiner Linken befanden sich die Holzstufen zum Altar.
»Hier lesen sie jeden Abend die Namen vor«, sagte eine Frau hinter mir. Die Stimme klang wie die von Aimée.
Ich drehte mich um. Es *war* Aimée. Ich brach in Tränen aus. Sie zwängte sich neben mich. Sie reichte mir eine Teetasse. »Hier – trink das«, zischte sie. Es war Whisky. »Ich habe den Schließer bestochen.« Ihre Wangen waren gerötet. Ich hatte den Verdacht, daß sie schon eine Menge getrunken hatte.
Eine magere Frau mit schmutzigen Fingernägeln reichte mir einen Metallteller mit gekochten Bohnen und Sardinen.
»Pfui Teufel, das schon wieder.« Aimée schnitt dem Essen eine Grimasse. »Eine Mahlzeit am Tag, und dann ist es Abfall.«
»Welche Namen?« fragte ich. »Der Verurteilten – wer geht, wer bleibt, wer lebt, wer stirbt. Das ist die Abendunterhaltung – ziemlich dramatisch, muß ich sagen.«
Das Schmalz auf den Bohnen war ranzig. Ich legte meine Gabel hin. Die Küchenhilfe warf einen Korb mit schwarzem Schrotbrot auf den Tisch. Aimée brach ein Ende ab und stopfte es in ihr Mieder. Ich war wie benommen. »Wann bist *du* ...?«

»Gestern morgen – aber mir kommt es schon wie ein Jahr vor. Sie haben uns alle geholt. Jean-Henri – er ist drüben im Männerquartier. Sogar Lucie, das arme Kind. Sie schläft gerade, oben.«

Lucie? Nachdem sie ihr erstes Kind verloren hatte, wurde sie rasch wieder schwanger – dieses Mal glücklicherweise von ihrem Ehemann.

»Ihr ist so übel, daß sie nichts essen kann – falls du das *Essen* nennst. Ich meine, es waren die Eier, die wir gestern gegessen haben – noch unter dem Ancien régime gelegt.«

»Wir wurden alle zur gleichen Zeit verhaftet. Seltsam.«

»Weißt du warum?« fragte sie.

Ich schüttelte den Kopf. »Hast du Alexandre schon gesehen?« Bevor Aimée antworten konnte, nahm die Küchenhilfe uns die Teller weg, und die Tische und Stühle wurden verschoben. Der Lärm in der Kapelle war ohrenbetäubend. Die großen Doppeltüren öffneten sich, und eine Gruppe von Männern trat ein. Sie waren unrasiert, hatten verdreckte Hemden und Kniebundhosen an. Einer trug ein Halstuch um den Kopf.

»Und nun beginnt der aufregende Teil«, seufzte Aimée mit gespielter Ehrfurcht. »Alexandre wird wahrscheinlich draußen sein. Ich habe ihn gestern abend in einem Fechtturnier geschlagen.«

»*Du* hast Alexandre geschlagen?« Ich folgte ihr durch einen breiten Gang, der in einen ummauerten Garten hinausführte. Es war eine heiße, feuchte Nacht. Es roch intensiv nach Minze. Neben einer Eiche sah ich Alexandre mit einem anderen Mann stehen. Er blickte auf, als wir näher kamen.

»Und somit vereint uns das Schicksal.« Alexandre küßte mir die Hand. »Man hat mir gesagt, daß du hier bist. Ich kann nicht behaupten, daß ich *froh* bin, dich zu sehen.«

Ich wurde mit Boyce Custine bekannt gemacht, einem jungen Mann mit leuchtend rosa Wangen und erwartungsvoller Miene.

»Willkommen«, sagte er und verbeugte sich galant, »zu dem, was wir Gecken und Lebemänner einst einen Jux nannten. C'est bizarre, cela.«
»Ich habe Ihre Frau kennengelernt«, teilte ich ihm mit. »Wir schlafen in der gleichen Unterkunft.«
»Vielleicht könnten wir ja die Plätze tauschen«, sagte er traurig.
»Er ist ein unternehmungslustiger Bursche, aber seine Frau sträubt sich«, erklärte Alexandre. »Ich habe sie schon zu einem Rendezvous mit ihrem Herzallerliebsten in der Liebeslaube zu überreden versucht.«
»Der *Liebes*laube?«
»Ein für verheiratete Paare reserviertes Privatgemach«, sagte Aimée, »für die Rechte, nach denen es viele gelüstet, wie du dir vorstellen kannst.« Sie hatte von einem Fliederzweig die Blätter abgestreift und benutzte ihn als einen behelfsmäßigen Säbel.
»*Abgesehen* von der schönen Delphine«, sagte Alexandre.
»Leider!« rief Boyce Custine theatralisch aus, und wir lachten.
Wir durften uns bis zehn Uhr miteinander im Garten verlustieren. Eine seltsame Situation, wenn man die Kulisse bedachte. Ich wurde mit zahlreichen Leuten unterschiedlicher Richtungen bekannt gemacht – von der vornehmen Duchesse Jeanne-Victoire d'Aiguillon bis hin zu dem radikalen Jakobiner General Santerre.
»*Der* General Santerre?« flüsterte ich Aimée zu. Der Schenkenwirt, der vorgeschlagen hatte, alle Hunde und Katzen von Paris töten zu lassen? Das Ungeheuer, das den Marsch auf die Tuilerien angeführt hatte, das den König auf dem Schafott zum Schweigen gebracht und den Trommeln befohlen hatte, zu schlagen, als der König zum Sprechen ansetzte?
»Alle Damen nennen ihn den ›Tröster‹«, sagte Aimée. Sie hakte sich bei ihm unter. Offensichtlich war der stämmige Schenkenwirt zum Favoriten avanciert.

»General Santerre«, sagte ich, »ich bin überrascht, wie ich gestehe, einen Mann Ihrer politischen Überzeugung *hier* zu sehen.«
Der Tröster grinste einfältig und rückte seine rote Mütze zurecht. »Meiner Ansicht nach werden sie auf diese Weise, wenn sie mich wirklich brauchen, *genau* wissen, wo sie mich finden können.«
»Ehrlich gesagt, wenn du *nicht* hier drinnen bist, dann bist du verdächtig«, sagte Alexandre.

23. April

Schon zweimal hat die Lannoy morgens die Kinder gebracht, und Alexandre und mir wurde ein kurzer Besuch gestattet. Doch heute morgen wollte uns Roblâtre nicht gestatten, sie zu sehen.
»Morgen?« fragte ich.
Roblâtre schüttelte den Kopf. »Es gibt eine neue Bestimmung.« Es war noch früh, doch er war schon betrunken.
»Ihr meint, wir können sie *überhaupt* nicht sehen?« wollte Alexandre wissen.
Roblâtre zuckte mit den Schultern. »Nicht mehr.«
Alexandre versetzte dem Stuhl einen Tritt, wodurch er umflog.

[Ohne Datum]

Ich bin erkrankt. Jeder von uns. Wir meinen, daß es die Suppe mit Fleisch gestern abend war. Die Duchesse Jeanne-Victoire d'Aiguillon sagte, sie sei aus dem Fleisch kranker Pferde gemacht und wollte sie nicht essen. Andere sagen Schlimmeres.*

* Manche Gefangenen waren überzeugt, daß ihnen Menschenfleisch vorgesetzt wurde.

Später

Ich bin schwach, an mein Strohlager gefesselt. Heute nachmittag brachte mir Alexandre das Paket mit frischer Wäsche, das die Lannoy abgeliefert hatte. In einem Unterrock entdeckte ich meine Wahrsagekarten und einen von Eugène geschriebenen Brief. Vor Freude überwältigt begann ich zu weinen. Alexandre drückte mich an sich.

25. April

Nun können die Kinder nicht einmal mehr *schreiben* – unsere Pakete werden durchsucht.
»Woher sollen wir denn dann wissen, wie es ihnen geht, Alexandre?« Ich weinte. Es gibt Gerüchte, daß der Staat die Kinder von Gefangenen abholt und in die Obhut »guter« Republikaner gibt.
»Sie könnten krank sein, sie könnten sterben! Und wir würden es nicht einmal *wissen*!«

26. April

Wie es unsere Gewohnheit ist, gingen Alexandre und ich heute morgen in die Dienststube, um unser Paket mit sauberer Wäsche abzuholen. Der Schließer überprüfte die einzelnen Stücke anhand einer Inhaltsliste. Er wollte die Liste gerade ins Feuer werfen, als Alexandre darum bat, sie sehen zu dürfen. Der Schließer sah ihn mißtrauisch an, reichte sie ihm aber trotzdem. Ich erkannte sofort, daß sie von Eugène geschrieben war.
»Danke, Bürger.« Alexandre reichte dem Schließer die Liste zurück, seine Hand zitterte nur leicht.

27. April

Jeden Morgen liegt unseren Wäschepaketen nun eine Liste bei. An einem Tag trägt sie Eugènes Handschrift, am anderen die von Hortense. Jetzt kann ich schlafen.

28. April

Heute morgen, als ich vom Frühstück (Salzheringe – schon wieder*) zurückkehrte, hörte ich ein Jaulen. Plötzlich sah ich ein Bündel von einem Hund zu meinen Füßen.
Fortuné!
Ich hob ihn hoch. Er mußte an den Wächtern vorbeigeschlüpft sein.
»Was ist das denn? Ist das ein Hund?« fragte meine Begleiterin unsicher.
Fortuné hatte ein großes schwarzes Band um den Hals. Es hatte sich in seinem Halsband verheddert. Mit einiger Mühe brachte ich ihn dazu, stillzuhalten, damit ich es richten konnte. Dann spürte ich etwas. Da, unter seinem Halsband versteckt, war ein gefaltetes Stück Papier.
Rasch zog ich den Zettel heraus und verbarg ihn in den Falten meines Rockes. »Was für ein häßlicher Hund. Er sieht ja wie eine Ratte aus – findest du nicht auch?« Ich setzte Fortuné ab und schob ihn mit klopfendem Herzen auf das Tor zu. »Lauf! Lauf nach Hause!«
Erst als Alexandre und ich uns in dem Privatgemach trafen, brachte ich den Mut auf, den Zettel zu lesen. Es war ein Brief von Eugène. Es geht ihnen gut – sie lassen in Liebe grüßen. Ich brach tränenüberströmt zusammen.

* Salzheringe wurden den Gefangenen in großen Mengen zugeteilt. Die Dänen lieferten sie, um damit ihre Schulden zu begleichen.

[Ohne Datum]

Alexandre und ich haben uns versöhnt.

Meine schlimmste Befürchtung wird wahr

30. April 1794

Bürger Boyce Custines Name wurde aufgerufen. Delphine wurde ohnmächtig und sank auf den Steinboden, als sie es hörte. Wir trugen sie zu ihrem Strohlager. Dort kühlte ich ihr die Stirn. Dann öffnete sie die Augen und begann zu schreien. Die anderen wurden ärgerlich. Hemmungslos gezeigte Trauer bringt alle aus der Fassung und wird als selbstsüchtig erachtet.
Ich ging in die Kapelle auf der Suche nach Alexandre. »Delphine ist außer sich«, teilte ich ihm mit. »Sie bringt die anderen aus der Fassung. Ich dachte, ich könnte sie vielleicht ins Privatgemach bringen.«
Als ich zurückkam, hatte Aimée die Arme um Delphine gelegt, um sie im Zaum zu halten. »Sie hat mit ihren bloßen Fäusten gegen die Wand gehämmert«, sagte Aimée.
»Komm.« Gemeinsam konnten Aimée und ich mit ihr fertig werden. Als wir im Privatgemach waren, beruhigte sich Delphine allmählich. Ich wiegte sie wie einen Säugling. Und dabei weinte ich die ganze Zeit.

3. Mai

Heute hat Delphine endlich etwas »Brot« gegessen – ein Gerstengebräu, das uns in der Kehle weh tut. Delphine schluckte es klaglos. Es dauert schon drei Tage an.

4. Mai

Delphine setzte sich heute morgen auf. »Ich werde Schwarz anfordern«, sagte sie. Sie entwarf eine Nachricht an ihre Kammerzofe. Bis zum Nachmittag hatte sie eine neue Garderobe, auffallende schwarze Roben, recht kleidsam zu ihrem feinen blonden Haar und ihren hellblauen Augen.
»Du siehst wie eine Prinzessin aus«, sagte ich zu ihr.
»Ich bevorzuge eine Göttin.« Sie rollte ihre Haare im Spiegelbild des Wasserkübels auf.
Ich begreife, daß ihre Trauerzeit vorüber ist.

9. Mai

Delphine hat Gedichte verfaßt, die sie mir jede Nacht vorliest. »Aber ob *Alexandre* sie auch mag?« fragt sie besorgt, wenn ich ihr versichere, wie großartig sie sind.

Später

Heute nachmittag, als ich in den Garten trat, sah ich, wie sich Delphine und Alexandre rasch bewegten. Es war nur eine ganz kurze Bewegung, nicht mehr als ein Rascheln, aber Delphines bereitwilliges Lächeln verriet mir, daß mehr dahintersteckt, verriet mir alles.

[Ohne Datum]

Delphine kann ihre Freude nicht unterdrücken. Sie glüht. Sie seufzt. Nachts stöhnt sie, bewegt sich sehnsüchtig. Ich weiß, von wem sie träumt.

11. Mai, ein heißer Nachmittag

Alexandres Blicke folgen jeder Bewegung Delphines, und ich, die ältere, einsame Ehefrau, muß hilflos daneben sitzen und zusehen, wie sich diese Leidenschaft, diese große Liebe, entfaltet. Eifersucht erfaßt mich. Eifersucht, Zorn und Einsamkeit – eine gefährliche Mischung.

12. Mai

Es ist unerträglich heiß. Wir stehen äußerst unschicklich in leichter Bekleidung auf den Gängen. Die Männer rasieren sich selten, denn Wasser ist kostbar. Die Frauen lassen ihre Haare herunter, vergessen ihr Schamgefühl. In jeder dunklen Ecke sind Paare, die den letzten Trost suchen.
Ich sitze an den Fensterschlitzen und schöpfe frische Luft. Im Dunkeln sehe ich, wie sich unter einem fleckigen Bettlaken etwas bewegt. Ich höre eine Frau stöhnen, höre einen Mann Koseworte flüstern.
Ich lehne den Kopf an die feuchte Steinwand. Besoin d'être aimé.
Ich werde ungeliebt sterben. Ich werde allein sterben.

13. Mai

Heute zwei Neuankömmlinge: Madame Elliot, eine englische Edelfrau (die Geliebte des Duc d'Orléans und eine Spionin der Engländer, wie Aimée hartnäckig behauptet), und General Lazare Hoche – der Held der Revolution. Warum Madame Elliot verhaftet wurde, konnte ich verstehen, aber General *Hoche* …?
Er, ein ehemaliger Stallbursche, hatte sich als brillanter Kämpfer auf dem Schlachtfeld erwiesen. Alle Jakobiner hatten ein Loblied auf ihn gesungen.

»Aber wenn man die Schlachten nicht *gewinnt* ...« General Hoche machte die Geste, die wir mittlerweile nur zu gut kannten: eine schnelle Bewegung der Finger quer über die Kehle.
Er ist ein außergewöhnlich attraktiver junger Mann – schmal, groß, dichtes schwarzes Haar und klarumrissene Gesichtszüge: Alle Frauen werden seinetwegen schwach. Und zu allem Überfluß ist es so, daß er, um zu seiner Unterkunft zu gelangen, durch unseren Schlafraum muß. Heute abend, ich las gerade den anderen aus einer Zeitung vor, sank Aimée in einen gespielten Ohnmachtsanfall, als er vorbeiging. Ich warnte sie, blickte auf. General Hoche stand auf dem steinernen Absatz und blickte auf mich herab. Die Säbelnarbe zwischen seinen Augen verlieh ihm ein spöttisches Aussehen.

14. Mai

Heute abend, auf dem Weg durch unseren Schlafraum, warf mir Lazare Hoche einen kurzen Blick zu. Er machte eine kleine Handbewegung.
Ich sah zu Madame Elliott hinüber. »Ein kleiner Besuch?« fragte sie auf englisch. Sie lächelte und blickte sittsam weg.
Ich raffte meinen Mut zusammen und stand auf. Meine Wangen glühten. Rasch schlüpfte ich die Steintreppe hinauf.
Oben war ein schmaler Gang, der zu einer anderen schwer verriegelten Tür führte. Lazare Hoche stieß sie auf.
Seine Kammer war klein und sehr tief. Oben an einer großen Wand war ein kleines Fenster. »Mein Kerker«, sagte er und zündete eine Kerze an. Er zog ein Bettlaken über das Strohlager. Auf einem Bord stand eine Flasche Whisky.
»Sie haben ein eigenes Zimmer«, sagte ich.
»Generälen werden gewisse Privilegien gewährt – selbst im Gefängnis.«
»Selbst im Tod?« Warum hatte ich das gesagt?

Er holte einen zerbeulten metallene Feldbecher aus einer Holzkiste und füllte ihn aus der Flasche. Er bot mir den Becher an. »Darf ich Sie Rose nennen?« fragte er.
Ich nahm einen kleinen Schluck und hustete. Der Alkohol verbrannte mir die Kehle. »Ich bin älter als Sie.« Es war eine törichte Bemerkung. Aber ich fühlte mich plötzlich so unsicher. Wie alt *war* er eigentlich? Vierundzwanzig, fünfundzwanzig? Trotz allem, was er von der Welt gesehen hatte, wirkte er wie ein Junge. Und ich? Ich kam mir so alt vor wie die Erde.
Er leerte den Becher und stellte ihn auf dem Bord ab. »Ich möchte gerne, daß Sie bleiben.«
Ich antwortete nicht. Er näherte sich mir, wie man sich einem Pferd nähert, das scheuen könnte – entschlossen, aber ruhig, vertrauensvoll. Seine Haut war rauh; seine Berührung zärtlich.

[Ohne Datum]

Jeden Abend werden einige von uns aufgerufen. Wir fallen uns gegenseitig in die Arme, umarmen, werden umarmt, als wäre es das letzte Mal. Es ist das letzte Mal.
Ich lege die Karten. Sie sagen: Dies ist der Himmel, dies ist die Hölle. Es ist wie ein und dasselbe.

16. Mai

Aus mir ist ein Nachtmensch geworden. Tagsüber schlafe ich. Ohne zu essen, mein Körper knöchern, klammere ich mich an meinen Liebhaber, löse mich in den Sternen auf, die ich flüchtig durch das schmale Metallgitter sehe.
Lazare. *Halte mich fest!*
Denn ich sterbe.

17. Mai

Heute nacht ging ich zu seiner Kammer. Die Tür stand offen, die Bettlaken lagen in einem Bündel auf dem Boden.
Bürger Virolle kam zur Tür. »Du kannst zu *mir* kommen.«
»Wo ist Lazare?«
»Unter den Auserwählten«, sagte Bürger Virolle mit verwaschener Stimme. Er war betrunken.
»*Lazares* Name wurde aufgerufen?« Ich erbrach mich auf den Steinboden.

19. Mai

Delphine hat sich beim Schließer beschwert. Mein Weinen läßt sie nicht schlafen. Die Duchesse Jeanne-Victoire d'Aiguillon hat vorgeschlagen, daß ich in ihre Zelle ziehe. Dort ist jetzt eine Schlafstelle frei, nachdem ihre Zellengenossin aufgerufen worden ist, eine Hängematte aus Ledergurten.
»Eine Hängematte?«
»Damit einen die Ratten nicht erwischen«, sagte Jeanne-Victoire.

23. Juni

Heute bin ich einunddreißig geworden. Ich zog mein bestes Kleid an, trotz meines Vorsatzes, es zu schonen.* Alexandre schenkte mir eine Zeichnung, die er von den Kindern angefertigt hatte und die ihnen sehr ähnlich sieht.
Er sagte mir, daß ich ihn im Privatgemach treffen solle. »Es ist nicht das, was du denkst«, fügte er hinzu.
»Die Kinder – sind sie ...?« Beunruhigt.
»Ich wage nicht zu reden.«

* Unter den Frauen im Gefängnis war es üblich, ihre eleganteste Garderobe beiseite zu legen, um sie dann am Tag der eigenen Hinrichtung zu tragen.

Wir standen uns im Privatgemach gegenüber, mit den Rücken an die Wand gelehnt. »Unter uns ist ein Spitzel«, sagte er. »Ich habe Grund zu der Annahme, daß ich aufgerufen werde.« Er sagte mir, daß er für sein Land geopfert würde, daß er sein Schicksal inzwischen akzeptiere. Er sagte, er wäre bereit zu sterben. Er bat mich, mein Leben der Reinwaschung seines Namens zu widmen. Er hätte nur einen Wunsch, nämlich, die Kinder ein letztes Mal zu sehen. »Delphine kann das arrangieren.«

»Oh?« Ich hatte genug von Delphine.

»Einer der Räume oben blickt auf den Garten nebenan. Dort steht ein kleines Haus – das Haus eines Gärtners. Wenn die Kinder dorthin gebracht würden und wenn wir am Fenster stünden ...«

»Aber was, wenn man sie entdeckt? Was, wenn man uns sieht? Das ist zu gefährlich, Alexandre! Sicherlich ...«

»Es ist bereits alles arrangiert.«

Ich verstummte. Es war heiß in dem kleinen Raum.

»Ich dachte, du würdest dich freuen.« Er war verärgert.

»Habe ich eine andere Wahl?«

»Morgen nachmittag, um zwei Uhr.«

24. Juni

Alexandre und ich warteten am Fenster, das auf den Garten hinausführt. Nach kurzer Zeit bemerkten wir eine Bewegung im ersten Stock des kleinen Hauses. Hortense und Eugène kamen in Sicht.

Bewegungslos starrten wir einander an: die Eltern die Kinder, die Kinder die Eltern.

Sie sahen *so* schön aus.

Hortense stieß einen Schrei aus, streckte die Arme vor. Ich hörte einen Wächter rufen: »Wer ist da?« Die Kinder wurden ins Dunkel zurückgezogen.

Genauso rasch war es vorüber.

9. Juli

Heute abend wurden achtzehn Namen aufgerufen. So viele! Wir sind wie Schlafwandler, abgestumpft. Im Garten beschuldigte Alexandre den Bürger Virolle, ein Spitzel zu sein. Der kleine Mann sagte kein Wort. Eine Stunde später wurde seine Leiche in der Kapelle gefunden. Er ist erdrosselt worden.

17. Juli

Heute abend wurde es verkündet: Fünfzig Namen werden aufgerufen. *Fünfzig!*
Ist das möglich? Fünfzig von uns – sollen *sterben*?
Allmählich begreifen wir.
Wir werden *alle* sterben.

18. Juli

Zwei junge Männer, Brüder aus der Normandie, wurden als erste aufgerufen. Hand in Hand sprangen sie das Treppenhaus hinunter in den Tod.
Zwei weitere Namen wurden auf die Liste genommen.

21. Juli

Namen:
Maurice Gigost,
Louise Dusault,
Armand-Thomas Paré,
Alexandre Beauharnais.
Der Himmel verdunkelt sich und bricht mit einem lauten Donnerschlag auf. Eine streunende Katze zittert, sucht unter einer Bank Schutz.

Es kommt mir vor, als träume ich. Ich liege in meiner Hängematte und summe ein Lied aus meiner Kindheit. Ich kann das Meer riechen.

23. Juli

Alexandre wurde in die Conciergerie gebracht, um sich vor Gericht zu verantworten. An Delphines Finger sein Talisman – der Stein, den ich ihm geschenkt habe. Es spielt keine Rolle.

24. Juli

Ich bin krank. Nach dem Abendessen kam Jeanne-Victoire mit etwas zu essen, ein wenig Wein. Es gibt nichts Neues, sagte sie. »Aber es muß doch etwas geben«, beharrte ich. »Was geschah in Alexandres Prozeß? Was geschah in der Conciergerie?«
»Der Prozeß wurde verschoben.« Sie drehte sich zum Fenster.

[Ohne Datum]

Pik-As. Tod. Ich schiebe es unter mein Kissen.
Wenden und wieder wenden, aus der Blume wird Blut. Liebende berühren sich, und dort ist das Leben. Ein Name wird aufgerufen, und dort ist der Tod.
Man sagt, daß ich schreie. Man sagt, daß ich weine.
Es gibt kein Entrinnen.

[Ohne Datum]

Zitternd vor Fieberglut erhebe ich mich aus meiner Hängematte. Ich gehe zum Fenster, lehne am Gitter, presse die kalten Metallstäbe an meine Stirn. Ich suche in den Straßen nach einem Zeichen. »*Irgend jemand* weiß es«, flüstere ich.

Ich wandere in die Gänge. »Sagt es mir.«
Aimée wendet den Blick ab. »Schlafe«, sagt sie und führt mich zu meiner Hängematte zurück. Sie flößt mir mit einem Löffel bitteren Wein ein, glättet mir mit einem feuchten grauen Lappen die Stirn. Ich höre Husten, Stimmen, weit entfernt: »Sie kommt zur Ruhe, bald«, sagt Jeanne-Victoire.
Zur Ruhe kommen, bald.

[Ohne Datum]

Ich erhebe mich im Dunkeln. Durch das Fieber kann ich wie eine Katze sehen. Ich schwebe auf Katzenpfoten durch leere Gänge, spüre die feuchte Kälte der Steine, die Luft auf meiner Haut. Überall lauern meine Geister, schmeicheln.
»Ich muß es wissen«, sage ich. »Sagt es mir.«
Sie führen mich zu einem unter einem Stein verborgenen Papier. Sie geben mir die Kraft zu sehen. Er ist da, auf der Liste der Toten, sein Name: *Alexandre.*

Der Tod ruft, und ich lausche

[Ohne Datum]

Aimée schiebt mir eine rostige Schere in die Hand. Das Metall ist heiß, so heiß.
Ich weiß, was zu tun ist. Ich mache mich an die Arbeit, hacke auf meine Haare ein, bereite dem Messer einen Weg. Rein, singe ich, rein, und sehe zu, wie der Haufen wächst.

[Ohne Datum]

Aimée kommt zu mir. »Bist du auch tot?« frage ich.
»Du bist krank«, sagt sie. »Du hast Fieber, Fiebergedanken.«
»Ich höre Engel singen.«
Sie legt meinen Kopf an ihre Brust.
»Deine Tränen, meine Freundin, salben mich«, sage ich.
»Rose, dein Name wurde aufgerufen«, flüstert sie. »Der Arzt sagte ihnen, daß du zu schwach bist, um zu laufen.«
»Hat er ihnen gesagt, ich wäre tot?«
Sie nickt, hustet. »Er sagte ihnen, bald.«
»So ist es besser.« Besser als der Pöbel.
»Die Engel singen ohnehin.«
Ich greife unter mein Kissen, drücke ihr das Haarbüschel in die Hand.
»Für die Kinder?«
Ich nicke. Ich wage es nicht, ihre Namen auszusprechen. Nicht, wenn der Tod so nah ist. Nicht, wenn der Tod zuhört.

»Die Karte auch?«

Das Pik-As. »Nein!« Ich reiße es wieder an mich.

Ihre Hand ist kalt auf meinem Arm. »Rose – höre nicht auf die Engel ...«

Ich spüre, wie die Luft sich verändert, die Wände beginnen zu bröckeln. Eine Hexe ist neben mir, ihre langen Finger packen mein Handgelenk. Ich schreie auf, schrecke zurück. Es ist die Wahrsagerin, ihr altes schwarzes Gesicht, ihr altes weißes Haar. Ich kenne sie, ich kenne sie ...

Erinnere dich an das, was ich dir gesagt habe! sagt sie.

[Ohne Datum]

Die Engel singen nicht. Die Erde zerrt an mir, der Gestank des Nachttopfs, von verfaulendem Essen. Ich treibe hinein, treibe hinaus. Stimmen kommen, Stimmen gehen. Heiße Hände, kalte Hände. Kalte Hände. Kalte Hände.

Erinnere dich an das, was ich dir gesagt habe! sagt sie.

26. Juli (glaube ich)

Heute morgen setzte ich mich auf. Jeanne-Victoire gab mir ihre tägliche Ration Wein. Meine Lippen sind blasig, mein Gesicht eine Maske. »Sind es die Pocken?« fragte ich und befühlte meine Wangen. Und wenn, ich hatte keine Angst.

»Nein, ein Schüttelfrost«, sagte sie. »Wir dachten, du würdest sterben.«

»Ich bin auch gestorben. Mehrmals.«

»Dein Name wurde aufgerufen.«

»Aimée hat es mir gesagt.«

Ich habe es dir gesagt! zischt die Wahrsagerin.

Ich schlage die Hände über die Ohren. *Geh weg! Geh weg, altes Weib!*

27. Juli

Heute geht es mir besser. »Steh nicht auf«, warnt Aimée, »sonst rufen sie deinen Namen auf.«
Das Gefängnis scheint fast leer zu sein, so viele sind aufgerufen worden. Sogar unser Schließer ist zum Schafott gegangen, sagt Aimée. Er war zu freundlich zu uns. Armer, betrunkener Roblâtre.
Nun haben wir Aubert, einen Septembrist. Er erdrosselt streunende Kätzchen mit den bloßen Händen, nur so zum Spaß. Jeden Abend, nach dem Essen, sperrt er uns ein. Das ist nicht wichtig.
Draußen höre ich Trommeln, heftiges Kanonenfeuer, hastige Schritte auf dem Kopfsteinpflaster.
»Da geht etwas vor«, sagt Jeanne-Victoire.
Da geht etwas vor, flüstert die Wahrsagerin in mein Ohr.
Ich dachte, du wärst fort, altes Weib!

28. Juli

Bei Sonnenaufgang kam der Schließer, um meine Hängematte zu holen. Ich stand am Fenster und sah zu, wie er sie abnahm.
»Aber worauf soll die Bürgerin Beauharnais denn schlafen?« wolle Jeanne-Victoire wissen.
»Ich schätze, sie wird sie nicht mehr brauchen.« Er lachte.
Jeanne-Victoire wurde bleich. Sobald er gegangen war, brach sie in Tränen aus. »Weine nicht«, sagte ich zu ihr.
Erinnere dich, was ich gesagt habe!
Ich erinnerte mich: Ich würde unglücklich verheiratet sein. Ich würde Witwe sein.
Da ist noch mehr!
»Sieh nur, du zitterst nicht einmal.« Jeanne-Victoire nahm meine Hand.

Sag es!

Ich holte tief Luft. »Ich werde nicht sterben.«

Sag es – sag alles!

»Ich werde Kaiserin sein«, sagte ich. Die Worte kamen von anderswo aus mir heraus.

»Still, Rose – es gibt schon keine Königin mehr«, sagte Jeanne-Victoire sanft wie zu einem Kind. Aber der Ausdruck auf ihrem Gesicht war besorgt. Sie hielt mich für verrückt.

»Und du wirst meine Hofdame sein«, sagte ich.

»Du hast immer noch Fieber.«

Sie zog mich ans Fenster, damit ich Luft schöpfte. Schwach lehnte ich an den Gitterstäben. Ich hörte Musketenfeuer, galoppierende Pferde. Auf der Straße hüpfte eine Frau auf und nieder. Sie hob ihren Rock hoch und dann einen Stein, ihren Rock und dann den Stein.

»Sie versucht, uns etwas mitzuteilen«, sagte Jeanne-Victoire.

Der Himmel war rot. Schon flimmerte die Hitze über den Steinen. Die Frau hob ihren Rock hoch, deutete darauf.

»Robe.«

»Pierre«, sagte Jeanne-Victoire, der Stein. »Robespierre. Sie sagt ›Robespierre‹.«

Die Frau zog die Hand quer über die Kehle und fing an, wild zu tanzen.

Jeanne-Victoire wandte sich zu mir um. »Robespierre ist tot.« Sie sah beunruhigt aus – ängstlich. »Du bist gerettet!«

Erinnere dich, was ich gesagt habe! sagte das alte Weib.

5

La Merveilleuse

Ich wandele zwischen den Lebenden und den Toten

28. Juli 1794, abends

Grenzenlose Freude. Sie sprudelt aus den Rissen in den Steinen hervor. Mit einem Krachen und Donnern wird unsere Zelle hell wie der Tag – noch mehr Feuerwerkskörper folgen, einer nach dem anderen.

Der Schein meiner Kerze wirft Schatten an die Wände. Die Geister dieses Ortes, dieser Zeit, sind befreit. Sie tanzen in der flimmernden Hitze. Ich schlinge mein Büschel abgeschnittener Haare zu einem Knoten und werfe ihn von einer Hand in die andere. So nahe war er dran. Mein Kopf.

Die Trauer spricht den Refrain. Um jene, die den Glückstreffer um einen einzigen Umlauf der Sonne und des Mondes verpaßt haben. Trauer ... um Lazare, die alten Puppenspieler, die anderen, zu viele, um sie alle aufzuzählen. Trauer ... um Alexandre.

Und auch die Angst, denn die Riegel sind immer noch hinter uns verschlossen, die Guillotine steht immer noch.

Mittwoch, 6. August

Heute kamen zwei Männer durch die Tore. Deputierte. Wir, die Schwachen, die Zerlumpten rotteten uns wie Vieh zusammen und sahen schweigend zu. Draußen, auf dem Kopfsteinpflaster, der Pöbel – betrunken, fröhlich, in muffige Ballgewänder, zerfetzte, dreckbespritzte Seidenroben gekleidet.

Wir wurden in die Kapelle getrieben. Einer der Deputierten stieg auf die Kanzel, ein Stück Papier in der Hand.
Aimée legte den Arm um mich. »Geht es dir gut?«
Ich lachte; andere drehten sich um und starrten mich an. Ich lachte grundlos. Ich war eine von *denen*.
Der Deputierte räusperte sich. »Wir sind im Namen der Freiheit hier.«
Ein Mann schrie auf. War nicht alles, was sich zugetragen hatte und sich noch zutrug, im Namen der Freiheit geschehen? Wir kannten die Freiheit – Freiheit bedeutete *Tod*.
Der Deputierte fuhr fort. »Was ich hier habe, ist eine Liste ...«
Wir zitterten. Wir kannten Listen. Die Abläufe dieses Rituals waren uns wohlbekannt.
»... eine vorläufige Liste, wie wir euch versichern dürfen, von jenen, die die neuen Mitglieder des Allgemeinen Sicherheitsausschusses für zu Unrecht angeklagt erachten. Den folgenden Bürgern steht es frei zu gehen ...«
»Verstehst du?« flüsterte Aimée.
»Ich bin ja kein Kind«, sagte ich zu ihr. Sie hielten mich für verrückt.
»Bürgerin Rose Beauharnais.«
Ich sah mich erschrocken um. Mein Name war aufgerufen worden.
Aimée umklammerte meine Hände. Ich schaute in ihre weinenden Augen. Gesichter wandten sich mir zu, Freunde umringten mich. Meine Knie gaben nach.

Ich kam auf einem Brettertisch zu mir. Jemand schlug mir mit einem nassen Lappen auf die Stirn. Ich hörte ein Husten, dann die Worte: »Sie kann mich hören.«
Ich öffnete die Augen.
Aimées Augen beruhigten mich. Ich sah mich zu den anderen um.

»Verstehst du denn nicht, Rose?« sagte Aimée. »Du darfst nach Hause. Du bist *frei*.«

Ich hörte ihre Worte mit einem Herzen voller Angst. *Frei?* Was bedeutete das? »Wirst du mit mir kommen?« fragte ich.

»Bald«, versicherte sie mir und verwischte Rouge auf meinen Wangen. Sie reichte mir einen Korb – meine Wäsche, meinen Kamm, ein Taschentuch, in dem mein Haarbüschel war, meine abgegriffenen Karten. »Rasch, bevor sie es sich anders überlegen«, zischte sie.

»Ich kann dich hier nicht zurücklassen.«

»Weine nicht! Deine Kinder brauchen dich.«

Meine Kinder.

Meine Freunde drängten sich alle um mich und standen mir bis zum Tor bei. Der Pöbel draußen auf der Straße jubelte. Vier Männer in der Uniform der Nationalgarde versuchten, die Leute zurückzuhalten. Würden sie sich auf mich stürzen, mich in Stücke reißen?

Zitternd, meinen Korb umklammernd wurde ich auf die Straße hinausgeschoben. Das große Eisentor schlug hinter mir zu. Ich schaute zurück. Die Gesichter meiner Freunde waren tränenüberströmt.

»Wo willst du denn hin, Bürgerin?« rief eine Frau hinter mir. Ihr Atem roch nach Alkohol. Sie trug einen höfischen Hut, eine purpurrote Kreation, die mit schmutzigen Seidenblumen und zerfetzten Bändern übersät war.

»Zum Fluß?« Ich konnte mich nicht mehr erinnern.

Die Rue Saint-Dominique war breiter, als ich sie in Erinnerung hatte, eine menschenleere Durchgangsstraße. An den großen Holztüren war ein Papier angeschlagen worden. Gesiegelt, laut gesetzlicher Anweisung; Betreten nur bei Todesstrafe. *Todesstrafe*. Von Panik ergriffen wandte ich mich ab. Wo waren meine Kinder? Wo waren Hortense und Eugène?

Ich stolperte die Rue du Belle Chasse hinunter. Die Hunde im Holzlager knurrten mich an. An der Port-de-la-Grenoüillere legte ich die Hand vor die Augen. Licht glitzterte auf dem Wasser des Flusses. Gegenüber, auf der anderen Seite, drängte sich eine Menschenmenge auf der Place de la Révolution, rund um die Guillotine. Noch immer?

Ich wandte mich in die Richtung, die zu Prinzessin Amalia führte, zum Hôtel de Salm. Ich wußte, daß die Kinder dort täglich zu Besuch waren.

Die Tore zum Innenhof waren verriegelt. Ich zog am Glockenseil. Die Kammerzofe kam angerannt. Sie spähte durch die Eisenstäbe.

»Bürgerin Beauharnais«, sagte ich. Ich sagte nicht: die *Witwe* Beauharnais.

Ein kleiner Mann erschien zwischen den Säulen des Portikus. Seine gelbe Satinweste glitzerte vor Juwelen. »Was ist los?« Ein Bauer, seinem Akzent nach. Er hielt eine dicke Pferdepeitsche in der Hand.

»Ich möchte mit Bürgerin Amalia Hohenzollern sprechen.« Ein Gefühl der Schwäche überkam mich. Ich umklammerte die Eisenstäbe, um mich zu stützen.

»Die Prinzessin? Sie und ihresgleichen sind über den Rhein gelaufen, zusammen mit all dem anderen Pack.«

Prinzessin Amalia ... in *Deutschland*? »Ihr Bruder, Bürger Frédéric, ist er ...«

Die Zofe fuhr mit einem Finger rasch quer über ihre Kehle.

Frédéric – *geköpft*? Mon Dieu.

Der Mann befahl der Frau, an ihre Arbeit zurückzukehren. Ich packte sie durch die Stäbe am Ärmel. »Wo sind meine Kinder?« fragte ich. »Wo sind Hortense und Eugène?«

»Ihre Großtante ist gekommen ...«

Der Mann knallte mit der Peitsche.

»Bürgerin Renaudin?«

»Nein – die kleine«, zischte sie und rannte los.
Fanny? Konnte das sein?

Es war Jacques, Fannys Faktotum, der die großen Holztüren zum Hof öffnete. Er durchlebte einen Augenblick der Verwirrung, ehe ihm klarwurde, wer ich war. Ich nahm seine ledernen Hände in meine. Mein Herz schlug wie wild. »Meine Kinder – sind sie hier?«
Ich folgte ihm ins Haus. Fortuné jagte durch die Halle. Ich hob ihn in meine Arme; er war ein einziges wackelndes Bündel, seine kleine Zunge leckte mir die Wangen.
Die Lannoy erschien auf dem oberen Treppenabsatz, Agathe kurz dahinter. »Was ist los, Jacques?« fragte die Lannoy. Sie betrachtete mich mit hochmütiger Mißbilligung.
»Bürgerin Rose!«
»Madame?« Die Lannoy blickte mit ungläubiger Miene auf mich herab.
Hinter mir hörte ich eine vertraute Stimme. Es war eine alte Frau, das Gesicht stark geschminkt.
Fanny. Ich legte einen Arm um ihre Schultern, berührte ihre Wange mit meinen Lippen, ihre trockene, papierdünne Haut. »Gott sei Dank, daß Sie überlebt haben«, sagte ich und drängte die Tränen zurück. Wie lange hatte er gedauert, der Alptraum, den wir durchgemacht hatten? Konnte es sein, daß er vorüber war?
»Mon Dieu, Kind, du bist ja so mager.« Sie trat zurück, um mich zu betrachten.
»Ich war krank. Die Kinder ...«
»Sie sind hier.« Fanny legte die Finger um mein Handgelenk. »An dir ist ja kaum noch etwas dran. Und deine Haare ...!« Sie lächelte unwillkürlich.
»Tante Désirée? Der Marquis? Sind sie ...?«
Laß sie am Leben sein, betete ich.

Und dann: *Sei gnädig, laß sie dahinscheiden. Bitte verlange nicht von ihnen, den Schmerz über Alexandres Tod erleiden zu müssen.*
»Sie sind jetzt wieder in ihrem Hause – in Fontainebleau. Vorher hatten sie sich versteckt. Charlotte hat sie in ihrem Keller untergebracht.«
»Die Köchin?« Ich versuchte mir Tante Désirée und den Marquis in Charlottes barscher Obhut vorzustellen. »Wissen sie ... hat man es ihnen gesagt?« Ich hielt mich am Geländer fest, um mich abzustützen. Wußte *Fanny* überhaupt davon?
»Von Alexandre?« flüsterte Fanny.
Ich nickte. Ja.
Ich hörte ein Mädchen singen, den Klang eines Cembalos. »Hortense?« Ich ging zur Tür des Musikzimmers. Hortense saß mit dem Rücken zu mir am Instrument. Eugène und Émilie saßen dicht daneben. Eugène drehte sich um und betrachtete mich. Seine Miene sagte: »Wer ist diese Frau?«
Hortense hörte auf zu spielen. Sie drehte sich um und starrte.
Ich blieb stehen, verwirrt. »Erkennt ihr mich nicht?« Ich setzte Fortuné ab. Er blieb zu meinen Füßen, winselte, damit ich ihn wieder hochnahm. »Fortuné weiß, wer ich bin.«
»Maman?« Seine Stimme schnappte über.
»Gar nicht wahr«, sagte Hortense.
»Sie glauben nicht, daß ich es bin«, sagte ich zu Fanny. Ich brachte ein Lächeln zustande.
»Mon Dieu, das ist ja auch kein Wunder – du siehst wie eine streunende Katze aus!« Sie befahl den Kindern näher zu kommen. Eugène kam tapfer auf mich zu, ließ sich eine Umarmung gefallen, gefolgt von Émilie, die in Tränen ausbrach. Hortense weigerte sich und stellte sich hinter Eugène. Sie betrachtete mich, ihre großen blauen Augen ließen keinerlei Emotion erkennen. Die Augen ihres Vaters.
Fanny schalt ihr Patenkind. »Deine Gebete sind erhört worden, und nun sieh nur, wie du dich aufführst.«

»Ich verstehe schon«, sagte ich. »Ich …«
Ein Schmerz durchfuhr mich, dieses Mal heftig. Ich krümmte mich. Fanny rief nach Jacques, der mir zu einer Bank half.
»Möchtest du eine Tasse Brühe?« fragte Fanny.
Ich schüttelte den Kopf. Ich fühlte mich zu krank. »Ich muß mich waschen«, sagte ich. Ich holte tief Luft, setzte mich auf. Der Schmerz hatte nachgelassen. Die Kinder – zweifellos beunruhigt – standen zusammengedrängt am Cembalo und sahen schweigend zu. »Mir geht es gut«, sagte ich.
»Füll die Kupferwanne auf«, wies Fanny Jacques an. »Mach es heiß.«
»Wir haben nur noch wenig Holz«, protestierte er.
»Tu, was du kannst.«
Die Lannoy half mir bis zu Fannys Schlafzimmer hinauf. Dann half sie mir, mich auszuziehen, wobei sie kleine mißbilligende Schnalzlaute von sich gab. Tränen standen in ihren Augen.
»Ich konnte mich nicht waschen«, sagte ich zu ihr, peinlich berührt von meinem Schmutz, meinen Knochen. »Es gab kein Wasser.«
Sie half mir in den großen Waschzuber, in das Fanny wohlriechende und heilende Kräuteressenzen geschüttet hatte. Danach brachte mir Fanny ein Unterhemd, hübsch mit Spitze.
Ich wehrte mich. »Ich bin verseucht.«
Fanny zuckte mit den Schultern. »Das sind wir alle.« Sie führte mich zu einem Schemel.
Langsam kämmte sie die Nissen aus meinem Haar und erzählte dabei – von ihrem Versteck in einer Mansarde in Valenciennes, von ihrer Rückkehr nach Paris und ihrem Versuch, ihre Tochter Marie aus dem Gefängnis zu holen (vergeblich), von ihrer eigenen Haft im Port-Royal, von Michel Cubières heroischer Befreiung.
Ich hörte zu, ohne zu hören. Vor mir war ein Spiegel, in Goldbronze gefaßt. Die Frau, die ich sah, war eine Fremde für mich.

Ihr hageres Gesicht war von Falten durchzogen, gealtert, ohne Farbe. Ihre Zähne waren schwarz, ihre Augen eingefallen – verstohlene, ängstliche Augen.
Es war kein Wunder, daß die Kinder mich nicht erkannt hatten.
Diese Frau war nicht ihre Mutter.
Aber wer war sie dann?
Ich wollte es nicht wissen.

Während ich dies schreibe, ist es beinahe fünf Uhr nachmittags. Ich sitze an dem Schreibtisch in Fannys Gästezimmer. Ich habe geschlafen, eine bescheidene Toilette verrichtet, eines von Fannys Kleidern angezogen – es hängt locker von meinen Schultern.
Draußen auf der Rue de Tournon höre ich eine Glocke – der Wagen eines Lumpensammlers. Das Geräusch bringt Erinnerungen zurück, Erinnerungen, die mir wirklicher vorkommen als dieses Zimmer, das ich bewohne, Erinnerungen an das Carmes, an die Gefangenen – meine teuersten Freunde –, die genau in diesem Augenblick auf ihren Strohsäcken liegen und auf die Schritte des Wärters warten, auf das Läuten seiner Glocke warten, das das Abendessen ankündigt.
Seltsamerweise sehne ich mich danach, bei ihnen zu sein. Hier, außerhalb der Gefängnismauern, weiß ich nicht, wohin ich gehöre. Ich bin von dieser Welt, aber nicht von *dieser* Welt. Ich bin wie ein Zombie, von den Toten auferstanden.

Später an diesem Tag

Ich stehe auf, kleide mich an, esse – erledige die einfachen Routinen meines Alltags. Es ist nicht wirklich: Ich spiele eine Rolle in einem Stück. Doch gerade diese einfachen Verrichtungen sind es – eine Schärpe binden, einen Knopf befestigen, einen Satz in einem Lesebuch vorlesen –, an denen mich Hortense und

Eugène langsam wiedererkennen. Wie ich mich danach sehne, sie in die Arme zu nehmen, sie zu *berühren*, doch gerade jetzt muß ich mich zurückhalten. Ich darf sie nicht erschrecken.

8. August

Heute bin ich kräftiger, bereit für Tatsachen. »Erzählen Sie es mir«, sagte ich zu Fanny.
»Es ist zu früh«, sagte sie.
»Mich kann nichts verletzen.« Tatsächlich habe ich das Gefühl, längst tot zu sein. Doch das sagte ich ihr nicht.
Sie ging zu ihrem Pult und holte ein blaues Seidentuch heraus, gefaltet. Es war etwas darin.
Ich öffnete es – Haare, lang und wellig, kastanienfarben.
»Von Alexandre«, sagte sie.
Ich blickte zu ihr auf.
»Ich bat den Torwächter darum.«
»Sie ... Sie waren *dort*?« Ich spürte ein Prickeln in meinen Händen. »Sie haben *zugeschaut*?« Wollte ich denn fragen? Wollte ich es denn wissen?
»Ich dachte, daß Alexandre nicht alleine sterben sollte.«
Ich preßte das Gesicht auf die Knie, um die Tränen zu unterdrükken. Wie ich diese Frau verehrte, ihre lebhafte, schrullige, hartnäckige Stärke.
»Rose! Bist du krank?«
Ich richtete mich auf, holte tief Luft. »Verzeihen Sie, ich war überwältigt.«
»Du hättest das gleiche getan«, sagte sie.
Stimmte das? »Er wußte sicher, daß Sie dort waren, da bin ich sicher.«
»Das ist noch nicht alles.« Fanny reichte mir ein Pamphlet. Ich drehte es in meinen Händen. Alexandres Name stand darauf. »Was ist das?« fragte ich. »Hat Alexandre das geschrieben?« Ich

bemerkte meinen Namen. »Es ist an *mich* gerichtet?« Ich überflog den Text:

Ich bin das Opfer ...

Die brüderliche Liebe, die ich für Dich empfinde ...

Halte mein Andenken in Ehren ...

Die Worte verschwammen vor meinen Augen. »Woher haben Sie das?« Ich drehte das bedruckte Blatt herum. Ein Sou, stand da, in der unteren rechten Ecke. »Haben Sie dafür *bezahlt*?«

»Ich bekam es an den Toren des Luxembourg. Ein junger Mann in einer Toga verkaufte sie. Er hatte einen ganzen Korb voll davon.« Sie hielt inne. »Offensichtlich ist es Alexandres letzte Verlautbarung – für dich.«

Leb wohl, liebe Freundin ...

Tröste Dich um unserer Kinder willen ...

Ich konnte nur mit Mühe atmen. Ich erhob mich und ging zum Fenster. Wie typisch für Alexandre, dafür zu sorgen, daß seine letzten Worte *veröffentlicht* wurden, dachte ich.

»Rose, er dachte an die Familienehre, an die Kinder.«

»Ich verstehe«, sagte ich. Zwei Frauen halfen einem Betrunkenen, die Straße entlang zu gehen. »Er hatte sich in Madame Custine verliebt – General Custines Schwiegertochter.«

»Delphine Custine? Dieses dumme blonde Ding?« spottete Fanny.

»Das dürfte nicht erfreulich für dich gewesen sein.«

Ich ließ mich auf dem kleinen Polsterschemel vor dem Kamin nieder. »Ich kann mich nicht erinnern«, sagte ich.

6 Uhr abends

Eugène war heute nachmittag in sich gekehrt – während des gesamten Essens sprach er kein Wort. »Es ist nichts!« beharrte er. Ich folgte ihm in sein Zimmer. »Etwas bedrückt dich.« Ich setzte mich neben den Tisch mit seinen Militärfiguren.

Er zuckte mit den Schultern, brachte vier Kanonen wieder in Stellung, kniete nieder, um die Winkel zu beurteilen.
»Eugène, bitte, sprich mit mir. Es hat etwas mit deinem Vater zu tun, nicht wahr?« Keine Antwort. »Ist heute morgen in der Werkstatt etwas vorgefallen? Hat Bürger Quinette etwas gesagt?« Bürger Quinette ist ein hervorragender Vitrinenbauer, aber berüchtigt für seinen Jähzorn.
Eugène schüttelte den Kopf.
»Wer dann? Die anderen Burschen, die dort arbeiten?«
Er wollte mich nicht ansehen.
»Haben sie etwas zu dir gesagt?«
Ich streckte die Hand aus, um seine Schulter zu berühren. Er drehte sich jäh weg. »Sie nennen mich den Sohn eines Verräters!« Er verbarg das Gesicht in den Händen.
»Glaubst du ihnen, Eugène?«
»Er hat Mainz verloren! Er hat nie angegriffen – statt dessen ist er davongelaufen!«
»Und das sagen sie?« Er nickte, Tränen brachen aus ihm heraus. Peinlich berührt von seiner Schwäche wischte er sie fort.
»Und was sagst du *ihnen*?«
»Was *kann* ich denn sagen?«
Ich studierte das Gesicht meines Sohnes. Sein Vater – ein Mann, den er verehrte, ein Mann, der alles, was edel und gut war, verkörperte – war ins Gefängnis gebracht, vor Gericht gestellt, schuldig gesprochen, zum Tode verurteilt worden. »Dann werde ich es dir sagen«, sagte ich und holte tief Luft. »Im Krieg wie in der Liebe geht es immer kompliziert zu. Du bist alt genug, um es allmählich zu verstehen.« Ich erzählte ihm vom Zustand der Truppen seines Vaters – Bauernburschen ohne Ausbildung, ohne Verpflegung. Ich erzählte ihm vom Feind – Berufssoldaten, die seines Vaters Truppen um das Zehnfache an Zahl übertrafen. Ich erzählte ihm von Alexandres Widerwillen, seine Leute zum Abschlachten zu führen.

»Nach Meinung vieler muß man im Blut anderer baden, wenn man ein Held sein will. Nach Meinung vieler hätte dein Vater seine Leute in den Tod führen, ihr Leben um des Ruhmes willen riskieren müssen. Aber nach meiner Meinung beweist es den Mut deines Vaters – seinen Mut, die Verurteilung, die Verhaftung, ja sogar den Tod zu riskieren, nur um zu dem zu stehen, was seiner Überzeugung nach richtig war. Ist *das* nicht heldenhaft?«

Eugène betrachtete mich mit ruhigem Blick.

»Du bist der Sohn eines guten Mannes, Eugène, ein Mann, der dich sehr geliebt hat, ein Mann, der sein *Land* sehr geliebt hat. Ein Mann, der lebte – und starb –, wofür er glaubte. Ein *Held*. Das darfst du niemals vergessen. Das Andenken deines Vaters wird reingewaschen werden – das habe ich ihm versprochen –, aber es muß in *deinem* Herzen beginnen.«

Und in meinem.

9. August

Ich lege die Kleider der Witwe Beauharnais an. Das glanzlose Schwarz paßt zu meiner Seele, spiegelt den Tod wider, den ich in meinem Innern spüre. Selbst meine Kinder können mich nicht aus dieser Betäubung wecken. Steife weiße Gaze kitzelt an meiner Kehle. Ein Taftschleier bedeckt meine knabenhaften Locken. Ich bin ein Geist. Ich bin eine Überlebende.

Ich breche zum Faubourg Saint-Antoine auf. »Place du Trône renversé«, wies ich den Kutscher an.

Er setzt mich an einer Ecke ab. Ich weise ihn an zu warten. Ich schreite die Seiten ab. Hier ist mein Mann gestorben.

Es ist ein bewölkter, heißer Tag. Überall spielen Kinder. Sind sie um die Guillotine herumgesprungen? Haben sie gesungen?

Ich weiche Pferden, Kutschen aus – schlage mich zur Mitte durch. Dort stehe ich, trotz der Flüche der Fuhrmänner, der

Drohung mit ihren Peitschen. Ist *dies* die Stelle? Ich warte nur einen Augenblick. Nur einen Augenblick, lang genug, um zu wissen, daß er nicht dort ist.
Ich kehre zur Kutsche zurück, gebe meinem Kutscher neue Anweisungen. Dieses Mal fahren wir aufs Land hinaus, vor die Stadtmauern. Man hat mir den Weg beschrieben; mein Kutscher scheint ihn sowieso zu kennen.
Er betrachtet meine schwarze Kleidung, meine kurz geschorenen Haare. »Ich gehe selbst oft hin«, erzählt er mir. Er trägt einen hohen Hut mit gelben Quasten. »Mein Sohn ist dort. Meine Frau ist einmal hin, aber nicht wieder.« Er mußte reden.
Endlich halten wir an. Es ist nur ein Acker. Er ist umgegraben, aufgehäuft, umgepflügt worden. Aber trotzdem würde man seinen Verwendungszweck nicht erraten.
»Der König und die Königin sind hier«, erzählt mir der Kutscher. Er ist stolz darauf. »Es heißt, daß sie sich eine Grube mit Robespierre teilen.« Er läßt den Tritt herunter. Ich nehme das Angebot seiner rauhen Hand an. Er möchte behilflich sein. Er war schon zu oft allein an diesem Platz.
Auf dem Acker sind noch andere, vier, die graben, ein Kalkhaufen, ein Fuhrwerk in der Nähe. Körper. Köpfe.
»Immer noch?« Noch mehr, die begraben werden müssen?
»Der Berg berührt die Erde.« Der Kutscher lacht über seinen Scherz. Er nickt zu einer alten Frau in einem fleckigen Musselinkleid hinüber, die im Schmutz sitzt. »Sie ist immer hier«, sagt er. Er dreht einen Finger an seiner Schläfe, meint: verrückt.
Im Gegensatz zu uns übrigen, denke ich mit Ironie.
Ich lasse meinen Blick über die zerklüftete Erde schweifen, das Unkraut. Hier also ruht Alexandre. Und die anderen – Lazare? Frédéric? Die lieben alten Puppenspieler? Es tröstet mich, an sie alle zusammen zu denken.
Ich gehe auf den Acker hinaus. Ich habe keinen Plan. In der Mitte hebe ich drei Steine auf. Einen für Hortense, einen für Eugène

und einen für mich. Ich befühle die glatten Oberflächen. Andenken.
Ist das alles? Stimmt es, was die Jakobiner sagen – daß Tod ewiger Schlaf ist, nicht mehr, nicht weniger?
Die Wahrsagerin sagte: *Du wirst unglücklich verheiratet sein. Du wirst Witwe sein.*
Ich schaue zu, wie zwei Vögel durch die Luft fliegen – ein Pärchen. Ich warte auf eine Bedeutung. Aber da sind keine Antworten, da ist nur dies ... diese schreckliche Leere.

Geister werden lebendig

10. August 1794

Der Morgen dämmerte, als ich in Begleitung von Jacques aufbrach. Die Bettler in der Rue de Vaugirard schliefen noch. Vor dem Palais de Luxembourg peitschte ein Lebensmittelhändler auf einen Esel ein, um die alte Kreatur zum Laufen zu bewegen. Wir umrundeten das zänkische Paar.

Es war ein kurzer Weg zu den Carmes, wie ich wußte, aber einer, der zwei einander fremde Welten miteinander verband. Mut hat verschiedene Stufen, und ich war nicht sicher, ob ich die Willenskraft aufbrachte, noch einmal durch diese Gefängnistore zu gehen. Ich war dankbar, daß Jacques bei mir war. Ein Wärter, den ich nicht kannte, öffnete das Tor. Jacques klopfte an die schwere Brettertür zum Dienstraum des Schließers. Dahinter hörte ich jemanden husten. Drinnen saß der Schließer mit finsterer Miene beim Schein einer Talgkerze über eine Zeitung gebeugt. Eine hoch schwangere, aus den Nähten platzende Lucie kauerte schläfrig auf einem Stuhl. Aimée saß in der Ecke am anderen Ende. Der tierische Blick in ihren Augen erschreckte mich.

Sie brach in ein verrücktes Lachen aus, das in einen rasselnden Husten überging, der ihr den Atem nahm. »Bin ich so furchterregend?« keuchte sie, als sie wieder atmen konnte.

Jacques nahm ihren Korb, ihre armselige Habe. »Bereit?«

»Was ist mit Jean-Henri?« fragte ich.

»Croisœuil?« Der Schließer blätterte durch seine Papiere. »Nein.« Lucie zuckte mit den Schultern.

Auf der Straße trat ein alter Mann auf uns zu. »Willkommen.« Er überreichte Lucie eine Blume.
»Woher wußte er das?« Sie sah zu, wie der Mann davonhumpelte.
Ich nahm Aimées Hand. Ich konnte die Knochen spüren. »Wir wohnen bei meiner Tante Fanny in der Rue de Tournon«, teilte ich ihr mit. »Es ist nicht weit von hier. Bist du kräftig genug?«
»Wir gehen nicht in die Rue Saint-Dominique?«
»Es ist versiegelt worden.«
»Ich kann nicht nach Hause?« Ich sah, wie etwas in ihrem Innern zerbrach.
»Komm«, sagte ich.

Abends

»Bist du sicher, daß es dir gutgeht?« fragte ich Aimée, als ich ihr ins Bett half. Sie kam mir immer noch seltsam vor.
»Ich tue so«, sagte sie.
Ich setzte mich neben sie aufs Bett. Eine eigenartige Bemerkung, wie mir schien.
»Du tust auch nur so. Nur, daß du so tust, als wärst du davon überzeugt«, sagte sie.
Mir traten die Tränen in die Augen. Sie hatte recht. Ich tat nur so. Ich sprach nicht über das Entsetzen, das ich erlebt hatte. »Hier draußen ist es anders. *Wir sind* anders.«
»Der Wahnsinn, meinst du.«
»Mehr als das.« Ich zog die Bettdecke über sie, küßte sie auf die Stirn. »Schlafe.« Ich schloß die Vorhänge, blies die Kerze auf dem Kaminsims aus.
»Du hast nicht gesagt, was du meinst, Rose«, sagte sie in der Dunkelheit.
Ich stand einen Augenblick da. Was *meinte* ich? »Scham«, sagte ich. Ein Wort in der Dunkelheit. Scham, daß wir zusammenbra-

chen, am Boden krochen, *bettelten*. Scham, daß wir geschrien, geweint, unsere Köpfe an die Wände geschlagen haben. Scham, daß wir die Hoffnung, den Glauben verloren haben, daß wir bereit waren, alles aufzugeben, *irgend etwas*, im Tausch gegen das Leben. Scham, daß wir die Angst kennen, ihren Würgegriff.
Die Scham des Überlebenden.
»Ja«, flüsterte Aimée. »Das auch.«

11. August

Heute morgen traf ich mich mit Bürger Dunnkirk, meinem Bankier, der versucht, meine Finanzen in Ordnung zu bringen. Der Bericht ist nicht gut. Martinique hat gedroht, daß es eher zu den Engländern überwechseln würde, als sich der Revolutionsregierung in Frankreich zu unterwerfen. Bürger Dunnkirk hat Anlaß zu glauben, daß Mutter ihr Haus den englischen Streitkräften geöffnet, dem Feind Unterstützung angeboten hat.
»Den *Engländern*?« Ich dachte an Vater, an ein Leben, das dem Kampf gegen »die Gottverdammten« gewidmet gewesen war. Hatte Mutter englischen Offizieren das Bett meines Vaters angeboten? Ich war froh, daß er tot war.
»Ich versichere Ihnen, daß diese Information streng vertraulich bleiben wird. Ich bin mir der Schande bewußt, die Ihnen daraus erwachsen könnte, der Verdacht …«
»Geht es ihr gut?« unterbrach ich ihn. »Die Plantage – ist sie …?«
»Ich weiß nicht, ob Ihnen klar ist, daß Ihr Vater beträchtliche Schulden hinterlassen hat – einhunderttausend Livres.« Bürger Dunnkirk nieste in ein häßliches grünes Taschentuch.
»Warum wurde ich nicht …«
»Wir haben es selbst gerade erst herausgefunden. Ihre Mutter – eine einfallsreiche Frau nach allem, was man hört – hat mit ihren Gläubigern eine Vereinbarung getroffen, wonach die Schulden

über einen gewissen Zeitraum hinweg abbezahlt werden sollten. Glücklicherweise war die Ernte in diesem Jahr gut, trotz des Bürgeraufstands. So gut sogar, daß sie die Schulden abbezahlen und, wie berichtet wird, ein Fest für alle Dorfbewohner geben konnte.«

»*Mutter*?« Sicher sprach er über eine andere Frau.

»Ganz sicher, Bürgerin. Wir neigen sogar zu der Annahme, daß Ihre Mutter sorgenfrei, vielleicht sogar wohlhabend ist. Sie dürfte keine Mühe haben, Ihnen die Zinsen auf Ihre Anteile auszuzahlen – das heißt, wenn es gelingt, sie Ihnen zu schicken. Wegen des Krieges wird sich *jegliche* Korrespondenz natürlich als schwierig erweisen.«

»Ich kann ihr nicht schreiben?«

»Sie können es versuchen«, sagte er achselzuckend. »Weiß sie von Ihrer ... Situation?«

»Sie weiß nichts.« Nichts über das Gefängnis, nichts über Alexandres Tod.

Wir sahen meine Bücher durch. Ich habe ansehnliche (und wachsende) Schulden bei Bürger Dunnkirk, der so liebenswürdig war, Gelder für den Unterhalt der Kinder vorzustrecken, während Alexandre und ich im Gefängnis waren. »Ich werde sie Ihnen zurückzahlen«, versicherte ich ihm – aber *wie*? »In meinen Räumen in der Rue Saint-Dominique habe ich Juwelen versteckt. Ich kann sie verkaufen, wenn ...« *Wenn* ... Wenn die Siegel entfernt wurden. Wann würde *das* sein?

»Das wird dauern«, warnte Bürger Dunnkirk und nieste erneut. »Die Räder der Bürokratie haben sich schon immer langsam gedreht – und heute ...« Er warf die Hände in die Luft.

»Was ist mit La Ferté?« fragte ich. Alexandre hatte seine gesamte Erbschaft in sein Landgut investiert.

»Die Besitztümer Ihres Mannes wurden beschlagnahmt. Alles, was auch nur irgendeinen Wert hatte, wurde von der Regierung auf einer Auktion verkauft.«

»Verkauft?« Es gab ein Bild von Alexandre als Kind – ich hätte es gerne für Hortense und Eugène gehabt. »Und wann könnte *diese* Beschlagnahme aufgehoben werden?«
Bürger Dunnkirk sah mich unbehaglich an. »Es ist mir sehr zuwider, daß ich es bin, der es Ihnen mitteilen muß, Bürgerin, aber das Gesetz erlaubt der Regierung die volle Verfügungsgewalt über den Besitz des Verurteilten. Selbst wenn die Beschlagnahme heute aufgehoben würde, fiele das Gut weder an Sie *noch* an Ihre Kinder.«
Langsam begriff ich die Situation. Nach dem Gesetz starb Alexandre als Verbrecher. Die Kinder waren damit ihres Erbes beraubt worden. Sie blicken einer Zukunft entgegen, in der sie nichts besitzen außer ihren Kleidern auf dem Rücken und einem verunglimpften Namen.

Kurz vor Mittag kehrte ich in die Rue de Tournon zurück. Auf der Straße war eine Anzahl von Leuten versammelt. Eine Frau mit einem Leierkasten stand vor der Tür zu Fannys Stadthaus.
»Da geht etwas vor«, sagte ich zu Fanny und stellte meinen Korb auf dem Boden der Diele ab. Menschenmengen ängstigten mich.
»Sie lassen heute Gefangene aus dem Luxembourg frei.« Fanny hielt einen Stapel Bücher auf einem Arm. »Und machen ein Spektakel daraus – Reden, offenbar eine Parade.«
»Wo sind die Kinder?« fragte ich.
»Vorn an der Ecke.«
Ich seufzte. Zuzuschauen, wie Gefangene freigelassen wurden, war zu einer Art Unterhaltung geworden. »Lucie auch?«
»Sie erklärte sich bereit, mitzugehen, trotz des Umstands, daß das Kleid, das ich ihr zur Verfügung stellte, als nicht angemessen schmeichelhaft beurteilt wurde.«
»Weder das Gefängnis noch die Schwangerschaft haben die Eitelkeit dieses Kindes gedämpft«, sagte ich. »Und Aimée?«

Fanny nickte zu den Doppeltüren, die auf den Balkon hinausführten. »Sie ist gerade erst aufgestanden. Hast du Fahrkarten für die Kutsche nach Fontainebleau bekommen können?«
»Ich werde es morgen früh erneut versuchen.« Schon zweimal hatte ich versucht, einen Passierschein zu bekommen.
Ich trat auf den Balkon hinaus.
Aimée hatte sich über die Brüstung hinausgelehnt, ihre Haare hingen lose und lang herunter. Ich dachte daran, etwas zu ihr zu sagen, sie vor Schamlosigkeit zu warnen, doch ich hielt meinen Mund. Was spielt das noch für eine Rolle?
Ich legte ihr den Arm um die Schultern, küßte sie auf die Stirn. Sie hatte über vierundzwanzig Stunden geschlafen, den Schlaf der Toten, aber sie sah trotzdem erschöpft aus.
»Gut«, sagte sie als Antwort auf eine Frage, die ich gar nicht gestellt hatte. Sie hielt die Hand vor den Mund, um einen Hustenanfall zu stillen.
Ich blickte auf die Menschenmenge. Eine Frau mit einem Kind an der Brust trug ein Kleid, das aus einer Flagge gemacht war. Vier junge Männer, die in Togas gehüllt waren und ein Banner mit der Aufschrift »la nation« trugen, schoben sich langsam die Straße hinunter. Alle klatschten, als sie vorüberkamen.
»Mir kommt das wie ein Traum vor«, sagte ich. Von Zeit zu Zeit trug der Wind den schwachen Duft von Geißblatt heran.
Aimée lachte. Dieses gräßliche Gefängnislachen, wie Fanny es nannte.
Eine von einem alten Braunengespann gezogene Kutsche bog in die Rue de Tournon ein. Zwei offene Kutschen folgten. Ein hochgewachsener junger Mann, mit roten, weißen und blauen Bändern geschmückt, stand in der letzten. Die Frau in dem Fahnenkleid begann freudig zu kreischen und hielt ihr kleines Kind hoch, als sollte es gesegnet werden.
»Ist das nicht Tallien?« fragte ich. Talliens Unterschrift hatte auf meinem Entlassungschein gestanden. Eine atemberaubende

junge Frau saß neben ihm, spärlich in eine Toga gehüllt, eine Schärpe mit der Aufschrift »la liberté« über eine Schulter drapiert. Ihre lockigen, schwarzen Haare waren kurz geschnitten, wie die eines Jungen. »Und Thérèse Cabarrus!«

Vor Tagen hatten mir die Kinder die Geschichte erzählt: Wie eine wunderschöne junge Frau dem Deputierten Tallien eine Nachricht aus dem Gefängnis geschickt hatte, die zusammen mit einem Dolch in einem Kohlkopf verborgen war, wie er aus Liebe zu *ihr* ihren kleinen Dolch drohend in der Versammlung geschwungen, den Tyrannen Robespierre herausgefordert und dem Terror ein Ende gesetzt hatte.

»Deine Freunde – der neue König und die neue Königin«, sagte Fanny, als sie sich zu uns gesellte. »Das könnte nützlich sein.«

Ich pflückte eine Blüte von einem eingetopften Rosenbusch und versuchte, sie in die Kutsche zu werfen. Ich verfehlte sie und versuchte es erneut, und diesmal rief ich dazu. Thérèse schaute hoch. Sie versuchte, Tallien etwas zu sagen, aber der Lärm auf der Straße war zu groß, die Menge zu fordernd.

Kurz darauf hämmerte es ans Tor. Jacques kehrte mit einer Botschaft zurück. »Ein Bursche«, sagte er. »Er sagte, daß ich Ihnen ausrichten sollte, daß die Dame des Deputierten Tallien Sie zu einem Besuch einlädt.«

»Thérèse? Hat er eine Adresse genannt?«

»Rue Georges Nummer neun, Chaussée d'Antin. Morgen nachmittag um drei.«

»Wirst du dich um Marie kümmern?« wollte Fanny wissen und packte mich am Arm.

12. August

Ein magerer Junge, nur wenig älter als Eugène, öffnete die Tür.*
Ich folgte ihm in ein Zimmer voller blühender Topfpflanzen.
»Sie wird gleich bei Ihnen sein«, stammelte der Junge und verschwand.
Ich hörte eine Frau singen – ihre Stimme war gefühlvoll, leicht melancholisch, von betörender Klangfarbe. Thérèse Cabarrus trat ins Zimmer. Sie war mit einer lockeren weißen, im römischen Stil drapierten Tunika bekleidet. Ihre kurzen, tiefschwarzen Lokken umrahmten ihr Gesicht, die Haarpracht war geschoren, kurz und knabenhaft wie meine eigene ... aber auch aus dem gleichen Grund? fragte ich mich. Es schien mir unmöglich. Die graue Blässe, an der man die Opfer des Terrors erkannte, die Dunkelheit, die unsere Seelen umhüllte, schien sie nicht berührt zu haben. War es möglich, daß sie sogar im Gefängnis gewesen war?
»Sie tragen keine Narben«, sagte ich, nachdem wir Höflichkeiten ausgetauscht hatten. Es gehörte sich nicht, die Schrecken der Vergangenheit zu erwähnen, aber ich fühlte mich irgendwie genötigt.
Sie zog einen Fuß aus einem weißen Seidenslipper. »Sehen Sie das?« Sie berührte drei Stellen an ihren Zehen. »Von den *Ratten.*«
Ich griff mir an die Kehle. Ich hatte gesehen, was Ratten anrichten konnten.
»Darf ich mich Ihnen anvertrauen?« Ihre Berührung auf meiner Hand war leicht, zärtlich. »Als ich nach La Petite-Force gebracht wurde, hielten mich acht Wärter in einem Raum fest. Man befahl mir, mich auszuziehen.« Sie erzählte ihre Geschichte emotionslos. »Ich wußte, in welcher Gefahr ich mich befand. Der Schlie-

* Es handelt sich um Guéry, den vierzehnjährigen Sohn eines Geschäftsfreundes von Thérèse, der am Tag zuvor aus dem Luxembourg-Gefängnis entlassen worden war.

ßer, ein kleiner Mann mit einem abstoßenden Gesicht, berief sich auf seine Befehlsgewalt. Er schickte die Männer fort. Doch dann forderte er sein Recht.«

Ich betrachtete sie – ihre reine weiße Haut, ihre jungen geröteten Wangen. Sie sah wie ein Kind aus, ein unendlich verwundbarer, aber sinnlicher Fratz.

»Früher glaubte ich an die Liebe«, fuhr sie fort, »aber jetzt nicht mehr. Vielleicht ist *das* meine Narbe.« Überrascht betrachtete sie meine Augen. »Sie weinen? Um *mich*?«

»Dennoch kann Liebe der Ansporn zu großen Taten sein«, sagte ich. »Ich hörte, daß Sie sich unter Androhung des Todes geweigert haben, eine Erklärung zu unterschreiben, die den Deputierten Tallien kompromittiert hätte.«

»Man hat mir die Rolle einer Heldin zugewiesen. Ich genieße die Rolle, wie ich gestehe. Der Text, das Kostüm, der Applaus haben einen gewissen Charme – meinen Sie nicht auch?« Sie lächelte und fächelte sich Luft zu. »Verzeihen Sie mir, daß ich in Theatralik schwelge. Das ist eine meiner Schwächen. Aber ich verspreche, daß ich immer ehrlich zu Ihnen sein werde. Nicht Liebe hat meine Loyalität angespornt. Es war einfach so, daß der Tod mich nicht mehr schreckte.« Sie ließ ihren Fächer zuschnappen. »Und *das,* meine Freundin, ist die *wahre* Freiheit.«

Ich hörte eine Männerstimme im Flur, Schritte. Tallien trat ein. Dicht hinter ihm folgte der Deputierte Barras, sein langes Schwert hinter sich herziehend.

»Rose!« rief Tallien mit einem knabenhaften Grinsen. Er umarmte mich.

»Wie schön, Sie zu sehen«, sagte ich unerwartet gerührt.

»Erinnern Sie sich noch an den Deputierten Barras?« fragte Tallien.

»Selbstverständlich«, sagte ich. »Sie beide kamen doch zu meinem Salon in der Rue Saint-Dominique, was schon einige Jahre her ist.«

»Bürgerin Beauharnais, welche *Freude*«, sagte der Deputierte Barras, nahm meine Hand und küßte sie liebevoll nach alter Sitte. Er roch nach Ambergeist. »Ist es wirklich schon so lange her?« fragte er mit traurigen und zärtlichen Augen. Er hatte zugenommen, seit ich ihn das letzte Mal gesehen hatte – seine ledernen Jagdbundhosen lagen eng an. Trotzdem strahlte er Eleganz aus.
»Hat euch der junge Guéry hereingelassen?« fragte Thérèse.
Der Deputierte Barras umarmte sie innig. »Er sieht zu mager aus«, sagte er zu ihr. »Schickt ihn zu mir nach Hause; ich werde ihn mästen.«
»In *deine* Nähe lasse ich ihn keinesfalls.«
»Ungerecht!« Der Deputierte Barras ließ sich in einem eleganten, rosafarbenen Lehnsessel nieder.
Tallien stand vor dem Kamin. »Mein Beileid, Rose. Zu meinem Kummer habe ich von Ihrem Mann erfahren …«
Ich nickte bejahend.
»Wie unglückselig. Nur ein paar Tage mehr und … Wenn doch nur …«
Wenn doch nur …
»Wir sind alle in Trauer«, sagte ich. Alle erschüttert. »Jeder hat einen ihm lieben Menschen verloren.« Ich nahm das Glas Kirschwasser an, das eine Zofe anbot. Ich hob das Glas, um einen Toast auszusprechen. »Ich möchte meine Dankbarkeit aussprechen. Zuerst Ihnen, Tallien, mein lieber Freund. Es war *Ihr* Name auf meinem Entlassungsschein.«
»Es tut mir leid, daß ich Sie nicht früher herausholen konnte«, sagte er.
»Und dann Ihnen dreien. Ich habe den Eindruck, daß Sie uns gemeinsam von Robespierre, dem Tyrannen, erlöst haben.«
»Wir ›Bluttrinker‹ – wie er uns so gerne nannte – haben schließlich etwas von seinem bekommen.« Barras leerte sein Glas.
»Tallien und Barras gebührt die Ehre«, sagte Thérèse.

»Haben Sie nicht Tallien, in einem Kohlkopf versteckt, eine Nachricht und einen Dolch geschickt?« lächelte ich. »Jedenfalls erzählen mir das meine Kinder.«

»Ich liebe diese Geschichte«, sagte Thérèse.

»In Wahrheit hatten wir schon seit einiger Zeit ein Komplott geschmiedet«, sagte Tallien.

»Der Ausschlag war, als Robespierre mit Reitunterricht begann«, sagte der Deputierte Barras und stopfte Tabak in seine Pfeife. »Wenn ein *Politiker* mit dem Reiten beginnt, bereite dich auf die Schlacht vor – eine grundlegende Lektion, die allen Schülern an jeder Militärakademie gelehrt wird.«

»Dann hat Thérèse also gar keine Nachricht an Tallien gesandt?« fragte ich.

»Sie meinen jene, die sich auf die berüchtigte Feigheit unseres Freundes bezieht?« Barras lachte. Tallien warf ihm einen drohenden Blick zu.

»Doch, ich habe ihm eine Nachricht gesandt«, sagte Thérèse. »Die Frau des Torwärters schmuggelte sie für mich heraus. Die Geschichte von dem Kohlkopf habe ich erfunden, um sie zu schützen. Ist doch ein hübsches Märchen daraus geworden, meint ihr nicht auch?«

»Besonders gut gefällt mir der Teil mit dem kleinen Dolch«, sagte Barras mit einem drolligen Ausdruck in seinen großen, sorgenvollen Augen.

»Es verblüfft mich, daß die Leute das glauben«, sagte er. »Wie soll man denn bloß im Gefängnis einen Dolch aufbewahren?«

»Ah, aber die Franzosen lieben gute Geschichten«, sagte Barras.

»Und gute Geschichten gibt es durchaus zu erzählen«, sagte Thérèse.

Ich legte die Hände an die Ohren: Ich höre!

Und dann kamen alle Geschichten: Wie sie das Komplott geschmiedet hatten; wie Tallien in der Versammlung drohend

einen Dolch (seinen eigenen) geschwungen und sich Robespierre entgegengestellt hatte (»Ich kann es immer noch nicht glauben, daß Sie das getan haben«, sagte ich zu ihm. »Ich kann es auch nicht glauben«, sagte er); wie der Deputierte Barras beherzt die Führung des Militärs übernommen hatte und derjenige gewesen war, der Robespierre verhaftete; wie der Deputierte Barras mitten in der Nacht den Temple gestürmt und den Jungen – den Sohn des Königs in seiner Zelle gesehen hatte.
»Sie haben ihn *gesehen*?« unterbrach ich.
Der *Junge*. Fast hätte ich gesagt: *König*. »Wie alt ist er jetzt? Zehn?« Er war, wie ich mich erinnerte, nur wenig jünger als Hortense, die jetzt elf war. Ich dachte daran, wie ich ihn im Theater auf dem Schoß seiner Mutter gesehen hatte. Ich dachte an seinen rührenden Kummer über die Tränen seiner Mutter. Wie entsetzlich mußte es für ihn – ein noch so kleines Kind – nun ein Waisenkind, sein, allein in einer Gefängniszelle zu sitzen.
»Der kleine Capet ist schmächtig«, sagte der Deputierte Barras, »zu schmächtig, um König zu sein. *Glücklicherweise*. Aber krank. Man hat schlecht für ihn gesorgt.«
Thérèse klopfte mir mit ihrem Fächer auf die Hand. »Ich sollte Sie warnen, Rose: Jedesmal, wenn das Gespräch auf den Jungen kommt, beginnt der Deputierte Barras zu weinen.«
Der Deputierte Barras lachte. »Es ist so unerträglich traurig! Als ich ihn sah, war er in graue Lumpen gekleidet, lag in dieser winzigen Wiege – aus irgendeinem Grund weigerte er sich, in seinem eigenen großen Bett zu schlafen. Sein Gesicht war ganz aufgebläht, seine Hände geschwollen. Offen gestanden hatte ich entsetzliche Angst, er könnte sterben, daher befahl ich, daß er untersucht, in Behandlung genommen wurde. Kein Anzeichen von Rachitis, versichert mir der Arzt.« Er zuckte mit den Schultern. »Aber ich weiß nicht genau, wie alt er ist, ehrlich. Was Madame Royale betrifft, seine Schwester, sie ist« – er wölbte die Hände, um Brüste anzudeuten – »gesünder, wenn auch nicht im Kopf.

Sie hat Mühe zu sprechen. Wie ich hörte, hat ihr unser teurer Verstorbener Robespierre einen Besuch abgestattet. Zweifellos verdankt sie ihr Leben seinem ... *Interesse*, könnte man sagen. Wenn wir nicht aufpassen, werden wir bald einen Wurf Möchtegern-Könige und -Königinnen haben, um den wir uns kümmern müssen. Könnt ihr euch eine Verbindung Capet–Robespierre vorstellen? *Furchterregend*. Aber der Junge ...? Ja, also, neun, acht vielleicht? Ein liebes Kind. Ich wünschte ...« Er seufzte.
»Armer Paul«, sagte Tallien und reichte ihm ein Taschentuch. »Wer hätte gedacht, daß öffentlicher Vater der Nation zu werden, gleichbedeutend damit ist, auch privat *Vater* zu werden.«
Der Deputierte Barras wischte sich die Augen und seufzte gequält. »Das ist eine Aufgabe. Die Kronjuwelen, der Kronprinz und die Kronprinzessin« – er rollte mit den Augen – »die *Krone*.«
»Sag das nicht!« sagte Thérèse.
Ein Lakai kam mit einer Nachricht auf einem Silbertablett an die Tür.
»Da wir gerade von Aufgaben sprechen ...« Der Deputierte Barras klemmte sein Lorgnon ins Auge, streckte die Nachricht auf Armeslänge von sich und warf einen Blick darauf. Er reichte sie Tallien. »Lies du es«, sagte er. »Du hast junge Augen.«
»Sie haben die Sitzung auf heute nachmittag verschoben«, sagte Tallien. »Um vier.«
»Der Ausschuß?«
Tallien nickte.
Der Deputierte Barras stöhnte und zog seine Uhr hervor. »Dann sollten wir wohl besser hinübergehen.« Er stand auf, streckte sich, die Hände ans Kreuz gelegt. »Ich werde zu alt dafür.« Er setzte seinen Samtzylinder auf und rückte die Trikolorenfeder zurecht. »Wenn wir diesen Haufen auch nur für eine Minute allein lassen, wird es eine weitere Machtübernahme geben – nur, daß es diesmal unsere Köpfe sein werden, die rollen.«

»Wartet einen Augenblick.« Thérèse kramte in einem Haufen loser Papiere auf einem Schreibpult.
»Ich werde die Pferde fertigmachen«, sagte der Deputierte Barras. »Au revoir, Bürgerin.« Er verbeugte sich und küßte mir die Hand.
»Mit Vergnügen«, sagte ich.
»Da ist sie.« Thérèse reichte Tallien ein Stück Papier.
»*Noch* eine Liste?« Er stöhnte.
»Die mit den Sternchen sind die Dringlichsten.«
Er schob das Papier in die Tasche seines gestreiften Gehrocks. »Ich werde sehen, was ich tun kann.«
Ich erhob mich und zog meine eigene Liste aus meinem Samtbeutel heraus. Tallien lächelte wehmütig, als er sie sah. »Ich bin von barmherzigen Engeln umgeben.«
»Es handelt sich um meine Cousine«, sagte ich. Ich deutete auf Maries Namen. »Bürgerin Marie Beauharnais – erinnern Sie sich? Wir hatten uns bemüht, sie herauszuholen, bevor ich eingesperrt wurde. Aber sie ist immer noch ...«
Tallien hob die Hände: Halt!
»Und Jean-Henri Croisœuil, der Schwiegersohn meiner Freundin Aimée«, fuhr ich trotzdem fort. »Er ist im Carmes, und –«
»Ich werde tun, was ich kann«, sagte er und nahm meine Liste. »Mein *Ehrenwort*. Aber es ist schwierig. Robespierre mag ja tot sein, aber seine Anhänger leben noch. Sie sind eine hartnäckige Bande.«
»Wenn jemand etwas tun kann, dann *du*«, sagte Thérèse.
Die Hände an die Brust gelegt, äffte Tallien die Pose eines Helden nach.
»Sie spotten«, sagte ich, »aber wenn Sie nicht so mutig gehandelt hätten, wäre wir heute nicht mehr am Leben.« Tallien lächelte verlegen. Er fühlte sich in der Rolle eines Schurken wohler. »Ich verdanke Ihnen mein Leben«, sagte ich und küßte ihn auf die Wange. »Das werde ich *nie* vergessen.«

7 Uhr abends

Dank Tallien habe ich endlich Plätze in einer Postkutsche nach Fontainebleau erhalten. Wir reisen morgen früh ab.

Donnerstag, 14. August

Die Kinder und ich sind nach Fontainebleau und wieder zurück gefahren. Ich bin erschöpft.
Der Anblick Tante Désirées und des Marquis war beunruhigend. Tante Désirée ist jetzt zwar schon über fünfzig, aber sie sieht noch älter aus. Und der Marquis mit seinen achtzig Jahren ist ein kranker Mann. Sein Geist wird wirr, sein Gedächtnis schwach. Barmherzigerweise. Einige Male nannte er Eugène bei Alexandres Namen.
Sie sind jetzt wieder in ihrem Haus. Das Haus wurde geplündert, ihr Hab und Gut zerstört – aber nach Tante Désirées Meinung ist das nicht wichtig. Ihre Trauer um Alexandre ist grenzenlos. Ich mache mir Sorgen, welche Wirkung ihre heftigen Gefühle auf ihr Herz haben werden. Der Verlust all ihrer weltlichen Güter wäre an sich schon genug, aber nichts davon bedeutet ihr etwas. Der einzige Kummer, der sie verzehrt und der nicht enden will, ist die Tatsache, daß Alexandre tot ist.
Tante Désirée war nicht Alexandres Mutter, aber sie liebte ihn weit mehr als seine leibliche Mutter, mehr als ich. Wenn ich weine, dann um sie.

Am selben Abend

So viele sind schon entlassen worden, man könnte meinen, die Gefängnisse sind jetzt leer. Doch trotz alledem, Marie bleibt.
»Sie müssen geduldig sein«, sagte mir Tallien.
»Geduldig!« rief Fanny, als ich es ihr erzählte.

Ich hatte Verständnis dafür. Ich war vier Monate im Gefängnis gewesen, und das hat mich um ein Haar umgebracht. Marie war nun schon seit über neun Monaten drin. Wie lange konnte sie noch durchalten?

Freitag, 15. August

Lucies Mann, Jean-Henri, wurde endlich freigelassen. Er, Aimée und Lucie werden in wenigen Tagen nach Croissy zurückkehren. Ich gebe eine kleine Gesellschaft für sie – so eine Art Wiedersehensfeier, trotz Aimées schlechter Gesundheit. General Santerre und meine ehemalige Zellengenossin Jeanne-Victoire d'Aiguillon werden kommen, ebenso einige der anderen, die kürzlich aus dem Carmes entlassen wurden.
Die Lannoy hat mit Kündigung gedroht, falls »dieser ekelhafte Santerre« einen Fuß in ihr Haus setzt. Ich erinnerte sie freundlich daran, daß dies nicht ihr Haus sei, daß wir Gäste meiner Tante seien.
Fanny hat mich wegen meiner Haare zu trösten versucht. »Du siehst wie ein griechischer Schafhirte aus. Selbst dein kreolischer Akzent ist jetzt in Mode.«
Ich nickte, ohne darauf zu hören, und betrachtete mich, meine abgeschnittenen Haare, eingehend im Spiegel: »coiffure à la victime« wird sie genannt.
»Kurze Locken stehen dir«, fuhr Fanny fort. »Sie machen dich jung.«
Jung?
Niemals. Niemals wieder.

Abends

Die sogenannte Wiedersehensfeier begann unbehaglich. Wir waren einander fremd, fühlten uns in dieser Welt nicht wohl. Aber mit der Zeit (und mit Wein) entdeckten wir, daß wir wieder wir selbst sein konnten, in einer Sprache redeten, die nur wenige der anderen verstehen konnten, die Sprache der Gefangenen.

Gegen Mitternacht stellte General Santerre ein obszönes Scharadenspiel vor, das uns vor Lachen brüllen ließ. Wir fielen weinend übereinander her. Genau in diem Augenblick trat Jacques ein. Er flüsterte Fanny etwas ins Ohr.

Fanny warf mir einen Blick zu, machte eine Handbewegung, die ich nicht verstand. Ich neigte den Kopf zur Seite: Wie bitte?

Alle im Raum wurden still. »Mon Dieu«, flüsterte Aimée, als sie zur Tür schaute. Ich sah, wie die Farbe aus ihrem Gesicht wich.

»Rose?«

Es war eine Männerstimme – eine vertraute Stimme. Mein Herz machte einen Sprung. Ich drehte mich um. Lazare Hoche stand vor uns.

Lazare lächelte. »Ich bin *kein* Geist«, sagte er. »Ich wünschte, alle würden aufhören, mich wie einen zu behandeln.«
Ich stand auf, ging näher. Ich wußte, daß ich jeden Augenblick in Ohnmacht fallen würde.
»Nein, Rose.« In seiner Stimme war diese Zärtlichkeit – die gleiche Zärtlichkeit, an die ich mich erinnerte.
»Lazarro?« Sprechen half. Ich legte die Hände ans Gesicht. »Es ist nur … wir … ich dachte …« Tränen überschwemmten meine Augen.
Er lehnte sein Schwert an die Wand, nahm seinen Hut ab. »Willst du mich nicht umarmen?« Neckend.
Ich drückte die Wange an die kratzende Wolle seines Rocks.
Aimée und die anderen umringten uns. Lazare verbeugte sich, ein spöttischer Galan. »Ihr fragt euch: Ist er tot? Lebendig?« Er lachte.
Er war noch genauso attraktiv, so vital, wie ich ihn in Erinnerung hatte. Ich lehnte mich an die Wand. Eine leichte Benommenheit hatte mich ergriffen.
»Ich nehme an, dies ist der *berühmte* General Hoche.« Fanny warf ihm einen verführerischen Blick zu, einen Blick, den sie attraktiven jungen Männern vorbehielt, und hängte sich bei ihm ein. Wir folgten ihnen, als sie langsam in den Salon schritten. »Es hieß, Sie wären tot, General. Sie haben zweifellos eine Geschichte zu erzählen. Vielleicht könnten Sie uns mit einem Bericht über Ihre Auferstehung unterhalten. Wir haben unsere Vorliebe für Wunder entdeckt.«

Lazare führte Fanny zum Sofa am Kamin und nahm dann auf einem ledernen Armsessel gleich daneben Platz. Ich setzte mich mit Aimée und Lucie auf das Sofa gegenüber. Ein Wirbelwind von Gefühlen hatte mich gepackt. Ich riß mich zusammen aus Angst, daß meine starken Gefühle zu offensichtlich wurden. Lazare. *Am Leben.*
Er wirkte ungehobelt in Fannys elegantem Salon, seine niedere Herkunft war nicht zu übersehen. Und jung sah er aus. Jünger, als ich ihn in Erinnerung hatte. Ein hochgewachsener Mann, mager. Das hatte sich nicht verändert. Aber blaß, dachte ich. Was war ihm zugestoßen?
General Santerre stand vor dem Kamin, die Hände vor sich gefaltet, einen abwesenden Ausdruck im Gesicht.
»Sie wußten davon?« fragte Aimée.
General Santerre und Lazare wechselten Blicke. Lazare nahm von Jacques ein Glas Portwein an. Und dann erzählte er seine Geschichte. Er war in einem so tiefen Verlies eingesperrt worden, daß man ihn vergessen hatte. Am vierten August waren die Gitter zu seiner Zelle geöffnet worden. Er dachte, seine Zeit wäre gekommen. Er trat ins Licht hinaus, überrascht, daß keine Wärter zu sehen waren, keine Gewehre, keine Schinderkarren warteten. »Der Schließer hatte die Füße auf dem Tisch. Er sang ein derbes Lagerlied. Ich dachte an Flucht, doch bevor ich eine Bewegung machen konnte, bedeutete er mir: Hinaus! Als scheuche er eine Katze weg. Gestern dann, mittags, lief ich unserem Freund General Santerre in einem Varieté in Les Halles über den Weg. Er erzählte mir von dieser Zusammenkunft, und wir heckten diese kleine Überraschung aus.«
Lazare suchte meinen Blick und wagte es mir zuzuzwinkern. Ich blickte weg, mein Herz schlug wie närrisch. Wir waren ein Liebespaar gewesen, zugegeben – aber in dieser anderen Welt, dieser Welt des Dunkels und der verzweifelten Not. Hier draußen gab es andere Regeln, hier war alles verändert. Hier draußen war La-

zare ein ehemaliger Stallbursche; ich eine ehemalige Vicomtesse. Hier draußen war Lazare ein attraktiver Mann, verheiratet, ein General mit glänzender Zukunft ... und ich? Was war ich denn anderes als eine verarmte Witwe, eine zweifache Mutter, nicht mehr jung, nicht mehr schön.

Als sich die Gäste verabschiedeten, trat ich unsicher, was ich sagen sollte, zurück. Fanny hatte sich schon lange zuvor zurückgezogen, und Aimée, nicht dumm, verschwand wortlos und ließ mich und Lazare allein.

Er lehnte an der Tür, sah mich an, sagte nichts.

»Du darfst nicht so starren«, sagte ich.

»Ich war bekümmert, als ich vom Tod deines Mannes erfuhr.«

»Er gehörte zu jenen, die kein Glück hatten.«

»Er war ein guter Mensch, ein guter General.«

»Hast du das wirklich gedacht?«

»Weißt du das nicht?«

»Eine Ehefrau beurteilt ihren Mann anders.«

»Und wie beurteilst du mich?«

»Du bist so freimütig wie immer.« Ich lächelte.

Er setzte seinen Hut auf, nahm sein Schwert. »Wenn ich zu Besuch kommen dürfte ...?«

Ich schaute zur Treppe. »Meine Kinder, es ist immer noch sehr ... ich weiß es nicht.«

»Könnten wir uns treffen? Im Café Lutte im Palais-Égalité vielleicht?«

»Meinst du das Palais-Royal?«

Er nickte und warf sich seinen Umhang über die Schulter. »Wenn du mich sehen möchtest, werde ich morgen da sein, um eins.«

Samstag, 16. August

Fanny warnte mich vor, daß sich das Palais-Royal verändert hätte – aber trotzdem war ich auf das, was sich dort meinen Augen bot, nicht vorbereitet. Im Innenhof waren Buden und Tische aufgestellt, wo alles verkauft wurde, was man sich nur vorstellen konnte: beschlagnahmte Kirchenreliquien, silberne Teeservice, Kerzenhalter, Lichtputzscheren und Bekleidung jeglicher Art, vieles davon eindeutig aus den Schränken von Adligen, die jetzt tot, verbannt oder nur verarmt waren.
Und der Lärm! Es war früher Nachmittag, aber dennoch waren die Tanzsäle und Spielräume überfüllt. Junge Frauen in durchsichtigen Gazegewändern lungerten an den Springbrunnen herum, warfen sich in Pose, um die Aufmerksamkeit der jungen Männner zu erregen, die selbst in empörend hautenge Seide gekleidet waren. Mit ziemlicher Erleichterung schlüpfte ich in die Ruhe des Café Lutte. In einer Ecke spielte ein Geiger. Ein Kellner bewegte sich lautlos über die dicken Teppiche. Selbst die Gezeichnetsten unter uns sahen in dem sanften Kerzenlicht blühend aus.
Lazare erhob sich, als ich an seinen Tisch geführt wurde. »Du bist gekommen«, sagte er. Mit einiger Freude, wie ich gestehe, bemerkte ich die Erleichterung in seiner Stimme.
»Hast du es nicht für möglich gehalten?« fragte ich und erlaubte ihm, mir meinen Umhang von den Schultern zu streifen.
Er küßte meinen Nacken.
Ich wandte mich um und sah ihn an. Ich hatte mich darauf vorbereitet, was ich ihm sagen wollte: daß ich erst kürzlich Witwe geworden war; daß es zu früh war, daß die Kinder meine ganze Aufmerksamkeit erforderten; daß zu vieles zusammenkam, es nicht recht war; daß ich noch krank war, noch nicht kräftig genug; daß er selbst verheiratet war; daß das, was in einem Gefängnis, unter Todesbedrohung, begonnen hatte, hier, in dieser anderen Welt vielleicht nicht dasselbe war …

Doch die Worte waren mir entfallen. Ich war völlig willenlos. Ich ertappte mich dabei, daß ich seine Aufmerksamkeiten dankbar annnahm. Wir blieben nur kurz in dem Café. Dann begleitete ich ihn in seine Wohnung.

17. August

Ich habe noch nie einen Mann wie ihn gekannt. Ehrlich, freimütig, ausgelassen ... Daß er in einem Stall aufgewachsen ist, verleugnet er nicht. Nein, er ist stolz darauf. Ungehobelt, kühn, sanft – er erobert das Leben im Sturm.
Er ist ein Mann mit Größe: Herzensgröße, Körpergroße, Seelengröße. Er besitzt die Macht, die Schatten zu verjagen, die Geister zu verbannen.
Für Etikette, intellektuelle Spiele, gesellschaftliches Protokoll hat er nichts übrig. »Ich bin Republikaner!« sagt er stolz. Er ist fest davon überzeugt, trotz allem, was er durchgemacht hat.
Sein Herz kennt keine Grenzen. Sein Mut ebenfalls nicht. Man hält ihn für ein Genie. Jung. Furchtlos. Klug.
»Sie *kennen* General Hoche?« fragte Eugène ungläubig.
»Er ist ein Freund«, sagte ich. Stolz.

19. August

»Morgen reist du ab, nicht wahr?« fragte ich Lazare und bemühte mich, meine Unruhe nicht zu zeigen. Ich wußte schon seit einiger Zeit, daß er nach Thionville reisen würde, um seine junge Frau zu besuchen. Ich wußte auch, daß er sie liebte, wußte es, seit er mir das erste Mal von ihr erzählt hatte, wußte es durch die Art, wie er ihren Namen aussprach – *Adélaïde* –, daß ich in seinem Leben keinen Platz hatte. Dennoch konnte ich ihn nicht fortschikken, ich brauchte ihn zu sehr. »Wann? In der Frühe?«
Wir lagen in seinem Bett, das Bettzeug zerwühlt, feucht von

Schweiß. Ich streckte mich über den Kissen aus, ein kühlender Schweißfilm gegen die drückende Sommerhitze, der beißende, süße Geruch der Liebe in der Luft.

»Ich habe ihr heute morgen geschrieben.« Er streichelte meinen Arm, meinen Hals, berührte mein feuchtes Haar. »Ich habe ihr mitgeteilt, daß ich nicht käme – daß ich aufgehalten worden bin.«

»Warum?« wagte ich zu fragen.

Der Anflug eines Lächels spielte um seine Lippen. »Du möchtest es wissen?«

Ich nickte. Ich mußte es wissen.

»Du möchtest die Wahrheit hören?«

»Wir haben vereinbart, daß wir uns immer die Wahrheit sagen.«

»Die Wahrheit ist, daß ich den Gedanken, dich zu verlassen, nicht ertragen kann.«

Ich vergrub das Gesicht in den Kissen, um meine Tränen zu verbergen.

Er wollte mich wieder lieben, doch ich beruhigte ihn. Es gab Dinge, die ich ihm sagen wollte, Dinge, die ich nicht sagen konnte. Wie ich jede Nacht schweißgebadet, von Angst gepackt aufwache; wie mich zeitweise ein Schwächegefühl überkommt, ein Gefühl gräßlicher Hilflosigkeit; wie ich manchmal bei Einbruch der Dunkelheit die Gesichter der Toten sehe, die sich an ein Fenster drücken; wie ich eine nicht enden wollende Scham empfinde, noch immer – als hätte ich es irgendwie verdient, daß man mich einsperrte; als wäre es irgendwie *mein* Versagen, *meine* Schwäche, *meine* Schuld gewesen. Doch der schlimmste, der quälendste Schmerz war die Kälte, die in mein Herz eingezogen war. Ich hatte Angst, daß ich nicht mehr lieben konnte. Nicht einmal *ihn*.

Aber wie konnte ich ihm solche Dinge sagen? »Liebt dich deine Frau?« fragte ich statt dessen.

»Hast du etwa daran gedacht – an Adélaïde?«
Adélaïde. Ein Name, der ohne Zärtlichkeit kaum auszusprechen war.
»Nein«, sagte ich. »Aber ich hoffe, daß sie dich liebt – denn, wenn nicht …«
Wenn … wenn …
»Sie liebt mich.« Lazare drehte sich auf den Rücken. Er rieb sich das Kinn. Er wandte sich zu mir. »Ich komme nicht leichtfertig zu dir, Rose – ich komme, weil … Was wir gesehen, empfunden, durchgemacht haben – es hat uns irgendwie gezeichnet, anders werden lassen. Ich …« Er hielt inne. Er fand keine Worte.
»Du mußt es nicht erklären«, sagte ich. »Ich verstehe es.« Ich preßte mein Gesicht an seine Brust. Ja. Die Scham des Überlebenden.

Donnerstag, 21. August

Lazare wird wieder als Kommandant der Armee in Cherbourg eingesetzt. Er reist in zwei Wochen ab.
Zwei Wochen …

23. August

Eugène wird bald dreizehn – er ist so rasch mündig geworden.
»Er sollte mit seiner Militärausbildung beginnen«, sagte Lazare.
»Er sollte in die *Schule* gehen.« Selbst ich war entsetzt von seiner Rechtschreibung. Doch ich konnte gerade einmal seine Stiefel bezahlen.
»Ich könnte ihn mitnehmen.«
Lazares Worte drangen langsam in mein Bewußtsein. »Ihn *mitnehmen*?« fragte ich.
»Er könnte in meinem Stab arbeiten – als Lehrling.«

»Er würde für *dich* arbeiten?« Allmählich begriff ich. »Du würdest dich um ihn kümmern, auf ihn aufpassen?«
»Ich mag deinen Sohn, Rose – er ist ein ehrlicher, freimütiger Junge. Ich würde es nicht vorschlagen, wenn ich nicht der Meinung wäre, daß er zu etwas taugte.«
»Sehr gut«, sagte ich und unterdrückte die Tränen.

Samstag, 30. August, 3 Uhr 30 nachmittags

Die Tage vergehen so rasch. Lazare bereitet seine Abreise vor. Und nun packt auch Eugène.

31. August

Heute nachmittag sagte ich zu Lazare: »Sehe ich dich morgen?« Es blieben nur noch wenige Tage.
Er räusperte sich. »Adélaïde kommt, sie bringt mein Pferd. Mein Schwert und meine Pistolen. Ich werde sie brauchen.«
Plötzlich fühlte ich mich schwach. »*Morgen*?«
Er nahm mich in die Arme.

1. September

Eugène reist morgen früh ab – am Tag vor seinem Geburtstag. Hortense und ich haben ihm einen Geburtstagskuchen gebakken. Da er keine Eier enthielt und nur sehr wenig Zucker, war es ein Wunder, daß wir ihn überhaupt essen konnten. Wir umkränzten ihn mit Blumen aus dem Garten. »Wenigstens sind die kostenlos«, sagte ich.
Er hat seine Stiefel dreimal poliert. Mein Sohn, dreizehn, ein Soldat.

Später

Kein Wort von Lazare. Ich sandte ihm eine Nachricht. »Werde ich Dich denn nicht mehr sehen, bevor Du abreist?«
Er traf zwei Stunden später ein.
»Du liebst sie«, sagte ich.
Er nahm meine Hand. Seine Augen verrieten tiefe Verwirrung.

Dienstag, 2. September

Sie sind fort, Eugène, Lazare.
Eugène schaute nicht zurück.
Wie sollte ich sagen: *Paß auf dich auf.*
Wie sollte ich sagen: *Beschütze meinen Liebling.*

Freunde trösten und betrüben mich

Samstag, 6. September 1794

Thérèse und Tallien überredeten mich, gestern abend auszugehen, in ein Konzert im Feydeau. »Ein Mittel gegen Melancholie«, sagte Thérèse.
Das *Feydeau* – es war leicht, sich überreden zu lassen. Die meisten Leute mußten drei Tage Schlange stehen, um Karten zu erhalten.
Thérèse lieh mir einen Hut mit langen Silberfedern, eine passende Silberperücke und ein Halsband in Form einer Schlange.
»Wollen Sie etwa in *dieser* Aufmachung ausgehen?« wollte die Lannoy wissen, als sie sah, wie ich mich ausgehbereit machte.
»Sie sollten einmal sehen, was Thérèse trägt«, sagte ich amüsiert über ihren mißbilligenden Blick.
»Das, was Madame Cabarrus *nicht* trägt, erregt Aufsehen.«
Im Theater herrschte ein entsetzliches Gedränge. Das Feydeau ist für sein ausgezeichnetes Orchester und die besten Solisten in Paris bekannt, aber das ist nicht die Hauptattraktion. »Es ist das Publikum«, sagte Thérèse – und sie hatte recht. Alle vornehmen Damen von Paris erschienen wie zu einem Bühnenauftritt, sahen eher wie Kurtisanen aus. Keine Korsetts im Feydeau!
Ich kam mir wie ein Bühnenstar vor, als sich die Menge in Dreierreihen aufstellte, um der Aufsehenerregendsten, der Ausgefallensten zu applaudieren. Thérèse, die auch in einer Nonnentracht sensationell aussähe, war offensichtlich der Liebling.

»Du hättest Schauspielerin werden sollen«, sagte ich zu ihr. Der Druck der Menge machte mir Angst.

»Ich *bin* Schauspielerin«, sagte sie.

Innen war es wie auf einem Privatempfang. Jeder ging von Loge zu Loge, so ganz anders als in früheren Tagen, wo es für unschicklich gehalten wurde, wenn sich eine Frau auch nur von ihrem Stuhl erhob. Fortunée Hamelin war da, eine häßliche siebzehnjährige Kreolin, die weithin für ihren derben Witz bekannt war – »und für ihren Körper, der den Männern die Tränen in die Augen treibt«, stöhnte Tallien. Und Madame de Châteaurenaud (»Minerva«) mit dem süßen Gesicht – die wie ein Windbeutel in weißer Gaze aussah. Und sogar die liebe kleine Madame de Crény war da und trug eine ergötzliche Kopfbedeckung mit einer riesigen, steil hochragenden Feder. Ich hatte sie zuletzt gesehen, als wir beide im Kloster de Penthémont wohnten – heute eine Salpeterfabrik.

Es war eine unglaubliche Szenerie – all die alternden Aristokraten, die einstmals eleganten Männer und Frauen mit Geschmack, zusammen mit ihren mittlerweile erwachsenen Kindern, die, während des Terrors mündig geworden, alle Zwänge abgelegt hatten und sich ausgefallen kleideten. »Das erinnert mich an den Karneval in Martinique.« Ich ließ meinen Blick über das Publikum schweifen. Wir saßen in Thérèses luxuriöser Loge und tranken ausgezeichneten Champagner.

»Ist das nicht Bürger Loménies Sohn?« fragte sie und zeigte auf einen Jugendlichen in einer karierten Jacke und einem riesigen grünen Halstuch. »Ist das eine blonde Perücke, die er da trägt?«

Die »Jeunesse dorée« wurden sie genannt – unsere ausgefallen gekleideten jungen Männer.

»Es ist der heruntergekommene Haufen der Hälfte von vierunddreißig«, sagte jemand.

Thérèse drehte sich um und verschüttete dabei ihren Champagner. »Bürger Fouché! Sie schleichen sich ständig von hinten an mich heran.«

Ich versuchte, meine Überraschung zu verbergen. Fouché: »der Massenmörder von Lyon«, der Deputierte, der die meisten Todesbefehle unterschrieben hatte. Doch der Mann, der vor mir stand, war ein schmächtiger, schlecht gekämmter Mensch mit Zahnlücken und widerspenstigen roten Haaren. Ich hatte gehört, daß er vor Kummer wahnsinnig wurde, als seine Tochter starb. Wie konnte ein solcher Mann ein Ungeheuer sein?
»Hälfte von vierunddreißig?« fragte ich. »Ich habe diesen Ausdruck schon einmal gehört. Was bedeutet er?«
Thérèse erklärte: »Die Hälfte von vierunddreißig ist siebzehn. Der Junge im Temple ist der Erbe von Ludwig XVI., an siebzehnter Stelle …«
»Ich verstehe – an siebzehnter Stelle der Thronfolge.« *Der Junge*. Le Petit Roi. »Der kleine Kerl«, wie Hortense ihn nannte – ein zehnjähriges Waisenkind, das allein mit den Ratten im Kerker des Temple schlief. Und nun, manchen Leuten zufolge, *König*.
Thérèse füllte unsere Gläser. »Sind die Worte ›Révolution Française‹ nicht ein Anagramm für ›La France veut son Roi‹?«*
Ich sah sie an. Für einen kurzen, trügerischen Augenblick zweifelte ich an der republikanischen Gesinnung meiner Freundin.
»Royalisten!« schimpfte Bürger Fouché. Er zog eine Schnupftabakdose aus seiner Westentasche. »Sie sind dumm, habgierig, ohne jegliche Moral – und *alle* sind heute abend hier.« Mit halbgeschlossenen Augen inhalierte er das feine Pulver.
»Sie scherzen«, sagte ich.
Bürger Fouché bürstete den Schnupftabak von seiner Weste und lächelte gemächlich. Das Lächeln eines Mannes, der nicht scherzte.
»Bürger Fouché weiß *alles*«, sagte Thérèse. »Auf diese Weise macht er sich nützlich.« Sie beugte sich zu ihm und entblößte da-

* Frankreich will seinen König.

bei ihr tiefes Dekolleté. »Es wird gemunkelt, daß Sie Ihre Augen und Ohren in jedem Salon haben, Bürger.«

Bürger Fouché ließ den Deckel seiner Schnupftabakdose zuschnappen, was einen Laut verursachte, der fast wie das Spannen eines Pistolenhahns klang. »Möchten Sie mir denn etwas sagen, verehrte Dame der Freiheit?«

Thérèse klopfte Bürger Fouché mit ihrem Fächer auf die Hand. »Sie könnten an den Spieltischen Ihr Glück machen, Sie verstellen sich so großartig.«

Die Musiker begannen, ihre Instrumente zu stimmen. Eine Gruppe von Leuten in den unteren Ebenen klatschte und lachte dann.

Bürger Fouché wandte sich zum Gehen. »Guten Abend, Bürgerinnen. Wie ich sehe, wird das Konzert gleich beginnen.«

»Ein merkwürdiger Mann«, sagte ich, nachdem er gegangen war.

Thérèse fächelte sich träge Luft zu. »Hast du bemerkt, daß Iva Théot heute abend hier ist?«

Iva Théot ist eine ältere Dame, eine ehemalige Duchesse, eine führende Persönlichkeit in der Gesellschaft. »Ist das von Bedeutung?« fragte ich.

»Iva Théot erstattet dem Bürger Fouché Bericht.« Thérèse trank ihr Glas leer.

»Iva?« Die leichtfertige, matronenhafte Iva Théot – eine *Spionin* für Fouché?

Thérèse lachte. »Rose – du bist so leicht aus der Fassung zu bringen.«

»Eine Verschwörung, meine Damen?« Es war der Deputierte Barras, Arm in Arm mit Tallien.

»Oh, die Störenfriede.« Thérèse schnitt hinter ihrem Fächer eine Grimasse. »Ihr beiden wirkt … *heiter*, wenn ich das so sagen darf. Deputierter Barras – haben Sie meinen Schatz vom rechten Weg abgebracht?«

»Nur ein kleiner Schmuggelkaffee, meine Liebe – sechs Tassen.«
»Kaffee!« ächzte Thérèse. »Und ihr habt mir keinen mitgebracht.«
Der Deputierte Barras begrüßte mich zuvorkommend, dann beugte er sich vor, um Thérèse die Hand zu küssen. »Du siehst köstlich aus heute abend, Thérèse, mein Kind. Zum Verspeisen köstlich. Gib acht, daß du nicht das Interesse eines alten Mannes erregst.«
»Wehe wenn!« Tallien legte seine langen Finger um Thérèses Hals.
»Was ist das für ein unangenehmer Geruch?« Der Deputierte Barras schnüffelte.
»Bürger Fouché war gerade hier«, sagte Thérèse, und sie lachten.
»Habt ihr schon mal seine Frau getroffen?« fragte Tallien. »Das häßlichste, dümmste Weib ...«
»Trotzdem ist er ihr treu ergeben«, sagte Thérèse. »Ich finde das rührend.«
»Bürgerin Beauharnais, Sie *erlesenes* Geschöpf«, sagte der Deputierte Barras und füllte mein Glas mit Champagner, »was hören wir denn von unserem wunderbaren Mann in Cherbourg?«
»General Lazare Hoche ist bereits vergeben, Paul«, sagte Thérèse.
»Wie schade.« Barras ließ sich anmutig in einem Sessel neben dem meinen nieder. Mit Leidensmiene wandte er sich mir zu. »Das ist der Dank dafür, daß man das Leben dieses Mannes gerettet hat.«
»*Sie* haben General Hoches Leben gerettet?« Ich war verwirrt. »Ich dachte, der Deputierte Carnot hätte für seine Freilassung gesorgt.«
Der Deputierte Barras stöhnte theatralisch. »Carnot! Als General Hoche im Kerker saß, kam der Scharfrichter mit einer Liste der

Verurteilten zu mir. *Ich* war derjenige, der den Namen unseres lieben Lazare durchstrich – aber, das muß man *ihm* nicht verraten. Man möchte ja nicht, daß er sich mir verpflichtet fühlt, *nicht wahr?*«
»Pst«, flüsterte Thérèse, als der Solist begann.

Nach dem Konzert gingen wir ins Garchy in der Rue Richelieu (ich aß ein Aprikoseneis mit Mandelbiskuits – *köstlich*), wo die ausgelassene Stimmung bis in die frühen Morgenstunden andauerte. Barras unterhielt uns mit Geschichten, über die wir so lachen mußten, daß uns alles weh tat. In Gesellschaft ist er der sprühende Funke, der eine Zusammenkunft erinnernswert macht, der Meister der Komödie, des Witzes. Die Gerüchte, die man so hört, sind kaum zu glauben. »Ein Mann, der weiß, wie man seine Karten ausspielt«, verriet mir Thérèse im Puderraum, wobei sie sich nicht auf sein begeistertes Spiel an den Tischen bezog – eine Leidenschaft, die Barras mit Tallien teilte –, sondern auf seinen untrüglichen Instinkt, sein politisches Blatt zu verbessern. Die Männer überredeten uns, vom Garchy aus in ein Spielhaus im Palais Égalité zu gehen (ich gewann zwei Livres – in Münzen – beim Pharao), und von dort, nachdem Tallien mehr, als klug war, verloren hatte, ins Café Covazza und dann zu Madame de Châteaurenaud (das heißt, zu *Minerva*), wo wir »Magnetismusspiele« spielten, über die Reform diskutierten und über die Liebe plauderten.
Bei Tagesanbruch machten wir uns alle zu einem kleinen Café in der Rue Saint-Honoré auf, wo wir eine Anzahl von Leuten trafen, die im Theater gewesen waren: die extravagante Fortunée Hamelin und zwei aus ihrer Begleitung (*nicht* aber ihren mißbilligenden Ehemann, wie ich feststellte), die kleine Madame de Crény mit einem großen Mann namens Denon, aber auch seltsamerweise Bürger Fouché, der allein an einem Tisch im hintersten Teil saß, eine unberührte Schale Brühe vor sich.

»Essen Sie Ihre Brühe nicht gerne warm, Bürger?« sagte ich, als ich stehenblieb, um Höflichkeiten auszutauschen.
Er zuckte mit den Schultern. »Wollen Sie sich setzen, Bürgerin Beauharnais?« Trotz der Stunde war er nüchtern. Im Gegensatz zu mir.
Ich nahm den angebotenen Stuhl an. Er bat den Kellner, ein Glas zu bringen, das er aus der Flasche ungarischen Wassers auf dem Tisch füllte. »Haben Sie vielleicht gearbeitet?« fragte ich. »Sie sehen nicht wie ein sorgloser Mann aus.«
»Ja, ich glaube, ich habe gearbeitet.«
»Sie sind nicht sicher?«
»Die Grenze zwischen Arbeit und Vergnügen ist nie ganz deutlich.«
Er betrachtete mich mit unbewegter Miene. »Sie sind eine Frau, die aufrichtig zu sprechen scheint – doch in diesem Augenblick meine ich, auch sicher sein zu können, daß Sie über die Art meiner Arbeit umfassend informiert sind. Daraus kann ich nur schließen, daß Sie eine derjenigen Frauen sind, die den Anschein von Offenheit erwecken, während Sie die ganze Zeit Ihr Blatt verdecken.«
Ich legte den Kopf zur Seite. »Gewöhnlich gewinne ich auch an den Spieltischen.« Ich lächelte.
»Nicht viele schätzen die Fähigkeit, eine Eigenschaft vorzutäuschen. Dennoch ist dies eines der wahrhaft unentbehrlichen Talente.«
»Ich hätte Sie nicht für einen Philosophen gehalten.«
»Es gibt vieles, was Sie nicht über mich wissen.«
»Manches, was ich weiß, würde Sie überraschen.«
»Zum Beispiel ...«
»Oh, daß Sie vorgeben, gefühllos zu sein, obwohl Sie ein gutes Herz haben«, wagte ich zu sagen, »und daß Sie das quält.« Ich beobachtete seinen Gesichtsausdruck. Er schien eher amüsiert als irritiert zu sein. Vielleicht war es töricht, aber ich fuhr fort: »Daß

Sie sich den Anschein von Gelassenheit geben, obwohl Ihre Phantasie leicht zu erregen ist, daher treffen Sie Vorkehrungen dagegen.«

Er lehnte sich auf seinem Stuhl zurück und betrachtete mich. »Wie ich höre, brauchen Sie Geld.«

Ich spürte, wie meine Wangen heiß wurden.

»Verzeihen Sie, ich bin Ihnen zu nahe getreten«, sagte er. »Sie müssen verstehen, daß solche Dinge keinerlei Bedeutung für mich haben. Sie sind eine Frau ohne den Schutz eines Ehemannes – das ist keine *Schuld*, obwohl manche das behaupten. Ihre Familie ist weit entfernt und aller Wahrscheinlichkeit nach verarmt. Sie haben zwei Kinder zu versorgen. Darüber hinaus bewegen Sie sich in der Gesellschaft der Reichen und Sorglosen. Das kostet – versteht sich – kostet eine Menge, aber es zahlt sich auch aus, nicht wahr? Kontakte, angemessen gepflegt, sind von unschätzbarem Wert. Zweifellos steht der Saldo auf der Habenseite. Mit der *Zeit*, natürlich.« Er lehnte sich zurück.

Ich warf einen Blick zu dem Tisch im vorderen Bereich. Der Deputierte Barras beobachtete uns.

»Darüber hinaus«, fuhr Bürger Fouché fort, »habe ich Kenntnis von den Beträgen, die Sie Ihren Verwandten zukommen lassen, aber auch einer Anzahl von Freunden. Ganz zu schweigen von den Nachbarn, Straßenbettlern, gewöhnlichen Raufbolden. Ehrlich gesagt, Ihre Hand ist zu häufig freigiebig. Ich würde Ihnen raten, umsichtiger zu sein.«

»Sie wissen wirklich alles.« Ich war peinlich berührt. War denn nichts vertraulich?

Er lächelte nicht. »Ich werde dies als Kompliment auffassen – aber leider entgeht vieles meiner Aufmerksamkeit. In dieser Hinsicht brauche ich Unterstützung. Sollten Sie jemals etwas benötigen, kommen Sie zu mir – ich würde mich sehr dankbar für die Dienste erweisen, die Sie mir leisten könnten, Dienste, die zum Wohle der Republik wären, sollte ich wohl hinzufügen. Ich weiß,

daß Sie eine aufrechte Patriotin sind.« Er warf einen Blick zu meinem Tisch, wo Tallien jetzt ziemlich laute Reden schwang, Thérèse lachte. »Im Gegensatz zu *einigen* anderen.«
Ich erhob mich, um zu gehen. Mir war unbehaglich zumute. »Wir sind allesamt Patrioten, Bürger Fouché.«
»Sie verlassen mich.« Er füllte sein Glas erneut mit Wasser. »Ich gestehe, daß meine Phantasie erregt *worden* ist. Sie scheinen eine Menge zu verstehen.«
»Meine Freunde behaupten, ich wäre naiv.«
»Sie irren sich – Sie schauen durch die Maskerade auf den wahren Charakter eines Menschen. Ich bin entwaffnet worden. Wie ein tapferer Ritter in alten Zeiten stehe ich von nun an immer zu Ihren Diensten.«
Ich lächelte. »Ich glaube, es ist Ihnen ernst damit.« Ich gab ihm einen Kuß auf die Wange und kehrte zu meinen Freunden zurück, die mich ausgiebig ob meiner neuen Eroberung neckten. Ich erduldete es und genoß ihre gute Laune – obwohl ich zugebe, daß dieser kurze Gedankenaustausch meine Ruhe gestört hat. Bürger Fouchés Worte klingen immer noch nach.

10. September

Vergangene Nacht, kurz nach Mitternacht, wurde Tallien in der Rue des Quatres Fils von einem Schurken mit einer Pistole angegriffen. Er fiel verwundet zu Boden. Als ihn der Attentäter mit dem Pistolenkolben auf die Brust schlug, stieß Tallien einen Schrei aus, der die Nachbarn weckte. Er wurde zum nahe gelegenen Haus seiner Mutter gebracht.
Als ich ihn in der armseligen Behausung seiner Mutter besuchte, war ich erschüttert. Er ruhte auf einem Himmelbett in dem winzigen Salon, hinter geflickten Vorhängen. Eine Kugel hatte seine linke Schulter durchschlagen. Er war zur Ader gelassen worden, doch er litt immer noch unter Schmerzen.

»Wissen Sie noch, daß ich einmal sagte, in einer Revolution darf man nicht nach hinten schauen?« fragte er. »Ich hatte unrecht.«
»Es war ein Jakobiner, der ihn töten wollte«, verriet mir Thérèse, als wir Talliens Mutter beim Abräumen der Teetassen halfen. Sechs Tage zuvor war Tallien wegen seiner zu liberalen Ansichten aus dem Jakobinerklub ausgeschlossen worden.
»Du denkst doch nicht, daß Carrier etwas damit zu tun hat, oder?« fragte ich. Der Deputierte Carrier war der Präsident des Jakobinerklubs. Er war derjenige gewesen, der Tallien ausgeschlossen hatte.
»Carrier würde die Drecksarbeit doch nicht selbst verrichten.« Thérèse stellte eine Suppenschüssel auf den Holztisch. »Er würde irgendeinen Verbrecher damit beauftragen.«
Drecksarbeit. Es ging das Gerücht, daß Carrier während des Terrors in Nantes befohlen hatte, daß mehr als zehntausend hingerichtet wurden – ertränkt in der Loire. *Zehntausend*.
Ich hörte Stimmen. »Das ist die Nationalgarde!« rief Talliens Mutter und trocknete sich hastig die Hände an ihrer fleckigen Schürze ab. »Auf der Straße ist eine Menschenmenge!« Ihre Wangen waren leicht gerötet.
»Ich werde mit ihnen reden«, sagte Thérèse.
Im Laufe des Morgens kam eine große Anzahl Besucher. Die Polizei kam zweimal. Etliche Journalisten bettelten um Einlaß, was Tallien ablehnte, er machte jedoch eine Ausnahme für einen Freund, der für den *Moniteur* schreibt. Am Ende des Tages traf der Deputierte Barras ein, beladen mit alkoholischen Getränken und einem Portweinpudding, von dem er steif und fest behauptete, ihn selbst gemacht zu haben. Seine Augen füllten sich mit Tränen, als er die Verletzung seines Freundes sah. Er wurde von zwei modisch ungekämmten jungen Männern der Jeunesse dorée begleitet, nicht viel älter als Eugène, dachte ich.
»Bonjour, Monsieur«, begrüßte einer der beiden Tallien. Er lis-

pelte beim Sprechen, wie es Mode war, so daß es klang wie: *Bonzou, monsez.* Seine Kniebundhosen waren ausgebeult, und von den Knien rieselten dünne Bänder in langen Kringeln.
»Wir werden den Attentäter für Sie töten«, sagte der andere. Seine Rockschwänze waren ausgefranst und die Taschen seiner Weste ausgestopft, damit es unförmig wirkte. »Sagen Sie uns nur, wen.«
Seine Worte ließen mich frösteln. Ich wußte, daß er der Sohn des Duc d'Annonay war. Er dürfte ungefähr zwölf gewesen sein, als sein Vater ermordet wurde, mit dem Beil totgeschlagen vor dem Haus der Familie. Wie konnte so etwas keine Narben bei einem Kind hinterlassen?
»In Blut getauft«, flüsterte Thérèse, nachdem sie fort waren. Wir waren in der Küche und halfen Talliens Mutter eine Wundtinktur zuzubereiten.
»Es macht mich traurig«, sagte ich. Eine ganze Generation, durch die Revolution zu Waisen geworden, durch Gewalt abgestumpft, auf den Straßen zur Schule gegangen. Was sollte nun aus ihnen werden?
»Ist dir aufgefallen, wie sie sprechen? Barras sagt, daß sie Unsinnsverse stammeln, während sie Jakobiner erschlagen. Ein bißchen seltsam, findest du nicht auch?«
Rache. Würde die Gewalt denn nie aufhören? »Wenn es doch nur eine Möglichkeit gäbe, die Vergangenheit hinter uns zu lassen«, sagte ich.
»Versuche das mal, Tallien zu sagen«, sagte sie.
Gegen Abend fühlte sich Tallien kräftig genug, um einen Angriffsplan gegen den Jakobinerklub zu formulieren – gegen Carrier. »Ich werde fordern, daß Vernehmungen wegen der Greuel von Nantes durchgeführt werden«, sagte er. »Vernehmungen zu Carriers dortigen Verbrechen. *Tausende* kaltblütig ermordet. Es sollte nicht schwierig sein, ihn zu überführen, ihn aus dem Weg zu räumen.« Dieser Gedanke gab ihm Kraft.

Thérèse und ich wechselten Blicke. »Ist das klug?« fragte sie.
»Sollte unser Ziel nicht die Vereinigung aller Gruppen sein?« schlug ich behutsam, wie ich hoffte, vor. »Splittergruppen sind unser Ruin gewesen.«
»Der Gerechtigkeit muß Genüge getan werden«, sagte Tallien.
»Aber was, wenn sich die Versammlung von dieser Idee der Vernehmungen begeistern läßt?« fragte Thérèse. »Wenn sie beschließt, die Geschehnisse in Lyon zu untersuchen, dann wird sie Bürger Fouché in den Zeugenstand stellen. Wenn sie Marseille untersuchen, wird es unser Freund Barras sein.«
Und wenn sie Bordeaux untersuchen, dann wird es *Tallien* selbst sein, dachte ich. Thérèse sprach es nicht aus.
»Wer unter uns ist schon unschuldig?« fuhr sie fort.
»Du.« Tallien ließ seine Hand unter ihre Unterröcke gleiten.
»Unschuldig.« Sie lachte.
Still, ohne mich zu verabschieden, ging ich hinaus.

9. September 1794 – Cherbourg

Liebe Rose,
verzeih mein unordentliches Gekritzel. Ich hatte keinen Schreiblehrer, als ich klein war. Die Stallburschen waren meine Lehrmeister, und ich möchte Dir lieber nicht erzählen, was sie mir beigebracht haben.
Dein Sohn ist ein feiner Kerl – aus ihm wird ein guter Soldat.
Ich weiß, daß ich mich nicht sehr geschickt verhalten habe, als ich abreiste. Kannst Du mir verzeihen? Ich liebe Dich wirklich.

Dein Soldat Lazare

Samstag, 12. September

Tallien hat sich erholt – soweit, daß er im Odéon-Theater erscheinen konnte. »Mein Publikum verlangt es!« sagte er, als er seine Schlinge aus roter Seide zurechtrückte.

»*Unser* Publikum.« Thérèse war in eine schlichte weiße Chemise gekleidet, sehr offenherzig. Eine Diamantkette warf tanzende Lichttupfen auf ihre Brüste.

»*Dein* Publikum.« Tallien betrachtete sie hingebungsvoll.

Das Theater war voll besetzt, der Beifall ohrenbetäubend, als Thérèse und Tallien eintraten. Die Leute stiegen auf ihre Stühle, um sie zu sehen, jubelten und schrien. Ich war ergriffen, stolz – und verängstigt.

Ich bin Trauzeugin

22. September 1794

Erster Tag im dritten Jahr der Republik. Ich schreibe dies an einem Pult in einer kleinen, aber eleganten Wohnung in der Rue de l'Université. Ich habe sie von Madame de Crény (»Der Kleinen«, wie Hortense sie nennt) zu einem angemessenen Preis gemietet. Hortense und ich sind heute morgen eingezogen. Es dauerte nicht lange – wir haben ja so wenig.

Die Lannoy hat zugestimmt, bei mir zu bleiben, obwohl ich ihr nichts bezahlen kann. Auch Agathe wird für Kost arbeiten, ebenso ein alter Mann, den ich heute eingestellt habe, Bürger Gontier, der hartnäckig behauptet, kräftig genug zu sein, um Wassereimer zu tragen.

Wir sind also untergebracht … für den *Augenblick* jedenfalls. Die liebe kleine Madame de Crény ist bereit, drei Monate auf die Miete zu warten. Wenn ich doch nur, durch irgendein Wunder, zu Mutter durchkäme …

27. September

Lannoys Schwager hat ein Vermögen durch den Kauf von Gütern zu sehr niedrigen Preisen und ihren Wiederverkauf zu überhöhten Preisen gemacht. Auf Lannoys Vorschlag hin habe ich ihn um ein Darlehen gebeten – um fünfzehn*tausend* Livres. Es scheint sehr viel zu sein, aber wie lange wird es reichen? Ich erinnere mich an die Zeit, wo soviel Geld einen Aristokraten drei

Jahre lang mit Fasanen und Champagner versorgt hätte. Heute wird es uns keine drei Monate mit Hühnern und saurem Wein versorgen.

Samstag, 4. Oktober, abends

Heute abend bei Fanny. Sie ist krank, ist, wie ich meine, der Schwermut erlegen, die ihr Kummer über Marie mit sich brachte – sie hatte so wenig Erfolg bei ihren ständigen Bemühungen um die Freilassung ihrer Tochter aus dem Gefängnis. »Kannst du nicht *irgend etwas* tun?« flehte sie niedergeschlagen.
Was *kann* ich denn noch tun? Ich habe bereits mehrere Versuche unternommen, um Marie zu helfen, alle ohne Erfolg.
»Was ist mit deinem kriminellen Freund?« bohrte Fanny weiter. »Ich wette, daß er etwas tun könnte.«
»Krimineller Freund?« Ich grinste. »*Welcher*?«

6. Oktober

Der Deputierte Barras schnitt sich die Fingernägel mit einem Federmesser, während er meiner Bitte lauschte. Der lange Bürger Botot mit dem Kindergesicht, nun sein Sekretär, saß am Fenster und machte sich Notizen. Nachdem ich meine Petition zu Ende vorgetragen hatte, blickte der Deputierte Barras zu mir auf und sagte: »Sie haben wundervoll gesungen gestern abend bei Madame Tallien. Sie haben eine ungewöhnliche Stimme. Unschuldig und doch frivol.« Er trug eine zweireihige Jacke aus rosa gestreifter Seide. Seine Haare waren gepudert und im Nacken in einem schwarzen Seidenbeutel zusammengefaßt.
»Sie schmeicheln mir …« Ich fühlte mich unbehaglich. Ich hatte mich mit dem Deputierten Barras schon bei zahlreichen Gelegenheiten unterhalten – im Theater, in Salons, bei mir zu Hause – aber immer in Gesellschaft von Freunden. Er kokettierte mit

mir (wie er das mit Frauen immer tat), und dennoch befürchtete ich, mich mit meiner Bitte um einen Gefallen aufzudrängen. Ich war erleichtert, daß er so herzlich eingewilligt hatte, sich meinen Appell anzuhören.

»Und Sie sind überraschend perfekt beim Billard«, sagte er. »Sie haben Tallien mit drei Spielen Vorsprung geschlagen, wie ich feststellte.«

»Unser Freund Tallien ist in vielen Dingen herausragend« sagte ich, »aber Billard gehört nicht dazu. Ich halte es nicht für angemessen, mir einzubilden, daß ich Talent für das Spiel hätte.«

»Trotzdem haben Sie auch gegen Bürger Rosin gewonnen. Sie kennen ihn, wie ich annehme?«

Ich nickte. Ich hatte Bürger Rosin vor einiger Zeit kennengelernt, bei einem Freimaurertreffen. Als kreolischer Bankier mit außerordentlichem Vermögen war es ihm gelungen, vor dem Zusammenbruch seinen Reichtum aus Saint-Domingue herauszuschaffen.

»Und seinen Schweizer Bankiersfreund Perré – den Mann mit der Brandnarbe im Gesicht?«

Ich nickte. Trotz seiner Entstellung fand ich Perré ausgesprochen charmant.

Der Deputierte Barras rückte sein goldgefaßtes Lorgnon zurecht und studierte die vor ihm liegenden Papiere. »Bezüglich Ihrer Cousine … Françoise-Marie, Bürgerin Beauharnais …« Er zuckte mit den Schultern.

»Kann man denn gar nichts tun?«

Er machte eine aufgebrachte Geste. »Sie müssen verstehen: Regierungen kommen, Regierungen gehen, aber die Bürokratie bleibt dieselbe. Ganz gleich, wer dafür verantwortlich ist, da gibt es Papiere, Prüfungsausschüsse, Komitees, Verfahren. Das ist eine fixe Idee in diesem Land.« Er räusperte sich, warf nochmals einen Blick auf das Papier. »Ich sehe hier, daß ihr Mann, François Beauharnais, *Marquis*, ein Emigrant ist, ein Offizier in der Armee

des Prinzen von Condé. Verwundet in der Vendée«, fügte er geistesabwesend hinzu, während er las.
François – *verwundet*? In der Vendée? Ich wollte unbedingt Einzelheiten wissen, aber ich wagte nicht zu fragen, wagte nicht, mein Interesse zu zeigen. »Vielleicht erinnern Sie sich ja, ihr begegnet zu sein«, sagte ich, »in meinem Salon in der Rue Saint-Dominique.«
Der Deputierte Barras legte den Finger ans Kinn, eine Pose, die die feine Bändchenspitze an seiner Ärmelrüsche vorteilhaft zur Geltung brachte. »Aber als die Frau eines Emigranten und obendrein eines, der die Waffen gegen uns erhoben hat ...«
»Marie wurde schon vor einiger Zeit von ihrem Mann geschieden«, verwahrte ich mich. Ich sah kurz zu Bürger Botot hinüber, der in seine Notizen vertieft war.
»Viele adlige Frauen haben sich von ihren Ehemännern scheiden lassen, um ihr Vermögen zu retten«, sagte der Deputierte Barras, »*und* ihre Hohlköpfe. Das hat wenig zu bedeuten, fürchte ich.«
»Meine Cousine ist eine Republikanerin, sie gehörte einer Anzahl von revolutionären Clubs an. Aus diesem Grund haben sie und ihr Mann sich getrennt«, beharrte ich.
Der Deputierte Barras seufzte. »Ich werde tun, was ich kann«, sagte er. Er nickte Botot zu, der sich erhob und den Raum verließ. »Wie kann ich Ihnen danken?« fragte ich. Ich umklammerte meinen Seidenbeutel. Ich hatte mich darauf vorbereitet zu zahlen, aber ich konnte nicht viel anbieten.
»Es gibt tatsächlich etwas, was Sie für mich tun *können*«, sagte der Deputierte Barras und nahm sein Lorgnon ab. »Ich bin in eine Anzahl ziemlich großer ... Unternehmungen, wie Sie es vermutlich nennen würden, verwickelt. Ich brauche dringend Bankiers mit einem Hang zum *Risiko*, darf ich das so sagen? Die Bürger Rosin und Perré wurden empfohlen, aber natürlich, ohne eine Einführung, eine Empfehlung ...«

»Ich wäre hocherfreut, wenn ich etwas in die Wege leiten dürfte«, sagte ich und erhob mich. »Einen Abend bei mir zu Hause?«
Er ergriff meine Hand mit übertriebenem Zartgefühl. »Werde ich heute abend in meinem Salon die Ehre Ihrer Gesellschaft haben?« fragte er.
Ich antwortete ihm mit einer Verbeugung, geehrt.
»Unter der Bedingung, daß Sie sich auf eine Partie Billard mit mir einlassen«, sagte er.
»Vielleicht sollten wir eine Wette darauf setzen«, sagte ich.
»Wenn ich recht verstehe, wollen Sie gewinnen.«
»Immer.«
»Sie sind eine verruchte Dame.«
»Ganz recht«, sagte ich lächelnd.
Als ich ging, hielt ich inne, um ein paar Worte mit Bürger Botot zu sprechen. »Gibt es denn Hoffnung?« fragte ich.
Erschrocken blickte Bürger Botot von den Papierstapeln auf, die seinen Schreibtisch bedeckten. »Die Bürgerin Marie Beauharnais wird morgen freigelassen – um elf Uhr früh«, sagte er nur ein wenig lispelnd.

29. Oktober

Ich begegnete Bürger Fouché im Salon des Deputierten Barras. »Was führt Sie denn in diese Kreise?« fragte ich. Er trug ein nicht zusammenpassendes, fleckiges und schlecht sitzendes Ensemble, ungeachtet der Eleganz der Zusammenkunft. Die Knoten der Bänder an seinen Kniebundhosen hatten sich gelöst.
»Ich könnte Sie das gleiche fragen, Bürgerin Beauharnais«, sagte er. »Obwohl eine Frau, die so bereitwillig zuhört, unter Männern mit Macht stets willkommen ist.«
»Sie sind drôle, Bürger. Sie weichen meiner Frage aus.«
»Sind Sie vertrauenswürdig?«

»Sie, die Sie alles über mich wissen, fragen, ob ich vertrauenswürdig bin?»
»Gestern abend wurden zwei Deputierte aus ihren Betten geholt, um in den Temple zu gehen. Vielleicht wissen Sie das ja bereits.«
Ich schüttelte den Kopf. »*Warum*?« Der Temple war das Gefängnis, in dem die verwaisten Kinder des Königs gefangengehalten wurden – Madame Royale und der Junge waren dort.
Bürger Fouché blickte über die Schulter. »Es geht das Gerücht, daß der Junge – der ›König‹, wie die Verräterischen unter uns ihn nennen – nicht mehr dort ist.«
»*War* er denn dort?«
»Es war tatsächlich ein Junge dort. Aber war er auch des Königs Sohn? *Das* ist nicht gewiß.«
»Aber wenn der Junge nicht im Temple ist – wo ist er dann?« Ein neunjähriges Kind, die Trumpfkarte von Nationen. So viel hing von einem so kleinen Kopf ab.
Bürger Fouché zuckte mit den Schultern. »Sagen Sie es mir. Die Royalisten wollen ihn lebend. Die Jakobiner wollen ihn tot. Und wer auch immer den Jungen hat, hat Macht über beide.«
Ich sah, daß der Deputierte Barras auf uns zukam. Ich bedeutete Bürger Fouché zu schweigen.
»Also frage ich mich«, fuhr Bürger Fouché fort, ohne auf meine Warnung zu achten, »wer könnte wohl soviel Macht wollen? Wer könnte das wohl sein?«

Dienstag, 11. November

Pöbel auf den Straßen. Der Deputierte Carrier, Präsident des Jakobinerklubs, der Scharfrichter für Tausende, war wegen »Übermäßigkeit« in der Pflichtauffassung verhaftet worden. Die Jeunesse dorée schrie nach seinem Kopf. Daran gehindert, ihn in Stücke zu reißen, überfiel sie den Jakobinerklub.

Dann erschien Thérèse, um abzuschließen.
Thérèse. Sie nahm den Schlüssel zum Klub an sich, ohne sich vor den rauflustigen Männern, vor der Gewalttätigkeit in ihren Herzen zu fürchten. Thérèse, die den Schlüssel zum Jakobinerklub in ihr Mieder steckte, sperrte die Geschichte aus.
»Hattest du denn keine Angst«, fragte ich sie erstaunt. Ich las gerade einen Zeitungsbericht laut vor: »Diese Frau ist imstande, die Tore der Hölle zu schließen«, hatte ein Journalist geschrieben.
»Ich werde dir mein Geheimnis verraten, Rose.« Sie legte die Hände auf den Bauch. »Gott ist bei mir. Ich bekomme ein Kind.« Sie brach in Tränen aus.

14. November, später Nachmittag

Thérèse und ich standen eine Weile an der Tür der Wahrsagerin und schrien durch den Briefschlitz. Es wehte ein kühler Wind.
»Ich bin keine Wahrsagerin mehr!« Die Bürgerin Lenormand blieb hartnäckig. Sie weigerte sich, die Tür zu öffnen. Während des Terrors war sie ins Gefängnis gekommen, weil sie den Tod von Robespierre vorausgesagt hatte. Seitdem hatte sie sich zurückgezogen. Sie wollte uns nicht hereinlassen.
»Aber ich bin es doch, Thérèse Cabarrus de Fontenoy – ich war es, die Ihre Freilassung erreicht hat!« schrie Thérèse.
Endlich öffneten sich die Türen. Bürgerin Lenormand war eine kleine Frau, jünger, als ich gedacht hatte, mit kleinen dunklen, ziemlich tiefliegenden Augen unter einer schmutzigen Spitzenhaube.
»Sie habe ich schon mal gesehen«, sagte sie zu Thérèse. Sie hielt inne. »Als Freiheit verkleidet ... als die Gefangenen aus dem Luxembourg freigelassen wurden.«
»Sie haben ein gutes Gedächtnis.« Thérèse entwirrte ihre Hutbänder.

»Sie haben ein unvergeßliches Gesicht«, sagte die Wahrsagerin. Nach dem Austausch von Höflichkeiten wies die Lenormand Thérèse an, Wasser über einen Spiegel zu sprengen, der auf einem mit drei Decken überzogenen Tisch lag. »Sie sind im Begriff, eine wichtige Entscheidung zu treffen«, sagte sie, als sie den Spiegel eingehend betrachtete. »Das Schicksal will es, daß diese Verbindung zustande kommt. Sie wissen, von wem ich spreche?«

Thérèse nickte. In ihrem Blick lag Resignation.

»Ihr Weg ist nicht leicht. Es ehrt Sie, daß aus diesem Bund viel guter Wille sprießen wird – doch werden Sie es sein, die den Preis dafür bezahlt.«

Thérèse verzog das Gesicht. »Ich weiß.«

»Sie besitzen die Gabe zu sehen.«

»Den Fluch.«

»Ja«, sagte Bürgerin Lenormand. »Es *ist* ein Fluch.« Sie wandte sich an mich. »Ich glaube, Ihnen habe ich schon einmal die Zukunft vorausgesagt.«

»Als ich in den Carmes war, haben ein paar von uns es fertiggebracht, Ihnen Informationen zukommen zu lassen, aus denen Sie unsere Zukunft abgeleitet haben.«

»Ja. Und Sie *sind* jetzt Witwe.«

Ich nickte.

»Wie ich mich erinnere, habe ich Ihnen auch vorhergesagt, daß Sie wieder heiraten und daß Ihr zweiter Ehemann ein außergewöhnlicher Mann sein wird, den die ganze Welt kennt.«

»Dieser Teil hat sich nicht bewahrheitet.« Ich lächelte.

»Sie machen sich lustig, aber Ihr Herz ist schwer. Fragen Sie mich, was Sie wissen möchten.«

»Erzählen Sie ihr mehr über diesen außergewöhnlichen Mann«, schlug Thérèse vor und grinste mich schelmisch an.

Bürgerin Lenormand legte einige Karten aus. Nach langem Schweigen sagte sie: »Er wird jünger als Sie sein. Sehr intelligent, ja. Ein Mann des Militärs – ein General wahrscheinlich.«

Thérèse zwinkerte. »Wer *das* wohl sein könnte?«

Auf dem Rückweg zur Rue de l'Université hielt mir Thérèse eine Strafpredigt. »General Hoche ist ein aufgehender Stern – er wird Großes vollbringen.« Wir saßen in ihrer neuen roten Kutsche. Eine Bande Kinder, Straßenbengel, jagte hinter uns her.

»Das ist wahr«, sagte ich. Ein Wundertäter, sagten die Leute; ein Kriegsgenie, ein Friedensgenie.

»Was ich damit meine, ist, daß er ein aufgehender Stern ist – dein *außergewöhnlicher Mann*.«

Ich stöhnte.

»Gib mir deine Hand, Rose«, forderte sie.

»Tallita – du bist eine Zigeunerin«, beklagte ich mich. »Gib es zu. Eine Zigeunerkönigin.«

Thérèse lächelte und wurde dann ernst. Sie erforschte die Linien in meiner Handfläche. »Bürgerin Lenormand hat recht. Du *wirst* einen General heiraten.«

»General Hoche ist bereits verheiratet.« Ich zog meine Hand fort.

»Soldaten heiraten und lassen sich einmal im Jahr scheiden, um ihrer neuesten Flamme zu gefallen.«

»So einfach ist das nicht. Lazare ist seiner Frau sehr zugeneigt – ich glaube, er liebt sie.«

»Du wärst nützlicher für ihn. Du könntest ihm helfen, in seiner Karriere voranzukommen.«

»Lazare braucht meine Hilfe nicht.«

Thérèse gab einen kehligen Laut von sich – ein Ausdruck ihrer Ungeduld. »Darf ich offen zu dir sein, Rose?«

»Bist du jemals *nicht* offen zu mir?« Ich lächelte.

»Du wirst nicht jünger. Deine Kinder sind reizend, wirklich, das ist dein Verdienst – aber sie benötigen dringend eine Ausbildung. Schneller, als du denkst, wird deine Tochter eine Mitgift brauchen, dein Sohn eine Stellung. Das wird kosten, eine Menge kosten. An *sie* mußt du denken.

»Du redest, als gäbe es überall gute Chancen.«
»Was ist mit dem Marquis de Caulaincourt? Auf dem Ball von Thélusson sah ich, wie er dir überallhin folgte, an deiner Schulter hing.«
»Er ist schon seit Jahrzehnten verheiratet, hat acht Kinder, ist fast sechzig ...«
»Er ist reich, und er ist in dich vernarrt.« Thérèse zog die Felldecke über ihre Knie.
»Ja, Mama«, sagte ich. Thérèse machte ein schelmisches Gesicht.
»Aber was ist mit dir?« wechselte ich das Thema. »Hast du gefunden, was du wolltest?«
Thérèse seufzte. »Seit dem Augenblick, als ich Tallien begegnete, wußte ich, daß ich dazu ausersehen war, ihn zu heiraten, dazu ausersehen, durch ihn anderen zu helfen ...« Sie hielt inne, schaute aus dem Fenster. Wir kamen gerade an den Fluß. Die Türme von Notre-Dame – heute der »Tempel der Vernunft« – hoben sich kühn und wunderschön gegen den Himmel ab. »Dazu ausersehen, die Herrschaft seiner Faust zu mildern«, sagte sie leise.
»Tallita!« Ihre Worte erschütterten mich.
»Verzeih mir. Ich weiß, daß du ihn gern hast.«
»Und du etwa *nicht*?« Nannte sie Tallien nicht ihren »Lion amoureux«?
»Manches an ihm finde ich abstoßend.«
Ich lächelte. »Du wurdest zu einer Prinzessin erzogen«, sagte ich. Und Tallien war gewiß kein Prinz.
»Ich wurde zu einer Kurtisane erzogen, aber das müssen wir nicht vertiefen. Nein – ich muß zugeben, daß ich auf die Gefühle unseres Freundes aus einer Reihe von Gründen eingehe, aber Liebe zählt nicht dazu. Nicht einmal Leidenschaft, die oft mit Liebe verwechselt wird. Ich empfinde eher eine Verpflichtung ihm gegenüber. Er hat mir das Leben gerettet und das Leben vieler meiner Verwandten und Freunde. Und er hat dadurch leiden

müssen.« Sie hielt inne. »Ich sollte dir solche Dinge nicht erzählen.« Sie ließ das Fenster herunter, trotz der Kälte, und schob es wieder hinauf.
»Dann wirst du ihn also nicht heiraten?«
Thérèse lehnte sich zurück, ihre Augen schwammen in Tränen. »Nein«, sagte sie. »Ich werde ihn heiraten.«
»Ich ...«
»Hast du jemals das Gefühl gehabt, Teil eines größeren Plans zu sein?« unterbrach sie mich.
Ich dachte darüber nach. Die Tatsache, daß ich jetzt Witwe war, daß dies vorausgesagt worden war – bedeutete das auch, daß meine Ehe mit Alexandre Teil eines größeren Plans war? War Alexandres vorzeitiger Tod *vorherbestimmt* gewesen?
Die Kutsche fuhr in den Hof meines Hauses in der Rue de l'Université ein. »Glaubst du, daß dies bei Tallien der Fall ist?« fragte ich. Ich fand den Gedanken an das Schicksal sowohl tröstlich als auch beängstigend.
»Als Tallien und ich in Bordeaux zusammen waren, habe ich jede Nacht, wenn ich mit ihm ins Bett ging, mit Freude an die Menschenleben gedacht, die er an diesem Tag verschonte, weil ich ihn dazu überredet hatte. Auf diese Weise habe ich den Sinn meiner Existenz entdeckt.«
Ich wußte nicht, was ich sagen sollte. Thérèse war so jung, ein so sorgloser Mensch – und doch war da diese, immer *diese* furchtbare Verantwortung, die sie übernommen hatte. Kein Tag verging, an dem sie sich nicht für ein Leben einsetzte. Es war eine Verpflichtung, die wir teilten – unsere Religion, wie manche sagten. »Barmherzige Schwestern«, wie uns Tallien nannte.
»Thérèse – du bist ein Engel«, sagte ich und nahm meinen Korb auf.
Der Lakai öffnete die Tür und ließ den Tritt herab.
Thérèse berührte mich an der Schulter. Ich drehte mich zu ihr um. »Wirst du die Patin?« fragte sie.

»*Ich?*«
Sie nickte, ihre Wangen schimmerten.
»Es wäre mir eine Ehre«, sagte ich.

10. November 1794 – Cherbourg

Rose,
wir sind dabei, in das neue Hauptquartier in Rennes zu übersiedeln. Ich werde nach Paris kommen, um für Vorräte zu sorgen. Der einzige Trost bei dieser leidigen Pflicht ist, daß ich Dich wieder in meinen Armen halten werde.

Dein Soldat Lazare

Sonntag, 16. November

Lazare!

Montag

Lazare bringt Neuigkeiten von Eugène. Behutsam stelle ich Fragen. Ich möchte ihm nicht auf die Nerven gehen. »Du setzt ihm doch nicht zu hart zu? Er ist doch nicht in Gefahr? Ißt er auch? Paßt du auch auf ihn auf?« Ich hatte vor lauter Sorge nicht geschlafen. Rennes liegt mitten in der Region Vendée. Ich hatte Geschichten von einem dortigen Bürgerkrieg gehört – Bauern und Adlige vereint gegen die Republikaner. Mir war wohler zumute gewesen, als Eugène in Cherbourg war, den Engländern ins Auge sah. Ich wollte nicht, daß er gegen Franzosen kämpfte. Es wäre nicht recht.
Lazare lachte, als er seine Kniebundhosen schnürte. »Natürlich setzte ich ihm hart zu. Natürlich ist er in Gefahr. So ist nun mal die Armee!«
»Aber er ist doch noch ein Junge.«

»Verstehst du denn nicht, daß *ich* stolz auf ihn bin? Die liebevolle Fürsorge eines Vaters empfinde?«
Das brachte mich zum Schweigen. Die liebevolle Fürsorge eines *Vaters*?
Lazare streckte die Hände in einer hilflosen Gebärde aus. »Ich habe deinen Sohn liebgewonnen, Rose«, gestand er, »betrachte ihn mittlerweile als meinen eigenen.«

19. November

Lazare verbringt die Tage in Sitzungen beim Allgemeinen Sicherheitsausschuß, die Nächte verbringt er bei mir. Ich verschlinge die Zeit, die mir vergönnt ist, gierig, denn mein Hunger ist überwältigend.

20. November

Lazare ist fort. Er war nur drei Tage hier – drei Wirbelsturmtage der Leidenschaft und der Tränen. Werde ich mich jemals an solche Abschiede gewöhnen?

19. November 1794 – Rennes

Chère Maman,
wir sind in Rennes eingetroffen – zu Fuß! Meine Stiefel sind durchgelaufen. (Ich habe eine Pause meines Fußes und die Maße meines Beines beigefügt, für ein neues Paar.) Alle haben Läuse. Aber wenigstens habe ich nicht die Krätze bekommen. Wir nächtigen im Wald. Gestern wurde der Artillerist in der Stadt ermordet. Wir werden als Feinde betrachtet!

Tausend Küsse, Ihr Sohn Eugène

20. November

Ein Partner von Bürger Dunnkirk segelt nach Amerika. Da die Hoffnung besteht, zu Mutter durchzukommen, habe ich den Tag damit verbracht, immer wieder aufs neue einen Brief zu schreiben, in dem steht, was ich ihr erzählen muß, was sie unbedingt wissen muß: daß ich Witwe bin, daß Hortense und Eugène ohne Vater sind, daß wir alle zusammen keinerlei Mittel für unseren Lebensunterhalt besitzen.

Ich bin so tief verschuldet, daß ich nicht weiß, wohin ich mich noch wenden soll. Welche Möglichkeiten *habe* ich denn noch?

28. November 1794 – Rennes

Rose,

meine Truppen langweilen sich – sie sehnen den Kampf herbei. Für sie besteht der Ruhm nicht in einem Olivenzweig. Schwerter sind heroischer, das gebe ich zu.

Die Bauern wollen doch nur zu ihren Heiligen beten. Sollen wir sie dafür umbringen? Die Politiker in Paris bestehen darauf, daß sie statt dessen in einen Tempel der Vernunft gehen. Was stellen sich diese Stümper eigentlich vor? Glaube kann man nicht gesetzlich regeln.

Folglich ist die royalistische Gesinnung hier sehr stark – eine erschreckende Zahl hat die Hoffnung, den Jungen auf Frankreichs Thron zu sehen. Dieser Gedanke widert mich an! Wofür haben wir denn gekämpft, wofür gelitten – wenn nicht für die Freiheit? Wenn der Junge auf den Thron gesetzt würde, muß ich wieder in einem Stall arbeiten.

Dein Soldat Lazare

12. Dezember

Heute nachmittag begleitete ich Thérèse zu ihrem Landhaus – La Chaumière nennt sie es. Es ist eine lange Fahrt, außerhalb der Stadtmauern. Trotzdem beabsichtigt sie, dort zu leben. Sie liebt die Bescheidenheit, mit der es sich präsentiert. »Niemand kann verstehen, was ich daran finde.«
Es war auch nicht leicht. Ich war selbst überrascht. Es hat sogar ein Strohdach.
»Es ist größer, als es aussieht«, versicherte sie mir.
»Die Lage ist herrlich.« Am anderen Ende der Allée des Veuves, nicht sehr weit vom Fluß, inmitten von Wald und Feldern gelegen, drückte es etwas Urwüchsiges, Freies aus. Ich schloß die Augen, atmete die frische, kalte Luft ein. Ja, dachte ich – ich *kann* es verstehen.
»Als ich das erste Mal herkam, legte eine Henne ein Ei auf die Türschwelle. Ein Zeichen, ganz sicher …«
»Aber *wofür*?« fragte ich lachend. Denn Thérèse sah überall Zeichen.

16. Dezember

Heute morgen wurden drei führende Jakobiner enthauptet und ihre Köpfe über der jubelnden Menge zur Schau gestellt.
»Es geht wieder los«, sagte die Lannoy und sah besorgt aus dem Fenster.
»Es heißt, das würde der Sache ein *Ende* setzen«, sagte ich. Ich konnte jemanden auf einer Trompete »Ça ira« blasen hören.
Die Lannoy warf mir einen durchdringenden Blick zu. »Ihre Freunde – die ›Bluttrinker‹ – sind die so viel anders?«

Samstag, 20. Dezember

Heute nachmittag begegnete ich Bürger Fouché in der Rue Saint-Honoré. Er fragte, ob ich noch irgend etwas über den Jungen gehört hätte.

»Nichts.« Abgesehen von Hortenses ständigem Geplapper.

»Kein Gemunkel bei Barras?«

Ich schüttelte den Kopf. »Warum?«

»Gestern untersuchten drei Deputierte das Kind. Der Deputierte Luzerne ist überzeugt, daß es ein Schwindler ist, daß der echte Junge entführt wurde ... vielleicht sogar getötet.«

Getötet. Der Junge – *ermordet*? »Warum erzählen Sie mir so etwas?« Mir traten Tränen in die Augen.

Bürger Fouché tippte an seinen Hut. »Um Sie zu warnen, Bürgerin. Nicht alles ist so, wie es scheint.«

26. Dezember

Heute abend wurden Thérèse und Tallien getraut. Eine kleine Zusammenkunft von Freunden.

»Auf das Glück«, sagte ich, als ich Thérèse umarmte. Daß sie im vierten Monat war, konnte man ihrem Bauch schon ein wenig ansehen.

»Auf Madame Tallien.« Tallien erhob das Glas zu einem Toast. »Auf unsere barmherzige Schwester.«

Ich rief mir Thérèses Worte in Erinnerung: *Ich bin dazu ausersehen, durch ihn anderen zu helfen, dazu ausersehen, die Herrschaft seiner Faust zu mildern.*

Die Herrschaft seiner Faust. War das ein blauer Fleck, den ihre starke Schminke verbarg?

Ich erfahre den wahren Wert der Freundschaft

Freitag, 2. Januar 1795

Jeden Tag gehe ich über den Fluß zur Versammlung, versuche, die Zwangsverwaltung unserer Habe aufheben zu lassen, versuche, Alexandres Namen reinzuwaschen, versuche, Wiedergutmachung, Rückerstattung zu erreichen ... *versuche*.

Überall entlang des Quais sind sie, die mageren Kinder, die verwirrten Männer, die verzweifelten Frauen mit Säuglingen an den Brüsten – Exkremente beschmutzen ihre Kleidung, Ungeziefer kriecht in ihren Haaren. Der trotzige Blick in ihren Augen berührt mich. Wie kommt es, daß eine ganze Stadt einem solchen Elend erliegen kann? Wie viele Seelen schreien zum Himmel empor, wie viele Gebete? Wie kann man, nach allem, was wir erlitten haben, von uns fordern, immer weiter zu leiden? Nimm mein Brot, bete ich, verschone dieses Kind. Und dieses. Und dieses. Die ausgestreckten Händchen, die eingesunkenen Augen: diese Qual ist grenzenlos. Niedergeschlagen kehrte ich nach Hause zurück. Agathe, die Lannoy, Gontier waren bei ihrer Arbeit, Hortense bei ihren Hausaufgaben. Auf der Küchentheke lag der eine kleine Laib Brot, der uns allen zustand – zwei Unzen pro Tag und pro Person. Ich ließ ihn in meinen Korb gleiten und kehrte zur Brücke zurück, zu der kränkelnden Mutter mit einem Säugling an der Brust und vier Kleinkindern, die an ihrem Rock zerrten. Ich legte ihr den Laib in den Schoß. Die Kinder sahen zu ihrer Mutter auf – durften sie? Sie fiel wie ein Tier über das Brot her. Ich wandte den Blick ab.

Später, zu Hause, hörte ich Agathe schreien: »Das Brot! Es ist weg!« Sie hatte zwei Stunden angestanden, die Kälte erduldet, um es zu bekommen. Vorhin war der kleine Laib noch da gewesen, das *wußte* sie, genau auf dieser Theke, beharrte sie. Ihre Stimme bebte vor Erregung.
»Es kann doch nicht verschwunden sein«, sagte die Lannoy. Vielleicht war das Brot aufgegessen worden; vielleicht war Agathe ja selbst die Schuldige, ließ sie durchblicken.
»Ich habe es genommen«, griff ich in die Auseinandersetzung ein.
Lannoy drehte sich mit verwirrter Miene zu mir um. »Madame?«
»Ich schenkte es einer Frau auf dem Pont-Royal. Sie hat vier Kinder. Sie hat es nötiger als wir.«
Agathe brach in Tränen aus.

Am selben Abend

Bei Tag bahne ich mir meinen Weg durch die unübersehbaren Spuren der erschreckendsten Armut. Bei Nacht kokettiere ich mit den Neureichen in vornehmen Salons. Der Deputierte Dumot, ein ehemaliger Geflügelmäster, mästet sich nun selbst an beschlagnahmtem Kircheneigentum. Der Deputierte Naval, ein Lederhändler, kaufte kürzlich eines der Herrenhäuser der Marquise de Neufchâteau – voll möbliert, einschließlich der Pferde und Kutschen – von den Gewinnen, die er mit Lieferungen verwurmten Schweinefleischs an die Armee des Ostens gemacht hatte. Wer will schon wissen, daß Menschen verhungern?

6. Januar

Die Lannoy kehrte mit aschfahlem Gesicht von der Putzmacherin zurück. Sie ging direkt in ihr Zimmer. »Was ist geschehen?« fragte ich Gontier, der sie begleitet hatte. Er begleitet sie jetzt überallhin, mit einem Messer in der Jacke.

Er scharrte mit den Füßen und starrte zu Boden. Es erforderte Geduld, Gontier zum Reden zu bringen. Ich wartete. »Eine Frau ist in den Fluß gesprungen«, murmelte er schließlich.

»Und Mademoiselle Lannoy hat das gesehen?« Jeden Tag stürzten sich Menschen in die Seine. Tallien behauptete, daß es inzwischen so viele wären, daß die Arbeit, die Leichen in Saint Cloud herauszuholen, nicht mehr zu bewältigen wäre.

»Sie hatte sich ein Kind umgeschnallt.« Gontier hielt inne und verlagerte sein Gewicht von einem Fuß auf den anderen. »Ein großes Mädchen ... wie unseres.«

Wie unseres. Er meinte Hortense. Ein Mädchen dieser Größe, das um sein Leben kämpfte.

Donnerstag, 8. Januar, 7 Uhr abends

In La Chaumière herrscht eine Atmosphäre kreativen Durcheinanders. Ein Arbeitstrupp schuftet unter Thérèses Anleitung. Trotz ihrer Schwangerschaft läßt ihre Energie nicht nach. Sie ist anspruchsvoll, sie weiß, was sie will – aber ausnahmslos ist es etwas Ungewöhnliches. Die Arbeiter können es einfach nicht begreifen. Häufig sind mehrere Anläufe notwendig, bevor sie es richtig machen.

Wir bleiben bis spät in die Nacht hinein, prüfen Stoffmuster, wandern durch die Zimmer. Sie möchte eine theatralische, künstlerische, witzige Atmosphäre schaffen: *fast* übertrieben (das ist reizvoll). Es beflügelt meine Phantasie. Von Zeit zu Zeit kommen wir auf eine Idee, die uns tanzen läßt.

Danach stehen wir an den Türen zum Garten, lauschen dem Heulen der Wölfe, dem Pfeifen des Windes durch die Bäume, reden über die Liebe und das Leben. Eine andere Welt, so weit entfernt von der, die nun in Paris herrscht – abgesehen von den hungrigen Wölfen, die ihre Kreise ziehen, beobachten und warten.

2. Januar 1795 – Rennes

Chère Maman,
ich werde bald eine neue Uniform brauchen. Auch neue Gamaschen; meine sind an den Fersen schon ganz durchgescheuert.

Ihr Sohn Eugène

8. Januar 1795 – Rennes

Rose,
verzeih mir, daß ich nicht häufiger schreibe. Ich bin kein Briefeschreiber, wie Du weißt. Außerdem hatten wir hier eine Heidenarbeit; unsere Vorräte sind völlig unzureichend. Wir tun, was wir können, was wir müssen – und das mit sehr wenig.
Mit Eugènes Fortschritten bin ich zufrieden – er ist ein großartiger Bursche.

Dein Soldat Lazare.

Montag, 12. Januar

Unter Thérèses Anleitung habe ich einen hervorragenden Gewinn mit Salperterspekulationen erzielt. Tante Désirée war entsetzt. »Es gehört sich für eine Frau nicht, sich an Geschäften zu beteiligen«, schimpfte sie. *Bis* ich ihr erzählte, wieviel Gewinn ich erzielt hatte (fünftausend Livres!). Daraufhin war ihr eigenes Interesse geweckt. Ich habe vor, das Geld wieder in einen Ankauf von Spitze aus Britannien zu investieren, die ich in Paris weiterverkaufen kann, was zusätzliche zwanzig Prozent abwirft. Bürgerin Rose Beauharnais – eine *Profitjägerin*. Wenigstens kann ich Eugène jetzt Geld für eine neue Uniform schicken.

15. Januar 1795 – Hôtel de Caulaincourt, Paris

Verehrte Madame Beauharnais,
ich schreibe, um Ihnen mitzuteilen, daß dank Ihrer Empfehlung General Hoche meinem ältesten Sohn, Armand, freundlicherweise einen Posten als Leutnant in der Küstenarmee zugesprochen hat. Außerdem ist mein zweiter Sohn, Auguste, dank Ihrer Bemühungen nun als Sekretär erwerbstätig. Ich bin Ihnen zu Dank verpflichtet.
Auf Ihren Rat hin habe ich einen Termin vereinbart, um mit dem Deputierten Caligny über den Sold von drei Jahren zu sprechen, den man mir als General außer Dienst schuldet. Ich werde Sie über das Ergebnis auf dem laufenden halten. Danke, daß Sie sich meinetwegen an ihn gewandt haben.
Ich würde gerne mehr sagen, aber selbst in solch unmoralischen Zeiten wie den unseren wird es für einen Mann meines fortgeschrittenen Alters und Familienstandes als unziemlich erachtet, einer wunderschönen Witwe Worte der »Wertschätzung« zu schreiben. Vielleicht sehe ich Sie ja bei Talliens?
Ich verbleibe, höchst dankbar und wie stets,
Ihr teuerster und törichtster Freund, Marquis de Caulaincourt,
»ein Sklave der teuflischen Leidenschaft des mittleren Alters«

Donnerstag, 15. Januar

Der Marquis de Caulaincourt hat darauf bestanden, mir zehn Prozent für meine Bemühungen zukommen zu lassen.
»Ich habe es aus Freundschaft getan«, wehrte ich ab.
»Ich werde Sie in Münzgeld entlohnen«, sagte er.
Gold. »Wenn Sie es unbedingt wollen.«

16. Januar

Tallien hat mich darin beraten, wie man am besten eine Petition verfaßt, in der ich um die Entfernung der Siegel von meinen Besitztümern in der Rue Saint-Dominique bitte. Heute nachmittag wurde ich beim Allgemeinen Sicherheitsausschuß vorstellig. Tallien unterstützte mich: »Es besteht kein Zweifel«, begann er und wiederholte seine Worte, wie es seine Gewohnheit war, »daß meine bewaffneten Deputiertenkollegen allmählich begreifen, daß wir gemeinsam die Wunden der Vergangenheit heilen, das Unrecht im Sinne des Baumes der Freiheit wiedergutmachen müssen, damit wir einen fruchtbaren Boden haben, in dem wir Wurzeln schlagen können.«

Ich unterdrückte ein illoyales Lächeln. »Lauwarm-Wasserhahn« ist der Spitzname, den man meinem Freund in der Versammlung gegeben hat, und so führt er sich auch auf.

Mittwoch, 21. Januar

Feststimmung in der ganzen Stadt, zur Feier des Tages, an dem der König vor zwei Jahren starb. Und das trotz der Kälte.

Ich wäre zu Hause geblieben, mit der Lannoy, die den König nicht gerade im geheimen betrauert, wenn die Zeremonie im Palais der Égalité nicht gewesen wäre, bei der Tallien geehrt werden sollte. Daher begleitete ich Thérèse, die in einen riesigen Fuchsumhang gehüllt war.

Die Reden zogen sich hin, anschließend wurde gesungen. Die Jeunesse dorée, prächtig in ihrem verrückten Putz und mit schweren Keulen bewaffnet, forderte, daß die Kapelle »Tod den Jakobinern« spielte.

»Es kann Ärger geben«, sagte der Deputierte Barras.

Ich schlug vor, daß wir in meine Wohnung gingen, die nicht weit entfernt war. Ich zitterte vor Kälte. Außerdem machte ich mir

Sorgen um Thérèse – im fünften Monat ist sie immer noch anfällig.
In meinem Salon war es kalt; das Feuer war heruntergebrannt. Wir konnten unseren Atem sehen. Ich wollte gerade nach Gontier läuten, als Tallien darauf bestand, den Kamin anzuheizen. »Schließlich war das einmal die Aufgabe meines Vaters.«
»Nun denn«, sagte der Deputierte Barras und ließ sich auf einem Schemel am Kamin nieder. Er rieb sich die Hände. »Heute vor zwei Jahren.«
Sowohl Barras als auch Tallien hatten für den Tod des Königs gestimmt. Ich dachte nicht gerne daran.
Das Feuer brannte. »Dieses letzte Jahr hat der Teufel gesehen.« Tallien schaute schnell in meine Richtung. »Verzeiht meine Ausdrucksweise, Bürgerin Beauharnais – ich vergaß, daß Sie eine Dame sind.« Er erhob sich und wischte sich die Hände ab.
»Und was ist mit mir?« fragte Thérèse, die sich auf meinem Tagesbett ausstreckte, das ich erst kürzlich wegen der Kälte in den Salon gestellt hatte.
Tallien beugte sich über sie und flüsterte ihr etwas ins Ohr. Sie lachte.
»Vielleicht sollten wir um einen Anschauungsunterricht nachsuchen.« Barras nahm meine Einladung zu einem Brandy an. Ich füllte sein Glas aus einer Flasche, die der Marquis de Caulaincourt mir verehrt hatte.
»Also wirklich, Deputierter Barras … Sie sind ja *so* pervers«, sagte Thérèse.
»Welch Vorstellung und das in Thérèses Zustand …« Ich tat so, als wäre ich empört.
»Ich *versuche*, es mir vorzustellen, das ist mein Problem.« Der Deputierte Barras schnitt eine Grimasse.
Lächelnd warf ich eine Pelzdecke über Thérèse.
»Unsere liebe, unschuldige Rose«, sagte sie. »Bringen wir dich in Verlegenheit?«

»Wie unschuldig kann sie denn sein, frage ich euch, wenn sie ein Bett in ihrem Salon stehen hat?« fragte der Deputierte Barras.
»Meine Mutter hat auch ein Bett in ihrem Salon stehen«, sagte Tallien. »Alle Bauern haben das.«
»Und schlafen da auch?« fragte der Deputierte Barras. Sein grün und schwarz gestreifter Rock hatte große quadratische, mit Jagdszenen bemalte Knöpfe.
»Nein, es ist nur zum Miteinander-Schlafen da«, sagte Tallien. (Tatsächlich benutzte er ein unfeineres Wort.) »Wenn Besuch zum Tee kommt.«
»Bürgerin Beauharnais, wenn ich so unverschämt sein darf, nachzufragen – warum *ist* denn nun ein Bett in Ihrem Salon?« Der Deputierte Barras trank sein Glas aus.
»Es ist der einzige warme Raum.« Ich nahm neben dem Kamin Platz.
»Die anderen Räume sind *kälter*?«
Wir lachten alle, doch in Wahrheit bedauerte ich allmählich, sie eingeladen zu haben. Mit ihren Augen betrachtet, wirkte meine kleine, wenn auch elegante Wohnung recht bescheiden. Rose, *ihre* Rose – die ehemalige Vicomtesse, die ihren teuren Champagner trank – diese Frau, war eine Schwindlerin, oder etwa nicht?
»Hast du denn kein Brennholz?« fragte Thérèse und spielte mit einer Kamee, die ihr Tallien kürzlich für »nur« sechstausend Livres gekauft hatte.
»Heutzutage ist es in großen Mengen nur schwer erhältlich.« Ich sagte nicht: und entsetzlich teuer.
Tallien stöhnte. »Warum haben Sie denn nicht gefragt? Es gibt mehr als genug. So, wie die Leute reden, sollte man meinen, es gäbe in ganz Paris kein Brennholz.«
»Oder *Brot*«, fügte der Deputierte Barras hinzu. »Wovon es wenig gibt, wie du zugeben mußt.«
»Die Leute sind einfach zu verdammt faul, um zu arbeiten, und

dann kommen sie zu uns und beschweren sich«, schimpfte Tallien.
Ich blickte von einem zum anderen. Wie vieles davon war scherzhaft gemeint? Ich war mir nicht sicher.
»Mein Freund ist zynisch geworden, fürchte ich«, sagte der Deputierte Barras als Antwort auf meinen fragenden Blick. »Das ist eine der Gefahren des öffentlichen Lebens. Das Volk erwartet von seinen Vertretern, daß sie wie Götter sind, daß sie das schlechte Wetter vertreiben.«
Ich seufzte erleichtert. Wir waren auf sicherem Boden: das Wetter. Ich stellte ein Pharaospiel auf. Wir spielten, lachten, plauderten und setzten (ich gewann sieben Livres). Kurz vor Mitternacht gingen sie, gutgelaunt.
»Nächsten Dienstag kommen wir wieder«, verkündete Thérèse, als sie aufbrachen. »In deinen *Salon*.«
»Das ist unmöglich«, sagte ich entsetzt.
»Rose – sei doch realistisch: Es *muß* sein, etwas anderes kannst du dir gar nicht leisten. Stell dir doch mal vor ... *Chez Rose* – der angenehmste Salon in ganz Paris.«
Chez Rose? Ich lächelte. »Das klingt wie ein Bordell.«
»Mit einem Bett im Salon und all dem«, sagte der Deputierte Barras.
»Um so mehr lassen sich die Deputierten anlocken«, sagte Thérèse.
Und nun ist es abgemacht. Nächsten Dienstag. Jeden Dienstag.

23. Januar

Oh, es ist kalt, aber wir haben es warm. Der Deputierte Barras sorgte für die Lieferung einer großen Ladung Holz. Draußen liegt ein riesiger Stapel. Gontier muß danebenstehen, um die Nachbarn vom Stehlen abzuhalten.

Ich schickte dem Deputierten Barras ein Billett: »Wie kann ich Ihnen danken?«
Er schickte ein Billett zurück: »Empfehlen Sie mich dem Bankier Bürger Rougemont.«

31. Januar, nachmittags

Wie durch ein Wunder ist es mir geglückt. Wie ein Bühnendirektor habe ich die Requisiten zusammengesucht, die Möbel verschoben, *Ambiente* geschaffen – diese geheimnisvolle Aura, die die Flecken auf dem Sofa verbirgt, das Loch im Teppich, das alles andere als elegante Inventar.
Mein Kostüm schneiderte ich aus einem veralteten Brokat, indem die Lannoy und ich die Stoffbahnen auseinanderschnitten und zu einem eleganten griechischen Entwurf wieder zusammensetzten. Es bedurfte einiger Überredung, bis sie bereit war, Nadel und Faden in die Hand zu nehmen, um ihre verfeinerten Nähkünste für ein so »schamloses« Kleid einzusetzen. Zuviel Arm, zuviel Bein, aber das Allerschlimmste, kein Korsett!

Später

Chez Rose war ein Erfolg!
Wer kam: Tallien und Thérèse natürlich. Der Deputierte Barras in Begleitung der alten La Montansier (die ihrem wüsten Ruf gerecht wurde). Die kleine Madame de Crény und Denon, ihr Liebhaber. Bürger Fouché, der herumschlich. Der Deputierte Fréron, der phantasierte und trank und in Begleitung einer Schauspielerin war. (Man munkelt, daß sie drei gemeinsame Kinder haben.) Fanny mit ihren *beiden* derzeitigen Favoriten: Michel de Cubières und Rétif de la Bretonne, der gut mit La Montansier auskam – *pas de surprise*. Fortunée Hamelin, halbnackt wie immer, und ihr mürrischer Ehemann, der keinen leiden konnte. Der

Marquis de Caulaincourt, der *ebenfalls* gut mit La Montansier auskam, wie ich bemerkte. Die sinnliche Minerva in hauchdünnem Weiß und mit einem Mann, den sie als ihren *Verlobten* vorstellte (das war eine Überraschung). Zwei aus meiner »Gefängnisfamilie«: die elegante Grace Elliott, für kurze Zeit, und die Duchesse Jeanne-Victoire d'Aiguillon – in Begleitung der Damen de Broglie, Valance und Bizet, die in der Toilette Opium rauchten, wie Thérèse behauptete (ich glaube ihr nicht). Und der gute, niesende Bürger Dunnkirk, der mit Bankierskollegen, den Bürgern Rougemont, Hottinguer und Perré erschien. (Ich machte sie alle mit dem Deputierten Barras bekannt.) Und nicht zu vergessen, mein lieber Tröster, der unbändige, radikale und verruchte General Santerre.

Eine unterhaltsame, *sehr* gemischte Gruppe. »Ein Wunder, kein Blutvergießen«, sagte Thérèse beim Abschied.

Mir wäre das Essen ausgegangen, wäre Caulaincourt nicht gewesen, der Gänseleberpastete aus Straßburg, gespickten Fasan und einen gewaltigen, mit Trüffeln aus dem Périgord gefüllten Karpfen beisteuerte. Ganz zu schweigen von einer Weidenkiste mit frischgebackenem, köstlichen Brot und einem Korb mit Obst (im Februar!) von Bürger Dunnkirk. Selbst der Deputierte Barras sorgte dafür, daß ein halbes Faß mit ausgezeichnetem Rotwein angeliefert wurde.

»Eine Feier, Schatz?« fragte Thérèse, als sie zusah, wie der Lakai von Barras das Faß hereinbrachte.

»Ein Feier weswegen?« fragte der Deputierte Barras. In einem schwarzen Seidenrock und einer altmodischen Zopfperücke sah er ungewöhnlich feierlich aus.

»Weil du zum Präsidenten der Versammlung gewählt wurdest.«

»Ach, *das*.«

»Sie wurden zum Präsidenten gewählt?« Ich erinnerte mich daran, wie Alexandre zum Präsidenten der Versammlung gewählt wurde, an unsere Erregung, unseren Stolz. Wie jung wir damals waren.

Barras zuckte mit den Schultern. »Ein Ärgernis, wenn Sie mich fragen. Nein – wenn überhaupt, dann feiere ich den Gewinn, den ich vor zwei Tagen beim Verkauf einer Liegenschaft erzielt habe. Fünfhunderttausend. *Netto.*« Er grinste, sein charmantes schiefes Lächeln.

Fünfhunderttausend! Eine solche Summe konnte ich mir gar nicht vorstellen. Ich mußte praktisch meine Seele verkaufen, um ein Darlehen von nur fünfhundert zu bekommen.

»Dieses konfiszierte Kircheneigentum in der Rue Jacques?« fragte Tallien, der zufällig gelauscht hatte.

Barras lächelte und bekreuzigte sich. »Und der liebe Gott *war* mir gnädig«, sagte er.

Gegen Mitternacht kam Barras' Sekretär, Botot, vorbei, in Begleitung eines anderen Mannes, des Bürgers Laurent. Lispelnd fragte Botot, ob er mit Barras sprechen könne. Ich drängte sie, einzutreten, doch sie sträubten sich. Ich fragte mich, ob etwas nicht stimmte.

Der Deputierte Barras kam zur Tür. Er trat auf den Treppenabsatz, um mit ihnen zu reden. Als er zurückkam, sah er abgespannt aus.

»Ist etwas geschehen?« fragte ich.

»Nichts«, sagte er rasch. Zu rasch, dachte ich.

»Habe ich nicht Laurents Stimme gehört?« fragte Thérèse, als sie an Bürger Fouchés Arm in die Diele kam.

»Er war gerade hier, mit Botot. Sie hatten eine Botschaft für den Deputierten Barras«, sagte ich.

»Für Botschaften ist es ziemlich spät«, sagte Thérèse.

»Ah – Laurent und Botot«, sagte Bürger Fouché und lenkte meine Aufmerksamkeit auf sich. »Das Temple-Duo.«

Temple? Der *Junge* ist im Temple ...

5. Februar

Endlich, dank Tallien und Barras, wurde meiner Petition stattgegeben. Die Siegel sind von meiner Habe in der Rue Saint-Domingue entfernt worden.
Ich begab mich heute morgen dorthin – allein. So hatte ich es gewollt.
Es war seltsam, die Türen zu öffnen. Die Zimmer waren dunkel, die Fensterläden auf die Fenster genagelt. Ich zündete eine Laterne an – und war angewidert von dem, was ich sah: Alles war zu Boden gerissen worden. Vandalen.
Ich wanderte durch die muffigen Zimmer, schritt durch den Abfall meines Lebens. Meine zerbrochenen und beschmutzten Besitztümer riefen eine Fülle von Erinnerungen wach. Kleidung, Halstücher, Gemälde, meine Gitarre – Dinge, die ich geliebt hatte. Nun zerstört.
Ich nahm meinen Mut zusammen und ging in den Salon. Behutsam stemmte ich den losen Stein im Kamin zur Seite. Ich blies in das Loch, für den Fall, daß sich dort irgendwelche Lebewesen eingenistet hatten. Ich bezwang meine Angst und steckte die Hand hinein. Papiere. Sie waren noch da. Gott sei Dank.
Langsam und mit großer Erleichterung zog ich meine Schätze heraus – meine Tagebücher, Briefe, Manettes Gobelin, meine Bibel, einen Behälter mit Erde aus Martinique, meinen Kinderrosenkranz, den Heiratsvertrag, einen kleinen Stoffbeutel mit Edelsteinen. Und zum Schluß Alexandres Testament, mit Wachs versiegelt.
Ich setzte mich in einen Armsessel. Ich war in eine Staubwolke eingehüllt. Alles, was von meinem Leben übriggeblieben war, lag auf meinem Schoß. So saß ich eine Weile da, so regungslos wie die stummen Gegenstände um mich herum. Wie wenig das alles am Ende bedeutete.
Mein Blick fiel auf einen Gegenstand in der Ecke – mein Stick-

rahmen. Der Gobelin, an dem ich gearbeitet hatte, war noch eingespannt, ein Rosenmuster, halb fertig. Wundersamerweise steckte die Nadel noch an ihrem Platz. Das unheimliche Gefühl von einem jäh abgebrochenen Leben, einem mitten im Stück gefallenen Vorhang überkam mich.
Die Geister begannen sich zu rühren. Noch kein Jahr war vergangen, seit man mich abgeholt, auf einen Wagen und in eine Zelle getrieben hatte. Mich meiner Würde, meiner Gesundheit, meines Glaubens beraubt hatte – meiner Jugend, meines Lebens.

6. Februar

Meinen Korb fest umklammert, saß ich Bürger Dunnkirk gegenüber. In seinem Gesicht war ein Ausdruck des Unbehagens, der mich warnte.
Er räusperte sich und lehnte sich auf seinem durchgescheuerten Lederstuhl vor. »Ich fürchte, daß das Testament Ihres Gatten Ihnen nicht von großem Nutzen sein wird«, sagte er und nieste in ein Leinentaschentuch.
»Was meinen Sie?«
»Nun ...« Er hielt inne. »Er hat Ihnen nichts hinterlassen.«
Einen Augenblick saß ich, ohne zu antworten, da. Ich hatte ihn gewiß nicht richtig verstanden.
»Und zweitens«, fuhr er fort, da er mein Schweigen als Gelassenheit mißdeutete, »ist Ihnen eine Marie-Adélaïde de la Ferté bekannt?»
»La Ferté ist der Name von Alexandres Landsitz.« Aber das wußte Bürger Dunnkirk.
»Hier handelt es sich um ein Kind, ein Mädchen, geboren im Juni 1785, in der Nähe von Cherbourg«.
»Vielleicht meinen Sie Adélaïde d'Antigny.« Adélaïde d'Antigny war Alexandres uneheliche Tochter, die Tante Désirée und ich nach besten Kräften unterstützten, trotz der großen Entbehrun-

gen. Mit seinen nun neun Jahren war es ein wunderhübsches Kind, recht intelligent und mit Alexandres Gesichtszügen. »Aber Adélaïde d'Antigny wurde 1784 in Paris geboren.«

»Hier handelt es sich um ein anderes Mädchen, im darauffolgenden Jahr geboren. Ihr verstorbener Gatte hat ihr eine jährliche Pension von sechshundert Pfund hinterlassen.«

Noch ein uneheliches Kind? *Zwei* Adélaïdes?

»Außerdem sollen sechshundert Livre im Jahr an Movin, den Diener Ihres Gatten, gezahlt werden, zweihundert an Richard, den Pferdeknecht, und eine einmalige Zahlung von weiteren zweihundert an Sauvage, den zweiten Pferdeknecht.«

»Und *nichts* für Hortense oder Eugène?«, unterbrach ich. »Keine Erwähnung *meines* Namens?«

»Zweifellos nahm er an, daß durch Ihren Inselbesitz gut für Sie gesorgt wäre.«

Ich konnte kaum noch atmen.

Bürger Dunnkirk räusperte sich erneut und rückte das Lorgnon in seinem Auge zurecht. »Hören Sie, Madame Beauharnais, was Marie-Adélaïde de la Ferté angeht, es gäbe vielleicht eine Möglichkeit, die Sache zu umgehen ...«

»Begleichen Sie es«, sagte ich scharf. Ich steuerte bereits zum Unterhalt eines unehelichen Kindes bei. Wie viele gab es noch? dachte ich müde.

Ich werde gewarnt

10. Februar 1795

La Chaumière ist zu einem »Wallfahrtsort« geworden. Thérèse mußte einen Türwächter einstellen. Massen erwartungsvoller Menschen säumen den Hof.

Zuerst wurden Bemerkungen hinter vorgehaltener Hand zu dem absonderlichen Bau, Witze über das bäuerliche Leben gemacht. Doch es besteht kein Zweifel darüber, daß jedermann verzaubert ist, denn das Innere dieses bescheidenen Châteaus ist ein prachtvoller Palast – die Tür öffnet sich zu einer Theaterwelt aus Marmorsäulen und griechischen Statuen. Die Originalität des Dekors, die offenkundige künstlerische Vollendung, ganz zu schweigen von der reichen Kost und der glänzenden Unterhaltung, beeindrucken zweifellos.

Aber im Grunde ist es Thérèse, die alle aufsuchen. Wir schwirren wie Motten zum Licht. Sie umarmt uns, als wären Monate vergangen, seit wir uns das letzte Mal sahen – nicht erst gestern abend oder vorgestern abend. Sie ist stets erstaunlich schön, in eine einfache Toga oder eine schlichte Chemise gewandet, die gar nicht erst versuchen, ihren wachsenden Bauch und ihre schwellenden Brüste zu verbergen. Sie zerrt uns in ihren Salon und flüstert: »Monsieur Monroe ist hier, der amerikanische Botschafter. Und Bürger Ouvrard, der großartige Bankier … Kommt, ich stelle euch vor.«

Innen unterhalten sich die Gäste im Flüsterton, immer mit wachsamem Blick für die anderen. Kontakte werden geknüpft und wieder gelöst, Bündnisse geschlossen. Wenn die Abendsitzung der Versammlung beendet ist, erscheinen die Deputierten in ihren hohen Hüten. Die hitzigen Debatten dauern bis Tagesanbruch. *Das* ist die Regierung, heißt es.

12. Februar

»Gott sei Dank, daß du da bist!« Thérèse packte heute abend meine Hand, als ich in die Halle kam. »Der Deputierte Renan trank das Wasser aus seiner Fingerschale, Bürger Maurois schneuzte sich die Nase ins Tischtuch. Es gab bereits zwei Faustkämpfe …«

»Im Mittelalter oblag es den Römern, die Barbaren zu zähmen«, sagte der Deputierte Barras. Er sah in einer bestickten blauen Satinweste besonders elegant aus. »Heute obliegt es Thérèse, der neuen herrschenden Klasse die *korrekte* Etikette beizubringen.«

Aufgebrachte Stimmen drangen aus dem Salon. Thérèse zog zornig die Augenbrauen hoch. »Aber es muß mir jemand bei der Zähmung dieses Gesindels helfen!«

Und so war meine Rolle festgelegt: Friedensstifterin. Und offensichtlich mache ich meine Arbeit gut. Ich wähle den hitzigsten Gast aus, verwickele ihn in eine ruhige Unterhaltung, locke ihn fort – zu einem Spaziergang in den Garten vielleicht, wenn das Wetter schön ist, oder durch die Räumlicheiten, um die Kunstobjekte zu besichtigen. Bald darauf ist mein »Opfer« ruhig und denkt nicht mehr daran, daß er noch vor wenigen Augenblicken unbedingt einen Mord begehen wollte.

Gegen vier Uhr morgens war der letzte Gast endlich gegangen. Thérèse und ich fielen aufs Sofa und lachten Tränen über diese glühenden Revolutionäre, die sich soviel Mühe gaben, reich zu sein.

13. Februar

Thérèse und Tallien überredeten mich, sie zum »Bal de Victimes« im Hôtel Thélusson zu begleiten. Ich ging frühzeitig zu Thérèse, um mich vorzubereiten.

»Deine Haare sind schon perfekt«, sagte sie und befestigte ein rotes Band um meinen Hals, das die Spur des Messers symbolisierte.

»Das ist phantastisch«, sagte ich. Sie trug ein fleischfarbenes Trikot unter einem durchsichtigen Gazegewand. Mit ihrer Größe und ihrem enormen Bauch und Busen sah sie spektakulär aus.

»Und so geht der Tanz.« Thérèse fing an, seltsam zu zucken, wobei ihr Kopf vor und zurück pendelte, als könnte er gleich abfallen.

Die Straßen vor dem Hôtel Thélusson waren überfüllt von Kutschen. Bettler drängten sich um den Eingang und wetteiferten um Aufmerksamkeit.

»Erinnert dich das nicht an die Zeiten des Ancien régime?« raunte Thérèse. »An die Opernbälle.«

Ein Straßenbengel packte den Saum meines Kleides. Tallien bedrohte den Bettler mit der Faust. Der Junge fiel nach hinten in den Dreck. Ich blieb stehen, um mich zu vergewissern, daß er nicht verletzt war, und schenkte ihm eine Münze.

»Dürfen Henker auch hinein?« schrie jemand, als Tallien eintrat.

»Heute werde ich als *Befreier* empfangen«, antwortete Tallien, um einen Scherz bemüht.

15. Februar

Ich fürchte, daß Thérèse und Tallien nicht miteinander auskommen.

»Stimmt etwas nicht?« fragte ich. Ihre linke Wange war stark ge-

schminkt. In ihren Augen blitzten Tränen. »Ich verstehe das nicht. Er liebt dich doch so sehr.«
»Seine Liebe bringt mich um!« weinte sie.

15. Februar 1795 – Rennes

Rose,
meine Bemühungen, einen Frieden auszuhandeln, werden möglicherweise Erfolg haben. Bete für mich – bald ist dies vielleicht sogar wieder legal. Ich sehne mich nach Dir.

Dein Soldat Lazare

18. Februar, 11 Uhr vormittags

Lazare ist es gelungen, mit den Rebellen der Vendée einen Frieden auszuhandeln, woran doch so viele vor ihm scheiterten. Für die Freiheit des Gottesdienstes werden sie ihre Waffen niederlegen.
»Aber was ist mit uns übrigen«, murrte die Lannoy. »Bekommen wir denn keine Freiheit?«

21. Februar

Auf den Straßen herrscht große Aufregung. Die Freiheit des Gottesdienstes wurde gewährt – für ganz Frankreich.
»Du kannst jetzt deine kleine Madonna hervorholen«, sagte ich Hortense.
»Sind Sie sicher?« Sie ist ein ängstliches Mädchen.
»Die Zeit des Versteckens ist vorüber.« Dank Lazare.

Dienstag, 24. Februar

Thérèse ging es nicht gut; ihre Schwangerschaft behindert sie. Daher bat sie mich um Hilfe bei der Organisation eines Empfangs zu Ehren des türkischen Botschafters. Er soll nächste Woche in Barras' Château in Chaillot stattfinden. Thérèse und ich sind jeden Nachmittag dort draußen.

Alles an Barras zeugt von altem Reichtum: die Jagdhunde, die Pferde, die Schwenker mit erlesenem Kognak ... die degenerierte Moral. (Der Marquis de Sade sei sein Vetter, behauptet er: »mon cher cousin«.) Von Zeit zu Zeit leidet er sogar unter einer rätselhaften aristokratischen Nervosität, die heiße Bäder erforderlich macht. (»Der französische Tripper*, meinst du nicht auch?« flüsterte Thérèse.) Dennoch ist er nicht gewissenlos. Er scheint stolz darauf zu sein, daß er die kommenden jungen Männer entdeckt. Zunächst vermutete ich ein lüsternes Interesse, aber ich habe festgestellt, daß es sich anders verhält. Auf die gleiche Weise wie er die Siegerpferde bei einem Rennen auswählt, sagt er mit Vorliebe voraus, wer in den kommenden Jahren die politische Trumpfkarte in der Hand halten wird. All das ist nicht ohne Eigennutz – nichts, was der Deputierte Barras tut, ist ohne Eigennutz –, denn auf diese Weise sichert er sich seine Rückendeckung. Er ist ein Überlebenskünstler.

Ja, ein amüsanter Mann, gesittet, geistreich, großzügig – aber mit einer Eigenschaft, die wirklich ausgesprochen schockierend ist. Der zügellose Mensch, der er ist, versorgt er Thérèse und mich mit täglichen Berichten über seine Eroberungen. Wäre er nicht so geistreich, kämen einem seine Geschichten gewiß schmutzig vor – doch Thérèse und ich lachen am Ende unbändig über seine Schilderungen neckischer Verführungskünste unter erwachsenen Männern. In der Tat, es ist alles *sehr* seltsam.

* Syphilis oder Gonorrhöe (wurden damals für dieselbe Krankheit gehalten).

Samstag

Was für ein Abend! Das Rebhuhn traf verdorben ein, das Obst traf überhaupt nicht ein, der Geiger traf betrunken ein, und der türkische Botschafter schickte eine Nachricht, daß er nicht teilnehmen könne. Vielleicht war das ein Segen ...

Dienstag, 3. März, spätabends

Thérèse, die sich auf ihre Niederkunft vorbereitet, hat mich inständig bedrängt, mich mehr in Barras' Angelegenheiten zu engagieren. »Du bist genau der Typ Frau, den er braucht – aristokratisch, elegant, mit untrüglichem Geschmack und gesellschaftlichem Geschick. Deine Kontakte könnten sich als nützlich für ihn erweisen. Es gibt *keine* Geeignetere als dich. Das habe ich ihm selbst schon gesagt.»
»Du hast ihm das gesagt?«
»Er zeigt sich einer Frau gegenüber sehr erkenntlich – *das* kann ich dir versichern. Und das einzige, was du tun mußt, ist, dir seine Geschichten über amouröse Abenteuer anzuhören.«
Ich lächelte.
»Und deinen Sohn von ihm fernzuhalten, sollte ich wohl hinzufügen.«
Mein Lächeln erstarb.

Freitag, 13. März

Ich bin erschöpft, aber zufrieden. Der Empfang bei Barras verlief gut. Der größte Teil des Abends wurde an den Spieltischen mit einem getrennten Bereich für Gespräche und Kanapees verbracht. Um Mitternacht ließ ich ein Mahl servieren, das aus Produkten von Barras' Gütern zubereitet war: Kaninchen aus seinen Ställen, Gemüse aus seinen Gärten, Wein aus seinen Weinbergen in der Provence. Danach überredete ich alle, *L'hombre* zu spielen. »Ein Kinderspiel!« beklagten sich die Gäste (einschließlich der Bankiers Rosin und Perré), bevor sie widerwillig zustimmten – und sich dann ausgelassen daran beteiligten.

Alles in allem ein Erfolg. Der Deputierte Barras schien zufrieden zu sein. »Die Protzerei werden wir den Neureichen überlassen.«

Es ist schon spät, Zeit zu schlafen – Ideen wirbeln: Ich bin voller Phantasien über Theateraufführungen, Konzerte, Bälle, elegante Abendessen bis Tagesanbruch. Gäste unterhalten mit einem unbegrenzten Budget – *diese* Aufgabe bereitet mir Vergnügen.

Samstag, 28. März, 3 Uhr morgens

Es ist spät. Ich bin immer noch bei Barras in Chaillot. Die Straßen sind zu schlammig, um die Rückkehr nach Paris zu riskieren. Der Deputierte Barras kam gerade herein, um gute Nacht zu sagen. Er trug den hohen Kastorhut, den er für ernsthafte Spiele aufbewahrt. Heute abend hatte er ihn mit rosa und lavendelblauen Bändern verziert. »Ihre Bekenntnisse?« fragte er, als er mein Tagebuch bemerkte. »Schreiben Sie etwas Skandalöses über mich hinein. Für die Nachwelt.«

»Ich habe hineingeschrieben, welch Tugendengel Sie sind.« Er roch nach Ambergeist, ein Duft, den er bevorzugt.

»Ah, dieses *T*-Wort«, stöhnte er, sank in einen der Plüschsamtsessel und warf seinen Hut zu Boden. »Lassen Sie uns nicht schon wieder über *Tugend* sprechen. Darüber haben wir von unserem guten Robespierre wirklich schon genug gehört, meinen Sie nicht auch?« Er nahm einen langen Schluck von der Flüssigkeit aus dem Glas in seiner Hand, was immer es auch sein mochte. Wahrscheinlich Alkohol.

»Was halten Sie von der Bemerkung des Deputierten Valen heute abend?« fragte ich.

»Über den Jungen?« Er beugte sich hinunter, um Toto, seinen Miniaturwindhund, zu streicheln.

Ich nickte. Beim Abendessen, einer erlesenen Veranstaltung für zwölf Personen, hatte der Deputierte Valen die Ansicht geäußert, daß nicht viel dazu gehöre, den Jungen als König wieder auf den Thron von Frankreich zu setzen – eine haarsträubende Erklärung unter den gegebenen Umständen.

Der Deputierte Barras ließ die Seidenquaste seines Schlafrocks vor Totos Nase baumeln, um ihn zu necken. »Ich meine, wir haben von Königen wirklich genug«, sagte er und lächelte über Totos Possen.

»Es geht das Gerücht, daß Sie für die Rückkehr der Monarchie eintreten«, fuhr ich unbeirrt, aber mit klopfendem Herzen fort.

»Nur ein Narr würde das zugeben.« Er sah zu mir hinüber. »Nicht einmal einem Freund gegenüber.« Der Ausdruck in seinen großen Augen war unmöglich zu deuten. »Auf jeden Fall«, gähnte er, »rede ich lieber über Männer als über Könige.« Toto sprang auf seinen Schoß.

»Ist Bürger Lumière nicht geblieben?«

Der Deputierte Barras seufzte und kraulte Toto hinter den Ohren. »Leider nein – seine Frau erwartete ihn. Seine *Frau*!«

»Und nun haben Sie nur noch mich.«

»Und Vorträge über Tugend …« Er schnitt eine Grimasse.

»Wie langweilig«, lachte ich.

1. April

Agathe kam weinend vom Markt zurück. Tumulte auf dem Marktplatz – sie hatte gesehen, wie ein Kind niedergetrampelt wurde. Dann, als ich mich zum Ausgehen vorbereitete, um nach La Chaumière hinauszufahren, meinte ich Musketenschüsse zu hören.

Trotzdem schickte ich Gontier nach einer Mietdroschke. Der Kutscher, in einer nicht zusammenpassenden Livree, bestand auf einem Fahrpreis, der dreimal so hoch war wie der normale Betrag, und den verlangte er noch in Münzgeld.

»Nur Narren sind heute auf der Straße«, sagte er, als ich gegen die Gebühr Einspruch erhob.

»Was ist geschehen?«

»Die Versammlung wurde angegriffen.« Er war ein junger Mann, aber zahnlos.

Die Versammlung!

Am Ende des Pont-Royal waren etliche berittene Nationalgardisten. Der Kutscher knallte mit der Peitsche; unsere Pferde galoppierten den Quai hinunter.

Der Hof in La Chaumière war voll von Kutschen und Pferden. Ich sah Tallien, immer noch in seinem Deputiertenornat. »Du bist in Sicherheit!« Ich umarmte ihn.

Er erzählte mir, was geschehen war: Eine wütende Menschenmenge war in die Versammlung eingedrungen und verlangte Nahrungsmittel. Die Jeunesse dorée wurde herbeigerufen, die sich als feige erwies (trotz ihrer Reden). Dann wurde die Nationalgarde mobilisiert. Schließlich wurden die Anstifter verhaftet, und der Frieden war wiederhergestellt.

»Wer steckte dahinter?« fragte ich.

»Vier Männer.« Tallien zog an seiner Pfeife. »Die Vier – wie sie jetzt genannt werden – die ehemaligen Mitglieder des Terrors.« Er zählte die Namen auf: Billaud-Varenne, Collot d'Herbois, Barère, Vadier.

»Der Deputierte Barère? Dein alter *Freund*?« Barère und Tallien pflegten zu unseren Zusammenkünften in der Rue Saint-Dominique zu kommen. Ich erinnerte mich daran, wie Barère Alexandre in der Versammlung unterstützt hatte, an seine Angst mir zu helfen, als Marie verhaftet worden war. Und Vadier, natürlich … der Deputierte Vadier hatte meinen Haftbefehl unterschrieben.

Und dennoch waren sie alle, vor vielen Jahren, Mitstreiter von Alexandre gewesen, Idealisten, die gemeinsam für eine bessere Welt arbeiteten. Nun war Alexandre tot, und sie waren auf dem Weg ins Gefängnis ... oder noch schlimmer, nach Guyana.
»Ja«, sagte Tallien mit zufriedener Miene. »Seltsam – nicht wahr – wie sich die Geschichte wendet.«

2. April

Heute morgen kam Agathe aufgeregt zu mir. »Da ist ein merkwürdiger Mann an der Tür. Er will unbedingt mit Ihnen sprechen.«
»Merkwürdig – inwiefern?« fragte ich. Es waren tumultartiger Lärm und Schüsse zu hören gewesen. Ich war beunruhigt. Heute war der Tag, an dem die Vier nach Guyana deportiert, in Karren aus der Stadt verbannt werden sollten. Halb Paris wollte, daß sie enthauptet wurden, die andere Hälfte, daß man sie freiließ.
»Er riecht, und er ist irgendwie nervös«, sagte Agathe.
Ich ging zur Tür. Wegen der Schals, die er sich um das Gesicht gewickelt hatte, konnte ich die Augen des Mannes kaum sehen.
»Bürgerin Beauharnais – ich bin es.« Er zog seinen Pelzmuff aus und wickelte einen der Schals ab.
»Bürger Fouché?«
Agathe trieb sich in der Nähe herum. »Du darfst gehen«, sagte ich zu ihr.
»Ich bin gekommen, um mich zu verabschieden«, zischelte er, nachdem sich Agathe zurückgezogen hatte.
»Ich verstehe nicht.« Ich nahm seinen Arm und drängte ihn herein.
»Die Vier wurden verhaftet, deportiert. Wie Sie ja wissen. Was Sie vielleicht nicht wissen, ist, daß es ohne das Zutun des Deputierten Barras ›Die Fünf‹ gewesen wären. Ich bin verschont wor-

den, aber unter einer Bedingung. Ich muß verschwinden, sozusagen.«
»Verschwinden? *Sie*?« Ich forderte ihn auf, neben mir auf einer kleinen Bank neben der Tür Platz zu nehmen. »Aber warum?«
»Zuviel herumgeschnüffelt, nehme ich an.« Er zuckte mit den Schultern. »Ich werde jetzt Schweinezüchter.«
Ich lächelte. Es war schwer, ihn sich so vorzustellen. »Ich mag Schweine«, sagte ich.
»Ich vergaß, daß Sie ein Bauernmädchen sind.«
»Aber wo werden Sie sich aufhalten? Sie und Ihre Schweine.«
»Nicht weit entfernt.« Er reichte mir ein Stück Papier. Darauf stand, in sauberer Schrift geschrieben, eine Adresse. Er erhob sich, um zu gehen. »Sie sind doch sicherlich über den Vorfall im Hospital, im Hôtel-Dieu, unterrichtet?«
»Das Wunder, meinen Sie?« Ein sterbendes Kind war über Nacht geheilt worden. Hortense hatte mir alles darüber erzählt.
»Es gibt keine Wunder mehr, Bürgerin. Das wissen Sie doch.«
»Sie klingen traurig.«
»Es ist ein Schwindel – mit Kindern als Schachfiguren! Das kranke Kind wurde vom Hospital in den Temple gebracht, um als der Junge ausgegeben zu werden.«
»Aber wo *ist* dann der Junge?« *König* ...
»Genau das will ich wissen. Ihr Freund, Lazare ...«
»General Hoche?«
»General Hoche kann davon betroffen sein. Der Friedenspakt, den er mit den Rebellen aushandelte – ich nehme an, daß zu der Abmachung auch gehörte, daß man den Jungen wieder auf den Thron erheben würde.«
»General Hoche hätte dem *niemals* zugestimmt!«
Bürger Fouché nickte. »Aber Direktor *Barras* vielleicht«, sagte er. »Versprechen und dann nicht Wort halten.«
Ich spürte, wie mich ein seltsames Kribbeln erfaßte. Ich konnte

meine Augen vor vielen Dingen verschließen, aber konnte ich meine Augen auch davor verschließen? Ich wollte nichts als Frieden.

»Wie günstig«, fuhr Bürger Fouché fort, »wenn der Junge – oder vielmehr das Kind, das alle für den Jungen *halten* – wie äußerst günstig, wenn es *sterben* würde …« Bürger Fouché verbeugte sich, wickelte sein Gesicht in die Schals und verschwand.

Ein Kind wird geboren und ein Kind stirbt

17. Mai 1795

Heute morgen wurde ich von Fortunés Knurren geweckt.
»Bürger Talliens Diener ist an der Tür«, informierte mich Agathe.
»Thérèse! Ist es ...« Ich taumelte in meine Kleider, stülpte eine Perücke über und warf mir einen Umhang um.
Die Pferde schnaubten und scharrten auf den Steinen. Thérèses Diener half mir in den neuen Landauer. Sofort zogen die Pferde an. Sie waren ein schnelles Gespann. Ich schloß die Augen und hielt mich fest.
Als wir in La Chaumière ankamen, war die Hebamme bereits da. Ich trat neben Thérèses Bett, berührte ihre Hand. Thérèse drückte sie fest. Ihre Nachtgewänder waren bereits durchnäßt.
»Wo ist Tallien?« fragte ich.
»Er ging gestern abend aus. Mit Barras.«
Mehr brauchte ich nicht zu wissen. Die Deputierten Tallien und Barras hatten beide eine Schwäche für die »Spieltische der Freiheit«, wie sie es nannten. »Nun – dann wirst du eine hübsche Überraschung für ihn haben, wenn er zurückkehrt«, sagte ich.
Ich holte Tücher und eine Schüssel Wasser. Stundenlang strich ich ihr über die Stirn, streichelte sie, sprach beruhigend auf sie ein. Kurz vor Mittag kam das Kind. »Ich habe sie schon im Traum gesehen«, sagte sie. In ihren Augen glitzerten Tränen. »Schminkst du mich?« fragte sie.

»So wie du bist, siehst du wunderschön aus.« Auf ihren Wunsch trug ich Farbe auf ihre Wangen auf.
Danach fiel sie in einen erschöpften Schlaf. Ich nahm das kleine Mädchen – Thermidor-Rose war es genannt worden – und hielt es in meinen Armen. Mein Patenkind. Es schrie nur einen Augenblick, ein kleiner, animalischer Protestschrei, und dann beruhigte es sich. Meine Brüste reagierten mit einem vertrauten Prickeln. Ich setzte mich also für eine Weile in den Schaukelstuhl am Fenster und betrachtete das Gesicht dieser kostbaren kleinen Seele, so rein und so frisch.
Sollte ich jemals wieder heiraten, würde ich dann noch ein Kind bekommen? *Konnte* ich?

3. Juni

Dr. Desault, der Arzt des Jungen, starb plötzlich vor drei Tagen an Hirnhautentzündung – zumindest wurde es so berichtet. Die Straßen schwirrten vor Gerüchten. Dieses eine Mal waren sich Agathe und die Lannoy einig: Der Arzt war vergiftet worden.
Ich sage ihnen zwar, daß solche Geschichten jeglicher Grundlage entbehren, doch nun hat sich der Neffe des Arztes geäußert und behauptet, daß sein Onkel tatsächlich vergiftet worden sei, und dies nur, weil er entdeckt habe, daß dieses Kind eine arglistige Täuschung und keinesfalls der Dauphin war.
»Na, bitte – da haben Sie's!« sagten die Lannoy und Agathe unisono.

8. Juni

In La Chaumière wurde ich von Tallien erwartet. Er zog mich ins Arbeitszimmer. »Der Allgemeine Sicherheitsausschuß ist zu einer Krisensitzung zusammengekommen. Der Dauphin ist gestorben«, flüsterte er.

»Der *Junge?*« Ich setzte mich. Erst vor einer Woche war der Arzt des Jungen gestorben ... und nun der Junge selbst? Er war erst zehn Jahre alt.
Mir fielen Bürger Fouchés Worte ein: *Wie günstig, wenn der Junge sterben würde.* Ich fühlte mich entsetzlich hilflos. »Wann?« fragte ich.
»Um drei Uhr heute nachmittag.« Jetzt war es sechs. »Du darfst es *keinem* sagen.« Er sah sich nervös um. »*Insbesondere nicht* Tallita.«

9. Juni

Heute nachmittag war ein riesiger Empfang geplant: ein Orchester, ein Essen mit sieben Gängen für dreihundert Personen (jeder Würdenträger in Paris war eingeladen), danach ein Ball – all das, um den Passus in einem Gesetz zu feiern, der den Opfern des Terrors Wiedergutmachung gewährte. Es war eine bedeutsame Leistung, die ein Fest verdient hatte. Mit dem neuen Gesetz war der erste Schritt getan, um die Wunden der Vergangenheit zu heilen. Nun konnte Alexandre als zu Unrecht angeklagt, zu Unrecht verurteilt erklärt und seine Besitztümer und sein Vermögen an seine Familie zurückgegeben werden.
Trotzdem wollte ich nicht hingehen: Ich konnte die Niedergeschlagenheit, die ich empfand, nicht abschütteln. Aber ich hatte es versprochen; daher brach ich um die Mittagszeit auf.
Ich wurde von Minerva begrüßt, deren Windbeutelwangen vor Aufregung rosig waren. »Ist das nicht herrlich!« Ihr hauchdünner Rock blähte sich um sie herum auf. »Wir werden wieder reich.«
Meine gar nicht fröhliche Miene ließ sie zurückschrecken. »Was ist los, Rose? Nach all der Arbeit, die du und Thérèse geleistet habt, solltest du doch eigentlich glücklicher sein als alle anderen.«

Sie hatte recht. Thérèse und ich hatten hart gearbeitet. »Es hat sich da etwas Beunruhigendes angebahnt«, sagte ich. Wie ich wußte, sollte heute morgen in der Versammlung die Nachricht vom Tod des Jungen bekanntgegeben werden. Bald würden es alle wissen.

»Der Junge ist gestern gestorben.«

»Du meinst den *Sohn* des Königs?« Minerva setzte sich auf einen der Liegestühle und fächelte sich heftig Luft zu. »Ach, du meine Güte.«

Ich sah Thérèse herankommen, mit Tallien, der sie am Arm führte. Ihnen folgte ein Schwarm von Männern und Frauen, wie Höflinge einem Königspaar. Thérèse war immer noch schwach und bewegte sich sehr langsam.

»Du solltest im Wochenbett liegen.« Minerva nahm ihren anderen Arm.

»Ich will nicht.« Thérèse lächelte schwach.

Ein Herr eilte, um ihr einen Stuhl zu holen. Ein anderer hielt einen pastellblauen Sonnenschirm über sie.

Ich sah rasch zu Tallien. »Wie haben sie die Nachricht aufgenommen?« fragte ich.

»Die Deputierten? Sie waren ruhig.« Tallien ließ den Blick über die festlich geschmückten Parkanlagen schweifen. Der gepflegte Garten öffnete sich zu einem kleinen See, wo bunte Boote träge auf dem Wasser dümpelten. Auf einer schwimmenden Plattform hatte ein Streichorchester Platz genommen.

»Wahrscheinlich vor Schreck«, sagte ich.

»Ich bin mir nicht sicher.« Er verscheuchte eine Mücke von seiner Wange.

»Weswegen sonst?«

»Mißtrauen.«

11. Juni

Gestern nacht zu später Stunde wurde ein Kind begraben – still, *rasch.*

»Was, meinst du, hat das zu bedeuten?« wollte Thérèse, ihr Kind in den Armen, wissen. Wir spazierten durch ihren Garten. Die Blumen blühten, es war ein herrlicher Nachmittag. »Jetzt sagt jeder, daß das Kind, das gestorben ist, in Wirklichkeit gar nicht der Junge war. Dabei wäre das doch so einfach zu beweisen gewesen. Warum haben sie nicht Madame Royale gefragt? Wenn überhaupt jemand die Leiche des Jungen mit absoluter Sicherheit identifizieren könnte, dann sollte das doch wohl seine Schwester sein.«

»Vielleicht wollte man sie nicht aufregen.« Ich habe Thérèse nie von meiner Unterhaltung mit Bürger Fouché, von meinem wachsenden Unbehagen erzählt ... von meinen Zweifeln.

»Weil sie so weichherzig sind? Weil sie so *besorgt* sind um die königliche Familie?« Thérèse sah mich spöttisch an. »Rose – das ergibt keinen Sinn. Selbst Barras weicht aus. Warum müssen sie so geheimnisvoll tun? Ich mag das nicht.«

Ich legte den Arm um sie. »Tallita, du solltest dich nicht mit solchen Gedanken quälen. Du solltest dich ausruhen.« Ich führte sie wieder aufs Haus zu.

13. Juni

Ich bin den ganzen Nachmittag im Haus des Deputierten Barras gewesen, um einen neuerlichen Empfang vorzubereiten. »Weichst du mir aus?« fragte er schließlich. Ich war im Arbeitszimmer und schrieb die Einladungen.

Ich legte den Federkiel nieder. Was sollte ich antworten? Es stimmte – ich *war* ihm ausgewichen. Seit dem Tod des Jungen hatte mich ein Gefühl der Unruhe nicht mehr verlassen.

Der Deputierte Barras schlug sich theatralisch mit der Hand an die Stirn. »Und selbst darauf, auf diese kleine Frage, bleibt sie stumm. Man mag gar nicht über das Ausmaß ihrer Verzweiflung nachdenken.«

»Das ist kein Stoff für eine Komödie«, sagte ich.

Er stellte einen Stuhl neben mich und nahm Platz. »Tragödie?«

»Ich kann nicht darüber sprechen.«

»Es geht um all diese häßlichen Gerüchte. Richtig?«

»Häßliche Gerüchte gibt es ständig.«

»Aber dieses glaubst du?«

Ich blickte weg. Ich hätte alles darum gegeben, um nicht in dieser Lage zu sein, um nicht mit Barras sprechen zu müssen, aber ich hatte damit angefangen, und nun mußte ich auch weitermachen.

»Es heißt, daß du mit dem Feind paktiert hast – mit den Engländern.«

Barras blickte mich amüsiert an. »Den Gottverdammten?«

»Ist es *wahr*?«

Er lächelte affektiert. »Ich wage zu behaupten, daß der Spionagedienst einer gesamten Nation nicht soviel hätte herausfinden können.«

»Wie kannst du bloß scherzen?« Ich ermahnte mich zur Ruhe. »Glaubst du etwa, das ist ein Spiel?«

»Das *ist* ein Spiel, Rose – ein vielschichtiges Spiel. Maße dir nicht an, es zu verstehen.« Er war jetzt zornig.

»Du gibst es zu?« Ich lehnte mich zurück, bekam plötzlich kaum noch Luft.

»Die Tatsachen stimmen, aber die Absicht wird falsch verstanden. Wie kann man den Feind besser kennenlernen, als wenn man mit ihm gemeinsame Sache macht? Oder ihn zumindest in dem Glauben läßt, mit ihm gemeinsame Sache zu machen. Ein gefährlicher Zeitvertreib, zugegeben, denn man riskiert, von allen Seiten verurteilt zu werden, aber das Risiko ist schon lange mein Verbündeter, und welches Risiko ist zu groß, wenn es um das Wohl der Republik geht?«

»*Hast* du den Jungen ermordet? Hast du den Sohn des Königs vergiftet?« Barras stieß einen Seufzer aus. »Es gibt Dinge, die du lieber nicht wissen solltest«, sagte er.

Ich bekam kaum noch Luft. »Du ...«

Er hob die Hand. »Es ist nicht so, wie du denkst.«

»Wie dann?« Mein Mund war trocken.

»Die unerfreuliche Wahrheit ist, daß der liebe Onkel dieses Kindes, der Comte d'Artois, eine ansehnliche Summe dafür zahlte, damit dies erledigt wird. Er möchte den Thron lieber für sich haben, sollte sich die Gelegenheit ergeben.«

Ich war einen Augenblick still. »Der Comte d'Artois?«

Barras nickte.

»Machte das Angebot, zu *zahlen*?«

»Zahlte.«

»Zahlte an *dich*?«

Wieder nickte Barras, bedächtig.

»Und daraufhin hast du es getan«, sagte ich eisig und machte Anstalten, mich zu erheben. »Du ...«

»Bleib«, sagte er und legte mir die Hand auf den Arm. »Ich habe es *nicht* getan. Das Kind – ein netter Bursche, den du vielleicht gerne gekannt hättest, ein Junge, der mir ans Herz gewachsen ist, auf meine Weise – starb vor einiger Zeit auf natürliche Weise an einem Fieber. In diesem Punkt bin ich unschuldig.«

»Warum es dann nicht bekanntgeben? Warum diese Geheimniskrämerei?«

»Spanien hätte niemals unterzeichnet!« Er warf die Hände in die Luft.

»Den Friedenspakt, meinst du.«

Er nickte erschöpft.

»Dann war also das Kind, das gerade gestorben ist, *nicht* der Junge?«

»*Dieses* Kind war kränklich, taubstumm, der Sohn eines Nagelschmieds – ein Lockvogel, könnte man sagen, der am Leben erhalten wurde, um einen Frieden mit Spanien zu schmieden. Er wäre auf jeden Fall gestorben. Die Natur hat uns die Arbeit abgenommen.«

Einen Augenblick herrschte Schweigen. Trotz allem wollte ich ihn nicht ansehen.

»Rose, sieh mich an«, sagte er.

Ich drehte mich um und sah ihm ins Gesicht. Er sah nicht wie ein Teufel aus. Er sah wie ein alternder, gewöhnlicher Mann aus.

»Du glaubst mir nicht«, sagte er mit kummervollem Blick.

»Doch, ich glaube dir«, sagte ich. Doch mein Herz war noch nicht überzeugt.

»Die Frage lautet nicht, ob ich es getan *habe*.« Er stand abrupt auf und ging zum Fenster. »Die Frage lautet …« Er zog die Vorhänge zu. »Die Frage lautet, ob ich es getan *hätte*.« Er stand eine Zeitlang mit dem Rücken zu mir da. »Und die Wahrheit ist … *ja*«, hörte ich ihn sagen.

Ich wartete darauf, daß er sich rührte, etwas sagte. »Paul?«

Er drehte sich zu mir um, seine Augen schwammen in Tränen.

»Ich glaube dir nicht«, sagte ich.

16. Juni

Heute morgen kam Barras zu Besuch. Es war noch früh; ich hatte, nach kreolischer Art, ein Tuch um meinen Kopf geschlungen. Er bat mich nach draußen. »Ich muß dir etwas zeigen.« Im Hof standen zwei stattliche Rappen, die vor eine schimmernde dunkelgrüne Equipage gespannt waren.

»Was hältst du davon?« Er gab einem der Pferde einen Klaps auf die Flanke. »Hübsche Exemplare. Ungarisch.« Er öffnete die Tür zu der Equipage. Die Polsterung war in sattem Rot gehalten, die Farbe der Krone.

»Samt?« Solcher Luxus ist heutzutage selten. Aber andererseits leistete sich der Deputierte Barras ja immer nur das Beste.
»Sie ist wunderschön. Wann hast du sie bekommen?« fragte ich.
»Sie gehört dir.«
»*Mir*?«
»Als Entschädigung für die Kutsche und die Pferde, die dein Herr Gemahl in Straßburg zurückgelassen hat.«
Zufrieden registrierte er meine entgeisterte Miene. »Dazu gehört auch noch eine Kuh – eine Milchkuh. Ich habe sie nicht mitgebracht. Zu langsam, weißt du.«
»Eine *Kuh*?«
Barras lehnte sich mit dem Rücken an die Kutsche, darauf bedacht, seinen Rock nicht an den Rädern zu beschmutzen. »Ich habe die Leute überredet, sie gratis dazuzugeben.«
Ich brach in Gelächter aus. Eine *Kuh* – wir könnten Butter, Milch, Käse haben. Vielleicht hätten wir sogar zuviel davon, mehr als wir brauchten. Vielleicht so übermäßig viel – daß wir es verkaufen oder damit handeln konnten. »Aber wo soll ich sie unterbringen?«
»Mußt du so praktisch denken?«
»Ich meine es ernst.« Eine Kutsche, zwei Pferde, eine Kuh ... ich hatte keinen Stallknecht, keinen Kutscher, kein Heu, geschweige denn einen Stall.
»Die Pferde kannst du unten an der Straße unterstellen. Und die Kuh kann nach Croissy.«
»Croissy? Aber ich werde den Mietvertrag nicht erneuern.«
Er machte ein irritiertes Gesicht. »Warum nicht?«
Ich rieb Daumen und Zeigefinger aneinander, was bedeuten sollte: *Geld*. Barras hatte seine Landgüter, seine Wolfshunde, seine englischen Vollblutpferde. Er konnte das nur schwer verstehen.
»Warum hast du mir denn nichts gesagt? Ich habe ein kleines

Vermögen aufgrund des Treffens verdient, das du mit unseren Freunden Rosin und Perré arrangiert hast.«
Und somit steht es fest. Barras wird die Miete für Croissy übernehmen.

Das Intrigenspiel beherrscht den Alltag

20. Juni 1795

Eine Nachricht an meiner Tür. »Die Emigrantenflotte hat die Küste Englands verlassen und ist auf dem Weg nach Frankreich. Sie planen, die Bucht von Quiberon anzugreifen.«
Ohne Unterschrift.
Ich durchsuchte mein Schreibpult. Endlich fand ich ihn, den Fetzen Papier, den mir Bürger Fouché mit seiner Adresse darauf gegeben hatte. Die Handschrift war dieselbe.
Krieg. Die Emigranten waren auf dem Weg.
Ich schickte einen berittenen Boten nach Rennes mit einer Botschaft an Lazare. Am Schluß kritzelte ich hastig die Worte: Schicke Eugène nach Hause. Rasch.
Rasch.

Mittwoch, 1. Juli

Die Streitkräfte der Emigranten haben angegriffen. Tallien brach mitten in der Nacht zur Bucht von Quiberon auf.
Wo *ist* Eugène?

Donnerstag, 16. Juli – Fontainebleau

Ich bin nach Fontainebleau gefahren, um der Spannung in Paris, der Angst in meinem Herzen, meinen Gedanken an Lazare zu entkommen … und meiner Sorge um *Eugène*.

Nur, damit Tante Désirée über mich herfiel.
»Bald ist es schon ein Jahr her«, sagte sie.
Ein Jahr. Ich wußte, was sie damit sagen wollte. Ein Jahr seit Alexandres Tod.
»Es wird Zeit, daß du daran denkst, wieder zu heiraten, Rose.«
»Ich bin zu alt zum Heiraten«, sagte ich.
Sie lächelte unsicher. Hinter meinem Scherz verbirgt sich die Wahrheit.

18. Juli – Paris

Als ich die Treppe zu meiner Wohnung hinaufstieg, kam Agathe angelaufen, um mich zu begrüßen. »Was ist los?«
»Nichts, Madame«, sagte sie und lief hinter mir her.
Da sie mich nie »Madame« nannte, war ich mißtrauisch. Ich betrat den Salon. Auf dem Sofa saß Eugène, schneidig anzusehen in einer dunkelblauen Uniform mit silbernen und roten Tressen. Tränen traten mir in die Augen. Er sah meinem Vater so ähnlich.
Ich umarmte ihn, versuchte nicht zu weinen. Er war gewachsen, seit ich ihn vor über zehn Monaten das letzte Mal gesehen hatte, groß für sein Alter. »Wann bist du angekommen?« fragte ich und setzte mich neben ihn auf das Sofa.
»Vor zwei Stunden.« Seine Stimme war noch nicht tiefer geworden.
Ich nahm seine Hand. Er wich zurück. »Was ist mit dir?« fragte ich.
»Warum haben Sie mich zurückkommen lassen? Gerade, als es losging?«
Es war heiß im Zimmer. Ich erhob mich und ging zum Fenster, öffnete es weit. Die Luft draußen war nicht minder drückend; es machte wenig Unterschied.
Was sollte ich ihm antworten? Daß er zu jung war, um getötet zu

werden, zu jung, um zu sterben? Daß ich es nicht zulassen würde, daß er die Waffen gegen französische *Emigranten* erhob? Daß ich das Risiko, ihn zu verlieren, nicht ertragen könnte?
»Ich brauche dich hier«, sagte ich.
»Sie haben Ihre Freunde, die Ihnen helfen können!« Er erhob sich abrupt und stapfte hinaus. Ich hörte, wie hinter ihm die Tür ins Schloß fiel.

20. Juli

Eugène läuft mit Leidensmiene durch die Wohnung, voller Groll, daß ich ihn »in den Käfig gesperrt« habe, ihn von den Aufregungen des Armeelebens, dem Ruhm des Krieges abhalte. Er flüchtet auf die Straßen, wo er sich mit grobschlächtig wirkenden Burschen rauft.
Was soll ich bloß mit ihm anfangen?

Donnerstag, 23. Juli

Es war früh, noch nicht neun Uhr, als ich Eugène zu mir rief.
»Weißt du, welche Bedeutung der heutige Tag hat?«
Er zuckte mit den Schultern.
»Vor einem Jahr starb dein Vater.« Das rüttelte ihn auf.
»Ich habe etwas für dich.« Ich holte Alexandres Schwert vom Geschirrschrank herunter und legte es auf den Tisch im Speisezimmer. »Das war das Schwert deines Vaters. Es wäre in seinem Sinne gewesen, daß du es bekommst.«
Eugène berührte es, nahm es auf, zog es aus der Scheide. Auf dem Griff war das Familienmotto der Beauharnais' eingraviert, »Diene, nichts weiter«, und darunter ein Herz. Das Familienwappen war mit den Worten »la nation« überkratzt worden.
»Gefällt es dir?« fragte ich.
Seine Wangen hatten sich vor Ergriffenheit gerötet.

Ich legte ihm die Hand auf den Arm. »Trage es mit Ehrfurcht, Eugène.« Rasch ging ich hinaus. Ich wollte nicht, daß er meine Tränen sah.

23. Juli 1795 – Quiberon

Rose,
Sieg! Ich trage Dein Band dicht an meinem Herzen.

Dein Soldat Lazare

Anmerkung – Sage Eugène, daß Sébastien Antier im Kampf gefallen ist. Eugène und Sébastien waren eng befreundet. Sage ihm, daß Sébastien ehrenvoll gestorben ist.

27. Juli

Sieg an der Bucht von Quiberon! Ich brach sofort nach La Chaumière auf. Es war zehn Uhr morgens, früh, aber der Hof war bereits vollgestopft mit Kutschen.
»Hast du es gehört?« rief ich aus, sobald ich Thérèse sah. Durch die offene Tür glaubte ich Talliens Stoppelkopf zu sehen. »Tallien ist *zurück*?«
»Er ist gestern am späten Abend angekommen.«
»Wegen des Banketts heute abend?« Es war der erste Jahrestag der Niederlage Robespierres.
Thérèse nickte. Sie sah wie versteinert aus.
»Stimmt etwas nicht?« fragte ich. »Ist es Lazare …«
»Nein.«
»Was dann?« Ich spürte, wie Panik in mir hochstieg.
»Über siebenhundert Gefangene wurden gemacht«, flüsterte sie.
Ich verstand nicht. »Ist das keine gute Nachricht?«
»Man redet von Hinrichtung.«

»Der *Gefangenen*?«
Thérèse nickte.
»Sie wurden in der Schlacht gefangengenommen?« fragte ich.
»Sie ergaben sich, sie legten ihre Waffen nieder.«
»Dann können sie laut Gesetz nicht hingerichtet werden.«
Thérèse schnaubte verächtlich. »Angst liegt in der Luft! Man wird sie abschlachten!«
»Du denkst an die Vergangenheit.« Ich legte die Arme um sie. Sie war zu früh aus dem Wochenbett aufgestanden.
»Wir sind die Vergangenheit«, sagte sie.

28. Juni

Ich wurde mitten in der Nacht geweckt. Es war Thérèse, verzweifelt. Sie hatte sich mit Tallien gestritten und flüchten müssen. Es gab sogar Spuren, daß sie nicht früh genug geflüchtet war, denn ihre Lippe war geschwollen, und auf ihrer Wange war ein Bluterguß.
»Ich verstehe das nicht.« Ich drückte ihr eine kalte Kompresse aufs Gesicht. »Ich weiß doch, wie sehr er dich liebt.«
Sie sah aus, als wolle sie gleich wieder in Tränen ausbrechen. »Es ist meine Schuld. Ich dachte, ich könnte ihn ändern. Ich habe mir die Sünde des Stolzes erlaubt.«
»Tallita, bitte! Sprich nicht in Rätseln.« Ich schenkte uns beiden ein großes Glas Rotwein ein. »Was hat ihn ausgelöst? Worum ging es bei dem Streit?«
»Hast du es denn nicht gehört? Von *Sieyès*?« Sie sah mich ungläubig an. Ich schüttelte den Kopf. Der Deputierte Sieyès ist in Holland, dachte ich.
»Er behauptet, Dokumente entdeckt zu haben, die beweisen, daß Tallien mit den Royalisten, mit den Anführern der Emigrantenflotte, die in der Bucht von Quiberon angriffen, gemeinsame Sache macht.«

Tallien? »Aber das ist doch nicht möglich, Thérèse.« Das würde bedeuten, daß Tallien auf der Seite des Feindes stand – genau jener Männer, gegen die Lazare in der Schlacht kämpfte.
»Es ist wahr, Rose. Der Ausdruck auf seinem Gesicht hat es mir verraten, als ich ihn damit konfrontierte – aber das Schlimmste daran ist ... das *Schlimmste* daran ist seine Angst, daß man es herausfindet. Jetzt wird er vor nichts zurückschrecken, um sich als Anti-Royalist zu erweisen, der Versammlung zu beweisen, daß er gegen die Emigranten ist ... selbst wenn das bedeutet, die Gefangenen zu *massakrieren*, deren Rettung er versprochen hat!« Sie brach in Schluchzer aus. Ich hielt sie in meinen Armen. Die Sonne ging schon auf, als sie endlich einschlief.

Es war beinahe Mittag, als wir erwachten. Thérèse machte sich hastig an ihre Toilette, verdeckte den Bluterguß auf ihrer Wange mit Rouge.
»Wohin willst du?« Ich traute ihrer Stimmung nicht.
»Zur Versammlung«, sagte sie und verknotete ihre Hutbänder.
Die Türglocke läutete.
»Es ist der Deputierte Tallien«, meldete mir Agathe.
»Du bleibst hier«, befahl ich Thérèse.
Ich ging zur Eingangstür. Tallien stand vor der Sonne. Gegen das helle Licht war sein Gesicht schwer zu erkennen. »Ich komme wegen Thérèse«, sagte er.
»Ich halte es nicht für klug, daß du sie jetzt siehst«, sagte ich. Er roch nach Alkohol.
Plötzlich tauchte Thérèse hinter mir auf. Sie versuchte, sich vorbeizudrängen, zur Tür hinaus. »Wohin willst du?« Tallien packte sie am Arm.
»Zur Versammlung.« Thérèse riß sich los. Sie verfluchte ihn auf spanisch.
»Es hat keinen Zweck!« schrie er.

»Was meinst du damit?« Sie starrte ihn an, ihr Atem ging schwer.
»Es ist vorbei!« Heute morgen war der Antrag angenommen worden: Die Gefangenen würden hingerichtet werden.
»Wer hat den Antrag gestellt?« wollte Thérèse wissen.
Tallien leugnete es nicht. »Du verstehst das nicht!«
»*Du* verstehst das nicht. Über siebenhundert Menschenleben sind geopfert worden, um ein *einziges* zu retten – deines. Wie kannst du damit leben?«
»Du würdest zulassen, daß man *mich* opfert?«
»Ja!« Und lauter: »*Ja*!« Sie lief in mein Schlafzimmer zurück.
»Es kann doch sicher noch etwas getan werden?« fragte ich erschüttert.
Tallien schüttelte den Kopf. Er wandte mir den Rücken zu, den Hut in der Hand, ein zugrunde gerichteter Mann.

31. Juli 1795 – Rennes

Rose,
Du kannst Dir meine Schande vorstellen. Ich versprach *diesen Männern das Leben – nun sollen alle sterben! Sie ergaben sich sogar, sie legten ihre Waffen nieder! Tallien weiß das sehr wohl – auf meine Bitte legte Sombreuil seinen Säbel in Talliens Hände! Meine Leute haben es gesehen! Wir gaben Sombreuil unser Wort, daß seine Leute als Kriegsgefangene behandelt würden.*
Als Tallien nach Paris aufbrach, war er entschlossen, ihre Sicherheit zu gewährleisten. Nun höre ich, daß es Tallien war, der den Antrag in der Versammlung stellte, sie hinrichten zu lassen, daß es Tallien war, der mit einem Dolch in der Luft herumfuchelte und nach ihrem Blut schrie! Ich kann es nicht begreifen!
Ich bin zu zornig, um Liebesworte zu schreiben. Sei vorsichtig …
Dein Soldat Lazare

2. August

Ich suchte Tallien auf. Ich hatte Gerüchte gehört – daß er über zehntausend Livres in einem einzigen Pharaospiel verloren hatte, daß er übermäßig trank. Trotz allem, was geschehen war, fühlte ich mich ihm gegenüber verpflichtet. Er war mir ein Freund gewesen, als ich einen Freund am meisten gebraucht hatte. Er hatte mir das Leben gerettet. Nun war ich an der Reihe.
»Scher dich hinaus!« brüllte er, als er mich sah. Ich wich angeekelt zurück. Der nackte Holzfußboden war übersät mit leeren Weinflaschen.
»Ich komme als Freundin!«
Er warf ein Glas an die Wand. »Ich brauche dich nicht!«
Ich ging eilig hinaus.

3. August

Ich brachte den Mut auf, Tallien noch einmal aufzusuchen. Ich traf ihn krank an. Er war allerdings nüchtern – wir unterhielten uns eine Weile. »Ich kenne meine Dämonen«, gestand er.
»Aber deine Stärken kennst du nicht.«
»Ich bin ein Feigling. Ich verdiene es nicht zu leben.«
»War das ein Feigling, der sich Robespierre in den Weg stellte?«
»Ich fürchtete um mein Leben!«
»Und das von Thérèse?«
Er legte die Hände vors Gesicht und weinte. »Und jetzt habe ich sie verloren!«
»*Das* ist dein Dämon«, sagte ich ihm und hielt eine leere Weinflasche hoch.
Ich berichtete ihm von seiner kleinen Tochter, für die er eine aufrichtige Zuneigung entwickelt hat. Wir trennten uns in beinahe liebevollem Einvernehmen.

Abends

Ein Siegesempfang im Hause von Barras, siebenunddreißig Gäste, viele geleerte Flaschen Champagner.

»Armeechampagner«, sagte Barras, der den Gastgeber spielte.

»Die Armee wird mit Champagner beliefert?« fragte ich. Selbst Wasser war teuer.

»Nur *siegreiche* Armeen, wozu die unsrigen natürlich zählen.«

Kurz nach neun erblickte ich zu meinem Erstaunen Thérèse. Sie trug ein *sehr* offenherziges Gewand, das ihre riesigen, prallen Milchbrüste enthüllte. Es war ein heißer, schwüler Sommerabend, und ihr Anblick ließ die Temperatur noch höher steigen. Jeder Mann im Raum betrachtete sie mit einem sowohl mißbilligenden als auch wollüstigen Ausdruck.

»Solltest du hier sein?« flüsterte ich. Sie roch nach Tabak.

Ich sah Barras hilfesuchend an, stellte jedoch fest, daß er gerade ihr Glas füllte.

»Sie sollte nach Hause gehen, Paul. Vielleicht tut sie etwas, was ihr später leid tut.«

»Sie ist kein Kind.«

Kurz vor Mitternacht hörte ich Thérèses melodische Stimme im Spielzimmer. »Alles was ich trage, wiegt nicht mehr als zwei Sechs-Livre-Stücke.«

Ich ging zur Tür. Die Männer hatten sich um sie geschart. Drei Frauen schauten aus Sesseln am Kamin zu.

»Einschließlich des Schmucks?« fragte der Deputierte Nabodine.

»Ja.« Thérèses Gesicht war gerötet, ihre Augen glasig. »*Alles*.«

»Darauf wette ich einen Louis.« Der Deputierte Verneuil warf die Münze auf den Tisch.

»Noch jemand?« Thérèse setzte sich verführerisch in Positur. Es war still bis auf das klimpernde Geräusch aneinanderschlagender Münzen.

Grinsend wies Barras einen Diener an, eine Waage zu bringen. Thérèse nahm ihre Ohrringe ab, ihre Ringe und reichte sie Barras. Dann ließ sie einen Ärmel über die Schulter gleiten.
Ich verließ den Raum. Bald darauf hörte ich Beifall, hörte Thérèses Schrei – des Sieges, nahm ich an … oder der Niederlage?
Kurz danach gingen Barras, ein junger Mann und Thérèse gemeinsam fort.
Das Herz wurde mir schwer. Ich habe nicht den Mut für dieses Leben.

4. August

Heute morgen brach ich nach La Chaumière auf. Ich wollte früh ankommen, damit ich mit Thérèse sprechen konnte.
Ich traf sie in ihrem Boudoir an, wo sie gerade Kölnisch Wasser auf ihr seidenes Futteralkleid spritzte, so daß der dünne Stoff an ihren nackten Brüsten klebte.
»Du kommst mit mißbilligendem Blick, liebe Freundin.« Ihr eigener Blick war glasig. Laudanum, dachte ich.
»Ich komme, weil ich mir Sorgen mache, um dich.« Ich konnte das Kind im anderen Zimmer schreien hören. »Ich meine, du solltest vorsichtig sein. Der Kummer jagt dich. Laß zu, daß er dich fängt. Letztlich tut es weniger weh.«
»Du beneidest mich um meine Heißblütigkeit. Ich empfehle dir eine Diät aus Trüffeln und Selleriesuppe, um dich heiß zu machen.« Sie lachte, ein freudloses Lachen.
»Tallita, ich liebe dich – aber ich kann nicht mir dir reden, wenn du so bist.«
Ihre Augen füllten sich mit Tränen. »Sieh nur, was du getan hast!« Sie warf sich auf ihr Bett.
»Warum weinst du?« Ich setzte mich neben sie, nahm ihre Hand.
Sie fühlte sich knochenlos an.

»Wirst du mir verzeihen – wegen Barras?« fragte sie.
»Bedeutet er dir etwas?«
»Er ist ein komischer Vogel, aber er amüsiert mich.«
»Auf der ganzen Welt, Tallita, bist du wahrscheinlich die einzige Frau, die unseren Freund verführen *konnte*.«
»Man muß eben Phantasie haben«, sagte sie müde.
Ich lächelte. »Ruh dich aus.« Ich küßte sie auf die Stirn.
»Der Tripper soll diese Männer holen«, sagte sie und schloß die Augen.

Ich mache die Bekanntschaft eines sonderbaren kleinen Mannes

6. August 1795

Überall wird von Prophezeiungen, Kartenlegerinnen, Schicksalskünderinnen, Wahrsagerinnen gesprochen ... dieses Zauberreich, das heute zu einer so großen Leidenschaft geworden ist.
»Rose wird immer geweissagt, daß sie Kaiserin von Frankreich wird«, verkündete Thérèse heute nachmittag bei Minerva. Sie räkelte sich auf einer Chaiselongue, bekleidet mit einer elfenbeinfarbenen Seidenrobe und einer grünen Perücke – die Wirkung war bizarr, aufsehenerregend. (»Les merveilleuses«, nannte man uns, die Wunderbaren.)
»Aber das ist ja schrecklich!« sagte Minerva und richtete ihre weißen Gazeunterröcke.
»Nur einmal«, widersprach ich, »als Mädchen in Martinique. Das andere Mal, in den Carmes, wurde mir nur gesagt, daß ich einen Mann heiraten würde, der die Welt in Erstaunen versetzen würde.« Ich zuckte mit den Schultern. »Aber was bedeutet das schon? Meine Zukunft ist außergewöhnlich, aber mein Leben ist profan.«
In diesem Augenblick wurde der Deputierte Barras gemeldet. Er war in Begleitung eines sonderbar aussehenden Mannes mit kurzen Beinen und einem großen Kopf. Minerva erhob sich, um sie zu begrüßen.
»Wer ist dieser Mann bei Barras?« fragte Fortunée Hamelin, als sie die beiden näher kommen sah. »Wieder ein Günstling?« Sie verzog das Gesicht.

»Möglich, daß ich ihn schon einmal im Feydeau gesehen habe«, sagte die kleine Madame de Crény.
»Wenn ja, dann würden Sie sich *sicherlich* erinnern«, sagte Thérèse.
Der Mann war bemerkenswert, ohne Zweifel, aber aus Gründen, die allesamt verkehrt waren. Sein langes, weiches Haar hing in dem kläglichen Bemühen, modisch zu wirken, um seine Ohren herum. Seine Haut war fahl und seine Figur so dünn, daß seine fadenscheinigen Kniebundhosen zu flattern schienen.
»Was Barras wohl im Sinn haben mag?« raunte Thérèse.
Das Vorstellungszeremoniell brachte uns zum Schweigen. »Bürger Buonaparte, die Witwe Beauharnais ...«
»Sie sind Witwe«, sagte der Fremde. Sein Akzent war hart – unangenehm. Italiener? Ich konnte es nicht genau sagen.
»Der republikanische General, Vicomte Alexandre de Beauharnais, war der Gemahl dieser Dame«, sagte Barras.
Bürger Buonaparte drückte mir die Hand. Seine Augen waren groß, grau, eindrucksvoll. Seine Zähne waren gut. Sein Gesicht drückte jedoch eine Intensität aus, die Frivolität verbot. Ich war erleichtert, als er den anderen in unserer Gruppe vorgestellt wurde, die ebenso stumm auf ihn zu reagieren schienen wie ich. Er nahm Platz und sagte nichts mehr.
»Nun denn!« rief Minerva aus. »Vielleicht sollten wir Scharaden spielen?« Es hatte den Anschein, als würde nichts die Stimmung aufmuntern. Die Gegenwart des Mannes in der Ecke wirkte auf uns alle ernüchternd.
»Dieser Barras!« ereiferte sich Thérèse, als wir in Minervas Boudoir allein waren. »Er hat seine Projekte zu weit getrieben.«
»Der Deputierte Barras bedrängte mich, Bürger Buonaparte in unseren Kreis einzuführen«, berichtete uns Minerva. »Er ist neu in Paris und braucht dringend gesellschaftliche Kontakte ...«
»Er braucht dringend gesellschaftliche *Manieren*«, sagte Thérèse. »Was ist er – Korse oder was?«

»Napoleone Buonaparte ...? Warum klingt dieser Name vertraut?« fragte ich.
»Er war der General, der Toulon rettete«, sagte Minerva. »Erinnert ihr euch?«
Toulon?
»Vor zwei Jahren – als die Engländer einfielen?«
Ich erinnerte mich. Die Feierlichkeiten, das Tanzen, die Trinksprüche die ganze Nacht hindurch. »Also *daher* kennt ihn Barras«, sagte ich. »War Barras in Toulon nicht der Verantwortliche?«
»Ich kann es einfach nicht glauben, daß dieser Mann General werden konnte, geschweige denn ein Held«, sagte Thérèse und bestäubte ihr Gesicht mit Reispuder.
»Meine lieben Bürgerinnen, kann es sein, daß ihr von der Armut dieses Mannes, seiner mangelnden Erziehung geblendet seid?« fragte Minerva. »Seid meine Zeuginnen: Ich sage ihm eine große Zukunft voraus. Das habe ich an der Form seines Kinns erkannt.«
Zukunft oder nicht, Thérèse und ich blieben nicht lange – wir gingen mit der Entschuldigung, daß ihr Kind krank sei.
»Was für ein gräßlicher Abend«, stöhnte Thérèse, als sie sich in ihrer Kutsche niederließ. »Ich hoffe, daß Barras sich davor hütet, diesen Korsen überallhin mitzuschleifen. Als nächstes, weißt du, wird er darauf bestehen, daß ich ihn in La Chaumière einführe.«

7. August

Es ist genauso gekommen, wie Thérèse es befürchtete – Barras ist fest entschlossen, aus dem Korsen ein Projekt zu machen. Er und der sonderbare kleine Mann tauchten in La Chaumière auf, und nun kommt Bürger Buonaparte allein. Thérèse, stets die Weichherzige, hat sich erboten, ihm bei der Beschaffung eines Stoffes für eine neue Uniform behilflich zu sein. »Wenn er hierherkommen will, dann soll er wenigstens anständig gekleidet sein«, sagte sie mir.

»Paß auf, Tallita – ich glaube, er ist in dich verliebt«, flüsterte ich ihr zu.

»Es hat den Anschein, als ob sich Bürger Buonaparte leicht verliebt«, sagte sie und verdrehte die Augen. »Er ist mit einem Mädchen in Marseille verlobt, er spricht endlos über ein Mädchen in Châtillon, und nun teilt mir Barras mit, daß er vorhabe, La Montansier einen Antrag zu machen.«

»Der Dame, von der Barras sein Stadthaus gemietet hat?«

»*Dame*? Rose, du bist zu liebenswürdig.«

La Montansier war stolz darauf, daß sie ihre Karriere als Prostituierte begonnen hatte. Die Logen in den Theatern, die sie führt, sind mit besonders breiten Diwans ausgestattet. »Aber sie ist doch schon über Sechzig ...«, wandte ich ein.

»Und hat drei Millionen Livres unter ihrer reichlich frequentierten Matratze versteckt.« Thérèse hob die Augenbrauen. »Offensichtlich macht man in Korsika aus solchen Dingen kein Hehl ...«

Dienstag, 9. August

Gestern nacht, kurz vor Mitternacht in La Chaumière, trat Thérèse zu mir. »Komm mit in mein Boudoir«, raunte sie.

Ich löste mich von meiner Gruppe. Als wir in ihrem Zimmer allein waren, fiel sie auf ihr Bett und hielt sich die Seiten. »Buonaparte ...!« Sie brach wieder in Gelächter aus.

»Der Korse?«

»Er hat einen Heiratsantrag gemacht!«

»*Dir*?« Ich starrte sie an. Als ich mir das vorstellte, mußte ich lächeln: Thérèse war soviel größer als der Korse. »Gerade eben? Im Salon?«

Thérèse nickte und versuchte angestrengt, sich zu fassen. »Ich war mit Fortunée, Madame de Crény und Minerva zusammen. Er trat zu uns und sagte: ›Bürgerin Tallien, dürfte ich mit Ihnen sprechen … unter vier Augen?‹ Also zog ich mich mit ihm zum Eingang zurück. Und dort sagte er: ›Nun, da Sie frei sind, möchte ich gerne, daß Sie mich in Erwägung ziehen.‹ Zunächst begriff ich nicht. Er wurde ein wenig ungeduldig. ›Ich mache Ihnen gerade ein Heiratsangebot‹, platzte er schließlich heraus. Dann sagte er: ›Zusammen könnten wir eine große Zukunft haben, denn Fortuna ist mir hold.‹«

»*Das* hat er gesagt? Daß Fortuna ihm hold ist? Was für eine merkwürdige Ausdrucksweise.«

»Insbesondere für einen Mann, der in so großer Verlegenheit ist. Wenn ihm Fortuna hold ist, dann sollte sie lieber anfangen aufzupassen.«

»Was hast du ihm gesagt?«

»Ich sagte ihm, er sollte *dich* statt dessen in Erwägung ziehen«, sagte Thérèse und ordnete im Spiegel den Perlenschmuck in ihrem Haar.

»Nein!« Sie machte Spaß – bestimmt. »Tallita?«

Sie hat es mir nie gesagt. Aber nun beobachtet der Korse *mich*.

10. August

Bei Barras war es turbulent zugegangen. Er beklagt sich, daß er keine Zeit für die Spieltische, für die Jagd habe. »Demokratie!« schimpfte er. »Sie ist so zeitraubend! All diese ermüdenden Sitzungen.«

Ich schob ihm eine Gästeliste zu. Schon seit zwei Tagen versuchte ich, sein Einverständnis zu erhalten.

»Bürger Buonaparte? Er steht nicht darauf?« fragte er, als er die Liste durchsah. »Die Damen sind meines korsischen Schützlings überdrüssig geworden? Ihr verkennt seine herausragende Intel-

ligenz wegen seiner langen und, zugegeben, ekelerregenden Haare, seiner stinkenden Stiefel. Ich versichere dir, daß er ein ehrgeiziger Mann ist – er wird es weit bringen.«
»Ich erkenne seinen Ehrgeiz«, sagte ich, »seinen Ehrgeiz, jeder Frau von Stand in Paris den Hof zu machen. Er zeigt keinerlei Zurückhaltung in seiner Leidenschaft ... für vermögende Frauen, genauer gesagt.«
»Zu Hölle mit der Zurückhaltung. Zurückhaltung gehört der Vergangenheit an. Napoleone braucht dringend eine Ehefrau. Vielleicht solltest *du* ihm den Gefallen tun.«
Und damit war er verschwunden. Ich seufzte und fügte der Liste seinen Namen hinzu. Zu diesem Thema werde ich noch mehr hören, fürchte ich.

12. *August*

Gestern abend kam Barras in Begleitung des Korsen in meinen Salon.
»Lachen Korsen eigentlich niemals?« beklagte sich Thérèse. »Er ist ja *so* ernst.«
Gegen Ende des Abends saß ich plötzlich neben Bürger Napoleone (ein Name, den man *unmöglich* aussprechen kann). In dem Bemühen, Konversation zu treiben, beglückwünschte ich ihn zu seinem Heldenmut in Toulon. »Es heißt, daß Sie ein Genie sind«, sagte ich zu ihm.
»Ja«, sagte er.
»Haben Sie eine große Familie in Marseille? Man hat mir erzählt, daß eine Ihrer Schwestern außergewöhnlich reizend ist.«
»Wer hat Ihnen das erzählt?«
»Der Deputierte Fréron«, sagte ich.*

* Louis-Marie Stanislas Fréron hatte Buonapartes dreizehnjährige Schwester Maria-Paola zwei Jahre zuvor in Marseille kennengelernt. Sie wollten heiraten, stießen jedoch auf den

Daraufhin stand er abrupt auf und verließ das Zimmer!
»Ist er verärgert?« fragte ich Barras. Hatte ich etwas gesagt, was ihn beleidigen konnte?
»Er ist manchmal etwas eigenartig.« Barras nahm meinen Arm, zog mich zum Eingang. »Ich möchte gerne, daß du dich seiner annimmst. Lerne ihn kennen«, raunte er.
»Es ist nicht einfach, mit ihm zu reden«, wehrte ich ab. »Ich weiß nicht, ob ich ...«
»Wenn es jemand kann, Rose, dann du«, sagte Barras. Er holte mehrere Münzen aus seiner Tasche und drückte sie mir in die Hand.
»Wofür ist das?« Die drei Louisdor waren über siebzig Livres wert.
»Kann ich auf dich zählen?« fragte er.

15. August

»Wie ich sehe, ist Napoleone ein regelmäßiges Mitglied deines Salons geworden.«
Barras und ich ließen uns ein privates Mittagessen in seinem Garten schmecken.
»Ich lerne ihn allmählich kennen«, sagte ich. »Ein wenig.« Napoleone Buonaparte war eine vielschichtige Person; an einem Abend redete er freimütig und am nächsten sagte er kein Wort. »Man weiß nie so recht, woran man bei ihm ist.«
»Und woran *möchte* man sein?«
»Warum fragst du?«
Barras wies seinen Butler an, das Dessert zu bringen. »Diskutierst du eigentlich auch über Politik mit ihm?«

Widerstand von Madame Buonaparte. Obwohl ein gebildeter Aristokrat, der sich zu einem leidenschaftlichen Revolutionär gewandelt hatte, war Fréron über Dreißig, neigte zum Trinken und hatte mit einer Schauspielerin drei Kinder.

»Er unterstützt die Republik«, sagte ich, »wenn du *das* wissen willst.«
»Aber mit *wem* an der Spitze?«
»Ich halte ihn eher für einen Führer als für einen Gefolgsmann – zumindest seiner eigenen Meinung nach.«
Barras lachte, als er mein Glas füllte. »Und genau *deswegen* müssen wir ein wachsames Auge auf ihn haben, meine Liebe.«

Ich finde ein Zuhause

16. August 1795

Ich habe mich verliebt ... in ein *Haus*.
Das Haus von Julie Carreau, um genau zu sein, an den Hängen des Mont-Martre. Man erreicht es über eine lange ummauerte Auffahrt, die sich zu einer überaus entzückenden Kulisse öffnet: ein kleines Herrenhaus, eine Remise, ein Stall mit einem Garten dahinter. Eine winzige, perfekte Welt.
Es war ein heißer Tag, doch dort war es kühl wegen der Brise, die von der Stadt den Berg hinaufwehte. »Es ist wie ein Haus auf dem Lande«, sagte ich zu Julie, »und doch nahe am Herzen der Stadt.« Ich war verzaubert.
»Ich werde es vermissen«, sagte sie.
»Du ziehst aus?«
»Es ist klein. Ich kann hier nicht genug Personal halten. Und der Platz reicht nur für eine Kutsche.«
Ich spazierte den Gartenweg hinunter. Zu beiden Seiten standen Rosenbüsche.
»Willst du es verkaufen?«
»Vermieten.«
»Ich nehme es.« Ich fragte nicht nach dem Preis.

17. August

Ich habe den Mietvertrag unterzeichnet. Zehntausend Livres im Jahr – fast die Hälfte meiner Zuwendung von Mutter, wenn sie denn jemals ankommt. Ich ziehe in fünf Wochen um, am republikanischen Neujahrstag. Ich habe Vorkehrungen getroffen, daß man meine Kuh von Croissy herbringt. Ein Haus, Pferde, eine Kuh, ein Garten, Personal. Ein bescheidener Haushalt, und trotzdem so vieles, um das man sich kümmern muß ... so vieles, das *bezahlt* werden muß.

Mittwoch, 19. August

Dank Tallien ist meinem Entschädigungsgesuch für Alexandres Besitz La Ferté endlich stattgegeben worden. Wir sollen die Bücher aus seiner Bibliothek (eine umfangreiche Sammlung) zurückerhalten, das Silber, das beschlagnahmt wurde, sowie eine Vorauszahlung von zehntausend Livres (nur!) auf den Wert des Besitzes, den die Regierung verkaufte.

»Es wird einige Zeit dauern, bis die Schreibarbeit erledigt ist«, warnte Tallien. »Es ist unwahrscheinlich, daß du bis zum Frühjahr irgend etwas davon sehen wirst.«

»Wie kann ich dir danken?«

»Du hast bereits genug getan, Rose.«

Ich sah ihn fragend an.

»Du bist vielleicht die einzige Person, die über meine offensichtlicheren Schwächen zugunsten meiner verborgeneren Stärken hinwegsieht. Das ist Dank genug.«

17. August 1795 – Rennes

Liebe Rose,
die Post wird überwacht. Gib an mich gerichtete Briefe und Pakete dem Deputierten Barras. Die Regierungskuriere sind sicher.
Ich liebe Dich.

Dein Soldat Lazare

27. August

Mit der Post erhielt ich heute nachmittag ein handgeschriebenes Mitteilungsblatt bezüglich einer Mädchenschule in Saint-Germain-en-Laye, gleich neben dem Collège Irlandais, einer Jungenschule.
Ich zeigte der Lannoy das Blatt. »Madame Campan leitet sie«, sagte ich. Ich hatte Madame Campans Bruder und dessen Frau in Croissy kennengelernt – die Augiés. Hortense spielte häufig mit Adèle, ihrer Tochter.
»Ah, Madame Campan!« flüsterte die Lannoy ehrfürchtig. Als ehemalige Hofdame unserer armen verstorbenen Königin war Madame Campan beinahe selbst königlich, in Lannoys Augen.
»Das wäre die perfekte Schule für Hortense«, sagte ich.
Und das Collège Irlandais nebenan für Eugène.
Wenn bloß die Kosten nicht wären …

Sonntag, 30. August

Heute haben die Kinder und ich die beiden Schulen in Saint-Germain-en-Laye besichtigt. Eugène fügte sich resigniert. Seine Anstalt ist spartanisch, wie man es von einer Jungenschule erwartet. Die Sportplätze gefielen ihm.
Madame Campans Schule ist in dem angrenzenden Hôtel de Rohan untergebracht, ein wunderschönes, wenn auch baufälli-

ges Gebäude auf einem weitläufigen Grund. Hortense und ihre Freundin Adèle Augié liefen in fieberhafter Erregung umher. Ich war hocherfreut, sie wieder beisammen zu sehen. Wenn man sie lachen hört, sollte man nicht glauben, daß Hortense vor noch nicht allzu langer Zeit ihren Vater und Adèle ihre Mutter an das Unrecht des Terrors verloren haben.

Madame Campan begrüßte mich mit vornehmer Schlichtheit in der Halle. »Bitte nennen Sie mich Henriette.« Sie ist eine farblose Frau mit groben Zügen. Sie trug ein einfaches schwarzes Kleid, streng geschnitten. In Trauer, fragte ich mich? Um ihre Schwägerin, die Königin, den Jungen? Ich hatte Geschichten darüber gehört, was sie durchgemacht hatte, wie sie selbst nur knapp dem Tod entronnen war.

Sie bat mich in ihr Dienstzimmer. Überrascht entdeckte ich eine gerahmte Kopie der Menschenrechte an der Wand über ihrem Schreibtisch. Als sie mein Gesicht sah, drehte sie sie verschmitzt um. Auf der anderen Seite war ein Porträt der Königin.

»Comtesse de Montmorin hat mir von den heroischen Bemühungen berichtet, die Sie zur Rettung Ihres Mannes unternommen haben«, sagte Madame Campan und nahm neben mir Platz.

»Ich wünschte, ich hätte ihn vor dem Tod bewahren können.« Und andere. »Mit Kummer habe ich von Ihrer Schwägerin erfahren.« Ich erinnerte mich an Madame Augié als eine sanftmütige, etwas zerstreute Frau, die sich ständig bemühte, ihre drei lebhaften jungen Töchter im Auge zu behalten.

Madama Campan bot mir dünnen Tee in einer feinen, leicht gesprungenen Porzellantasse an. »Ich habe den Mädchen erzählt, daß ihre Mutter im Schlaf gestorben wäre.« Ihre Tasse begann auf der Untertasse zu klirren. Sie stellte sie hastig ab. »Ich bin ihnen allen jetzt die Mutter. Einem gebrechlichen Mann, einem Sohn, drei Nichten, um die ich mich ebenso kümmern muß wie um eine Schule mit einhundert Mädchen.« Sie nahm ihre Tasse wieder auf, trank einen Schluck. »Ich habe zum Trauern keine Zeit.«

Sie umriß das Programm der Schule: Die Mädchen erhielten eine klassische Erziehung mit besonderem Augenmerk auf Kunst (Jean-Baptiste Isabey, ein Porträtmaler, den ich bewundere, wird sie unterrichten) und Geschichte. Sie warf einen raschen Blick auf das Porträt der Königin. Obwohl ihr Institut wohlhabend war, würden die Mädchen, wie sie mir versicherte, nicht verwöhnt – man brächte ihnen das Kochen und das anschließende eigenhändige Aufräumen bei. »Und außerdem lernen *meine* Mädchen, entgegen der heutigen Mode, gute Umgangsformen und die Kunst der Konversation.«

Ich hörte ein Kind gellend schreien. Ich blickte aus dem Fenster und sah Hortense, die ausgelassen Eugène und Adèle über den Rasen jagte. Umgangsformen? Nun, dann viel Glück, dachte ich lächelnd. »Hortense hat eine Cousine, Émilie – die Tochter eines Emigranten«, sagte ich. »Ihre Familie ist jetzt natürlich ruiniert. Sie braucht unbedingt eine Ausbildung; ich würde ja gerne für sie sorgen, aber …«

Madame Campan willigte ein, sowohl Hortense als auch Émilie zu nehmen, doch nur für Hortense Gebühren zu berechnen. Außerdem bot sie die Verwendung von gebrauchten Uniformen an. »Adèle spricht so oft von Ihrer Tochter, daß ich sie schon als ein Familienmitglied betrachte. Ich muß Sie um Vergebung bitten, daß ich überhaupt etwas berechne.«

6. September

Ich hatte ein Treffen mit Barras in seinem Haus in Chaillot vereinbart, doch der Nachmittag erwies sich als zu turbulent. Er war gerade von der Jagd hereingekommen, und seine aufgeregten Spaniels rannten in den Fluren auf und ab und bellten Toto, den kleinen Windhund, an. In der Eingangshalle warteten zwei Männer, und ein Kurier mit einer dringenden Botschaft wartete auf eine Antwort. »Komm um sechs wieder«, schlug er vor. »Dann wird es ruhiger sein.« Ich gab ihm einen Brief für Lazare (wieder keiner für mich, leider) und ging.

Am Abend war es allerdings nicht viel anders: Boten, wartende Männer. Barras schickte sie alle fort. »Wenn es nicht die Jakobiner sind, sind es die Royalisten«, schimpfte er. »Wir bringen den einen zum Schweigen und werden gleich von dem anderen angegriffen.«

»Erwartest du Gewalttätigkeiten?« Ich hatte bemerkt, daß eine wachsende Zahl von Nationalgardisten in der Nähe der Versammlung Posten bezogen hatte. Außderdem mußte man nun sogar um einen besonderen Passierschein nachsuchen, wenn man in diese Gegend wollte.

»Es kann gut sein, daß das Schlimmste noch bevorsteht.«

»Wer steckt dahinter?«

»Manchmal denke ich, daß es als Jakobiner getarnte Royalisten sind. Dann wieder als Royalisten getarnte Jakobiner. Es ist zum Verrücktwerden.«

»Warum lächelst du?«

»Tatsache ist, wen kümmert's? Das Volk ist erschöpft. Wie viele sind zu dieser letzten Wahl erschienen? Einer von dreißig? Aber verkünde die Ergebnisse, und schon kommen die Steine angeflogen.«

Nach dem Abendessen kam er auf das Thema Buonaparte.

»Ich habe ihn seit einiger Zeit nicht gesehen«, sagte ich. »In keinem der Salons, nicht einmal im Theater.«

»Es kann gut sein, daß er beschäftigt war. Ich habe ihm Arbeit in der topographischen Abteilung verschafft, wo er Karten herstellt. Strategisches Zeug – seine Leidenschaft. Eine merkwürdige Begeisterung.«

»Dennoch achtest du ihn.«

»Ich wünschte nur, ich könnte ihm vertrauen. Er ist verarmt und hat eine riesige Familie zu unterstützen. Man fragt sich, was er für Geld alles tun würde. Und fraglos haben die Royalisten eine Menge davon, mit dem sie herumwerfen können. Wenn Buonaparte zu ihnen überläuft ...«

»Das ist kaum vorstellbar. Wenn überhaupt, dann hat er eher etwas von einem Jakobiner.«

»Ja – die Rhetorik hat er.«

»Zweifelst du an seiner Aufrichtigkeit?«

Barras zuckte mit den Schultern. »Es gibt nichts Gefährlicheres – oder vielleicht ist Unberechenbareres treffender – als einen Revolutionär, der dringend ein Vermögen braucht.«

12. September – Fontainebleau

Ich bin zwei Tage in Fontainebleau gewesen, ohne die Kinder – Eugène und Hortense sind bereits von Schulaktivitäten in Anspruch genommen –, dennoch redete ich die ganze Zeit von ihnen. Tante Désirée und der Marquis waren entzückt, als ich ihnen berichtete, was Hortenses Lehrer sagten, wie Madame Campan von ihr schwärmte (»La Petit Bonne«, wurde sie getauft). »Sie liebt die Schule«, erzählte ich ihnen. »Ich glaube nicht, daß ich sie jemals von dort wegbekomme.« Ich bin ein wenig eifersüchtig geworden, wie ich zugebe; Hortense spricht so ehrfurchtsvoll von Madame Campan.

Es war ein angenehmerr Besuch, ohne Tante Désirées übliche Vorträge über die Sünden der Eitelkeit, des Festefeierns und der Lektüre von Liebesromanen. Als ich mich jedoch auf die Abreise vorbereitete, kam sie an meine Tür. Ich erkannte gleich an ihrem Verhalten, daß sie etwas sagen wollte. Schließlich, mit einigem Zögern, gestand sie, daß sie sich über Gerüchte, die sie über Madame Tallien gehört hatte, Sorgen machte. Ich versicherte ihr, daß Thérèse ein Engel sei, eine Freundin in jeder Beziehung.

»Und du hast hoffentlich nichts mit diesen Verbrechern zu tun, die jetzt die Regierung anführen.«
»Verbrechern?«
»Dieser Deputierte Barra ... Bassar ... Du weißt schon, wen ich meine.«
Barras meinte sie. Ich hielt den Mund. Ich brachte es nicht übers Herz, ihr zu sagen, daß es »dieser Verbrecher« war, der für die Erziehung von Hortense und Eugène bezahlte.

15. September 1795 – Hôtel de Croisœuil, Croissy

Verehrte Bürgerin Madame Beauharnais,
meine Mutter hat mich gebeten, auf Ihren Brief zu antworten, da es ihr nicht gutgeht. Sie bedauert, daß es ihr nicht möglich sein wird, Sie zu besuchen. Sie bat mich, Ihnen zum Erwerb des Talma-Hauses zu gratulieren, aber auch ihren Kummer zu äußern, daß Sie das Château in Croissy aufgeben werden. Haben Sie vor, Ihre Kuh zu holen? Wir hoffen, daß wir Sie bald sehen dürfen. Mutter braucht dringend Zerstreuung.

Bürgerin Madame Lucie Hosten de Croisœuil

Anmerkung – Mutter bat mich, Ihnen mitzuteilen, daß sie Bürger Callyot empfiehlt – ein ausgezeichneter Koch, der kreolisch kochen kann. (Ich empfehle ihn ebenfalls!)

18. September – Croissy

Ein regnerisches, melancholisches Wochenende in Croissy, das ich mit Sortieren und Packen verbrachte. Und zwei Besuchen täglich bei Aimée.
Sie ist viel schwächer geworden. Es ist quälend, sie ans Bett gefesselt zu sehen, eine Situation, über die sie nicht glücklich ist. »Selbst wenn ich nur eine Schale Tee haben möchte, muß ich meine Tochter darum bitten«, klagte sie. »Glücklicherweise

nimmt Lucie immer noch an, daß ich eine gewisse Autorität über sie habe, aber bald, ganz sicher …«
»Die Person, der es gelingt, dich zu beherrschen, möchte ich gerne kennenlernen, Aimée.«
Sie fluchte kräftig. Noch ist Leben in ihr.

23. September

Das neue Jahr, die Proklamation der neuen Verfassung. Feuerwerke bis spät in die Nacht. Thérèse und ich verfolgten die protzige Darbietung von meinem Garten aus – meinem Garten! Ich bin erschöpft vom Umzug, aber glücklich. Ich liebe mein neues Zuhause. Ich nenne es Chantereine.

25. September

Ich habe den ganzen Tag im Garten gearbeitet. Fortuné beschnüffelte jeden Erdhaufen, bellte jeden Käfer an. Die Lannoy hat mit dem Nähen von Vorhängen fürs Schlafzimmer (blauer Nanking mit roten und gelben Wappen) begonnen. Der Salon sieht wie ein Schneideratelier aus, der Boden mit Stoffresten übersät. Ich lasse sechs Holzstühle und eine kleine Couch beziehen. Ich habe eine Renaud-Harfe gekauft (es fehlen nur drei Saiten) und eine Marmorbüste von Sokrates in einem Trödelladen. Nach und nach fügt sich mein Heim zusammen. Die Wirkung wird schlicht, aber elegant sein (hoffe ich).
Ich habe einen Koch eingestellt, Callyot, ein Neger aus Sainte-Lucie, der kreolische Gerichte ebensogut kocht wie traditionelle Kost. (Er wurde mir von Aimée empfohlen.)
Agathe lief mit einem Vogelfänger aus dem Midi davon, sah jedoch alsbald den Irrtum ihrer Lebensweise ein (er stank nach Hühnern) und kehrte zurück, nicht schwanger, wie wir hoffen.

Gontier ist geblieben, die treue alte Seele. Glücklicherweise – denn er ist der einzige, der Kleopatra, meiner Kuh, Milch entlokken kann.
Nun brauche ich nur noch einen Kutscher und einen Gärtner. Ich hoffe, wir kommen damit aus – für eine Weile. Die Barmittel sind knapp, selbst mit der großzügigen Unterstützung von Barras.

26. September

Ein heißer Tag, aber eine Brise verschaffte Abkühlung. Ich habe wieder in meinem Garten gearbeitet. Mücken schwirrten herum, Libellen kreisten. Hin und wieder hörte ich knallende Geräusche und ein schwaches Läuten – eine Sturmglocke vielleicht? Das brodelnde Paris scheint so überaus weit fort zu sein …

Wir führen wieder Krieg

Montag, 28. September 1795

Es ist so friedlich in Chantereine. Ich war entsetzt, als ich erfuhr, daß es gestern bei der Versammlung einen Aufruhr gegeben hat. Mehrere hundert Menschen wurden getötet.

»Mehrere *hundert*?«

»Selbst die Jakobiner denken allmählich, daß uns nur eine Monarchie retten kann.« Barras' Schwert klirrte gegen den Kamin. Er war gerade von der Militärakademie gekommen, wo er eine Gruppe von Männern ausgebildet hatte – »Meine persönliche Kampftruppe, mein ›Heiliges Bataillon‹.«

»Nicht die Nationalgarde?«

»Zu zivilisiert«, sagte er. »Aufrechte Bürger, Männer mit Vermögen. Wie viele von ihnen haben schon einmal einen Menschen getötet? Wie viele werden sich in einem Konflikt aus dem Staub machen? Die Hälfte, prophezeie ich. Für eine Parade sind sie zu gebrauchen, aber für viel mehr nicht. Nein – ich brauche kampferprobte Schlächter, Männer mit dem Geruch des Blutes an den Händen.«

»Und wo findet man ›kampferprobte Schlächter‹?«

»In den Gefängnissen natürlich – Schläger, Mörder, der Gelegenheitsterrorist.« Gegen einen weiteren Brandy, den ich ihm anbot, hatte er nichts einzuwenden. »Ich habe bereits fünfzehnhundert von ihnen zusammen. Ich habe praktisch die Gefängnisse geleert.«

»Nein!«

»*Meine* Männer«, grinste er.
Ich erinnerte mich an etwas, was Thérèse einmal gesagt hatte: *Barras mag seine Männer lieber grob, seine Damen lieber fein.*
»Und je mehr, desto lustiger, dank dir«, sagte Barras, als könnte er meine Gedanken lesen. Er zog seine Uhr hervor. Er mußte gehen. Doch zuerst wollte er noch etwas fragen: Ob ich Bürger Buonaparte aushorchen würde? »Es geht das Gerücht, daß er mit den Royalisten Kontakt aufgenommen hat. Auf welcher Seite steht er? Ich muß das wissen. Die Lage wird immer brenzliger ...«
»Aber du hast doch gesagt, daß er beschäftigt ist – mit dieser Landkartenarbeit.«
»Ihr Frauen habt da doch so eure Möglichkeiten ... Lade ihn zu dir nach Hause ein. Das ist dir doch sicher nichts Neues.«
Der Plan berührte mich unangenehm.
»Denke an das Schicksal der Republik«, ließ Barras nicht locker, »an das Schicksal deiner *Kinder.*«

4. Oktober

In einer neuen blauen Uniform war Bürger Buonaparte besser gekleidet, als ich es bisher von ihm gewohnt war. Trotzdem sah er ungesund aus, die Haut fahl, die Stiefel riesig an seinen spindeldürren Beinen.
Ich lud ihn in den Garten ein und bat Agathe, uns Café au lait zu bringen. »Aus Kaffeebohnen von Martinique«, teilte ich ihm mit, »und Milch von meiner Kuh.«
Er nahm an, obwohl er es eilig hatte, wie er sagte. Für Crêpes konnte er nicht bleiben. Er hätte sich Tag und Nacht abgemüht – mit einem Plan zur Befreiung Italiens von den Österreichern, sagte er.
Ich lächelte. »Sie sagen das mit vollem Ernst.«
»Man muß nur daran glauben.«

»Ist das so einfach?« Er antwortete nicht. Er war in eine eingehende Untersuchung der Sonnenuhr vertieft. »Glauben Sie nicht an das Schicksal?« ermunterte ich ihn.
Er wandte sich mir abrupt zu. »Man kann sich eher daran gewöhnen, das Schicksal zu besänftigen, als es zu kontrollieren.« Er hatte eine seltsame Art, sich auszudrücken – beinahe im Stil von Sprichwörtern.
»Ich glaube, ich gehöre zur ersten Gruppe, Bürger Buonaparte«, sagte ich, obwohl mir nicht ganz klar war, was er meinte.
»*Brigadegeneral* Buonaparte«, korrigierte er mich.
»Verzeihen Sie, ich dachte ...«
»Übrigens ...« Er lächelte. Er ist fast charmant, wenn er lächelt. »Sie können mich Kaiser nennen.«
»Kaiser Buonaparte?« Ich neigte amüsiert den Kopf.
Er starrte mich an, mit seinen grauen, kalten, aber brennenden und beunruhigenden Augen. »Ich verwirre Sie«, sagte er. »Das ist verständlich. Was ich allerdings nicht verstehe, ist, warum Sie mich zu diesem Besuch veranlaßt haben. Ich gestehe, daß ich eine gewisse Zuneigung zu Ihnen entwickelt habe. Trotzdem kann ich mich des Eindrucks nicht erwehren, daß diese Empfindung nicht, noch nicht, erwidert wird.«
Ich beugte mich vor, um eine Rose abzubrechen. Ein Dorn stach mir in den Finger. Tränen traten mir in die Augen, eine peinliche Schwäche.
»Barras hat etwas damit zu tun«, bohrte er weiter.
Ich drehte mich zu ihm um, verärgert, weil man mich so unverblümt herausforderte. »Offensichtlich bevorzugen Sie Offenheit, General Buonaparte. Nun denn, ja, es war der Deputierte Barras.«
»Und wieviel bezahlt er Ihnen?« Er setzte seinen Hut auf.
»Gehen Sie nicht ...«
»Ich habe meinen Stolz, Bürgerin.« Und er war verschwunden.

Ich war nervös, als ich zu Barras aufbrach. Ich wurde erwartet – um gesellschaftliche Pläne, finanzielle Vereinbarungen durchzusehen ... Trotzdem hatte ich meine eigene Tagesordnung. Ich wollte nicht länger das tun, was er wollte.
Barras brach in Lachen aus, als ich ihm von meinem Meinungsaustausch mit General Buonaparte erzählte.
»Ich bedauere, aber ich weiß nicht, was daran komisch ist.«
»Rose – du bist so reizend in dieser Stimmung.«
Ich erhob mich. »Du nimmst meine Situation nicht ernst.«
Er legte mir die Hand auf den Arm. »Setz dich, entspanne. Du kannst jetzt nicht gehen. Ich habe den Koch gebeten, Baisers zu machen.«
»Ich möchte kein Dessert.« Setzte mich aber trotzdem.
»Sehr gut, dann esse ich deinen Anteil. Deine Laune ist süß genug. Ich dagegen könnte durchaus etwas Süßes gebrauchen. Ah, siehst du? Ich wußte doch, daß ich ein Lächeln hervorzaubern kann. Aber bitte, liebe Freundin, nimm meine Entschuldigung an. Ich habe dir Kummer zugefügt. Leider muß ich dir sagen, daß keine Briefe von Lazare für dich angekommen sind. Soldaten sind ja so grausam. Aber erzähle mir doch von deinen Kindern – gehen sie gern zur Schule? Übrigens, habe ich dir schon gesagt, daß dieser kreolische Bankier, mit dem du mich bekannt gemacht hast, sich als ein *höchst* einträglicher Kontakt erwiesen hat?«
Kurz gesagt, Barras zeigte sich von seiner liebenswürdigsten Seite. Ich wurde weich, und wir unterhielten uns: über seine jüngste romantische Eroberung, die Tragödie von Corneille, die in zwei Tagen in der Comédie Française Premiere hatte, seine Kaninchen.
Gerade, als ich mein zweites Baiser aufaß, erschien ein Bote.
»Weißt du noch, wo das Kloster der Filles de Saint-Thomas ist?« fragte Barras und kniff die Augen zusammen, um die Schrift entziffern zu können.
»In der Rue Vivienne, glaube ich. Warum?«

»Offensichtlich ist es voller bewaffneter Männer.« Barras fluchte.
»Royalisten.« Er schaute auf seine Taschenuhr und seufzte. »Und ich hatte gehofft, heute nacht einmal schlafen zu können.«
Ich ging, als er gerade sein Schwert umschnallte, ein gesatteltes Pferd verlangte, »in die Kriegsrüstung schlüpfte«, wie er sich ausdrückte. Ich wünschte ihm mit einem Kuß viel Glück. »Paß auf dich auf«, sagte ich.
Er hielt einen Moment inne. Dann lächelte er, dieses schiefe Lächeln, das ihn so liebenswert machte. »Nun sag schon, Rose – *kann* man Buonaparte vertrauen?«

5. Oktober, Mitternacht

Ich bin bei Thérèse. Ich dachte, daß sie heute nacht nicht allein sein sollte.
Leutnant Floraux war gerade hier, kam dramatisch im kurzen Galopp in den Hof geritten, sein Pferd vor Schweiß schäumend. »Die Nationalgarde hat rebelliert!« rief er, immer noch atemlos. Er setzte seinen Helm ab. Wie es bei den jungen Leuten heute Mode ist, war sein Haar kurz geschnitten, Brutuskopf nennt man das. »Sie haben sich gegen die Versammlung gerichtet, gegen die Deputierten, sich den Royalisten angeschlossen!«
»Die Nationalgarde?« fragte ich ungläubig. »Hat sich den *Royalisten* angeschlossen? Sind Sie sicher?« Ich nötigte ihn, sich zu setzen.
»Nicht alle.« Er stürzte das Glas Portwein herunter, das ich ihm anbot. »Drei von vier.«
Wie konnte man ohne Männer eine Verteidigung aufbauen? »Wie viele Royalisten sind es?« Ich fragte mich, ob der Neffe von Jeanne-Victoire d'Aguillon darunter war. Oder Régis de Saale, der Freund des Marquis de Caulaincourt. Oder der junge, erst siebzehnjährige Vetter von Madam Campan.

»Man glaubt, daß sie vierzigtausend Mann stark sind.«
»*Vierzig*tausend – mon Dieu!«
»Vierzigtausend was?« fragte Thérèse, die gerade ins Zimmer kam. Sie hatte dem Kindermädchen geholfen, das Kind zu Bett zu bringen.
»Royalisten«, sagte ich matt und setzte mich.

6. Oktober, bei Tagesanbruch

Wir wurden von lautem Hämmern am Tor geweckt. Thérèses Diener lief hin, um zu öffnen, und schrie dem Eindringling zu, leise zu sein. Daraufhin wieherte ein Pferd.
Es war wieder Leutnant Floraux. Die Regierung hat sich erholt, erzählte er uns. Er schenkte sich ein Glas Portwein ein. »Sie haben den Deputierten Barras zum General ernannt.«
»Aber wen kommandiert er denn ohne Nationalgarde?« fragte ich.
»Er hat einige Männer, eine finster aussehende Truppe, das Heilige Bataillon nennt er sie. ›Bataillon der Terroristen‹ würden andere sie wohl nennen.«
Ein Bataillon von Mördern, losgelassen auf den Straßen von Paris. Ich war dankbar, daß die Kinder in Saint-Germain-en-Laye waren. »Und General Buonaparte? Ist ... ist er beteiligt?« fragte ich.
»Der kleine Korse? Er ist offensichtlich stellvertretender Kommandeur.«
»*Stellvertretender* Kommandeur?« stöhnte Thérèse.
»Er wird dich womöglich überraschen«, sagte ich. *Man muß nur daran glauben.*
»Wir könnten eine Überraschung gebrauchen.«

10 Uhr abends

Beim Abendessen meinten wir Gewehrfeuer zu hören …
»Können das *Kanonen* sein?« fragte Thérèse, die mit dem Kind im Zimmer auf und ab ging.
Wir hörten eine zweite Detonation, und eine dritte.
Thérèse drückte den Kopf des Säuglings an ihr Herz. »Sicher nicht …«
»Sie würden doch keine *Kanonen* einsetzen«, sagte ich. »Musketen, aber keine Kanonen. Doch nicht auf Bürger.« Meine Worte wurden von einer Salve unheilvollen Geschützdonners zum Schweigen gebracht.

Mein Herz ist gebrochen

7. Oktober 1795

Blut auf dem Kopfsteinpflaster. Vor einer Kirche klagte eine Marktfrau. »Die Schlächter! Die Schlächter!«

Es ist, wie wir es befürchteten – ein Blutbad.

»Auf *Bürger*!« schimpfte die Lannoy. »Ihre Freunde, Ihre tugendhaften Republikaner feuern *Kanonen* auf Bürger ab!«

Was war geschehen? Ich machte mich auf den Weg zu Minerva.

»Hast du schon mit Barras gesprochen?« erkundigte sie sich. »Was geht da vor?«

Ich schüttelte den Kopf. »Ist irgend jemand, den wir kennen, verletzt worden?« *Getötet worden*, wollte ich eigentlich fragen, traute mich jedoch nicht.

»Nur Gerüchte. Jeder ist außer sich.« Wir gesellten uns zu einer Gruppe an den Türen zum Garten.

»Es war der Korse, der den Befehl gab, die Kanonen abzufeuern«, sagte der Deputierte Renouvier gerade.

»Das habe ich aber anderes gehört«, sagte ein Mann, der neben ihm stand.

»Korsen sind skrupellos«, behauptete Madame de Méchain. »Gänzlich ohne Moral. Das weiß doch jeder.«

»Und habt ihr das schon gehört? Jetzt hat er eine strenge Überwachung aller Theater und Cafés angeordnet – selbst die Treffpunkte um die Springbrunnen stehen unter Beobachtung. Die Springbrunnen!«

»Ich war im Theater«, sagte ein lieb aussehender junger Mann mit hoher und bebender Stimme. »An den Türen zu allen Logen standen Posten. Wenn irgendwer es *wagte*, um eine Melodie zu bitten, die nicht ganz *einwandfrei* republikanisch war, dann standen hundert Grenadiere bereit, um zuzuschlagen!«

»Ist es nicht sehr bedenklich, daß die Regierung die Kontrolle übernimmt?« fragte der Deputierte Renouvier.

»Hatten wir unter Robespierre nicht schon genug Kontrolle?« warf der lieb aussehende junge Mann ein. »Der Korse ist ein Jakobiner, wie ich erfuhr.«

»Ein enger Freund von Robespierre, wie ich hörte«, sagte Madame de Méchain.

»Nicht direkt.« Minerva sah mich hilfesuchend an. »Er war ein Freund von Robespierres Bruder.«

»Ah, *Bonbons* Freund!« sagte der lieb aussehende junge Mann, und alle lachten.

Die Gruppe verstummte. Ich sah zur Tür. Es war General Buonaparte, der mit hochmütiger Miene einen Blick in den Raum warf. Er setzte seinen Hut ab. Die Trikolorefeder fiel herunter. Er beugte sich nach vorn, um sie aufzuheben, wobei sein Schwert gegen die Tür schlug.

Als er sich aufrichtete, erspähte er mich.

»Bürgerin Madame Beauharnais«, sagte er und trat direkt neben mich, »ich ...«

»Würde es Ihnen etwas ausmachen, in den Garten zu gehen, General?« unterbrach ich ihn. »Ich habe das Bedürfnis nach frischer Luft.«

Draußen fächelte ich mir Luft zu, denn ich fühlte mich etwas schwach. »Es geht mir gut.« Ich nahm auf einer Steinbank Platz. »Danke.« Ein Mann und eine Frau gingen vorüber. Als die Frau General Buonaparte erkannte, drehte sie verächtlich den Kopf weg.

Buonaparte brach einen Zweig von einem Busch ab und machte

sich daran, die Blätter abzuzupfen. »Die Franzosen haben eine seltsame Art, ihre Helden zu behandeln.«
»Meinen Sie, daß Ihre Taten über jeden Tadel erhaben sind, General?«
»Ich bin ein Mann des Militärs, kein Politiker. Ich tue, was man mir sagt.«
»Aber vielleicht zu gut und zu rasch.«
»Die Royalisten brauchten einen Denkzettel.«
Ich erhob mich, meine Wangen glühten. »Ich kenne die Sitten in Korsika nicht, General, aber die Franzosen feuern in der Regel keine Kanonen auf ihre Bürger ab.«
Ich kehrte zitternd in den Salon zurück.
Ich war mit Minerva im Spielzimmer, als Barras eintraf. »Herzlichen Glückwunsch zu Ihrem Sieg«, sagte Minerva zu ihm und legte ihre Karten nieder.
Er war erhitzt. Er warf sich auf das Sofa. »Wie wir Soldaten sagen, wenn der Wein geöffnet ist, muß man ihn trinken. Auf *ihre* Ärsche«, sagte er und hob das Glas. »Dieses eine Mal.« Er lachte und nahm einen langen Schluck.
Ich blickte weg.
»Zum Teufel mit deinen Tränen!« Er warf das Glas in den Kamin. Es gab einen scharfen, melodischen Ton von sich.

12. Oktober

Es war noch nicht Mittag, als ein Mitglied der Nationalgarde an meine Tür kam. Alle Waffen mußten der Militärbehörde von Paris ausgehändigt werden. Unter Androhung der Todesstrafe.
Eugène, für zwei Tage aus der Schule zu Hause, umklammerte sein Schwert.
»Du mußt tun, was man dir sagt«, sagte ich zu ihm. Ich konnte Trotz in seinen Augen erkennen.
Ich bat den Gardisten, uns zu entschuldigen. Wir gingen in den

Salon. Eugène wollte nicht nachgeben. Ich wandte mich an den Gardisten. »Wie könnte man eine Befreiung erreichen?« fragte ich. »Dieses Schwert bedeutet meinem Sohn sehr viel. Es gehörte seinem Vater, einem republikanischen General, der vor etwas über einem Jahr starb.«
»Nur General Buonaparte kann eine Befreiung gewähren.«
Jeden Tag, so schien es, wurde Buonaparte befördert. Jetzt war er Militärkommandant von Paris.
»Werden Sie mich begleiten?« fragte Eugène.
»Es ist besser, wenn du ohne mich hingehst«, sagte ich in Erinnerung an mein letztes zorniges Gespräch mit dem General.

13. Oktober

Um die Mittagszeit wurde ich von einem Besucher überrascht.
»General Bona-irgendwas«, sagte Agathe.
»General Buonaparte?« Sie nickte.
Ich erhob mich rasch. Was würde ich sagen? Unser letztes Zusammentreffen war nicht freundlich gewesen.
Aber ich hatte keine Zeit, mich vorzubereiten. Er stand bereits in der Tür. »Schlagen Sie das an Ihrem Tor an.« Er schob mir hastig ein Stück Papier in die Hand.
Es war eine Befreiungsbekanntmachung. »Bedeutet dies, daß mein Sohn das Schwert seines Vaters behalten darf?«
General Buonaparte nickte. Er zögerte. »Am zwölften Tag des Vendémiaire * waren die meisten Gewehre mit Platzpatronen geladen. Ich sorgte dafür, daß die Bürger sich in Bereichen aufhalten konnten, die den größtmöglichen Schutz boten.«
Seiner Erklärung folgte ein betretenes Schweigen.
»Meine Meinung kann Ihnen doch gewiß nichts bedeuten, General«, sagte ich.

* Eine Anspielung auf den republikanischen Kalender.

»Sie haben recht. Nein. Trotzdem möchte ich Sie wissen lassen, daß ich nicht gänzlich skrupellos bin.«
»Danke, General.« Aber er war bereits gegangen.

26. Oktober

Die Wahlergebnisse wurden verkündet. Unter der neuen Verfassung werden fünf »Direktoren« regieren. Barras ist einer davon.
»Sie enthaupten den König und setzen fünf an seine Stelle«, schimpfte die Lannoy. »Und Ihr Freund Barras ist der Schlimmste der Bande.«
»Still, Lannoy.«

Dienstag, 3. November

Die fünf Direktoren sind heute morgen in das Palais du Luxembourg eingezogen. Am Nachmittag gewährte »Direktor« Barras Thérèse und mir einen Rundgang.
Das Palais ist in einem entsetzlichen Zustand, seine kürzliche Verwendung als Gefängnis nur allzu offensichtlich. Ich erinnerte mich an meine dortigen Besuche bei Alexandre. Welch Unterschied zu seinem heutigen Zweck. Es gab keine Möbel – nur ein paar Küchenstühle und einen wackeligen Tisch. Und kalt obendrein – Barras schickte einen Diener nach Holz.
Die fünf Direktoren werden nächste Woche einziehen, jeder in seine eigene Suite. Barras läßt bereits eine Gruppe Handwerker die Wände mit Seide beziehen. Seine Kaninchenställe wurden im Garten aufgestellt, seine englischen Pferde stehen bereits im Stall.
»Was nützt ein König ohne Palast?« fragte er, als er sein heruntergekommenes Reich betrachtete.
»Was nützt ein Palast ohne Hofdamen?« gab Thérèse zurück und nahm meinen und seinen Arm.

4. Dezember 1795 – Fontainebleau

Liebe Rose,
danke für Deinen Brief. Wie schön, daß die Kinder so gut in der Schule vorankommen. Ich vermisse Hortenses Besuche an den Wochenenden, obwohl ich zugeben muß, daß ein sonntäglicher Firmungsunterricht bei Madame Campan womöglich die einzige Entschuldigung ist, die ich gerne akzeptiert hätte.

Dein neues Heim klingt entzückend – klein, aber fein. Ich bin beeindruckt, daß Du bereits Gemüse aus Deinem Garten geerntet hast. Deine Mutter wäre stolz. Ich las von Deiner Absicht, Deine Kuh kalben zu lassen, damit sie Milch für den Marquis gibt. Wir haben beide darüber gelacht. Wenn mein eigener Gesundheitszustand nicht so schlecht wäre und ich mich nicht so hingebungsvoll um den Marquis kümmern müßte, würde ich Deiner Einladung zu einem Besuch Folge leisten.

Sicherlich hast Du gehört, daß Fanny von einer Frau verklagt wurde, die behauptet, ihre Tochter zu sein – welch ein Skandal! Ich weiß nicht, wie Fanny es fertigbringt, so fröhlich zu sein, insbesondere jetzt, da Marie einen Mulatten heiratet. *Ich wage es nicht, es dem Marquis zu erzählen – die Nachricht würde ihn umbringen.*

Ich weiß, wie beschäftigt Du bist, mein Liebes, aber trotzdem sehnen wir uns nach Deinem Besuch. Vergiß nicht, was ich über die Pflege eines guten Umgangs sagte.

Deine Dich liebende Tante Désirée

Mittwoch, 9. Dezember

Ich bin jeden Tag ins Luxembourg gegangen, um für Freunde und Freunde von Freunden – überwiegend Emigranten, die nach Frankreich zurückkehren möchten – Bittschriften vorzulegen.

»Du verbringst zuviel Zeit zum Wohle anderer, Rose«, sagte heute morgen Direktor Barras zu mir. »Es wird Zeit, daß du über dein eigenes Wohlergehen nachdenkst.«

»Soll heißen?«
»Soll heißen, daß du ans Heiraten denken solltest.«
»Hast du jemanden im Sinn, *Père* Barras?«
»Buonaparte.«
»Ich bin ihm nicht reich genug, fürchte ich.« Es wurde gemunkelt, daß General Buonaparte gerade der kürzlich verwitweten Madame Permon einen Antrag gemacht hatte, einer Frau, die alt genug war, um seine Mutter zu sein – aber wohlhabend.
»Ich habe ihm zugesichert, daß er reichlich belohnt würde.«
Ich sah zum Fenster, holte tief Luft. Vielleicht hatte ich ja nicht recht gehört.
»Du bist offensichtlich beunruhigt.« Barras lehnte sich in seinem roten Samtsessel zurück, seinem »Thron«, wie er ihn nannte. »Nun schön, ich werde es dir erklären. Buonaparte hat um den Oberbefehl über die Italienarmee gebeten. Er möchte einen Plan verfolgen, um die Österreicher aus Italien zu vertreiben.« Barras machte eine Geste, die ohne Zweifel bedeutete: wahnsinnig! »Meine Mitdirektoren trauen ihm natürlich nicht. Sie halten ihn für schroff, abweisend ... allzu ehrgeizig. Sie verdächtigen ihn, daß er insgeheim den Wunsch hat, zu regieren – daher sträuben sie sich natürlich, ihm eine Armee zu übertragen, selbst eine so erbärmliche wie die Italienarmee. Aber sie sind Narren, sage ich. Buonaparte *wird* versuchen, die Macht zu übernehmen, das liegt in seiner Natur – es sei denn, versteht sich, man beschäftigt ihn ständig. Es sei denn, versteht sich, man *kontrolliert* ihn ...«
»Es sei denn, versteht sich, man verheiratet ihn mit einer sehr guten Freundin von dir«, sagte ich.
Barras lächelte zögernd. »So hätte ich es *eigentlich* nicht ausgedrückt, meine Liebe.«
»Und wie *hast* du es ausgedrückt?« Ich spürte, wie ein beunruhigendes Gefühl in mir hochstieg.
»Ich erklärte Buonaparte, daß es der französischen Republik widerstrebe, Ausländer in Machtpositionen zu befördern. Ich regte

an, falls er eine Französin heiratete – eine gewisse französische Witwe zum Beispiel –, dann würden ihm die Direktoren vielleicht mehr vertrauen, und *dann* – wer weiß? – könnte die Italienarmee vielleicht sehr wohl ihm gehören.«

»Das hast du ihm gesagt?«

»Denk darüber nach, Rose. Buonaparte mag ja ein Korse sein und verarmt, zugegeben, aber er ist ein Mann mit Zukunft. Dafür kann ich mich verbürgen.«

Ich schickte mich an zu gehen. Seine unerwünschte Einmischung kränkte mich.

»Rose, mußt du denn immer so emotional sein! Du weißt doch selbst, daß es Zeit für dich wird, zu heiraten. In deinem Alter ist das nicht leicht.«

Ich steuerte auf die Tür zu.

»Ich habe ihm eine Armee angeboten!« brüllte er hinter mir her. »Ich *schenke* dir eine Mitgift, in Gottes Namen.«

10. Dezember

Ich habe Stunden mit meiner Toilette zugebracht. Winzige Fältchen beginnen, mein Gesicht zu zeichnen. Meine Zähne, noch nie wohlgeformt, werden langsam schwarz. Im vergangenen Jahr habe ich zwei verloren. Ich lächele, und ich sehe ein Fischweibgrinsen.

Verzweifelt werfe ich meine Bürsten hin. Die Kräuterheilmittel konnten die Regelmäßigkeit meines Monatsflusses nicht wiederherstellen. Hin und wieder werde ich auch durch schreckliche übermäßige Blutungen geschwächt (und in peinliche Lagen gebracht).

Ich werde alt.

Heirate, sagen meine Freunde. Bald.

Freitag, 11. Dezember

Gestern abend bei Minerva hat General Buonaparte seine Gefühle für mich erklärt. Und dies ziemlich öffentlich, mitten in einem Fuchs-und-Gans-Spiel. Ich tat es als einen Scherz ab, ging jedoch bald danach.

Dienstag, 22. Dezember

Minerva kam zu Besuch. Nach einem Glas Wein, Neuigkeiten (Madame Royale, die unglückliche Tochter des Königs, war aus dem Temple freigelassen und nach Wien geschickt worden) und leerem Geschwätz (Bürger Léon unterzieht sich einer Quecksilberbehandlung *) fragte sie mich, warum ich in letzter Zeit nicht mehr zu ihrem Salon gekommen sei. Ich gestand, daß mir bei den Aufmerksamkeiten von General Buonaparte nicht wohl wäre. Ich suchte sie nur ungern zu Hause auf, aus Furcht, ihn dort vorzufinden.
»Hältst du General Buonaparte denn nicht für einen annehmbaren Freier?«
»Mein Herz ist vergeben«, sagte ich.
»General Hoche, meinst du wohl.«
Ich nickte. Meine Gefühle für Lazare waren kein Geheimnis.
»Rose, wenn ich so frei sein darf – aber da ist etwas, was ich dir sagen muß. Es ist dein Liebhaber, der *vergeben* ist.«
Ich stellte mein Glas ab.
»Als die Emigranten in der Bucht von Quiberon landeten, rettete General Hoche einem Monsieur de Pout-Bellan das Leben. Ich weiß aus glaubwürdiger Quelle, daß er sich in die Frau dieses Mannes verliebt hat.« Ich erhob mich und ging zur Fensternische. Lazare – *liebt* eine andere Frau.

* Geschlechtskrankheiten wurden mit Quecksilber behandelt.

Minerva trat hinter mich und legte mir die Hand auf die Schulter. »Du wußtest doch sicher, daß Lazare dich nie heiraten würde, schon gar nicht jetzt, da seine Frau ein Kind erwartet.«

Ein *Kind*?

»Es wird bald zur Welt kommen, glaube ich«, sagte sie.

Ich biß mir auf die Lippe, um die Tränen zu unterdrücken. Warum hatte er nicht geschrieben?

»Du kommst doch zu meinem Salon, Rose?« fragte Minerva. »Heute abend?«

Am selben Abend

Ich bin gerade von Minerva zurückgekehrt. General Buonaparte bat um die Ehre, ihn morgen abend in die Oper zu begleiten. Ich habe eingewilligt.

Ich werde umworben

Mittwoch, 23. Dezember 1795

General Buonaparte suchte mich um neun Uhr auf. Er kam fast eine Stunde zu spät und war ein wenig unordentlich, denn seine Schärpe saß schlecht. »Ich war in einer Sitzung.« Er entschuldigte sich nicht. Er stand im Salon vor dem Kamin und ließ die Fingerknöchel knacken. Er zog seine Taschenuhr hervor. »Der Vorhang hebt sich in wenigen Minuten.« Er stürzte zur Tür. Ich lief verdutzt und etwas verstimmt hinterher.

Seine Kutsche ist neu, ein grelles Gelb mit Goldverzierungen, sehr protzig, geschmacklos. Die Innenausstattung ist genauso – die Sitze sind mit Goldbrokat bezogen, die Rouleaus mit rosafarbenen Seidenquasten geschmückt.

Wir fuhren mit grauenvollem Tempo davon, die Kutsche schwankte mit angsterregender Geschwindigkeit über die Unebenheiten und um die Ecken. Ich war vorübergehend wie gelähmt. Die Angst hatte mich sprachlos gemacht. Ich hielt mich an den Seiten fest. Endlich brachte ich die Kraft auf zu schreien: »Halt!« General Buonaparte gab dem Kutscher ein Zeichen, und die Kutsche hielt jäh an. Ich fiel nach vorne auf den gegenüberliegenden Sitz. Ich brach in Gelächter aus.

»Wir kommen zu spät.« Er zog wieder seine Taschenuhr hervor. »Was wollen Sie denn?«

Wegen des Lachanfalls, der mich gepackt hatte, konnte ich nicht sprechen. Tränen liefen mir über die Wangen. Buonaparte musterte mich verwirrt. »Zu schnell?«

Ich brach wieder in Gelächter aus und nickte durch meine Tränen.
Zögernd und ein wenig unsicher lächelte er. Er bedeutete dem Kutscher, wieder loszufahren, aber diesmal in gemäßigterem Tempo. Nach und nach beruhigte sich mein Gelächter. Ich holte mehrmals tief Luft.
Ein Abend mit General Buonaparte – er verlief nicht so, wie ich es mir vorgestellt hatte.
Es war eine erfreuliche Aufführung, dachte ich, doch auf dem Heimweg bekundete General Buonaparte seine Unzufriedenheit. »Die Franzosen können nicht singen, ihre Musik ist unmelodisch. Sie tut in den Ohren weh. Singen *Sie* für mich.«
»Hier?« Wir waren an der Kreuzung der Rue Richelieu und der Rue Neuve des Petits Champs.
»Das ist das Unangenehme an den Franzosen. Sie meinen, sie könnten nicht überall und jederzeit singen.« Er stimmte eine Arie an, die mir unbekannt war. Ein Schornsteinfeger wandte sich um und starrte uns an. »Jetzt Sie«, befahl er.
»Ich bin keine Sängerin.«
»Aber Sie besitzen eine schöne Sprechstimme.«
Er wollte sich nicht abweisen lassen. Leise sang ich einen kurzen Refrain von Mozart.
Er betrachtete mich mit ernstem Gesicht. »Nicht übel. Wie ist Ihr Name?«
»Sie kennen meinen Namen.«
»Ihr vollständiger Name.«
»Marie-Joseph-Rose.«
»Joseph ist der Name Ihres Vaters?«
»War.«
»War er ein guter Mensch?«
Ich lächelte. Wohl kaum. »Ein sehr guter Mensch.«
»Nun denn, ich werde Sie Joséphine nennen, nach der Heldin in *Le Sourd*. Haben Sie es gesehen?«

»Meine Name ist Rose.«
»Sie irren sich.«

26. Dezember

»Warum bestehen Sie darauf, mich Joséphine zu nennen?« Buonaparte und ich waren gerade aus Barras' Salon gekommen und auf dem Weg ins Theater, zu einer Aufführung eines Stückes von Molière.
»Finden Sie den Namen denn nicht attraktiv?«
»Man hat mir erzählt, daß Sie immer so mit einer Frau umgehen. Erst bitten Sie sie zu singen, und dann geben Sie ihr einen neuen Namen.«
»Sie haben mit Ihrer Freundin Thérèse gesprochen«, sagte er verärgert.
»Sie können nichts vor mir geheimhalten, Buonaparte.«

29. Dezember

»Was macht ihr eigentlich die ganze Zeit?« wollte Thérèse wissen. »Gestern wart ihr fast eine Stunde im Garten.«
»Wir reden nur.« Es stimmte – im Bois de Boulogne spazierenfahren, am Kai entlanglaufen, in meinem Garten sitzen oder in seinem.
»Ihr redet *nur*? Worüber in aller Welt?«
Musik, Wissenschaft, Religion – es gab wenig, was ihn nicht interessierte, wenig, was seiner Aufmerksamkeit entging.
»Du weißt ja, was die Leute sagen, daß er verrückt nach dir ist.«
»Wir sind Freunde.«
»Zweifellos«, sagte Thérèse und lächelte kapriziös.

30. Dezember

Es ging auf die Mittagszeit zu, als die rote Kutsche von Thérèse in meinen Hof einbog. »Du solltest heute abend vielleicht nicht nach La Chaumière kommen«, sagte sie, als sie das Fenster herunterließ.

»Aber ich muß – es ist verabredet. Buonaparte holt mich um neun ab.«

»Lazare ist zurück. Er wird heute abend dasein.«

Lazare?

»Ich dachte, du solltest gewarnt sein.«

Buonaparte und ich trafen kurz vor zehn in La Chaumière ein. Ich war erleichtert, daß Lazare noch nicht da war. Trotzdem konnte ich mich nicht entspannen.

Erst um Mitternacht traf Lazare ein, in Uniform und in Begleitung mehrerer Adjutanten. Er sah mich und wandte sich ab. Ich nahm Buonapartes Arm und fragte, ob wir einen Augenblick in den Garten gehen könnten.

»Aber es ist eiskalt.«

»Nur, um ein bißchen Luft zu schöpfen.«

Nach wenigen Augenblicken konnte ich meine Fassung wiedergewinnen. Ich wußte, daß ich das Wort an Lazare richten mußte, daß ich den Mut aufbringen mußte, das Wort an ihn zu richten.

Bei der Rückkehr in den Salon wurde Buonaparte von Madame de Crèny und Fortunée Hamelin angesprochen, die verlangten, daß er ihnen aus der Hand läse, eine Zauberkunst, für die er, wie er behauptete, einiges Talent besäße.

Lazare stand in der Nähe, am Feuer, und sah zu. »Wie schön, dich in Paris zu sehen«, sagte ich und gratulierte ihm zu seiner kürzlichen Beförderung. Er betrachtete mich mit kalter Würde – mit einem derart frostigen Gesichtsausdruck, daß ich froh war, als sich Buonaparte zu uns gesellte.

»Und Sie, General Hoche?« fragte Buonaparte. Lazare streckte seine Hand aus. Buonaparte studierte sie und grinste. »General, Sie werden jung sterben – und in Ihrem Bett«, sagte er.*
»Alexander der Große ist doch auch in seinem Bett gestorben, oder?« Ich nahm Buonapartes Arm. »Ich glaube, Thérèse braucht uns im Spielzimmer«, sagte ich und zog ihn fort. »Das war unnötig«, zischte ich.
Buonaparte sah mich an. »Halten Sie mich für blind?« Ich zog meine Stola um die Schultern. »Bringen Sie mich nach Hause, Buonaparte«, sagte ich ihm. »Ich fühle mich nicht recht wohl.«

Die Rückfahrt nach Chantereine kam mir sehr lang vor. Buonaparte und ich saßen schweigend da. »Wie geht es Ihnen?« fragte er, als wir in die Rue Mont-Martre einbogen.
»Ich habe gelogen, was mein Unwohlsein betrifft«, sagte ich.
»Ich war gespannt, wie weit Sie die Farce treiben würden.«
»Das ist nicht nett.«
»Ich habe nie behauptet, ein netter Mensch zu sein.« Er zögerte. »Sie sind General Hoche zugeneigt.«
Ich richtete die Pelzdecke über meinen Knien. Ich war dankbar für die Dunkelheit. »Ich kannte ihn im Gefängnis.«
»Und heute?«
»Und heute hat General Hoche eine eigene Familie. Möchten Sie hereinkommen?« fragte ich, als wir in meinen Hof einfuhren.
»Möchten Sie es denn?«
Ich überlegte einen Augenblick. »Ja«, sagte ich. Ich sagte nicht die Unwahrheit. Ich fühlte mich von einem Gefühl der Traurigkeit überwältigt, dem Gefühl, daß ich in diesem Leben zuviel allein war. Der kalte Blick in Lazares Augen hatte mich auf eine Weise verstört, wie Worte dies niemals vermocht hätten.

* Lazare Hoche sollte am 17. September 1797 in seinem Bett sterben, im Alter von neunundzwanzig Jahren.

Buonaparte blieb über eine Stunde. Ich trank mehrere Gläser Chambertin. Bevor er ging, sagte er: »Ich hätte gerne die Erlaubnis, Sie zu küssen.« Es schien ein harmlose Bitte zu sein.
Seine Berührung war zaghaft, unsicher und dann zudringlich. Ich riß mich los. Er spazierte mit lebhaften Schritten im Zimmer umher. »Buonaparte?« Sein Benehmen beunruhigte mich.
Offensichtlich hörte er mich nicht, denn er antwortete nicht. Dann lächelte er, ein merkwürdiges Lächeln, dachte ich, als bewahre er ein großes Geheimnis. Er küßte mir die Hand und war verschwunden.

7. Januar 1796

»Liebt ihr euch?« wollte Thérèse wissen und zog eine Robe über den Kopf. Sie probierte gerade eine Reihe von Ensembles an. In zwei Wochen sollte im Palais du Luxembourg ein Fest zu Ehren des dritten Todestages des Königs stattfinden, und Thérèse plante ihre Toilette. Roben, Unterröcke und Stolen waren im ganzen Zimmer verstreut.
»Nicht in dem Sinne, den du meinst.« Ich hielt eine Stola hoch, die sie in Erwägung ziehen sollte, eine aus luxuriöser weißer Spitze, die Barras ihr geschenkt hatte.
»Welchen Sinn gibt es denn noch?« Sie lachte.
»Er fasziniert mich.« General Napoleone Buonaparte war wie ein tropischer Tag – in einem Moment übersprudelnd und im nächsten still und launisch. Er flößte keinen Respekt ein; er forderte ihn vielmehr. Ich wußte nie, was ich von ihm zu erwarten hatte.
»Barras will unbedingt, daß du ihn heiratest«, sagte Thérèse.
»Ich bin nicht Barras' Eigentum.«
»Wir sind alle *Direktor* Barras' Eigentum, meine Liebe.« Sie schloß die Perlenknöpfe an ihrem Ärmel. »Was würdest du denn nun antworten, wenn Buonaparte dir einen Antrag machte?«

Ich seufzte und setzte mich. »Buonaparte *heiraten*?«
»Ich denke, unser Freund, der Direktor, hat recht. Ich denke, du solltest es in Erwägung ziehen. Wie alt ist Buonaparte – sechsundzwanzig? Weißt du noch, was dir die Lenormand vorausgesagt hat – daß du einen brillanten Mann des Militärs heiraten würdest, der etwas jünger ist als du?«
»Hortense weint schon bei dem Gedanken, daß ich wieder heiraten könnte.«
»Hat sie Buonaparte überhaupt schon kennengelernt? Warum nimmst du sie nicht zu dem Fest im Palais mit? Sie ist fast dreizehn – es wird Zeit, daß sie in die Gesellschaft eingeführt wird.«

Samstag, 9. Januar

Zuerst war Hortense begeistert von der Neuigkeit, daß wir zu einem Festmahl gehen würden, vor allem, als ich ihr das Kleid zeigte, das ihr die Lannoy gerade nähte. »Es findet im Palais statt«, sagte ich und dachte, sie wäre beeindruckt.
»Dem Luxembourg?«
Ich nickte. »Direktor Barras ist der Gastgeber.«
»Wir gehen zu einem Empfang, den Direktor *Barras* gibt?« Die Verachtung stand ihr ins Gesicht geschrieben. »Aber, Maman, es waren Männer wie er, die Vater *ermordet* haben!«
»Wo hast du das gehört?« Seit Hortense in die Schule ging, hatte sie plötzlich »Meinungen«. Ich hatte eigentlich mit Madame Campan darüber sprechen wollen, mich jedoch zurückgehalten, da ich ahnte, daß möglicherweise Madame Campan selbst dahintersteckte. »Wenn Direktor Barras uns nicht geholfen hätte, wäre es uns nie gelungen, die Besitztümer deines Vaters zurückzubekommen«, wies ich sie zurecht. »Du hast die Pflicht, einem Mann gegenüber freundlich zu sein, der soviel getan hat, um uns zu helfen.«

Schließlich gab sie nach; sie würde mitgehen. »Aber ich weigere mich, mit Verbrechern und Schurken zu sprechen. Schließlich bin ich eine Royalistin.«
Ich schlug sie. Wir brachen beide in Tränen aus.

21. Januar, Mitternacht

Ich bin erschöpft. Das Galafestessen im Palais du Luxembourg war ein gewaltiger Erfolg, aber für mich kaum erfreulich. Buonaparte war besonders eifrig und folgte mir auf Schritt und Tritt. Er aß rasch, oftmals mit den Fingern. Hortense saß zwischen uns und weigerte sich trotzig zu reden.
Auf dem gesamten Heimweg war Hortense still. Schließlich, schon im Schlafgewand, schrie sie plötzlich schluchzend: »Wenn Sie diesen gräßlichen kleinen Mann heiraten, werde ich nie wieder mit Ihnen reden.«
Ich nahm sie in die Arme. »Das werde ich nicht«, sagte ich ihr. »Ich verspreche es.«
Ich verspreche es.

Ich muß mich entscheiden

Freitag, 22. Januar 1796

Buonaparte hat mir einen Heiratsantrag gemacht. Ich sagte ihm, daß ich darüber nachdenken würde.
»Wie lange?« Er begann, das Zimmer zu durchschreiten.
»Ich werde Ihnen in zwei Wochen eine Antwort geben.«
»In einer Woche.«
»Dann wird die Antwort nein lauten.«
Er lächelte. »Sie sind stärker, als Sie aussehen, Joséphine. Ich mag das an einer Frau.«
»Mein Name ist Rose.«

Samstag, 23. Januar

Eugène schlug die Hacken zusammen, als General Buonaparte zu Besuch kam. Hortense dagegen zeigte ihm die kalte Schulter. Buonaparte gab sich alle Mühe, sie zu bezaubern, aber mit wenig Erfolg. Hortense blieb die meiste Zeit des Abends auf ihrem Zimmer und weigerte sich, herunterzukommen.
»Versuchen Sie, nicht verletzend zu sein«, legte ich ihm nahe.
»Ich habe sie doch nur geneckt.« Er hatte Hortense vorgeworfen, eine Betschwester zu sein, weil sie sich auf die Firmung vorbereitete.
»Sie ist kein Kind, das man necken kann. Sie nimmt alles ernst.«
»Dann *werden* wir miteinander auskommen.«

29. Januar, 6 Uhr abends

»Aber, Thérèse, ich bin nicht verliebt.« Thérèse und ich machten einen Spaziergang am Quai. Es war kalt, aber erfrischend, das Wasser grau.
»Er bedeutet dir als Freund viel«, sagte sie. »Du bedeutest ihm viel. Ist das nicht wichtiger?«
»Glaubst du nicht an die Liebe?«
Thérèse lachte verächtlich auf. »Tallien hat mich geliebt – und alles, was ich bekam, waren blaue Flecken.«
»Er weiß, daß er dir Unrecht getan hat.« Ich hatte auf eine Gelegenheit gewartet, um mit ihr über Tallien zu sprechen.
»Du hast ihn gesehen?« Ich nickte. »Er hat sich verändert.«
Sie sagte nichts.
»Er betet dich an, Thérèse«, fuhr ich unbeirrt fort. »Und er ist ein so zärtlicher Vater.«
Sie ging auf mich los. »Weißt du denn nicht, wie mich das quält?« rief sie mit aufgewühltem Blick. »Eine Ehe kann ohne Leidenschaft überleben, Rose, aber nicht ohne Achtung. Sag ihm, daß es mir leid tut, aber ich kann nicht – ich *kann* einfach nicht.«

30. Januar

»Sie drückt ihr Bedauern aus.« Ich versuchte, es ihm schonend beizubringen. Tallien hatte so hoffnungsvoll ausgesehen, als ich erschien. »Du bedeutest ihr viel.« Das stimmte.
»Aber …?«
Ich schüttelte den Kopf.
Ich blieb eine Weile. Wir spielten Piquet, wie in unseren Jugendzeiten, den Zeiten vor dem Terror, Zeiten, die so weit entfernt zu sein schienen. Ich sprach mit ihm über General Buonaparte, über meine Zweifel und meine Verwirrung.

»Er ist ein ehrgeiziger Mann«, sagte Tallien. »Er wird es zu etwas bringen. Darüber kann kein Zweifel bestehen.«
»Barras sagt das auch.«
»Mag er dich? Und die Kinder?«
»Ja.« Er schien Hortense und Eugène wirklich zu mögen. »Ich glaube, er wäre ihnen ein guter Vater.«
»Und als General sicher eine Hilfe bei der Militärkarriere deines Sohnes.«
»Richtig.« Dies war ein bedeutender Faktor.
»Trotzdem bist du unsicher?«
»Wir lieben uns nicht.«
»Das ist nicht schwer zu lösen.«
»Eine Frau hat es nicht immer leicht.«
»Ist eheliche Treue ein Problem? Vielleicht ...«
Ich zuckte mit den Schultern. Es war für verheiratete Männer und Frauen üblich, sich Geliebte zu nehmen – aber wollte ich so leben?
»Ich rate dir anzunehmen«, sagte Tallien. »Es ist ein Spiel – aber andererseits ...« Er stöhnte, als ich meine Karten offenlegte. »Aber andererseits hattest du schon immer ein Talent dafür, Glücksspiele zu gewinnen.«

31. Januar 1796 – Hôtel de Croisœuil, Croissy

Sehr verehrte Bürgerin Madame Beauharnais,
kommen Sie rasch – Mutter geht es nicht gut.

Bürgerin Madame Lucie Hosten de Croisœuil

1. Februar 1796 – Hôtel de Croisœuil, Croissy

Sehr verehrte Bürgerin Madame Beauharnais,
verzeihen Sie, daß ich Sie beunruhigt habe. Mutter ist heute kräftiger.

Bürgerin Madame Lucie Hosten de Croisœuil

Dienstag, 2. Februar – Croissy

Es war kurz nach Mittag, als mein Kutscher mich vor dem Hôtel de Croisœuil absetzte. Lucie kam mit einem Säugling auf dem Arm in die Halle. »Madame Beauharnais!« Sie begrüßte mich äußerst freundlich. »Haben Sie meine zweite Nachricht erhalten?« fragte sie. Von irgendwoher hörte ich ein Kind lachen.

»Wie geht es Ihrer Mutter?« fragte ich sie, nachdem ich sie zu ihrem zweiten Kind – wieder ein Junge – beglückwünscht hatte. »Was sagt der Arzt?«

Wir wurden durch einen Schrei unterbrochen – der eines Kindes. Lucie blickte zur Treppe hinauf. »Ruhe!« brüllte sie. Sie wandte sich mit Engelsmiene wieder zu mir um. »Wir haben sie nach unten gebracht«, sagte sie, abgelenkt von dem nun ebenfalls schreienden Kind in ihren Armen.

Im Musikzimmer war es dunkel; die Vorhänge waren vorgezogen, die Fenster geschlossen. Der Geruch war eher zu greifen, als zu riechen, Luft, die immer schlechter wurde. Ich schlug die Bettdecken zurück. Aimées Augen waren offen.

»Du bist da.« Ihre Stimme war rauh, heiser.

»Lucie hat mir geschrieben.«

»Das war nicht nötig.«

»Fällt dir das Sprechen schwer?«

»Ich bin so müde.«

»Ich werde dir die Füße massieren. Würde dir das gefallen?«

Sie nickte. »Erzähle. Was gibt es Neues? Wie geht es allen?«

»Ich denke über einen Heiratsantrag nach.«

»Lazare?«

Ich schüttelte den Kopf. »General Buonaparte.«

»Der Mann in den Zeitungen?«

Ich nickte.

»Ist er nicht Italiener, Rose? Italiener sind so unreinlich.«

»Er ist Korse.«

»Das ist noch schlimmer.«
»Ich wünschte, du könntest ihn kennenlernen.« Ich hätte ihr so gerne von der Verwirrung in meinem Herzen erzählt, doch sie wurde schon schläfrig, ihre Augenlider flatterten und schlossen sich. Ich setzte mich wieder neben sie und nahm ihre Hand. Du kannst mich nicht einfach so verlassen, Aimée, dachte ich. Ich brauche dich.
Lucie kam ins Zimmer, einen Nachttopf in der Hand. Ich erhob mich. »Sie schläft immer mehr«, sagte Lucie.
»Das wird sie heilen.«
»Ja.« Aber keiner von uns glaubte daran. Ich griff nach meinem Korb, meinem Hut. An der Tür wandte ich mich um und schaute zurück. Lucie – so jung, so blühend – stand mit resignierter Miene am Fußende des Bettes ihrer Mutter. »Bestellen Sie ihr herzliche Grüße von mir«, sagte ich. Bete für ihre Seele.

3. Februar

»Man hat mir einen Heiratsantrag gemacht«, erzählte ich Fanny. Ich war in ihrem Stadthaus in der Rue de Tournon, um Vorkehrungen für eine Holzlieferung zu treffen.
»Du würdest deine Freiheit wegwerfen?« Sie sah entsetzt aus.
»Die Freiheit zu verzichten.« Die Freiheit, allein zu schlafen.
»Eugène und Hortense brauchen einen Vater.«
»Ist das dieser Korse, den ich in deinem Salon getroffen habe?«
»Sind Sie dagegen?«
»Er erzählt gute Geistergeschichten. Er gefiel mir eigentlich.«
»Den meisten Leuten nicht.«
»Schick sie zum Teufel. Ich weiß, daß die adligen Matronen von Saint-Germain ihre Nase über einen Mann rümpfen werden, dessen Namen sie nicht aussprechen können, aber wer schert sich denn noch um *die*?«

»Was Tante Désirée wohl denken wird?«
»Du hast es ihr noch nicht erzählt?«
»Ich habe nicht den Mut dazu.«
»Sie möchte doch, daß du heiratest.«
»Aber einen Korsen?«
Fanny lachte. »Sie wird sich daran gewöhnen. Verglichen mit Marie, die einen Mulatten heiratet, könnten die Chancen sogar gut stehen. Liebst du ihn?«
»Nein.«
»Da bin ich aber erleichtert.«

4. Februar

General Schérer, Kommandeur der Italienarmee, ist zurückgetreten.
»Warum?« fragte ich beunruhigt. Jede Erwähnung der Italienarmee greift meine Nerven an.
Buonaparte und ich waren in seiner gräßlichen Kutsche im Bois de Boulogne. Ich hatte ihn überredet, daß die Ausfahrt, wenn ich sie genießen sollte, nicht mit voller Geschwindigkeit stattfinden dürfe, und er hatte seinen Kutscher angewiesen, die Finger von der Peitsche zu lassen.
»Direktor Carnot hat ihm meine Pläne für den Einsatz in Italien geschickt«, sagte Buonaparte. »Es hat den Anschein, daß sich General Schérer nicht dafür interessierte. Er sagte lediglich, daß der Idiot, der sie sich ausgedacht hätte, wohl auch dazu imstande wäre, Erfolg damit zu haben.«
»Und daher ist er zurückgetreten? Einfach so?«
»Zur Seite getreten, sagen wir mal.«
»Für Sie?«
»Wir werden sehen ...«
»Was meinen Sie?«
»Ich muß eine Antwort haben. *Bald.*«

6. Februar

Heute morgen war ich nervös. Ich entschloß mich zu einer Ausfahrt. Einer plötzlichen Eingebung folgend, bat ich meinen Kutscher, mich zu dem Acker hinauszufahren, wo Alexandre begraben war.

Er sah anders aus als vorher. Hier und dort war büschelweise Gras gewachsen, jetzt braun vom Frost. Der Wind fegte über die harten Erdschollen. Die Verrückte war auch wieder da, trotz der Kälte.

Ich lief auf den Acker hinaus, zu der Eiche in der Mitte. Ich lehnte den Kopf an den knorrigen Stamm. Wie alt dieser Baum wohl war? fragte ich mich.

Ich dachte über mein Leben nach, über die Entscheidungen, die vor mir lagen. Ich dachte an Hortense, an Eugène. In diesem Sommer wurde ich dreiunddreißig. Wie viele Heiratsanträge würde es wohl noch geben?

»Die Kinder müssen einen Vater haben«, sagte ich laut. Konnte Alexandre mich hören? »Ich kann es nicht allein schaffen!«

Die Verrückte wandte den Kopf und grinste.

Ich ging zu ihr. Sie kauerte auf dem Boden. Ich beugte mich neben ihr herunter. Ich war überrascht, als ich sah, wie jung sie war, jünger als ich. Ihre Kleider waren zerfetzt, verschmutzt von Exkrementen. Sie zitterte.

»Du wirst dir hier draußen den Tod holen. Hast du ein Zuhause?« fragte ich. »Irgendeinen Platz, wo du hingehen kannst?«

»Cäsar wird kommen«, sagte sie.

»Der Römer?«

»Er sagte, daß er mich hier treffen würde.«

»Du solltest im Haus sein.« Ihre Haut war von der Kälte grau.

»Ich warte.« Ich legte ihr meinen Umhang um die Schultern. »Er hat mir gesagt, daß du nach Hause gehen sollst«, log ich.

»*Er* hat dir das gesagt?«
Ich zögerte. »Er hat gesagt, daß ich dir das geben soll.« Ich ließ meinen kleinen Münzbeutel in ihre Hand gleiten.
Sie befühlte den Beutel. Sie sah zu mir auf. Ihre Augen lagen tief, waren von einem dunklen Blau – Alexandres Augen. Ich wandte mich ab.

Sonntag, 7. Februar

Eine weitere schlaflose Nacht. Der Wind bläst gegen die Fensterläden. Ich bin zu meinem Schreibtisch neben dem Feuer gegangen und habe eine Flickendecke über meine Knie gelegt. Morgen muß ich Buonaparte meine Antwort geben. Ich weiß nicht, wie sie ausfallen wird.
Ich hole meine Karten hervor, die seit den Carmes versteckt waren. Ich fühle ihre abgegriffene Oberfläche, spüre immer noch die Trauer, die in ihnen steckt. Ängstlich lege ich sie aus. In der Mitte: Konflikt. Für die Zukunft: Vereinigung. Und die Kontrollkarte: Schicksal.

8. Februar

Ich habe Buonaparte meine Antwort gegeben.

Ich habe Anlaß zu bereuen

9. Februar 1796

Eugène nahm die Neuigkeit gleichmütig auf. Ich meine sogar, daß er sich freute. Hortense dagegen war untröstlich. Ich hätte sie hintergangen, sagte sie. Sie blieb auf ihrem Zimmer, weigerte sich zu essen.

18. Februar

Das Aufgebot wird morgen veröffentlicht. »Haben Sie es jemandem erzählt?« fragte ich Buonaparte. »Haben Sie es Ihrer Familie erzählt?«

Buonapartes riesige Familie: seine verwitwete Mutter, Madame Letitia (die er verehrt), sein älterer Bruder Guiseppe (den er liebt), Lucciano (der zu den besten Hoffnungen berechtigt), Luigi (den er als seinen Sohn betrachtet), seine Schwestern (»die drei Marias«) Maria-Anna, Maria-Paola und Maria-Anuntiata, der »Kleine«, Girolamo – jetzt zwölf. Alle in seiner Obhut, alle notleidend.

»Ich habe nur Guiseppe informiert«, sagte er. Wir saßen am Kamin und aßen eingemachte Kirschen in frischer Schlagsahne. »Ich habe ihm vor zwei Wochen geschrieben.«

Vor zwei Wochen? Vor zwei Wochen hatte ich Buonaparte meine Antwort noch nicht gegeben. »Und was hat er geantwortet?« fragte ich.

»Er ist wütend. Er sagte, er hätte um Rat gefragt werden müssen,

da er der Älteste ist. Er besteht darauf, daß ich meine Verpflichtung, die Schwester seiner Frau zu heiraten, einlöse.«
»Das Mädchen, mit dem Sie vergangenen Sommer verlobt waren?«
»Und nun hat Guiseppe an Mutter geschrieben.«
»Und?«
»Und nun verlangt *sie*, daß ich die Verlobung mit dir löse.«
»Könnte das nicht ein Problem werden, Buonaparte? Vielleicht sollten wir ...«
»Nein!« sagte er verärgert. »Ich bin mein eigener Herr.«

19. Februar

Buonaparte hat mit Barras gesprochen, Barras hat mit Thérèse gesprochen, Thérèse hat mit mir gesprochen. Auf diese Weise habe ich erfahren, daß Buonapartes Bruder Guiseppe ihm mit einer Klage gedroht hat, weil er seine Schwägerin nicht heiratet!*
»Die Korsen verbringen ihr halbes Leben im Gerichtssaal«, sagte Thérèse, als sie es mir erzählte. »Das ist ihr Lieblingssport. Hast du schon mal von der Vendetta gehört?«
»Auf was lasse ich mich da bloß ein?«
»Keine Sorge, Rose. Du kannst eine Schlange beschwören.«
»Aber auch korsische Verwandte?«
Thérèse machte ein unschlüssiges Gesicht. »Vielleicht nicht.«

* Bernadine Eugénie Désirée Clary heiratete später Bernadotte, der Kronprinz von Schweden wurde – und somit Désirée zur Kronprinzessin machte. Ironischerweise heiratete beider Sohn, Oskar I. von Schweden, eine von Roses Enkeltöchtern.

20. Februar

Wegen meines Taufscheins, der für die Heiratserlaubnis verlangt wird, habe ich Bürger Calmelet, meinen Familienberater, aufgesucht. »Ich denke, Sie handeln richtig«, sagte er zu mir.
»Das sagen nicht viele.« General Aubert-Dubayet, der Kriegsminister, hatte sich erdreistet, mir zu sagen, daß ich mich lächerlich machte, wenn ich Buonaparte heiratete. Selbst Grace Elliott hatte gefragt, wie ich auch nur daran denken könnte, einen Mann mit einem so fürchterlichen Namen zu heiraten.
Bürger Calmelet nickte. »General Buonaparte ist keiner, der die Etikette beachtet. Das erregt bei manchen Leuten Anstoß. Aber er berechtigt zu den besten Hoffnungen, und er scheint Ihnen aufrichtig zugetan zu sein. Das kann man in seinen Augen lesen.«
»Werden Sie zu der Feier kommen, einer meiner Trauzeugen sein?«
»Es wäre mir eine Ehre. Wann findet sie statt?«
Noch siebzehn Tage.

Montag, 22. Februar

Es war fast Mittag, als ich ein Pferd die Gasse herauftraben hörte. Ich schaute hinaus und erblickte Lazare, der von einem prächtigen Grauschimmel absaß. Er reichte meinem Kutscher die Zügel und die Reitpeitsche.
Rasch ging ich zu meinem Spiegel und rieb mir etwas Farbe auf die Wangen.
Agathe kam in mein Ankleidezimmer. »General Hoche ist hier, um Sie zu besuchen.«
»Ja, ich habe ihn gesehen.« Ich band meine Schürze ab. Ich hatte vorgehabt, im Garten zu arbeiten, und das einfache Musselinkleid, das ich trug, schmeichelte nicht gerade.

»Soll ich ihm sagen, daß Sie ihn empfangen werden?«
Ich überlegte einen Augenblick. Sollte ich? Nein. »Sag ihm, ich sei unpäßlich.«
Wenige Augenblicke später hörte ich Lärm in der Diele. Ich blickte hoch. Lazare stand in der Tür. »Ich möchte meine Briefe zurück«, sagte er.
Ich lachte höhnisch auf. »Welche Briefe! Ich habe seit *August* keinen einzigen Brief mehr von dir erhalten.« Ich zog mir das Tuch um die Schultern. »Seit du Madame de Pout-Bellans Ehemann *gerettet* hast.«
»Monsieur de Pout-Bellan? Was hat er denn damit zu tun?«
»Es heißt, daß du seine Frau liebst.«
Lazare wedelte ungeduldig mit der Hand. »Madame de Pout-Bellan? Da ist nichts ...! Wenigstens nichts im Vergleich mit dem, wie du und Vanakre ...«
»Vanakre? Dein *Diener*?«
»Du brauchst nicht diesen aristokratischen Ton anzuschlagen. Vanakre ist jetzt mein Adjutant.«
»Darum geht es nicht. Du hast geglaubt, daß ich eine Affäre mit *Vanakre* hatte?«
»Ich habe *Beweise*!«
»Diese Beweise würde ich gerne einmal sehen, General Hoche.«
Lazare begann auf und ab zu laufen. »Und jetzt bist du mit diesem« – er fluchte, schlug mit der Faust auf den Beistelltisch – »diesem kleinen *Polizeigeneral* zusammen! Wie konntest du nur!«
»Sprich nicht so von General Buonaparte.«
»Wußtest du, daß er erst im letzten Jahr zu einer Infanteriebrigade unter *meinem* Befehl versetzt wurde, weil er *angeblich* krank war? Wußtest du, daß der Ausschuß ihn wegen Gehorsamsverweigerung degradiert hat? Und daß er den Türken seine Dienste angeboten hat! Er ist ein Opportunist! Man kann ihm nicht

trauen. Er will nur die Beförderung, die Barras ihm angeboten hat.«

»Mit Barras hat das nichts zu tun!« Ich hielt mir die Ohren zu.

Lazare packte meine Hände und zog sie weg. »Buonapartes Belohnung für die Heirat mit dir ist die Italienarmee. *Das* will er – nicht *dich*.«

»Wer auch immer dazu ernannt wird, die Italienarmee zu befehligen, wird aufgrund seiner Verdienste ernannt.« Ich zitterte.

»*Alle* Direktoren müssen dem zustimmen – wie du sehr wohl weißt. In Wirklichkeit hat es doch wohl den Anschein, daß Direktor Carnot derjenige ist, der General Buonaparte befördert.«

»Sag mir, daß du ihn liebst«, wollte Lazare wissen.

»Ich habe ihm mein Wort gegeben.«

Er starrte mich lange an. »Das wär's also?«

Ich drehte mich zum Fenster und holte tief Luft. »Ich nehme an, daß Glückwunsche angebracht sind. Du bist Vater geworden, wie ich höre.«

»Ganz recht. Ein Mädchen.« Aus seiner Stimme klang Stolz.

Ich drehte mich zu ihm um. »Ich war dir nie untreu«, sagte ich.

Er nahm meine Hand. »Du zitterst ja. Erschrecke ich dich?«

»Bring mich nicht zum Weinen, Lazare.« Ich zog meine Hand fort. Seine Berührung war zärtlich. Er war immer so zärtlich gewesen. »Bitte geh.«

An der Tür wandte er sich um. »Es stimmt, daß ich mich in eine andere Frau verliebt habe«, sagte er. »In meine Frau.«

»Du hast sie schon immer geliebt.«

Er verbeugte sich und war fort. Kurz darauf hörte ich sein Pferd die Einfahrt hinuntergaloppieren.

Ich saß eine Weile am Fenster und schaute in den grauen Wintertag hinaus. Agathe fragte, ob ich etwas wünsche.

»Nichts«, sagte ich.

Später

Ich grub gerade im Garten, als eine Botschaft abgegeben wurde. Es war eine Nachricht von Bürger Dunnkirk: »Bitte suchen Sie mich auf.«

Handelt es sich um Mutter? Ich rief sofort nach meiner Kutsche und traf kurz vor fünf Uhr in Emmerys Büro ein.

»Ich bin froh, daß Sie so prompt kommen konnten. Da ist etwas, was Sie meiner Meinung nach wissen sollten. Ihr Verlobter hat mich aufgesucht.« Es war kalt. Er schniefte wie gewöhnlich.

»General Buonaparte?«

»Ja. Heute morgen.«

»Aber *warum*?«

»Er erkundigte sich nach Ihren finanziellen Verhältnissen.«

»Ich habe keine Geheimnisse! Er mußte Sie nicht fragen.«

Bürger Dunnkirk zuckte mit den Schultern.

»Was haben Sie ihm gesagt?«

»Die Wahrheit.« Er schneuzte sich die Nase in ein schmutziges blaues Taschentuch.

»Und ...?« Ich wußte nicht, auf wen ich wütender war: auf Buonaparte oder Bürger Dunnkirk.

»Er hatte Sie für vermögender gehalten, als Sie es sind.«

Ich saß einen Augenblick schweigend da.

»Ich weiß, es steht mir nicht zu, Bürgerin, aber ... sind Sie sicher, daß dies der Mann ist, den Sie heiraten sollten?«

»Ich muß gehen.« Aus Angst vor meinen Gefühlen erhob ich mich.

Am selben Abend

»Es ist aus!« schrie ich in dem Augenblick, als Buonaparte eintrat. Ich hatte nicht derart explodieren wollen, aber die Worte entschlüpften mir, bevor ich mich beherrschen konnte.

Buonaparte blickte hinter sich. Sprach ich zu jemand anderem als zu ihm? »Joséphine ...?«

»Und ich werde *nicht* Joséphine sein! Ich bin *Rose.*« Ich lief im Zimmer auf und ab.

Buonaparte warf seinen Hut auf einen Stuhl. »Vielleicht könnten Sie mir verraten, was das alles zu bedeuten hat«, sagte er, *»Joséphine.«*

Ich holte zum Schlag gegen ihn aus. Er packte mich am Handgelenk. »Ich warne Sie, mich niemals zu schlagen«, sagte er.

Die Lannoy kam zur Tür gelaufen. Gontier war hinter ihr. »Madame?«

»Laßt uns allein«, befahl Buonaparte. Er war nicht so ruhig, wie er vorgab.

Ich nickte beiden zu. »Es ist in Ordnung.«

Nachdem sie gegangen waren, herrschte einen Augenblick Schweigen. Draußen wieherte ein Pferd.

»Nun, ob Sie wohl so freundlich wären und mir eine Erklärung geben könnten?« Buonaparte stach mit einem Eisen nach den glühenden Kohlen.

Ich setzte mich und faltete die Hände in meinem Schoß. »Ich habe beschlossen, unsere Verlobung zu lösen.«

»Soviel habe ich begriffen. Würde es Ihnen Umstände bereiten, einen Grund dafür zu nennen?«

»Sie haben meinen Bankier aufgesucht.«

»Ganz recht.«

»Sie hätten zu mir kommen können.«

Er antwortete nicht.

»Sie empfinden keine Zuneigung zu mir, Buonaparte. Durch die Heirat mit mir erhoffen Sie sich lediglich eine Beförderung.« Ich wollte ihn nicht ansehen. »Nichts was Sie vorbringen können, kann mich vom Gegenteil überzeugen. Versuchen Sie also erst gar nicht, sich zu verteidigen.«

»Und *Sie* – sind Sie so ...?« Er erhob sich. »So frei von Eigennutz? Können Sie behaupten, daß Sie nur aus *Zuneigung* zu mir in die Heirat eingewilligt haben?«

»Um so mehr Grund, auf diese unglückselige Verbindung zu verzichten.«

Er verließ abrupt das Haus. In seinen Augen waren Tränen. Ich fühle mich nicht erleichtert.

Wir fangen noch einmal an und noch einmal

23. Februar 1796

Ich war noch im Bett, als Agathe mir meldete, daß General Buonaparte eingetroffen sei.
»Ich habe das Pferd gehört«, sagte ich. Agathe brachte mir mein weißes Musselinkleid. Ich band mir einen roten Schal um den Kopf und legte Rouge auf.
Ich freute mich nicht auf dieses Treffen. »Bleib in der Nähe«, wies ich Agathe an und streifte ein Tuch über meine Schultern, »falls ich dich brauche.« Ich zitterte vor Kälte.
Buonaparte wartete im Empfangszimmer. Er stand am Fenster und betrachtete die Büste von Voltaire. Er wandte sich zu mir um, als ich eintrat. An seinen Augen konnte ich erkennen, daß er nicht geschlafen hatte.
»Guten Tag«, sagte ich.
»Ist es schon so spät?« Er trug einen schwarz bestickten Rock mit einem hoch aufgestellten Kragen.
Ich nahm links vom Kamin Platz und bedeutete ihm, auf der rechten Seite Platz zu nehmen. Seine Stiefel, die er mit einer abscheulichen Substanz zu polieren pflegte, verströmten einen strengen Geruch. Ich bat Agathe, uns Kaffee und Toast zu bringen. »Und Rum.«
Buonaparte und ich saßen in unbehaglichem Schweigen da, bis Agathe zurückkehrte. Sie stellte den Kaffeekessel und Kelchgläser auf einen Serviertisch und ging. »Kaffee?« fragte ich. Er lehnte ab. Ich goß mir aus dem Kessel Kaffee ein, fügte Rum, Sahne und

zwei gehäufte Löffel Zucker hinzu. Mein Löffel schabte auf dem Boden meiner Tasse.

»Die Zeit der Wahrheit ist gekommen«, sagte er. Er stand auf. Ich machte mich auf Gegenbeschuldigungen, Rechtfertigungen gefaßt. »Sie haben mich des Eigennutzes bezichtigt, indem ich Ihnen einen Heiratsantrag machte. Ich möchte auf Ihre Vorwürfe antworten.« Er verschränkte die Hände hinter dem Rücken, dann vor der Brust und dann wieder hinter dem Rücken. »Am Anfang, ja, reizten mich die Vorteile, die mir eine Heirat mit Ihnen bieten würde. Ich erkannte, daß Sie eine einflußreiche Frau waren, eine Frau, die ungezwungen mit mächtigen und reichen Männern Umgang pflegte, eine Frau, die eine Brücke zwischen der alten und der neuen Welt schlug. Ich wußte, daß diese Eigenschaften ein Gewinn für mich wären. Und natürlich war da noch als Rosine die Italienarmee! Ich hätte die ordinärste Marktdirne geheiratet, um den Befehl über die Italienarmee zu bekommen.«

»Sie müssen mich nicht beleidigen, Buonaparte.«

»Sie *beleidigen*!« Er fiel vor mir auf die Knie. »Ich möchte Sie ehren, wie noch nie eine andere Frau zuvor geehrt wurde!«

»Erheben Sie sich!« sagte ich beunruhigt und peinlich berührt.

»Sie *müssen* mich anhören!« Er nahm den Sessel neben dem meinen und ergriff meine Hand. »Begreifen Sie denn nicht? Ich habe mich in Sie *verliebt*!«

»Und dennoch sind Sie zu meinem Bankier gegangen.«

»Das will ich nicht leugnen. Das war die Tat eines Feiglings.« Er erhob sich wieder und trat zurück. »Ich suchte nach Gründen, Ursache und Wirkung, Bedingung und Beweis. Ich suchte nach einer Möglichkeit zu fliehen.«

»Vor *was*?«

»Vor Ihnen. Vor dem Gefühl, das mich verschlang.«

Ich lehnte mich aufgebracht zurück. »Ich kann Rätsel nicht leiden«, sagte ich.

»Sie verstehen mich nicht! Wenn ich bei Ihnen bin, dann ist es so, als hätte sich ein Vorhang geöffnet und alles, was vorher geschehen war, wäre nur eine Ouvertüre gewesen. Ist das nicht erschreckend? Ich habe einen Toten in meinen Armen gehalten. Ich bin auf die Mündung einer in Brand gesetzten Kanone zugegangen. Ich habe dem Zorn meiner Mutter die Stirn geboten. Doch *nichts* ist so erschreckend für mich wie die Zärtlichkeit, die mich überkommt, wenn ich in Ihre Augen schaue.«
Ich stand abrupt auf und ging zum Fenster. Fortuné war an der Gartenmauer, bei den Rosensträuchern, die dort standen, und grub nach etwas.
»Wollen Sie mich nicht heiraten?« Seine Stimme klang verzweifelt.
Ich kam zu meinem Sessel am Kamin zurück. »Sie wissen, daß ich Sie nicht liebe«, sagte ich.
»Ja, das weiß ich.«
»Sie wissen, daß ich ... älter bin als Sie, daß ich einen anderen geliebt habe.« Immer noch liebe. Das sagte ich nicht.
»Ja.«
»Und trotzdem möchten Sie mich heiraten?«
»Ich möchte Sie anbeten.«
»Müssen Sie so spaßig sein, Buonaparte?«
»Sie meinen, ich scherze.«
»Gewiß, was sonst?« Ich lächelte.
»Verzeihen Sie mir?« Ich nahm seine Hand. Wir waren fast gleich groß. Er kam mir wie ein Bruder vor, ein Kamerad – »mein Seelenfreund«, wie Mimi gesagt hätte. »Ich will Chantereine nicht aufgeben«, sagte ich, als ich die Türen zum Garten öffnete.
»Mein Haus in der Rue des Capucines hat mehr Prestige«, sagte er.
»Dies ist mein erstes, richtiges Zuhause. Es bedeutet mir alles.«
Er sah sich um. »Nachdem ich Italien befreit habe, werde ich ein größeres Haus verlangen.«

»Und wann wird das sein, General Buonaparte?« neckte ich ihn.
Er sah mich amüsiert an. »Gleich nach unserer Hochzeit, Joséphine.«

Mittwoch, 24. Februar

»Ich habe den Direktoren unsere Verlobung mitgeteilt«, berichtete mir Buonaparte heute abend.
»Und wie haben sie reagiert?«
»Positiv.« Offensichtlich zufrieden stolzierte er umher. »*Sehr* positiv.« Er klatschte in die Hände.

2. März

Buonapartes Diener lud eine Kiste mit Papieren in meinem Eingang ab. Buonaparte kam hinter ihm herein. »Und siehe«, sagte er und schwenkte dramatisch die Hand. »Der Befehlshaber der Italienarmee.«
»Ist es jetzt offiziell? Hatten Sie es denn nicht erwartet?«
»Man kann sich solcher Dinge nie ganz sicher sein.« Er durchwühlte die Kiste mit Papieren.
»Und nun?«
Buonaparte durchblätterte die Seiten eines Berichts.
»Und nun?« Ich berührte seinen Arm.
Er sah mich zerstreut an.
»Und nun?«
»Und *nun* beginnt die Arbeit.«

8. März

Buonaparte holte mich um die Mittagszeit ab. Ich war bereit. Zusammen fuhren wir in die Kanzlei meines Rechtsanwalts in der Rue Saint-Honoré. Buonaparte wartete am Eingang, während mein Anwalt den Ehevertrag durchlas.

»Ist Ihnen dieser Vertrag bekannt?« fragte Raguideau, als ich mich setzte. Sein staubiges Büro war mit Papieren und Gesetzesformularen übersät. Die Fenster, die zur Rue Saint-Honoré hinausgingen, waren mit Ruß bedeckt. »Ja.«

»Trotzdem verlangt es das Gesetz, daß ich den Vertrag noch einmal mit Ihnen durchgehe.« Er ist ein kleiner Mann, doch er hat eine außergewöhnlich tiefe Stimme. »Ihre finanziellen Mittel werden auseinandergehalten. Sie werden beide zu gleichen Teilen zu den Unterhaltskosten eines Haushaltes beitragen. Selbst die Kosten für die Hochzeit werden zwischen Ihnen geteilt.« Mühsam entzifferte er den Wortlaut: »Ihr Gemahl übernimmt keine Verantwortung für Ihre Schulden. Außer, daß er Ihnen eine nominelle Summe von fünfzehnhundert Livres im Jahr bezahlt, werden Sie nichts aus dieser Verbindung erhalten.«

Er legte die Papiere auf den Schreibtisch und setzte seine dicke Brille ab. »Bürgerin Beauharnais, ich muß offen sein. Dieser Mann bringt Ihnen nichts mit außer einem Mantel und einem Schwert. Ich fürchte, ich kann Ihnen nicht mit gutem Gewissen raten, diesen Vertrag zu unterschreiben.«

Trotz der Kälte spürte ich die Hitze in meinen Wangen. »Ich bin hier, um diesen Vertrag zu unterschreiben, Bürger Raguideau, nicht, um ihn in Zweifel zu ziehen.«

»Bitte, verstehen Sie doch, es wäre Ihr *Verderben*, diesen Mann zu heiraten.«

»So sei es.« Ich nahm den Federkiel in die Hand.

Buonaparte wartete in der Diele. Er wirkte amüsiert. »Nur einen Mantel und ein Schwert?«

»Sie haben gelauscht? Sind Sie nicht gekränkt?« Ich war wütend. Weiß man denn nie, wie er reagiert?
»Wir werden ja sehen, was ein Mantel und ein Schwert vermögen!«

Später

Die Kirchenglocken hatten gerade vier geschlagen. Ich stand am Fenster und sah in den Garten hinaus, als ich von einem Geräusch aufgeschreckt wurde. Hinter mir stand die Lannoy mit einem abgenutzten Lederkoffer in einer Hand.
»Wollen Sie verreisen, Lannoy?« fragte ich. Ich erinnerte mich nicht, daß wir einen Urlaub vereinbart hatten.
Ein heftiges Kopfnicken verschob um ein Haar ihren Hut, eine bescheidene Strohkreation, die von einer weiß und blau gestreiften Schleife erdrückt wurde. »Ich kann diesem Jakobiner nicht dienen!«
»Sie verlassen mich? *Jetzt*?«
»Leben Sie wohl!« heulte sie und warf sich in meine Arme.

9. März

Barras und Tallien erschienen kurz nach sieben Uhr. Tallien hatte seinen schwarzen Gehrock an und seinen Zylinder auf. Statt eines Schwertes trug er einen Schirm. »Seine Begräbnisaufmachung«, sagte Barras, der traditioneller in Samt und Spitze gekleidet war.
Ich lächelte gezwungen.
Wir fuhren zu dritt in Barras' Kutsche davon. Agathe und Gontier hatten kleine Blumensträuße mit weißen Bändern an das Zaumzeug der Pferde gebunden.
Es war genau acht Uhr, als wir das Gemeindeamt betraten, ein einstmals elegantes, in Weiß und Gold gehaltenes und mit her-

umtollenden Cupidofiguren geschmücktes Empfangszimmer, nun Sitz des Zweiten Stadtbezirks und staubbedeckt. Ein Feuer erlosch in dem Marmorkamin. Es war dunkel: eine einzige Kerze flackerte in einem Bronzeleuchter. Die großen vergoldeten Spiegel reflektierten nur Schatten.

Mein Berater Jérôme Calmelet war bereits da, saß auf einem der harten Lederstühle. Der Standesbeamte, Bürger Leclerq, las Papiere auf dem Schreibtisch durch. Ein dünner Bursche mit einem Holzbein saß in sich zusammengesunken neben ihm.

Aber keine Spur von Buonaparte. »Er ist sicher aufgehalten worden«, sagte Barras und legte seinen Umhang ab.

Wir warteten. Nach fast einer Stunde erhob sich der Standesbeamte, gähnte und zog seinen Mantel an. »Ich gehe und überlasse dir die Verantwortung, Antoine«, sagte er dem jungen Burschen.

Bürger Antoine manövrierte sein Holzbein unter den großen Schreibtisch und musterte uns mit einem um Autorität bemühten Blick.

»Er dachte sicher, er müßte erst um neun Uhr hier sein.« Tallien rutschte auf dem unbequemen Stuhl hin und her.

»Es ist schon nach neun.« Mein kleiner Blumenstrauß begann zu welken. »Ich verlange, daß wir gehen.« Ich erhob mich. Ich war wütend. Ich war mehr als wütend; ich war gedemütigt.

»Warte«, befahl Barras.

Es war nach zehn, als wir auf der Treppe Schritte hörten. »Er ist hier«, sagte Barras.

Buonaparte platzte, gefolgt von einem Jugendlichen in Uniform, in den Raum. Er ging schnurstracks zu dem jungen Antoine und schüttelte ihn. »Wach auf!«

Der Bursche setzte sich auf, blinzelte.

Buonaparte packte meine Hand, zog mich hoch. »Trau uns«, befahl er dem Burschen und schob einen Goldring über meinen Ringfinger.

Es war in fünf Minuten vorüber.

Wir fuhren schweigend nach Chantereine zurück, Buonaparte und ich.
»Ich habe beschlossen, meinen Namen zu ändern. Bonaparte. Napoléon Bonaparte. Er klingt französischer. Gefällt er Ihnen?«
Ich sagte nichts.
»Stimmt etwas nicht?«
»Wenn Barras nicht so hartnäckig gewesen wäre, wäre ich gegangen. Ich weiß nicht, warum ich geblieben bin.«
»Dann lassen Sie sich doch morgen von mir scheiden.«
»Vielleicht tue ich das auch.«
Wir wechselten auf dem ganzen Weg nach Chantereine kein weiteres Wort mehr. Ich lief sofort die Treppe hinauf. Ich schleuderte die Blumen auf mein Bett, peinlich berührt, daß Agathe und Gontier soviel Aufhebens gemacht hatten. Fortuné knurrte, als Buonaparte ins Zimmer trat.
»Ihr Diener hat heute nachmittag Ihre Taschen dort hineingestellt.« Ich nickte zum Ankleidezimmer.
»Was ist mit dem Hund?« fragte Buonaparte, als er im Nachtgewand zurückkehrte. Er trug eine Baumwollnachtmütze mit einer albernen Quaste darauf.
»Der Hund bleibt.« Fortuné lag auf seinem üblichen Platz am Fußende des Bettes.
»Ich werde nicht mit einem *Hund* schlafen.«
»Na schön, dann werden Sie eben auf dem kleinen Sofa schlafen.« Ich blies die Laterne aus.
Buonaparte stolperte im Dunkeln auf das Bett zu. Ich hörte Fortuné knurren. Dann hörte ich Buonaparte laut auf italienisch fluchen.
Ich setzte mich mit wild klopfendem Herzen auf. Fortuné knurrte wütend. »Was ist passiert?«
»Dieser Hund sollte erschossen werden!« Buonaparte hielt seine Hand hoch. Im Mondlicht konnte ich etwas Dunkles darauf erkennen.

»*Mon Dieu*! Ist das Blut? Hat er Sie in die Hand gebissen?«
»Ins Bein.«
Agathe kam ins Zimmer gelaufen, in der Hand eine Laterne. Buonapartes Bein war voller Blut. Buonaparte preßte ein Bettlaken darauf, um die Blutung zu stillen.
Fortuné hockte unter einem Stuhl und bleckte die Zähne.
»Eine Schüssel mit heißem Wasser und ein paar Binden«, wies ich Agathe an, als ich Fortuné am Genick packte und das knurrende kleine Ding ins Ankleidezimmer sperrte.
Gontier kam zur Tür, seine zerknitterte Schlafmütze war ihm über die Augen gerutscht. »Hol einen Wundarzt«, wies ich ihn an.
»Ein Wundarzt wird nicht nötig sein«, sagte Buonaparte.
»Versuchen Sie nicht, deswegen den Helden zu spielen, Buonaparte«, sagte ich. »Dabei ist nichts zu gewinnen.«
»Meinen Sie, Heldentum ist etwas, was man sich umhängen kann wie einen Mantel!« Er wandte sich an Gontier. »Ich bin jetzt der Herr in diesem Haus, und ich sage dir, daß du *keinen* Wundarzt holst. Ich habe zuviel Zeit auf dem Schlachtfeld verbracht und meine Wunden selbst versorgt, um mich wie ein Schneider von einem unfähigen Burschen verhätscheln zu lassen.« Er nahm eine der Binden, die Agathe gebracht hatte, und tauchte sie in das dampfende Wasser. »Ob Ihr Mädchen etwas Salz bringen könnte?«
»Ihr Name ist Agathe. Fragen Sie sie selbst.«
Buonaparte funkelte mich an. »Sollen wir den Rest unseres Lebens damit verbringen, miteinander zu streiten?«
»Ich denke schon.« Ich nickte Agathe zu. »Wenn du das Salz holen könntest? Und den Cognac«, fügte ich hinzu.

Buonaparte reinigte und verband seine Wunde, nachdem er sie selbst mit einem starken Seidenfaden und zwei Stichen vernäht hatte, wobei er die Zähne gegen den Schmerz zusammenbiß.

Ich überredete ihn, sich hinzulegen und das Bein auf einem Kissen abzustützen.

»Ihr könnt jetzt gehen«, sagte ich zu Agathe und Gontier, die am Fußende des Bettes standen und auf den Blumen herumtrampelten. »Nehmt Fortuné mit.«

»Ich muß um sechs geweckt werden«, wies Buonaparte Agathe an. »Das sind ja nur noch wenige Stunden«, sagte ich.

»Ich habe schon zuviel Zeit verloren«, sagte er.

Agathe und Gontier zogen sich zurück und nahmen die Laternen und Fortuné mit.

Beim Schein einer einzigen Kerze goß ich Cognac in zwei Schwenker. Einen reichte ich Buonaparte. Er hob ablehnend die Hand. »Ich muß einen klaren Kopf behalten«, sagte er.

Ich setzte mich aufs Bett, nahm einen Schluck Cognac, seufzte. Ich hatte mir einen Vater für meine Kinder gewünscht, Sicherheit – nun schien es, als wäre alles viel komplizierter.

»Sie zweifeln, ob es klug war, was Sie getan haben«, sagte er.

Was ich getan habe. Ja. »Müssen Sie mir ewig meine Gedanken verraten?« Ich wußte, daß ich grob war. »Es tut mir leid«, sagte ich. »Es war nicht gerade ein romantischer Abend.« Plötzlich spürte ich, wie mir die Tränen kamen. Darf man zurück, noch mal von vorne beginnen? Können Fehler ungeschehen gemacht werden?

Buonaparte zerrte an einem Kissen.

»Gestatten Sie«, sagte ich. Ich stellte mein Glas ab und rückte das Kissen hinter ihm zurecht. Er legte mir die Hand aufs Handgelenk. »Da ist etwas, was ich Ihnen nicht erzählt habe.«

»Bitte, nein.« Es war zu spät für Geständnisse. Ich zog meine Hand fort.

»Eine Wahrsagerin sagte mir, daß eine Witwe mein Engel, mein Glücksstern werden würde.«

Ich dachte an die Zukunft, die man mir vorhergesagt hatte. *Du wirst Kaiserin sein.*

»Sie spotten«, sagte er.
»Ich bin kein Engel«, sagte ich. Ich legte mich neben ihn.
»Sie meinen, die Frau, die ich liebe, gibt es nicht. Sie glauben nicht an Joséphine.«
Seine grauen Augen waren so ernst. Ich wandte den Blick ab.
»Glauben Sie an *mich*?« fragte er.
Ich betrachtete sein Profil im Schein der Kerze. Sein Blick war gehetzt. Was war es, was ihn entflammte, ihn trieb? Es würde ihm niemals Frieden schenken, das wußte ich.
»Ist Ihnen kalt?« Er zog die Bettlaken über mich.
»Ja«, sagte ich. Ich hielt seine Hand an meiner Brust fest.
Er schien unsicher zu sein, was er tun sollte. Ich war selbst unsicher. Sollte ich die Kerze ausblasen? Mein Nachtgewand ausziehen? Ich spürte mein Alter, seine Jugend.
»Ich habe gelesen, daß eine Frau, wenn man ihre Brustspitze auf eine bestimmte Weise berührt, vor Lust verrückt wird«, sagte er. Er klang wie ein Schuljunge, der eine Hausaufgabe vorträgt.
»Ich amüsiere Sie?« fragte er, als er mein Lächeln bemerkte.
»Sie haben einen wissenschaftlichen Verstand«, sagte ich.
Er umfaßte meine Brust mit der Hand und studierte sie. »Ihre Brust ist ein vollkommenes Exemplar ihrer Art – rund, fest.«
»Buonaparte!« Mir war warm ums Herz geworden.
Ich beugte mich über ihn. Sein Atem an meinem Gesicht duftete süß. »Wirklich, du ...« Er hielt inne, unfähig zu sprechen.
Ich berührte eine Träne, die über seine Wange lief. Sie schmeckte nach Meer. »Ja«, sagte ich. »Ich glaube an dich.«

Tagesanbruch

Die Sonne hat den Himmel in ein äußerst zart schattiertes Rosa getaucht. Es erinnert mich an die Morgenstunden in meiner Jugend. Ich lausche nach Tieren, die sich regen, dem Hahn, der Kuh.

Buonaparte, das Bein in eine Binde gewickelt, schläft. Ich lausche dem Klang seines Atmens.

Ich bin verheiratet. Wieder.

Mein Gemahl ist nicht der Mann, von dem ich als junges Mädchen geträumt habe, nicht mein *grand amour* – und gewiß nicht der König, den die Wahrsagerin vorhergesagt hat. Nur Buonaparte – der sonderbare kleine Napoleone. Nun Napoléon.

Und ich? Wer bin *ich*?

Er nennt mich Joséphine. Er sagt, ich sei ein Engel, eine Heilige, sein Glücksstern. Ich weiß, daß ich kein Engel bin, aber in Wahrheit beginne ich diese Joséphine, die er sieht, zu mögen. Sie ist intelligent; sie ist amüsant; sie ist sympathisch. Sie hat Anmut, Charme und Herz. Nicht wie Rose: ruhelos und in Not. Nicht wie Rose mit ihrem jämmerlichen Dasein.

Ich streife meinen Ehering ab, ein einfacher Goldreif. Innen sehe ich eine Inschrift. Ich halte sie ans Licht. Auf das Schicksal.

Anhang

Chronologie

28. Mai 1760	Alexandre wird in Fort Royal, Martinique, geboren.
23. Juni 1763	Rose wird in Trois-Ilets, Martinique, geboren.
11. Dezember 1764	Roses Schwester Cathérine wird geboren.
13.–14. August 1766	Ein Hurrikan zerstört Roses Elternhaus.
Anfang September	Roses zweite Schwester, Manette, wird geboren.
15. August 1769	Napoleone Buonaparte wird in Ajaccio, Korsika, geboren.
16. Oktober 1777	Roses Schwester Cathérine stirbt.
11. April 1779	Das Heiratsaufgebot wird in Martinique verlesen.
12. Oktober	Rose trifft in Frankreich ein.
13. Dezember	Rose und Alexandre heiraten.
3. September 1781	Eugène wird geboren.
6. September 1782	Alexandre bricht nach Brest auf (auf dem Weg nach Martinique).
31. November	Alexandre segelt nach Martinique. Laure Longpré ist an Bord.
10. April 1783	Hortense wird geboren.
27. November	Rose zieht in das Kloster von Penthémont ein.

8. Dezember	Rose strengt ein Gerichtsverfahren gegen Alexandre an.
5. März 1785	Gerichtsentscheid zugunsten von Rose.
Juli	Rose und die Kinder ziehen nach Fontainebleau.
3. September 1786	Eugène, fünf, ist nun in der Obhut seines Vaters.
2. Juli 1788	Rose segelt nach Martinique.
11. August	Rose trifft in Martinique ein.
16. September 1790	Rose segelt unter Kanonenfeuer nach Frankreich.
29. Oktober	Rose landet in Toulon.
7. November	Roses Vater stirbt.
20. Juni 1791	Der König flieht mit der Familie aus Paris.
21. Juni	Alexandre wird Präsident der Versammlung.
25. Juni	Der König und die Königin werden nach Paris zurückgebracht.
31. Juli	Alexandre wird zum zweiten Mal Präsident der Versammlung.
14. September	Der König schwört den Treueeid auf die neue Verfassung.
4. November	Roses Schwester Manette stirbt.
20. April 1792	Frankreich erklärt Österreich den Krieg. Alexandre tritt in die Armee ein.
25. April	Erster Einsatz der Guillotine.
August	Alexandre wird zum Stabschef der Rheinarmee ernannt.
10.–13. August	Aufstand. Der König und die Königin kommen ins Gefängnis.
28.–30. August	Nächtliche Hausdurchsuchungen beginnen – Tausende werden verhaftet.

2. September	Französische Truppen in Verdun werden vom Feind eingenommen. Panik in Paris.
2.–6. September	September-Massaker. Über 1000 Gefangene werden ermordet.
	Rose schickt die Kinder mit Frédéric und Amalia fort. Alexandre befiehlt die Rückkehr der Kinder nach Paris.
20. September	Scheidung wird gesetzlich möglich.
22. September	Die Republik wird ausgerufen.
26. Dezember	Der Prozeß gegen den König beginnt.
15. Januar 1793	Der König erklärt sich für schuldig.
21. Januar	Der König wird enthauptet.
29. Mai	Alexandre wird zum Oberbefehlshaber der Rheinarmee ernannt.
21. August	Alexandres Rücktritt wird angenommen.
17. September	Das Verdächtigengesetz wird verabschiedet.
26. September	Rose zieht nach Croissy.
16. Oktober	Die Königin wird enthauptet.
29. Oktober	Fannys Tochter Marie wird verhaftet.
2. März 1794	Alexandre in Blois verhaftet.
20. April	Rose wird in Paris verhaftet.
23. Juli	Alexandre wird enthauptet.
28. Juli	Robespierre wird enthauptet.
6. August	Rose wird aus dem Gefängnis entlassen.
2. September	Hoche verläßt Paris wegen eines neuen Oberbefehls. Er nimmt Eugène mit.
9. September	Attentatsversuch auf Tallien.
7. Oktober	Marie wird aus dem Gefängnis entlassen.
26. Dezember	Thérèse (21), schwanger, und Tallien (27) heiraten.
21. Februar 1795	Religiöse Andachten in Privatwohnungen werden erlaubt.

17. Mai	Thérèse bringt Thermidor-Rose zur Welt.
8. Juni	Der Dauphin (10) stirbt im Gefängnis.
23.–27. Juni	Emigrantenstreitkräfte landen in der Bucht von Quiberon.
16.–21. Juli	Der Kampf in der Bucht von Quiberon. Hoche führt die französischen Truppen zum Sieg.
17. August	Rose unterzeichnet den Mietvertrag für das Haus in der Rue Chantereine.
28. September	Rose lädt Buonaparte ein, sie zu besuchen.
4.–6. Oktober	Aufstand des rechten Flügels wird von Truppen unter Barras und Buonaparte niedergeworfen.
26. Oktober	Barras und vier andere werden gewählte Direktoren von Frankreich.
	Buonaparte übernimmt Barras' Posten als Oberbefehlshaber der Heimatarmee.
21. Januar 1796	Galadinner im Palais du Luxembourg.
19. Februar	Aufgebot für die Hochzeit von Rose und Buonaparte wird bekanntgegeben.
2. März	Buonaparte wird zum Oberbefehlshaber der Italienarmee ernannt.
8. März	Der Ehevertrag wird unterzeichnet.
9. März	Rose (32) und Napoleone (26) werden in einer Ziviltrauung vermählt.

Literaturauswahl

Dictionnaire de biographie française. Sous la direction de M. Prévost et Roman d'Amat. Librairie Letouzey et Ané, 1954

Dictionnaire Napoléon. Sous la direction de Jean Tulard. Fayard, 1987

Castelot, André: *Joséphine. A Biography.* Harper & Row, New York, 1967 (Übersetzung)

Catinat, Docteur Maurice: »Une lettre inédite de la future impératrice Joséphine.« *Bulletin, 1991.* Societé des Amis de Malmaison, Rueil-Malmaison, 1991

Chevallier, Bernard und Christophe Pincemaille: *L'impératrice Joséphine.* Presse de la Renaissance, Paris, 1988

Cole, Hubert: *Joséphine.* Heinemann, London, 1962

Cronin, Vincent: *Napoleon.* Collins, London, 1971

Epton, Nina C.: *Joséphine. The Empress and Her Children.* Weidenfeld & Nicolson, London, 1975

Jones, Colin: *The Longman Companion to the French Revolution.* Longman, London und New York, 1988

Knapton, Ernest John: *Empress Joséphine.* Harvard University Press, Cambridge, 1963

Le Normand, Mlle. M. A.: *The Historical and Secret Memoirs of the Empress Joséphine.* Bd. I u. II . H. S. Nichols, London, 1895 (Übersetzung)

Minnigerode, Meade: *The Magnificent Comedy; Some aspects of public and private life in Paris, from the fall of Robespierre to the coming of Bonaparte July, 1794 – November, 1799.* Farrar & Rinehart, New York, 1931

ROSE-ROSETTE, ROBERT: *Les jeunes années de l'impératrice Joséphine*. Publié avec le concours de la Fondation Napoléon, Martinique, 1992

TURGEON, F. K.: Fanny de Beauharnais. Biographical Notes and a Bibliography. *Modern Philology*, Aug. 1932

WAGENER, FRANÇOISE: *La reine Hortense (1783–1837)*. Éditions Jean-Claude Lattès, 1992

WHITHAM, J. MILLS: *Men and Women of the French Revolution*. The Viking Press, New York, 1933

Danksagungen

Für ihre Unterstützung im allgemeinen und im besonderen: Eleanor Alwyn, Nathalie Bedard, Gale Bildfell, Elena Diana (Amaritha), Dr. John Goodman, Paul Kropp, Jackie Levitin, Corine Paul, Charis Wahl, John Williamson und den Golden Girls Plus Bob, insbesondere Robert Zentner. Für ihre redaktionellen Anregungen, meinen Hauptlesern: Peggy Bridgland, Judy Holland. Marnie McKay (stets geduldige Bibliothekarin), Fran Murphy und insbesondere Sharon Zentner. Für ihre Nahrung und Weisheit: Janet Calcaterra, Thea Caplan, Pat Jeffries, Kathlyn Lampi, Jenifer McVaugh, Joanne Zomers. Für ihre bedeutsamen Lehren an Scheidewegen: Margaret Atwood, Matt Cohen, Janet Turner Hospital und insbesondere Jane Urquhart. Für ihre Hilfe im historischen Labyrinth: William R. Beall, Bernard Chevallier, Dr. Robert Rose-Rosette und insbesondere Dr. Maurice Catinat und Dr. Margaret Chrisawn. Für das Anspornen der Leidenschaft: den von Napoleon ebenso begeisterten Tony Kenny, Dr. John McErlean, Derwin Mak, Helen Smith und Robert Snibbe von der Napoleonic Society of America und insbesondere dem verstorbenen Mitglied der Gesellschaft, David Goudy. Dafür, von Anfang an da gewesen zu sein: Jan Whitford. Dafür, so großartige Lektoren und Verleger zu sein: Iris Tupholme, Maya Mavjee und der übrigen Schar von HarperCollins. Dafür, sogar noch pingeliger zu sein als ich: Bernice Eisenstein. Für ihre Begeisterung und ihr Verständnis: Carrie und Chet Gulland und insbesondere Richard Gulland – ohne dessen bedingungslose und unerschütterliche Unterstützung dieses Buch niemals hätte geschrieben werden können.

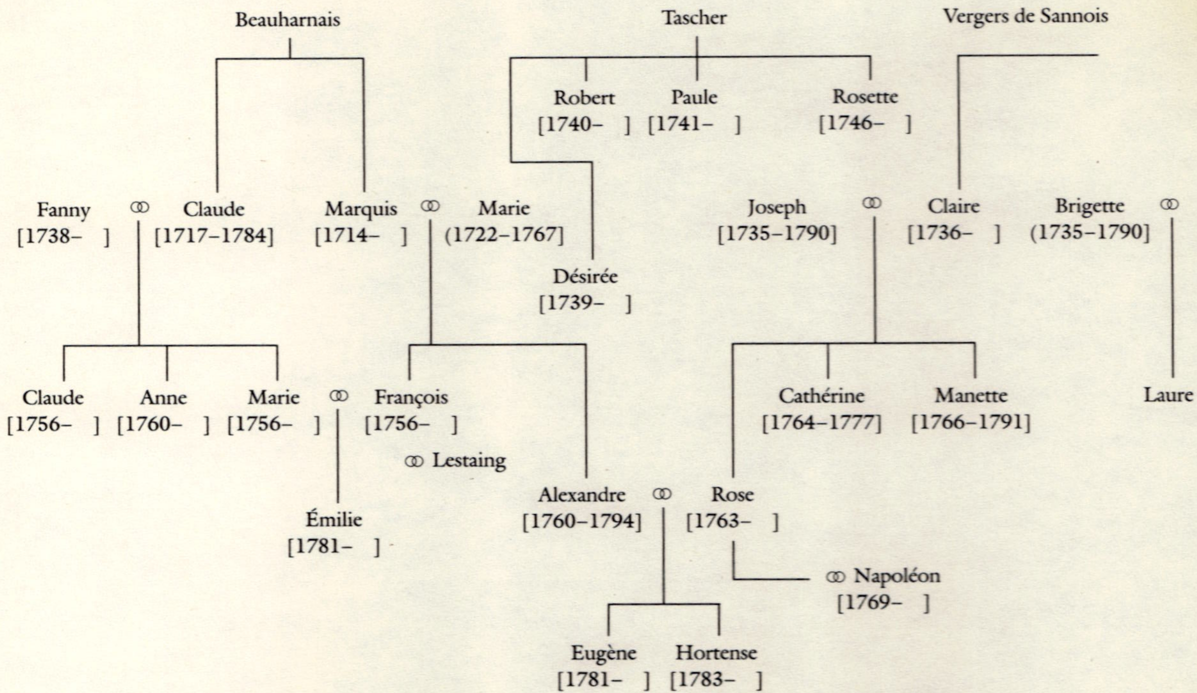

Beauharnais
Tascher
Vergers de Sannois
Robert [1740–]
Paule [1741–]
Rosette [1746–]
Fanny [1738–]
ꝏ
Claude [1717–1784]
Marquis [1714–]
ꝏ
Marie (1722–1767]
Joseph [1735–1790]
ꝏ
Claire [1736–]
Brigette (1735–1790]
ꝏ
Désirée [1739–]
Claude [1756–]
Anne [1760–]
Marie [1756–]
ꝏ
François [1756–]
ꝏ Lestaing
Cathérine [1764–1777]
Manette [1766–1791]
Laure
Émilie [1781–]
Alexandre [1760–1794]
ꝏ
Rose [1763–]
ꝏ Napoléon [1769–]
Eugène [1781–]
Hortense [1783–]

Katja von Glan

Silber im Saum

Roman

Band 15981

Nur die Macht der Liebe kann sie retten. Nach dem Tod Heinrichs VI. im Jahre 1197 bricht ein erbitterter Streit um seine Nachfolge zwischen Staufern und Welfen aus. Die schöne Kaufmannstochter Mechthild und die Hofdame Johanna geraten mitten hinein in den Strudel der Zeit. Sie erleben die rettende, aber auch zerstörerische Kraft von Macht und Liebe, höfische Intrigen und die hohe Liebe des Minnegesangs.

Eine farbige Schilderung des Mittelalters und eine packende Darstellung einer der interessantesten Epochen der deutschen Geschichte.

Fischer Taschenbuch Verlag

fi 15981 / 1

Penelope Williamson

Die Widerspenstige

Roman

Aus dem Amerikanischen von
Manfred Ohl und Hans Sartorius

Band 13039

Boston, 1721: Als die junge Delia McQuaid eine Heiratsannonce beantwortet, um als »Braut auf Bestellung« in den noch unzivilisierten Norden zu gehen, trifft sie auf den rauhen und gutaussehenden Arzt Dr. Savitch. Er gesteht ihr, die Anzeige für einen Nachbarn in seiner Heimatgemeinde, einen Witwer mit zwei Kindern, aufgegeben zu haben. Der Arzt wird ihr Begleiter und Brautführer auf der langen und beschwerlichen Reise an die Grenze der Zivilisation. Maine, 1724: Delia und Dr. Savitch erreichen die Gemeinde in der nördlichen Wildnis, und sie steht ihrem Bräutigam zum ersten Mal gegenüber. Inzwischen kennt sie jedoch auch Ty Savitch näher, ausgebildet in England, aufgezogen von Indianern – ein Fremder in allen Welten, mit einer verwundeten Seele und gespaltenen Gefühlen gegenüber Delia und seinem einzigen Freund, dem zukünftigen Ehemann.

Fischer Taschenbuch Verlag

fi 13039 / 2

Penelope Williamson

Flammen im Wind

Aus dem Amerikanischen
von Gabriele Haefs

Band 15936

»Er stand nackt auf der eingesunkenen Veranda der alten Sklavenhütte, und im Mondschein glänzte seine Haut im Elfenbeinton eines marmornen Grabsteins. Er hätte auf seine Geliebte warten können. Die Nacht roch nach Tod, drückend und stickig. Es war Sommer in New Orleans.«

Daman hat Remy einst geliebt – doch ihr dunkles Geheimnis reicht viel weiter zurück. Eine Geschichte von schwarzem und weißem Blut, von Sünde und Sehnsucht.

»... ein Buch, das man auch tief in der Nacht
nur schlecht aus der Hand legen kann.«
Buchjournal

Fischer Taschenbuch Verlag

fi 15936 / 1

Barbara Wood
Traumzeit
Roman
Aus dem Amerikanischen
von Manfred Ohl und Hans Sartorius
Band 16569

Als Joanna Drury 1871 in Melbourne von Bord ihres Schiffes aus England geht, ahnt sie noch nicht, was ihr in Australien bevorsteht und in welcher Weise sich ihr Schicksal hier erfüllen wird. Vierzig Jahre zuvor waren ihre Großeltern in Australien gelandet, ein junges Missionarsehepaar, das, auf der Suche nach dem wahren Garten Eden, im Landesinneren mit den Aborigines leben wollte. Vier Jahre später gab es keine Spur mehr von ihnen. Nur ihre kleine Tochter tauchte als verstörtes Kind, versehen mit wenigen geheimnisvollen Habseligkeiten, wieder an der Küste auf und wurde zurück nach England gebracht. Sie war die Mutter von Joanna, die nun den langen Weg zurückgeht. Es wird viele Jahre dauern und viele unverhoffte Wendungen geben, bis Joanna auf ihrem eigenen Traumpfad bis in das unerforschte Herz des Fünften Kontinents vorstößt.

Fischer Taschenbuch Verlag

fi 16569 / 1

Barbara Wood

Rote Sonne, schwarzes Land

Roman

Aus dem Amerikanischen
von Manfred Ohl und Hans Sartorius

Band 16574

1917: Dr. Grace Treverton erreicht Kenia, das schwarze Land, entschlossen, den Eingeborenen die Segnungen der modernen Medizin zu bringen. Ihr Bruder, Lord Valentine, träumt seinen eigenen Traum von der Zukunft dieses britischen Protektorats: ein landwirtschaftliches Imperium, größer als jedes in der alten Heimat. 1944: Die Träume der weißen Siedler zerplatzen unter der roten Sonne an jener afrikanischen Großfamilie, die das Land seit Generationen bewohnt. Wachera, die angesehene und gefürchtete Medizinfrau, ist zum Kampf um die Erhaltung eingeborener Traditionen bereit. Ihr alter Fluch scheint in Erfüllung zu gehen und bringt alles in Gefahr, was die weißen Siedler sich erträumten. Der Widerstand gegen die Trevertons wird revolutionär. 1963: Deborah, die letzte Treverton, flieht aus einem brennenden Land. Jahre später wird sie nach Kenia zurückgerufen um sich ihrer Identität zu stellen. Erneut trifft sie auf die Gegenspieler aller Treverton-Generationen. Und sie muss eine Antwort finden auf die Frage: »Ist Afrika meine Heimat?«

Fischer Taschenbuch Verlag

fi 16574 / 1

M. M. Kaye

Palast der Winde

Roman

Aus dem Englischen von Emil Bastuk

Band 28119

Indien im 19. Jahrhundert: Der junge Engländer Ash wächst im Schatten des Himalaja wie ein Hindu auf und fühlt sich weder im Land seiner englischen Vorfahren noch im Land seiner Kindheit akzeptiert. Er verliebt sich in Anjuli, eine indische Prinzessin, und versucht, in den blutigen Kolonialkriegen als Kundschafter zwischen Indern und Briten zu vermitteln. Mit »Palast der Winde« hat M. M. Kaye einen gewaltigen, leidenschaftlichen Roman geschrieben, der zu einem Weltbestseller geworden ist.

»*Palast der Winde* von M. M. Kaye ist nicht bloß
eine west-östliche Liebesromanze,
sondern ein faszinierender historischer Roman
von literarischer Qualität. «
Die Welt

Fischer Taschenbuch Verlag

fi 28119 / 1

Band II der Joséphine-Trilogie

»Ich fürchte, ich habe einen Fehler gemacht.« Am 9. März 1796 findet die Hochzeit von Joséphine und Napoléon in Paris statt. Frisch vermählt, bemerkt Joséphine, dass sie den Mann, den sie soeben geheiratet hat, eigentlich gar nicht kennt. Wer ist dieser Bonaparte, den man überall »den Korsen« nennt und mit dem sie ab sofort Leben und Bett teilen wird?

Als Napoléon immer höher strebt und zu immer mehr Macht gelangt, wird Joséphine Zeugin der politischen Intrigen und persönlichen Ränkespiele, mit deren Hilfe die ihnen Nahestehenden zu Ruhm und Sieg gelangen, die jedoch für andere nicht selten Untergang oder gar Tod bedeuten. Dennoch kann sie sich Bonapartes Charme nicht entziehen, und allmählich entwickelt sich zwischen den beiden eine Beziehung, die von Liebe und Hass gleichermaßen geprägt ist.

Durch Joséphines zutiefst ehrliche Tagebuchaufzeichnungen erleben wir hautnah mit, wie Geschichte gemacht wird: in Ballsälen und Schlafzimmern der großartigen Paläste, aber auch auf blutgetränkten Schlachtfeldern.

Sandra Gulland wuchs im kalifornischen Berkeley auf, wo sie auch studierte. 1970 ging sie nach Kanada und arbeitete als Lehrerin und Lektorin. Gleich ihre ersten Romane, der Zyklus um Joséphine, für den sie jahrelang intensive Quellenstudien betrieb, brachten Sandra Gulland weltweiten Erfolg.

Unsere Adresse im Internet: www.fischerverlage.de